大明 1644

（下）中原鹿正肥

赵才远 赵群威 著

长江出版传媒 长江文艺出版社

目　录

第 一 回　造军器污吏屡掺假　斩贼寇黄虎初立功…………001

第 二 回　张献忠飞马劫敌巢　陈洪范看相赦死囚…………020

第 三 回　洪承畴募兵榆林镇　李三娘逞雄艾家庄…………038

第 四 回　安抚计御史赈饥民　车轮战悍将战群雄…………056

第 五 回　亲小人王嘉胤殒命　遇仙师李自成建功…………075

第 六 回　洪承畴逞威葭州城　王自用中箭武安县…………094

第 七 回　李自成妙计渡黄河　陈奇瑜调兵会陕州…………113

第 八 回　众豪杰兽困车厢峡　群好汉虎聚荥阳城…………132

第 九 回　高迎祥攻打凤阳府　曹文诏尽忠宁州城…………153

第 十 回　黑水峪高迎祥中伏　汉中城李自成扬威…………173

第十一回　杨督师大张十面网　李闯王逢败四方助……………………192

第十二回　上津县仙童戏煞星　蒿水桥阉人陷忠良……………………211

第十三回　临颍县李高遇豪杰　玛瑙山杨左使阴绊……………………229

第十四回　逢饥荒李举人劝赈　劫粮仓红娘子完婚……………………249

第十五回　猛闯王大摆福禄宴　善仙人教防虫鼠疫……………………271

第十六回　有灵仙斗法除妖孽　忠烈臣喊话赚贼将……………………290

第十七回　弃开封高名衡逃命　占武昌张献忠称王……………………307

第十八回　秦王宫李自成称孤　寿皇亭朱由检殉国……………………327

第十九回　刘宗敏皇宫拷旧臣　洪关索民街杀虐将……………………349

第二十回　年逢甲申中原易主　时至康熙西岳镇魔……………………368

后　　记……………………………………………………………………385

第一回

造军器污吏屡掺假　斩贼首黄虎初立功

且说徐大窃鸡盗食来看张献忠，待众人正要散去，远处又传来抓偷鸡贼的喊声。原来那福寿客栈店小二打发走了徐大等人，在铺盖上刚躺下，忽地眼皮跳得厉害，猛省到那讨走锅巴的乞丐分明就是内江口音，却道自己是外地走了百里路来的，莫非有诈？店小二爬将起来，前后去照看，只见伙房里少了菜蔬食盒，地上还有鸡毛。店小二慌忙去后面笼里看时，就不见了店里报晓的公鸡。

店小二大怒，骂道："这伙乞丐胆子忒大，敢来我这里偷鸡，抓到就叫你死得棒硬。"

他急急唤醒了店里十几个看家护院的闲汉，各自抄了棍棒、厨刀、砍柴刀就追将出去。追到小溪边，果然看见一地鸡毛，还有烧焦的柴火，中间用来支锅的棍子分明就是那讨饭棍子。

"还真是这伙乞丐，好大的胆子！"店小二愈怒，带着众闲汉追将过来，正好看见徐大三人别了张献忠，正欲离去。

店小二骂道："哪里来的偷鸡贼？我让你们怎么吃的就怎么吐出来！"

徐大见店小二带人追来，吃了一惊，故作镇定道："你娃儿是扯白聊谎！你家失了鸡，关我甚事？我何曾见过你店里的鸡？"

店小二怒问道："你说我店里的鸡哪里去了？"

徐大笑道："敢被野猫拖了，黄鼠狼叼去了，我怎的得知？"

店小二又道："我的鸡在笼里，你手里罐儿还有肥油，小溪边还有鸡毛，那支锅的棍子不是你要饭的棍子么？不是你偷了是谁？"

徐大见抵赖不过，只得回道："既是如此，这只鸡值几钱？我赔你便是。"

店小二道："我这是报晓鸡，店内少它不得。你便赔我一百两银子也不济，只要还我鸡，要么换你命来！"

徐大听了怒道："你娃儿这是什么话？是老爷吃了又怎的？"

店小二冷笑道："你个不知死活的，休要在这里讨死！我店里可不比别处客店，我家主人与县太爷可是八拜之交，取你性命如同杀一只鸡！"

徐大听了大骂道："且休要吓唬人，还没有王法么？这鸡是我偷的又待怎样？你能白杀我么？"

"真是个不知死活的！"

只听店小二说完，身后跳出五六个闲汉来，径奔徐大三人。徐大见退无可退，只得抄起路边树枝就和那几人斗在一处。只是这徐大虽会些翻墙入户，却没有什么真本事，手段也是稀松，不多时便处了下风。众闲汉一棒接着一棒，竟将徐大打倒在地。那两个乞丐见不是对手，也不敢来相帮。一个闲汉见徐大倒地，就势一棍正好砸在他脑门上，再复一棍砸在天灵盖上，棍棒都砸断了。

眼见得徐大口里吐血，脑门冒浆，只有出的气，没了进的气，看来难得活了。张献忠大怒，急欲上前与那伙闲汉厮打拼命，只是重镣重枷在身，动弹不得。他奋力站起，用枷猛敲石狮，口里叫道："有恶人杀人也！"

这枷是干木做的，沉重得很，周边又有铁片包着，敲打石狮之声甚是浑重，早惊动了看守衙差。衙差还道是张献忠欲砸开枷锁，喝道："你这厮想干什么？"

张献忠大声道："恶人当街行凶，你却为何只做瞎子？"

衙差吼道："你自身难保，这却是关你娃儿甚事？"

张献忠骂道："你这说的是什么话？放着杀人行凶不管，却放出这种屁来！"

衙差喝道："张献忠，我念你是条汉子，不曾为难你，你却是不知好歹么？"

这衙差为何对凶徒当街杀人视若不见？当真是瞎子么？非也！原来这福寿客栈本是当地有名的风月场所，却和县衙关系非同一般，每日进账少不了打点县衙上下。因此，福寿客栈店小二与县衙差役个个熟识。

且说二人这般喝骂惊动了那伙闲汉。店小二过来冲张献忠喝道："你是什么人，在这里咋呼？"又见张献忠虽披枷戴锁，却满嘴油光，旁边就有吃剩的鸡骨头，又怒道，"格老子的，原来这鸡是你娃儿吃的！"

张献忠怼道："朗朗乾坤，你这伙凶徒就敢当街杀人。小爷此番有枷锁镣铐在身，不然顷刻间便要你死得不如这只鸡！"

只这一声，店小二方想起才打死了人来。他虽与衙差熟识，毕竟人命关天，也不是小事，忙与衙差班头商议道："差大哥，你看这事如何是好？"

衙差班头出主意道："且叫那伙闲汉各自找个地方藏了，就说乞丐窃了福寿客栈的鸡，为争食引发内讧，失手打死了人。"

店小二听了，点了点头道："如此甚好！"

一旁张献忠听了气急，却动弹不得，只无可奈何。

那店小二听了衙差班头一顿说辞，就放心了。先叫一众闲汉各自散了，无事不出家门，例钱照样给上。众闲汉见钱财不少一个子儿，都乐得答应。

待众闲汉散了，店小二有一肚皮气正好没出处，便怒从心头起、恶从胆边生，擎出一把砍柴刀，走过来左手按住徐大头颅，右手手起刀落。

二丐唤作张三、李四，见血泊里挺着的尸首叫道："苦也！却怎的是好？"

店小二吼道："你二人要想怎样？"

张三小声说道："就算窃了你家报晓鸡，偷鸡果是无德，也不至于被杀了！"

店小二冷笑道："你既是如此说，只管衙门去首告，就怕搭上你的性命。"

二丐见小二如此凶狠，想起徐大平日里的好，反而不怕事了。二人对视一眼，忽地一下就把店小二一把扭住，喊道："有杀人贼在这里！"

这喊声吓得店小二慌了，连恐带吓道："不要叫！再叫就差人抓你坐牢！"

此时夜色已深，衙门口临街人家都熄了灯火。听到这番叫喊，临街的灯纷纷亮起，不多时就有不少街边家户百姓走出来，都拢过来看热闹。有人认得死了的人正是徐大，便叫道："休叫走了凶手，叫他明日见县太爷再说！"

张三、李四指着店小二道："他正是凶手，走不脱了，同到县里见县太爷！"

原来徐大虽是乞丐，却为人最好百姓家也多有揭不开锅的，徐大时常将讨来的残羹剩饭分与穷苦百姓。加之徐大会些飞檐走壁的手段，上山抓些野兔野鸡分与穷苦人，因此上下爱敬。此番见徐大平白无故没了，无有一个不怜惜他的。因此，众百姓团团围了店小二，拖到看守张献忠的衙差前，定要他锁了店小二去见县太爷讨公道。

张献忠瞅见店小二被百姓扭住,想起方才他骄横跋扈的模样,便挪动锁链靠将过来就是一脚,喝道:"看门狗一般的人!叫你知道我的厉害!"

原来张献忠头颈和双手被枷锁枷了,脚也砸上了脚镣,不过稍稍抬脚还是行的。张献忠本就是练至刚至猛的武艺,脚上力道猛,加之身体长大;店小二却在客栈待久了,山珍海味吃了无数,长得甚是矮胖,这一脚正好踢在他屁股上,只一脚便把店小二踢倒在地,跌了个满天星。

众做公的先前只碍福寿客栈的面皮,不肯动手拿捉店小二。此番见犯了众怒,也没有道理解救,只得先上了锁链,一个拿住店小二,三四个扯劝众百姓,叫张三、李四少安毋躁,待天明升堂再做计议。百姓恐众做公的徇私,都守在衙门口不走。

几个时辰后天微微亮,知县从内宅出来,刚洗漱完毕准备用早膳,就有人报到衙门口说打死了人。知县听得有杀人的事,慌忙出来升堂问案。众衙差把店小二、张三、李四簇拥在堂下。知县看时,跪在左边的矮胖子是福寿客栈店小二,跪在右边的是两个猴子一般瘦的叫花子,堂外都是临街人家百姓,便问道:"有什么杀人事?谁是原告,谁是被告?"

张三首告道:"小人张三,住城外破庙。小人兄长唤作徐大,与我和李四都是结义弟兄。昨夜晚间,我家兄长被福寿客栈店小二领了一群闲汉无故打死,还乞老爷做主,将凶手明正典刑。"

知县听了怒道:"胡说。福寿客栈是本县有名的好去处,往来出入的都是有雅兴的人。为何这店小二不打杀别人,偏偏打杀你家兄长?"

张三又道:"大人容禀,兄长徐大偷鸡偷菜在先,虽有过错,但不至于被福寿客栈差众闲汉围殴打死,还乞老爷明鉴!"

知县便问道:"你这厮口口声声说福寿客栈店小二带了众闲汉来,你可知这闲汉姓甚名谁、何方人氏、人在何处呢?"

张三回道:"店小二确是带了十几个闲汉,可现在都散了,小人也不认识。"

知县见状断道:"你说的闲汉连影子都看不到,不是一派胡言又是什么?"

张三见知县如此搪塞了事,满腹冤屈却被反问得哑口无言,心中暗骂,只是又无可奈何。

知县问店小二道:"有人告你带了闲汉杀人,你有何辩解?怎就打杀了人?"

店小二辩解道:"老爷容禀,小人并不知徐大如何被打死的。只因昨夜店中失了报晓的公鸡,还有不少菜蔬食物,小人一路去寻,竟发现是徐大并这张三、李四窃了去,杀了我家报晓鸡,煮了送与衙门口枷号示众的囚徒吃。小人亲眼见到几个叫花子扭在县衙前争食吃,结果那徐大被一众叫花子打死了,却不知为何张三、李四这两个叫花子硬说是我带闲汉杀了徐大。"

知县闻言点点头道:"言之有理!福寿客栈是个好去处,上下都是君子,如何肯造次杀人?这人命之事必然在张三、李四身上!"

随后,知县便唤当厅公吏,当堂传仵作来,见说徐大被人殴打致死,随即取店小二的口词叠了文案。仵作并几个做公的一干人来到县衙外,取徐大尸首当场检验了,尸身旁放着行凶砍刀一把,当时再三看验,得系是生前头颅被棒击打、项上有刀痕、系被刀杀死。当厅公吏把仵作的话一一都记了。徐大没有家眷,便没有苦主,尸首交由县衙差人用席子卷了拖去后山埋了。

一干人又回到县里。知县本就是个狗官,平日不知收了福寿客栈多少黄白之物,因此自然有心要出脱店小二。又听店小二说是把报晓鸡煮了给在衙门口枷号的陕西刁民张献忠吃了,心里便已知晓了八九分,当下就只把张三、李四再三推问。

张三依旧供道:"徐大确是偷了福寿客栈的鸡,但不至于被一群闲汉围殴打死,店小二更不能用砍刀抹杀徐大的脖子。"

知县怒道:"俗话说'捉人拿赃,捉奸拿双',你口口声声说店小二带闲汉来围殴徐大,这伙闲汉现在却又不见踪影,你又说不出姓甚名谁,叫人如何信服?你这厮实说,如何要偷鸡煮了给陕西来的刁民吃?还不从实招来!"

张三辩解道:"小人并不认识这陕西来的。"

"胡说!给我用力打这厮!"

知县说完,左右两边狼虎一般的公人便把这张三、李四一索捆翻了。打到三五十下,二丐却仍供说店小二杀人。

那师爷上厅来禀道:"虽有砍刀,但不知是谁的,却是无法定案。"

知县胡诌道:"这砍刀定是徐大偷鸡时顺手牵走的,开始是只用来杀鸡,再而乞丐争夺饭食,徐大定是被人夺了砍刀杀死的。如此这般,那张三、李四定脱不了干系,给我重打这二人。"

两旁公人又把张三、李四一顿猛打,直打得皮开肉绽、鲜血淋漓。两人打熬不过,只得屈招了。左推右问,问成了徐大三人到福寿客栈偷鸡偷菜,又偷得砍柴刀一把,被店小二察觉,追至县衙门口,又被一窝乞丐见了,抢夺吃食时徐大被围殴打死。争斗中,鸡汤罐滚到县衙当日枷号囚犯张献忠面前,被囚犯所食。

知县将张三、李四画押收监,店小二无事自回。当堂就取枷来把张三、李四钉了,禁在牢里。

再说光阴迅速,张献忠在衙门口枷号三日已满,又在牢里禁了两月。父子四人满腹冤屈,毛驴也被官家收了,现今更是身无分文。

牢里的小牢子多有敬佩张献忠是条刚烈汉子的,凑了几件旧衣旧鞋送来,也有凑了几个散碎银子交付张献忠受用。当堂去了镣铐,取了文案,被两个衙差领出牢门。

张献忠认出其中一个衙差就是徐大被杀那日看押的,就问他徐大之事如何。衙差也感徐大仗义,就将那日店小二用店中砍柴刀杀死徐大,张三、李四入县衙告状,却被知县黑白颠倒,直把原告屈打问成被告,被告却毫发无损之事都备细说了。

张献忠听了大怒,就要找知县拼命。父兄苦劝他休要再惹祸事,再生事端。张献忠手指县衙大门怒骂道:"此处人命反不如鸡,他日倘若得志,定叫此地人都如鸡焉!"

张献忠无法,只得找衙差问了徐大坟墓所在。父子四人顺着山路来到墓前,张献忠感徐大忠义,大哭祭拜了一番。

话休絮繁。这川蜀之地张献忠父子来时是炎炎火日,现在已是秋日,中间暑,早晚凉。待祭拜了徐大已近黄昏,张献忠父子肚中又饥又渴,只得收拾物件,寻路慢慢走下岭来。

张献忠在山岭上望见内江城,不免叹了口气道:"此乃天府之国,额的性命却几乎在此地丢了!额道是什么好地界,却也是混沌世道!今日已和地主老财结了仇,额羽翼未丰,斗他不过,不可再遭陷害!自古道:'不怕官,只怕管。'额现在如何与马老虎这厮争?这如何是好?"

父子几个一步一步挨着走,张父接话道:"依为父之见,三十六计走为上。"

张献忠点点头道:"父亲说的是,儿也是这般计较,只是没什么好去处。"

张父略一沉思道:"为父想起延安府有个远房叔伯兄弟唤作张益的,在衙门当班头。以往年景好,他祖上多蒙我家照料,后去了延安府还有书信往来。只是近年来年景不好,也联络得慢了。今日势急,何不投奔他?或许那里是用人去处,足可安身立命。"

当下张父用牢子施舍的几个铜钱在山下小饭馆买了四碗粥、八个馒头、一碟辣子、一碟咸菜、一盘豆腐,先饱餐了一顿,又将剩余铜钱买了地菜馅包子当干粮带了,在山下土地庙困了一觉。次日晨离了内江县,取道奔赴延安府而去。

张献忠父子四人路上免不了饥餐渴饮,一月有余,四人已到延安城外。此刻天色晚了,到不得亲戚家中,四人便在城外寻个废弃茅草棚歇了。

次日趱行,到延安城时却早,等待城门开后就去衙门问询张班头住所。有人指点道:"就在衙门口隔一条街右首靠东第一家。"

张父谢过了,找到那一家敲门问道:"额家张哥么?"

此时正好早饭罢,几个差役来找张班头前去县衙点卯。张班头在内宅只听得有人询问,让差役出去问了名姓。入来报道:"有个定边县叫张快的,自称和班头乃叔伯兄弟,特来拜望。"

张班头听罢,叫请进堂屋里相见。

张快见了张班头,纳头拜下说道:"哥哥一向安好?"

张益答道:"近来天灾不断,延安同样田地荒芜,每日里守着几个当差的钱过活,联络稀疏了,并不知兄弟信息。兄弟一向在何处?今次缘何而来?"

张快便把赴四川逃难,得罪当地财主,被陷大牢之事一一说了;又说今从四川逃回,径来延安投奔兄长,还望帮忙寻个活计。

张益浑家听到堂屋有人进来,忙从内宅走出来,见是有穷亲戚来投奔,忙道:"兄弟少坐。你处饥荒,你哥这里亦年景不好,我这里也不是个好去处!"

张献忠父子循声看去,见一妇人浓妆艳抹、蜂腰酥胸,瓜子脸、柳叶眉,眼角却是一番凶光,虽有几分姿色,但一看便知不是善茬。这妇人比张益小个十几二十岁,绝非发妻。

"你且先去伙房拿几个荞麦窝头,再添些粥水来。"张益交代完浑家又对张献忠父子道,"先胡乱吃些再作计议。"

张快谢过,父子四人就狼吞虎咽下肚。

张益浑家又道:"平日里不见兄弟挂念。如今遭了灾就想到这里还有个兄长,这里却不是善堂!"

张快忙拱手道:"嫂嫂休这般说。额父子四人有的是力气,额这三儿张献忠更是有一身武艺,倘若有安身之所,定会出力报答。"

张益本是眉头不展、面带忧容,顺着张快手指,看见张献忠长得面黄体大,一时便有了主意。他先叹了口气才道:"兄弟不知,你嫂嫂所言非虚!兄长虽在公门,却同样是吃了上顿不见下顿!不过有个去处,虽甚是辛苦,却有工钱可赚,不知兄弟肯一试否?"

张快忙接话道:"逃荒之人,还有何可挑?愿意一试。"

张益挑明道:"兄弟可知今岁正月蒙古流寇往来劫掠,深入大明疆域六百余里,直杀至延安、黄花峪,巡抚张之厚和总兵杜文焕隐匿不报,被朝中大臣弹劾。皇上震怒,令兵部尚书张鹤鸣整顿秦陕一地军务。张大人亲来延安招募青壮,已募数营人马,令延安府从速打造军器。为兄此番管着一处铁铺,正夜以继日打造刀剑。额知兄弟曾为铁匠,不知愿去铁铺打铁么?管一日三餐,例行的工钱不少一个铜板!"

张快应道:"只要有口饭吃,如何不肯?"

张益点头道:"如此甚好,且收拾一番,随为兄来。"

张献忠父子四人随张班头出了堂屋,径直往延安府集市里去。张献忠正值半大小子,食肠大,几个窝头粥水还不够半饱,看那市镇上有卖肉的、有卖菜的,也有酒店面馆,指望多赚些工钱吃饱肚子。走不多时,听得那响处却是打铁的在那里打铁,正面粉墙上写着"张记铁铺"。

张献忠走到铁匠铺门前看时,见十几个精壮汉子正在打铁。张益唤来掌案的说道:"这四人是额兄弟和侄儿,曾为铁匠,就在你这里打铁!"

"张班头发话,定当照办!"那掌案的声诺罢又打量张献忠父子四个,单看张献忠面黄体大、相貌凶狠,先有五分怕他。

张快朝掌案的拱了拱手,道:"头家,且安排活。"

掌案的说道:"头家是张班头,额是这里的掌案。这里是刀枪剑戟、斧鞭钩叉样样都打,只是对柴火煤铁规定甚严,不许多费煤,也不许打坏了铁。你记住了么?"

张快回道："小人正是打铁出身，几个儿子都可以打下手。不知有上等好铁么？小人就先打些快刀利剑来看！"

掌案的道："额这里正有些好煤好铁，只是限期紧，限你五日内打造滚刀二百把，可否？"

张快应道："竭力而为！只要煤铁管够！"

掌案的笑道："如此这般便好办了。你既是张班头兄弟，说与你听无妨。倘若煤铁管够，我等早就喝西北风了。打铁本是力气活，你只管出力拿工钱，余事不管。知道甚多，就恐你出力却拿不到工钱！"

一旁张献忠闻言焦躁地问道："煤铁不管够，如何打铁？"

掌案的见张献忠那凶相，心中已怯了，道："休要再争辩，按额说的做，少不了吃香喝辣，自有银钱给你。"

张献忠又问道："额父子打了二百把滚刀，是几两银子工钱？"

掌案的说道："倘若煤铁有省的，不讨价，实给一两银子。若是煤铁多耗费的，则须克减工钱。"

张快应道："额都依你，必好生用煤用铁，无有废材。"

掌案的闻言点点头道："如此甚好！"

一旁张班头道："你父子四人且换了衣裳，今日就住在铁铺，按掌案之勾兑配比，好生打造滚刀。"

张快又道："有劳兄长，小弟必当竭力！只是小弟曾为铁匠，也颇知打铁之法。煤铁虽不可多费，但该费则费。但凡打利器，须重利器之硬，最忌利器之脆，因而数次乃至数十次淬火不可少，鼓箱中风和温须适当。现已立秋，早晚凉，非盛夏可比，五日内打造二百把滚刀，这早晚的火候须旺，柴火和煤必不可少；否则打出来的刀剑或软或脆，上阵杀敌，端的是草菅人命。"

张班头听了不耐烦道："休要再胡说！叫你如何，你便如何！"

"就全依掌案的。五日里夜以继日，定交出好刀二百把。"张快经内江县一劫，已深知"人在矮檐下，不得不低头"之说，只得忍气吞声地应了，然后随掌案去库房领了铁渣、钢锭一千斤，煤炭两千斤，还有打铁用的钢锤、炉子、风箱、磨石、钳子、剪刀诸多家伙什，又要了一间屋子。

掌案的一再嘱咐铁渣煅烧只能掺一分钢，一把刀淬火最多五六道。张快只得应了。张快、张献忠持大小锤锻打,一个儿子拉风箱,剩下一个打杂,如此这般不分时段叮叮当当打造。

父子四人连尿都没撒一个,一直打至晌午。张班头浑家领着两个差役送来了一锅馒头、一桶裤带面、一壶酒、一篮子番薯、一个食盒。食盒里有一盘辣子、一盘牛肉、一盘蒜头。

张快见状忙道:"何须让大嫂来送饭,真乃折煞小弟!"

张益浑家满面堆笑道:"你家兄长去衙门当差,傍晚方回。临走叮嘱奴家,这打铁是个力气活,叫休亏了兄弟。"

张快感谢道:"兄长能收留小弟,就已是感激涕零了。嫂嫂亲来送饭食,叫小弟如何报答?"

张益浑家又道:"休这般说,都是一个祖宗的兄弟,只要兄弟好生按当家的说的打造就行!"

张快回道:"这个自然。"

再说风箱不能停摆,待送走张班头浑家,父子四个就交替着饱餐了一顿。那一壶酒还没够尝出味便见了底,馒头、番薯、裤带面倒是吃了个痛快。

张献忠见状疑惑道:"刚来时,这婆娘态度慢得很,怎么忽地就变了个人,却是为何?"

张快止住他道:"管他作甚!且先打出二百把滚刀再做计议!这婆娘又不是吃人的罗刹,额还惧她么?"

张献忠哼道:"此番定有蹊跷!"

不说张献忠心中存疑,且说张快父子四人饱餐了一顿就继续锤打锻造,夜里四个轮着闭一会儿眼睛。第二日晨,张班头浑家又带两个差役送来一大壶酒、一锅馒头、一盘子面,食盒里居然又有一碗肉。

张献忠寻思道:"这是为何?额不信这个张班头能有好心!额且落得吃了,却再理会!"

张献忠父子四个又交替着把那一壶酒饮了,把肉和面都吃尽了。

张献忠想起昨日掌案的和张益浑家说的,寻思要按他们说的打,莫非这军器也掺假了不成?但想归想,他依旧没日没夜锤打。

第三日、第四日还是一大壶酒、一盘面、一大碗肉,张献忠见了暗暗笑道:

"且由他！几曾这般饱餐过，落得吃饱了，却再计较！"

再说五日就是一眨眼。到了第六日晨，二百把滚刀打造成了，把把都是刀闪寒光、刀背沉厚、锋利无比，就是不用大力，顺势也可剁下头颅来。

早饭罢，掌案的并七八个差役来到铁铺。张快叫三个儿子将滚刀一一搬将出来。众人拾起滚刀来看，确把把都是好刀，忍不住赞口。掌案的过来问道："这煤铁还余多少？"

张快回道："没有剩余。"

掌案的听罢大怒道："叫你如何勾兑配比，又叫你淬火不得多于五六次，这煤铁如何没有剩余？"

张快解释道："掌案的容告，这都快霜降了，白日里热，夜里却是凉的，限期又紧，夜里打铁还须多烧旺火；这淬火却是少不得的，不然打出来的滚刀就只是个脆。"

掌案的怒道："休胡说，你只是个打铁的，按额说的做便可，你管什么脆。"

"额父子四人辛苦五日，你却是个什么挨球的东西？"张献忠亦怒，就要过来打掌案。

这掌案的本是贪得无厌之徒，与张班头狼狈为奸做些贪赃作弊的勾当，先领了朝廷拨付的军备银两，却将那些淬火不够、掺了铁渣的军器交给军营。营中甲仗库将吏也是那等贪爱贿赂的人，都睁一只眼闭一只眼和张班头一伙沆瀣一气，不管打造军器是次是好，照单全收，却悉数发给杀敌的士卒。

张献忠本是穷苦出身，又是刚烈汉子，最恨那些贪赃枉法之徒，又受了贪官污吏无故陷害之气，见父亲与掌案的争吵，哪里还忍得住？他指着掌案的骂道："都是你这等好利之徒，连军器都捞上一把。士卒上阵杀敌，九死一生，你这不是丧尽天良又是什么？"

掌案的喝道："额怎的丧尽天良？"

张献忠吼道："阵前你死我活，马虎不得分毫，你连打造刀枪用的煤铁都要克减，这就是草菅人命。你这伙贪赃枉法之徒，端的是胆大包天！"

掌案的骂道："你这人好大胆，田地荒芜怎么饿不死你这刁民！额这里的粮米喂狗也不给你吃！"

张献忠闻言大怒，捡起铁渣劈头盖脸地朝掌案的脸上打将去。

掌案的迷了双眼,疼得连连喝手下差役道:"捉下这个刁民!"

张献忠俯身捡起一根棍子,吐了个门户,就要与差役来斗。掌案的平日里欺压良善惯了,料张献忠不敢抡过来,就指手大骂道:"饿不死的刁民,吃额的喝额的又不干活,此番拿根要饭棍子,你却是敢打谁?"

张献忠叫道:"小爷生平只恨贪官污吏,只是没想到你这芝麻一般小吏,狗一般的人,连士卒搏命的军器都敢做手脚,额棒杀了你,却是为民除害。谅你这等贼吏,小命值几个钱?"

掌案的喝道:"你敢打额么?"

张献忠何等刚烈,二话不说,走入一步,手起一棍子抡将过来,正中掌案脸上。这一棍甚是沉重,掌案的连哼都未哼一声,就扑地倒了,半边脸血肉模糊,口里不住吐血。

众衙差大惊,纷纷拔刀围过来就要拿人,只是见张献忠这般气势,都不敢近前。张献忠又欲赶将过去再补上几棍,张父死死抱住他,口里不住地说道:"不能杀,休要惹上这杀头的官司!"

当下,几个衙差飞报了张班头。

张益正在家中盘算银钱,照张献忠父子四人这般打铁,休说赚钱,算上打点军中将吏的银两,只恐要亏得没裤子穿。这里正烦恼,听得差役来报说掌案的被张献忠打了个半死,心中大惊。这军器里动手脚本是龌龊事,摊在台面上引来上官追查,脑袋必然不保。他便怒道:"额看这几个刁民老实,本想做苦力使唤,却不想如此刺头。你们闲常时都在额这里赚份子钱享用,如今有此一事难定夺,你们可有主意?"

众差役道:"上复班头,小人们并非草木,岂不省得班头平日里的好?只是这一伙定边县来的刁民甚是刺头,事已至此,告官定然人人皆知铁铺里的勾当,真不知如何办是好!"

见这几个平日里跟自己吃白食的差役都如箭穿嘴,钩搭鱼鳃,张班头更是烦恼,骂道:"都滚球开!"独自一个气得七窍生烟。

张益浑家过来问道:"当家的有甚事,叫你今日这般嘴脸?"

张班头就将张献忠棍打掌案一事跟浑家说了,又道:"似此怎的是好?却是如何得了?"

原来张益浑家本是大户人家小妾，虽大字不识一箩筐，却满肚子花花肠子，因争风吃醋恶了正房。正房也不是省油的灯，便硬是一哭二闹三上吊说动老爷休了这小妾。被休了后，因颇有几分姿色，且擅会挑逗男客，经人撮合，很快就和张班头好上了。张班头休了发妻，娶了这蛇蝎妇人。这妇人本是乖滑的人，此时眼珠子一转就有了计策。

张益浑家唤一个衙差来，拿出五两银子交给他说道："且先叫掌案的看郎中，此事先不要提起！"又拿出二三两散碎银子叫衙差自买酒去吃，铁铺之事休与人说起。再从伙房里拿出一锅馒头、一桶面、一盘牛肉、一壶酒叫衙差送去铁铺给张献忠父子吃。

待衙差走了，张益浑家安摆些酒肉菜蔬，烫几杯酒，叫张班头吃酒压惊。张益问浑家道："张献忠这厮现在就如同瘟神一般送不走了，额想办了他，又恐投鼠忌器，贤妻可有主意？"

张益浑家道："铁铺的事情不是光彩事，告官不得！奴家见张献忠这厮有股子蛮力，不如保荐去延安卫为兵。总兵官王威是个赏罚分明之人，奴家只需如此如此，管叫那个黄面贼他日被斩首示众，既报了今日之仇，又叫铁铺之事无人说，方保无事。"

张益听了大喜，将碗中酒一口饮了，喝罢酒又来到铁铺。张献忠父子四人依旧叮叮当当忙活，那掌案的已自去找郎中医治了。张班头故作不知，却唤张快出铁铺问其情节，只问掌案的为何不在。

张快答道："掌案的忒无理，这些煤铁如何能打军器？他无能之辈，饿不死刁民地骂额，小儿献忠一时性起，棒伤了他。兄长就说如何办？"

张班头沉声道："他虽口里不干净，却也是延安府中差吏，额尚且惧他三分，你如何敢打他？须是要连累额！延安卫责额限期交出军器，期限颇紧，误了限期要法办，你却做了这等棒打差吏的勾当，如之奈何？依照大明法度，虽不是死罪，也要大牢里待上几年。兄弟也知这大牢如同阎罗殿，不死也要脱层皮！"

张快闻言惊恐万分，慌忙跪地求道："兄长救额一救！"

张班头假意作态道："听闻定边张家人已有几个兄弟叔伯饿毙，额不愿张家人再有一个坏了。只可惜今日为兄身在公门、法度所管，寸步也徇私不得。"

张快磕头如捣蒜一般告道："小弟愿替犬子蹲牢，还望兄长救一救。"

张班头故作思索半晌，说道："现今只有一计可保贤侄无虞。"

张快问道："愿闻其详。"

"为今之计，只有叫献忠侄儿从军。现今延安卫总兵官王威正在募兵抵御蒙古流寇侵扰劫掠。王总兵与额相识，可以说上话。不如你父子三人连夜出了延安回定边去。贤侄长得高大有力，正好从军，指不定还能建功立业！一旦入卫为兵卒，府衙不能再查，则可脱这官司。"

张快心中寻思这张班头打铁掺渣、以次充好，分明就是歹滑之徒，此番岂会来救？定然有诈。只是他自己无计可施，只得应允了。

不说张快及两位兄长领了一丁点散碎银子，连夜潜地出城。却说张献忠不愿连累父兄，也想从军还有粮吃，正好一身武艺还没有发市，也乐得愿意。当时别了父兄，一个人就在铁铺里困了一觉。次日晨，就跟着张班头径投军营。

来到总兵官帐内，张班头施礼，叫张献忠俯身拜了总兵官王威。寒暄罢，张班头备细诉说了张献忠底细，只说乡贯、年甲，却只字不提铁铺之事，道："小人侄子张献忠，家中饥荒来投，因孔武有力，自幼习学武艺在身，愿到总兵官麾下为兵，乞总兵官成全。"

王总兵右臂有伤包扎，只用左臂端起茶水，饮了一口道："本将军这里正是用人之际，只是上阵杀敌绝非儿戏，况且鞑子个个弯刀快马，残暴无度。闹了饥荒尚可拾菜打猎度日，倘若从军，若无本事，只恐白白丢了性命。"

张班头又道："犬侄却有些武艺，可演武与总兵大人过目！"

王总兵解下腰刀扔给张献忠，道："你若会耍，且耍一路本将军看！"

张献忠接过刀说道："上阵杀敌乃真刀真枪，不如添个对手；倘若输了，额自回！"

"后生小子不知天高地厚，你若是赢了本将军手下李什长，就叫你随军剿寇，让你建功。"王总兵见状不悦，就叫众人出帐，叫一旁护卫李什长拔刀与张献忠对练，只准用五成力气，点到即止。

一旁李什长见张献忠不过十五六岁，又欺他是外乡人，当即拔了腰刀，吐了个门户，使了几招滚龙刀法。

张献忠看了看，说道："这刀也使得算好了，只是有破绽，赢不得真好汉。"

那李什长听了大怒，喝道："你是哪来的挨球货，敢来笑话额的本事！额刀下不知杀了多少强过你的好汉,不信倒不如你!叫你过不了三招!"

他话犹未了,王总兵喝那李什长道:"此人口出狂言,必有本事,你若是输了,脸面何存?"

那李什长听罢心中越怒,道:"若他能赢得额这把刀,额便服他!"

"且恕无礼。"只见张献忠横刀在手,在空地上使了个对旗鼓。

那李什长看了一看,耍滚龙刀法杀将过来,径奔张献忠下三路。张献忠轻舒猿臂,拖了刀后退几步,那李什长砍了个空,抡着刀又赶来。张献忠回身把刀往李什长就劈将下来。那李什长见刀劈来,用手中刀来格。张献忠不砍下来,却横过来往李什长怀里直搠将来。李什长急急挥刀来挡,两把刀只一磕碰,李什长的刀便磕飞了。张献忠近身转了刀锋,又直砍李什长腰间。王总兵眼疾手快,飞身过来一脚踹过,李什长扑地往后倒了,也躲过了张献忠这要命一刀。

张献忠会过神来,连忙撇了刀向前弓身施礼道:"小人冲撞了,休怪休怪。"

王总兵震怒道:"本将军已说知备细,叫你点到即止,你安敢如此?你武艺虽精,但杀心颇重,日后只恐你杀戮成性。你若依我一件事,便且收了你。"

张献忠拱手道:"小人必当遵从。"

王总兵交代道:"你武艺高强,且叫你做个伍长,即刻随军镇守城外。有鞑靼流寇来扰,你须斩杀贼首头颅,夺鞑靼宝马来献,本将军必有重赏。只是你要做了半件违了军令之事,本将军必究你重罪。今日你不听号令,对李什长下杀手之过权且记下,待立功请赏日量功理会。"

张献忠俯身应之。

王总兵当即差将吏行了公文,收录张献忠为伍长,并报了五军都督府。张献忠随即领了军服、军帽、军靴,随将吏启程出城。

张班头辞了王总兵,出了军营便露出满脸奸笑。这边又叫住方才险些丢命的李什长,两人说不了几句便一同去了酒馆,又是一阵窃窃私语。

且说延安城外有股蒙古流寇,头目唤作拓跋宏,身长一丈,狰狞巨目,好比云中金刚临凡。手下有拓虎、拓豹、拓猋三将,皆是武艺高强之人,聚集二三千喽啰兵,专劫掠城中百姓粮米、牛羊、妇人。蒙古人自幼骑马射箭,端的是个个长刀大马,马术精熟,箭法精准。城门守备士卒人少,不敢出阵对敌。前番拓跋宏率贼寇来犯,王威亲冒矢石抵敌,却被拓跋宏一箭射伤右臂,至今箭创未复,不能出战。王威料蒙古流寇不日必将再来,就叫军中健卒城外分散驻守。一旦蒙古人来攻,就燃起狼烟,各处遥相呼应。

这日拓跋宏正在帐篷里抱着抢来的妇人快活,正饮酒间,喽啰兵报说拓虎、拓豹、拓貅三将来见。三将到得帐内,拓跋宏赏赐了酒水、牛羊肉。拓虎道:"阿哈容禀,我等众人前番入城劫掠了许多财物,城内人皆惶恐。据探马回报,守城的王总兵因年老血衰,至今箭创未愈。城中各处多有募兵告示,且有马匹往来奔出城去,必是使人去别处军镇告急。一旦招募兵卒或别处调兵遣将且养成气候,如之奈何?阿哈不可不虑。"

正说话之间,又有探马来报,说延安城外有军帐,内有灯火,想必城外安插有值哨兵卒;看见有一二十帐篷,约三百兵卒。

拓虎又道:"足见延安城内将官有所防范,我等应迅疾去攻。今夜晚间月光无色,正好夜袭。可趁夜色,马摘铃,人衔枚,倾巢杀出,使城外兵马先乱。城外兵乱,则出入城门如同无人之境!"

拓跋宏道:"安答言之极当。延安城有东、西、北三处城门,北门兵力最盛。拓豹安答引五百军兵从西门杀入。拓虎安答引五百军兵去东门杀入。我与拓貅安答引所余马军,倾巢而出。见了城外兵卒,随即施放弓箭,未等城内兵马集结,直冲进城,遇兵勿战,劫掠了便回。"

众人皆赞道:"阿哈此计甚妙!"

到了子时,蒙古人兵分三路,渐近延安城,拓虎、拓豹二将依计行事。拓跋宏引大队人马悄声前行,见城外篝火渐熄,士卒大多歇息,只有二三兵卒站哨。

拓貅上前请战道:"小弟家中青草枯萎,牛羊染瘟,一家人断了活路,倘若不是阿哈,我弟兄三个饿毙多时!自跟随阿哈,甚是快活。小弟自来寨中还不曾建功,现今城外驻有兵马,中间大帐必是将官,不若小弟领十余人先去劫了他营寨,捉得将官,立这件头功,众兄弟面前好争口气。"

拓跋宏道:"安答,虚实未知,冒险劫寨,倘若失手遭擒,枉惹人耻笑。"

拓貅不服气道:"阿哈若这般把细,何年月小弟才能建功?"

拓跋宏无法,只得分了精壮汉子三十骑叫拓貅领了,约定袭杀了城外将官就在营中放火,大队人马见火起就飞马去来攻陷北门。

众人身着鱼鳞甲,手执长枪,腰挎弯刀,各带羊角弓三张、驼骨箭三袋,趁着月光昏暗、秋露寂静,直朝篝火处奔袭。

当下张献忠听候调遣,随军驻守城外。城外守将乃一把总官,姓陈,单字一个维,甚是骁勇善战。这夜陈把总帐外观天,见天气阴冷,月色昏暗,人也正逢秋乏,易萌睡意,此番占尽袭营的天时地利;且城外隐隐有股杀气,因而甚是焦躁。有伏路小校悄悄来报,说城北群山沟壑里有尘土,有大队兵马来袭,从烟尘来看俱是快马。

陈把总听了,微微冷笑,正思索对策,猛然间想起日间总兵官王威遣一叫张献忠的健卒来营,据说数招内险些砍杀总兵护卫李什长,端的是武艺不俗。陈把总回顾贴旁首将,叫他速传张献忠来主帐。不多时,张献忠来到。陈把总看张献忠虽年少,却甚是雄壮、步履稳健,定有不凡武艺胆量,便道:"你便是新来的兵卒张献忠么?"

张献忠回道:"正是小人!"

陈把总问道:"听闻你武艺不俗,王总兵遣你做了伍长,只是不知你胆量如何?今夜有流寇来劫寨,这长枪弯刀非同小可,你可有胆量依我计行事么?"

张献忠应道:"有何不敢!小人自幼习武,此番正欲建功,还望把总大人成全!只是诸将休怪小人新来,要抢这功劳。"

陈把总大喜,屏退左右,唤张献忠近前低低说了几句话。

当下拓猱引精骑三十人从城外野松柏林中间藏踪蹑迹,直到营边见篝火熄灭,值守兵卒抱刀枪席地而卧,才拔出弯刀砍开木栅栏,径奔大帐。他望见帐中灯烛荧煌,一将伏案托腮而坐,却是一动不动,料想正在闭目养神。

拓猱暗喜,右手拿弯刀,左手从背后拔出长枪,闯进帐里来。只听帐外一声锣响,众军喊动,似千军万马,如天崩地塌,山倒江翻,拓猱吓得拖转长枪转身便走。四下里伏兵乱起,拓猱同三十精骑不曾走得一个,尽数团团围住。大帐帘子一挑,帐中那将正是张献忠。

原来陈把总料定蒙古人必来劫营,故设疑兵之计。见张献忠有胆识、武艺高强,就叫他在中营大帐挑亮灯火,引蒙古人来攻,也好擒贼先擒王。

拓猱本是杀人不眨眼的盗匪,此番本想抢功,不期却中计被围。他先前已来延安城内劫掠,知晓此地距城内不远,城中守备兵卒闻听城外喊杀声,到来此地不需片刻,还须从速杀出重围。

托猵会些中原话，道："此番中计遭围，你等以多欺少算不得好汉。这些个对付我几个有什么不得了！再有几个性命也没了！倘若有胆量的，敢和我一刀一枪拼个死活么？倘若都是瓜皮野草，就认怂让路。若有好汉，且站出来，一会儿便见分晓。"

张献忠听了大怒，右手持大刀，左手扒开众人跳入圈内。

拓猵一见来了个黄面长大后生，欺他年少，喝道："何处来的野狗？你娘养你这般大端的不易，还是趁早躲开了，也好留得性命！"

张献忠横刀骂道："你这贼人说的什么话！额叫你见识小爷的手段。你听好了，额乃定边张献忠是也，此番就是来送你见你祖宗的。"

拓猵大怒，举弯刀就砍。张献忠挺刀只一格，只听"当"的一声，两刀对碰，火花四溅，拓猵虎口震开，鲜血直流。原来张献忠习练至刚至猛的武艺，刀锋硬碰，正是张献忠所长。

这时众兵卒点亮火把，把帐外照得甚是明朗。陈把总见状叫道："此人是巨目贼的结义兄弟，王总兵有令生擒，也好挟鞑子退兵，你休要伤了他性命。"

张献忠口里应声，心中哪想这些。那拓猵见张献忠武艺不弱，先自吃了一惊，方才的猛劲都逃在九霄云外。蒙古精卒见拓猵不敌，有两个就从张献忠后面举刀杀来。说时迟，那时快，张献忠听到背后刀锋声，便转身回过刀来。那两个蒙古人刀短，被张献忠左右两刀，齐耳根连脖子砍着，扑地倒在地上。两个脖子根都在流血，眼见是活不了了。

这拓猵终究是刀锋上舔血过活的人，虽处境不利，也不慌乱，见张献忠剁翻了两个，手中弯刀也自砍缺了，便撇开刀，抢过身来，拔起一根拴马的枣木桩就抢过来。拓猵力大，这一棒子过来，张献忠侧身躲开，就势只一刀，照着腰腹便砍去。

陈把总喝道："休伤了此人性命，你要违我将令么？"

张献忠杀心已起，就是天王老子也拦不住！休说此番是陈把总喝令，就是王总兵来了也不济事。张献忠刀猛，拓猵来袭又未着半件铠甲，这一刀下去，刀锋从肋下进去三寸有余，往后便倒了，张献忠赶来一刀就割下头来。有诗赞曰：

煞星杀心不可抚，黄虎出刀立添墓。

官家若是安抚民，哪有大西帝王府？

陈把总见状大怒，喝令众士卒拿了张献忠，道："你如何违我将令？"

张献忠俯身告免道："小人一时性起，便杀了这鞑子！"

众人也告道："大敌当前，张献忠杀了敌将已是功劳，且先打退了鞑子再作计议！"

陈把总想想有理，喝令张献忠先退下，叫且先拿了这伙流寇。

蒙古人历来剽悍，虽中计被围也未矮半分气势。只是又见拓狨被诛杀，群龙无首，已自慌乱。官军人多，折了好几人方才悉数拿捉了。众官军将蒙古人两个帮着一个，簇拥着推到帐前。

"无端贼寇，安敢闯我营帐！"陈把总喝叫把这伙人用陷车盛了，即刻解到城里报与王总兵。

岂料蒙古人中有一人趁官兵上绑之际，突飞一脚踢开看押兵卒，夺了一匹马就逃出营去。众人待追赶，陈把总喝道："休要追赶，就叫此人去报信！"

却说拓跋宏正领着大队人马在营外二里等候营中火起。一炷香也未见动静，拓跋宏已知不妙。只听那逃回来的精卒报道："明军营中已有防备，我阿哈拓狨中了官军奸计，却被官军中一黄面小将杀了，余众皆被捉，囚车监了！"

拓跋宏听了，叫将起来道："我与拓狨安答同生同死，吉凶相救！如今不听我劝告，白白丢了性命。我若不为安答报仇，杀尽那伙官军，便不是蒙古勇士！"

手下头领劝道："明军诛杀了拓狨安答，确有所防备，不可轻动。"

"若再不杀将去，还有二十几个勇士就吃他剁做泥了！"拓跋宏遂不听劝说，当即点起大队人马，各自背了长枪弓箭，手持蒙古弯刀，一齐杀奔北门而来。

有分教：

世人都说煞星恶，兵马过处起刀戈。
天灾过后再人祸，终是官家失恩德。

直教煞星自有贵人相助，得脱囚笼如虎入山。欲知延安城内如何抵敌这伙蒙古流寇，且听下回分解。

第二回

张献忠飞马劫敌巢　陈洪范看相救死囚

且说延安城外有伏路小校听到大队马蹄声，急急报了陈维把总，说有一二千蒙古流寇来袭。陈维笑道："一群无知贼寇！"回顾身边诸将，低低说了几句。

这边拓跋宏一马当先，呐喊抢入营来。只见营内灯烛荧煌，并无一人。拓跋宏只道是城外士卒已知大队人马来袭，已退守城中。他早已急红眼，遂振臂一呼，大队人马直奔北门。却听见城门口一声炮响，左右两边马军、步军分作数路，大砍刀、狼筅子、钩镰枪、狼牙棒、鸟铳、虎尊炮件件要命，弓手、镋把手、火铳手样样追魂，都重重叠叠招呼过来。城楼上推出几门弗朗吉炮，吆喝炮手不住点火发炮的正是总兵官王威。

那拓跋宏见城楼上弗朗吉炮，就算再不惜命也知那玩意的厉害。见城内有所防备，拓跋宏急急后撤。只听几声炮响，官军飞爪齐下，套索飞来，早把他横拖倒拽扯下马来。属下冒死救回，拓跋宏落荒而逃。东西两门官军也杀退拓虎、拓豹两路贼寇。

此战延安卫官军大胜，诛杀蒙古流寇三四百人，夺得蒙古高头大马数十四。次日晨，王威于总兵府召集大小将领报功，论功行赏。新进伍长张献忠只身诱敌，诛杀蒙古头领一员，依律论功赏纹银一百两、粮米二百斤、羊十头。当下却有一将官言道："张献忠本可活捉鞑子头领，要挟鞑子退兵，以免厮杀。他却不听将令，擅自诛杀，引鞑子大队人马来袭！"

王威闻言大怒，喝道："张献忠，你如何又不听号令？你杀心太重，日后定生祸端！左右，与我拿下！"

陈维见状求情道："张献忠新到，打磨还需时日，还望总兵大人先饶这一回。日后属下必当细细教导，下次再犯，定当重罚！"

众将官纷纷说情，王威怒气渐消，喝道："蒙众将告饶，且再饶你这一回，下回再违我军纪，休怪本将军刀下无情！"

张献忠连忙俯身告免道："必当谨遵！"

陈维又道："这过归过功归功，过错当罚，有功还须受奖。张献忠此番是大功一件，虽违了军令，上不得功劳簿，但所受奖赏还须如数发放。"

王威听了，点点头道："就依陈把总所言！"

当下张献忠俯身谢过王总兵、陈把总，便随军中将吏去库房领了纹银，又去粮仓羊圈领了粮米和羊。他将十头羊悉数交了北门城外营中伙房，叫伙房把羊杀了就给城外将士今晚打牙祭。众士卒见状，皆道张献忠的好。

张献忠回到铁匠铺，将纹银和二百斤粮米悉数存在铁匠铺屋里，将门锁了。待一切事毕，依旧回营中居住。当晚便和众士卒一道大嚼大咽，打成一片。

又过了五七日，王威差传令官传令北、东、西三门城外营寨，只说眼线来报又见蒙古流寇劫掠过往客商、杀害百姓，为首一人巨目狰狞，正是拓跋宏，叫三处营寨小心防范。

陈把总便与众人商议如何对付拓跋宏。张献忠道："依额之见，兵来将挡，水来土掩，来日决战，且看胜败如何。"

陈把总道："今日便人不卸甲，马不卸鞍，人人须小心防范！"

当日夜间便听得马蹄声乱起，正是拓跋宏率一二千蒙古流寇来了。原来拓跋宏几日前折了一阵，丢了兄弟拓貅的性命，连日来越想越气，胸中怒火消不了分毫，只想杀了黄面贼给安答报仇。拓跋宏料延安卫胜了一阵，城内松懈，便再行来犯。

且说拓跋宏率众直到北门城外营寨，陈把总举众出迎，看了拓跋宏在阵前搦战，便问："哪位兄弟出阵会会这个巨目贼？"

只见张献忠手持泼风刀，纵马出阵。蒙古人阵中有人认出此人便是黄面贼，拓跋宏听了大怒，欲亲自舞刀来迎。拓虎上前拦住道："阿哈且住，待我与安答报仇，定取黄面贼首级。"

拓虎出马来战张献忠，两人一来一往，一上一下，斗了二十余回合不分胜负。张献忠卖了个破绽，回马便走，见拓虎赶来，就腋窝里夹了泼风刀，拈弓取箭，第一箭射在拓虎刀面上。张献忠见不中，再取第二支箭，望拓虎胸膛上射来。

拓虎自幼在马背上摔打，马上功夫十分了得，一招镫里藏身，张献忠又射了个空。拓虎见他弓箭高强，不敢追来，勒马跑回本阵。张献忠也不赶，连忙又取第三支箭，望得拓虎后心再射一箭。只听当的一声，把拓虎身后驼骨箭袋射烂，箭矢掉了一地。

拓虎奔回本阵，只说黄面贼武艺十分了得。拓跋宏在阵中看着那将，横刀立马，身长九尺，面黄长须，端的是威仪无比，怒道："我等义结安答，自离蒙古大小五七十阵，未尝挫锐气。今日遇见一区区黄面贼将，如何能灭自己威风！"说罢，挺起狼牙棒出马直取张献忠。

张献忠见了大喝道："巨目贼正好纳献人头，叫额建功！"说罢，就欲出马来斗拓跋宏。

陈维心想这二三百人如何敌得住二三千人，倘若一拥而上就是马也踏平了。待城内大队人马杀来，这里都早成了齑粉。他遂喝住张献忠，纵马出阵道："且歇，额有话说。待说罢，再厮杀不迟！"

拓跋宏问道："你是何人？"

陈维道："额乃此处把总官。有一言相劝，你等区区二三千人马，如何敌得过延安卫一城人马？就凭这些乌合之众安敢抗拒天兵、扰我大明？"

拓跋宏道："胡说！我虽在北方，亦知晓明廷皇帝早没了半点儿英武，朝中满是贪官污吏。天下百姓耕作辛苦，却被贪官豪绅掠夺。他夺得，我却为何夺不得？"

陈维喝道："一派胡言！天兵守城，远有红衣大炮，近有虎尊炮，快有弗朗吉炮，慢有火铳，你等弯刀弓箭，不是以卵击石么？"

"你等休要猖狂，他日集合万余勇士，叫你等尝尝十字弓、火箭弩、投石机的厉害！"拓跋宏说罢，回顾拓虎、拓豹二人道，"且回狼叫沟，明日去寻大队人马！"

两人领命，即刻打一声呼哨，后队变前队离去。

陈维初为兵卒时,曾随军北御蒙古,知晓蒙古人十字弓厉害。这十字弓在两军阵前,一弦多弓,万箭齐发,无坚不摧。若是配之以兽皮油罐,点火而发,端的是寸草不生。有诗曾赞曰:

穿云裂地十字弓,铁蹄征讨九州同。
千弓万箭鬼神惧,万里番邦皆惶恐。

陈维见蒙古大队人马暂退,但又听拓跋宏方才言语,心想蒙古人之彪悍非同小可,此番虽暂退,不日大军来攻,我这支北门外军马如何抵挡?事不宜迟,须火速报了王总兵早做设防,遂派人通报总兵府。

王威闻报大惊,急召众将商议道:"我等征战多年,想必鞑靼铁骑之猛烈,诸位皆知。此番鞑子输了一阵,势必卷土再来,诸位有何计策破敌?"

手下一副将道:"鞑子聚众前来,延安一隅之地如何抵敌?还须集合延绥、神木、绥德、宜川等诸镇卫屯所之兵合力布防,便可破敌。"

王威即唤陈维近前道:"老夫修书一封,你即刻飞马去延绥镇。你叔父陕西行都司掌印陈洪范大人正在延绥镇,就说老夫请他来延安一聚!"

陈维俯身道:"末将遵令!"

这行都司掌印陈洪范何许人也?原来大明自太祖始,各省要地设都指挥使司管理军政,且于陕西、山西、湖广、福建、四川五省设行都指挥使司,以辅助都指挥使行使军政大权。都司和行都司长官均设指挥使及同知、佥事等。统领司事者称掌印,统领练兵屯田者称为佥书,管军中刑狱、典案者称都事,实乃有实权之人。陈洪范字东溟,辽东人,万历四十六年中武举人。天启初年授高台游击,后授参将,再为陕西行都司掌印。

且说张献忠待陈维离营,从怀里摸出一些散碎银子,叫伙夫去城里沽了一坛子酒,叫了营中几个亲近的兄弟一道饮酒,免不了是邓大、孔二的,都是定边县同乡。众兵卒见张献忠如此了得,都乐意与他交好,也各自凑了些牛羊下水、羊蹄子,并一些香菇、山蒜、香菜、木耳、车前草、香椿等伴菜,一大锅炖了。

众人围坐篝火吃喝,好不快活。待牛羊肉吃尽,酒也喝尽,各自回帐歇息。营盘侧首有间帐篷背靠着陡坡,最为清静,若有袭营也是最后到得这里。众士卒都叫张献忠到此帐篷安歇,他也不推辞,又多喝了酒,倒头便歇。

当夜,张献忠在帐篷内翻来覆去睡不着,只听得坡上面有人哽哽咽咽,他那双眼怎的得合。挨到天明,他跳将起来,便向值哨兵卒问道:"营外是什么人?哭这一夜,搅得额睡不着。"

值哨兵卒答道:"这是城中刘老汉,家私都被流寇劫掠干净了,房屋被放火烧了,家中有个女儿也被强夺了去。刘老汉直追到此处,拉扯不过,就此常来北门外啼哭。"

张献忠又问道:"夺他女儿的是何处流寇?"

值哨兵卒答道:"就是那巨目贼拓跋宏!"

说起拓跋宏,张献忠猛地想起昨日阵前拓跋宏说且回什么狼叫沟,想必狼叫沟就是他巢穴所在。此番鞑子北归集合大队人马,狼叫沟必定空虚,何不劫掠了他的营寨。寻思罢,张献忠召集众兵卒欲出营劫掠狼叫沟。

兵卒都劝道:"没有把总官将令,擅自离营杀无赦,这却如何使得?"

张献忠笑道:"听闻陈把总奉王总兵将令已飞马去了延绥镇,来回几百里地,要回也是今日傍晚。我等去去就回,你我不说,他如何能知?"

人群中有一人叫道:"此计甚妙,且速去速回!"

众人视之,原来是营中李管队。这李管队却是个贪生怕死之徒,靠钻营当上管队。他上阵交锋畏手畏脚,为王总兵不喜,故遣其出北城门外值守。

这李管队虽贪生怕死,终究是统领五十人的管队官。有兵卒见管队官说话了,便不怕了。连张献忠、邓大、孔二一道,前后共有十八人愿去狼叫沟劫寨。

当日辰牌时分,早饭已毕,李管队道:"狼叫沟定有守备,你等兵做一路,速战速决而回!"

"十八人分十八路又待怎的?且叫他守兵成刀下鬼。鞑子劫掠去的本是额秦陕之产,此去若是不能劫回几大车粮米,空手回来也不算功劳!"张献忠说罢,十八人都带了腰刀、长枪,去掉披挂,个个轻装上阵。

这狼叫沟离北门营寨也有一二百里地,却挡不住众人马快,不到一两个时辰便到了。进了狼叫沟,果见松柏林里有一片营寨。众士卒拔出腰刀一齐杀将进来。只听呼哨了几声,早有守门的蒙古兵跳将出来,喝道:"何处来的贼人却来这里送死?只有我们劫掠人的,哪有人吃了熊心豹子胆敢来这里送死?"

张献忠也不答话,挥动大刀接连砍翻几人。原来此处是拓跋宏巢穴,此番北归就将牛羊、金银、财帛器皿和劫掠来的有些姿色的妇人带上。岂料劫掠财物太多,带不上的便仍放在寨子里,丑的妇人就赏给值守喽啰兵。蒙古流寇横行中原惯了,几曾想过还有人敢上门来攻,因而只留了二三十人把守。这如何能抵挡张献忠这条大虫?不到一炷香工夫,守兵大都被杀,余下乖滑的趁乱逃命去报拓跋宏了。

众兵卒也不追赶,各个赶进寨子,四处搜取金银财帛装袋,将库中金银悉数收纳了。又寻了几个大车,将粮米肉食尽数装车。见房里有十余个被劫来的妇人,恐她们喊叫报信,就一刀一个尽都杀了。待各自装满金银,大车装满粮米肉食,便去马草堆里放起火来。火借风势,将狼叫沟寨子烧了个干净。

眼见寨子里能说话的逃的逃、杀的杀,不留一个,张献忠就叫兵卒牵了马匹,把一应财帛捎搭有五六十驮。众兵卒都是穷苦出身,见了金银如何不动心?众人都将劫来的金银各自私藏了,有人只顾多拿,就将身上腰刀、甲胄丢了不要,只为多带些金银。只将余下马匹、粮米、肉食,都放在马背上,回营纳献。

再说李管队及营中士卒正在北门外军营等候,十八个兵卒快马加鞭,可大车拖着粮米肉食走不快,临近傍晚时分方才赶到。此番劫寨,劫来粮米肉食不计其数。兵卒见了几大车粮米,都大喜道:"今晚营中只怕又是打牙祭!"

正欢呼间,李管队走出来喝道:"且将这十八个擅离军营的兵卒拿下,待陈把总回营,将这伙人砍头献纳。"

众人大吃一惊,急问何故。

李管队道:"自太祖时军中就有旧制,临阵脱逃、擅离职守者杀无赦。张献忠身为伍长,岂能不识法度?如此知法犯法,罪加一等,左右还不速速拿下!"

张献忠大怒道:"你这挨球的货,如何这般扯白聊谎?额等出营,不是你说速去速回么?你虽不及把总官,却也是官长,若不是你言语,额等如何去走这一遭?这红口白牙却如何不认,如同放屁一般?"

李管队道:"额说的?额几曾说的?你可有凭据?无凭无据,你就是擅自出营,按罪当斩!左右还不拿下,更待何时?"

众兵卒无法,只得团团围了张献忠等十八人。

张献忠指着李管队骂道:"你这等奸猾歹毒之徒,安敢如此?"

李管队道："大胆，你等分明就是一些剿不尽、杀不绝的贼寇！还敢拒捕么？"

　　张献忠闻言越怒，抓起大车里的一把麦子劈脸打将过去。

　　"捉下这伙泼贼！"李管队喝罢，就拔出刀欺身过来。

　　未待李管队近前，张献忠也从腰间拔出腰刀来，就直欲砍李管队。

　　李管队大骂道："你等定边县来的贼人也敢拔刀，敢杀我么？"

　　张献忠冷哼道："你的本事比拓猁如何？额在阵前杀敌时，强似你百倍的都被额如同砍瓜切菜一般。你这等贪生怕死之徒，砍了你又当如何？"

　　李管队喝道："你真敢杀我么？"

　　"杀你不似杀一只鸡？"张献忠说罢，只两三步就欺身到李管队近前，手起一刀飞去。李管队是个乖滑的人，见势头不对，急急矮身躲开了。却不防备张献忠就势飞起一脚，将他一脚踢几尺远，直踢了个狗吃屎，倒栽葱一般倒在地上。

　　张献忠又赶将过来，再欲剁上几刀。众人见状，苦苦扯劝道："诛杀上官，必死无疑！"扯劝了多时，张献忠方才丢下腰刀，拳头却如雨点一般砸过去，把李管队打得鼻青脸肿、皮开肉绽。若不是众人死死扯住，李管队只怕不死也脱几层皮。那李管队见他这般刚烈，哪里还敢停留，连忙离营逃命去了。

　　这张献忠新来延安卫军营，与军中诸将诸吏并无瓜葛，这李管队却为何这般陷害他？原来这李管队和延安卫总兵府卫队李什长却是同胞兄弟。那日张班头送张献忠从军，在王总兵当面险些杀了李什长，因而李什长怀恨在心。张班头何等奸猾，当时就看出李什长心思，便借机邀他去酒馆小坐。张班头打造军器以次充好、掺加铁渣，到底心里还是虚的。他原本欺张献忠父子四人老实，日后也好甩锅，不期却碰上张献忠这块硬骨头，又打了掌案。张班头既恐事败杀头，又惧他武艺了得，一时欲杀不能。

　　张班头浑家却歹毒强过张班头百倍，看出张献忠太过刚猛、不知变通，就叫张班头送他从军，安插眼线叫屡违军规，借他人之手除了这个眼中钉。当时在酒馆，张班头送了李什长五十两银子，叫他遣人做眼线，教唆张献忠违军纪。

　　李什长本就怀恨在心，乐得白得五十两银子。当即就去北门外见了李管队，叫他定要借机害了张献忠。

　　不说李管队逃命去了，只说这边邓大、孔二都来劝张献忠道："李管队无故挨了一顿拳脚,虽说保住了性命,却也受了不少苦头。此番逃回城去,定然不会善罢甘休。这李管队本是官长,胞兄又是总兵大人身边护卫,所谓强龙不压地头蛇,张大哥还是出营避祸去吧!"

张献忠笑道:"真的假不了,假的真不了。李管队亲口下令,额何错之有?如何要逃走避祸?"

邓大、孔二又道:"话虽如此,可官字两个口,军中掌管典狱将吏问起缘由,谁人又肯听你说辞?"

张献忠怒道:"额不信他能说个花来!"

众人苦劝,张献忠只是不听。当下他将劫掠狼叫沟所得粮米肉食都分与众人。众兵卒欢喜,将这粮米肉食烹成菜肴。当夜又是各自饱餐,好不快活。

却说张献忠等十八人那把火烧得蒙古人巢穴一片灰烬,整个狼叫沟火光冲天,方圆十里都映红了。此时正是秋燥之时,火借风势,越烧越旺。当地百姓也知这里盘踞着一伙流寇,早搬到远处保命去了。只是大火越烧越烈,火势只怕要翻过几个山沟。当地里正也顾不了许多,只得聚集百姓救火。

这火足足烧了一日一夜,待次日晨方才火熄。里正叫了几个胆大后生,都去狼叫沟里寻个究竟。众人看见烧焦的栅栏帐篷,知晓这狼叫沟里果有营寨。又仔细张望,却看见瓦砾堆里还有二三十具烧焦的尸首。里正不知何故,不敢隐匿,只得带了众百姓急急去县里首告。

知县大人听罢,当即大惊,火速差人下来检点尸身人数。班头带了衙差、仵作急急奔赴狼叫沟,清点烧焦尸身共三十四具,俱是彪悍的汉子。从尸身倒地状看,死前曾有打斗,脖项、腹背皆有深达至骨之刀伤,皆是被兵器砍杀致死。清点烧毁帐篷多为架木、苫毡、兽皮而制,无有砖瓦,想必是蒙古人之蒙古包。还有烧焦粮米、肉食、瓶瓶罐罐若干,想必也是蒙古人劫掠所得。

仵作先回府里禀复知县,道:"可以定论,狼叫沟有鞑子巢穴,只是大队人马离去,只有少许值守。想必是有人来狼叫沟劫掠,将喽啰兵杀死,财物洗劫一空。从马蹄印看,来者十余骑,先从寨门闯将进去,杀了值守喽啰兵。混战中喽啰兵俱被诛杀,尸身上多有未烧化火镰、鼻烟壶,断定被杀者皆乃鞑子。"

知县听了笑道:"真是天日昭昭。这伙流寇无恶不作,此番有人替天行道,正应了那句报应不爽!只是本县百思不得其解,鞑子如此彪悍,深入大明境地六百余里,出入如无人之境,官军也不敢抵其锋芒。试问方圆几百里,何人有如此这般胆量?"

知县正说间,班头领差役也过来禀告道:"小人细致查勘了。马蹄印长大,定是军中马匹。有丢弃腰刀九把、明盔六顶、甲四副、铁尖扁担一根、马鞍一副、四角枪一根,军士所有椰瓢、勒甲绦若干。腰刀多有缺口,想必是经过一番砍杀。推断定是军中兵卒所为。营寨中未见金银财帛及粮米,定是被搬运一空。"

知县道:"本县虽是文人,却也熟知大明军制。鞑子弯刀快马,哪有椰瓢、铁尖扁担这些物件?定是我大明军士所有。军中兵卒失去兵器定当论罪,焉有兵卒丢弃军器?想必是鞑子劫掠财物太多,此番退走时拿不尽。有兵卒听闻狼叫沟鞑子大队人马走了就擅自来洗劫,丢弃兵器只为多拿。此事非同小可,且把狼叫沟丢弃的刀枪盔甲拿来呈本县过目!"

话未说完,又有差役来报道:"狼叫沟营寨栅栏外又见有十余具烧焦尸身,小脚细腰,却俱是女子,都是刀杀身亡!"

知县闻言怒道:"既是有这多女子,不用说,定是这伙流寇掳掠来的。若是真有兵卒洗劫营寨,这伙流寇逃跑都来不及,为何却要费事杀这些妇人?定是劫掠兵卒恐有活口,一一杀了。若是如此,这还了得。"

有衙差呈上丢弃的腰刀、明盔,知县看罢道:"这刀柄上分明印有延安卫印记,这伙兵卒就是延安卫王威总兵旗下。王总兵赏罚分明,管教甚严,倘若真有这事,本县不能不报。"说罢,便差县刑房吏押了文书,封了腰刀、盔甲、马鞍、枪头枪杆,还有一应椰瓢等军中之物,火速赶赴延安城报与王总兵。

一旁师爷又提醒道:"这伙兵卒只恐得了财物就要做逃卒,混在百姓家,倘若不查,还要追究老爷窝藏之责!"

"有理!"知县点了点头,唤来三班班头,叫人把住县城四门,点起军兵并缉捕人员,城中坊厢里正,逐一排门搜捉逃卒。城里闭门三日,家至户到,逐一挨查。五家一连,十家一保,倘若发现有逃卒迹象须报官拿捉,随文给赏;如有人藏匿逃卒在家宿食者,事发到官,与逃卒同罪。

再说张献忠那十八人将粮米肉食都纳献了,却各自把金银私藏,依旧在军营中歇息。次日子时,张献忠还在鼾声如雷,只听得营门喊声齐起,四五百兵卒团团围了城外营地。几十兵卒抢将入来,为首之人正是李管队。张献忠还未起身,众人一哄而上就将他绳捆索绑推到帐外,其余十七个也都被拿捉了,不曾跑了一个。

李管队叫人牵过来十八辆陷车,一车装一个,径直推到总兵府来。王威早早升堂,侧首下坐着军中典刑将吏,左右两行排列虎狼一般健卒七八十个。堂下立着陈把总、李管队二人。张献忠被众兵卒簇拥着拿到当面,邓大、孔二等十七个也跪在侧边。

堂上王总兵大喝道:"你这厮是新进兵卒,老夫见你武艺不弱,抬举你做了伍长。上番你违了军令,诛杀鞑子首领,引鞑子大举来攻,又有陈把总替你说情,才未究你罪责,打赏也未少分毫。你却如何又违军纪,擅自出营?是否与流寇有勾结?今被擒来,有何理说?"

张献忠回道:"小人等十八人此番离营赴狼叫沟劫取鞑子所劫财物,经一番苦战,夺回粮米肉食几大车,已纳献军中伙房,皆是奉李管队将令而行,并未擅自离营。与流寇勾结更是无从说起,望总兵大人明鉴。"

王总兵喝道:"这如何说得过去!李管队正是首告,他言道并未下令,你又如何说是奉李管队将令?"

堂下李管队道:"黄面贼,你既到这里,还如何抵赖?都招了吧。额何时下了将令?你可有凭据么?分明就是你惦记流寇巢穴中财物,见财起意罢了!此番你劫掠狼叫沟,夺回只有米面肉食,却不见半点金银财帛,流寇巢穴如何没有金银?想必是你私吞了?"

张献忠大怒,却被兵卒死死摁压住。

陈把总也道:"额也不信李管队要害你,无冤无仇,他为何要害你?"

张献忠百口莫辩,只得叫起屈来。

这时门外兵卒来报,说子长县公文送到,事关狼叫沟要面见王总兵。

王总兵道:"请入内说话!"

衙差走进堂来呈上子长县衙公文,并狼叫沟所拾腰刀、盔甲等,备说狼叫沟大火烧毁流寇营寨,并有军中兵卒之物一事。另有十几个被流寇劫掠去的妇人被杀,八成是这伙乱兵恐有活口之事。

王总兵览罢公文大怒,叫陈把总来辨认腰刀、盔甲。

陈把总拿起腰刀,仔细端详后道:"正是北门外军中所有。"

李管队建议道:"兵卒丢弃军器已是重罪一条。定是黄面贼到流寇巢穴,一时见财起意,丢弃军器,只为多拿些金银财帛。可去营中搜寻,定有金银私藏!"

王总兵叫将吏火速去北门外营中掘地三尺搜查。不多时将吏来报,果在营中发现金银,或藏床板下,或藏树下,或藏茅房,足足数千两之多。另有妇人被杀之事也抵赖不过,张献忠只得招认了。

依大明军制,单说擅出军营、丢弃军器、私藏缴获,皆是死罪。李管队道:"黄面贼不必叫屈。是真难灭,是假难除。早早招了,免致吃打。"

正说间,堂外又有人求见王总兵,只说告军中士卒有人藏金银。来人却是张献忠叔父张班头。

张班头俯身告道:"总兵大人,在下此番只为公理正义,大义灭亲,状告族侄张献忠私藏金银,定是劫掠而得!"

王总兵见状疑惑道:"那日是你送侄儿来从军,此番为何又来状告?"

张班头回道:"族侄张献忠从军前在额家铁铺打铁,从军后就锁了铁铺。因多日不归,额恐屋中生霉,便砸开门锁清扫,却发现大笔纹银。军中兵卒清苦,如何有这许多金银?小人不敢隐,只得告了总兵大人!"

张献忠叫屈道:"这些纹银都是那日总兵大人赏赐。"

李管队道:"黄面贼又来叫屈。纵有赏赐纹银,你如何不用?却说铁铺中纹银俱是赏赐,如何使人信服?看来你是不打不肯招,请总兵大人用刑!"

陈把总有心救张献忠,也无从说起,只得道:"张献忠,虚事难入公门,实事难以抵对。你若做出事来便招了,也只吃得有数的官司。"

张献忠见张班头这般说,胸中无名业火三千丈高,纵身跳起就要来踢他。兵卒摁压不住,张班头被重重踢了一脚,被踢出几尺远,倒在地上。

王总兵见状大怒道:"这个顽皮赖骨,老夫还曾想调教,却是如何调教得过。这招或不招都是死罪,只是不打这厮如何肯认罪!左右,打!"

两旁兵卒都早被张班头使了钱,把张献忠捆翻在地,不由分说,打得皮开肉绽、鲜血迸流。

张献忠打熬不过,仰天叹道:"果然这世道如同墨水一般皂,处处无理可说。若命中合当横死!额认罪罢了!"

军中将吏当下取了招状,叫十八个人都一一画押了,讨来二十八斤干木死囚枷都一一钉了，押去军中大牢里监禁。府前衙后看的人都敬张献忠诛杀鞑子功劳，也不忍见。只是王总兵军令难违，当日便推入延安卫军中牢门关押着。

过了几日，陕西行都司都事到，再把张献忠等十八人拷问了一回，语言前后相同，于总兵府见了王总兵道："不必问了！干木死囚枷都枷紧了，择日押赴市曹斩首示众！"

王总兵道："既是都事大人问询，末将还有何话可说。这张献忠虽是条汉子，只是军法如山，末将虽爱惜，有心周全，却徇私不得！"

都事又道："本官也听说起张献忠此人诛杀鞑子头领，武艺不弱，是条刚烈汉子。只是杀心太重，心狠手辣。他日若生反意，谋叛为乱党，只恐成为心腹大患。若不早除，必为后患。"

王总兵叹道："既是如此，便把这十八个兵卒择日押去市曹斩首，然后写表申奏五军都督府。"

都事道："王大人高见。一者让朝廷见王大人赏罚分明，二者除了叛逆，免日后成心腹大患！"

"休要这般说，末将只是尽责而已。陕西行都司掌印陈洪范大人正在府中联络周边州府，共商抵御鞑子，不如共进午膳，让末将尽地主之谊。"王总兵当日管待了都事，送出府门。都事自回西安府去了。

次日，王总兵升厅，唤当案将吏来吩咐道："都事大人已经问询了，速速叠了文案，把张献忠等十八人写了犯由牌，来日押赴市曹斩首！自古军令如山，屡违军令者，施刑决不待时。"

也是张献忠命不该绝，这陕西行都司掌印陈洪范正好有公事找王总兵商议，王总兵还未下厅，只得先叫陈大人列座旁听。陈洪范听闻军中要处斩十八个违了军令兵卒之事，说要亲去法场见见这些人。

王总兵听罢，依陈洪范之言，待次日早晨先差人去市曹打扫了法场，叫商贾走卒线外观望。点起兵卒和刀斧手有五六百人，都在大牢门前伺候。巳牌时候，典狱将吏禀了王总兵，将张献忠等十八人姓名、甲贯、犯法事由都写了犯由牌，王总兵当厅打了催命红勾。

典狱将吏领了犯由牌，叫狱卒入牢把十八人都梳洗了，卸了死囚枷，双手背身后上了横木，又一一上了绑绳，驱至土地爷神案前参拜了。按理出红差的人都要与一块生肉、一杯水酒。待一切罢了，典狱将吏将十八人一一验明正身，由一二百个狱卒把十八人推拥出牢门。这十八人面面相觑，作声不得。张献忠果真是条硬汉，却是雷打不惊、面不改色地啖生肉、饮水酒。

延安城里看的人真乃压肩叠背，何止千人。待一路押到市曹，团团刀斧手围住，直把十八个人一一摁压在树墩上，剥开上衣排扣，露出脖项，只等午时三刻监斩官到来开刀。众人看当头那个高大黄面的汉子，背后催命牌上写着"延安卫兵卒张献忠，聚众擅离职守，丢弃军器物品，私藏缴获金银，滥杀无辜，不听号令，屡违军纪，依律当斩。监斩官，延安卫总兵官王威"。

没过多时，有人喊道："总兵大人到了。"

众人看去，见总兵官王威携众将佐来到法场。王总兵在中间案桌后太师椅坐定，旁边坐着就是陕西行都司陈洪范大人。又过了不多时，太阳已正在头顶，一个将吏来报道："午时三刻到。"

只听"咚咚咚"响起催命鼓，"轰轰轰"响起催命炮。王总兵便道："斩讫报来！"

刀斧手便去了催命牌，执定鬼头大刀在手，一个个要见人头落地。当下监斩台上有一人喝道："且慢！"众人视之，却是陕西行都司陈大人。

王总兵惊问道："陈大人有何高见？"

陈大人道："王大人且听本官一言。本官观张献忠此人，鬼头大刀高举依旧面不改色，余众却个个瘫软。张献忠确有大将之风，现今大明内忧外患，正是用人之际，可否赦了此人？"

王总兵道："军令如山，如何能赦？"

陈洪范又道："张献忠所做之事虽都是违了军纪，可也有刚烈之举，定非常人可比。此人虽年少，却相貌奇伟，日后前程皆远在你我之上。还请总兵大人三思！倘若事必不可赦，还请独赦张献忠一人。"

王总兵寻思罢，笑而允之，道："既是掌印大人言语，末将遵令便是。张献忠屡违军令，依律当斩。念张献忠斩杀鞑子首领，夺取狼叫沟流寇粮米肉食，可将功劳都折抵了，姑且留此人一条性命。"

王总兵唤典狱吏过来，叫把十七人皆斩首，张献忠死罪可免、活罪难逃，鞭一百后逐出延安卫。十八人所搜出银两，悉数充公。

这陈洪范见张献忠相貌奇伟,独赦他一人之事绝非空穴来风。明崇祯年间士人彭孙贻所著《平寇志》(卷三)载:

> 献忠少从军,隶总兵王威麾下,犯法当刑。陈洪范以别将逼成。献忠等十八人已解衣就刑,见陈,仰而乞命,洪范为之请,威不肯赦。献忠缚最后,年少,貌奇伟。洪范目而异之曰:"若必不可原,请特赦此儿。"威笑而允之,曰:"诺。"十七人伏法,献忠鞭一百独免。

再说张献忠虽被逐出军营,却千钧一发间得贵人相助,保全性命。他心想这一路先到内江,又到延安,受尽贪官污吏盘剥,在延安卫军中亦是不胜上官欺辱,倍感压抑,便自言自语道:"大丈夫安能久居人下!"

张献忠离了延安城,望北行了半夜,去林子里歇了。心中又寻思,王总兵前番赏赐的金银俱没了,举眼无相识,却怎的是好?

此时已是深秋,秦陕之地秋天白日里酷暑,夜间却端的是凉气逼人。张献忠身着单薄军服,哪里挡得住这寒气?只得靠在大树下囫囵困了一觉。渐渐天色明亮,一夜没睡好,也趁暖和了行走。

又走了二十余里,却有一处高山拦路。不远处有一路碑,上书着"坐凤山"三字。张献忠饥渴难耐,又走得辛苦,看到路边有一酒店,道:"若不得些吃食,怎的熬得过?"

张献忠走入那酒店去,靠着屋外凉棚下坐了叫道:"店家,快拿些吃食来!"

屋里人听见动静,走出一个妇人问道:"你是哪里来的官军,莫不要打火么?倘若你是逃卒,不得卖饭食与你,还须拿捉你去送官!"

张献忠心想定是路途多有官府眼线,盯着路上逃卒流寇,额若实说,又是麻烦,便道:"额乃延安卫兵卒,奉将令搜寻鞑子踪迹,迷失了路途,来到此处。还望行个方便,一并算钱与你。"

那妇人道:"如此最好,军爷可要酒饭?"

张献忠饥肠辘辘,说道:"先取一桶面来吃,有肉或菜肴就上些个。"

那妇人叫张献忠稍候,便入伙房取出面来煮,又做了几盘菜肴,都端过来给他吃了。张献忠都没有住口,一阵风卷残云。吃罢,起身便出店门。

那妇人拦住他道:"你的肉菜饭钱都不曾给!"

"额念过私塾,能书写。不妨写个字据,待军中发了军饷就回来还你,权且赊一赊。"张献忠说罢,便又要走。

"你是忒大胆,跑到这里吃霸王餐!"那妇人说罢就要来揪打,却被张献忠一抬手推出去好远。

那妇人喝道:"都出来给我打这厮,每日只吃闲饭么?"

只听背后呼啦啦跑出一些人围将过来,口里叫道:"你这厮待哪里去?"

张献忠回头看时,围拢过来有七八个伙夫庄客,都赤着上身,拖着棍棒,就要过来厮打。

张献忠笑道:"你这伙人却不是寻晦气么?额正好一肚子气没处倒!"

那妇人叫道:"早看出你是个逃卒,还不跟我去见官,免得打坏了你!"

"好个蛇蝎妇人,果是官府耳目。"张献忠说罢,便抄起一个板凳砸碎了,抢过一条板凳腿就来与这伙庄客厮杀。

这伙庄客哪里是对手,抢转手中棍棒也只能架格遮拦,上下躲闪。斗不了多时,一众庄客就脱了手中棍棒,个个鼻青脸肿。

那妇人又叫道:"果然好武艺,不是一般兵卒。且不要动手,你这厮可通个姓名?"

张献忠拍着胸说道:"额行不更名,坐不改姓,定边张献忠便是!"

那妇人反问道:"莫不是诛杀鞑子的张献忠么?"

张献忠惊道:"你怎的知道额的事情?"

那妇人突然笑道:"实不相瞒,奴家乃坐凤山刘文秀大王麾下值哨,专司路口打探消息。我家大王刘文秀祖居延安,因不满官府催科严酷,杀了差役逃到这里,手下聚集五七百喽啰,靠打劫山下过往客商过活。方才见你武艺不弱,不似一般兵卒,原来却是诛杀鞑子的张献忠!奴家有眼不识泰山。"

张献忠道:"原来这坐凤山还有个刘大王,额也察觉你这里不是一般去处。在下先前确是军中兵卒,只因违了军纪被逐出军营,方才多有得罪。"

那妇人邀道:"壮士如此胆略武艺,奴家佩服得紧,不如随奴家一同上山见过我家大王。"

"额也正想见见。"张献忠说罢,便同那妇人及众庄客上山去了。

坐凤山不甚高，走不多时，果然看见一处营寨。山中大王刘文秀闻报，出寨相迎。张献忠看刘文秀只有十四五岁年纪，少年英雄，果然一表人才。两人大有相见恨晚之意。刘文秀请张献忠寨子正厅坐下，叫手下喽啰兵都来拜张献忠，又置酒食相待。

饮酒之间，刘文秀问道："只听说张壮士诛杀鞑子，却缘何到这里？"

张献忠便把劫掠狼叫沟，又遭李管队、张班头陷害，并得陈洪范大人赦免一事，从头备细都说了。

刘文秀听后恍然道："既是如此，壮士武艺胆识皆十倍于在下。且在这坐凤山做山大王，带领兄弟们过活如何？"

张献忠摇头道："额深感你的厚意，只是额何德何能，如何能带领众兄弟？"

刘文秀亦拱手道："壮士这般说，额等皆不做壮士兄弟，皆父事壮士如何？"

张献忠惊道："额虽长刘大王几岁，却如何做得乃父？这却如何使得？"

"壮士有所不知。额也是穷苦出身，家中薄田几亩，却是苛捐重税，额一时意气杀了差役逃到这里。额自幼从江湖师父学得些武艺在身，方圆几十里还不曾有流寇盗匪来额这里滋事。只是这也绝非长久之计，又有官军剿杀，又有流寇劫掠，还需一个有胆识韬略的人来领头。义父相貌清奇，胆识过人，日后前景不可限量，额等皆愿追随！"刘文秀说罢，纳头便拜。

张献忠连忙扶起刘文秀，问道："那官军流寇都是几颗头、几条臂膊？"

刘文秀回道："义父说笑了，也只是两个肩膀、一颗头！"

张献忠笑道："官军也不是三头六臂，没有哪吒的本事，却如何惧他来？"

"如此，还望义父成全。"刘文秀举杯说罢，一饮而尽。

张献忠挡不住刘文秀义气深重，也合当煞星之命数不可违，只得依了刘文秀。自此刘文秀追随张献忠，之后身经百战，名噪天下。

光阴迅速，不觉过了五七日。当下张献忠说道："额父赐名献忠，本只愿从军建功、效忠朝廷，不防贪官污吏横行，迫额走到这一步。今虽在这里落草，不杀了张班头和他浑家这两个贼男女，如何出得这口恨气？"

"这有何难？"刘文秀立即点起二十余个精细喽啰，各自提着刀棒，扮成庄客，奔延安城里来。

再说张班头那日听得陈洪范赦了张献忠死罪，只鞭打一百逐出军营，便知张献忠定会报复,深恐哪一日会提刀杀到。这一日,张班头正在家中有些眼跳,便和浑家商议关了铁铺,收拾了一包金珠细软背了,便出门而走。

张班头浑家本是个歹毒奸猾的人,大祸临头,哪会和张班头同甘共苦。只是平日一肚子坏水这时候也没了主意,只想先跟张班头逃出延安城,往后再瞅准时机一脚踹了,夺了金银,再找个俊俏小生快活。

两人刚出门,就见家门口几个贩枣糕、蒸饼、小米的小贩都扭出头来往这边望。张班头早成了惊弓之鸟,生怕这伙人就是张献忠同党,连忙关闭了房门。

那歹毒妇人道:"夜长梦多,留一刻便多一刻险,不如早些从后门走。"

"说的是!"张班头便和浑家掩了前门,往里面开了后门,顺着墙边走,径投城南门出去寻躲避处。这对狗男女恐街上人多,不知啥时张献忠钢刀就到了,只挑僻静处走,只道此路无人知晓。两人走到树林深处,只听有人大叫道:"你便是张班头么?你带那贼婆娘到哪里去?"

张班头心慌,一看不知是何处来的壮汉,虽不过十四五岁,却十分壮硕。此人这里拦路,定然来者不善,两人便急急往回去逃。却待没走几步,又见一个人伸出手来拦脖儿抱住,喝道:"张班头!你还认得额么?"

张班头听得是张献忠声音,慌忙叫道:"贤侄!额不曾和你有甚冤仇,你休得箍额喘不上气!"

方才树林那人正是刘文秀,他早把张班头浑家劈髻儿揪住,拎起来挟在肋下,拖到张献忠跟前。原来门口那伙小贩正是坐凤山上喽啰兵,早早安插在张班头门口盯着,只待张班头两个逃到僻静处动手。

刘文秀一把将那贼婆娘扔到地上,拱手对张献忠道:"义父,都说妻贤夫祸少,这些个歹毒主意多半出自这个贼婆娘。现擒捉在此,听候发落。"

张献忠怒道:"也休问这厮罪恶,早早送上路,也好出口怨气!"

众喽啰把两个狗男女结结实实捆在两棵大树上,又从贼婆娘袄裙上割下两块布塞进两人嘴里,叫他们丝毫叫嚷不得。

刘文秀递过一把解腕尖刀来,说道:"请义父自行发落。"

张献忠接过尖刀,大骂泼妇贼奴,将二人剖腹剜心,五脏六腑分了家,肠子流了一地。众喽啰尽皆作贺,称赞不已。

待宰杀了这两个狗男女,张献忠又道:"张班头宅中多有粮米、财帛,不如都掠走,以做山上享用!"旋即叫众人去张班头宅中,把金银财宝都搬到车子上。城门士卒只当是过往客商,也未有盘问。待回到坐凤山,刘文秀便叫大设筵宴,犒赏众兄弟。山寨里设宴庆贺,大小喽啰饮酒作乐,一连饮宴了数日。

如此这般过了数月,眼见天寒,天上渐渐降下雪来。但凡天寒下雪,万物沉寂,这人就不免懒散。坐凤山降了连日大雪,天地皆白。山寨正厅内生起炭火,宰杀了一只羊煮着吃。张献忠、刘文秀聚集大小头领十余人吃羊肉、喝羊汤。

眼见张献忠眉头紧锁,刘文秀便问道:"义父何故如此?"

张献忠道:"家父寄望额能尽忠报国,额也本想从军建功,只是不防备遭人陷害,虽保住性命,却被逐出军营。这里虽终日与诸位如同梁山好汉一般快活,却终究是违了家父训导,因而不快!"

刘文秀爽快道:"既是如此,义父虽离了军营,有一身本事,再谋个差事也未尝不可。想回坐凤山了,也是一句话的工夫!"

张献忠若有所思地点了点头道:"待雪停了,去寻陈把总说说!"

有分教:

好汉哪个愿为贼?只愿疆场来扬威。
倘若用尽忠勇士,哪有墙倒众人推。

直教煞星再入行伍,威名远播,妇孺皆知。毕竟张献忠再回延安城来怎地再杀人放火,且听下回分解。

第三回

洪承畴募兵榆林镇　李三娘逞雄艾家庄

　　书接上回。过了几日雪停，张献忠拿了一百两银子辞了刘文秀，下山去北门外军营。他见了陈维送上银子，只说在延安城里再谋个差事，不敢吐坐凤山半个字。陈把总也不推辞，就答应去见延安知府张辇大人，张献忠当即谢了。

　　果不其然，陈把总因是陈洪范之侄，与张大人熟识，就帮衬张献忠谋了个捕快的活，每日就是巡夜缉盗，每月照例拿俸禄。岂料张献忠干不长久，常醉酒不出班；又因看不惯衙差欺压良善，抡拳便打人，勉强干了一年多，与同班衙差个个不睦。众人联名报与张大人，只为开了他。张大人无法，只得两个山字摞起来，撵了张献忠。

　　张献忠不堪约束，乐得再回坐凤山快活。过些时日又去另县谋差事，也干不长远，又回坐凤山。如此这般，山头也换了无数，浑浑噩噩就是七八年。

　　到了崇祯三年初夏，延安城周边诸县多有流寇盗匪纠集劫掠。且说这日黄昏，待一轮明月涌上，照得田地乡道死沉沉一般，乡民缺食乏力，早早便安歇，守城士卒也抱着刀柄昏昏沉沉。是夜，只听得城外有人喊道："齐天王来也！"

　　言犹未了，只见城外黑压压一片人马都发起喊来。兵卒惊醒，齐齐喊道："王子顺率众来劫掠了！"

　　守城将领听见喊声，飞步来到城楼前点起军兵，吩咐闭上城门、守护城池。可城外饥民流寇如同蝗虫一般，几十个士卒哪里拦挡得住？只得听凭贼寇涌入城来。

却说延安知府张辇方才正与都司艾穆商议如何进剿王子顺部,已说妥当,当夜就留艾都司晚宴。饮宴罢送走艾都司,张知府一人正在衙前醉了闲坐,初听报说,尚自不甚慌。之后没一炷香工夫,探马接连报来,只说王子顺部一万余人进城劫掠,吓得一言不吐,叫道:"备马!备马!"

言犹未了,已听见府衙外杀声冲天。张知府听了,慌忙上马欲逃。只见迎头两人骑着高头大马堵住去路,一人喝道:"狗官,平日里欺压良善惯了,今番遇到额,叫你上西天!"

原来这人正是闯将李自成,身后那将正是齐天王王子顺。官军簇拥着张知府,缠着李自成厮杀。手下伤了十数个人,张知府方才得脱。

李自成这把刀十分厉害,府衙里的师爷、管事皆措手不及,连脑门被剁着,死于街前。余众家眷、丫鬟、护院各逃生去了。

王子顺叫众好汉休要追赶,便把延安府库藏打开,应有金银财物都装载上车。又打开仓廒,将粮米散发周济临街百姓了,余者亦装载上车。待劫掠了一番,众好汉方才离去。

张辇探听得流寇军马退去,再引领败残军马入城来看觑老小,见一门老小被杀得十损八九,咬牙切齿,恨不能将王子顺餐肉寝皮。及至邻县起军追赶流寇人马时,流寇已去得远了,只得各自收军。张知府夫人躲在水缸里逃得性命,狼狈不堪。张知府急急写表申奏朝廷,并写书叫延绥巡抚洪承畴知晓,早早调兵遣将,剿除贼寇报仇。

洪承畴字彦演,泉州南安英都人,万历四十四年进士。因剿寇有功,直做到许大官职。且说当下,待王子顺部众退却,张知府遣使官背了机密公文上路,不一日来到榆林镇延绥巡抚衙前,洪承畴正与一班将佐幕僚议事。门吏转报,洪巡抚叫唤入来。使官直至堂下俯身拜见了,呈上密书申奏,诉说王子顺打破延安城,因贼寇势大,延安卫不能抵敌。

洪承畴接过密书一览,问身边幕僚道:"诸位将军有何良策剿贼?"

堂下有幕僚起身禀道:"久闻三边总督杨鹤杨大人惯行'剿抚兼施、以抚为主'之策;且秦陕之兵多有东调,城内兵将空虚。依属下之意,可修书一封招安贼首王子顺,以免多费钱粮。"

洪承畴笑道:"饥民流寇本是良民,因连年大旱、田地无收,不得已而起事。

对流贼招抚,一者朝廷库银空虚,二者饥民受抚返乡,依旧无粮吃、无田耕,势必再反!若依本官之意,对这些流贼盗匪诱降杀之,负隅顽抗者亦只有清剿,除此别无良策!"

原来洪承畴任布政使参政时,初意亦与上官相同,欲苟且招安,放饥民一条生路。眼见流贼受抚回乡依旧无田无粮,只得再揭竿而起,因而多有降而复叛者。今见延安城被劫掠,剿抚兼施之策奏效甚微,便欲主剿。

总兵曹文诏亦道:"前者调兵征剿,皆徒劳而回,盖因流贼势大,来剿时逃遁,兵撤时复至,以致如此。以末将愚意,唯有募兵,共防流贼之害。"

洪承畴听了曹总兵言语说道:"曹总兵此言甚善。朝廷纲纪不容小觑,猖獗流贼,罪合赐死!"

"既然如此,当下便令出榜。"曹文诏当时便唤府前将吏近前拟了榜文,散发各卫屯所,叫各县市集、官道、村坊路口张贴。

再说张献忠、刘文秀携众往来奔走,官军来时,即逃遁而去,官军离去就又上坐凤山,平日里只靠劫掠过活。

这日坐凤山上,有巡路喽啰兵来报,说延绥巡抚洪承畴、总兵曹文诏四处张贴募兵榜文,意欲大肆追剿各地流寇。

刘文秀听得洪承畴这个名字,端的是惊了一抖。

张献忠见状问道:"何故吃惊?"

刘文秀解释道:"义父有所不知。额听得道上人传言,此人文韬武略,心狠手辣,已多有山头弟兄被剿杀。此时募兵,定要进剿!"

张献忠惊问道:"莫非就是延绥巡抚洪承畴?"

刘文秀叹道:"正是此人。如此说来,今番性命难保了!闻得此人与三边总督杨鹤不同,端的是只要把流寇尽数剿杀。他今日做了延绥巡抚,不想此处正属他管!坐凤山这巴掌大的地儿如何与他争得?怎生奈何是好?"

张献忠道:"依额之见,不如'三十六计走为上',只恐吾儿不愿!"

刘文秀点头道:"义父说的是。额寻思也只有逃离延绥这般计较。"

张献忠却笑道:"非也!额之意是去投洪承畴帐下为兵,强似这里做流寇!"

刘文秀听了后一番思索,最后赞同道:"也好!额等劫掠只为活命,虽谋财却并未害命,在官府并无案底。义父意欲投军,额与众般兄弟皆愿追随。"

次日,刘文秀发散众兄弟,愿意投军者一同前往,愿意回乡务农者也不勉强。当下就有三四百人愿从。张献忠率众喽啰下山,收拾金银粮食,放火烧了营寨,径投榆林去了。

一路上这三四百壮汉浩浩荡荡,哪有人敢盘问,不用两日就到了榆林镇。募兵所将吏乐得白招了三四百人,大喜过望;又见张献忠长得高大,面凶有力,就叫张献忠、刘文秀等人都做了标兵,自成一队。过了几日,张献忠听得洪承畴亲统兵马移师佳县欲围剿一股响马贼,遂率众星夜赶至。无巧不成书,张献忠率这三四百人赶至佳县,正好与洪承畴的大队人马迎面碰上。

洪巡抚帐下前行官瞅见大路上撞来三四百人,还道是哪里来的逃卒,就急急令兵马围将过来。张献忠见不是势头,拔出腰刀,就欲厮杀。前行官连忙摆手,叫道:"且都不要厮杀!待我问话!"

众人停手,前行官喝道:"你等是何处来的兵马?"

张献忠应道:"额等乃榆林镇兵马,听闻洪大人移师佳县,特来投靠效力!"

前行官听罢,回马报与军中那骑高头大马的将官。那将官听后笑起来,喝散了众兵卒。前行官见状又喝道:"此乃洪巡抚,还不俯身下拜!"

张献忠见这将官便是洪承畴,翻身便拜道:"闻名不如见面,见面胜似闻名!定边张献忠拜见洪大人。"

洪承畴见张献忠相貌清奇,身长有力,步履虎虎生风,一看便知是习武之人,早已有七分爱才。又见刘文秀亦孔武有力,眼下正是兵微将寡之时,就有重用之意!看天色已晚,洪承畴便叫安营扎寨,又唤伙夫近前整好杯盘,备些酒食相待张献忠。

不多时,酒食摆上,都是些牛羊肉、烧鸡烧鹅等佳肴。洪承畴叫张献忠、刘文秀入席。

张献忠见状推辞道:"洪大人贵为巡抚,位高权重,小人只是小小榆林镇标兵,怎敢与洪大人同席。"

洪承畴邀道:"都是当兵吃粮,为国疆场御敌,哪有贵贱之分?看壮士相貌堂堂,定有些真本事,相邀乃聊表相敬之礼。如今草寇横行,国家正是用人之际,本官见壮士如此豪杰,今日天赐相见,定当重用。先问壮士可有军职?"

张献忠回道:"小人是个粗鲁汉子,前番也在延安卫为伍长,只因遭上官陷害,违了军纪,犯了该死的罪过,幸得陈洪范大人搭救留住性命。今日见洪大人募兵,特邀众乡民投军,现为榆林镇标兵。听闻洪大人率军赴佳县追剿响马,特来投奔。若蒙大人不弃,但有用小人处,赴汤蹈火,在所不辞。"

洪承畴闻言大喜,动问些几年前打死蒙古首领一事,又论说拳脚枪棒,一连吃了几大碗酒。

"听得此人说辞,且观其言谈举止,虽勇武,但杀心太重,心狠手辣至极。此番擅离榆林镇已然是违了军纪。此人不守法度,倘若不为朝廷所用,日后定当为巨盗巨寇,到时反祸害江山社稷。不如叫他先去建功,若有真本事,能建功则也是一员虎将;不能建功,被贼寇杀了,也好免了后患。"洪承畴寻思罢才道:"美味佳肴虽好,只是此处恐不稳便,欲邀壮士回延绥吃酒如何?"

张献忠问道:"敢问大人,此处为何不稳便?"

洪承畴说道:"只因此处有一群响马贼,不下七百人,为首一人绰号黄虎,武艺高强,干尽了杀人越货的勾当,端的是凶悍无比。"

张献忠闻言大怒道:"不瞒大人,小人亦号黄虎。此人号称黄虎,正是辱没了额的名声。这正是用小人处,敢问这黄虎现在何处?"

洪承畴回道:"离此间向东二十里路就是黄河,据探马来报,那黄虎已渡过黄河,直奔五台山去了。"

张献忠拱手道:"小人定取贼首纳献。"

"如此甚好,此时正是你建功之时。你先充本官帐下旗手,待建功之后,定重重封赏。"洪承畴听罢大喜,又叫人去军中唤甲仗库将吏来,吩咐道,"你等都是步卒,如何追赶响马。正好本官攻破一处流寇巢穴,夺得骏马无数。本官予你马匹两百,你即刻东渡黄河,追剿黄虎建功!"

张献忠俯身叩谢。

不多时,马已到来,洪承畴便要张献忠上马,叫众兵卒也各自上马,星夜东渡黄河。

张献忠在马上拱手相谢洪巡抚及众将道:"大人错爱小人,如何报答?"

洪承畴便道:"都是为朝廷出力,何言报答之事。待你拿得黄虎首级,再来寻本官。"

且说张献忠、刘文秀领马军两百离了佳县,往东进发,余众步兵暂划归佳县听候调度。二十里地也只是一阵烟的工夫，前方就已听得万马奔腾一般的惊涛骇浪之声，正是黄河到了。

刘文秀劝道："自古黄河不夜渡，强渡黄河枉自丢了性命。不如暂歇一夜，天明渡河！"

"如此这般岂不是贻误战机。额恨不能插翅飞过去，砍下那个与额名号相同的黄虎首级来！"张献忠遂不纳刘文秀所言，把兵马分为两哨，沿河强征当地百姓船只。当地船夫久经官军、流寇往来之苦，见这一伙凶神恶煞一般的官军，不敢多言语，只得冒险夜渡。

不到一个时辰，前后拘聚了些船只。张献忠叫人点起火把，装载马匹军器，依次渡过黄河，直朝五台山奔袭而去。

张献忠领兵马星夜兼程，行至山西临县。寻当地村民问话，有田间村民回道："此处有一股响马贼，旗号正是黄虎。沿路洗劫村镇、劫掠财物、强抢妇人。听闻这伙响马贼盘踞在黄梁山，不日又要洗劫窑上村，求军爷速行解救则个！"

张献忠听罢，回首与刘文秀商议。刘文秀建议道："天下哪有嫌财物多的盗匪，黄虎定隔不了数日便要出来洗劫。窑上村乃通行五台山必经之处，定难幸免。不如领兵去窑上村等贼自来，出其不意剿灭之。"

张献忠听了点点头道："此计甚妙！"

次日，张献忠领两百军马径直来到窑上村。村坊里正听闻官军来追剿响马贼，置筵设席管待。席间有村人献计道："贼兵久骄，官军此来必然成功。只有一件，三晋山川险峻，地势不熟者不可贸进，不如待响马贼来攻，一鼓作气擒之。"

刘文秀赞同道："响马贼似过街老鼠，人人得而诛之。额等奉命剿贼，本是客土作战，得乡民相助，足可反客为主。若得天下百姓相助，大事易成。"

众人闻言，亦称赞不已。

再说那响马贼黄虎一路劫掠，盘踞黄梁山。这山西临县是个小去处，没有多少兵马，又疲于应付各处流贼，因而没人理会黄梁山。黄虎在黄梁山一则躲避官军，二则各自快活。没几日，劫掠来的牛羊肉吃尽了，妇人也玩腻了，又领喽啰兵出来劫掠。

这夜天上无半丝月光，黄虎领八九百喽啰兵，带起火把直逼窑上村。岂料一声炮响，张献忠、刘文秀各领人马左右杀出，摇旗擂鼓搦战。

黄虎见窖上村有官军埋伏,先自吃了一惊,待看见官军人少,也不慌乱,喝道:"你这伙官军,是来送死的么?"

黄虎手下头领谏道:"这伙官军此处埋伏,不可轻敌。不如暂退,引官军来追,待官军疲惫,复来反攻,方能取胜。"

"奈这伙官军还敢怎样?待俺这就杀出,定叫他片甲不回!"黄虎遂不听劝谏,披挂提刀,来战官军。

官军阵中只听得战马嘶鸣,捧出一员将来。怎生打扮:

身长九尺,须长二尺,头戴一顶浑铁盔,头顶大红缨,身披一副锁子铁甲,足蹬一双熟皮战靴,腰系一条黑袍肚带。一张弓,一壶箭。骑一匹蒙古高头大马,手使一口大砍刀。

此人正是张献忠。

黄虎见张献忠这等气势,心中已怯了三分,急叫众响马施放火箭。一时间箭如雨下,村中民房、草垛瞬间烈火熊熊。张献忠亲冒矢石,快马加鞭冲到阵前。黄虎立马横刀,大叫道:"何处来的官军?敢来这里摸虎须!"

张献忠纵马喝道:"无知草贼,官军到此,早早下马受缚,免污刀斧!"

两军呐喊,两人抢到阵中心。两马相交,两刀并举,斗了二十余回合,黄虎渐渐力怯。响马阵中见官军将领勇武,恐怕有失,欲一窝蜂掩杀过来。官军阵里忽冲出一彪军来,当头一将大叫一声,一刀砍翻了两个,回手接连几刀,如同砍瓜切菜一般劈倒五六个。众人视之,正是刘文秀。官军一拥而上,响马贼气势上早就矮了一大截,怎挡得住这群凶猛之人。

黄虎本就不敌张献忠,见刘文秀如此勇猛,越发心浮气躁。说时迟那时快,张献忠奋起神威,大喝一声道:"额名黄虎,你也配叫黄虎么?今日爷送你上路!"一刀正中黄虎脑门,将响马贼斩于马下。响马贼大败,官军一齐向前,杀散响马。

此战斩获贼兵头颅不下七八十个,夺得好马五六十匹,夺回被劫掠的百姓粮米财物不计其数。只是官军兵卒都是坐凤山盗匪,习性不改,夺回财物又来自行争抢。张献忠见状连连叫道:"众位兄弟,额等已是官军,这些财物本是百姓的,你们上来争抢,却和响马贼何异?速速返回榆林镇,不得争抢。"

众兵卒闻言,方肯住手。

张献忠叫兵卒稍事休息,即刻渡河赶回榆林镇。一路上各关隘认得是官军旗号,畅通无阻。不数日,张献忠就率部赶到延绥巡抚府衙前。不料洪巡抚正在保兴至蒲津督师围剿王子顺部,不在府衙内。原来朝廷见洪承畴剿灭流寇盗匪屡立奇功,虽叫他出任延绥巡抚,但节制延绥、定边、延安、安塞、靖边等诸多镇卫屯所,端的是上马管军、下马管民。

府内只有一个姓唐的同知当值。张献忠、刘文秀入衙进献黄虎并部下几个头目首级。唐同知见张献忠二人只是新来兵卒,如何能受洪巡抚青睐?问起隶属,原来是自己亲信王千总手下,心想剿杀黄虎乃大功一件,如何能让这两个小卒拿去,心中已盘算如何冒领这个功劳。

唐同知叫两人上座,亲自沏了两杯上好茶水。

张献忠见了拜谢道:"小小旗手,如何蒙同知如此相待?"

唐同知道:"将军不辞劳苦,渡河杀敌,岂是一般兵卒可比。洪巡抚招贤纳士,本官必行保奏重用。"

张献忠两人闻言,一道叩谢。

当下唐同知只是说了些好话搪塞过去。茶罢,收了盘盏,唐同知便唤将吏来,吩咐府中饭堂安排酒宴,款待两人。

待两人离去,手下推官、经历、知事都来说道:"这个张献忠不似当兵人的模样,形容丑恶,相貌凶顽,一双眼却怎凶险!日后定当生事端。"

"你等好生盯着这人,只是休叫这人擅离军营,本官自有主张。"

唐同知当下就唤将吏来,将贼首黄虎首级用木匣子盛了,挂在城楼外示众,余众头目首级即刻焚化。待事罢,一面出榜告示,只说是唐同知心腹将官王千总平日里如何练兵有方,此番带领健卒一路东渡黄河,身先士卒擒杀黄虎;一面依大明律申办赏银,只是皆落入自己腰包,只字不提张献忠。

这个唐同知是个乖滑的人,这边冒领了功劳,那边又备办酒食,每人赏赐肉一斤、酒一瓶,犒劳张献忠及众兵卒。自此之后,张献忠就在榆林镇营中住了五七日。正是:

亲冒矢石,立功却无赏。

府堂高坐,无功却冒功!

　　唐同知叫将吏给散酒肉已毕,营中兵卒领了酒肉,各自欢喜,都来贺谢。

　　这日唐同知来到营房里,唤张献忠近前说道:"张旗手在这里,众兵卒也在,这官职高低、品级尊卑,营中凡事皆有规矩。这功归功过归过,不管你是愚鲁直人,这早晚礼数不到、言语冒渎、犯了军规都是要受罚的。营中粮米都有,只是喝酒吃肉皆须官长许可,切记。"

　　张献忠回道:"同知放心,额自会谨遵军中规矩。只是借问一下,洪巡抚何时得回?"

　　"回来自会报说。"唐同知说道。

　　在营中不觉搅了一个月。时遇盛夏,听闻营中传言洪承畴围剿王子顺部,不顾杨鹤大人以抚为主之策,设计诱杀了王子顺,令流寇盗匪闻洪承畴大名尽皆胆寒。张献忠只盼洪巡抚早回榆林,也好再出去杀寇,强似营中闷死。

　　且说张献忠一月未出军营,早就烦闷得紧。眼见这日晴朗,便脱了军服,穿了自己衣裳,换了布鞋,大踏步走出营去。门口两个值守兵卒欲拦,被一掌一个推倒。余众兵卒见他威猛,哪里还敢拦,只得回去告了唐同知。

　　张献忠信步行到市集上,寻思做个挨球的旗手不划算!往常散漫惯了,吃喝睡都是自己做主,而今从军这多规矩,这早晚憋出病来怎生是好!此番出来定要吃喝个痛快!

　　这脑袋里正想酒,只见远处有个酒坊,一个汉子正在将烧酒往酒桶里倒。张献忠见那桶里的烧酒,肚中馋虫便上来了,道:"你这汉子,这是什么酒?"

　　那汉子回道:"上等的青稞好酒。"

　　张献忠高兴地叫道:"给额上一壶好酒!"

　　那汉子又道:"今日不卖酒。"

　　张献忠听了,奇怪地问道:"你这却是为何?"

　　"我这酒要全挑送到延绥府去,只说延绥巡抚洪大人胜仗得回,府中要大摆酒宴,府中同知、通判、推官、经历、知事、照磨,军中参将、副将、游击、千总、总旗、把总都要来赴宴,老爷吩咐这酒不可卖与其他人。这酒要是卖你吃了,被府衙老爷责罚,断了财路,如何是好?"

张献忠听了汉子这话,心中已怒了,心想这天下乌鸦一般黑,当官的叫额不许吃酒,吃酒就是违军规,自己却花天酒地。都是爹妈生养的,如何就在额头上拉屎拉尿,百姓兵卒就该死么?便问道:"真个不卖?"

那汉子道:"我若卖了,须断了活路!"

张献忠道:"额也不断你活路,只要卖额一壶酒吃,你我不说,谁人知晓?"

那汉子见他凶恶,就把他往门外推。不料张献忠反过来双手只一推,那卖酒的汉子早推到几尺开外。那汉子负疼,双手掩着脸面打滚,半晌起来不得。张献忠打开一桶酒,拾起旁边酒桶里水瓢,只顾大口大口地吃酒。不多时,一桶酒已见底。这酒果是好酒,劲道够足,张献忠吃了个大醉,说道:"酒家,军中还未发军饷,待发了饷自来还你。"

那汉子疼痛未止,只得忍气吞声,哪里敢讨钱,只盼这个煞星快走。

且说张献忠喝得大醉,一走三晃,酒涌上来,摇摇晃晃走到军营门口。两个值守兵卒远远望见,早报了营中王千总。王千总听报,忙带了十几人拿着军棍来到营门口来捉他。

王千总喝道:"你是军中旗手,军中规矩早已说知与你,如何擅离军营?又如何喝得烂醉回营?依军中规矩,擅离职守要依律问罪,此番先拿捉了你打八十军棍入牢,听候发落!"

张献忠一则营中憋坏了,二来一肚子气没处撒,听闻要来擒捉他,睁起双眼骂道:"哪里来的砍头子,还敢来捉额?你们是些二锤子货么?"

王千总闻言亦大怒,道:"小小旗手这般不尊长官,不打你还不上天么?还不速速将此人拿下!"

一个兵卒抡起棍子打将过来,张献忠用手格过,张开五指去那兵卒脸上只一插,打得他眼冒金星、鼻孔流血。随后,张献忠吼道:"谁敢过来讨死?"

王千总大惊,拔出腰刀一挥手,十余个兵卒各持棍棒刀剑从四下抢出来,围住就待厮杀。

张献忠见了大吼一声,却似嘴里吼出来个霹雳,大踏步抢入来,左一拳打倒了一个,右一脚踢翻了三四个,又顺势夺了条棒,就和王千总厮杀起来。两人刀来棒去,眨眼间就斗了五六个回合。营中士卒听见响动,都过来观望,一下子就围了个里三层外三层。兵卒虽都不喜欢张献忠,可平日里也没少受王千总盘剥,此番也巴不得他挨揍,落得看笑话,一时间竟没人过来帮忙。有人慌忙报知唐同知,唐同知急引了三五个经历、推事赶来,喝道:"张旗手!不得无礼!"

张献忠虽然酒醉,却认得是唐同知,遂撇了棒跳出圈子,过来施军中礼节,道:"上次渡河剿寇,杀了响马贼黄虎,同知大人赏赐的酒肉也早吃尽了。额旧时在延安卫为兵,斩杀了鞑子贼首,赏了粮米、牛羊、金银无数,只不知如何在榆林镇只有这点儿酒肉赏赐?额在营中一月有余,未出营半步,确是憋坏了。只是吃了一些酒水,又不曾撩拨他们,他众人就引人来打额,还说要治罪!"

"这憨货还知那日渡河剿寇赏赐少了,原来曾在延安卫为兵时得过赏赐。若待洪巡抚回,他要擅自报说洪巡抚,我这须有麻烦。不如办了这厮罢。"唐同知寻思毕,便道:"张旗手,酒肉赏赐有的是,只是你且看我面,快住手去睡了,明日却说。"

张献忠道:"额不看唐同知面,定打死那几个二锤子货!"

唐同知叫了个经历扶张献忠回营房,倒在营中床上,扑地便鼾睡了。

这边众多将官、官吏围着唐同知,都来告道:"这个张旗手却是忒无规矩,日后定惹出事端!军中哪容得这等害群之马,乱了军规!"

"且看我之面,容恕他这一番。我自有计议便了。"唐同知说罢,各自散去。

当日洪承畴大胜回延绥府,军中将官和府中官吏皆来相庆,个个吃得大醉,不题。

次日张献忠酒醒,早饭罢,唐同知遣官吏到营房里来唤。他便穿了衣裳,走出营房,寻了个大树就在树下撒尿。

官吏大怒,又惧张献忠凶相,不敢发作,等他净了手,才说道:"唐同知请你去说话。"

张献忠跟着官吏去府衙见唐同知。见了唐同知施礼罢,唐同知问道:"张旗手虽有功在身,只是军中规矩不可乱,兵卒不可擅离职守,你如何出营抢夺酒水?还吃得大醉,打了官长,如何这般行为?"

张献忠嘟囔道:"那伙二锤子货好生无理。"

唐同知见状怒道:"既为军中旗手,服从官长则是天经地义。倘若不问罪你,如何交代?"

张献忠道:"额要见洪巡抚说理!"

唐同知压住胸中火道:"洪巡抚剿寇未回,你如何见得?不如我予你一百两银子,你离了军营,远走高飞避祸如何?"

张献忠惊奇道:"这番奇怪了!昨日那卖酒汉子说营中把酒水都包圆了,只说洪巡抚大胜得回,都来庆贺。大人如何说洪巡抚未回?"

唐同知听张献忠这般说,一时语塞。两人闹了个不欢而散。

过了两日,张献忠已忘了唐同知所说,每日只是营中闲坐。这日正在营里和坐凤山旧部兵卒闲坐说话,只见刘文秀急急奔来,见义父和众兄弟都在,便说道:"义父,不是要争这个功劳,只是唐同知这个挨球的不是好鸟。义父亲冒火箭矢石、斩杀响马贼的功劳硬生生被唐同知夺了,却只给了些酒肉与额等。额起初听闻营中士卒说了便有些疑心,今日出营操练,到城楼看了响马贼黄虎的人头放在城楼匣子里已是腐烂生蛆。一旁榜文告示,还能模糊看清字迹,却是说唐同知如何遣王千总立此功劳,没有义父只字片语。方知额等浴血杀敌,功劳都早被冒领了。如今得知真有此事,这口鸟气如何得出?"

张献忠闻言大怒,刚要发作,又有兵卒来报说王千总点起兵马来捉张旗手,正在营中集结。只说张旗手屡违军规,定须法办。

刘文秀听了道:"军中贪将污吏不容额等忠义,既然如此,不如反了去。"

张献忠叹道:"额本以为洪承畴大人乃真帅才,先只是充一旗手,倘若冒矢石、探虎穴,日后定有封赏,他日也好建功报国。额兵刃交接,得首级无数,论说起来也能博得个一官半职。岂知交锋处有额,论功簿上无额。为官者依旧官上加官,到额名下,不过同众兵卒分吃些酒肉。此番不如自成一股,日后或许有一番天地。"

"今日额等愿与黄虎同力同心。"众兵卒说罢皆拜在地。一齐跪下的竟有二三百人,也有不是坐凤山旧部的。

张献忠见状道:"额有何德能,叫诸位如此挂心错爱。"

刘文秀赞道:"义父刚烈威猛,不畏豪强,额等谁不钦敬!义父大名日后定当四海皆闻!"

"如此这般,日后定与诸位共享富贵!听闻陕西米脂出了个豪杰叫闯将李自成的,好生了得。原来米脂县却都是山丘沟壑、星罗棋布,官军来剿如同入迷宫一般,乡民十之八九啸聚山林为寇,不如先去米脂,再作计议!"

随后,二三百人各自拿了刀枪,牵了马匹,飞一般离了军营。张献忠手持泼风大刀,一马当先,营中兵将见他如此气势,谁敢拦截找死？有诗赞曰:

出生入死砍敌头,将官升官兵无酬。
岂料定边猛黄虎,为祸朝野徒增忧。

营中逃走了二三百兵卒,自有人报说洪承畴。洪承畴听罢大惊,道:"本官料定此人不简单,果真如此!日后定是朝廷心腹大患,悔当初未一刀斩之。此人一时为兵,一时为寇,如此反复,日后却是招安不得；倘若招安,定当再反。本官须待此人未成气候,先行拿捉斩杀,以绝后患!"

洪承畴随即便差军中兵将把住各路关卡,点起军兵搜捉逃卒。又唤府中刑科官吏押了文书,委官下管地面,各乡、各保、各村,尽要排家搜捉,缉捕凶首。写了张献忠、刘文秀乡贯、年甲、貌相,画影图形,有拿住逃卒首领的赏赐白银一千两,拿捉榆林镇逃卒的赏赐白银二百两。如有人得知这伙逃卒下落,赴各卫屯所报说,随文给赏。如有人供逃卒宿食者,事发到官,与逃卒同罪。

且说张献忠、刘文秀等人一路往南,半日就到了米脂县。沿路县村早已是流寇盗匪横行,官军疲于奔命,哪有人马来拦阻。县衙差役更是自身难保,哪里还敢鸡蛋碰石头来招惹这伙亡命徒。待到了米脂,乡民听闻来了个了不得的好汉,皆望风来投,不多日就啸聚米脂十八寨,乡民不下五六千人,始称"八大王"。

时有米脂人孙可望来投。他武艺高强,且颇会识文断字,腹有良谋,人送绰号"一堵墙",意为一人便可堵住千军万马。张献忠甚爱孙可望,收为义子。

不数日,又有米脂人艾能奇来投。他年方十四,亦贫苦庄户人出身,初投李自成起事,又随他投王子顺部,英勇善战,阵前亡命。后被问起乡贯,却与米脂豪绅艾诏沾亲,因而被李自成不喜。后王子顺兵败被杀,李自成改投不沾泥张孟存。艾能奇追随撤退,中伏与官军厮杀,李自成率部得脱,艾能奇力斩十余官军兵卒杀出重围,却与李自成失散。无奈之下,他改道回米脂。听闻张献忠大名来投,亦被收为义子。

又有榆林童子李定国来投。他虽年仅十岁,但天生神力、武艺高强,有万夫不当之勇,因面貌酷似大唐开国猛将尉迟恭,人送绰号"小尉迟"。张献忠见李定国相貌不凡、器宇轩昂,遂将李定国也收为义子,与刘文秀、孙可望、艾能奇并称"西营四猛。"

另有延安人罗汝才聚众起事,因张献忠起于延安,故称罗汝才为同乡兄长。罗汝才腹有权谋,颇讲江湖道义,贫苦百姓不劫,清廉官员不杀,劫掠财物粮米多分与穷苦人;只是吃穿极度奢靡,身边妻妾成群,被众多首领不齿。

当下不说张献忠及西营四猛之刚勇,不说罗汝才之狡诈多谋,只说这揭竿的女中豪杰丫头子李三娘。为何只说这李三娘?原来自秦陕民变始,啸聚山林之流寇日众,称王称霸者多为男子,女子抛头露面且为群盗之首者少之又少。这米脂李三娘虽是女儿身,且是富庶人家子弟,但因不畏强暴,率领群盗反抗官府,当比唐之陈硕贞、金之杨妙真、明初唐赛儿等诸般巾帼豪杰,人送绰号"丫头子",意为女将也。

米脂县人杰地灵,多出美人,这李三娘乃艾好湾村人。村西边是艾家庄,有五六千佃户,豢养一二千兵马。东边是李家庄,只有一二千佃户,却没有兵马。西边艾家庄主生于米脂西南官庄,与神木参将艾万年乃一个祖爷的堂兄弟,靠着官军参将这棵大树一贯横行乡间。东边那个李家庄主李太公,嘉靖年间曾抗敌有功,封地百顷。李太公心善,多救济穷苦百姓,虽年过五旬却未生得一子,只有三女。三女皆如花似玉,但大娘、二娘只善女红,平日里足不出户,唯有李三娘最为豪杰,自幼不喜胭脂水粉,只爱舞枪弄棒。

李家祖上本是军户,但多已殒命沙场,至李太公这一辈已弃武从文。虽无武人,却有祖传刀谱。太公见膝下无子,便将刀谱传与李三娘,又重金聘名师指点。李三娘聪颖,练得一手好刀法,善使两口日月双刀,配马上飞爪,百步之外取敌首级如探囊取物。

但艾家庄比起李家庄来家大业大得多,平日里没少欺压李家人。艾家庄主唤作艾万春,有四个儿子,个个长得高大彪悍。长子艾龙,就在米脂县衙做刑房吏,平日里欺压百姓、黑白通吃的事情没少做。次子艾虎、三子艾蟒、四子艾豹,也不是良善之辈。庄上豢养一二千兵马,马快刀利,武艺精熟,足可抵挡数千流寇侵扰。尤其是那四子艾豹,虽长相俊雅,却心狠手辣,杀人不眨眼,一条浑铁点钢枪使得神出鬼没,且轻身功夫好生了得,周围山头流寇盗匪皆不敢小觑。

艾家见李太公三个女儿貌美,口说要联姻李家,早晚要娶。只是李太公知道艾万春及四个儿子都不是善类,哪敢应声。

虽说秦陕之地连年大旱,还喜艾好湾村是山间灵地,山泉虽不充沛,却也能灌溉几亩薄田。眼见四处流寇横行,李太公恐贼寇劫粮,日夜茶饭不思,每日里看见三个女儿,只是摇头叹息。

这日,李太公唤三娘近前说道:"为父没有子嗣,三个女儿中唯你一人英雄。眼见遍地流寇,恐日后吃大户吃到为父这,这里一二千户就要饿死。"

李三娘回道:"这有何难?女儿手中日月双刀、马上飞爪,来多少死多少!"

李太公听了笑道:"为父知你武艺了得,但流寇盗匪一来却是百千万,你一个丫头家如何能抵敌?依为父愚见,不如与艾家庄送去金银粮米,结下生死誓愿、同心共意。但有吉凶,递相救应,如何?"

李三娘摇摇头道:"父亲万万不可。艾家庄一贯恃强凌弱,如何能做请豺狼来保护的事?望父亲三思。"

李太公叹道:"为父也别无他法,李家庄都是良民,官府中也无靠山,流寇来侵扰,如何能够抵挡?"

李三娘一听,反问道:"既是如此,父亲唤女儿前来有何吩咐?"

李太公说道:"须有一人持为父书信呈送艾庄主,叫二庄结盟。为父见你武艺高强,一般江湖匪类不是敌手,也只有你能走这一遭!"

李三娘听了拱手道:"女儿谨遵父命!"

李太公便唤家丁取出文房四宝,当即修书一封。又唤账房先生兑换银票一千两,取出上等美酒、茶叶、杜仲、天麻、丹参,装了满满十大箱子。李三娘从闺房中取出一副雁翎锁子甲披挂了,前后掩心镜,一领大红袍,背插日月双刀,戴上凤翅盔,背起铁胎弓,走兽壶里装满雕翎箭。出到庄前,她领了书信、银票,叫了十个精壮家丁,骑上大白马,离了李家庄来到艾家庄上。

艾家庄确是个好大庄院,外面周圈一遭石墙,有数百株合抱不交的大杨树,透出院内红砖碧瓦。门口是一处深不见底山沟,一座吊桥接着庄门。李三娘等人下马,走过吊桥见过值守家丁,只说李家庄来拜见艾庄主。家丁见是李家庄来人,就叫入门来。一入庄园大门正是一处练武场,两边有二十余座枪架,都插满刀枪剑戟、斧钺钩叉等诸般军器,倚着墙边还靠着十几支鸟铳、火枪。

家丁上前拱手道:"几位在此少等,艾大官人少时便回。"

李三娘回道:"不妨事,小女子此处等候便是!"

等不多时,只见庄园外又有家丁来报,说艾大官人回来了。

李三娘循声去看,只见一人骑一匹高头大马进了庄园。来人跳下马匹,叫下人牵了,入得庄门。李三娘见他模样,年近三旬,紫面皮,虎背熊腰。

李三娘还道是艾庄主,忙迎过去说道:"李家庄李三娘奉家父之命,来拜见艾庄主。"

这个艾大官人见李家美人到了,心想平日里李家庄人都绕道而行,今日缘何到此?定是有事相托。便问道:"小娘子,额乃艾家庄长子艾龙,听闻李家三女就数三娘最俊俏,额还说要早晚娶为妻室。你且言备细缘故,怎的来了?"

李三娘听这话,才知此人乃米脂县衙刑房吏艾龙,并非艾庄主。又见艾龙如此不知羞耻,又是直勾勾色眯眯眼神,心中已十分恼怒,只是碍于父命,强压怒火说道:"小女子赍了家父书札来拜见艾庄主,只是因流寇盗匪横行,小庄无豢养兵马,此番送上山货银钱,来与贵庄结盟,共抗流寇。"说罢,叫随从打开箱笼请艾龙过目。

艾龙见是李家庄求盟,又见满箱子名贵山货,心里更是傲慢,说道:"原来如此。如何要小娘子送来书信?只依一件事,余众皆是小事!"

李三娘问道:"是何事?"

艾龙笑道:"只需小娘子嫁入艾家,做额艾龙的正室,你李家就是额艾家庄的人,何需送这些箱笼来?还需额艾家送去聘礼才是!"

李三娘微怒道:"终身大事岂能儿戏,恕小女子不能应声。"

艾龙喝道:"平日里李家庄受额艾家庄庇佑,流寇不敢来劫掠,你是不识抬举么?"

李三娘压住火气,只是不理,躬身说道:"小女子只是奉命送书信到此,你不是艾庄主,且不要拦额。"

艾龙也变了脸,骂道:"你家老匹夫恁地不晓人事,使个泼男女就来这里下书。不说流寇盗匪来劫你家粮米,就是额艾家庄去你家借粮,你等又待怎的?"

李三娘听了怒道:"你这不是人话,与流寇何异?额只是要见你家艾庄主,不干你事！"

艾龙叫道："不见！不见！"

李三娘寻思，早知艾家人平日里骄横跋扈惯了，一见果真如此，哪会照看李家庄，且回再作计议，口里便说道："既是如此，且将书信呈交艾庄主。"

艾龙接过书信也不拆开来看，就手扯得粉碎，喝道："还呈送什么书信！李家庄小小庄园哪有如此名贵山货？定是偷窃而来！额乃衙中刑房官吏，先拘捕了你，押送衙门过堂！"说罢，就叫家丁关闭了庄门，把李三娘围在当心。

李三娘道："平日里尽听人说艾家庄恃强凌弱，别人怕你，额却不怕你！"

艾龙见状喝道："休要惹老爷性发！把你还有你家李太公捉来，也做流寇盗匪解到额家艾参将府上请赏！"

李三娘听罢，心头怒火按捺不下，大呼道："你这贼官差，休欺额乃女流，叫你尝尝日月双刀的厉害！"

随从见状劝道："三娘休要逞强，且假意应了，谋求个全身而退。此处这许多人马，三娘如何抵挡得住？"

李三娘虽是女流，却也有一股点火便爆的脾气，这话哪里肯听？只见她粉腮带怒、圆睁杏眼，一眨眼就从背后拔出日月双刀，拉开架势，便欲厮杀。

艾龙喝骂道："你这泼妇，口边奶腥未退、头上胎发犹存，不知马王爷有三只眼么？"

"额李家庄不曾亏欠你艾家庄分毫，本意和你庄结盟，誓愿同心协力、共拒流寇反贼，你如何说额偷盗，还要捉额见官？"

艾龙喝道："额乃刑房官吏，说你偷盗便是盗贼，你这泼妇还敢狡辩么？"

李三娘大怒，飞身上来，抡起手中日月双刀便砍艾龙。艾龙抢过一杆长枪接住厮杀。两个就庄园练武场一来一往，一上一下，斗了不下十余回合。艾龙战李三娘不过，转身欲走，被李三娘飞身一刀正砍中右肩，血流如注。

庄客见李三娘伤了艾龙，纷纷跳出来，各持刀枪棍棒围住李三娘厮杀，一时练武场大乱。李三娘几个随从见了大喝一声，抢过马匹就来接应李三娘。

这时随从叫道："三娘休要恋战！"

李三娘听了，飞身上马，且战且退。眼见一庄客转动轮盘，欲关闭吊桥。三娘把双刀夹在腋下，在马上左手拈弓，右手取箭，搭上箭，拽满弓，翻身一箭将吊桥边那个庄客射了个正着。只听一声惨叫,那庄客便坠下山谷。

众家丁见这女将武艺骑射如此了得,大官人艾龙又中刀负伤,一时慌乱。李三娘见了,自思寡不敌众,不敢恋战,一路砍杀得脱。众随从也跟李三娘逃了。艾家庄人马赶了二三里路,见山路崎岖,李三娘几个马快,转了几个弯便不见了踪影,也自回去禀告艾庄主了。

有分教:

民不与官争,只是未把逼到尽头!
兔不与鹰斗,要我命时却要你命!

直教秦陕又添揭竿起义之豪杰,上应魔星尽皆横空出世。毕竟李三娘如何脱身,且听下回分解。

第四回

安抚计御史赈饥民　车轮战悍将战群雄

且说众家丁搀扶艾龙入后堂坐定，请郎中敷药包扎。艾万春和艾虎、艾蟒、艾豹闻报都忙出来看视。这李三娘日月双刀极为锋利，刀锋透过皮肉，直达骨头。郎中撕开衣衫，冲洗瘀血，便把金创药敷了，又用针线缝了。艾万春闻听是李家庄三丫头伤了艾龙，禁不住大怒，先是把艾龙大骂了一顿，叫平日里练武不勤，以致受此大辱。想想李家庄的人忒无理，胸中这口气如何得出。

艾万春连夜召集四个儿子后堂商议。艾豹武艺最高，早按捺不住要领庄兵前去厮杀，说道："李家庄的人本意是来结盟，共抗流寇盗匪，送来金银财宝无数，乐得有犒劳也无可厚非。只是李家那泼妇忒无礼，大哥又受了刀伤，此仇如何不报？待额自领庄兵前去踏平李家庄，将李家三女都掳掠过来给大哥做小妾，方能消心头之恨！"

二子艾虎、三子艾蟒也早跳将起来，直要杀奔李家庄。

只听艾万春说道："你等皆鼠目寸光。今日米脂已是十户有七八户做了流贼，喜得艾好湾地形繁杂，关了吊桥，就只有山后小道可进退，因外人不知方才无事，此是艾家庄万千之幸。倘若将李家庄一二千户迫急投了贼，待流寇山后包抄过来，如何是好？李太公乐善好施，又不喜与官府来往，每年宴知县过寿的例钱也不知去孝敬，日后倘若恶了官府，定会投贼。李家庄余众皆不足虑，只有那李三娘武艺高强，若是结伙流寇来劫艾家庄，确是个大麻烦。还须从长计议！"

艾豹没好气道:"父亲如此这般说来,这仇报是不报?"

艾万春哼道:"小子心浮气躁,如何成事?冤有头,债有主,这李家庄不敬之仇如何不报。为父已有一计,此番李家庄恶了艾家庄,李太公必昼夜忧惊,只恐额军马杀去。"

艾豹见父亲又这般说,便又要催趱庄兵出庄攻打李家庄。

艾万春喝道:"为父知你武艺高强,只是你心思如童稚,再若言语必然责罚。且听为父细细说来。眼看已是秋燥,不日则是下元节。依年例,须大张灯火,摆供果,燃香烛拜月。吾闻李太公祖上抗敌有功,嘉靖皇帝传旨褒奖,御赐黄金山文甲。如今传至李太公这辈已弃武习文,那黄金山文甲被李家人奉为镇家之宝。李家庄于庄内山高处修建阁楼,名曰冲云阁,将这镇家之宝供奉在阁内。这副甲是李太公的性命,每逢节日、忌日、周年都要焚香拜祭。此番下元节定会依年例焚香,只需趁此机会,先令庄内埋伏,外面驱兵大进,里应外合,叫李家庄一应人等都改姓艾。"

艾家四子闻言都道:"此计大妙!请父亲发落。"

艾万春见状问道:"为头最要紧的是冲云阁内放火为号,你众兄弟中谁先去阁楼中放火?"

只见一人应声道:"不如叫额去走这一遭。"

众人看时,正是四子艾豹。只听他道:"不瞒父亲和众位兄长,额自幼喜好山间捉鸟擒兽、攀壁摘果。父亲请名师指点武艺,练就一番飞檐走壁的功夫。额也于山顶见过那个冲云阁,楼上楼下大小有数十个阁子,顶阁定是供奉黄金山文甲处。眼见得下元节之夜庄户必然喧哄,儿混进庄户人中趁乱入楼,先盗走山文甲,再放起火来为号,父亲可自调遣人马入来。"

艾万春道:"吾计正待如此。五日后便是下元节,且休要张扬,叫李家庄不察。只在下元节一更时候,趁庄户焚香,就冲云阁上放起火来,便是你的功劳。"

艾豹拱手道:"得令!"

艾万春叫艾龙领十余个精壮汉子,扮作佃户去李太公府内献纳新米新粮。又叫艾虎领几人扮作卖山货客商,推几辆车子,内藏火石、硫黄、硝灰,只看楼中火起时,便四处放火。再调艾蟒领几个扮作庄户人去焚香祭拜,只看冲云阁火起时,先斩把门家丁,再引大队人马前来。大队来时里应外合,令他首尾不能救应，一鼓作气将李太公斩杀，夺他三个女儿，愿从者为妻，不愿从者为奴。待一切定夺完备，众人只待中秋节到来。

再说李三娘砍了艾龙一刀，逃回李家庄，将结盟却遭艾龙欲行不轨之事说与李太公。李太公听后大惊，道："这般如何是好？"

李三娘叹道："艾家庄仗势欺人，女儿早就说过如何能与恶虎结盟。事已至此，都是三娘连累李家庄。不如女儿趁夜逃了，只是今后不能侍奉左右！"

"吾儿这是什么言语！老父只有你们三个女儿，日后指望养老送终，岂能让你浪迹天涯？这米脂县也是大明治下，岂可无王法？额赔些银两就是，他艾家庄又能怎的！"李太公说罢，就叫账房取些金银，差人备轿，亲自去艾家庄赔罪。

艾万春见李太公亲来送金银，心知李太公深惧艾家庄，也不推辞，就把银两收了。李太公见艾万春收了银钱，还道是就此言和。几盏茶后，李太公起身拜辞，艾万春送出村口。

这无事则短，眨眼间就要到中秋节。李太公唤过三个女儿还有管家、巡更、护院等一干人商议焚香拜月一事。李三娘建议道："往年庄内都是大张灯火、焚香祷告，庆贺中秋节，天子亦会出宫与民同乐。如今虽是天下大旱，所幸此处有山泉灌溉，还有收成。一恐周边流寇往来劫掠，二恐艾家庄那伙强徒趁乱混入乡民作乱，女儿请暂歇焚香拜月。父亲意下如何？"

李太公不解道："艾庄主已收了银钱，如何还有恶意？且中秋节拜月祭祖，岂可废之，三娘何须多虑？管家可吩咐下去，比上年多设祭坛、添办香火，依旧面朝冲云阁焚香拜月。账房也拿出银两，多添置些新米糕点、面饼，叫众乡民品尝赏月。护院也务必要抖擞精神，以防贼人。"

众人计议已定，随即叫下人摆放神案、香炉、高香，去乡间置办新米小吃。

原来农家都有秋收时品尝新米的习俗，就算不是丰收年景，也要在这个时节吃上一顿饱饭。四乡八里都知道李太公是个善人，都要在下元节来赶趁。远者三四十里地，近者一二十里地，也有来粜米换些银钱度日的。

李太公叫下人在冲云阁前搭起一座神坛，上面盘着紫白金青大龙四条，象征四海龙王。每片麟甲上点香一炷，口喷净水，意喻风调雨顺。只待下元节明月高升，各设香火，祭祀祖宗，庆贺丰年。

那艾家庄细作得了这个消息，报信回来，艾万春得知大喜。这艾家庄豢养庄兵一千有余,此番点起兵马五百,只待中秋节,二更为期,都要到李家庄来洗劫一番。

且说这日正是八月十五,当日好生晴明,空中没有半丝云彩。未到黄昏,一轮明月涌上来,照得山野村坊堪比白昼,山林沟壑如同金银一片。李家庄内男女老少挨肩叠背,打谷场上桌凳摆了一长条,各自品尝新米,好不快活。冲云阁前四条大龙喷水,麟片上香烛烟火比前岁添得更盛了,烟雾袅绕,直冲云霄。

李三娘不离李太公半步,出入百姓之中品尝新米。忽然,李三娘看见有几人扛着几袋粮米来巢,撒落在地上的粮米也不弯腰去拾,不似庄户人举止,当前一人还刻意压低帽檐,遂心中生疑。

李三娘走近前,明月灯火之下看时,那人不是艾龙又是谁?李三娘大惊,刚要追赶,却听得李太公呼唤。李三娘惦记老父安危,只得弃了艾龙过来,却已是双手不离日月双刀。

这边正在吃新米、拜明月,那边艾虎已领人推着小车混进人群,车内都是引火之物,身边都带有弓箭。艾蟒已领了几人斩杀了守庄的几名家丁,潜到静处埋伏。不多时,巡更的已打二更,冲云阁前依旧人头攒动。

却说艾豹袜筒里藏了匕首,手里提着一个篮儿,里面都是硫黄、硝灰,面上搭着一层白布,放着几个白面馍。他说要净手,乘人不备扯掉外衣,施展轻身功夫飞入冲云阁内,不费吹灰之力便解决掉四个值守家丁,复又上到楼上,一身夜行衣如同狸猫一般眨眼间就上到楼顶,果然看见阁楼里供奉着黄金山文甲。艾豹先将黄金山文甲拿了,又将篮中硫黄、硝灰四处撒满,点起火折子四处引火。

此时正值中秋节,正是天干物燥之时,顷刻间冲云阁便烈火熊熊。

李太公刚喝了几碗新米酿酒,已有几分醉了,听到人群里叫喊冲云阁火起,看时已是一片烈火,吓得不知所措,单叫道:"救火!救火!"

话犹未了,只见烈焰冲天,火光夺目。又有人叫道:"这边也火起了!"

李太公去看,又见几条大汉推着几辆小车,正在四处引火,也有放火箭的。随即庄内各处火起,人群大乱,各自奔逃保命。

李太公叫道:"莫非是流寇来劫掠?"

李三娘回道:"流寇都是些饥民,这里又不是官仓,何须放火?"

李太公又问道："不是流寇,这些贼人又是什么?"

李三娘回道："先逃得性命再说!"

李三娘刚要保护父亲离去时,身后却有一人喊道："小娘子,性命只在顷刻。你若是从了额,留你性命!"

李三娘看去,此人正是艾龙,怒道："原来真是你这伙贼人放火!"

正是仇人见面,分外眼红。李三娘也不答话,手拎日月双刀就大踏步来战艾龙。艾龙如何是李三娘对手,战不到七八回合,便一刀被李三娘斩杀。

这时庄内已四处都是呐喊声,艾万春领庄兵来了,见人便杀,见粮米就抢。李家庄护院也就几十人,哪里能挡得住?百姓早就惊吓得四散走了,逃得慢的死伤了数十个。艾豹盗得黄金山文甲,从冲云阁跳下,艾虎、艾蟒正好接着出来,与艾万春部领庄兵合在一处,就直往李家庄粮仓而去。

李太公见艾豹手里拿着祖传的黄金山文甲,捶胸顿足,大叫不可失了家传宝物。李三娘瞅见镇家之宝被艾家盗去,飞身过来就欲夺回。艾虎、艾蟒拔出腰刀截住厮杀,两把腰刀对日月双刀,李三娘全无惧色,以一敌二,却越战越勇。战了二十余回合,李三娘奋起右手日刀,将艾虎劈胸剁着,反身挥动左手月刀,又将艾蟒齐脖子砍下。两人措手不及,死于非命。

艾万春见李三娘一下子便杀了二子、三子,立即叫庄兵团团围了李三娘。此时又有庄兵来报,说艾龙也被李三娘所杀。艾万春呼天唤地,口吐鲜血,本是来劫掠李家庄,却赔上三个儿子性命。他怒喝道："定要踏平李家庄,生擒李三娘这泼妇,挖心剖肝。"

艾豹见李三娘厉害,连杀了几位兄长,抢过一把长枪就来战她。艾豹功夫了得,枪法神出鬼没,正是李三娘对手。两人战了二三十回合,不分胜负。

此时李家庄内火光冲天,艾家庄兵四处砍杀无辜百姓,李三娘心焦,只望快些杀退艾豹。李三娘见艾豹善会飞身腾挪,轻身功夫了得,身边又有庄兵帮着,自己一人硬拼,料难取胜,心中已生一计。

两人又斗了五六回合,李三娘架住艾豹长枪道："且歇!"

艾豹喊道："有什么说的,你乃艾家大仇人,不杀你如何解胸中之气?"

李三娘假装笑道："看四公子模样俊俏,如何这般没有脑子?你艾家庄劫额李家庄,无非是劫掠金银财物。额姐妹只有三人,如何能服侍你兄弟四个?此番你三个哥哥都休了,你不如放额一马,额姐妹三人服侍你一人,岂不更好?"

艾豹本是好色之徒,见李三娘桃腮带红,模样也是千娇百媚,加之会武艺更显英姿飒爽,早就神魂颠倒,问道:"娘子叫额如何放你?"

李三娘道:"冲云阁南就有马厩,到马厩边后各自牵马,待骑上马匹驰出李家庄,额自会许身艾公子,以报不杀之恩!"

艾豹武艺虽高,头脑却是简单,加之已是三魂七魄被迷倒,浑身酥麻麻道:"一言为定!"

两人假意又战,直战到马厩前。眼见到了马厩,李三娘飞身上马,一夹马肚子,已驰出数十步开外。艾豹也跳上马匹去追,口中叫道:"娘子等额!"

说时迟那时快,李三娘从怀中掏出飞爪,瞅准艾豹脖项一飞爪就紧紧扣住他。艾豹脖项已被飞爪钩入肉里,剧痛无比。原来艾豹身着夜行衣,无片甲护体,所以被飞爪套牢。

艾豹负疼,弃了手中长枪,摸出匕首就欲割断飞爪。岂料李三娘飞爪乃纯钢打造,哪能割断?李三娘在马上用力一拉,艾豹的人头就已离了身躯。艾家庄兵见她如此了得,都不敢贴近,一时只能围住呐喊。

李三娘收起飞爪,复拔出日月双刀,回马杀开血路,奔入庄来,扯起李太公上马便走。四下里杀声震天,火把丛中有军马无数。艾万春见李三娘又杀了四子艾豹,抢过一匹马,舞动手中大刀来战她。

李三娘连场恶斗,又要救老父性命,已无心恋战。艾万春领左右庄兵从两肋里撞来,后方也有人催动人马并力杀来。李三娘见了,飞马奔走。未逃及半箭之地,背后艾万春拈弓搭箭,正中李太公,李太公翻身落马。

"三娘快走!"李太公叫毕,死于乱军之中。

李三娘浑身是血,且战且走。艾万春领庄兵追了四五十里,渐渐追不上,只得暂且回庄,备了四口棺椁,将四个儿子尸首盛了,自请法师超度。

却说李家庄遭此飞来横祸,李三娘单枪匹马逃出,当夜就在荒郊野外囫囵困了一觉。至天明,她惦记两个姐姐安危,只身回庄。到了庄外就探听得艾家庄贼兵退去,便入庄来看觑老小、寻觅父亲尸首。

李家庄庄户损了一二百人,李三娘打听得两个姐姐早死于乱军之中,又寻不着父亲尸身,大哭不止。也有庄户人躲在水缸里逃过大火,也有未到打谷场来品尝新米有幸得了性命的,都来投李三娘。有人问家宅被烧、粮米被劫,往后如何是好。也有人吵嚷着叫李三娘杀去艾家庄报仇。

李三娘大声道:"李家庄本与世无争,指望守着山泉水和几亩薄田过活。岂料艾万春那厮仗着兄弟是神木参将艾万年,又与米脂宴知县有勾结,仗势欺人,让家父姐姐白白丢了性命。不是三娘不做良民,只是这世道恶霸横行,不容额等。艾家家大业大,庄兵众多,急切不能抵敌,如今唯有啸聚山林,落草为寇!"

众庄户听罢,皆称愿往。

李三娘聚集庄内男女老幼,浩浩荡荡有八九百人,各自扛了农具锅碗瓢盆,直投十八寨聚义去了。因李三娘武艺高强,刚猛决断,多有饥民来投,旋即自成一股势力,江湖人称丫头子。后遇罗汝才、张献忠,几人歃血为盟,约号共同起事,抗拒官府。

且先把张献忠、罗汝才、李三娘之事不表。只说这崇祯三年末,皇太极数次与明廷大战,深知明廷火器之猛,仅凭金国勇士长枪铁马,伤敌一千也自损八百,攻城拔地还须仰仗红衣大炮,遂令工匠务必造出红衣大炮来。

明崇祯四年,金天聪五年正月初八,金国铸红衣大炮成,炮身篆有"天佑助威大将军"字样。金国原无火器,自此能自造火器,实力大增,举国欢庆。

早有细作得了消息,星夜潜回关内,急急报与督师孙承宗。孙督师闻报大惊,急急写了奏文,遣帐下首将飞马上奏朝廷,又急召辽东巡抚邱禾嘉商议。

邱巡抚建议道:"东虏多以狩猎为业,徒手擒虎搏兽之勇士甚多,长枪铁马甚为彪悍。原以为这些蛮夷只会牧羊狩猎,如今能造红衣大炮,便如虎添翼。下官以为不如筑广宁、义州、右屯三城防线,屯设重兵火炮,以御东虏进犯!"

孙督师赞同道:"广宁、义州、右屯皆大明屏障,此处布防实乃当务之急。"

商议罢,行文报了五军都督府,四处征发班军筑城。又令那个于崇祯二年赴京师勤王、见袁督师被锦衣卫拿捉、慌忙逃往辽东的总兵官祖大寿督办,副将何可纲辅佐,令限期筑成。

再说孙承宗所遣首将领了密文,十万火急奔赴京师,不到一日便来到兵部尚书府前下马。门吏转报,兵部尚书梁廷栋教唤入来。首将直至堂下拜见了,呈上密书申奏,诉说金人已能自主造红衣大炮,势必不久再犯。

梁尚书初意欲招抚西端秦陕流贼,也好早日全力对付东虏。岂料流寇招抚一股,又来一股,即使大军来剿亦是越剿越多。这西端未平,东虏却又造出红衣大炮来,如何不急?

次日五更,景阳钟响,皇极殿外集文武群臣。梁尚书火急火燎直临玉阶,将金人造出红衣大炮一事面奏崇祯皇帝。崇祯皇帝闻奏大惊,急唤道:"陕西参政刘嘉遇何在?"

班部丛中闪出一人,俯身道:"臣刘嘉遇在。"

崇祯皇帝问道:"朕问你,秦陕流贼亦是大明子民,宜剿之或宜抚之?"

刘参政连忙答道:"今正用抚!"

崇祯皇帝点头道:"你之答复甚合朕意。流贼亦我赤子,宜抚之。"

刘参政又奏道:"三边总督杨大人始推剿抚并举,抚为主,剿为辅。前者往往调兵征剿,皆折兵将,盖因流寇势大,官军多有东调,因此兵力短缺,难以剿灭。加之失其地利,以致如此。依臣愚意,不若降旨赦罪招安,且拨付帑金数十万两前往陕西放赈,安抚流贼,散发路费,令回乡务农。若有能人,则诏取赴阙,命作良臣,奉旨东调,以防辽东边境之害。"

崇祯皇帝听了大怒,呵斥道:"你既为朝廷参政,如何不知朝廷库银空虚。昨日朕见五军都督府奏折,言建广宁、义州、右屯防线以御东虏,四处征调班军驻守,这皆需耗费国家钱粮。你何故要朕再行拨付帑金放赈?这数十万两何处筹办?分明是无稽之谈。你不能为朝廷分忧,罪合赐死!"

刘嘉遇听了大汗淋漓,俯身告饶道:"臣罪该万死,还乞恕罪。"

梁廷栋见状亦出班奏道:"启奏万岁,且息雷霆之怒。恕臣斗胆,臣以为参政刘大人所奏并非无稽之谈!东虏虎视眈眈,历经大战虽暂退,但早晚必当卷土再来。督师孙承宗建城防、练兵马,皆需钱粮。为今之计,只有先灭西处民变之火,方可集晋、冀、鲁、豫各处铁骑雄师以御东虏。秦陕流贼原本良民,只因连年大旱,田地无收,不得已而落草。如能赈济饥民,使其沐皇恩,必当再归乡野,复为良民,则大明祖宗基业幸甚,江山社稷幸甚!"

崇祯皇帝听罢梁尚书所言,也觉有理,怒气渐消。

只见班部丛中又走出一人,俯身告道:"臣有本奏上。"

众视之,乃户部右侍郎李待问也。

李待问何许人也？原来他自任户部以来，总督漕运，大力整顿陋习，定出新规，查处不法。又曾多次上奏为民请命，增修堤堰，赈济蝗灾，减免辽饷，不纳穷县赋税等，被万民称道，口碑极佳，深得崇祯皇帝信赖。

崇祯皇帝问道："卿有何言，但说无妨。朕知卿历来主张赈灾减赋，且为朕一决！"

李侍郎回奏道："启奏万岁，臣闻听去岁秋末，陕西巡抚刘广生提请留辽饷银五万两赈济，吾皇准之。刘巡抚复奏请赈银五万两，因国库银钱空虚，吾皇未准。职方郎中李继贞提请籴粟赈抚，言'兵法剿抚并用，非抚贼也，抚饥民之从贼者耳'。奏请斋三十万石赴秦陕一地，安济饥民，然收效甚微。当今国库空虚是实，赈济饥民亦是当务之急。依臣愚见，北方蒙古侵扰稍缓，可省银五万两，去岁漕运增收约五万两，因而国库可挪帑金十万两前往陕西放赈。臣所言若有不当，还乞万岁恕罪！"

崇祯皇帝又问文武诸般大员，皆言甚善，且宜早日遣御史赴秦陕赈济，招抚饥民。最后，崇祯皇帝又问内阁首辅温体仁道："似此秦陕饥民流寇猖獗，可遣谁人赈抚？"

温体仁回奏道："依臣之见，秦陕一地之饥民流寇不可胜数，若用大军，势必越剿越烈！臣亦赞同诸位臣工。若问遣何人赴秦陕，臣举陕西巡按御史吴甡。吴御史刚正不阿，不畏权贵。天启七年，乃积与魏忠贤忤而被削籍革职。伏乞吾皇降旨，差吴御史携帑金十万两赴陕放赈，以彰显圣上仁慈，皇恩浩荡。"

崇祯皇帝闻奏，随即唤翰林院草诏，曰：

> 陕西屡报饥荒，小民失业，甚至迫而从贼，自罹锋刃。谁非赤子，颠连若斯，谊切痌瘝，可胜悯恻。今特发十万金，命御史前去，酌被灾之处，次第赈给。仍晓谕愚民，即已被胁从，误认贼党，若肯规正，即为良民，嘉与维新，一体收恤。

当时吴甡俯身领了诏书，天子驾起，百官退朝。次日，户部依诏拨银十万。待万事俱备，吴甡携银捧圣旨径直到陕西来。早有州府县官闻报，远道来迎，各地知县协同招抚放赈，皆欲早日遣返饥民流寇回乡。

且说此番携银放赈,确实也立竿见影。不多时,就有大批饥民纷纷回籍领取救济,亦有不少流寇首领率部受抚。点灯子赵胜只为考取功名,本无反意,遂与满天星周清受抚于清涧,所部人马骁勇者留营听用,余众解散回乡。上天龙、王老虎、独行狼、郝临庵等部亦一度受抚。吴姓呈报朝廷公文载曰:

> 道路皆怨抚、道招安贼首,给札予官。占据要村,纵其党众,剽掠四乡,谓之打粮。予行去延郡二十里许,获报前山皆贼。予势不可退,令军舟执赈抚饥民牌单骑驰往,谕之曰:"朝廷钦命赈院来赈汝矣,各归乡里候赈,聚此无为也。"贼众诺而退。

崇祯四年正月,副总兵官张应昌率部围攻保安县,神一元、高应登身先士卒与官军激战,因兵败皆被官军所杀。神一元之弟神一魁继为首领,亦号神将军,率部继续抵御官军。二月,总兵官贺虎臣、杜文焕合兵再攻保安,神一魁不敌,率众突围,西走宁夏。宁夏都指挥王英弃城南逃,官军溃败,逃卒反投叛兵,神一魁部众旋即至六七万人。二月二十四日,神一魁率部攻庆阳府,并分兵攻打合水县,活捉知县蒋应昌,声威大震。杨鹤茶饭不思,听闻天子圣意主抚,遂派宁州知州周日强前往招安。

神一元虽亡,神一魁却与朝廷决裂之心不坚,禁不住周知州三寸不烂之舌,于三月初九日遣孙继业、茹成名等大小头目六十余人至宁州受朝廷招安,送还合水知县蒋应昌及保安县印。周日强在宁州城楼上安设龙亭,叫受抚头目在龙亭前跪拜,山呼万岁。十六日,神一魁亲赴宁州拜见杨鹤,杨鹤历数神一魁所犯十罪,复宣敕赦免,授神一魁守备官职,又散给降丁饥民印票,勒令解散,遣送回乡。

饥民受抚回乡,然饥寒依旧,贪官污吏追呼敲捕依旧,以致受抚饥民穷饿至极,兵至则稽首归降,兵去则抢掠如故,旋即复叛者比比皆是。众饥民见为盗者反可获朝廷赈济,一时间饥民为贼者如同过江之鲫一般,尤胜招抚之前。不久,神一魁又率刘道江、何崇谓、郝临庵、李老柴、独行狼等人复叛,另有薛红旗、一座城、一朵云、混天猴、上天龙、王老虎等贼首趁势复起。

朝中主剿派弹劾主抚官员为官贼,对招抚之策口诛笔伐。加之此时入晋流寇声势越加浩大,杨鹤主抚之策如大厦将倾一般已不可挽回。

崇祯四年初,闯王高迎祥、八大王张献忠、紫金梁王自用、蝎子块拓养坤、老回回马守应、闯将李自成、邢红狼邢家米、混十万马进忠、曹操罗汝才先后率部会盟于河曲。扫地王张一川、乱世王蔺养成、混天王张应金、大天王梁时正、四天王李养纯各部接横天一字王英雄帖,亦率部入晋。

张一川乃陕西西安人,崇祯元年聚长安县乡民抗税起事,称扫地王;蔺养成乃陕西延安人,崇祯二年聚数百乡民劫掠粮仓起事,声称乱世出王,因而号乱世王;张应金乃陕西延川人,崇祯元年随紫金梁王自用起事,后自成一股,号混天王;梁时正乃陕西洛川人,崇祯二年纠集饥民吃大户遭官府缉拿,遂转入山野,靠劫掠过往客商过活,因来投饥民甚众,渐成气候,自认天下最大,号大天王;李养纯乃陕西米脂人,崇祯二年起事,占山为王,官军不敢小觑,家中排行老四,因此自封四天王。

各路豪杰却以王嘉胤声势最为浩大,因而共推他为盟主。王嘉胤自受盟主,封王自用为丞相,高迎祥、张献忠、李自成、马守应、拓养坤、张天琳、张文耀等各部首领都封大将军,声势更猛。

正月十六日,王嘉胤率数万人辗转迁回陕西神木,与官军大战于神木菜园沟,官军数千人马不敌,苦战数日后大败而逃。王嘉胤率部乘胜追击,连克数州县,劫掠官粮就地散发百姓,旋又弃城离陕入晋。

陕晋两地告急文书如同雪片一般送抵京师,内阁大学士不敢隐瞒,急急报与崇祯皇帝。崇祯皇帝不日前曾遣使入陕赈济,吴甡回奏多有流寇头目受抚,饥民回归乡野。崇祯皇帝稍喜之后,岂料又听闻王嘉胤统贼入晋,大败官军,一路攻城拔寨。崇祯皇帝又惊又怒,当日退朝后,又急召山西按察使杜乔、陕西参政刘嘉遇入文华殿商议。

两人不敢怠慢,急急着了朝服速抵文华殿。行不多时,已到协和门外。杜按察使在前,刘参政在后,从协和门往东入宫,至文华殿外恭候。

至未牌时候,崇祯皇帝驾升文华殿。当时整肃朝仪,陈设銮驾,仪礼司官引杜、李二人入殿,行君臣之礼。

崇祯皇帝叫杜、李二人起身,命赐御茶。两人深知崇祯皇帝行事历来优柔寡断,对臣下极度猜忌,一旦事穷,势必让臣下替罪。待饮罢御茶,叩首谢恩,两人还不知崇祯皇帝召见所为何事,心中就似十五个吊桶打水——七上八下,后襟已大汗淋漓。

崇祯皇帝问道:"可知召见你二人所为何事?"

杜、李二人均回道:"臣不知!"

崇祯皇帝又问道:"秦陕一地诸贼今昔何在?"

杜按察使禀道:"或在平阳,或在河曲。近闻大股流寇已渡过黄河,须大创方可剿灭之。但忧兵寡饷乏,无力围剿。"

君臣三人烦闷,饮了清茶,杜、李二人行臣子之礼告退。

次日五更,在太和门外,文武百官各具朝服,专候景阳钟响,伺候朝见。待崇祯皇帝升殿坐龙椅,文武两班齐,有太仆寺卿郑宗周出班奏道:"盖晋土自天启初年始,无岁不灾,去年尤甚。今日春雨未沾,风霾日异,人心汹汹,朝不保夕。弱者转于沟壑,强者瞠目语难。斩揭四起,势所必至。沁之南及邑东西,贼建号树帜者不一而足,或以万计,或数千。既揭竿,胁从者十有五六。至若上党、沁水不保,乃秦陕一地以邻为壑,未将贼众歼于陕西,以致有陕西府谷贼首王嘉胤辖贼十余万人,进犯沁水、阳城。贼众累造大恶,打城池、抢掳仓廒、聚集凶徒恶党杀害官军,多有县城官民杀戮一空、仓廒库藏尽被掳去。此是心腹大患,若不早行诛剿,他日养成贼势,难以制伏。伏乞圣断。"

崇祯皇帝闻奏,痛骂三边总督杨鹤耗费国家钱粮无数,却如何将秦陕一地贼势养成,以致为祸晋土。当下询问兵部尚书梁廷栋道:"应选何人为将前去剿捕贼首王嘉胤,扫清流寇祸患?"

梁廷栋出班奏道:"此寇已养成贼势,还须兴举精兵悍将。臣保一人,可去收服。"

崇祯皇帝道:"卿若举用,必无差错,即令起行,剿灭流寇。他日若能飞捷报功,朝廷必加官赐赏、高迁任用。"

梁尚书奏道:"此人乃延绥东路副总兵曹文诏。曹副总兵身长八尺,武艺高强,擅使一把镔铁大刀,有万夫不当之勇,勇毅而有智略,手下多有精兵勇将。臣保举此人,可征剿王嘉胤之流,不日定传捷报。"

崇祯皇帝惊异地问道:"莫非是率关宁军入关抵御东虏之曹副总兵?"

梁尚书介绍道:"正是此人。曹副总兵早年在辽东从军,积功升至游击。崇祯二年冬,敌酋皇太极率兵来犯,曹副总兵入关勤王,立有战功。崇祯三年,总理马世龙将御赐尚方宝剑交曹文诏,命他率领参将王承胤、都司左良玉等一路转战,收复诸城,官升都督佥事,现又加封延绥东路副总兵。乞吾皇下旨,令曹文诏领马步精锐军士,克日扫清河曲王嘉胤各部流贼,得胜班师。"

崇祯皇帝闻听曹文诏如此能征善战,喜动天颜,当即御赐宝马一匹、名盔名甲一副,叫赏赐曹文诏。并下旨着五军都督府遣延绥副总兵官曹文诏率裨将曹变蛟、艾万年、袁廓守领二万马步精兵开赴河曲,兵部赴晋督战,务必扫清流寇,诛杀贼首王嘉胤。

且说曹文诏正在陕西榆林追剿一座城、一朵云、薛红旗等部贼寇,在鱼河川设中军帐。听得门人报有五军都督府军官携圣旨特来宣取赴河曲剿贼,当下,曹文诏便携内侄并裨将曹变蛟与所部将官出帐迎接。

圣旨宣罢,曹文诏设宴管待使臣,火急收拾头盔衣甲、鞍马器械,尽带马步精兵,离了鱼河川,星夜赴晋。

不过数日,大军早到黄河渡口,过河便是河曲县。曹文诏命大军安营扎寨,遣细作乔装百姓入河曲打探消息。三日后,细作雇船西渡黄河来见,曹文诏正与曹变蛟、艾万年、袁廓守等诸将商议军机之事。

细作报道:"小人乔装饥民去投贼首王嘉胤,旋即安置为步卒。听闻稷山、闻喜一带受贼首王嘉胤节制之流寇就有二十余万。不过与官军几番大战后,流寇分散奔逃。此时王贼身边兵力不足,已逃至阳城、沁水,却与马守应、张孟存、张献忠等贼众会合,声势复振。不日前曾与昌平镇总兵官尤世威、其子尤人龙部遭遇。尤总兵兵力不足,贼众以众欺寡,尤总兵竟败于王贼!"

曹文诏闻报,赏了细作,复又召集众将商议起军剿捕流寇一事。

曹变蛟出列拱手道:"禀叔父,依小侄拙见,贼首王嘉胤手下贼兵众多,头领马守应、张孟存、高迎祥、李自成、张献忠俱是一方豪杰,更有杨忠乃杨家将后人,武艺高强,勇冠三军,绝非乌合之众。来日决战,小侄愿为先锋!"曹变蛟年方十八,勇武过人,亦擅使一把镔铁大刀,人呼小曹将军。

曹文诏闻言大喜道:"吾侄勇猛,若是为先锋,何愁流寇不灭!只是你虽系吾侄,吾不敢徇私,你如不胜,亦当军法严办!"当日曹文诏就在中军帐内押了牒文,叫大军东渡黄河,借道河曲,南下开赴沁水县。

且说曹文诏拣选精锐马军三千、步军五千,余众兵卒在后,约会渡河。曹文诏所领马步军都是训练精熟之士,人强马壮;更有兵部下拨铁甲三千副,铜铁头盔五千顶,刀枪弓弩不计其数,大小铁炮一千余尊,都装载上船。大军过河浩浩荡荡,不出十日便到得沁水县外。短短数日,已与小股流寇数次遭遇交战,互有损伤。

再说王嘉胤手下亦探知朝廷遣悍将曹文诏统精兵两万已到沁水城外。王嘉胤闻报,叫各路快马发出号令,各地流寇兵马火速集结沁水县。不数日,便有二十万贼众齐聚沁水。此时王嘉胤已占了县城,分了粮米,赶了官员。县衙大堂上当中是王嘉胤,左右依次是马守应、张献忠、张孟存、杨忠、高迎祥、李自成、罗汝才并大小头领,听众皆商议迎敌之策。

罗汝才道:"朝廷此番兴兵离陕入晋,必用能征敢战之将。须先以力敌挫了官军锐气,后以大军碾压,可败官军。"

王嘉胤闻言问道:"哪位头领愿为前部先锋?"

当下杨忠便道:"我在前屯卫时已闻曹文诏武艺精熟,腹有良谋,乃大明文武全才之悍将也。他能使一口镔铁大刀,乱军丛中出入如同无人之境。小弟不才,愿为先锋,来日会会这厮!"

王嘉胤赞道:"六郎武艺超群,此番出马必旗开得胜。然官军势大,曹变蛟、艾万年、袁廓守俱是些能征善战之将,我等皆不可小觑。"

李自成闻言亦道:"小弟在米脂时亦受了艾举人多番迫害,李姓人与艾家势不两立,此番定取艾万年首级!"

李三娘听闻"艾万年"三字,怒道:"额与艾家有灭家之恨,这个艾万年之胞弟艾万春亲手杀了家父,额誓手刃仇人!"

"如此甚好!着六郎打头阵,闯将打第二阵,丫头子打第三阵,八大王打第四阵,革里眼打第五阵,过天星打第六阵。前面六阵一队队战罢,如车轮般交替厮杀。额亲自带左右丞相,集众头领大队人马押后。吴廷贵、王虎、红狼、谭雄、黄才五将各领马军两千救应。"

王嘉胤调拨已定,杨忠早引人马下山,向沁水城外面北平山旷野之处列成阵势,迎候官军。

此时已是崇祯四年五月,天气温暖,正好厮杀。等候了半日,望见远处尘土飞扬,正是官军到了。官军先锋官曹变蛟领兵扎下寨栅,当晚养精蓄锐。次日天晓,两军对阵。三通鼓毕,两军先锋将都出到阵前。官军阵前曹变蛟马上横着镔铁大刀,望对阵门旗开处驰来。义军阵上先锋将杨忠勒马横枪,出到阵前。

曹变蛟勒马大骂道:"贼将莫非是前屯卫参将杨绍先之子杨忠?朝廷不曾亏待于你,如何反叛朝廷、失身贼寇,污了大明杨家将忠义威名?天兵到此,不思早早归降,还敢抗拒,不是讨死么?"

杨六郎回怼道:"吾乃忠义之后,几曾愿反叛朝廷?只是军中亦贪将污吏横行、立功无赏;又因恶了阉人纪用,弄得我有家难回、有国难投。天子生性多疑,听信谗言,残杀袁督师。你之忠义比袁督师如何?"

曹变蛟闻言大怒,道:"反国逆贼,巧言雌黄,且吃我一刀!"

杨忠本是恨透官军贪将之人,见此阵势亦怒道:"叫你尝尝杨家枪的厉害!"随后舞起点钢枪,直取曹变蛟。

两人斗到二十余回合,曹变蛟力怯,只待要走。曹文诏率后军已到,见曹变蛟战贼兵先锋不下,便从后军舞起镔铁大刀,纵座下御赐宝马,咆哮嘶喊来到阵前。杨忠见了,接住曹文诏厮杀。两人枪来刀去眼花缭乱,刀去枪来水泼不进。两个斗到五十回合之上,不分胜败。

两人还待厮杀,第二拨闯将李自成已到,便叫道:"杨贤弟少歇,看额来会会这厮!"说罢,挺起手中大刀,直奔过来。

杨忠虽然正杀得兴起,但也不敢违了将令,只好用枪拨开镔铁大刀,纵马自返本阵。李自成接着与曹文诏大战二十余回合,不分胜负。

官军阵中艾万年恐主将遭敌将围攻有失,出阵大骂道:"小小米脂驿卒,竟敢做叛国逆贼。还识得米脂艾万年么?如今天兵到此,你安敢螳臂当车?来与额拼个输赢!"原来艾万年亦是勇将,双臂有千斤力气,刀下不知砍死多少敌将。

李三娘听到"艾万年"三字,不禁大怒,杏眼圆睁,粉腮带红,到阵门下舞动日月双刀大叫道:"来将就是艾万春胞兄么?不要走,吃额一刀,祭额李家庄诸多性命!"

艾万年听得是李三娘来了,喝道:"就是你这贼婆娘杀了艾家庄诸多人?今日正好杀你报仇!"说罢,拨转马头便来战李三娘。

仇人见面，分外眼红。两人都是痛下杀手，欲置对手于死地。阵前四将捉对厮杀，五把刀搅成一团。曹变蛟见贼军女将好生了得，回马便来助战。八大王张献忠见状，挺起泼风大刀截住曹变蛟。

革里眼贺一龙此时已挺起手中金丝大环刀，冲李自成大叫道："李头领少歇，看额来擒捉这官军主将！"贺一龙乃陕西安塞人、高迎祥同乡，刚烈勇猛、武艺高强，崇祯元年起事。初时慕高闯王威名来投，后自身声威渐大，遂成一股。

李自成听罢，便也纵马往右边山坡下去了。曹文诏挺刀来战贺一龙，两人大战十余回合，不分胜负。

这边贺一龙还未战多久，过天星惠登相举起一把大斧纵马赶到。惠登相乃清涧人，身长九尺，力大无穷，幼时相貌不俗，乡人称此子必不寻常，因而其父取名登相。惠登相自幼便善笼络人心，身边多有舍命之人追随。其胞弟惠登魁乃清涧县铁楼山贼首，与赵胜啸聚山林，当前已受抚招安。惠登相于崇祯二年起事，崇祯四年初与张献忠结伙入晋。

曹文诏武艺虽不俗，只是方才与杨六郎大战多时，已是汗流浃背；又与李自成大战半晌，早已气喘吁吁。此时见流寇阵中又来一将，只得抖擞精神，以一敌二。三匹马呈丁字形厮杀，征尘影里，喊声震天。

又斗到二十余回合，曹文诏敌不过二将夹攻，便虚晃一刀，回马便走。贺一龙、惠登相二人策马紧追。杨忠、李自成两个要逞功劳，亦从坡后纵马赶来。官军阵前三将抵不住这般攻势，急急回撤。

李三娘把双刀挂在马鞍上，袍底取出飞爪，纵马紧追艾万年。待马迫近，她扭过身躯，把飞爪望空一撒。艾万年措手不及，左肩早被飞爪套牢，钩锁伸入肉里一寸，鲜血直流。艾万年恐被贼军擒住受辱，忍住剧痛伏在马上。李三娘用力一扯，硬生生连皮带肉扯下一块来。曹文诏见艾万年被贼将所伤，便振臂一挥，官军尽起军马，一起向前厮杀。

王嘉胤见官军长枪铁马冲将过来，便拔刀一指，手下吴廷贵、王虎、洪狼、谭雄、黄才五个头领引马军掩杀过去。马守应、张一川、邢家米、张应金、齐荣山等一班头领各领本部兵马浩浩荡荡分作左中右三路夹攻过去。

曹文诏见贼兵人多，急急收转本部军马，叫曹变蛟、袁廓守、艾万年领兵各个敌住。艾万年撕扯了布条绑扎了伤口，单手舞刀，甚是勇猛。但官军虽将猛兵勇,却难抵这排山倒海一般的攻势。

官军阵里都是马戴马甲、人披铁铠,长刀长枪,件件兵器寒光闪闪,却为何不能抵挡?原来官军只有两万兵马,义军却有二十余万,且俱是些犯了大罪之人,深知战不过官军便是死路一条,因而搏命,以致官军不能抵挡。

官军大败,曹文诏急叫鸣金收军,退二十余里下寨。王嘉胤不敢猛追,也叫鸣金,退到沁水城内坚守。

曹文诏在陕西剿寇十战九胜,贼兵闻之尽皆胆寒。此番领大军入晋,首战大败,折了兵马千余,参将艾万年负伤不能再战,曹文诏心中只得叫苦。

这日在中军帐内,曹文诏对诸将说道:"此番初战贼首王嘉胤,不想贼兵能征善战者不乏其人,那前屯卫杨六郎、米脂驿卒李自成、延安卫旗卒张献忠、李家庄贼婆娘李三娘,皆是如狼似虎之人。我军先折了许多人马,艾参将负伤不痊。贼兵人多势众,如不能速胜,又恐此地饥民见官军未胜,都去投靠贼兵。这可怎生是好?"

艾万年肩上已叫医士上药裹伤,止了血,此时也在中军帐内。他近前禀道:"末将有一计,不知中得诸位将军心意否?"

众将都道:"愿闻良策。"

艾万年见状,说道:"王嘉胤那厮乃府谷县人,听闻他好重用同乡旧部,贼兵中府谷人多留为亲随,定边营旧部多委以官职。我等何不遍寻军中兵卒,如有府谷县人就许以高官厚禄,叫他建功,入沁水县投靠王贼做个亲信,待王贼懈怠,趁机杀之。"

曹文诏称赞道:"此计甚妙!只是军中可有府谷县人?"

艾万年回道:"这个不难,只需唤军中将吏来,查看花名册便知。"

曹文诏听了道:"艾参将正是大功一件。"

军中将吏不敢怠慢,急急抱出名册查阅。也是天欲灭王嘉胤,军中果有府谷县籍兵卒,姓张名立位,原为府谷县望族张员外之子,其兄便是王嘉胤旧日在定边营为兵卒时的死对头张福。王嘉胤占了宗常山后,为报军中仇怨,竟率众灭了府谷张家,张家之女未及逃离而被获纳献。王嘉胤见这妇人生得柳叶细腰,便强掳为压寨夫人,而她乃张立位之姐。张家遭此变故,张员外悬梁自尽,张立位躲入柴房逃得性命,后自投军,誓报此灭家之仇。

曹文诏得知军中有府谷兵卒张立位，就唤入中军帐来。听闻张立位与王嘉胤还有如此不共戴天之仇，曹文诏大喜过望，遂依艾万年之计，叫他乔装府谷饥民去投王嘉胤，待亲得王贼身边，伺机杀之。此乃疏不间亲之计也。

再说王嘉胤回到沁水县府衙上，叫左右丞相唤军中文书来，依此记了杨六郎、李闯将、八大王、丫头子等诸位头领功劳。原来今次大败曹文诏官军，都是将士勇猛、机谋布置得当。

紫金梁王自用道："曹文诏此败，必不敢撤，如何不再起兵前来？必得一人去官军营中探听虚实，回报后预作准备。"

王嘉胤赞同道："丞相此论正合吾心，不知哪个敢去？"

只见座中一人应道："小弟愿往。"

众人看了，原来是赛时迁张闻。

王嘉胤见状大喜道："这事还须是他去。"

这次又是张闻施展本事，却见官军营中偃旗息鼓，不似再有战事之样。他将消息回报众头领，王嘉胤听了道："莫非是曹文诏吓破了胆么？如此朝廷悍将，焉有此理？着实令人费解！"

当晚王嘉胤坐立不安，走到衙堂天井处看月。正是十五月圆之夜，只见月光满天，月色遍地。王嘉胤自幼离了府谷从军，再回府谷已是贼首，如今又被朝廷追剿，不知何日能再回故乡，不禁嗟叹不已。这时，有喽啰兵前来报道："府衙外有个庄户人，说要见大王。"

王嘉胤问道："你也不问他是谁？"

喽啰兵回道："他又没衣甲军器，只说姓张，说是府谷县人，还是大王小舅。"

王嘉胤纳闷道："额在府谷确是纳妻张氏。既是府谷张姓人，想必是张氏族内兄弟，与额唤来。"

没多时，便有人来到帐中拜见。王嘉胤回头来看，看不真切，挑灯再看，形貌似曾相识，便问来者何人。

来人却开口道："请大王屏退左右。"

王嘉胤闻言笑道："大丈夫身居千军万马，若还是瞻前顾后，安能用兵？额帐上帐下无大无小，尽是生死弟兄，你有话但说无妨。"

来人听了便道:"小人乃大王夫人张氏之弟,名唤张立位。自家姐跟了大王,家中又连遭官府催科,因而无日不思寻个活路。听得大王离陕入晋,便一路跟随到这里来。小人也会些武艺,也有力气,还乞大王看在家姐薄面上,收留小人做个亲随,早晚侍奉左右。"

王嘉胤听了大喜,在帐中置酒相待,又叫出张氏与张立位相见了。姐弟相见,自是一番离别苦。待寒暄完,张氏请求道:"还望大王安置家弟早晚跟随,奴家感恩涕零,奴家姐弟两个也好有个照应。"

王嘉胤豪爽道:"这有何难。就叫他做个亲兵,日后有功,再行提升。"

张立位听罢,俯身告谢,磕得头破血流。

待张立位姐弟二人退下,一旁王自用劝诫道:"大王容禀。此人来得蹊跷,早晚不来,为何我等刚击败官军就来?且当年大王劫掠了张府,此乃灭家深仇,此人却如何甘心来投,莫非有诈乎?"

王嘉胤听了,不屑地说道:"小小府谷草民能翻什么浪?丞相多虑了!"

张立位自从做了亲随,早晚服侍殷勤,深得王嘉胤喜爱。却说这日又有兵卒来报,曹变蛟领官军搦战。王嘉胤叫列队迎战,张立位跟随出阵。官军阵前曹变蛟出阵。王嘉胤叫道:"哪位好汉愿出战会会这个手下败将?"

只听手下一人应声道:"小人自投大王,未立寸功,此番愿出战斩贼首级!"

有分教:

　　与民共甘苦,福大命也大。
　　万物不可欺,机深祸也深。

直教军中悍将屠戮饥民流寇,三十六魔星聚首闹遍山西。欲知请战曹变蛟之将乃何人,且听下回分解。

第五回

亲小人王嘉胤殒命　遇仙师李自成建功

且说义军阵上一人请战曹变蛟，众人视之，正是张立位也！原来他早晚殷勤服侍，寸步不离王嘉胤，此番随军，便请战道："大王容禀，小人自幼习练武艺、弓马娴熟，今日来投，未有寸功，还望出战斩此贼首级建功！"

王嘉胤见张立位生得膀大腰圆，成竹在胸，心中寻思不妨试试此人可有真本事，便准其出战，叫擂鼓助威。

张立位借了副衣甲穿了，手拿一根长枪，上马驰到阵前。

曹变蛟见状，怒骂道："何处草寇敢来送死？倘若下马受戮，留你全尸！"

张立位也不答话，出马提枪直奔曹变蛟。两马相交，斗不到十回合，张立位手起一枪，曹变蛟急急来挡，只听"当"的一声，手中大刀险些脱手。曹变蛟败回本阵，王嘉胤令兵马一齐掩杀，官军又败。王嘉胤也不追赶，叫兵马都回城内，到中军帐里置酒相庆，当即论功提升张立位为帐前指挥。

早有细作将沁水城内之事告知曹文诏。曹文诏闻报大喜，当即又书密信一封，遣细作交与张立位，说王贼部下亲兵小队长王国忠原是朝廷命官，流贼攻陷州县时被擒获，不得已而落草；王国忠本与王贼有仇，张立位说以利害：他日大军追剿王贼之时，举火为号，里应外合，王国忠所犯罪恶，既往不咎，且加官晋爵。

细作领命，再度入沁阳城，将密信交于张立位。张立位看罢密信，当即吞于腹内。当晚，他私下去见王国忠，果不其然，两人一拍即合。

待事妥当,曹文诏传下将令,叫曹变蛟、袁廓守两路出击;自引大队人马,至夜二更起程直奔沁阳城。此时已是六月初二,是夜月光昏暗。黎明时候,官军马摘鸾铃、军卒衔枚,已兵临沁阳城下。

此时,张立位、王国忠正在服侍王嘉胤把盏作庆。亲兵护卫皆在门外把守,府内仅有王嘉胤与张、王二人。因为连克官军,王嘉胤心中大悦,抵不住二人车轮一般地劝酒,只顾开怀畅饮。未及两个时辰,王嘉胤已喝得酩酊大醉,立脚不住。两人正要扶王嘉胤到后堂歇息,门口小校来报,说官军大队人马来攻,已兵临城下。

王嘉胤闻报,早已惊出一身大汗。

此时,张立位却对小校道:"大王已知晓,你且退下!"

王嘉胤已然酒醒,喝令张立位道:"休要惊慌!取我披挂来!"他见张立位不动身,又喝道,"你这是为何？"

说时迟那时快,张立位也不答话,眼露凶光,从腰间闪电般摸出一把短刀来。未待看清,短刀早刺进王嘉胤腹内,直没刀柄。王嘉胤当即殒命,时年四十一岁。

张立位见已害了王嘉胤,心中恐慌。但王国忠见过世面,他先叫张立位暗将王嘉胤尸身抱起来放到床上,又蒙上被子。两人就欲放火为号。恰恰此时喽啰兵又来报,说官军分兵三路来打城墙!

王国忠回道:"官军分十路又待怎的？大王酒醉,我自来唤醒他。你手下人且不要慌,当先速速知会左丞相早做准备便了。先安排些火炮礌石,叫官军一千个来一千个死!"

喽啰兵听了,只得去找左丞相王自用,报说横天一字王酒醉,叫左丞相且先领兵抗敌。

王自用领命,亲率高迎祥、李自成、杨忠、张孟存、马守应等一班头领上门楼来看,见城墙下三队官军各有一员大将率领,浩浩荡荡。当先正西一员大将正是主将曹文诏,西北那将便是曹变蛟,西南那将就是袁廓守。只见曹文诏挥手,官军阵中又推出二十门红衣大炮来,一溜儿排开,个个如同铁打的巨兽。当先一员大将手臂缠纱,正招呼兵卒填药,此人正是艾万年。门楼外西面、西北面、西南面都是兵马,战鼓齐鸣,喊声大举。

王自用见了道："今日这番杀,不可轻敌。我引一队人马出门,杀这正西上的人马。"

高迎祥劝道："大王未至,丞相不可犯险。由额来领兵杀这正西上的人马。"

马守应道："我出门杀这西北上的人马。"

张献忠道："额也出门杀那西南上的人马。"

李三娘道："额自出门,再用飞爪要了那艾万年的性命,叫他嘴里喊不出'开炮'二字来！"

王自用各自准了,叫各人带本部兵马出城,其余的都守在城楼呐喊。只听沁水城楼上擂了三通战鼓,放了一个炮,城门打开,四彪人马杀将出来。

忽有喽啰兵来门楼报道："城内府衙火起,横天一字王、帐前指挥张立位、亲兵队长王国忠皆不见踪影,天王内人张氏亦不知所终。"

王自用闻言大惊,急遣李自成带兵速去救火。原来张立位、王国忠二人杀了王嘉胤之后,张立位先是寻了家姐张氏,找了个民宅给她换了百姓服饰藏了。王国忠则带了十数个所部兵卒去四处放火。原来这王国忠所部也被花言巧语、高官厚禄所动,各自投了官军。这十余个叛逆抡动大刀大斧,直奔入临街民房里,见到四散奔逃救火百姓,见一个杀一个,见两个剁一双。张立位本就深恨当年王嘉胤带人劫掠府谷张府,今日正好报旧日仇怨,复带人抢入府衙内,把王嘉胤妻妾、丫鬟尽数杀了,不留一个。

不多时,门楼上又有喽啰兵痛哭流涕来报,说内堂见尸身一具,正是大王！

王自用听报,大叫一声,昏厥在地,众急救醒。他痛哭道："方才喽啰兵报说张立位、王国忠言天王酒醉,想必当时已被贼人所杀。那帐前指挥张立位来时,额就觉蹊跷,此番定是张、王二人杀了大王。张必是主谋,倘若捉到这厮,定然碎尸万段！"

众头领都来劝说王自用,此事等先击退官军再作计议。王自用见状,咬牙切齿地说道："早晚必擒得张立位、王国忠二贼,千刀万剐,方泄胸中愤恨。"

再说城下官军来报说城内火起,曹文诏大喜,先叫红衣大炮齐鸣。

官军炮猛,沁水城墙本不厚实,哪里挡得住？曹文诏又号令大军掩杀,义军阵脚大乱。各部头领都欲保存本部实力,哪有人马向前？王自用只得急急鸣金,叫众头领退回城内拒守。

可兵败如山倒,官军乘机攻入城内,义军各营只得弃了沁水城四散奔逃。曹文诏叫官军将城内各营营盘一把火烧干净了。沁水城内烈焰冲天,民宅上头火光夺目,百姓在乱军中死了无数。

眼见沁水城保不住,王自用亲引众头领及随从百余人欲出东门往阳城撤逃。只见一员大将领一彪人马拦在城东门口,正是曹变蛟。

东门大路上早堆了十几辆车子,见有流寇逃过来,兵卒便取火往车子点着,随即火起。曹变蛟识得来者正是王嘉胤座下丞相王自用,提刀喝道:"王贼,你待哪里去?还不下马受缚,更待何时?"

张献忠大喝一声,接住曹变蛟便厮杀。

王自用不敢恋战,带领随从绕过火车直飞奔南门。奔到南门,只见城门口军马摆满,为首一将正是艾万年。火焰光中,艾万年抖擞精神,正欲施逞骁勇。李三娘双眼喷火,早舞起日月双刀来战艾万年。

王自用出不得城去,和众头领又至北门城下。望见北门火光明亮,军马不计其数,为首大将正是主将曹文诏。

东门早被官军占了,西门、南门亦有官军拦路。王自用无法,只得死战北门。只见过天星惠登相、闯塌天刘国能、不沾泥张孟存、九条龙马士秀、黑煞神李老黑、上天猴刘九思诸头领各举兵器,一窝蜂杀将过来。

官军虽勇,也抵不住义军人多势众。眼见流贼如同潮水般涌过来,官军不支,北门渐渐被撕开一条口子,王自用夺路而走。

众人都往北门涌过来,却是老回回马守应、八大王张献忠、扫地王张一川、邢红狼邢家米、曹操罗汝才、闯王高迎祥、满天星张天琳、蝎子块拓养坤、混天王张应金等人辈。

曹文诏截住马守应厮杀,正激斗之间,背后赶上高迎祥拈弓搭箭,射中曹文诏坐骑。马匹负疼,掀落曹文诏。左右副将见主将落马,忙从两肋里撞来,急急抢回。原来高迎祥臂力惊人,更兼神射,端的是厉害无比。

曹文诏见贼兵数倍于官军,更兼贼首武艺不弱,料难取胜,又恐官军过多死伤,便叫人马撤回。

李自成一马当先,且走且战,一路护着王自用。不多时,义军各路人马尽数逃出沁水城,与王自用、李自成所部合兵一处,投阳城便走。

正走之间，前军发起喊来，却是宣大总督张宗衡部将白安、李卑、贺人龙、左良玉率兵杀来。原来阳城早被官军占了。张宗衡命人设伏，于沁水至阳城道上截击义军。王自用正慌乱间，背后又有喊杀声，原来是山西巡抚许鼎臣闻听副总兵官曹文诏已重创义军，特遣部将张应昌、苟伏威领兵追击。

前有埋伏，后有追兵。李自成、杨忠护着王自用并力死战，逃得性命，往西去了。官军各部追赶不上，各自回城复命。

王嘉胤座下右丞相白玉柱未及逃脱，投了官军。张立位、王国忠二人立功受赏。张氏虽逃出贼巢，恐日后被官府追究通贼之罪，已悬梁自尽。各部头领家眷或被劫强纳为妾之妇人，或杀或走，也不追究。

曹文诏叫把库藏打开，应有金银宝物都装载作为军资。又开仓廒，将粮米悉数收纳为军粮。城中百姓家有周济义军粮米财物者，视为私通贼人，悉数充公。私通贼寇者，家中有青壮皆收编充军。官军在城内休整三日，沿晋中、晋东南、晋南一条线追击。

且说王自用率众头领杀退围追之官军，一干人马迤逦去了汾州、泽州、高平等地，附近长子、屯留、辽州、阳城、寿阳、陵川等诸州县豪杰闻风来投。原来晋地亦是粮食歉收，饿殍载道，加之贪官污吏横行，豪绅勋亲抢田霸地，百姓迫不得已，唯有啸聚山林。声势浩大者有党家党世雄、破甲锥李立、映山红洪关索、白九儿白应真、一阵风陈尔先等诸般好汉。

这几个山西好汉余众不打紧，只是那个映山红洪关索乃山西运城人，身长九尺，红面长须，使一把青龙偃月刀，武艺高强，几分神似关菩萨。他自称祖居三国河东解良，是关菩萨一脉，只是祖上有一代未生得男丁，因而不姓关，遂以关菩萨后人关索为名。因面红且姓洪，人送绰号映山红。

另有点灯子赵胜、满天星周清降而复叛。因事不秘，周清被洪承畴部将处死。赵胜闻报，只得领大队人马离陕入晋，追随王自用。又有催山虎阎正甫、冲天柱何冲、八金刚曹威、油里滑尤虎等率部离陕来投王自用。

虽经剿杀，人众却旋即复至二十余万，声势复振。

义军占了汾州，王自用正坐汾州府衙，各路头领都来作贺。共有头领三十六员，各率一营兵马，共三十六营。大营兵马数万，小营兵马也有五六千人。这三十六营头领是：

紫金梁王自用、闯王高迎祥、曹操罗汝才、八大王张献忠、丫头子李三娘、老回回马守应、点灯子赵胜、不沾泥张孟存、杨六郎杨忠、闯将李自成、蝎子块拓养坤、革里眼贺一龙、过天星惠登相、闯塌天刘国能、九条龙马士秀、满天星张天琳、混天王张应金、扫地王张一川、乱世王蔺养成、邢红狼邢家米、混十万马进忠、黑煞神李老黑、大天王梁时正、四天王李养纯、上天猴刘九思、张妙手张文耀、齐天王齐荣山、党家党世雄、破甲锥李立、映山红洪关索、白九儿白应真、一阵风陈尔先、催山虎阎正甫、冲天柱何冲、八金刚曹威、油里滑尤虎。

罗汝才见了建议道："朝廷遣悍将来剿,已不下二员。其一是洪承畴,虽是文官,却心狠手辣。其二便就是这个曹文诏。前番秦陕各处烽烟,盖因不得猛将进剿。今横天一字王已亡,右丞相白玉柱已投了朝廷,且朝廷追剿甚紧,还需再推盟主,聚集各路好汉共抗官军。"

王自用点点头道："当朝皇帝只知我等劫掠粮仓、攻打州府,殊不知都只是一些断了活路的饥民逃卒、只求活命,并不害良民。朝廷唤我等为流寇,却强似朝中那帮贪官污吏、衣冠禽兽。今入晋各路头领一部一营,共三十六营,正好上应天罡数,应齐心协力,叫官军不敢小觑。"

罗汝才又道："这里一班人并非图地盘财物,当下只为活命。今日声势复振,王首领本是天王座下左丞相,不如就为三十六营盟主。不知诸位头领意下如何?"

马守应、高迎祥、张献忠、赵胜皆称甚妥,众人便欲下拜。

王自用见状急忙道："王某是何等人,敢为诸营盟主?论勇武,王某武艺远不及杨六郎、高闯王、八大王等诸般头领;论谋略,不及罗贤弟;论声望,又不及兄长马守应。王某只愿与众位并肩而战,做一小将,实为万幸!"

罗汝才见状反问道："王首领不做盟主,谁人能做?"

众人再三拜请王自用坐盟主交椅,他却哪里肯坐。

只听堂下杨忠叫道："王丞相好生啰嗦!这盟主之位又不是皇帝宝座,如何推来推去?不要讨我性起跳将起来!"

张孟存亦大喝道："六郎贤弟如何这般？且听罗头领言语！"

罗汝才也慌忙拜道："若是王丞相苦苦相让，众位头领面皮上过不去。"

张献忠见状恼道："若是皇极殿上争做皇帝，也值得这般乱。不过只是做个贼寇头子却还这样，不如各自散了吧！"

听张献忠这般说，王自用方才坐了盟主交椅。众人大喜，齐齐跪拜。

罗汝才便叫大设宴席，犒赏众位头领；又令打开汾州粮仓，大小头目并众喽啰各成团作队吃酒。

席间，王自用叫喽啰兵托出三十六盘金银相送，道："这汾州知县定是大贪官，库中金银无数，皆是些民脂民膏。如今不如都分与众人。"

马守应见了便道："这个绝不敢私受！还是购些盔甲军器为好！"

余众头领见马守应未接金银，也不便接受。

王自用又道："些少微物，聊表寸心。若建功之日，各分黄金万两。"

"深感盟主厚意，且留于军中做军资用，或给散众百姓！"原来此时各位头领尚未成事，多数还知清廉律己。马守应更是深得人心，更知成事还须与民共甘苦。

晋地虽灾，官府粮仓依旧粮米堆积如山，席间虽无炮龙烹凤，端的是肉山酒海，当日尽皆大醉，各扶归安歇。次日又排宴席，个个讲说平生之怀。第三日再排宴席，至暮尽醉方散。直至第四日，王自用传令叫各营选拣彪形大汉，共五七百步军，前面打着金鼓旗，后面摆着刀枪斧钺，中间设坛摆酒，军士各悬刀剑弓矢伺候，三十六员头领各自披挂，戎装袍甲，依次滴血入坛，一一歃血为盟。

邻近州县百姓受开仓放粮之恩，又见城内设坛、声势浩大，便一传十十传百，扶老携幼沿路观看，皆赞道："此辈好汉，真豪杰也！"

王自用见状心中欢喜，又叫兵卒从库房搬出粮米赏赐百姓。众百姓叩谢，至暮方散。结盟已罢，众头领个个上马，回归本营，不在话下。

次日，王自用命三十六营头领汾州城内议事，先开口道："我等结盟，必有细作早早报知朝廷，想必朝廷不日定再遣猛将来剿。官军军器精良，火铳火炮无数，我等兵卒多是刀叉木棒，鲜有火器，如何能守城？为免聚歼，唯有四处流而击之。众头领仍辖各自军马，官军少则攻城拔寨，官军多则彼此救应。各头领意下如何？"

李自成请战道："朝廷已视额等为心腹大患，与官军阵前对战，绝非上策。朝廷称额等为流寇，正是应了这个'流'字。叫官军无处剿灭，如何能守着小小汾州城不动？听城外眼线来报，汾州城南有蒲县，粮草充足，守备官军不足千人。小弟不才，来日定亲领三百精锐，去蒲县走一遭，打个头阵！"

王自用见李自成定要立此功劳，便从本部兵马中调拨快马三百匹交与他，令他率部为前军，即日前去蒲县。又令张献忠、马守应率部作为中军策应，王自用自率本部兵马为后军来攻。

待调度已毕，众头领各回营寨。李自成亲率骁将刘宗敏、一只虎李过、翻山鹞高杰统领马步兵杀奔蒲县。

三十六员魔星齐聚山西，如何不惊天动地！早有一股黑云遮天蔽日，直达九重天缥缈宫。有灵上仙正与上八洞仙友对弈，忽觉眼前一黑，已觉不妙，心无二用，短短几手棋，连丢了一马一炮。

上八洞仙友见状问道："平日里对弈，几曾见过上仙如此。莫非上仙心神不宁？"

有灵上仙回道："仙友有所不知，前些日子贫道率丹凤、紫熙二童游华山，眼见华山地裂引出魔星降临。不想天上一日，人间一年，已有三十六员魔星齐聚山西，以致黑云压境，故而心神不宁！"

上八洞仙友道："吾亦听闻有上界仙人收伏魔星，镇于华山。想必是魔星逃出，现已成气候，如利刃一般断了大明龙脉。上仙乃修道之人，如何不知此乃劫数？大明气数将尽，何故令上仙烦忧？"

有灵上仙沉思片刻后道："既是劫数，不如待我去助一助那破军星吧！"

再说李自成率部欲攻蒲县，马步军半日就到。不料蒲县虽是个小城池，可距汾州太近。蒲县知县恐流寇来劫掠，早令守备兵马不分昼夜加高城墙，又奔赴宣大总督张宗衡部将贺人龙处，好说歹说，用大笔钱粮换回了十尊红衣大炮。李自成来攻，遭蒲县守备兵马当头炮击。王自用、张献忠、马守应各率本部赶至蒲县，连攻三日不克。

这夜在蒲县城外，连日攻城不克，李自成心中烦忧。他心想自崇祯二年杀将起事以来，已逾两年，历经大小战事无数，自己虽是一营头领，却依旧兵微将寡、无所作为。刘宗敏几个都来劝说，相陪饮了几杯酒。李自成却越加烦忧，独自一人出营散心。没走几步,酒劲又涌了上来,头昏欲睡。蒙蒙中只觉身轻如燕,却似飞天一般轻盈。李自成心惊,不知如何是好,又觉脚步不听使唤,耳边带风,眼前漆黑一片。

不知过了多久,李自成眼前复明,却见青山绿水、男耕女织,一片祥和。

李自成心中纳闷,刚要开口相问,却见两个青衣童子径直到跟前,道:"吾二人乃有灵上仙座下丹凤、紫熙二童。今奉上仙法旨,请破军星前去说话。"

李自成问道:"二位童子唤谁为破军星?此处乃何地?"

紫熙童子回道:"星主不必多言,且随我来!"

李自成哪里敢应声,只得跟了二位童子前行。

行不多时,看到一处宝殿,金碧辉煌,甚是雄伟。紫熙童子又道:"仙师有请,星主且先入内参拜。"

李自成听了,呆呆地不敢挪动。

紫熙童子又道:"李星主,此处乃清净之所,见不得血光之器,且速解下腰刀入内,休叫仙师久等。"

李自成不敢造次,只得弃了腰刀,跟随二童子走进宝殿,红漆大门无启自开。待进得宝殿,见众善男信女齐齐躬身朝殿中神像参拜。李自成不敢怠慢,急急俯身参拜叩首。又问二位童子道:"敢问这座宝殿供的哪路神仙?"

紫熙童子回道:"这路神仙端的是灵验无比、有求必应。只是心术不正者甚惧之!"

李自成疑惑道:"小人幼时听民间传言有一仙长,灵验无比,万民敬仰。莫非是有灵上仙否?"

紫熙童子微微笑道:"正是我家仙师。"

李自成大惊,又道:"二位仙童为何而来?"

丹凤童子道:"奉仙师法旨,有请星主赴宫,不必多问。"

李自成推辞道:"仙童此言差矣。小人姓李,名自成,又名黄来儿,不是什么星主。"

紫熙童子笑道:"如何能差了?你乃破军星是也!待善男信女退去,自有仙师召见。"

李自成又道:"小人不曾拜识,如何敢烦仙师召见?"

丹凤童子道:"星主到时便知。"

李自成不敢再言语,只是跪拜不起。

不知过了多少时辰,只觉日色西沉,众善男信女参拜罢了,一一散去。二位童子这才道:"你乃破军星临凡,杀气甚重,恐惊了信徒,星主休怪。仙师就在山顶亭内,且随我等来。"

二位童子在前,李自成跟行。待出了宝殿,却是星月满天、香风拂面,四下里都是茂林修竹。李自成寻思自入晋以来,还不曾知有这么个神仙佳境,却不知有灵上仙为何召见!

正行走之间,忽听得一声呼啸,群鸟惊飞,树林中却跳出一只斑斓猛虎来。李自成大惊,方才腰刀已弃在山下,此番手无寸铁,如何敌得这条大虫来。心想吾命休矣!

只见平地里起了一阵狂风,那猛虎将前爪在地上略按一按,合身望上一扑,从半空里就蹿将下来,眨眼间已到李自成近前。李自成虽勇,阵前杀人无数,却未曾逢如此阵势,又苦于手无寸铁,正不知如何应付。一旁紫熙童子喝道:"畜生,此人乃破军星临凡,你还不退下,作死么?"

那猛虎听见人话,虎目望着李自成迟疑片刻,竟掉头鼠窜。

李自成见状不解,忙问二位童子道:"仙境岂有大虫猛兽?却不知这大虫见小人又为何逃遁?"

紫熙童子笑道:"万物平等,如何仙境就不可有大虫猛兽?你乃破军星,煞气盖过猛虎,这畜生见你当然便躲!"

李自成闻言惊出一身冷汗,道:"原来如此!"

又跟随二位童子行了不过一里路,听得潺潺涧水,又见一座青石桥,两边朱栏雕龙画凤,甚是奇异。岸上栽种奇花异草、苍松茂竹、翠柳蟠桃,桥下翻银滚雪般水流不歇。李自成远看水流,却是从山顶流下。过得青石桥,看见一条石板小径,两侧古树参天。又走了几步,已是云山雾海,不是凡间景色。

李自成抬头看时,却见一处仙宫甚是雄伟。待引入门内,有个龙墀,两廊下尽是朱红柱,都缠绕着舞爪巨龙。正中一所大殿,殿上灯烛荧煌。二位仙童从龙墀内一步步引李自成到月台上。紫熙童子入门通报,不多时便听见她在殿上阶前唤道:"吾师有请,星主且进。"

李自成走到大殿上，看见脚底下都是龙砖凤阶，不觉腿股战栗，毛发倒竖。

紫熙童子又唤道："请李星主阶前说话。"

李自成不敢抬头，到阶下躬身拜伏在地，口称道："小人乃下界草民，并未做半点不法之事，伏望上仙俯赐怜悯！"

阶上传出有灵仙师声音来，教请李星主坐。可李自成哪里敢坐？

丹凤、紫熙二童子喝道："吾师叫你坐，还迟疑什么？"

李自成只得勉强坐下。

有灵仙师问道："李星主别来无恙否？"

李自成起身再拜道："小人乃一介草民，不敢面觑仙容。"

有灵仙师道："李星主，既是如此，且不必多礼，抬头说话。"

李自成方敢抬头睁眼，见仙宫金碧辉煌，龙凤烛相映生辉，正中七层莲花宝座上坐着有灵仙师，身穿金缕绛绡仙衣，手持如意法器，天然妙目，正大仙容。两边站立丹凤、紫熙二童子，持笏捧圭、执旌擎扇侍从。

有灵仙师命童子献酒献果。丹凤童子便手执莲花宝瓶斟酒过来，递给李自成。

李自成不敢推辞，接过玉杯跪饮了。只觉得这酒馨香馥郁，霎时神清气爽。

紫熙童子捧过一盘蟠桃，李自成战战兢兢，伸手取一个咬了一口，端的是清甜无比、可口欲仙。待吃完桃肉，桃核不敢扔，只敢捏在手心。

仙师法旨，叫饮三杯酒。丹凤童子又斟过一杯酒，李自成一饮而尽。复斟一杯酒过来，李自成饮了一小口，便觉仙酒入口虽醇香无比，下肚子却颇有些力气。恐酒后失了体面，只得再拜道："小人不胜酒力，不敢再饮，望乞仙师恕失仪之过。"

莲花宝座上有灵仙师谓二位童子道："既是李星主不能再饮，你二人且先退下，取那三道锦囊、一卷兵书赐予星主。"

两位童子领命，去宝座背后端出黄金漆盒一个、黄罗包袱一个。黄金漆盒内藏有锦囊三道，黄罗包袱里包有天书一卷，递与李自成。

李自成接过宝盒、包袱，不敢打开看，只能再三拜受。

有灵仙师交代道："李星主，大明江山西有义军、东有金兵，虽有忠臣猛将，然崇祯天子却不善用。所谓大厦将倾，独木难支，何况天子刚愎自用、寡情薄恩。传你兵书一卷,可助你攻城拔寨。另有三道锦囊,可于'文官上位,欲渡黄河'时拆红囊;'观政西进,深困峡谷'时拆紫囊;'二王公引,德胜门入'时拆金囊。三道锦囊皆可助你化险为夷。如不听锦囊所告,必将引杀身之祸,死于草民耕田之物下。切记!切记!今番赐宝物与你,须一心为民,不可奢靡堕落。勿忘!勿泄!"

李自成再拜谨受,将宝盒、包袱缠了背上,又叩拜了。

有灵仙师又道:"星主本上应魔星,镇于华山之底,因山崩地裂而出;前世罪孽未消,当世魔心未断,星主须多行善事,不可有分毫懈怠。若是他日问罪,吾亦不能救你。此兵书锦囊还须善观熟视,只可与开封青龙冈上山下石之人同观,其他皆不可见。功成之后,便可焚之,勿留于世。所嘱之言,你当记取。仙界一日,人间一年,此地难以久留,你当速回。"说罢,便令两位童子急送李自成回去。

有灵仙师几番言语,李自成虽破军星转世,但现在仅一凡夫俗子,哪里能解,便俯身再拜道:"小人愚钝,不明玄机,还望仙师赐教。"

有灵仙师道:"星主不必多问,天机不可泄露!日后定然灵验。"

李自成不敢再问,只是牢牢记住仙师言语,再三叩谢。

两位仙童下得殿,出得缥缈宫,送至石桥边。紫熙童子叮嘱道:"星主受惊,望日后好自为之。"

李自成俯身拜道:"他日倘若功成名就,定当给仙师及两位仙童重塑金身。只是何日能再拜见仙容?"

紫熙童子道:"星主来时,仙师已嘱。如今秦陕、燕赵、齐鲁各地连年大旱,耗虫横生,久之定生瘟疫之毒。加之耗虫乃跳蹿之虫,瘟毒扩散势必荼毒生灵。或五六年,或八九年,京师大疫,生灵涂炭。仙师已教授预防之法,吾自当下界教众人防范。届时率土之滨,有在朝王公,有在野浊流,亦有外敌贼寇,谁真心为民,一试便知。星主切记!"

李自成闻言,再三俯身叩拜。

丹凤童子又道:"时候不早,星主且看石桥下水里二龙群蛇夺食!"

李自成起身凭栏看时,果见一条金龙、一条黑龙张牙舞爪,两条碗口粗大蛇,另有一群小蛇都在争抢水中虾蟹吃。

李自成问道："此处为何有龙蛇抢食？"

紫熙童子道："金龙乃汉人天子，黑龙乃外人天子，两条大蛇乃星主与煞星是也。余众小蛇，皆不足虑！"

李自成又问道："何人是煞星？"

紫熙童子道："此乃天机，不可泄露，届时星主自知。"

李自成不敢再问，却不防备二位仙童子左右两边使力，直往石桥下一推。

李自成大叫一声，脑门撞在一棵松树上，醒来却是南柯一梦。他爬将起来看时，月影正在当头，料是三更午夜。回顾四周，不远处正是自家营盘。远处星星点点，却是蒲县城墙，那火光正是巡更兵士。

李自成长吁一口气，却看见手内果有桃核，背上果然背着宝盒、包袱。拿将出来看时，盒内果有红、紫、金三道锦囊，包袱内果有一卷兵书；又觉口里甘甜酒香。

额只是吃了几杯闷酒，独自一人走到这松树林里，不期有此奇遇。此番遇仙，甚是怪异。若只是一梦，如何有这锦囊兵书在背上？手里又有桃核，口中还有酒香？方才有灵仙师和童子所说言语，还须牢记，不可忘了一句！额幼时曾闻乡野老人多有传言这灵验无比之上仙，看来额真是遇得这有灵仙师了。想罢，李自成往天再拜。些许微风吹过，天上云开雾散，果见一片祥云，云端上隐约看见一位妙面仙师，左右两位仙童，正和方才梦境一般。

额在甘州为兵时，曾去万寿寺敬香，长老送额四句偈语，说的是"风雪起榆中，秦陕建行宫。他日列九五，金蛇难成龙"。额于风雪天在榆中县杀了上官王国起事，此句已是应了；后句又是建行宫、列九五，此番还有灵上仙呼额作星主，想额前生绝非等闲之人也，这锦囊兵书必然有用。李自成想罢，以手拍额称谢道："果真是有仙人相助，传锦囊兵书，又指点迷津！他日如若功成，必当来此建上仙庙宇！"称谢已毕，便把衣服盔甲拂拭了，一步步往营盘走去。

没走几步，只听得前面远远地有人喊道："休叫走了那个贼将！"

李自成循声望去，却是一伙官军，七八十人，个个拿刀持枪。原来李自成一人走入松林，早被蒲县城楼上巡更士卒看见，看盔甲料是头领，便差了一把总官领兵来捉。

李自成欲拔刀来斗官军，伸手去摸，腰间却空空如也。原来腰刀方才已弃在山下,忘了向两位仙童讨回。他只好顺手拔起一棵小松树权当武器。

那七八十个官军片刻便至,团团围了李自成。把总官喝道:"何处贼寇忒大胆,敢独自来这里送死!"

李自成也不搭理,舞起松树就和官军战在一起。俗话说双拳难敌四手,何况李自成无称手兵器。眼见不敌,忽然背后冲出一彪人马,为首一条大汉飞步过来。那个大汉上半身不着一丝衣裳,露出鬼怪般腱子肉,手里拿着一把锋利大砍刀,口里喝道:"那伙官军休伤额叔父,且留下脑袋!"

李自成看得分明,正是侄儿李过。

把总官见李过这般气势,腿脚已松软了,刚待要走,李过飞身赶上就势一脚将把总官踢倒,踏住脊背,手起大刀,就将把总官拦腰砍作两半。

背后又有一员大将赶来,亦挺一把钢刀杀向官军。李自成视之,正是刘宗敏。众官军见不是好兆头,各自四散逃了。

见李自成无恙,众好汉欢喜。李自成问道:"你们如何得知来这里救额?"

李过答道:"叔父吃了几杯酒,离席而去。正巧王盟主、马头领有事找叔父商议,营中遍寻不见,言道叔父独自一人离营,放心不下,便差人去寻。半晌寻不着,王盟主心焦,再着额等众人前来找寻,只恐叔父有失。果然在此地遇见官军追杀。"

话犹未了,又有一彪人马赶到,为首两骑正是王自用、马守应二人,背后还有党世雄、李立、洪关索、白应真、陈尔先五位头领。

原来有快马来报说闯将攻打蒲县不破,几位山西起事的好汉急欲来帮。那洪关索是个急性子,找到罗汝才言道:"闯将虽猛,然陕西汉子不识我关西地势,待我几个去助他一助。"

罗汝才也觉有理,亦率本部人马赶来蒲县。

当下八个头领都相见了,李自成一一作谢。

王自用关心地说道:"愚兄叫贤弟不可冒进,还须先行打探一番,岂料小小蒲县竟有这许多红衣大炮。贤弟不听愚兄之言,险些儿又做出事来。"

李自成道:"小弟只是见官军势大,小小汾州弹丸之地如何能守得住,因而坐卧不安,不得不来走这一遭。"

王自用劝道:"此番无事则好,且回营商议。"

众头领也劝李自成且先回营,再作计议。李自成再次拱手相谢道:"得诸位头领救命之恩,死亦无怨!"

众头领上马离了松林,李自成在袖底里藏了宝盒包袱,再望空顶礼,称谢仙师庇佑相助之力。王自用、马守应问何故,李自成就将遇仙之事拣不紧要的说了,只说吃了仙桃、饮了仙酒,却不敢提被仙人唤作星主、赐兵书锦囊之事。

一行人马径回营盘,罗汝才、张献忠出营相迎。李自成见张献忠如同铁塔一般不发只字片语,冷酷气势让人不寒而栗,心中暗想:"方才在石桥下池中,紫熙童子所指两条大蛇乃额与煞星是也,看八大王如此气势,莫非煞星应在此人身上?此人须慎防之。今势孤之时,且不言语,待日后势大,图之未晚。"

当下王自用又道:"时候晚了,各自且先歇息,明早中军帐里议事!"

众头领听罢,各自回营歇了。李自成回到营地,也叫刘宗敏、李过去歇息。

眼见蒲县城墙高大,又有红衣大炮,各部头领都恐折了本部人马,更无人卖力出战。李自成心中越加烦忧。是夜,他在营帐里闷坐,合不上眼,猛然想起不如请出仙师所赐兵书一观。遂紧闭帐帘,点上灯烛,取出兵书秉烛夜读。

正看之间,忽听帐外小喽啰报称要面见王自用头领。有守护兵卒答道:"王盟主正在歇息!"

喽啰兵急道:"万分紧急!"

守护兵卒会道:"且待我通报。"

不多时,听见帐帘掀起,料想是王自用听闻有重要军情,急切间出帐来见。只听小喽啰道:"我等众军围蒲县几日,方才见有三骑以迅雷不及掩耳之势奔出城去,却追杀不及,必是蒲县使人去山西巡抚告急。官军必然抓紧遣兵,小人不敢不报。"

王自用叹道:"这可如何是好?只好待天明商议了。"

李自成听闻又有官军大举来剿,心中寻思兵书必载有良策,便细细研读。原来这兵书共分三卷:卷一乃山河地理之卷,率土之滨尽收眼底;卷二乃行军布阵之道,丝毫不逊《孙子兵法》;卷三乃占卜吉凶之法,却如诸葛武侯在世。李自成翻看晋地山势,又翻看兵法韬略,心中已有对策,恰似成竹在胸。

第二日天大明。王自用、马守应、罗汝才、李自成、张献忠、党世雄、李立、洪关索、白应真、陈尔先共十个头领同到中军帐内。当中虎皮交椅坐着正是三十六营盟主王自用,他道:"天明前有伏路小喽啰探得实情,报有三骑快马往太原府去了,定是搬请救兵。张宗衡那厮手下贺人龙、左良玉皆是悍将,定要起大军来征,如何是好?"

众人听罢,商议道:"小小蒲县也不是久恋之地,且三日不克,倘若大军到来,腹背受敌,还须有个对策!"

李自成拱手道:"禀盟主,末将有一计,不知中得诸位心意否?"

众头领闻言都道:"愿闻良策。"

李自成介绍道:"自这西方八十里地有个去处,地名唤作大宁县,虽聚集着三五千军马,守备高逸却是个贪生怕死之徒。但有风吹草动,却只敢躲藏,不敢露头半分。我等何不先休整一日,众人皆饱餐了,再收拾人马趁夜劫了大宁县?"

洪关索摇摇头道:"洒家世居关西多年,也听闻大宁县城墙不甚高,是个好打的去处。只是大宁县也是个难守之地,官军来剿,却是白说!"

李自成又道:"仁兄毋躁,且听小弟细细道来。大宁县以北一百里隰州城却是个好去处,群山环绕,沟壑交错,易守难攻。往年风调雨顺时,有滨河水灌溉,二十万大军也屯得下。不如趁夜先袭大宁,一鼓作气再打隰州。"

洪关索听罢,手捧美髯笑问道:"贤弟乃陕西汉子,听闻也曾宁夏为驿卒、甘州为把总官,如何对我关西土地如此深知?莫非有仙人相助么?"

李自成不敢透露半分天机,只得假意笑道:"洪头领说笑了,神仙本是传言,额如何能有仙人相助?"

李立点点头道:"李头领言之有理。只是你可知隰州知州杨玮绝非大宁守备高逸可比。这杨知州中过武举,武艺高强,能征善战,有百步穿杨之能;且对朝廷忠心耿耿,也爱民如子,是条忠勇的汉子!"

李自成豪气道:"头领勿忧。小弟也闻得这杨知州善射威名,四周州县多有流寇劫掠,唯独隰州无事。只是当初他未遇到敌手,因此显他的豪杰。如今放着这一班如狼似虎的头领,那杨知州死期临近,兄长何足惧哉!比及杨知州的弓箭,先叫他吃额一箭。"

这时,王自用问道:"贤弟却待如何攻隰州?"

李自成回道:"额等围攻蒲县几日,各处尽知。他各州县军马都深恐流寇犯境，必各顾各。今晚各部兵马饱餐，头领着金甲、士卒着红衣为号，打了大宁径奔隰州。额这里先差两个快厮杀的，去隰州先打头阵。"

王自用又问道："哪位头领去打头阵？"

李自成请命道："小弟不才，前番三日攻蒲县不克，今日可去隰州接住那个杨知州厮杀。"

那洪关索也请道："难得李头领如此胆量。洒家也学得一些武艺在身，青龙刀下斩杀不知多少贼兵贼将，当尽地主之谊，与李头领一道做个先锋将！"

王自用听了大喜道："如此甚好！我与你二位先同去隰州，众位头领随后都至！"

时已八月盛夏，气候炎热，夜里天凉，正好夜袭。中军帐内各头领调拨已定，当时各自退到蒲县城外二十里安营扎寨、埋锅造饭，众兵卒皆饱食，只待天黑。至夜，王自用号令兵卒杀猪羊祭旗，十个头领戴金挂银，各骑一匹高头战马，背后许多马步兵在后，登程径直杀奔大宁县而去。

且说党世雄、白应真、李立几个本是穷苦人，当下各自纠集几千人马劫掠起事。待有了饱饭吃，有了绸缎衣服穿，却效仿地主老财生享乐之心，营中竟有从瓦舍勾栏劫掠来的歌儿舞女数十人。

党世雄几个于路上纵容军士，但见村中牛舍马厩，只管劫掠。黎民百姓在睡梦中被大队兵马过境惊醒，却不敢露头，只得忍气吞声。不多时，已到大宁县城下。果然，守备高逸闻得风声，早已弃城于北门逃走。义军不费吹灰之力占了大宁。那三路山西起事兵马进山砍伐木植，去百姓人家搬掳门舍，搭盖窝铺，十分害民。

十个头领陆续入大宁县。留下少许兵马守城，李自成、洪关索为前部先锋，余众各领兵马都到隰州。

有城外眼线早将义军占了大宁县一事入城报杨知州。杨知州已是五旬开外，白日里训练乡勇，此刻正在歇息。听闻流寇忽至，睡意顿无，急急披挂，拿了那把十石铁胎弓，领守备军马上城楼迎敌。

王自用快马加鞭，天未大明已赶至隰州城外。

李自成一马当先，就欲打门。只听得城墙上牛角号响，城墙上转出无数兵卒来。当中一将顶盔挂甲、插箭弯弓，去那箭壶内摸出一支雕翎箭，搭在弓箭上喝道："来的是哪里的兵马？不早早下马受缚，更待何时？"

李自成兜住马，呵呵大笑道："隰州城能有多少兵马？杨知州虽弓箭无敌，却如何能抵挡这许多兵马？你可曾闻额等陕西豪杰攻城拔寨、各州县闻风丧胆，你一把弓箭如何螳臂当车？"

杨知州道："本官听闻王嘉胤、高迎祥、马守应俱是当世豪杰，杀贪官、劫粮米分散众百姓。若不是身为朝廷命官，本官也愿意结交这些好汉。只是杨某食君之禄当为国分忧，今番守土有责，还当弓箭下见死活！"

李自成回道："杨大人此言差矣！额等只是些断了活路的饥民逃卒，并不愿落草，俱是贪官污吏所迫耳！杨大人威名，山西一地尽人皆知。谅小小隰州，如何抗拒这数万兵马？不如弃城投降，免伤了性命！"

杨知州大怒，道："住口，你是何人？"

李自成回道："额乃米脂李自成是也！"

杨知州闻言大笑，喝道："我道是谁，原来就是闯贼！只是你老婆不仁，私通衙差，谁人不知？"

李自成听了大怒，骂道："困兽之斗，怎敢辱额？你敢出城与额斗几十回合么？"

杨知州在城楼上也不搭话，手中拉满弓，弓上有箭，觑得亲切，照着李自成就射将来。一旁洪关索疾呼道："闯将小心箭矢！"

李自成早看见杨玮拉弓射箭，又听见洪关索呼声，亟待去躲时，那支箭早射中盔顶。李自成大惊，伏鞍催马奔逃。杨玮见敌将败走，传令弓箭齐射，义军兵马中箭死伤无数。

王自用见隰州城内弓箭厉害，传令诸将士，有率先攻破隰州城门者赏银千两。重赏之下，必有勇夫，众将士死战攻城。李自成头顶盾牌，亲冒矢石冲到城下。他抬头看城墙上矢如雨下，亦取了弓箭在手，按住马上鞍桥，探手去箭壶内取支箭来。他看着城楼上杨玮较亲，照面门上只一箭。杨知州不曾防备，正中左眼，翻落到城下，死于乱军踩踏之下。

义军这边几个头领都到了，都欲抢了城门建功。城内兵马见折了主将、群龙无首，被义军大队军马掩杀。官军大败，弃了隰州城，各自逃命去了。王自用感杨知州忠义守城，遂传令把他的尸骸在城内寻块风水宝地厚葬了，功绩簿上标写李自成功劳。又将杨知州锁子黄金甲、十石铁胎弓、镔铁梨花枪、狮蛮带、银花马并战靴战袍都赐了李自成。是日隰州城内，十个头领围坐庆贺，设宴饮酒，不在话下。

这边众位头领占了大宁、隰州，而高迎祥、贺一龙、惠登相、刘国能、张一川、蔺养成等一班头领各自向晋东、晋东南流动，连占寿阳、泽州、高平、陵川、大口，锋芒直逼河南。张孟存、杨忠、拓养坤、赵胜也各率本部兵马杀回陕西。一时间陕、晋、豫各地烽烟连天，烟尘四起。

当日朝廷司天监夜观天象，见有罡星入犯晋地分野，豫地黑云压境。监正不敢隐，急急欲奏与天子。

此时崇祯皇帝已入乾清宫歇息，总管太监高起潜在一旁服侍。有侍卫在宫外传话，说有司天监监正已到乾清宫外，有要事急欲面圣。高起潜出宫问监正道："缘何来得如此急？"

那监正环顾左右，高起潜示意身边小太监、侍卫退下。监正见四下无人，说出了一番话来，却引出文官上位，实乃流寇大敌也！

有分教：

言朘削则喜，请兵食则怒，
何以叫百姓拥戴，兵将舍命？

直教秦陕燃烽烟，三晋起刀兵，川甘宁豫各地烟尘，处处燃火。欲知监正说出哪些话来，且听下回分解。

第六回

洪承畴逞威葭州城　王自用中箭武安县

书接上回。监正见四下无人,悄悄对高起潜道:"近日司天监夜观天象,有三十六天罡数魔星入晋地分野,以致黑云压境、妖气冲天,陕晋豫三地无光,定有魔星为祸。"

高起潜惊道:"如此凶信,如何敢不报说?不用说了,这天罡数魔星定是那秦陕一地入晋流寇,还须圣上特降圣旨,令兵部再遣悍将围剿。但有谋逆之人,随即诛杀,勿得停留。"

监正回道:"正待呈圣上定夺!"

高起潜领监正入宫面圣,崇祯皇帝听了大惊道:"朕原以为赦免一众罪过、再行赈济,可将饥民遣散归里、复为良民。岂料受抚盗匪旋抚旋叛,贼势猖獗,招抚为非,合当杀之才是。"

高起潜劝道:"圣上勿忧,且明日早朝再行定夺,休伤了龙体。"

崇祯皇帝余怒未消,道:"三边总督杨鹤空费这许多朝廷钱粮,却是越抚越烈。朕定要将杨鹤撤职严办。即刻拟旨,待明日早朝,监正启奏魔星之事,当朝开读圣旨。"

次日,崇祯皇帝驾坐皇极殿,受百官朝贺。司天监监正刚欲出班上奏,岂料班部丛中闪出内阁首辅周延儒奏道:"万岁,昨日山西有流星飞马来报,陕西、河南亦有告急文书如同雪片一般飞来,说秦陕一地流寇会合山西盗匪,共有三十六营二十万人马,统军贼首乃王嘉胤座下王自用是也。贼众各路兵马围蒲县、占大宁、攻隰州,且寿阳、泽州、高平、陵川、大口各处告急,兵势甚猛。隰州知州杨玮虽神箭无双,射杀贼寇无数,终寡不敌众,被贼寇李自成暗箭射死。臣以为,贼势猖獗,招抚复叛者十之八九,还须剿为上策。"

文武百官前番见崇祯皇帝主抚,皆言抚为上策。今日又见主抚生事,首辅上奏言剿为主,百官如同墙边草一般,又皆言主剿为上策。

见百官如此趋炎附势,崇祯皇帝胸中大怒,当即下旨道:

三边总督杨鹤,总制全陕,何等事权。乃听流寇披猖,不行扑灭,涂炭生灵,大负委任。着革职查办,锦衣卫差当官旗,扭解来京究问。员缺推堪任来用。陕西巡抚练国事姑降三级,戴罪剿寇自赎,如仍玩纵,定行重治不宥。

周延儒又俯身道:"吾皇且息雷霆之怒。杨鹤主抚,固然事倍功半、空费国家钱粮。而皇上罢免抚臣,当用何人再为三边总督?"

崇祯皇帝踌躇未答,又报陕西总兵王承恩、甘肃总兵杨嘉谟殿外求见。原来崇祯二年,金兵犯境,兵锋直抵京师,朝野震惊,急召各地精壮之士赴京勤王。王承恩、杨嘉谟奉诏领兵马勤王,与金兵多轮大战,互有胜负。崇祯四年夏,金人饱掠而回,除有兵围大凌城外,攻大明之势稍缓,各地远道勤王师得返原籍。崇祯皇帝听闻陕西、甘肃总兵求见,即令觐见。

王、杨二总兵行拜君之礼毕,说道:"此番托陛下洪福,赖众将士搏命,大明天兵屡次斩获,兵威大振,已驱逐金兵至大明境外。此番兵将思乡心切,乞准兵卒得返原籍,彰显吾皇圣恩。"

崇祯皇帝闻言道:"二位总兵官远涉千山万水,不辞劳苦,奉诏勤王,几经苦战,得以驱逐贼寇,实乃劳苦功高。只是金兵暂退,势必卷土重来,何言离开京师,思乡返籍?实乃负朕之所托!"

王、杨二总兵闻听圣谕,只得拜俯谢恩。

未及两位总兵官起身,周延儒又启奏道:"老臣已思得一人,愿保举此人继任三边总督,定能扫清流寇。此人虽是文官,却腹有良谋,所领兵马甚是骁勇,多有贼首被此人计谋肃清。纵然流寇千军万马,皆不敢正视。若得此人领王、杨二总兵并麾下雄兵猛将追剿流贼，必成中兴大功。"

崇祯皇帝闻言，急问何人。周延儒不急不缓奏道："此人乃延绥巡抚洪承畴是也！"

崇祯皇帝闻言，点了点头道："朕日批奏折无数，甚知洪巡抚与杨鹤之策不同，确乃帅才也！众位爱卿有何高见，但说无妨！"

只见班部丛中闪出兵部尚书熊明遇，原来梁廷栋因品行操守已遭弹劾罢官。奏道："流寇聚集凶徒恶党，累造大恶，攻城拔寨，抢掳仓廒。前番因官军力剿，多有贼寇离陕入晋，大宁、隰州等诸多州县官民被杀戮一空，仓廒库藏尽被掳去。这伙流寇已是朝廷心腹大患，当早行诛剿，休叫贼寇得势。臣亦保奏洪巡抚，只是不敢独断，伏乞圣决。"

崇祯皇帝准奏，随即降下圣旨，着翰林院即刻草诏，差心腹太监陈大奎携圣旨星夜奔赴延绥宣旨：提升洪承畴为三边总督，着令洪总督选将调兵，务必扫清贼患，杀绝匪类。

且说陈公公领了圣旨，怀揣吏部委任文书及圣上犒赏三军之银票五千两上了鞍马，领十余个护卫，连夜离京前往延绥镇宣读圣旨。陈公公本是养尊处优的人，文不能分忧，武不能建功，但是谄媚的本事却是极高，一路溜须拍马，直做到了皇帝亲信。这陈公公带了护卫从人，不敢走有贼寇出没之地，只敢绕道走大州大县。一路上各处州县官府好生伺候，深恐恶了天使。

行了十数日，一行人来到延绥镇府衙门前下马。当日洪承畴正和曹文诏、邓玘、张应昌、李卑等一班将佐在衙内商议如何进剿宁塞流寇黄友才部。

原来崇祯四年三月，神将军神一魁受抚。洪承畴故技重施，命守备官贺人龙假意设宴，待众人酒醉，伏兵四起，大肆杀戮，但神一魁死战得脱。九月，神一魁结党复叛，攻占宁塞县，诛杀宁塞守将吴弘器。岂料神一魁部将黄友才趁他不备，率部杀了神一魁逃走，继而自成一股贼寇。

有门子报说有天使携圣旨至，洪承畴忙与曹文诏、邓玘、张应昌、李卑出来迎接。陈大奎捧出圣旨宣读，升洪承畴为三边总督。众将祝贺。圣旨宣罢，众将与天使各自施礼。洪承畴请陈公公到府衙正堂坐定，问道："陈公公乃天子亲信，今日何故远劳亲自到此？"

陈大奎回言道："只因陕晋流寇一路攻打州县，首辅周大人在皇爷面前一力保举将军有安邦定国之策、降兵斩将之才,咱家特奉朝廷圣旨,升将军为三边总督。且陕西总兵王承恩、甘肃总兵杨嘉谟已离京师得返原籍,所部亦划归将军节制。望将军疆场建功,早传捷报,勿负圣恩。"

洪承畴听了大喜,道:"洪某早闻王承恩、杨嘉谟二位总兵官皆忠义之士,十八般武艺无所不能,兵法韬略无所不晓,可惜一直在辽东征战。今协力报国,定能将贼患肃清,以报圣恩。"

当日,洪承畴就在府衙内设宴为陈大奎接风洗尘。陈公公看洪总督相貌俊奇、双目犀利、神采奕奕,便问道:"洪总督乃饱学之士,敢问青春几何?幼时师从何人?"

洪承畴答道:"洪某三十有八,师从西轩长房才子洪启胤。"

陈公公又问道:"陕晋流寇贼多势大,一路攻城拔寨,敢问洪总督施何妙策以破贼众?咱家回京师也好回禀皇爷。"

洪承畴答道:"久闻流寇虽占州县、惊群动众、累造大恶,然终是一群乌合之众,其不利有三,件件足可致败。流寇势众,虽有王自用号称三十六营盟主,亦有高迎祥、杨忠、李三娘、张献忠、李自成、赵胜等诸般能人,却互不节制、各怀鬼胎,其不利一也。流寇难剿,乃踪迹流动,几无定所而致。如能设疑兵之计,诱敌离穴,聚而歼之,定获大胜,此其不利二也。流寇多是些饥民逃卒,贫寒出身,倘若假以小利,流寇自会不攻而破,此其不利三也。洪某只需精兵数万,定能肃清贼患。还望公公回禀圣上,千万保重龙体,静候佳音。"

陈大奎见洪总督这般说,大喜道:"如此说来,洪总督定有妙计在胸。咱家定当如实回禀皇爷。"随即又从袖中请出圣上钦赐银票五千两,叫犒赏三军,限日起兵剿寇。

席间,洪承畴领陈大奎察视军中仪容仪貌,只见刀剑如林、军容齐整。陈公公不免连连赞道:"洪总督果然乃当世帅才也!"

又见军中横排着一溜儿红衣大炮,用手摇撼,如同蜻蜓撼石柱一般,不禁问道:"这铁疙瘩之重较宫中石狮如何?"

洪承畴答道:"此乃红衣大炮也,各重千斤。"

陈公公惊叹道:"军中携此重物,如何奔袭?咱家见这大炮甚是累赘!"

众将听陈公公这般说,已知其深在宫廷,丝毫未曾见过红衣大炮之猛,只是各自暗笑。洪承畴恐陈公公出丑失仪，便道："陈公公高见！且去正厅饮酒！"

众人复入席，又饮了几杯，各自吃得大醉，当夜就在营中歇息。

次日天明，陈大奎启程回京。待送走陈公公，洪承畴即刻走马上任，不几日就在固原总督府内召集众将，令官军兵分两路。曹文诏诛杀贼首王嘉胤有功，名震山西，此番洪承畴亲率悍将曹文诏领大军入晋，与山西官军夹剿入晋流贼，此一路也。陕西总兵王承恩、甘肃总兵杨嘉谟勤王回师，不日可抵达原籍，可与宁夏总兵贺虎臣一道追剿刘道江、何崇谓、黄友才等各地贼寇，归由总督调度，此二路也。调度已定，各路官军大刀阔斧、气势汹汹杀将而去。

当下洪承畴率军渡过黄河，进入山西，早有一众州县各自来报说各部流寇攻打州县、屠戮百姓、劫掠粮仓之事。洪承畴问及流寇有多少人马，有说二十万，有说六十万，更有甚者说二百万之多，如同蝗虫，铺天盖地。

洪承畴正犹疑间，只见前路军士来报道："大路上尘头起处，有军马到来！"

洪承畴、曹文诏在马上举目眺望时，却是官军旗号。当先马上两员大将，一个名唤苟伏威，一个名唤颇希牧，俱是山西巡抚许鼎臣手下将官。洪承畴见是山西官军，拱手行礼，备说自渡河入晋以来，于路尽是些流寇肆虐之象。

苟伏威拱手道："洪总督诛杀贼首王子顺、苗登云之辈，威名远播。今日幸见尊颜，又见所部军士军容齐整、士气旺盛，果是大帅风采。许大人听闻总督大人来山西追剿流寇，欣喜万分，特差末将两个前来相助。许大人就在离此二十里处柳林县安营扎寨，恭候总督大人。"

洪承畴闻言大喜，与苟伏威、颇希牧二将合兵一处，径投柳林县下寨。山西巡抚许鼎臣携一班将佐及柳林知县等着了官服，都在城门口迎接洪承畴。众人一一拱手相见，许巡抚与洪总督并马骑行。两人寒暄罢，洪承畴便对许鼎臣说道："洪某得朝廷青睐，新任三边总督，今追剿秦陕流寇王自用一伙到此，还望巡抚大人助我。"

许鼎臣回道："此乃下官分内之事，自当竭尽全力，报效皇恩。只是区区山西兵将不足以剿灭流寇数十万人，兵微将寡，何足道哉！早晚也望洪总督全力相助，且提携指教。"

待入得府衙，许鼎臣相请众位尊坐。洪承畴动问道："听闻流寇已聚集三十六营人马，推举王自用为盟主，四处攻城拔寨，声势甚是浩大。许大人征阵劳神,只不知胜败如何?"

许鼎臣答道:"也未见疆场上胜败如何。流寇攻打州县,不过倚仗人多势众,冲将过来如排山倒海一般。区区一县兵卒不过千百人,如何能抵挡?下官等倘若率大军来剿,流寇却作鸟兽散,叫官军疲于奔命。流寇若是疆场搏命,可尽被擒捉!只是贼人如同蝗虫一般,因而未能剿灭。"

见许鼎臣眉头不展、面带忧容,洪承畴劝道:"许大人休要如此,胜败乃兵家常事,何必挂心?依洪某之见,各州县须多备檑木炮石、强弓硬弩,大股流寇来攻,宜坚守城池,以待救兵。流寇盘踞之所,或各个击破,或聚而歼之。"

许鼎臣闻言道:"洪大人果真高明!"

当夜,众将秉烛长谈,商议起兵围剿之事,至子时方才各自歇息。次日天晓,正欲起兵对敌,有军士来报道:"距此一百余里石楼县有兵马来报说,陕西流寇赵胜携贼众数万余人,聚集人马攻打石楼县。这石楼县城无高墙,又无精兵强将,已叫赵胜攻破城池,杀了知县官员,尽取府库钱粮。"

不多时,又有石楼县逃得性命之兵卒来说点灯子占了石楼县一事。

许鼎臣闻报大惊。洪承畴却笑道:"我倒是深知这赵胜,此人乃清涧县书生,崇祯二年起事,武艺高强,且才华横溢,腹有良谋,流寇中如此文武全才却是少见。赵胜曾就抚于清涧,却旋即反叛。此番这厮却是撞邪,且用他的头来祭旗。"

当下洪承畴、曹文诏并山西兵马点起马步兵五千,苟伏威,颇希牧二将跟随,杀奔石楼县。

这石楼县却是山岭间一座城池,西接吕梁山,东临黄河、因城东有通天山石叠入楼而得名。此处渡过黄河便是清涧县。

且说大军南进,直逼石楼县。此时天色已晚,望见石楼县城墙处并无灯火,洪承畴便道:"城墙处没有巡更灯火,足见赵胜虽饱读诗书,排兵布阵之道却不甚精通。如此山岭中一座城池,不是平原处无遮无拦,正好夜袭。赵胜却并未安排夜间巡更,一则轻敌,二则实乃学艺不精,只会纸上谈兵,此为取祸之道也!我已思得一计,定叫他数日内人头落地。"说罢,便传令军马且退二十里扎住营寨,待天明搦战。

再说点灯子赵胜自崇祯二年起事,一路劫掠金银财帛无数,如今衣食无忧,顿生贪奢之念,不仅要锦衣玉食,出行还要前呼后拥,恨不能山呼万岁。浑家白氏每每劝说,还当与部卒同甘共苦、时时警惕、切忌奢靡。赵胜只做左耳朵进,右耳朵出,当日起事之豪气已减了十之七八!

赵胜手下也有眼线探得朝廷已差三边总督洪承畴并山西兵马杀来,就在城外安营。赵胜此番已夺了城中富户内宅,正与娇妻白氏温柔乡里寻梦。听闻兵卒来报,赵胜叫属下务必坚守城池,不得出战,另飞鸽传书请盟主王自用起兵来救。待天明,洪承畴亲率苟伏威、颇希牧二将各引领五百步军佯攻,其余马步兵皆在营内按兵不动。

有伏路小喽啰探知官军来攻,赵胜听了,便请惠登魁、岳丈白太公商议军情重事。

惠登魁建议道:"官军来攻,不知虚实,只是多使火器硬弩,叫官军损兵折将,不敢小觑我等便成。待盟主王自用发兵来救,再出城决战,定能大获全胜。"

赵胜便差李全、钟山二人,并妻舅白田、白地各领兵马去城头埋伏火器硬弩,只等官军到来放箭。

当日洪承畴引军前行,来到石楼县城外。此时日午时分,洪承畴遣苟伏威领兵城下搦战。城头惠登魁见有一彪官军前来,约五百人,为首一将手执长枪。白田、白地望见,便要出城迎战。惠登魁叫军马紧闭城门,城楼上抛了铁蒺藜,但有官军近前,就叫火铳伺候。

再日,洪承畴又遣颇希牧搦战。颇希牧手持一柄鬼头刀在城下叫骂,城内依旧不出。

一连三日,任凭城外搦战叫骂,石楼县城里只是不战。洪承畴再使几十名精明士卒扮作逃兵,深夜去城内假降,只说官军将领盘剥日久,兵卒久不领饷,无食果腹,听闻赵大王仁义,特来投靠。赵胜见不战就有官兵来投,不禁大喜。

苟伏威、颇希牧交替去了几日,都说石楼县只是不出战。城楼上巡视兵卒见官军也不来攻,渐渐懒散。

这日,洪承畴传令全队马步军尽皆饱餐。至子时,月黑风高,只有点点星光。洪承畴叫兵卒分作三队,曹文诏、苟伏威、颇希牧各领一队。又四处征调推车一百辆有余,装载芦苇干柴,藏在中军。全队人马各自人衔枚、马摘铃,当晚去打石楼县城西门。

再说惠登魁几日前飞鸽传书王自用,殊不知他已率部占了隰州,不在汾州,如何能收到书信?赵胜见几日来只是小股官军搦战,只道是大队官军未至,便令惠登魁再遇搦战就出城迎敌。

这夜,赵胜正与娇妻翻云覆雨,忽听得城楼前炮响、震耳欲聋。赵胜大惊,不及着衣,便赤着上身提了绣春刀冲将出去。

有喽啰兵来报,说官军大队不下几千人,大刀长枪,兼有火炮火铳鸟枪无数,都到城门口猛攻;惠大王抵敌不住,官军已攻破西门,杀奔这里而来。

"如何有这许多官军?前番定是官军骄兵之计!"赵胜着急大叫。眼见火光四起,有官军攻入城内,正四处放火,喊杀声不绝于耳。白田、白地两人急牵了马匹就叫赵胜、白氏、白太公速速上马逃遁。

石楼县义军大败。不多时,惠登魁、李全、钟山等人领残兵皆至,众人急急往东门撤逃。

又有西边喽啰兵前来报道:"官军一将抡鬼头刀,一将舞起长枪,各领一彪人马追击过来!"

惠登魁道:"这两员将就是这几日城下搦战的官军将佐,必是武艺不弱。"

赵胜深恐有失,不敢抵挡,只得快马加鞭逃遁。眼见要到城东门,又有东边喽啰兵来报道:"东边城门已被官军占了,一员大将拦住去路,旗号上写着一个大大的'曹'字!"

赵胜听了大惊道:"此人必是杀了横天一字王的悍将曹文诏!"

众人听得"曹文诏"三字,皆心惊胆寒。又听得前后炮响,两下官军齐到,只得死战。官军火铳鸟枪齐射,义军被射杀者不计其数。

赵胜正要死战,曹文诏用鞭梢一指,军中锣响,一齐推出百余辆车子来,尽数把火点着,上面芦苇、干柴、硫黄、焰硝,一齐燃起。惠登魁、白田、白地、李全、钟山悉数死于乱军之中,余众纷纷弃械纳降。

眼见手下众人或死或降,这赵胜如何能得脱?就是轻身功夫了得,也尽被火车横拦挡住,插上翅膀也难逃。曹文诏在马上看见赤膊一人,左冲右突,料想此人定是赵胜,便假意喝道:"点灯子,你待哪里去?"

赵胜不知是计,回头一望。曹文诏用鞭指道:"谁捉到这厮,赏银封官!"

众官军听说此人就是点灯子,都要建功,各掣出军器,刀枪齐举,杀将过来。一兵卒冲到近前,掣出长枪便望赵胜搠来。赵胜躲避不及,被搠了个正着,血流如注。赵胜负疼,挥刀连斩数人。怎奈众人刀枪齐至,赵胜寡不敌众,死于乱军之中。

赵胜幼时曾遇异人,本可武艺内外兼修,可在浓睡之时仍能听音辩敌;只是未习得此术,今日睡梦中遇敌,仓促应战,被官军诛死。有诗叹曰:

清涧举旗起民祸,旋抚旋叛谁之过?
饱食暖衣初心变,石楼县里人头落。

且说官军斩了赵胜,又占了石楼县城;贼兵死伤无数,余众纷纷愿降。洪承畴入城,叫人清点财物、安抚百姓;贼兵中有精壮汉子编入军中,体弱肌瘦者遣返回乡,负隅顽抗者格杀勿论。

白太公见城中大闹,又听得官军两下杀将入来,就在宅内自缢而死。白氏被流寇降兵举报乃赵胜浑家,绑缚了押至洪承畴近前请赏。洪承畴也是个好色之徒,见白氏粉腮带红、杏眼含怒,却越显貌美,就叫白氏入内伺候,可免一死。白氏誓死不从,破口大骂。洪承畴令人将白氏推至城楼,从脖子到脚都着了绑索,绑在旗杆上示众。白氏乃义烈女子,并无半分贪生求饶之意,风吹雨淋,依旧大骂洪承畴不止,直至力竭而亡。

待将赵胜家眷丫鬟、亲随将佐、亲兵护卫不留一个或擒或杀,五千官兵便悉数入城,竖起大明旗号。城中一时鼎沸起来,尚有少许贼兵贼将引兵来战,却如何抵得过?众官军游击、把总、管队分头领兵去杀赵胜所封伪官,石楼县城中尸横市井、血满沟渠。洪承畴急急传令不得杀戮百姓,当日官军直闹至五更方息,收缴贼兵粮米、金银财帛甚多。

天明,洪承畴差将吏计点官军伤亡。此战因施以骄兵之计,贼兵又遭夜袭、兵败如山倒,官军阵亡兵卒仅数百人,其余将佐都无伤损;贼兵或杀或降,几近悉数剿灭。

石楼县衙大堂上,洪承畴正中坐了,众将都来献功。赵胜被乱军杀死,有人割了首级纳献,洪承畴皆论功行赏。

苟伏威、颇希牧二将差人通报山西巡抚许鼎臣道:"贼巢已破,点灯子已就地正法,请许大人差人到石楼县中料理。"

不过一日,许鼎臣统领官军及新任知县到石楼县安抚百姓。洪承畴叫人将赵胜首级用木匣盛了,交与许巡抚。

许鼎臣见了赞道:"总督大人上任仅月余便剿灭巨盗,成不世之功。下官已将表文差人驰往京师奏凯,朝廷必当重封官爵。"说罢,许鼎臣再拜称谢,又叫置办酒宴与众将庆贺,不题。

众将在石楼县一连过了两日,有陕西加急探马来报,说陕西流贼头目、绰号混天猴的张孟金领一二万人攻打甘泉县,夺得军饷十万八千两,杀死甘泉知县郭永图;河西兵备道张允登率部抗贼,寡不敌众,以身殉国。

洪承畴闻报对众将道:"此番一战都赖众将之力,待成平寇之功,当细细标写众将功劳。只是陕西匪患未除,众将休辞劳苦,即刻班师回陕,望再立功劳,以报皇恩!"

众将皆称愿往。

当下洪承畴、曹文诏挥师离晋入陕,令陕西总兵王承恩率部合剿张孟金部。张孟金不敌,于崇祯五年正月弃了甘泉来打宜君县。这张孟金也不含糊,腹内倒是有些谋略。待宜君城内早市,叫人乔装米商混入城内,夜间举火为号,当日夺了宜君县。数日后又占了保安、合水二县。洪承畴遣部将马科施诱敌计诱张孟金出延水关,张孟金中伏被杀。

这边张孟金作乱,甘肃庆阳、环县又有神一魁余部郝临庵、刘道江、何崇谓会合黄友才作乱。洪承畴急调甘肃总兵官杨嘉谟、宁夏总兵官贺虎臣率部来攻。官军势大,黄友才寡不敌众,被官军诛杀。何崇谓、郝临庵率贼众撤到环县北,藏于高山深涧。

崇祯五年二月,何崇谓复出攻打庆阳府,洪承畴再遣悍将曹文诏领兵来救。此刻曹文诏已升为临洮总兵。果是悍将出马,贼兵大败。洪承畴一边遣悍将剿杀,一边又施离间计,遣能言善辩之士借招抚之名赴各贼营游说,许以重赏,潜行反间,令其内讧。何崇谓部将白广恩中计,携贼众诛杀何家一门老小。何崇谓闻报,赴何家老宅救护,途中遇伏,为曹文诏部将诛杀。

当日曹总兵拟了捷报文书,洪承畴闻报大喜,当即写了申奏公文,差将吏赴京师上达天听。崇祯皇帝听闻甘陕流寇大败,龙颜大悦,差天使携帑币嘉奖,令洪承畴务必肃清寇患。

待送走天使，洪承畴将朝廷所赐一半赏众位将官，一半赏立功兵卒。又令除留可天飞等人另行解赴京师凌迟外，其余从贼皆就地斩首。宜君、保安、合水、庆阳、环县等各地贼寇得知贼首已被诛杀，一半逃散，一半投首。洪承畴出榜去各处招抚，以安百姓。克复州县各调守御官军，护境安民，不在话下。

这日固原都督府内，又有探马来报，说巨盗不沾泥张孟存离晋折返入陕，在西川设十七哨六十四寨，贼众三万余人，声势浩大，已占了米脂、葭州等地。陕西总兵官王承恩统马步兵三千人来剿，与张孟存交战数次，互有胜负。洪承畴闻报，亲率五千人马前来进剿不沾泥。

不几日，洪承畴率部到葭州城外官军营地，王承恩出营迎接。各施礼罢，王总兵摆了接风酒，叙问阔之情，并请洪承畴入中军帐内说话。

洪承畴问道："近日相战如何？"

王承恩回道："不沾泥那厮贼众甚多，只求速胜，每日引兵搦战。官军人少，地势不熟，不敢贸进。"

洪承畴笑道："流寇人多，却是些乌合之众。地势不熟，这个亦不难。本官观这十七哨六十四寨皆傍山而建，不沾泥言寨寨相接，一寨有事，诸寨相应，殊不知一寨攻破，诸寨皆破。寨后只有一条大路通往葭州，现葭州已被不沾泥所占，一旦事败，他定弃葭州。我等当多用火器破他连寨，叫不沾泥出葭州。我于路设伏，不沾泥定然被擒。"

王承恩赞道："好计！"

洪承畴传令各部一齐引军起身，直抵张孟存营寨外。

当日晨，官军众皆饱餐，将士披挂衣甲，摇旗擂鼓。义军阵中也有二三十人簇拥着张孟存出在阵前，立马门旗之下。张孟存厉声喝骂道："你这伙官军不知死活，区区数千人马如何对阵我这几万大军？既有心要来厮杀，定要见个输赢，走的不是好汉！"

洪承畴也不答话，手中鞭梢挥动，阵前推出一溜儿数十门红衣大炮来。张孟存见了大惊，急急叫人后撤，却如何撤得及？只见官军阵前火炮齐响，轰天震地。寨中大火燃起，火焰乱飞，一寨起火，诸寨皆不能免，上下通红。义军被炸得粉身碎骨，被烧得尸骨无存者无数。

眼见势败，张孟存急引亲随三十余骑奔回葭州城。原来他起事数年来，人马越来越多，劫掠得来金银财宝无数，私心顿起。昔日痛恨贪官污吏，今日却和贪官污吏一般花天酒地，亦打骂盘剥手下从人。如今逢此惨败，却如何能有人跟他？杨忠见张孟存已不似从前，早自成了一股。倘若他在此，定不至于今日一战即大败。

此时张孟存如同惊弓之鸟，只顾逃命。

洪承畴见贼兵大败，急急催动大军驰往葭州。不多时，王承恩已进了东门，正与城内贼军鏖战。洪承畴叫部将马科引兵趁势去打米脂，马科不费吹灰之力就抢道入米脂，夺了城池，杀散贼兵。须臾，米脂、葭州二城竖起官军旗号。

张孟存手下有一人名唤刘民悦，臂力惊人，曾是混天猴张孟金部将。张孟金中计为官军所杀，刘民悦逃脱，改投张孟存。那刘民悦听得官军兵马入得葭州城，提了一把五十斤重九环镔铁刀，领了百余精猛兵卒，与张孟存会合，欲杀出西门逃往山西。

众人还未出城，只听一声炮响，有一支军马拦住去路，为首一将正是洪承畴部将马科。只见马科拦住去路，厉声高喝道："总督大人料事如神，料定你必定西逃，让本将军在此等你多时！不沾泥，你好好下马受缚，免污刀斧！"

刘民悦大喝一声，纵马出阵，举起那把九环镔铁刀来战马科。马科见来将眼熟，似曾在延水会过，又喝道："贼将敢来这里送死，且吃本将军一刀！"

原来这马科也是武举出身，崇祯初年即从李卑平贼，因骁勇善战被洪承畴赏识，归为麾下。只见两马八蹄相交，两刀四臂并举，叮叮当当就战在一起。两人大战二十余回合，那刘民悦虽有勇猛，却如何敌得过马武举？加之流寇兵败，人心惶恐，渐渐刀法慌乱，只顾得遮挡，却无还手之力。

眼见战马科不过，刘民悦拨马便走。马科纵马赶将过去，把大刀横在马上，左手拈弓，右手取箭，觑得较亲便张弓一箭。刘民悦听到弓弦响，俯身急躲时，不料腿上早着，顷刻间鲜血迸流，撞下马来，颠了个脚朝天。

官军阵中军士见了，出阵将刘民悦捉住绑缚了。张孟存见刘民悦遭擒，无心恋战，仓皇逃去。马科令官军掩杀过去，少数亲随护卫张孟存死战得脱，逃出西门。

马科领兵杀入张孟存在葭州城内府邸。那些被劫掠来的良家女子闻得官军入城,有来首告张孟存罪恶的;也有恐官军追究通贼之责的,或投井,或刀刎,或撞阶。其余内侍、亲兵,未及逃脱的,都被马科叫军士绑缚解到洪承畴帐前。洪承畴令将张孟存府内一行人囚禁,待捉了张孟存一同定罪。

却说那张孟存领着数十骑亲随撞透重围,逃奔佳县。这葭州城外只有一条大路直达佳县,其余去处都是山丘沟壑,马跑不快。张孟存在马上见佳县城内有官军杀出,惊得魂不附体,回顾左右,只有数十骑。那些亲信见今日势败,都逃了。

张孟存不敢交锋,同数十亲随往黄河渡口奔走,路上哼道:"额自崇祯初年洛川起事以来,大小战事不下数百,今日逢此大败,秦陕之地是留不得了。只有渡过黄河再去山西,待东山再起,亦足为王!只恨那些逃散将佐,平日受用额衣物饭食,今日有事都自去了。待额再起之日,杀退官军,将那见额势孤逃亡的挨球货细细剁碎了。"

张孟存同众人马不停蹄绕开佳县,一路走到黄河边。

手下亲兵说道:"事不宜迟,请大王速卸下袍服,乔装成庄户人,避开官军耳目。"

"言之极当。"张孟存随即卸下锦衣玉袍,脱下镶金丝熟皮靴,解下镶宝嵌碧玉腰带,换了庄户人巾帻、衣褂、草鞋。其余亲兵侍从亦都脱卸外面衣服。众人如丧家之犬,一路向西往黄河而去。

众人走得人困马乏,已近天黑,又是腹中饥饿。百姓久被贼人伤害,又闻得大兵相杀,凡冲要通衢皆无人来往。四周静悄悄的,鸡犬不闻,哪里还有饭食来?这时手下又有假意肚子疼,诈称拉屎拉尿的,散去了一二十人。张孟存带领最后二十余骑,忍住肚饥只朝前走,却有河流阻路,看流水打旋,正是黄河。当下道:"还须有个船只渡过去!"

一个近侍指着远处道:"大王,那边不是有几只渔船么?"

张孟存看了,精神大振,同众人飞马过去。

此时是三月春季,天气晴和,黄泥巴河水也不急。只是连年大旱,百姓肚饥,黄河里的鱼都捕捞干净了,几只渔船没事干,渔人也早歇息了。

张孟存见状叹道:"百姓日落而息,恁地快活,额今日反不如寻常百姓了!"

一亲兵高叫道:"船家,撑拢几只船来,渡我等过河。"

喊了几声方有人应。有一渔人走出舱喝道："你们是哪里来的？好不省事，可知自古黄河不夜渡么？"

张孟存早没了昔日霸气，只得客气道："船家，我们是过往客商，家中变故，急于过河去。此时黄河并无大浪，多与你渡钱便是。"

船上渔人拿根竹篙撑船拢岸，把张孟存从头上直看至脚下，便道："既如此，你这些人一只船哪里够？我们都来送，你且先上我船！"

张孟存看那渔人身材高大，膀大腰圆，似有武艺在身，心中生疑。

那渔人见张孟存上船，说时迟那时快，手中执着竹篙直直捅来。张孟存站立不住，一脚便跌下船去。黄河滩边的河水倒只有齐腰深，只是泥沙深不可测，张孟存顷刻间便深陷泥潭动弹不得，哪能挣扎逃得出去？

张孟存那些亲兵在岸上忙乱起来，一亲随慌乱中叫道："快救我家大王。"

那渔人也不答话，一声呼哨，黄河滩边旱柳丛中冒出一二百人，齐声喝道："张孟存还往哪里逃？"

早有十余人跳入泥滩将张孟存劈胸扭住，十几个伺候一个人，登时就上满了绑索。那几条船上的人都跳上岸，与那些旱柳丛里冒出的人一拥上前，把那二十余个亲兵一个个或杀或擒。

原来这伙渔人皆是官军健卒乔装打扮，那一百多人也是奉令早在旱柳丛里埋伏。当下官军将张孟存一行人解送到总督中军帐来。洪承畴见张孟存已擒，大喜，依律论功行赏。

待赏慰劳毕，洪承畴一面调遣将士提兵分头去攻打秦陕各地未复州县，一面将张孟存、刘民悦一行贼首解至张孟存老家绥德，于市曹凌迟示众，以儆效尤。张孟存于崇祯五年三月被朝廷擒杀，寿仅三十五岁。有诗叹曰：

绥德好汉不沾泥，官逼民反揭竿起。
当省己身忘初心，休怪他人不仁义。

刽子手将张孟存足足剐了几个时辰。待行刑毕，洪承畴当即书写表文申奏朝廷，又令军士将张孟存府邸中搜罗来的金珠细软、珍宝财帛悉数收纳充公，将违禁府邸、珠轩、酒舍尽皆烧毁。

话不絮繁,却说秦陕各地州县复被官军所占,未造大恶者复归乡野为民,其余随从不伤人者亦可复为乡民,各州县正佐官员陆续都到。

洪承畴与巡按御史范复粹商议,写表申报朝廷,奏报诛杀秦陕各处贼寇三万六千六百余人,各州县流贼已除、各地光复。

崇祯皇帝闻报,龙颜大悦,遣天使奉旨犒赏众军。

固原总督府连设三日大宴,待三日饮宴罢了,洪承畴于十里长亭送天使还朝。又请固原百泉寺高僧主持醮事。一寺僧众打了七日七夜醮事,超度阵亡军将及陕、甘、宁民变屈死冤魂。

听说点灯子赵胜、不沾泥张孟存被朝廷诛杀,紫金梁王自用、闯将李自成、丫头子李三娘、闯塌天刘国能、邢红狼邢家米、满天星张天琳、杨六郎杨忠、张妙手张文耀、齐天王齐荣山、党家党世雄、破甲锥李立、映山红洪关索、白九儿白应真等部众便弃晋入豫。河南卫辉府明潞王深恐流寇犯境、殃及封地,遂上疏告急,请求朝廷早行剪除、毋轻贼势。

崇祯皇帝闻奏,命倪宠、王朴任总兵,太监杨进朝、卢九德为监军,统领京营兵六千赴豫征讨流寇。

京营兵是官军精锐,火器精良,与王自用各部接战数次,尽皆大胜。王自用同各部一退再退,退到济源,盘踞善阳山。北有官军剿捕,往南却有黄河阻路。此处黄河绝非佳县处黄河,端的是河流湍急、黄浪滔天、无法渡河。各部首领正在黄河边一筹莫展,只见芦苇岸边大路上一个大汉飞奔过来,望着王自用便拜。众人视之,乃赛时迁张闻是也。

王自用慌忙下马扶住,忙问端由。

"那日横天一字王在沁水县被曹文诏毒计所害,又遭官军围剿,小弟困于乱军之中左右突杀不出,力竭昏厥,因而与大队人马失散。因小弟身着庄户人衣褂,躲过官军搜捕,流落江湖。听闻左丞相在汾州号令三十六营,一路饥餐渴饮赶来。不期众位好汉四处流动,今日蒙上天眷念,终在黄河边相见。"张闻说罢,叩首再拜。

王自用想到昔日张闻所立功劳,便道:"既是如此,且先回营寨计议。"

王自用带了张闻,同众首领一同回寨。张闻同众首领一一都参拜了。见官军攻势正猛,王自用心中烦忧,又召众人商议。

张文耀建议道："如今是初夏时节，黄河水涨，如何过得去？听闻朝廷已叫洪承畴这厮总督五府，兼顾晋豫。只是朝中各府官员推诿风气甚重，此处官员定不顾他处事端，哪里管你这里闹翻天。若依某愚见，不如再绕道入冀，一叫冀地官军始料不及，二叫洪承畴那厮顾不得我等！"

王自用赞成道："张妙手所言极是！横天一字王在时，多遣张闻兄弟奔赴远道打探消息，不如叫张闻兄弟休辞辛苦，再前往打探消息！"

张闻领命，去了四五日，回来对众首领道："此处往东北六百里，邻近河北处有个武安县，属彰德府。武安县共有农户一万余家，因金人进犯，官军多有抽调京师卫戍，因而只有兵丁一百五十人。武安县东有个头川镇，往西是山岭、往东是平原，是个易守难攻的好去处！"

王自用听罢，心想如今点灯子、不沾泥已被官军诛杀，各营首领勇者过勇、怯者过怯，多数降意已生。倘若再不显手段，我这盟主如何能号令诸营？于是说道："这武安县定要收入囊中，我须亲自走这一遭！不杀尽武安县官员兵卒，我就不是这三十六营盟主！"

一旁李自成听了劝道："兄长乃诸营盟主，只是武安县邻近河北，不同晋陕，多有平原，无遮无拦，因而不可轻动。不如叫小弟走这一遭！"

王自用谢道："为兄知闯将勇猛，不是要夺你这功劳，你一路攻打城池、厮杀劳困，我如今替你走一遭。"

众首领苦劝不听，李自成恐王自用有失，只得跟随前行。

当日王自用、李自成各点本部人马，三千人为先锋，数万人马跟随。罗汝才、马守应、高迎祥、张献忠、杨忠等首领就在善阳山下设宴饯行。王自用正饮壮行酒之间，忽然起了一阵狂风，正把新制印有"王"字帅旗半腰吹折。众人见了，尽皆失色。

罗汝才谏道："但凡出兵有风吹折帅旗的，皆是大凶之兆。不若停几日，再去攻打武安县不迟。"

王自用摇摇头道："曹操此言差矣！趁此春暖之时不去攻城拔寨，更待何时？贤弟且休阻我，有闯将在，定不会有失。"

罗汝才见别拗不过，只得眼见王自用引兵北上去了。

且说王自用、李自成领三千人马趱行，不两三日就来到武安县城外，下了寨栅就欲攻打。武安早有伏路眼线探知大队人马已在武安城外,急急报了知县张国柱。张知县闻报流寇袭来,大惊,连忙报知城内河北兵巡营守备王士仪,说流寇一路放火、屠杀百姓、声势鼎沸。

王守备出主意道:"流寇势大,陕晋多有城池遭流贼洗劫,区区一县守备兵马如何敌得过?为今之计,只有一边多备弓箭拒敌于城外,一边速派人搬请救兵。"

张知县拱手道:"一县百姓之安危,全赖将军。"

两人正商议间,门外兵卒来报流寇攻城。张知县、王守备不敢怠慢,引众兵卒上城墙去看。只见城外黑压压一片人马,约有三千人。

王守备高声喝道:"何处流寇,敢来我武安县送死?速速退去,免你等一死,倘若大军杀到,定叫尔等片甲不留!"

王自用闻言大怒,拔出腰中宝剑便指挥属下攻城。

王守备见流寇当中那将骑骏马、着宝盔、披金挂银、穿红戴绿,料定是贼寇之首,便道:"擒贼擒王,先射死这个贼首,贼寇必定大乱,且备弓弩猛烈射之!"

城内兵将听了将令,各自精神抖擞,拉弓射箭。城头上一百五十把弓箭,射出箭矢如同雨点一般,义军中箭负伤者不计其数。

李自成见状,劝王自用速速先撤,多备些盾牌再来攻打。

"我有三千兵马,还有大队人马就在身后。这小小武安县一百五十兵丁,就是踩踏也踏平了,如何能撤?"王自用不听,亲冒矢石督战。

城内箭矢更急,王士仪奋起一箭,正中王自用面颊上。李自成见状,冒死靠过来将王自用救上马。

李自成号令大军猛攻,区区一百五十兵卒如何抵挡数千兵马。须臾,城门撞破,众人冲入城内,王士仪奋力死战,被义军所杀。官军阵亡一百四十六人,只有四人生还。只是王自用中箭命在旦夕,李自成便叫鸣金收兵,且先退却。王自用本部大队人马已到武安城外小店村,听闻主将中箭,便欲屠城,被李自成劝阻。

众人来看王自用时,那支箭正射在面门上,周围皮肉已自发黑,原来是一支药箭。军中医士恐箭毒入骨,只能冒险用力拔出,却血流如注,当即晕倒。再看那支箭,却有鱼鳞一般倒刺,拔出箭矢却带出皮肉来。医士取金创药敷上,依旧止不住血。李自成叫人将王自用搬上车子，先回济源再作计议。

众人回到济源县，李自成差几个兵卒担负王自用火速上善阳山，却只有马守应来迎。

李闯将急问何故，马守应回道："自从盟主走后，军中流言四起，说盟主惧洪承畴那厮围剿，此举亲自攻打武安县，实乃脱身之计，是叫余众首领拖住官军围剿，自己新立山头。多有首领听信，因而不见众首领来迎。"

此时王自用方醒，已面无血色，浑身虚肿。听到马守应所言，箭创崩裂，大叫道："真乃气煞我也！"当场吐出三口黑血。

当晚，马守应、李自成守在榻前，也有杨六郎杨忠、邢红狼邢家米、混十万马进忠等黄龙山旧部不忍弃故主而折返回来看视。这马进忠文武全才，深通韬略，号称统领十万天兵不为过，崇祯元年初随王自用密谋起事，攻占延川，复投王嘉胤，亦黄龙山元老也。只是马进忠平日沉默寡言，与众头领不睦，遂遭王自用不喜，虽在三十六营首领之列，但部众大都被王自用征调，所剩无多，因此终日郁郁寡欢。此番王自用失势，马进忠仍不忘故主，实乃有情有义真汉子。

众首领都守在榻前看视。当日夜至三更，箭毒发作，王自用身体沉重，已知命难久矣，转头看着李自成嘱道："圣人云'鸟之将死，其鸣也哀，人之将死，其言也善'，贤弟且听我一言。我王和尚自崇祯元年起事，身经百战，也曾有招安之念。只是朝廷既称我等为贼寇，这一日为贼，终生为朝廷不容，招抚是条死路，唯有与朝廷势不两立，方可独善其身。我见贤弟意念之坚，如同磐石，断不会走招抚之路。我亡之后，余众皆托付贤弟。"言罢气绝而亡，寿四十一岁，时崇祯六年五月。有诗叹曰：

形似鲁达王和尚，号令群雄未称王。
善阳山上有遗训，反逆贪官亦反皇。

众首领见盟主已死，皆放声大哭。王自用手下部众闻听首领亡故，遂遵遗嘱皆听从李自成主事。

马守应见状劝道："盟主既将部众托付闯将，还请闯将来理会大事。而且生死人之分定，何故痛伤？还请闯将定夺！"

李自成听了，便叫用香汤浴了尸首，装殓衣服巾帻，停在大寨厅上。停尸三日罢，造内棺外椁，选了吉时，在大厅建起灵帏，中间设个神主，扬起招魂幡，请邻近寺庙僧众上山做功德，就在山上挑了宝地厚葬。

为何那日王自用攻打武安县，寨中有流言四起？原来那日沁水城破，赛时迁张闻被官军所获，有官军兵卒认出张闻乃横天一字王王嘉胤亲近兄弟，便献与洪承畴请赏。洪承畴先严刑拷打张闻，又许诺高官厚禄，叫张闻再投流寇，挑拨离间。张闻熬不住酷刑，心念动摇，投了官军。此番鼓动攻打武安县，又在军中散布王自用欲脱身另立山头之流言，皆出自张闻之谋。

张闻见王自用已亡，连夜逃走，欲投洪承畴邀功。不想逃离济源县不远，被总兵张应昌部下巡视官兵所获，官军见其形迹可疑，不容分说便就地斩首。可恨张闻曾立有功劳，却挡不住利欲熏心，做了好汉不齿之事，最后却落了个身首异处。

有分教：

初心本是图命活，小有功成失自我。
本应同甘共患难，逢败身死皆有果。

直教破军星施锦囊妙计，得脱天罗地网。欲知王自用亡后，诸位豪杰如何再御官军，且听下回分解。

第七回

李自成妙计渡黄河　陈奇瑜调兵会陕州

　　且说王自用已死,诸营首领只能各自为队,时分时合。崇祯六年九月,总兵官张应昌围剿河北平山流寇时,擒获贼首一盏灯张有义。此人原是王自用部下,王自用死后便自成一股。闻听擒获王自用部下,张应昌便亲自拷打。张有义熬不住打,说出王自用已于五月身死。张应昌大喜,急急备马赴京报与兵部尚书熊明遇。不两日就到京师,兵部尚书府外门子通传了,熊尚书正在府内坐堂,张总兵卸了戎装衣甲,径投府中去商议。

　　两个各叙礼罢,入后堂坐定。张总兵把剿灭河北平山流寇、擒获贼首一盏灯张有义之事先说了,又把王自用攻打武安县中箭,张有义供说王自用已死之事一一告知。

　　熊尚书听后道:"此乃天大的好事。不趁势檄调各路兵马征讨流贼,更待何时?张总兵且在府内歇息一日,明日早朝本官自去告禀圣上,起兵讨贼。"

　　次日五更三刻,文武百官都在宫外等候。朝鼓响时,各依品从,分列丹墀。待君臣之礼毕,文武分班列于玉阶之下。只见熊明遇出班奏道:"启奏圣上,各路总兵官统率大军,进征陕晋豫各地流寇,多获大胜。昨日河北总兵张应昌来报,贼魁紫金梁王自用攻打武安县被河北兵巡营守备王士仪射杀,还请圣上下旨趁势调动各路兵马讨贼。"

　　崇祯皇帝听了高兴地说道:"如此说来,剿灭流寇只在旦夕。起兵征讨之事且由爱卿全权办理,卿有何计破贼?"

熊明遇上奏道："现今流寇主力困在豫北,须以河南兵马为主,调山西、河北、陕西和京营兵马数万共同讨贼。"

崇祯皇帝闻言又问道："此寇乃是心腹大患,不可不除,谁能分忧？"

熊明遇奏道："山西、河南兵马由各镇总兵统领,陕西兵马由曹文诏统领,京营兵马由总兵官倪宠、王朴统领,剿灭贼寇,指日可待！"

崇祯皇帝听了下旨道："既是爱卿肯与朕分忧,便任卿调动。只是京营兵马调动非同小可,可差杨进朝、卢九德二位公公为监军,定然万无一失！"

熊明遇听皇上遣太监任监军,却不敢忤逆,只得奏道："谨听圣意。"

崇祯皇帝又道："卿可传令,即日起行,慎勿害民。"

熊明遇奏道："微臣必不负所望,以图功成。"

当日百官朝退,熊明遇便唤府中将吏草拟公函,发四道文书,调陕西、山西、河北、京营各部领所属精兵,前赴河南彰德府取齐,听候调用,克期并进,进剿流寇。

崇祯六年初冬,朝廷兵马云集彰德府,有豫晋抚监左良玉统河南府主兵八九千人,山西总兵官邓玘、河北总兵官张应昌统客兵一万有余,悍将曹文诏所统陕西兵马一万。另有京营兵马六千亦在路途。彰德府旌旗蔽日,杀气腾腾。

且说京营总兵官倪宠、王朴,监军太监杨进朝、卢九德,选吉日祭旗登程。时值初冬天气,大小官员都在长亭饯别。两位总兵官戎装披挂,两位监军太监身着朝服,各骑一匹金鞍战马,前面五名开路先行官各骑玉辔雕鞍马前行,左右两边排着左右副总兵官,背后许多参将、游击、守备、镇城都司、备御领班等官参随在后。

饮罢饯行酒,倪宠、王朴二位总兵攀鞍上马,登程往彰德府进发。杨进朝、卢九德因久在深宫,此番离京只望消遣,于路上纵容军士纵横掳掠、欺男霸女。倪、王二总兵深知崇祯宠信宦官,如何敢管束,只是黎民受害非止千百人。

再说善阳山上,义军各营先后又占了孟州、沁阳、温县诸地。这日闻听河南兵马会同陕西、山西、河北、京营四部总兵官领所属精兵前来,各自心中惊恐。义军论部卒之众寡,却是闯王高迎祥为尊；如今大军来剿,众人又再推高迎祥为盟主。高迎祥弃了善阳山,占据济源府衙为中军帐,当日便在府衙召集李自成、罗汝才、马守应、张献忠等各部首领商议抵御官军之策。

李自成首先说道："舅王勿忧，小侄也曾会过这陕西总兵官曹文诏、山西总兵官邓玘。虽未与豫晋抚监左良玉，河北总兵官张应昌，京营总兵官倪宠、王朴接战，却也久闻大名。这几位官军将领多为朝廷建功，只因当初都遇不着敌手。如今额这有一班弟兄，四个总兵官何足惧哉！比及他四万兵马来，额这里有二十万大军，且新有晋、豫各地来投豪杰无数，先叫他吃额当头一刀，长长记性。"

高迎祥问道："贤侄有何计叫他吃当头一刀？"

李自成回道："他四万军马都到彰德府取齐，额这里先差四个武艺高强的去彰德府杀一阵，叫曹文诏那厮知道额的厉害。"

高迎祥又问道："诸位头领何在？叫谁去好？"

有将吏清点众头领去向来报，说被官军诛杀三人，乃紫金梁王自用、点灯子赵胜、不沾泥张孟存。已西入晋陕，下落不明十一人，乃革里眼贺一龙、黑煞神李老黑、上天猴刘九思、齐天王齐荣山、党家党世雄、破甲锥李立、白九儿白应真、一阵风陈尔先、催山虎阎正甫、冲天柱何冲、油里滑尤虎。留在济源头领二十二人，乃闯王高迎祥、曹操罗汝才、老回回马守应、八大王张献忠、闯将李自成、丫头子李三娘、九条龙马士秀、蝎子块拓养坤、满天星张天琳、杨六郎杨忠、张妙手张文耀、闯塌天刘国能、邢红狼邢家米、混十万马进忠、过天星惠登相、混天王张应金、乱世王蔺养成、扫地王张一川、大天王梁时正、四天王李养纯、映山红洪关索、八金刚曹威。

听完将吏报说，罗汝才说道："昔日王盟主占济源时，有晋豫各部头领，诸如三只手、七条龙、皂莺、马鹞子、一字王、白虎、黑蝎子、老张飞、五阎王、稻黍秆等好汉来投，还有各路有绰号无名者不计其数。若问武艺高强，那老张飞乃军中将领出身，生得豹头环眼、燕颔虎须，手持长矛，恰似三国猛将张飞，浑身有千百斤力气，虽六旬开外，却有万夫不当之勇。敌将接战，抵挡不了一撞。这老张飞遂用水浒好汉双枪将董平董一撞之名，称张一撞。黑蝎子本名黑风雷，生得面黑如炭，喜骑黑马、着黑袍，身长九尺，弓箭飞爪使得如蝎子尾蜇人一般出神入化，有百步外取人性命之能。白虎名唤白顺，曾是军中教头，使一根白蜡杆所制长棍，沉猛无比，套上枪头便是长枪，也使得出神入化。这三个都是万人敌，正好战前厮杀。"

高迎祥听了问道："这三人名号额也有耳闻，罗头领可有调度？"

罗汝才又道："依某愚见,可差闯将、八大王、杨六郎、映山红四人做先锋,老张飞、白虎、黑蝎子三人合后,大军随行跟进。官军四万,我等各部兵马二十余万,若引出官军来攻,只需齐心,官军必败!"

李自成、张献忠、杨忠、洪关索四人领命,各带本部马军一千,前去彰德府搦战。张一撞、白顺、黑风雷三将各领兵马合后,相迎各路官军。

此时倪宠、王朴所引京营兵马已到,与各路总兵官都相见了。监军太监杨进朝、卢九德也携天子赏物犒赏三军。各路官兵都新领了衣甲盔刀、旗枪鞍马、铁铠军器等物,等候出军。

这日众总兵官、监军正在中军帐内议事,有探马来报,说流寇有四路兵马前来搦战,现在浩浩荡荡杀奔彰德府来。

听知流寇前来搦战,从旗号看,乃李自成、张献忠、杨忠、洪关索是也。曹文诏便建议道："我曾多与流寇接战,流寇中亦有能人猛将,李自成、张献忠、杨六郎皆武艺高强。此战必用能征敢战之将,先以力敌,震慑贼心。"

几位总兵官都说道："我这里强将如云,正好理会!"

众人商议,各自领精兵强将出府,向平山旷野之处列成阵势待敌。

此时虽是冬天,却尚暖和。陕、晋、豫、冀及京营五路官军出城迎战,早望见四路义军兵马已来。两军对阵,三通鼓毕,京营总兵官王朴要逞功劳,一马当先出到阵前,横着一把狼牙槊。望对阵门旗开处,杨忠手持点钢枪出阵来迎。

王总兵横槊勒马,大骂杨忠道："何处流贼来这里送死?如今天兵到了,不思早早纳降,还敢抗拒?待我生擒活捉你这伙贼寇解京,碎尸万段。"

杨忠艺高人胆大,本又性急,听了也不搭话,便提马舞起点钢枪直取王朴。王朴挺槊跃马,来战杨忠。两个斗到二十余回合,王朴力怯,只待要走。曹文诏恐京营兵马主将有失,便身先士卒,舞起镔铁大刀,纵座下御赐宝马来到阵前欲战。

义军兵马阵中洪关索见曹文诏亲来,横过手中青龙偃月刀便叫道："六郎贤弟且歇,看洒家来会会这个朝廷悍将,战他三百回合再理会!"

话音未落,座下枣红马早到。原来洪关索坐骑虽不及赤兔马神勇,却也是良驹。曹文诏见贼军阵中冲出一人,红面长须,持青龙偃月刀,跨枣红马,颇有三国虎将关云长之风,猛省山西有个流寇首领自称关菩萨后人的,因面红号称映山红,想必就是此人,武艺定然不弱。曹文诏不敢怠慢,挺起大刀,接住洪关索便战在一处。

这里洪关索大战曹文诏,两柄大刀正是敌手,刀来刀去铿锵响,两把刀缨锦一簇。两个斗到五十回合之上,不分胜败。眼见那边王朴斗杨六郎险象环生,生死就是一线,曹文诏不免心慌,手中大刀慢了下来,便渐落下风。

左良玉见杨忠武艺高强,王朴不敌,挺起手中虎头湛金枪来救。左良玉也是力大无穷、骑射精湛之人,救下王朴后,接住杨忠便厮杀在一处。

曹变蛟亦恐叔父有失,阵门下大叫道:"叔父大人少歇,看侄儿擒捉这红面贼!"说罢,纵马直取洪关索。

曹文诏麾下副总兵官马科知曹变蛟武艺不及叔父,恐斗洪关索不过,亦纵马出阵来夹攻洪关索。

杨忠弃了王朴,接住左良玉厮杀。李自成、张献忠亦出马来战马科、曹变蛟。曹变蛟横着那三尖两刃四窍八环刀,出阵大骂李、张二人道:"你二人都曾在军中为兵,朝廷不曾亏了你,如何却做了逆贼?现今天兵到来,如何抗拒?军中为你等早打造了一溜儿囚车,今日定要捉了你解到京师请赏!"

李自成闻言大怒,喝道:"上官克扣军服军粮,数年不发军饷,漫天大雪却叫兵卒着单衣拖辎重快行,如何叫朝廷不曾亏了额等?"

张献忠本就刚烈如火,听了这话如何忍得住,也不答话,便与曹变蛟交马。李自成亦接住马科战在一处。四人捉对儿厮杀,各自战了二十余回合,不分胜负。

倪宠见王朴败回本阵,又见贼军四将个个武艺高强,迎往官军厮杀丝毫不落下风,心中甚恼,谓河北总兵官张应昌道:"贼军人多势众,且这四将个个不弱。不如你我二人左右并进,出其不意,定能大败贼将!趁贼兵大队未至,且先胜这一阵,再攻贼巢不迟!"

张应昌点头道:"倪将军所言正合吾意!"

两人纵马出阵,取出铁胎弓,搭上雕翎箭,一个朝着杨忠,一个盯着张献忠,觑得较亲,一箭射去。杨、张正在厮杀,不防暗箭,听到弓箭响,已是躲避不及。杨忠臂膀着了一箭,张献忠俯身欲躲,却是躲避不及,右肋也着了一箭。

杨忠、张献忠负伤,只得回转马头,败回本阵。官军阵里见贼将折了两条大虫，便尽起军马，万箭齐射，又有火枪火铳，一发向前厮杀。老张飞、白虎、黑蝎子接应兵马也到了，只是冲不透官军满天飞箭，不能近前接应。李自成、洪关索二人抵敌不住，义军大败。官军一路掩杀过去，砍杀射伤者不计其数。

且说后军高迎祥领着大队人马行路，马士秀、拓养坤、张天琳、张文耀、刘国能等诸位首领各自领兵跟着。眼见前面数里外就是彰德府，城郭已隐约可见。探路小喽啰回报城头上尽是官军旗号，城外正在厮杀。众人心中生疑，料李自成、张献忠、杨忠、洪关索皆武艺了得，四人领兵搦战，如何官军城头不乱？

有耳尖者听到喊杀声，间杂火铳、鸟枪声，急急报与高迎祥知道。罗汝才惊道："六郎、闯将所领人马甚少火器，这火铳、鸟枪声定是官军，想必六郎等四将搦战遭败！"

拓养坤、马士秀、张天琳、刘国能、曹威、张一川等人听罢，便急叫回旧路，避开官军锋芒。

高迎祥见状道："不可，额等皆返旧路，李贤侄、张黄虎、杨六郎、映山红定然凶多吉少！"

这各路数十万人虽推高迎祥为主事，却互不节制，又各怀鬼胎，有利可图皆舍命，确须搏命时却各自逃窜，听闻六郎、闯将诸位勇将败了，高迎祥如何还能调遣得动？除罗汝才、马守应、李三娘、邢家米、马进忠、张一川、梁时正、李养纯八位首领外，余众大都逃回济源城了。张一撞、白顺、黑风雷三路合后兵马，也只有张一撞一路依旧在救应，却哪里抵挡住得住官军火器？

高迎祥大骂白顺、黑风雷等人。罗汝才见状劝道："先接应了闯将，再作计议！"

众人速行，走不到一二里路，迎面撞出一彪人马，却是洪关索、李自成同张献忠、杨忠、张一撞领的败残兵马。张献忠肋下中箭，只得伏在马上奔行。李自成见是舅父，急切间只说中了官军倪宠、张应昌暗箭，官军大队人马掩杀，因而大败。

当下高迎祥与李自成合兵一处，统领各部人马回撤，张献忠、杨忠负伤，且叫乘车歇息。

众人会合不到半炷香，官军追兵就到了，四下里金鼓齐鸣、喊声震天。高迎祥正要引军排列阵势接战，却撞见一彪军马，为首一将正是京营总兵倪宠。他当头乱箭射将来,正中高迎祥座下白马,将闯王硬生生倒撞下马来。李自成、洪关索、邢家米等四个头领拼死过来相救。李三娘大怒,舞动双刀来战倪宠。罗汝才引军接应,刚敌得住这路官军。邢红狼、混十万、扫地王、老回回各自引兵敌住其他各路官军。

两军混战,直杀到天黑,各自归营。李自成回来清点所引搦战本部兵马,一千人马只剩四五百人得回。张献忠、杨忠已各自回营让医士包扎。

高迎祥跌落马下负伤,众头领且来帐内看视,还喜并无大碍。李自成便问道:"如何只有这些兵马来打彰德府?"

高迎祥回道:"多数头领各怀鬼胎,并未听命于额,如何能调遣?"

李自成听了又愁道:"今番舅王亲领人马接应,不想遭官军乱箭。这聚在彰德府内数万官军,装备精良、骁勇善战,今日见六郎贤弟和黄虎中箭负伤,不日定来攻打,却如何退敌?"

众头领面面相觑,各自嗟咨不安、进退无措,商议半夜也无良策,只得各自散了。厮杀一日,李自成眼见各部头领各怀鬼胎,不能共举大事,心中烦闷。李过、刘宗敏、高杰、高一功都来看视。

李过叫道:"叔父,既是各部头领各怀鬼胎,不如额们杀将去,你们都跟我去!倘若杀了曹文诏那厮,众头领定然各自归附。额这里众好汉率二十万大军,就是杀上京师。好歹把皇帝老儿和手下贪官污吏尽都杀干净了,叔父自己做皇帝也未尝不可!"

李自成闻言斥责道:"你这小厮,休得胡言乱语!"

刘宗敏道:"时至今日,还须有个对策才是!为今之计,只有南渡黄河,如同蛟龙入海、虎入深山一般,先甩开官军追剿,再图壮大。"

"那日蒲县城外遇仙,有灵仙师传额兵书一卷、锦囊三道,兵书已助额攻打隰州建功。又叫额文官上位,欲渡黄河时拆红囊。如今洪承畴那厮做了三边总督,却能总督五府,各处官军皆步步大胜,正应了文官上位一说。现今宗敏贤弟提议南渡黄河,又正是应了欲渡黄河,此番正是拆红囊之时。"李自成寻思罢,道:"今日劳顿,额却要歇息,尔等且都退了!"

众人散去,李自成从包袱里取出黄金漆盒,见红、紫、金三道锦囊。李自成望天三拜,打开红色锦囊看时,却是十六个字:

能屈能伸，直待功成。冰冻过河，中原驰骋。

李自成览罢锦囊所言，用心铭记。又取出兵书研读，书中有观天文识气象之法。李自成依兵书所载，独自一人出营仰观天象，见星空暗淡，星光不明，微弱点光正照晋南豫北。倘若依兵书言语，正有一股冰冻寒气自晋而来，止于豫北，不日必将大寒；届时满天飞雪，河流冰封。他又细细揣摩锦囊真言，待天色微明，已思得一计。

李自成不敢忤逆仙师所言，焚了锦囊；收了兵书，依旧藏于包袱内。又跪地朝天拜了几拜。

次日中军帐中，高迎祥召集各路头领议事。罗汝才忧虑道："官军大兵压境，大有一举剿灭我等之意。眼见天色渐寒，不日必将大雪漫天，军中衣靴奇缺，恐军心涣散、不战自溃。"

高迎祥听了越加烦忧，问罗汝才可有应对之策。

罗汝才回道："为今之计，只有伪降一计可行。"

此言一出，早恼了洪关索、邢家米、马进忠等人。

邢家米怒问道："不论真降伪降，皆是死路一条。闯王可曾记得洪承畴那厮杀降一事？"

一旁李自成劝道："诸位兄长，可否听小弟一言！"

洪关索知李自成勇猛沉稳，定有妙计，说道："且听闯将有何妙计！"

李自成恐泄了仙师天机，只得谎称道："诸位兄长可知济源县有处王屋山，正是愚公移山之王屋山也。此处多能人异士。昨日三更有一贤士来访，自称愚公后人，生得仙风道骨，称善识天文地理，能辨六甲风云、贯通天地气色，三教九流诸子百家无不通达。小弟料此人定是世外高人，便诚心讨教。"

高迎祥见问道："既有贤士到来，何不留住？"

李自成回道："能人异士，行事乖张，如何敢留行！"

高迎祥又问道："既是如此，愚公后人可有指点？"

李自成答道："额得贤士指点，心中茅塞顿开，已有一计，且待说来。额闻古人有言：'得之易，失之易；得之难，失之难。'自白水王二始，各路好汉揭竿起事,席卷长驱,得了许多州郡。今官军压境,当行麻痹官军之法,留有用之身,舍济源弹丸之地,得中原沃土。为今之计,且先伪降官军。监军太监杨进朝、卢九德皆是好大喜功、昏庸无能之辈,定然不知是计,还道是不费吹灰之力便可平定大患。待降了官军、领了军服军靴,再思渡河。"

高迎祥又问道:"如何渡黄河?贤士可有指点?"

李自成回道:"罗头领方才已然说到不日必将大雪漫天,却与贤士所言一般。贤士说五日后满天飞雪,垣曲至济源一处黄河冰冻成桥,可用门板铺冰,马匹飞驰过河,直达渑池。"

众人听罢,皆称妙计。

"事在危急,莫若伪降官军,此为上计。"高迎祥遂从众议。

于是城上竖起降旗,差人去彰德府求告:"某等本大明百姓,纠党起事乃迫于势耳!今愿弃械弃甲,回归乡野,复为良民;亦可从军当值,疆场效力。"

且说彰德府内几位总兵官正在议如何一举肃清流寇。监军太监亦在指手画脚,总兵官虽不喜这些阉人,却也无可奈何。有兵卒来报,说城外有贼兵差人送降书与诸位大人,只说数十名流寇头目欲率众来降,恭请诸位大人赦罪招安。

曹文诏疑惑道:"高迎祥、李自成、张献忠皆刚猛有余之人,如何肯降?莫非有诈?"

可京营总兵官王朴却道:"昨日贼兵大败,贼将张献忠、杨忠二人负伤,高贼落马,余众定然胆怯,来降也在情理之中。"

监军太监杨进朝亦道:"既是贼兵来降,免去厮杀,岂不是好!"当下就差将吏领来人入府衙拜见。

将吏引着来人直到府堂拜见诸位总兵官,通说纳降一节。

王朴听了道:"此乃国家大事,还须取自上裁,我等未敢擅便主张。杨公公、卢公公乃替天子监军,还须问过二位公公!"

闻言,杨进朝接话道:"既然你等有心纳降,如今天子仁慈,准你就地遣散,返乡务农;亦可随军出差,征讨陕、晋、冀流寇。各路头目还须速速奔赴彰德府朝见诸位总兵官、赦免罪过,方可退兵罢战。"

来人领了这话,当即拜谢了杨公公,作别出城,上马回济源县来报知高迎祥。众头领商议已定,收拾劫掠所得金银宝物、彩绘珍珠,皆装载上车,修下请罪表章一道,并同各路头领六十一员前往彰德府,告罪纳降。

此时彰德府内曹文诏、左良玉、张应昌等诸位总兵官皆悍勇猛将,只是杨进朝、卢九德并京营大小官僚都是好利之徒。罗汝才心思缜密,早差人先寻门路见了二位监军太监、京师二位总兵官,且都有贿赂。

当下高迎祥引各路贼首六十一员入府拜见,皆俯身叩首道:"我等皆是良民,因陕西荒旱,致犯大罪。今誓归降,愿还故土复业。"说罢,李自成递上降表,表上是各头领名录:

原紫金梁三十六营头目二十二人:闯王高迎祥、曹操罗汝才、老回回马守应、八大王张献忠、闯将李自成、丫头子李三娘、九条龙马士秀、蝎子块拓养坤、满天星张天琳、杨六郎杨忠、张妙手张文耀、闯塌天刘国能、邢红狼邢家米、混十万马进忠、过天星惠登相、混天王张应金、乱世王蔺养成、扫地王张一川、大天王梁时正、四天王李养纯、映山红洪关索、八金刚曹威。

有绰号有姓氏头目三人:整齐王张胖子、射塌天李万庆、老张飞张一撞。

有绰号无姓氏头目三十四人:新虎、领兵山、勇将、一条龙、三只手、一字王、一丈青、哄天星、南营八大王、皂莺、诈手、马鹞子、胡爪、一块云、大将军、二将、猛虎、独虎、高小溪、七条龙、五阎王、邢阎王、稻黍秆、逼上路、四虎、皮里针、薛仁贵、金翅鹏、八金龙、鞋底光、瓦背儿、刘备、钻天鹞、上天龙。

无绰号头目二人:贺双全、黄龙。

共计六十一名。

众首领拜见已毕,监军杨公公道:"有五路官军总兵官亲率天兵杀退流寇,围住贼巢,旦夕可平贼患。今有高迎祥竖起降旗,情愿纳降请罪。天子仁义,流贼告降复为大明子民。自古及今,爱国护民,江山社稷永固,合准纳降请罪、休兵罢战。愿回乡者遣返,不愿回乡者从军为兵,追剿余众流寇。"

高迎祥闻听杨公公说辞,都到府衙阶下扬尘拜舞,顿首三呼。当日杨进朝、卢九德等贪官都受了贿赂,就令各路流寇就地编入各路总兵官麾下,论各部人数众寡官封游击、参将、把总等职,依旧统领旧部。

一连数日,众头领只是陪同杨公公、卢公公、倪总兵、王总兵饮酒。时到十一月二十四日,天色好生严寒,当日众兵卒虽着军服军靴、又有军粮吃喝,可依旧敌不过寒威。眼见天寒地冻,彤云密布,瑞雪平铺,粉塑千林,银装万里。

这日四更天色未明,呵气成冰。李自成趁夜出营,亲赴黄河边,果见黄河波涛如兵书锦囊所言已然冰封,昔日万涛奔腾,今日却冰坚如石。李自成大喜,望天再拜,急急报与高迎祥及诸位头领。

事不宜迟,高迎祥急令各路整肃人马奔赴黄河渡口,并传令罗汝才、马守应、李自成等人引各部人马四处搜集门板、船底、门槛等物,铺在冰上,再加砂土,分三路驰马而过,依次渡过黄河,前至河南渑池县马蹄窝、野猪鼻取齐。

当义军兵马前部行至马蹄窝、野猪鼻屯扎时,早有官军探路兵马察觉,急急报与河南防河中军参将袁大权。袁参将闻报,急急置兵抵挡。副将劝阻道:"贼兵十分浩大,不可轻敌。我这里有多少兵马,如何抵敌?不如先行弃了渑池,集合邻近州县兵马,共拒流寇!"

"渑池乃河南府之要地,倘若弃守,邻近州县定然不保。"袁参将听罢,当下不从副将之劝,执意领兵拒贼。

这边高迎祥领众将弃营渡河,如此动静瞒得了一时,如何能瞒得长久?不及天色大明,早惊动黄河北岸官军。曹文诏大骂杨进朝、卢九德二阉人误国,急令官军速速追剿。但为时已晚,除去截杀未及逃窜贼兵外,大都已渡过黄河,约有十数万之众。

却说义军来到黄河南岸,当有张献忠、拓养坤、惠登相、张天琳、马进忠、邢家米等各路人马一齐发作,杀将过来。袁参军领诸将未及列阵,义军已分路杀至。袁参军急急策马迎战,义军阵上一将一马当先,正是李自成。两将交兵,战不三回,袁参军措手不及,被李自成一刀搠死,乱军中马踏为泥。众官军欲回撤保命,背后张献忠、拓养坤赶杀过来,一时乱箭齐射,射死官军不计其数。

这十数万义军渡过黄河,侵扰中原,豫南鄂北门户大开,各路流寇四处劫掳抢掠,各处饥民纷纷望风来投,义兵势力更众。崇祯六年末,又有张一川、张天琳各部人马十余万人西入武关,陷山阳、镇安、商南,北上直逼西安。三边总督洪承畴闻报,急调合阳、韩城兵马堵截。张一川等部于崇祯七年初南下入川,连克紫阳、平利、白河等地。另一路高迎祥、李自成、马守应、张献忠等部经邓州、淅水南下入湖广,连克郧阳、房县、上津、保康诸县。郧阳抚治蒋允仪束手无策,上书请死。

且说义军攻打城池,各处州县表文如同雪片一般,纷纷奏请求救,先经中书省,然后得到御前。崇祯皇帝览奏大惊,急召首辅周延儒、兵部尚书熊明遇入宫商议。周首辅、熊尚书入宫拜见天子,崇祯皇帝问道:"去岁闻听高闯贼率众渡河,朕已严办倪宠、王朴二人听任流寇伪降之责。杨、卢二人监军不力,已调他处监军。贼既渡河,复令豫境邻壤地方,俱严防贼突。秦、郧各府调兵遣将扼要截剿,令左良玉合力追击,严饬道府州县各官,鼓励乡兵各图堵御,务克期荡扫;如再疏泄误事,必不轻贷。现今贼势越烈,可有良策?"

熊明遇向殿前俯身奏道:"启奏陛下,高迎祥、李自成、马守应、张献忠这伙贼寇,心狠手辣,杀人如麻,前番三边总督洪承畴已肃清陕西流寇,不想贼寇各处流窜。此辈贼寇自天启年末始,已逾七载,智勇非比寻常贼寇可比。现今一路入川,一路入湖广。各地州县调兵征剿,却如汤泼蚁,各处申表求救。贼势浩大,所遣官军一无良策,又互相推诿,事权不一,只是观望,以致每每折兵损将。依臣愚见,还须差三边总督洪承畴部领所属军将人马,直抵湖广四川,搜剿流寇。微臣不敢自专,乞请圣鉴。"

崇祯皇帝听罢熊尚书所奏,又问周延儒。

不料,周首辅却言道:"不可!"

崇祯皇帝问道:"却是为何?"

周延儒回道:"陕西三边与蒙古为邻,洪总督肩负戍边重责,未可轻易!"

崇祯皇帝又问:"既是如此,何人可总领剿寇军务?"

周延儒回道:"依老臣拙见,延绥巡抚陈奇瑜可当此任。崇祯五年,陈奇瑜任右佥都御史巡抚延绥,镇压流寇甚力,曾诛杀贼首截山虎、柳盗拓、金翅膀等一千余人。可调他为兵部右侍郎,总督陕西、山西、河南、湖广、四川五省军务,视贼所向,随方剿抚。"

"好,就依首辅之言,令陈奇瑜总领五省军务。"崇祯皇帝当即亲书诏旨,封陈奇瑜为兵部右侍郎兼五省军务总督,奉诏剿灭流寇,待建功之日加官晋爵,差巡按御史傅永淳亲赴延绥诏敕,令速速领旨剿寇。

陈奇瑜乃山西宝德州人,万历四十四年进士,历任洛阳知县、礼科、刑科、户科给事中等职。天启二年,曾上书弹劾魏逆一党。崇祯年初任陕西按察使、布政使等职,开煤矿、兴水利、上书延安至延绥千里饥荒,得免朝廷赋税,秦陕一地人人称颂。崇祯五年升任延绥巡抚,曾遣总兵官王承恩、副总兵官卢文善斩杀流贼截山虎、柳盗拓、黑煞神、人中虎等贼首,肃清延绥一地流寇。

得天使传旨,陈奇瑜领一众从人星夜离延绥赴豫北赴任。行至河南陕州屯扎,先叫将吏速发檄文四道,檄调四路巡抚商议联合讨伐。哪四路?乃陕西巡抚练国事、河南巡抚玄默、郧阳巡抚卢象升、湖广巡抚唐晖是也!

这郧阳巡抚卢象升端得厉害无比,乃大明不世之才。卢象升字建斗,常州府宜兴人,虽肤白如雪、骨瘦如柴,却力大无穷、文武双全。卢象升于天启二年中进士,初任户部主事,历升员外郎、大名知府。崇祯二年,皇太极率军避开袁督师镇守之宁远城,借道蒙古入寇中原。卢象升募兵马一万,进京协防。崇祯三年,卢象升升任右参政兼副使,整顿大名、广平、顺德三府兵备,所部兵马称天雄军。崇祯四年,有流寇窜至顺德、真定侵扰,卢象升亲率天雄军以一敌百,力战退贼,一时声名远播。

且说四位巡抚收到檄文,不敢有一丝懈怠,快马星夜赶赴陕州。这日陈奇瑜正在陕州府衙坐堂,门子通报四位巡抚皆至,就在堂外恭候。陈奇瑜忙叫请入内。

寒暄罢,陈奇瑜道:"听闻马守应、张天琳、刘国能、武自强等几路流寇已离湖广入川,攻下夔州,因不得地利人和又折返湖广。现兵分三路,一路犯均州,开往河南;一路犯郧阳,开往淅川;一路犯金漆坪,渡过汉水后进犯商南。诸位大人可有剿贼平寇之策?"

湖广巡抚唐晖回道:"依下官愚见,秦陕、巴蜀之地皆有大山深壑阻道,如不谙地势,流寇那伙乌合之众如何能抵御官军?不若在湖广之地追剿贼寇,令其逃亡险地,再断其补给,贼人不战自乱,则流贼之祸自解。"

陈奇瑜问道:"流寇铺天盖地,我等如何分兵前去征讨?"

郧阳巡抚卢象升道:"若是分兵前去征讨,奈何地广且流寇人多,剿了这股,那股又来,叫我等首尾不能兼顾,又无法救应。不如只是分四路围追堵截,叫流寇只能去大山深壑里自投罗网。"

陈奇瑜闻言点点头道:"卢巡抚此言极是!"又问陕西巡抚练国事道:"你巡抚陕西数年,秦陕之地路径甚熟,倘若流寇由川入陕,可逃往哪里?"

练国事禀道:"大人容禀,流寇若是由川入陕,阳平关正是入陕紧要隘口。据下官所知,洪总督在秦州布防重兵,流寇必定改道汉中,则城固、洋县等地必遭流寇劫掠。再则往东,可攻石泉、汉阴,窥视商州、雒南。"

陈奇瑜听了摇摇头道:"练大人只知其一不知其二!流寇若借道汉中,虽能再行攻占秦陕数县,只是汉中有条古栈道,人人皆知。此栈道连绵数十里,周边山势甚是险要,栈道是过往秦陕之捷径。流寇若是逃往汉中,实乃天助我也!宜起大军追剿,令贼军入汉中,到时四处围堵,断其退路,流寇之祸必可平也。"

当下计议已定,陈奇瑜令四路大军起兵征讨流寇。令练国事驻军商南,堵截流寇向西北逃窜。卢象升驻军房县、竹山,堵截流寇西逃之路。玄默驻卢氏,堵截东北关隘。唐晖驻军南漳,阻流寇逃向东南。不几日,阳平关探马来报,说贼首马守应等部围攻太平,石柱宣慰使秦良玉率军阻断流寇入川之路,马守应贼众只得经阳平关入秦州;又遭秦州兵马痛击,贼寇被杀者不计其数。

陈侍郎闻言大喜,连连称赞秦良玉乃女中豪杰也。

秦良玉乃四川忠州人,字贞素,自幼胆识过人,擅长骑射,又擅舞文弄墨,姿态风度,娴静文雅。且行军治兵号令严明,所领"白杆兵"远近闻名。夫马千乘乃大汉伏波将军马援后人,世袭石柱宣慰使,只因恶了监军太监邱乘云,被诬致死。其子马祥麟年幼,秦良玉代领夫职。泰昌元年,金人入侵辽东,朝廷诏令秦良玉出兵援助。秦良玉带领兄弟秦邦屏、秦民屏率几千健卒前往,击溃金国贼寇,立下赫赫战功。一门忠烈足可比肩花木兰、穆桂英。崇祯皇帝御笔亲书,称赞其曰:

蜀锦征袍自裁成,桃花马上请长缨。
世间多少奇男子,谁肯沙场万里行!

这边西路无忧,陈奇瑜遂亲领大军赴郧阳,同卢象升合兵一处,点起总兵官邓玘,副总兵官杨化麟、杨世恩、周任凤、杨正芳等一班能征善战之将,并马步军三万,从竹溪谷进军乌林关,征讨高迎祥、李自成、张献忠等部流寇。

且说陈奇瑜提兵从陕州往南而进,每日兵行六十里扎营下寨,所过州县秋毫无犯。早有伏路眼线将陈奇瑜亲统大军来剿之事探明回报高迎祥。此时高迎祥、李自成、张献忠等部正占了房县、上津、保康诸县,劫了府库,人人饱餐、衣甲鲜亮。原来去岁冬众头领施伪降计渡河逃往黄河南,一路入川,一路入湖广。盘踞湖广的原三十六营首领有高迎祥、罗汝才、张献忠、李自成、李三娘、杨忠、邢家米、马进忠、梁时正、李养纯、洪关索、曹威,余众首领不计其数。

听闻官军整点人马杀奔而来,高迎祥急召众头领商议抵御之策,问道:"陈奇瑜总督五省军务,已檄调四路兵马四处追剿额等,此番他与卢象升合兵一道来剿额这一路。卢象升所统天雄军非同小可。总兵邓玘亦不敢小觑,他还带了四员猛将,一个唤作杨化麟,一个唤作杨世恩,一个唤作周任凤,一个唤作杨正芳。此四人皆武艺高强,勇冠三军,这却如何抵御?"

张献忠笑道:"闯王如何长他人志气、灭自家威风,额就不信这陈奇瑜有三头六臂。俗话说'兵来将挡,水来土掩'。额这里临近鱼米之乡,吃穿补给倒是不愁。这不但有一班如狼似虎的兄弟,兵马也都吃得饱了,正好厮杀!"

那杨忠听到"卢象升"三个字,说道:"听闻这卢象升曾领兵一万入京师协防,此乃真忠臣猛将也!此人手下天雄军勇猛,小弟却早想会上一会!"

高迎祥见状道:"此番官军大举前来,诸位切记不可轻敌!既是陈奇瑜亲领大军来了,此番恶战在所难免。依额之见,能战则战;倘若官军势大,则弃了湖广,再走川陕群山沟壑之地。"

众头领拱手道:"就依闯王之计!"

此时乃崇祯七年春,风高气爽、万物复苏。闻知官军大队人马到来,高迎祥一面集本部人马抵御,一面关报邻近各路头领救应。杨忠、张献忠、李自成、李三娘、洪关索、张一撞皆性烈如火之人,如何肯退?此番各自争为前部先锋,引兵出战。

且说杨忠每逢大战皆冲锋在前,此番依旧只顾往前,自引军杀近乌林关来。早有探路小校探得杨忠搦战,飞报与卢象升说道:"流寇军马大张旗号,前部先锋乃是杨六郎所部。"

卢象升听了笑道："这伙草寇何足道哉！听闻这杨六郎乃前屯卫参将之子，曾在袁督师麾下立有战功，虽有万夫不当之勇，如今却失身贼寇。杨六郎既是忠良之后，朝廷将官纵有对他不住，也不能做了贼人，本官更是饶他不得。待他们都来，一一擒捉了，解上京师凌迟处死！"当下传令叫马步军且休与杨六郎交战，只在乌林关扎寨，待各部流寇都来再与之交锋。

次日，高迎祥、李自成、张献忠、罗汝才各部已近。陈奇瑜传令叫将士交锋，只管杀敌斩首，不要俘虏，只是休要走脱了贼首。众将得令，披挂上马。陈奇瑜、卢象升俱各戎装擐带，亲在军前督战。远远望见流寇兵马铺天盖地而来，黑洞洞遮天蔽日，都是五花八门各类旗帜。卢象升下令弓弩齐发，先射住阵脚。

卢象升见对阵旗开处，正中间捧出一员勇将，骑一匹高头大马，手持一把梨花点钢枪，生得英俊倜傥、虎背熊腰，头戴一顶黄金盔，穿一领衬甲罗袍，披一副连环镔铁甲，带一张鹊画铁胎弓，悬一壶雕翎箭。那勇将旗号上写得分明：大宋杨家将杨老令公一脉后人杨忠。

卢象升看了，谓诸将道："此贼将便是杨六郎，且不可轻敌！"

言未绝，副总兵官杨正芳按捺不住，马上横着镔铁大刀，直临阵前交战。两军阵前，杨正芳见了杨六郎便破口大骂道："你乃大明前屯卫参将之子，杨家将后人。你祖上忠于朝廷，你为何却做辱没先人之事？今日大军来剿，尚不知死？"

杨六郎闻言喝道："小爷在宁远城外大战金国猛将，立有战功，却被太监所不容，逃到这里也是迫于势耳！你是何处来的辱国小将，敢出秽言？"

杨正芳大怒，就欲厮杀。两军一起呐喊，两将不再搭话，抢到垓心交战。两马相逢，刀枪并举，战不过二十余回合，杨正芳敌不住杨忠，往本阵便走。杨忠横枪按住鞍桥，右手去壶里取箭，左手拿出铁胎弓，搭上箭，看着杨正芳较亲，一箭正中右肩。杨正芳负痛，翻身落于马下。

杨正芳部将张士达见上官中箭落马，大喝一声，纵马来战杨忠。四名官军齐出，急急抢回杨正芳。只是那张士达如何敌得过杨忠，战不到十个回合，就只有招架之功，没了还手之力。

卢象升见杨忠厉害，顾不得叫阵前大将厮杀，从腰间拔出长剑，就叫大军掩杀过去。高迎祥见官军掩杀过来，就叫杨忠且先归阵，众人一起迎战。杨忠勇猛，李自成、张献忠、洪关索、曹威、张一撞、白顺、黑风雷亦如猛虎一般，只是手下兵卒都是些饥民出身,虽辗转厮杀几年,战力大增,却依旧不能与精锐官军匹敌。战不多时,义军渐渐不敌。高迎祥令各部撤离,弃了乌林关。

陈奇瑜叫众将且不追赶,就在乌林关屯扎下营,再伺进剿。乌林关一战,官军斩获贼首一千七百有余。众将领来看副总兵官杨正芳时,只见箭透铠甲,血流如注,叫军中医士包扎了,就在营中休养。张士达明知贼将武艺高强,亦奋勇向前救护官长,勇气可嘉。陈奇瑜传令,叫功绩簿上标写张士达功劳。是日乌林关官军营中,众皆作贺,设宴饮酒,不在话下。

次日,陈奇瑜升帐,传令起军直抵房县城外乜家沟。

却说高迎祥又听得报来官军大队人马来剿,遂下令切勿轻举妄动。转瞬官军已到乜家沟,杀声震天,数里可闻。高迎祥遂引众首领上城观看,只见官军阵中猛将摇旗呐喊,耀武扬威。

罗汝才见了说道:"这房县是个小去处,城墙低矮,如何抵挡这数万官军?且那卢象升勇猛,绝非泛泛之辈。依某之见,且先弃守房县,伺机入川,再借道入陕。只有大山沟壑,方才是我等容身之所!"

可杨忠并不同意,道:"乌林关一战,我等并未输与官军!且那个官军大将先输了,还着了我一箭。这里有闯将、八大王、映山红、丫头子一班勇将,如何惧他?上次只是官军大队掩杀,我这壁厢措手不及,因此输了。"

洪关索也赞同道:"依洒家所见,官军势大,倘若就此弃了城池,势必兵败如山倒,一发不可收拾!不如就在城外乜家沟列阵迎敌,战败官军则百事大吉;倘若战官军不过,可伺机从竹溪谷逃脱,以免被围歼。"

高迎祥听罢洪关索所言,道:"就依洪头领所议!"

城外陈奇瑜引军马在乜家沟屯驻扎营,此时已是乌林关之战六日后。这日陈奇瑜帐中坐下,只见探马来报,说流寇并未弃守房县,大有再战之意。陈奇瑜便叫卢象升、邓玘速到中军帐来商议剿寇之策。

卢象升、邓玘到帐前参见。陈奇瑜问道:"今次厮杀不比在乌林关时,可要先探流寇虚实,方可进兵。流寇毕竟人多,倘或一失,各自逃窜,难以剿灭。卢巡抚、邓总兵可有良计?"

邓玘先回道:"末将曾与流寇交战数次,深知流寇惯用一个'流'字,四处辗转,因而难以剿灭。且四处饥民闻风来投,越剿越烈。依末将拙见,待我这里进兵,只求绝杀,叫流寇胆寒,不得已只能西逃大山深壑处躲藏。此时只需在紧要隘口设伏,待流寇逃至,伏兵杀出,定然大败流寇,叫流寇入川不得。一旦逃往汉中,陈大人计谋可成,流寇得灭,可成大功。"

陈奇瑜听罢大喜,就叫邓玘领兵五千,于竹溪谷、狮子山二处隘口设伏,以待贼兵。

当下邓玘听令设伏去了。又有探路小校来报,说有数彪军马卷杀而来,都打着各色旗号,有数万余人往乜家沟来了。

卢象升听了说道:"前番乌林关一战,贼将箭伤杨总兵,却不敌官军掩杀,贼首必定不服,故想做困兽之斗。我这里先差几将拦截厮杀,免令流寇得胜壮胆。"当即便差杨化麟、杨世恩、周任凤各带军马飞奔迎敌。

这三将都是副总兵官,皆武举人出身,武艺十分了得。当下领了将令,带领两万官军列阵迎敌。两边摆开阵势,三员副总兵官一齐出马,皆头戴妆金三叉凤翅冠,身披内甲,外襟战袍,着锁子山文甲,足蹬铁网靴,臂护肩护铁网裙,前后护心镜样样俱全。左边袋内插雕弓,右手壶中攒硬箭。手中各持长刀、硬枪、巨斧,座下都是高头骏马。

义军摆开阵势,即有张献忠一马出阵,厉声叫道:"何处官军来讨死?"

那杨化麟大怒,喝道:"无知草贼,敢来抗拒天兵,你这厮不知死活么?"

张献忠也不再问,跃马横刀,直劈杨化麟。那杨化麟也是个杀人不眨眼的沙场老将,性气正刚,哪里肯饶人一步,挺起钢刀,直迎过来。两马相交,双刀乱举。两将正在征尘影里,杀气丛中,使泼风刀的,刀法沉猛;使钢刀的,不输分毫。战过五十回合,不分胜败。那杨世恩、周任凤见贼将厉害,杨将军战了许多时恐怕力怯,便各持枪斧从左右两侧杀来助战。

义军虽然人多,却是各部头领心怀鬼胎,深恐本部人马冲锋受损,因而多有观战不前者。只有这洪关索还知唇亡齿寒,见官军又来了两个副总兵官,目视曹威。曹威会意,与洪关索一道各持兵器接住杨世恩、周任凤厮杀。

六员将,六匹马,分三对厮杀。这曹威虽然长得高大威猛,又不输勇气,武艺却是稀松。他和周副总兵战了不到二十回合,刀法已乱,浑身大汗淋漓。斗到正热处,曹威急要脱身,被周副总兵一斧接一斧缠住,哪里肯放。曹威此时心慌,急回身呼高迎祥来救,手中刀法慢了些,被周副总兵一斧磕开兵器,复望他

天灵盖只一斧,劈个正着,死在阵间。有诗赞曰:

  安塞好汉八金刚,八面威猛赛天将。
  武艺不精勇气在,兄弟生死自肩扛。

  卢象升见周副总兵官斩了一员贼首,只是这张献忠厉害,杨副总兵已然不敌,遂唤火枪队近前。只听官军阵中鸣金,三位副总兵官弃了对手回阵,前阵兵卒左右列阵,火枪队鱼贯而出。卢象升令五百火枪手交替射击,义军阵地顷刻大乱,被射杀者如割草一般一排排放倒。卢象升又令大军趁势掩杀。
  是役,官军又斩获各部流寇首级一千八百余。义军大败,悉数朝西边大山处逃窜。卢象升令军中兵卒只呐喊,并不追赶。
  罗汝才看了,心中疑惑,在马上对高迎祥道:"卢象升乃能征善战之猛将,此番不来追击,定然有伏兵!"
  高迎祥听了,急传号令叫各部前方会集,共商御敌之策。只是兵败如山倒,号令无人肯听。各部人马逃了半日,前面便是竹溪谷,猛听得前方连珠炮响,数千马步军重重叠叠,擂鼓杀将出来。为首一将高声喝道:"闯贼,你待哪里去?"
  有分教:

  忠臣猛将逞豪雄,强敌贼寇失威风。
  若是恩泽抚兵将,江山社稷必昌隆。

  直教再有奇谋困豪杰,复贿贪将破牢笼。毕竟是何人拦住去路?且听下回分解。

第八回

众豪杰兽困车厢峡　群好汉虎聚荥阳城

书接上回。众人齐看为首那将,正是总兵官邓玘。

高迎祥大惊,急令众军接战,可逃窜之兵约束不住。只见邓总兵拔出长剑一挥,数千兵马一齐攻来,漫山遍野,横冲直撞。义军兵马望见,只顾各自逃生。高迎祥慌忙飞马回走,李自成、张献忠、罗汝才、李三娘、梁时正、李养纯、洪关索、张一撞诸将拥护而行。

高迎祥急令分头撤离。待撤至狮子山,又有官军伏兵杀来,乱箭齐射,义军兵马又折损不计其数。

邓总兵令部将贺人龙、刘迁、夏镐等分路追杀贼兵,又斩获贼兵首级一千三百有余。一字王、马鹞子、钻天鹞、翻山虎等贼首被擒。高迎祥、罗汝才、张献忠、李自成、李三娘、杨忠、邢家米、马进忠、梁时正、李养纯、洪关索、张一撞死战得脱,逃往平利、紫阳深山中藏匿。

陈奇瑜集四省兵马聚歼流寇,十余天杀死流寇近万人,生擒五百余人。他将被擒贼人悉数押赴市曹斩首示众,以儆效尤,并差人前去京师报捷。

此时京师刚获飞马传书,金军又欲攻打宣化府,巡抚沈棨差人送重金以贿金国,金人兵马暂退。此事却惹怒崇祯皇帝,冠以乞和之罪,有损大明国体,下令斩杀沈棨。兵部尚书熊明遇眼见大明东有辽寇、西有流贼,早已是焦头烂额,沈巡抚此缓兵之计未尝不可,却遭处死,心中正郁闷得紧。这日,熊明遇正在府中烦忧,门子报说兵部右侍郎陈奇瑜剿捕湖广流寇得胜,差人报捷。熊明遇闻言心中大喜。次日早朝,熊尚书越班奏闻。崇祯皇帝闻报,赏御酒十瓶、锦袍一领。另差人携银十万两,前去行营犒赏三军。

且说陈奇瑜追剿甚紧,各路义军千里溃败,纷纷逃离湖广,入四川崇山峻岭中躲藏。沿路又是各镇官兵进剿,义军只得经达州、巴中、广元,逃至陇南。高迎祥、罗汝才、张献忠、李自成、李三娘、杨忠、邢家米、马进忠、梁时正、李养纯、洪关索各部都甩开官军追剿,逃得性命。众位首领都说官军利刃坚甲,又有火器,两军阵前冲杀,无法匹敌。高迎祥一一抚慰,计点那日渡河入豫首领时,阵中被斩杀者六人,遭官军生擒者十二人,负伤首领及小喽啰不计其数。

前有重兵围堵,后有追兵进剿,高迎祥眉头不展,面带忧容。罗汝才劝道:"胜败乃兵家常事,闯王何必挂心?不如暂回秦陕,各部首领都人熟地熟,一旦再入秦陕大山沟壑之处,可脱官军罗网。"

高迎祥听罢,便号令各部兵马晓夜提防、枕戈待旦,又遣探马四方探路。

事态急迫,探马不日就来回报,说三边总督洪承畴在秦州已布重兵布防,只有凤县驻扎官军薄弱。罗汝才听了建议道:"不如强渡两当,再以迅雷不及掩耳之势突袭凤县。"

张献忠也赞同道:"倘若占了凤县,依额之见,可再入汉中。汉中古栈道数百里,崇山峻岭之间来去如飞,可复夺城固、洋县等地。"

岂料有一人说道:"兵入汉中,洒家以为万万不可!"众人视之,乃洪关索也。

高迎祥见状问道:"为何不可?"

洪关索道:"洒家在关西都听闻汉中乃兵家必争之地,汉中栈道虽在崇山峻岭之间来去便利,可只要两头一堵,便叫你上天无路入地无门!"

张献忠闻言大怒道:"洪头领说张某欲陷众人乎?"

洪关索亦是撮盐入火之人,听得这话,便要与张献忠拼个输赢。众人急来劝解。商议一夜,决议由高迎祥、李自成、罗汝才、张献忠等领一路向汉中;洪关索一路由凤县奔向宝鸡、汧阳。

当下计议已定,高迎祥就叫埋锅造饭,马步兵将都饱餐一顿,直逼两当、凤县。果不其然,此处并未有大股官军设防。待占了凤县,夺了官粮,将粮米军器都补齐全了,高迎祥当即传令各部人马休辞劳苦,趁势转道汉中,以脱官军罗网。其时正值初夏天气,连日雨水,道路泥泞,马蹄步履不稳。

正行进之间,忽起一阵狂风,把高迎祥旗号半腰吹折。众人见了,尽皆失色。这时,罗汝才也谏道:"当年王盟主出兵攻打武安县,有人说风吹折认旗,于军不利;罗某苦谏不从,后中箭殒命。闯王方才出军,又是妖风吹折认旗,恐是大凶之兆。洪头领所言不无道理,须再计议计议!不若停待几日,再集众人商议。"

"天地风云,何足为怪?当趁此有兵有将时,再回秦陕谋东山再起;直待官军形成围追堵截之势,却去进兵,那时便迟了。"高迎祥遂不听劝说,执意要行。罗汝才哪里拗得住,只得由他引兵赴汉中去了。

此时在两当、凤县义军有数万人,从四川入西乡的义军又有二三万人。各路义军听闻高迎祥率众借道汉中入陕,纷纷会集汉中。除去已进攻城固、洋县的义军二三万人,此处义军也有八九万,浩浩荡荡,漫山遍野。

早有官军伏路小校探得流贼会集汉中,急急报与陈奇瑜。陈奇瑜正与卢象升讨论兵部尚书熊明遇因直言替宣化巡抚沈棨求情却触怒天子遭罢官之事。两人正在为此事烦闷,忽听报流寇已会集汉中,遂转忧为喜。

陈奇瑜大喜道:"湖广流寇已然肃清,脱逃之流寇会集汉中,倘若入汉中栈道,就好比鳖入瓮也,此时正是追击清剿流寇之时。一鼓作气,再而衰,三而竭。还须一鼓作气,檄调陕西、四川各路兵马合力剿除贼患。"

卢象升建言道:"下官有一计,不知中陈大人意否?"

陈奇瑜高兴道:"卢巡抚乃文武全才,定有妙计,本官洗耳恭听。"

卢象升说道:"文武全才之号,下官愧不敢当。今番流寇大败,群贼必不敢再来小丘平原之处,只往崇山峻岭中依仗地势、负隅顽抗。此次陈大人檄调各路兵马赴汉中剿寇,必可肃清贼患,扫尽贼巢,擒获贼首。但可恨流寇人多,四方饥民来投者源源不断。若要完胜,非得火炮攻打,一可炮轰群贼,二可轰山碎石,堵塞道路,断流寇退路。我大明早在太祖时就设有神机营,各式火炮甚是厉害。且承州府就有神机营,有轻火炮无数,且并不沉重,匹马可拖行,火炮也能去二三十里远近。火炮落处,天崩地陷,山倒石裂。若有火炮来轰,定叫闯贼入得汉中,却出不去,克日可清贼患。"

"卢巡抚说的极是。"陈奇瑜当即亲笔书信一封,差军官持书信赶赴承州府,备说官军大队兵马入川追剿流寇,求神机营各式轻火炮以建大功。神机营见说兵部右侍郎陈大人索要火炮剿寇建功,哪敢怠慢分毫?当时就拨付轻火炮四五十门,又将应用的烟火药料,并一应炮石、炮架都装载上车,差人安排马匹拖行,又差五七十个兵卒护送,星夜起程投郧县大营来。

还喜承州府不甚远,官道宽阔,火炮也轻,有好马拖行,不二三日便到得行营。陈奇瑜眼见到来并列一溜儿火炮,当时命人在山后空旷处竖起炮架,安排施放演练,且叫众官观看。只见炮去如雷鸣,炮落似山崩,顷刻间就如同天塌地陷一般。

见有此利炮,陈奇瑜随即召集众将来中军帐,与众人商议如何进剿。

众官都道:"既然流寇都往大山里跑,只需用炮轰塌进出的山路,就叫流寇求生不能求死不得,我等只管去那里捕捉贼人!"

陈奇瑜听罢道:"既是如此,则要将流寇都引到这里来,再一鼓作气清剿。"

众官商议,连发四道六百里快马急令。一道急令,令汉中游击将军唐通防守汉中,待各部流寇入汉中,不与之交战,保护此地藩王即可。二道急令,令各地参将贺人龙、刘迁、夏镐扼守略阳、沔县,休叫流寇往西逃了一个。三道急令,令副总兵官余世任扼守襄城,杨正芳统领兵马协防,切勿叫流寇北逃。四道急令,令副总兵官柳国镇扼守洋县,防备流寇往东逃窜。又发两道檄文给陕西巡抚练国事、河南巡抚玄默,叫他们分别把守要害隘口,截击流寇逃窜,不得有丁点差池。又叫卢象升好生守住郧县,见到逃窜流寇格杀勿论。事关重大,陈奇瑜亲率副总兵杨化麟驻扎洋县督战,以保万无一失。

几个传令官领了军令文书,备齐干粮、挑了快马,星夜启程传递将令去了。

且说高迎祥领着数万人马,并李自成、张献忠、罗汝才、杨忠、邢家米等二三十个首领离了凤县,一路向南来到兴安附近。沿路都是山岭沟壑,致车马劳顿,又有官军堵截,对了几阵下来,虽互有胜负,但早已人困马乏。眼见人烟渐稀,追兵渐远,高迎祥叫人寻找地方安下寨栅。

次日,高迎祥先引众头领上马去看兴安路径。众多好汉立马正看之间,只见山背后飞出一彪人马来,重重叠叠,不下几万人。有人眼尖,瞅见这彪人马都打着各式旗号,着衣也是五花八门,有着官军服饰的,有着庄户人家服饰的,也有单衫褂子的,也有皮衣棉袍的。打头首领也有相识的,原来是拓养坤、张文耀、阎正甫、何冲、尤虎几个，还有沿路来投靠的白云朵、七郎、王老虎等人。

拓养坤、阎正甫远远瞅见了山那头一将被众人簇拥着，骑白马、着白袍，便对何冲、尤虎二人道："来者莫非是高闯王么？"

何冲回道："听闻高闯王一路经四川入陕，八成真是。"

尤虎便挥手喝道："前方骑白马者可是高闯王？"

高迎祥听见呼声，见是蝎子块、催山虎等人，急急策马接着。众人慌忙下马，一一都相见了，各自诉说遭官军一路追剿至此之事。

李自成听了大惊道："各路人马都被官军追剿至此，哪有如此巧合之事？恐乃陈奇瑜那厮设计，此地定有官军伏兵，断不可久留！先占城固、洋县再作计议。"

罗汝才也建议道："闯将之言甚有道理。望闯王速下将令，叫各路人马速速离了此处！"

高迎祥道："既是如此，诸位不可迟疑，且寻了栈道入口，轻装上阵，从速离去。"

李自成劝阻道："舅王万万不可。倘若大军入了栈道之后，官军堵了两端出口，山上滚下巨石檑木，额等便是插翅也难逃！"

拓养坤闻言道："闯将平日从不拖泥带水，如今为何行事如此畏首畏尾？自古栈道通行，来去如风，官军如何知晓我等何来何往？就算知晓，如何堵我这数万人马？"

"既是如此，且叫大军速行，不可迟疑。"高迎祥遂不从李自成之言，叫各部首领速速召集本部人马急行。

众首领将各自喽啰兵召集起来，合兵一处，当下埋锅造饭，将所带粮米生火煮了，饱餐一顿。又将破衣烂衫丢弃不要，把在凤县劫掠来的干净布衣、麻鞋草履都穿上了，各自骑马徒步，寻栈道路径而去。大军在山峦沟壑中转了几里地，将至晌午，雨后日头正盛，望见两边山顶直侵霄汉，中间一道谷口蜿蜒百曲，果然好一座险恶峡谷。正是：

远观峻岭冲云端，近看深峡吞雾团，孙猴筋斗翻不过，未破九天莫叫山。高耸入云谓之山，深见地穴谓之谷，走人走车谓之路，一览众山谓之顶，两边峭壁谓之峡，内藏猛兽谓之穴。只见千峰竞秀，万壑争流。风声谷口似有虎啸，迷烟浓雾似有兽吼。

眼见这处险恶峡谷一山复一山、一谷接一谷，没有穷尽。四面尽是鸟鸣兽嘶，偶有百姓茅屋三两间，也是为避大军厮杀，乡民早已躲藏了。高迎祥一马当先行至谷口，但见一座牌楼上有发黄牌额，分明写着"车厢峡"三个大字。

高迎祥身先士卒，罗汝才、李自成二骑紧随其后，众人依次入谷。走了三四里地，并不见一处人烟。又走了半里地，忽见两个樵夫正在山坡攀岩采药，高迎祥交代道："且叫人问问山民路径也好，只是休要惊了他，送他些银两！"

李自成疑惑道："几里地不见一个人影，如何这里却忽有采药的？莫非有诈？"

高迎祥笑道："几个樵夫，如何有诈？这般疑神疑鬼，莫非被官军追成痴心疯了？"

李自成无法，只得叫李过去请那两个樵夫过来问话，并给了几两银子，嘱咐要好生言语。李过轻身腾挪功夫了得，稍稍施展就到了樵夫近前。

须臾，李过引樵夫到高迎祥马前。两樵夫跪下告道："小人是本处山民，只因家中无有收成，且官府催科吏不时常来村落作践，索要辽饷练饷，锅碗瓢盆无所不抢！迫不得已只得上山采药采果度日，不知如何冲撞大军，还乞恕罪！"

高迎祥宽慰道："你等休要惧怕，额不是官军，只是聚了一帮断了活路百姓讨生活的头领，只杀贪官污吏，并不侵害百姓。"

樵夫惊奇道："原来是一帮劫富济贫的好汉。小人虽居深山，时常也去集市贩卖山货，也听闻府谷王嘉胤、安塞高迎祥、米脂李自成之名，都是一帮劫掠官府、周济百姓的好汉。"

李过侧身面朝高迎祥道："远在天边，近在眼前，此乃安塞高闯王是也！"

两个樵夫见此人便是高迎祥，纳头便拜。

高迎祥慌忙下马，一一扶起樵夫道："高某何德何能，如何能受此大礼！此处山谷连绵，蜿蜒不绝，甚不知路径。如今前有堵截，后有追兵，急欲离开此处，还望老乡指点路径，必重金酬谢！"

樵夫回道："此处唤作下团山，前头叫上团山，再往前就是松林坝，俱是些险要去处,无人领路,必定迷失路径。诸位既是劫富济贫的好汉,小人自当效力,如何敢要酬劳?小人生平亦恨透官府欺压良善,只今指望好汉们壮大力量,待剿除了害民贪官时,山民有幸!"

高迎祥闻言大喜,便朝两个樵夫拜了一拜,置酒相待。

罗汝才谏道:"闯王休得听信。闯将言之有理,其中定有诈。此峡谷连绵数十里,两边尽是峭壁,倘若官军用炮轰塌谷口山石,山上再滚下檑木火把,我等则上天无路,入地无门。闯王且三思!"

高迎祥不听道:"他两个山野村夫,怎肯妄语?额等劫富济贫,行仁义之道,所过之处并不扰民。他两个与额何仇,却来赚额?况且额这些人马,又不是空旷处,就算遇着官军,也杀他个片甲不留。罗贤弟号称曹操,如何相疑?"

李自成亦来谏道:"舅王所言并不扰民,也只是过去,也只是舅王不扰民。如今人马多了,部众侵扰百姓也是常有的事。舅王切不可听信!"

高迎祥闻言怒道:"你是说额和贪官污吏无二么?"

"小子不敢!"见高迎祥执意不听,李自成自知劝谏不得,因而不再劝。

当时樵夫走在前,众将下马跟着走。又走了两三里地,就看见峭壁上蜿蜒曲折一条路径,正是古时栈道所在。高迎祥手搭凉棚去看时,见绝处傍山架木,甚是壮观。杜甫有诗赞曰:

细泉兼轻冰,沮洳栈道湿。
不辞辛苦行,迫此短景急。
石门雪云隘,古镇峰峦集。
旌竿暮惨澹,风水白刃涩。
胡马屯成皋,防虞此何及。
嗟尔远戍人,山寒夜中泣。

高迎祥问那两个樵夫道:"此处便是汉中古栈道么?有多少里路程?"

樵夫回道:"此处正是古栈道。这栈道有四五十里长,前方二三十里地便是松树坝,走出谷口不到一日。若是翻山越岭,要走一两个月。待出了栈道再断了它,就是万千追兵也甩到九霄云外!"

高迎祥听罢大喜过望,带同诸将上马,领兵前行。又行了二十多里路,几万人马都已上了栈道,熙熙攘攘,接踵摩肩。大山里日头落得早,待日头西沉,冷风拂面,冷雨却又来——此时正是山中多雨之时。黑影处忽然看见栈道路径断了,又不见了那两个樵夫,前军不敢走。看四处时,山高林密,松树参天,都不见有人家。众人都慌起来,忙报与高迎祥知道。

高迎祥不免心慌。李自成便叫急回旧路。走不到百十步,只见四下里几声炮响,后面山石轰塌了一片,落下滚石堵住了路口。高迎祥见状心越慌。众人正不知待如何,忽然金鼓齐鸣,喊声震天,一望都是火把,四下里涌出官军人马无数,一片喊声:"休叫走了高闯贼!"

原来陈奇瑜亲领官军便伏在松树坝,已等候义军入瓮多时。方才两个樵夫,便是官军中机灵兵卒所扮。

高迎祥领众将夺路而走,才转得两个弯,却撞见一彪军马,当头乱箭射将来。李自成忙叫弓箭手朝箭来处射去,逼得官军也不敢迫近射箭,刚敌得住。两军混战,直杀到天明。义军逃不出一个,官军也不杀进来。只是两侧俱是峭壁,只有两头能行;却一头用火炮轰塌山头,滚落巨石堵路,再一头布满弓弩滚石檑木伺候,来一个杀一个,来两个便杀一双。

高迎祥叫罗汝才清点兵马,各部八万余人悉数入谷,昨日官军一顿弓箭射死一千有余,中箭带伤者不计其数。十几个头领聚在一起,商议如何出谷。

李自成道:"今番闯王领众人来此,欲脱官军天罗地网。不想此处遭这一场,正应了风折认旗之兆。额等只有死冲一阵,速战速决,围困日久,不战自败!"

张献忠亦道:"不如趁夜再冲一阵!"

众将赞同。

当日晚二更时分,天色昏暗,张献忠一马当先,领兵冲阵。眼见前方就有谷口,却忽然喊声震天,四下军马杀来,山上檑木巨石滚下来不计其数。张献忠见了,急叫撤退。四下山头火把齐明,照得如同白日,呐喊声震天动地。有陕西兵卒认识张献忠,叫道:"有擒得张献忠者,赏银封官!"

张献忠不敢再冲,回马便走。官军也不来追赶,只是死死围住。张献忠计点人兵，又折了五七百人。

高迎祥见走不了，又冲不破，只得叫收兵回来，就在峡谷里各自寻找避风处扎了营寨。是夜，谷口怪风大作，浓云泼墨。夜半，大雨泼天。诸位首领初起事时，还知与兵卒患难与共，吃糠咽菜、睡窝住棚，同吃同住。待攻城拔寨做了大王后，劫掠粮仓、强抢民女，甚至带内侍姬妾随同欢宴。如今身困险地，吃穿顿无，又逢大雨不止，一个个叫苦不迭。

几日来，拓养坤、张文耀、梁时正、李养纯、阎正甫、尤虎各自领本部人马冲击关卡，依旧被射回，丢弃尸首无数。又岂料自此阴雨一连七十余日不止，上面张盖的天雨盖都漏，下面又是水渌渌的，军士不能生炊立脚，手中角弓软、箭翎脱，各营军马，人无食、马无草，端的是苦不堪言。

眼见各部兵马死伤无数，高迎祥烦忧，悔当初不听罗汝才之言。这日亲领黄龙、刘哲二位偏将挺枪出马，率众人再冲关卡。李自成、张献忠、李三娘、梁时正、杨忠、拓养坤各部人马破釜沉舟，直奔过去。待冲到谷口，饿急兵卒亦不顾一切，各冒矢石一发冲杀过去。岂料谷口早有官军埋伏，却见山上滚石檑木又下，哪里冲得过去，只得急急退回。当日又折了些人马，上阵如同猛虎一般的骁将张献忠亦中箭不能再战。

高迎祥回到帐中，心中甚忧。罗汝才见状劝道："闯王且宽心，休得愁闷，有伤贵体。往常与官军搏命亦曾失利，好歹全身得脱。今日被困，折了这许多军马，但依某所见，官军势大，倘若杀进谷中，我等哪里拦挡得住？这些时日只是围困，未杀进谷中，想必是陈奇瑜那厮不愿过多屠人性命，定有招抚之意。天无绝人之路，必有计策脱身，何须忧闷？"

高迎祥听罢，也只是郁郁不乐。

一旁李自成听了罗汝才所言，猛然想起那三道锦囊，仙师曾言侍郎西进、深困峡谷时可拆紫囊。这陈奇瑜乃是兵部右侍郎，此番深困车厢峡，合当拆紫囊一观，定能逢凶化吉。李自成推说叫兵卒找寻野菜野果充军粮，遂独自一人寻了处山洞，从包裹中取出黄金漆盒，打开紫色锦囊看时，却依旧有十六个字：

遍贿贪将，补齐给养。伺机突围，冲破罗网。

李自成览罢锦囊所言,一时恍然大悟,胸中已有脱困之计。次日,高迎祥召集众首领商议如何脱困。众人议论纷纷,却依旧未说出个计策来。忽然帐中有一人说道:"为今之计,只有再施伪降之计,方可得免这灭顶之灾!"

众人视之,乃闯王帐下谋士顾君恩也。顾君恩乃钟祥人,腹内甚有良谋。

岂料此言一出,一旁邢家米跳起身道:"闯王听小弟一言,这顾君恩蛊惑人心,居心叵测,当立斩此人。"

高迎祥忙问何故。

邢家米回道:"昔日齐天王王子顺被官军围剿,齐天王意欲暂降,待脱困再谋东山再起。岂料洪承畴那厮设酒款待齐天王及苗美等人,席间掷盏为号,诛杀部众二三百人。邢某虽得脱身,但不论真降假降,某断不从命。顾君恩妖言惑众,定是官军奸细!"

高迎祥闻言举棋不定,忙问罗汝才。罗汝才见邢家米、马进忠等人双目喷火,似待生吞顾君恩一般,亦犹豫不敢言语。

"诸位首领且听额一言,小弟却认为顾君恩之计甚善!"李自成此言一出,众人皆惊。数年来李自成有勇有谋,渐露头角,为各部首领所推崇。

李自成刚要言语,有帐外兵卒来报,说李三娘领一众兵马要见闯王。高迎祥闻听,忙叫入内。

李三娘至帐内见了众位首领,俯身放声大哭。高迎祥忙上前搀扶,安慰道:"三娘吾妹,且休烦忧!有甚事务,当以尽情说与众位首领。"

那李三娘说道:"今日小妹率人谷口张望敌情,见松树坝有官军将领探头探脑。这人不见则罢,一见此人便火冒三丈,此贼正是艾万年。艾家与我李家有灭家之恨,小妹终日寝食难安。当即小妹就欲飞去宰杀此贼,岂料官军势大,难以冲出,特来告知闯王,还望点起各部兵马,杀了贼人艾万年,与小妹报仇!"

高迎祥听了,说道:"妹子且起,额这里好生商议。"

这边李自成也劝道:"三娘且少安毋躁,额与三娘一般,与米脂艾家有切肤剜心之痛,何尝不想早日千刀万剐艾贼。只是此番被困车厢峡,敌强我弱,不是枉自送掉性命之时。"

李三娘听了问道:"李头领有何妙计?"

李自成回道:"依额所见,官军除曹文诏、卢象升等一班朝廷悍将外,多是些贪生怕死之徒,兵卒也多是些穷苦百姓出身。如今官军占尽天时地利,交战却是送死丢命,不如馈金遣使伪降。陈奇瑜那厮绝非疆场搏杀的武夫,官军将佐更是贪生怕死,不敢打硬仗,定愿受降。待脱此困境,再和他们厮杀不迟。额这里一班弟兄都是好生了得之人,那艾万年迟早是三娘刀下之鬼。"

高迎祥又问道:"贤甥言之有理,你却如何伪降?"

李自成遂道:"三娘貌美如花,官军将佐多有好色之徒,三娘如能携金赴官军营帐,遍贿将佐,定能成事!"

李三娘是个明事理、识大体的女中豪杰,只见她粉腮带笑,笑中却带杀气,说道:"既是如此,奴家不才,愿献贿礼,以退官军。"

高迎祥见状大喜道:"有劳李家小妹。六郎武艺高强,有勇有谋,且叫六郎贤弟跟随,也好有个照应!"

且说各部首领劫掠官府财帛时,集聚金银财宝倒是不少。此番大敌当前、性命攸关,各人也不吝啬,不多时便搜集珍宝两大箱笼、金元宝无数。当下李三娘骑马在前,杨忠在后挑一担金元宝跟随,带领二十余个健卒各自打着白旗,高呼愿降。

谷口守卫兵卒见状,报了参将艾万年。这艾万年见是李三娘,便拔刀欲砍。李三娘哼道:"吾乃女流,今日诚心归降,你堂堂参将还记一弱女子之仇乎?"

艾万年语塞,只得问道:"你可是真心请降?"

李三娘道:"车厢峡围得似铁桶一般,鸟都飞不出去一个,如何不是真降?"

艾万年又道:"如何不见高闯贼?"

"那你这里肯放行才行,高闯王要面见陈大人请降!"李三娘说罢,便叫杨忠从箱笼中拿出金元宝,在场诸位将佐人手黄金五十两。众将见到元宝,如同蝇子见臭鱼烂虾一般,各自欢喜。

艾万年道:"可叫高闯贼明日自缚,领众贼首去洋县见过陈大人、杨总兵。"

有人将流寇请降之事报与陈奇瑜。陈奇瑜闻报大喜,道:"不战而屈人之兵,此乃上策也。流寇被围多日,无衣无食,且大雨连绵,无一处干地,贼人苦不堪言。听闻饿杀者四万有余,谷内尸身堆积如山,却泡胀如缸,实乃惨绝人寰。救人一命胜造七级浮屠,本官准降,也好叫流寇复为大明良民,彰显我大明仁德。"

身边将佐多有收受元宝的,又俱是些好大喜功之人,明知流寇降而复叛者甚众、毫无信义可言,却无一人劝谏。

次日,高迎祥领着张献忠、拓养坤、李自成、张文耀、梁时正、李养纯、罗汝才、阎正甫、尤虎等各部首领出谷,颈绕绳索,来洋县请降。当时陈奇瑜便叫杀牛宰羊,大设宴席,大吹大擂。高迎祥会集大小头领都来与陈奇瑜相见,各施礼毕。陈奇瑜一一亲释其缚。高迎祥叫杨忠扛过两箱笼金银珍宝呈与陈大人,又叫人取出金元宝人人馈赠,众人皆喜。

席间,高迎祥持盏擎杯,罗汝才执瓶捧案,张献忠、李自成、拓养坤等人侍立相待。高迎祥开口道:"额乃安塞草民,初在安塞时,开山泉、借粮种、烧贼巢,也欲报效朝廷,安敢叛逆圣朝?奈何积累罪孽,被逼如此。中间委曲奸弊,难以说清。万望侍郎大人慈悯,救拔额等深陷之人复为良民,若安居乐业,刻骨铭心之恩,誓图死报。"

陈奇瑜见了众多好汉,一个个英雄了得,又见高迎祥低声下气臣服于此,心想流寇走投无路来降,定是真降。流寇大患可解,大功告成,遂大喜过望。忽又想起前三边总督杨鹤主抚被罢,心中顿生忧虑,便道:"高迎祥,你且在洋县暂住,待本官遣快马持奏折奏明圣上,请降宽恩赦罪,大小壮士尽享天恩,复为良民。"

高迎祥听罢,拜谢陈大人。当日宴席甚是奢华,各部首领及各官军将佐轮番把盏,殷勤相劝。陈奇瑜大醉,酒后不觉放肆,便道:"想我自幼学得四书五经在胸,吟诗作赋,很是消遣快活。"

高迎祥酒醉心明,便道:"额这里有个叫罗汝才的兄弟,自比三国曹操,善能吟诗作赋,可伴陈大人玩耍。"

陈奇瑜便趁酒性出上联,不想罗汝才对答如流,免不了是天对地、雨对风、大陆对长空、山花对海树、赤日对苍穹。下联甚是工整,也有故意输个半招,陈奇瑜甚是欢心。当日饮至夜深,陈奇瑜入后堂歇了,各首领也在营中安置歇了。当夜,营中将吏草书捷报,报与新任兵部尚书张凤翼。

第三日又排宴会,众头领又与陈大人吟诗作对,又是对陈大人歌功颂德。陈奇瑜满心欢喜,道:"诸位壮士愿复为良民,本官必当力保壮士,有习得文武本事的,可再为朝廷效力!"

第四日又排大宴,各部首领尽出金银彩缎之类为纳献之礼。大到将佐,小到兵卒,都有馈送。又过了数日,朝廷赦罪诏书到。原来张尚书面奏圣上,崇祯皇帝龙颜大悦,当即叫传圣旨准降招抚。

陈奇瑜接了圣旨,众将都得了贿赂、力推招抚。陈奇瑜便叫按义军兵卒数目,每百人遣安抚官一人为监官,遣返原籍,所过府县供给粮草。又恐曹文诏、王承恩等悍将来剿,又发檄文止官军进兵,以免再生杀戮。义军兵马受抚四万有余,待各部兵马出谷,一时间兵卒无衣甲者皆整、无弓矢者皆补,数日不食者皆得饱腹。

岂料天有不测风云,过不多日,陈奇瑜正与副总兵官杨化麟商议撤军一事,却有探马来报,说安抚官遣贼众返乡,走至凤县草凉楼驿时,一夜之间,四万贼兵尽数绑缚诸安抚官,或杀、或割耳、或杖责、或绑缚之后弃之路旁,安抚官死者五十余人;流贼继而攻掠宝鸡、麟游等处,参将贺人龙、张天礼不敌数万贼兵,大败而逃。

陈奇瑜闻报大惊,方才如梦初醒,自知闯下弥天大祸。杨化麟亦惊惧道:"陈大人,这等祸事须是杀头的大罪,如何是好?"

陈奇瑜也没了主张,口里只叫得连珠箭般苦,道:"本官起初料定流寇并无信义,众将佐不听本官好言语,今日送了我也!"

杨化麟又劝道:"陈大人,今事已做出来了,且须有个对策才是。"

陈奇瑜冷静了下来,问道:"杨总兵也收了流寇元宝无数,此番同本官俱是一条绳上的蚂蚱,你可有甚见识?"

杨化麟回道:"众将贪贿,以致此祸,却说不得我们不是。"

陈奇瑜听罢猛省,道:"既如此,只能都推在州府身上!说有宝鸡知县李嘉彦、凤翔乡官孙鹏阻挠抚局,杀降激变。有陕西巡抚练国事不听号令,一路凌辱打骂乃降贼众,逼迫贼众复叛,因而杀了招抚官员叛将而去。"

杨化麟赞同道:"这话也说的是。先下手为强,即刻写明奏折奏明天子。"

陈奇瑜道:"本官与新任兵部尚书张凤翼沾亲,此事尚需如此如此!"正是:

机深祸也深,贿赂金银就是索命尖刀。

面敬心不敬,面皮恭敬却是催命阎罗。

次日早朝,当有内阁大臣出班奏说被困车厢峡之流贼施计诈降,贼兵待解送原籍途中行至凤县时,皆复叛而去,攻占宝鸡、麟游,又窜至晋豫之地。

崇祯皇帝听奏大惊,喝道:"陈奇瑜那厮如何办的差,以致误了国家大事?"

班部丛中转出兵部尚书张凤翼,他上前奏道:"吾皇且息雷霆之怒。据臣所知,贼兵俱降,得遣返原籍。入凤翔城时,守城兵卒不开城门,凤翔乡官孙鹏叫用绳索拉上城门,却一一哄骗诛死。余众降卒一哄而逃,复而逃往宝鸡,却被知县李嘉彦下令诛杀无数。李嘉彦、孙鹏二人杀降激变,坏了招安大局,致使前功尽弃。"

崇祯皇帝听了大怒,骂道:"都是这伙不听调度的奴才折了朕大计。西处流寇不平,东边金寇如何抵敌?京师如何保守?快将一干人等拿去问罪!"

见崇祯皇帝龙体不适,殿头官忙令退朝。崇祯皇帝稍事休息,复至乾清宫批阅奏折。案头有奏折无数,乃陕西诸官李玄、李遇知、马鸣世等所奏,皆是弹劾陈奇瑜的,说他招抚之误、贻害封疆、戮陷生民。

崇祯皇帝又怒,再召张凤翼入宫商议。张凤翼听宣入宫,行罢君臣之礼,只恐圣上再问陈奇瑜招抚之事。只听崇祯皇帝问道:"朕知卿与陈侍郎乃姻亲,卿可知陕西诸官多有弹劾陈侍郎否?"

张凤翼拱手奏道:"臣虽与陈侍郎是姻亲,却并无偏袒。陈侍郎总督五省军务,此番流寇复叛,其罪却不在陈侍郎。"

崇祯皇帝"哦"了一声,问道:"卿有何说辞?可奏与朕知道。"

张凤翼奏道:"流贼原本大明良民,只是田地大旱,断了活路,迫于势而起事。陈侍郎行招抚之事,旨在减少杀戮、爱护大明子民。不期多有官员急功近利,如陕西巡抚练国事阻挠逗留,以致招抚事宜败坏。"

崇祯皇帝闻奏,大骂练国事道:"败国臣子,坏朕天下!"当即着令锦衣卫赴陕西拿练国事下狱,命李乔接任陕西巡抚。

古语有云:"纸包不住火。"至崇祯七年闰八月,北至庆阳,西至巩昌,西北至邠州、永寿,西南至盩厔、郿县,遍地烽火。陈奇瑜派兵堵截义军,却力不从心。义军兵马再陷灵台、崇信、白水、泾州、扶风等地,局面大溃。陕西、郧阳、湖广、河南、山西多有官员弹劾。是年冬,户科给事中顾国宝弹劾张凤翼、陈奇瑜贻误封疆大事。陕西巡按御史傅永淳报陈奇瑜解陇州之围时虚报斩获,弹劾他身为五省军务总督,身负重任,却犯纵寇、玩寇、溺职、欺君之罪。崇祯皇帝眼见多有官员弹劾陈奇瑜,遂下诏令锦衣卫将其革职查办。

再说高迎祥号令得脱车厢峡大祸之各部复聚。此刻官军只有陕西总兵官张全昌所部六千人马、邻近榆林镇兵马五千。义军恃已势众,旁伏递进,官军如何能挡?高迎祥携李自成攻掠巩昌、平凉、临洮、凤翔诸府县,杀固原道陆梦龙,围困陇州一月有余。朝廷檄令河南、湖广、山西、四川兵分四道入陕西会攻。义军分三路他徙,一路北向庆阳,一路东奔郧阳,一路东经终南山走河南。

至崇祯七年冬,马守应部亦入河南,与高迎祥会合。高迎祥设大营屯于永宁、卢氏,部众攻扰河南腹心千里之地,北至黄河,南至湖广。

岁末年关将至,虽天灾不减,各地仍大张灯火,庆赏新春。诸州县尽做烟花爆竹,于各处点放。高迎祥之弟闯天王高迎登与兄商议道:"如今各地点放爆竹,辞旧迎新,上自天子,下至乡绅,皆与民同乐。距卢氏七百里就是开封府,多有达官贵人、乡绅勋亲居住,深恐额等劫掠。不如小弟领两个头领,更换衣服,骑快马潜地入城,刺探消息,看了便回。"

一旁李自成应声道:"不如叫额携小侄李过,陪闯天王走这一遭!"

高迎祥见状点点头道:"你们都是有勇有谋的好汉子,定不辱命!只是李过疾恶如仇,恐惹出事端,你三人只可早去早回。"

李过听了拱手道:"额今番都依二位头领便是!"

高迎登笑道:"明日换了衣巾,都打扮作客商模样,快马去开封府。"

次日三人都扮作客商,各骑马匹,带箱笼口袋,晓行夜住,只三四日便到。三人同入城去,正是傍晚时分,见这大宋古城确是一派车水马龙景象。三人寻了酒店,要了汴梁鸭、羊肠汤、豆腐棍、小笼包、凉粉,又要了一坛美酒,观四周烟火爆竹,甚是惬意。待吃饱喝足,三人就去集市上转悠。

来到瓦子前,听得茶馆有人说书,高迎登定要入去。李自成、李过只得和他挨在人丛里,叫了一壶好茶水,听上面说平话。此时说的正是水泊梁山分金大买市,一百单八将全部受招安的事。说到梁山好汉啸聚梁山泊,大秤分金银,大碗吃酒肉,同做好汉,好不快活。只是那及时雨宋公明却将聚义厅改为忠义堂,时时刻刻念朝廷招安。有行者武松叫道:"今日也要招安,明日也要招安,却冷了弟兄们的心！"黑旋风李逵也叫道："招安，招安，招甚鸟安！"三人听到妙处，各自喝彩。

李自成赞道："这武二郎和黑大汉都是真好汉！"

李过亦道："招安、招安，却只是死路一条！"

不料这个说书人是个半瓢水，说罢梁山好汉全部受招安，却未说征辽，也未说征田虎、征王庆，就直说征方腊。说到一百单八将征讨方腊，或死或伤或走，伤损十有七八，只有二十七人披袍挂甲入朝觐见。众人听书至此，都嗟叹不已。

正说到这里，李过在人丛中高叫道："宋江这挨球的甚不厚道，还是什么及时雨。倘若众好汉不招球安，如何送掉这多弟兄的性命？此人不是好男子，受了朝廷招安，定不会有好归宿！"

众人闻言大惊，都看着李过。

高迎登慌忙拦道："你这小子叫唤个什么？茶馆说书，如何大惊小怪！"

李过听了笑道："说到这里，不由人不骂这挨球货宋公明！"

茶博士近前问道："你三人却是何处来的？口音莫不是陕西口音？秦陕遍地贼人，你们是如何到这里来的？"

此话一出，众人都朝这边看。李自成忙道："我却是宁夏人，只因四处做些小营生，四海为家，口音杂了！"

见茶博士心中生疑，高迎登拦在前，李自成忙拖了李过便走。

三个匆匆离了茶馆，转过街道，只见一丐飞砖掷瓦，去打几个看家奴才，却如何打得过？众奴才一哄而上，就是一顿拳脚。

那丐叫道："休要张狂，待高王大军到来，劫了你粮米、烧了你田宅，却和我一样去要饭。"

高迎登和李自成叔侄都是嫉恶如仇之人，眼见奴才欺压良善，路见不平，便要去打。李自成扯过那乞丐，李过睁着双眼就要打那些奴才。那奴才中有个管家模样的人说道："他抢俺家老爷喂鸟的小米吃，自和他讨钱，干你甚事？还说即日有流寇来打这里粮仓，不是讨死又是什么？我家老爷说朝廷要命三边总督洪承畴督全国兵马，亲出潼关调兵遣将，就要大军征讨河南、湖广流寇。休说闯贼未至，就是闯贼来了，定叫他死在这里，官家给他一口好棺材。"

李自成闻言大怒，却压住火气道："小哥却说说看，额这走南闯北，只听闻兵部右侍郎陈奇瑜被革职查办，不曾听得朝廷又点兵调将。"

高迎登摸出两个铜板，打发走了乞丐，又摸出几个铜板给了管家，算是赔了小米钱，道："如今兵荒马乱，小营生却做不得，如今也折了本钱。还望到你家老东家这里做点短工糊口，只要一日三餐管饱！"说罢，又摸出一吊铜板给了管家，"小子就这点家当，权当孝敬，还请笑纳！"

"好说，好说！"管家也不推辞，就叫众奴才先自回。

高迎登挽着管家，李自成、李过二人跟着，转出一处街道，离了小巷，见一个小酒馆，四个人去里面寻副座头，叫了酒肉。待喝了几盏子酒，李自成便问道："额几个都是被流寇劫掠了本钱，如今逃到这里。敢问老爷，方才说道洪承畴行将总督天下兵马，如何又说高闯贼这厮来此处必会与一个好棺材？"

那管家道："你究竟是什么人？如何问这些？"

高迎登忙道："只是随口问问。额几个讨活路要紧。"

那管家大声道："你们遇见我是好生有福，我这里下人倒是够了，只是我家老爷有一兄弟，乃是驻南阳参将陈永福也。昨日正好有书信到此，说他这里正在募兵。看你三人健硕，不如去他那里从军吃粮。如今洪尚书已遣总兵官左良玉驻守渑池，参将陈志邦守汝州，我家老爷兄弟守南阳，只是兵马不足万人。洪尚书又檄调曹文诏、张应昌援河南，兵马还在晋地，不出半月可抵河南。曹文诏乃朝廷悍将，不日大队官军便到。高闯贼胆敢来这里，定是有去无回。"

高迎登、李自成、李过三人听了这话，恐管家生疑，慌忙还了酒钱，称马匹拴在客栈，待牵了马匹便过来。三人离了小巷来到客栈，骑马径奔出城，星夜赶回卢氏，报知高迎祥此事。

高迎祥见说心中大惊，急召众头领议事，说朝廷已任洪承畴为兵部尚书，总督全国兵马，又檄调曹文诏、张应昌领兵征剿。

张献忠刚猛有余，听了这话道："额等诸将军马有二十万，闲居在此，甚是不宜。不若先下手为强，不等洪承畴那厮遣兵将来，额等先起兵前去厮杀。"

罗汝才亦赞同道："依闯将言语，左良玉驻渑池，陈志邦守汝州，陈永福守南阳，兵马不足万人。曹文诏、张应昌兵马尚在山西，不在河南。此时官军兵马薄弱，此时我等不征进，更待何时？"

高迎祥从罗汝才之言,当时会集诸将商议,议定进兵。

当晚,李自成脱了铠甲,秉烛夜读仙师所赐兵书,读到精妙处,一时茅塞顿开。李自成换了衣裳,独自去高迎祥内宅面见,称有事来说。时值高迎祥亦心事重重,还未就寝,听闻李自成求见,忙叫进来。李自成来到内宅,再拜起居。

高迎祥问道:"贤甥何事,深夜而来?"

李自成禀道:"近因河南官军兵马薄弱,多有首领决计进兵。殊不知洪承畴、曹文诏等皆非泛泛之辈,不可小觑。额以为自白水王二杀官起事始,已逾八九载,虽揭竿起事者众,然多被官府或杀或降。究其缘由,盖因不成体系,各自为战,终被各个击破;大队官军来剿时各怀鬼胎,畏缩不前。更有甚者,被官府收买后倒戈相向。依额之意,卢氏往东六百里有处荥阳城,兵马不过千人,可号令人马占了荥阳,召集各路首领商讨拒敌方略。额愿部领兵马前去打头阵,望舅王号令群雄,聚于荥阳城!"

高迎祥听了大喜道:"贤甥之言,正合吾意。昔有横天一字王广发英雄帖,今日额自当尽起薄面,号召群雄。贤甥请回,来早额自会召各部首领来议聚荥阳之事。"

李自成辞了高迎祥自回营寨,与刘宗敏、李过、高杰、高一功等兄弟说知。

次日,高迎祥召集各部首领入中军帐,再说起洪承畴调集豫、楚、晋、蜀诸地官军追剿一事,道:"依额之见,各位首领多遣快马传递消息,只说闯将打头阵,且先攻占荥阳。叫在晋、豫、湖广之各部首领会集荥阳,共商大计!"

各部首领听罢大喜,皆赞同闯王所议。当下李自成带领刘宗敏、李过等人,领本部万余人马杀奔荥阳城。各部首领广遣快马,四处联络,晋、豫、郧阳、湖广各地首领闻风而动,赶赴荥阳。

二三十万人马云集,如何瞒得过官军眼线。早有伏路小校急急报与镇守汝州参将陈治邦知道。陈参将统军前来荥阳城外抵挡,正迎着李自成兵马。两军相对,刘宗敏出马交战。战不到十回合,陈参将敌不过刘宗敏,回马便走。李自成率兵马追赶。陈参将不入荥阳,弃城而走,正面又赶上拓养坤、张献忠、马进忠三彪人马逼住大战。陈参将死战得脱,兵卒被杀得尸横遍野、血流成河。

陈参将情知不敌,欲回汝州,又撞过一彪人马接住便杀,乃是惠登相。陈参将死战杀退惠登相,行了没一二里路,又撞见一彪人马,乃是张一川。陈参将心慌，不敢交锋，只得抱头鼠窜。几路人马见官军或死或逃，也不追赶，直杀入荥阳城，如入无人之境。

高迎祥见官军尽退，大驱人马，一鼓作气占了荥阳城邻近州县。不几日，荥阳城里聚集人马二十余万，城内设中军帐，各部首领会集。

高迎祥正坐中军帐正中交椅，会集各路首领，时崇祯八年正月十日也。各路人马，有统领数万兵将者，号称"家"；统领数千至万余兵将者，号称"营"。大小首领挤满一屋，熙熙攘攘，甚是壮观，共聚十三家七十二营大小首领。

哪十三家首领？乃是：

闯王高迎祥、八大王张献忠、老回回马守应、曹操罗汝才、革里眼贺一龙、混十万马进忠、过天星惠登相、九条龙马士强、横天王苗美、左金王贺锦、争世王刘希尧、射塌天李万庆、顺天王贺国现。

这高迎祥、张献忠、马守应、罗汝才、贺一龙、马进忠、惠登相、马士秀皆是三十六营首领。只是九士秀于崇祯七年被官军围剿诛死，其弟马士强被推为首领，统领二三万人马劫富济贫、抵敌官军。

横天王苗美与齐天王王子顺于崇祯三年为洪承畴所败，洪设计杀降，诛死王子顺及苗美叔父苗登云、苗登雾等人。苗美死战得脱，却被部下叛逆杀死。后有人假冒苗美之名，继续纵横陕晋。崇祯七年末，部众兵马数万。

左金王贺锦乃陕西汉中人，崇祯元年因天旱无收，遂杀官起事，崇祯六年部众数万，往来于河南劫掠。

争世王刘希尧乃陕西洛川人，崇祯元年聚众吃大户起事，崇祯七年部众数万，往来于晋豫之地。

射塌天李万庆乃陕西延安人，崇祯初年与张献忠、罗汝才等并起于米脂；初因势力弱小，往来转战陕、晋、豫，数年后声势渐强，与高迎祥等人同于车厢峡脱困后便自成一股，部众数万。

顺天王贺国现乃陕西清涧人，崇祯元年与拓养坤起事，数年后部众数万人，声势浩大。

更有七十二营首领，原属三十六营首领十八人：

闯将李自成、丫头子李三娘、杨六郎杨忠、蝎子块拓养坤、闯塌天刘国能、满天星张天琳、混天王张应金、扫地王张一川、乱世王蔺养成、邢红狼邢家米、四天王李养纯、张妙手张文耀、破甲锥李立、白九儿白应真、映山红洪关索、催山虎阎正甫、冲天柱何冲、油里滑尤虎。

余众有诨号有姓氏首领二十一人：

闯天王高迎登、一字王拓先龄、整齐王张胖子、摇天动姚天动、黑虎王高、改世王许可变、兴世王王国宁、整十万黑云祥、小秦王白贵、白袍将薛仁贵、混世王武自强、十反王杨友贤、托天王常国安、花关索王光恩、一条龙薛成才、险道神高加计、活立草贺宗汉、乡里人刘浩然、老张飞张一撞、白虎白顺、黑蝎子黑风雷。

一字王拓先龄早期便被洪承畴设计所杀，此人乃继用一字王名号。
有诨号不露真名首领二十四人：

整世王、太平王、靖天王、瓦背王、紫微星、蛤蜊圆、草上飞、靠山虎、镇山虎、一只虎（非李过）、满天飞、克天虎、钻天鹞、小天王、乌凤兔、黑旋风、飞山虎、鬼见愁、闯虎、黄虎、头神、刘备、七郎、小宋江。

无诨号首领七人：

贺双全、黄龙、刘哲、许文衡、王九仁、王成龙、祁总管。

继而沿用原首领名号，不愿露真名首领二人：

紫金梁、不沾泥。

此时八金刚曹威、大天王梁时正、上天猴刘九思、黑煞神李老黑、齐天王齐荣山五人领部众往来四川、陕西，已被官军围剿诛死。党家党世雄因势穷而降官军，受参将官一职，只是旋即复叛，为官军所擒，被斩于市。只有一阵风陈尔先杀退官军，突围遁走，后下落不明，因而不在十三家七十二营之列。

　　这十三家七十二营共有八十五条好汉，依势力大小，亲疏远近而坐。当中交椅坐高迎祥，两旁左右乃是罗汝才、马守应、张献忠等诸家首领，身后多有亲近部将护卫。四周李自成、高迎登、杨忠、李三娘等诸营首领围绕而坐。

　　有分教：

　　　　荥阳城内聚好汉，不怕皇帝不怕官。
　　　　古有梁山单八将，今有义士共患难。

　　直教群雄聚会定计策，分兵所向御强敌。欲知十三家七十二营好汉如何共商大计，且听下回分解。

第九回

高迎祥攻打凤阳府　曹文诏尽忠宁州城

且说荥阳城内聚集十三家、七十二营诸多好汉，那高迎祥在正中交椅上说道："朝廷重用洪承畴总领天下兵马，已令豫、楚、晋、蜀诸地官军征进。更有曹文诏、张全昌为将，早晚必来这里清剿，此处城小，定难保全。横天一字王、紫金梁、不沾泥、点灯子、八金刚等豪杰已亡，当此生死存亡之际，该如何处置？"

马守应建议道："闯王勿忧！前者各部首领累次只是自领本部兵马，往往被官军分而灭之。加之洪承畴那厮惯用反间计，各部兵马尚缺统一调度，以致累败。今日荥阳一聚，各部首领务当同心同德、生死与共。朝廷称我等为贼寇，然在座各位多是乡民兵卒出身。马某幼时曾读贾谊所著《过秦论》，说陈胜、吴广将数百之众，斩木为兵、揭竿为旗，转而攻秦。我等所起兵马皆是仗义之兵，切不可自认是贼是寇！"

众首领闻听马守应言语，皆道其说辞甚善，自此各路人马皆自称义军也。

高迎祥听完又问道："若依马首领所见，额等当下何路进军为善？"

"依马某之见，当选调军马、会合诸路首领避开锋芒，且北渡黄河，转战山西。待他日羽翼丰满再兴正义之师，先是生擒官军贼将、恢复原夺城池，再而直捣京师，未尝不可。"

岂料张献忠拍案站起，嗤笑马守应胆小如鼠、怯敌如虎，道："额这里兵马二十万有余，此处官军兵马不足两万，曹文诏、张全昌兵马尚不在此，如何要北渡黄河？依额所见，凤阳距此不过一千里，数日可到。额等当不问金枝玉叶、皇亲国戚,一律斩草除根,与朝廷势不两立,叫崇祯惶惶不可终日;再行征进,天下可得!"

马守应听了怒道:"如此竖子,杀戮成性,不足与谋!"

张献忠亦大怒,拔出腰间钢刀喝道:"老匹夫,你待如何?"

众首领见状,急来解劝。

马守应二弟马守玉拔出弯刀喝道:"来来来,我与你这厮斗个三百回合!"

张献忠身后李定国早就欺身过来,拔出钢刀就与马守玉厮杀。众首领见两人如此火急火燎,哪里还敢上前扯劝?两人转眼间斗了二十余回合,李定国力大无穷,杀得马守玉只得遮挡、无还手之力。马守应三弟马光玉恐二哥有失,拔出弯刀冲进阵中接住厮杀。刘文秀亦拔刀杀入,与马光玉战在一处。

眼见马守玉不敌、险象环生,顷刻间便可命丧李定国刀下,高迎祥急急喝止道:"方才马首领叫诸位精诚团结,诸位都说甚善。此处又不是上阵杀敌,如何在这里就厮杀开来?再不住手,立斩不赦!"

张献忠闻听此言,方才叫刘文秀、李定国住手。

这边四人住手止了争斗,那边众位首领议论纷纷。李自成心中已有主张,眼见多有首领怯敌怯战,便上前道:"此间有十三家七十二营首领,皆是不畏强暴之当世豪杰。往日一夫犹奋,聚百十个乡亲就能劫掠官府、不惧鹰犬爪牙。况此时数十万之众乎?若依小弟所言,此时洪承畴统领大军来进剿,额等自当分兵定所向,定能克敌制胜,叫朝廷不敢小觑。"

李自成此言一出,帐内首领连连叫好,皆赞他有勇有谋。

高迎祥依计,叫各部首领拈阄定所向。

待拈阄罢,十三家首领共分兵四路,南路由贺一龙、贺锦为一军,抵御湖广、四川官军;西路由苗美、马进忠、李万庆为一军,许可变、拓养坤、张文耀等数营人马跟随,抵御陕西、甘肃官军;北路由罗汝才、惠登相为一军,携张一撞、刘备、小宋江、七郎、白贵、杨友贤等营人马分屯荥阳、氾水一带,抵御开封、归德、洛阳、汝州来犯官军;东路由高迎祥、张献忠、刘希尧、贺国现为一军,李自成、张一川、太平王、杨忠、李三娘等营人马跟随,以奔雷之势奇袭凤阳,叫皇室震惊、朝廷惊惧。另由马守应、马士强为一军,往来策应。

当下荥阳大会分兵之策已定,各路人马一一话别,开赴既定之地。且不说南路、西路、北路和马守应、马士强一路,单说东路高迎祥依计会集诸多义军首领,经汝宁府入皖占了颍川。当日出榜安民、开仓放粮,又叫传下将令,调遣诸路军马前来颍川集齐。两日后,人马齐备,加之四处来投饥民,不下十万人马。

这日,众头领正在后堂饮酒议事,只见一兵卒来报,说门前有几十个乡民要见闯王。

高迎祥见状道:"你好不晓事,额在此召集众将吃酒议事,乡民来见,定是要粮米,今日已开仓放粮,你便再与他们一袋子粮米便了!"

兵卒回道:"小的把米与他,乡民拜受了,却仍旧不走,只是要面见闯王。"

高迎祥断定道:"饥荒年月,一定是嫌少,你便再多与他们粮米。你说与他们,几位首领有要事相商,没工夫相见。"

兵卒去不了多时,又来说道:"又多与了粮米给那伙乡民,却仍不肯去。他们自称是凤阳府乡民,不为钱米而来,只求见闯王一面。"

高迎祥不耐烦道:"你这厮不会说额正召集各路首领计议攻打凤阳,届时开仓放粮便是!叫他们且先去。"

兵卒回道:"小的也是这般说。那为首的乡民乃一老翁,说早盼闯王去打凤阳,闻知闯王、八大王、闯将、杨六郎都是义士,有要事特求一见。"

李自成见状道:"舅王,既是如此,乡民定有要事,还是见一面为好。"

"且叫在外等候。这里却是众将议事,若不议事时,便去见一面也不打紧。就说这里议事完了就来,你再休要来说!"

高迎祥话音未落,只听堂屋外面热闹,又见一个兵卒飞跑过来报道:"那老翁发怒,骂闯王乃义士,如何学得一身官架子?倘若如此,不见也罢,只是闯王定要多费周章!"

高迎祥听得这话便吓了一跳,慌忙起身道:"众位弟兄且随额去看一看。"

众人从后堂出来到外看时,只见几十号乡民围在门口,那个打首的老翁鹤发童颜,一看就知乃德高望重之人,嘴里还在骂道:"你这义军首领要是习得官架子,便与贪官污吏无异!"

李自成见了叫道:"老先生且息怒,这位白袍者便是闯王。你来寻闯王,何事嗔怪如此?"

那老翁面朝高迎祥作揖,笑道:"闯王果真名不虚传。这位义士也是堂堂正气,绝非凡品。老朽不为粮米而来,此番特地来见闯王,是来求闯王早日来打凤阳,救我黎民百姓。"

高迎祥问道:"你如何得知闯王名号？"

老翁道:"闯王所到之处,劫富济贫,谁人不知、谁人不晓？只是这官府习气学得了,便是取祸之道！"

高迎祥拱手道:"老先生休怪,额先赔不是。"

老翁道:"闯王少礼。老朽乃凤阳府乡民,姓张,已虚度七十五春秋。闻闯王占了颍川,特连夜赶来请闯王去打凤阳府！"

高迎祥伸手邀请道:"此处不是说话地,还请后堂看茶,如何？"

老翁道:"如此先谢了。"

那老翁带几个后生和高迎祥一道步入后堂来,和张献忠、张一川等几个头领一一见了。高迎祥疑惑地问道:"老先生容告,额正纳闷,哪有当地乡民请人去打家园的？"

"闯王有所不知！这凤阳府虽唤作中都,宫殿辉煌、皇陵雄壮,守陵太监和当地贪官污吏却依仗皇威肆意欺压百姓,凤阳知府颜容暄更是个吃人不吐骨头的狗官。太祖皇帝时曾下旨令复凤阳、临淮二县民徭民赋,世世无所与。百姓一年之所耕,一次不与则系累其颈,二次不与则倒悬其躯,三次不与则妻子者易于他室。凤阳虽龙兴之所,百姓实则苦不堪言,因而早盼闯王领义军去打凤阳。"老翁说罢,手指几个后生道,"这几个都是里正,以册相授闯王。某家富厚、某处无兵,皆详载于册,今送与闯王。"

高迎祥见众乡民如此,忙俯身拜谢。又叫取出金银相赠,老翁执意不受。高迎祥无法,只得多送了些粮米,当晚就叫众乡民在营中歇息,吃了饱饭。次日众人要走,高迎祥一一送行。

随后,高迎祥召集众将道:"凤阳府乃龙兴之所、是皇陵所在。此去凤阳必有官军拦阻,哪位首领愿打头阵？"

当有张一川近前道:"闯王且整点大军,小弟先带本营人马先去凤阳,杀败这些只知敲骨吸髓的贪官污吏。待各路义军人马来时,瓮中捉鳖,将这龙兴之所夷为平地。"

高迎祥闻言大喜道:"既然如此,有劳扫地王做先锋,且叫太平王领本营人马同去。如有捷音,火速飞报。"

两人欣然领命,整点兵马,径奔凤阳府去了。

且说这凤阳府北临淮河、南接定远,自洪武年始,虽帝明臣贤,却挡不住黄淮改道,留下凤阳地瘠民穷,加之豪绅勋亲大兴土木、兴建皇陵,以致劳民伤财。凤阳府虽为大明中都,实则百姓苦难之所。有凤阳花鼓戏曰:

说凤阳、道凤阳,凤阳本是个好地方。
自从出了个朱皇帝,十年倒有九年荒。
三年水淹三年旱,三年蝗虫闹灾殃。
大户人家卖骡马,小户人家卖儿郎。
奴家没有儿郎卖,身背花鼓走四方。

崇祯八年正月十五日,天降浓雾,十步不识人。凤阳知府颜容暄昨日饮宴酒醉,尚在梦中。忽有门吏来报,说城外有大股流寇杀来。

颜知府清梦被扰,心中烦闷,斥责道:"你这人甚不懂礼,本官尚未当值,如何来扰!"

门吏又报道:"城外流寇杀来,事关重大,不敢不报!"

"一派胡言!大股流寇已被清剿殆尽,如何还有大股流寇?尚有留守朱国相所领四千兵马在此,流寇是吃了熊心豹子胆么?"颜容暄当即喝退门吏,继续梦会周公。

须臾,师爷又来报道:"大股流寇入城,人人喊杀。小的不敢隐瞒,只得呈上。"

颜知府见师爷来报,隐约间已听得喊杀声,顿时梦醒,早吓得魂飞天外、魄散九霄,忙问道:"流寇人马几何?留守司朱国相何在?"

师爷回道:"实不相瞒,流寇人马多达数万,贼首乃扫地王、太平王是也!另有大股流寇源源不断涌入城内。朱留守四千兵马接战,仓促间折损大半,余众人马尽皆弃械纳降,留守大人或已被杀!"

颜知府听罢,惊得面如土色,当即问道:"养兵千日,用兵一时!本官重金聘你,你且说此事如何剖决?"

师爷是个乖滑之人,听了这话便禀道:"这伙流寇劫掠州府、无恶不作,朝廷几番清剿尚且剿他不得,何况我这里区区四千人马?凤阳府乃皇陵所在,倘若弃之不守,即便逃得性命,皇上怪罪,也是诛九族大罪!依小人愚见,一遣快马即刻出城搬请救兵,凤阳皇陵关系重大,邻近兵马不敢不来,二请大人即刻乔装打扮成因犯躲入监牢,待脱得此难、留得性命,再图报仇。"

"就依师爷所言。"颜容暄早没有主张,当即先唤府内亲兵进来道,"凤阳府乃帝王之乡,非同小可。如今流寇来劫,你即刻趁流寇立足未稳,出城搬请救兵,休得片刻怠慢。"

亲兵听了不敢懈怠,挑了马匹出城请救兵去了。待亲兵走后,颜知府仓皇逃出府衙,直奔大牢,换上囚服混在囚犯当中。

再说城内张一川、太平王四处劫掠,开仓放粮。城外高迎祥领张献忠、李自成、杨忠、李三娘已到凤阳城。李自成建议道:"此番攻打凤阳府,必定朝野震惊。一不做,二不休,不如将皇陵夷为平地,以彰显与朝廷势不两立之绝意。"

"贤甥之言极当。"高迎祥随即传令各营兵马,杀奔皇陵享殿和龙兴寺。

守陵太监见城内火起,四处逃窜。张献忠守在皇陵外,大喝一声:"你这伙阉人,待哪里去?"说罢,将守陵太监悉数斩杀。

张献忠正杀得手顺,看见皇陵外一片片大庄园,有人报说是守陵太监总管杨泽之府邸。张献忠咬牙切齿道:"此处经黄河改道,只留下黄沙一片,如此地瘠民穷,却建有如此穷奢豪宅。"遂令义兵直抢入府邸内,把豢养家丁、奴仆及一门家眷老小尽数杀了,不留一个。又叫兵卒牵了所有马匹,把庄里一应财赋悉数劫掠,将庄院一把火烧了。

却见一伙阉人手持琴瑟琵琶,跪地求饶道:"我等只是伶人,并未做欺压良善之事,还请活命。"

张献忠便道:"既如此,且饶尔等性命,大军每逢饮酒,可与之奏乐!"

众伶人太监只要活命,哪管跟谁,当即皆俯身拜谢活命之恩。

当日晌午,凤阳府已被攻陷。高迎祥、张献忠、李自成已在凤阳府衙正厅坐下,义军众头领都来献功,夺得好马五百余匹、牛羊不计其数、粮米财帛堆积如山。高迎祥见了大喜道:"可将粮米财帛分与众百姓,余下做军资所用。"他又问各部斩获,有将吏报说斩杀官军兵卒二千余名,精兵一千有余,另一千余愿降。巡抚杨一鹏、太监总管杨泽逃脱,凤阳知府颜容暄不知所终。

高迎祥叹道:"可惜未杀了这个敲骨吸髓的狗官!"

正嗟叹间,张一川差人来报道:"小弟率众劫狱,将囚犯悉数释放。囚犯举报一人乃颜知府乔装打扮!现已绑缚,就在厅外,请闯王发落。"

"前日多蒙张老汉率凤阳乡民献册,今日狗官擒得,当叫乡民都来府衙堂上,大吹大擂,当堂杖杀狗官!"

高迎祥说罢,李自成就叫人去寻那张老汉及众乡民来。去不多时,堂上堂下聚集了百千乡民,重重叠叠,都往里观看狗官下场。早有兵卒拉扯狗官上堂,左右七八个健卒各持水火无情棍雨点般打那狗官,顷刻将其杖毙。

李自成又引张老汉来到堂上拜见众位首领。高迎祥取一包金帛赏与张老汉。张老汉不肯受,下拜道:"这般狗官,残害百姓,闯王乃义军,此行乃义举,因而不受金银!"

高迎祥又道:"额连日在此搅扰凤阳百姓,今日焚毁皇陵、拆了龙兴寺、杀了官府狗官与一众守陵太监、与民除害。所有各家皆分粮米金银,以表人心。"张老汉见状,这才受了金银。

就着给张老汉赏赐,高迎祥令人又把凤阳县府库粮米尽数劫掠,马匹、金银犒赏各部众将,粮米、牛羊牲口等物悉数分与百姓。当有村坊乡民,扶老携幼,于路香花灯烛俯身拜谢高迎祥等一干首领。

当夜,各部首领饮宴,各自大醉而归。张献忠得守陵太监伶人,令之奏乐。李自成叫他分数伶人与余众首领,张献忠不予。李自成拔刀杀掉伶人。张献忠见状大怒,遂毁坏乐器。自此,两人生隙。

此番义军焚毁皇陵、掘坟盗墓、烧龙兴寺和官府邸舍二万余所,杀留守置正朱国相及班军、高墙军、新军四千余人。自荥阳大会至凤阳城破只短短旬日,且两地相距千里,曹文诏、张应昌兵马尚未抵豫,因而凤阳府遭此大劫。

邻近州府各镇总兵官闻中都陷落,不敢迟疑,纷纷举倾巢之兵杀奔凤阳。义军各部人马此时尚在凤阳,高迎祥叫各首领在官军杀至前尽数掳掠,不留分毫。三日后,应天府数万官军杀抵凤阳,各部义军已远走高飞多时,只留下瓦砾一般的空城。可叹中都凤阳乃龙兴之地,一朝被攻陷,万世根本之地竟一旦为骷髅之场,良可痛也,良可恨也!

中都被劫,早有地方官吏遣八百里加急快马报与朝廷。京师官员闻报,惊怖欲仆,不敢隐瞒分毫,只得把凤阳之祸奏闻天子。

崇祯皇帝闻听祖坟被流寇所掘、龙兴寺被毁,放声大哭。文武百官皆劝道:"圣上且保重龙体,理会大事,再遣能征善战之将剿灭流寇。"

崇祯皇帝哭罢,素服避殿,哭告太庙。一面选了吉时,于太庙四周建起灵帏,中间供奉太祖灵位,下旨自天子以下,文武百官都戴重孝,太监、护卫、内侍亦素服戴孝,七日内京师不得饮宴歌舞。另一面下罪己诏,昭告天下臣民,并令三边总督洪承畴火速进京面圣,商议剿寇事宜。又严令追查凤阳陷落之责,凤阳巡抚杨一鹏被处极刑;凤阳巡按御史吴振缨遣戍;守陵太监杨泽已畏罪自杀,又无后代,不予追究。

一连数日,崇祯皇帝领京城内一应文武百官于太庙扬起长幡,请各地名刹得道高僧做功德,每日举哀,不思朝政。内阁首辅温体仁劝禀道:"吾皇容禀,流寇累造大恶,更有甚者,贼首闯天王部众胁令凤阳生员写闯天王兴武元年告示,旗帜上大书古元真龙皇帝。流寇僭号称元,罪恶上通于天,当诛灭九族。当务之急,须举倾国之力尽心杀贼。可遣能征善战之帅统领兵马,会同中原各省官军夹剿,务必生擒高闯贼等贼首,解赴京师凌迟。"

崇祯皇帝听罢,咬牙切齿,忙问当遣何人为帅。

那长幡背后转出一大臣,高声喝道:"金国贼寇狼烟未息,流寇祸胎四处为患,这一帮杀不尽的贼寇,坏了圣朝天下。臣愿领兵克日剿灭贼患。"

众人视之,正是奉诏入京之三边总督洪承畴。

只见洪总督近前奏道:"陛下,闻报流寇会集荥阳,臣已令陕西贺人龙、刘成功领兵马出潼关剿寇。据探马回报,闯贼携贼众自陷凤阳后,复经潼关、内乡、淅川,尽数归秦。秦陕各地饥民从贼者如归市,浩浩荡荡,连绵百里,贼众十倍增之,旋即有二百万人之众。流寇皆是乌合之众,不足为虑。只是高迎祥、高迎登、李自成、张献忠、张一川、刘国能、罗汝才此辈智勇非同小可,倘若四处兴兵侵扰,则大明永无宁日。以臣愚见,即令贺人龙、刘成功杀回秦陕,差曹文诏、张应昌、左良玉各总兵官部领所属军将人马,直抵陕境,收伏流寇。微臣不敢自专,乞请圣鉴。"

崇祯皇帝听罢洪总督所奏,道:"各地流寇为患,更兼有辽东金国贼寇,不日则兴兵来犯。当务之急,应尽起边、腹军马,发京、省帑币二百万两为军饷,以六月为限期,务必荡清流寇。"

洪承畴本意尽臣子之道,剿寇报国,岂料崇祯急功近利,下旨限期六月剿除贼患。百万流寇,短短数月焉能剿清?可君命难违,洪承畴令贺人龙、艾万年、刘成功、柳国镇及余众将佐速赶赴陕西,令陕、晋、豫各地总兵官把守要害,檄调悍将曹文诏由湖广移驻陕西商洛、兴安。

待军备妥当,选吉日鸣三声号炮,金鼓乐器齐鸣,洪承畴亲领马步军将领统领中军,往秦陕进发。洪承畴一路号令严明,行伍整肃,所过地方秋毫无犯。

崇祯八年四月,洪承畴统领兵马至灵宝,将中军帐移在县衙府堂内。有门吏来报,说总兵官曹文诏领马军已到灵宝、步兵尚在途中,曹总兵已在帐外等候。洪承畴闻报大喜,召曹文诏入帐一叙。曹文诏行军中之礼,向洪承畴报近年所遇。

两人寒暄罢,商议如何进剿陕西流寇。洪承畴道:"依本官判断,商洛、洛南两地有大股流寇,官军去剿,定先逃往汉中,倘若由潼关入关中便失了先机。"

曹文诏听了建议道:"既是如此,末将斗胆,不如从阌乡取山路到商洛,直捣流寇老巢。大人再领大军经山阳、镇安、旬阳等地赶至汉中围剿流寇。"

洪承畴赞道:"本官正有此意!只是阌乡山路,迂回曲折,路途遥远。曹总兵休辞劳苦,本官自在汉中为将军摆酒宴庆功。"

"末将定不辱使命!"曹文诏俯身拜谢罢,起身告退,率侄参将官曹变蛟、守备官曹鼎蛟、都司白广恩,领三千兵马赶往商洛。这都司白广恩实乃义军叛逆,曾助官军杀首领可天飞何崇谓。

数日后,曹文诏兵马行至商洛屯扎。当有商洛官员豪绅置宴设席,为曹总兵接风,并诉苦道:"贼兵浩大,不可轻敌。有过天星、小秦王、整十万、白袍将、祁总管各部流寇,其中过天星势力最庞大,部众不下四五万人。商洛城外金岭川就是贼巢,求曹将军速行解救众生!"

曹文诏听罢,回营与曹变蛟、曹鼎蛟二侄商议道:"金岭川既是过天星之巢穴,不若领兵去打金岭川,敲山震虎,且叫贼众先吃一败仗。"

当下曹变蛟道:"金岭川乃深山老林,地势复杂,且贼兵甚众,倘若贸然杀入,恐中埋伏。小侄不才,愿领兵前往,引贼众来攻,顺势取了金岭川。"

曹文诏叮嘱道:"贼兵久骄,吾侄此去必然成功。只有一件,秦陕山川险峻,沟壑交错,万万不可冒进。"

曹变蛟道:"叔父不必担心,小侄当在山川明显处摆出灯火、连绵数里,叫贼众不知虚实,自然引兵来探。"

曹文诏听了大喜,拨曹变蛟马步军一千攻打贼巢诱敌,并亲率曹鼎蛟、白广恩引大军跟随。

曹变蛟领了兵马,先令五百马军在金岭川东开阔处埋伏,五百步兵在金岭川西密林处埋伏。当夜五更,他又叫一千兵卒各自准备火把灯笼,将山间照亮得如同白昼。眼见山头灯火通明,官军旗号"曹"字甚是显眼,漫山遍野不知多少兵马。喽啰兵不知虚实,慌忙去报知过天星、白袍将、小秦王、祁总管等人。

那白袍将姓薛,身长八尺,膂力过人,使一口三十斤重方天画戟,因仰慕大唐名将薛仁贵,索性隐去真名,就只叫薛仁贵。当下听报朝廷调遣兵马,已在山外扎营,便道:"这群不知死活的官军,这里山势险要,来打这里就是送死!"说罢,就欲整点军马出寨迎敌。

祁总管劝道:"某闻有大小曹将军乃朝中悍将,横天一字王之败就出自大曹将军之计。官军是曹军旗号,恐是大小曹将军来攻,不可轻敌,只宜坚守。另差人去别处聚集人马来抵敌官军。"

薛仁贵闻言大怒道:"你这何处来的什么总管,敢小觑额这里?是曹文诏那厮又待怎样?彼远来必疲,待额出去杀他片甲不回!"

祁总管苦谏不听。

惠登相见状道:"既如此,还请白袍将引三千马步兵前去试探敌情。若是曹文诏、曹变蛟那伙,还请急急回寨坚守!"

薛仁贵欲逞功劳,领兵出寨迎敌。

只见寨门开处,三千兵马涌下山头。官军用强弓硬弩射住阵脚。只听得战鼓响,义军阵中捧出一员将来。怎生打扮:

头戴点金浑铁盔,顶上一处大红缨。披一副混铁锁子山文甲,穿一领雪一样白花战袍,着一双嵌线兽皮靴,手持三十斤方天画戟,一张弓,一壶箭,骑一匹白色高头马。

薛仁贵立马横戟大叫道:"何处官军,到此送死?"
曹变蛟纵马喝道:"哪来的蠢贼?可识得曹变蛟么?天兵到此,早早下马受缚,免污刀斧!"
薛仁贵笑道:"果然是传闻中小曹将军。既然如此,且来会会额的画戟!"
两军呐喊,曹变蛟、薛仁贵抢到垓心,两马相交,两器并举。二将战不过二十余回合,义军阵中小秦王白贵见薛仁贵渐渐不敌,抢起点钢枪,拍马向前助战。曹变蛟以一敌二,不落下风。

曹文诏在后军阵上看见流寇寨门大开,三千马步兵杀出,来斗曹变蛟之两名贼将武艺不弱,恐侄有失,急拔出佩剑挥动,众军听号令掩杀过去。

薛仁贵、白贵激战正酣,猛见官军队里忽冲出一彪军来,个个长枪铁马,大刀阔斧杀奔而来,已自乱了阵脚。薛仁贵手中戟法已乱,曹变蛟看出破绽,大喝一声,一刀将薛仁贵劈于马下。白贵见势不妙,虚晃一枪,夺路而逃。

眼见官军人马冲杀过来,如同砍瓜切菜一般。义军虽众,只有首领衣甲鲜亮,兵卒所骑马匹都是羸弱瘦马、鲜有铠甲,手中也都是劫掠官府来的刀枪,大多还是木棒、鱼叉、钉耙,怎当得官军这样凶猛?惠登相急叫闭门。说时迟那时快,曹鼎蛟已领兵将早已抢入寨来。义军守门兵卒一齐向前,被曹鼎蛟一刀砍死一个,复一刀又劈死一个。官军一拥而入,夺了寨门,杀散义军。

白贵见薛仁贵已亡,退路又被官军占了,心中越发慌张,急急弃了马匹,慌不择路,见一处陡坡,急抱头滚下逃命去了。众人见势头不好,一个个效仿小秦王滚坡逃命;逃不及的,被官军赶上活捉了。

寨外正在交战,惠登相闻得官军喊杀声近在咫尺,急登上箭楼察看。山下曹文诏眼见众贼兵拥着一人上箭楼,那人肥头大耳、衣甲华丽,料想定是贼首。急止住马,抬弓取箭,觑定那贼首,"飕"的一箭,正中面颊。惠登相门牙碎裂,满嘴喷血,不能言语。

黑云祥、祁总管见状,急搀惠登相下楼,扶上马匹,弃了金岭川,各自逃命去了。曹文诏挥动军马掩杀过来,金岭川兵马被杀死大半,其余四散逃窜。

白广恩带人四处砍杀。曹文诏连连叫道:"白都司,贼巢中老弱妇孺不可杀害,皆是流寇掳掠百姓;若有良家女子,叫下山逃命去!"白广恩这才住手。

曹文诏又叫军士快去寨子竖立官军旗号,好叫别处流寇知晓,再报地方官员分拨军士把守。少顷,曹变蛟、曹鼎蛟一齐都到,各自将斩获纳献。曹文诏大喜,一面备办酒食犒劳军士,一面飞传捷报与洪承畴知晓。

金岭川一战,义军三千马步兵仅一二百人跳崖得脱,余众或杀或擒,被擒士卒示众三日后悉数押赴市曹斩首。

官军虽说斩杀薛仁贵、重创惠登相部,对陕西局势而言却未撼动几分。数日后,凤翔县飞书来报,高迎祥、张献忠率二十万人攻打凤翔,且向沔阳、陇州挺进。曹文诏领命,由汉中奔赴凤翔。义军闻曹文诏至,转头奔向静宁、秦安、清水、秦州各地。

这义军兵马二十万,官军兵马几何?原来曹文诏兵马加上张全昌援助兵马也不过六千人!洪承畴屡屡向朝廷申奏告急文书,都如同泥牛入海一般,未得回应。

这日,曹文诏领众将正在中军帐内商议进剿一事。门吏通报,说三边总督洪承畴遣军士持密书一封,须面呈曹总兵。曹文诏唤军士进来,军士呈上密书。曹文诏拆开封皮看了,大惊失色。原来李自成携刘宗敏、李过、高杰领兵围攻甘肃宁州,副总兵官艾万年、刘成功、柳国镇、游击王锡命奉命引兵三千往援。双方战于宁州襄乐镇,官军支持不住,撤至巴家寨时遭李自成部兵马堵截。正激战间,李三娘、洪关索、阎正甫等部蜂拥而至。官军陷入重围,艾万年被李三娘飞爪所伤,血流不止而亡。柳国镇亦死于乱军之中,所带兵将被杀一千余人。刘成功、王锡命身负重伤,力战得脱。

曹文诏召来众将道:"洪总督急召本将议事,叫吾速去汝州。"众将忙问何故,他把密信之事一一说来。

曹文诏安排妥当军务,备马启程,一二日便到汝州。行罢军中礼节,洪承畴交代道:"曹将军鞍马劳顿,且去馆驿内歇息后再行商议。"

曹文诏摇摇头道:"艾副总兵跟随末将出生入死,今日被贼所杀,末将恨不能即日复仇。且陕甘各地危如累卵,多有城池危在旦夕;倘或失陷,河南县郡如之奈何?望总督大人早早发兵剿除!"

洪承畴道:"贼军势众,官军甚少,本官多次奏请拨付兵马皆泥牛入海,哪里还能再发兵马？"

曹文诏听罢,拔刀砍地道:"末将愿以所部兵马入甘肃剿寇,不斩下贼首李自成、李三娘、洪关索几个首级,誓不生还！"

洪承畴大喜道:"此事非将军不足办成。我这里兵马已分他处剿寇,无可策应者。曹将军此行,吾将领兵从泾阳赶到淳化,以为将军后应。"

曹文诏闻言,俯身拜谢。

洪承畴令甲仗库将吏拨付山文甲五百副、军马五百匹、火铳二百支、刀枪军械无数,又拨付帑币二十万两,叫补充曹文诏部领兵将给养。甲仗库将吏得令,拨付军械钱粮,叫人随行交付军中使用。曹文诏即日回马商洛,整点军马奔赴宁州。

曹变蛟、曹鼎蛟、白广恩随曹文诏统领精兵三千,星夜往宁州进发,不数日便来到镇宁城外湫头镇。此处是个小去处,曹文诏叫在此安营扎寨。前骑探马来报,说前方烟尘四出,恐有大队流寇！

"这伙贼人恁般无礼！我还未去寻他,他却找上门来送死,叫他认识我的手段。"曹文诏闻报,领兵出城交战。

原来正是乌凤鬼、黑旋风、飞山虎、鬼见愁探得官军来了,遂领兵来攻打。那黑旋风生得墨面虬须、膀大腰圆,只见他赤膊上身、手持两把板斧,与水泊梁山黑旋风李逵一般装束,一路吆喝杀奔过来。

曹文诏叫兵将列阵迎敌,只说休要走了流寇一兵一马。两阵相对,旗鼓相望,离一箭之地。

未及交锋,义军阵前黑旋风急欲领五百步兵杀去。鬼见愁见状劝道:"此处官军是曹军旗号,贤弟切要小心。"

黑旋风毫不在意地说道:"额抢上去砍了什么曹文诏狗头再说！"

乌凤鬼也劝道:"贤弟不可轻敌。"

黑旋风哪里肯听,挥动板斧冲杀上去,五百步兵特一齐杀过去。

曹文诏见状呵呵大笑,喝道:"如此莽贼,谁来斩杀了这厮？"

"小侄愿往！"曹变蛟说罢,一马当先领二十余骑杀入义军阵中,恰如虎入羊群。黑旋风五百步兵拦挡不住,悉数被曹变蛟或杀或擒,不曾走脱半个。

乌凤鬼见官军如此厉害,顷刻间就灭了黑旋风,当下寻思这伙官军忒地厉害，不如引其去宁州腹地，有大队人马方可抵敌！只见他打个呼哨，叫人速速撤离。原来义军自荥阳会后便有分兵定所向之策，各部相互照应、小部依附大部，所以乌凤鬼才会心生诱敌之计。

且说宁州城外，李自成、李三娘、洪关索几个首领正统领大军行进。李三娘因诛杀了艾万年，报了灭家之仇，心中愉悦。这边乌凤鬼、飞山虎、鬼见愁所领一万余人马却被官军杀得人仰马翻，军士折了二三千人，见了李自成方把马勒住。

鬼见愁把黑旋风被诛一事备细说了。李自成便道："听你这说词，这伙官军忒胆大，数千人马敢跑到这腹地来。当速引各路骑兵于宁州城外平坦处埋伏，只待官军入瓮，叫弓箭手齐射，休留活口。"

当下李自成布置妥当，转眼间曹文诏领大军已至。只听一声炮响，凭空突然杀出数万人马，摇旗擂鼓，为首一将正是李自成。又听一声令下，万箭齐射，箭如雨下，官军中箭者不计其数。曹文诏急令退兵，岂料兵败如山倒，顷刻间，前队人马被射杀五六百人，跑得慢者便被射成刺猬。

李三娘瞅见官军中一游击官后背中箭，仍死命逃窜，当即祭出飞爪，正中那游击官左肩，又在马上用力一拉，就将这官军生擒了，即刻就被义军兵卒捆成了粽子。

游击官屁滚尿流，忙叫道："曹将军，且来救我一救！"

此言一出，众人大惊，原来这伙官军统领就是曹文诏。李自成曾在沁水县见过曹文诏，远远望见官军阵中着黄金锁子山文甲的正是曹文诏，便拔出佩剑喝道："休要走了曹文诏这厮。"

义军众兵将闻听曹文诏已身陷重围，皆舍命把刀枪棍棒送上来。曹文诏亲手斩杀了几十个义军兵将，辗转拼战一二十里路。最后战马呕血，将他掀落马下。曹文诏眼见难以走脱，恐被擒受辱，自刎而死，寿仅三十九岁。

此战，曹文诏所领兵马大半折损。侄曹变蛟、曹鼎蛟死战得脱，忙星夜报知洪承畴。

洪总督闻报曹文诏兵败阵亡，捶胸痛哭，奏请朝廷追赠他为太子太保、左都督，子孙世袭指挥佥事官职。

崇祯皇帝痛失良将，闻奏一一准之，且御笔亲书，叫有司为曹文诏立庙，年年春秋祭祀。

崇祯皇帝痛心疾首,茶饭不思,却每晚依旧于乾清宫批阅奏折,通宵不寐。案头尽是贼首高迎祥统领数万流寇连营数十里攻滁州、含山、和州,各地请援救兵之奏折。崇祯皇帝只得令洪承畴督剿西北各地,又擢升湖广巡抚卢象升任五省军务总理,督剿东南,率总兵官祖宽、游击罗岱等诸镇兵马驰援滁州。

这日,崇祯皇帝在乾清宫依旧批奏折至夜深,又见报说东虏再欲大举进兵,顿觉天旋地转、头晕目眩。自宁夏奏报兵变以来,崇祯皇帝已数日不寐,今日龙体不安,猛然又想起周皇后已多日未幸。当即就叫起驾回寝宫,由两个小黄衫跟着径回内室。周皇后慌忙迎接圣驾,于卧房内坐定。崇祯皇帝便叫前后关闭了门户,等周皇后盛妆向前行礼罢才道:"朕近感微疾,加之国事繁忙,有些时日不曾来与梓童相会,思慕之甚!还望梓童谅解!"

周皇后奏道:"深蒙陛下眷爱之心,臣妾愧感莫尽!房内铺设臣妾亲烹酒肴,与陛下饮酌小乐。"

崇祯皇帝叹道:"夜已深,梓童何故操劳?"

原来周皇后是个学富五车、知书达礼之窈窕佳人,不仅柔婉贤良,且面容不事涂泽,亦面如美玉,实乃才貌双绝。传周皇后幼时,文士陈仁锡有缘瞧见,惊叹周氏美貌,对周父说道:"君女天下贵人。"而后,陈仁锡便教授周氏经史之书。周氏伶俐好学,加之名师指点,自然学得深通文墨。入宫以来,崇祯皇帝对周皇后宠爱无比,视为红颜知己。周皇后不负厚望,自入主六宫,便将后宫治理得井然有序。她生性简朴,裁减宫中用度,深受百官爱戴,声望极高。崇祯皇帝固执自负,周皇后也每每劝说他宽以待人。时有崇祯皇帝问起难决之国事,周皇后据经论典、与夫君分忧。

当下眼见夫君为国事军情忧心不已,又始终事必躬亲、日渐憔悴,周皇后心忧道:"陛下且听臣妾奏上,方才小寐,却见孝纯皇太后托梦于臣妾!"

崇祯皇帝听了忙问道:"既是如此,母后可有懿旨示下?"

周皇后奏道:"臣妾俯身拜见孝纯皇太后,太后懿旨,叫陛下以国事为重,保重龙体,切勿操劳!又叫臣妾每夜置办酒宴美食,恭请陛下滋补龙体。"

崇祯皇帝乃聪慧之人,闻听周皇后所言,岂肯听信此乃太后懿旨,只觉皇后甚贤。想起己身四岁丧母,又想起朝政混乱,内忧外患,不觉垂泪。周皇后亦相对而泣。

崇祯皇帝方饮过数杯，周皇后见他神思困倦，便道："眼见夜深，明日还要早朝，臣妾服侍陛下歇息。"

崇祯皇帝刚要言语，忽见灯烛荧煌，只觉房里突然起了一阵冷风，不禁寒战。现在是二月初春，夜间依旧甚寒。崇祯皇帝却见平地里吹起一团雾气，蒙眬间见几十个百姓，衣衫褴褛，扶老携幼，飘然而至。

崇祯皇帝惊问道："你们是什么人？如何能到这里？"

那当头一白发老者奏道："草民皆是山西泽州人氏。山西、河南两地大旱，饥民无粮，泽州尤甚。百姓抢食树皮、草叶，待树皮草叶尽，乃人相食。望圣上差官赈济，挽救晋豫万民。"

崇祯皇帝闻言道："若是如此，朕当差御史携帑币前往赈济。只是当今流寇猖獗，东房又欲大举进兵，国库见底，如何再有帑币拨付？"

老者道："草民等已再无饥寒之苦，无须帑币。但请圣上移步圣驾，且随草民一观！"

崇祯皇帝怒道："轻屈朕的车驾，就不怕朕叫锦衣卫办你惊驾之罪么？"

老者回道："实不相瞒，草民非人，乃泽州饿殍之鬼。此处宫闱，鬼魅本不能近身，只是泽州冤气甚重，亦有殁于王事者有冤要伸。草民斗胆请陛下车驾同行，体恤民情。"

崇祯皇帝听罢此语，只觉腿脚不听使唤，便起身随老者出得寝宫。见车马足备，有人扶他上车，扬鞭起驾。只见眼前山峰沟壑如同闪电一般划过，耳闻风雨之声，须臾便到一个去处，恰似世外桃源。

崇祯皇帝在车上观之不足，问老者道："此乃何处？为何要朕到此？"

老者回道："陛下休要惊惧，此处并非阳世。这里百姓虽无战祸之苦、无饥寒之苦、无病痛之苦，只是不舍阳世牵挂。"

崇祯皇帝大惊道："难道朕已离阳世？"

老者又道："非也。圣上乃万金之躯，鬼魅不得近身。此番启请圣驾，却只为申奏民情，稍后陛下便回阳世，勿忧。"

崇祯皇帝疑惑地问道："你有何情申奏？"

老者指着一处洞口道："请陛下行去，到彼便知。"

崇祯皇帝下马登山行了二三里地,进入洞口;又行了一二里地,见一处洞顶有天台。

老者顺手指道:"陛下请看,此乃世间万象!"

崇祯皇帝抬头望去,只见一处赤野千里、饿殍载道之象。一团云雾飘过,又是一片兵戈战火、残肢断臂之象。须臾,又飘过一团云雾,又是一片千里无人烟之相。

随后,老者拱手道:"陛下容禀,此乃当今阳世景象!"

崇祯皇帝辩解道:"朕自登基至今,励精图治、勤政为民,宁可天子守国门、君王死社稷,也不和亲、不赔款、不割地、不纳贡!此番阳世景象,实乃天灾人祸,绝非朕之过也。"

老者道:"草民深知陛下勤政远胜先帝,初时杀魏逆一党,重用名将袁崇焕、广开言路,大明似有中兴之象。只是西北大旱连年,中原灾荒不断,以致流寇横生,天下渐乱。恕草民直言,陛下勤政,当属不易,只是流寇之祸亦是陛下处置失当。倘若严惩贪官污吏、减免百姓赋税、重农商、抚民心,必不致如此。圣上治天下却猜忌能臣,对流寇一味征讨杀戮,孰知流寇亦大明良民,只因天灾人祸、断了活路才揭竿起事,杀戮绝非圣君所为!"

崇祯皇帝仍然辩道:"老先生此言差矣!川陕流寇作乱,朕多次招抚,只是流寇即抚即叛,绝非大明良民,因而只能剿除。东房猖獗、烧杀劫掠,意在灭我大明,因而加征辽饷,亦是迫不得已。东房之祸好比纤芥之疾,而流寇作乱则是腹心之患,祖宗基业岂能断送在朕之手?攘外必先安内,因而先剿流寇,再御东房。"

老者闻言叹道:"果如此,则大明危矣!陛下再不醒悟,杀身之祸就在当下!"

崇祯皇帝听老者言语,心想莫非已是魂游地府。他见此时身在险境,心中甚恐,只得说道:"老先生教诲,朕自当铭记于心!此番已观人间景象,还请折返!"

老者无奈道:"陛下且行。"

崇祯皇帝随老者下山,只见前方有数百人俯伏在地,尽是披袍挂铠、戎装革带之兵将。

崇祯皇帝见状大惊,忙问道:"卿等乃哪路兵将?缘何在此?"

只见其中一将戴凤翅金盔、披黄金战甲,向前俯身奏道:"臣乃临洮总兵官曹文诏是也。"

崇祯皇帝定睛一看道:"将军缘何在此?为何与泽州百姓一道来见朕?"

曹文诏奏道:"臣亦是山西人,山西大灾,臣心中焦虑,与灾民一道诉说实情。臣另有衷肠,谨请陛下留步,容臣细诉。"

"曹将军但说无妨!"只见曹文诏膝跪向前、余众兵将尽皆俯身叩拜,崇祯皇帝又问道,"众将士何故叩拜?"

曹文诏奏道:"臣深受皇恩,理当效忠朝廷。前蒙陛下委以重任,臣入平凉追剿流寇,虽殒命沙场,但死亦有憾。"

崇祯皇帝听了问道:"曹将军有何遗憾?"

"流寇绝非与生俱来,皆因大旱连年,加之贪官污吏欺压良善,百姓为求活路而啸聚山林。因而流寇俱是百姓。百姓乃江山社稷之本,更是将士衣食父母,臣等既披战甲,理当护国护民。刀兵向百姓、屠戮衣食父母,故死而有憾。今臣等阴魂不散,俱聚于此,申告陛下,切勿再大肆屠戮百姓,乞陛下圣鉴。"

崇祯皇帝听了大惊:"曹将军何出此言?流寇即抚即叛,因而只有剿除,并无他法!"

曹文诏又奏道:"臣深知陛下不是数句言辞可以撼动,只望陛下好自为之。"

崇祯皇帝又道:"素知将军忠义,何不显圣以告朕及文武百官?"

曹文诏摇摇头道:"臣乃幽冥鬼魂,怎到得京师龙凤宫闱?今山西、河南大灾,怨气甚重,地府神灵怜之,遣使者邀陛下出离宫禁,臣方能面见陛下诉说衷肠。方才驾马车之车夫实乃地府神灵也。"

崇祯皇帝遥看车夫,原是地府神灵,不禁胆寒。

此时,老者亦在一旁催请道:"时辰不早,陛下请回!"

崇祯皇帝刚要言语,却被一推,猛醒,却是南柯一梦。他睁开双眼,见灯烛晃动,周皇后正在铜盆热汤中搓洗汗巾,擦拭他周身冷汗。崇祯皇帝抓住她的手问道:"朕可离开寝宫?"

周皇后奏道:"陛下方才昏昏欲睡,臣妾叫人服侍就寝,不期陛下梦中惊恐之声连连,臣妾已传太医了。"

崇祯皇帝闻言,却把梦中之事一一说知。

周皇后听了斟酌道:"想必是山西、河南遭受天灾,来日早朝必有消息。臣妾听曹将军所奏不无道理,还望陛下三思!"

崇祯皇帝道:"既是梓童认同曹将军所奏,朕自当深思熟虑。"

周皇后闻言,高兴地说道:"若圣上加以赈济安抚,陛下之德必为后世传颂,大明中兴有望。"

次日临朝,果然有殿头官报称唐王朱聿键宫外求见,崇祯皇帝忙叫宣召入朝。唐王奏山西、河南大饥,饥民无粮,树皮草叶抢食已尽,已人相食。泽州一地,有全村百姓悉数饿死,甚有母烹其女以食者。崇祯皇帝当即下诏,拨付三千五百金赈济泽州之灾,并免山西、河南被灾州县一应税饷。

当日退朝,崇祯皇帝因多有臣下启奏高迎祥、张献忠攻打滁州,饱劫之后又会合拓养坤、刘国能等贼众转入陕西兴安,李自成、马守应、张天琳、惠登相、贺国现又是四处攻城拔寨,心中甚是烦忧。又有报说李自成、张天琳聚集流寇七万攻打榆林、绥德,总兵官俞冲霄被贼兵擒杀。惠登相部众伪降,陕西巡抚甘学阔中计,贼众得军饷却复叛。只有副总兵贺人龙镇守米脂,借无定河涨水水淹贼兵,传来捷报。崇祯皇帝心中寻思,便传首辅温体仁、兵部尚书张凤翼、兵科左给事中常自裕于文华后殿恭候。

太监传了口谕,三位大臣不敢丝毫怠慢,快步入内,在彼侍侧。

待君臣之礼罢,崇祯皇帝问兵部尚书张凤翼道:"流寇攻占凤阳、焚毁祖陵,与朕有不共戴天之仇。六月平寇限期将至,爱卿可知三边总督洪承畴、五省军务总理卢象升进剿如何?"

张凤翼回奏道:"互有胜负!六月为限,恐难剿除贼患。"

崇祯皇帝闻言有些焦虑,问温体仁道:"首辅之意如何?"

温体仁奏道:"古人有云,擒贼先擒王。依老臣之见,官军兵力吃紧,四方驰援,如同热油泼蚁、人捉蝗虫,难获成效。不如选调精兵强将,擒其首要,摧其最强,流寇之患必得平定!"

崇祯皇帝又问道:"依首辅所言,三位爱卿可知哪路流寇最强?"

当下兵科都给事中常自裕俯身奏道:"据臣所知,贼首百人,却以闯贼高迎祥为最强,其下多降丁,甲仗精整、步伍不乱,非他鼠窃可比。宜合天下之力,悬重金必得其首。如获高闯贼首级,余贼不足平也！"

"卿之所言,甚合朕意！"崇祯皇帝听了点了点头又道,"陕西巡抚甘学阔剿抚不力,贼寇复叛而去。当务之急,为督剿高闯贼之重任,当遣一能征善战之文武全才出任陕西巡抚,温爱卿和张爱卿可有人选？"

有分教：

不安民心何以安内,刀兵对内何以攘外？

直教闯王名号响遍大江南北,动撼大明江山。欲知朝廷再遣哪位良将,且听下回分解。

第十回

黑水峪高迎祥中伏 汉中城李自成扬威

书接上回。且听张凤翼奏道："臣于天启年末任右参政时，闻听永城县令孙传庭不满魏忠贤专政，弃官回乡，后复为朝廷所用，现为顺天府丞。此人乃万历四十七年进士，自幼熟读兵书，深通谋略，胸中藏有十万兵马，且习得武艺多般，弓马娴熟，实乃文武全才。若官封陕西巡抚，自当扫清秦陕流寇之患，剿灭贼徒，保国安民。伏乞陛下圣鉴。"

"卿言甚当。"崇祯皇帝听罢大喜，当即便差兵部即刻宣孙传庭面圣计议。

张凤翼领了天子口谕，差三五个将官即去寻孙传庭。当日孙传庭便即刻赶赴京师。

这日崇祯皇帝正在乾清宫批阅奏折，门口太监传报，崇祯皇帝叫进。孙传庭径来圣驾前，行罢君臣之礼，立在阶下。崇祯皇帝看了看孙传庭，端的一表人才，堂堂七尺五六身躯，天庭饱满，双目有神，面容雄伟，便问道："秦陕流寇猖獗，以高闯贼为最强。请问将军施何妙策以平流寇、擒贼首？"

孙传庭禀道："久闻流寇居无定所，各地流窜，惊群动众。唯有围追堵截，令流寇困守，集重兵剿灭，流寇之患方可平定。窃闻五省军务总理卢象升曾言：'高闯王第一称强，谁能当者？豫清必将鼎沸矣！'若擒贼首，须重兵集豫西洛阳，堵截流寇由秦陕折回中原之路径。且三边总督洪承畴乃当世帅才，以精兵数万进剿各地贼寇，叫他首尾不能相顾，高闯贼克日必擒。"

崇祯皇帝见其策略得当，大喜道："此乃关门打狗之计，正合朕心。"

随即便唤翰林院拟圣旨一道，擢升顺天府丞孙传庭为陕西巡抚，即刻赴任。又遣兵部调拨辽东、山东、河北、湖广、郧阳精锐兵卒三四万人，皆划归孙传庭管辖，并赐尚方剑，部领总兵官祖宽、祖大乐，副将李重镇围剿流寇。曹文诏侄曹变蛟接曹文诏临洮总兵之职，亦跟随大军征剿。崇祯皇帝将那日魂游地府之事，皆抛至九霄云外。

五月，边庭快马来报，说金国大汗爱新觉罗·皇太极称帝，改元崇德，改国号大金为大清，改族名为满洲，定都沈阳并改名盛京。

皇太极登基，立即令多罗武英郡王阿济格等人统领八旗兵十万攻明，辽东再燃战火。明廷得报震惊，急欲速灭西北流寇之患，一心应对辽东外患，遂令三边总督洪承畴、五省军务总理卢象升加紧调兵遣将，务要早日生擒贼首高迎祥。

再说自各部义军设伏击败大明悍将曹文诏后，高迎祥便与李自成、张献忠合兵一处，与洪承畴统领兵马大战关中。义军战官军不克，转道河南阌乡，合攻左良玉部，直逼洛阳。崇祯九年初，高迎祥、张献忠东下安徽，围攻滁州，又经怀远、蒙城、亳县入河南归德府，又经密县、登封西进嵩县，沿路大败官军。总兵官汤九州寡不敌众，战败殉国。五月，高迎祥复入湖广。是年七月，高迎祥出南山，挥师攻占盩厔，直驱西安。

这盩厔知县孙兆禄是个心肠狠毒之徒，听闻各地百姓多有投靠流寇作乱，深恐上官追究本县百姓投贼之罪，因而但闻县内有人投了贼寇，轻则扒房拆屋、全家入牢，重则即刻斩首。

这日，孙知县正在衙内拷问抗租百姓，忽听得衙门前喊声大举，有人杀将进来。当头一个全副披挂，手中一把泼风大砍刀，沿路见官军衙差，也不答话，就是一刀。这人正是高迎祥麾下黄龙是也，此时亦是七十二营首领之一。

孙知县做梦也想不到流寇兵马如此迅猛，直惊得腿脚都麻了，急急回后堂褪去官服，着了寻常百姓服饰，欲混到百姓中逃命。方才出门，却正好撞见黄龙，被一刀斩了。左右衙差见此情形，早各自如鸟兽散。邻近州县官军已探知此股流寇乃高迎祥所部人马，不敢前来迎敌，只得急急差人报了陕西巡抚孙传庭，只说闯贼统领兵马已占了盩厔，还请大队官军人马前来进剿。

黄龙手持泼风刀率众将盩厔县劫掠了个干净。直到晌午时分，高迎祥、拓养坤、刘国能三位首领入县衙坐定。高迎祥差手下绰号叫乾公鸡张二的小队长领人出榜安民,另差叫一斗谷黄大的小队长领人开仓放粮、周济百姓。当日午后,三位首领用罢午膳,便在衙中商议下一步如何征进。

这黄大在县衙门口大叫道:"闯王来了,本处百姓都来领取粮米。"百姓听闻闯王名号,便一传十十传百,都来衙门口来看这闯王是何模样。

一盏茶工夫,衙门口百姓越聚越多,好不热闹。高迎祥眼见百姓如此拥戴,心中宽慰,便叫道:"各乡民切勿攘挤,高某何德何能,能得百姓如此错爱!本县可还有官吏,着两个出来说话;如不主动前来,捉住便立斩不赦。"

不多时,便有百姓将茅房躲藏的县丞揪出,高迎祥令县丞着了衣衫,来堂下问话。须臾,县丞换了衣服来厅上拜了四拜,道:"闯王到此,必有指使。"

高迎祥道:"额并不来打扰你县里百姓。此处风土你最熟悉不过,你叫百姓领了粮米先都各自归家,且休逗留。"

岂料衙外百姓道:"衙门这伙欺压良善的贼,焉能叫我等各自离去?"

更有一人道:"不如请闯王主事,各位有什么冤屈都说出来,叫闯王做主!"

此言一出,百姓中如同炸锅一般叫好。

高迎祥心想,起初在安塞本意欲为百姓献力,只是狗官不容,今日且试试额的本事。还未寻思罢,这边县丞就说知县绿袍公服就在后堂。黄大、张二转入后堂果然看见公服、皂靴俱在那放着。黄大取过来,叫闯王将公服穿上。

"休将额和这些贪官污吏相提并论。"高迎祥斥退黄大,坐在县太爷椅上叫道,"众位百姓可有冤屈,只管道来。"

县丞怕他,只得聚集些公吏衙差来,打了三通擂鼓,向前声喏道:"闯王在此为民做主,谁来告状?"

只见堂下一老妪近前跪下道:"老身有冤要伸,求闯王做主。"

高迎祥问道:"有何冤情,尽管道来。"

老妪道:"老身状告本县典史官。说是朝廷征收练饷,可家中早已家徒四壁,何来银钱缴税?典史差人将我儿无端毒打,关进大牢,性命难料。"

高迎祥道:"既然如此,速速唤典史来。只说来了,罪过既往不咎,倘若被乡民找着,脑袋定然落地。"

果然,典史不多时就到,浑身如同筛糠一般俯身跪拜。

高迎祥喝道:"将典史重打一百大板,锁上三十斤干木死囚枷,关进大牢。"

典史辩道:"小人有罪无罪,未见大人问话!"

高迎祥怒道:"你这厮还须审问么?只有官欺民,何来民欺官!毋庸审问,左右速速打来。"

衙外百姓见高迎祥这般说,早冲进来几个后生小子将典史放翻,各自抢过差役手中水火无情棍,把典史打得皮开肉绽;又上了枷,关入大牢。

高迎祥又叫黄龙、刘哲二将带人将牢门打开,囚犯不问罪过全部放了。百姓连连称好。

又进来一个汉子,告县丞霸占了他家活计用的马匹。

县丞忙道:"这厮诬告,这马是下官的,下官也亲手喂水喂料,何来霸占?"

高迎祥笑道:"哦,且将马匹牵过来,额自有主张。"

衙役将马匹牵到堂外,高迎祥谓县丞道:"既是你家马匹,你又亲手喂水喂料,你且去叫人挑些井水来喂马匹吃水。"

县丞丈二和尚摸不着头脑,只得叫人去后堂水井挑水提到马跟前,抚摸马头,叫马吃水。高迎祥见状喝道:"县丞,你还不知罪么?且将如何霸占百姓马匹之事从实招来!"

县丞连忙回道:"下官无罪!"

高迎祥怒道:"你可知额乃贩马出身,这马匹的性子额是了如指掌。但凡喂马吃水,这井中之水甚凉,还须放置三四个时辰;如若不然,轻则凉了马肺,重则要了马匹性命。你出入乘轿,几曾知晓马匹习性,还敢狡辩么?"

县丞听了忙下跪道:"下官知罪!"

高迎祥见状道:"既如此,打你五十大板,枷号在衙门前示众,叫你日后不敢欺压良善!"

众百姓见此,连连叫好。

又不断有百姓告状,高迎祥一一断案分明。不想他贩马出身,未曾有十年寒窗,却断得清楚明白。这只因心中无私,心怀百姓罢了。

再说陕西巡抚孙传庭自到陕西以来,数日又得各处州县申奏表文,皆是高迎祥、拓养坤、刘国能等部流寇作乱,骚扰地方。孙传庭便赶赴固原三边总督府面见洪承畴。

两人见面寒暄罢,孙传庭道:"蒙皇恩浩荡,让下官巡抚陕西。收得各处州县累次表文,皆为高闯贼等部公然占领府州、劫掠库藏、杀害官员之事。眼见六月平寇期限已到,若剿捕了高闯贼,余众贼患不足虑。"

洪承畴点头赞同道:"本官累累剿捕,只是捕不禁绝,以致数次死灰复燃,盖因未擒捉得贼首。听闻探马来报,高闯贼占了盩厔、觊觎西安,此番本官定要集结人马,不生擒闯贼,誓不罢休!"

孙传庭见洪承畴同意他的想法,便建议道:"听闻高闯贼占了盩厔县衙,与民做主断案,深得百姓拥戴。民心既服,不可加兵。依下官所见,流寇以奔袭为主,因而闯贼下步必会奔袭西安,与商洛八大王、张妙手等部贼众会合。此处为秦岭山脉,地势复杂、沟壑交错,各处军马集结不易,若要起兵征伐,深为不便。下官已思得一计,盩厔城南有个马召镇,前行进山就是黑水峪。这黑水峪乃秦岭七十二峪之一,是古栈道傥骆道之出入口。此时正好是七月夏季,山中雨多,雨后雾气弥漫,正是出其不意之时。"

洪承畴赞同道:"孙巡抚所言甚当。五省军务总理卢象升已集结重兵把守豫西洛阳,堵截流寇溃逃之路。本官这里当速调兵遣将,诱敌出盩厔入马召镇、进黑水峪,一并灭之。此战定叫高闯贼插翅难逃。"

当下两人商议罢,洪承畴令总兵官贺人龙、马科,参将李遇春,选得铁甲、马匹、铜铁头盔、新打长枪砍刀、弓箭不计其数,火炮火铳四五百余架。贺人龙、马科、李遇春都立了军令状,都投马召镇会集。孙传庭亦尽起西安兵马前往黑水峪埋伏待命。数日内,两路兵马都已安排妥当。

盩厔县外大军云集,早有义军探马径到盩厔县衙报知此事。县衙府堂上,高迎祥、拓养坤、刘国能并黄龙、刘哲等众将正在商议征进路线。听报说三边总督洪承畴、陕西巡抚孙传庭引大军前来征讨,皆商议迎敌之策。

那刘国能本是庠生,腹中有些文墨,便道:"我闻孙传庭乃万历年间进士,曾任县令,因不满魏驴儿阉党弄权,弃官回乡,后复为朝廷所用。此人深通谋略,且武艺精熟。此番新任陕西巡抚,急欲建功,必用能征敢战之将。我等宜先以力敌,挫其锐气。"

话犹未了,黄龙、刘哲二将便道:"叫额等来会会这厮!"

"黄刘二将武艺高强,正当此任!"高迎祥同意,便叫调动兵马,向平山旷野之处列阵迎敌。

此时虽是七月夏季,炎热躁人,但城外山头雾气弥漫,凉爽宜人。待义军列阵完毕,早望见官军到来。两军对阵,三通鼓毕,刘哲出到阵前,马上横着开山大斧,望着对面阵门旗开处。总兵官贺人龙横刀勒马,大骂刘哲道:"天兵到此,还敢抗拒!这兴安、汉中之地早已荡清贼寇,小小鳌屋负隅顽抗,不是讨死么?"

"你这官军好大口气,叫你知道额的手段!"刘哲听了大怒,便指马舞起大斧,直取贺人龙。

贺人龙亦挺刀跃马来战。刘哲使斧,双臂有千斤力,两个斗到三四十余回合,贺人龙渐落下风。背后参将李遇春已到,见贺人龙战贼将不下,便舞起大刀,纵马来到阵前助战。

黄龙见状,挺起大刀赶到,叫道:"官军那将以二敌一,算什么好汉?看额取你性命!"说罢,接住李遇春厮杀。

李遇春也是沙场老将,武艺不弱,此番对阵,正是对手。两人斗了五十回合之上,不分胜败。

四将捉对厮杀,难分难解。高迎祥正看得入神时,岂料刘国能喝道:"官军此番来剿,那边不是火枪队是什么?"

高迎祥闻言,在马上眺望,果见官军火枪队正在行进。他甚晓火枪威猛,猛省道:"原来这列阵厮杀只是官军在诱敌,此处地势平坦空旷,待火枪队列阵,额焉有还手之力?"

刻不容缓。高迎祥急令大军掩杀。义军阵上见到号令,奋勇冲锋。官军不能抵挡,顷刻间大败,李遇春死于乱军之中。

这日,有官军兵将来报说参将李遇春阵亡殉国、官军初战大败。洪承畴正与孙传庭及众将商议征进之策,孙传庭道:"且写奏章,申表李将军功劳。胜败乃兵家常事,且看本官略施小计,此战定叫高闯贼有来无回!"

洪承畴问道:"伯雅当用何计引贼兵去马召镇?"

孙传庭回道:"当用离间计招降闯贼身边亲信,里应外合,一并图之。只是当前尚无人选!"

"既是如此,且叫明日再去搦战,先叫闯贼惶惶不可终日,定思逃遁,致军心不稳。"洪承畴说罢,又与孙传庭、贺人龙、马科几个商议半日,计议已定。

且说高迎祥赢了一阵,退兵复隐于崇山沟壑之中,令各部把守关隘,遍布踏弩、硬弓、檑木、炮石,准备坚守。

次日,贺人龙再领兵进剿,不期中伏,大败而回,心中寻思除非引贼兵出城,急不能打得鳌屋城破。回到中军帐,报知孙巡抚。

孙传庭交代道:"贼兵人多,此非将军之过。近日连绵阴雨,山路湿滑,贼兵无处隐匿,且城内粮米无多,贼兵必遁。"

正说话间,有兵卒来报,说西安府押粮官涂蟠、涂力二人押粮到了,前来晋见巡抚。

孙传庭喜道:"听闻此二人就生于此处,乃一母兄弟,甚是乖滑。明日贺总兵可暂歇,成事就在此二人身上。"

孙传庭将二人请入帐中,见了便问沿路消息。涂蟠答道:"自从拨付粮米,一刻不敢懈怠,径直送来这里,大军数月饮食不愁。"

孙传庭见说大喜,赏了二人,并叫备酒宴款待。见巡抚大人亲自置办酒宴,二人惶恐。席间,孙传庭问道:"二位何方人氏?现为何军职?"

涂蟠答道:"小人就是鳌屋城外马召镇人;小人为管队官,弟为贴队官。"

孙传庭又道:"贼兵势大,急切攻打要有死伤。本官见你二人精细,欲遣你二人携粮米诈降闯贼,拉拢闯贼身边亲信、里应外合。事成之日记你大功,升官加爵!"

涂蟠、涂力听了回道:"愿听大人差遣。"

孙传庭面授机宜,又重重赏了二人。

次日,涂蟠、涂力二人乔装成庄户人,推着一车粮米来鳌屋城外,早被义军巡哨瞧见,团团围了。涂蟠忙说自己是马召镇乡民,久慕高闯王仁义之名,来投奔谋个活路,方才劫了官军一车粮米来做进献之礼。

义军兵卒见来人庄户人打扮,面皮黝黑,一口浓重本地口音,已有八分不疑。又见带有一车粮米,更是欢喜。涂蟠、涂力被簇拥入城,直至鳌屋府衙。

兵卒入衙报道:"今有两位壮士乃马召镇人,慕闯王之名来投,且带有一车粮米,现在衙门外,候闯王传宣。"

高迎祥听了高兴道:"既有壮士到来,便请入内一见。"

守门兵卒传宣,引涂蟠、涂力到堂下。两人参拜完毕,备说闯王仁义,慕名来投。

高迎祥被两人一番吹捧，又见两人身强体壮，便问道："壮士所言，为何慕名而来？"

"小人贱居此处，只因大旱连年，父母饿亡，我兄弟二人空有一身力气，却只为饥寒奔波。小人不懂天象，只是夜观星空，见此处有硕大一星无比明朗，村中古庙有一老僧道此处定有王侯将相。小人听闻闯王占了鳌屋，莫不是星象正应？今得瞻闯王之面，果有王侯将相之姿。小人不胜欣幸，还望在闯王麾下为卒！"涂蟠言讫再拜。

高迎祥听此等言语，心中大喜，叫涂蟠、涂力编入亲兵小队长黄大标下为兵，日后有功劳再行擢升。自此，两人每日与黄大形影不离、美言谄佞。未过数日，便与黄大、张二厮混如同亲兄弟，兵卒无一人不喜爱。

且说这夜正值黄大、张二当值。黄大领涂蟠、涂力并十余个喽啰兵出城巡哨，以提防官军夜袭。这夜正好一场大雨，黄大、张二各自领人出营。这场雨淋得黄大周身无一处干净，脚下也是湿滑，加之又无月光，山道上伸手不见五指，只能高一脚低一脚前行。

这山中夜间不比平地，就算是七月盛夏，夜间亦凉飕飕的，何况又有一场大雨。涂蟠从怀中摸出一壶酒，一只烧鸡，叫黄大寻个避雨的地吃酒提神。黄大也不客气，抓起烧鸡一顿撕扯，咕咚咕咚几口便将酒吃尽了。这酒一下肚，话就多了，黄大开始骂骂咧咧。

涂蟠见状劝道："如此雨夜，如何能有官军来袭，不如回营歇息！"

"说的是！"黄大就叫众人回营。

哪知张二早已回营，众人各自换了干净衣裳，蒙头便睡。

有人将黄大、张二夜间擅自回营一事报与高迎祥。高迎祥大怒，欲斩二人。

黄龙、刘哲求情道："黄大、张二跟随大王多年，姑念初犯，还乞饶恕性命！"

"既然如此，死罪可免。这几日不见官军动静，黄大、张二可去打探消息，将功折罪！"

堂下涂蟠、涂力二人道："小人愿随同黄队长一同出城！"

高迎祥见状道："想不到二位壮士如此义气。既如此，也好有个照应，且速去速回！"

当下四人换了寻常猎户衣裳,手拿猎叉,前去打探。

四人出城,就在鳌屋城外深山沟壑里转悠。看这雨后秦岭大山时,果然群山高耸,雾气弥漫。但见:

山谷相连,峰入九天。高低如同擎天柱,上下看似相映辉。天空雄鹰飞,地上走兽行。

四人向南走,远远望见一处古栈道,一眼望不到边际,正是傥骆道。

黄大道:"这处古栈道不知通往何处,不如我等去那里打探一遭。"

涂蟠道:"那边有炊烟飘起,定有山民人家,去讨碗茶吃,岂不更好!"

黄大道:"走了半日,若能有碗茶吃,胜似琼浆玉液。只是这里大军云集,焉有人家?莫非有诈?"

涂蟠道:"山野人家何足为奇!但去无妨!"

四人走了没多时,渐渐看到一处小院,团团一遭都是篱笆。篱落中有三五间茅草屋,一人正在草舍下品茶,十分惬意。

四人信步走入小院,那喝茶之人也不搭话,只咳了一声,两边钻出七八条大汉,都拿着钩挠把黄大、张二一齐搭住,不由分说便都绑在桩木上。黄大、张二把眼来看时,只见平地里突然蹿出来几十个官军兵将,为头那个将官凤翅金盔、白袍金甲。再看涂蟠、涂力二人,正在与将官说话。

只见涂蟠转过来对黄大、张二说道:"实不相瞒,我二人乃孙巡抚麾下押粮官,这位将官乃总兵官贺人龙大人也!此番赚二人来,还请二位助一臂之力!"

黄大、张二已知落入官军手中,定是劫数难逃。那将官此刻也喝道:"黄大、张二,想死还是想活?"

黄大应道:"额是饥民,并无攻打州府,更无杀害官军,皆是闯贼胁迫所致。额二人想活,想活!"

那涂蟠却道:"总兵大人休问他,眼见得就是贼人。只管取他心肝来送大人佐酒吃。"

黄大、张二听得这话,早尿湿了裤裆,口中叫道:"大人饶命!"

贺人龙嗤道:"好没骨气,不是条汉子!既然不愿意做鬼,且得依本官一事。"

黄大、张二急忙应道:"休说一件,十件百件也依得,只求将军饶命!"

贺人龙叫涂蟠给二人松绑。黄大、张二脱了绑缚,纳头便拜道:"额等做了贼人,只是迫不得已,愿听将军差遣?"

贺人龙道:"你二人跟随闯贼多年,前日大雨,你二人先行回营,并无大错,闯贼全不念往日功劳。他既如此,弃之何妨?我看你二人倒是识些时务,便说与你二人好生听了。倘若忤逆了半分,城破之日,必将你二人挫骨扬灰。若是建功,你在闯贼手下是个小队长,我这里就叫你做个参将官!"

那两个软骨头听罢,齐齐说道:"在下跟着闯贼只是为讨米吃饭、寻些衣食,平日里所做都是闯贼逼迫,倘若半分迟疑,闯贼饶额等不得。额也只有一个脑袋、一条性命,官爷但请吩咐!"

贺人龙听了道:"你二位不必再告饶,既肯为朝廷效力,喜得是一家人!三边总督洪承畴、陕西巡抚孙传庭已集结大军,即日要打这里,特差我来找寻真心纳降投诚之人。高闯贼武艺高强、臂力惊人、极善骑射。今既得遇你两个识时务的,又是闯贼亲随,只消紧随高闯贼,待其势穷,隐其马匹,藏其弓箭长枪,就是大功一件。功成之日,都保你们做官,朝廷升用。"

黄大回道:"若果真如此,将军如再生父母,小人必将竭尽全力以报大恩。"

"好,叫涂蟠、涂力跟你二人同回,休叫闯贼猜疑。本官自当备酒宴恭候二位建功!"贺人龙说罢,便叫兵卒拿出美酒杯盏,各赏了黄大、张二一碗酒。黄大、张二惶恐,磕头如同捣蒜一般。

当夜黄大、张二、涂蟠、涂力四人回鳌屋城,高迎祥问起,黄大只说乔装巡视半日,四周均未见官军。涂蟠、涂力平日里嘴甜,深得喜爱,高迎祥便没有半分疑虑。黄大、张二继续在闯王身边任小队长,殷勤伺候。

当日夜,贺人龙将招降黄大、张二一事报与孙传庭。孙传庭听罢大喜,抬头望天,见乌云压境,当夜必有大雨,便道:"连日阴雨,加之今夜又逢大雨,贼寇必然逃遁。传令明日攻打鳌屋,待闯贼逃至马召镇,切勿叫他走了!"

果不其然,当夜狂风暴雨,苍穹似破了洞一般,山上泥石冲刷落到城内,地上未有半分干地,鳌屋城内众人苦不堪言。次日晨,大雨暂歇,孙巡抚吩咐诸将道:"今日之战正在要紧之际。你等军将个个用心,擒获闯贼休得杀害,务必生擒,不可违误!"

诸将得令,各自摩拳擦掌,都要活捉闯贼建功请赏。当时官军诸将连发数炮,大张旗鼓把军马摆开,浩浩荡荡杀向城内。

盩厔城上值守义军兵卒瞅见官军杀来,急急报与高迎祥。高迎祥措手不及,急叫众将接战。

"正逢大雨,盩厔城倘若淹水,额等不战自败。还须速战速决,早早离了此处!"刘哲说罢,当下出城列阵,立马横斧,"且看末将先斩官军一将,然后闯王再领大军掩杀。谅这伙官军多少人马,几个打一个,也不会输。"

官军众将阵上望见贼兵衣甲不整,皆喜道:"今日计必成矣!"

贺人龙眼见贼将纵马搦战,舞起大刀来与刘哲对敌。两将交马,一往一来,战不过十数回合,刘哲仓促迎战,加之连夜下雨,夜夜难寐,今日交锋体力不支,斧法渐乱。贺人龙瞅见破绽,大喝一声,斩刘哲于马下。

黄龙见折了刘哲,大怒,纵马出阵欲为刘哲报仇。贺人龙见贼兵阵中又来一将,笑道:"又来一个不要命的。"遂挺刀接住黄龙厮杀。

两将战了二十余回合,黄龙只办得遮拦躲避。又战了十余回合,眼见敌不过贺人龙,高迎祥急叫鸣金收兵。黄龙拨回马头,望本阵中便走。贺人龙马快,跟上便一刀砍来,黄龙措手不及,被贺人龙一刀砍在后背,当场毙命。

义军阵上见官军将领接连诛杀两员勇将,早惊得呆了,便不顾号令各自逃生。

贺人龙见状,在马上大叫道:"吾乃总兵官贺人龙是也!今奉诏剿寇,你等若下马投降,可存性命。若有人活捉得闯贼,高官任做,细马拣骑。三军投降者俱免血刃,抗拒者诛灭九族!"说罢,尽起大军杀入城中。

高迎祥在高处看见折损了黄龙、刘哲,三军溃乱,情知势急,不敢交锋。

刘国能也劝道:"昨夜大雨,现今雾气昭昭,此时不走,更待何时?"

亲兵小队长黄大亦赞同道:"前日探路,此处城南马召镇有处古栈道,正是傥骆道,可直达西安,不如大军速行。"

高迎祥惊道:"既是栈道可直达西安,定是子午谷所在。额曾夜读三国,有载蜀汉诸葛武侯北伐曹魏,魏延提出子午谷奇谋,欲领五千精兵从子午谷快速杀至长安,一举拿下。可诸葛武侯认为此计过于凶险,故弃而不用,因而子午谷绝非吉祥所在。"

刘国能闻言叹道:"事已至此,也只有一试,别无他法!"

高迎祥无奈,只得号令人马直奔马召镇。

这边贺人龙领起大队军马杀入城来,众人争捉高迎祥,不想高迎祥已经逃离。贺人龙叫一路分兵追赶,一路追杀城内流寇。盩厔城库里并无粮米金银,却有拓养坤将劫掠来的女子随军消遣,也带有几房家眷仆人,此番不及带走。官军杀入时,将掳掠女子放其各自逃生,将拓养坤家眷、丫鬟悉数杀尽,不留一个。

却说高迎祥、拓养坤、刘国能等首领从盩厔城往南撤离,一路上俱是深山旷野、丛林沟壑。又接连遭遇官军,几番激战,众人先后失散。数万人马逃至马召镇,只听一声炮响,四下里涌出官军无数。为首一员大将喝道:"闯贼还不下马受缚,更待何时?本官在此处已等你多时。"

高迎祥见这将金盔金甲,料想定是军中高官。果然官军中有一将喝道:"此乃陕西巡抚孙传庭大人,闯贼还不弃械投降么?"

义军兵马闻听是孙巡抚亲统兵马设伏,无心恋战,四散逃命。孙传庭令万弩齐射,被射杀者不计其数。

高迎祥被围在垓心,张弓搭箭,一壶箭射净了,虽射杀官军兵将无数,只是官军越围越多。黄大、张二同亲兵卫队护卫着他,趁乱逃入深山躲藏。

此时高迎祥身边仅剩一两千人马。黄大见状劝说道:"大王且弃马步行,先留得性命,他日东山再起!"

高迎祥从之,将长枪、弓箭都系于马匹上,叫张二牵马跟着,一两千人马都爬山奔逃。

眼见前方又有大山拦路,远看似一个元宝,又有河流潺潺。有当地兵卒说道:"此处远观如同金盆,因而叫金盆山,河水流入黑河,此处便唤黑水峪。今日下雨,雾气昭昭,远观金盆,如九天穹宇承玉碗于银河,甚为壮观。"

高迎祥哪里还有心情观景?这奔逃半日,口中正好干渴,见这河水清澈,却待要去手捧些水吃。只听又是一声炮响,漫山遍野都有喊捉声:"休叫走了高闯贼!"

高迎祥见此处又有伏兵,急唤黄大、张二,叫取来弓箭长枪。唤了几声,不见有人答应。此处又是雨后大雾弥漫,对面看不见人影。原来黄大、张二趁闯王势孤拿了马匹军器,趁浓雾早投了官军。

高迎祥只身一人,只听得身边都是官军喊捉声,手中又无称手兵器,急急脱了衣甲逃出丛林。不期丛林后一伙官军兵将转过来,正好看见他,大喝道:"闯贼却在此处!"

这一喊却是非同小可,官军都冲撞过来,高迎祥就是有三头六臂也被吃拿了。众人取了绳索将他绑成粽子,由兵将簇拥着,解去见孙传庭。

孙传庭见拿得高迎祥,大喜,叫把闯贼砸上重镣重铐,上了三十斤铁叶沉木死囚枷,又用囚车盛了,叫一二百兵卒日夜好生看管。又重重赏了涂蟠、涂力二人,叫黄大、张二领了军中参将官衔,只是并无实权。待事毕,报与洪承畴。

洪承畴传下将令,叫把生擒贼兵贼将等众,除留高闯贼听候发落外,其余从贼都在汉中、兴安等处市曹斩首示众。就邻近州县行文出榜,去各处招抚,以安百姓。其余随从贼兵,不伤人者,亦准其自首出降,遣返为民,且拨还路费银两。邻近州县义军首领得知高迎祥已遭擒获,一半逃散,一半就抚。洪承畴尽皆准首,又各调守御官军,以备流寇再行侵扰。

洪承畴又修书报捷,着加急快马送赴京师。

崇祯皇帝闻奏已擒得贼首高迎祥,龙颜大悦,叫赐钱犒赏三军,嘉奖洪承畴、孙传庭、贺人龙等一班官员,令即刻将高迎祥押解京师献俘,又令孙传庭择当地员役沿途拨兵严防,毋致疏虞。

崇祯皇帝深恨高迎祥焚毁凤阳祖陵,待将他押至京师,亲传旨意于市曹凌迟处死,生生剐了三日。

是日,天愁地惨,飞沙走石,日月无光。京师百姓熙熙攘攘,接踵摩肩,争相一睹闯王是何等三头六臂、青面獠牙。高迎祥至死未哼一声,端的是英雄好汉,殁年四十二岁,时崇祯九年九月。有诗赞曰:

白袍好汉高迎祥,有胆上天搅玉皇。
拔刀敢指金銮殿,万年传颂高闯王。

高迎祥受戮已死,秦陕各地流寇甚是悲望,一时间乞抚投降者甚众。崇祯九年九月,张文耀率部由徽州赴凤翔面见孙传庭乞降。拓养坤遣散伙党,亲率头目十二人至会城乞降。孙传庭悉数准之。

当时李自成、惠登相尚在米脂、绥德。李自成攻打米脂时,闻听米脂知县边大绶欺压良善,便将他擒获,押赴市曹鞭打示众,言道:"额本米脂人,本县父老皆额叔伯,本县乡亲皆额兄弟姊妹,杀一人如杀我父,淫一人如淫我姊!"此话一出,深得米脂百姓爱戴。

孙传庭深知李自成有勇有谋,声势日渐浩大,故而继擒高迎祥后,复集重兵追剿李自成部。李自成本意东渡黄河入晋,不期山西巡抚吴甡已设重兵于黄河渡口。火炮林立,专等其半渡而攻之。李自成不敢渡河,因而进退两难,心中甚是烦忧。

眼见立秋,日燥夜寒。忽一日,李自成自觉浑身肉颤、行坐不安,至夜不能宁睡,只请出仙师所赐兵书秉烛夜读。他只觉神思昏迷,眼皮似有千斤重。忽平地起一阵冷风,灯灭复明,抬头见一人立于灯下。李自成惊问道:"你是何人?深夜至此有何贵干?"

其人不答。李自成心中生怪,自起视之,乃是舅王高迎祥,正于灯影下往来躲避。李自成见问道:"近日闻听官军围剿,舅王何故来此?蟊屋暴雨,想必是有大故。额被官军围困米脂、绥德,又不能渡河得脱,还望舅王示下。"

"舅王非人,乃魂魄也。此去幽冥地府,永别阳世。旧部兵马群龙无首,吾弟闯天王远非闯将有勇谋,还望你收纳。他日攻进京师,以雪吾恨!"高迎祥泣罢,冷风骤起,便不见了。

李自成忽然惊觉,乃是南柯一梦。时正五更,李自成急召刘宗敏、李过、高一功商议。

众将入见,李自成细言所梦。刘宗敏宽慰道:"此乃闯将心思闯王,故有此梦,不必多疑!"

众将也多以善言劝解。

天未大明,有潜入京师眼线飞马回报,说闯王于黑水峪被官军贺人龙部所获,已解赴京师吃了一剐,至死不屈。

李自成闻听报说,大叫一声,昏厥倒地。

众将急来救护,半晌李自成方才醒来。想起舅王已死,复放声大哭。哭罢,李自成便叫人把上好檀木雕了闯王身形,依旧着白袍、提长枪,米脂县内寻了古庙将闯王之法身供奉。

众将及惠登相所部头领都来举哀祭祀,选了吉时建起灵帏,中间设个神主,上写"舅王白马高闯王之灵位"。李自成所部兵将,自他以下都戴重孝,惠登相所部兵马亦头缠白巾,请米脂县毗卢寺僧众做功德,追悼闯王。

一连几日如此。刘宗敏、李过、高一功劝道:"闯将且省烦恼,生死人之分定,何故痛伤?"

正劝解间,门外兵卒报说闯天王高迎登领本部人马来见,李自成急请入内。

两人见面后,高迎登大哭道:"想闯王在时,只有闯将最为有勇有谋,某皆愿跟随闯将,与朝廷势不两立!"

说罢,门外又有人来报,说混天王张应金、杨六郎杨忠、丫头子李三娘、映山红洪关索、催山虎阎正甫、冲天柱何冲、靖天王、瓦背王、黑蝎子、老张飞、闯虎、白虎、小宋江、七郎等率部来投,请闯将理会大事。李自成叫请入内,与众首领一一见过,推辞道:"舅王新亡,额何德何能,能仿效舅王一般号令群雄?"一时议而不决。

当夜,高迎登与杨忠、洪关索并众头领商议推举闯将为盟主,诸人共听号令。次日清晨,众人在米脂县府衙内摆上香花灯烛。高迎登为首,与众首领请出李自成在上首坐定,开口说道:"闯将听禀,闯王已是杀身归神去了。官府追剿甚紧,一班首领各自为战,定然各个击破。当前只有闯将有勇有谋,吾等皆不及也!还请闯将为各部盟主,共御官军,休要推却。"

李自成见状道:"舅王系朝廷所害,朝廷与额势不两立,崇祯与额不共戴天。既推额为盟主,且休言招安纳降之事,亦不得提伪降暂降之说辞。终有一日,额誓要攻入京师报仇雪恨,各部首领可听明白?"

杨忠接话道:"这个自然。当初渡黄河入豫,车厢峡伪降脱困,朝廷已容我等不得。小弟宁可战死,绝不提纳降之事。只是当下又出了孙传庭这样的猛将,我等绝非敌手。此时群龙无首,不如闯将继用闯王名号。除闯将来主事外,谁人能当此位?"

李自成闻言道:"六郎贤弟言之极当。今日权做盟主,闯王之名四海皆知,额即日起不再叫闯将,沿舅王之名号,复称闯王。"

洪关索手抚二尺长须道:"既是众望所归,且请李闯王主张大事。"

李自成点起三炷香,叩拜高闯王灵位。刘宗敏、李过扶到主位,居中正面坐定。上首过天星惠登相,下首混天王张应金,左一闯天王高迎登,右一杨六郎杨忠,余众首领依次坐下,众兵将一一参拜各部首领。

李自成见了感慨道:"额自幼生长米脂,本欲养马为业,习练武艺报效朝廷。不期妻室不仁、豪绅迫害,不得已离了米脂投军。又遇上官迫害,于榆中杀官起事。时至今日,接舅王之名号,聚众起事、此非图名利,只图众位父老乡亲有个活路。往后全赖各部首领扶助,同心同德,共为股肱;他日攻进京师,再造清平世界。"有诗写道:

米脂猛士李自成,官逼民反此仇深。
不学梁山只反官,欲反天子非凡人。

当日,李自成叫杀牛宰羊,摆起宴席,与众位头领一醉方休。正饮宴间,门外兵卒来报,说米脂毗卢寺住持圆慧大师求见。

李自成沉思道:"额乃米脂人,听祖上言此处毗卢寺建于前朝,寺内有一处石塔,雕篆玄奘西天取经图,端的是栩栩如生、惟妙惟肖。且刻有各式佛像,以彰显佛法无边!既是毗卢寺住持,定是得道高僧,额等应出门迎接才是。"

毗卢寺圆慧大师于严嵩专权时就已是得悟大成之高僧,知得过去未来之事。李自成幼时,圆慧大师就已知他乃破军星下界,因俗缘未尽,因此来尘世中走这一遭。只是破军星杀心太重,虽有翻天覆地之能,却只恐致生灵涂炭。圆慧大师慈悲为怀,今日起这个念头,要来指点一二。

李自成率众出迎,门外果见一老僧眉发尽白,却精神抖擞、气定神闲,想必就是圆慧大师。这圆慧大师引着首座、侍者,正在门外恭候。众位首领忙向前施礼,圆慧大师一一还礼。

李自成拱手说道:"大师乃得道高僧,出山门来额这里定有指教,还望指点迷津。"

圆慧大师道了一声佛号才说道:"李施主鞭打边知县,告恶奴豪绅'杀一人如杀我父,淫一人如淫我姊'一事,众皆知晓,可见李施主乃仁义之人。今日老衲到此,只因李施主乃破军星下界,诸位首领亦上应天上星相,有些事端须道出端倪,特来贵处一叙。"

李自成见其说破内情,遂请道:"且请大师入内受弟子礼拜。"

当下圆慧大师前行,李自成跟随,余众僧人与各部首领随后。待同到府衙,众人都脱去戎装袍带,各穿随身衣服。李自成请圆慧大师上座,众首领各自焚香俯拜。拜罢,李自成叫李过备素茶款待,并率惠登相、张应金、高迎登等首领面向大师跪坐。圆慧大师所带寺内首座、侍者,依次排立在其身后。

圆慧大师道:"李施主自离米脂,一去数年,杀官起事,攻城拔寨,一路杀人放火,可知犯有罪孽么?"

李自成向前道:"久闻大师佛法高深,怎奈俗缘浅薄,无缘拜见。今因抗拒官兵,占据米脂,得以拜见,平生万幸。额等一路虽有杀人放火,却只杀贪官污吏、不害良善,所作所为只是替天行道。"

圆慧大师又道:"施主一心为民,只恨贪官污吏,老衲有一言语,还请铭记。"

李自成拱手道:"还请长老赐教!"

圆慧大师问道:"老衲听闻李施主续高闯王名号,已称李闯王,可有此事?"

"确有此事!"

圆慧大师道:"老衲听闻高闯王初起事时,有识之士曾言闯王之名号过于刚猛,恐日后不利。李闯王继任闯王名号,成就当远在高闯王之上。老衲观闯王身形步法,绝非凡品,不是池中之物。当入巴蜀,入湖广,他日再入京师!"

李自成听了,猛省道:"大师言语,弟子茅塞顿开。秦陕一地自白水王二杀官起事,响应者甚众,朝廷视秦陕之地为贼巢,屡遣虎将猛帅来剿,只有四处奔袭,方为上策!"

圆慧大师道:"施主日后必达显贵,与天子并驾齐驱。今有五戒说知与你,但请谨记。一不可滥杀无辜,二不可掠人财物,三不可打压旧臣,四不可贪图享乐,五不可忘却本心。此五戒当保你功德圆满,史书留名,万古流芳。如有违戒,当有杀身之祸!"

李自成听罢,惊得大汗淋漓,只得铭记,拜谢不已。之后,又叫李过将出一包金银来供献。

圆慧大师推辞道:"李施主,此物定是劫掠富户所得!只能取之于民用之于民,老衲绝不敢受。"

李自成辩解道:"此物乃百姓劳作所得,却被官府富户搜刮,今被额劫掠而得,绝非不义之财。特来献纳,以充寺庙修缮用。"

圆慧大师道:"施主所得虽非不义之财,然终究难消罪孽,老衲断不可受。"

李自成无法,道:"既是大师坚持不受,弟子就以此金银购些砖瓦,修缮寺庙,权为功德。"

次日,李自成召惠登相、张应金、刘国能、杨忠、李三娘、洪关索、阎正甫等十余个首领议事,问道:"山西巡抚吴甡已设大军于黄河渡口,隔三五里便有一处烽烟,紧要隘口都有红衣大炮等额入瓮。孙传庭那厮又令曹变蛟、贺人龙、张全昌统领兵马四处追剿,各位有何高见?"

一夜争论,李自成决计取道汉中;倘若汉中有大队官军,即刻南下四川。这边议定,各首领依调度各领人马合兵一处,共有二十万。推洪关索、张一撞、杨忠、白顺、黑风雷五位武艺高强的首领为五虎先锋,与李自成领的各部人马于秦州合后。各部自秦州出,取道略阳,杀奔汉中而来。

岂料早有伏路小校探得消息告知孙传庭。孙传庭已知高迎祥余孽投靠李自成,且秦陕各处流寇共举他继号闯王。闻听流寇欲攻汉中,声势甚猛,急调总兵官曹变蛟统领兵马日夜兼程赶赴汉中抵御。

崇祯九年九月二十六日,义军所部兵马抵汉中城南郑县,众皆饱餐,披挂上马,攻打城壕。李自成一马当先,前面打着一面大红"闯"字旗,左边惠登相、右边张应金,背后引着五虎先锋将。刘宗敏统领三千马军,李过统领五千步军,杀奔城壕前打头阵。

李自成勒住马,看那郑县城墙上竖起两面白旗,旗上绣着十六个大字,分明是"活捉过天星挨千刀,生擒李闯王受万剐"。

当下惠登相在马上看了大怒,说道:"我若打不下汉中,就不是过天星!"

众首领看了,一齐都怒起来。

"孙传庭那厮果然有备而来,攻打汉中恐有埋伏!只是此番来了,不可随便退兵!"李自成听得后面人马杀声震天,料都到了,便留下张应金部领人马守着阵营，然后自引前部人马来打郑县。

远看郑县果真铜墙铁壁，官军把守严整。正看之时，只见郑县城门打开，杀出一彪军马，呐喊声中簇拥着一员勇将，正是朝廷悍将曹文诏之侄、总兵官曹变蛟是也。

"都说曹文诏好生了得，曾诛死甚多义军首领。今虽已亡，但其侄曹变蛟袭总兵官，谁敢与他迎敌？"

李自成话犹未了，可恼了五虎先锋中一人，哇呀呀叫嚷着出阵迎战。众人视之，乃张一撞也。他道："老夫自起事以来，听'曹文诏'三个字，耳朵都听起茧了，几次欲较个高低都未逢上。现在曹文诏已死，正好会一会这个曹变蛟武艺如何！"

张一撞大喝一声，骤马向前，挺手中蛇矛便出迎敌。

两军呐喊，那曹变蛟拍马舞大刀来战张一撞。一个大刀使得熟娴，一个蛇矛耍得出众，两个大战三十回合之上。李自成在马上看时，只见曹变蛟渐落下风，架格不住。果然，两人又战了不及十个回合，曹变蛟虚晃一刀，勒转马头败走。

那张一撞是个火爆脾气，见曹变蛟欲逃，心想老夫此时不显手段，更待何时？便纵马直追。

李自成见状叫道："老张飞且休追赶，恐中官军伏兵之计！"

那张一撞如何听得进去，带领人马直追击过去。

有分教：

外族入寇千般忍，百姓起事万军征。

百姓心中本有秤，若起刀兵切须慎。

直教朝廷又生屠民之计，义军再现振臂之人。毕竟这五虎先锋将如何显手段，且听下回分解。

第十一回

杨督师大张十面网　李闯王逢败四方助

且说张一撞带领兵马在前，白顺、黑风雷二人带领兵马左右两路在后，追击而去。白顺也是五虎先锋将，他见郑县城墙高大，两边俱是高岭，正是伏兵极佳之所，便谓黑风雷道："曹变蛟深得曹文诏真传，绝非等闲之辈。老张飞恐有失，不如你我二人左右救护！"

原来这白顺乃军班子弟出身，其父做过游击将军，因不愿屠戮饥民流寇，恶了上官，便带领军中逃卒做了流寇。他武艺高强，使得一手好枪棒，遂自成一股。不是军中打磨，如何看得出此地定有伏兵。

"白将军言之有理！"这黑风雷亦是军班子弟出身，西兵东调时受上官盘剥而做了逃卒。平日里喜爱着黑袍、骑黑马，又因善射，弓箭好似蝎子蜇人一般狠毒，人送绰号黑蝎子。

眼见城壕不及一箭之地，曹变蛟带领人马奔过一片树林，眨眼间便不见踪影。张一撞见了大叫一声："不好，中计了！"

说时迟那时快，只见三面山头擂鼓喧天、旌旗林立，漫山遍野不知埋伏多少官军。霎时箭矢如雨，中箭者不计其数。张一撞急令众人撤离，可为时已晚，只见郑县城头冒出一将，正是曹变蛟，喝道："你等流贼，中了我小曹将军之计，叫你领教红衣大炮的滋味！"

说罢，曹变蛟挥动手中宝剑，城楼上推出一溜红衣大炮来。火炮落处，天崩地陷，山倒石裂。义军大败，直溃逃七八十里方才止住。白顺、黑风雷二将赶到死战,救得张一撞脱身。

李自成、惠登相、张应金三人见张一撞大败,商议道:"孙传庭这厮非比寻常,更兼曹变蛟、贺人龙诸将之勇,官军绝非昔日可比。圆慧大师叫我等当入巴蜀、复入湖广诸地、他日再入京师,不如此番离了汉中、借道宁羌、攻入巴蜀之地如何?"

惠登相道:"闯王言之极当。惠某素闻四川巡抚王维章、巡按陈廷谟乃无能之辈,四川总兵官侯良柱急功近利、好大喜功,远不及孙传庭、曹变蛟等人。我等当集合兵马入川,方为上策!"

李自成定议道:"既是如此,当挥师入川。倘若洪承畴再集重兵围剿四川,额等再入宁县,或折返秦陕。"

当下商议定了,李自成号令兵马杀奔宁羌。此时占据澄城、延安之流寇争世王、四天王部闻风而动,与闯王合兵一道,不下三十万人。一班猛将先破了宁羌,攻入巴蜀,又破了七盘山、朝天关,占了广元县,所到之地如入无人之境。越旬日,义军连克昭化、金堂,又破彭县、新都、西充、遂宁、罗江等地,四川官吏望风而逃。

至崇祯九年十月末,义军兵分三路,打下四川州县三十六座,会兵成都。川东川西之百姓久被贪官污吏欺压,此番闻听李闯王大名,壶浆塞道。四川巡抚王维章不敢隐瞒,告急文书雪片一般飞往京师。

但说这兵部尚书张凤翼督剿流寇虽有功劳,却终是无力剿清。他请旨着河南、郧阳、陕西三省巡抚各督将吏扼防,四川、湖广两巡抚移师近界听命援剿,又令三边总督洪承畴、五省军务总理卢象升集大军入崇山峻岭剿寇,且严遏米商通贩。策虽是好策,但官军兵马多是骑军,不善入山作战,贼势依然不能灭。

这西端贼势猖獗,东边皇太极又令清军自天寿山入昌平直逼京师,有大臣以陵寝震动弹劾张凤翼坐视不救。张凤翼深恐崇祯皇帝责罚,自请督师,尽督诸镇勤王兵马抵御清军。岂料多有将官怯敌不敢战,宝坻、顺义、文安、永清、诸县及安州、定州相继失守。张凤翼甚为惊惧,服大黄药于崇祯九年九月卒。

正逢大明多事之秋,兵部尚书如同走马灯一般更迭,崇祯皇帝甚忧。这日,他虽龙体不安,却依例早朝。当有四川巡按陈廷谟不等殿头官开口,上前俯伏先启奏道:"臣陈廷谟冒万死谨将强贼造反情形上达圣聪。流寇作乱巴蜀,占据州县三十六座，官军不能抵敌，总兵官侯良柱以身殉国。贼首李自成接过闯王名号，势越猖獗，一路攻城拔寨、杀害官员，残毒不忍言说。乞陛下降旨，诛贪生怕死之臣，选将发兵，救万民于水火，巴蜀臣民幸甚！天下幸甚！"

崇祯皇帝闻奏大怒，深责四川文武官员无能，喝道："你乃四川巡按，食君之禄，未替朕分忧，要你何用？"当即将陈廷谟降职三级听用，罢免王维章巡抚之职，令赋闲在家之前兵部右侍郎傅宗龙接任四川巡抚，令洪承畴火速入川剿寇，令固原总兵左光先入川，调临洮总兵曹变蛟部领贺人龙、马科、赵光远等一班将佐，统领精兵两万入川追剿。

当日朝罢，崇祯皇帝尚未进膳，因而头晕目眩，着内侍总管高起潜服侍起驾回寝宫。

"圣上何事烦忧？"周皇后冠梳插带，整肃衣裳前来接驾。

崇祯皇帝脱去衮龙袍，换上衬装，道："朕今日临朝，又报四川流寇作乱，攻打城池、杀害官吏，兵部尚书一职尚无人选，因而烦忧。"

周皇后奏道："圣上且休烦忧，臣妾备了些酒食肴馔，且先用膳。"

两人对饮，吃不到数杯，见崇祯皇帝只是愁眉不展，周皇后又奏道："臣妾未能替圣上分忧，以致龙体不安，乃臣妾之罪。圣上所忧乃尚书人选，只是后宫不能干政，臣妾也帮不了什么。待臣妾抚琴一曲，请圣上静听，以安抚焦虑。"说罢，周皇后纤纤玉手抚琴，红唇吟歌，有《西江月》为证：

青山宝地宁境，怎奈四方兴军。刀兵相向众乡亲，忠良征战见忠心。内寇实乃百姓，剿灭不如抚心。等闲平定东虏贼，千载功勋可敬！

崇祯皇帝闻罢周皇后抚琴唱曲，抚着她的玉手道："梓童，你这好一首《西江月》。朝廷将士征讨流寇，虽忠心一片，只是杀的都是大明子民。当年杨鹤主抚，朕意未决，因而时剿时抚，以致贼势越剿越烈。倘若当初朕惩治贪官污吏，力行勤俭之风，举勋亲豪绅之力出资赈济，贼势定然难成。"

周皇后俯身道："臣妾罪该万死！"

"梓童何罪之有？方才所奏词曲，倒是令朕思得一人。"

周皇后劝道："既是如此，夜色已晚，还请歇息。"

次日崇祯皇帝临朝,文武百官于太和门拜附圣上。山呼万岁毕,又有宁夏、甘肃官员报闯王、过天星等部流寇为祸。有湖广、安徽官员报八大王、曹操、射塌天、闯塌天攻打州县、杀害官吏。又有河南官员报争世王入豫,同老回回、革里眼、左金王、乱世王合称"革左五营",为害河南。各部流寇来去如风,令官军疲于应付。

当日朝罢,崇祯皇帝依旧入乾清宫批阅奏折,高起潜在一旁伺候。崇祯皇帝说道:"流寇为祸,东虏侵扰,当速速剿清流寇,再集举国兵力抗击东虏。当前兵部尚书一职尚空缺,朕昨日听皇后抚琴,倒想得一人来。"

高起潜拜俯道:"还望圣上示下!奴才照办。"

崇祯皇帝道:"宣大总督杨嗣昌乃杨鹤之子,曾追剿流寇有功,亦曾抵御清兵,才能胜其父十倍,定能替朕分忧。"

高起潜回道:"杨鹤督办流寇事宜不力被革职查办,现已病故。杨嗣昌丁忧在家,如何宣他来朝?还乞圣鉴!"

崇祯皇帝摆摆手道:"这个不妨,朕特旨夺情,不得请辞,杨嗣昌焉敢抗旨?你速拟圣旨,宣杨嗣昌入宫。"

高起潜领了圣上口谕,差了个心腹太监为使,连夜星火前往袁州礼宣杨嗣昌赴京计议。心腹太监领了圣旨上马进发,带从人星夜兼程赶往袁州。

当日杨嗣昌正与几个下人论说时局,闻听京师有圣旨至,忙出来迎接。待天使宣旨罢,杨嗣昌便吩咐老小,一同将引十数个从人收拾行李,跟随天使连夜启程。

来到京师,高起潜转报,崇祯皇帝得知,叫杨嗣昌进。杨嗣昌直到殿前拜见问安已罢,立在阶下。崇祯皇帝直入主题问道:"国库空虚,兵员钱粮皆捉襟见肘。然关外东虏进犯、中原流寇为祸,请问爱卿有何妙策以解其围?"

这杨嗣昌深通典章故事,为人机警圆滑,深通事君之道,答道:"依臣之见,黄河以南、大江以北之中原沃土乃大明腹心,流寇祸乱于腹心之内,乃心腹大患。皇太极屯兵关外,化外之民养马放羊而已,只是侵占土地、劫掠财物,乃肩臂之疾。若问妙策,当务之急,攘外必先安内,此一也。足食然后足兵,此二也。保民方能荡寇,此三也。外患固然不可图缓,内忧更不能忽视,倘若听任腹心流毒、脏腑溃痈、精血日枯干,徒有肩臂又有何用?臣以为先与东虏和谈,稳住京师时局,举全国之力一鼓作气剿灭流寇之患,方为上策。"

崇祯皇帝闻听大喜道:"卿之所奏,甚合朕意。用卿恨晚!"

自入川占了巴蜀三十六州县之后,李自成、惠登相、贺国现不觉光阴迅速,眨眼又过了不少时日。这日,李自成与惠登相商议,须遣精细之人前去京师打探消息,上山回报。言之未绝,只见五虎先锋将之杨忠道:"小弟曾随家父到过京师,愿往打探。"

李自成道:"探听军情辛苦兄弟一个。不过虽然杨先锋武艺高强,但终究当年恶了圣上心腹太监,是朝廷挂了名的要犯,此去须用一个相帮最好。"

一只虎李过亦出列道:"小侄愿随六郎去这一趟。"

李自成同意道:"也好!你二人快马加鞭,探听了消息即刻返回!"

当日两个收拾了行装,选了快马,日夜兼程赶赴京师。

却说杨嗣昌自领了兵部尚书职,即开始整顿兵马、制定战略。杨嗣昌与礼部侍郎姚明恭交厚,这日约他一道径投内阁首辅温体仁府中商议。两人见了温首辅,各叙礼罢,请入内堂深处坐定。温体仁把东虏如何长枪铁马、流寇如何蜂拥再起,结果朝廷兵马疲于应付、似此如之奈何之事都说了。

杨嗣昌听了安慰道:"首辅大人休要烦恼,下官面见圣上已阐明攘外必先安内、足食然后足兵、保民方能荡寇之策,圣上一一赞同。"

温体仁又道:"贼居无定所,来去如风,非张大网不能征进。前者官军将官只以各路兵马会集征剿,因此失利,屡屡中贼诡计。"

杨嗣昌胸有成竹道:"首辅大人勿忧,非是下官夸口,下官已定了'四正六隅'和'十面张网'之策。若首辅大人多在圣上面前说起,贼寇可一鼓荡平。"

温体仁听了惊道:"流寇乃是心腹大患,不可不除,且请杨大人细细说来!"

杨嗣昌当下解释道:"所谓四正,乃陕西、河南、湖广、凤阳,此皆为流寇盘踞之所。可令四正之地巡抚分任剿而专任防。所谓六隅,乃四正周边的延绥、山西、山东、应天、江西、四川。可令六隅巡抚时分防而协剿。四正六隅合为十面网。如流寇在陕西,则陕西、四川、湖广、河南、延绥、山西各巡抚张网合围。三边总督统领西北之兵,同五省军务总理所辖中原之兵,随贼所向,专任所剿。"

温体仁当即依允,次日上朝同杨尚书一道禀明圣上。崇祯皇帝一一准之,即刻草诏圣旨,分发四正、六隅、三边总督、五省军务总理衙门。仰各省各府所属精兵,须统一听候调用。议增兵十二万,增军饷二百八十万两,张十面大网,进剿流寇。有诗为证:

增兵增饷集雄兵,刀兵向民不留情。
不思抵御东虏寇,安内哪顾苍生命。

却说杨忠和李过都是武艺高强的人,轻身功夫十分了得。这日到了京师,装扮成客商模样在官道上缓缓而行,伺机刺探消息。眼见这一两日,宫中马匹出城络绎不绝,料想朝廷定是有大动作。

当夜,杨忠、李过都换了夜行服,施展轻身功夫潜入兵部尚书府,伏在房梁上。府内官吏来来往往,彻夜不眠。杨忠趁人不备,一个翻身便一拳打晕一个将吏。李过力大,拖麻袋似的倒扛着飞身离开尚书府。待拖到僻静处,两人拷打逼问,将吏挨不住拷打,只得透露了朝廷十面张网之策。

两人闻将吏所言,吃了一惊。当即议定此事非同小可,还须星夜赶回报说此事。李过问如何处置这将吏,杨忠不忍杀害,叫在树上牢牢捆了便可。

李过摇摇头道:"有人路过必会放了此人,免不了官府又是混乱抓替罪羊!"说罢,李过一刀杀了将吏,挖坑埋了,神不知鬼不觉。

待天明,两人打探得备细消息,飞马回还四川,一路星夜兼程报说此事。李自成、惠登相、张应金等众首领正在议事,听得报说朝廷撒下十面大网,调西北、中原军马,又增兵十二万,心中惶恐。李自成却道:"杨嗣昌这厮乃杨鹤之子,额觉此人也不过如此。这十面大网,看似滴水不漏,却不过是朝廷一厢情愿罢了。杨鹤任三边总督时便不是众位首领敌手,且众位这十年征战,已非昔日吃大户的贼寇所比。如今都是一班如狼似虎的豪杰,那十面网绝非铜墙铁壁,这滴水不漏就是决堤洪流。"

惠登相问道:"闯王如何破他?"

李自成应道:"兵来将挡,水来土掩。他十面大网张到哪里,额等军马就不在哪里,依旧叫他疲于应付、空耗钱粮。当今皇帝急功近利,倘若急切见不到成效,定然震怒,十面大网到时候不攻自破!只是各部首领切记,断不可请降招安。"

一旁洪关索抚着二尺长须道:"洪某自揭竿起事起与众兄弟一道出生入死,早与官府势不两立,如何再能请降招安?"

李自成接话道:"兄长此言甚是。众首领只要同心同德,十面大网必破。"

且说朝廷调兵遣将,不多时各处兵马云集四川有六七万之多,大刀阔斧,欲寻义军主力征剿。早有伏路探子探得消息报与李自成。李自成得报后召集众首领说道:"朝廷集结兵马,川东有延绥总兵王洪,宁夏总兵祖大弼所部官军屯驻汉中、略阳,洪承畴在川南亦遣重兵把守,川西又有女中豪杰秦良玉镇守,料难征进。还需有个万全之策!"

惠登相闻言建议道:"只知官军势大,却不知虚实,不如先差两个快厮杀的,去河州相近接着来军,先杀一阵探个究竟。"

李自成也觉得有理,问道:"叫谁去好?"正是:

外族入寇千般忍,百姓图存万军征。

一旁惯会征战的五虎先锋杨忠道:"每逢大战,何曾少了小弟?且叫小弟试试这个什么十面网!"

"如此,便有劳六郎兄弟。"李自成点了点头。

那边洪关索、张一撞、白顺、黑风雷按捺不住,俱要请战攻打河州。李自成摆摆手道:"三边总督洪承畴、陕西巡抚孙传庭俱是当世帅才,非同小可。且部领曹变蛟、左光先、祖大弼、王洪、贺人龙、马科等各路将佐都是些能征善战的骁将!此番离川入陕,意在跳出官军合围,一路厮杀,定是恶战。此去河州在探不在战,须趁官军不备,出其不意,探明虚实便回。额继任闯王名号,还需冲锋在前,且叫额部兵将同六郎走这一遭。"

刘宗敏听了接话道:"就叫额和六郎去探河州!"

李自成叮嘱道:"宗敏贤弟亦有万军丛中杀进杀出之勇,只是宗敏贤弟勇武有余,易血涌上头,此去河州还需和杨首领共进退。"

刘宗敏拱手道:"小弟铭记!"

当下杨忠、刘宗敏各带本部一千马军为前部先锋,去巡哨河州。李自成、惠登相领各部义军会合后,一路翻山越岭。

却说杨忠、刘宗敏领二路兵马先行,这日离河州尚有五十余里。当日二将商议,先寻个去处安营扎寨,来日饱餐后再行攻打城池。杨忠自幼熟读兵书,深知地形藏兵之道。此处有个去处唤作犬牙山,顾名思义,这里重峦叠嶂,如同犬牙一般,正好安营,且能隐藏踪迹。

杨忠、刘宗敏统领兵马刚入得犬牙山,正好见有一大片松柏林子,端的是高大,正好藏兵马,待来日突袭。岂料忽听得一阵锣声响处,林子背后转出一彪官军兵马来,当先一将拦住去路。那员将着凤翼盔、山文甲,马上横着一把镔铁大刀,斜背铁胎弓,背后军士扛着一面旗,旗上写着大大的一个"高"字。此将乃翻山鹞高杰,是贺人龙麾下参将,人高马大、武艺高强。原来早有义军叛逆将杨忠、刘宗敏行迹一一报与官军知晓,贺人龙得报,遣兵马已于犬牙山设伏多时。

这高杰本是李自成麾下一将,也曾追随他出生入死,如何成了贺人龙麾下参将官?原来崇祯十年夏,李自成入川先后占据三十六处州县。一次劫掠州县富户,杀散那些看家护院的莽汉,拿得富户宅里一个妇人。众人见这妇人颇有些姿色,想起闯王至今未有妻室,就将这妇人送到营中欲做压寨夫人。李自成是个不近女色的好汉,不然如何这十年不曾纳娶,只是他拦挡不住众人一味劝说,只得应允。

妇人称自己名唤邢巧儿,亦是穷苦人家出身,被这家富户抵债掳来。李自成听闻邢巧儿也是苦命人,就叫她先打理内宅。这邢巧儿不仅长得妍姿妖艳,腹内还有些文墨,居然能识文断字、算数理账。义军都是些大字不识一箩筐的莽夫,邢巧儿算是个不可多得的秀才,李自成便将营中钱粮一并儿交邢巧儿打理。这本不打紧,可不该又叫高杰为押粮官。原来邢巧儿本是水性杨花的妇人,只为活命就胡说是穷苦人家正经女子。那高杰身长八尺、阳刚俊美,因军中粮米事宜常和邢巧儿一道出入。禁不住这淫妇三番四次勾搭,两人干柴烈火,就行了男女不轨之事。但凡淫妇都是心如蛇蝎之人,又唆使高杰卷了闯王营中钱粮去投官军。高杰深惧闯王,想起官军总兵官贺人龙乃是同乡,便依淫妇所言,趁夜半三更和淫妇牵了营中快马,远远逃命去寻贺人龙投官军了。

当下高杰奉贺人龙将令于河州接战义军,见是闯王麾下大将刘宗敏,便勒定战马截住大路喝道:"刘宗敏,别来无恙否?若你早早下马受缚,本将军留你全尸。若是不知悔改,待本将军擒住,须凌迟处死!"

义军阵上刘宗敏兜住枣骝马,横过鬼头大刀,呵呵大笑道:"额当是谁,原来是你这叛贼。额正要寻你,你却送上门了来,正好割了你的肉一块一块烤着吃,扒了你的皮当垫背。"

那边高杰也笑道:"你这里都是些乌合之众,如何敌得过官军精锐?你死到临头还口出狂言,贺总兵已布下罗网等你这蠢贼来投,你还不知死活么?"

刘宗敏听了大怒,骂道:"你这摇尾乞怜的叛贼,怎敢辱额!"说罢,拍马举刀,直取高杰。

高杰也挺起镔铁大刀来迎。这刘宗敏是闯王麾下猛将,高杰不是对手,两将战到二十回合,高杰刀法混乱,已然不敌。高杰见斗不过刘宗敏,拼死力格开鬼头大刀,喝道:"且歇,刘宗敏,你敢跟过来么?"

刘宗敏一心要取高杰性命,喝道:"还未取得你性命,有何不敢?"

高杰勒转马头,吩咐众军撤离。刘宗敏在后面大声叫喊,引军追赶。杨忠急忙叫道:"刘将军且休追赶,恐有官军伏兵!"

刘宗敏血气上涌,如何肯听?正追之间,前面又冲出一彪军马来,少则有一二千马军,杀声震天。为首一员大将,正是曾奉孙传庭之计、于子午谷用兵擒拿高闯王之贺人龙也。

那贺人龙在马上大喝一声:"本将军这里布下天罗地网,专等你这帮贼人来。你这贼将待哪里走,叫你知道本将军手段!"说罢,左手搭弓、右手拈定一支箭,望刘宗敏头上射来。

刘宗敏亟待躲时,那箭正射中盔顶。刘宗敏大惊失色,方知贺人龙箭法超群。贺人龙拔剑叫大军掩杀,义军兵马大败,刘宗敏伏鞍而走。贺人龙引军赶来,堪堪赶上,只见侧首冲过一队军卒来,正是杨忠引军马前来救应。

贺人龙见来将是杨六郎,不敢近身穷追,只叫军士远远射箭。突袭河州之战,义军折损兵马三四百人,大败而回。杨忠、刘宗敏引败军南撤,双双来见闯王请罪。

李自成安慰道:"胜败乃兵家常事。不期朝廷官军对额等行迹如此了如指掌,还需寻个对策。"

黑风雷道:"黑某旧时曾在此处为兵,知晓距此处五六十里有个洮州县。太祖皇帝在位时,为固边疆,曾移江浙一带无地农民三万五千余人于诸卫所,另有当年西征留守兵士。现今贪官污吏欺压良善,此处留守兵士后人深恨官府。不如去打洮州,补充粮米、马匹,再东进入陕!"

李自成赞同道:"黑将军言之有理。额等千里出川,折损马匹无数,当务之急确应补齐马匹。既是如此,便依你之言!"

当下几路义军兵马打道往南,再向洮州征进。早有伏路探子将流寇动向报与官军。三边总督洪承畴闻报,星夜调拨各路军马南下。不两日,洪承畴亲领一二万人马来到洮州,即把州府衙门权为帅府。各处官军也都在途中,约莫有八万人,只等流寇到来时收网。

各路官军各自下寨,进山砍伐木植,入百姓家搬掳门板,搭盖窝铺,百姓苦不堪言。此番洮州设伏,以强打弱,各部将佐都要争功劳,以待他日升官。各将佐定夺征进兵卒,无银两贿赂者都留在后军照看,有贿赂银两者都带头哨出阵交锋,以博取军功。

洪总督刚到洮州不多日,曹变蛟、左光先、王洪、祖大弼、贺人龙、马科部领本部人马都到了。众将参谒总督大人礼毕,洪承畴随即唤诸总兵官都到厅前共议良策。

曹变蛟建议禀道:"总督大人先叫各路马步军城外埋伏,洮州城内且留少许人马,待贼来攻打,便内外夹击,断其后路,令贼人无路逃遁!"

洪承畴从其所言,当即分拨兵马城外四处埋伏,城内只留贺人龙部为前部先锋。

诸军尽皆得令。洪承畴亲自坐镇,火枪队各持三眼火铳,弓箭手已搭七星箭在弦上,神机营的神火飞鸦、火龙出水都备得十足。兵马一一点看了,只待流寇入瓮。

李自成、惠登相部领人马往南行进,只因军中马匹折耗过多,这行军就慢了。义军行至洮州城外就欲攻打,官军人马早来接战。只见官军先锋贺人龙亲自出阵,在马上厉声高叫道:"闯贼,本将军等候你多时!"

义军阵上洪关索挺起青龙偃月刀出马喝道:"你前日在河州与洒家六郎贤弟交战,此番又在此处,想必朝廷无人,叫你四处奔波。此番就不要奔波劳顿了,叫你试试这青龙偃月刀锋利与否。"

贺人龙听得大怒,骂道:"听闻流寇中有个关西汉子,想必就是你这厮,本将军也想会会你的武艺!"

洪关索笑道:"你这厮休逞口舌功夫,且吃洒家一刀!"

鸾铃响处,洪关索策马举刀出阵,贺人龙亦出阵来战洪关索。两马相交,两军呐喊,洪承畴自临阵前,勒住马看。但见:

一个青龙刀势如泰山压顶,一个泼风刀勇若万马奔腾。一个如关公临凡使青龙偃月刀,难防难躲;一个似杨业使五虎断门刀,怎敌怎遮。一个使刀的如同力劈华山,一个使刀的好比饿虎扑食。

两将各逞本事,战了四五十回合不分胜败。李自成在马上看见官军阵上一将帅骑高头白马,马着雕鞍金镫,人披金袍金盔,目光犀利,有气吞山河之势,便认出此人正是三边总督洪承畴。洪承畴这厮如何在此坐镇?想必定是有大队军马在此,此定是诱敌之计!李自成忙叫鸣金,二将分开各归本阵。

洪关索问何故鸣金,李自成道:"敌阵中一人正是三边总督洪承畴,断不可只有小股兵马在此,定有大军埋伏。"

"既是如此,大军快退。"惠登相听罢立即下令,义军人马后队变前队,急急撤退。

这边李自成急领人马撤离,那边官军阵上众兵卒高呼:"休叫走了闯贼!"又听几声连珠炮响,前后左右不知冒出多少兵马来,一时喊杀声震天。正前方一员大将拦路喝道:"本将军乃曹变蛟也,你等恰似瓮中之鳖,不怕死的贼人,谁来与本将军决一阵?"

李自成大怒,就欲与曹变蛟交战。但马后鸾铃响处,刘宗敏上前道:"闯王少歇,额来敌这厮!"

只见二将交锋,约战二十回合,刘宗敏杀得曹变蛟汗流浃背、节节败退。怎奈官军势大,刘宗敏虽勇,亦不敢恋战,只能杀开一道口子,叫李自成突出重围。

洪承畴令各部大军掩杀,四面八方都是官军兵马。义军兵马遮拦不住,四散奔走。李自成由刘宗敏、高一功、李过、刘体纯几员猛将护着杀出重围,惠登相、李三娘、杨忠、洪关索、白顺、张一撞、黑风雷各部人马各自突围,尽皆失散。高迎登死于乱军之中。高家兄弟自安塞起事以来,经历大小战事无数,双双死于官军征伐。

李自成引了败兵往西奔走,欲甩开追兵。不料往西不远便是百姓聚居地,见有兵马到来,老弱妇孺皆手持棍棒欲冒死搏杀。李自成不忍杀害百姓,只得掉转马头另寻路径。走了不足一二十里地,听得四下里战鼓齐起,原来洪承畴已引领兵马追杀而至。李自成急叫回军时,漫山遍野又撞过好几彪人马。义军兵马人困马乏,接战大败,又折损兵卒马匹无数。

李自成被四下里官军围住当中,只得左右冲突,前后抵敌,寻路出去。众官军将佐抖擞精神,正奔四下里厮杀,都欲擒住李自成建功受赏。眼看李自成势危,忽见阴云突起,黑雾遮天,白日如夜,不分东西南北。李自成心慌,急引军马死命杀出昏黑。至一山口,只听得背后有人语马嘶,又有追兵赶将过来。忽然间又是狂风大作,飞沙走石,对面不见人影。

此乃神风,遮拦了追兵眼线,此时不走更待何时?李自成寻思罢,也顾不得许多,领着刘宗敏、李过、刘体纯等人杀入山口,奔走了二三十里地才风静云开,复见一天星斗。众人睁眼看时,四面尽是高山,左右俱是悬崖峭壁,虽不知何地,却已甩脱追兵。

刘宗敏道:"军士厮杀一日,神思困倦,且就此权歇一宵,明日另寻路径。"

当夜,众人都在山谷安营。此处秃山光岭,又无水源,干粮也吃尽了,只是人马劳顿,各自寻了干净地和衣睡去。

李自成逢此大败,心中甚是烦忧。他寻思那日蒲县遇有灵仙师,得锦囊兵书,两个仙童口口声声叫他星主,说他是破军星临凡,此番大败,不如求上仙指点!趁夜深左右无人,李自成请出仙师所赐兵书,望天便拜,口中说道:"有灵仙师在上,草民李自成既蒙仙师垂赐兵书锦盒,今日兵败,还望仙师指点迷津。他日再起,必当重塑金身。"当夜望天拜罢,取出兵书地利篇用心研读。

一连数日兵马损耗大半,且惠登相、杨忠、洪关索各部又失散,急切难以脱困,李自成心神不定。他独自在帐外走动,忽然一阵香风吹得人甚是心旷神怡、疲乏顿解。香风过处,云雾缭绕中却显出莲花宝座,迸出五彩霞光。李自成抬头看时,宝座上正是有灵上仙。

李自成见仙师驾到,吃了一惊,急忙俯身叩拜道:"下界草民李自成不知仙师尊驾光临,这厢叩首参拜。今日官军围剿甚紧,礼数不周,还乞恕罪!"

宝座上有灵仙师宣法旨道:"星主有所不知,大明官吏贪腐成风,各地兵卒差役则皆是上梁不正下梁歪。崇祯皇帝空有中兴大明之志,却是个刚愎自用、生性多疑之人。时至今日,大明江山已是大厦将倾,独木难支。不过大明朝廷尚有卢象升、孙传庭等一班忠臣猛将,因而气数未尽。你乃破军星临凡,命该搅乱大明天下,今日有难,本座顺天意特来救你脱这官军围剿之灾祸。"

李自成闻听仙师所言,小声问道:"既是仙师来解救,何不早来?"

仙师座前紫熙童子听到言语,喝道:"住口,你却是不知好歹。方才山谷口狂风大作,实乃仙师作法所致。不然,便是有一百个李自成也被吃拿了,你如何还能逃到这里躲避?"

李自成听了紫熙童子言语,再三俯身叩拜仙师。

有灵仙师法旨道:"三十六计走为上策。今不快走时,定被剿灭!你可暂时隐忍,待他日东山再起,届时另有谋臣猛将来辅助你成事。"

"还请仙师赐教,如何脱这官军围剿之祸?"

"本座曾赐你兵书,不知你可曾好生研读?兵书所载,必有妙法。本座另遣紫熙童子下界助你脱灾。赐你锦囊,尚有金囊未拆;待时机成熟,你拆开视之,须谨遵所嘱。倘有违背,杀身之祸就在眼前。还望你当初起事之本心不改,能长久与兵民同心同德。那些贪图享乐、腐化堕落之念,切记不得沾染半分。你须好自为之!"

李自成听了有灵仙师言语,惊得汗流浃背,不住叩首。

有灵仙师又传法旨,紫熙童子近前参拜。仙师法旨道:"童儿宅心仁厚,可下界作法令官军迟疑,助破军星脱此灾祸。此外,煞星亦遭官军围困,只因煞星杀伐之心甚重,日后必荼毒生灵。童儿可再赴湖广一遭劝诫煞星,休要无端杀戮;不然必有灾祸临头,死于非命!"

紫熙童子道:"谨遵仙师法旨!"

有灵仙师又交代道:"童儿可领破军星速行,事毕则速回。日后京师耗虫为祸、生灵涂炭,童儿搭救万民之重任在肩,尚需潜心修行。"

"仙师法旨,星主请速行。"紫熙童子领命,起身对李自成说罢,猛力一推。

李自成"哎呀"一声跌倒在地,却是南柯一梦。

抬头望天,只见一轮明月格外夺目,李自成双膝跪地,再三朝天拜伏。

李自成将兵书锦盒依旧收纳妥当,便请刘宗敏、刘体纯二人来帐中商议。李自成说了前梦,又说日间狂风乃仙人作法。

刘宗敏听了道:"既是天助,想必额等定可脱此大祸。现今军粮殆尽,马匹损耗,兵马亦难久住。往西都是各处土司领地,不宜前行,只可折返东进,寻高山大川躲藏。待官军懈怠,再图东山再起。"

李自成赞同道:"贤弟此言正合吾意。额观看星辰朝向,断定此处乃陕西巩昌府,从羊撒寨往东二三十里就是洮河,沿西和、礼县往东行进都是重峦叠嶂,有遮有拦。不如人马分路行进,避走山间,掩藏行径而行。"

刘体纯道:"此计甚善!只是不知闯王何时学得夜观天象之法?"

李自成不敢透露分毫,只得说道:"额幼时曾习得一二。"

当夜计议定了,李自成命刘宗敏、刘体纯、李过、高一功等人各带精兵分路行进。自己亲领三百人及老弱将士家眷,专挑隐蔽处轻装潜行。

且说紫熙童子领命下界,放眼望去尽是满目疮痍、赤地千里。紫熙童子修炼多年,法术已然不弱。眼见下界百姓皆苦,紫熙童子略施法术,或千里夺取不义之财周济百姓,或遍识山间草药医治疾病。此处百姓备受恩泽,扶老携幼拜谢。只是百姓苦难深重,紫熙童子分身乏术,昼夜不息也只救得百千人。

这日,紫熙童子想起师命,当下掐指一算,已知李自成行将至礼县北之马坞镇。掐指再算,紫熙童子算出洪承畴遣总兵官左光先领所部官兵六千余人就在马坞镇西五十里,且正欲东进追击堵截。倘若官军东进,李自成必遭官军左光先所擒。当下紫熙童子顾不得许多,寻了个僻静处,运起神通,眨眼间便到马坞镇。远远望见一片尘土,正是总兵官左光先部领兵马杀奔而来。

紫熙童子法力已然不弱,呼风唤雨、驾雾腾云之道术皆不在话下,任你再多凡间兵马也近身不得分毫。只是她素有菩萨心肠,何来杀戮之心?情急之下,紫熙童子只得再运神通,从云鬟中取出发簪,在手中一抖,已变成一把宝剑,口中念念有词,喝道:"疾!"将手中剑望天上一指。只见一片黑云冉冉腾空,直上山顶。霎时黑气冲天,狂风大作,飞沙走石,播土扬尘。

左光先部领兵马正在行进,忽见天昏地暗,日色无光,眨眼间已是对面不见人影，一望都是黑雾。兵卒心慌起来，只要夺路快行，走出这团黑雾。

正行走之间，忽然"哎呀"一声，前方兵马叫苦不迭，原来黑雾蒙了双眼，前方马匹踩了陡坡，连人带马滚了下去。

有将官对左光先道："此处路径甚杂，又是妖风袭来，急切间若有兵马跌落山谷，枉自丢了性命！况且闯贼连逢大败，兵马无多，剿灭闯贼不在此一时。"

左光先沉思后道："既是如此，兵马可就地扎寨，只待风过日出再行进。"

兵卒听了，皆席地而坐。马卒也拉住马匹，摸索着寻了块地方歇息。

果不其然，不多时，李自成领老弱病残亦行至马坞镇。远远望见黑风一团，夹杂飞沙走石，恐被其所困，忙叫兵马速行，殊不知此举正避了杀身大祸。

黑风至次日晨方止，左光先清点兵马，皆无大碍，就叫兵马且行。有伏路眼线来报说昨日见数百老弱兵马行过。打头一人骑高头大马，生得虎背巨肩、鸱目鹰鼻，料是首领。

左光先听罢，大叫一声跌下马来。众将急急救起，忙问何故。左光先叹道："这个虎背巨肩、鸱目鹰鼻之人正是贼首李自成。区区数百老弱兵马，我这六千官军奔杀过来，一眨眼工夫即可擒了闯贼。"

众将听罢，皆懊恼不已。左光先气急，令斩了昨日劝说扎营的将官，又急令兵马追击。已错了一夜日程，哪里还追得上？李自成一夜奔进，已进至陕川交界，同李过、刘体纯等部将会合，又遇见祁总管所部兵马三四千人，复折返四川，不知所踪。

左光先不敢隐，只得报了洪承畴。洪承畴闻报，懊丧不已，叹道："想必那团黑雾乃神仙作法，闯贼定有神明相助，不然如何能逃脱罗网？此非左述之过错。"

洪承畴当即写了奏折，报与崇祯皇帝，曰：

夫闯将为诸贼中元凶，仅领三百丧败之众抱头鼠窜，诚数年未有机会，即穷日夜之力，身先士卒，不顾性命，以擒斩此贼，亦是应得责任。无奈计算不到，追赶不紧，使元凶脱然远逝。目前既不成一股完功，将来尤必费兵力殄灭。光先何所辞责？

杨嗣昌施"十面张网"之计,又有洪承畴、孙传庭、卢象升等当世良将,十三家七十二营大多被打得或降或灭。李闯王虽誓死不降,却也被官军打得接连大败。

话休累牍。当官军探子探得李自成会同祁总管所部兵马入川,洪承畴急令陕西监军道樊一蘅会同总兵官马科、贺人龙入川追击,又令左光先率部进驻汉中,在甘肃阶州、徽州、文县和陕西略阳部署精兵,封住流寇北返和西进之道路。他自己亲领总兵官曹变蛟、王洪赶到西乡督战。

崇祯十一年七月,四川巡抚傅宗龙会同马科、贺人龙于广元大败李自成兵马。八月,于南江县再败义军。李自成逃至陕西固县,又被左光先部领兵马大败,杀得只剩兵卒一千余人。

祁总管见大势已去,带着所部兵马六百余人趁李自成不备,亲赴左光先行营乞降。李自成力量更是单薄,只得转入深山密林,白日悄然行进,夜则山林藏身,不敢入宿歇息。

眼见西北一隅仅剩李自成一彪兵马,洪承畴谓众将道:"闯贼同零伙散贼暂尔逃命,必擒斩于官兵之手;不则,亦困毙山林。"

殊不知李自成连逢大败,亦部领残兵败卒来回奔袭数省之间,令官军追剿不及。待一路且战且撤,至商洛山处又接连与追兵大战,只剩得刘宗敏、李过、高一功、刘体纯、田见秀等亲随将佐十八骑。

商洛山延绵百里,山高林密,李自成隐于深山,官军追剿如同大海捞针一般。左光先遣兵将往来搜寻,却毫无所获,只得报说李自成已死。洪承畴闻报将信将疑,呈报奏折只说朝廷大军一路追剿,闯贼力孤,难再成势。

再说李自成隐于商洛山,当地百姓都扶老携幼来投。李自成命人搭起窝棚,安顿将士,取出劫掠得来金银财帛分与众百姓。日间就与百姓一道田间劳作,闲时修建寨栅,打造枪刀弓箭、衣甲头盔,夜间就请出兵书悉心研读,以备东山再起。

且说那日紫熙童子作法令官军困于马坞镇,助闯王绝处逢生。紫熙童子算定闯王一路有惊无险,就撇下闯王,继而化身侠士、郎中,一路救护受苦百姓。

这日,紫熙童子想起仙师法旨,此行还须赴湖广劝诫煞星休要无端杀戮,便又运起神行法,不出一炷香工夫就到湖广地境。只是不知煞星张献忠现在何处,只得先入城打探消息。

只见紫熙童子摇身一变,成了俊俏书生模样。城中打探了一日,人人听到张献忠,无一个不是转头便走的。紫熙童子心焦,一路走得肚饥,见路边有一个素面店,就直入来买些素食吃。却见里面都坐满了,没一个空处。

店小二见来个书生,道:"小哥,这里满客了,您还是去别处吧!"

紫熙童子道:"吾师教导,众生平等,别人来得,如何我就要去别处?"

店小二回道:"这里却是无坐处!"

紫熙童子道:"你是开门接客的,我是来吃面的,你这里无坐处干我甚事?莫不是看我无钱结账?你休要狗眼看人,我这里银子却是无穷尽。"

店小二无奈道:"既然如此,小哥要吃面时,和这老人合坐一坐。"

紫熙童子见有个老丈独自一个坐个桌,便近前与他施礼,两个对面坐了。紫熙童子心想,下界多日不曾食得人间烟火食,今日须吃个痛快。当下叫了三碗素面,自顾自吃起来。对面老人食肠小,只叫了一碗面。

紫熙童子正畅快淋漓吃面,忽听得有人喊道:"关帝庙开,善男信女且来起香。"

这一喊不打紧,面馆里本是座无虚席,顷刻间就如同大风刮过一般,只剩紫熙童子一个。紫熙童子见状不解,忙问店家何处关帝庙,百姓如此争先恐后。

店小二唱了个喏说道:"客官不是本地人,不知这里有处关帝庙也罢。你叫再添些面,小人即刻下锅去煮。"

紫熙童子奇怪道:"我问你话,你却为何叫我再添些面来?"

店小二道:"小哥,你不是本处人,不知这些事也罢!"

紫熙童子道:"素面你且再添三碗来,这关帝庙是何缘故,你定须告知。"

店小二笑道:"你这人好不知趣,不告知是恐你惹事,你却不知好歹!"

紫熙童子方才不让入座,已有三分焦躁,又见这小二这般东拉西扯,越发急躁,骂道:"你这人好生无礼,我又不少你面钱,问个缘由却为何如此?"说罢,把那桌子一拍,那素面都泼翻了,溅了那店小二一身面汁。

店小二也焦躁起来,便来揪紫熙童子,喝道:"你这人倒是蛮不讲理。"

紫熙童子乃修道之人,怎会与他一般见识?略动身躯便躲过了。

伙房内一老汉慌忙跑出喝住，与紫熙童子赔罪道："小二乃是小老儿犬子，小哥休和他一般见识。方才之事，犬子实乃好心！"

紫熙童子见状道："既然如此，小生赔罪，还望老丈告知端详。"

那老汉答应道："老汉就一一道来，只是客官须听我劝，不要枉自送了性命。"

"此处是何地境？关帝庙又在何处？为何百姓听闻关帝庙门开迎纳，都争先恐后要去？又为何说我要丢了性命？"紫熙童子一连串地问道。

老汉一一回道："此处唤作上津县，已是湖广地界。本处前些时来了个唤作八大王的，听闻是位好生了得的好汉。只因朝廷官军进剿得紧，不得已在距此三百里的谷城县受了招安，却依旧统领旧部兵马。这个八大王倒是时常接济百姓粮米，救活了不少性命；又出金银将本县元真山上关帝庙修葺一新，将庙里供奉的关帝爷神像重塑金身。听闻八大王今日要来参拜关菩萨，本县百姓感八大王接济粮米之恩，都来庙中烧香。"

紫熙童子便问道："这八大王可是张献忠么？"

老汉回道："正是此人！"

紫熙童子又问道："听老丈所言，这八大王倒是位一心为民的好汉，却为何说我知道此事要枉自丢了性命？"

老汉又道："客官去别处或许无人说。老汉一家乃商洛人，由于官军征剿流寇，因此逃到此地开了个面馆过活。老汉过去识得这张献忠，虽是位劫富济贫的好汉，却也是个残暴嗜杀的魔君。每番劫掠富户，就将一门良贱不论老幼尽皆诛杀，或凌剐，或点天灯，甚是残忍。倘若攻打州县，遇到官军顽抗，城破之日无论军民，见人便杀。方才小哥进店定要落座，如此不知进退，只恐告知此事，小哥要去关帝庙，倘若不经意恶了他，须是引祸上身。"

正是踏破铁鞋无觅处，得来全不费工夫！原来煞星却在此地。难怪此地百姓提起张献忠名号都闭口不言，想必多少都知些此人残暴。见我是外乡人，都不愿惹事。

"谢过老丈，小生谨言慎行便是。"紫熙童子便算还面钱，出了店肆，随着众百姓一道上元真山，同去关帝庙。

有分教：

是官是贼难分清，帝兴帝亡民皆苦。

直教大敌当前，内斗依旧，致朝中再失良将，朝外重现贼首。欲知此时张献忠在上津县如何？且听下回分解。

第十二回

上津县仙童戏煞星　蒿水桥阉人陷忠良

书接上回。为何此时八大王张献忠在上津县？原来自杨嗣昌十面张网之策施行以来，李自成一败再败，藏匿商洛山。张献忠、罗汝才在河南被总兵官左良玉所败，张献忠负伤败逃至麻城、蕲州，后遭官军围剿，又逃至谷城蜷缩不出。

崇祯十年末，崇祯皇帝命熊文灿为右副都御史，总理四川、陕西、山西、河南、湖广等省军务。熊文灿主抚，遣生员赴各处招抚。张献忠在湖广势单力孤，遣孙可望持宝玉面呈熊文灿请降。这张献忠在流寇中举足轻重，熊文灿大喜，当即准降。

刘国能本是庠生，崇祯十一年初，其母入营说以忠孝仁义，他奉母命乞降，其所部兵马五六万多数投靠马守应。

此后，贺国现于信阳乞降。罗汝才同黑云祥、马进忠、杨友贤、常国安、白贵于永宁向熊文灿请降。惠登相、李万庆、拓先龄于卢氏请降。

至此，十三家首领除高迎祥被朝廷擒杀外，多数为朝廷招安，七十二营首领也多数或剿或降。时张献忠驻谷城；罗汝才、黑云祥、白贵驻房县；惠登相、王光恩、王国宁、常国安、杨友贤五营驻竹溪、保康，皆有官军派员看管。

且说紫熙童子出了小店，望见熙熙攘攘百姓直往山上涌去，便使起神行法，片刻就到了。看见前方便是方才面馆对桌而坐的老人，紫熙童子忙向前施礼，老人还礼。

紫熙童子问道："此处距关帝庙尚有多远？"

老人答道:"山顶便是,也只有一二里地。"

果然行不多时,早来到关帝庙外,远远望见庙内供奉关帝爷神像,甚是壮观。

只见关帝庙门外还有一石碑,碑上写着:

焚戮良民非本心之所愿,实天意之所迫。亦知同居率土,开州开县,有干理法。无奈天意如此,实不我由,如黄巢往事,劫数固亦莫之为而为也。

紫熙童子看罢,问老人道:"这碑文乃何人所写?"

老人回道:"此碑正是八大王所写。"

紫熙童子寻思,这张献忠说自己揭竿起事乃天意所迫,非其本心,原来此人依旧有忠于朝廷之心,便道:"小生听闻闯塌天、射塌天等人降了朝廷,受了副将官职,继而攻打昔日盟友。为何这八大王却是人不散队、械不弃身?"

老人又回道:"小哥有所不知。小老儿听闻八大王初受抚时,曾赴沔阳参拜总理熊文灿,亦曾拜见湖北巡按御史林铭球。两人皆向朝廷报说八大王乃真心受抚,便予他大批粮饷。只是八大王与闯塌天、射塌天不同,所部兵马不仅不听调度,反而练兵屯田、积蓄装备,又招贤纳士。有应城生员潘独鳌,谷城生员徐以显、王秉真来投。小哥休要小瞧这徐以显,小老儿听闻此人甚是了得,文韬武略、排兵布阵,无一不精、无一不晓!他一面教授八大王孙武兵法、布设团营方阵、教练左右营阵法,一面督工匠制三眼枪、狼牙棒、埋伏连弩等利器。"

紫熙童子听罢,谢过老人,心中寻思这张献忠乃煞星下凡临世,如何肯屈就?如此看来,此人日久必反!待百姓烧香罢,我自去会会这个八大王!

过不多时,有人喊道:"八大王来拜关菩萨。"

紫熙童子循着声音看时,只见一彪人马簇拥着一人来到关帝庙前。那人着金盔金甲,长得身躯高大,面长黄瘦,面相凶暴,想必正是煞星张献忠。只见他手捧三炷高香,毕恭毕敬,焚香祷告,俯身参拜。手下孙可望、刘文秀、李定国、艾能奇率余众部下一一在关帝神像前跪拜。两侧百姓亦拜伏在地,相谢八大王赠送粮米活命之恩。

至晌午时分,张献忠率手下将佐参拜关帝完毕,打道回府,众百姓相送。紫熙童子问方才面馆遇见的老人道:"借问老丈,可知八大王在何处居住?"

老人指道:"听闻八大王在元真山避暑,只过这个山嘴,门外有条小石桥,过了便是八大王现居府邸。"

紫熙童子谢过老人,待百姓都散了,转过山嘴来,果然见有十数间砖瓦大房,一周围矮墙,像极大户人家庄园。墙外一座小石桥,紫熙童子来到桥边,见一村姑提着一篮新果子欲进庄园。那村姑柳眉细腰、肌肤嫩滑,也是个耐看的美人。

紫熙童子施礼问道:"娘子可是要去八大王府邸?"

村姑答道:"我家受灾,断炊多日,老母几近饿亡。幸亏八大王到来,差人送来粮米救了老母性命。今日老母差我上山采摘鲜果送去,相谢活命之恩!"

紫熙童子劝道:"娘子可知八大王也是个嗜杀残暴的人,如何敢独自去见这流寇首领?依小生所言,此人出身贫寒,今朝尚不成气候,施百姓粮米虽有为善一面,但若有朝一日得势,定是残暴好色之徒。娘子此去,恐凶险万分。"

村姑闻言怒道:"你这书生既读圣贤书,如何口出秽语?八大王施以粮米救我母亲性命是实,如何说他是残暴好色之徒?"

紫熙童子闻言,心中寻思山野村妇如何明事理。但多说无益,便道:"娘子执意要去,小生习得一些法术,擅会变戏法,不如和你一同入内。你送去鲜果,我变戏法,取悦众人可好?"

村姑见状道:"孤男寡女,多有不便。且叫奴家先行,小哥随后。"

两个一前一后,自入到庄院里面。见门口有两个门子,腰挂钢刀守着。紫熙童子当下施礼道:"小人欲求八大王相见一面。这村姑送鲜果,是来相谢的。"

门子问道:"你是何方人氏?为何要见八大王?"

紫熙童子已知人间险恶、世态炎凉,寻思不编瞎话说是煞星同乡,如何肯见,便道:"小人自姓陈,名羲,从陕西定边县到此,与八大王是同乡!要说一句紧要的话,求见一面。"

门子又问道:"你这人不知趣。你是何种人?能有甚紧要话跟八大王说?"

紫熙童子讨了没趣,不知如何再提。

一旁村姑道:"奴家欲见八大王,送些鲜果以表谢意,烦请通传。"

门子见村姑有几分姿色,色眯眯地上下打量,道:"甚好,娘子且随我来!"

紫熙童子心中暗骂,凡间奴才都是一路货色,只得使了神通,朝两个门子腋下只一戳,只听"哎呀"一声,两人都瘫倒在地,起身不得。

门口闹腾,早惊动巡视护卫官,还道是刺客来了。护卫官从腰间拔出钢刀就来劈紫熙童子,紫熙童子手指轻轻一弹,钢刀就断成两半。护卫官何曾见过这般武艺,大惊失色,问道:"你是什么人?"

紫熙童子又道:"小人乃八大王同乡,来见八大王。"

那护卫官见紫熙童子如此神通,已有八分怕他,问道:"大人有什么话说?"

紫熙童子佯装怒道:"你只管好生在前引路,佛眼相看!若还推三阻四,小爷放一把火把你家都烧作白地!"

护卫官和那两个门子不敢违逆,只得说道:"好汉莫要为难小人。倘若八大王怪小人等造次,须取了小人的人头。"

紫熙童子唬道:"你怕八大王取你人头,须不怕我此刻便取你人头么?"

护卫官还想言语,紫熙童子使了个神通,凭空抓了一把虱子撒去。护卫官浑身奇痒,口中说道:"高人饶命,高人饶命!小人引路便是。"

紫熙童子收起神通,说道:"不如此这般,见不了你家八大王。"

再说八大王正在元真山府邸内避暑歇息,自招安以来虽仍有兵马三万,但每日不是与官长送礼,就是与同僚饮宴;以往占山为王好不快活,今日寄人篱下,却是抑郁得紧。又听闻兵科给事中姚思孝上疏言道:"抚贼一事,亦难深信。张献忠在谷城有数万兵马,造房种田,当须遣返!"又有伏路眼线来报,谷城知县阮之钿、房县知县郝景春三番四次请求上官出兵剿灭乞降流寇。更有甚者,听闻兵部尚书杨嗣昌、四川巡抚傅宗龙力主杀降,以绝后患。熊文灿标下总兵官左良玉、张任学、龙在田等听从号令,皆愿杀降。当年救命恩公陈洪范已是总兵官,亦在熊文灿标下,亦主杀降兵。张献忠四面楚歌,甚是烦忧。

张献忠在谷城县内买地种麦,公平交易,又遣义军兵卒与官军同守城墙,多贿赂财帛,两军兵卒出入酒馆吃酒,如亲兄弟一般,因而多有官军军士充当眼线。如今他来上津避暑,此处早已遍布眼线。方才眼线来报,上津城内突见一书生,头裹书生巾,身穿白绸衣,步履轻盈,看似仙风道骨,不似寻常书生。又四处打听八大王所在,却不知是甚事。

张献忠是个杀人不眨眼的魔君,听闻有仙风道骨之人打听自己。正纳闷间,门吏忽来报,说门外两人,一人是村姑,来送鲜果,说是相谢八大王赠粮米之恩。另有一书生,自称定边县同乡,有要事求见大王。

张献忠唤入,见村姑貌美,心中已生淫色之心。一旁伏路眼线看到紫熙童子,便报道:"此人正是打探八大王所在之人。"

张献忠听了便问道:"你是何人?有甚要紧事?"

紫熙童子笑道:"听闻你施粮米财帛与百姓,自有功德。只是你乃煞星下界,吾特来劝诫你,众生平等,休生杀心。"

张献忠闻言叱道:"你是何等样人,也敢劝诫额?"

紫熙童子心想,不露点神通,如何能容我开口。方才见煞星好色,不如戏耍他一番,便道:"大王且息雷霆之怒,听闻上津城里山野葡萄甚是香甜,个大圆润。今有村姑送来佳果,何不品尝。"说罢,紫熙童子从村姑小篮中取葡萄剖之,内皆有肉,分与众人,其味甚甜,人人赞不绝口。

紫熙童子又将篮中葡萄递来,张献忠令兵卒剥之,葡萄剖开,却是飞蛾,复剖一个,却是一只蜈蚣。张献忠大怒,喝道:"何处村姑胆敢戏耍本官,还不速速拿下!"

村姑见状,连忙叫屈。

张献忠笑道:"既是如此,留在府内伺候本官,如有违逆,死路一条。"

紫熙童子亦笑道:"亏你乃一方豪杰,今日相见,果真贪色嗜杀。篮中确是佳果,只是你煞气甚重,因而只见毒虫飞蛾。"

张献忠闻言怒道:"你以何妖术摄本官佳果?"

"众目睽睽,焉有此事!"紫熙童子说罢,复剥葡萄,亦圆大香甜,众人皆惊。

"莫非此番果遇仙人?"张献忠心中寻思罢,再也不敢怠慢,忙请紫熙童子入座,叫孙可望速差人杀牛宰羊,备酒宴款待。

紫熙童子辞谢道:"承蒙八大王盛情,只是小生乃修道之人,不杀生灵,牛羊肉还请自享。八大王乃定边县人,不如取些洋芋、荞麦馍、荞麦馄饨如何?"

张献忠惊异道:"定边县距此千里,如何能取?"

"这有何难!"紫熙童子说罢,叫人取来器皿,用袍罩之,吹口仙气,器皿内尽皆盛满佳肴。众人尝之,俱是西北乡土风味。众人惊叹不已,紫熙童子又道,

"小生今日与八大王会于此处,八大王还需什么异物,小生俱一一取来献上。"

张献忠道:"额要天上仙娥下界起舞为乐,你能取否?"

"小事一桩,有何难哉!"紫熙童子取出画笔于粉墙上画一美人,用袍袖一拂,只见霞光一闪,画中仙娥着红色霞衣跳下墙,先朝张献忠道了个万福。编钟古筝声自响,仙娥翩翩起舞。

张献忠见状叱道:"此乃障眼法而已,定是幻象!"

紫熙童子笑道:"八大王倘若不信,小生唤七仙娥齐来助兴,可好?"

张献忠道:"本官倒要看看你是如何唤七仙娥来!"

紫熙童子复取出画笔,又画了六个仙娥,皆惊艳绝伦,各着橙、黄、绿、青、蓝、紫霞衣,跳下墙,与红衣仙娥一道起舞。霎时,厅内仙雾缭绕,七仙娥各自婀娜多姿,舞姿各异。众人都看得呆了。

紫熙童子又道:"叫七位仙娥为八大王及众将斟酒如何?"

张献忠本是好色之人,如何不答应。

紫熙童子打了个呼哨,仙娥立时停下舞姿,声乐亦止。各自伸手,手中便现酒壶酒盅。七人分向八大王、四将、潘独鳌、徐以显斟酒。这酒水足足高出酒盅三四寸,原来仙娥使得是逼水法,就是酒水高出酒盅一二丈亦不洒一滴。众人何曾见过如此斟酒,不住赞叹。饮上一口,端的是酒水沁人心脾,赛过宫廷御酒千百倍。

紫熙童子又道:"八大王还需什么异物,小生取来献之,皆随意所欲。"

张献忠为难道:"如今酷热,本官却要腊梅,你能取来否?"

紫熙童子笑道:"这有何难?"

张献忠问道:"你习得搬运法,千里之隔,尚能取之。只是腊梅只有严冬方有,却如何取得?"

"八大王少安毋躁,顷刻便有!"紫熙童子说罢拍掌,仙娥齐齐道了个万福,广袖一拂,柳腰轻舒,化成七色光芒。众人视之,只是墙上画而已。紫熙童子再拍掌,复为白墙。

紫熙童子又叫取大钵花盆放于厅内,吹口仙气,顷刻间长出一株腊梅,花开有香。紫熙童子又道:"小生还有宝物献上,且取器皿来。"

张献忠令取金盆,紫熙童子以袖覆之。撤开袍袖,盆内有书卷一本。张献忠取视之,却是团营阵法、左右营阵法,还有三眼枪、连弩工艺图。

"定是你窃了徐以显所绘图画。"张献忠令徐以显视之,居然精妙赛过百倍。徐以显知是遇到高人,俯身便拜。

张献忠见状问道:"你何处学得法术?"

紫熙童子道:"实不相瞒,小生师从有灵上仙,于九重天缥缈宫中学道数百年。吾师曾赐破军星兵书三卷,上卷天时、中卷地利、下卷人和。天时卷教呼风唤雨,地利卷教山川万物,人和卷教统领万民。八大王乃煞星临凡,吾师见你杀心甚重,若不知悔改,定叫你死于箭矢。你何不随小生修行,日后修成正果,岂不是好?"

张献忠辩解道:"本官杀戮,绝非本心,势之所迫。"

紫熙童子道:"众生平等,皆天同覆地同载,杀戮必有罪孽。你若有善心,何言所迫?你乃煞星,倘若不知悔改,小生取你项上人头,易如反掌。"

张献忠又问道:"破军星乃何人?"

紫熙童子摇摇头道:"天机不可泄露!"

张献忠闻言大怒,喝道:"妖人定是他处细作!"

紫熙童子大笑不止,道:"不知悔改,性命不保!"

李定国拔出钢刀劈来,紫熙童子袍袖一拂,钢刀飞于空中,化成一鸠,绕殿而飞。众人深恐钢刀落下,纷纷仰面视之。紫熙童子道一声"我去也!"顷刻不知所踪。

少时,有人来报,说妖人出城去了。

"如此妖人,必当除之,否则必将被其所害。"张献忠遂命李定国快马追杀。

李定国上马引军赶至城门,望见紫熙童子在前慢步而行。李定国飞马追之,却只追不上。李定国叫军士取箭射之,箭矢近前纷纷坠地。直追至城外五十里,却是一处集市。紫熙童子隐于集市,李定国叫军士尽杀商贾走卒,休叫走了妖人。忽闻有人在后呼道:"你等杀害无辜,不可再有弓刀之物。"

李定国回看正是紫熙童子,大怒,叫兵卒放箭。紫熙童子吹口仙气,军士手中弓箭顿化粉尘。李定国虽勇,此番亦惊愕不已,不知所措。急欲再追时,紫熙童子已拂袖而去。李定国不敢隐讳,忙回报张献忠。张献忠闻报大怒,道:"倘若捉住妖人,定当千刀万剐!"

岂料房梁上传出一音,喝道:"煞星不知悔改,生死就在当下!"声如洪钟,震塌房舍。

张献忠冲出大厅,循声看去,只见五色祥云上端坐一人,正是紫熙童子。

张献忠令众将以弓箭射之,忽狂风大作,走石扬沙。阴风吹过,似有无数无头尸身,手提其头,奔上来欲打张献忠。手下文官武将,掩面惊倒,各不相顾。

须臾风定,群尸皆不见。左右扶张献忠回后堂,半晌方才定神。张献忠惊而成疾,服药无愈,乃召徐以显商议。

徐以显劝道:"仙怪乃虚妄之说,虽说不可全信,但亦不可不信。此幻术耳,何必为忧?日后还望八大王多生恻隐,少征伐杀戮!"

张献忠心安,病乃渐可。

此番紫熙童子下界临凡,救破军星脱官军追剿之灾,又戏耍煞星,一路上还救民无数,得返缥缈宫禀告有灵上仙。

有灵上仙道:"童儿此行,功德无量。煞星倘若不知悔改,江山基业三载既破,此乃劫数也。"

话分两头,且说三边总督洪承畴统领西北勇将悍卒大破李自成于潼关南原。东阁大学士杨嗣昌平定流寇有功,又招抚了张献忠、罗汝才等一班贼首,捷报频传。崇祯皇帝龙颜大悦,传旨于奉天殿赐宴。

当日宴罢,崇祯皇帝移驾文华后殿,复批阅奏折。高起潜在殿外俯身接驾,崇祯皇帝问道:"西边流寇初定,东虏贼势如何?"

高起潜回道:"方才圣上大宴百官,难得有兴,老奴不敢扫圣上雅兴。前日东虏贼兵以多尔衮、岳托为帅,绕道蒙古,从墙子岭、喜峰口破长城要塞,已过通州、威逼昌平。老奴不敢隐,只得把上项所言奏闻圣上,还请圣断。"

崇祯皇帝闻报大惊,急宣东阁大学士杨嗣昌计议。

杨嗣昌奏道:"此乃东虏贼兵第四次入寇,其心不改,已是朝廷大患。依臣愚意,昌平有卢象升统领宣大兵马数万镇守,可保无虞。西边流寇初定,当一鼓作气清剿之。不若先和东虏,腾出钱粮兵马清剿流寇残余,以绝国家之患。"

崇祯皇帝听罢,圣意沉疑未决。

那御屏风背后却转出一人,纤腰微步,皓腕轻纱,云鬓插龙凤宝钗。正是母仪天下之周皇后,她高声喝道:"四边狼烟未息,不思抵御外侮,只思内用刀兵,都是你等庸恶之臣坏了圣朝天下。"

原来周皇后见崇祯皇帝操劳国事，无眠无休，今日大宴百官，恐损龙体，遂跟随至文华殿服侍。周皇后近前伏拜，启奏道："陛下，自古后宫不得干政，臣妾不便多言。只能劝导陛下，以尽妾身之责。东虏亡我大明之心不死，实乃心腹大患。臣妾自幼熟读大宋苏洵所作《六国论》，知晓六国之灭，弊在贿秦也。东虏贼寇残暴非同小可，今日纳金献和，明日便要割地赔款，祖宗基业不保，谈何中兴？现今东虏兴兵十数万之众，侵占大明县治。当务之急，当遣大明良将，部领所属军将人马抵御。臣妾不敢自专，乞请圣鉴。"

崇祯皇帝听罢贤后所奏，踌躇不决，唤宫中太监近前，传口谕叫宣大总督卢象升速速进宫面圣。

卢象升自领五省军务总理、大败闯王高迎祥后名震天下。又于滁州城东五里桥斩杀摇天动、黑虎，义军连营齐败，损失数万人马。随后，义军北向开封，复窜往裕州、南阳。卢象升会合祖宽、祖大乐、罗岱等诸路官军，于七顶山再败义军。过后，卢象升驻兵南阳，义军闻风窜至南漳、谷城、襄阳、均州、宜城等地。

崇祯十年七月，卢象升渡淅河南下，九月至郧阳。偏偏此时，东虏经宣府、大同再侵大明，劫掠京畿。朝廷传诏调卢象升入卫京师，赐尚方宝剑，授兵部左侍郎职，总督宣府、大同、山西军务。卢象升大兴屯田，镇守山海关防线。

崇祯十一年五月，卢象升之父病丧，便上疏丁忧。朝廷却加升他兵部尚书职，令其在职守丧。九月，东虏入墙子岭、青口山，再侵中原，此乃第四次入寇。崇祯皇帝召宣府总兵官杨国柱、大同总兵官王朴、山西总兵官虎大威入卫京师，令卢象升总督天下勤王兵马。

当日太监领口谕出朝，径到卢象升行营传圣上口谕。卢象升等人忙排香案迎接，跪听诏敕已罢，当即整顿快马且行。

路上，卢象升问传谕太监道："某等众人，正欲与东虏贼人死战，与国家出力，建功立业，以尽臣子之责。听闻杨东阁、高总监军力主议和，不知圣意如何？"

传谕太监道："卢尚书休问咱家，入京面圣便自然知晓！咱家也知卢尚书有孝在身，尚且一心镇守边关，忠心可鉴。高总监军家父亦新丧，不日便来边关监军。杨东阁、高总监军、卢尚书皆舍家而顾国，实乃百官楷模！"

卢象升听闻此言，知高起潜将来边关监军，心中不悦。

且说大清扬武大将军岳托领兵绕道蒙古，从密云东墙子岭进攻。蓟辽总督吴阿衡闻报清军突破墙子岭大举来犯，连忙点起兵马，紧闭城门，严设壁垒。不过二三日，清军便兵临城下。

吴总督亦忠臣也，当下聚众商议如何应对，问道："墙子岭乃密云屏障，城高两丈五，皆用巨石筑起，甚是坚固。如今墙子岭破，东虏贼兵已至，将如何抵敌？"

总兵官吴国俊道："东虏临城，事在危急。若是迟延，则必遭失陷。总督当应行文报请邻近府县，早早调兵接应。城内尽点军民上城同心协助、守护城池。准备檑木炮石，强弩硬弓，坚守待援，不过此乃下策。大人亦可修火急求救文书，差心腹之人星夜赶往京师报杨阁老知道，调精兵前来救应，此乃中策。或弃密云南撤，待会集大军，夺回密云；虽弃城，可保将士性命无虞，此乃上策。"

吴总督闻言，大怒道："食君之禄，自当竭力报国，如何能弃城而去？"

当日，吴阿衡差座下将官全副披挂，领了告急文书往京师飞报讯息及关报邻近州府，早早发兵救应。又点起兵马，起集民夫上城守护，誓与东虏决战。

双方攻守，血战数日，城头上吴阿衡浑身是血，依旧坚守。这日城外清军暂退，吴阿衡正待稍事歇息，又闻城头上军马发起喊来。吴阿衡急回城头，只见城外火炮、火箭一发打将下来，守军只得把弓弩劲射。此时已有三更时分，众军马弓箭殆尽，有兵卒来报，说总兵官吴国俊领着二三十骑出城往南走了。

"东虏贼兵都在密云北，吴国俊如何往南？定是怯战脱逃。"吴阿衡只叫得苦。城外火炮打来，城门如同火海一般。守军兵卒分散扑火，却不防备城外火箭又来，一时又射死烧死无数士卒。

不多时，城门被攻破，清军如同潮水般涌入。吴阿衡此时怒得脑门都粉碎了，拔剑与入城贼兵接战。两军混战，守军不敌，已是兵败如山倒。岳托见城头一人金盔金甲，料想定是汉人将官，叫士卒务必生擒之。

清兵三五十人团团围了吴阿衡，一拥而上，把他擒了，剥了浑身衣甲、头盔、军器，拿条绳索绑了，解去见岳托。守城军马，有跟随吴国俊逃掉的，余众一大半战死，被生擒活捉有一二百人。吴阿衡被解到满军中军帐来，岳托闻报擒的是蓟辽总督，连忙跳离帅椅，亲自解了绳索，拱手作礼。

吴阿衡见状道："我是被擒之人，由你们千刀万剐而死，何故这般？"

"兵卒不识尊卑，误有冒渎，切乞恕罪！"岳托遂取锦缎衣服与吴阿衡穿了。

吴阿衡问道："阁下是什么人？"

岳托道："在下乃扬武大将军岳托便是。"

吴阿衡笑道："闻名久矣，不想今日得会贼酋贝勒！"

"你们中原有句话，唤作'识时务者为俊杰'。而今密云城破，中原皇帝必不轻饶将军，不如降了我大清，仍不失高官厚禄！"岳托随即便叫杀羊宰马，安排饮宴。

吴阿衡摇摇头道："大将军不必如此。既是城破，还请杀了我，将我御赐盔甲、军器送回，我做鬼也感恩不尽。"

岳托连忙劝道："总督此言差矣！你尽忠职守，既是兵马都没了，亦是一位豪杰，如何轻易丢了性命？大清国如日中天，日后必问鼎中原，不如权在此间为将，他日赏金封侯，不强似受那寡情薄恩皇帝老儿的气？"

吴阿衡坚定地说道："我生乃大明人，死亦大明鬼。朝廷叫我直做到蓟辽总督，食君之禄，我如何肯做背反朝廷的事？你们众位要杀时，便杀了我，不必多言！"

岳托听了这话，敬佩吴阿衡是条汉子，已知多说无益，遂成全吴阿衡杀身成仁。

当下岳托毁坏长城。多尔衮亦于九月二十八日于青山关毁边墙而入，两军在通州会师，又八路分兵沿太行山和运河向西掳掠。千里沃土，策马驰骋，刀锋指处，所向披靡。

再说宣大总督卢象升领圣上口谕，策马先行，日夜兼程。他的坐骑唤作五明骥，乃御赐良驹，甚是高大雄壮，来去马蹄带风，几个时辰便到京师。到京师时已是深夜，值守太监告知圣上连日批阅奏折，已回宫就寝，叫卢总督先去礼部尚书府见杨嗣昌。卢象升马不卸鞍，径投尚书府前下马。门吏转报，杨嗣昌正和高起潜在府内商议遣使和谈之事，闻报卢象升已到，急叫请入。门吏引卢象升直到府内，三人各施礼寒暄罢，同到厅上坐定。

杨嗣昌见卢象升端的数月不见，已是瘦骨嶙峋，两鬓斑白，便问道："建斗今岁青春几何？一向可好？"

卢象升答道:"下官今岁三十有九。家父新亡,下官未能为家父丁忧,甚为不孝。东虏贼兵猖獗,未能抵御贼兵入寇,是为不忠。如此不忠不孝,下官如何能好?"

杨嗣昌劝慰道:"闻知令尊归天,一者官身羁绊,二乃路途遥远,不能前去吊问。本官家父亦亡故,只是今番国难当头,为国事操劳,亦未丁忧;但上对得起社稷,下对得起良心。且高总监军亦是父亲新丧,亦未丁忧在家,建斗不必自责。建斗车马劳顿,可曾用膳?"

卢象升回道:"自接圣上口谕,日夜兼程赶至京师,无心用膳。"

杨嗣昌又道:"建斗少坐,便叫安排酒食相待。"

卢象升从包袱内取出两锭黄金,各送与杨嗣昌和高起潜道:"先父临终之日,留下这些物件。今次下官特到京师纳献二位大人。望二位大人与下官明日共同面圣,说以厉害,也好早日定夺与东虏决一死战。"

这卢象升虽官至总督官,靠的是疆场搏命,人情世故却依旧不通。不说区区一锭黄金,就是十锭百锭如何能使杨嗣昌、高起潜正眼瞧?

高起潜见状笑道:"建斗且收起这锭黄金,咱家如何能收?"

杨嗣昌也劝道:"建斗年届不惑,却已生华发,定是操劳军务所致。"

卢象升却硬生生回道:"为国御敌,为君分忧,实乃为臣应尽之责。"

杨嗣昌见状,便问道:"流寇稍定,东虏又起。前日已破密云,威逼京师;倘若南下山东河南,势必生灵涂炭。请问卢总督施何妙策以解东虏贼患?"

卢象升禀道:"回杨大人的话,下官久闻东虏狼子野心,多年来累累侵扰我大明疆土,攻打城池。今又兴虎狼无义之师来犯,倘若大明万众一心、齐心协力,东虏定是自取其祸。乞借精兵数万,先阵前御敌,后攻打贼营,叫他此番来得去不得。"

杨嗣昌见他如此说,也不搭话,心中不悦。

高起潜接过话头道:"若是如此,乃取祸之道也。东虏个个膘肥体壮,人人骑射精熟、长枪铁马,火器也自不弱。我大明边庭年年战火不断,宣府、大同、山海关、宁远、锦州各处兵马皆是劳顿之师,如何抵敌贼兵?流寇之患,虽初平定,但亦有死灰复燃之势。李自成下落不明,张献忠拥兵自重,马守应、贺一龙、贺锦等人依旧四处劫掠,杀官夺城。倘若东虏和流寇都闹腾起来,京师腹背受敌,如何是好？依咱家之意，不如与东虏罢战言和，待肃清流寇，再御东虏不迟！"

杨嗣昌赞同道："高总监军所言，正是攘外必先安内之策，甚合吾心。陛下此番急召卢总督来，卢总督当说以厉害，与东虏言和免战。"

卢象升见状问道："不知罢战言和是杨阁老和高总监军之意，还是圣上之意？"

杨嗣昌摆摆手道："这个本官不便言谈，建斗不必多问！"

当夜，三人没议个结果，不欢而散。

次日晨，卢象升早到奉天殿外恭候。当日朝罢，百官告退。有内侍太监告知卢象升，陛下于文华后殿召见，杨嗣昌、高起潜已在后殿。卢象升行罢君臣之礼，崇祯皇帝问道："朕急召爱卿，实乃有要事商议。且问爱卿，宣大兵马可能抵御东虏否？"

卢象升拜奏道："托赖圣上洪福，彼处军民同仇敌忾，誓与东虏一决死战，以保京师无虞。"他哪里知晓，杨嗣昌、高起潜早已是一心求和。崇祯皇帝数次召二人商议，早被蛊惑得决意和谈。

崇祯皇帝闻听卢象升决计兵马死战，心中不悦，道："卿在边镇征战劳苦，连年战事，军马甚是疲惫。流寇之势虽缓，但仍未清剿，闯贼一日不见尸身，朕一日不得安寐。当务之急尚不能与东虏决战，仍需会集兵马剿灭流贼。"

卢象升做梦也未想到陛下说出这番话来。看看杨、高二人在此，卢象升不再言语，顿首谢恩退出。

这边杨、高二人见卢象升告退，恐崇祯皇帝圣意摇摆，近前启奏道："今和谈之意已决，只恐主战派扰了和谈大局。乞陛下下旨和谈，切勿接战。"

崇祯皇帝闻言，思索良久，不知如何是好。

当夜，崇祯皇帝依旧在文华后殿批阅奏折。他吃了碗参汤，又饮了几碗酒，闷上心来，当即唤内侍太监，宣卢象升再来后殿议事。

不多时，卢象升领命入殿。行罢君臣之礼，崇祯皇帝问道："此处仅君臣二人，朕且问你，对东虏贼兵，和战方略如何？"

卢象升回道："臣决计开战，誓与东虏血战到底。"

崇祯皇帝见卢象升战意坚决，当即色变，半晌才说道："和谈只是朝臣之意，望再和杨嗣昌、高起潜好生计议！"

卢象升回禀道："杨阁老、高总监军决意和谈，再说无益。"当夜，又无结果。

原来崇祯皇帝求和之意已决，只是又恐冷了主战将士之心。杨嗣昌、高起潜揣测崇祯意在和议，遂对卢象升多方阻挠。卢象升虽名为总督天下入卫京师兵马，而各处兵马无高起潜授意，调动不得分毫。直属宣城、大同、山西兵马，能战者竟不到两万人。卢象升已是处处受限，举步维艰。

待卢象升告退，崇祯皇帝心中寻思，东虏狼子野心，贤后提及《六国论》，朕何尝不知求和绝非上策。只是流寇之祸尚未悉数平定，闯贼首级未亲眼所见，朕如何能安枕？如今和谈之策，实乃不得已而为之，亦不可冷了众将之心。寻思罢，崇祯皇帝又叫内侍再传卢象升入后殿商议军机。

须臾，卢象升复入后殿。崇祯皇帝问道："爱卿决计死战，当用何计御敌？"

卢象升答道："军民合力拒之！"

崇祯皇帝叹道："既是如此，朕令吏部拨付帑币一万犒赏三军，即刻库藏开支，去行营散与众将。"

卢象升俯身叩谢道："臣统领宣府、大同、山西马步军兵，都是训练精熟之士，人强马壮，圣上毋忧。但恐衣甲未全，乞圣上再降皇恩，拨付衣甲。"

崇祯皇帝答应道："你可在京师甲仗库内任意选拣马匹、衣甲、盔刀。务要军马齐整，好与御敌。"

"和议果是朝臣之意，天子主战之心无比坚定。"卢象升心中寻思罢，便禀道："启奏圣上，宣府、大同、山西三镇兵马乃臣旧部，阵前搏命，瞬息万变，需机动灵活。乞圣上准将各处兵马分编，臣旧部兵马归臣调度，不受节制。山海关、宁远等各路兵马归属高总监军调度。"

崇祯皇帝应道："准卢总督所奏。"

当即，卢象升再拜谢天子圣恩，磕头渗血，禀道："臣正欲如此，与国家出力。今得圣恩，唯有一死尽忠报国。"

崇祯皇帝见状龙颜欣悦，当即赐酒道："卿休辞道途跋涉，征战劳苦，来日驱逐东虏，早奏凯歌，朕当重加录用。其众将校量功加爵，卿勿懈怠！"

卢象升叩头称谢，奏道："臣入仕以来，眼见东虏入寇，百姓涂炭，乃臣等边关武将之过也。今蒙圣上垂爱，臣披肝沥胆，尚不能报皇上之恩。今奉圣命，敢不竭力尽忠，死而后已！"

崇祯皇帝闻言大喜，再赐御酒。卢象升再度叩首谢恩。

卢象升领了圣上口谕，带人往甲仗库选得山文铁甲、熟皮马甲、铜铁头盔三五千副，长枪、大刀、弓箭、三眼枪、火铳不计其数，火炮铁炮六七百余架，红衣大炮七八十门，都装载上车。临辞之日，崇祯皇帝又差宦官拨与帑币三万两犒赏三军，赐御用骏马一百匹、太仆寺良马一千匹、银鞭五百条。

两日后，卢象升请辞。杨嗣昌、高起潜设宴席送行，京师一众总兵官作陪。卢象升叫将吏将坐骑五明骥系拴马桩上，捧起海碗连饮三碗，众将都陪了三碗。席间，杨嗣昌又嘱他切勿冒失出战。卢象升不悦，道："天子赏赐军器马匹，下官当以死报效皇恩。阁老叫下官切勿出战，可再面见天子奏知你和谈衷曲之事，随即好降旨和谈，下官必定奉旨行事。"

杨嗣昌听罢，心中愤怒，面皮上却不动声色道："事已至此，本官当实情相告。圣上已委派大学士刘宇亮赴保定总督各军，卢总督还须听从调度，不可擅行，否则便是欺君之罪。"

"自古未有权臣在内，大将能立功于外者！也罢，也罢！"卢象升心中叹罢便道："既是如此，本官所统领人马亦有两万，不论成败利钝，必当以死报国耳！"

杨嗣昌道："本官言说至此，建斗好自为之。"

两人正说话间，太仆寺差官领御用马匹至。

高起潜见御用骏马到了，匹匹甚是雄壮，心中顿生据为己有之意，道："敢问卢总督，听闻你的坐骑号称五明骥，可否告知咱家，这如何唤作五明骥？这御马可与五明骥相提并论否？"

卢象升回道："高总监军容告，这五明骥周身深紫，鬃毛漆黑，唯有四蹄白如霜雪，马头却有一片白毛似一轮皓月，因而唤作五明骥。下官所骑马匹亦是御赐，和这等御赐马匹一般雄壮。"

高起潜又道："咱家也是爱马之人，可否将五明骥借与咱家试试脚力？"

卢象升不便推辞，只得叫将吏牵了五明骥，缰绳递与高起潜。高起潜翻身上马，策马狂奔。这五明骥果是宝驹，耳旁呼风，脚下生云，如同腾云驾雾一般。跑了五里路，高起潜勒转马头，连连喝彩："果是神驹，咱家甚是喜爱。"

一旁幕僚见状道："卢大人，皇上御赐宝马百匹，必不乏神驹。不如将五明骥赠予高总监军，日后博个关照，岂不好？"

卢象升何许人也，深恶这班招权纳贿之徒，笑道："既是高总监军喜爱，象升双手奉送，只需高总监军答应一事即可。来日与东房决战，还望高总监军与下官一道冲击敌阵，杀敌斩寇。如此待他日得胜班师，不仅五明骥奉送，军中马匹任监军大人挑选。"此言一出，众人皆惊，尴尬不已。

高起潜闻言笑道："此处非商议军机要事之地，容后再议！"

自古忠臣猛士不善花言巧语，至此，杨、高二人深恶卢象升。

再说卢象升领了军器、盔甲、火器、战马，叫随身将吏登记造册，待回昌平叫三军各得粮赏。卢象升辞了杨嗣昌、高起潜并京师各总兵官，日夜兼程，部领物资都投昌平府来。

到得昌平，卢象升便差将吏各往宣府、大同、山西起军前来会合。不到几日，三路兵马都已安足。卢象生便把御赐良驹、衣甲盔刀、火炮火铳、旗枪鞍镫分了，帑币皆犒赏三军，另添置粮米军需，伺候出军。高总监军差到两员监军太监前来点视已罢，卢象升摆布三镇兵马出城。山西总兵虎大威护左翼，宣府总兵杨国柱护右翼，卢象升与大同总兵王朴领中军，浩浩荡荡驻防顺义，再由涿州进据保定，令诸将分道出击，以备来日在庆都和清军决战。

卢象升统领兵马连日与清军接战，互有胜负。有军士来报，说清军大举攻打高阳，旋即城破，大学士孙承宗告老还乡居住于此，率家人子孙誓死不降，全家阵亡。卢象升闻报，面高阳城而拜，誓报此仇。

至崇祯十一年末，是时严冬，天气甚冷。探马来报，说清军大队人马正往巨鹿侵扰，卢象升兵马又往巨鹿行进。在路行时，彤云密布，瑞雪平铺，粉塑千林，银装万里。卢象升一行兵马迤逦前进，雪霁未消，大军已到巨鹿县贾庄村。哨马来报，说朝廷新遣兵部职方主事杨廷麟来到，随军中赞画机务。

卢象升冷笑道："本官知晓杨廷麟此人，乃崇祯四年进士，授翰林编修。前日清兵入寇，京师戒严，杨廷麟上疏弹劾杨嗣昌，说圣上有挞伐之志，大臣无御侮之才，谋之不盛，以国为戏。又说杨嗣昌与高起潜倡和欺议，武备顿忘，以至于此。他提出由本官集诸路援师，乘机赴敌。杨嗣昌意主和议，此番遣杨廷麟随营征战，圣上必误以为杨嗣昌举贤不避仇，实则排除京师内异己之力耳。"

卢象升命将吏备酒，引众迎接。相见已毕，把了接风酒，又请至营中，设宴相待，同议朝廷之事。

正饮宴间,又有哨马来报,说距贾庄村外五十里便是鸡泽县,总监军高起潜统率关宁铁骑数万正驻在此。卢象升闻言道:"如此甚好,来日决战,当互成犄角,定叫岳托、多尔衮吃个败仗!"

过不数日,卢象升召集众将于中军帐议事。因保定巡抚张其平不发给养,又传东虏已入云、晋等地,军心浮动,卢象升正为此等事烦忧。又有伏路探马来报,说清军大队人马来袭,已至蒿水桥。偏偏此时,山西总兵虎大威也冲入帐中来报,说大同总兵官王朴怯战,已部领大同兵马擅自撤逃。

卢象升听罢,当即吐出一口黑血,道:"大敌当前,王朴怯战,莫非苍天无眼,不容我抵御东虏,以致不战而损兵折将?"

杨廷麟见状也劝道:"督师此言差矣!此番大战在即,王总兵怯战撤逃,总比战场降敌强个万千。请督师免忧,且理大事。东虏贼兵多达数万,下官这就去鸡泽找高总监军搬请救兵。"

卢象升也忍住道:"既是如此,且早搬请救兵,同心协力,杀退贼兵。"

杨廷麟领了一员参将及数名军士,策马往鸡泽。帐前杨国柱、虎大威说道:"就凭宣府、山西兵马,亦可杀得东虏贼兵!"

卢象升见状,亲引众将出贾庄,直至蒿水桥与清兵交锋。

卢象升当先出阵,手中横着镔铁大刀。背后两个总兵官便是杨国柱、虎大威。杨国柱手持三尖两刃刀,虎大威手持宣花大斧。三员猛将,策马狂奔于阵前。不多时,只见山上飞下一彪人马来,正是清军杀来。

卢象升一马当先杀入敌阵,如虎入羊群一般。清军抵敌不住,往蒿水桥败退。卢象升令众将追击。兵卒见主帅如此,士气大振,皆奋勇搏命。岂料清军阵上一声炮响,漫山遍野却有无数兵马杀来,当先一将手持五股钢叉,背后军旗上书"大清扬武大将军",正是贝勒岳托。他麾下大将数百员,骑兵不计其数,各自舞动刀枪剑戟叉,一齐杀入阵来。卢象升兵少,抵敌不住,不多时,已陷入重重包围。

卢象升命虎大威护左翼,杨国柱护右翼,自领兵马于中军架炮设弩,与清军对决。当日自辰时直战至未时,已炮尽矢穷。而此刻杨廷麟所领参将单枪匹马杀入重围来见卢象升,说高起潜闻听卢总督统领兵马于蒿水桥与清军决战,推说卢总督擅自出战,咎由自取,因而不发救兵。

卢象升睁眼大骂道："奸佞阉人，误国逆贼。当生啖阉人血肉，方泄我心头之恨。"

这边大队清军杀来，卢象升令以短兵相接，却难敌清军精骑夹攻，士卒多死。清军阵中有人喊话，叫卢象升、杨国柱、虎大威三人投降，可免一死。

卢象升大骂道："无知逆贼，你等看我大明子民是何等样人？贼兵直把我三人一刀两段罢了！这六个膝盖骨，休想有半个儿着地！"

虎大威欲保卢象升突围，卢象升按剑大呼道："将军虽死，有进无退！"说罢，跃马杀入敌阵，身中四矢三刃，以身殉国。有诗赞曰：

孤军据寇有卢公，文武全才绝代雄。
力挽狂澜将星烁，忠勇无双燕赵风。

是役，直杀得尸横遍野，血流成河。高起潜情知卢象升必败，欲弃鸡泽而逃，却正撞大队清军杀来。高起潜不敢交锋，部领兵马不战而溃。杨廷麟心感卢象升忠勇，不愿忠骨遗落，欲寻尸骸葬之。有兵士寻获忠骨，甲下尚着麻衣白网，原来卢象升正在服父之丧。百姓闻之，痛哭失声。顺德知府上奏卢象升之死，杨嗣昌有意刁难，过八十余日方得以收殓。杨廷麟上疏奏此战曲折时，杨嗣昌责其欺君罔上、贬秩调外，旋即诬礼部黄道周下狱，杨廷麟受株连罢官。

卢象升妻王氏及卢象升胞弟象晋、象观请恤，杨嗣昌也不准。后杨嗣昌失势，朝廷追赠卢象升太子少师、兵部尚书，赐祭葬。至南明福王时，追谥忠烈，建祠奉祀。

崇祯皇帝听闻卢象升殉国，东房贼势越盛，急召百官商议。新任内阁首辅、大学士刘宇亮道："臣荐一人，有干略，能办贼，如调至辽东，必能建功。"

有分教：

忠臣千万不算多，奸佞一个就不少。

直教煞星谷城复叛，玛瑙山兴起刀兵。欲知刘宇亮说出何人来，且听下回分解。

第十三回

临颍县李高遇豪杰　玛瑙山杨左使阴绊

话说宣大总督卢象升殉国尽忠,大明再失一员猛将。当有内阁首辅刘宇亮保奏一人,必能建功。崇祯皇帝便问道:"卿曾为督军,熟知军情,若举用必无差错。不知卿保奏何人?"

刘宇亮奏道:"此人正是三边总督洪承畴。此人自奉旨督剿流寇以来,屡立战功。他腹有良谋,善用奇计,巨盗贼首闻听洪总督威名,肝胆欲裂。臣保举洪承畴继任蓟辽督师,领大明马步精锐军士克日扫清东虏贼患,得胜班师。"

崇祯皇帝迟疑道:"洪爱卿乃西北屏障,如何能东调抵御东虏?"

刘宇亮又奏道:"托圣上洪福,赖洪总督妙计,众将士疆场搏命,秦陕流寇之首高迎祥已伏诛数载。当今张献忠纳降,李自成不见踪影,定是已死。余众罗汝才、贺国现、武自强、杨友贤之流皆已乞降招安。马守应、蔺养成、贺一龙、贺锦之辈再难成气候。况且东虏已成朝廷心腹大患,除非调洪总督入卫,否则难有帅才可当此任。"

崇祯皇帝寻思半晌后才道:"既是如此,着令三边总督洪承畴率西兵东调入卫京师,陕西巡抚孙传庭统领所部兵马遂援军同行。授洪承畴为蓟辽督师,孙传庭为兵部侍郎。"

"圣上英明。山海关总兵马科亦是西兵东调之将官,征剿流寇多有建功。宁远总兵吴三桂乃锦州总兵吴襄之子,出身将门,武艺精熟,亦是一员猛将。洪总督东调御寇,定能率这里一班虎将猛士扫清东虏贼患。"

崇祯皇帝准奏，着东阁大学士杨嗣昌差人飞马前往固原总督府宣旨，令三边总督洪承畴、陕西巡抚孙传庭统领兵马速速东进。

杨嗣昌虽授礼部尚书，仍执掌兵部大权。当日朝罢，杨嗣昌就着令一员军官携圣旨前去宣调。当日起行，限时定日要洪承畴、孙传庭赴任。

且说洪承畴于崇祯十年统领兵马大败闯王李自成，杀得他只剩十八骑入深山老林躲藏。多有地方州府官吏报说李自成已死，洪承畴只是不信，言道："张献忠已于谷城受抚，罗汝才于房县受抚，马守应、贺一龙、贺锦、刘希尧、蔺养成元气大伤，难成气候，余众贼首皆不足虑。唯有闯贼，须生要见人、死要见尸。"

数日前，又有商南县伏路眼线来报，称于富水关见一人携妻小于山野耕作，神形颇似闯贼。洪承畴闻报大惊，着令当地衙差火速查明，如是李自成，休要多说，就地格杀。商南县衙不敢怠慢，急急调了二三百差役前去捕捉。岂料谋事不密，那颇似闯贼之人已逃遁，只在屋内搜出闯王认旗，表明此人正是李自成。洪承畴闻报道："本官断定李自成未死，果不其然。此人乃大明心腹大患，本官此番定要一鼓作气取得闯贼首级！"

当日，洪承畴正在固原总督府召孙传庭商议搜剿闯贼之事。有门子来报，说朝廷遣兵部军官来宣旨。

洪承畴听得是圣旨到了，与孙传庭出府迎接兵部军官。开读已罢，设宴管待使臣。洪承畴叹道："眼见擒杀闯贼就在当下，朝廷却要调本官去辽东任蓟辽督师，这却如何是好？东虏入寇侵扰，这边流寇却未肃清，只恐顾此失彼，流寇之患又死灰复燃。还望将军回京说以事由曲折，望圣上收回成命，宽限时日。"

兵部军官回道："末将只是来宣读圣旨，洪总督如何能忤逆了圣意？再说君无戏言，如何宽限？"

洪承畴闻言无奈，只得叫将吏火急收拾了头盔衣甲，鞍马器械，火炮辎重，点起所部兵马从人，离了秦陕各地，星夜赴辽东抵御东虏。

崇祯十二年初，洪承畴、孙传庭统领西北兵马至辽东，而清军已由京畿南下攻入山东，一路杀人放火，百姓苦不堪言。杨嗣昌误判清军必经德州南下，遂令山东巡抚颜继祖率兵据守，以致济南空虚。岂料清军绕开德州，经临清渡会通河，直攻济南，旋即城破。德王朱由枢、奉国将军朱恩赏被虏，济南府尸积十三余万。三月,清军饱掠,从青山口出关退回辽东。是役,清军入关劫掠深入二千里,占一府三州五十五县,杀总督、守备以上将佐百余人,俘获人口四十六万,劫掠黄金万两,白银上百万两。

　　崇祯皇帝下诏,对怯敌畏战、临阵退逃、拥兵观望之将官一律处斩。蓟镇总监中官郑希诏,分监中官孙茂霖,顺天巡抚陈祖苞,保定巡抚张其平,山东巡抚颜继祖,蓟镇总兵吴国俊、陈国威,山东巡抚倪宠,援剿总兵祖宽、李重镇等共三十六人被斩于市。六月,崇祯皇帝再降圣旨,抽练各镇精兵,加征练饷七百三十万两,合辽饷、剿饷共增赋一千七百万两。各地州县贪官污吏便把这一赋税加于百姓,名为征赋,实则害民。乡间百姓把野菜树皮尽都吃了,哪里再有银钱打发这伙税吏?只得纷纷揭竿起事,啸聚山林。一时间山西、山东、河南、湖广各地,少则一二百人,多则数万人,聚集一处打家劫舍、聚寨称雄。

　　这话分两头,只说光阴迅速,又过了数月,眨眼间又值秋残冬到。李自成自潼关兵败,携十七骑亲随兵马藏匿商洛山,转眼间已逾两年。他娶了高一功之妹高桂英为妻,并生下一子。高夫人虽美貌不及韩金儿、邢巧儿二人,却也是位巾帼豪杰,武艺高强,奇谋善断,屡立奇功。

　　自洪承畴、孙传庭奉旨统领西北兵马东调,剿捕李自成的势头便松了,又有旧部循迹来投。此时李自成藏于房县,身边又复聚数百人马。眼下彤云密布,朔风渐起,不一二日,雪花纷纷扬扬,一场大雪卷将下来,直下得出山的路都没了。闲来无事,李自成便召集刘宗敏、李过、高一功、刘体纯、田见秀几个聚在一处吃酒。

　　为避官府剿捕,几个人都躲在深山里一处旧村坊,外面看一周都是些黄土墙,只有两扇大门。推开大门,里面有七八间草屋做仓廪,四下里都有二三十间茅屋住人,中间有处草厅,原来也只是一处废弃破庙。

　　高夫人在草厅里生起炉火,烫了一壶老黄酒,炒了几个小菜——也只是些炒黑木耳、水煮香菇、山野菜、花牛儿腿、香椿、芥菜、竹笋,一些旧时在秦陕劫掠大户人家所得的风干牛羊肉,还有山中猎获的野鸡、野兔,摆了满满一大桌子。高夫人寻了酒盏,将老黄酒与众兄弟一一满上。

　　外面雪大,屋里倒是暖和。转眼间,一壶黄酒喝了大半。刘宗敏赞道:"高夫人较邢氏强百倍,粮米财帛倒管得头头是道。"

李自成亦道："拙荆文武全才，岂是那个贼婆能比。"

高夫人听了道："既是宗敏贤弟说奴家好，那且听奴家一句话。那茅屋是稻草堆的，四面漏风，如何抵挡这风雪？这个土地庙倒还是个石头堆砌的，不如众位兄弟都搬过来，奴家陪同夫君住偏堂，众兄弟都住正厅，如何？"

刘宗敏听了摆手道："偏堂已做了仓廪，众兄弟都住正厅，这如何使得？"

李自成却道："无妨，每日对仓廪当面交割点视就是。"

眼见闯王如此这般与弟兄同甘苦，刘宗敏几个如何能推辞，只得搬了随身衣物来。众人都支了床铺，放了包里被卧，依旧回到炭火边。高夫人又烫了一壶酒。屋后有一堆柴炭，高一功拿几块来生在地炉里。李自成仰面看着那土地庙，四下里土石都有缝隙，又被朔风吹撼，飘入雪花，叹道："这屋如何过得今冬？这般躲藏着，也不是长久之计。"

刘宗敏亦觉得身上寒冷，遂道："洪承畴那厮今岁初已奉旨东调，眼见年末，官兵剿捕的风声也松了，不如此时杀将出去，还似以往攻城拔寨快活！"

高一功问道："兵马都没了，如何杀将出去？"

李自成笑道："宗敏贤弟此言甚善！兵马没了不是问题，只要振臂一呼，就有人来投靠。只是秦陕之地已被官军缴捕尽绝了，山西也处处都是弓弩火炮把守，四川土司个个豢养乡兵，不知再图何处以为上策？"

刘宗敏回道："小弟数日前下山欲沽些酒来吃，听市集上人说处处都是河南来逃荒的。说河南大旱，蝗虫遮天蔽日，偏偏朝廷又加派剿饷练饷，使得村镇都是十室九空，百姓流离失所，不得不啸聚山林。若依小弟拙见，不如杀出房县，先去陕西平利、旬阳、商州招揽旧部人马，再杀入河南。凭闯王名号，不愁群雄不来投奔。"

众兄弟闻言，都叫好。

李自成略一思索后道："可差遣两个机灵点的弟兄去河南走一遭，先打探打探。不知哪位兄弟愿辛苦一遭？"

李过立即道："叔父勿忧，小侄愿往。"

高夫人也建议道："不如叫高一功与李过同往，路上也好照应。"

"既然如此，你二人切记一路小心为上。"李自成又叫高夫人再去切一盘熟牛肉，再烫一壶热酒来，又叮嘱道，"河南一地就有七个藩王，皆豢养家兵，又逢大饥,官府眼线众多,此去定有凶险。天气寒冷,且酌三杯,权当壮行,务当速去速回。"

两人将酒肉吃尽了,又自带了些牛肉干粮,包了些金银盘缠,便出庙门迎着朔风去了。

高一功和李过离了房县,不敢乘马,恐遭官府眼线跟梢,只得往东缓步行去,一路上免不了饥餐渴饮。走了二三十日,已是崇祯十三年初,他俩也已步入河南地境。虽没了风雪,但放眼望去,果真都是满目疮痍。眼见干粮已尽,两人心焦。这日走入一处,见贩夫走卒渐多,原来此处有个镇集。走过几个街坊市井,忽见路旁一个界碑,碑上有"临颍县"三字,上面又有几行小字,因风雨剥落,不甚分明。

李过看了道:"这里却是一处县城。"

高一功道:"且不管他,额只欲吃顿饱饭。"

两个笑着往前又行,见到一处河流,却是早已干涸。河上有一处石拱桥,拱石间均有咬铁,石面浮雕有天马、雄狮、莲花,拱石之上置有神兽,有金刚力士托着,浮雕上镌着"小商桥"三个大字。李过沉吟了一回,道:"原来此处是大宋杨再兴将军中箭殉国之处,杨爷墓定在不远处。"

高一功道:"额二人到了此处,当去杨爷墓前拜祭一番!"

李过亦道:"额正有此意!"

果然,两人往东走不了几步路就看见一石碑,刻着"忠墓"二字,想必就是杨再兴墓。又有祭庙一座,庙后为墓冢,冢前有一断碑,字迹不清,隐约可识"再兴之墓"四字。

高一功道:"额幼时塾内读书,听先生言杨统制墓碑为岳武穆所用沥泉枪所镌。今日一见,果然苍劲有力。只可惜,大明无岳武穆、杨统制这般豪杰!"

李过摇摇头道:"此言差矣!蓟辽督师袁崇焕、宣大总督卢象升之文韬武略不输岳武穆、杨统制,只是当今圣上生性多疑,朝中百官多是阿谀奉承之辈,忠臣猛将皆遭排挤,难有建功罢了!"

两个嗟叹不已,拜祭了一番,说着话,缓缓离去。

李过道:"额俩走了十数日,并无所获,且先寻碗酒吃了再理会。"

高一功道:"那前面不就有个酒店么?"

两个进了酒店，拣了个近窗明亮的座头坐了。李过敲着桌子叫道："小二，且将酒拿来！"

小二问道："客官何处来的？要打多少酒？"

高一功道："我二人是别处来寻亲的。先打两碗酒，下饭但是下得口的，只顾卖来。"

小二道："我这里遭灾厉害，来这里寻亲怕是寻不着。酒是陈年的老酒，菜肴只是些野菜，米面倒是难寻得很！"

李过在一边道："肚子饿得厉害，只要能果腹，尽管上来。"

没多时，小二打了两碗酒，搬了五六碟菜蔬，只是些芥菜、马齿苋、灯笼草、马兰头摆在桌上，中间有一盘野兔子肉。

两个肚中正饥，就在那里大吃。只见一个汉子，着官军服饰，腰挂钢刀，背个包裹，腰系着缠袋，刚拴好了马匹，便气急喘促地冲进了店门，放下包裹就向一个座头坐下，叫道："快将些酒肉来！"

小二不敢怠慢，拿了一碗酒，摆下两三碟菜蔬。

那军汉见状道："有饭就搞一大碗来，有肉快切一盘来俺吃了，要赶路回京师公干。"

小二回道："米面真没有，有个羊腿，还是去岁风干的。"

"休要言语，速速煮了拿来吃！"军汉说罢，就一阵风把几碟菜蔬吃尽了。

李过把眼瞅着，寻思这鸟人不知什么鸟事，便向那军汉拱手问道："军爷，什么事这般火急火燎？"

那军汉抹抹嘴，对李过道："你是何处来的人？说与你听又有何妨。八大王张献忠又反了，你知道么？"

李过故作惊恐道："我只是来此处寻亲的，贼人的名头倒是也知一二，是个杀人不眨眼的魔君。"

军汉道："献贼那厮，去岁五月就伙同罗汝才、惠登相又反去了。献贼先占了谷城，杀了知县，又一路西进侵州夺县，官兵不能抵敌。近日打到四川，打破万源，十数万流寇早晚要攻打四川各处州县。"

李过又问道："此处距离四川千里之遥，军爷何事快马如飞？"

军汉回道："这厢不说也罢！"

这军汉这般火急火燎,定有军机大事,不用激将法,如何套出话来!李过寻思罢,又道:"我二人有盘野兔子肉,如不嫌弃,且一起吃酒。"

军汉骑马劳顿,腹中正饥,也不推辞,便坐下吃起来。李过叫小二又上了几碗酒,故意说道:"献贼去岁就反了,此处三岁孩童也知。看来军爷干的也是小兵小将的营生。"

军汉几碗酒下肚,也不提防道:"你这厮却是胡说,俺分明是杨督师身边将吏。且说献贼反了,朝廷命东阁大学士杨嗣昌督师,亲赴蜀地檄诸道进兵围剿献贼。岂料总兵官左良玉不听调遣,只遣老弱偏师协同追剿。俺奉杨督师之命,星夜报与朝廷知晓。"

朝廷大举围剿八大王,杨嗣昌亲自赴蜀督师,想必是势在必得,定然无暇他顾。此时额家闯王不复起事,更待何时?额须速回报知闯王。李过心中又寻思罢,道:"军爷此说,定是杨督师对左总兵擅违节度不满。倘若此番未能剿灭献贼,圣上怪罪,也好叫左总兵先受责罚。"

"确是如此!现今西有流寇,东有东房,两边都不消停,将官之间还如此内讧,只恐又要坏事!"

军汉饮完了酒,将店家煮的羊腿怀揣了,便起身背了包裹,急急算还酒钱,出门时叹了口气道:"真个是外斗外行,内斗内行。皇天,只愿早早止了干戈便好!"说罢,拽开步往京城去了。

李过、高一功得了这个消息,也算还酒钱,离了酒店。两人商议,官军围剿张献忠势必将有一场恶战,官军又有内斗,此时乃杀将出去的绝好时机,不如就近置办些马匹,早早回房县报知闯王。两人一路来寻县城市集,寻来寻去,市集也只是处处萧条。

两人在市集转悠,只有些贩卖瓶瓶罐罐、皮毛、铁器、竹具的小贩。李过眼尖,远远望见有一马队,马倌驱有二三十匹马,便道:"那边不是有马匹么?何不买两匹来?"

两个追上马队,李过问道:"马倌,有好脚力马匹么?"

那马倌道:"你二人何处来的?因何要我的马匹?"

李过解释道:"我二人是来此处寻亲的,没寻着,只得另投他处,因而欲添些马匹做脚力使!"

马倌又道:"这马匹是一条龙大王的,如何能卖与你?"

李过见状急道:"我多使些钱便是。"

马倌道:"你这人好生无理,这马匹不能卖你。"

李过焦躁,就欲揪住厮打。马倌见李过健硕,已自惧了七八分,便道:"这些马匹羸弱,既是你们要好脚力的,随我家里去牵马卖你。"

李过、高一功二人无法,只得跟着马队缓缓行着。没多时,来到一个处所。看时,团团一遭都是参天大树,内有一处庄院,散落有二十余户人家。那马倌先叫下人把马匹牵到马厩,随即引李过、高一功二人入庄院里。岂料一脚刚入得庄门,那人打了一声呼哨,两边钻出一二十条彪形大汉,都拿着挠钩,把李过、高一功二人一齐搭住,叠罗汉一般拿住绑了,径捉入庄里去,不问事由便把二人都绑在桩木上。

李过睁眼看时,只见草厅上坐着三个好汉。为头那个赤须黄发,穿着兽皮衲袄,左臂膀赤着,文着一条龙;第二个瘦长短髯,穿着一领黑绿锦衫;第三个黑面长须,倒是个庄户人打扮。两边都是一般儿五大三粗的汉子,各自都倚着刀枪剑戟。方才那个马倌也在中间,喝问李过道:"你二人都是哪里来的官军?来我这里做什么勾当?从实说来。若是有半句假话,叫你来得去不得。"

李过应道:"额是陕西人,来这里寻亲寻不着,特来买马匹回自家。"

那黑面长须的说道:"休要瞒我,眼见得定是官军细作了。只顾与我取他心肝来佐酒。"

李过听得这话,寻思自跟随叔父起事以来,历经生死无数,却不想今日结果性命在这里,只是死得憋屈。他叹了口气,看着高一功道:"额家叔父娶了你姊,额二人也是沾亲,今日是额负累了你,做鬼也只是一处去!"

高一功道:"休说负累了。只是死在这里,尚未把官军都去围剿八大王的事报与闯王,死得却如草芥一般。"

两人四目觑着,腆起胸脯受死。

当中那个臂膀文着一条龙的好汉听得"闯王"二字,便喝住小喽啰道:"且休动手,他那厮说什么闯王?"

马倌答道:"我也听得这厮口里说有事情未报与闯王!"

当中好汉便起身喝问道:"你这个官军奸细,你说的闯王姓甚名谁?"

李过道："告诉你又有何妨？闯王乃额家叔父，姓李名自成便是。"

当中好汉走到跟前又问道："你家叔父是哪里的闯王？"

李过答道："正是陕西米脂的李自成。"

当中好汉又问道："莫不是高闯王外甥、继号闯王的李自成么？"

李过嗤笑道："你也知晓李闯王名号？你们要杀便杀，额等至死也不说个饶字，枉惹好汉们耻笑！"

那当中好汉见说了这话，便把刀都割断了绳索，放开李过、高一功二人。三个好汉并众喽啰都扶他们至虎皮交椅请坐，拱手赔罪。当中好汉说道："我等做了一世强人，李闯王大名如雷贯耳，仰慕已久。今日幸亏遇见二位英雄，是天赐良机也。和你一起的好汉又是谁？"

李过回道："额两个都是闯王手下部将，额是一只虎李过，这个兄弟名唤作高一功，正是闯王妻弟。闯王在临潼被洪承畴所败，隐忍两年。如今八大王张献忠反了，官军都去四川围剿，闯王命额二人来打探消息，联络众位好汉。你若是官军手下，便解额二人去请赏，休叫额们挣扎脱了！"

那三个好汉听罢，慌忙赔礼道："有眼不识泰山，却才甚是冒渎。休怪！休怪！俺三个兄弟非是官军，原旧都是良民，只是河南大旱，官军又征练饷剿饷，只得啸聚山林讨衣吃饭。在下姓万名小仙，因臂膀上文一条龙，因此江湖人送绰号一条龙。这瘦长短髯的唤作瓦罐子，黑面长须的唤作一斗谷。我于临颍起事，这二位都是邻县起事。方才我家兄弟说你二人寻亲不着、欲买马返乡，琢磨你二人身体壮硕，不似逃难的，恐是官军探子，因此擒捉了你，休怪！"众人听了皆大笑。

一条龙又道："俺们久闻闯王大名，天下好汉多有慕名来投者。俺也早琢磨投奔李闯王，只是苦无门路，不想今日得遇二位好汉！"

李过听了大喜道："额叔父闯王正欲广结天下豪杰，誓与朝廷势不两立，即日便要来河南攻城拔寨。今既得遇你三位好汉，真乃万幸。"

一条龙道："李大哥容禀，若是闯王来了，俺三个愿意投奔，共聚大义。若是大哥要俺三人帮衬时，水里水里去，火里火里来。"

李过道："既是如此，额等只就这里结义为兄弟如何？高一功辈分长了，就做个见证。"

三条好汉见说大喜，便宰了劫掠富户所得猪羊，置酒设席。李过年幼，拜一条龙、瓦罐子、一斗谷三人为兄。

一条龙又道："最近有伏路眼线来报，说八大王所部人马走到了玛瑙山，杨嗣昌统领各路军马也都到了，正有一场恶战。听闻各路兵马多不听调，杨嗣昌这厮此时焦头烂额，这正是闯王复出之时。"

一斗谷也道："兄弟且宽心住两日，愚兄使几个人去报说闯王。"

李过推辞道："这如何使得？事不宜迟，还是小弟即刻返房县，央三位哥哥借快马一用。"

一条龙道："这有何难！今晚权且在俺这里歇息了，明早再行。"

李过盛情难却，当夜就在此处饮酒大醉。

次日清晨，李过、高一功骑了快马，一条龙三人送行。分别时，李过拱手道："就此别过，万望来日兄长们助额。"

一条龙道："兄弟放心，兄长虽是个愚鲁匹夫，但闯王智勇无双，与兵士同甘苦、共患难，与罗汝才、惠登相、贺一龙、贺锦等首领有天渊之别，他日定能成就大事。不过自古道：'太平本是将军定，不许将军见太平。'今俺四人既已结义，还望事成之时急流勇退，寻个安身达命之处，以终天年，岂不美哉？"

李过听罢，倒地便拜道："仁兄，重蒙教导，指引愚迷，铭记于心。只是现今征战正苦，闯王必不负众人，待到时再作计议罢！"

当下李过、高一功辞别一条龙三个，自回来见李自成，先说了杨嗣昌于玛瑙山围剿八大王一事，又俱说一条龙等三人愿助闯王起事，也说了袁老山、袁时中之事。李自成大喜，传令整点兵马出山。果然四乡八镇之饥民逃卒听闻闯王复出，都自来投奔，短短数日便聚集数千人马。

再说八大王张献忠统领各部流寇于谷城再反，明廷震惊，崇祯皇帝命杨嗣昌出马督师，须亲自坐镇围剿。有官军探马来报，说张献忠、薛成才、贺国现、杨友贤等部由湖广西进，盘踞在陕川交界处。罗汝才、惠登相等部则屯于南漳、房县、兴山、远安各处。杨嗣昌奉旨统领兵马追剿，竟然在各州县府衙皆见贴有"有斩阁部来降者赏银三钱"之无头告示。杨嗣昌大怒，疑左右皆贼，誓要生擒张献忠。

崇祯十三年初，杨嗣昌檄诸道进兵，命陕西总督郑崇俭率副总兵贺人龙、李国奇部从汉中入川,又命左良玉统领兵马入蜀追剿。

原来崇祯十一年,左良玉与陈洪范在郧西曾大败张献忠所部兵马,左良玉箭伤张献忠臂膀,又追上挥刀猛砍,以致张献忠几乎丧命,因而崇祯皇帝授左良玉平贼将军职。岂料左良玉新受大将衔,求功心切,又恐杨嗣昌此番夺了功劳,便不听调遣,仅派老弱病残协从杨嗣昌,自己亲领兵马入川追剿。大敌当前,官军尚且各自不顾大局,只顾自己建功,如此将帅不和,焉有胜算?

崇祯十三年二月初七,左良玉统领精兵至太平玛瑙山,有伏路小校来报,说见有大队流寇兵马屯于此,看旗号正是张献忠部。左良玉闻报大喜,即刻整点人马,各领刀枪弓矢、火炮火铳,分左中右三路,以击鼓为号,杀奔玛瑙山而来。

张献忠统领杨友贤、薛成才、贺国现,并军师潘独鳌,妻妾敖氏、高氏皆在玛瑙山上,听闻左良玉统领大队官军来了,只得引兵出战。左良玉之子左梦庚为官军前部先锋,引中军精锐杀到玛瑙山前。

义军前部兵马来报,说官军前锋大张旗号,乃左良玉之子左梦庚也。

张献忠听了笑道:"一个不知死活的小子,何足道哉!将士交锋,要看头势。即刻传令十反王接战,与左梦庚交锋,休要失了气势。"

杨友贤得令,披挂上马,远远望见官军铺天盖地而来,黑洞洞遮天蔽日。在玛瑙山前开阔地,两下齐把弓弩射住阵脚。杨友贤马上横着鬼头大刀,只见对阵旗开处,正中间捧出一员官军将领,骑一匹黑鬃马,披一副连环镔铁铠,系一条嵌宝狮蛮带,带一张鹊画铁胎弓,悬一壶雕翎箭,手持梨花点钢枪。旗号上分明写着"前部先锋官左梦庚"。

杨友贤手持鬼头刀,骤座下马,直临阵前。左梦庚见了杨友贤大骂道:"何处草寇敢来这里送死,尚不知生死就在当下么?"

杨友贤听了亦喝道:"听闻你爹就是左良玉,待额捉了你,逼你老子退兵!"

左梦庚大怒,提点钢枪直取杨友贤。两军呐喊,杨友贤与左梦庚两将抢到阵前交战。两马相逢,刀枪并举。左梦庚不愧为将门虎子,战不过三十余回合,

杨友贤敌不住,往本阵便走。左梦庚急取过画雀弓,从走兽壶里取出雕翎箭,拉弓搭箭,看着杨友贤背影较亲,照后心上只一箭,正中他的左肩。

左梦庚力大,弓箭直透铠甲,杨友贤负疼翻落于马下。眼见左梦庚建功,左

良玉急令几名参将官齐出，先抢了杨友贤座下马匹，又将杨友贤绳捆索绑了归阵。

张献忠见折了杨友贤，急令李定国向前去救，却被官军大队军马分左、右、中三路掩杀过来。李定国虽勇，也难挡官军潮水般杀来，义军兵马大败。张献忠只得令弃了山前阵脚，退回玛瑙山上。

此战义军大败亏输，杨友贤所领兵马多被杀了，被生擒活捉有二三百人，失了七八十匹好马。左良玉也不追赶，就在山前屯扎，待贺人龙、李国奇统领陕西兵马到齐了再四面攻打。

杨友贤被剥了浑身衣甲、头盔、军器，绳索上下都绑结实了，找布条将箭创一裹，解到中军帐来。

左梦庚见了，便问道："听闻你唤叫十反王，你是降也不降？"

杨友贤攻打州府倒是条好汉，此番被官军大队兵马拿捉了，却失了骨气，慌忙俯身拜道："小人只是吃不上饭的小民，并无大恶。今番被擒，还乞活命！"

"你倒还识时务，且交由父帅定夺！"左梦庚随即取衣服与杨友贤穿了。

杨友贤问左梦庚道："军帐上为首的将官却是何人？"

左梦庚回道："正是本将军父亲，朝廷亲授平贼大将军左良玉是也。"

杨友贤叩首道："既是左爷，小人愿率部众乞降，做麾下小卒。"

左良玉道："既是如此，饶你性命！"

自此，杨友贤降了官军。功绩簿上，标写左梦庚第一功。

玛瑙山地形复杂，易守难攻。左良玉寻思当施奇计取之，忽想起刘国能来，此人已受招安，此番正是用人之时，左良玉忙叫快马召唤到来。

却说张献忠在玛瑙山营帐中与文武将佐计议左良玉攻山之事，只听败残军马回来报说杨友贤已降了官军。张献忠见报大惊，道："十反王亦是当初荥阳大会一方豪杰，今日被擒乞降，竖子也！如今官军席卷而来，将玛瑙山围得似铁桶一般，这如何迎敌？"

军师潘独鳌献计道："听闻左良玉不听调度，擅自违抗杨嗣昌将令，官军只待速决，我等只要坚守，左良玉必不敢久战。"

"军师所言极当！"张献忠随即传下将令，坚守死战。

过了二三日，帐外喽啰兵来报，说闯塌天刘国能统领二三千人冲破官军封堵，来投玛瑙山。张献忠令刘国能入内。刘国能见了张献忠俯身便拜，只说自从降了官军，备受欺压，只得又反了。张献忠心知刘国能曾读圣贤书，又是奉母命招安，与朝廷决裂之心不坚，心中存疑。只是此番正是抵敌官军之时，张献忠就叫刘国能所部兵马一同御敌。

又有眼线来报，说贺人龙、李国奇统领陕西兵马正在行进。张献忠闻报，眉头不展，面带忧容。又听得前军来报，说山下官军来攻，有数十尊红衣大炮猛轰，已杀至半山。

张献忠见报，急令诸将上马，引军出战。只听见山下官军高声喝骂："山上贼人听了，你等胆敢与吾大兵敌对，若拿住你时，碎尸万段、骨肉为泥！好好下山受降，饶你一命！倘若擒住献贼者，不失赏金封侯！"

张献忠听得心惊肉跳，令各营兵马尽用石头、弓箭、灰瓶、大粪汤泼砸官军。只是官军火炮猛烈，义军节节败退。

左良玉吩咐诸将道："今日阵前杀贼非比平日，你等须一鼓作气擒获献贼，留住性命送上京师受剐，不可违误！"

三军诸将得令，各自摩拳擦掌，欲活捉献贼建功升官。

张献忠见官军攻上山来，拔刀力战敌兵。岂料军中已自乱了，有人报说是刘国能统领兵马四处砍杀义军兵卒。张献忠掉转马头，不多时便正好迎面遇上刘国能，喝骂道："叛贼，额当千刀万剐了你，方泄心中愤恨！"

刘国能也不答话，挺起手中钢刀奔来直取张献忠。张献忠措手不及，早被一刀砍中臂膀。刘文秀、艾能奇、李定国、孙可望死命护着，杀出重围下山逃了。

"我非昔日闯塌天，今乃左良玉麾下副将便是！若有人活捉得献贼，高官任做、细马任骑。三军投降者，俱免血刃，抗拒者全家斩首！"刘国能喊罢，回身引领官军杀入张献忠老营。

潘独鳌在玛瑙山顶上看见刘国能挥刀砍了张献忠，各营溃乱，情知事急，领着内侍近臣便往深山密林中逃走。

左良玉领起大队军马分头杀上山，争捉各路贼首，张献忠妻妾敖氏、高氏等七口悉数被官军掳获。官军兵马抢入老营，去那库里将张献忠所用镌有"天赐飞刀"字样大刀，刻有"西营八大王承天澄清川岳"虎符、镂金龙棍、令旗、令箭、卜卦金钱悉数掳掠，随后在主营内外放起火来。刘国能亲领人马搜山，潘独鳌及一众文官、谋士未曾走脱一个。

当日玛瑙山顶直杀得尸横遍野。左良玉令将擒获八大王妻姜敖氏、高氏及潘独鳌等文官、谋士，都砸上枷锁，囚车里盛了，即刻解送襄阳大牢，同步飞章报捷。

崇祯皇帝闻报大喜，命新任兵部尚书陈新甲论功行赏。

杨嗣昌恐左良玉建功，急令总兵官贺人龙、李国奇二人于韩溪寺设伏兵守株待兔。三月初九，张献忠统领溃军中伏，被杀一千余人，薛成才、贺国现见大势已去，统领本部兵马向贺人龙乞降。张献忠余部逃至盐井，又遭官军堵截，部众或诛或降。张献忠只有四将跟随，领着残兵败卒隐于荒山野岭。

捷报文书频传，杨嗣昌闻报大喜，亲书奏折，言称献贼擒斩，指日可待。

张献忠引刘文秀、孙可望、李定国、艾能奇等将一路死战。众将说起一条龙、顺天王皆降了官军一事，张献忠大骂道："顺天王当日在荥阳城内尚是十三家大首领，一条龙亦是七十二营豪杰，今日如何丢了昔日霸气，都摇尾乞怜，做了鹰犬？他日打破城池，定要将如此叛逆碎尸万段！"

刘文秀道："官军四面围堵，都称拿捉八大王建功，此后如之奈何？"

张献忠哼道："额在上津时，有一朝遇仙，言道额乃煞星下凡。禅机法语，等闲如何省得？额定有东山再起之日。既是湖广、陕西兵马都欲来擒捉，此番就杀去四川如何？"

众人想起昔日紫熙童子戏要一事，皆惊叹不已，都说巴蜀之地山高林密、易守难攻，此时入川乃上策也！

于是张献忠催趱军马起程。众将得令，率领余众人马往巴蜀进发。凡经过地方，因连年往来征战，官军早将百姓粮米劫掠干净了，此番义军人马穿行，百姓居然扶老携幼来看。张献忠等人在路上行了数日，到一个去处，地名柯家坪。此处山民及近村农夫都走拢来观看这伙义军兵马。

张献忠并四将等领着兵卒，连日与追剿之官军激战，却依旧军容齐整，一对对并辔而行。正行之间，只见百姓中跳出两人，拦住张献忠的马叫道："原来八大王果是兄长，却如何在这里？"

张献忠勒住马首，低头看时，只见两人肤色黝黑，也是劳作之人，眼见面熟，却不知是谁。张献忠见两人双目有神，绝非奸狡小人，忙下马躬身施礼道：

"恕在下眼拙,敢问大名?"

两人望着张献忠再拜道:"八大王可曾记得旧日在四川内江县恶了恶霸豪绅、枷号示众之事?我家兄长徐大曾闻八大王乃刚烈汉子,窃鸡送饭。后听闻八大王离了内江,反了朝廷,四海闻名!今日幸会,在此处得以拜见。"

原来两人正是张献忠幼时内江贩枣所结识的张三、李四二丐。两人当日受了糊涂官冤判入牢,蹲了数月大牢方才得脱,后四处流浪,却在此处安家落户,平日里种田打猎为生。张献忠想起往事,慌得答拜不迭,扶起两人道:"小可张献忠,徐大义气深重、恩情未报,如今何劳两位兄长行如此大礼?"

张三道:"小人移居山野,昔日与八大王交契,不想一别有十数个年头不得相逢。后小人四处流落,闻得八大王已成义军首领,小人欣羡不已。今闻八大王玛瑙山兵败西撤,小人特来此处瞻望。得见兄长,平生有幸。"

李四也道:"此处百姓深受官军征战之苦,每每被强拉民夫、抢粮扒房。听闻八大王部领义军到来,都望义军打杀这伙官军。我二人说起八大王幼时在内江所为都是好汉行径,百姓大喜,都箪食壶浆来迎。"

两边百姓纷纷拿出包裹、布袋献给张献忠,有盐巴、野菜、粮米、山货,堆积如同小山一般。张献忠领着四将,一一谢过众百姓。

张三又问道:"小人欲邀八大王到敝舍略叙。此处有一隐士欲见八大王,不知将军肯见否?"

张献忠道:"小弟与二位兄长久别,不意在此相遇。既蒙兄雅意,小弟只得去一遭。众将先行,且叫李定国随额同行。"

刘文秀等将佐上得马来,叫兵卒都将百姓所赠装载上车,缓缓前行。当下张献忠与李定国各自另备了马匹,却把自己的骏马让与张三、李四。四个过了几个村舍林冈,前面却是山僻曲折的路。

两人说了些旧日之事,出了山僻小路,转过一条大溪,行不多时便来到一个山坳里,却是开阔地。树木丛中闪出两三处草舍,门外竹篱围绕、柴扉半掩,四周都是修竹苍松、丹枫翠柏。

张三指着一处茅舍说道:"这便是隐士所居。"

四人下了马,走进竹篱。李定国把马拴了,在门外等候。张献忠随同张三、李四入得草堂,见隐士生得仙风道骨,一看便知是化外高人。隐士叫三人分位坐下,饮茶之后才道:"敝庐窄陋,八大王休要笑话!"

张献忠回道:"山明水秀,令人眼接不暇,实是难得。敢问高人尊姓大名?"

"在下姓陈,名讳不提也罢。虽中过进士,只是不能直视满朝文武阿谀奉承,故而辞官归隐,已数年矣。闻听八大王兵败玛瑙山,西撤入川,叫乡民若见八大王,诚邀一见。"隐士说罢,叫张三点上灯来,闭了窗格,掇张桌子,铺下五六碟菜蔬、山果,煮了一壶热酒。他又筛了一杯酒,递与张献忠道:"特地邀八大王到此,村醪野菜,岂堪待客?"

张献忠谢道:"隐士定有指教,但说不妨。此处是个何等幽雅之好去处!如额这般东征西逐,怎得一日清闲?"

隐士笑道:"八大王及李闯王、老回回、过天星、革里眼、曹操都是英雄,日后定能雄霸一方,威服天下。陈某蜗伏荒山,哪里有分毫及得八大王。每每见朝中奸党专权,天子一人勤政,难以力挽狂澜,因此无志进取。"

张献忠取黄金五十两送与隐士道:"些许薄礼,少尽鄙忱。"

隐士坚辞不受。

张献忠又劝道:"高人既是进士出身,这般才略留在此处实在屈才。不如随额一起,如何?"

隐士叹了口气说道:"如今奸邪当道,妒贤嫉能,见到金银都如鬼如蝇一般。就是八大王、闯王这帮好汉,今日杀贪官污吏都还是忠良正直的,只恐他日事成,得享无上荣华富贵,却变得与贪官污吏一般无二。在下念头久灰,八大王到功成名就之日,切记须管束属下,勤俭自律。否则,定是今日这伙贼子再生。"

张献忠听了,复想起上津遇仙时也是这般说,心中不悦。但碍于面皮,只得点头称是。

隐士见张献忠表里不一,也不再多劝,道:"当下八大王仍为杨嗣昌、左良玉等人重兵围剿,在下有一言可保八大王脱此灾祸。"

"愿闻其详。"

"八大王率众走玛瑙山,杨嗣昌本欲令陕西总督郑崇俭从西乡入蜀,令左良玉驻防兴平。岂料左良玉不听调遣却获大胜,越加与杨督师相悖。听闻杨嗣昌命左良玉乘胜追击,左良玉却偏按兵不动。杨嗣昌本是褊狭之人,岂能容左良玉?必会抬举陕西贺人龙压制他,如此一来,势必暗斗转明争。八大王应乘此官军将帅互相使绊之机,偃旗息鼓入川,联合曹操等部众首领,壮大势力,伺机出川,再入湖广、江浙之地,则大事可成。"

张献忠听罢,只觉得隐士所言,字字千金,正中心扉。

隐士叫张三、李四二人又添了些酒菜。张献忠边饮酒边请教了排兵布阵之事,隐士一一作答。

眼见日头西沉、明月升起、夜蝉鸣叫,张献忠起身辞别道:"恐兵将悬念,就此拜别。"

"八大王是成就霸业之人,也不便相留,就此别过。"隐士相送出门,像是突然想起了什么,又道,"八大王少待!"无多时,隐士取出一轴画出来递与张献忠,"这是在下所作华夏乾坤地理图,八大王入川出川,日后或有用处。"

张献忠领了,谢过隐士。又同行了一二里,隐士方才止了步。

张献忠望隐士回去得远了,方才和李定国上马,另两匹战马跟行。次日晨,张献忠追上大队,刘文秀等将问起端由,皆嗟叹不已。

再说杨嗣昌闻报左良玉将追击献贼之令置之不理,怒气冲天,亲书信函至新任兵部尚书陈新甲处,提议升陕西总兵贺人龙,并让其替左良玉挂平贼将军印。陈新甲禀崇祯皇帝旨意准之。但有近侍劝崇祯皇帝,说临阵易将乃兵家所忌,何况贺人龙之声望远不及左良玉。于是,崇祯皇帝收回成命。左良玉在朝中多有耳目,早有人报之,遂恨杨嗣昌入骨。贺人龙未官升平贼将军,亦对杨嗣昌心有怨气。

果然,官军内讧致追剿势头锐减,张献忠得以逃脱生天,并与山民通市易,买柴米草料,收拢散亡兵马。

崇祯十三年七月,曹操罗汝才、小秦王白贵、混世王武自强、整齐王张胖子等部在兴山丰邑坪被京营官军所败,白贵、武自强、张胖子率部乞降。罗汝才兵单势孤,张献忠便由兴房西徙,至白羊山与罗汝才合营,声势又振。由于四川总兵方国安虚冒剥削,以致兵将衣甲褴褛、器械朽敝,全不堪战,义军之势一发不可收拾。

杨嗣昌闻报,捶胸顿足,只得亲赴四川坐镇剿寇。只是这杨嗣昌虽然入川,却终日只和幕客饮酒赋诗、游览名胜,驻师不进。

张献忠与罗汝才、惠登相合营后,谋再渡巴雾河。张献忠立马督战,有不前赴者立斩之。部下力争死斗,官军守将刘贵不能守。张献忠乃由鱼渡溪渡江,结营于万顷山,一路攻城拔寨,杀投靠官军之叛逆扫地王张一川。崇祯十三年末,张献忠占泸州,与贺人龙所部隔河相望,贺人龙竟不出击,率兵归陕。如此将帅不和,真乃贻笑天下。

李自成闻张献忠复反,初欲找他借兵,却被其不容。后来李自成号令部众再起,却早有伏路眼线将此事报与官军。杨嗣昌遣重兵围剿,困李自成于鱼腹山。

李自成再陷官军围困,乃谓众将道:"都说额上应天命,为今之计,取额首级献官军,便可赏金封侯。"

"我等誓死拥戴闯王。"

刘宗敏发妻早年在米脂县被官府差役所杀,后又续弦米脂同乡李氏。今日为示无牵无挂,便一刀将李氏杀了。刘体纯、高一功等皆仿效刘宗敏。当夜,李自成率轻骑星夜奔袭,经郧西、均川入河南淅川。至崇祯十三年十月,一条龙、瓦罐子、一斗谷果真不负前约,来寻李过、高一功二人相见。李过引三位好汉来见李自成,尽将本部人马来投。李自成部众兵马旋即数万,声势复振。

崇祯十三年末,李自成部领兵马连克鲁山、郏县、伊阳三县,复克宜阳、永宁,一路不杀平民、唯杀贪官。万安王朱采轻被李自成所获后斩于市,百姓欢呼雀跃,竟蹂万安王之尸泄愤。

眼见隆冬又至,李自成令将吏开仓放粮,周济百姓。仓廪中应有粮米布匹尽皆散与百姓,不留分毫。王府中金银财帛尽皆劫掠,叫杀猪宰羊,犒赏三军。

连日来,多有旧部兵马寻来投奔,高迎祥部将郝摇旗、谋臣顾君恩亦来投靠。这顾君恩便是当初车厢峡被困时献贿官之计、助高迎祥脱困之谋臣。李自成以礼待之,委以要职。

又有河南豪杰袁老山、袁时中来投。袁老山乃寿州人,崇祯十一年起事,一路攻打州县、劫掠富户,其徒数万,号称"老袁"。袁时中乃滑县人,崇祯十三年因河南大旱、飞蝗蔽日,至冬大饥,袁时中聚众数万,劫官府粮仓散与百姓。十一月,率众万余攻打开州,杀开州同知,百姓称"小袁"。

短短数日,李自成麾下兵马已逾十数万人。映山红洪关索、老张飞张一撞、杨六郎杨忠、白虎白顺、黑蝎子黑风雷、丫头子李三娘、七郎、小宋江、草上飞、靠山虎、镇山虎等人皆寻来投奔。原来各营人马自杨嗣昌设"十面张网"之计，有乞降招安者，有不屈而隐匿者，闻闯王复出，都来投奔。马守应、贺一龙、贺锦、刘希尧、蔺养成亦派使来信，愿听闯王号令。

李自成再克灵宝、新安、偃师、宝丰，距洛阳不过二百余里。此时他已是兵强马壮，猛将如云，只是谋士甚少。且说这日，李自成攻陷宝丰，叫高一功领兵开仓放粮。刘体纯来报，说城外有一彪兵马，说是杞县举人李信及其妻红娘子率众来投，且有一封书呈，备细写了众豪杰入伙姓名人数及军中所携粮米、骡马、财帛等。

李自成览罢书呈道："这书呈写得甚是工整，想必这李信是个有学识的人！"

一旁袁老山听了道："李信、红娘子这二人好生了得，闯王休要小觑了他们！"

李自成奇怪地问道："额这里有的是豪杰好汉，袁兄如何说休小觑这二人？"

袁老山道："这李信也是有经天纬地之才的人，红娘子更是不让须眉的巾帼豪杰。闯王若不信俺，且见见二人便知！"

李自成便道："既是如此，且随额出城迎接。"

众将出城看时，只见城外烟尘处有一彪军马，足足三四千人，旗帜上绣一个大大的"红"字。为首二人，一个是白面书生，身长七尺，面皮白净，峨冠博带，想必就是李信。一个是红衣女将，生得手如柔荑、肤如凝脂、领如蝤蛴、齿如瓠犀，着一身红衣，身背画雀弓，腰挎紫青宝剑，头系武生巾，身披红战袍，骑白战马，英姿飒爽，想必便是李信之妻红娘子。

两人下马见了李自成，齐齐俯身下拜。

李自成慌忙施礼道："小可米脂李自成，听闻袁首领言二人乃当世豪杰，今日且喜相逢。"

李信见礼道："李某只是个略读史书之人，甚是粗鲁。今日携妻红娘子到此，甘心于闯王麾下做一小卒，不弃幸甚。"

李自成笑道："休这般说，且请入宝丰县再作计议。"

一行从人都跟着入城来，到得宝丰县堂，一个个讲礼罢，分宾主而坐。李自成唤李过近前，就从仓廪里拿出粮米犒赏李信部众，又叫杀猪宰羊，大摆筵席，宴请李信夫妇。李信心中欢喜，便把胸中之事，从头至尾告诉李自成等人。

有分教：

天灾三分不可怕，人祸七分害煞人。

直教义军中添一智囊文士，刀剑林里增了巾帼身影。欲知李信、红娘子之事如何，且听下回分解。

第十四回

逢饥荒李举人劝赈　劫粮仓红娘子完婚

且说李信乃河南开封府杞县人氏,天启丁卯年举人。李信之父李精白乃山东巡抚,加兵部尚书衔,崇祯初年受魏忠贤党羽牵扯,被定以交结近侍之罪,依律徒三年,削职为民。李父虽削职返乡,因家底殷实,依旧是杞县富户。李信天生聪颖,少年中举,又通读兵书,满腹文韬武略。下有一个兄弟,唤作李年。李信幼时丧母,李父未再续娶。李信刀笔精通,吏道纯熟,更兼爱枪棒拳脚,能文能武。平生慷慨豪爽,常常周济穷人,又爱打抱不平,颇有江湖侠士风范。但有人来求他,无有不助。平日里在杞县每每排难解难,周全穷人性命,时常散施棺材药饵,济人贫苦。因此,百姓都称他为"李公子"。

待李信成年,娶妻汤氏。这汤氏亦出身豪门之家,知书达礼,贤良淑德,夫妇二人天作一对、地造一双,端的是羡煞旁人。平日里,李信习练武艺,打熬身体,夜间攻读诗书,汤氏陪同吟诗作赋,日子好生快活。岂料崇祯十三年河南大旱,朝廷苛政胜虎,百姓无以为活,唯有揭竿而起。

李信家宅是杞县富绅,仓廪中倒是有千石存粮,李精白、李信、李年父子三人是心善之人,时常接济饥民。只是李家并无权势,仅靠祖上田产收租为业,饥荒蝗旱之年,田中无产,佃户缴不起租金,李家存粮也渐渐见底。

这日,李父唤两个儿子近前说道:"饥民千千万,我李家纵有万千存粮,也不免坐吃山空。这可如何是好?"

李信建议道:"百姓饥荒,父母官不可坐视不理。不如去见知县,为民请命,叫开仓放粮。"

李父摇摇头道："当下灾荒，实乃天灾三分、人祸七分。为父直言，现今大明治下少有清官，只恐我儿心机白费！"

李信坚持道："儿今日便去县衙，看知县如何说！"

这杞县知县姓宋，也是个十足的贪官。这日升厅公座，左右两边排着公吏人等，知县随即叫唤两个刑房捕盗差役班头来。

这两个班头一个是步兵班头，名唤马横，管着二十个使腰刀的兵差。一个是马兵班头，名唤王霸，管着二十个坐马使弓的兵差。手下各还有几十个差役。两人都是宋知县手下的好狗，平日里横行霸道、欺压良善，又有宋知县做靠山，尽做些开张赌坊、杀牛放债之事，不知逼多少良善家破人亡。

宋知县叫这两个班头专管征税纳粮，擒拿刁民。当下唤两人上厅来道："我自到任以来，闻知河南所属地面多有流寇贼盗，有寿州袁老山、滑县袁时中、临颍一条龙，都是些杀人不眨眼的魔君。近日听闻闯贼、老回回、左金王、革里眼等秦陕流寇都死灰复燃，恐来河南攻打州县。各村盗贼猖狂，歹人刁民甚多。你两个休辞辛苦，与我将带本管士兵人等，四处分头巡捕。若有欲投流寇的贼人，或抗税抗租的刁民，随即捕获解来。"

马横、王霸都领了知县台旨，各自点了本管兵卒分头自去巡察。

差走马横、王霸二人，宋知县就待回内宅歇息。门子来报，说本县李公子求见。宋知县心中寻思，李公子乃李精白之子，去岁本县办寿，余众乡绅皆是送金银珠宝，这李精白只是送了寿桃一斤，分明就是看低本县。想必李精白之子定是个冥顽不灵之徒，便道："区区草民，见本县能有何事？打发走便罢了。"

门子听了，当即唤了两个衙差，如狼似虎一般将李信给驱走了。

李信本意劝说知县赈济百姓，岂料连衙门口都入不得。见衙门口两边差役如虎狼一般，只得离了县衙，独自一个回到家宅，闷闷不乐。浑家汤氏见夫君苦闷，知晓定是劝说知县不力。她取了一樽好酒，置办了一些果品菜蔬，尽使朱红盘碟盛了，就叫夫君小酌解闷。

李信看了贤妻，心想这般整齐肴馔、精致器皿，百姓却无食，我空读圣贤书，却无力助百姓脱这灾祸。

李信饮了数杯，不觉沉醉。猛然心思道："我生在杞县，长在杞县，自幼饱读诗书,虽留得一个李公子的虚名,今年近三旬,名又不成,利又不就,枉费了读圣贤!既是官府不顾百姓疾苦,不如作一首劝赈歌,拿到各家富户劝勉赈济,或许有所慈善之人。"寻思罢,李信叫浑家取出笔砚来,作了一首《劝赈歌》,曰:

> 年来蝗旱苦频仍,嚼啮禾苗岁不登。
> 米价升腾增数倍,黎民处处不聊生。
> 草根木叶权充腹,儿女呱呱相向哭。
> 釜甑尘飞炊烟绝,数日难求一餐粥。
> 官府征粮纵虎差,豪家索债如狼豺。
> 可怜残喘存呼吸,魂魄先归泉壤埋。
> 骷髅遍地积如山,业重难过饥饿关。
> 能不教人数行泪,泪洒还成点血斑?
> 奉劝富家同赈济,太仓一粒恩无际。
> 枯骨重教得再生,好生一念感天地。
> 天地无私佑善人,善人德厚福长臻。
> 助贫救乏功勋大,德厚流光裕子孙。

李信作完《劝赈歌》,叫下人取了纸张糨糊,于县衙外、市集中、大户人家门口都张贴了。当晚,李信心中畅快,多饮了几杯酒,酣醉上来,一边与浑家汤氏说着话,眼皮儿却渐渐合拢来,便用双臂衬着脸睡去。

李信自觉刚睡着,忽见窗外有亮光,又是奇怪:"我刚俯在桌上歇息,如何天就亮了?待我到市集去走一遭。"

刚离了宅院,腿脚似乎不听使唤,脚下生风,须臾便出了县城。李信心惊,这是要去哪里?只见向前不分南北,跌跌撞撞地不知行了多少路,却见前面又有一座城池。脚步无移时,到得城门口前,却无兵卒把守。只见城里走出一个道人来,头戴折角头巾,身穿蓝白道袍,羽扇纶巾,自有一番道骨,迎上前来笑道:"公子可是杞县李信否?"

李信惊道:"敢问真人法号如何?此处城池唤作什么?如何知我是杞县李信?"

那道人道："此城唤作宝丰县,贫道法号聚明,因而贫道所授徒弟皆以聚明弟子自称。弟子中有一人,姓牛名金星,日后与公子同殿为臣,因而知晓公子乃杞县李信。公子既到此处,且随我来。"

李信将信将疑,只得依着他入城。待穿过市集,看见四处庄稼地,庄户人都在劳作,惊问道："河南大旱,如何这里还有庄稼？"

那道人回道："贫道何尝不知河南大旱,公子眼前所见只是障眼法,稍后便知。"

又行走了一二里地,忽见路旁有一家农户。只听得农户里大闹,还有妇孺哭声,李信本是能文能武、爱打抱不平的人,听到哭声就势闯将进去。见是十数官差都执棍棒器械,在那里打一老妪和一童子,一旁家伙什物都被打得粉碎。内有一个大汉骂道："老家伙,快缴粮米租子,万事干休。若说半个不字,叫你们都是个死！"

李信听了这话,心如火炽,喝道："你这伙贼官差,如何欺压良善？"

那伙差役喝道："我们是收租的,干你屁事？"

李信大怒,就欲打将过去,只是好生作怪,那伙官差却是一阵风俱不见了。只见外边又冲进来一个彪形大汉,仗着一条钢刀,大踏步赶上来,大喝一声道："哪里的贼人,还敢抗租么？不要走！吃我一刀！"说罢,挺钢刀直抢上来。

李信大怒,抢过一个板凳,拆了板凳腿就和大汉战在一起。李信与那汉战了二十余回合,那大汉斗不过,虚晃一刀,拖着钢刀跑了。李信紧紧追赶,赶过一个林子,却猛见一座宫殿。

那大汉奔至殿前,左转右拐,不见了踪影,只听得殿上喝道："何处刁民？不得无礼！"

李信看见宫殿,心中纳闷道："这是何处行宫？如何在此？"

又听得殿上有人喝道："下方草民,还不快快俯拜！"

李信弃了那板凳腿,上前观看,只见一人穿衮龙袍,远远坐在殿上,两列文武排列殿前。李信也不知是何处皇帝,但不敢造次,只得端端正正拜了三拜。

殿上那天子问道："你为何追打官差？"

李信回道："小人李信,只因这官差强要农夫缴租,欺压良善,因而追打。"

天子道："农夫耕作辛苦,理应耕作归己。若是我处子民,定叫农夫不纳钱粮。李信路见不平,拔刀相助,义勇可嘉,赦你无罪。"

"原来这皇帝恁般英明!"李信心中欢喜,一连磕了十数个头。

只听见另一个声音道:"李信,还磕头干什么?"

李信抬头一看,哪有什么宫殿,更无皇帝百官,只有聚明道人在彼。李信忙问方才天子是哪朝哪代帝王,聚明道人道:"方才所见,日后定然再现。此刻尚乃天机,不可泄露!"

李信心中寻思,大明西有流寇,东有强敌,莫非气数将尽?他不敢言语,只听聚明道人说道:"今有闯王李自成统领兵马,攻打城池,诛杀贪官污吏,昔日各路豪杰纷纷来投,日后定成气候。你与小徒牛金星应齐心协力辅佐闯王。"

李信听了这话,惊得三魂去二、七魄去六,劈胸揪住道人衣领大叫道:"你这牛鼻子乃何处妖道?这话若是官府得知,是诛九族的大罪,须连累于我!"

"只怕由不得你。"聚明道人笑罢,略挪动身躯,就把李信摔了个仰面朝天。

"妖道!妖道!我去报了官府知道。"李信大惊,大踏步跑将出去。

猛地又见一座山,看那山下树林中有一个婆婆坐地。李信心想此处荒山野岭,如何有一个老婆婆?我且到林子里去看是什么人。

李信近前看时,老婆婆却喊道:"信儿,想煞为娘了。"

"何人唤我信儿?"李信心中大惊。他少时丧母,母亲模样却还记得,一看老婆婆果真是娘亲,正呆呆地瞅着他。李信向前抱住道:"娘呀!你一向在哪里?儿只道娘没了,今日却在这里。原来娘还健在。"

李母奇怪道:"吾儿,我还健在,谁说我没了?"

李信哭着道:"如今天下虽是饥荒,儿就是自己不吃不喝,也要好生养娘。儿写了《劝赈歌》,定有心善人家捐粮救民。"

李母道:"吾儿自幼聪慧,学富五车,如何心智却如童稚一般?天下饥荒,百姓衣食无着,有钱有粮的都是财主,却有几个心善?你所作《劝赈歌》,怕是有杀身之祸。"

二人正在那里说话,猛见得林子外一片火把过来,约有几百人,手里拿刀拿枪,口里喊道:"休叫走了私通贼人的李信!"

李信不知所措。李母大叫道:"吾儿快跑。"

李信顾不得许多,拔腿就走,却一脚踏空,却还在自家酒桌上。

"原来是梦。"李信舒了一口气。

当下汤氏服侍李信歇息。李信只道梦是反梦，因而并不放在心上。

日头落了又起，转眼便到次日晨。早有百姓看见巷尾巷首都有《劝赈歌》，却都是斗大的字认不得一箩筐，看见也只作未见。也有财主手下奴仆瞧见，扯下来给财主看，只是换来财主嗤之一笑。

这杞县有个视财如命的乡绅财主，姓曾名贵，净做高利贷的事儿，迫了无数庄户人家卖儿卖女，百姓背地只唤曾贵为真鬼。杞县一地大饥，曾财主家却囤积粮米无数，因而时常恐饥民来吃大户，豢养二三百恶汉家奴欺压良善。又恐敌不过啸聚山林的流寇，心想只有混进官府谋个差事，方能过得安稳。

这曾财主也是个饱读经书的人，却不学圣贤，阿谀谄佞的本事更是与生俱来。闻知宋知县是个贪官，每每都来浸润他，指望谋个一官半职。也合当李信有此祸端，不然如何能来投李闯王？

当日曾财主在家中闲坐，看看日头正好，就琢磨着带两个擅会弹唱的下人，备了礼物、拿了好酒好肉，径去县衙寻知县吃酒。恰撞朝廷差人来县里公干，知县殷勤陪着，哪里顾得上？曾财主讨了没趣，只好自回。正好一肚子气没处撒，碰着有人围着看墙上贴的字。众人见是"真鬼"来了，都各自散去了。

曾财主凑近一看，壁上贴的正是《劝赈歌》。他看到"官府征粮纵虎差，豪家索债如狼豺"两句，大惊道："这《劝赈歌》乃何人所作？说官府是虎狼，辱骂朝廷是甚居心！"

当看到"杞县李信作"五个大字时，曾财主道："原来是李精白的儿子所作。"又前后看了两遍，大笑道，"正是我曾某升官的时候到了。"便唤下人轻轻扯将下来，卷了藏在身边，吩咐下人再去市集巷口，但见《劝赈歌》，叫人休要扯去了。

当日曾财主又去见宋知县，添油加醋说了李信所作《劝赈歌》，句句辱骂朝廷，字字心怀不满，李信此人必治重罪。宋知县听了这话本来不信，曾财主又说街头巷尾尽是《劝赈歌》，皆不曾刮去。还说李信自己辱骂朝廷不算，还在到处张贴辱骂朝廷的话，不是蛊惑人心又是什么！宋知县听罢，忙唤马横、王霸二人近前，速速寻李信来问话。

不说曾财主心怀鬼胎，只说当下杞县城外有一彪人马正谋划攻打杞县，欲夺仓廪、抢粮米。这伙人的首领却是个巾帼豪杰,起事前因卖艺时身着红装而唤作红娘子,姓甚名谁不为人知。

要说这红娘子也是苦命人。她幼时已是十年便有九年荒,各地饥民作乱,官军往来镇压,竟似强寇一般纵兵劫财物、掳妇人。红娘子父母为一股乱兵所杀,那将官本无子嗣,见红娘子眉清目秀,便收为养女。红娘子从小聪明,眼见父母被杀,料不能逃生,便假意顺从,一路殷勤伺候。数月后,将官已丝毫不提防,红娘子趁将官熟睡,拔其腰刀杀了他,逃将出去。

红娘子后被一伙艺人收养,因天生聪颖、习武耐苦,竟练就一身好武艺,三四十恶棍近不得身。崇祯十三年春,河南大饥,红娘子于鸡公山聚集二三千好汉起事,杀贪官、焚官衙、破狱放囚、开仓赈济,方圆百里官军不敢小觑。

这日红娘子遣细作入城打探。细作回报说杞县城内兵马因袁时中叛乱,早已调防他处,只有二三百人守城。红娘子麾下先锋官洪彪闻言大喜,道:"这就是了,此番攻打杞县,必获成功。"

红娘子道:"听闻杞县豪绅财主甚多,如何只有二三百兵马,莫非有诈?"

洪彪道:"一群乌合之众,不足为虑!属下愿部领军马,今晚便攻打杞县。"

红娘子又道:"不如放出风头,豪绅财主都是贪生怕死、视财如命之徒,听到有人马攻打,必紧闭家宅,我等劫了府衙官仓便回。"

这时细作也插话道:"大王所言极是,小的去杞县打探,有李信所作《劝赈歌》,街头巷尾都有张贴,只是没有一个财主捐赈,财主都是视财如命之徒!"

红娘子问道:"莫非就是百姓说的李信李公子?"

细作回道:"正是!"

红娘子听罢,当即遣洪彪亲率几个精兵去杞县城内散布没头告示。

当日,城里城外收得贼首红娘子没头帖子数十张,不敢隐瞒,只得呈上。宋知县看了,吓得魂飞天外,魄散九霄。帖子上写道:

当有义士红娘子,仰示杞县官吏:天下大饥,官府豪绅宅中粮米堆积如山。如是开仓放粮,存得众百姓性命,吾无多求。倘若执迷不悟,屈坏百姓性命,便当拔寨兴师,替天行道!大兵到处,玉石俱焚!剿除贪官,方快吾心!天地怜善,鬼神佑良!谕众知悉。告知清廉官吏,切勿惊惶。

宋知县剖决不下，便唤步兵班头马横、马兵班头王霸前来商议。

王霸以为是问李信的事，回道："昨日未寻见李信，李家人说李信外出未归。"

宋知县摆手道："休言区区李信。现今出了大事，城内满是无头帖子，这兵马都征调走了，如何抵敌？此事如何剖决？"

马横见状道："老爷勿忧，听闻贼人红娘子一伙自鸡公山反了，一路侵扰乡镇，卑职已遣眼线探知红娘子一伙就盘踞在龙曲镇。这伙人要来杞县，定从南门攻来。卑职已安放火药，挖好陷坑无数，就是来他个几百几千，也叫他火药炸个粉身碎骨，陷坑装个无数尸身，都有来无回！"

宋知县听马横这般说，忙叫二人速去办差事，又嘱亲信速飞马去邻近州县搬请救兵。

再说李信自作《劝赈歌》后，却不见一个富绅来捐赈粮米，方知父亲所言非虚。这几日他心中烦忧，就在城内闲转悠，不若这般，早被恶奴抓去见了宋知县。

这日，李信看见城南张二正快步飞奔。张二乃县中差役，自幼与李信相识，张二年长，曾多受李信父子恩泽。那年张父病重，张二无钱医治，正逢朝廷加征辽饷，催科吏如狼似虎，毫不容情。多亏李信慷慨解囊，张二因而对李信感恩涕零。后因搬到城南居住，相见就少了。当下李信就拦住张二问道："多日不见哥哥，如何却在这里？"

张二回道："原来是李公子，愚兄正欲赶去南门！"

李信相邀道："相请不如偶遇，不在乎这点碎时间。不如你我去茶坊饮茶。"

张二奔走劳累，正好饥渴，便道："既是如此，恭敬不如从命！"

两个人到茶坊里坐定，张二见礼道："不敢拜问李公子别来无恙否？"

李信答道："小弟近日作了《劝赈歌》，还望豪绅富户捐献粮米赈济百姓，岂料事与愿违！"

张二拱手道："贱眼不识李公子如此仁义，惭愧。"

李信摇摇头道："惶恐，二哥是衙门公人，理应上座。"

两个谦让了一回,李信便吩咐上茶。

李信问道:"方才见二哥一路飞奔,不知有何公务?"

张二回道:"实不相瞒,杞县有几个要紧的人要来,我这里奉差去安置些大礼。"

李信惊问道:"莫非是贼情公事么?"

张二见状道:"杞县中有了没头告示,传闻城外红娘子要来打杞县,故而赶去南门。李公子宅心仁厚,便说也不妨。红娘子要来杞县借粮,王班头早在南门挖了陷坑无数,坑底都是削尖的竹刀子,又埋了火药。宋知县叫我去城南门外再差些人手、多备些火药,管教贼人个个死无全尸。"

李信听罢,吃了一惊,寻思百姓饥荒,揭竿起事者多如牛毛,都是些反抗官府的好汉。就是犯了弥天大罪,也是饥饿所迫。我不救他时,来打杞县碰上炸药陷坑,有多少人的性命便也休了。

李信心内自慌,口中却应道:"这伙歹奸贼人吃了熊心豹子胆,敢来侵扰本县,今番来了,好叫他受这炸上天的滋味!"

张二起身道:"事不宜迟,相烦李公子破费请吃茶。"

李信也站起身相送道:"不妨,这件公事非同小可,恐有耳目泄与贼人。"

张二告辞道:"李公子高见,在下告退,容后再相见。"

李信拱手别了张二,独自一人寻思:"听闻城南五十里龙曲镇有一伙好汉在此打家劫舍,张二说的莫非是这伙人来打杞县?"

李信起身会了钞,离了茶坊,飞快跑到家宅。汤氏正在张罗晚饭,李信交代道:"我去城南会友,可留些饭于灶中即可,我稍晚便回。"

汤氏叮嘱道:"官人近日烦闷,会友散心也好。只是一路小心,早去早回!"

李信自去马厩牵了马,慢慢离了县城。城门尚未关闭,待出得南门,打上两鞭,那马一路疾驰,没一个时辰便到龙曲镇上。

有伏路细作见一人策马狂奔,心中生疑,早报了红娘子。红娘子正和洪彪几个商议攻打杞县,听细作报说一人策马来到镇上。

洪彪问道:"有多少人随从?"

细作道:"只独自一个飞马而来。"

红娘子闻言道:"现在日头落山,必然有事!且抓将过来!"

细作领命,便差了几个喽啰兵带来绊马索、挠钩出门。不多时,细作便将李信蒙着双眼,绳捆索绑了押将进来。

红娘子叫揭开布条,问道:"你是何人?来龙曲镇何事?又如何来得慌张?"

李信睁开眼,见厅上正中坐着一女将,红衣红袍,问道:"莫非大王便是红娘子?小人杞县李信,有要事相告!"

红娘子连忙站起身道:"你便是杞县李公子?在下便是红娘子,你有何事来告?"

"小人不忍见诸位徒丧性命,便是舍条性命来告知。如今没头告示都知道了,宋知县已在县城南门口布了陷坑、火药无数,又差人往邻近州县搬请救兵,专等候大王自投罗网。天幸叫小人知晓,以此飞马来报说大王,若是打杞县,须绕道东西北门,南门确是去不得。"

红娘子等众人听罢,吃了一惊道:"李公子,大恩难报!"

李信又建议道:"大王休要多语。依在下之计,事不宜迟,今晚便来攻打,佯攻南门令彼不疑,大队便去北门,杞县自破。此乃声东击西之计。"

众人都赞道:"好计!"

李信又催促道:"大王速速行事,小人且先告退!只是不可耽搁,倘有些疏失,休怨小人救不得众人。"

红娘子见李信乃真汉子,又眉清目秀,心中已萌留意,当即谓众人道:"你们可识得这位李公子么?前日听细作来报说城内遍布《劝赈歌》,正是此人所作。"

众人都道:"杞县李公子宅心仁厚,我等都有耳闻!"

红娘子又道:"我们不是他来时,性命只在咫尺休了!李公子文武全才、声名远播,本大王意欲留李公子坐第一把交椅,诸位意下如何?"

众人叫好,都道:"李公子来山寨坐第一把交椅。"

李信听罢大惊,道:"家父曾在朝廷为官,朝廷不负我李信,如何肯落草?小人担这干系来报知,如何要陷我于不义?"

洪彪大笑道:"李公子福气来了,叫你坐第一把交椅,实则是被俺大王看上了,快来坐把交椅!"

李信闻言大怒,闪身抢过喽啰兵手中钢刀就要来斗洪彪,洪彪也拔出宝剑来迎。两个斗到十余回合,不分胜负。洪彪忽地跳出圈外,转过身便往人群里走。李信提钢刀随后赶去。

众人高声喊道:"李公子,还不就范,性命就在顷刻之间。"

李信心中焦躁,恐被众人一哄而上吃拿了,只得弃了洪彪,就往厅门口杀去。只听得"当啷"一声飞出一颗飞蝗石,正好打在李信左脚踝上。李信负疼,行走不得。只听见一人娇声喝道:"李公子不要走!难得到此,且住几日再说。"

李信看时,打飞蝗石的正是红娘子。

李信怒道:"你这伙人好生无理,我来救你,你却为难我,是何道理?"

洪彪大笑道:"李公子好不知趣,我家大王尚未婚配,叫你坐第一把交椅,是招你入赘为夫君。如此好事,还不谢恩么?"

李信闻言越躁,大骂道:"贼人安敢如此无礼!我已纳妻汤氏,如何能再入赘?"说罢,忍痛起身,挺起钢刀欲斗红娘子。

红娘子抡起手中宝剑来迎,两个斗不到三五回合,红娘子轻舒猿臂,一把扯过李信摔在地上,被众喽啰拿住。

红娘子道:"李公子,只随我留在这里,回杞县定有血光之灾!"

洪彪亦劝道:"公子且请息怒。红娘子久慕威名,留李公子一同劫富济贫,岂不是好?"

李信只是大骂:"无信草贼,怎敢陷我?"

红娘子见状怒道:"你如何敢辱骂我?"

众喽啰齐上,便将李信绳索绑缚了。

只听红娘子高叫起来:"不可伤犯了李公子贵体!"

洪彪捧出一套大红绣袄与李信穿了,八个小喽啰抬过一乘花轿,推李信上轿便行。只见远远的一处屋子,早有三四十对红纱灯笼,照着一群人正在吹拉鼓乐。众人抬着李信走到屋子,推下花轿。几个喽啰兵忙为李信披红挂彩,洪彪领众喽啰排排地都跪下。

李信亦跪在地下道:"既被擒捉,只求早死!"

洪彪道:"且请李大王入洞房!"

众人一齐鼓乐,推李公子到屋内。屋内明晃晃地点着灯烛,红娘子已着了大红嫁衣、盖了红盖头,众人簇拥着他与红娘子拜了天地。

红娘子向前赔罪道:"李公子大名如雷贯耳,小女子久闻。今日幸得拜识,足慰平生!却才众兄弟甚是冒渎,万乞恕罪。小女子今日托付终身于公子,望日后同心协力、共襄大义。"

李信冷哼道:"李某昔日在家读圣贤书,如何肯纳娶贼人。今日到此,并无生望。要杀便杀,何得相戏!"

红娘子笑道:"岂敢相戏?实慕公子盛德!今已拜堂,我已是李家人,誓生死相随!"

当时置酒备食,众人举杯大庆。李信无计奈何,只得默默饮了数杯,不防酒醉,小喽啰扶去后堂歇了。李信与红娘子共处一室,又吃了酒,见红娘子确是面容娇秀、身材婀娜,烛光下大红罗裳衬托着,越发楚楚动人,禁不住纳红娘子入怀,成全了一桩好事。

次日,红娘子叫人将劫掠来的猪羊宰杀几只,大摆宴席,请出新姑爷李信赴席,叫他坐上第一把交椅。

李信已然酒醒,说道:"大王差矣!李某一身无罪,薄有家私,生为大明人,死为大明鬼!若不提起坐上交椅,今日尚且可胡乱饮此一杯。若是说起落草坐上交椅时,李某宁可头颈热血溅于此处!"

红娘子道:"妾身已委身公子,生死都是公子的人。公子既不肯落草,强扭的瓜不甜,只留得公子身,留不得公子心。不肯坐头把交椅也罢,且请小寨略住数日,却再送还。"

李信又道:"大王既留李某不住,何不就放回杞县?实恐家中老小不知这般消息。"

红娘子道:"你我新婚,如此大事迟去几日,却有何妨?"

李信无法,只得默默饮酒,至夜而散。

第三日,寨子里再摆宴会庆贺。李信拱手道:"感承众好汉不杀。杀了小人倒好罢休,不杀便是度日如年,家中老父、兄弟和浑家汤氏定然担心不已。今日请辞,万勿阻拦!"

洪彪道:"公子年幼中举,学富五车。小人不才,幸识公子。还望公子教授诗书史记,望勿推却。"

李信无法,只得教授洪彪识文断字一二,又过了一日。

第四日,又有头领请李信饮宴,也是叫教授文字。

第五日依旧。

李信白日里便是诸位头领请宴,晚上便和红娘子共处一室。光阴荏苒,日月如流,早过半月。李信心中焦躁,又要告辞。见李信坚意要行,红娘子不便再留,便把旧时衣裳、马匹送还,亲率众头领送行,道:"夫君保重,来日请归。"

李信道:"这个自然!"

众头领直送到距杞县不过十里地,作别自回,不在话下。

李信飞马狂奔,一炷香不到便驰回县城。奔到城内,径入家中叩开家门,只见兄弟李年开门。李年见是李信,大吃一惊道:"兄长速速离去。宋知县说你私通贼人红娘子,正要拿你,这几日隔三差五就来家中要人。"

李信疑惑地问道:"半月前出城会旧友,吃醉住了几日,如何说我私通贼人?吾家娘子何在?"

李年回道:"嫂嫂见兄长半月未归,已患疾卧床。兄长且休问,速骑快马离了杞县,老父自有小弟一力维持。"

李信心中疑虑,定要问缘由。兄弟二人正说话间,只听得门口喊声齐起,马横领着步卒,王霸领着马军,带着七八十个做公的抢将入来。众衙差一哄而上,李信登时便被做公的绑了结实,又砸上镣铐,一步一棍直打到县衙大堂来。

宋知县正在坐堂,左右两行排列狼虎一般公人。宋知县旁边坐着一位参将官,这参将官姓周,乃总兵官猛如虎麾下参将。此番杞县被流寇劫掠,宋知县恐慌,寻猛总兵送上重金,叫周参将带兵马坐镇杞县。

众人把李信拿到当面。堂上宋知县大喝道:"你这厮是杞县本处良民,朝廷不曾亏待,如何先编曲辱骂朝廷,又去龙曲镇投了贼人红娘子?如今回到这里,定然又要来打杞县!今被擒来,有何理说?半月前贼人绕道东西北门攻打杞县,定是有人通风报信。想必就是你这贼子私通贼人,还不从实招来!"

李信回道:"小人编写《劝赈歌》,叫乡绅富户捐献粮米救护饥民,如何辱骂朝廷?半月前出城会友,并未见过贼人!"

宋知县怒道:"你这厮胡说。出城会友,如何半月未归?经本县查证,当日出城就你一人未归,且是傍晚出城,城内都是无头帖子,说红娘子欲来打杞县。为何偏偏你出城当日本县就碰上流寇来劫?你与红娘子定有勾结!你再抵赖,休怨本官叫用大刑伺候！"

李信见抵赖不过，只得改口道："小人那日出城会友，行至龙曲镇时被一伙贼人拿了，软监了半月。今日幸得脱身归家，并无歹意，望知县大人明鉴。"

宋知县喝道："这如何说得过去！你在红娘子那贼妇手中半月，若不通情，如何住了许多时？你出城当日，红娘子手下贼人便绕道东西北门劫掠杞县，哪有如此巧合？有曾财主告状出首，说你辱骂朝廷、心生怨恨，你定然是贼！"

李信一听反问道："大人说的曾财主莫非是'真鬼'曾贵，小人与曾财主并不熟识，如何说小人辱骂朝廷？"

宋知县道："本官传曾财主来上堂，也叫你这贼人心服口服。"

宋知县当厅传曾财主到衙堂来，他入内参拜了宋知县、周参将后才道："李公子既到这里，便招了罢。你所作《劝赈歌》，只'官府征粮纵虎差，豪家索债如狼豺'这两句就是你辱骂朝廷的证据，不必多说了。"

李信跪在堂下叫起屈来。

宋知县见状怒道："你这贼人还叫屈么？是真难灭，是假难除。如何要辱骂朝廷？如何私通贼人？是否又要来打杞县？速速招了，免致受皮肉苦。"

周参将在一旁道："这个顽皮赖骨的贼人，不打如何肯招！"

"说的是！"宋知县喝叫一声，"打！"

左右公人把李信捆翻在地，不由分说，打得皮开肉绽，昏晕去了三四次。

李信打熬不过，仰天叹道："果然命中合当横死！我今屈招了罢！"只得招认《劝赈歌》乃酒后题写，半月前无意耳闻流寇欲打县城，且得知城南有火药、陷坑埋伏，当日出城会友被贼人擒住，不得已降了贼人，说了城南有火药、陷坑。

宋知县大怒，骂道："你这该死的贼人！屈坏了本县县丞、主簿等多条性命，送了本县几千石粮米，罪该万死！"

马横当下取了招状，用一面一百斤死囚枷将李信钉了，押去大牢里监禁。

衙门外看的乡亲都知道李信是宅心仁厚的好人，都不忍见，却也救护不得。众狱卒都知李信是个好人，好生看觑他，也自凑钱安排饭食供给。

且说杞县刑房有个看牢的小吏，姓尚，名福，乃土居杞县人。此人倒是个素怀忠义的汉子，见李信入牢，便心中寻思，李公子散尽家财赈济，又作《劝赈歌》望豪绅财主捐粮米赈济灾民。官府苛捐杂税，豪绅欺压良善，比贼人还歹毒万分,倘若真是李公子出城通风报信,便是顶天立地的仁义所为。

这日尚福来到狱中,唤牢子过来道:"老爷说了,这个死囚须好生看觑,不得有半分差池!来日或杀或剐,都需市集上百姓来看。这一百斤死囚枷恐没一两日便折断此人脖颈,丢了性命。你且寻几块石头垫着,倘若怪罪,我自承担!"

小牢子也敬重李信,便寻了几块青石将枷锁四个角都垫着,李信想站便加,想坐便减。幸得尚福周全,否则便是有一百个李信也被这死囚枷折断脖颈而死。

当日尚福出了死囚牢,行至市集上,只见一个跑堂的叫住唱喏道:"尚典狱,有个客人在小人酒馆楼上专等尚典狱说话。"

尚福来到楼上看时,却是县衙差役张二。

各施礼罢,尚福问道:"张兄有何见教?"

张二拿出银子道:"尚兄,昨日打入死牢的李公子是小弟恩公。小弟望尚典狱一力搭救。无甚孝顺,五十两银子在此,送与兄长。"

尚福笑道:"张兄,亏你还是公门中人,如何同童稚一般?我一个小小刑房小吏,又不是大老爷,如何能搭救!"

张二见状又道:"尚兄嫌少,小人再添五十两。只是小人贫困,这银两还须散尽家财,容些时日。"

尚福摆摆手道:"张兄,且先收了你手中银子。李公子是条汉子,我如何不肯救他?只是深牢大狱,又有周参将的兵马镇守杞县,如何能救?"

张二无奈何道:"小弟也素知尚兄乃忠义汉子。实不相瞒,城南有火药陷坑乃小弟告知李公子。听闻龙曲镇盘踞一伙好汉,定是李公子赶去通风报信,也是为免好汉枉死。为今之计,只有往龙曲镇求红娘子来救!"

尚福听了道:"我也闻攻打杞县的好汉就是红娘子一伙,啸聚有二三千人马。更兼红娘子武艺高强,飞蝗石百发百中。你我二人都在公门,离了杞县定叫人所知,恐坏了大事。不如使李信胞弟李年去那里求救。"

张二拱手告辞道:"事不宜迟,我这就前去告知李年,牢中之事还望尚兄周全!"

尚福道:"这个自不必说。"

张二找到李年,备细说了缘由。李年听了,虽救兄心切,却又恐官府在家宅周边伏了细作,只得趁夜深翻墙出城。

趁宋知县、周参将深夜都歇息了,张二来牢里见到李信。李信叫屈道:"望烦张兄救在下一命!"

张二宽慰道:"李公子放心,刑房官吏尚福是条汉子,自会照看公子,每日饭食不缺。解救之事,李年兄弟已去龙曲镇搬取救兵,只数日便有人来救。公子且宽心守耐几日。"

李信感谢道:"有劳二位兄长!"

张二又道:"如今官府欺压良善,强过贼人劫掠百倍。等红娘子兵马来打杞县,我自会拔刀砍贪官的狗头!"

李信见张二如此仗义,又闻胞弟已去找寻红娘子,便安心等候。张二恐官府爪牙加害,早晚只在牢里看护李信,寸步不离。

再说李年趁当日夜深,顺着绳索不管不顾翻下城墙。杞县城墙都加高了,李年摔得浑身青紫,休息了半天方才缓过神来。救兄心切,李年只得强撑着离了杞县,一路往南奔跑,端的是耳边生风、脚不点地。李年正值盛年,平日里也时常随李信习练武艺,但五六十里路也不轻松。

眼见天色泛白,此时正是初冬,晨起严寒,李年却汗雨淋漓。正劳顿饥渴之际,早望见前面树林有一家酒馆。李年走到近前,只见个酒保睡眼惺忪问道:"客官是想吃早酒?"

李年回道:"酒便不要,与我做口饭来。"

酒保又道:"此处虽然大饥,我这里却卖酒饭,又有馒头、粉汤。"

李年道:"此处可是龙曲镇?我有急事,也不要荤腥,有甚素汤下饭饱肚即可!"

酒保又问道:"我这有糊涂汤,如何?只是你来龙曲镇干什么?"

李年不耐烦道:"我来找人,你不必多问,速速将饭食来。"

酒保去不多时,便盛一碗糊涂汤、一碟干辣子、一碟霉豆腐。李年正饥,一下把糊涂汤和配菜都吞咽下肚了。他心中焦急,却待讨饭,只觉天旋地转,头晕眼花,就便摔倒。

酒保叫道:"此人定是官军细作,此番立了功!"

只见店里又走出几个汉子来,七手八脚把李年绑了,往牛车上一扔便走。

几个赶着牛车,行不多时,便来到一处寨子,正是红娘子的大寨。酒保向红娘子参拜罢,便说道:"小人拿捉个官军细作,见这人天不亮就到龙曲镇外,说是来找人。大荒之年,个个肚饥无力,何曾有人天不亮就赶路?定是官军细作无疑!"

一旁洪彪看了道:"既是如此,且砍了此人头颅,挂在寨子外,叫官军看看马王爷有几只眼!"

"说的是!"酒保说罢,便提刀要砍。

红娘子道:"且慢。我观此人面色白净,倒似个读书人,待我仔细瞧瞧此人。"

红娘子过来一看,却见与夫君李信有五分相似,心中生疑道:"且不要动手!我曾听得官人说家中还有同胞弟弟,莫非正是此人?"

洪彪也叫道:"既是如此,且把解药救醒他来,问个虚实缘由。"

当时酒保把水调了解药,扶起来灌将下去。须臾,李年舒眉展眼,见到酒保,喝道:"你是甚人?好大胆,却把蒙汗药麻翻了我!"

红娘子笑道:"你且说你是什么人?为何来这里寻人?寻什么人?"

李年见眼前妇人步履坚定,声音洪亮,又着红衣,心中想莫非此人便是红娘子,便问道:"这位大王却是谁?愿求大名。"

红娘子答道:"我便是红娘子。"

李年听了便道:"在下杞县李年,乃李信胞弟。家兄半月前曾离家往南,人人都说是去了龙曲镇,因而来龙曲镇找前番劫掠杞县的好汉。"

红娘子道:"李公子确来过龙曲镇,已是我的夫君!"

"大王既是红娘子,且救家兄一命!"李年说罢,便把李信回到杞县便遭陷害之事备细说了。

众好汉听罢,都惊得呆了,半晌作声不得。

红娘子更是杏眼带怒、粉腮含泪道:"官人执意要去,不听所劝,以致招惹上这杀身之祸!"

洪彪说道:"为今之计,只有大王亲领兵马去攻打杞县,方可救得李公子性命。"

红娘子叫打鼓集众,见大小头领各依次序坐了,便说道:"当初李公子担着血海官司来通风报信、搭救我等性命,今日不期却叫他受牢狱之苦。贪官污吏都是吸血的毒虫,不如趁此机会攻占杞县,壮大声威。"

当下一头领道:"我这手中钢刀多时不曾发市,听得打州劫县,钢刀也在欢喜!待占了杞县,把那宋知县砍做肉泥,拿住鸟参将碎尸万段,岂不痛快!"

当晚,红娘子与众头领便倾巢而出。

此时正好严寒,宋知县寻思流寇不日前已饱掠,定不会数日间再来,况且还有周参将兵马在此。周参将也寻思红娘子不过一介女流,不足为虑,便早早躲进营帐内烤火。官军兵卒也是个个厌战,依靠枪刀,拴束马匹。

却说值哨伍长正在坐地饮酒取暖,只见守城兵卒大叫道:"流寇兵马不计其数,已近城门!"

伍长听得,飞报周参将。

周参将已然就寝,听了这话,不敢怠慢,一面报马入城,一面着了披挂直到城门督战。周参将在城楼上看去,远远地尘土起处,有几千人马飞奔前来。当前一员大将,红马红衣,正是红娘子!

周参将大笑道:"每日只说红娘子厉害,原来只是这等草寇,何足为道!待本官出城会会这红娘子,好抢了做小老婆!"

周参将披挂上马,引军出城,杀奔前来。

红娘子勒住马头,也不搭话,从怀里取出两枚飞蝗石瞅准周参将眼睛,一甩手就砸了个正着。周参将眼前一黑,"哎呀"一声栽下马来。红娘子拔出宝剑一挥,叫兵马掩杀过来,赶得官军四分五落。周参将早死于乱军之中,官兵兵马大折无数。

早有人将义军来打杞县之事告知宋知县。不多时,又来报说守城官军大败,周参将轻敌被杀。宋知县差人快马报邻近州县,又叫马横、王霸尽差民夫上城守护。自己却换了百姓衣裳,准备出逃。

平日里官府欺压百姓惯了,此时如何有百姓来守城?马横、王霸二人亦只能欺压良善,如今大敌当前,见宋知县逃了,也早早脱了公人衣衫,混进百姓当中。宋知县如同丧家之犬,只顾抱头鼠窜。

只见四下杀声震响,火把丛中军马无数。红娘子亲领人马杀奔大牢,尚福、张二两个正在牢里照看李信,看见号起了,便对众狱卒道:"此时不放了李公子,更待何时？"

话音未落,传来李年喊叫声:"红娘子麾下好汉全伙在此!好好送出李公子来!"众狱卒哪里还敢说半个不字,只得乖乖开了牢门,又打开李公子身上枷锁镣铐。张二、尚福将牢门都打开,将众囚犯悉数都放了。众人合在一处,杀将出去。

再说宋知县换了百姓衣裳奔走,只听得四周都是喊杀声。宋知县心中焦躁,四下寻躲避处。只见有兵马拦住去路,为首一人大叫道:"狗官哪里去？"

宋知县不敢看,转身就跑。不料被一人赶上揪住,喝道:"狗官!你换了衣裳就能混过么？你还认得我么？"

宋知县听得是李信声音,慌忙叫道:"李公子,我和你无甚冤仇,你休要杀我!"

"狗官,死到临头,还狡辩么？"李信说罢,一刀便砍死了宋知县。

此时红娘子也赶到了,两人劫后重逢,不胜伤感。红娘子且叫众人把财主豪绅家应有金银财宝都搬来装在车子上,搬不走便就地散给百姓。李信奔到家中见过老父,却不见汤氏。

李父说道:"自从吾儿出城,汤氏日夜思念成疾,吃了几服汤药不见好。后又听闻你遭了牢狱之灾,被打入死囚牢,急火攻心,数日前竟已逝去。"

李信听了大哭,自此只得随了红娘子。

李信本官家子弟,此番与朝廷决裂,不愿殃及李家族人,遂以山上岩石坚如磐石为名,更名李岩。当时天色大明,红娘子传令叫休伤百姓,一面出榜安民,一面救灭了火。宋知县、曾财主各家老小大都被杀,逃了的也不追赶。

李岩引张二、尚福两个过来见过红娘子。

尚福道:"江湖上听得说巾帼豪杰红娘子好生了得,自鸡公山起事,一路打家劫舍。不期今日得遇红娘子,天与之幸。"

李岩便把张二告知城南门埋伏火药陷坑之事、尚福如何牢中周全之事都说了,便道:"既幸相遇,二位一同入伙,如何？"

两个大喜,都依允了。

红娘子人马已都到齐,一个个都引着相见了,李岩就叫杀猪宰羊。席间,李岩问道:"狗官被拿捉前已遣人搬请救兵,此事如之奈何？"

红娘子道："听闻李闯王入了河南,一路占了许多州县,群雄归附,声势浩大,如今占了宝丰县,不如去投闯王。"

李岩听到宝丰县,想起那日梦境便道："闯王大名,如雷贯耳,有袁老山、袁时中、一条龙、瓦罐子等各路豪杰投奔,有秦陕义士杨六郎、映山红、左金王、老回回等首领依附,已聚集十数万人马。闯王既在宝丰县,我等便即刻动身,前往投奔!"众头领听了,都依允了。

当日,红娘子部领人马都已完备,众皆饱食,浩浩荡荡动身赶赴宝丰。

待李岩将二打杞县、投奔闯王之事一一说了,李自成大喜,当日召集众将大摆筵席,为李岩夫妇洗尘。李自成又得才干谋士和巾帼猛将,心中欢喜。

当夜,饮宴已毕,众将各自回营。李自成猛然想道："当初蒲县遇仙,得兵书锦囊。有灵仙师曾有法旨,兵书锦囊只可与开封府杞县青龙冈上山下石之人同观,余众皆不可见。眼见着杞县李岩,正应了这杞县上山下石之说。此人来投,分明是天数!"

李自成遂差李过即唤李岩入内宅。两人叙礼毕,分宾主而坐,侍卫献茶。

茶罢,李自成道："李公子仁义之名,额早有耳闻,今日愿听李公子教诲。"

李岩躬身向前道："我夫妇二人恨谒见闯王甚晚。闯王唤小人近前,定有事说,只不知闯王有何差遣?"

李自成道："李公子不远千里而至,额军中有刘宗敏、田见秀、杨忠、洪关索等一班能征善战之士,却是善谋之人甚少。额亦孤陋寡闻。李公子龙虎鸿韬,英雄伟略,必能教额共图义举,创业开基。"

李岩听李自成说到创业开基,心中一震,猛省此人志向颇大。想起当日梦境,莫非那日异梦中殿上所坐之帝王,正应闯王么?便道："闯王恩德于人,愿效前驱!"

李自成俯身下拜道："在下本米脂县愚夫,今日一见,还望开额愚钝!"

李岩道："杞县野人,疏懒成性,今蒙闯王错爱,不胜愧疚。横天一字王、不沾泥、闯塌天、过天星、争世王、治世王、混十万、扫地王等首领一朝拥有部众,只顾坐享富贵，或被朝廷设计杀害，或被朝廷招安。八大王杀心甚重，日后定是生灵涂炭。唯有闯王施仁义、亲君子，足见闯王忧民忧国之心，与众首领却有天渊之别。只恐李岩才疏，有误闯王。"

李自成道："李公子抱经世之才，愿公子以天下苍生为念，开额愚鲁而赐教。"

李岩道："愿闻闯王之志。"

李自成屏退左右道："大明天下，如同大厦即将倾颓。崇祯刚愎自用，不纳忠言。现今东有强敌，西有义军，天灾人祸，民不聊生。自成不自量力，欲伸大义于天下，但智术浅短，迄无所就。但请李公子开愚，实为万幸！"

李岩道："自天启年末，星火起于白水王二。这王二携饥民攻打县衙，又入黄龙山抗拒官军，却旋被官军所破身死。王二占了地利人和，却不占天时，势孤而败。府谷王嘉胤本军中逃卒，知晓势单力薄不足以成事，遂集合不沾泥、杨六郎、混十万、横天王、邢红狼等部首领抵御官军，自命横天一字王，何等英雄。不沾泥张孟存于西川设立十七哨六十四寨；点灯子赵胜聚集十数万人马，往来陕晋；紫金梁王自用聚集三十六营，号令群雄；闯王高迎祥更是于荥阳城内号令十三家七十二营各路首领。此辈好汉，个个豪杰。只是王嘉胤强抢民女张氏，终被张氏族人所害；赵胜占了城池，却醉心娇妻，被官军袭杀；王自用着金盔、骑骏马、披金戴银、穿红挂绿，被官军识出射杀；高迎祥喜听谗言，官军安插小人于身侧，竟然不觉，终被小人窃走马匹弓箭，被擒所害。蝎子块拓养坤、闯塌天刘国能、十反王杨友贤、顺天王贺国现、一条龙薛成才投降官军，皆不足道。老回回马守应、革里眼贺一龙、左金王贺锦等首领虽依旧对抗官府，却势力大减。如今群雄，也只有闯王、八大王二人如日中天。闯王若想成就霸业，需尊贤礼士，除暴恤民。如今中原已呈星火燎原之势，须推行仁义，禁兵淫杀，收人心以图大事。他日闯王身率饱受官府欺压之众以入京师，百姓有不箪食壶浆以迎乎？诚如是，则大业可成，天下再兴矣。"

李自成闻言，避席拱手道："听公子之言顿开茅塞，如同拨云雾而睹青天。愿听公子教诲，如何收人心以图大事？"

有分教：

起事只为一碗米，事成万金不为奇。
英雄岂能中途废，须留芳名存史记。

直教闯王出仁政，豪杰俱来投。欲知李岩说出什么计策来，且听下回分解。

第十五回

猛闯王大摆福禄宴　善仙人教防虫鼠疫

书接上回。当下李岩说道："依在下愚见,当遣人入乡野村镇,传唱闯王仁德,收服人心。待他日闯王雄霸一方,切勿效仿朝廷苛捐杂税,当施均田免粮之仁政,则天下称颂、民心所向！"

李自成闻言,顿首再拜。

只这一席话,乃李岩习学古贤所悟。当夜,李自成与李岩秉烛夜谈,一夜无眠。

次日晨,李自成依李岩之计唤李过近前,叫选精干兵卒扮作过路客商,入郏县、登封、汝阳、洛宁、孟津各地传唱"闯王仁义之师,不杀不掠"。又叫高夫人、李三娘、红娘子等一班女将,携花生饼、枣糕、麻叶、百花糕等,入市集巷子,教童稚传唱童谣,曰："开了大门迎闯王,闯王来时不纳粮。""早早开门拜闯王,管教大家都欢悦。"不多时,邻近州县百姓皆会传唱。

李自成亲领刘宗敏、田见秀、刘体纯、高一功等将往各处给散粮米,令杨忠、洪关索、张一撞、白顺、黑风雷等部首领赴各地劫掠富户粮仓,赈济百姓。至崇祯十四年初,河南饥民无人不知闯王仁义,如大旱之望云霓,各地百姓唯恐闯王不至。

这日,有宝丰县文人来寻闯王。自称乃天启年举人牛金星,号聚明居士,曾入仕为官,因直言被同僚倾轧,被革去功名、遣戍充军,后回宝丰县居住,素有才学。

李岩听到"牛金星"三字,想起当日梦境,遂禀道:"昔日刘玄德麾下关、张、赵,皆有万夫不当之勇,尚且三顾茅庐请诸葛孔明出山。闯王虽兵多将广,尚缺谋士。牛金星既是此处名士,若得此人出谋,事可图也。"

李自成叫置办酒席宴请牛金星,道:"今大明天下,上有天灾,下有人祸,内忧外患。自成欲力救万民,恨力不足。君乃举人,敢求相助!"

牛金星俯身拜道:"晚生已是有心久矣,恨未遇英雄。既然闯王有大志,晚生欲凭三寸不烂之舌,说服当地豪绅散尽家资、招募义兵。"

李自成听了大喜,听其计谋。

于是,牛金星四处奔走游说,竖起招兵白旗一面,上书"闯王"二字。四方百姓闻听闯王募兵,皆远道来投。不数日间,应募之士如雨骈集。

时至崇祯十四年初,两畿、山东、河南、陕晋依旧旱蝗连年。正月上辛日,崇祯皇帝亲率文武百官于正阳门外祭天,祈天减灾。当日,崇祯皇帝以九五之尊暴于风霜中,虔诚上祷,文武百官则行庆成礼。忽然殿角狂风骤起,只见不计其数之窜鼠、飞蝗从飞檐斗拱上飞将下来。崇祯皇帝见状惊倒,左右急救入宫,百官俱避。须臾,鼠蝗皆不见,忽然大雷大雨,加以冰雹,落到半夜方止,坏却民房无数。祀天大典半途而止,崇祯皇帝捶胸顿首,泪中带血。

次日早朝,崇祯皇帝问群臣灾异之由。翰林院修撰魏藻德上疏道:"天生异象,乃刁民作乱所致。"魏藻德乃崇祯十三年状元,擅长辞令、有辩才,擅迎合皇帝所思,故深受崇祯皇帝信任。

崇祯皇帝又问继任内阁首辅范复粹道:"可知杨嗣昌入蜀追剿献贼如何?"

范首辅不敢隐瞒,只得上奏道:"有加急探马来报,杨督师遣总兵官猛如虎追击献贼至黄陵城惨遭大败,参将刘士杰战死,献贼兵马已离川东进。"

崇祯皇帝闻奏大怒道:"杨嗣昌这厮定十面张网之计,初时势盛,把献、罗二贼围困于湖广与川蜀之地,几近剿灭。如何复用师一年,贼势死灰复燃?你细细奏来!"

范复粹深知崇祯皇帝生性多疑,气急便屠戮大臣,此刻惊得大汗淋漓,只得俯身道:"吾皇且息雷霆之怒!杨督师之败,此非谋虑之不长,正由操心之太苦也。贼情瞬息更变,今举数千里征伐机宜,尽出嗣昌一人文牒,往返动逾旬月,坐失事机。官军诸将领已骄恣成习,嗣昌无法驾驭,如左良玉为平贼将军,却不肯受督师约束,嗣昌屡檄不听。献贼自玛瑙山败后,残众不过千余人,诸将不肯协力作战。更有献贼遣贼将刘进忠、马元利携重金贿左良玉,并称:'有八大王一日,将军才被器重。将军部卒杀掠百姓,杨嗣昌性情猜忌而专擅,八大王倘若剿灭,将军之富贵定不长久!'左良玉闻听,竟纵献贼不追。余众将领多有效法左良玉不奉约束。崇祯十三年十二月,献贼占泸州,总兵官贺人龙屯小市厢,仅隔一河,竟观望不击。献贼从黄陵城东走湖广之时,杨督师檄左良玉率兵东上,左良玉反退兵汉中,以致总兵官猛如虎孤军难支。"

崇祯皇帝闻奏大怒,欲下旨诛杀左良玉、贺人龙。

范复粹再奏道:"贼势日盛,左、贺二人所领兵马皆精锐善战,如今正是用人之际,不可再杀能征善战之将。"

崇祯皇帝闻言无奈,只得作罢。

此时李自成已接连下宜阳、永宁、卢氏、偃师诸地,洛阳城在望。洛阳乃崇祯皇帝叔父福王朱常洵建藩之地,守将乃南京兵部尚书吕维祺,此人倒还有些谋略。吕尚书闻听李自成在河南势头日盛,上疏福王曰:

> 三载奇荒,亘古未闻。村镇之饿死一空,城市皆杀人而食。处处土贼盘踞,加以流贼数万阴相结合,连破鲁山、郏县、伊阳三县,又六日之内,连破宜阳、永宁二县。贼势汹涌,窥洛甚急。无坚不破,无攻不克。且饥民之思乱可虞,人心之瓦解堪虑。况抚台大兵无一至,虽有操、义二兵,亦无粮饷,及城头垛夫又皆鬼形鸠面而垂毙者。城中一无可恃,有累卵朝露之危。

吕尚书提请福王,须将宜阳、永宁二城被流寇所破之事做前车之鉴。岂料福王爱财如命,充耳不闻。

这日李自成召李岩、牛金星、刘宗敏、洪关索、杨忠等一班文武商议道:"额等已是兵多将广,若不思征进,甚是不宜。当下占了诸多县城,洛阳已近在咫尺。听闻洛阳乃皇帝叔父建藩之地,不若起兵去打洛阳,表明额等誓与朝廷不共戴天之心已决。"

牛金星拥护道:"福王乃神宗宠姬郑妃所生,赏赐金银财宝无数。当下河南大饥,福王府邸宫墙内豪奢靡费,墙外却是凄凉愁惨。起兵攻打洛阳,正是义举。"

李自成闻言大喜,即令起兵攻打洛阳。

崇祯十四年正月十九日,李自成进抵洛阳城北,擂鼓摇旗呐喊搦战。城里福王见报,慌忙叫请吕维祺商议道:"今次群贼到来,如之奈何?"

吕维祺宽慰道:"福王放心。臣已遣了快马携告急文书告知河南知府亢孟桧、巡抚李仙凤、总兵王绍禹,叫速速调遣兵马来救。为今之计,只有尽起城中兵马抗拒。群贼都是乌合之众,来一个捉一个,那厮们如何能翻天?"

当下吕维祺披挂衣甲上马,手持虎头枪,叫开城门,放下吊桥,领了一千人马,近城摆开。义军阵中早惹恼了五虎先锋营之虎将洪关索,他手持青龙偃月刀,出阵厉声高骂道:"滥官害民,自己穷极奢靡,却把百姓饿死无数,今日正好借你福王金银财帛用用。"

吕维祺骂道:"听闻流寇中有一人自称关菩萨一脉,想必是你这贼人!关菩萨忠义千古,你如何做了反贼?"

洪关索骂道:"河南大饥,你如何不思为百姓赈济,只为贪官污吏卖命?似你这般做鹰犬,便是忠义么?"

"红面贼缘何便敢辱我?若拿住你时,碎尸万段!"吕维祺说罢,舞起虎头枪,纵马直取洪关索。洪关索也出马,舞动青龙偃月刀来迎吕维祺。

两将直斗到四五十回合,吕维祺多在官场迎合,枪法生疏了,如何敌得过洪关索日夜征战。吕维祺虚晃一枪,收军入城。洪关索马快,大喝一声,将手中青龙偃月刀反手一推,用刀背使劲一拍,将吕维祺击落马下,叫人绑缚了。

李自成见生擒了吕维祺,便令兵马趁胜攻城。城头兵备副使王胤昌见折了吕维祺,心中慌乱,叫守城官军拼死抵住。

王胤昌乃常出入福王宫殿之人,守城兵卒眼见这将官肥头大耳、满面油光,自己却一日两顿粥水,如今大祸临头,却叫兵卒上前,不禁怒骂道:"王府金钱百万,餍粱肉,而令吾辈枵腹死贼乎?"呼声一出,各兵卒毫无斗志,纷纷弃械。

北门不费吹灰之力便被攻破,王胤昌为乱军所获。守城兵卒大开城门,都齐声叫道:"请闯王入城!"

李自成传令义军将士统军马入城,如有妄杀一人者,同伍皆斩。北城上守城军士见事势如此,都投戈下城。其东西南三面守城军士听了这个消息,都捆缚了守城将官,大开城门,迎闯王兵马入城。

当晚福王朱常洵和世子朱由崧已知城破,急急换了百姓衣衫逃出王宫,躲进迎恩寺。

是夜,月色朦胧,星辰昏暗,只见洛阳城东南西北四门火炮齐响,喊声大举,不知多少军马杀将入来。义军入城四处搜寻福王踪迹,有人说城中百姓皆饥苦,有白胖者定是福王。

福王躲在迎恩寺内,听见人声嘈杂,心中惊恐,急逃出寺庙;寻路不见,却迎头撞来李过、高一功。李过见这人甚是肥胖,捉住拷问。福王几曾受过拷打,只得招了。见擒了福王,众人大喜,福王世子朱由崧则趁乱落荒而走。

次日晨,义军占了洛阳福王宫,众将都至福王宫内见过李自成,各自纳献。李过解福王近前道:"托闯王洪福,额等众将未有损伤,俱各无事。今福王遭擒,特请发落。"

洪关索擒得南京兵部尚书吕维祺,亦解至李自成近前。

福王见了吕维祺,便大叫道:"吕尚书救孤!"

吕维祺也哀叹道:"臣命亦在顷刻。福王乃当今皇叔,切毋自屈!"

李自成见状喝道:"吕贼今日请兵,明日请饷,欲杀额等,即刻斩首!"遂令处死吕维祺。

见吕维祺被斩,福王早吓破了胆,不住地磕头乞命。李自成端坐殿上,怒道:"你为亲王,富甲天下,见此地饥荒,不肯发分毫留藏赈济百姓,与敲骨吸髓之魔怪何异?"

刘宗敏拔剑欲杀福王,李自成制止道:"一刀一斧杀了,你是出了胸中恶气,却叫这许多人的仇怨如何得出?"

刘宗敏见状便问道:"闯王之意如何?"

"且命人去猎一头鹿来,去市集上支口大锅,将福王大卸八块,野鹿剥皮去骨,取福王之肉和鹿肉一起烹煮,设宴叫请四方百姓来食。此宴名曰'福禄宴'也!"

听罢李自成将令,刘宗敏命人将福王拖出去受了千刀万剐。李过从百姓中寻了一猎户，与了银两，叫去城外山上猎头野鹿来。不多时，猎户肩扛野鹿归来。李过唤兵卒于市集上搭了高台，请李自成上坐，一班文武将佐分列两旁。又于台下架起大锅，寻了柴薪，燃起火来。叫猎户将野鹿洗剥干净，和着福王之肉一同扔进锅内煮。

李自成端坐在高台上道："王侯贵人剥穷民，视其冻馁，吾故杀之，誓与朝廷不共戴天。"

市集上已有越来越多军兵百姓围看，都齐声叫道："愿随闯王！"

李自成见百姓如此，心中大喜道："既蒙百姓错爱，额当竭尽所能，叫百姓耕有田、居有所、食有粮、穿有布，耕作粮米不纳献。"

众百姓听了，欢欣雀跃。

李自成令出榜安抚百姓军民，秋毫不许有犯，违令者格杀勿论。又下令将福王一门良贱悉数杀了，丫鬟下人、歌儿舞女尽皆遣散。收拾宫中器仗、金银宝物，搜检内里库藏，就殿上放起火来，把福王内外宫殿烧成灰烬，府库钱粮搜索一空。

李自成下令将金银财帛、粮米布匹一一堆于殿外，发布告示大赈，令饥者远近就食。远近饥民闻听闯王开仓放粮，携家带口应之者日夜不绝。

且说洛阳城西四里有处周公庙，乃后人念周公营建洛邑之功而建，历代香火不断。有棂星门、戟门、元圣殿、定鼎堂、会忠祠、制礼堂等。李自成将定鼎堂变议事厅，昭告福王朱常洵、兵部尚书吕维祺、河南知府亢孟桧、参政王胤昌害民之罪，处死贪官污吏、豪绅财主四百余人。周公庙外血流成溪，尸积如山。

这日，李自成同众将在周公庙里升厅，安抚军民，慰劳将士。百姓涌进殿内，见李自成尽皆下拜。李自成以下将佐慌忙俯身答拜。

都叙礼毕，城中军士将洛阳城内被擒官员解来。李自成问愿降者，尽行免罪，并叫设宴置酒款待众将，亲自执杯道："众将拼命，百姓拥护，他日事成，定当与诸将共享富贵。"

座下李岩站起身道："恕某直言，大事未成，还不可言富贵。今日众将搏命，非为功名富贵，实为不齿皇亲国戚穷极奢靡，贪官污吏欺压良善。在座不乏抱负之豪杰，朝廷剿杀之心就在身侧，倘举事不当，哪有全躯保命乎？自身性命尚在朝中权奸之掌股，何来富贵可享？为今之计，只有授官镇守洛阳，再行攻打开封、项城,或南下湖广、西进秦陕,他日与朝廷分庭抗礼,方可保全性命!"

这一席话,说得李自成以下文武将佐无不嗟叹。座中刘宗敏、高一功、李过、刘体纯等人,听了李岩这段话更是点头称赞。当下李自成便问降兵降将中可有宅心仁厚之将官。有洛阳兵卒说副将邵时昌素有忠义之心,深得兵士爱戴;有生员张旋吉、梅鼎盛等人,时常劝谏城中官吏豪绅多行善举、赈济灾民,与贪官污吏不睦。李自成闻知,授邵时昌为洛阳守备职,留五千兵马镇守;张旋吉、梅鼎盛皆授官职。

当晚酒散,众将各自歇息。至晚,邵时昌回报,说河南巡抚李仙凤同游击将军高歉所部官军正于怀庆追剿小股流寇,听闻洛阳已被攻陷,正调兵遣将,已令开封守将陈永福率开封兵马来援,兵马已起程,即日便到。

李自成召李岩、牛金星计议。

牛金星建议道:"据在下所知,洛阳城自洪武六年加盖城墙,高四丈,筑四大城门。东为建春门,西为丽景门,南为长夏门,北为安喜门。并建阙楼,周筑月楼。又内筑三十九座角楼,外挖城沟。沟深五丈,宽三丈,引入瀍水。洛阳城池本坚固,易守难攻,只是福王不得人心,未经大战而城破。且陈永福部领兵马不过数千,尚不足虑,因而可叫邵时昌好生在洛阳镇守。攻打洛阳所得金银除开仓济贫外,其余重赏工匠,叫日夜赶工,添置火炮、盔甲、弓刀等军械。以在下之意,开封守备闻听洛阳城陷,防备必严。不如暂且引兵远去,待其懈怠再挥师突袭。且先移师南下,佯攻汝州,看官军如何应对!"

"此计甚妙。"李自成遂依计而行。

那邵时昌领命,当即募民为兵,月给银五两。自万历年来,军中士卒拖欠军饷三五年比比皆是,如今从军按月可领军饷,军中少有。一时间饥民趋之若鹜,义军兵马旌旗列营洛阳城,遮天蔽日。

如此惊天大事,河南哪敢隐瞒,遣使火速报了朝廷。不一二日,京师各处已知贼兵占了洛阳。范复粹只得写表,待早朝申奏天子。又有洛阳府逃难官员到京师说知事实,范首辅听了,已知闯贼凶残,杀了天子皇叔。如此凶信,范首辅恐天子听闻有损龙体,不知如何启奏才好。

次日五更,在奉天殿外,百官各具朝服专等圣上宣召。当日五更三刻,崇祯皇帝升殿,文武两班齐呼万岁。范复粹出班奏道:"今有闯贼李自成,隐忍数年,于河南复成贼势,如今居然聚集凶徒攻占洛阳府,将城内官民杀戮一空。闯贼实乃当朝最为心腹大患,一处军马难以制伏。伏乞圣断。"

崇祯皇帝闻奏大惊,忙问福王安在。

范首辅慌忙俯身跪拜,又道:"若臣如实启奏,还望陛下保重龙体。"

崇祯皇帝闻言惊道:"莫非叔父惨遭闯贼毒害?"

范首辅只得将李自成攻进洛阳,擒杀福王之事说了;却说成福王发散千金招募豪勇对抗流寇,不敌贼人势大,被擒殉国,不敢提及烹杀之事。

崇祯皇帝听闻流寇又杀了自家叔父,不禁大哭一声,蓦然倒地,未知五脏如何,先见四肢不举。众臣惊恐,急唤太医近前诊治。太医不敢怠慢,银针刺穴,汤药灌口。半晌崇祯皇帝方才苏醒,长叹道:"自朕登基,天灾人祸,连年不休。流寇侵凤阳,毁皇陵,烧皇觉寺。祸乱一日未平,朕一日难寝。前番报说献贼离蜀东进,经巫县入湖广,一路攻伐劫掠,杀官害命。今番闯贼又占洛阳杀了皇叔,流寇之祸必是收伏不得了!"

范复粹闻言劝道:"圣上休说此言,恐懈军心。大明尚有杨嗣昌、洪承畴等诸多猛将,定能剿灭流寇。今番福王殉国,此是各人寿数。前番子午谷擒杀高闯贼,玛瑙山大败献贼,当日荥阳城内十三家七十二营贼人多数或降或杀,只剩闯、献二贼。此皆是圣上洪福齐天、将帅之虎威,如何不能剿灭贼人?"

崇祯皇帝又叹道:"虽说众将搏命,流寇头目多数剿灭,只是今日听了这般凶信,不由得朕不伤心!"

范复粹再劝道:"圣上勿伤龙体。且请理会调兵遣将,生擒闯、献二贼,千刀万剐。"

崇祯皇帝听了劝说,方才定神,随即降下罪己诏,曰:

  时事多艰,灾异叠见,痛自刻责,停今岁行刑,诸犯俱减。

之后,崇祯皇帝又追问洛阳城破之责,有河南逃难官员奏道:"河南总兵王绍禹按兵不动,不去救援。副将刘见义、罗泰兵败降了闯贼。河南知府亢孟桧遭擒后磕头求饶,有损国体。"

崇祯皇帝大怒,当即下旨问斩王绍禹。亢孟桧、刘见义、罗泰家人悉数下狱问罪。

　　当日退朝,崇祯皇帝见满案尽是两畿、山东、河南、浙江、湖广报灾乞赈的奏折。他弃了此类奏折不看,只拣辽东战报来看,亦是告急不断。

　　自崇祯十三年末,皇太极调集八旗攻打宁锦防线,大有志在必得之势。蓟辽督师洪承畴集合八镇兵马会集于宁远,朝廷本寄厚望于洪督师能力挽狂澜、扭转战局。岂料他征剿流寇屡战屡胜,逢了东虏却是屡屡大败。麾下总兵官杨国柱、吴三桂、王朴等纷纷兵溃。

　　崇祯皇帝览罢奏折,大叫一声,蓦然倒地。身边太监急急近前看时,只见天子面色似土,口中无言。太监心慌,便急唤太医前来救护。太医又是一番施针灌药,崇祯皇帝才渐渐苏醒。

　　见皇上醒来,众人千好万好磕头问安。崇祯皇帝问道:"朕如何在这里?如何接连昏厥?"

　　太医先自惊得呆了半晌,不住磕头,哪敢多说一言?高起潜、曹化淳、王德化等几个宠信太监都到了,见到天子这般,一味责难太医。那太医只有回道:"圣上日夜操劳,夜不能寐,又加急火攻心,因而昏厥!"

　　崇祯皇帝见太医说得本分,便不再责难,道:"你且退下,不干你事!"

　　待太医退下,崇祯皇帝又说起了辽东战事,高起潜劝道:"圣上且安龙体,先行歇息,待明日早朝,与百官商议!"众人皆劝,崇祯皇帝方才起驾回寝宫。

　　次日早朝,兵部尚书陈新甲出班俯身启奏道:"臣有本奏上,且请圣上保重龙体。"原来自崇祯十二年傅宗龙任兵部尚书后,因为人刚直不屈、过于朴直忠厚,每逢觐见,开头闭口都是讲百姓困穷、财力虚竭,为崇祯皇帝不喜,继而因恶了圣上被下狱查办。崇祯十三年,陈新甲接替傅宗龙出任兵部尚书。

　　崇祯皇帝听见陈新甲这般说辞,心中已知不妙,道:"卿只管奏来!"

　　陈新甲奏道:"贼首张献忠统领数万贼兵急行东进,留贼人罗汝才于当阳抵挡杨督师追击。一夜三四百里,献贼亲领人马攻打襄阳。官军兵马不备,仓促迎战,失了城池,襄王被献贼所杀。"

　　崇祯皇帝听罢忍住未倒,问道:"献贼如何攻破襄阳?速速奏来!杨嗣昌这厮在做甚?"

　　陈新甲奏道:"杨大人探知献贼欲攻襄阳,急急遣使报与襄王。不期献贼是个奸徒,半路截杀使者,盗走令牌文书,差人混入襄阳城内里应外合,陷了襄阳。贼人势大,襄王以身殉国!"

原来杨嗣昌于玛瑙山一战擒了张献忠妻妾敖氏、高氏及军师潘独鳌等人,皆关押于襄阳大牢。杨嗣昌四处张榜,有擒得张献忠者,赏金万两、封万户侯。不期当日在杨嗣昌行辕里竟有无数无头帖子,上书"有能斩杨嗣昌头者,赏银三钱"。杨嗣昌受此大辱,誓要生擒张献忠。岂料又逢麾下总兵官猛如虎大败,刘士杰战死,军中多有人传唱:

前有邵巡抚,常来团转舞;
后有廖参军,不战随我行;
好个杨阁部,离我三尺路。

此番官军多已入川,襄阳空虚。张献忠奔袭襄阳欲救家眷,虽被官军伏路小校探知,岂料半路被张献忠麾下喽啰兵所获。张献忠遣李定国扮杨嗣昌使者,带几名随从携令牌、文书混进襄阳城内。李定国乃武艺高强之悍将,多有官兵识得,却因夜色朦胧,守城官军并未认出。当夜,李定国几个趁乱打开城门,引大队人马杀入,劫了监狱救出潘独鳌等人。又直奔襄王府擒得襄王朱翊铭,笑道:"本欲要杨阁部之头,他却在四川,只好借你头一用!"说罢便一刀杀了。城中各仓廪都被劫掠了个底朝天,粮饷军械分毫不留。

崇祯皇帝正为前番福王被杀下罪己诏,今日又闻襄王被献贼所杀,更加痛心疾首。原来襄王乃万历皇帝堂弟、崇祯叔祖,如何不悲?当即下旨将督师杨嗣昌、襄阳巡抚王承曾速速革职拿办。

天子震怒,群臣惶恐,只得拜伏在地,不敢声言只字片语。崇祯皇帝见状又喝道:"你等都是朝廷命官,或掌握一境地方,或手握重兵,皆食禄于国,朝廷有何亏你处?如今事情来了,你等俱自装聋作哑,是何道理?"

陈新甲惶恐奏道:"圣上容禀,臣下如何敢装聋作哑?实在是闯、献二贼势大,流寇以流为主,因而难剿。加之东房也不消停,强敌在彼,群盗蜂起,一时无策。请圣上详察。"

当下有一人出班奏道:"微臣现有一计,只是要伤损些许性命,不知中得圣上和百官之意否？"

众人视之，乃魏藻德也。当下崇祯皇帝问道："是何计策，卿且奏来。"

魏藻德奏道："当前天下贼寇，有盘踞河南之李自成贼众，有盘踞湖广之张献忠贼众，及关外的东虏。余众罗汝才、马守应、贺一龙等皆不足虑。若要收伏此等贼寇，需先灭绝贼众，便是绝了贼首的手脚，贼不能战，以致不战而灭贼患。微臣在直隶通州时识得通州云虚观里一道人，名唤符嵩，能知天文地理，善会阴阳，识得六甲风云，遍观九流三教，无所不通。此人颇有道行，习得旁门左道多般，虽不能撒豆成兵、点石成金，但有驾虎驭豹、驱虫赶蚁之能。微臣不才，在乡野攻读时已闻河南、山西、直隶、湖广等地有瘟疫伤损军民。瘟疫皆由耗鼠所携疫毒传递而至，鼠传瘟与人，人若染毒，呼吸吐纳便可再传他人。人得瘟病者，浑身高热、四肢无力，且无法痊愈。倘若流寇或东虏盘踞之处盛行瘟毒，贼寇染病，焉能为祸？乞圣上下旨，赐符嵩道人银钱、馆驿，并赏赐虚职予他，令其作法，驱群鼠入河南闯贼占据之城池、湖广献贼占据之地、辽东东虏之居所，叫瘟疫散于贼寇之中，可使贼兵亡于鼠疫。只消二三月之间，贼患可灭，天下可定。"

崇祯皇帝赞道："此等驱耗虫为兵之计，甚妙！"

当有首辅范复粹奏道："圣上可立斩此人，万万不可信此胡言乱语。这瘟疫发散，其势甚猛，人畜难挡，鼠疫瘟毒能伤损贼寇，然彼处百姓亦受荼毒，死于非命！前日圣上领群臣出宫祈天赐福，不期飞来耗虫飞蝗无数，惊了圣驾。这四处来报蝗虫蔽日已然应了，莫非这飞来耗虫，正应这虫鼠瘟疫害民么？"

陈新甲亦奏道："圣上实应立斩魏藻德。现今天下饥民甚多，四处逃荒，百姓流动，一人染鼠疫传十人，十人立传百人，百人再传千人万人。都是大明子民，如何能用此驱瘟毒之下策？此等毒计，端的是要送了大明江山。"

崇祯皇帝听了陈新甲所奏大怒道："你如何胆敢口出狂言？是在骂朕将为亡国之君么？"

陈新甲闻言早惊得大汗淋漓，慌忙跪地请死。

崇祯皇帝当即命吏部出文书，将陈新甲贬官三级，因辽东战事甚紧，继续任尚书职。文武百官深知崇祯喜怒无常，竟无一人再来劝谏。

崇祯皇帝当即委任魏藻德为御使钦差，携圣旨并黄金万两前去通州封符嵩道人为法师，令作法驱赶鼠疫入流寇盘踞之所。若能建功，御赐皇家道观，擢升护国大法师。

这通州符嵩道人正在云虚观中打坐，听得道童来报，说有钦差携圣旨来到，特请大师作法。符嵩道人领本观道士出观接旨，见是故人魏藻德，忙问缘由。魏钦差便将流寇作乱、杀害皇亲、辽东战事一败再败、清兵早晚破关之事一一备细说了，又说了当今皇上令符嵩道人作法驱鼠疫伤损贼寇兵马一事。符嵩听了道："贫道乃修道之人，这尘世间之事，魏钦差切莫烦扰！"

魏藻德劝道："道长此言差矣。朝廷正是用人之际，道长有如此异术，正是名扬天下之时！天子圣旨令道长作法，事成之日，功名利禄唾手可得。"

符嵩想了想道："既然如此，魏钦差还须助贫道一助。"

"道长若有差遣，但请吩咐便是。"

符嵩说道："贫道作法，驱染瘟之群鼠入流寇盘踞之地，这倒不难。只是群鼠迁徙，每见鼠向人跳，人便染毒，人身遂生赤子，或吐血痰，染疾者死且速，医药罔效。若是此处人染瘟毒，别处人知有瘟疫而避之，则瘟毒而止。通州距河南、湖广、辽东皆不下千里，如何能传瘟毒至贼寇之地？钦差大人须严令沿途各州县，但有百姓来报说鼠带瘟毒、人染鼠疫而亡者，即刻以妖言惑众之罪拿办。如此这般，不消一月，则彼处贼兵贼民，皆染瘟毒。"

"下官即刻禀明圣上，着令各处州县照办。"

当即魏藻德开读圣旨已罢，符嵩道人设素宴款待众人。席间，符嵩道人又道："还请钦差大人回禀圣上，此番正是二月寒冷，待盛夏炎热，人着单衣，且群鼠躁乱时作法，事半功倍。"

魏藻德应道："既是如此，下官必当奏明圣上，也不在这二三月时日。"

素宴罢，魏藻德离了通州，连日赴京。到京师时已是深夜，魏藻德连夜入乾清宫。当时崇祯皇帝正在批奏折，听太监报说魏钦差已回，就叫进来参见。君臣之礼行罢，魏藻德便将见过符嵩道人之事备细说了。

崇祯皇帝道："朕一日不见闯、献二贼首级，寝食难安！"

魏藻德劝道："旁门左道，定有玄机妙门，不可急得。"

待魏藻德退下，崇祯皇帝复批阅奏折。有蜀中来报说杨嗣昌因闯贼陷了洛阳、献贼陷了襄阳，数年来以十面张网计所立功劳皆已付诸东流，忧愤成疾，水米不进,已死在军里。崇祯皇帝怜其昔日之功,亲撰悼文,追赠太子太傅。

大明再失能臣,各地告急文书依旧如雪片一般报来。潼关总兵贺人龙被闯贼击溃,另有总兵官猛如虎于南阳兵败殉国,闯贼兵马一路攻占许州、长葛、鄢陵等地,河南大部已属闯贼,有合围开封之势。周王朱恭枵就在开封,崇祯皇帝闻报,心急如焚,命魏藻德催促符嵩道人速速作法。

且说魏藻德再去通州,行了重礼,叫符嵩道人即日设坛作法,驱鼠传毒。这妖道果有妖术,又是见钱眼开之徒,施展妖法、念动邪咒,致群鼠躁乱,万头攒动,如潮水一般涌向四方。

自崇祯六年始,已有鼠疫为祸人间。此番受符嵩道人妖法,染疫之群鼠四窜奔走,瘟毒传与人,人呼吸吐纳便可再传他人,致瘟疫盛起。瘟毒甚猛,一人染毒,近者立染,少则数个时辰,多则三五日,染者遍体血肿,口吐血痰,无药可治,染者得存甚少。至崇祯十四年六月,山西、河南、湖广、直隶、辽东多有一人染毒,全家亡故。全村老少,十死七八,比比皆是。

各处州府官吏一来恐朝廷责罚,隐而不报。二来魏藻德有言在先,官吏对百姓也是一瞒再瞒,终使瘟疫铺天盖地而来。

天下大瘟盛生,民间枉死之怨魂集于天地之间不散。横生亡灵无数,早惊动九重天上缥缈宫有灵上仙。有灵仙师掐指一算,便知端倪,遂大骂奸佞误国、谗臣害民。

仙师座下紫熙童子道:"前番华山地裂,小徒已知世间险恶。不如仙师再遣小徒下界,前去京师施展妙法,把瘟疫害民之实情达知天子,此为上计。"

有灵仙师从宝座上起身道:"旧年华山地裂,乃昏官误国,又引魔星逃出,为祸人间。不想今日这一场大瘟,便是谗臣蒙蔽了圣上。将实情告知圣上,或许有效。只是崇祯皇帝乃真命天子,九五至尊,我等化外之人,如何能近?况且此番入宫面圣,须担苍生干系,童儿法力还需修行,且叫为师亲自去走这一遭。"

紫熙童子道:"吾师此去,强入皇宫,须折耗法力无数。小徒听闻周皇后是贤德之人,若得她于天子前进言,使其出宫,再行面圣,亦是顺事。"

有灵仙师点点头道:"周皇后极是仁慈宽厚,待人接物一团和气,不如施法去她那里打个关节,早晚要见天子,共成此事。"

有灵仙师又嘱丹凤、紫熙二仙童道:"瘟毒盛起,百姓有难,你二人自幼跟随修道,须知一物降一物,天下万物,相生相克,必有克制瘟毒之药。紫熙童儿悟性极高,熟识百草之性,可随本师一同下界,遍寻百草千药,待寻得解毒之方,教民间药师制之,用以治病救人。丹凤童儿先且留守缥缈宫,届时须助紫熙童儿一臂之力!"

丹凤仙童应道:"谨遵师命!"

当下师徒两个各驾祥云下界,眼见民间饥荒瘟疫、白骨成片、处处空村空镇,禁不住垂泪。

紫熙童子略施妙法,擒住一鼠道:"待徒儿取鼠之液试之,找寻所带瘟毒乃何种之毒!"

有灵仙师嘱道:"紫熙童儿功力尚浅,还未脱去肉体凡胎,恐难以抗毒,还须千万谨慎!"

"徒儿自当小心。"紫熙童子说罢,摇身一变,成了一个采药女童模样。她叩别有灵仙师,自挑名山大川遍寻草药去了。

有灵仙师见紫熙童子驾云离去,亦摇身一变,化身得道高人模样,端的是鹤发童颜、仙风道骨。有灵仙师施展神通,眨眼便到京师,径奔紫禁城。有灵仙师信步转到北面神武门,被门军挡住。有灵仙师拂了一下拂尘,道:"贫道乃南直隶苏州府吴县人,与皇后同乡,有要事须见皇后,你且去通报!"

军汉见有灵仙师尊荣,不敢怠慢,问道:"宫内有旨,见皇家之人还需约会时间,待内阁答复方可安排,如何能通报就见?"

"贫道乃皇后乡人,又不是贼人,如何不能通报就见?"有灵仙师又施妙法,变出个宫中黄罗手帕,劈面丢将去道,"你看,这不是宫中之物又是什么?"

那监门官听得门口有人欲见皇后,便道:"既有宫中之物,且皇后正在御花园,通报一声无妨!"

不多时,监门官来传话,说既是故人,且在门外等候,皇后凤驾稍后便至。

有灵仙师道:"既然如此,有劳将军!"

待一炷香罢,有内侍太监喊话:"皇后凤驾到!"

有灵仙师循声望去,见凤驾上周皇后容貌闭月羞花、沉鱼落雁,浑如天上琼姬、绝胜桂宫仙娥,果然是母仪天下之绝世美人,稽首道:"参见皇后。"

周皇后虚扶道:"大师乃化外高人,还请免礼!不知仙师来寻我何为?"

有灵仙师道："事关天下苍生，贫道不便入宫，还望皇后移驾宫外！"

周皇后乃贤德皇后，闻听事关天下苍生，当即下了凤驾，移步神武门外，问道："愿闻吾师法号。"

有灵仙师道："恕贫道不能泄露天机！只是百姓皆唤贫道为有灵仙师。"

周皇后闻言大惊道："幼时多听祖辈谈及有灵仙人，乃是扶危济困、灵验无比之上仙，今日一见，三生有幸！吾乃下界凡人，大师若有差遣，赴汤蹈火，万死不辞！"

有灵仙师便把天下瘟疫盛生、民众十损七八之事一一备细说了。

周皇后闻听大惊，道："竟有此事，我从未听人说起，也未有大臣来报说百姓有死于瘟疫者。明日仙师来别苑面圣，说知实情，也叫官吏领百姓防瘟驱毒。"

有灵仙师喜道："果是贤后，天下苍生还望皇后搭救！"

当夜，周皇后只说天子近日连连操劳、恐生疾病，还需出宫活动筋骨，叫明日早朝后移驾郊外，赏景狩猎，当夜就宿别苑。崇祯皇帝见皇后这般说辞，便一口应下。

次日，有灵仙师依旧道人打扮，一直取路径奔皇家宫外别苑来。到得门前看时，却是曲槛雕栏、绿窗朱户。有灵仙师揭起斑竹帘子，早闻得异香馥郁。待入正厅，见名贤书画，应有尽有。檐下各类奇花异草，怪石苍松，足有四五十盆。

当下有一侍卫出来见了有灵仙师，吃了一惊道："你是何处道人？如何来的此间？"

有灵仙师不愿多言，略施法术定住侍卫，使他叫唤不得。

有灵仙师虽是修道之人，却免不了等得焦躁。眼见傍晚，只听到有人来报，说天子已在别苑外，即刻入来。不多时，传来銮驾车辕声，有灵仙师循声看去，正是周皇后伴着崇祯皇帝下了銮驾，进来别苑里。别苑内侍丫鬟前来接驾，拜舞起居，迎驾入内。屋内已备下诸般果品，美食点心。周皇后服侍崇祯皇帝换上起居服饰，盛满美酒奉上。崇祯皇帝见了大喜。

周皇后见崇祯皇帝难得喜动龙颜，向前俯身奏道："臣妾有个故交，乃修行得道之高人，今日有要事见圣上，未敢擅便，乞吾皇圣断。"

崇祯皇帝笑道："既是故交，便宣将来见，这有何妨？"

周皇后遂请有灵仙师直到房内面见崇祯皇帝。

崇祯皇帝看了有灵仙师正大仙容，料是世外高人，先自大喜道："仙师有何事，可速速奏来！"

有灵仙师道："有实情相告，须上达天听。"

"既是如此，朕愿听闻！"

有灵仙师便将大明天下四处遭瘟疫荼毒，民间百姓多有伤损，有全家皆亡，有村镇人畜殆尽之事尽数说于陛前。崇祯皇帝闻言失惊，便问道："前有新科状元魏藻德进言献计，驱染瘟之鼠入流寇盘踞之所和东虏贼兵居住之地，叫贼兵染病无力，贼势可破。几曾想到瘟疫害了百姓苍生！仙师且说瘟疫缘由？"

有灵仙师回道："归其瘟疫由来，乃崇祯六年起于山西，只因天下大旱，以致鼠疫因旱而生。连年大旱，物种绝灭，群鼠迁徙，每见鼠向人跳，人便染疾，疾者死且速，民间百姓已是十死七八！"

崇祯皇帝闻奏越惊："如此凶信，朕果是失察！方才仙师所言，百姓十死七八，为何有人染瘟毒亦可不死？"

有灵仙师解释道："人体五行，金木水火土，应之心肝脾肺肾。人与人虽相同，却也有差异，有体盛体虚、体健体弱者。人乃万物之灵，皆有天生抗毒驱毒之能，年老体衰者难抵瘟毒，体健者或少有自愈，因而是有十之二三得活！"

崇祯皇帝听了，心中寻思片刻，问道："听仙师所言，瘟毒可有解药否？"

有灵仙师回道："自古瘟疫皆因疫疠之气而生，乃强传之病邪也。贫道已遣小徒遍访名山大川寻克制瘟毒之药，当前尚无良药。为今之计，只有圣上下旨，一令各地村镇或洒药或火烧，捕杀群鼠；二令各州县官吏四处增设窝棚，安置染瘟百姓就医；三令天下医士尽起救护百姓。"

国库早已空虚，河南有闯贼，湖广有献贼，辽东又有东虏，四处烟尘，皆需钱粮，何处再有银两安置百姓就医？崇祯皇帝寻思片刻后道："方才仙师所言人皆有天生抗毒之能，体健者或能自愈。朕虽不通医术，但也知晓优胜劣汰法则。依朕之见，不如令百姓各自强身健体，依自身体质抗毒，能胜瘟毒者乃天意存活，不能胜瘟毒者则是天意灭之，怨不得旁人。少则数月，多则数年，我大明子民尽是百毒不侵，瘟疫就此绝灭，岂不是更好？"

有灵仙师听了崇祯皇帝所言，大怒道："圣上可知疫气盛行，山东、浙省、南北两直染者尤多,京师皇宫亦不可免。此番瘟疫,古今方书所无,患者突生瘰肉,饮食不进,目眩作热,呕吐如西瓜败肉之污物。一人感染,满门皆殁,自愈者少之又少,如何能叫百姓各自依自身体质抗毒?体健者或可痊愈,然体弱者便不是大明子民乎?"

崇祯皇帝闻言反问道:"体弱者不能边疆建功、不能田间耕作,乃江山社稷之赘,亡于瘟毒,亦可节省钱粮,又有何不可?"

有灵仙师见状,气急道:"当下多有州县日出万棺,灭家灭村,比比皆是。贫道多听有人言圣上乃刚愎自用之人,喜谄媚之说,难纳忠言。今日一见,果真如此!天下百姓皆圣上子民,如何能说出这番话来?"

崇祯闻言亦怒道:"何处道人胆敢辱骂朕?左右,将这道人速速拿下!"

左右侍卫闻天子下旨,早拔了刀剑围了有灵仙师。

有灵仙师笑道:"区区兵卒,何足道哉!只是身为君主,大疫当前,不思救护百姓,却叫百姓自身抗毒,实乃取祸之道也!大明江山易主,只怕为期不远!"

崇祯皇帝闻言越怒,喝道:"此人妖言惑众,定是奸人。锦衣卫速速诛杀此人!"话音刚落,一群身着飞鱼服、手持绣春刀的锦衣卫从天而降,杀向有灵仙师。

有灵仙师见状笑道:"都说锦衣卫个个神出鬼没,召之即到。今日一见,果真名不虚传!只是这些肉骨凡胎焉能近本座分毫!"只见有灵仙师轻扬拂尘,锦衣卫手中绣春刀登时各自化成齑粉。

崇祯皇帝见状越怒道:"你究竟是何处妖人?"

此时,周皇后斥退锦衣卫,谏道:"仙师乃有灵上仙是也。臣妾幼时已听闻上仙往来九州,普施救济,救护万民,无有不验。皇上切不可轻渎。"

崇祯皇帝听不进谏言,怒道:"此人辱骂朕,且速速擒来!违者立斩!"

左右忌惮有灵仙师法力,却又不敢违逆圣意,只得围住他。

周皇后见状再劝谏道:"有灵仙师百年来救人无数,不可亵渎仙师。"

"如何是仙师?此是妖人,定须杀之!"崇祯皇帝只是不听。

有灵仙师已知劝谏不成,袍袖一拂,化清风而去,一旁锦衣卫如何赶得上?

有灵仙师出了别苑,心中寻思这皇帝果是难纳忠言,多说无益。为今之计,只有教百姓防控,方可免于瘟疫侵害!忽见东南上一星,其大如斗,异常闪烁,流光四散。有灵仙师喜道："此乃仁星，想必是东南处有名医，或可救护万民，可叫紫熙童儿助他一助！"

有灵仙师正待施法算得仁星所在，岂料又见一股妖气直通星际。有灵仙师大惊，掐指一算，此妖气正应妖道符嵩。当下有灵仙师心中寻思，大明虽气数将尽，然百姓却是无辜。此妖道能驱鼠远赴千里，与移山倒海大法无二。此番先斩了此妖人，方可救百姓。

有灵仙师念动真诀，只见天上一团云来，早有金甲力士拜伏在前。有灵仙师交代道："速去缥缈宫中取本座龙纹宝剑，并三清铃和五雷号令来，不得有误！"

金甲力士受了法旨便驾云离去，一盏茶便回，收拾了众法器交付仙师。有灵仙师又下法旨，遣力士速去找寻紫熙童子，叫她去南直隶寻仁星制药救民。

且说有灵仙师取道往通州而去，不多时便到通州地界。只见这个去处多有官府马队往来运送木料、石材、砖瓦的。有灵仙师见了不解，现今天下战事频发，百姓深受饥荒瘟疫之苦，如何此处大兴土木。他见路旁有处小酒店，便来店里坐下，叫小二盛一壶素酒来，再安排些素馔来吃。

小二回道："店里倒是有陈年素酒，素点心只有榆钱、红枣、木耳，素面却是稀罕物。"

有灵仙师奇怪道："这是为何？"

小二解释道："河南、山东大饥，粮米本不济事，还要运往辽东充为军用，此处亦是粮比金银贵！"

有灵仙师又问道："此处既是粮比金银贵，为何有这许多官家马队往来运送土木，却是要建什么宫殿别苑么？"

小二又解释道："本处云虚观有个符嵩道人，听闻立了大功，叫河南、湖广等处流寇受了瘟毒之害，不能再来劫掠，因而喜动天颜，被封为国师。这些马队都是来给这个符嵩道长重建道观的，奢靡无比！"

有灵仙师听了无言，随后饮了几杯酒，吃了几块枣糕，算还酒钱，便跟随官家马队径寻符嵩道人来。行不多时，果见好一处道观，上书"云虚观"三个鎏金大字。

有灵仙师见了，寻了一个道童大声道："你去说知符嵩妖人，就说妖人荼毒生灵,恶贯已满,上界有灵仙师前来收妖,叫他速速摆开阵势!"

道童闻听这话,惊得屁滚尿流,急急进去通报了。

有分教:

大河上下起瘟灾,雄关内外忙刀兵。

正是通州城上正仙诛邪妖,辽东关外骏马驱瘟鼠。欲知有灵仙师如何铲除妖孽,且听下回分解。

第十六回

有灵仙斗法除妖孽　忠烈臣喊话赚贼将

且说有灵仙师念动真诀,早有神兵天将前来听令。有灵仙师传令兵将分四路团团围了妖人道观,神兵天将都披挂衣甲,摇旗呐喊杀将过来。

符嵩正在观中与前来拜见的官吏说话,有道童来报,说有人称是上界仙人前来寻事。符嵩也不吃惊,他知道驱鼠传瘟之事本被人不齿,有上界仙人前来也是意料之中。正欲收拾法器,又有道人惊慌失措来报,说上仙已领神兵天将将云虚观团团围了。

符嵩急急领众道披挂出迎,果然云虚观外都是兵将,个个身长一丈,姿颜雄伟。云虚观内众人看了,肝胆欲裂,哪里还敢应战?符嵩连忙做起移山倒海大法,唤来妖兵鬼将、驱狼虫虎豹无数前来接战。

妖兵鬼将拥着符嵩出在阵前,立马门旗之下。符嵩厉声喝道:"你是何处修行之人?不好生修道,为何到贫道这里来寻事?"

有灵仙师回道:"你既是修道之人,当以仁心待人,如何为了一己富贵,将黎民百姓身家性命置之不顾?本座手下留情,你还能进六道轮回;如不悔改,今日定叫你神形俱灭!"

"你怎敢如此藐贫道?"符嵩大怒,驱座下妖兽,手举宝剑,直取有灵仙师。有灵仙师举龙纹剑、驱麒麟兽,抢至垓心,来战妖道。

两个在阵前斗了数十回合,有灵仙师拨回麒麟,望本阵便走。符嵩还道是有灵仙师不敌,便纵兽舞剑来赶。有灵仙师略微带住麒麟,取出五雷令牌转身一掷,正中妖道心窝。只听"咯噔"一响,符嵩胸前护心镜碎,吐出一口黑血来。

符嵩见武艺不敌,急去马鞍前取下那面聚兽铜牌,待敲得三下,只见妖兵队里卷起一阵黄风来,吹得天昏地黑,日色无光。符嵩口中念念有词,摇身一变化为身穿金丝藤甲,腰悬宝剑之将,座下妖兽化为白象,领猛兽毒虫从妖兵阵旗中冲出。城内官吏百姓见了,都各自惊呆了。

只见有灵仙师在麒麟兽上早已掣出龙纹剑,剑尖指着妖人阵上,口中念动真言,道:"疾!"天兵阵中有天将摆阵迎战,口吐火焰,抬手放电,诸孽畜不敢进,皆奔回妖兵阵上,反将道观内殿堂冲坏。符嵩恐猛兽毒虫伤损道观,只得弃了聚兽铜牌,打个呼哨,那伙孽畜就在黄风中逃个干净。

天兵阵上,有灵仙师挥动宝剑,兵马一齐冲杀过来。符嵩见状急忙喝道:"仙师果然法术高强,贫道能唤来三百神兵、习得五雷阵法,敢与之一战否?"

"这有何难?你有什么妖兵,尽管唤来!"有灵仙师说罢,收了法术,神兵天将也各自不见。

符嵩见有灵仙师如此了得,整点道观道人,点起三百兵将,背上各带铁葫芦,内藏硫黄焰硝。各人俱执刃,开了大门,妖道一马当先,驱领众道人杀奔而来。

有灵仙师见状笑道:"本座道是什么五雷阵法,不过是放火而已!这一阵就叫妖道有来无回!"

符嵩见有灵仙师这边并无神兵天将,便在马上作起妖法。顿时黑气冲天,狂风大作。那三百道人取出火种,去那葫芦口上燃起烈焰,各自火光罩身,厮喊着杀将过来。狂风一吹,火借风起,四处飘洒,沾染即着,凡水浇灭不得分毫。原来妖道放的乃三昧真火也。

城内火起,霎时间烧坏民房无数。有灵仙师急急念动真言,呼唤火部五位正神。哪五位?乃是尾火虎、室火猪、觜火猴、翼火蛇、接火天君。火部正神闻听妖道为祸人间、荼毒生灵,遂收拾法器驾临通州。五位正神作法,祭出朱雀旗,抛出火神剑,不过一盏茶工夫,城内烟熄火灭,贼道所持火器顿化齑粉。有灵仙师又请来雷部二十四位天君正神。雷部天君正神在天空中作起法来,霎时乌云密布,电闪雷鸣。那三百贼道亟待要走,四下雷劈,贼道不曾走脱一个,都被悉数劈死在阵里。

符嵩见手下被火部、雷部诸神杀个尽绝,心想自己多年来学得法术,不想今日贪图名利,惹怒上界仙人,被仙师把法术破了!只得先逃遁了,留住性命再作计议。

符嵩当即引了几个贴身道童,换了俗人衣裳,放开后门夺路逃去。没逃几步,听得城内尽是呼声:"休叫走了驱瘟害民的妖人!"原来妖道作法,致群鼠骚乱,惹动天怒,焉能瞒住百姓之眼?只是皇帝嘉奖妖道,又有官军镇守,百姓皆敢怒不敢言。如今妖道已被仙人破了妖法,官军都各自逃散了,盛怒之百姓如何不来清算妖道罪孽?

符嵩四下里张望,见城内百姓群情激奋,各自手持锄头、钉耙、镰刀围将过来。几个贴身道童俱被百姓打死了,哪里还有人来救他?符嵩急忙拔出宝剑就欲砍杀百姓,当先拥出一人手指一弹,他手中宝剑顿时折断。众人视之,乃一豆蔻少女,生得脸若银盘、眼似水杏,眉宇间透出一股英雄侠气,正是紫熙童子。

原来紫熙童子遍寻名山大川采集药材,寻得纱布捂口鼻可防染毒、燃艾草可驱毒、银针刺血可解毒之法,已救百姓无数。前日有灵仙师遣金甲力士去寻,告知她东南有仁星,可助一臂之力。紫熙童子又赴东南,在南直隶吴县寻得名医吴有性,已得灵药妙法,足可医治瘟毒。

紫熙童子急来寻有灵仙师复命,不期遇到符嵩逃遁。听百姓说知此人正是作妖法驱瘟鼠害民之妖人,登时大怒,当下拦住去路厉声叫道:"害民妖人哪里去?吾乃有灵仙师座下弟子,妖人受死!"

符嵩口中念念有词,喝一声"起",驾一片黑云,冉冉腾空,直上山顶欲逃。只见紫熙童子手中凭空生出一把宝剑,望空作法,喝一声"疾",将剑往上一指,那符嵩便从黑云中倒撞下来。紫熙童子抢上去一剑把妖道挥做两段。百姓见了,欢声雀跃。

有灵仙师已知徒儿除了妖道,不愿惊扰百姓,叫紫熙童子收了法身,与火、雷二部诸神且先回缥缈宫再行商议救民之计。众神仙各驾祥云,来到缥缈宫内环殿而坐。有灵仙师问道:"妖道虽已除去,只是瘟疫依然盛行,紫熙童儿走名山大川寻药、往东南找寻仁星,可有所获?"

紫熙童子回道:"徒儿已寻得防毒驱毒解毒之法,又去南直隶吴县寻得仁星,乃当世名医吴有性也。此人见治外感伤寒之法治瘟病之效甚微,致病情迁延，多有枉死者，遂潜心钻研。已知此番瘟毒属温，非风非寒、非暑非湿、非六淫之邪外侵，而是由天地间存在疫疠之气染人而致。此病邪不在表里，而在于半表半里，因而药物所不能治。经仁星指点，徒儿将槟榔、厚朴、草果研磨，三味药物相合协力，可使气机疏利、直达巢穴，促使邪气溃散、速离膜原。加芍药以和血，加黄芩以清燥热，用甘草以调和，病疾或可痊愈。"

有灵仙师闻听紫熙童子所禀，大喜道："既是如此，实乃百姓之福也！为师门下尚有习吾玄门法术之弟子四万二千有余，此番皆着白衣当铠，赴瘟疫肆掠之所施医赠药，普救万民。也请火部、雷部诸位正神同往镇邪祛瘟。"

火部五正神、雷部二十四天君皆称愿往。

当下有灵仙师念动真言，门徒得领法旨，各自集结待发。有灵仙师携火、雷二部正神天君，率丹凤、紫熙二仙童并四万二千门徒，或赴河南、或赴湖广、或赴直隶，救护百姓。

火部正神引三昧真火烧各地染瘟群鼠之巢，雷部天君雷劈弥漫空中之瘟毒。有灵仙师教授百姓抗毒之法，又遣金甲力士四处拿办收了魏藻德贿赂、对百姓置之不理之贪官污吏。各地百姓得有灵仙师医活者千千万。越数月，各处瘟疫所害之势稍减。

时至崇祯十四年秋，依旧天旱无雨，百姓只得四处找寻野菜，更有饥民挖洞寻耗虫为食，以致前番稍减瘟疫之势复又大行，已传至直隶全境，广平、顺德、真定等府已十室九空。时太常寺正卿、右佥都御史左懋第督催漕运，上疏言道：

臣自静海抵临清，见人民饥死者三，疫死者三，为盗者四。米石银二十四两，人死取以食。唯圣明垂念。

这日有灵仙师愁眉不展，忽地想起一事，计上心来，便召丹凤、紫熙二仙童来商议道："大疫已卷北方诸省府，江南富饶之地亦不可免。为师想起那日符嵩妖道施法驱鼠，说是驱鼠入河南、湖广流寇盘踞之所，亦驱鼠入辽东之地，令流寇、东虏元气大伤，不战自败！只是为何大明天下鼠疫横生，辽东之地未曾听闻鼠疫之患？"

紫熙童子禀道："数月前小徒遍访名山大川找寻药材，亦上过长白山、龙潭山、朱雀山等地，关外地广人稀，百姓往来多以马匹相伴，家家有马、户户养马。小徒琢磨，是否与耗虫不喜马匹之臊味有关？"

有灵仙师大悟道："紫熙童儿所言极是，定是耗虫不喜马匹之臊臭！除此之外，别无缘由！"

紫熙童子又道："只是辽东战事正酣，也有步兵为战者，一旦触碰染瘟毒之兵卒，则一人传百，百再传千万，到时辽东之地亦不可幸免。满人虽是大明仇敌，然百姓士卒皆天地同生之生灵，我等修道之人休分汉满，理当救护！"

有灵仙师赞道："难得徒儿宅心仁厚，菩萨心肠。我等也当告知满人国主驱疫之法，休叫辽东生灵涂炭。只是前番见了崇祯天子，这几月又是广施法术救治百姓，真气损耗过大，再见满人国主，为师恐有性命之忧！"

丹凤仙童道："既是如此，可将驱疫之法载于书信，往来各地告之！"

有灵仙师点点头道："既然如此，事不宜迟，二位徒儿休辞劳苦，速速启程。丹凤童儿可赴河南、湖广，紫熙童儿可赴辽东，各自教授防范之法，将是大功德一件！"

丹凤、紫熙童子回道："谨遵师命！"

单说紫熙童子领了法旨，欲前往锦州城外教满人驱疫。只是屡屡听闻清兵侵扰大明、杀害百姓，便对满人存了百千个厌恶。紫熙童子找了师姐丹凤童子诉说道："仙师遣我去教授满人驱疫，一不知满人国主皇太极乃何样之人，二不知清国大臣可有似魏藻德之谗臣，如之奈何？"

丹凤童子道："我闻清国之主皇太极自继承汗位以来，爱惜民力，不兴土木，以致田有所产、民有粮吃。虽与关内同受旱灾，却未有饥荒。清兵虽为祸大明边境，但皇太极乃不失仁孝宽惠之人。更兼有个议事大臣唤作范文程的，多有文韬武略，不弱汉之张良、明之刘伯温也。师妹此去，定能解得危难。"

紫熙童子道："我也知那里多有豪杰，只恐皇太极似崇祯一般，不顾百姓死活，叫百姓自生自灭。"

丹凤童子笑道："非也，皇太极、范文程都是聪睿绝伦之人，深知百姓乃兴国之本，使人到彼教授驱疫之法，必然遵训，师妹此行必然建功。倒是李自成虽拥兵数十万，但绝非大公无私之人。张献忠嗜杀成性，只恐我此行徒劳无功！"

紫熙童子道："谋事在人，成事在天，师姐说的是。"

当下紫熙童子写了书信，将各地鼠疫传人之实情载明，又说了瘟毒之鼠惧马匹之味、人不可去有疫之地、不望染病之人、出行当用纱布捂口鼻、勤燃艾草熏毒，放石灰防耗虫等驱疫之法，随后念动真言，取路直奔锦州。

不多时，紫熙童子早到城外松山之地。远远望见，尘土飞扬，杀声震天，原来是清兵与大明锦州守备兵马激战正酣。紫熙童子乃修道之人，知晓交战双方都欲置敌方于死地，无论助谁，都是生灵涂炭，因而只得远远躲开了。

紫熙童子运起法眼，只见此地有帝皇之气。复掐指一算，便知此处乃戚家堡，正是清国之主皇太极中军帐所在。紫熙童子寻思清军营中杀气冲天，况且那皇太极乃黑龙转世！吾师尚须请周皇后助力请出崇祯，方能近皇帝之身，何况我道行不深，这可如何是好？思索片刻，紫熙童子施展法术，唤来鸟雀，将书信衔之带入军营。

清军中军帐里正中坐着的正是皇太极，左右便是郑亲王济尔哈朗、贝勒多铎、议事大臣范文程。原来自大明崇祯十三年、大清崇德五年四月始，皇太极亲率八旗护军、骑兵和汉军，携红衣大炮由远渐近，围逼锦州。蓟辽督师洪承畴率吴三桂、刘肇期、刘周智、祖大寿等部官兵于松山、杏山之处接战清军。清军兵马势在必得，接连克锦州城外各处州县，叫锦州守备兵马得不到分毫外援。

崇祯十四年三月，皇太极命人于城外筑营垒、深挖沟，将锦州围得水泄不通。祖大寿部领军中亦有蒙古人，城既被围，遂起叛心。祖大寿侦知，欲计擒叛军首领，无奈行事不密，反被叛军窥破，以致不战自乱。济尔哈朗闻讯攻城，祖大寿难以抵敌。崇祯皇帝急命洪承畴领王朴、杨国柱、唐通、白广恩、曹变蛟、马科、王廷臣、吴三桂八总兵，率步骑兵马十三万，克期出关，会兵于宁远。八月，皇太极御驾亲征锦州，中军帐设于戚家堡，定下掘壕围困、断敌粮道之法。

当下门外兵卒来报，说有鸟雀衔书信至，天生异象，特来报知。皇太极正与济尔哈朗、多铎、范文程商议军机大事，听得说有鸟雀衔书，大为不解。范文程接过书信一看，只见写道：

中原沃土，瘟疫横生。盖系连年大旱，耗虫迁徙，耗传与耗，复传与人，人再传人。直隶、山西、河南、湖广，十室九空，皆应饥荒瘟疫所致。

昭告天下仁义之君、贤能之臣，务以百姓之性命为尊，当群起驱疫。瘟鼠惧马匹，可将马匹拴于屋外，则瘟鼠不敢近。人或用纱捂口鼻，或用艾熏毒气，可保无虞。然一人染瘟，则须隔离救护，以救他人。染瘟者或用银针刺血，或将槟榔、厚朴、草果研磨，三味药物相合服之，则可痊愈。如此这般，天下幸甚，社稷幸甚。

九重天界有灵上仙

皇太极听后道："朕幼时随父汗出征，多听中原百姓说起有灵仙师有求必应，深受中原百姓爱戴。此番鸟雀传书，定是仙师法旨！瘟疫害人，胜洪水猛兽千倍，如今仙人来告知大事，定是天要兴我大清。"

范文程亦建议道："关内十三万兵马来援，定有染瘟之卒。若短兵交战，瘟毒传我大清勇士，不需多少时日我大清亦将横生瘟疫。再说那洪承畴虽谋略过人，但崇祯有功不赏、有过必罚，将帅唯知保命逃窜，因而攻破锦州，生擒洪承畴、祖大寿之辈指日可待。当务之急，还须按仙师法旨防疫，保住我大清勇士。"

"既是如此，就照书信所言，一一布防，不得有误。"

皇太极当即命兵卒挂起免战牌，但有大明兵马出城突围，只可用火炮、弓弩射退，大清兵将不得擅自与之近战，违者格杀勿论。又在库房里拨付银两，叫军中医官添置纱布、艾草、银针、槟榔、厚朴、草果等物。数日后，物件都齐备了，皇太极命营中各部都按书信所写一一照办，待来日再行攻打锦州。

这日，范文程正在营中点视，忽有兵卒来报，说营外有一人要见大人。

范文程听后喝道："你可知陛下有令在先，当前抵御瘟毒之事为大，但有外来求见者，恐是中原染瘟之人，断不可进军营。"

兵卒去了不多时，又见一个伍长跑来报道："那人似会妖法，军营门口抵挡不住，几十个兵卒都被打倒了，刀枪近身却自行折断！"

范文程听后吓了一惊，慌忙起身道："何处高人？且去看一看。"

范文程寻了纱布裹了口鼻，从后营出来。到营门前看时，只见是个豆蔻女子，手持拂尘，自有一股仙家风骨。远远一圈兵卒围了，只是皆不敢近前，地上尽是些残刀断剑。那女童说道："这范文程还是个重臣，却不识好人！"

范文程见此人如此了得，料到必不是凡人，叫道："高人且息怒，在下便是范文程。高人若是投斋化缘，粮米牛羊肉皆可送上，何故如此？此时大疫盛行，陛下严令中原之人不得来军营，休怪！"

那女童子闻言哈哈大笑道："在下乃修道之人，不为酒食钱米发愁，何须投斋化缘？今日见清国遵训抗疫，军兵百姓纪律甚是严明，令瘟疫止于此地，确乃明君也！今日贫道特地来寻范大人有句话说。叵耐兵卒强拦，不若如此，范大人如何来见？"

范文程见状问道："敢问尊驾何人？"

那女童子回道："贫道乃有灵仙师座下紫熙童子是也！"

范文程大惊道："原来是紫熙仙人。仙人于我关外草民恩比天高，方才兵卒得罪，在下赔罪。"

众人闻听此人便是教以驱疫之仙人，各自慌忙下拜。

紫熙童子叫众人且起，道："众人少礼，贫道有句话对范大人说。"

范文程拱手道："仙人有甚法旨？还望示下。"

紫熙童子道："清军屡屡侵扰大明边境，屠戮百姓。现今大疫盛生，多有百姓伤损。满人亦是天同覆地同载之生灵，因而仙师遣贫道来教众驱疫。范大人本是汉人，应劝说清国之主收敛杀戮，以苍生为重！"

范文程心中寻思，皇太极、多尔衮、多铎皆是虎狼一般的人，我只是小小议事大臣，如何能劝说这些人？抬头看了看紫熙童子，知晓仙童法力厉害，只得磕头拜道："仙人法旨，在下不敢违！"

紫熙童子又道："大明境内瘟疫肆虐，因而驱疫切不可分毫懈怠。若是他日掉以轻心，贫道亦不能救你。所嘱之言，范大人当谨记。大明仍有染病百姓无数，贫道难以在此处久留，即刻当回。"

范文程令兵卒取出金银千两相馈。紫熙童子笑道："修道之人何须如此黄白之物。方才劝谏之言，范大人还当谨记。若是功成，他日姓扬名显，寿至古稀，后世景仰。若是口不应心，贫道少时便知，顷刻间便可取你性命。"

"不敢有违仙人法旨。"范文程惊得大汗淋漓。日后他官至文官之首，置办官制、重用汉人、化解党争、劝谏多尔衮"勿杀无辜，勿掠财物，勿焚庐舍"、施仁政、爱百姓、功勋卓著。

紫熙童子此行救了生灵无数，心中畅悦，当即施展神行法，早早离了锦州，回中原找到有灵仙师,将关外之行一一报了。有灵仙师大喜。见丹凤童子已回,紫熙童子又问道:"师姐此去教授破军星、煞星二人驱疫,想必亦是功德圆满!"

丹凤童子摇摇头道:"师妹此言差矣!我施法化为高人前去相见破军星、煞星,说知瘟疫毒烈、生灵涂炭,又教授驱疫之法。那煞星本性残暴,视百姓性命如同草芥,岂肯理会我的言语,只顾攻城拔地、陷城池、劫仓廪。那破军星虽口称仁义爱民,我看也只是笼络百姓之术。我去说以厉害,破军星因左眼中箭,也只是有口无心听我说话,却将驱疫大事交与宋献策办理,自己不管不顾。"

紫熙童子又问道:"听闻宋献策是个学识渊博、精通术数的人,也是个除暴安良的汉子。愿闻此人如何防治瘟疫。"

"初时宋献策倒还是请郎中研制药物、救护病患,又叫城内百姓闭门不出。岂料破军星又调集兵马,两攻开封,这驱疫之事就此搁下不顾。因而愈者又染,染者复传他人,致此行徒劳无功!"丹凤童子说罢垂泪。

有灵仙师道:"帝王兴败,百姓皆苦。历朝历代,大灾之后必有大疫,童儿不必愧疚。崇祯只顾剿寇,不顾百姓生死,大明国运必不长久。破军星李自成、煞星张献忠二人手下谋士猛将如云,日后定能雄霸一时;可一旦成事,却较贪官污吏、豪绅恶霸尤甚,皆难长久。只有那清国之主皇太极将驱疫列为诸事之上,深得人心。大明将亡,大清将兴也!"

紫熙童子闻言,惊问道:"既是如此,大明尚有国运几何?"

有灵仙师掐指一算道:"为师那日在缥缈宫曾见黑云飘向东北角,有帝星降世,现今帝星明亮烁眼,想必已成气候。大明国运已衰,但尚有忠臣猛将在朝,因而气数未尽。"

两童子闻听仙师所言,各自嗟叹不已。

自此,有灵仙师依旧率丹凤、紫熙二童并四万二千门徒在凡间救治百姓,扶保生灵。只是天灾人祸只靠仙家法力如何拦挡得住?有灵仙师虽垂怜生灵,却救不得全天下之人。初染鼠瘟者乃遍生疙瘩,数日而亡;后瘟毒越烈,染者又生全身溃烂、不能喘气之病症,痛苦万状,染病者无有不亡。紫熙童子所创仙药,初期服者可挡瘟毒,后瘟毒猛烈,亦不能挡。天下处处生灵涂炭,有《明季北略》载:

崇祯癸未，八至十月，京城内外号瘟病。兵科曹良直方与客对坐，举茶打恭，不起而殂。兵部朱希莱拜客急回，入室而殂。宜兴吴彦升授温州通判，一仆先卒，一仆买棺而卒于卖棺处。有一友姓鲍，劝移寓，随行李去，入门而殂。吴速看视，亦即殂。沿街小户，收掩十之五六，街坊间小儿为之绝影。有棺无棺，九门计数，二十余万也。发内帑四千，三千卖棺，一千治药，竟不给。

且把有灵仙师救护百姓之事暂且不表。此时闯王李自成依牛金星之计移师南下，佯攻汝州。河南巡抚李仙凤只顾进驻洛阳，不以开封为忧。李自成见开封空虚，立即掉头急行，直抵开封城下。开封乃周王封地，周王朱恭枵闻听福王被杀，已是寝食不安。忽闻闯贼兵马已兵临城下，大惊失色，拿五十万两库银犒赏守城士兵，且叫兵卒杀敌一名，赏银五十；有能退寇解围者，赏银十万！

早有八百里快马急急报于京师，崇祯皇帝大惊，唯恐开封失陷，急调大军驰援。李自成见突袭不成，只得弃攻开封，改攻南阳。崇祯皇帝见李自成打开封不成，先将李仙凤革职查办，复命丁启睿为五省军务总理。崇祯皇帝端的是眼拙，这丁启睿是个胆小如鼠之辈，听闻李自成有兵数十万众，张献忠却是兵力单薄，龟缩于光山、固始，却命本从襄阳赶赴南阳剿闯贼的左良玉赴麻城剿献贼。

河南各处告急文书如同雪片一般报来，丁启睿充耳不闻，却振振有词道："我方有事于献贼，如何能去彼处？"

这丁启睿身为五省军务总理，却如此推诿，以致李自成在河南所向披靡。罗汝才弃了张献忠来投李自成，李自成声势越大，欲再打开封。

早有告急文书报与京师，崇祯皇帝只得从狱中放出前兵部尚书傅宗龙，命为陕西总督，专心剿办闯贼。傅宗龙亲率川陕兵马二万，会合保定总督杨文岳，总兵官贺人龙、李国奇、虎大威，各自部领本部兵马，不下五六万，浩浩荡荡，东渡黄河杀奔而来。

却说李自成占了静宁，静宁府衙已做了中军帐，当有罗汝才、李三娘、杨忠、洪关索、张一撞、白顺、黑风雷等部将领并刘宗敏、田见秀、刘体纯、高一功、红娘子、李岩、牛金星等一班文武佐官正在商议要二打开封，伏路眼线已探知

大明 1644

官军备细,报知说傅宗龙引兵马不下五六万到来!

众好汉听了,俱各骇然。早有洪关索手抚二尺美髯道:"众位都不要慌,自古兵来将挡、水来土掩。且叫兵马各自饱了酒饭,先叫小股兵马设疑兵之计,大股精锐设于密林,只需如此如此,岂不是好?"

李自成闻言道:"好计!正是如此。"

当日李自成命刘宗敏领一千兵马搦战,许败不许胜;五虎先锋营各领兵马伏于密林,只待官军到来,摇旗为号,一并杀出。当下定了计策,便叫众人各自准备。

刘宗敏骑了枣骝马,拿了鬼头大刀,选了一副上好盔甲,领了一千精锐马军依计而行。

再说傅宗龙领兵渡了黄河,一路东进,距静宁二十里下了寨栅。次日五更造饭,军士各自饱餐一顿,放起一个信炮,就待点起兵马前来攻打。静宁西门处却无有开阔处,只有片片密林。傅宗龙不敢冒进,命总兵官虎大威领本部人马前去打探。官军兵马行不了二三里路,只听得林中锣声震天响,飞出一彪人马。虎大威勒住马,横着开山大斧,睁着怪眼看时,却见对阵簇拥着一将前来,背后一面认旗,上书"闯将刘宗敏"五个大字。原来李自成继高迎祥号称闯王,这闯将名头便与了刘宗敏。

一声炮响,双方列成阵势。刘宗敏在马上朝虎大威喝道:"吾乃闯将刘宗敏,你是何处官军,敢来这里送死?"

虎大威喝道:"我是朝廷总兵官虎大威。刘宗敏的名头倒是有些耳闻,你便是闯贼手下大头目。听闻你与闯贼本是驿卒,食禄于国,朝廷有何亏你处,却去做了贼寇?会事的下马受缚,免得污了刀斧。"

刘宗敏笑道:"额刀下强似你的官军猛将不知杀了多少!"

虎大威闻言大怒,左右两边擂鼓,他抡动开山斧直奔刘宗敏。

"虎总兵,你这原来不识好人,你道额的武艺不如你么?"刘宗敏说罢,便纵马挺刀来战虎大威。

两人交手,战到四五十回合不分胜败。刘宗敏卖了个破绽,拨马往山下小路便走。虎大威要逞功劳,赶将上来把马勒定,左手抬起弓,右手拔箭,拽满弓,扭过身躯,望刘宗敏盔顶上只一箭,正中盔上。也亏得刘宗敏头盔乃好盔,弓箭却未曾射透。刘宗敏吃了一惊,急令众人后撤。虎大威令所部兵马掩杀,义军兵马一哄都往密林中躲藏。

虎大威见贼兵都走散了,喝叫鸣锣擂鼓,取路就攻过来。众军齐声呐喊,争先恐后,杀进密林来。

贺人龙见状,急急喝道:"流寇甚是奸猾,虎总兵且休追赶,恐有埋伏!"

虎大威恐贺人龙夺了功劳,哪里肯听。傅宗龙只得令众军追了过来。

五七万人马穿过密林,转过三两个山头,忽闻数声炮响,只见山头上面滚木、巨石、灰瓶、金汁从险峻处打将下来,向前的不及退后,早人仰马翻了无数。

傅宗龙、杨文岳见大军中伏,带领军马绕下山来,寻路回撤。忽又有几声炮响,只见身后密林处一片战鼓擂响,林丛中蹿出无数军马。傅宗龙令李国奇引人马赶将去时,只见西头有一彪人马拦住去路,为首一将豹头环眼、燕颔虎须,手持丈八蛇矛,正是五虎先锋营之老张飞张一撞。

李国奇上前交锋。两将斗了二十余回合,李国奇渐渐刀法乱了。傅宗龙恐李国奇有失,令大军掩杀。张一撞大笑道:"你等打不过便是混战掩杀,算不得真英雄!"便勒转马头引众人隐于林中去了。

傅宗龙看那林中路时,又没正路,只是几条砍柴的小径,又把乱树折木交叉拦了路口,实是进去不得。正待差兵卒开路,只听得东头又是炮响,战鼓擂罢又有一彪人马杀来,为首一将丹凤眼、卧蚕眉,手持青龙偃月刀,正是五虎先锋营映山红洪关索,他喝道:"你这伙官军中可有贺人龙,出来与洒家一战!"

贺人龙早按捺不住,持泼风刀,策马奔到阵前喝道:"又是你这红面贼!本官还道你已然伏诛,既然这次碰着了,来和我拼个输赢!"

两人各挺兵器战在一处,都下了猛招,顷刻间便斗了五六十回合。洪关索力大无比、大刀沉重,贺人龙渐渐力怯。又听到一声炮响,四周又发起喊来:"休叫走了傅宗龙。"密林中不知又有多少人马杀来。贺人龙心慌,不防洪关索一刀劈将下来,正中左臂,鲜血淋漓,败下阵来。

四下里都有兵马杀出,南边人马浩浩荡荡,为首两将乃白顺、黑风雷;北边人马亦是排山倒海一般,为首两将乃杨忠、李三娘。静宁城内又有兵马杀出,正是刘宗敏、高一功、田建秀、红娘子等人。

傅宗龙方才见李国奇、贺人龙都败了,又见这许多兵马杀来,惊得魂都飞了。逃走又没有路径，只得叫兵卒砍树寻路。有一兵卒禀道："这处林子都没有正路，除非杀出密林，便有一条大路可撤向沈丘。"

傅宗龙听了便道："既有大路，速速赶将过去。"

众兵卒保命要紧，奋力砍树，直奔大路。官军一路急行，身后追兵方才远去。看看天色晚了，又走得人困马乏，官军兵将正欲下寨造饭，不料四周又是火把乱起、鼓声乱鸣。只见乱箭射将下来，又伤了不少军士，傅宗龙只得叫兵马接战。当夜虽有月光，却被阴云笼罩，不甚明朗。众将惶恐，李国奇领兵马率先逃了，贺人龙、虎大威旋即领人往沈丘也逃了。杨文岳见势头不对，撇下傅宗龙不管，也往项城逃了。傅宗龙急令贺人龙、李国奇回头接战，却无人回应。

傅宗龙怒不可当，便叫兵卒点起火把，烧四周树木。只听得山上鼓笛之声吹起，一人喝道："傅总督，别来无恙否？"

傅宗龙纵马来看时，只见山坡上点着十余个火把，照见洪关索、张一撞、杨忠等将正陪着李自成在此处饮酒。

傅宗龙看了，心中没出气处，勒住马在山下大骂。

李自成见状笑道："傅总督，你不必焦躁。且借你的名号，与我去打项城。"

傅宗龙怒喊道："闯贼！你便下来，我如今和你拼个死活，却再作理会。"

李自成笑道："傅总督，你今日劳困了，我这猛将如云，取你性命如同探囊取物一般。你且降了我，保你不死。"

傅宗龙越怒，只得在山下骂。正叫骂之间，又听得部下军马发起喊来。傅宗龙急回来看时，只见无数人马围将过来，把弓弩在黑影里乱射。此时已是深夜，如何躲得弓箭，官军被射死无数。傅宗龙此时怒得脑门都粉碎了，却见一条小路在侧边，便把马头一拨，抢上小路来。行不到三五十步，只听见一声喝道："傅总督，你待哪里去？"

话音刚落，只见一飞钩搭将过来，钩入皮肉一二寸，把傅宗龙搭将住，扯下马来。使飞钩之人，正是黑风雷。

傅宗龙被擒，黑风雷叫兵卒拿条绳索将他绑了。原来这计策都是李自成和众将所定，先使刘宗敏引兵诱敌，然后在东西南北埋伏各路人马，又在逃往项城路上埋伏了许多人马，专等傅宗龙，待擒得傅宗龙便再打项城。若占了项城，再打开封。

当下一行小喽啰将傅宗龙押解去见李自成,此时已是天明。小喽啰缚绑傅宗龙解在厅前,李自成见了,连忙跳离交椅,亲手解了绳索,纳头便拜。傅宗龙慌忙答礼道:"我是被擒之人,是杀是剐,悉听尊便,何故却来拜我?"

李自成道:"将军乃忠义之人,我等俱是些断了活路的饥民百姓,还乞将军赎罪!"

傅宗龙认得李自成,便道:"傅某食君之禄,未能替君分忧,今番被擒,只求速死!"

李岩听了,在一旁劝道:"总督差矣!你既是引的兵马都没了,崇祯刚愎自用,如何能饶你去?定叫锦衣卫追你罪责。不如一同起事,不强似受气?"

傅宗龙听罢,便道:"傅某生是大明人,死为大明鬼。朝廷叫我做总督,又不曾亏了我,我如何肯做强寇背叛朝廷?你们众位要杀时,便早早杀之。"

杨忠也赶过来拖住道:"总督息怒,听小将一言。小将也是将门之子,无可奈何,被逼如此。总督既是不肯起事,只是还请总督相助一事。"

不由分说,白顺、黑风雷两人领喽啰兵数十人各自换了官军服饰,将傅宗龙头盔衣甲都与他披挂了,牵过那匹马来,围在中间,簇拥着直到项城门楼下。李自成领大队人马就在不远处跟随,只待赚开城门,便来打城。

只见城边吊桥高高拽起,城楼上都摆列着旌旗、檑木、炮石。黑风雷跑到城楼下,勒着马大叫道:"我们是傅宗龙家兵,请开门接纳傅总督入城。"

城上早有人看见是傅总督,便欲放下吊桥。

傅宗龙见状喊道:"我是傅宗龙,只是不幸落入闯贼手上。城上且快开炮,不要中了流寇奸计。"

只见项城守备官立在城上女墙边大喝道:"果真是傅总督,下官如何敢拒之门外?就是有流寇兵马来哄赚城门,下官如何能不开城门?"

傅宗龙听了大叫道:"城楼上兵马听着。傅宗龙因折了人马,被闯贼捉了,这伙贼将正是闯贼手下,就是要来打城子!"

黑风雷见了大怒道:"你这厮倘若再不住口,便将你碎尸万段!"

傅宗龙亦怒道:"吾乃朝廷命官,要杀便杀,岂能为闯贼赚开城门!"

黑风雷拔出钢刀砍断傅宗龙肋骨、削去鼻子,又用飞钩挑了双眼。城楼上守备官见状,急令开炮。黑风雷躲避不及,被炸得粉身碎骨。

待白虎领兵退去,项城内有个唤卢三的,曾是傅宗龙府上亲兵。他不顾一切杀出城门,寻得傅宗龙尸骸,葬于城中。

此战李自成大败傅宗龙,势头更盛。南阳、禹州、陈留等十余城皆被攻下,数十万人马二围开封。这开封城墙非洛阳可比,若想攻入开封绝非易事。罗汝才命军士于城脚下挖洞穴,填入火药,欲炸开城墙。岂料开封城墙非同一般,火药居然撼不动分毫。李自成与罗汝才商议,开封城久难攻下,朝廷又遣左良玉屯郾城,不日便来攻打,遂撤离开封改攻郾城。

傅宗龙于项城不屈殉国,早有加急快马报与京师。崇祯皇帝复命陕西巡抚汪乔年为三边总督,加兵部侍郎衔,火速点起兵马,与左良玉共剿闯贼。

这汪乔年也是个直人,眼见朝中精锐不敌流寇,也知此番定然凶多吉少,只是君命难违,只得率贺人龙、郑嘉栋、牛成虎、张国钦、张应贵并三万兵马开赴河南。汪乔年与贺人龙、郑嘉栋商议道:"郾城危在旦夕,贼兵势大,恐难以与之争锋。不如赴米脂掘了闯贼祖坟,激怒闯贼离开郾城,郾城之围不战而解,此乃'反客为主'之计。郾城之围一解,本官击其前,令左良玉部击其背,必可大胜。"

果然,汪乔年命人赴米脂掘了李自成祖坟,并将骨殖报与朝廷邀功。李自成闻报,几度痛哭昏厥,遂深恨汪乔年,亲领兵马寻他决死报仇。

崇祯十五年二月,李自成兵马抵襄城,于城东下寨。总兵官张国钦奉将令设伏拦截,李自成令张一撞接战。张国钦引军交锋,被张一撞一矛刺死。汪乔年闻报,令贺人龙、郑嘉栋、牛成虎分三路在城东十里抵御。两军对战,义军阵上十个大将一字儿排开,当中乃李自成、罗汝才,左边四个乃洪关索、张一撞、杨忠、白顺,右边四个乃刘宗敏、高一功、田见秀、李过。

李过一马当先,手持大刀,跃马出阵厉声高喝:"那姓汪的贼人快快出来!此番不将你碎尸万段,额便不是一只虎李过。"

汪乔年把马一纵,引着贺人龙、郑嘉栋、牛成虎三个总兵官都出到门旗下勒住马,指着李过骂道:"你这伙不知死活的流寇,怎敢来这里送死?"

李过喝道:"你掘人祖坟,胜过害民的强盗百倍!额早晚杀到京师,把你这厮同皇帝老儿一并碎尸万段,方是愿足!"

汪乔年大怒,回头问道:"谁愿出马先拿住此贼?"

喊了三声,手下军官竟无一人动。不知谁喊了一句:"挖了李家祖坟,惹恼了人家,贼人有数十万贼兵,这点人马如何抵得住?被捉了定无全尸!"此言一出,官军阵上各自交头接耳。说来也巧,不知怎的突响起一声炸雷,兵卒还以为义军兵马有红衣大炮,各自惊恐,早乱了阵脚,都争先恐后地逃了。汪乔年喝令不住,官军大败。

汪乔年施反客为主之计,虽解了郾城之围,却折了总兵官张国钦。又岂料左良玉并未来救襄城,却只顾往东跑了,当日襄城无一个救兵到。

却说襄城内,刘宗敏、高一功、田见秀、李过几个一齐发作,四处追杀官军。汪乔年急要逃走,却寻路不见。他见大势已去,欲拔刀自刎,却不妨被李过拦腰抱住,夺了兵刃,复一棍打翻,寻了条绳索绑了,押进中军帐去见李自成。李自成当即令将汪乔年凌迟碎剐。

待诛杀了汪乔年,李自成便趁胜又克睢州、归德、柘县。义军兵马纪律严明,入城只劫掠官家豪绅财物,百姓家却未动一砖一瓦;又将劫得粮米分散百姓,甚得民心。放眼河南全境,开封四周悉数已被李自成所占,已成孤城。

崇祯十五年五月,李自成欲三打开封,中军帐设于开封城外阎李寨。这日,李自成在中军帐坐堂,李岩献计道:"闯王一路攻城拔寨,势同破竹,四方豪杰,各州百姓,无有不愿投闯王者。依属下所见,此番三打开封,当少生杀戮,多行仁义之实。闯王当用'奉天倡义营文武大将军'名号撰写文告劝降,开封百姓愿投闯王者,拨付银钱粮米。城内官员,照旧录用。"

李自成听了,点头准之,当即李岩作书一封,曰:

奉天倡义营文武大将军示:仰在城文武官吏军民人等知悉。照得丁启睿、左良玉俱被本营杀败,奔走四散。黄河以北援兵俱绝。尔等游鱼釜中,岂能长活?可即开门投降,一概赦罪纪功,文武官员照旧录用,断不再杀一人以干天和。倘罪重孽深,仍旧延抗,本营虽好生恶杀,将置尔等于河鱼腹中矣。慎勿沉迷,自贻后悔。

有分教:

忠臣难扶将倾大厦，巧匠难筑蚁穴堤坝。

直教同甘共苦者得民心，贪图享乐者失性命。欲知闯王如何三打开封，且听下回分解。

第十七回

弃开封高名衡逃命　占武昌张献忠称王

这边李自成再围开封,辽东依旧告急文书频传。崇祯十五年一月,洪承畴遣六千人出城夜袭,被清军所败。松山被困半年之久,城中粮食殆尽,松山副将夏承德以儿子夏舒为质约降。三月,松山城破。督师洪承畴、巡抚邱民仰被清军所获,总兵曹变蛟力战殉国。祖大寿见大势已去,率众出降。松山、杏山悉数落入清军囊中,大明宁锦防线已失。

这洪承畴倒有些骨气,绝食数日,拒不肯降。皇太极派人屡屡劝降,皆被大骂而回。皇太极又命吏部尚书范文程来劝,不期洪承畴依旧大肆咆哮,而范文程百般忍耐,不提招降之事,只与他谈古论今,并察言观色。谈话之间,梁上落下灰土掉在洪承畴衣服上,洪承畴屡拂拭之。范文程不动声色告辞出来,回奏道:"洪承畴对敝袍犹爱惜若此,况其身耶?"

皇太极遂依范文程所奏,依旧对洪承畴恩遇礼厚。

五月,皇太极亲临劝降,洪承畴立而不跪。皇太极嘘寒问暖,见洪承畴衣服单薄,当即脱下御用貂裘披他身上。洪承畴自知不降难逃一死,长叹一声,俯首降清。

范文程深知洪承畴乃大明第一能征善战之帅才,此番降了大清,恐崇祯诛杀其族人,故提请皇太极封锁洪承畴一应消息,只说洪督师已杀身殉国。皇太极准之。

范文程遣一心腹将官授以密计,叫混入塔山城中散布洪承畴因劝降未果,已被斩首。有兵将着了明官军服饰,骑了快马星夜奔赴塔山。

塔山守将乃明兵部郎中马绍愉,受陈新甲之命着二品朝服携参将李御兰使清言和。当日马绍愉正在中军帐议事,门外兵卒报说有从清军驻地逃回之松山兵卒求见,马绍愉令入内相见。

兵卒望见马绍愉,便磕头不已道:"小的是松山副将夏承德亲兵,有机密事,乞马大人屏退左右,待小的备细上陈。"

马绍愉回道:"本官这里并无外人,但说无妨。"

于是那兵卒说道:"那日松山城破,蓟辽督师洪大人力竭被俘,坚贞不屈。前日皇太极令将督师斩首号令,洪督师至死不降,骂不绝口,直至命尽。小的听说此信,趁看守不备,夺了马匹,挣扎性命至此,来报知大人。"

马绍愉听了大惊,便问道:"洪大人福星高照,定能逢凶化吉。你是亲眼所见么?倘若妖言惑众,定斩不饶!"

"此事在满人地界,妇孺皆知。"兵卒又把洪承畴数月来如何不屈之事备细述了一遍,添油加醋说了被处死之事。马绍愉听罢不得不信,悲恸失声。

马绍愉不敢隐瞒,当即拟了文告差人赶赴京师。崇祯皇帝闻听洪承畴已死,想起其昔日平定流寇、诛杀巨盗贼首之功,想大明失此帅才,便痛哭伤感。文武百官亦不胜哀泣。

崇祯皇帝亲笔写下祭文,为其招魂七日,天下文士来京师凭吊者络绎不绝。洪承畴福建英都老宅田产、幼时家私什物整置得齐备,亦如旧时,州县官僚探望不绝。御赐田宅、黄金、下人无数,不在话下。

再说清兵旋即便来攻打塔山,马绍愉亲临阵前劝说大清退兵,以待崇祯降旨言和。此举如童稚一般,八旗皆乃虎狼,劝之止兵,却如与虎谋皮无二。塔山苦撑数日,不敌清兵利炮快马,亲兵卫队护马绍愉出城,城中兵民尽皆自焚,无一人降清。

早有塔山败逃官吏星夜赶赴京师告急。陈新甲夜深未寐,有门子报塔山告急申文到了。陈新甲览罢申文,正欲连夜奏知崇祯皇帝,忽又来报东虏入城,塔山军民尽皆自焚而死。陈新甲大惊,半晌无语。不多时,恰好兵部郎中马绍愉已到。陈新甲、马绍愉二人通报高起潜,三人入内拜见天子。

马绍愉见到崇祯皇帝放声大哭,禀道:"满人不守约定,贼兵势大,被他打破了塔山,城中军民悉数自焚,臣逃得性命至此。求和不成,又失地丧师,臣该万死!"

崇祯皇帝闻奏大惊,问陈新甲、高起潜二人道:"东虏侵夺边界,占了我许多城池,杀死众多兵将。闯贼围了开封,献贼又在何处为祸?"

陈新甲奏道:"臣接得庐州知府郑履祥申文,说献贼探知庐州乡试,遣人伪装儒生入城纵火,里应外合,庐州已破。"

崇祯皇帝闻奏,掷奏折于地喝问道:"闯、献二贼势大,处处攻城拔寨。你等身为臣下,如何处置?"

陈新甲奏道:"吾皇勿忧!辽东尚有山海关兵马阻挡。这闯、献二贼势大,属当务之急。流寇猖獗,绝非我大明兵将不勇之故。遍观官军将领,只有左良玉与贺人龙为最强。只是此二人皆骄横跋扈之辈,屡屡不服调遣。前番贺人龙征剿不肯出力,以致傅宗龙、汪乔年二公身死。左良玉更是不听杨督师调遣,以致献贼于玛瑙山逃脱。依微臣所见,贺人龙当诛,可杀一儆百。左良玉部众多是招揽流寇所得,恐杀之哗变。臣保举一人,此人对左良玉有知遇之恩。左良玉初入行伍时,因偷掠军资被削去军职,屈身走卒。此人见左良玉仪表不俗,收录为用,后一路飙升为将帅。左良玉感恩,必会听命此人。若是命此人总督保定、山东、河北军务,率晋兵进援开封,从而调动左良玉兵马向开封靠拢,定能解开封之危。"

崇祯皇帝惊问道:"爱卿所荐莫非是前户部尚书侯恂乎?"

"圣上明鉴,正是侯大人。"

崇祯皇帝又问道:"即是如此,准卿所奏!不过诛杀贺人龙之事且差何人办理?"

陈新甲回奏道:"依微臣所见,三边总督孙传庭可担此任。"

这孙传庭如何又成陕西三边总督?

原来崇祯皇帝命洪承畴、孙传庭赴辽东抵挡东虏时,封孙传庭为兵部左侍郎。崇祯十二年正月,又命孙传庭为保定总督,总督保定、山东、河南军务。孙传庭知卢象升殉国乃高起潜、杨嗣昌不发救兵所致,因此不喜高起潜,高起潜亦不喜孙传庭。时兵部尚书杨嗣昌深知孙传庭之才,恐其夺己兵部尚书职,遂屡屡使绊。崇祯十二年三月,孙传庭染风寒以致耳聋,上疏请辞保定总督,并荐兵部右侍郎杨文岳代之。崇祯皇帝见奏不悦,杨嗣昌、高起潜趁机进谗言,坚称孙传庭称病是欺君。崇祯皇帝闻言将孙传庭革职,派锦衣卫将之逮捕入狱,时崇祯十二年七月事也。

孙传庭虽有勇有谋,只是身陷囹圄三年之久,不知当今流寇之势非三年前可比。当时,崇祯皇帝于文华殿召见孙传庭,他拜伏于地奏道:"臣再受皇恩,愿部领军马,竭尽所能,务要擒获闯献等众,恢复大明治下城池。"

崇祯皇帝问道:"多少兵马可以破敌?"

孙传庭回道:"臣领兵马五千,足矣!"

崇祯皇帝闻言大喜,当即赏明珠珍宝、赐御宴,许诺功成之日,再有重赏。岂料孙传庭领兵接战流寇,方知流寇之势绝非昔日劫掠州府之乌合之众。李自成、张献忠、罗汝才、马守应、贺一龙、贺锦、刘希尧、蔺养成等巨盗早已养成贼势,非大股官军不可图。

孙传庭只得乞见圣上,再要二万兵马、军饷百万。崇祯皇帝听闻大怒,训斥孙传庭出尔反尔、前后不一,严令不得逗留,立即出关剿灭贼寇,否则军法严办。

且不说孙传庭如何领兵出关征讨流寇,此番又接密令除贺人龙之事。只说侯恂即刻统领山西兵马檄调左良玉,意欲合兵救援开封。左良玉却依旧不听号令,只是拔营缓缓西行。

早有探子报与李自成,李自成大喜,亲领大队人马追击。浩浩荡荡,百十里地尽是义军兵马。

有亲兵来报左良玉,说闯贼大队兵马打将过来!

左良玉闻言心慌,远远望见流寇阵上有一将骑白马、金铠红袍,正是李自成。左右两员大将是刘宗敏、李过。背后四将各领一彪人马,正是洪关索、张一撞、杨忠、白顺。

只听战鼓齐鸣,喊声大举,义军兵马一齐杀将过来。官军抵挡不住,顿时大乱,前队下马渡沟跌倒在地,后队踩踏而过,乱作一团,顷刻之间全军覆没。

左良玉脱了衣服,带了几个亲兵一路狂奔逃往襄阳。这场仗,义军杀死官军二三千人,缴获军械骡马无数,打得左良玉失魂落魄,从此不敢再与李自成对阵。

义军兵马一路追杀,李自成传令休叫残害沿路百姓,且收拾官军营帐钱粮即可。众军得令,把擒得左良玉豢养随从家人尽皆斩首,将官军给养分与众人。

李自成占了河南大部,此番又大败左良玉,当前又见罗汝才、革左五营都愿听从号令,又多有昔日荥阳大会七十二营首领来投,麾下添了许多人马,如何不喜。他便命李过督办打造诸般军器并铠甲等,高一功督办旌旗袍服,数十万人马将开封府围了个水泄不通。

这日在开封府外中军帐内,李自成屏退左右,请出有灵仙师所赐兵书,尊仙师法旨,邀李岩一同研习,寻破开封之法。李岩禀道:"如今喜得这许多首领率部众来投,天下义军始推闯王为尊,此乃闯王仁德所致。几日来数十万大军铁桶一般围了开封,周王朱恭枵、巡抚高名衡昼夜忧惊,只恐军马打城。依在下之见,当遣两个精细的人入开封城内刺探消息,再作打算。"

李自成问道:"当派遣何人入城刺探?"

李岩建议道:"现今开封被围了多日,城内定然大饥,官府恐饥民吃大户,只准午未时分出城采摘野食。派男子前往,恐遭人疑,只有遣女子入城方好。拙荆红娘子本是飞檐走壁的人,可入城刺探!"

李自成听了赞道:"此计大妙!便请李公子发落,且叫高夫人随红娘子一同入城!"

李岩闻言劝道:"为头最要紧的刺探消息便安全返回,高夫人掌管钱粮,岂能轻动!"

只见阶下走过一人道:"末将愿往。"

众人看时,却是李三娘。

李三娘又道:"末将幼时穿梭大川峡谷,视群山为平地。待末将与红娘子一同入城刺探消息,闯王自调遣人马入来。"

李岩听了点点头道:"早听闻李三娘武艺高强,一手飞爪杀敌将无数,丝毫不逊男儿。但请三娘走这一遭,探得消息便回,便是大功一件。"

红娘子、李三娘出营,扮作逃荒穷人趁午时入城。守城官军平日里瞧见饥民无数,顾不上盘查,两人不费吹灰之力便入了城。好一座古都开封,有北宋邵雍所作宋词《观两汉吟》赞曰:

秦破河山旧战场，岂期民复见耕桑。

九千来里开封城，四百余年号帝王。

剥丧既而遭莽卓，经营殊不念高光。

当时文物如斯盛，城复何由更有隍。

只是开封此时已风光不见，城内百姓已饥渴多日。且说红娘子、李三娘二人入城，只见城内满目疮痍，李三娘见了叹道："李公子所言非虚，开封城内已断粮多日。"

红娘子亦道："自古贪官污吏皆是贪得无厌之徒，想必定是巡抚高名衡这厮下令官军搜粮，将百姓宅内粮米搜刮殆尽，以供军饷。"

李三娘问道："既是如此，我等该如何是好？"

红娘子道："听闻推官黄澍、巡按御史史严云都在府内。那个黄澍是个心狠手辣的人，不如今晚去开封府衙看个究竟！"

李三娘点头道："娘子此言，正合吾意！"

两人寻了个僻静处，吃了些野果干粮，只待天晚动手。

当夜并无月光，两人换了夜行衣，施展飞檐走壁的手段，翻身入开封府衙。开封府房舍众多，两人尽挑大宅寻找，也费了些周折方寻见一处。只见灯火通明，灯影下有三人说话。红娘子眼尖，认出其中一人虽脱了官服，但脚上官靴未褪，看靴底厚薄，想必正是巡抚高名衡。身边二人，定是推官黄澍、巡按御史史严云。

听得巡抚高名衡说道："流寇于开封城外下寨，来援救兵马不敌闯贼，已然败逃。现今城内粮米已空，还须出奇谋制敌，不然定饿毙于此。"

推官黄澍道："前日下官引数骑上高阜处望之，见开封城外黑压压都是流寇，数十里地之内都屯着军马。此时黄河水势甚急，下官思得一计，定叫流寇如同鱼虾一般！"

高名衡、史严云如何肯信，忙问计从何来。

黄澍不答，反问道："敢问巡抚大人，城北黄河大堤，唤作何处？"

高名衡回道："本官任巡抚数年，对黄河水患甚是知晓。城北黄河大堤处唤作朱家寨。"

黄澍接话道:"时值七月酷暑、骤雨多日,巡抚大人可令人预备船筏,收拾水具,往高处迁移。"

高名衡不明所以道:"城外被流寇围了,何用水具?"

黄澍笑道:"闯贼兵马都在平原之处,方今大雨连绵,黄河之水已然泛涨。不如请高大人差人掘开黄河大堤,放水一淹,叫城外流寇兵马都成鱼鳖。即日秘遣军兵引黄河之水灌城,河决则贼可尽。只是切勿叫百姓知晓,以免慌张,徒生祸端!"

高名衡闻计大喜,当即重赏了黄推官,就差将吏写了文书,着黄推官调遣军兵速去朱家寨掘堤。

红娘子、李三娘二人听了这话,惊得香汗淋漓,哪敢有半分停顿?李三娘欲杀高名衡,红娘子劝道:"府衙内定有兵将,恐中埋伏,失了性命事小,误了军机事大。"

两人忙施展手段,离了府衙,径奔出城。

回到营中,红娘子来见相公李岩,报知此事。李岩心中亦慌乱,连夜入闯王营帐说知开封府欲掘黄河大堤引水淹城外兵马之事。

李自成听了道:"都说水火无情,此事非同小可。可叫兵马移到高阜处,叫善射兵士射箭书,将官府欲掘黄河大堤之事告知百姓。"

却说黄澍亲领人马集于朱家寨掘堤。而黄河堤防乃大明太祖时所建,甚是坚固,非一日可破。加之连日大雨不止,便有百姓来问何故。

黄澍回道:"流寇大军屯于城外,地势甚低。即今秋雨连绵,城内粮米已绝,开封危矣,宜早掘黄河引水淹流寇。"

又有百姓问道:"倘若如此,城内百姓亦为鱼鳖!"

黄澍喝道:"流寇屯军在低处,开封城在高处,只掘开小口即可,大水只淹贼人,淹不到城内!"

百姓也有拾得闯王箭书的,听了黄澍所言如何肯信,定要问出缘由。

黄澍见状怒道:"匹夫惑吾军心!再有多言者斩之!"

这日深夜,风雨大作。百姓肚饥无力,都早早歇于宅中。只听得万马争奔,惊天动地。百姓各自大惊,急出屋去看时,四面八方,泛泛黄水自开封北门入、南门出,一瞬间平地水深丈余,生灵随波逐浪,淹死者不计其数。

周王朱恭枵、巡抚高名衡、推官黄澍、巡按御史史严云并城内各总兵、守备、参将官及其家眷、亲兵、侍卫,另有城中豪绅、财主,共一万余人都早早知晓,或早登小山避水,或早备船筏,得免此祸。

至次日天明,李自成并众将皆摇旗鼓噪,乘大船而来,见开封城内已是一片泽国,周王等人早已乘船顺水而逃。开封城内未逃走之兵将百姓,有会水或攀附高处者,尽数愿投闯王。

高名衡掘黄河大堤引水淹开封,虽致义军兵马暂退,保全周王性命,却使百姓流离、生灵涂炭。也有近处州县地方官吏将水淹开封之事拟了申告公文,快马奔赴京师,告知内阁首辅周延儒。

这日周延儒正退朝在府,门子报说有开封府地方官吏欲见首辅。周延儒心惊,已感不妙,令叫官吏入内相见。官吏来到堂上,再拜起居。

周延儒问道:"还请免礼。你既是地方官吏,所为何事而来?"

官吏见了周延儒,一顿哭诉,便将水淹开封之事备细禀了。

周延儒听了大惊道:"你所言倘若属实,便是荼毒生灵的惊天大事。本官当立即面圣告知,你且请回。"

随后,周延儒着了官服,备轿入宫。黄衫儿报说圣上在文华殿召见周王朱恭枵、高名衡、黄澍三人议事,叫唤入内。

黄推官说闯贼引领贼兵数十万围了开封,巡抚高名衡出奇计,于朱家寨大败流寇,致闯贼恼羞成怒,掘开黄河,本欲水淹开封,却淹死流寇兵马无数,因而退兵。周延儒立于一侧,闻听黄推官胡乱言语,越班将地方官吏申报奏与崇祯皇帝:"数十万流寇围城,高巡抚、黄推官要是有奇计早就退敌了,如何等到现在?几曾见过黄推官出城与流寇交战?两人定是妄言,必是推脱开封府淹死百姓无数之大过。"

崇祯皇帝闻奏大怒,喝问高名衡、黄澍二人道:"倘若如此,你二人便是败国奸臣,坏朕天下!"

两人俯伏在地,叩头谢罪。

周王朱恭枵见状,向前奏道:"高名衡、黄澍敢出奇计,确有此事!闯贼掘黄河大堤是实,退去数十万流寇兵马亦属实,高巡抚与黄推官确有大功。"

一番言语,崇祯皇帝终被三人曲为掩饰,蒙蔽了圣聪。崇祯皇帝当即传旨,命库房支出白银十万两,赏赐周王三万两,其余七万两用来赈济灾民,委黄澍奉旨办差。岂料黄推官贪婪成性,竟将其中二万七千两收入囊中。

当下周王等三人告退,崇祯皇帝叫周延儒一旁等候,叫传兵部尚书陈新甲入文华殿。拜舞已毕,崇祯皇帝问道:"朕意欲诛杀贺人龙,秘嘱孙传庭所办差事如何?"

陈新甲奏道:"吾皇日理万机,区区贺人龙,微臣恐烦扰圣上龙体,因而不敢事事妄奏。孙总督不辱使命,早已取了贺人龙首级。"

"卿可细细奏来。"

"数月前,孙总督召郑嘉栋、牛成虎、贺人龙诸将至西安议事。贺人龙不知是计,欣然赴约。孙总督于席间掷盏为号,命刀斧手拿下贺人龙,数其罪恶,当即斩了贺人龙。"

崇祯皇帝闻奏大喜道:"不听号令者,必当重责。如此喜讯,卿如何不奏?"

陈新甲奏道:"贺人龙屡立战功,本是不可多得之将才,当今又正是朝廷用人之际,朝廷又损一战将,终究不是幸事。"

崇祯皇帝闻言不悦,复问周延儒道:"卿当以何计剿灭闯贼?"

周延儒奏道:"京营官兵战力不及秦兵,而原有秦陕兵马多在项城、襄城,松锦大战中折损大半。唯有命孙传庭招募新兵加以训练,待武艺精熟,再出潼关进剿闯贼。"

"若等到兵卒练熟,闯贼又不知占了多少城池。"崇祯皇帝遂不听周延儒所奏,当即遣太监苏京为监军,赴陕西催促孙传庭率兵马出潼关,进剿闯王。

崇祯十五年九月,孙传庭奉旨出师。左勷率左军,郑嘉栋率右军,牛成虎率前军,白广恩率后军,中军乃高杰统领。孙传庭统领兵马逾太行、渡汜水,又密遣别将出武关,自南阳趋宝丰,夹击李自成。早有探马报知李自成,李自成统领兵马与孙传庭所部战于河南郏县。孙传庭果是帅才,令高杰率中军设伏、牛成虎率前军搦战,引李自成来攻,义军接战大败,官军追杀三十里。幸得罗汝才率兵来救,李自成才反败为胜。

当日阴雨,道路湿滑,李自成令罗汝才追击官军,定能大获全胜。而此时罗汝才麾下兵卒不听号令,只顾争抢官军遗下军器物资,如何叫得动?是役,官军丧师二三千人,义军亦丧精锐八千人。

李自成于郏县城里大摆筵席,马守应、贺一龙、贺锦、刘希尧、蔺养成都来庆贺。李自成叫宰了两头牛、十头羊、鸡鸭无数,宴请各部首领。众首领饮酒至半酣,罗汝才便把从起事起、经与张献忠降而复起后又投闯王之事,趁酒醉悉数说了。众首领都来举盏拜贺,称罗汝才是"代天抚民威德大将军"。李自成听罢心中骇然半晌,也没有作半点声,只是饮酒虚作应答。

酒宴至夜深方才席散,众头领各自回营。只是这罗汝才口称营中硬床不能安歇,定要挑城里高屋大院歇息,还需找寻妇人来伺候。罗汝才手下人不敢怠慢,一路入百姓家抢掠民女,百姓顿呼送走豺狼又来猛兽。

罗汝才搂抱抢来的妇人,心中欢喜,对马守应、贺一龙、贺锦、刘希尧、蔺养成五人说道:"我们都是昔日被朝廷逼迫得没了活路,不想也有今日之乐!征战半生,也早该享用。"

马守应正直,不喜罗汝才为人,见了只是冷笑。

罗汝才见状问道:"马兄何故只是冷笑?"

一旁贺一龙附声道:"罗曹操言之有理,为人一世,如何能不尽兴享用?"

马守应冷哼道:"你二人却是胡说。你道那崇祯肯饶过我等?如今朝廷正力主剿杀,此时正是与部卒共甘苦之时,如何能尽兴享乐?天下豪杰来投闯王,你见闯王吃喝与兵卒有何异处?席间不知各位可观他的颜色动静?"

罗汝才疑惑道:"观他颜色怎的?"

"各位不见他席上不语,听众首领都口称罗首领是代天抚民威德大将军,他便有些颜色变了。闯王部将纪律严明,与民秋毫无犯;前日见罗首领手下兵卒只顾抢夺官军物资,并未追击官军,他心中定是不悦。今日又是入百姓家抢掠民女,闯王口中不说,心里或已有杀心。马某自是粗鲁之人,察言观色之事如何省得?只是略加思索,便知闯王心中定有打算!"

罗汝才不以为然道:"此战全仗我来搭救,我想马兄定是多虑了。"

当夜马守应几个都在营中安歇,只有罗汝才高床暖被、温柔乡里自在快活。

光阴迅速,却说时至崇祯十六年正月,李自成兵马南下湖广,又占了襄阳、承天,改襄阳为襄京,自称新顺王。他又依李岩之策,招抚湖广饥民,给牛种、赈贫困、畜滋生、务农桑,又募民垦田,收其籽粒以饷军。一时间深得湖广民心。

这日罗汝才正在营中与众姬妾饮乐,门外有人来报,说贺锦来见。罗汝才慌忙起来相迎,邀其入内。

贺锦一见面就道:"贺某到访,有要事相商,拜扰不当。"

"有失恭敬,望乞恕罪。"

罗汝才再三谦让贺锦上座,贺锦哪里肯,推罗汝才上首坐了,自己便在下首坐定。这才道:"我等虽是不才,非为草木,岂不见此时已是雷暴当前!"

罗汝才惊问道:"此话怎讲?"

"小弟旧在荥阳大会时,与兄长同是十三家首领,多年来出生入死。闯王只是七十二营之小头目,此人善攻,摇身一变便是诸家首领。闯王自号奉天倡义大元帅时,兄长称代天抚民威德大将军。此刻闯王又自号新顺王,兄长必被闯王忌惮。"

罗汝才奇道:"罗某并无异心,如何被新顺王忌惮?"

贺锦闻言摇摇头道:"恕小弟直言。新顺王不好酒色,吃粗茶淡饭,与部众同甘共苦;攻城拔寨,与民秋毫无犯。前番攻打开封,新顺王令兵卒'窝铺内藏有妇女者斩',士兵攻城,须携开封城砖三块而返,因而士卒搏命。且说兄长,妻妾数十,被服纨绮,帐下女乐数部,厚自奉养,新顺王旧时常嗤鄙之。你二人合兵大战官军,或可协同。只是终究为人之道不同,终会反目。"

罗汝才道:"罗某乃穷苦人出身,起事后身经百战,终有今日之势,如何不能仿效那些财主官宦一般,住高堂、喝美酒、搂美姬?"

贺锦见状劝道:"既如此,兄长危矣!新顺王与兄长面和心异,且兄长拥兵数十万,不容小觑,新顺王早晚必图之。听小弟一言,速速离去,迟则有性命之忧!"

罗汝才寻思片刻后道:"贺兄所言极是,方才新顺王所邀饮宴,定是鸿门宴!"

话分两头,革里眼贺一龙亦是荥阳大会十三家首领,是个勇武的好汉。新顺王拥兵数十万,大有一家独大之势。这边有兵卒强邀饮宴,他便有些尴尬,哪里肯去?兵卒不管他,推搡着去了新顺王大营宴席上坐了。席上备了烧鸡、熟鹅、猪肘子、猪头肉、牛骨头、炖排骨,几盘果蔬,菜肴摆了一大桌子。

李自成一见面就问道:"好你个革里眼,这曹操为何未至?"

贺一龙回道："额实不知。此番新顺王相邀饮酒,有甚话说?"

李自成道："自攻打承天、襄京,多扰众位兄长出兵出力,相请吃杯淡酒相谢。"

贺一龙摆摆手道："这是哪里话!小弟不曾有礼数到新顺王处,却如何邀小弟吃酒?"

"不成敬意,便请畅饮。"

李自成话音刚落,这边刘体纯、高一功引兵卒前后把着门,都似监禁一般。贺一龙孤身一人,心中已然不安。

李自成见状笑道："贺首领休惊,胡乱请吃些酒!"

看看酒至三杯,贺一龙便要起身,道："小弟军务在身,且先告退。"

李自成听了叫道："既来到此,天大的事也坐一坐。"

贺一龙闻言,心头十五个吊桶打水——七上八下,寻思既是好意请吃酒,如何却这般杀气?只得坐下。

李自成又道："且再吃几盏酒来。"

贺一龙端起酒盏吃酒,却似项庄舞剑在旁一般!只听李自成喝道："酒吃够了,额却有话说。"说罢,便抽出腰间钢刀,插在桌上,两只鹰眼睁起道,"人立于世,须对得住天地良心。这冤有头债有主,额已三令五申,淫一女者如淫额母,你只实说,罗汝才奢靡无度,强抢民女,如何能留?额又有令在先,临阵无得反顾,如何郑县一战,罗汝才麾下兵卒只顾抢夺官军遗下财物?与左良玉那厮通敌么?你说曹操尽兴享受是言之有理,你与罗汝才实乃一路人?"

贺一龙听了这话,早惊得目瞪口呆、不知所措。

李自成见状又喝道："你与罗汝才如何通敌?从实招来,额便饶你这厮!"

"新顺王,额几曾通敌?就是罗汝才与左良玉有勾结,却干额甚事!"闻言,贺一龙不得不争辩几句。

李自成如何容他说话,使了个眼色,一旁刘体纯、高一功便引兵卒如同老鹰擒小鸡一般,死死摁住贺一龙,登时便捆个结结实实。

李自成又道："革里眼,都知你与罗汝才交厚,你从实说,便饶你性命!"

贺一龙见势不好,便知此番必死无疑,却待要叫,早被兵卒乱刀砍死。

杀了贺一龙,李自成便又亲率刘宗敏、李过、刘体纯、高一功领一百精骑直扑罗汝才大营。此时已是深夜,这边罗汝才刚送走贺锦,正欲召集亲随速速点起人马逃了,却是已迟。只见门外有人马冲进,为首正是李自成。

李自成双眉别起、两眼圆睁,在马上大喝道:"罗首领,夜深如何未就寝?"

罗汝才拱手道:"不知新顺王如何此刻来到,有失远迎,还乞赎罪。我这便是令人操练是也!"

李自成闻言笑道:"果是曹贼一般奸诈。你这言清行浊之人,额今日放你不过!"

罗汝才惊道:"新顺王为何出口伤人?"

李自成道:"你也曾是穷苦人,如何今日便奢靡享乐!怎做得十三家首领?额当有令在先,临阵无得反顾,如何郏县一战,你营兵卒只顾抢夺财物,却不追击?你与左良玉那厮有勾结么?"

不容罗汝才分说,刘宗敏便抢将过来,一把明晃晃大刀架在罗汝才脖子上。

罗汝才分辩道:"新顺王不可听小人挑唆,我奢靡享受不假,却如何能通敌?"

罗汝才大营兵卒惊得目瞪口呆,见了刘宗敏这般凶猛,谁敢向前。李自成当众说了罗汝才如何奢靡无度、强抢民女、屡违军令、未去追击官军一一罪责。刘宗敏便一刀劈下,罗汝才一命呜呼,时年五十一岁。

刘宗敏把罗汝才首级割下,提在手里,吓得那营内兵卒都跪下道:"愿追随新顺王!"自此,罗汝才手下数十万人马悉数归了李自成。

李自成一家独大,当有李岩献计,今已成势,须建章立制,设六部分理政务,府设府尹,县设县令。李自成准之,遂筑坛于襄阳,各设旌旗仪仗,众文武皆依次序排列。

牛金星、李岩请李自成登坛,面南而坐,受文武礼拜。封牛金星为丞相,总理军国重事。李岩、宋献策为内阁幕僚。喻上猷为吏政府侍郎,萧应坤为户政府侍郎,杨永格为礼政府侍郎,邱之陶为兵政府侍郎,邓岩忠为刑政府侍郎,姚锡胤为工政府侍郎。

封洪关索、张一撞、杨忠、白顺、黑神射为五虎先锋将。黑神射乃黑风雷之子,亦武艺高强,有万夫不当之勇,因骑射出神入化,便以神射为名。

又授田见秀、刘宗敏为权将军，田见秀提督诸营事，刘宗敏总督中权亲军。下属帅标正威武将军张鼐，威武将军党守素副之。帅标左威武将军辛思忠，果毅将军谷可成副之。帅标右威武将军李友。帅标前果毅将军任继荣。帅标后果毅将军吴汝义。

封左营制将军刘芳亮，左果毅将军马世耀，右威武将军刘汝魁。右营制将军为刘希尧，左果毅将军白鸣鹤，右果毅将军刘体纯。前营制将军袁宗第，左果毅将军谢君友，右果毅将军田虎。后营制将军李过，左果毅将军张能，右果毅将军马重僖。制将军贺锦在诸将之右。

丞相、幕僚、六部、五先锋、五将分封完毕，其余从事、府尹、府同、府判、县令、主簿、都尉、部总、哨总等各拟功劳定夺。李自成随即修书一封，差人赴送张献忠。又送四十八两金印与马守应，封"永辅营英武大将军"。马守应知贺一龙、罗汝才已死，恐再蹈覆辙，推辞不受，率部离开襄京，于长江南自成一股抵御官军，次年病故于彝陵。

再说张献忠看到书信，闻知李自成自封新顺王，设了文武官职，且将昔日荥阳会上十三家七十二营来投首领都封了大将；当初一同抵御官军，惯能征战的洪关索、张一撞、杨六郎、白顺、黑神射五个封了五虎先锋将。

"驿站小卒，安敢如此！吾乃西营八大王，岂能容你尊大！"张献忠此番得知李自成自封新顺王、加封文武官职，恼怒万分。当即召集四将尽起所部兵马，欲再行攻城拔寨。

当有一人起身劝道："八大王不可因一时之怒，以势孤之兵亲劳出征。在下有一计，可使八大王再振声势，不出两年，与闯王并驾齐驱。"

张献忠视其人，乃军师徐以显也。张献忠大喜，问道："军师有何高见？"

徐以显道："距此处不足五里有一高山，可远眺长江。近日见多有官军战船东行，在下心中生疑，遣眼线下山打探，却是左良玉旗号。依在下所见，定是左良玉那厮接连败于李闯王，便顺江往东逃窜。倘若如此，左良玉一军溃败，武昌府必然空虚。闯王连杀贺一龙、罗汝才二位首领，必定忙于收编贺罗旧部，无暇东顾。不如趁此时差遣能征善战之将，兴兵先取黄梅，再占黄州。左良玉已如惊弓之鸟，断不会逆流而上来救。那时劫掠州府添置军器，加之四方饥民来投，势必再盛。再行攻打武昌府，如同探囊取物耳！"

张献忠闻听军师所言,甚觉有理,便遣山下眼线再探。

三日后,探子来报,说左良玉果真一路顺江东行,至池州方止。张献忠闻言大喜,即刻令四将各自点起兵马,将积蓄粮米饱餐,克日西进攻打黄梅。

果不其然,张献忠统领部众一路势同破竹,兵马西入湖广,如入无人之境,未经大战便先克黄梅。时湖广麻城豪绅压榨百姓甚猛,有义士明承祖统领"里仁会"、洪楼先统领"直道会"数万人对抗豪绅。闻听张献忠一路攻城拔寨,率部来投,四方饥民亦闻风而动。

不出两月,张献忠所部兵马升至四五万人,趁势再陷广济、蕲州、蕲水。已故兵部尚书兼右副都御史熊文灿家小尚在蕲州,城破之日,被悉数斩首。三月,又破黄州。四月,再克麻城。眼见李自成一路攻城拔寨、分封守备,张献忠便改麻城县为常顺州,封诸生周文江为知州,汤志为游击将军,统四千马步兵镇守。

崇祯十六年五月,官军尽撤湖广,武昌府几无可守兵马。眼见西有李自成大兵压境,东有张献忠兼程而至,武昌城朝不保夕。

这日张献忠升帐,诸将拱立听调。各营哨头目挨次至帐下齐立肃静,听施号令。张献忠命李定国率一部人马由团风洲渡江,攻打汉阳。命刘文秀率一部人马攻打樊口。又命当地生员张以泽、李时荣召集渔民、建造船只。他自己亲率大军由黄州北南渡长江,攻打武昌。

当传令官传令毕,各营哨头目依次磕头,起站两边。张献忠再传令道:"诸营将官,两军阵前,凡有军士遇敌不前、退缩不用命者,听你等拿来从重处治。"

却说武昌城内有楚王朱华奎,亦是一个欺压百姓、搜刮民脂民膏之徒。此番闻听张献忠大军欲来攻城,早乱了手脚。楚王累世搜刮,城内堆积财宝无数。江防道王杨基、推官傅上瑞、大学士贺逢圣、楚王府长史徐学颜跪请楚王出银钱以做军饷,招募兵马抵御贼众。朱华奎命人取出太祖洪武年间分封诸子时所赐金交椅,道:"本王唯此一物可佐军,除此别无他物!"

贺逢圣见楚王依旧执迷不悟,痛哭流涕道:"若如此,武昌危矣!楚王之性命,必危在顷刻!城破之日,楚王累世家财,悉数归于献贼。"

朱华奎闻听此言,方才惊恐,只得命人取出金银,叫徐学颜招募承天、德安败逃官军兵马,分拨抵御流寇。

徐学颜所募队伍军马,虽马戴皮甲、人披铁铠、弓弩上弦,行伍却未有半分齐整,如何能战?前方探马来报,说张献忠统领贼兵,水陆并进,前来攻城。傅上瑞上城楼远观,见不过十里之外,尘土起处,早有流寇兵马来得渐近。不多时,便听得鸾铃响处,约有五十骑哨马都各穿战袍、马系红缨、每边拴挂铜铃。为首战将便是四将之一,惯能征战的艾能奇也。

艾能奇直到城外门楼下,相离不远,只隔百十步,勒马喝道:"你这伙官军早早开了城门让爷爷进去,若是牙缝迸出半个不字,城破之日叫你寸草不生!"

城楼上傅上瑞闻听此言,肝胆欲裂。

徐学颜正欲叫兵马开城接战,傅上瑞高叫道:"长史不可开城应战!此人乃献贼手下猛将,我这里哪有人是他对手?"

徐学颜忙叫紧闭城门,只以硬弩退敌。

突然,城内有乱杂杂马蹄声。徐学颜不知何处兵马响动,有兵卒来报,说江防道王杨基已弃城逃了!

傅上瑞闻报,顺声望去,只见城内官军兵马丢盔弃甲,城楼上红衣大炮都不要了,大队军将争先恐后、急先涌去。

城外流寇兵马摆布得铁桶相似,城内守备官军不战先逃。徐学颜、傅上瑞二人各怀鬼胎,心想兵马都逃了,留在这里白白丢了性命,于事无补。当下两人各自换了兵卒服饰,随同一起逃了。

城中没了主将,战不多时,官军大败。楚王朱华奎闻听将官都各自逃了,慌忙换了百姓布衣,欲混入百姓中遁藏。只听得城内炮响,毁了不少房舍,原来城楼上红衣大炮已悉数归了义军。

楚王正在慌迫,又听得人喊:"肥胖者定是楚王!"

义军闻听喊话,各自不管不顾杀来,径来捉楚王。一群乱兵看见楚王肥胖,都追将过来,好似雄雕追雏燕、猛虎啖羊羔、楚王哪里能逃脱?

武昌城内新募官军逃跑大半,随即打开文昌、保安二门投降。张献忠兵马已悉数入城,稍有顽抗者,尽皆杀死。义军入城大肆劫掠,待官府仓廪所藏金银财帛劫掠干净了,又入百姓家扒窗拆屋,尤胜贪官污吏盘剥。

有百姓反抗者,都是九死一生。张献忠见状,急叫兵卒休杀百姓,命鸣金收集兵马往楚王府来。

这时,艾能奇前来回报:"奉义父将令攻打城池。徐学颜、王杨基、傅上瑞几个贼将都先逃了,官军也都逃净了,未及逃跑的已尽行诛死。"

张献忠便命四门竖起八大王旗号,并将城中许多官吏豪绅尽行杀死。张献忠领兵马到楚王宫中搜掳金珠细软、珍宝玉帛,将宫内龙楼凤阁及翠屋珠轩尽行烧毁。有兵卒擒下楚王妃、宫中太监等众解来,张献忠命悉数就市曹处枭首。

须臾,艾能奇再拜奏道:"托义父洪福,众将俱各无事。今有楚王朱华奎被擒,已献俘阶下,候义父定夺。"

张献忠见楚王五花大绑,蜷缩一团如同粽子一般,满脸络腮胡却没有半分好汉气,叹道:"武昌府内有金银百万,装载数百车而不尽。有如此金银而不能守,朱胡子真乃庸才也!"着令将楚王绑上大石,扔入长江淹毙。

艾能奇又将贺逢圣解来。原来城中兵将或降或逃,只有贺逢圣领残兵抵挡。张献忠称赞道:"听闻此人曾哭劝楚王散财募兵,如此居其地守其城者,乃忠义之士也!"遂令释其绑缚,任其返乡。

"吾乃臣下,既食君禄,却不能分忧,不可苟活。"贺逢圣说罢,自行到滋阳湖王会桥投水而死。

是日,张献忠占了楚王宫。又有邻近州县百姓来投,也有城内逃亡官军倒戈,一时间又得兵马数万。张献忠安民已定,开仓放粮,将楚王宫内金银大都赏了兵马百姓,人心大悦。众将皆有推尊张献忠称王之心,只是未敢提起,却来禀告军师徐以显。

徐军师道:"吾已有定夺。"

这日,张献忠号令文武等官计议封赏,徐以显出班谏道:"如今天下纷争,荥阳十三家七十二营或降或杀,唯独那李闯王占了河南、湖广,号称新顺王。而八大王义薄云天,名响天下,如今已占了黄梅、广济、蕲州、武昌之地,亦当称王,以分庭抗礼。"

张献忠闻言推脱道:"军师之言差矣。额何德何能,如何能称王?"

徐以显又劝道:"非也。如今天下分崩,英雄并起,四海有德之士正是建立功名之时。八大王倘若推脱,恐失众人之望。愿八大王熟思。"

诸文武齐道:"八大王若是推却,众人就各自散了。"

徐以显又道:"八大王旧日号称西营八大王。崇祯十五年在舒城、六安已是响彻四方的豪杰,只是那时未肯称尊号。如今有这许多地盘,可称大西王,此乃天命也。年号当以去岁为始,今岁为大西天命二年。"

张献忠听了道:"额幼时入川贩枣,逢恶霸欺凌,几近饿死。回乡为铁匠打铁,又逢贪官污吏强行掺渣。从军入伍,本欲建功尽忠,却又是长官盘剥;额亲冒矢石却是长官封赏,额等只奖酒肉。额名献忠,非额不欲尽忠也!今日之事,只有顺众人之心,暂为大西王。"

刘文秀大叫道:"莫说大西王,就是称皇帝,又有何不可!"

张献忠不语,片刻才斥刘文秀道:"小子勿再多言!"

徐以显见状又道:"大西王且发号施令,择日筑坛称王。"

崇祯十六年五月,徐以显命人筑坛于武昌,方圆九里,五方各设旌旗仪仗。众文武皆依次序排列。大西王登坛,进冠冕玺绶讫,面南而坐,受文武官员拜贺。

张献忠传令,改武昌为京城,武昌府为天授府,江夏县为上江县;设铸币局,造大西通宝。设中央六部、五府。京城设五城兵马司。升常顺州知州周文江为兵部尚书,以张其在为总兵前军都督。地方官吏封李时荣为巡抚,谢凤洲为守道,萧彦为巡道,陈驭六为学道,均颁给敕印。以周综文为天授府知府,沈会霖为汉阳府知府,黄元凯为黄州府知府。又封二十一州县官员,分以官印,赏白银百两。又命各地开科取士,纳贤为官。

当时文官封赏罢了,张献忠住进楚王府,门前立两面大旗,上书"天与人归,招贤纳士"。武昌九座城门也各自竖起两面旗,上书"天下安静,威镇八方"。又封赏武将,改立军制,孙可望封智勇伯,挂平南监军印;刘文秀封勇义伯,挂平南先锋印;艾能奇挂平南将军印;李定国为前军都督;张君用为右军都督;马元利为左军都督;冯双礼为后军都督。各自领锦袍一领,金甲一副,名马一匹。众将谢恩已罢,尽出宫禁,听候差遣。

早有武昌府逃出官员将武昌失陷、楚王被杀之事报与崇祯皇帝知晓。崇祯皇帝甚感大明已是风雨飘摇,当即下诏,朝中一众武将昔日所犯罪孽尽数赦免,戴罪录功。但能擒斩伪官者即受职,能搜捕贼徒者即给赏,能破贼复城献俘者即超擢,断不逾时。又有诏书说有能擒李自成者赏白银一万两,封爵通侯。有能擒张献忠者赏白银五千两,官极品,世袭。免河南五府租三年,以显朝廷恩德。殊不知,河南已尽属义军,朝廷如何能征税?崇祯皇帝下不下诏,有何异同?

崇祯皇帝尽赦武将罪过，左良玉领旨统领所部二十万兵马，命高杰为前部先锋，由安庆引兵北上，连败张献忠，锐不可当，张献忠新委官吏多被擒杀。张献忠弃守武昌，转向岳州，左良玉遂占了武昌。

此时朝廷惯能征战者，只剩下三边总督孙传庭，崇祯皇帝加封其为督师。只是孙传庭驭下严厉，动辄军法从事，又屡屡催促豪绅捐献，因而恶了权贵。顿时谣言四起，只说孙传庭按兵不动，实为养寇自重。孙传庭恐崇祯皇帝偏听谣言，上疏请战。崇祯皇帝准之，命他速出潼关，不得有误。

崇祯十六年八月初一日，孙传庭在西安关帝庙誓师出征，总兵官白广恩、高杰、牛成虎奉命听其调遣。陕西巡抚冯师礼和总兵官马翼明领陕西军马四万余人，会集潼关。孙传庭兵马不下十余万人。

当日誓师罢，高杰卸了戎装衣甲，径投督师府去商议。两人见了，各叙礼罢，厅上坐定。高杰便把河南全境赤地千里、难以就地取粮之实情说了，劝孙督师只可诱敌来攻，切不可孤军深入；倘若败了，当退守陕西。

孙传庭点点头道："高总兵此言确有道理。只是天子一再催促，如何能等闯贼自行来攻？只可速战速决。"

高杰见状道："既是如此，还当檄调河南总兵陈永福于洛阳会师，檄调左良玉统兵西进，夹攻闯贼！"

孙督师赞同道："说的极是！"

高杰起身道："末将不才，愿效犬马之劳，此去征剿贼寇，当为前部先锋。"

孙督师高兴地说道："既是高总兵肯与朝廷分忧，任你择选军马。"

高杰又道："此出潼关入河南，若是粮草不济，不能征进。末将乞令一路征收百姓粮米，以为战伐之用。大军至洛阳会同陈永福兵马，先打汝州。汝州守将乃李养纯，曾是流贼三十六营之一，此番归了闯贼却受排挤，绝难力战。先拿下李养纯，再攻闯贼老营不迟！"

孙督师大喜道："一切都从高总兵处置，即刻启行。"

时至八月初四日，陕西各处兵马十余万会集潼关，先于诸路差官供送粮草，沿途交纳。一时间官军入百姓家宅强取豪夺，致陕西、河南百姓苦不堪言。官军征粮草齐备，浩浩荡荡杀奔河南。

李自成听得孙传庭亲自领兵，调天下军马夹攻，便和牛金星商议。

牛金星献计道："新顺王勿忧，臣也久闻孙督师大名，多与朝廷建功，惯能征战。只是当今大明社稷将倾，那孙传庭已撑不了这片天，新顺王何足惧哉？比及他陕西兵马来，先叫他吃我一惊，诱他深入。"

李自成问道："军师如何惊他？"

牛金星略一思索道："他各路军马必到洛阳取齐，我这里差一员虎将去洛阳先杀一阵。这是报信与孙传庭知道，诱他来攻。"

李自成又问道："叫谁去好？"

当下走出一人说道："每逢大战，几曾少了我？"

有分教：

燎原火起时望忠臣建功，坐享尊荣时却寡情薄恩！

直教大明再没了擎天将，秦陕却有了大顺王。欲知何人请战，且听下回分解。

第十八回

秦王宫李自成称孤　寿皇亭朱由检殉国

且说当下走出一人说道："每逢大战,几曾少了我?"众人视之,乃勇冠三军之杨家将后人杨六郎杨忠是也。

牛金星见状又道："我知杨将军有万夫不当之勇,未尝一败。只是一将恐难引孙传庭那厮来攻,还另需一个惯会厮杀的将军接住杨将军再厮杀一阵,定能诱官军来攻！"

堂下又走出一员小将,喝道："小将还未曾斩杀敌将建功,此行愿往！"众人视之,乃黑风雷之子、现五虎先锋将黑神射也。

牛金星喜道："黑小将军得乃父教授武艺,定然虎父无犬子。差杨六郎杨忠、黑蝎子黑神射,此二人可去。"

李自成差两员先锋将各带一千马军前去洛阳搦战,又亲领洪关索、张一撞、刘宗敏、袁宗第、谢君友、田虎领精锐马步军五万于郏县以逸待劳。其余各城将领预先调拨已定,且不细说。

孙传庭统领兵马出关,崇祯皇帝又降敕催促急行。孙传庭无法,只得一路劳师远征。只见他一身戎装披挂,骑一匹金鞍战马,左右两边排着白广恩、高杰、牛成虎几个总兵官,背后许多副总兵、参将、游击、都司、守备、把总等官,浩浩荡荡往洛阳进发。

时值八月天燥,河南又是一路禾苗枯焦,兵卒肚中饥渴难耐,尽去村中掳掠,致使怨声载道。

这十余万秦陕官军陆续到了洛阳，河南总兵陈永福领河南一路军马星夜奔洛阳而来，听候差遣。越旬日，孙督师催动人马，欲搭浮桥过洛河。当日大军赶到一个去处，地名周山，山前山后都是密林，距洛阳只有四十里地。前军正欲砍树搭桥，只听得一声炮响，林子背后转出一彪军马来，当先一员大将银盔银甲、手持钢枪，乃惯冲头阵的勇将杨六郎杨忠也！

杨忠勒定战马，截住大路喝道："哪里来的兵马？还不早早下马受死，更待何时？"

这高杰兜住马，远远望见正是杨忠，知其甚勇，心中已然胆怯了。只是孙督师在，如何能退却？高杰无法，只得出马喝道："原来是你这叛逆，本官这里天兵数十万，就是踩也能踩死你这群乌合之众！"

杨忠闻言大笑道："你便是霸人妻子的混账？不要走，且吃我一枪。"

"反国贼寇，怎敢骂我？"高杰听了大怒，拍马挺枪直取杨忠。

两将战到二十回合，这高杰如何敌得过杨忠，手脚渐渐慌乱了。杨忠见状大喝一声，一枪刺中高杰腰间，鲜血迸流。孙督师急叫营救，众军一拥而上救高杰回本阵。

孙督师又命众军掩杀过去，杨忠吩咐众军休要恋战，直往汝州撤离。总兵官白广恩引军追杀，正走之间，前面又冲出一彪军马来，为首一员大将正是黑神射。他在马上大喝一声"来将休走"，手中拉弓射箭，一箭往白广恩头上便射。白广恩亟待躲时，一箭正中盔顶。

白广恩惊恐，伏鞍奔逃。黑神射亟待建功，欲贴近祭出飞钩。堪堪赶上，只见斜刺里冲过一队官军来，却是总兵官牛成虎引军马来救。

官军人多，杨忠、黑神射毕竟各自兵马只有一千，不敢来战，先自回营了。

孙督师输了一阵，心中甚是烦忧，叫兵马不必追赶，且入了洛阳再作计议。待兵马都渡了洛河，河南兵马早在洛阳恭候。两路军马同入城内驻扎，陈永福与孙督师、高杰、白广恩、牛成虎一一相见了。数日之间，河南各处官军听闻朝廷钦命督师孙大人到了，都来相见。河南兵马约六万人，各自下寨，近山砍伐树木，驱赶百姓离家做官军窝铺。

孙督师在洛阳城中处处可见前岁流寇攻伐洛阳府时的残垣断壁，越看越怒，会集诸将商议收剿闯贼之策。当日把军务商议定了，且先行攻打汝州。不出四五日,兵马临城。

汝州守将乃四天王李养纯,正是昔日三十六营首领之一,因被官军进剿,失了许多人马,几近剿灭。后见罗汝才、贺一龙、贺锦诸多首领都归顺了李自成,也率残兵投奔了他。李自成命李养纯镇守汝州。

当下李养纯引兵马来看时,官军已在城外摆成阵势,阵里捧出一员统帅,正是大明督师孙传庭。身边勇将个个兜马横刀,立在阵前。身后兵卒持刀带枪,黑压压一片。阵前一溜红衣大炮摆开,就要来攻打城池。

"这孙督师便是拿捉高闯王的孙传庭,端的是厉害!我这里人马如何能敌?休要枉送了身家性命!"李养纯见这阵势,早惊得肝胆欲裂。他不敢出马迎敌,便大开城门,引官军入城,自缚来见孙督师。

孙传庭入城,坐在汝州府衙正堂上,见缚到李养纯来,喝退军士,亲解其索,设酒相待。李养纯伏地请免死罪,道:"小人因肚饥无食而落草,此番投了闯贼,迫于势耳!今诚心乞降,还乞活命!"

孙督师笑道:"李将军切勿相疑,本官并无杀戮之心。若将军诚心归顺朝廷,当赦罪招安,你须多与国家出力。"

李养纯保证道:"小人愿为马前一小卒,从此去邪归正!"

孙督师又道:"李将军既然弃暗投明,本官便擢升你为汝州兵备道;若是建功,高官任做,美食御酒任享。只是你未有功劳,军心不服。"

李养纯信誓旦旦道:"若有差遣,赴汤蹈火,末将万死不辞!"

孙督师于是问道:"你且实说,闯贼现在何处?贼人精锐兵马又在何处?"

李养纯心想李自成势大,这如何能说?一旁高杰见了,知道李养纯深惧闯王,便喝道:"孙督师饶你不死,又如此器重于你,你还迟疑什么?"

李养纯回道:"末将只知闯贼常居于唐县,八成老营就在唐县。精锐兵马多在襄城,文武官员多屯聚在宝丰。"

高杰又厉声喝问道:"都是实话么?"

李养纯又道:"末将只有一个脑袋一条命,怎敢忤逆孙督师?"

孙传庭大喜,设宴席管待李养纯。次日,点起军马,兵分两路,攻打唐县、宝丰。

早有伏路小校探得消息,星夜赶回郏县来报说汝州已失,四天王降了官军,孙传庭统领兵马要打唐县、宝丰。

李自成闻言大怒道:"李养纯这势利小人,额早晚食你肉、寝你皮!"

牛金星劝道:"此时非擒杀此人之时,当务之急乃是迎敌官军。倘若迟疑,军心难稳。"

李自成问道:"军师有何计破之?"

牛金星笑道:"官军劳师远征,必定粮草不继,我等就在郏县以逸待劳!"

李岩见状,问道:"宝丰一地多有地方新任官吏,为何不救?"

牛金星摇头道:"既是新顺王辖下,当从大局!"

"都是身家性命,如何一句从大局而不顾?"李岩大声质问道。

两人争辩,自此不睦。

孙传庭确乃帅才也!当即将汝州粮草悉收为军用,军士饱餐后一路急行,以迅雷不及掩耳之势直取唐县、宝丰。两地多文官,没什么精兵良将,不一两日便被官军破城,地方文官、家小被屠戮殆尽。

官军连克两城,直扑郏县,李自成点起兵马出城会战官军。官军兵马神速,李自成急忙退至十里之外平川旷野之地。孙传庭引军赶去,李自成兵马已向山坡边摆成阵势。洪关索兜住马头,提着青龙偃月刀立在阵前。

孙传庭见道:"这厮因面红长须,号称映山红,也是个惯能厮杀的勇将。"

这话早恼了总兵官牛成虎,便欲出战洪关索。这牛总兵乃武举出身,善使一支方天画戟。两个勇将在阵前更不搭话,一个使戟去搠,一个用刀来迎,战到三十余回合,洪关索卖个破绽,拍马拖刀往山坡下便走。牛成虎要争头功,策马赶来。堪堪赶上,洪关索勒马回身一刀劈来。牛成虎知此乃拖刀计,忙使画戟来遮挡。岂料青龙偃月刀沉猛,画戟被生生劈断。牛成虎大惊,回马便走。

"这厮画戟已断,洒家不就这里赶上活拿这贼将,更待何时?"洪关索寻思罢,便喝道:"泼贼走哪里去?快下马来受降,饶你狗命!"

孙传庭见牛总兵性命只在须臾之间,便令大军冲杀。洪关索虽勇,如何抵得住官军重甲铁马?孙传庭赶杀二十余里,大胜而归。

李自成折回郏县,收住人马,虽是损折了一些军卒,但众将都在。至夜,李自成请出有灵仙师兵书,算定不日便有大雨,便召牛金星商议道:"不期孙传庭那厮倾巢来打,今番折了兵马,如之奈何?"

牛金星建议道："牛某夜观天象，知晓不日便是连绵大雨。不如弃守郏县，奔走襄京，孙传庭必来追赶。官军多携带火车、红衣大炮，辎重甚多，走不快。可遣权将军刘宗敏统领轻骑兵马一万，绕道击杀，必获大胜。"

"正合额意！"当下两人计议定了。李自成传令留下果毅将军谢君友断后，其余人马奔走襄京。

次日天还未明，官军就来打郏县。谢君友令闭上城门，檑木炮石如雨般打将下来。孙传庭令人分兵四面围城，尽力攻打。区区郏县如何能敌得住这许多人马攻打？旋即城破，谢君友为官军所擒，余众悉数被诛。孙传庭令将谢君友砸上重镣，用陷车盛了，星夜解往京师。

这边占了郏县，又有探马来报，说有大股贼众逃往襄京。孙督师道："这两日虽是杀败敌军大半，闯贼却出城逃了。可收军一处，径往襄京。"当下传令已了，军士在郏县各自饱餐一顿，次日南下攻襄京。

是夜，风雨大作，浓云泼墨。至夜半，大雨如同瓢泼一般。此时孙督师统领众多将佐军马正在郏县扎寨。高杰帐中自有随军内侍姬妾在帐中欢宴，他被这大雨下得没了兴致，连夜去见孙传庭，说只恐大雨不止，水流成河，兵马被阻了路径。孙传庭焦虑，叫兵马次日冒雨起行，不得有误。

待次日天明，大雨依旧滂沱，兵马拖辎重一路缓行，身上无有一寸得干，苦不堪言。自此霖雨一连七日不止，军中有火车营，乃孙督师所创，四周炮火，团身铁甲，内藏官军辎重，可攻可守，此刻却成了水车。红衣大炮深陷泥潭亦动不得分毫，角弓软，箭翎脱，各营粮米也都泡了。孙传庭只得令大军且寻干净处避雨，四处征集粮草，天晴再赶路。

李自成领洪关索、杨忠、张一撞、黑神射、袁宗第、田虎等一班将佐回到襄京。湖广一地却未遇大雨，李自成在城内屯扎，专待刘宗敏轻骑袭官军消息。探马忽来报，说孙传庭领大队官军因大雨滂沱，不能征进。

牛金星听了此报，忙对李自成说道："官军今遇大雨连绵，流水大至，倘官军断粮，便是大败孙传庭之时。汝州被官军所占，四天王降了官军，可先打汝州，再打郏县，必获大胜！"

官军断了粮草，偏偏周边百姓听闻此处又有厮杀，早远远躲开了，郏县也只剩骡马百匹，宰杀了也不够这十数万人吃。这日雨停，孙传庭收聚军马，令四处征粮,只是收效甚微。他召众将商议对策,高杰禀道:"此番出潼关,虽是杀败闯贼兵马数阵,眼见得闯贼逃往襄阳,却遇连绵大雨。今日雨水方才停息,闯贼那厮必有兵马来劫营,当早做防范。"

孙传庭点头赞同道:"说的是!本处百姓多受贪官污吏盘剥,百姓迎贼兵而拒官军,亦是情理之中。我等无法征粮,不如叫陈永福引河南兵马拒敌,我等待撤回潼关征足粮米再来决战。"

"这分明是叫我河南兵马留在此处忍饥挨饿,此计忒毒!"陈永福心中不忿,只是孙传庭乃长官,只得忍气吞声。

这边传令已了,果然河南兵马多有怨言,当日在营中已有人起哄。是夜,刘宗敏统领一万精兵,五百敢死马军在前,背上各带铁葫芦,于内藏硫黄焰硝。各人俱执利刃。刘宗敏一马当先,驱领精兵前进。前锋五百骑奔杀前来,离营渐近,正好起风,便取火种去那葫芦口上点燃,霎时火光罩身,杀入营里来。

只见官军营寨中火焰乱飞,上下通红,官军四处逃窜。白广恩急令火车营速退,岂料兵卒早弃了火车逃命,四五十火车悉数归了李自成。高杰护着孙传庭急退,背后一支军马追赶来,乃是杨忠。高杰不敢交锋,急叫兵马团团围了厮杀。杨忠勇猛,在军中杀进杀出,锐不可当。李自成、刘宗敏各自统领兵马杀到,官军兵败如山倒。

孙传庭心想,我在狱中三年,本指望剿灭贼患,报效朝廷,岂料今日反被贼兵败了!似此如之奈何?只得先回潼关整顿人马,再行征剿不迟。当即传令道:"且叫陈永福统领河南兵马阻敌!"

岂料此令一出,官军阵脚大乱,四处骂声不绝,兵卒纷纷弃械奔走。陈永福拔剑斩杀,丝毫不能止。李自成见官军阵脚大乱,便令各营分头掩杀。孙传庭奔走脱得垓心时,望见四面八方已都是新顺王旗号。

是役,官军折损四万余人,督师大旗为杨忠所获,甲仗骡马尽数归了李自成。孙传庭与高杰统领数千散兵败卒北渡黄河,经山西绕道回潼关。数日后,白广恩、牛成虎亦回潼关。去掉做了逃卒的,官军只剩得四万人。

崇祯皇帝闻报大怒,命削夺孙传庭督师及兵部尚书衔,令其戴罪收拾余兵,扼守关隘,相机援剿,图功自赎。高杰建议退保西安,孙传庭道:"倘若闯贼入了潼关,陕西一地都成溃军,如何能战?"因而孙传庭拒不退军,坚守潼关。

这孙传庭是大明不可多得之帅,此番大败,如何不令各处流寇欢欣鼓舞。眼见朝廷精锐尽失,李自成也不追赶,收兵暂歇,扎下营寨。命人速去襄京搬请牛金星、顾君恩、杨永裕三人商讨征进之策。

这杨永裕乃山东招远人,曾任钦天监博士。崇祯十六年初于湖广降李自成,任礼政府侍郎。三人领命,快马来到汝州。

当日李自成正在中军大帐,门卒报丞相三人到,李自成叫入内。三人行礼罢,就在大帐内商议进兵之策。牛金星主张直取京师,杨永裕主张东下南京,夺取江浙富庶之地。顾君恩却道:"京师与南京兵马并无战力,与之战,好似治疥癞之疾!攻取京师失之急,攻取南京失之缓,唯有先攻陕西、平三边,继而夺取山西、河北,再行攻打京师。"

李自成闻言笑道:"此计甚合额意!东击南京,必与左良玉战,孙传庭这厮定然追额后。不如先打潼关。"

当时商议定了,传令各部兵马,挑精兵十万,于汝州取齐,就地休整三日,第四日四更造饭,五更披挂,天明进兵攻打潼关。李自成兵马延绵数十里,刀剑如林,旌旗蔽日,杀气腾腾。

李自成兵马一路势同破竹,不几日便到潼关。孙传庭闻报摆起兵马迎敌。两军各自将军马摆开,强弓硬弩射住阵脚。义军阵中早已捧出一员大将,红旗银字,大书"权将军刘宗敏"。背后两员大将,一个丹凤眼、卧蚕眉,手持偃月刀,正是洪关索;一个唇红齿白、面色清秀,手持点钢枪,正是杨忠。三员大将都是勇冠三军、惯能征战的大将。

刘宗敏勒马阵前,厉声叫道:"你等贪官污吏听着,新顺王统领十万兵马攻打潼关,诚恐害了百姓良民。好好叫孙传庭弃械投降,再将不知廉耻的高杰那厮并淫妇邢氏绑了一同解出,额便留你等活路!若是执迷不悟,潼关城破之日,鸡犬不留!"

孙传庭听了大怒,便问道:"谁去出城力擒此贼?"

手下将佐却无一人应声。

孙传庭见状又谓高杰道:"城下既是点你大名,你不下去擒捉此贼,更要谁去?"

高杰无法,只得披挂出马,立在阵前,高声喝道:"你这厮号称权将军,终究只是草寇。今日胆大包天,来这里搦战!本官今拿住你时,碎尸万段!"

刘宗敏听了这话,想起此人昔日背负闯王,胸中大怒,似炉中添炭,火上浇油。他拍马向前,抡大刀直奔过来。高杰纵马接战,直取刘宗敏。二马相交,众军呐喊,斗过二十余回合,高杰已然只办得招架,却无还手之力。杨忠在马上拈弓搭箭,觑得高杰较亲,飕的一箭正中高杰左臂。高杰撇了兵器,回马往本阵便走。李自成鞭梢一指,大小三军一齐掩杀过去,城外官军大败亏输。

孙传庭急令鸣金收兵,将城门紧闭,坚守不出。又命白广恩部领兵马扎营于城外东山头,命高杰部领兵马扎营南门外西山头,成掎角状,城内有失,立即来救应。

见官军输了一阵,李自成大喜,当夜就在城门外安营扎寨。

众人商议攻城之计,顾君恩道:"前番汝州之战,六郎贤弟夺了孙传庭那督师大旗,可用督旗赚开城门,潼关唾手可得。"

李自成听了道:"赚开城门,免了攻城徒伤性命,派谁去好?"

顾君恩答道:"孙传庭乃世之良将,当年高闯王被擒就是此人设计。此事非同小可,须是胆大心细、惯能征战,且是秦陕当地人最好!"

有旧时十三家七十二营首领瓦背王近身说道:"小弟自起事以来,大小战事无数,只是武艺不精,谋略不足,屡屡为官军所败。此番既蒙新顺王收留,理当效力。"

又有首领紫微星说道:"额当初亦是荥阳大会七十二营首领,愿为新顺王当马前卒。"

顾君恩见了同意道:"几位首领都是秦陕一地反抗官府的豪杰,也是多征沙场的老将,定然不辱使命!"

当晚瓦背王、紫微星、蛤蜊圆、草上飞、靠山虎、镇山虎、一只虎、满天飞、克天虎、钻天鹞、小天王十一个头领都扮作军士模样。瓦背王着了管队官服饰,手持杨忠所劫督旗,骑马居中,领着众人来到城边大呼道:"额乃是孙督师部下兵卒,前番汝州大战,额等拼死夺了督旗回来。城上开门,让额等进来!"

城上人听得是秦陕一地口音,又看到中间一人是个管队官,手中所掌正是督旗。此时孙传庭连日督战,已然歇息,只得慌忙报与城门守将。

守备将领听说有兵卒抢回所劫督旗回来,心想额何不抢了这份功劳。当即大喜,连忙奔到城上。他望见一个管队官手持督旗,领十数骑跟着,又不见面颜,只听得是秦陕一地声音,便问道:"你这管队官有何本事夺督旗回来?"

瓦背王道:"闯贼手下有一人号称杨六郎的,武艺高强,那日夺了督旗,欢天喜地,当夜多饮了酒各自醉倒。额几个在乱军中走散,却瞅着这厮醉倒,暗地盗了这督旗;又被流寇兵卒瞅见,砍翻了数十人方才逃出。"

守备听得瓦背王说了,心中生疑,只是欲抢功劳,便叫军士放下吊桥,开了城门。十一个头领跟到城里,走在守备身后。紫微星瞅准守备后脑,拔出腰刀砍下守备脑袋,滴溜溜滚在一旁。镇山虎、一只虎便取出硫黄、火石,四处放起火来。克天虎、钻天鹞、小天王几个奔上城,抢起大刀,与守城军士战在一处。

城外义军大队人马见城上火起,一齐涌将入来。此时潼关只有汝州之战所剩败兵败将,待孙传庭亲引一班将佐出帅府来看时,见城门义军兵马纷纷涌入,四面八方满街都是。

正东上一彪人马,当先一个头领,乃是老张飞张一撞,背后便是白虎、黑神射,约有二千人马。正西上又有一二千,当先一个头领乃是刘宗敏,背后是袁宗第、田虎。正南也有一二千人马,当先三个头领乃是李过、郝摇旗、刘希尧。正北大军中拥出一人,金袍金铠,乃是主帅李自成;左边一将乃田见秀、右边一将乃贺锦,背后四将乃是左威武将军辛思忠、右威武将军李友、前果毅将军任继荣、后果毅将军吴汝义。

眼见四面都是义军兵马,孙传庭谓监军副使乔元柱道:"今日这场杀便是你死我活,本官引一队人马杀这正北上的人马。"

乔元柱劝道:"贼兵势大,不如弃了潼关,退守渭南,以图再起。"

"潼关失了,关中尽失,如何能退守?你我尽起兵马捉拿闯贼,倘若身死,上报皇恩!"孙传庭说罢便披挂上马,率领兵马一齐杀将出来。

四路军兵入城,四下里分头去杀。瓦背王弃了督师大旗,早把新顺王旗号插在城楼上。李自成手下兵将各持军器,如同砍瓜切菜一般,见了城内官兵悉数砍翻。个个砍顺了手,一刀一个,见人都杀了。城外白广恩见势头不好,出营逃往固原,被兵马追上,只得降了。随军镇守潼关的河南总兵官陈永福亦降了李自成。高杰深知若被李自成兵马所获,必碎尸万段,只得趁乱逃出城去。

李自成急急传令,休要残害百姓,且将官军军器甲仗一一收缴,官军钱粮悉数收纳。又叫救灭了火,把潼关官吏尽皆斩首,抄了家私分与众军。

天明,计点城里百姓被火烧或乱兵所杀之家,给散粮米救济。把府库金帛、仓廪米粮,大部装载上车充了军粮,余下粮米分与饥民。李自成已在孙督师帐内坐下,众头领都来献功,生擒官军兵卒不计其数,夺得好马无数。

李自成见了大喜道:"可稍事休整,点起兵马再行攻打西安,一鼓作气,夺取秦陕之地。"

正大喜间,有人来报,说孙传庭已死于乱军之中,尸骨寻不得。有孙传庭遗失帅印、袍铠、贴身衣裤帽靴为证。

李自成闻言叹道:"孙传庭倒是个帅才,只可惜未留住这样一个好汉!"

时崇祯十六年十月初六也。孙传庭战死沙场,尸骨无存,寿五十一岁。

且说潼关已破,秦陕各地门户洞开。李自成留瓦背王、紫微星等头领携少许兵将镇守潼关,自己则亲率大军继续征进。不日,闵乡被李过部领兵马拿下,数日后斩乔元柱,取华阴。不到五日,便兵临西安。

西安守备王根子不战便开东门出降,布政使陆之棋亦降。巡抚冯师孔率兵拒敌,无异于螳臂当车,以身殉国。西安本是秦王朱存枢封藩之地,秦王府极度奢华,金银财帛更是富甲天下。秦王虽富,却一心指望三边兵马御敌于城外,以致西安几无可用之兵。

当日秦王在府内闻义军已然兵临城下,大惊,急召文武官吏商议。按察使黄絅奏道:"城内百姓,扶老携幼,哭声大震,各自逃命。"秦王闻言,惊惶无措。

又有哨马来报,说闯贼已攻破城门。指挥崔尔远建议道:"兵微将寡,难以迎敌。不如早弃西安,奔甘肃、延绥等地。其地广袤,可以自守,或借蛮兵,或报京师再遣能臣武将,克复未迟。"

众官议论纷纷,并无结果。秦王无计可施,只得交出满库财宝,只求活命,出降贼兵。

秦王遂令秦王府长史作降书,遣巡按御史王道纯、都司吏邱从周迎李自成来秦王府请降。刘宗敏引数百铁骑攻入秦王府,见朱存枢立了降旗,大喜。不一刻,李自成等人至,刘宗敏请至正殿上座,秦王拜伏于阶下,呈上降书及秦王印鉴。李自成拆降书视之,收下秦王印鉴,当即将秦王朱存枢封权将军衔,赐田宅、金钱无数,闲居养老。

按察使黄綗趁乱夺刀自尽,指挥崔尔远逃出正殿投井殉国,秦王府长史官见大势已去,躲入内房上吊自尽。巡按御史王道纯、都司吏邱从周、参政田时震不受新顺王官职,大骂李自成乃国之叛贼,被令诛杀。

李自成得西安,命田斌据守,自己亲率大军攻打三边。延安府、米脂、清涧、榆林等城旋即被占,官军守将被杀无数。崇祯十六年末,李自成兵马再入蒲城、白水、合阳、同州。至此,陕西境内州县悉数归了李自成。

这日,李自成正在秦王府说攻取山西之事。牛金星见他决计东征,便与李岩商议,说新顺王既占了河南、湖广、陕西,又欲东进,当建国称帝。两个商议定了,来见李自成。

牛金星先说道:"近有祥风庆云之瑞,米脂有黄气数十丈直冲云霄,意为米脂当出帝星。此正应新顺王当建国称帝。"

李自成想起旧日在甘州为兵,寺中高僧曾言"风雪起榆中,秦陕建行宫",莫非正应了此时?但他表面上故作大惊道:"额攻打城池,只为众人一个活路,绝无称帝之心。你等欲陷额为不忠不义之人么?"

牛金星又劝道:"非也。新顺王军纪严明,无犯百姓;而今大明吏治腐败,如同将倾大厦,新顺王理合建国,以救万民。"

"额岂可效逆贼所为!"李自成勃然变色,拂袖而去。

两人见状并不气馁。三日后,牛金星、李岩、顾君恩、宋献策、刘宗敏、田见秀、贺锦、洪关索、杨忠等几个引众文武入王府,皆拜伏于前。李岩近前道:"今大明吏治腐败,民不聊生。辽东早有吞并中原之心,新顺王当兴师讨贼,方为忠义也。天下百姓皆知新顺王仁义之名,若不从臣等所议,是失民望矣。"

众文武苦劝,李自成方才决计西安建国,国号大顺,自崇祯十七年正月初一改元永昌。择吉日筑坛,恭行大礼。

待吉日筑坛于西安,多官整设銮驾,迎请李自成登坛致祭,诏告天下。待祭祀礼罢,牛金星率众官恭上大顺玉玺。李自成受了,捧于坛上再三推辞道:"自成无才无德,当择有才德者受之。"

刘宗敏大声道:"新顺王平定河南、湖广、秦陕,一路诛杀贪官污吏,四海敬仰,功盖于世,宜即建国正位。今已祭告天神,当称大顺皇帝!"

李自成又推辞道:"四海未平,如何能称皇帝?他日攻占京师,再作计议。"

当即李自成坐上正位,台下文武各官皆呼万岁。拜舞礼毕,设甲申年为历,李自成改名自晟,称大顺王。改西安为长安,称西京,秦王府为行宫,追谥西夏先祖李继迁为太祖,尊李自成曾祖以下为太上皇,母吕氏为太后,册封高氏为皇后,陈氏为贵妃。一切文书避李自成及其父、祖父名讳。

封公、侯、伯、子、男五等爵,乃是汝侯刘宗敏、泽侯田见秀、蕲侯谷英、亳侯李过、磁侯刘芳亮、义侯李双喜、绵侯袁宗第。封刘体纯、吴汝义、马世耀、李友并大明降将陈永福、白广恩、王根子等十余人为伯爵。另封田虎等子爵三十人,高一功等男爵五十五人。

改内阁为天佑殿,牛金星为大学士平章军国事,领丞相职;宋献策为军师;六政府设尚书、侍郎;翰林院为弘文馆,六科为谏议大夫,御史为直指使,尚宝寺为尚契司、太仆寺为验马寺,通政司为知政使。军中定中吉、左辅、右翼、前锋、后劲五营,论功行赏,各授权将军、制将军、果毅将军、威武将军、都尉、掌旅、部总、哨总等职。

天下分十二个州,设节度使,巡按直指使。余众大小官僚,一一升赏。大赦河南、湖广、秦陕一应犯罪之人。铸永昌通宝,各地三年免征一应赋税。开科取士,饱学者皆可为官。

次日设朝,文武官僚拜毕,列为两班。李自成降诏曰:"孤自榆中杀官起事,历经十余载,往来征战无数,早与大明朝廷不共戴天。若不东征京师,叫天下百姓皆种地不纳粮,是负往日之誓也。只是兵将久经征战,孤欲令兵卒稍事修整,再倾起大顺举国之兵,一路东进,剪伐京师!"

言未毕,班内一人出班奏道:"不可。"

李自成视之,乃军师宋献策也。

宋献策奏道:"崇祯刚愎自用,不纳忠言,猜忌能臣,以致大明治下,内有烽火烟尘无数,外有东虏虎狼攻城陷地。更有甚者,当前瘟疫盛生,崇祯不思救护百姓,却道百姓若是瘟疫死,乃天灭之。崇祯失道,人神共怒。大顺王可早图山西、京畿之地,兴仁义之师,讨不仁之君。则燕京百姓,必箪食壶浆以迎大顺王,更有天下义士望风来投。此刻将士连逢大胜,士气高涨,若舍此良机,他日兵势一交,定难克敌。愿大顺王察之,当即刻起兵东征。"

"大明治下,百姓都叫贪官污吏害了。朝中又兼曹化淳、高起潜一班宦官,皆是阿谀奉承之徒,百姓啖其肉而灭其族方雪此恨!卿言极是,当即刻统领大军东征京师!"

大顺王遂纳宋献策之谏,当即令泽侯田见秀镇守西安,自领大军起兵东征。令丞相牛金星、军师宋献策随军起行,洪关索、张一撞、杨忠为前部先锋将,汝侯刘宗敏统领中军,东渡黄河,攻打太原。令亳侯李过统领白顺、黑神射、李三娘并十万大军,沿黄河一路进兵,夹击太原。磁侯刘芳亮统领偏师,从黄河南岸进兵,以阻南直隶、山东官军北援。

大顺永昌元年正月初八,李自成起大军经由西安出征,渡过黄河,浩浩荡荡,直逼平阳府。平阳守将陈尚智闻报,不战便降。大顺兵马势如破竹,沿路州县兵不血刃,一路征进。早有城外探马报此事与晋王朱审煊知晓。晋王听罢,惊慌失措,乃谓府内众官道:"今闯贼在西安建了大顺国,统贼兵五十余万,其势甚大,如之奈何?"

众官闻言尽皆失色,面面相觑。

晋王见状大怒,道:"蔡巡抚何在?"

当有一人慌忙俯身道:"臣卸任山西巡抚蔡懋德在。"

为何称卸任巡抚?原来蔡懋德乃南直隶苏州府人,万历四十七年进士,历任杭州推官、祠祭员外郎、江西提学副使,后迁右佥都御史,巡抚山西,为官清廉,是个忠义之人。大顺军渡黄河之时,蔡懋德本在平阳督战,只是晋王恐闯贼来打太原,故一再催促他回太原镇守。蔡巡抚不敢忤逆晋王,只得撤兵回太原。平阳府不战而降,蔡巡抚被弹劾擅自放弃平阳,被崇祯皇帝下旨革职。岂料续任山西巡抚乃是贪生怕死之徒,半路听说闯贼已兵临太原,便一再拖延不前,蔡巡抚只得依旧在太原坚守。

晋王问道:"闯贼兵马临城,蔡巡抚可有退兵之策?"

蔡懋德回道:"臣食君之禄久矣,无可报效,愿舍残生,拼死守城。只是太原缺兵少饷,如何守得住?当务之急,乃请晋王拿出库银,招募死士守城。俗话说'重赏之下,必有勇夫',太原城内青壮如能冒死一搏,或能击溃贼兵,生灵免受涂炭。"

晋王见势急,却只提库银三千两募死士杀贼。当即命山西提学黎志升速速招募死士守城,若有杀死贼兵者,赏;杀死贼将者,重赏;若能退贼兵之围者,高官任做、厚禄任挑。

如此大兵压境，晋王不但吝啬至极，而且还所托非人。这黎志升却是个贪得无厌的小人，心想贼兵五十万，这三千两银子就是一人一两，也只募得三千兵卒，如何能抵挡？且这银两不是小数目，如何能轻易予人？黎志升寻思罢，心中便有了腌臜计议。

黎志升连夜拟了文书，整顿银钱军器，差官二员前去城内招募。谁想这伙官员俱是贪爱贿赂之人，只有进的金银，岂有出的金银？招募来的军士各自到城门守备，却不见一毫银两。

新募兵卒中有一个汉子，家中断炊，妻儿老母连糠饼都吃不上。听闻城中招募兵卒即可得银钱五钱，寻思与其饿着，不如先用这银钱买些粮米果腹。待投军写了名录、乡甲，领了军器，上了城楼，又是一班伍长、什长喝骂训斥，却不见半分银钱。远远望见尘土飞扬、杀声震天，义军兵马将来打城。眼见将要恶战，黎提学领着二位差官上楼督战，依旧只字不提银钱之事。汉子禁不住骂道："都是这伙贪官污吏，坏了朝廷恩赏我等的银钱！"

差官听了喝道："扯淡！我几曾坏你的银钱？"

那汉子道："募兵告示说了，入行伍即得银钱。眼见就要恶战，生死不知，却如何不见一个铜板？不是我们争嘴，恨你这厮无理，大祸临头，还要来佛面上刮金！"

差官骂道："你这厮目无官长，就是剐了你，也只我一句话！"

汉子闻言大怒，劈脸就一拳打将去。

差官喝道："捉下这个贼人！"

那汉子拔出刀来就欲厮打，拉扯声早惊动了城楼上众兵卒。众人都怒，嚷嚷不停。黎志升拨开众人，说道："且少安毋躁，晋王有令在先，如何能违逆？现用记功纸票代替银两，众兵卒休辞劳苦，只管杀贼，各自功劳都有将吏记着。待击溃闯贼，一并兑付，绝不少分毫。"

此言一出，众人越怒，眼见就要哗变。差官不知死活，却指着手骂道："都是一窝穷鬼，有银钱给你，还不知足么？又不是不给你，急什么？"

汉子大怒道："俺舍命杀敌，你却搞什么记功纸票，不是贪污是什么？谅你这贼官算什么鸟人？"

差官喝道："你这混球,又敢怎样？"

那汉子手起一刀,合着差官脖子剁了。差官哼也未哼一声,扑地就倒了。众人发喊,各自弃了军器走了。黎志升见势头不对,也不敢理会这杀人的事,连忙趁乱溜下城楼。

二月初六,大顺兵马进抵太原。城中无新募兵马,只有老弱兵卒,如何能抵？至初八子时,巡抚标营裨将张雄开南门请降,大顺兵马入城,太原城破。

先锋将张一撞一马当先,率兵卒径寻晋王宫。晋王朱审烜未及逃出,被生擒。蔡懋德恐被擒受辱,自尽身亡。太原百姓饱受贪官污吏盘剥之苦,听"盼闯王,迎闯王,闯王来了不纳粮"都听得耳朵起茧了,早盼闯王来打城池。此番城破,百姓夹道欢迎李自成入城。李自成叫打开官仓放粮,又将府中库银分与百姓。百姓得了钱粮,欢呼雀跃,称颂大顺王恩德。

李自成占了太原,稍事休整。八日后,点起兵马北上忻州,一路又是官民迎降。此行东征,各州各县,或一触即溃,或望风而降,不数日,晋地已大部归附。李自成大喜,叫在忻州大摆庆功宴,犒赏三军,众军欢声雷动。次日,李自成提兵往东而进,每日兵行六十里扎营下寨,所过州县百姓家,秋毫无犯。

这日,李自成在马上同丞相牛金星商议道："额等一路征进,官军守备望风而降,分兵前去各自打城池,还是一路征进？"

牛金星分析道："若是分兵前去,奈缘地广,官军将佐倘若还有忠义之士,恐要费些力气。不如一路东进,直逼京师。"

"丞相说的是！"

李自成随即唤过先锋将洪关索命道："额等只管一路东进,你乃关西汉子,山西一地甚熟,可引领军马前行。前方近的是何处州县？"

洪关索回禀道："前面便是宁武关,正是一处紧要隘口,与偏头关和雁门关合称长城外三关。宁武关地势险要,倘若官军凭险死守,便是易守难攻。"

李自成急唤先行官问道："可知宁武关守将何人？"

先行官回道："据探马来报,守将便是山西总兵官周遇吉！"

牛金星闻言惊道："若是周遇吉把守,便是一场恶战！"

李自成急问何故。

牛金星解释道："周遇吉乃锦州人,自幼习武,有万夫不当之勇。初随张凤翼、杨嗣昌东征西讨,军功无数。崇祯十五年末,清军入侵直隶,纵深千里,各地官军望风躲避,不敢应战。周遇吉此时官至山西总兵,与清兵大战三天三夜,杀死清兵数千,威名大震。"

李自成又问道:"当以何计破宁武关?"

牛金星道:"周总兵占尽地利,只能先遣能征之将打城,叫这厮知晓厉害;再用红衣大炮强攻,可破宁武关。"

李自成听罢,便催促大军趱行,至宁武关取齐。

话说周遇吉确自任山西总兵官以来,便与山西巡抚蔡懋德整顿军务、训练兵卒备战。闻听李自成于西安建了大顺国,便知其定要来打这里。往京师求救兵,朝廷只遣副将熊通领两千人来援。周遇吉命熊通守黄河,自己镇守代州。岂料平阳守将陈尚智不战便降了李自成,进而熊通也降了,且来代州做说客。周遇吉斩了熊通,传首京师。此时大明各镇将官屡战屡败,早已是人心思变、忠义无存,像周遇吉这种忠义之士已寥寥无几。

周遇吉坐镇代州接战李自成兵马,接连数日互有伤损,却依旧朝廷无援,以致粮尽援绝。周遇吉只好退守宁武关,依托地势继续抵抗。

大顺兵马前部先锋将乃洪关索,他引军杀近宁武关。早有伏路小校飞报与周总兵道:"闯贼军马大张旗号,前部先锋将乃是映山红洪关索。"

"此人善使一口青龙偃月刀,武艺高强,乃闯贼麾下五虎先锋将。我也想会会此人武艺。"周遇吉当即传令,令弓弩射住阵脚,大军于关口迎战。

众将得令,披挂上马。宁武关外李自成、牛金星、宋献策三人俱着戎装,亲在军前监战。大顺兵马盖地而来,遮天蔽日。只见宁武关吊桥落下,旗开处正中捧出一员大将,骑一匹高头大马,穿一领白罗袍,披一副连环山文甲,带铁胎弓,悬一壶金翎箭,手持梨花点钢枪,正是山西总兵官周遇吉。

李自成见了,嘱道:"此将武艺高强,洪将军不可轻敌!"

洪关索圆睁丹凤眼,持青龙偃月刀,骤夹座下之马,直临阵前。

周遇吉见了大骂道:"关菩萨忠义无双,你这厮习关菩萨模样,乃辱没圣人。今日撞到我这里,叫你身首异处!"

洪关索喝道:"大顺王一路征进,百姓拥戴,各镇都是望风而降。你这厮不识时务,安敢螳臂当车?"

两军呐喊，洪关索与周遇吉各自策马战在一处。只见两马相逢，兵器并举，大战一百余回合，不分胜负。好一场厮杀，正是棋逢对手，杀得天昏地暗，日月无光，两阵人马都看得呆了。

大顺军阵上杨忠见周遇吉战了多时不落下风，欲逞手段，便挺点钢枪在手来战周遇吉。周遇吉以一敌二，全无惧色。可这周总兵如何抵得住两条大虫夹攻，不多时，枪法渐渐就慢了。李自成见周遇吉不支，欲打出声势，便拔剑一挥，令大队人马掩杀过来。官军敌不住，奔回关内，紧闭城门坚守。

当日，李自成叫将吏功劳簿上记了洪关索、杨忠两人头功。次日，张一撞于宁武关外搦战，可任凭他百般辱骂，周遇吉坚守不出。

宋献策见状便献计道："周遇吉有万夫不当之勇，对战五虎将丝毫不逊。不如明其利害，令城中出降，此关可得。"

杨忠却摇摇头道："周遇吉刚勇，断不肯降，只恐此计落空！"

李自成想了一下才道："大兵压境，周遇吉顾及兵卒性命，或许来降！"

当下便依了宋献策所言，令将吏写成数十道劝降文书，其词云：

> 大顺国主李自晟示谕代州宁武关守城将士军民人等知悉：大顺国主推仁义于民，普天之下，万民敬仰。大明皇帝治下，贪官污吏横行，大旱连年，瘟疫盛生，乃逆天所致耳！大顺军众，顺天讨昏君，胁从俱是情有可原。守城将士，能反邪归正，改过自新，率领军民，开门降纳，定行赦罪，为大顺国录用。今代州一隅之地，负隅顽抗，无异于螳臂当车。劝尔等兵将，五日内降；若执迷不悟，城破之日，玉石俱焚。特谕。

军士将劝降文书拴缚箭矢射入城中，李自成传令各门稍缓攻击，看城中动静。周遇吉正在关上巡视，见有兵卒拾得箭书，接过视之，乃劝降文书。周遇吉大怒，喝令一一收缴，即刻焚毁。

周遇吉心中寻思，贼兵势大，非得用火炮飞打以碎贼阵。原来，周遇吉初任山西总兵官时，与蔡懋德整顿军务，因善用火器，军中火炮甚多。攻戎炮、叶公炮、佛郎机铜炮各自有几十尊。另有红衣大炮十余尊，能去十四五里远近，火炮落处，天崩地陷，方圆百十步尸骨无存。

数日后,李自成见城内未有动静,料想杨忠所言非虚,便令大军攻打。周遇吉挑大小火炮,令兵卒整顿炮架,直去关隘处竖起,点火放炮。大顺军都要夺关争功,但还未近前,早听得山头上炮响,一连放了无数炮。还有几炮打到大顺王中军帐边,将几个亲兵炸得粉身碎骨。众将见此等火炮如此厉害,尽皆失色。

李自成急问牛金星道:"周遇吉这厮火炮厉害,如何破敌?"

牛金星也红着眼道:"守关的用大炮往外打,我等攻城的就用大炮向城上轰。唯有前队死,后队再来,如同车轮一般,叫城内歇息不得片刻,来日弹尽粮绝,就是城破之日。除此之外,别无他法!"

是役,宁武关内外火炮对鸣,烟火冲天,残肢断臂遍地都是,伤残兵卒呼天唤地,如同阿鼻地狱。恶战两日,大顺兵马死伤万人,关内官兵炮矢殆尽,城墙亦被崩塌。城外大顺兵将一齐抢入城来,夺了关口。张一撞一马当先,领军上城,竖起大顺旗号。城中一时鼎沸起来,尚有许多奋勇之将,急忙引兵来杀。双方城内混战,直杀得天昏地暗。

眼见大顺军兵马势大,城内官军兵卒甚少,渐渐把守不住。有副将劝周遇吉弃了宁武关,周遇吉却道:"贼兵势大,我乃朝廷命官,守土有责,虽粉骨碎身,亦所不辞!"

汝侯刘宗敏领中军到来,见了门楼旗号,急驱兵马入城,与前部合兵一处赶杀官军。周遇吉亲持大刀,杀入贼兵与之肉搏,身中数箭,为刘宗敏兵马所俘。刘宗敏令降,周遇吉破口大骂,誓死不降。刘宗敏大怒,令绑缚高杆之上,万箭穿心。当时城破,李自成遂屠宁武关,婴幼不遗。

更有周遇吉浑家刘氏领数十女眷或登山巅、或据高墙,持弓箭射杀贼兵,阖家几十口无一人乞降,悉数被杀。有诗赞曰:

宁武关前周总兵,世人皆醉我独醒。
倘若诸镇皆死战,焉有贼寇入北京。

又有诗赞周遇吉妻刘氏曰:

宁武关前独木扛,巾帼不弱男儿郎。

城破力战身虽死，英名留世万古芳。

此役大顺军惨胜。当日，李自成于城内召众将商议，道："宁武关虽破，大顺将士死伤甚多。自此达京师，历大同、阳和、宣府、居庸，皆有重兵。倘尽如宁武，部众焉能到得京师？不如还秦休整，再图后举。"

众文武也议论纷纷，有说一鼓作气，有说稍缓图之，争论不休，当日不决。李自成心中不悦，罢兵还秦之意日盛，决意克日返回西京。

这日，李自成在中军帐内升厅，欲号令大军回撤。忽闻门外将吏来报，说有大同总兵姜瓖遣使送降表至。

李自成闻报喜出望外，忙宣使者入帐。使者呈上降表，李自成览罢大喜，遂赐宴席款待使者。正宴饮间，又有门外将吏来报，说宣府总兵王承胤降表亦至。李自成听罢益喜，重重赏了来使。

一日连得大同、宣城两地降表，李自成罢兵之意早跑到九霄云外。当日召集众文武，决策长驱，历大同、宣府抵居庸关。居庸关总兵唐通、监军太监杜之秩开门请降。至三月十三日，又破昌平，京城已是近在咫尺。

自崇祯十七年，事关闯贼破城文书如同雪片一般。现今居庸关又失，崇祯皇帝忙召集群臣商讨御敌之策，只是群臣已是各自面面相顾而不发一论。忽一内官进，呈一密函。崇祯皇帝览罢，大惊失色。原来闯贼又陷了昌平，即刻兵临城下。群臣闻报，哭声成片。崇祯皇帝大怒拍案，哭声方止。

崇祯皇帝顾不得群臣，起驾回宫。只听得城外炮声成片，城中喊声连天，兵马交加，却是城外京营与贼兵交战。战不多时，喊杀声渐疏，炮声越激，原来守城提督李国祯已率京营降了大顺军，守城火炮却来攻打京师城墙。崇祯皇帝在内宫正六神无主，有小黄门入内来报，说昌平监军太监杜勋求见。

崇祯皇帝叫入宫来见。杜勋虽已降，依旧行了君臣之礼，奏道："罪臣启奏陛下，大顺国主人马强众，议割西北分大顺国并犒赏百万，便退守河南。大顺王既受封，愿为朝廷内遏群寇，尤能以劲兵助剿东虏，但不奉诏与觐耳。"

"岂有此理！闯贼欺人太甚，如果应允，朕有何面目去见列祖列宗？朕誓与闯贼不两立！"崇祯当即斥退杜勋，命宫中侍卫、宦官大驱城中青壮上城御贼。杜勋抱头鼠窜，回报大顺王。

345

李自成闻报,便令大举攻城。

至三月十八日,京师已陷。崇祯皇帝闻报,自知已回天无力,遂大呼道:"内外诸臣误朕!误朕!"捶胸顿足,痛哭失声。

有一小黄门来报:"陛下,内城已被闯贼攻破。"

崇祯皇帝听了忙问道:"守城兵马还有几何?"

"守城官兵早已溃散,陛下还是逃吧。"小黄门说罢,转身便逃。

崇祯皇帝只得亲撞景阳钟召集群臣,岂料钟响,唯有内侍太监王承恩到。崇祯皇帝见了不禁泪如雨下,命王承恩陪同摆驾回乾清宫,提笔亲写谕旨:"命成国公朱纯臣辅佐东宫太子,提督内外军务。"然后命乾清宫太监将谕旨送往内阁。

王承恩惶恐,只得奏道:"陛下,内阁早已空空如也。"

崇祯皇帝撂下笔,痛骂群臣。又连饮数十杯酒,命人传周皇后、袁贵妃、太子慈烺、永王慈炤、定王慈炯至。

崇祯皇帝泪流满面,叹道:"朕上负列祖列宗,下负大明百姓。"又叫左右寻来破衣,与诸位皇子换上,命三人随同太监装扮平民逃离京师。

待送走皇子,崇祯皇帝望天叩头哭道:"太祖历经百战,非易创立基业,今一旦毁于朕之手,朕必当同死社稷,以见先帝可也。朕自登基之日起,励精图治,怎奈群臣误朕,回天无力。"

周皇后见状劝道:"陛下勤廉,众所周知。只是天灾人祸、内忧外患,非陛下之过也!"

崇祯皇帝慨然道:"贼兵将近,群臣已各自逃散,大明社稷从此殄灭。朕唯有先死以见先帝于地下,不屈膝于贼人也!"

"贤哉!贤哉!得其死矣!王死父,妾死夫,其义同也。臣妾侍奉陛下十八载,多有规劝陛下,只是陛下亦有刚愎自用、难纳忠言之过,以至于此!今日为社稷殉身,亦无憾耳!臣妾请先死!"言毕,周皇后径回坤宁宫自缢身亡。

崇祯皇帝令袁贵妃及西宫众嫔妃一一悬梁自尽,又恐城破诸位公主受辱,乃持剑奔宁寿宫杀长平公主。

待诸位嫔妃、公主或自尽或斩杀,崇祯皇帝伏地大哭道:"朕羞见基业弃与他人,故先杀妻女,以绝挂念。虽将一命报祖,然死后无面目见先祖于地下!"

贼兵已入城,杀声不断。崇祯皇帝弃剑执铳,携数十名太监骑马出东华门,却被乱箭所阻。复至齐化门,成国公朱纯臣却闭门不纳。后转向安定门,此地守备兵马早散了干净,大门深锁。此时天已拂晓,城外已是火光映天。崇祯皇帝复回宫鸣钟召集百官,却无一人前来。崇祯皇帝怒道:"诸臣误朕也。君王死社稷,二百七十七年之天下,一旦弃之,皆为奸臣所误,以至于此。"

此时,王承恩近身奏道:"陛下,正阳门已被贼兵占了,不如利斧劈开安定门逃出京师!"

崇祯皇帝摇摇头道:"出了京师又将如何?煤山山顶有处寿皇亭,乃先祖意喻江山永固而筑。如今朕决计赴死,且再见见此亭。"

此时天色已亮,身边唯有王承恩在。两人上了煤山,闻见城内喊杀声四起,乃贼兵四处劫掠杀戮。崇祯皇帝抚寿皇亭柱而泣,于蓝色袍服上大书——

> 朕自登基十七年,虽薄德匪躬,上干天怒,然皆诸臣误朕,致逆贼直逼京师。朕死,无面目见祖宗于地下,自去冠冕,以发覆面。任贼分裂朕尸,勿伤百姓一人。

之后,崇祯皇帝又伸手解下衣带,搭在寿皇亭下一棵枯树上,嘱王承恩道:"待朕死,你须将朕面目遮盖,乃无脸面见列祖列宗之意耳。"

君臣二人又大哭一场,崇祯于树上自缢而死,寿仅三十四岁。王承恩亦随主赴死。时崇祯十七年三月十九日也。

崇祯皇帝名朱由检,字德约,大明第十六帝,乃明光宗朱常洛第五子,明熹宗朱由校异母弟,母为孝纯皇后刘氏。万历三十九年生于慈庆宫,天启二年被封信王。天启七年即位,年号崇祯。崇祯皇帝于十七岁登基,即位之初,铲除阉党,勤于政事,厉行节俭,平反冤狱。只是此时大明已是积弊沉重,危机四伏。崇祯皇帝虽殷殷求治,勤于政务,力求中兴大明。然朝廷党争不休,民间灾祸不断,内有流寇肆虐,外有后金入寇,最终无力回天。后清军入主中原,依礼改葬崇祯帝于明十三陵,庙号怀宗,谥号钦天守道敏毅敦俭弘文襄武体仁致孝庄烈愍皇帝。

康熙皇帝曾评崇祯皇帝曰:

有明天下，皆坏于万历、泰昌、天启三朝。愍帝即位，未尝不励精图治，而所值事势，无可如何。明之亡，非愍帝之咎也。朕年少时，曾见故明耆旧甚多，知明末事最切，野史所载，俱不足信，愍帝不应与亡国之君同论。

再说刘宗敏领大队军马至正阳门，早有明兵部尚书张缙彦开门迎接。众将入城，各自入百姓家大肆劫掠，也有入豪绅家宅搜夺器仗宝物、金银财帛者。城内鸡飞狗跳，乱作一团。

早有探马将汝侯入城之事来报李自成，李自成点起一应兵马入城。待至城外，又有人来报，说司礼监太监王德化求见。

有分教：

忠臣殒疆场，难扶将倾大厦。
君王死社稷，亦是万古流芳。

直教成势贼寇尤胜贪官污吏，上位顺王显露流寇本性。欲知王德化求见李自成所为何事，且听下回分解。

第十九回

刘宗敏皇宫拷旧臣 洪关索民街杀虐将

书接上回。当下李自成问左右道："这王德化何许人也？"

左右文武有人答道："王德化乃司礼太监，宫中人称二王公。他曾与东厂理刑吴道正侦知阁臣薛国观有欺君事，告发而致其死，得崇祯皇帝器重，令王德化率群臣习仪于太学。"

李自成听了便道："既能率群臣习仪，且叫此人引额入城。"

不多时，果见一肥胖太监率三百人俯身于马下，齐齐拜了李自成道："奴才司礼太监王德化见过大顺王，请大顺王随奴才入城。"

"大顺兵马皆仁义之师，你等甚识时务。"李自成大喜，当即令其照常管司礼监，各监局印官亦如之。

只见李自成毡笠缥衣、乘乌驳马，拥精骑数百，牛金星、宋献策、刘宗敏、李过等一班文武紧随左右，由德胜门入，径去紫禁城。

李自成见此门乃德胜门，引入之人乃二王公，忽想起昔日似有高人言道，此时须做件要紧事，只是记不得乃何人所言。又见今日得入京师，何等荣耀，不禁大喜，便不再想是何人何事。待至西长安门，李自成仰天大笑，擎出弓箭，谓众文武道："倘若此箭射中中间字上，则天下太平。"结果一箭却射在瓦楞之上。

众人皆惊。宋献策连忙圆场道："射在沟中，以淮为界。"

这宋献策如何这般说？原来淮水至大散关曾乃南宋与金分庭之界，意为天下若分，有其一也。李自成闻听此言，方才心安。

又行至承天门,李自成见牌楼上"承天门"三字,依旧搭弓上箭,谓众文武道:"若额能为天下之主,则一箭射中牌楼正中。"岂料一箭射去,却只中"天"字下方。

李自成不悦,牛金星见状道:"中其下,当中分天下。"此意乃借刘邦项羽以鸿沟为界,中分天下,东归楚,西归汉。李自成听了大喜,遂经承天门步入内殿。

此刻大太监曹化淳之弟曹二公开彰义门,值守太监王相尧开宣武门,大顺军遂悉数入北京城,重重叠叠,形如潮水。

是日,阴云四合,天飘冰雨,紫禁城不多时便是迷雾重重,城外烟焰障天。城内百姓见兵马入城,深恐屠城,肝胆欲裂,只得各自闭门不出。

且说城破前日,制将军李岩曾谏大顺王说,欲定天下,须管束兵卒,不得残暴百姓。李自成从李岩之谏,当即叫将吏传令诸军:"敢有伤人及掠人财物妇女者,杀无赦!"入城前,李自成拔箭去镞,向诸兵将连发三箭,令兵马入城伤一人者立斩。

此番入城,李自成叫于北京城内遍贴安民告示,曰:

大帅临城,秋毫无犯,敢有掳掠民财者,凌迟处死。

洪关索是个疾恶如仇之人,当日便来寻李自成告道:"昨日先头兵马入城,有兵卒入百姓家宅劫掠。"

"何人敢违额将令?"李自成大怒,当即命将吏将人擒来。

不多时,两个兵卒被押至马前,说此二人劫绸缎铺,拳打铺主。李自成问二人姓名、乡贯。两人乃李自成米脂同乡,追随多年。

两人伏身乞命,李自成道:"你二人虽系同乡,但额号令已出,你二人犯之,当按军法。"

两人泣告道:"一路东征,衣衫已破。小人自小只穿粗布,未见绸缎,今入京师,只望取绸做衣一试鲜耳,并无大错。乞大顺王念同乡之情,下次定不敢再犯!"

李自成摇摇头道:"额固知你等穷苦出身,一路征战辛苦,然终是不应劫掠民间之物。"

李过、高一功念及米脂同乡,皆来求情。李自成斥退众将,令二人饮酒至大醉,解至茶盘街斩首示众。行刑毕,收其尸首,李自成亲领米脂同乡兵将送行葬之。自是三军震肃,一时无有敢不遵从者。

城内百姓闻李自成三令五申不得杀害劫掠,且诛杀违令兵卒,各自遂开家门,门贴"顺民"字样,门楣挂"永昌元年顺天王万万岁"横幅,于路摆上香案,执香立门,兵马所过之处,个个举香伏迎,高呼道:"大顺天王万岁!"甚是壮观。

当日李自成引领众文官武将入紫禁城。好一处大明皇家宫殿,方圆百顷,大小宫殿七十余座,房屋九千有余。有诗写紫禁城曰:

金碧辉煌紫禁城,红墙宫里万重门。
太和殿大乾清静,神武楼高养性深。
金水桥白宁寿秀,九龙壁彩御花芬。
前庭后院皇家地,旷世奇观罕见闻。

李自成命人遍索皇宫,却只有大内府库黄金十七万两、白银十三万两。骇异之下,失望至极。如今攻陷京师,理应大赏将士,金银甚缺,如何是好?当日,李自成召众文武于文华殿内议事。

牛金星建议道:"大顺兵马数十万,每日皆耗钱粮。今日占了京师,天下未定,东有清兵,南有左良玉之辈不容小觑。依臣之见,当征税以筹资饷。"

刘宗敏却不以为然道:"京师多有皇亲国戚,又有豪绅财主无数,依托赋税,何日能征齐粮饷?不如拷掠明廷旧官,定能追出金银万两。"

李岩闻言急忙制止道:"若是拷掠旧臣而追赃助饷,乃取祸之道,万万不可!"

李自成纳闷道:"额征战多年,哪次不是攻陷城池便大肆劫掠库银。如今大内库银短缺,城内豪绅财主众多,正好追赃以资军饷。"

李岩又言语,众人议论纷纷,当日商议未果。

数日后,有兵卒来报,说于煤山找到崇祯皇帝尸身。李自成令礼葬之,于东华门外搭台祭奠,葬田贵妃墓中。三个皇子未能逃出城,被大顺兵马所获,解来见李自成。昔日皇子锦衣玉食,今日衣衫褴褛,帽上贴有"顺民"二字。

"你等今日即同吾儿一般,不失富贵!"李自成见状,当即令人为皇子着新衣。

李自成又问太子朱慈烺道:"可知你父之事否？"

太子回道:"知也,父皇已自缢殉国。"

李自成又问道:"你父为何而失天下？"

"父皇误用庸臣。"

李自成闻言笑道:"你却明事理。"

太子恨道:"满朝文武尽皆无情无义,即刻便来向大顺王朝贺求官。"

"满朝文武,多有贪官污吏,此子之言,定然不虚。"李自成寻思罢,深恨明廷官吏,尤恨空会舞文弄墨、不会疆场建功之文人。当即主意已定,李自成令将吏传令诸军,叫无论新旧翰林,每人派饷银万两以上。令刘宗敏对明廷官员不论品级高低,一律追缴银两,以犒赏诸军。

且说太子所言确非虚言。叫官吏出银之令一出,不多时,便有大太监曹化淳求见李自成,愿纳献银五万两。李自成大喜过望,又命牛金星发布文告:"各官俱须次日朝见。朝见后,愿去者,听之。敢有抗违逆令者,斩!"此令一出,明廷旧臣纷纷报名觐见。

次日,李自成坐于朝堂正殿,牛金星执册点名。众臣惶恐,不知祸福。忽有数百甲士上殿,各官皆被甲士看押。众人大惊,恐李自成大开杀戒,各自惊得肝胆欲裂。甲士如狼似虎,驱诸官如猪羊一般,喝令道:"前朝犯官俱送刘宗敏将军处听候发落。"

当即百官皆换囚服,绳捆索绑于营前马棚。待饥渴了一日,方才带至刘宗敏府邸听候发落。

这刘宗敏此番入了京师,短短数日如同脱胎换骨一般,昔日豪气荡然无存,终日拥妓欢笑、饮酒为乐。刘宗敏此时正在快活,如何顾及百官？当即让人传令以官品献银,一品须献银累万,以下须累千。痛快献银者,即刻放人。匿银不献者,大刑伺候。百官皆为保命,只得叫家人献银。不多时,刘宗敏府邸已容银不下,便叫人转送至部将田虎和李遇府中。

也有为官清廉、两袖清风者,家中并无银两,只得俯身告饶。刘宗敏岂肯听信,便叫甲士用刑。一时间,棍杖狂飞、炮烙挑筋、挖眼割肠,北京城内明廷旧官惨号之声四起。军中诸将见刘宗敏如此拷掠追银,纷纷仿效。

当有襄城伯李国桢献金乞命。李自成知道此人便是献城请降之京营守将,当即喝道:"你受天子厚恩,信宠逾于百官,依理应以死报国。你却厚脸来降,意欲何为?"不由分说,当即命人将李国桢绳捆索绑。

李国桢痛哭乞饶,李自成大骂道:"误国奸贼,今日便是你的死期!"

早有甲士上前,小火燎烧、大板痛砸,将李国桢杖毙于此。

大学士陈演于城破前因谎报战功罢相,本欲逃离京师,却因家产太多而未果。此番大顺兵将索银,他送刘宗敏白银四万两乞命。岂料家仆告发,说家中地下藏银数万。刘宗敏令人掘之,果然遍院土下皆是白银。刘宗敏大怒,加大刑,又得黄金无数、珍珠成斛。陈演惜钱如命,最后依旧落得斩首。

大学士魏藻德曾献驱鼠传瘟之计,害苦大明百姓。此番被囚于黑屋,魏藻德隔着门缝乞命道:"新朝如欲用我为官,便把我放将出来,必赴汤蹈火以报此恩。"

狱卒报与刘宗敏。而杨忠此时正在刘宗敏府衙议事,听到"魏藻德"三字,告诉刘宗敏道:"小弟曾来京师打探消息,百官都说此人便是驱瘟害民的奸人。"

刘宗敏闻言大怒,将魏藻德提入殿堂亲审,首用夹刑,边夹边问道:"你居于首辅之位,为何乱国如此?"

魏藻德边号边答道:"我是书生,不谙政事,先帝无道,遂至于此。"

"你献驱瘟害民之计蛊惑帝心,又请妖道施法残害生灵,崇祯何处对你不住,竟诬他为无道昏君?"刘宗敏闻言越怒,当即下堂用力掴了魏藻德数十掌。

兵卒听说此人便是驱瘟害民的奸人,夹棍猛扯,魏藻德十指皆断。他惶急疼痛之下,大呼:"我有一女,愿献给权将军为妾!"刘宗敏立取其女,送入军营听凭军士淫乐,却依旧拷掠。大刑六日,魏藻德头颅夹裂,脑浆迸出而死。

更有翰林、科臣这些清贫官员,家中确无银钱,多被刑掠而死。刘宗敏于府衙门口立数十剐人柱,不论官员百姓,只要刘宗敏觉其宅中有钱,定会被捉至此处挨刑。不数日,大顺军共得银七千多万两,绝非仅从官吏身上掠得,也有出于百姓之家。

七千万两金银何其多也。崇祯皇帝十余年加饷增税,从民间得银不过两千万两,却致民心涣散,大明灭亡。大顺军于京城榨银七千万,酷烈可知。李岩见刘宗敏如此,恐迫急生变,忙来求见李自成。

李自成遂召刘宗敏问道:"你为何不助额施恩与民?"

"皇帝之权归顺王,拷掠之威归额!"刘宗敏自李自成起事时便跟随左右,多有战功。当前帝业未定,一班起事之生死弟兄仍需帮衬,李自成只能将此事作罢。

李自成本生活极简,不好酒色,与其下共甘苦。入京师后,依旧仅吃少许米饭拌干辣,佐以烈酒送饭,不设盛馔;皆用昔日营中粗陋军器,宫中龙凤诸器弃之不用。岂料日日有人献银献姬,不过数日,李自成就是铁石心肠也被腐蚀了,便一味贪图享乐,把军国大事抛于脑后,先占宫殿,再霸后宫,又封宫女窦美仪为妃。紫禁城内有姿色宫女,李自成、刘宗敏、李过各挑三十人,牛金星、宋献策等各得数人,将勋臣外戚之妻女赏与众将,至各营队长,都有所获。一时间上行下效,城内奢靡享乐之风盛行。

话休絮繁。单说这映山红洪关索是个顶天立地的忠义好汉,李自成赏赐金银姬妾,他全然不受。夜间众将各自寻欢作乐,或瓦舍听曲,淫乱民女,他不与众人为伍,独自在军营秉烛夜读。

洪关索眼见大顺兵将初入京师还算纪律严明、秋毫无犯,且斩杀违军纪之乱兵,心中大悦。不过十数日,便是将领奢靡腐化、兵卒劫掠奸淫残害百姓。洪关索因官衔只是先锋将,如何劝得动李自成?也只叫得苦。

话说有一日,洪关索夜间习学春秋史书,读到妙处,便不觉天已大亮。洪关索在营中吃了两个馒头,就一盘干辣子喝了一碗酒,将军中马匹和青龙偃月刀留在营中,只带了佩剑出营闲走。

正走之间,忽地听背后有人叫他,回头看时,却认得是昔日山西同乡张小二。原来当初在运城时,因田地大旱、颗粒无收,张小二一家都饿死了,只剩得他一人。洪关索此时已揭竿起事,率众劫了州府粮仓,送了粮米钱财救了张小二一命。张小二幼时读过私塾,颇能识字,家乡大旱安不得身,又亏洪关索赉发他盘缠去京师谋了个职事,不想今日却在这里撞见。

洪关索大喜道:"原来是张贤弟,你如何也在这里?"

张小二俯身便拜道:"自从得恩公救济,便来到京师一地过活。后投托一个私塾先生，留小人在私塾中做抄抄写写。因见小人勤谨，腹中还有些文墨，先生有一女，就招了小人为婿，教导考取功名。崇祯十五年京师大疫，丈人一家都死了，只剩得小人夫妻两个，也没有孩童来读书，便把私塾改了茶酒店，今日过来便遇见恩人。想必恩公可是投了大顺王，今日便在这里相遇？"

洪关索回道："起初揭竿只为混口饭吃，后投了大顺王，见洒家有些武艺，做了个先锋将。今日随大军到这里，不想在此遇见贤弟。"

张小二大喜，就请洪关索到家里坐定，叫娘子出来拜了恩公。

两口子欢喜道："我夫妇二人都手无缚鸡之力，今日得遇恩公，便是天之所赐。"

洪关索道："洒家终究是杀人无数的魔君，恐玷辱你夫妻两个。"

"恩人丹凤眼、卧蚕眉，使青龙偃月刀，有关菩萨之风，阵前扬名，谁人不知。且休推辞，今日便要开怀畅饮。"

张小二当时就叫娘子下厨，置办酒宴，管待洪关索。不多时，堂屋正中桌上摆了熘肉片、羊蝎子、酱肉丝、涮羊肉、干辣菜、炒韭菜、清酱肉，当中放了一桶打卤面，摆了满满一桌子。

张小二叫洪关索坐了主位，自己打横相陪，张娘子下位作陪。三个人坐下，张小二又搬出一坛子陈年老酒，满满筛了一碗酒来敬洪关索道："恩公休怪没甚管待，请满饮此杯。"

洪关索欢喜道："多谢贤弟殷切款待，再休要这般说。"

这洪关索多年征战，眼里只有杀戮，连日又尽是兵卒劫掠、杀害百姓，却无力劝止，正是心糟之时。今日得遇故人相邀入家宅饮酒，几曾这般愉悦。此时已是四月天，正好不冷不热，洪关索便脱了军中战袍，要个了搭包将二尺长须裹了，光着膀子只顾畅饮。

张娘子不住上下筛酒添菜，夫妇二人笑容可掬。张小二满口说道："恩公，日后此处便是恩公的家。恩公在军营，天为被，地为床，甚是苦也。此处虽简陋，却强似军营百倍。"说罢，便拣好的肉块递将过来。

洪关索是个直性汉子，只把张小二夫妻两个当亲兄弟相待，也不谦让，也不推辞。没多久，一坛子酒、一桌菜肴、一桶子打卤面都吃尽了。

夫妇两个看了，呆了半晌。张小二赞道："恩公真乃神人也！没有如此饭量，岂有万夫不当之力！"

三人正说话间,听得门口一声喊起,似有几十人来到。张小二大惊,跳起身说道:"恩公且坐,待我去看！"

张娘子花容失色,忙道:"定是乱兵劫掠来了！"

洪关索怒道:"若是乱兵胡来,叫他试试洒家腰间宝剑利否。"

张小二见状央道:"小人知晓恩公武艺,且休胡来。小人予些银两,打发这些人走就是,恩公切勿出来窥望。"

洪关索听了道:"既是如此,你且问清这伙乱兵主将姓甚名谁！"

当时张小二便开大门,道:"军爷,我是此处顺民,平日教书为生。这些时日无有孩童读书,此处便做茶酒店,并无半分过错,何故来我家中？"

"且勿忧虑,只是借一碗水喝。"为首的是一管队官,不由分说便领几十个兵卒进了堂屋。洪关索因脱了战袍,又裹了美髯,乱兵并未认出。

张小二夫妇不敢怠慢,急急沏茶端给众人。管队官喝了茶,又道:"征战辛苦,借你家床歇息！"

张小二回道:"军爷容禀,小人只此一间屋子,床铺乃我和娘子歇息的,床铺借你,这怕是不妥！"

管队官闻言怒道:"我等一路征战无数,今日借你床歇息,有何不妥？"

一旁贴队官见张娘子长得有几分姿色,便对管队官道:"小娘子水灵,不如献与白大人！"

"说的是！你这厮不肯借你家床,便借你家娘子一用。"管队官瞥了一眼张娘子,便把手一挥,一伙乱兵就来拉扯。

张小二忙道:"军爷,我们都是顺民,这却是万万不可。"

管队官不耐烦道:"我等征战劳苦,借你家床铺都不予,是何道理？我家白将军已娶了十个妇人,却无一个满意。今日见你家娘子有些姿色,特献与白将军,只当你家犒军了,你如何不依我言语？白将军纳了十个妇人,不情不愿皆被杀了,你还不识时务么？"

张小二听了怒道:"便是大顺王来了,这自家娘子岂能借人？"

管队官亦怒道:"放屁！倘若拉扯,我有利刀一口,先叫吃我一刀！"

张小二也不退让道:"都说迎闯王,不纳粮,你等休欺顺民。"

管队官大怒道："这厮正是胡说！左右，与我把这厮耳朵割下来佐酒！"

众人待动手，早恼了洪关索。只听他大吼一声，直抢到管队官身边，早把管队官手中腰刀夺了，揪住管队官一拳打翻。那几个乱兵待来抢他，也被洪关索手起打倒五六个。众乱兵见此人厉害，一哄而散了。

洪关索拿住管队官提将起来，喝道："方才你说的白将军，是何人也？"

管队官见这红面汉子武艺高强，早怂了七八分，道："我家白将军乃大顺王麾下五虎先锋将白虎白顺是也！"

洪关索听了假意道："白将军大名谁人不知。我是这家人表亲，你且传话白将军，今晚就来迎娶这家娘子！"

管队官还以为这红面大汉惧白虎之名，忙道："还是你这红面汉子识时务！"

待这伙乱兵走了，张小二劝道："恩公，这个白虎和恩公是一般的五虎先锋将，武艺定然高强。恩公且回军营，休管小人。小人即刻收拾包袱细软，离了京师逃命！"

洪关索听了道："洒家旧日也曾听说白顺这厮是个好色之徒，今日占了京师，贪色本性便暴露无遗，抢了十个妇人还不够；手下兵卒进门就夺人妻子，早成了欺虐百姓的虐将！洒家有个道理教他回心转意，如何？"

张小二奇道："这伙乱军杀人不眨眼，恩公如何能使白将军回心转意？"

洪关索故弄玄虚道："洒家幼时曾遇高僧教了说因缘之法，便是铁石人也劝得他转。今晚便叫你娘子别处藏了，洒家就这里说因缘，劝他回心转意。"

张小二听了，也只好说道："好却甚好，只是恩公切勿打斗。"

洪关索回道："这个自然。你若有酒，再将些来吃。"

"有，有。"张小二随即又取一大坛子酒来，叫洪关索尽意吃酒。

时辰迅速，不觉傍晚已到，洪关索问道："贤弟，你的娘子可曾躲了？"

张小二回道："浑家已出城躲藏了。"

"你且在门口站着，只管将白顺那厮引来。"洪关索说罢，把房中桌椅等物都搬到一边，将佩剑放在床头，把帐下了，跳上床去坐着。

稍后天色黑了，只听得马蹄声响，又是一伙乱兵来了。张小二胆战心惊，只见远远七八十个火把照得如白昼一般，正是那伙乱兵飞奔过来，一人骑高头大马,前后左右都是明晃晃刀枪。马上这人披金戴银,浑身绫罗绸缎,正是白顺。

白顺少年时便揭竿起事,征战十余年,此时已是三十七八年纪。众乱兵吵吵嚷嚷道:"今夜白爷尝了鲜,也须赏赐我等好货色。"

张小二见了这多刀枪,腿早吓软了,慌忙俯身跪下。

白顺见状笑道:"你且一边待着去,我的夫人在哪里?"

"小的自引白将军去。"张小二一心只要恩公出头,强忍住说罢,便引白顺入屋,"夫人在床上,请白将军自去。"

白顺见状道:"你这厮已然做了乌龟,就不要小气,房里也不点盏灯,由我那夫人黑地里坐地。"

张小二也不搭腔道:"你且进去,小的关了门便是。"

白顺解下腰刀扔在一旁,摸进房中叫道:"娘子,你如何不出来接我?你休要怕羞,我明日要你做正房,强似跟个穷酸苦命。"

白顺说罢,便揭开帐子,探一只手入去摸,被洪关索就势劈头揪住,右手捏起拳头,骂道:"你这贼人,且吃洒家一拳!"

白顺没防备,黑地里挨了打,眼冒金星。他本就武艺高强,又是久经沙场的老将,知道不妙,就地滚到圈外,喝道:"你是什么人,敢搅老爷的好事?"

好个洪关索,一个翻滚早把床边佩剑拿在手中,喝道:"你这厮,昨日还是疆场建功的将官,今日便是欺压百姓的虐将。留你只会害民,且吃洒家一剑!"

白顺大吃一惊,苦于黑灯瞎火,见不得物件,只得躲藏。门外乱兵却听得里面咚咚响,慌忙把着火把一齐抢将入来。众人火把下看时,只见一人持剑追砍白将军,此人红面长须,有人认得正是映山红洪关索。

为头的兵卒叫道:"洪将军为何在这里?为何来搅我家白爷好事?"

洪关索也不答话,只是挥剑砍杀。众乱兵一齐打将入来和洪关索战在一处。洪关索见了,撇下白顺,便和乱兵打将起来。乱兵都忌惮洪关索武艺,又见来得凶猛,一哄都走了。白顺无法,腰刀也丢在门外,赤手空拳抵不住洪关索。两人斗不到十回合,白顺被洪关索一剑刺破肚肠,一命呜呼。

张小二见洪关索性烈如火,打死大顺王手下大将,只叫得苦,不知如何是好。洪关索见状道:"此人与洒家同为先锋将,虽是同僚,但今日做了虐将,留之何用?眼见得此处洒家与你都安身不得,你且收拾细软与你家娘子远走高飞。"

张小二听了问道:"我便走脱了无妨,却累得恩公军营里也待不下了。"

洪关索说道:"洒家自有一身武艺护身,去哪里都可占山为王。且大顺王已非昔日李闯王,东有清兵,南有明臣,大顺王定难长久。洒家自有主张,你自去便是。事不宜迟!"

张小二俯身跪拜,磕了三个头,取了包裹,带了盘缠,出后门自寻娘子投别处去了。

洪关索心想,当初起事时有些个山西好汉,党家党世雄、破甲锥李立、白九儿白应真都被官府或灭或降,只有一阵风陈尔先未有消息。陈尔先本是太原镇兵卒什长,因性格刚猛,不堪将官欺压而纠集军中兵卒起事。此人定不会降,不如就此别了京师,回山西老家占山为王,图个逍遥快活,或许日后能撞见陈贤弟。当即寻思罢,洪关索从堂屋桌上拿起毛笔,在粉墙上写道:

为卒时吃糠咽菜,为将时同甘共苦,为王时穷极奢靡,焉能长久乎?

写罢,洪关索弃笔于地,拂袖出门,取路回营拿了青龙偃月刀、寻了快马,连夜出城去了。

次日,营中旧部不见洪关索,又未见青龙刀,听闻洪关索杀了虐杀百姓的白虎,便知洪关索定然回山西老家去了,便一路西行寻来。几日后,旧部寻着洪关索,复聚一起打家劫舍。又果在太行山遇见一阵风陈尔先,两人合兵一处,占山为王,啸聚一二万人马。日后清兵入关,洪关索与陈尔先聚人马抵敌清军,至康熙二年方被剿灭。时洪关索已近花甲,力斩数十清兵逃出。清兵围捕多年,终不能获。

再说白顺被杀,早有兵卒急报知大顺王。此时李自成正与妃娥翻云覆雨,兵卒不敢入,只得候到次日晨方才报说此事。听闻大将内讧,李自成大怒,便命抓捕。不多时,只见二百余人各执刀杖枪棒围住张小二家。

这隔了一夜,如何还能搜到?家宅内外搜了个遍,也不见凶手洪关索,张小二一家也早不见踪影,只看见墙上诗句。众人搜不到洪关索,只得先回复了李自成。只说洪先锋无故杀了白先锋,现已潜逃,又把墙上诗句抄了呈报。

李自成看了诗句,知晓洪关索在骂自己,当即便唤制将军李岩近前,叫传口谕,令刘宗敏速速领兵拿捉洪关索。

　　李岩得令,忙去刘宗敏府邸传令。

　　此时刘宗敏正在府衙拷打明廷旧臣。李岩入内,只见一花白胡子老人绑在府衙内,当厅跪下。刘宗敏在厅上咬牙切齿,喝道:"老匹夫还敢私藏银两么?"

　　老人告道:"小人家中银两已缴纳完毕,再无银钱!"

　　刘宗敏喝道:"各自都说自家再无银两,若是一顿板子,便有银钱!"

　　老人又道:"家中奴仆可佐证。"

　　刘宗敏喝道:"他是你府的人,不得你的言语,如何敢说?你又来瞒额!你这厮,不打如何肯招!左右,下手加力打这厮!"

　　老人叫道:"将军且看犬子一面住手!"

　　刘宗敏闻言,问道:"你家儿子何许人也?"

　　老人答道:"犬子乃山海关总兵吴三桂是也!"

　　一旁李岩闻听此言,忙道:"汝侯且先住手,容末将一言!"

　　刘宗敏见李岩进府,便弃了手中皮鞭。李岩近前行了军中之礼,道:"传大顺王口谕,先锋将洪关索昨日斗杀了先锋将白顺,大顺王令汝侯领兵速速拿捉洪关索。"

　　刘宗敏听了道:"既是部将行凶,理应正法。方才制将军说且听一言,不知何事?"

　　李岩解释道:"这老人口称其子乃山海关总兵吴三桂,此人便是明廷京营提督吴襄,却这般拷打不得!"

　　原来吴襄乃中后所军户,天启二年武进士,历任都指挥使、都督同知、总兵、中军府都督等职。崇祯十七年三月初,李自成破大同、真定时,崇祯皇帝起用吴襄提督京营。北京城破之日,吴襄为大顺军所获。

　　刘宗敏听了不以为然道:"就算是吴三桂,也不过是平西伯,吴襄如何就动不得?"

　　李岩道:"汝侯容禀。大明自洪武皇帝始,尤重北疆之防御。西起嘉峪关,东抵辽东,关堡环列,重兵驻守,皆为国家雄师之所在。至万历末,金国崛起,累次入侵畿辅,因而辽东一镇兵将皆是国家精锐。陕晋诸镇,在大顺王攻伐之下相继溃降,北方劲旅唯有辽东一镇。吴三桂此番镇守山海关,乃非同小可之人!"

刘宗敏叫道:"你且说如何非同小可?吴三桂能有多少兵马?"

"汝侯切勿小瞧此人。据末将所知,吴三桂部领精兵四万,辽东守备兵马尚有八万,皆是劲卒。更有夷丁数千,甚是骁勇彪悍。"

"制将军休要长他人志气,灭自家威风。额这里大顺兵马百万,还惧山海关一隅之兵马?"刘宗敏冷哼罢,遂不纳李岩所言,依旧拷打旧臣。

大顺王口谕令拿捉洪关索,刘宗敏只是遣一参将官领兵五百出城。这参将官这些时日却学油滑了,要他离京师这般奢靡之地,如同要他命一般。只是将令难违,参将官领兵出城,叫兵将各自寻个地方打了个盹,便说洪关索惧大顺王虎威,遍寻不见。

而刘宗敏听了李岩说吴襄乃京营提督,心想定是崇祯皇帝恐吴三桂生异心,故将吴襄安置于京师,借以要挟吴三桂。既是如此,崇祯皇帝赏赐定然不少。刘宗敏寻思罢,禁不住怒喝道:"你子既是山海关总兵,你哭穷定是瞒额!你这厮不打如何肯说实话!"

吴襄叫道:"汝侯容禀,宅中金银确已悉数纳贡,休要打杀了老朽!吾儿府中尚有金银!"

刘宗敏睁大眼睛问道:"金银在那里?"

吴襄回道:"已使人出城送信,叫吾儿取来了。"

刘宗敏闻言越怒,喝道:"这厮是叫吴三桂领兵快来吗?左右,腕头加力,好生痛打!"

众人把吴襄打得皮开肉绽,鲜血迸流。吴襄只得磕头求饶,乞宽限时日。刘宗敏当即命人将吴襄收监,发下牢里监押。

李岩是个甚是明朗之人,当初劝李自成不征粮米、收服人心皆是出自此人之谋。李岩知晓此时关外有清军觊觎,关内又有大顺兵马,吴三桂势难独存。只恐刘宗敏满腹戾气,若拷打吴襄,逼吴三桂降清,则势必是大顺之劲敌。

李岩离了刘宗敏府邸,当即去紫禁城求见李自成。君臣见礼罢,李岩禀道:"当有前明平西伯吴三桂镇守山海关,此时乃一隅之地,或降清室,或投大顺王。若率众归附大顺,恰似东北锁钥,拒清兵于关外,固关内无虞。如降清室,必为大顺肘腋之患。吴三桂身系清顺之兴亡亦无不可,山海关也绝非一隅之地。"

李自成从李岩之言,亲赴刘宗敏府邸执吴襄,令作书招抚吴三桂：

> 事机已去,尔父须史,呜呼！识时务者,亦可以知变计矣。我为尔计,不若反乎衔璧,负锁舆棺,及今早降不失通侯之赏,而犹全孝之名。万一徒恃愤骄,全无节制,主客之势既殊,众寡之势不敌,顿甲坚城,一朝歼尽,使尔父无辜,并受戮辱,身名俱丧,臣子均失,不亦大可痛哉。

李岩又建议道："大顺王可遣一将携书并金银犒吴三桂,再又遣别将率兵代吴三桂守关,召所部赴京师谋降,则大事成矣。"

李自成闻言大喜道："此计甚妙！当遣何人为使赴山海关？"

"不如遣前明定西伯唐通。吾王陷大同时,唐通与吴三桂、左良玉、黄得功奉召勤王,唯有唐通一人入京。唐通此人有些气节,臣保举唐通与大顺兵政府左侍郎左懋泰共守山海关,可保无虞。"

李自成准李岩所奏,即刻差人宣唐通、左懋泰入宫觐见。命两人统领两万兵马,携白银四万两前往山海关犒军,宣吴三桂来京师请降。唐通领命,点起兵马,克日起行。

话说这日吴三桂正于山海关总兵府坐衙,早有探子来报说吴提督为顺贼手下刘宗敏拷打迫银。吴三桂焦躁,正召集心腹幕僚商议如何解救。忽听得门子来报,说大明定西伯唐通并大顺兵政府左侍郎左懋泰前来犒军,并有大顺王书信,特来宣取将军赴京,说有通侯之赏。

吴三桂思索片刻,便率本镇官员出府迎接唐通。两人一番寒暄,并叫众人各自都相见了,请入府衙内堂。唐通叫将金银交由吴三桂手下将吏犒赏众军,又将大顺王书信递与吴三桂,盛赞大顺王礼贤下士,许诺吴三桂若率军入京,不失封侯。吴三桂览罢书信,心想东有清兵,西有大顺拥兵百万,山海关一隅之地如何抵敌？满人终究是外夷,且老父尚在京师,不如降了大顺,再作计议！吴三桂权衡再三后说道："既是大顺王如此待见,三桂即刻收拾头盔衣甲,鞍马器械,带引兵将从人,一同离了山海关,星夜兼程赴京。"

唐通听了大喜。吴三桂命摆了宴席,管待众大顺使臣。

座上觥筹交错,饮至半酣,吴三桂领唐通、左懋泰步出帐外,观左右军士皆全装铠甲,持矛执盾而立。左懋泰感叹道:"平西伯麾下军士真熊虎之士也。"

吴三桂又引左懋泰到帐后一望,近处红衣大炮不下百尊,远处粮草堆如山积。左懋泰又感叹道:"山海关一镇确乃兵精粮足,平西伯名不虚传。"

众人复入帐,会诸将再饮,至夜方散。次日,唐通统领所部兵马镇守山海关。吴三桂点起军马,擂鼓祭旗,辞驾登程。唐通领大小官员都在长亭饯别,吴三桂戎装披挂,骑一匹金鞍大马,左右两边都是副将、军师,背后便是许多精兵强将,登程往京师进发。

话分两头。且说刘宗敏身边有个副将姓李,生得尖嘴猴腮、背如猿猴,又因行事圆滑,身边军士忘记此人真名,只唤此人为李猿。这李猿本是军中小小贴队,上阵胆小如鼠,每日只思索如何巴结上官走捷径晋升。打听得本队中有一人乃刘宗敏同乡族人,若算宗谱,居然还未出五服,便借同乡之名每每宴请刘宗敏。只是大顺军入京师前,李自成管束甚紧,不敢劫掠百姓,日间消遣只能用各自军饷。李猿军饷每月三五两银子,如何得够?便私底下恐吓兵卒,一顿威胁利诱,却叫兵卒掏出银钱来宴请上官。兵卒每月军饷六钱银子,也只得忍气吞声。久而久之,刘宗敏见这李猿颇为乖巧,便提拔为副将,留在身边听用。

这日见刘宗敏拷打得也烦了,这李猿便谄媚道:"汝侯操劳大顺国事,权且歇息几日。此处不远便是柳泉居,嘉靖时便是个达官贵人不远千里来求美食之所。只因前些时兵马入城,厨子都藏了。末将近日擒来几个厨子,个个烹一手好菜肴。也抓来了几个行院,都色艺双绝。汝侯何不跟末将去要一要?"

刘宗敏听了,正好遇心躁,又合当出这一件泼天大事,便带了几个护卫亲兵,跟随李猿到柳泉居里来吃喝戏耍。只见柳泉居门首挂许多金字招牌,旗杆吊着酒幌子。刘宗敏入到里面,便去上首第一把椅子坐了,李猿并几个护卫亲兵各自下首陪了。

不多时,一桌子菜蔬果品便上齐了。满桌子菜肴皆是炮龙烹凤,酒水尽是琼浆玉液,果品也不输王母娘娘蟠桃宴。众人都是出身贫苦,又是一路征战多年,吃尽野菜麦糠,未曾见过如此美宴,各自只顾开怀畅饮、大嚼大咽。戏台上锣声响起,那些伶人上了戏台,参拜四方,扭动细腰,翩翩起舞。当中有一女子生得楚楚动人,拈起琵琶,十指点动,轻展歌喉,却念出四句七言诗来:

羊儿吃草惧豺狗,盼走豺狗来猛兽。

人生衣食真难事,不及鸿雁处处走!

刘宗敏听了这曲,登时大怒道:"这女子无礼。这曲分明是说明朝的贪官污吏是豺狗,我等是猛兽了,这还了得!"

那李猿深恐扰了刘宗敏酒兴,当即喝道:"你这几个说的好词,但来领赏钱!"

那女子回道:"小女子一家都被乱军杀了,留下我一个,不愿独存!今日之事,未想能活。"

李猿怒道:"你这说哪里话?唱曲定有赏钱,只是今日忘了,有钢刀一口,一发赏你。"

女子笑道:"官人今日便是有刀山火海又如何?一家老小留我一个,刀山火海也不惧分毫!你这贼官,也是如同狗一般的人!"

李猿大怒,便骂道:"这忤奴,怎敢辱我?"

女子亦强横道:"便骂你十八代祖宗又打什么紧?叫上官消遣快活,定是你这狗奴才的主意。"

当中有个伶人认得是刘宗敏,便来劝道:"使不得!这上官便是大顺汝侯刘宗敏,京师大官都被他打死不计其数,何况你这弱女子,打死你不似掐死一只蚂蚁?"

女子道:"就是大顺王来了,我也这般说!"

李猿哪里忍耐得住,从座椅上直跳上戏台,抽刀就是一下,那女子便人头落地。旁人见砍得凶,都不敢吱声。柳泉居当家的也过来赔不是,唤里正人等来把尸身拖走埋了。

刘宗敏被扰了酒兴,大骂李猿是蠢驴一头,办了个晦气事。李猿本欲讨好上官,不期碰上个烈女,挨骂也只得忍气吞声。

忽听得门外有响声,似有人进来。李猿顺声一看,只见门外大路上有一乘轿子,七八个人跟着,挑着两个盒子,说是来柳泉居购些招牌菜肴。李猿见那轿子披红挂彩,帘上绣一个大大牡丹花,想必轿子里定有个妇人,便使了个眼色。十来个兵卒冲到大路上,将那轿子拦了。

刘宗敏和几个将佐自在柳泉居内饮酒。那李猿去了不到一炷香工夫,有兵卒来报:"李副将将几个随从都打跑了,拿得轿子里抬着的一个妇人。轿内只有一个食盒,别无物件。"

刘宗敏问道:"京城美人遍地都是,区区一个妇人,劫来做甚?"

兵卒回道:"这个妇人不一般,端的是沉鱼落雁、闭月羞花一般容貌。"

刘宗敏听罢大笑,故作镇定道:"原来李副将要贪女色,不是好汉的勾当。"

这时,李猿走进来躬身说道:"禀汝侯,轿中妇人却是美貌,不输西施,末将特叫这妇人来伺候汝侯。"

刘宗敏叫道:"且叫这妇人来见额,额倒是想见见如何美貌。"

李猿叫兵卒将轿中妇人带进来。只见这妇人生得:

千秋无绝色,悦目是佳人!
倾城倾国貌,惊为天上人!

一见这妇人,刘宗敏身子骨便瞬时酥软了半边,就要伸手去搂。又见了诸般将佐还在,只得先假意问道:"娘子,你住在何处?且休害怕,你来这柳泉居做甚?"

那女子道了个万福,怯生生说道:"奴家就住京城不远处,家中公公受了刑伤,禁在牢中,要食进补。平日里柳泉居美食众多,只是这几日都关门了。今日见这柳泉居有客,便来这里购些菜肴给公公送牢饭。不知何处冲撞军爷,还乞赎奴家过错!"

刘宗敏又道:"你姓甚名谁?是谁家宅眷?你公公又是什么人?"

那妇人含羞向前,深深道了三个万福,便答道:"奴家名唤陈圆圆,是山海关总兵吴三桂的浑家,公公便是京营提督吴襄。"

刘宗敏听罢吃了一惊,寻思这吴襄乃吴三桂之父,正是额在拷打,岂料吴三桂之妻又叫额撞见,若掳了这妇人寻欢,势必迫急了吴三桂!刘宗敏又看了看陈圆圆,只见她生得粉腮酥胸,不禁胯下之物开始闹腾,便又问道:"你丈夫便是吴总兵,你可知额是谁?"

陈圆圆道:"回军爷,奴家不知。"

刘宗敏大笑道："你恰才说你家公公受了刑伤,便是额的棍棒皮鞭。"

原来陈圆圆乃吴中名伶,色艺双绝,名动江左。时逢江南年谷不登,陈圆圆被卖给苏州梨园。初登歌台,人丽如花,似云出岫,莺声呖呖,台下看客皆凝神屏气,入迷着魔。崇祯十六年,陈圆圆为田妃之父田宏遇劫夺入京。后田弘遇因贵妃去世,日渐失势,为找倚靠,有意结交声望甚隆且握有重兵的吴三桂,便将陈圆圆赠与吴三桂为妾。

再说陈圆圆见此人便是拷打公公的将官,已知凶多吉少,只得俯身告饶。

刘宗敏见状道："额有句话说,不知你肯依否？"

陈圆圆问道："大人有话,但说不妨。"

刘宗敏便道："你家丈夫远在辽东,如何能保护你？额这里大顺兵马百万,你且跟了我,管教你依旧为恭人,如何？"

陈圆圆听了不从道："奴家是吴家的人,自是与丈夫做伴终老,如何能给自家丈夫戴上绿头巾？"

刘宗敏哪容陈圆圆分辩,喝令李猿叫人将轿子抬了来,掳了陈圆圆,塞入花轿,抬着就去府衙。

且说陈圆圆随行伴当有胆大的,欲知何人掳了恭人去,便一路跟随探了个究竟。知晓是被汝侯刘宗敏掳了,便连夜出城去报知吴三桂。

当时吴三桂大军已行至永平,见有家中仆人火急火燎赶来,便知不妙。仆人见到吴总兵,涕泪尽流道："恭人被贼将刘宗敏掳去了。"

吴三桂听了大怒,喝骂道："你如何撇了恭人？如何不提陈圆圆是我小妾？"

仆人分辩道："他那里兵卒万人,如何与他敌得？恭人报了吴总兵名号,岂料吴老太爷就是被此人拷打,现就禁在牢中。"

吴三桂闻报,当时便气得钢牙咬碎,大骂道："闯贼、刘贼欺我太甚！若不能食二贼之肉、寝二贼之皮,难消我心头之恨！"

吴三桂麾下骁将王屏藩闻言,近前道："杀亲夺爱乃不共戴天之仇,当誓与顺贼不两立也！"

吴三桂闻言问道："你有何计议？"

当下王屏藩说出一番话来,竟惹得风云突变。

有分教：

同甘共苦得江山易,戒财齐心守江山难。

　　直教纵有文韬武略,怎逃出天日昭昭。欲知这王屏藩说出什么话来惹得风云突变,且听下回分解。

第二十回

年逢甲申中原易主　时至康熙西岳镇魔

书接上回。那骁将王屏藩道："据末将所知，闯贼手下士卒抢掠、臣将骄奢，自入京师便杀人无虚日，兵丁掠抢民财者比比皆是。顺贼设官治事，首推追饷。城固县有贼索饷，加以炮烙；汾阳县有搜括富室，桁夹助饷；绛州多有士大夫遭酷拷死。刘宗敏这贼人备极惨毒，酷索金钱。大顺贼兵如此骄横无礼，平西伯倘若入了京师，定是凶多吉少。"

又有骁将马宝道："城内探子来报，西长安街有告示说大明天数未尽、人思效忠，定于本月二十日立东宫为皇帝，改元义兴元年。虽说告示不可尽信，也是闯贼甚不得民心。依末将之见，山海关只有唐通兵马两万镇守，不如先行还兵击唐通，复夺了山海关再作计议。"

吴三桂叹道："若如此，老父之性命危矣！"

王屏藩又劝道："岂不闻成大事不拘小节否？平西伯要成霸业，当断须断，迟则生变！"

吴三桂思索片刻，便作书托仆人送至京师，信中写道：

> 父既不能为忠臣，儿亦安能为孝子乎？儿与父绝，请自今日。父不早图，贼虽置父鼎俎之旁以诱三桂，不顾也。

当即吴三桂以为君父报仇、恢复大明正统为名，移檄远近曰：

钦差镇守辽东等处地方团练总兵官平西伯吴,为兴兵剿贼克复神京尊安宗社事:闯贼李自成,以幺魔小丑,纠合草寇,长驱犯关,荡秽神京,弑我帝后,禁我太子,刑我缙绅,淫我子女,掠我财物,戮我士庶。请无分室游,无分家食,或世贵如王、谢,或最胜如金、张,或子房之以资起,或挽辂之以谈兴,乃至射策孝廉、明经文学,亦往往名班国士,橐为里雄,合施壮谋,各团义旅;杖不需于武库,糇无壅于郇厨。飞附大军,力争一决。至登垄巨商,联田富室,若以缙绅并举,亦自分谊有殊,然使平准法行,即阳翟之雄岂得居其奇货?又如是手实令在,将处士之号未可保其素封。凡称多算之有余,总赖圣恩之无外,始赋之巧于为饵,时亦有优孟之亡。迨我之既入其樊,莫不撄地狱之罚。齐姜、宋子,相牵而入平康。珠户绮窗,所过便成瓯脱。来俊臣之刑具,则公卿之被拷者痛尝。郑安上之书图,与老弱之受正者酷俏。夫连岁报陷,如西安、太原、武昌等处,皆行省也。其中金穴,何止一家?牙签正不胜纪,若六时之牛酒不乏,虽八公之草本可驱。只坐一悭,遂咸胥溺,岂不冤哉!欲图稳著,须问前车。诚清夜而念上恩,虽何曾之万钱有难下咽。更授古以筹时象,岂王衍之窟,便可藏身?同舟即一家,破巢无完卵不思之思之又重思之哉!呜呼!自有乾坤,鲜兹祸乱之惨。凡为臣子,谁无忠义之心?漠德可思,周命未改。忠诚所感,顺能克逆。义旗所向,一以当千。请观今日之域中,仍是朱家之天下!

檄文一出,四海之内皆声讨大顺摧陷各城乃豪绅富室不肯捐饷所致,提请天下有识之士慷慨解囊,平乱复国。吴三桂当即命王屏藩、马宝二将为先锋,兵马直逼山海关。

再说唐通做梦也想不到吴三桂旋即来攻打,不及披挂上阵,便被杀得措手不及。两万军马大部杀散,所部八千余人皆降了吴三桂。唐通仅剩八骑冒死脱身,星夜逃回京城报知大顺王,只说吴三桂言而无信,领了犒银便又反了。

李自成闻报大怒,遣桃源伯白广恩领兵攻吴三桂。白广恩如何是吴三桂的敌手,接战即败,逃回京师,只说吴三桂兵马如何厉害。李自成无法,遣人赠吴三桂白银四万两,用以招揽。

岂料吴三桂收了白银,又作书请清朝睿亲王多尔衮出兵。此时皇太极已于大清崇德八年、明崇祯十六年崩,庙号太宗,立福临继位,多尔衮和济尔哈朗辅政。多尔衮洞悉大明连年天灾人祸,已呈土崩瓦解之势,遂觉入主中原之时已到。

大清顺治元年、明崇祯十七年正月,多尔衮曾以清帝名义致信李自成,欲协谋同力并取中原,李自成不愿与东虏为伍而拒之。四月初九,多尔衮统率八旗军十余万人离盛京西进。十一日至辽河,闻大顺军于三月十九日攻取京师,明朝已亡,遂从洪承畴之计,决意率兵经密云、蓟州南下,虎视京师。时在京师之大顺军号三十万,清军兵马八万。

吴三桂致书多尔衮,只说乞念亡国孤臣忠义,速选精兵直入中原,他自率所部合力以剿灭顺贼。多尔衮正督师关外,得吴三桂书信大喜。早有洪承畴复陈进兵之策道:"宜先布号令,此行特扫除乱逆,不屠人民,不焚店舍,不掠财物,其开门归降及为内应立大功者,破格封赏。"

多尔衮从洪承畴之言,即日进兵,并致书吴三桂,许诺平西伯若率众来归,晋为藩王,可保世世子孙长享富贵。吴三桂接多尔衮书信,遂降了清室。

且说吴三桂兴兵杀戮大顺兵士,边报一天急似一天。李自成急召文武大臣商讨对策,当有李岩上疏请许吴三桂父子封侯,并封明太子以为笼络之计。李自成未从李岩之计,遣兵政府尚书王则尧招降吴三桂;又虑吴三桂不降,决定亲率大军东征,令杨忠、张一撞、黑神射为前部先锋,刘宗敏统领中军,朱慈烺、吴襄随军同行。另遣唐通出抚宁绕关外夹击。

早有探马探得李自成御驾东征,不日便到。吴三桂急召众将商议军情。正商议间,门子来报,说大顺王差兵政府尚书王则尧求见。

吴三桂唤至,王则尧当堂见了,将书呈上。吴三桂看罢来书,知晓是大顺军致书招揽,当即大怒,叫推出去斩首。

马宝见状谏言道:"不可!自古两军相战,不斩来使。只将来人先打二十军棍,监押起来,看他如何。"

吴三桂大怒未息,喝令将王则尧一索捆翻,打得皮开肉绽,推进牢里监押。

王屏藩见状道："闯贼见押了王则尧,必定怒气填胸,要来攻打,还须早做提防。"

吴三桂寻思片刻,恐一隅之地难敌大顺兵马,遂遣游击将军郭云龙携书见多尔衮,催促进兵。

多尔衮接吴三桂书信,遂率清军过宁远向山海关而来。至关东十里之地又获军报,谓唐通已出边关立营,不日便来攻打。多尔衮得报笑道："唐通乃败军之将,不足为患。"当即出兵接战,大败唐通。

次日,多尔衮领阿济格、多铎率劲旅八万,分从南水门、北水门、关中门进入关内。吴三桂领大小将佐出迎,行参拜之礼。多尔衮令吴三桂按满洲习俗削发,许诺将皇太极之女建宁公主嫁给吴三桂之子吴应熊,并令吴三桂系以白布为号任前锋,专伺大顺军来攻。

且说山海关北依角山,南傍渤海,城高墙坚,外筑罗城、翼城互为掎角,易守难攻。双方早于西罗、北翼、东罗几处城池接战,互有胜负。不几日,李自成亲领大军列阵于关内,自北山至渤海成一字长蛇阵。多尔衮见状与吴三桂商议道："闯贼兵马甚多,更兼杨忠、张一撞、黑神射皆有万夫不当之勇。那杨忠更是前屯卫参将之子,多有战功,不能小觑此人!"

吴三桂道："山海关一城兵马虽少,须对闯贼阵尾鳞次布列,集中一点破之。"

多尔衮闻言道："即是如此,平西伯可先领兵出战,冲闯贼中坚之阵。"

吴三桂已降了清朝,只得领兵出战。

是日,李自成挟明太子诸王屯于西山,多尔衮率武英郡王阿济格、多罗豫郡王多铎及洪承畴、祖大寿、孔有德、尚可喜等一班降臣屯东山立马观战。李自成令杨忠领左翼、张一撞领右翼,重围吴三桂。

左翼先锋将杨忠挺起点钢枪单要吴三桂出阵说话。东山上祖大寿见了道："这个杨六郎便是当年宁远大战时,箭伤萨哈廉、枪挑瓦克烈之人。十数年未见,此人依旧勇猛,且叫平西伯小心接战。"

吴三桂闻听杨忠好生了得,不敢出阵交锋,便使骁将王屏藩击之。两人阵前大战二十余回合,不分胜负。却听见右翼这边杀声震天,吴三桂视之,见右翼军马杀来,为首一将生得豹头环眼、须若钢针,手持丈八蛇矛,正是大顺军先锋将张一撞是也。吴三桂急使马宝抵住厮杀。

四员大将捉对儿厮杀，两边都正是敌手。李自成恐张一撞年迈有失，便叫大军掩杀。吴三桂令人人血战，霎时杀声震天。及晌午时分，大风忽起，沙尘蔽天，咫尺不能辨敌。多尔衮见势，急令阿济格、多铎各率两万精骑，乘风势，挥白旗，直冲大顺军。

清军兵将万马奔腾，飞矢如蝗。待大风渐止，大顺兵卒见清军骤至，猝不及防，伤亡惨重。李自成立马高冈观战，见俱是铁甲编发之人，大惊道："何处兵马，如此彪猛？"

当有兵卒跪于马前回道："此处骑兵断不是关宁兵，必是满洲兵。"

当日战至申时，刘宗敏中箭，大顺军死伤数万。清军又从吴三桂阵右突入，一时间铁骑奔腾，飞矢如雨。

见山海关之战败局已定，李自成急令余部且战且撤至永平。当日，多尔衮封吴三桂为平西王，命作先锋一路追杀，直扑京城。

李自成深恨吴三桂，待逃至永平，令斩吴襄，枭首于高杆示众。四月二十六日逃到京城，大顺军大多被杀被擒，仅三万余人得回。有驻于京师内文武官员接着，报说闻听大顺军山海关大败，城中讹传吴三桂大败李自成，欲夺明太子，护送还宫即位，恢复明制。

李自成闻言大怒，又将吴家三十八口悉数斩首。又有探马来报，说吴三桂领关宁铁骑和清兵追击而至，不日便来攻打京城。李自成闻报，急召众文武商议。丞相牛金星奏道："大顺王攻伐征战多年，得以入主紫禁城。今日吴三桂降了满人，亲领贼兵来攻，其势一时不可当。依臣之见，大顺王当即日登基为大顺皇帝，昭告天下。先撤西京，再伺机集山西、河南、湖广各处兵马以图京师。离京师前，还须放火焚烧紫禁城，休要留给贼人！"

李岩闻言上奏道："牛丞相此言乃败国亡君之言，大顺王可斩此人。事已至此，当以一致拒清兵入关为要任，可效仿三国诸葛孔明联吴抗曹之计，联合福王，暂缓称帝，且等将清兵驱逐出关后，再议皇位之争。"

李自成自入京师，贪图享乐已是日常。"由俭入奢易，由奢入俭难！"他岂肯弃皇帝宝座而不顾，未纳李岩之言，且于四月二十九日于京师筑坛登基，方圆九里，分布五方，各设旌旗仪仗，群臣皆依次序排列。李自成登坛，进冠冕玺绶讫,面南而坐,受文武官员拜为大顺皇帝。时明崇祯十七年、大顺永昌元年、大清顺治元年事也。

次日,远远已听得炮声隆隆,城外喊杀声渐近。牛金星当即奏请道:"城外兵马已是不远,吾皇当日便离京师!"

李自成从其言,令军士放火焚烧紫禁城,将宫内金银财宝悉数装车,当日便离京西撤。大顺军自三月入京,至此时离京,前后四十二日夜也。

李自成离京师西行,清军一路穷追不舍,各地告急文书纷纷传至。昔日各镇守将多是前明降将,逢人心不稳而思变。沿路百姓也非昔日迎纳闯王之百姓,也不箪食壶浆,却是水井扔石,或夜烧辎重。李自成被败绩所扰,心中不解,问计于牛金星与李岩二人。

牛金星道:"大顺建国尚且时日不多,百姓久经饥荒战乱,未多沐吾皇圣恩,故而如此!"

李自成复问李岩,李岩禀道:"吾皇且恕臣直言。起初吾皇统领大顺兵将,开仓赈民,大得民心。而自入京师,军纪松弛,百姓遭殃。有今日之败,是败在失去民心耳。臣一心为公,一吐肺腑,还乞恕罪!"

忠言逆耳,李自成不悦,再问李岩当以何计抵敌清军。李岩禀道:"依臣之见,豫北乃西安屏障。若是设精兵赶赴河南,截断清军南下,拱卫山西,日后定可再图京师。臣愿领兵入河南镇守。"

当日未决。李岩之言又致心中不悦,李自成正在营帐内烦闷,门子报丞相牛金星求见。李自成命牛金星入内。行罢君臣之礼,牛金星道:"皇上可知,五月十五日朱由崧于南京称帝,河南一地已是万分危急。今日得报,多有州牧、僚佐或捕或杀。河南节度使梁启隆见今日之败,或有逃遁之意。制将军李岩提请领兵入河南,其心叵测,皇上当早作提防。"

牛金星与李岩本不睦,又是政见不同,当日进谗言,致李自成深信李岩欲趁惨败之际领兵脱队,已萌杀心。

次日,李岩复请李自成准其与弟李年率精兵回豫,收拾残局。李自成心想当年李岩在河南赈济灾民,深得民心,百姓皆交口赞为李公子,此番定要和兄弟李年领兵回豫,不要一将跟随,不是造反又是什么?遂假意准李岩兄弟出兵河南,且封李岩为权将军。当日授意牛金星办酒宴饯行,席间掷盏为号,将李岩斩首。在兵败之际,李自成不思稳定人心,却猜忌部将、残杀忠良,实乃自断臂膀。

李自成自杀李岩,常常心中不乐。一日,他心情恍惚,寝寐不安。至夜,忽想起当初有灵仙师赐兵书一事,叫与上山下石之人研读,此人正应李岩。而李岩昔日出谋划策,提均田免粮、整顿军队、严肃军纪、推行仁政,实乃功臣。如此,李自成又想起有灵仙师另赐三道锦囊,叫"文官上位,欲渡黄河"时拆红囊;"侍郎西进,深困峡谷"时可拆紫囊;"二王公引,德胜门入时"可拆金囊。红囊、紫囊已拆,可初入京师之时,正是二王公王德化从德胜门引入,当时趾高气扬,目空一切,未想起仙师所嘱。

李自成心中恐慌,寻出金囊,拆开视之,亦写有十六字,曰:

切勿昂首,当心列侯。若纵兵卒,复为流寇。

"'切勿昂首',分明是叫朕谦逊待人。'当心列侯',就应了一班已封侯的弟兄,拷掠旧臣,胡作非为。'若纵兵卒,复为流寇',正应了兵卒在京师内,欺压百姓,以致失了民心,方有今日之败。有灵仙师叫兵书锦囊可与上山下石之人同看,此人却被朕杀了。原来仙师早已告诫,悔不遵仙师法旨拆锦囊视之。"李自成方才猛省,只是为时已晚,悔恨交加。

李自成一路西行,还至西京,与留守西京众将一一相见了,令其各人整顿军备,以图东山再起。

当晚,张一撞来见李自成。张一撞亦是十三家七十二营首领,自随李自成,多有建功。两人行罢君臣之礼,只见他起身道:"老朽本是军汉,逼不得已啸聚山林,跟随吾皇一路诛杀贪官污吏无数,了无所憾。今年事已高,往年能开十石硬弓,如今只开得一二石。今请辞下先锋将一职,回乡养老,了却此生,实为万幸。"

李自成听了惊愕道:"老将军何故生此念头?"

张一撞解释道:"老朽昨日夜咳,痰中带血,恐已染瘟毒,不想害了军中将士,因此请辞。"

李自成挽留道:"军中尚有良医,定会尽心医治。"

张一撞坚辞道:"瘟毒之猛,非草药医士可济,除非有灵仙师再降凡尘。老朽恐染他人,还望吾皇切勿拦阻。"

李自成无法,只得准了,赏赐白银千两为盘缠。

次日张一撞骑了快马,除手中丈八蛇矛,其余军中物件都弃之不要,便离了军营。张一撞并无子嗣,自此相别之后回去故乡,只有族侄帮衬。数日后,咳痰甚猛,请郎中医之,诊为已染瘟毒。郎中开了药方,由族侄研碎服之。后数日,一夕无恙,至夜又是猛咳,吐血三升而亡。乡人感其反抗官府、诛杀贪官污吏有功于百姓,购了上等棺椁葬之,丈八蛇矛随同下葬。

不几日,大顺军已悉数得返西京。正待整顿军务、将养疲惫兵卒,军中却又传出闯虎忽然全身剧热,服药数帖,剧热未减,吐血数升而亡。医士回禀,定是大军西归之时经染疫之地,军中染上瘟毒。

闯虎死后只消数日,黄虎、刘备、七郎、小宋江四个头领也相继染瘟亡故。李自成闻奏道:"这几个头领起事皆早于朕,一路劫富济贫、往来征战,未亡于疆场,却死于瘟毒。"众人伤感不已。

短短数日,军中亡了五六个头领,一时人人惶恐。瓦背王、紫微星、蛤蜊圆、草上飞、靠山虎、镇山虎、一只虎、满天飞、克天虎、钻天鹞、小天王等十一个头领那日持孙传庭督旗夺了潼关,立了一功,李自成叫这几个头领依旧镇守西京。当日,瓦背王、紫微星几个聚在一起商议道:"军中瘟毒盛行,已多有兵卒将领病亡。听闻数年前曾有仙人下界指点防疫之法,皇上仅派宋献策办理,并未过问。此番又是逢此大败,皇上如何能顾及我等死活。留于此处白白丢了性命,不如离去依旧占山为王,独自快活。"当日商议罢,这些个头领皆不辞而别。

且说杨忠自随李自成一路征战,直至入京师,又保其得还西京。一日,他想起清军已入关,前屯卫怕是早入清兵之手,老父或已杀身成仁,不禁垂泪。当年一同落草的邓芝、邓龙兄弟早已战死多年,当初妻杨氏已生一子,至今生死未卜。见张一撞告老还乡,想起清兵本是世仇,如今屠戮中原百姓,我若是不去与清兵拼个死活,岂有面目苟存于世?又见军中几个头领相继染了瘟毒,便也推称风疾病患,恐染他人,难以再任先锋将,请李自成准其回故居为民。

当日杨忠辞别众官,再回辽东,自成一股义军,不削发,不称大清臣民,专劫清军军器军饷。其时杨六郎之子已长大成人,其母杨氏闻听有一股义军号称杨家将,便来找寻,果是夫君。时青龙山头领张通夫妇已亡于乱军之中,只有一子跟随杨氏抚养。杨忠大喜,将杨家枪法倾囊传授。康熙十年冬,有一彪人马杀入京城内,约三百人,个个武艺高强。但有口出满语者立诛,汉人却不杀一人。这伙人皆着旧时明军服饰,为首一将手持点钢枪,厉害无比,无人能挡。时九门提督召集御林军来捕,这彪人马方才退却,无一人遭擒。有人认出持点钢枪之人所使枪法,乃嫡传大宋杨家枪法。原来此人正是杨六郎之子,此行一是为祖父复仇,二是叫清人知晓大明尚存。

黑神射虽未上应魔星,但子承父业,也受了五虎先锋将之职。闻知杨忠也求闲回故居去了,自思李岩如此忠心之人也难保善终,且五虎先锋将只剩自己一人,恐招猜疑,亦推称风瘫,不能为将,独自一人四海为家过活。后隐姓埋名,于江浙寻了薄田,日出而作,日落而息,神射之术只用狩猎,倒也衣食无忧。

自此,李自成手下五虎先锋将或死或散,未留一个,以致军心涣散。此时,李岩之妻红娘子正率一支人马远在中原征战,因而逃过此劫。李岩死讯传至红娘子知晓,红娘子几度哭晕,当即传令军中打造白旗白甲,阵前竖起"为夫报仇"旗号,与大顺为敌。清军差使招揽,红娘子不从,因而腹背受敌,遂将人马并入南明何腾蛟麾下。后清兵南下,屠扬州、陷南京,红娘子历经大战,下落不明。

当年荥阳十三家七十二营仅丫头子李三娘一员女将。她眼见荥阳会上众头领或死或灭,李自成一家独大,心想自己曾与张献忠起事,恐日后有人搬弄是非,正在想办法离了此地。不想几日后,果有人于李自成前进谗言,说她飞爪取人头易如反掌,若清人差奸细来说反,便是身边利刃毒箭。李自成当即令李三娘率一千军马奔赴青海,攻当地土司祁廷谏、鲁胤昌部。当时贺锦攻打西宁被祁廷谏所杀,此番李三娘仅携一千军马入青海,无异于驱羊入虎口。当日行移公文到彼处,李三娘见了心中也自欢喜,带了军马先入甘肃,继而绕道东进湖广远走高飞,依旧占山为王,只与清军为敌。

李三娘起事时不足二十,如今已三旬有余,尚未婚配。后掳广济一贡生,强扭为夫妻。康熙年间,清军追剿,遂解散部众隐姓埋名,务农为生。后子孙满堂,至康熙三十四年,寿近九十而亡。

且说这日李自成于西京行宫里坐堂,所接战报皆是清兵攻城拔寨,大顺军将或降或走,却无计可施,李自成如坐针毡。正忧闷间,近臣来报,说清兵已陷太原，正兵分两路：一路由英亲王阿济格统领吴三桂、尚可喜，由大同向榆林进兵，意欲南下攻打西安；一路由豫亲王多铎统领孔有德、耿仲明，由河南怀庆攻打潼关。

原来自那日李自成离了京师，多尔衮次日便统领兵马占了紫禁城，继而诏告天下，满人已入主中原。九月，顺治皇帝爱新觉罗·福临下旨定都北京。满人既占了京师，便分遣都统巴哈、石廷柱、叶臣及王鳌永招抚山东、河南、山西诸省，出榜安民。十月，清军陷太原，随即分兵南下晋东南。大顺军长治守将刘忠抵敌不住，率部转入河南。至此，山西仅剩西南一隅未被清军攻陷。多尔衮得知李自成诛杀李岩，军中又生瘟疫，诸多将佐头领或亡或走，便命大军携汉人降将大举攻打西安。十二月，多铎一军渡黄河至孟津，于河南洛阳大败大顺守将张有义，攻占诸多城池。复又攻打陕州，在距潼关三十里处安营扎寨。

李自成急召众文武商议，可惯能征战的五虎先锋将皆已不在，遂问道："哪位卿家愿统领兵马赴潼关御敌？"

殿下闪出锦衣金铠一将，俯伏在金銮殿下启奏道："臣虽不才，往来征战多有战功。昔所学之兵法，平日所习之武功，能扫荡前朝官军，亦能抵敌清贼。愿统领军马立退清兵，未知圣意若何？"

李自成视之，正是汝侯刘宗敏。

听了刘宗敏之言，李自成心中不悦道："清兵个个彪悍善战，更兼炮利马快，绝非昔日大明官军可比，你切勿轻敌！"当即便传敕令，叫刘宗敏引兵与多铎相持交锋。

刘宗敏当下统领大军披挂上马出师，李自成将御用金甲锦袍赐予刘宗敏，又选一骑好马，叫他务必取胜。那刘宗敏引领军兵二十万、将佐二十余员，出到潼关，列成阵势。

定国大将军、豫亲王多铎英勇善战，是大清国数一数二的勇士。听得前军来报，说大顺有军马出来交战，多铎令诸将上马，引军出战。看大顺军阵里当先主将锦衣金铠，正是刘宗敏。多铎出到阵前，高声喝问道："你那什么人敢与吾大军为敌？好好下马投降，免你一死！"

刘宗敏大笑道："我乃大顺汝侯刘宗敏。谁不闻我大名？谅你这等蛮人只是一伙强徒贼寇，何足道哉！"

多铎在马上听了，寻思大顺军人马虽多，却是一群乌合之众，如前后夹击，敌必乱。遂不理会刘宗敏，回顾诸将道："且令护军统领图赖出马迎敌。"

图赖得令，便挺枪跃马出战。刘宗敏使刘体纯来战图赖。两马相交，二般军器并举。两将斗到间深里，绞作一团，扭作一块。多铎见两人斗到胶着，便令先锋统领努山、鄂硕领八旗勇士从后侧包抄攻击。八旗军果然彪悍，个个以一当十，前后夹击，大顺军阵脚大乱。刘宗敏见抵敌不住，只得撤回潼关。

潼关是易守难攻之地。大清顺治二年、大顺永昌二年，正月初四日，刘芳亮统领兵马出潼关再战八旗军，大败亏输。早有告急文书报至西京，李自成闻报，亲统马步兵接战。初五、初六两日夜间，李自成令刘芳亮夜袭清营，不期俱败。初九，清军红衣大炮至，进逼潼关。大顺军马虽多，却如何抵得住红衣大炮猛轰？至正月十一日，潼关被破，大顺军死伤无数，李自成只得撤回西京。

岂料一回西京，便有探马来报，说北路清军由阿济格率领，从山西保德州渡过黄河，已入陕北。这边潼关已失，李自成当日传令诸将尽起兵马，道："今日之战非比他时，倘若西京有失，则再无立锥之地。此时正在要紧之际，你等军将皆应拼死搏命，擒获清贼休得问话，一律杀之，不可违误！"

诸将得令，只为保住多年征战所得金银财帛，各自摩拳擦掌、掣剑拔枪，誓要死战八旗。当时大顺诸将都到西安城外，把军马摆开，列成阵势。只见清兵阵上，阿济格立在门旗之下，身后军器并举，旌旗蔽日，兵将个个膀大腰圆。阿济格令众将道："今日一战，若有人活捉得李自成，必有重赏。"

大顺军接战即溃。李自成情知势急，西京陷落已成定局，一脚踢翻龙椅，望永乐门奔走。

却说阿济格领起大队军马，分开四路杀入城来，争捉大顺文武高官。不想李自成已携群臣逃去，只拿得侍从人等。

吴三桂抢入永昌皇帝行宫，叫了数个心腹亲兵去那库里掳了金珠细软出来，就在内宫禁苑放起火来。吴三桂杀入东宫时，将宫女嫔妃一个不留杀了尽绝。原来吴三桂深恨当日刘宗敏掳了陈圆圆，虽攻入京师复见爱妾，可这夺妻之仇如何不报？那个当日进谗言引刘宗敏寻欢作乐的副将李猿，因未及逃离，被人擒了献与吴三桂。

吴三桂深恨此等小人，当即命人将李猿扒光衣服，用粪水所泡大石砸碎李猿手脚,再扔进百姓家粪池,盖上盖,叫这小人直泡化成粪水用来肥田,方才解恨。

李自成只得弃了西安,经蓝田、商州,走武关,退入襄阳,眼见山西、陕西、河南悉数归了清军。又有前军探子来报,说清军分水陆两路袭来,沿途守将尽降。

李自成听罢,想起征战半生,今日却无立锥之地,大叫一声,吐口黑血,昏厥于地。众文武急救,半晌方醒,扶入帐内。牛金星劝道:"皇上少忧。自古胜败乃兵家常事,满人骑兵彪悍,更兼红衣大炮猛烈,我大顺兵将未曾对阵清军,敌情不明,故而败北。皇上且宜保养尊体,徐图再起。"

又有探马来报,说清兵一路略地杀人而来,李自成闻言叹道:"想朕在甘州时,有高僧曾送偈语与朕,说:'风雪起榆中,秦陕建行宫。他日列九五,金蛇难成龙。'此偈语乃朕一生之事。这几句都应了,今日又成流寇,朕与满人誓不同日月也!"

牛金星又建议道:"听闻左良玉现在武昌府,不如攻占武昌,再乘舟东下,夺取东南作为抗清基业。"

众官又劝谏,李自成方才进膳,传旨大顺将士,尽点倾国兵马,攻打武昌。

时大清顺治二年、大顺永昌二年。三月,大顺军击溃左良玉部,占据武昌。岂料清军分水陆两路杀至,大顺军仓促接战,又不敌清军,只得弃武昌往东南进发。四月,清军于广济、黄梅、九江接连大败大顺军,刘宗敏兵败被俘,被清军千刀万剐。宋献策变节降清。

李自成见东下已无可能,便前队变后军,掉头向西南进军,意欲经通城、穿江西、入汨罗。五月,李自成统领兵马到得九宫山,却已是南明地界。

却说大顺军一路败北,李自成身边将佐兵卒一一走散,只有四五千人马在此。这日至九宫山,为避南明兵马追剿,便往深山旷野落路而走。李自成早脱了赭黄袍,丢去朝天冠,脱下朝靴,穿上草履麻鞋,与一般将佐无二。好一处九宫山,大宋谢枋德有《九宫山》一诗写九宫山险峻秀美,曰:

真人何人结幽栖,累世奎光焕紫泥。
日月高奔黄道近,衡庐傍出玉绳低。

只是此番李自成哪有闲心欣赏美景？见云雾缭绕，处处香火，只恐山坳里埋有伏兵。五月初四日午时，李自成命埋锅造饭，也只有糠饭野菜。他胡乱吃几口，便率亲兵护卫二十八骑入山探敌。这二十余骑转过几座山头，走到一处山坳，只听山上一人喊："贼人来了！"便有无数巨石砸来。

众人早已是惊弓之鸟，纷纷逃窜，只剩李自成一人。李自成慌不择路，且山坳里刚下滂沱大雨，道路泥泞，骑马如何能行，只得牵马而走。刚过牛背岭，见有一处茅屋，李自成人困马乏，却待要去茅屋内歇息片刻。只见茅屋背后转出一大汉来，手持锄头抡起来便砸。李自成不知何人，也亏得武艺高强，侧身躲过，便一拳打翻大汉。大汉负疼倒地，李自成便欲拔刀结果此人性命。岂料背后又转来一汉子，取出铲刀砍将过来。李自成刀沾泥土，急切间拔不出来，被铲刀砍中，脑浆迸裂，当即毙命。李自成一生纵横天下，杀人无数，却死于农户耕种器具之下，殁年三十九岁。

见有二十余骑入山，早有人报了南明官府。官差不敢怠慢，急急派了三四百人来拿捉，李自成所领轻骑多数被拿。回程时，却在牛背岭发现脑浆迸裂尸身。差役检验尸首，发现此人手中宝刀印有"大顺永昌皇帝御用"字样。差役见事关重大，急急报了知县。经反复勘验，此人正是大顺皇帝李自成。知县忙知会当地守备官，当即传令将尸身就地掩埋，随身宝刀解赴州府，且上报南明朝廷；叫把生擒贼徒等众解赴州府，即刻押至市曹斩首。

九宫山北便有李自成所部领四五千人马，也有逃回轻骑急急报说永昌皇帝被庄户人所杀。众人闻讯，悲怒交集，举兵杀入九宫山，见人便杀。

却说李自成本是破军星，那日华山地裂逃脱临凡。此番死得冤屈，三魂七魄荡荡悠悠，游于九宫山间不散。九宫山亦是道教名山，早有道友将破军星归神之事告知有灵仙师。有灵仙师掐指一算，便知晓破军星未按法旨遵金囊所嘱行事，故有此败。破军星后虽醒悟，却为时已晚。

这日有灵仙师正在坐禅参道，忽闻缥缈宫外有人大呼道："死得憋屈，还额命来！"

有灵仙师睁眼谛视，只见空中一人，鸥目鹰鼻、虎背巨肩，正是破军星李自成，遂以手中拂尘击其面目，说道："破军星安在？"

李自成英魂顿悟,当即俯身拜见道:"在下当年向蒙相救,铭感不忘。只是未按仙师法旨、遵金囊所嘱行事,以至于十余载征战毁于一旦。今已遇祸而死,实为憋屈。愿求教诲,指点迷途!"

"昔非今是,一切休论。后果前因,彼此不爽。本座昔日曾嘱星主,若有违锦囊所嘱,必遭横祸,死于农户耕作之物,今皆已应验。然则一切皆是定数。星主本已登九五之尊,受百官朝拜,唯有励精图治,匡扶万民,方可稳坐江山。只是星主一入京师,便忘却本心,奢靡腐败,手下兵将较贪官污吏尤甚。你觉得死得憋屈,然曹文诏、孙传庭、朱由检等众人,何尝不是憋屈?"

破军星听罢有灵仙师言语,恍然大悟,稽首驾云而去。

且说自李自成死,时荥阳城聚集十三家七十二营诸多魔星,大多或降或灭。八大王张献忠此时已占了两川之地,建国大西,号天命皇帝。

张献忠在湖广虽也一度赈饥免粮,但终是杀掠的煞星本性。攻占庐江,焚掠一空,唯余横尸瓦砾。下萍乡,尽焚公廨民舍,只剩空城。据六安,州民尽断一臂。占蕲州,屠尽缙绅生员。

崇祯十七年、大西天命三年春,张献忠立"澄清川岳"之旗入川,先于梓潼七曲山尊文昌帝君为始祖高皇帝,自谓文昌之后,宜帝巴蜀,笼络川民。岂料张献忠旋即本性显露,搜刮贪暴较前明官吏尤甚百倍。

张献忠又遣刘文秀、艾能奇、李定国、孙可望四将部领兵将分路赴各州县杀虐苍生。定北将军艾能奇巡顺庆、保宁,麾下左都督马元利、骁骑都督刘进忠分领川北各州县。安西将军李定国巡嘉定、眉县,麾下有方、洪二都督分历川南各州县,但有军民驻扎山寨,必攻破擒斩而后已。官兵回营,以所剁手掌验功,凡是军官衙门所在之处,常堆集甚多手掌。巫、夔府数千里间萧条满目,几乎断绝人迹。

张献忠幼时在内江县贩枣,被贪官恶霸欺凌,曾手指县衙大门怒骂:"此处人命反不如鸡,他日额若得志,定叫此地人都亦如鸡焉!"今日有此屠戮,正合当日所言。

张献忠虽是煞星转世、屠戮人间,然清兵入寇西川,更是杀害四川百姓无数,更有削发令,但有百姓不从,尽皆屠戮殆尽。清兵之祸较之张献忠尤甚,却将杀四川百姓至十室九空之罪责嫁祸于他。因而后世人只知张献忠为祸四川,却不知清兵屠刀之下更是冤魂无数。

顺治二年，大清陕西总督孟乔芳上奏顺治皇帝，说张献忠意欲归降。是年十月，清廷差王汉杰、崔法舜持文告往四川招抚。岂料数次招抚均未果。时大顺永昌皇帝已败死九宫山，南明亦被打散，大清遂分兵进攻四川。

顺治三年，张献忠遣部将刘进忠驻防川北遂宁县，降清前明总兵官马科以兵马万人驻防汉中，谋窥四川。刘进忠发兵往袭，岂料马科已非昔日不堪一击，刘进忠反为所败。张献忠闻报大怒，以擅自兴兵问罪刘进忠。刘进忠所部多川民，闻张献忠欲问罪，恐遭杀戮，兵将皆反，遂降于大清，继而引大清肃亲王豪格及吴三桂经剑阁入阆中。张献忠麾下守将纷纷倒戈降清。肃亲王连下保宁、顺庆诸城，于十二月十一日到西充凤凰山。

时张献忠尚拥兵数十万，旌旗遍野，却不知清兵猝至，仍肆掠百姓如常。待军报紧急，张献忠始穿飞衣蟒袍率牙将数十人列阵迎敌。刘进忠指肃亲王豪格麾下善射者雅布兰射张献忠，一箭便中其左胸。张献忠疼痛难当，坠马潜伏于山坡积薪之下，被清兵搜获，立遭诛杀。殁年四十一岁。

大清顺治年间学政佥事谷应泰评张献忠，曰：

张献忠无他技巧，止以阴谋多智，暴豪嗜杀，可乘之敝，正自不少耳。

张献忠既死，兵多溃亡，仅剩五六万人。潘独鳌已于大西天命元年被官军诛死，徐以显于大西天命二年溺水身亡，残余兵马皆由义子孙可望部领。经顺庆南走渝城，杀前明总兵曾英，后渡江南下綦江。南明永历元年，大清顺治四年正月下遵义，遵义道府各官及生员俱焚香备猪酒粮草远迎。孙可望大悦，严束部下，秋毫无犯。驻遵义十日，南走贵州，于二月入贵阳城。有清兵尾随追到遵义，孙可望等复渡盘江入云南。

孙可望和艾能奇、李定国、刘文秀四人本是张献忠部下四将，唯孙可望年长多谋，艾等三人都称他大哥。是年四月一日，余众正式尊孙可望为统帅，凡事听从号令。孙可望到贵州时，云南土司沙定洲兴兵作乱，掳掠云南诸城。明黔国公沐天波逃去永昌，副将龙在田乃孙可望谷城旧日相识，遂求孙可望入云南平乱。南明永历二年二月，孙可望率兵平乱，于当年九月收复诸州县。黔国公归降孙可望，云南土司以及十八府百姓亦归降。至永历五年，孙可望自称国主，营建宫室，置办皇宫。后孙可望失势，降了清军，获封义王，却于一次狩猎中，以误射为名，被清兵射死。

艾能奇引兵入滇，欲联明抗清。却遭土司埋伏，身中毒箭而亡。其子艾承业，在父亡后北返四川降清。

刘文秀因曾追随孙可望，收其溃卒三万，渐有势力。却因连连大败，致郁郁寡欢，不久病逝。

唯有李定国冠绝三军，人称万人敌，曾两蹶名王，天下震动，号称晋王。因其勇猛善谋，令清军屡吃败仗。顺治十五年，清兵遣吴三桂统领三路军大举入滇。李定国率军迎战，设三重埋伏。若非有叛逆泄露军机，吴三桂必全军覆没。此战后，南明永历帝率其官属逃往缅甸。顺治十八年，吴三桂十万大军入缅，逼缅王交出永历帝，李定国营救未果。次年，吴三桂在昆明将永历帝缢杀，南明灭亡。永历帝死，李定国悲愤成疾，于康熙元年病逝，时年四十二岁。至康熙三年，唯有李来亨一支兵马据川楚之地抗清。清总督李国英统领陕西湖广兵马二十万来犯，李来亨不能抵御，于十一月十五日全家自缢。明纪遂绝。

明末民变发难于明天启七年，终结于清康熙三年，前后共历三十七年。以百姓苍生求存始，以汉人拒满人杀戮终。

却说上九重天有灵仙师这日驾坐缥缈宫内传教，两旁列着丹凤、紫熙两位真人，阶下一班门徒、仙官、仙吏，齐齐整整，好不威仪。当有金甲力士俯伏玉阶奏道："前有上界仙人镇压魔星百余人，于大明嘉靖三十四年华山地裂逃出。破军星、煞星二星归位数年，余众魔星多已伏诛，魂魄游于天地之间。今有黑龙临凡治世，大清合当中兴盛世。所有破军星、煞星及其门徒，并一众魔星阵亡魂魄，游荡于天地之间，不能归位，应当作何处置？特此奏闻，候上仙法旨。"

有灵仙师闭眼冥思，即传下法旨道："破军星本可成龙，因他忘却本心，纵容兵卒，不敬天地，不尊百姓，终前功尽弃，屈死九宫山。煞星生性残暴，荼毒生灵，屈坏百姓性命无数。余众魔星，虽是出身贫苦，多数为活命而啸聚山林，然终究难逃杀戮之罪。今既受人累，还须天罚，依旧锁禁华山之下，令一众魔星潜修返本。"

金甲力士又道:"昔日华山地裂,魔星逃出,今日监押魔星须镇于何处？望仙师明示。"

"本座当年云游华山,见华山救苦台南、五云峰下,有一处刃形山脊,乃是苍龙岭也。岭呈苍黑,势若悬龙。苍龙本神,正好镇妖。一应降凡魔星,已亡者收监于此。未亡者,待其阳寿终时,再行酌处。"

当有众仙山呼"谨遵法旨"。

丹凤、紫熙二位真人领众多天兵天将,齐驾祥云,顷刻便至华山苍龙岭。真人念动真言,不多时便引了魔星魂魄近前。天兵天将两个押一个,将魔星悉数拿捉。苍龙岭犹如巨龙一般扬起龙爪。龙爪之下顿开石门,寒气彻骨,深不见底,一众魔星被悉数镇压封印于此。

俄而,天空复明,彩虹贯日,放出万道霞光,照耀五湖四海九州之境。众魔星复镇于苍龙岭下,天下又到久乱当治之时,合当再有明君忠臣临世。

诗曰:

大明江山一日空,天地人和两相蒙。
天灾过后有人祸,奢望民安理不通。
秦陕赤野生贼众,关外辽东出真龙。
白水王二燃星火,各路烟尘逞豪雄。
嘉胤遭陷起刀戈,迎祥引众渡黄河。
赵胜求名被诬贼,回人守应反主客。
六郎张飞洪关索,未杀清寇剑却折。
各路好汉图命活,偶有小胜失自我。
自成引众入京师,再易清人谁之过？
万古都称献忠恶,终是崇祯失恩德。
草莽豪侠成遗恨,因缺天地与人和。
忘却初心违民意,终成史海零散客。

后　记

长篇历史小说《大明1644》终于完成了。公元1644年是中国农历甲申年,时为大明崇祯十七年、大清顺治元年、大顺永昌元年、大西天命三年。这一年的中国,正值大明、大清、大顺、大西四个政权激烈交锋。也正是这一年,李自成攻进北京城,崇祯皇帝被迫煤山自缢,中国历史上最后一个汉人王朝告别历史舞台。

三百年后的1944年,正值艰苦卓绝的抗日战争逐步走向战略反攻的关键时刻,郭沫若在《新华日报》上发表了著名的《甲申三百年祭》一文,深刻阐明了明朝灭亡的经过及农民起义军发展、壮大直至迅速失败的原因,令人唏嘘不已。

回溯历史,我们不难发现,大明王朝的灭亡是有清晰脉络可寻的。大明末年正值全球小冰河时期,旱涝灾害交替频发,粮食歉收,人口锐减。但是在天灾面前,明朝统治者不仅没有实施积极的对策,反而变本加厉盘剥百姓,导致矛盾激化。终于,燎原之火被死亡线上挣扎的农民点燃,继而各地民变势力迅速兴起。与此同时,以努尔哈赤为首领的女真人并没有给大明王朝喘息之机,而是加快了夺取中原的步伐。最终,大明王朝土崩瓦解。

1644年那个极其动乱的年月已经过去了三百八十年,当年几大政治势力角逐的烽烟早已远去。但是明末各地民变势力迅猛发展,崇祯皇帝无力回天,李自成攻入北京后迅速失败,等等,诸多历史事件一直被人津津乐道。当代有很多关于这段历史题材的小说和文献,如任乃强所著《张献忠》、姚雪垠所著长篇历史小说《李自成》等。而《大明1644》采用通俗易懂的半文言文半白话文方式,吸收《三国演义》《水浒传》《说唐》等古典文学风格,将枯燥的历史文献用艺术的方式向读者生动展现了明末民变兴起、高潮、衰落的全过程。书中不仅重现了重大历史事件,更多则是突显了生活在市井、田园、军营等底层人民的悲惨命运,深刻揭示了这些所谓好汉面对生存危机时斗争图存,但一旦取得小小胜利果实却迅速腐化,最终灭亡的深层原因。

这一段明末民变史是一部精彩绝伦的纷争史,明廷、清廷、农民军三方皆有可圈可点之处。本书重点从明天启七年写至崇祯十七年,虽只有十八年,但是史料繁多,又互相牵扯,很难理清头绪。幸运的是由历史和经济学泰斗李文治教授作于20世纪40年代的《晚明民变》一书,读起来让人受益匪浅。书中深刻分析了明末民变爆发的原因是明朝廷处置失当,包括对贪官污吏的惩治流于形式,任由农村和手工业经济持续萧条,没有给农民减轻赋税,没有从根本上解决社会矛盾,而是一味镇压,从而导致农民军势力星火燎原,直至大明王朝灭亡。但农民军建立政权后,由于没有系统的纲领,很多将领被胜利冲昏头脑、贪图享受,这又导致政权迅速失败,最终又被敌对势力夺走了胜利果实。《大明1644》就是围绕这一历史主线展开的。

赵才远先生是本书的创作者,负责框架搭建和具体指导。他指出史料中出现的"三十六营""十三家七十二营"等,极有可能是用来形容各地农民军很多而已,并不是特定的数字。况且,在当时朝廷的残酷镇压下,民变首领为逃避官府缉拿,行事只能用绰号,甚至是用多个绰号,也可能一个绰号被好几个人使用。这些就连历史学家都很难弄清楚的问题,小说中就更难阐述清楚了。另外,他还指出火炮到了明朝末期已广泛使用,《水浒传》中那种占山为王、借助地势对抗官府的行为已经难以施行。民变势力只能依靠奔袭流动对抗朝廷围剿。既然是流动的,农民军时而在川陕,时而在晋豫,时而又在湖广,足迹踏遍大半个中国,因此出现的地名也是非常烦琐和复杂的。毕竟小说不是历史文献,因此对人名、绰号、地名等也没有一味套用,而是适当展开想象来丰富小说内容,让读者读起来更加生动。

本书得到了不少单位和专家学者的支持。在此对帮助搜集史料、提供政策咨询、翻译明代文言文,以及直接提出指导和修改意见的陈友铃、邓世清、侯庆华、黄嗣、陈金辉、杨仁金、王炜、方晓睿、褚新华、沈典栋、洪飞、范璐璐等领导及业内人士,以及画出明朝女子、士兵复原图的赵紫汐同学,一并鸣谢。

本书在撰写中虽然查找了大量的史料和文献,但错误在所难免,望读者不吝赐教并提出宝贵意见。

赵群威

2023 年 5 月写于武汉二七纪念园

大明1644

（上）大野龙方蛰

赵才远 赵群威 著

长江出版传媒　长江文艺出版社

图书在版编目（CIP）数据

大明 1644：全二册 / 赵才远，赵群威著. -- 武汉：长江文艺出版社，2025.1
ISBN 978-7-5702-3591-9

Ⅰ.①大… Ⅱ.①赵… ②赵… Ⅲ.①长篇历史小说－中国－当代 Ⅳ.①I247.5

中国国家版本馆 CIP 数据核字（2024）第 104170 号

大明 1644
DAMING1644

责任编辑：田敦国　　　　　　　　责任校对：程华清
封面设计：颜森设计　　　　　　　责任印制：邱　莉　王光兴

出版：长江出版传媒　长江文艺出版社
地址：武汉市雄楚大街 268 号　　邮编：430070
发行：长江文艺出版社
http://www.cjlap.com
印刷：湖北新华印务有限公司

开本：730 毫米×1040 毫米　　1/16　　印张：48.25
版次：2025 年 1 月第 1 版　　　　2025 年 1 月第 1 次印刷
字数：735 千字

定价：96.00 元（全二册）

版权所有，盗版必究（举报电话：027—87679308　87679310）
（图书出现印装问题，本社负责调换）

引　子

明月别枝惊鹊,清风半夜鸣蝉。稻花香里说丰年,听取蛙声一片。七八个星天外,两三点雨山前。旧时茅店社林边,路转溪桥忽见。

好一首《西江月·夜行黄沙道中》,乃大宋忠敏少师辛弃疾所作。单说这句"稻花香里说丰年,听取蛙声一片",说的是身居稻花香中,百姓论丰收年景,耳边阵阵蛙鸣,似万物有灵,亦在闲话丰收。如此景象,可谓五谷丰登,风调雨顺。历朝历代,岂有为君者不知"七十者衣帛食肉,黎民不饥不寒,然而不王者,未之有也"之理?又何曾不愿百姓安居乐业,国家太平,国运永昌?黎民百姓如能耕有田,居有所,有粮有布,又有谁甘冒杀头之险而啸聚山林?

呜呼!旱涝蝗瘟、毒蛇猛兽、地动山裂、江河泛滥、风雨雷电,水火本无情,雷暴更无常,此谓天灾。更有贼党专权,奸佞当道,宗室勋戚抢田霸地,地主缙绅强取豪夺。加之外藩入寇,烧杀劫掠,百姓身处水深火热之中,以致饿殍遍地,民不聊生,此谓人祸也。若为帝者明,为官者清,天灾过后有仁治,则天灾可减、可防;若一分天灾更有十分人祸,则是灾上加害,雪上加霜。人祸尤甚天灾也。

凡开国帝王,或出身名门望族,或出身大富大贵。汉高祖刘邦,虽来自民间,也是一亭长,非一般平民也。而此朝天子,出身饥寒,自幼家破人亡,孤苦伶仃,曾为和尚,曾为乞丐,几度险些饿死。之后投身义军,历经百战,最终荣登九五,真乃布衣得天下,是为得位最正之天子,历代君王皆不及也。此人便是明太祖朱元璋也。

朱元璋少时入皇觉寺为僧,后入红巾军追随郭子兴,一路南征北战,克定远,拿集庆,攻徽州。后统领雄兵,力战群雄,大败陈友谅,活擒张士诚,最后在应天府称帝,国号大明,年号洪武。随后大明挥师北伐,攻克大都,结束了元朝在全国的统治。

朱元璋出身贫寒,深知百姓疾苦,对贫寒百姓怜悯至深,对贪官污吏则仇恨刻骨。今朝荣登九五,便设都察院,将刑、检、法纳于一体。设六科给事中,专事纠举弹劾六部贪官污吏。由朝廷派亲信大臣到各地巡查,监察地方官吏。设登闻鼓,但凡民间有冤情,上告无门之百姓可进京击鼓,面奏朝堂。洪武元年颁《大明律》,洪武十八年颁布《大诰》,并诏告天下百姓,不分老幼皆应习读。为官执法者,家里藏有《大诰》,犯法可罪减一等。反之,罪加一等。《大诰》中明令布政司、府、州、县官员,无论在朝在野,胆敢操纵词讼、教唆犯罪、陷害他人、危害州里者,当有贤良方正、豪杰之士皆能立捕,绑赴京城。如有人胆敢中途拦截,则枭首示众。此朝天子之前,都是官府任意抓捕百姓,天子赋予百姓捉拿贪官污吏之权,还真是前所未有。开国将领朱亮祖、驸马都尉欧阳伦等功臣皇亲,一朝犯法与庶民同罪。因郭桓案、空印案等,杀死不守法度、未循规蹈矩者达数万人之众。朱元璋在位三十年,可谓吏治严厉。反腐肃贪历时之久、措施之严、手段之狠、刑罚之酷、杀人之多,史所罕见。经朱元璋励精图治,一时间官廉吏能,风清气正,百姓丰衣足食,四海升平。

洪武三十年,一日正值朱元璋御临奉天殿,受百官朝贺。只见班部丛中,刑部右侍郎暴昭出班奏道:"《大明律》昭告天下至今,已逾三十春秋。因比往年条例增损不一,以致断狱失当。圣上曾命翰林院同刑部同更《大明律》,今已完备。新《大明律》增设《田宅》《钱债》《营造》《邮驿》等律,施行刑法更施行工法、农法、钞法等。伏望陛下诏告天下颁布新《大明律》,则天下社稷幸甚。"

朱元璋听奏,龙颜大悦,敕翰林院随即草诏,即刻诏告天下。不料户部尚书郭资出班奏道:"臣有一事,不敢不奏。今吾皇施仁政三十春秋,市井巷陌路不拾遗,百姓宅院夜不闭户。今颁新《大明律》,则朝野清正更甚。怎料百姓久经战乱,皆有囤聚金银之意,流通之银已趋捉襟见肘。江浙富户众多,湖广土地肥沃,皆不足虑。唯有西北土地贫瘠,民风彪悍,风调雨顺则罢,一旦大旱天灾,朝廷无救灾之银,则西北一隅危矣。"

朱元璋闻知,心中颇为不安,问道:"朕也知西北甘陕之地,干旱之年十有八九。百姓穷困,则无心读圣贤书。不学圣贤,则必民风彪悍。卿即为户部尚书,有何良策?"

郭资回奏道:"臣有一策可解此忧。请圣上下诏加设造币局,造纸币或铜钱流通市井,以缓银荒,天灾之时亦可作赈灾之资。本朝定鼎之初,有甘肃、宁夏、固原、宣府、大同、蓟州、辽东、山海、榆林九镇。今大明疆域,通达四方,常需传递军情书函。如若加设九镇驿站,一则保政令畅通,二则保甘肃、宁夏、固原等西北之青壮效力朝廷,以免其游手好闲,无事生非。"

朱元璋准奏,令翰林学士草诏一道,御笔亲书,钦差内外督办造币局,提点天使前往甘肃、宁夏、固原等镇加设驿站。又唤吏部尚书杜泽近前嘱道:"甘陕一地自古多猛士,断不可擅裁驿站,减驿卒,免生祸端。"

暴侍郎聪慧,律法虽严,但执行不严,则形同虚设。郭尚书亦聪慧,但百姓久经战乱,只信白银,纸币铜钱亦难缓解银荒。后至神熹二帝时,因承平日久,君怠臣惰,加之宦官弄权,朋党互争,大明江山被弄得破烂不堪,以致三十六营混世魔王下临凡世,更有十三家七十二营各路魔星降在人间,搅动大明乾坤,闹遍朱家社稷。

有诗为证:

好汉不拜孔和孟,英雄只恨天不公。
忘却初心终成蛇,问鼎中原方为龙。

目　录

引　　子 …………………………………………………………… 001
第 一 回　悯苍生仙人泄天机　聚饥民好汉抱不平……………001
第 二 回　澄城县王二屠狗官　定边营张福贿贪将……………018
第 三 回　王嘉胤办差遭陷害　吴廷贵劫道遇良朋……………035
第 四 回　吴总兵蚀财高家堡　杨小将显威海城墙……………055
第 五 回　拒城外杨忠寡胜众　徇私怨纪用奖变罚……………072
第 六 回　烧贼巢钟千总用计　劫法场杨女将救亲……………090
第 七 回　设疑兵大破清水街　会双雄聚义黄龙山……………109
第 八 回　郑知县献谄史总督　高义士初遇马首领……………126
第 九 回　黎主簿偷字陷忠良　高闯王脱狱杀奸徒……………145
第 十 回　智书生捉鬼石油寺　猛和尚夜闯铁楼山……………164

第十一回	李典史诬写黄巢诗 赵点灯身负窦娥冤	181
第十二回	惠大王全伙劫死牢 朱天子一旨裁驿站	201
第十三回	丢公文李驿卒失业 欺老弱艾奴才遭殃	220
第十四回	砸囚笼好汉斗恶奴 施妙计豪杰杀县尉	238
第十五回	李自成初遇张孟存 黄来儿投奔杨肇基	257
第十六回	袁崇焕平台蒙奇冤 李自成榆中诛贪将	277
第十七回	李闯将取粮榆中县 神将军建功虎头山	296
第十八回	告上官神一魁遇险 虐兵卒陈三槐丧命	315
第十九回	神将军攻营犒兵将 赛时迁送柬邀豪杰	334
第二十回	王嘉胤会盟拒官军 张献忠夺鞭打恶虎	353

第一回

悯苍生仙人泄天机　聚饥民好汉抱不平

话说天下之事，饥寒生变，若有昏君庸臣，变则生乱。然久乱当有明君能臣治世，势必久乱当治。且说大明太祖皇帝朱元璋生于乱世，幼时受饥苦，长时入行伍，与民同甘苦，共患难，更兼马皇后贤能，历经征战，直至问鼎中原，荣登九五。太祖在位，正是久乱当治之时，多年励精图治，严治官吏，宽宏于民，天下初显欣荣。大明一时风清气正，百姓安居乐业，江山社稷初定。

太祖驾崩后，历经燕王靖难之役，英宗土木堡之变和夺门之变，世宗祔庙之议，阉党佞臣揽权怙势，忠义之士屠戮殆尽，朝野上下暗无天日。至明世宗嘉靖年间，内有严嵩专权，外有倭寇为患，以致民不聊生，太祖苦心经营之大明江山已是风雨飘摇。

却说此时，民间盛传有一仙长，道行高深，法力无边，累累四处扶危济困。百姓肉眼凡胎，不知仙师宝山何地，不知真身法相，更不知尊驾法号。只知仙师有菩萨心肠，普度众生，时常救民于水火，良善百姓皆有求必应，鸡鸣狗盗之徒皆报应不爽。见过仙师法相之人，或曰仙师乃鹤发童颜之老叟，或曰仙师乃沉鱼落雁、闭月羞花之仙子，或曰仙师乃头顶天、脚踏地之神兵天将。百姓不知法号，只因灵验无比，有求必应，有机缘者或受其福泽之一方百姓均设牌位供奉，尊仙师为"灵感上仙""灵验大仙"。更有祖上相传宋太宗赵光义在位时，有人在华山莲花谷见仙师显灵，因而又称其为"莲花真仙"。后仙师屡屡救护万民，百姓感仙师有灵，皆称"有灵仙师"。

嘉靖三十四年，朱家天子坐江山已有三甲子轮回又八年。此时嘉靖皇帝只信术士之言，追求长生不老，早无太祖半分豪气。这年岁末，有灵仙师携丹凤、紫熙二童子云游至华山之巅。师徒三人按下云头，抬首见一牌楼，上书"金锁关"三个鎏金大字，原来此处便是道家通仙之门。

师徒三个立于山巅，极目远眺，五云峰、救苦台、锦鸡石、玉函石尽收眼底，不禁赞叹华山之峻险，一时心旷神怡。有灵仙师见救苦台南有一山岭，其色苍黑，势若悬龙，便问二位童子道："童儿可知此岭乃何处山岭？"

二童子回道："弟子不知，乞仙师赐教！"

有灵仙师道："此岭名曰苍龙岭，乃华山奇景之一。韩愈曾游于此岭，却惧山岭险峻，大哭不止，投笔乞命。"

二童子笑道："原来韩文公还有如此趣事！"

三人游历山景，谈经论道，说些今古奇事。有灵仙师又谓二童子道："华山乃仙乡神府，群山众岳皆不及也。采药狩猎百姓者众，进山朝香参拜者亦众。二童儿只顾观景，却据为师所观，华山已是多处崖裂泉涸，恐不日便是山摇地裂。倘若地动山崩，则华县、渭南、华阴、潼关、朝邑各州县百姓性命危矣。"原来有灵仙师法力无边，更修得慧眼聪耳，可视数十年后之景，可听百年后之音。

紫熙童子闻言便建议道："吾师慧眼聪耳，可知后世之事，今日云游至此，何不运起广大法力一观耶？"

"童儿此言甚善，待为师作法一观。"

有灵仙师运起神通，睁开慧眼，双目迸出两道金光，金光环群山一绕，一霎时，赤、橙、黄、绿、青、蓝、紫万象之影已尽收眼下。双耳聆听，宫、商、角、徵、羽万物之音尽收耳底。岂料有灵仙师霎时神态愕然，收起神通后半晌无语。

紫熙童子急问何故，有灵仙师回道："为师略施神通，所观之影不过旬日后。吾观之影皆山崩地裂，残垣断壁，尸横遍野之象。吾听之音或山川内万马奔腾，或山谷下鸡鸣狗叫，或巷陌间奔走哭嚎。想必不日华山必将山摇地动，川原坼裂，郊墟迁移，城垣、庙宇、官衙、民庐皆不保，民众死伤不可胜计。如此说来，华山之滨，不日便生灵涂炭矣。"

丹凤、紫熙二童子听罢有灵仙师之言皆黯然泪下，急问有何法可禳之。

有灵仙师道："华山地崩，乃日夜更迭，潮涨潮落，地底储力至极，忽而爆裂所致。此乃天意,天意岂可违?"

丹凤童子道:"吾等修行之人,将救民于水火为己任,何不昭告天下?"

有灵仙师道:"徒儿乃修道之人,如何不知天机不可泄露?"

紫熙童子道:"吾师素有菩萨心肠,多次救万民于无妄之灾。华山地动虽天意不可违,且天机亦不可泄,但吾可奔走相告,救民于水火,如何不可?"

有灵仙师菩萨心动,沉思须臾,谓丹凤童子道:"此乃天机,吾等泄天机必遭天谴,然人命关天,即遭天谴也应设法救之。吾有一歌谣,丹凤童儿可化身一童稚或一书生,教百姓奔走传唱,百姓悟之则可保命。"

丹凤童子问歌谣如何。

有灵仙师交代道:"乃是'丙辰岁末,地裂泉涌,华县之众,奔走即活'。此歌谣毕竟泄露天机,丹凤童儿切记不可明说。"

丹凤童子回道:"谨遵师命,徒儿即刻启程。"

丹凤童子离去后,有灵仙师又谓紫熙童子道:"吾等既知华山方圆千里不日将山摇地动,霎时生灵涂炭,民不聊生。此事非同小可,必大伤大明江山元气。此外,亦恐灾后人祸,或瘟疫,或饥荒。"

紫熙童子道:"当今圣上登位之初,严以驭官、宽以治民,大明得以嘉靖中兴。然如今圣上已无勤政之风,且宠信严嵩党羽,致朝政腐败。华山地崩虽天机不可泄露,然救人一命胜造七级浮屠,徒儿情愿遭天谴之罪,愿入宫游说圣上早做防范。圣上虽宠幸严嵩一党,但事关百姓生死者,圣上必察之。"

有灵仙师道:"童儿不可,圣上乃紫微星下凡,真命天子,为师尚不可近身,何况童儿乎?童儿既有此意,可化身高人,或僧或道或侠,去州府县衙告知百姓父母官,早做提防。"

"谨遵师命!"紫熙童子当下便领命去了。

看那紫熙童子,虽和有灵仙师一般菩萨心肠,但自幼修行,岂知官场险恶,世态炎凉。有灵仙师既派紫熙童子化身去将实情相告官府,她谨遵师命,从华山之巅一跃而下,按下云头,放眼望去,尽往高宅大院赶去。远远望见一处有两尊石狮,中间红漆大门,一旁鸣冤鼓,左右两班如狼似虎般看门衙役,料定必是县衙。紫熙童子寻思,自己若是动用神通直去县衙大堂,知县定以为吾乃梁上君子,不容吾开口,早已屁滚尿流,吾须设法当面告知。只是自古"衙门口,门朝南,有理无钱莫进来",吾等修行之人何来黄白之物,须寻个进去门路。

好个紫熙童子,一时计上心来,琢磨着变身为化外高僧,心想肉眼凡胎一看便觉素有仙骨,官府中人都是功名之徒,或许愿听我言,以求更大功名,借机我好劝说知县大人早做准备。想罢,紫熙童子摇身变成一得道高僧模样。身披袈裟,项挂佛珠,手持锡杖,生得和颜悦色,风姿英伟、相貌轩昂。有诗赞曰:

凛凛威颜多雅秀,佛衣可体如裁就。
辉光艳艳满乾坤,结彩纷纷凝宇宙。

紫熙童子化身高僧,踱步到衙门口,对看门衙役道:"阿弥陀佛,贫僧稽首。贫僧有要事面见知县大人。"

两班看门衙役果然不知真伪,心中寻思定是哪个名山宝刹得道高僧,慌忙还礼道:"不知大师有何指教?找知县大人何事?"

紫熙童子假意道:"贫僧有事关知县大人前程之事,务必面见知县大人。"

衙役见紫熙童子一派仙骨,因而不敢隐瞒,径直报知知县。此时官吏早已不如太祖时勤廉,大官大贪,小官小贪,已然成风,难有为民做主之官。且说这个县官姓李,亦昏庸无能之辈,欺上瞒下,对上报喜不报忧,对民间疾苦不闻不问,百姓冤屈能拖则拖,不能拖则压之,日间断案更是原告被告通吃。浑如农家储肥之粪缸,外观涂釉反光,内则臭气熏天。百姓早已忘却知县真名,只唤作叫"李缸"。

这李缸方才用完午膳,正待午休,见衙役慌张赶来,惊扰清梦,心中不悦,喝道:"慌里慌张,所为何事?"

衙役禀报道:"门外有一僧人,看似得道高僧,说有关大人前程之事要面见老爷。"

李缸心想既是高僧专程面见,事关前程,如何不见?便稍整衣衫,忙叫衙役请高僧进内堂一叙。

紫熙童子进得内堂,早望见李缸肥头大耳,酒糟鼻,老鼠眼,睡眼惺忪模样,已有七分不悦。但事关重大,遂稽首道:"阿弥陀佛,贫僧此番前来,实有要事相告。华山在贵县境内,一旦地动山摇,霎时生灵涂炭。贫僧已得知不日华山将有地裂之灾，望知县大人率众搬离，救万民于水火。他日皇上嘉奖，定然前途无量！"

李缸岂肯信之，说道："华山如何能山崩？定是危言耸听！"

真是个昏官。紫熙童子心中忍不住这样想，但还是耐住性子再三劝道："此事千真万确，贫僧可以性命担保。"

李缸闻之，睡意顿无，寻思道："如此僧真乃高僧，我率众搬离，真能救民，京师嘉奖，可升官发财。如乃疯僧，则朝廷怪我劳民伤财之罪，千两银子购得乌纱则不保。若搬离县衙，本官及家眷岂不要住窝棚草舍？况且，本官多年得来的黄金千两就埋于宅院三尺土下，一旦搬离被人知晓，上司追究来源，必治重罪。此外，本官田舍何存？佃户田租又如何？"如此关天大事，这个昏官只顾私利，哪顾百姓死活，连道"疯僧，疯僧"，挥手要衙役赶走紫熙童子。

紫熙童子料想不到此县父母官如此昏庸，化身得道高僧已无法劝说，连声道："大祸临头，浑然不觉，不可救药也，阿弥陀佛！"

紫熙童子离开后，李缸心中又恐真有此事，忙唤师爷商议。

师爷道："近日确生异象不断，自家鸡不入窝，猪不进圈。小人听集市上四方百姓都言之凿凿，有道山泉忽涨忽涸，有道山涧群鸟惊飞，有道山谷有光忽明忽暗，确实异象重重。县尊还是谨慎为妙。况且刚有衙差回报，有人教唱孩童歌谣，有书生在集市上吟诗，民间百姓都在传唱。"

李缸忙问是何歌谣，师爷又回道："歌谣乃是'丙辰岁末，地裂泉涸，华县之众，奔走即活'。歌谣之意实乃大祸将至，大人应速速差人安置百姓搬离。"

听罢，李缸怒道："歌谣之词皆妖言惑众。这句地裂泉涸分明就是辱骂朝廷，这句奔走即活，分明就是蛊惑人心放弃故土，此必奸细所为。"

师爷见状又道："除去歌谣不顾，那近日华山所生异象不得不防！"

李缸道："鸡猪乃牲畜，山泉涨跌乃自然之象，山谷有光忽明忽暗更乃无稽之谈。童子、书生等定和疯僧一伙，蛊惑人心，必有不可告人之目的。师爷可出安民告示，教百姓切勿被妖言蛊惑，不必惊慌。另安排衙差对教唱歌谣之童子、书生及方才之疯僧，画影图形，务必捉拿归案，办个妖言惑众之罪。"

再说紫熙童子见无法劝说昏官，心中不悦。救民心切又恐违了师命，心中思索不如再运神通化身侠客，强行劝说。候到二更过后，紫熙童子施展轻身功夫径入知县府衙穿墙入室。那李缸此时早把华山将地裂之大祸将临抛之脑后，正拥了姬妾，高坐饮酒为乐。紫熙童子见状大怒，跳将下去，揪住昏官衣襟。李缸大惊，高叫"有刺客"！推开姬妾就往桌底钻去。

紫熙童子凌波微步上前，一把提起道："大人休惊，在下并无相害之意。"将昏官推回原座。李缸早吓得面无人色，只是发抖。只见堂下拥进数十名衙差内卫，各举刀枪，前来相救。紫熙童子略使神通，一拂袖早已倒了一片。众衙差大惊失色，齐声发喊，不敢上前。紫熙童子道："休再吵闹，吾确有要事。"李缸手足乱颤，传下令去，众衙差内卫方才止声。

紫熙童子见这昏官如此怂包，心中叹息，当下将华山不日地摇山崩，知县须早做防范再劝说一番。李缸不敢不依，只得口头连声答应。

紫熙童子又叮嘱道："华山方圆千里，数十万百姓身家性命，全系大人之手。大人须早日联合其他县吏，务须在意。"

李缸连连应道："不错，不错，下官谨记。"

紫熙童子心中越加不悦，卖个神通穿墙而出，但听身后众人大叫："捉刺客，捉刺客！"乱成一片。

紫熙童子现了本相，端的是秀雅绝俗，自有一股轻灵之气，肌肤娇嫩、神态悠闲、美目流盼、桃腮带笑，不说闭月羞花，也是标致美人。她在城内候了两日，见城内毫无动静，心中生疑。一去集市，见商贾走卒往来比往日更甚，毫无大祸将至之象。此时已是腊月十一，百姓已开始披红挂彩迎春。只见集市尽头贴有告示，百姓正聚集观看。紫熙童子凑近一看，只见告示写道："近日屡有刁民妖言惑众，传言天灾将至，借以蛊惑人心，搬离本宅。经查实，此乃无稽之谈也！实乃居心叵测之徒别有用心。昭告本县百姓，勿信谣言。即便有天灾，本县亦能应对，众百姓勿忧。"

紫熙童子看罢大怒，大骂昏官祸国殃民，只恐此人枉送了众多百姓性命，直呼未宰了这个庸臣贼子。紫熙童子径来县衙欲除昏官，岂料县衙大门紧闭，昏官早已携家眷带细软逃走多时。

可怜紫熙童子虽有菩萨心肠，欲救万民于天灾，岂料不通世态炎凉，直至心机白费，只得沿途向众百姓奔走相告。哪知百姓已听信告示所言，又恐官府究其听信妖言之过，对紫熙童子所劝好言听不进分毫。奔走一日，竟无人肯信。

夜至腊月十二子时,紫熙童子倦意已生,正待找个僻静处稍事歇息,忽听得地动山鸣,天摇地转,只见群山四处塌陷,地面涌出巨浪。其声如轰雷,霎时城楼、墙垣、垛口、官民宅舍、仓库、公廨、监房摇塌殆尽,压死人口不知其数。方圆千里顿为平地,亡者数十万计。华山西岳庙毁,华阴所有庙寺尽倾,华阴城西驻马桥断,城北大员村地裂数丈,水涌数尺。黄河大堤尽数崩塌,华县凤谷山石泉废为干泉。此次地动,史书有载,乃嘉靖三十四年之华山大地震也。明官吏秦可大在《地震记》载:"受祸人数,潼、蒲之死者什七,同、华之死者什六,渭南之死者什五,临潼之死者什四,省城之死者什三,而其他州县,则以地之所剥剔近远分深浅矣。"

天灾忽至,措手不及。紫熙童子见未能救得万民于天灾,放声大哭。又深恨昏官祸国殃民,本可早防,即便宅院毁坏,然性命可保,亦可东山再起,家园重建。岂料昏官不做防范,反而张贴告示将忠言说成妖言,误了如此多条性命,可恨至极也!紫熙童子无奈,只能去寻仙师复命。见到有灵仙师,丹凤童子已回,紫熙童子将化身高僧、侠客劝说昏官及后来沿途奔走呼号一事细细道来。有灵仙师听了一声长叹道:"大明有此等昏官,天下必将盗贼横生,民不聊生。此番华山地动,此乃劫数,紫熙童儿勿悲,你甘受天谴也要救民于水火,足见童儿菩萨心肠,日后修为必青出于蓝。"

师徒正说间,忽地一声巨响,惊天动地。有灵仙师急急循声看去,只见华山地裂深谷处迸出百十团大火球直朝四方奔走,势若奔雷,疾如流星,又间杂小火星无数。却有两团巨大火球,几欲照亮寰宇,异常刺眼夺目。

有灵仙师大惊,掐指一算,说出一番话来,惊得二童子瞠目结舌,道:"为师初学道时,听师尊言语,魔界曾有一众魔星,在凡间兴风作浪,仙界皆有收服妖孽之意。只恐无处能锁住魔星,他日魔星复出,必将天翻地覆。至后唐清泰二年,时有道家陈抟老祖在华山云台观辟谷修道,见华山甚是雄壮,乃灵秀之根,正是镇压魔星极佳之所。遂施展法力,将一众魔星降住,镇于华山之下。此番华山地裂,魔星逃出,必将起于秦陕,日后处处烽火,遍地烟尘。那两团大火球,实乃破军星和煞星也,大明江山气数将尽矣。"有诗为证:

昏官误国枉害民,大明从此起刀兵。

是兵是贼难分清，清白世间无安宁。

有灵仙师恐日后破军星、煞星难以降服，嘱二童子道："众魔星杀心甚重，所做罪孽滔天。此番逃出，急切虽难以轮回投胎，但终究会临凡人间，此乃劫数也。你二人可趁魔星尚未成气候，潜心修炼，日后众魔星与贪官污吏为敌，劫富济贫，诛杀贪官者，则可助之；如打家劫舍，欺压良善者，则立斩之。尤那破军星及煞星，更要万千小心。"

丹凤、紫熙二童子应道："谨遵师命。"

西岳华山地裂之事，时为大明中后期。单说这秦陕之地，确是多灾之所，十年九旱，常颗粒无收，至大明神熹二宗时尤甚。秦陕之地久旱不雨，草木枯焦，乡民外逃，饿殍载道。

另外，大明周边强敌环绕，东有倭寇，北有蒙古，东北又有女真，始终觊觎大明疆土。万历四十四年，努尔哈赤以父祖所遗十三副甲胄起兵，经多年征战，女真各部得以一统，建大金国，年号天命，史称后金。且说这努尔哈赤一朝称汗，大有吞并大明疆土之意。万历四十六年，努尔哈赤在盛京"告天"，宣读讨明檄文，率步骑二万攻明。明军不敌，后金接连攻下抚顺、东州等地。

神宗火速降诏，令各处备御，讨贼立功，遣兵部右侍郎杨镐经略辽东，力主讨伐。万历四十七年二月，杨镐以十万余人遣杜松、李如柏、马林、刘綎各引精兵，分四路出师讨之，然不敌努尔哈赤骑兵神速。萨尔浒一战，四路精兵皆溃。开原、铁岭、辽阳等大小七十余城尽被后金收入囊中。

辽东边关危急，京师震惊。四月，兵部尚书薛三才卒。多事之秋，国失栋梁，神宗惶恐，急召群臣商议。大理寺丞熊廷弼奏曰："大明自太祖始，威震四海，怎奈承运已久，士卒久未遇辽寇等强贼，武备训练皆缺失，加之贪官污吏欺君罔上，祸国殃民，克扣军饷，偷工减料，方有此败。尚书薛大人上任以来，裁冗清饷，筑堡修屯，整顿军纪，省粮省银二十万两用于练兵筑营，监制火器，修整甲仗，已初显成效。假以时日，必可与东房再决雌雄。吾皇可下诏，诛斩贪官污吏，追查怯兵逃将，依律问罪，绝不姑息，军心稳则士气盛，此其一也；加筑城防，督造战车，勤练火器，秣马厉兵，器械利则战力升，此其二也；调兵遣将，招募新兵，湖广四川彪悍之师增援辽东，应调之将佐尽皆加衔，应调之兵卒发安家银两,兵强将勇则战无不胜。至此,所失之城可收复,辽东之危可解也!"

神宗准奏,正欲令翰林学士草诏一道。岂料大殿传来阴阳怪气之声:"老奴有本上奏。"众视之,此人颔秃声雌,胡须全无,骨瘦如柴,乃内监陈奉也。自古妇寺不得干政,然自明成祖始,宦官地位攀升。至神宗皇帝,宦官干政已久,帝听信宦官之言,大肆营建,挥霍无度,国库亏空。自万历二十四年始,各地派遣矿监、税监之宦官无数,搜刮民脂民膏,百官皆敢怒不敢言。陈奉本御马监一奉御,后青云直上,目空一切,开征店税、牛马税、官道税等皆出自此人主意。但见他奏道:"熊大人所言极是,然筑城防,募新兵,添火器,皆需钱粮。万历年间,宁夏、朝鲜、蒙古、倭寇等先后用兵,已费去钱粮大笔,加之乾清宫修建亦需银钱,太仓、光禄、太仆银括取已尽。而今对辽用兵,需钱粮无数,可向民间按一亩加银九厘之法征收赋税,可增赋五百二十万两。乞圣上下诏,定此为辽饷。有此税银,则熊大人之策可行也。"神宗闻之,一一准奏。

自大明正德年始,奢靡之风盛行,加之安化王、宁王谋反,大明耗费钱粮无数,民间赋税猛增。此外,大明龙子龙孙宗亲数万,田产禄米无数,宗亲皆产无赋、身无徭。大明官家增税一分,百姓实则增税两分不止。每逢旱涝,田产歉收,然赋税依旧,百姓不得已逼上梁山。正德五年,河北响马刘六、刘七霸州起事,聚七千好汉,专事打家劫舍,劫富济贫。天津、真定官府不敢小觑,曾名噪一时。这个阉人陈奉,此计忒毒,瞒着圣聪用饮鸩止渴之法,起为渊驱鱼之用,端的是要官逼民反,送掉大明江山。这辽饷加征,百姓苦不堪言。

俗话说"福无双降,祸不单行",东北女真为患,偏偏西北川陕大旱。自天启七年至崇祯四年持续大旱,致使千里荒芜,颗粒无收。《中庸》有云:"国之将兴,必有祯祥,国之将亡,必有妖孽。"西北大旱,民不聊生,土瘠赋重,刀兵干戈必起矣!

且说这陕西西安府有一县,连通关中陕北,因县内有白水河穿境,故唤作白水县。这白水县与陕地各州县无异,十年九旱,白水河干,赤野千里。县里有一落魄书生,姓种,名光道,其母十月怀胎,正当无粮可食时梦见一金光大道,尽头青山绿水,男耕女织,故取名光道。

种光道年幼务农,但聪颖好学。家贫无法请先生,时常私塾外偷听,竟也习得诗经算术,胸内略有点墨。年及弱冠,因田地大旱,颗粒无收,父母俱亡。父亲临终前在病榻上持一盒嘱咐他道："吾儿,实不相瞒,吾祖上乃前宋延安府经略相公种师道一脉。先祖何其英雄,也不知传至哪一辈,为躲避朝廷奸臣加害,曾令我等子孙只可务农从商,不得习武从军,自此家道败落,我等后辈实乃辱没先人也。此盒内藏有祖上传下宝刀两口,长短各一,长刀雕龙,短刀刻凤,皆削铁如泥,吹毛断发。两宝物刀柄相碰,则龙凤合璧,是为泼风刀一把。先祖曾用此刀斩杀敌将无数,而今兵贼难分,吾儿切勿习武从军。此刀虽宝物,然米贵命贱,只乞持宝物换粮米活命矣!"

种父亡后,种光道将祖传宝刀藏好,靠几亩薄田过活,心想日后必有配宝刀之人。

天启七年,时当二月春耕时节。可家家少粮无盐,顿顿粥水野菜,十家有九家无种可播。一日,浑家央告道："相公,十里八村也就相公胸有点墨,白水地瘠无粮,相公寻思着当些家中瓶瓶罐罐,到邻县换些粮米。一来做春耕之种,二来换得几天口粮度日也好。"

种光道寻思家中瓶瓶罐罐值几何,却是怎地好? 只有祖上留下那两口宝刀,俺视同性命,藏在院内。如今无种可播,事急无措,只得拿去集上卖得千百贯钱钞,好做粮米度日,用些许粮种耕作续命,只待今年雨水充足。当时便应了浑家,寻了把锄头,后院请出宝刀。他将长刀系挂在腰间,短刀藏在裤管内系在左腿小腿肚上,寻了顶毛毡斗笠,着了麻衣麻鞋,锅里翻出小半个烤白薯,就寻路而出。

种光道一心想翻过山头,寻个集市,可行了半日,一山翻过更有一山,哪有什么集市? 这时节百姓饥寒,赋税又重,逃离者众多,已十室九空。种光道琢磨着返回,却不识来路。眼见着天色渐晚,半个白薯早已吃净,饥渴难当,心中焦躁。远望见山谷间一缕亮光,像是一户人家。种光道循着光亮走去,确是一户人家,紧叩柴扉半晌,方才出来一老翁。老翁望见种光道腰系长刀,惊得半晌不敢言语。

种光道急言道："老丈,晚生乃白水农户,因家中断炊,出来想卖掉家传宝刀,谋点米粮过活。因迷路无法赶回,还望借住一宿,明早就走。"

老翁见种光道礼貌周全,似个读书之人,便请进内屋,翻开锅灶,端出粥水,就着两个掺了野菜的饼请他吃。饥渴之人突遇粗茶淡饭,种光道好一个狼

吞虎咽,就好似饮那琼浆玉液,吃那山珍海味一般。有诗为证:

  饱汉餐肉食无味,饥汉遇糠头不回。
  饱汉岂知饿汉饥,不怕上界有天威?

  种光道谢过老翁,并将宝刀来历,家中需要粮种,意欲卖刀救急等事一一告知。

  老翁听了之后,摇着头说道:"此地已到澄城县,这澄城县贫瘠万分,荒地闲田多。隆庆、万历年间,还有来自郃阳、蒲坂邻县农户开荒翻田,人口渐长。可自从来了个张斗耀知县,这澄城县顿成苦海!"

  种光道急问何故。

  老翁又道:"这个张斗耀原本蒲州进士,读圣贤书却不做圣贤事,实乃一欺软怕硬之徒,对上则似一狗,对百姓则似一虎。朝廷征辽饷,一亩加银九厘,可京城龙子龙孙万亩良田不征,达官显贵祖上立功御赐田亩不征,圣意乃加征九厘,实则加征几个九厘不止。川陕大旱,这张斗耀毫不体谅百姓,不思开仓放粮赈济,只思如何征苛捐杂税。手下衙差如狼似虎,哪管你百姓吃草食土。交不了税的,轻则扒房拆屋,重则披枷戴锁。让你求生不得,求死不成。"

  "百姓之父母官,不思为民做主,饥荒时节反倒继续课以重税,真该手刃这狗官方才为快。怎奈家父不准习武,吾愧对祖上。"种光道说罢,抽出宝刀。

  老翁见状道:"吾观此刀,刀锋犀利,花纹精致,刀柄龙纹乃大家手笔,此物绝非凡品。请问祖上何人?"

  种光道只得应道:"小人祖上乃大宋镇守西北经略使种师道!"

  老翁惊问道:"莫非是水浒王进教头、梁山好汉花和尚鲁智深鲁提辖常提到的老种经略相公?"

  种光道答道:"然也,吾愧对祖上英名。"

  老翁又叹道:"恕老汉直言,张斗耀贪婪成性,大街小巷更是遍布其爪牙,皆是欺压良善之辈。你腰系宝物,别说换粮度日,只恐诬你个手持利刃,图谋不轨之罪,夺你宝物,打你半死。"

  种光道闻言惊恐,半晌不语,急急起身欲逃。

老翁见状安抚道："你今晚在此住宿一夜,明早再行。老汉看你知书达理,胸中似有韬略,现今虽度日艰难,但日后绝非平庸之辈。你径直往西三十里路,有一西固镇,镇上有一英雄名唤王二,十里八村皆知其名。这位英雄勇武有力,双臂可举数百斤磨盘,素有侠义心肠,好打抱不平。虽只是一农户,但自己有食就绝不忘乡亲。你可与王二一叙,乡民抱团,共应天灾人祸。"

种光道听了叩谢老翁,一夜无话。

次日清晨日出,田道山路已可见。种光道心中焦躁,只恐宝刀被贪官污吏掳去,早早起身就走。老翁将仅剩的几个野菜饼、麦麸窝头赠给种光道。种光道再三道谢,别过老翁,径投王二处。恐山路不熟,种光道只拣大路快走。

种光道腰系宝刀,上得大路行走。这大路乃要道,少不了商贾走卒,小商小贩。只是百姓各自肚饥,见种光道模样,也并无一个人来问。种光道行走未久,只见两边的人都跑到山下洼地去躲。种光道看时,只见众人都乱蹿,嘴里喊道:"快躲了,豺狗来也!"

"好作怪!这等大路官道上,还怕甚豺狗来!"种光道心里寻思,当下立住脚。只见远远地来了七八个官差,为首两个吃得半醉,一步一跟撞将而来,形貌生得凶神恶煞。有诗为证:

披着官衣就道是人,欺压百姓恰好似鬼。
抓人锁链只抓良善,水火两棍专欺百姓。

原来这几个差人就是澄城县张斗耀的爪牙,平日里捕盗办案一窍不通,专事一些强征强收、扒房拆屋的勾当。为首两个就是澄城县有名的真豺狗,百姓唤二人叫高豺、李狗。今日,正巧高豺、李狗专挑大路上有商贩处,去征收些什么占用官地税、官道使用税,恰来到此处。种光道不知厉害,还未及躲避,早被高豺、李狗抢到种光道面前,就手里把腰间那口宝刀扯将来喝道:"汉子,你从哪里来,意欲何往?看你倒像个庄户人,这刀哪里来的?"

种光道躲避不及,紧握刀柄不放,应道:"小生世居白水,昨日意欲往澄城县换点口粮,因山路不熟迷路,今日返回,现欲往西固镇。此宝刀乃祖上留下,本不可拿出。怎奈饥荒无粮,想要换点口粮度日,买点种子望来年风调雨顺。"

高豺喝道:"什么祖上宝刀,看你不像个军士,岂有军械?定是偷盗所得。"

种光道回道:"官爷见笑,小生乃庄户人,哪有本事翻墙入室,做梁上君子?此刀确是小生祖上所传。"

"既是庄户人,持刀意欲何为,莫非想造反?"高豺说罢,众差人一拥而上。

种光道急道:"你等乃官府中人,怎可强抢财物?"

李狗道:"刁民还敢犟嘴,当心抓你入狱,或判你个偷盗,或判你个持械游荡、图谋不轨之罪。教你不死也脱层皮。"说罢,众差人手持水火棍,不由分说,打得种光道那是一佛出世,二佛升天,那口宝刀也就让那高豺夺了。

种光道见祖传宝刀光天化日被白夺了去,哪里肯依。怎奈不是习武之人,虽年轻力壮但双拳难敌四手,何况是这一群如狼似虎般差人。

高豺见状道:"这厮既是自行前来讨死,那就免不了吃点苦头。"

一伙差人一拥而上,早取一面长枷把种光道枷了,监押着他来澄城县衙,跟那知县张斗耀只报庄户人不明持械,迭成文案,将种光道押于囚牢里监守,明日升堂。但见那大牢:

镣铐麻绳磨骨锯,有理没钱万分屈。
休言死去见阎王,只此便如真地狱。

种光道押到囚牢里,瞬间清醒了,只道保住性命要紧。次日县太爷升堂,这种光道只言宝刀无意拾得,一时鬼迷心窍想据为己有,乞县太爷饶恕。这张斗耀只在意财物,也怕种光道拒不认罪,多生麻烦。三推六问,当堂招做宝刀实乃拾得,理当交官府充公。当场将种光道除了长枷,但还是免不了断了二十脊杖,方才释放。文案上写明宝刀充公入库,实则入了张斗耀私囊,也少不了高豺、李狗的好处。

种光道虽挣扎得了性命,心中实不平,深恨狗官贪赃枉法,也恨自己手无缚鸡之力,不能夺回自家宝物,心想有朝一日必手刃狗官方才一泄心中之愤。他出了大牢,琢磨着先按前日老翁说的去西固镇找寻王二,再作理会。

只见种光道整整衣衫,强忍背后棒创,离了澄城县,取路投白水西固镇而去。行了几里路,突觉左腿腿肚子有物晃荡,方才想起家传短刀还绑在裤管内,

庆幸没有让那高豺、李狗搜了去。种光道不敢怠慢,往西固镇紧赶。但见:

> 崎岖山岭,哪见炊烟。漫山遍野荒林,东南西北险道。山林间不闻犬吠,晨起时难听鸡鸣。

种光道披枷戴锁关了一夜,饥肠辘辘。一般庄户人未曾习武打熬身体,哪里禁得住那催命阎罗般的无情棍,因此走路不快。三十里路赶了一日,日间只能寻些野菜野果充饥。眼见天色将晚,望见大路边一石碑写着西固镇。种光道找了村民问路,村民往西指着一个院子,数间草房,那便是王二的住处。

种光道往里来看时,却也是一所农户人家,一周遭都是土墙。种光道来到院子前,敲门多时,只见一个大汉出来。种光道忙与他施礼,问此处可是王二所在。

大汉道:"王二是俺们哥几个长兄,你有甚事?"

种光道答道:"实不相瞒,小生亦住白水,慕名前来拜见王英雄,万望通报则个。"

大汉道:"既是如此,且等一等,待我去问过长兄,肯见你时,但见不妨。"

种光道又道:"大哥方便。"

大汉入去一会儿,出来说道:"我兄长教你入来。"种光道随这大汉直到草堂上来见王二。

果然,这王二年过三旬,肤色黝黑,头顶武生巾,身穿直缝短衫,腰系武生带,足穿八搭麻鞋,身材壮实,眉宇间自透出一股英雄气,一看就知乃孔武有力之好汉,且身边团坐着二三十条好汉。

种光道见了便拜,王二连忙道:"乡亲休拜,看你衣衫撕裂,走路不敢直腰,必有伤在身。想必是受了灾祸,且坐一坐。"

种光道与王二叙礼罢,王二问道:"乡亲是哪里来的?如何昏晚到此?"

"小生种光道,白水人。只因家中断粮,请出祖上传下来的宝物,意欲换些粮食度日和做种,不料在澄城县遇见差人,不由分说把祖上宝物强取豪夺了去,还白白入监,打了二十脊杖。所幸前日在山间遇见一老翁,指点小生前来拜见王英雄。"随后,种光道将几日遭遇细细说于王二。

众好汉听了皆怒。

"这张斗耀忒歹毒,四邻八乡皆食不果腹,这澄城县衙却粮满过顶,着急无处存粮,想必坑害了多少百姓。"王二说完,又问道,"想必你还未打火?"就叫身边好汉安排饭来。没多时,就厅上放开条桌子,一个好汉托出四样菜蔬。

地无收成,无非是老瓜瓢、野地菜、苦麻菜、蒲公英茎,又在中间一盘烧獾子肉,铺放桌上。原来这王二力气过人,且身轻如燕,端的也是好猎手,平日里也可打些野味,再端出几个麦麸窝头请种光道吃,道:"赤地千里,村落中无甚相待,休得见怪。"

种光道起身谢道:"小人无故相扰,此恩难报。而今天灾人祸,家家户户食不果腹,想必这些菜肴也是英雄大半家当?"

王二道:"休这般说,且请吃饱。"

种光道一番狼吞虎咽,早已吃净。王二起身,引种光道到偏房里安歇,说道:"吾观乡亲言谈举止,似胸有点墨,不似我等只会出死力之人。今日权在此安歇,我等商议之事,切勿上心。"

种光道刚见王二,不好追问,只得谢了,跟随一好汉到偏房里来。哪顾什么洗漱,谢了好汉,掩上房门收拾歇息。

种光道哪里睡得着,隐约间听到王二与众好汉谈到澄城县衙、粮仓、守卫等只字片语,其余听不甚明白。他背后棒创发作,痛不可当,渐渐睡去。

次日天晓,王二不见种光道起来,来到偏房前过,听得他在房里声唤,叩门问道:"乡亲,天晓,好起了。"

种光道慌忙出房来,见了王二便施礼道:"小生已起多时了。夜来多多搅扰,甚是不当。"

王二问道:"乡亲为何声唤?"

种光道答道:"实不相瞒,棒创发作,痛不可当。"

王二见状道:"既然如此,乡亲休要烦恼,你且在我处住几日。吾还有个医外伤棒创的方,叫人去山间采些药来,与你内服外敷,慢慢将息罢了。"

种光道谢了,也不敢过问王二与众好汉商议何事。

此时已是天启七年二月十四,种光道已住了多日,棒创痊愈。这日晨,王二忽然说道:"非我等不留乡亲,只是不日将干一件大事,实乃餐刀掉头的勾当,恐连累乡亲。"

种光道此时不禁问是何等大事，王二不答。种光道再三追问，王二只得答道："我等乡民，日夜苦做，岂料年年大旱，颗粒无收，早已食不果腹矣。且朝廷自征辽饷，年年苛捐杂税，花样不断，狗官们逢灾年不仅未赈济灾民，反而重税不减。我等已无活路，前数日乡亲所见众好汉，哪家不是已饿杀了好几口人？吾已经联络数百乡亲，看那澄城县粮仓，堆积粮食如山，我等思量与其饿毙，不如抢那官粮。"

种光道听罢大吃一惊，转则大喜道："澄城县的贪官污吏，平白无故夺我宝刀，押我入牢，打我半死，我定要找那张斗耀狗官讨还公道。今日幸遇王英雄，请受小生一拜。"说罢，纳头便拜。

王二忙把种光道扶起，道："狗官害民，人人得而诛之，乡亲不必大礼。"

种光道感王二义重，又感激王二救护之恩，从左腿裤管内掏出家传短刀，就此叩谢王二道："此乃家传短刀，祖上传下宝刀两口，一长一短。长刀被狗官手下爪牙高豺、李狗夺去，所幸短刀藏于裤管内，未被搜走。如王英雄不弃，小生愿将短刀赠予王英雄，并愿为英雄效犬马之劳。"

王二见状大喜，一喜得识文断字、腹有谋略之帮手；二喜得削铁如泥之利刃，远胜手中杀猪刀、锄头、棍棒之类。两人捻草为香，就此结拜兄弟，王二年长为兄，种光道为弟。王二将众位好汉一一与种光道叙礼，商议劫澄城县官粮一事。种光道本就聪颖，过目不忘，加之在县衙曾过堂，已知晓路径，就对如何进衙，如何入得知县内室，如何解救大牢百姓等，一一谋划妥当。

正待众英雄叙说如何劫那官粮，只听得墙外一声喊起，火把乱明。外面火把光中，照见锁链、麻绳、大砍刀、五股叉，摆得似丛林一般。听到喊捉声："休叫走了窃贼种光道！"

种光道大惊，跳起身来说道："众好汉且坐，待我去看。"掇条梯子，上墙打一看时，只见就是澄城县衙差高豺、李狗二人骑在马上，带着一二百个兵丁，围住院落。

种光道对王二说道："此二人就是平白无故夺取我祖传宝刀之贼，定是狗官看见长刀后，思索着还有把短刀未搜到，此番来定为抢夺短刀而来，断不知晓兄长之事。小弟一人应付即可，不连累兄长。"

王二怒道："兄弟哪里话，这高豺、李狗欺压百姓已久，这帮弟兄有几人未受这帮爪牙之祸害，为兄早就想废了此二豺狗，正巧送上门来。贤弟所赠宝刀，正好一试。"

　　如不是这伙人来捉种光道，官府爪牙焉能瞅见饥肠辘辘之乡民结党，焉有下面王英雄牛刀小试？

　　有分教：

　　　　万物惜生惧寒饿，社稷将乱谁之过？
　　　　混沌世界魔星出，囊萤可燃燎原火。

　　直教那府衙大堂流血一丈，黄龙山上好汉聚集数万。毕竟王二、种光道与众好汉如何脱身，且听下回分解。

第二回

澄城县王二屠狗官　定边营张福贿贪将

话说那澄城县爪牙高豺、李狗领一二百兵丁将那王二宅院团团围住,个个手持刀枪,口口声声要捉拿窃贼种光道。这伙爪牙如何得知种光道逃到此地?又如何叫嚷要捉拿窃贼种光道?这要从那日张斗耀平白霸占种光道宝物说起。

那日高豺、李狗大路上夺了种光道祖传长刀献于知县张斗耀。这张斗耀也是进士出身,见那刀鞘别致,刀柄龙纹精细就已知必是宝物。加之宝刀削铁如泥,吹毛断发,越加是宝中之宝。张斗耀寻思着献于巡按御史或钦差大臣,日后飞黄腾达,也搏个好去处,离了这赤地干旱之所。不巧,当日来了几个钦差税监,专伺督查澄城县税收。张斗耀不敢怠慢,带着几个税监专挑粮仓布库看,小心伺候着。接下来便是终日酒宴,夜间更是置上歌儿舞女,足足搞了五七日。这几个税监个个摸着圆滚肚皮,怀揣张斗耀贿赂的银两,回京复命去了。这狗官囤积粮布无数,终日推杯换盏,花天酒地。衙门外却是赤地千里,饿殍载道。唐杜工部曾有诗句云:

朱门酒肉臭,路有冻死骨。

想此时大明治下,此象又何止澄城县一隅之地?

待那几个钦差税监去后,张斗耀指望着钦差回京复命如何如何美言,琢磨着能去候哪个肥差。忽一日,张斗耀想起那日霸占的宝刀还未细细品赏。忙屏退左右,进入内室,翻开多宝阁、珍宝柜,举目尽是一些古玩名画,金银器皿,怕是哪年哪月如何搜刮而得自己都忘却了。张斗耀从珍宝柜下起出宝刀,细细端详,只见刀柄龙纹栩栩如生,倒是龙尾处花纹不见,连着的却是凤凰尾模样,心中生疑。这狗官为民做主是一窍不通,可论鉴赏古玩珍宝可是内行,须臾便想到宝刀必是两把,此宝刀乃长刀,必另有短刀一把,想必是那高豹、李狗未细搜身所致。

张斗耀唤两人近前,怒骂他们办事不牢,一顿好训。这长短二刀合在一处方为宝物,喝问两人如何未夺那短刀?

高豹回道:"数日前撞见那厮,问那厮从哪儿来到哪儿去,只记得那厮说要赶去白水西固镇,想必西固镇必有人物。知县大人可遣我二人带兵丁抓回那种光道,搜出短刀。"

张斗耀闻言分析道:"那厮无故失宝,又枷了一夜,挨了二十大板,心中必然不忿。此去西固镇,必有所投。吾也有所闻,那白水县王二就在西固镇。这王二勇武过人,素有胆识,善会笼络人心,身边时常聚集一帮刁民,恐为祸患。"

李狗不以为意道:"谅那几个刁民,何惧之有?卑职等领十余个差人,连那王二一并抓来。"

张斗耀摆摆手道:"你等切不可小觑这王二,此人是只有半碗米也绝不独享的豪爽汉子,时常接济饥民,在白水刁民中声望极高,绝非等闲之辈。你二人可带齐县衙一二百号差人,趁夜捉拿种光道,顺道搜王二宅院,若发现宅院内有堆积刀械、棍棒等物,必有图谋不轨之心,一并擒之,毋庸多言。"

高豹、李狗领命点齐人马朝西固镇而去。

且说这王二此时正和种光道及几条好汉商议近日劫官仓放粮一事,恐事不密,当下仅四五人在座。众义士劫官粮要用的剔骨刀、猎叉、锄头、耙子已备妥当,就在屋内。此刻见宅院被兵丁围得铁通一般,一好汉道:"这前后门都有官差,如何得脱,却怎生是好?"

种光道已上梯瞅清来者就是高豹、李狗等人,同时高豹也瞅着种光道果然在内,便喝道:"种光道,你好大胆!前日澄城县大堂只交出所窃长刀,却把短刀私藏了。看你还是早早交出所窃短刀,乖乖受绑了,免受皮肉之苦。"

种光道心想此二贼果然为此事而来,嘴上应道:"既是二位差爷,容我取来奉送。"旋退回屋内,对王二道,"官差受那张斗耀狗官差遣夺宝而来,还不知我等意欲劫取官粮一事,我看不如交出宝物,免生事端。"

王二摇摇头道:"这如何使得!狗官心黑,只恐贤弟交出宝刀,也杀了贤弟灭口,众兄弟必笑我不义。"

忽一好汉说道:"王二哥哥英名,官府早有所知。如此多官差忽至,必有缘由,我看不如就此杀将出去。"这说杀将出去的好汉,姓郑名彦夫,行伍出身,武艺高强。曾当兵随军奉诏与倭寇厮杀,不慎陷入重围,一人一刀步斗倭寇数十人,斩敌首一名,倭寇十余人,余众不敢近身,遂全身而退。后因朝廷军饷十数月未发,军中断粮,郑彦夫不愿和官军一道劫掠百姓,只身乞讨逃回家中务农,已数年矣。

"诸位贤弟先不要莽撞,为兄先出去会会官差再说。"王二打开院门,问道,"差大哥,何故半夜三更来我庄上?"

"我们来捉拿窃贼种光道,你等众人半夜三更为何聚集?必有缘由,不要兀自耍赖。"这高豹说罢,和李狗领着一众如狼似虎般差人直冲进宅院,蹬脚踢开草舍门。

王二见状大怒,喝道:"你等鸟人,还有王法吗?如何毁坏庄户人大门?"

"知县大人神机妙算,我本不信,一看你等果有祸心。我且问你,半夜三更,聚集这么多人所为何事?这数十把家伙什又意欲何为?你等必图谋不轨,不要走,跟我回县衙问话。"高豹问罢,周围差人早已将锁链拿过,欲锁了众人。

众好汉见事情已泄,正不知如何是好。那郑彦夫是个火爆脾气,早就按捺不住,一转身忽地抢将过来,早夺了一衙差的腰刀,瞬时就剁翻了一人,直指着高豹喝道:"你等擅闯民宅,不由分说就要拿人,先与我斗几十个回合再说。"

这高豹、李狗和一众兵丁平日里欺压良善惯了,几曾见过如此了得之人。门外人等吃惊不小,皆惧郑彦夫了得,不敢入内来捉人。高豹狡猾,把手指门外道:"外面宽敞,若是有胆,外头说话。"

郑彦夫何惧之有,提刀杀出院外。高豹、李狗仗着人多,一哄而上,郑彦夫全无惧色,早和众兵丁战在一处。众好汉各人都拿了剔骨刀、猎叉,王二拔出种光道家传短刀,杀将出来,和众兵丁战在一处。那王二所使短刀,端的是锋利无比,锐不可当,和郑彦夫一道,一冲一撞,指东杀西,恰似虎入羊群,哪里拦得住？

　　种光道和余众好汉紧随其后，冲将出来，正迎着高豸、李狗。两个狗头见势头不好，转身便逃。早被王二手起一刀，高豸心口多了个对穿窟窿。再一刀，李狗的狗头也落了地。众兵丁哪敢向前，只敢挥舞刀枪呐喊。王二、郑彦夫虽勇力过人，但种光道乃一文人，其余好汉也只会一招半式，一时难以杀出重围。

　　忽听一阵破锣响，田间山头似有十余支队伍带领千百人奔来，火咂咂一片。原来这王二在十里八村声望极高，众乡亲望见官差持刀枪火把围了王二草舍和院落，知必对王英雄不利。俗话说："一个篱笆三个桩，一个好汉三个帮。"王二英雄，深知此理，平日里为乡亲扶危解困，打抱不平，暗地里早聚齐了数百好汉，只待一朝起事。加之众乡民早恨透官差逼粮收赋，此时不聚集杀出，更待何时？众兵丁都是以多欺少、欺软怕硬之徒，见一下子跑出这多刁民，都恨自己爹娘少生两只脚，各自逃命散了。

　　那些聚过来意欲助战的乡民，手里有拿砍柴刀的，有扛锄头钉耙的，有操木棒的。乡里乡亲，王二大多相识，皆是些食不果腹的穷弟兄。种光道见状对王二道："此番杀了高豸、李狗，那伙兵丁必回澄城县搬救兵。此地不宜久留，须找一妥善去处，再作打算！"

　　"此地西北向，不出五七里地，有一大雷公山，山高林密，容一两千人不在话下，可先去大雷公山暂避，再作理会。"王二话毕，又转身对众乡亲道，"天下大旱，颗粒无收，官府依旧苛捐重税，我等已无活路。这澄城县狗官心比墨黑，衙内粮仓堆积如山，却无视百姓几近饿毙。我等意欲劫取官粮周济乡民，岂料狗官爪牙闯进草舍发现兵器，要立捉我等下狱，我等不得已杀了狗官爪牙。我等本无活路，从此以后誓与官府为敌。此次前去大雷公山，路途艰险，有愿者从之，不愿者绝不勉强！"

　　众乡亲皆应道："愿从，愿从。"霎时便聚集五七百人，拿尽刀叉棍棒，扛了些麦麸、野菜、红枣、高粱秆等，浩浩荡荡直朝大雷公山奔去。

　　众人摸黑行路，也走了五七里地，前面望见尽是山连山，却无了平路。王二、郑彦夫等人厮杀半夜，早已疲乏。远远望去，却看见一古庙，虽早已荒废，但像是一座大庙。王二便道："先入庙再作打算！"

　　众人都到来看时，山顶果有一所大庙，两扇门紧紧地闭着。王二持宝刀一刀砍开大锁，便安排一众人进入。众人看时，两边都是老桧苍松，林木遮映。前面牌额上四个金书大字——大雷公庙。

种光道安排众人在殿堂、檐下、过道内歇了。众人前胸贴后背挤着，种光道扯些松枝，拾些柴火，燃起篝火。众人团坐，商议下步如何计议。

王二首先说道："吾观这大雷公山也不十分险峻，且山上无水，官军来剿，我等难以抵挡，此处绝非久留之地。"

郑彦夫亦道："此番杀了官府两爪牙，张斗耀那狗官必不肯罢休，必再派兵来擒我等，须早做打算。"

种光道谓王二道："大哥可连夜遣一弟兄，速去那澄城县衙做细作，看那狗官如何。小弟已思得一计，定叫那澄城县衙血溅三尺。"

且说那狗官张斗耀，四更不到便被急报唤醒。听闻逃回兵丁讲那王二宅院果有土兵土器，必有祸心。自己做梦也想不到王二等人居然杀官拒捕，纠集数百刁民逃走。这狗官早吓得魂飞天外，魄散九霄，寻思道这小小的种光道居然勾结王二众人，杀官拒捕，胆大包天。一帮刁民倘若真来澄城县借粮讨宝，刁民到处则玉石俱焚！这如何是好？当时张斗耀剖决不下，便唤马县丞来商议："此事如何剖决？"

这马县丞亦是个心狠歹毒之人，听了张斗耀这话便禀道："白水这伙刁民食不果腹必成亡命之徒，十里八村一串，串个几百几千刁民不在话下。这一县之力难平刁民闹事！倘若这亡命之徒皆至，朝廷救兵不迭，那时悔之晚矣！依卑职愚见，御史李应期大人近日正在宜川县督兵。宜川不远，即刻飞马急报御史大人，下令就近调用所驻边兵，连日剿杀这伙刁民。"

"言之极当。"

张斗耀当即便唤一驿卒来，嘱道："白水刁民拒捕杀官，这伙刁民非同小可。本官即刻行移公文，你务必飞马急报御史李大人。"

驿卒领了公文，即刻飞马传书，不在话下。

一夜无话，次日太阳初升依旧，只见一缕朝霞驱散阴霾。宋太祖赵匡胤曾有诗赞曰：

太阳初出光赫赫，千山万山如火发。

一轮顷刻上天衢,逐退群星与残月。

此时已是大明天启七年二月十五日。王二等众好汉早晨囫囵吃了些干麦麸、山里果,喝了些山泉水,正商议着如何筹些粮食。还未临近晌午,派去澄城县细作慌慌忙忙入庙来报,道:"澄城县内鸣锣擂鼓,整顿军马出城,直奔西向而来。远远望见旌旗蔽日,刀剑如麻,前面都是马军,后面尽是步兵,不计其数。想必是已知我等就在这大雷公山,正杀奔大雷公庙而来!"

郑彦夫听了,大叫一声"杀将去",提了一把剔骨刀便出庙门。

"官府眼线确实厉害,大哥休慌,小弟自有计议!"种光道急忙阻止,又谓王二道,"小弟已思得昨日杀败兵丁必连夜回去复命,此事非同小可。狗官必火速差人报陕西巡按御史,此事甚急,御史必火速遣白水、澄城就近官军前来剿杀。如此一来,澄城县内守备必定空虚,事不宜迟,我等今晚就劫了粮仓,诛杀狗官,继而北上。那澄城县北群山连绵,有处红石崖地势尤为险峻,易守难攻,足可抵御官军围剿。"

王二听了赞道:"贤弟此计甚妙。"

众英雄齐声应道:"愿遵命!"

五七百人一齐呐喊,将所带干粮全吃净了,直杀奔澄城县而来。

且说这朝廷官军一两千马步兵直杀奔大雷公山。事不宜迟,王二等众英雄倾巢而出,绕开官道,远道直奔澄城县而来。这知县张斗耀虽已飞报派官军进剿,然心中仍不安。唤来城门守备,细说了白水刁民杀官拒捕逃亡大雷公山一事,恐刁民来澄城县闹事。

守备军头听罢便道:"谅这伙刁民如何敢擅离巢穴?知县大人何必有劳神思?刁民不来,别做商议。如若那伙刁民,擅离巢穴,领众前来,不是我等夸口,这些乌合之众焉有战力,斩杀一两个,余众必散。"

张斗耀听了大喜,随即取金银绸缎赏劳守备军头。

再说众人绕道奔赴澄城县,赶至澄城县外已近黄昏。这二月初春,天黑仍早,此时已看不清路口。种光道谓王二道:"这狗官平日里欺压百姓,心中定然发虚,想必十分惧怕鬼神索命。可令众人皆以墨涂面,一则假扮鬼神唬人,二则护住各自本来面目,避开日后官府画影缉拿。"

众人就近寻些腐泥、柴火灰等糊在面上，各个手持利刃、棍棒蜂拥杀入城内。

守备士卒做梦都未曾想到白水刁民真敢杀入澄城县，放眼往西一望，远远的尘土起处，似有五七百人飞奔前来。当前一员好汉乃是英雄王二，手拿削铁如泥宝刀，高声大叫道："吾乃地府牛头马面，只要张斗耀狗命，你等让路。"后方众英雄摇旗呐喊，擂鼓鸣锣。另有一位英雄，周围尽是七长八短汉，四山五岳人，乃是英雄郑彦夫。守备士卒只有数十人，看此形势，个个胆寒，焉有敢拦阻之理，只得丢了器械，夺路而去。

王二等人也不追赶守备士卒，一面收了守备士卒兵刃，一面径直杀进澄城县城。种光道见守备如此不济，谓王二道："军兵败走，心中必怯。若不乘势杀进县衙，诚恐养成勇气，急忙难得。"

王二随即传令一众人等分作三路，种光道率一路径去粮仓，就近寻些拖车，将粮仓粮食尽数搬走；郑彦夫率一路径去大牢放开囚犯，这些囚犯皆是反抗官府的豪杰；自己亲率一路直奔县衙，找到张斗耀私宅，杀掉狗官。

单说这王二一路，领着众英雄势同奔雷般杀向县衙。值守衙差见不是势头，保命要紧，早逃之夭夭，王二如入无人之境。他看见县衙内有一个宅院，灯火通明，料定必是张斗耀内宅，高呼道："这知县逼迫我等没有活路，此刻不是我死就是他亡，谁敢随我入内杀狗官？"

余众齐声应道："我敢杀之。"

众人闯入院内，果真是张斗耀内宅。他此刻正在做账比粮，一见众人以墨涂面，手持利刃闯入，早吓破了胆，口中连呼饶命！众好汉平时里受狗官欺压已久，现今仇人见面，分外眼红，岂肯饶之。众人也不和狗官废话，乱刀将其砍死。

这白水饥民王二、种光道杀澄城知县一事非同小可，此后陕西、山西各地饥民和久未得军饷之士卒纷纷效仿，闻风而动，恰似星火燎原，一发不可收拾，诸多史籍均有描绘。《鹿樵纪闻》载：

> 崇祯改元之岁，秦中大饥，赤地千里。白水王二者，鸠众墨其面，闯入澄城，杀知县。

《烈皇小识》载：

先是天启丁卯，陕西大旱。澄城知县张耀采催科甚酷，民不堪其毒。有王二者，阴纠数百人聚集山上，皆以墨涂面。王二高喝曰："谁敢杀张知县？"众齐声应曰："我敢杀！"如是者三，遂闯入城。守门者不敢御，直入县杀耀采。众遂团聚山中。

这史官记载不一，耀采实乃张斗耀也。先人早有诗句赞曰：

善恶终有报，天道好轮回。
不信抬头看，苍天饶过谁。

再说这种光道一路劫得澄城县府库粮米布匹无数，谓众英雄道："此粮米本就我等劳作所得，此乃物归原主。"众好汉将粮米、布匹悉数装车。王二一路搜了张斗耀内宅，将狗官搜刮的财物及所有家私尽数装车，也寻到种光道祖传长刀。

种光道见到家传宝物，喜极而泣道："此长短二刀，刀柄对碰则龙凤合璧，成一把双刃泼风刀，端的厉害无比。阵前杀敌，当者即靡，天下唯有大哥可佩此宝！"遂将长刀赠予王二。

郑彦夫一路砸了大牢，将牢中囚犯尽数去了镣铐。囚犯多是些抗租抗赋、顶撞官府的好汉，皆称愿随王二。

王二得了许多粮米，又新添了诸多好汉，大喜。

郑彦夫又建言道："进剿大雷公山之官军见我等不在山上，必知澄城县内空虚，自会快马加鞭赶回，此地不宜久留，大哥应速离去。"

王二随即令众人即刻北上撤离。

古人有诗云：

春种一粒粟，秋收万颗子。
四海无闲田，农夫犹饿死。

正是：

功名未上紫霄阁，姓字先标澄城县。

因恐官兵连夜杀回，王二吩咐众好汉将劫得粮米、布匹、金银等大半就地散发给沿途百姓。并打开甲仗库，多扛些刀枪军械后迅即撤离。众好汉加上愿追随王二之囚犯者，约莫九百人，北上奔赴红石崖聚义。翌日晨，县丞、衙差等皆惧诸好汉未走，龟缩不敢开门。寻常百姓却打开舍门，见沿街家家门口都堆有粮米布匹及散碎银钱等，皆道菩萨显灵。忽一人高呼道："听闻白水王二英雄侠义，这定是好汉王二所为，诸位好汉已往北去了。"

百姓呼啦啦面北跪拜，口中呼道："菩萨保佑，菩萨保佑。"

这王二及那九百好汉朝北奔赴红石崖啸聚山林而去，不久又攻打宜君县，劫粮仓，杀贪官污吏。陕西巡抚胡廷宴得报，只恐朝廷怪罪，乌纱难保，故作充耳不闻。一时间王二、种光道声名赫赫，四方豪杰来投，势头日涨。至天启七年七月，王二已然势大，手下好汉聚有三五千人。

且把王二之事不表。话说大明太祖皇帝朱元璋将蒙古人逐到长城以北后，蒙古人不甘弃中原大好河山，一直侵扰边境，企图卷土重来。太祖极重武备，自洪武年始，北方边镇始终驻兵无数。太祖曾设九大塞王，统辖漠南诸卫所。永乐年后，漠南诸卫所皆归九边重镇管辖。这九边重镇，东起鸭绿江，西抵嘉峪关，绵亘万里。是哪九镇？乃辽东镇、蓟州镇、宣府镇、大同镇、三关镇、延绥镇、宁夏镇、固原镇、甘肃镇也。且说这九镇之一的延绥镇，地处陕北黄土高原，北濒毛乌素沙漠南，扼守万里长城，大明曾与蒙古数次交锋，多有延绥镇官兵建功立业，做到许大官职。

自万历四十四年始，后金兴兵入关，已是边疆大患。至天启七年，朝廷常征四方军镇勤王，这延绥镇边兵时常奉檄入援。延绥镇总兵吴自勉却是一个贪财好利、中饱私囊之徒，平日里克扣行粮，盗卖军马军刀，端的是胆大包天。陕西诸镇边兵东调援辽，士卒受长途跋涉之苦，且面对后金铁骑虎狼之师，从来征战，几人得回？不愿入卫之军大有人在。唐王翰《凉州词》曰：

葡萄美酒夜光杯,欲饮琵琶马上催。

醉卧沙场君莫笑,古来征战几人回。

这吴自勉对不愿入卫之军士强加勒索,让其给自己交纳贿银,众将士对吴总兵多有不满。俗话说"上梁不正下梁歪",一镇总兵尚且如此,参将、把总、游击、管队等诸军将则纷纷效仿。

单说这延绥镇定边营参将卢登道效仿上官结党营私,任人唯亲,尽干些贪赃枉法的勾当。卢参将手下有一侍卫,姓张名福,乃府谷县尧峁村人,祖上乃府谷县望族。现如今兵荒马乱,张员外送子做边兵,一来指望军队有人,若来个响马土匪的也好有个照应;二来也望日后搏个一官半职,搞个封妻荫子,青史留名。

张员外见过大世面,是个乖巧人。这府谷县距定边营也有三百来里地,张员外也不辞车马劳顿,隔三差五就来卢参将宅中小坐,银钱更是送了个无数。卢参将巡视或跑马拉练,距府谷县稍近点,就请他来自家宅中小憩,这山珍海味、歌舞优伶都不在话下,无非是指望卢参将对张福照应则个。

张福终究是个娇生惯养之辈,虽自幼跟随父亲请的先生习文习武,虽懂些诗词歌赋,拳脚骑射,可文也没有学好,武艺也没有学成。入定远营做边兵后,自在参将府中早晚殷勤听候使唤。

卢参将见他有些武艺,先教他做了个贴身护卫。这张福乖巧殷勤,善会察言观色。卢参将想饮了,酒坛就到。军中只有水煮白肉时,这张福当下捧着蒜泥蘸酱就到。因此卢参将有心要抬举他,欲要迁他做个军中管队,只恐众人不服。因此传下号令,告示定远营大小诸将人马,三日后都要出东门外校场中去演武试艺,胜者即升为管队。

当晚,卢参将唤张福到厅前道:"这定边营管队官,也管着五十号边兵。现有几个管队官奉命带人马援辽,这几个官职却还空着。吾欲抬举你做个管队,可惜你未立寸功,提拔你恐众人不服,吾欲三日后东门校场比试武艺,你意下如何?"

张福跪谢道:"小人自幼习武,弓马娴熟,这十八般武艺也习得不少。今日蒙将军抬举,如拨云见日一般。小人若得寸进,当效衔环背鞍之报。"

卢参将闻言大喜,赐予一副衣甲。

次日夜,卢参将正在内堂秉烛批阅公函。侍卫来报道:"外有一人称府谷县张员外求见。"

卢参将回道:"有请。"

来者正是张福之父,府谷县张豪绅张员外也。原来这张福做边兵还配有跟班,照顾着吃喝玩乐。昨夜卢参将召见,张福早遣了跟班将卢参将之意报知张员外。张员外见小子不知天高地厚,便一路快马赶到定边营。

当下,这卢参将和张员外叙礼毕,张员外请求道:"听闻参将大人欲抬举犬子,小老儿感激不尽。可校场比武,拳脚无情,刀剑无眼,诸多边兵中不乏藏龙卧虎之辈,还望参将大人想法周全则个。"说罢,十锭金元宝早已奉上。

卢参将也不推辞,道:"张侍卫精明能干,吾甚爱之,日后也好帮我办理些机密要事。本将军已安排四个贴队官参加校场比武,皆已嘱咐妥当,到时自会让个一招半式,让张福夺魁。"

张员外叩谢,一番寒暄后,自回府谷县去了。

待得天晓,时当三月中旬,正值风和日暖。卢参将早饭已罢,带领张福上马,前遮后拥往东门校场而来。二三千大小军卒并许多官员接见,就演武场前下马。卢参将到校场上正面黑檀木太师椅坐上,左右两边齐臻臻地排着两行官员,乃副将、参谋、游击、佐击、把总、牙将、校尉、管队官、贴队官等人,前后周围恶狠狠地列着百员甲长。点将台上竖起一面黄旗来,将台两边列着三五十对金鼓手,一齐发起擂来,鼓声响彻云霄。

三通鼓罢,校场里鸦雀无声。点将台上一面引军红旗挥动,只见二三千军卒列阵,军士各执器械在手,两阵马军齐齐地都立在面前,各把马勒住,只待卢参将下令。

"而今外有辽寇,内有饥民逃卒,逢国家多事之秋,定边营有数个管队官、贴队官奉命班师援辽。国家正是用人之际,今日校场较艺,以武论输赢,胜者即可升任管队官,败者只怪学艺不精,可再勤练武艺。"卢参将传令罢,二三千人马呼声雷动,围住点将台蠢蠢欲试。

副将陈三槐接着道:"卢大人有令在先,此次校场比武,胜者即升管队官,定边营二三千号士卒,人人上台,几日不休。卢大人已点将在先,已点将者方可上台较艺。侍卫张福听令。"

张福早已着了卢参将当日所赠披挂,听得将令飞身跃上点将台,欠身施礼。陈三槐见了接着道:"奉卢大人将令,着侍卫张福施逞本身武艺。"

张福得了将令,绰枪上马,在演武厅前,左盘右旋,右旋左盘,将手中枪使了几路。众人喝彩,可卢参将、陈副将面上却已有几分不悦。上阵杀敌乃是真本事,习武本就是吃苦的活,这张福终究是纨绔子弟,几招几式下来,常年征战者早已看出张福华而不实。

陈副将又道:"着本军贴队官王虎、洪狼、谭雄、黄才听令。"

四将听令,跃上点将台。

太师椅上卢参将见状道:"王虎、洪狼、谭雄、黄才,我知你四人原是定边营贴队官,而今盗贼猖狂,国家用人之际,你四将可与张福比试武艺高低。你等五人,如若赢得,便迁谁为管队官。"

四将闻得将令,齐声回道:"蒙卢大人提携,安敢有违将令。"

这四将和张福就捉对儿比试,先是拳来脚往,再是刀剑相碰,再就披挂上阵,各提截了枪头的枪,就在那演武厅上杀成一团。这四个贴队官,皆是卢参将有意安排之,只为抬举张福。四个贴队官心有万千不服,也不敢有违将令。只见这五人在演武厅厮杀了半个时辰,王虎跳出圈外,叫声"少歇",众人停手。

王虎道:"张侍卫武艺高强,我等不及,这管队官非张侍卫莫属。"

其余三个贴队也附声道:"张侍卫当为管队官。"

张福有点不知好歹地说道:"诸位贴队此言差矣,还未分出胜负,岂能说武艺不及?我等再比过。"

四将齐声道:"我等输了,张管队毋庸再言。"

卢参将传令张福上点将台,正待宣告他为管队。岂料张福这厮不知四将乃假意认输,更不知其父张员外已上下打点,还真以为自己本事了得,一时忘却天高地厚,在那点将台对卢参将道:"启禀卢大人,末将今日赢得轻松,想请台下如有不服者可上台一试,末将愿意奉陪。"

此言一出,卢参将大吃一惊,心中暗骂这厮不知自己几斤几两。先贤早有诗词贬狂妄之人,曰:

不登高山，不知天之高也；

不临深溪，不知地之厚也；

不闻先王之遗言，不知学问之大也。

狂言一出，不可挽回，台下士卒一片哗然。须臾，只见点将台下跃起一人，几个纵跳已经飞身上了点将台。众军士一阵喝彩，众人视之，此人身长七尺，膀大腰圆，天庭饱满，相貌堂堂，三十五六年纪。

陈副将见状大声道："报上名来！"

来人应道："额乃府谷县大宽坪村人王嘉胤也，已来此做边兵数年矣。"原来，王嘉胤祖籍山西偏关，先祖于大明成化二年迁府谷，其家境贫寒，幼年丧双亲，几近饿死。幸得府谷县宗常山真武庙一老僧收养，长大成人。相传老僧年轻时曾为少林武僧，曾奉诏与蒙古交战，屡立奇功。因佛家弟子慈悲为怀，老僧终不愿屡屡杀生而逃到此地隐居。老僧见王嘉胤身强骨壮，叫他在庙里打下手，拓了几亩菜地，平日里悉心传了王嘉胤些棍法、枪法、刀法、骑射诸般武艺。几年下来，王嘉胤翻山越岭如履平地，刀棍骑射练得精熟。忽一日，老僧得知朝廷清点逃跑僧兵甚紧，便持一钵盂去四方云游，临行前对王嘉胤道："徒儿武艺，上阵杀敌游刃有余，如能龙入大海，足可建功立业，名噪一时。不过徒儿憨厚耿直，心思不慎，只恐日后事成生惰，亡于亲近人之手。"

王嘉胤拱手回道："徒儿铭记。"

且说这校武场上，王嘉胤飞身跃上点将台。此刻，张福大言已出，只得接战。陈副将问道："你现居何职？"

王嘉胤回道："小人来定边营已数年，现白身。"

陈副将闻言不悦，道："几年边兵仍旧白身，想必本事一般。你可知拳脚无情，刀剑无眼，只恐伤你性命，你不惧乎？"

王嘉胤回道："在下习得一些刀棍骑射，请陈大人和张侍卫指教。"

此时大明军中，有功者排挤，好利者晋升，早已成风。王嘉胤乃穷苦人，焉有钱财开路？一身本事，已埋没多时。

陈副将无奈，只得叫取一匹战马来，叫甲仗库随行官吏应付甲胄、军器，唤王嘉胤披挂上马,与张福比试。王嘉胤去厅后把衣甲穿了,拴束妥当,戴了头盔,挂了弓箭腰刀,手拿杆去了枪头的长枪,上马从厅后跑将出来。

卢参将见王嘉胤披挂妥当,确实英气逼人,心中暗暗为张福叫苦,也只得吩咐道:"先叫这军卒与张福先比枪。"

张福见状怒道:"这个贱卒!敢来与我交枪?"

王嘉胤也不搭话,两个勒马在门旗下,挺枪正欲交战交锋。只听那卢登道喝道:"且住!"

王嘉胤和张福两人连忙勒马住枪。卢参将吩咐道:"上阵交锋,你死我活,两杆枪去了枪头,显不了真本事。杀贼剿寇,端的是要真功夫,岂能用去了枪头的枪比试?须真刀真枪比试方显本事。但本将军爱兵如子,本次也只是自家比试武艺,也不必你死我活,可用枪套套了枪头比试吧!"

"谨遵卢大人将令!"陈三槐会意,当下安排甲仗库官吏换了两杆枪,不过一杆铁枪头,一杆木枪头而已,表面都用枪套裹了,看不出分别。随即,陈三槐将铁枪头递给张福,将那木枪头递给王嘉胤。

那王嘉胤和张福各自拿了枪再上马,出到阵前。张福横枪立马,见那王嘉胤头戴铁盔,着了一副熟铜甲,下穿一对战靴,系一条绯红勒甲绦,骑一匹红骠马。他在马上挥动枪头,吐了枪花,果是武艺精熟,英气逼人。那张福见王嘉胤枪法娴熟,心中已怯了三分,想的是不如先发制人,遂跃马挺枪,直取王嘉胤。

两个在阵前你来我往,你上我下,战作一团,扭做一块。鞍上人斗,坐下马斗。谅那娇生惯养少爷兵岂是真将才王英雄的对手,两个斗了几个回合,张福早已力怯,周围将士只听得木器碰铁盔叮叮当当声,不下七八次。这卢参将早看得端细,张福马上枪法绝非王嘉胤敌手。也多亏王嘉胤有真才实学,未让张福铁枪头近得半分,不然已被卢登道毒计所害!

于是卢参将叫停道:"二将且歇。"

王嘉胤和张福都勒马住枪。卢参将又道:"这延绥镇北连沙漠,西接群山,地处广阔。这杀贼剿寇,弓马居上,可叫两人比试弓箭。"

两人得了将令,都插了枪,各领了一把铁胎弓,走兽壶里有三根雕翎箭。只是这二人雕翎箭,卢登道早安排人一壶给的是有箭头,一壶去了箭头。

王嘉胤取过那铁胎弓来,扣得端正,跳上马,搭上箭,见那箭头已去,心想卢参将恐伤士卒，特意为之。岂料卢参将道："武夫比试，须分出高低。但有本事，射死勿论。"王嘉胤心中顿时生疑。

只见两人各持一面遮箭牌防护身体，将那遮箭牌缠在臂上，王嘉胤说道："张侍卫先射我三箭，后却还你三箭。如何？"

张福听了，恨不得把王嘉胤一箭射个透明窟窿。王嘉胤跟武僧学武勤劳，行家出手就知高低，已知张福学武不精。

当时将台上早把青旗挥动，王嘉胤拍马驰来，张福纵马赶到，将缰绳搭在马鞍上，左手拿弓，右手搭箭，弓开似满月，箭去似流星，往王嘉胤后心"嗖"的一箭。王嘉胤听得背后弓弦响，嚯地一蹲，伏马狂奔，那支箭早射个空。张福见一箭不中，再去壶中急取第二支箭来，搭上了弓弦，往后心再射一箭。王嘉胤听得第二支箭来，也取弓在手，用弓梢一拨，那支箭滴溜溜拨下草地里去了。王嘉胤看清这张福所用之箭有箭头，心中诧异。

张福见第二支箭又射不着，心里越慌。此时，王嘉胤的马早跑到校场尽头，他一个翻身，那马便转身往正厅上走回来。张福就势里再取第三支箭搭在弓弦上，扣得满满，使尽平生气力，着王嘉胤后心窝上一箭射将来。王嘉胤听得弓弦响，用铁胎弓只一拨，张福的箭早就落下。

王嘉胤大声道："张侍卫，看额射你三箭。"卢参将无法，只得叫陈副将传下将令让王嘉胤射。

台上又把青旗挥动，张福撇了弓箭，拿了防牌在手，拍马遁走。王嘉胤在马上把腰肢一纵，略将腿一夹，那马已经赶到。王嘉胤先把弓一扯，搭上去了箭头的箭，只见他左手如托泰山，右手如孙猴子擎金箍棒一般，又是弓开如满月，箭去似流星。说时迟，那时快，"嗖"的一箭朝张福后背射去，张福在马上听得脑后弓弦响，急扭转身来便把防牌来迎，可箭已到，张福的额头被箭支碰得血流如注，翻身落马。两边众军官看了，喝彩不迭。那匹空马直跑过演武厅背后去，众军卒自去救张福了。

那卢登道见王嘉胤弓马亦好生了得，不禁暗暗喝彩，心想军中还有如此悍卒，张福远远不及，已生将王嘉胤收为己用之意。当下虽说王嘉胤的箭去了箭头，仍可伤张福面目，日后恐张员外处不好交代，卢登道急道："二将且歇，这王嘉胤和张福二将，枪法弓马都了得，是吾军中人才。这弓箭不比也罢。"

见状,陈三槐问道:"启禀卢大人,这管队官一职该授予哪个?"

卢参将听了,心想我指望一力要抬举张福,岂料这厮不知天高地厚,惹出这王嘉胤扬威风。不如再比文斗,谅那王嘉胤斗大字不识一箩筐,一发等张福文斗赢了他,士卒却也无话说,于是道:"王嘉胤武功确实了得,但自古文无第一,武无第二,军中选将还须文武皆分个胜负方可。管队官辖五十卒,须文武全才,两人再文斗,如何?"

这陈副将随即唤王嘉胤、张福再上点将台,问道:"奉参将大人将令,你二人再比试文采,如何?"

张福禀道:"卢大人将令,安敢有违。"

陈副将道:"既是如此,你二人去厅后换了装束,文房四宝伺候。"

至此,王嘉胤已心知肚明,这管队官明是较艺,实乃卢登道一力抬举张福而刻意为之。想必这卢登道知我等穷苦人比不得张福富家子弟,哪有银钱请先生教书,遂卸下背后铁胎弓道:"副将大人容禀,在下未念过书,不识字,这管队官应乃张侍卫担也!"

陈三槐回道:"容禀卢大人再作决议。"

只见太师椅上那卢大人道:"两个好汉歇了,本将军有话讲!"

王嘉胤、张福方才收了手中军器,点将台上齐齐跪下看那卢参将,只等将令。

卢参将道:"张福文武全才,王嘉胤武功了得,二将皆可重用。即刻升张福为定边营管队官,升王嘉胤为贴队官,本将军帐前听用。"

传令官唤王嘉胤、张福两个到厅前听令,当时就叫行了公函,即刻任职。

王嘉胤、张福都拜谢了卢参将,解了刀枪弓箭,卸了头盔衣甲,换了衣裳。众军卒打着得胜鼓,各自散了。

看看红日西沉,卢参将叫住王嘉胤,提到内堂已摆下筵席,有话跟新提拔的贴队官讲。王嘉胤是个刚直的人,不知何意,便随即换了衣裳头巾,只身到卢参将宅前。门前边军禀了之后对王嘉胤道:"参将大人有请。"王嘉胤跟着那军卒直到内宅。

那卢登道和夫人在内宅已安排下人备下筵席,虽不是山珍海味,也是鸡鸭果蔬多般,足足十二三个菜肴,一旁还有丫鬟服侍。只见那丫鬟翠衣薄纱如花艳,柳眉凤眼俏佳人。细看时,却见灿若星辰般眼眸,隐藏了多少不为人知的痛楚,依然清澈如一汪秋水。

那丫鬟看见王嘉胤,似有话要说,却又欲言又止。王嘉胤平日里清汤稀粥惯了,几曾见过如此筵席。卢登道见王嘉胤前来,道:"近前来说话。"

王嘉胤近前与卢参将行礼罢,叉手立在侧边。

卢参将请王嘉胤入席,丫鬟给他斟了满满一杯酒。俗话说"无功不受禄",且王嘉胤对卢参将为人也早有所闻,此番上台比武,不过是自己平日里清汤稀粥不够四成饱,混个管队官或许可以吃饱饭而已。此刻不知卢参将何意,三回五次谦让不肯饮酒。卢参将哪里肯放,定要王嘉胤入席吃酒。王嘉胤只得远远地斜着身坐下,饮了一杯酒。

卢参将用筷箸夹住一块肉,夫人也剥了一个山果,都往王嘉胤菜碟里送。王嘉胤寻思几何曾吃过如此佳肴,吃罢却再理会吧!于是举起筷箸,不管三七二十一,吃了个风卷残云。

卢参将见王嘉胤如此便道:"今日一见你展身手,武艺确实了得,是个大丈夫,端的英雄无敌。我帐前现缺一人,不知你肯与我做亲随吗?将来莫说区区管队、贴队,就算把总、游击,也可以成全你。你意下如何?"

王嘉胤放下筷箸,对卢参将说了一番话。

有分教:

英雄腹内可撑船,气节二字金不换。
英雄岂可为人奴,行侠仗义解危难。

这卢登道贪贿,庸才张福上道,屈了真英雄。只教军中真将真才不为朝廷所用,反做了朝廷对头。欲知王嘉胤说出了哪番话来,且听下回分解。

第三回

王嘉胤办差遭陷害　吴廷贵劫道遇良朋

且说王嘉胤校场争雄，不费吹灰之力便打败张福。岂料定边营参将卢登道有意抬举张福，欺王嘉胤穷苦出身，未曾念书，临场安排文斗，终让庸才上位。然而卢参将见王嘉胤武艺确实高强，又有意收为己用，便安排内宅设席宴请，夫人作陪。席间，他提出要收王嘉胤为跟班亲随。

王嘉胤何等样人，乃顶天立地之英雄好汉也，岂肯做鹰犬乎？于是回道："额是个粗人，蒙参将大人厚爱，抬举做了个贴队，已是感激不尽。额手粗脚糙的，恐怠慢了卢大人，面皮上不好看。"

卢参将毕竟是行家里手，焉不会些许识人之术？也料到王嘉胤英雄，不会轻易答应。他心中不悦，叫丫鬟又满满斟了一杯酒，又吩咐下人抬上些猪头肉、熏腊肠、羊肉汤、羊肠羹、腌酱菜等饭食，还亲自给王嘉胤添了满满一碗裤带面，说了些闲话。

随后，卢参将又问他武艺师从何人，王嘉胤只道是自己悟出。卢参将知道王嘉胤不会说，也不再细问，便道："大丈夫饮酒，何用小杯？取大碗斟酒与王贴队吃！"卢参将连珠箭般地劝了王嘉胤几碗酒。王嘉胤已多年未逢此等酒宴，只顾自吃。

此时已是四月中，陕西黄土地干燥，此刻也略显燥气。看看明月当头，光彩照入窗内，王嘉胤已吃得半醉，却要脱了头巾衣裳。

"这丫鬟唤作玉莲儿，诗词歌赋，琴棋书画样样精通。"卢参将指着丫鬟说了一番话,又对玉莲儿道,"这里别无外人,只有我心腹之人王贴队在此。你可唱几个曲儿给我们听了,唱好了有赏钱。"

玉莲儿取来琵琶,向前道了个万福,用那芊芊玉手拨弄琴弦,顿开喉咙,唱起了东坡居士的《江城子·乙卯正月二十日夜记梦》:

十年生死两茫茫,不思量,自难忘。千里孤坟,无处话凄凉。纵使相逢应不识,尘满面,鬓如霜。 夜来幽梦忽还乡,小轩窗,正梳妆。相顾无言,唯有泪千行。料得年年肠断处,明月夜,短松冈。

这曲儿唱得凄凉,似那玉莲儿有道不尽千般衷肠一般。王嘉胤虽是粗人,却也听出哀愁。这玉莲儿唱罢,放下琵琶,又道了一个万福,立在一旁。卢参将心中不悦,又道:"玉莲儿,你可把一巡酒。"

这玉莲儿应了,便拿了一副酒盅斟满酒,先递了卢参将,次递了夫人,再递了王嘉胤。卢参将叫斟满酒,王嘉胤哪里敢凑近,起身远远地接过酒来,一饮而尽,便还了酒盅。

参将夫人指着玉莲儿对王嘉胤道:"此女聪明伶俐,琴棋书画样样精通,亦精于女红。我看你三十五六年纪,尚未婚配,如你不嫌,择了良时,与你做个妻室可好?"

听罢参将夫人言语,王嘉胤惊得半晌说不出话来。那丫鬟早就脸庞绯红,躲在一边。

这大明军制自太祖始,便是军民分籍,为军户者则世代从军,按卫所编制实行屯田,守城打仗和耕种屯田或三七开,或二八开。太祖曾言:"吾养兵百万,不费民间一粒粟。"此法初为寓兵于农,但久之则弊端丛生。至明神宗时,将官豪绅霸占民田者日多,一地之将实乃一地土皇帝也。将官分田地于佃户耕种,年底收租,致使当兵者无地可耕。耕种者非军卒,屯田制已名存实亡。将官花天酒地,豢养家丁,娶妻生子,大将官大排场,小将官小排场,则见怪不怪矣。

王嘉胤起身道:"额乃一武夫,何德何能,怎敢望卢大人、夫人府中宅眷为妻,实乃折煞额也!"

"我既出了此言,必要与你。你休推脱,我必不负约。"卢参将又笑着一连又劝了十数杯酒。王嘉胤心中不愿,恐酒意涌上来,失了礼节,便起身要告辞。这卢参将见王嘉胤如此,心中早有百分不悦,酒宴闹了个不欢而散。

且说王嘉胤英雄气长,校场较艺虽仅获贴队官一职,可已展示非同凡响之武艺,一时在延绥镇边军中名声大噪。营中与王嘉胤交厚者皆来祝贺,王虎、洪狼、谭雄、黄才等几个一般的贴队官也来祝贺。王嘉胤年长,众人皆拜他为兄。

几个军卒今日你请,明日我请,好不快活。但这军卒一道小聚小饮,无非是些南瓜饭、高粱麸、地菜、野瓜藤、地瓜蔓之类,偶有打些飞禽走兽,野兔野鸡什么的,野地里挖个坑,拌着稀泥巴闷烧,做个叫花野味下酒。这酒也是军卒自己拾些散落粮食自家酿造,实乃珍品也,三五年也不曾饮这一回。

为何军卒如此清苦?皆因朝廷积欠军饷已久,就算朝廷略拨军饷,也遭军中将官冒领克扣。士卒衣不蔽体,日不再食,对军中将官积怨早深。此番王嘉胤校场扬威,定边营中受卢登道、陈三槐、张福之辈欺压之卒有事皆找他商议。

再说卢参将意欲将王嘉胤收为亲随,一来饥民闹事,饥军哗变时有发生,兵荒马乱之世,那王嘉胤武艺高强,可做个贴身护卫;二来王嘉胤在军中颇有威信,可跟自己干些有外财的勾当。因而不仅设下酒宴,还许下将丫鬟玉莲儿许配给王嘉胤为妻的承诺。他本想王嘉胤会感激涕零,没想到他心如磐石,不为所动,以致心机白费。卢参将徒费口舌,心中遂生恨意。日常里也只见王嘉胤带着军卒演练武艺,巡视城防,一时也找不到茬子。

荏苒光阴,早过了一月之久。炎威渐来,已及初夏。一日,卢参将正在内宅饮酒,玉莲儿在一旁抚琴。正饮间,接到传令官传来延绥镇总兵吴自勉将令,要定边营五日内选五十匹宝马送到榆林镇。这卢参将心生一计,唤陈三槐、张福入内宅,商量此事如此如此。

当日,王嘉胤正和王虎、洪狼几个在营里闲坐说话,论些拳棒枪法。只见营房门前两三个边兵,各骑着一匹马,其中一人牵着一匹马,过来跟王嘉胤说道:"王贴队,参将大人有要事商议,请王贴队骑此马速去。"

王虎看了,谓王嘉胤道:"这卢参将帐下军官无数,着急间何故单单请王贴队议事?此去恐有诈。"

王嘉胤是个刚直的人,不知里面曲折,便道:"卢大人既是要额速去,只得走一遭,看他有甚话说。"随即整理衣裳巾帻,上了马,直奔参将中军帐而去。

王嘉胤跟着那边兵直到帐前参见卢参将。那卢登道在帐内见王嘉胤来,故作亲切道:"王贴队可进前来说话。"

王嘉胤来到堂下,见陈三槐、张福皆在帐内,俯下身子施礼道:"不知参将大人有何差遣?"

卢参将便对王嘉胤道:"月余前,我等见你弓马骑射之术过人,想必这相马、养马也是内行。当下延绥镇总兵吴大人要定边营速送五十匹好马至榆林镇,急需一壮士护送,既要懂相马养马,亦要武艺高强。我想王贴队最合适不过,你意下如何?"

王嘉胤拱手回道:"参将大人将令,额须誓死效力。"

卢参将闻言大喜道:"如此甚好,你可速去定边营东二十里赵马倌庄上。这赵马倌是我老主顾,已供应良马无数,你可去军中账房领购五十匹好马的银钱速购良马,五日内送到榆林镇,不得有误。"

王嘉胤回道:"额记下了,即刻去办。"

卢参将又叮嘱道:"王贴队,战马优劣事关打仗之胜负,实乃骑卒第二性命。此事非同小可,你切勿等闲视之。我须对你约法三章,你意下如何?"

王嘉胤又回道:"愿闻其详。"

卢参将一一道来:"其一,此事机密,恐走漏风声,只许你一人办理,不得带任何兵卒;其二,这张福是管队官,陈三槐是本营副将,这国有国法,军有军规,你逢事需报者,必须报张管队,不得擅自报陈副将,更不得越级报我。如越级上报,按军法可治你个犯上之罪;其三,若是五日内良马未送至榆林镇,或马非良马,吴大人责难,你我皆吃罪不起,你须依军法重责。"

原来如此,这卢参将欲刁难王嘉胤,先剁了你手脚,又紧紧堵住你的嘴,给你刁活难事,让你死了都无话可说。

此计端的毒辣,可这王嘉胤从未在官场摸爬,焉有如此心机,便只回道:"额事不成,愿受军法。"

王嘉胤性烈如火,去账房领了银钱,拣了匹快马就出营径直往东去那赵马倌庄上。且说赵马倌庄上养着数百匹马,那草料场、马厩无数,豢养着几十家丁看家护院,正大门开着门面,悬挂着五六幅马种的画影图形。

赵马倌正在门前柜身内坐定,看那十来个学徒刷马毛,喂草料。王嘉胤走到门前,叫道:"是赵马倌么?"

赵马倌看时,只知是定边营军官,却不认识,便叫徒弟掇条凳子来道:"军爷请坐。"

王嘉胤坐下道:"额乃延绥镇定边营贴队官,姓王名嘉胤,奉定边营卢参将大人将令,要五十匹良马送到延绥镇吴总兵处,皆须良种,不得有半匹马或瘦弱或羸病。"

赵马倌见是定边营过来挑选马匹的,早就笑脸相迎,奉上白银五两。王嘉胤哪里肯收,弄得赵马倌一鼻子灰。赵马倌要徒弟奉上茶水,又对王嘉胤道:"不瞒王贴队,我这里全是良马宝驹,尽管选去。"

王嘉胤对赵马倌已有五六分不悦,亲自下马厩挑选。这王嘉胤自小跟随真武庙老僧习学弓马,做边兵后见过的战马也有千万,这相马术也确是行家。挑选马匹讲的是一看二摸三听四骑。一看马匹个头,高头大马才是良驹;二摸马背马肚,是否膘肥体壮;三听马嘶,中气足方为良马;四骑个三五里,才知后劲可足。

王嘉胤挑了半晌,满场马匹实无一匹中意,便道:"上阵交锋,马匹优良事关生死,岂可等闲视之。"任凭赵马倌说破喉咙也不为所动,兀自回去复命。

王嘉胤返回营地,已近黄昏,也不换衣巾,随口吃了两个高粱麸子掺水和的饼子,就去管队官营地找张福,商议着或换家马场购马。营地门口士卒皆道张管队晌午时分已经告假回府谷县省亲,不在营地。王嘉胤着急,却也无可奈何。

次日清晨,王嘉胤就赶去管队官营地,士卒仍道张管队回府谷县省亲,不在营地,一连几日如此。至第五日早晨,王嘉胤心急如焚,不知如何是好。眼看五日期限已到,赶马匹去榆林镇还需一日。王嘉胤无奈,只得去副将府面见陈副将,也不管士卒拦阻,直去了大堂。

陈副将见状大怒道:"王贴队,你也是军中贴队官,应知军中法度。这上下尊卑、等级森严之理,你应该明白。你不容通报就闯进来,却是为何?"

王嘉胤回道:"额有要事报于副将大人。"

陈副将不容王嘉胤开口,便怒道:"参将大人有言在先,你有事呈报,应报于张管队,不可犯上越级。军有军规,你反而知法犯法,就不怕军法无情吗?左右，与我乱棍打出。"说罢，一旁侍卫家丁早端起棍棒来赶，可皆惧王嘉胤武功了得，只远远叫喊，不敢近前。王嘉胤无法，只得退出副将府。

王嘉胤见事急，欲进参将府见卢参将。来到参将府大门，忽地想起陈副将都不容相见，何况卢参将？正不知如何是好，便听见一声娇滴滴的"王壮士留步"，回头一看，却是玉莲儿。玉莲儿挪动碎步，缓缓地道了个万福道："王壮士，这卢大人和陈大人都绝非善辈，正琢磨着欲设计加害王壮士，你千万小心。"

王嘉胤不明所以，急问道："此话从何说起？"

玉莲儿说道："几日前，这卢大人请陈大人和张福内宅饮酒，隐约间听到'此计甚好，定叫王嘉胤吃罪不起'些只字片语，想必这伙狗官欲害壮士。我听后急切想告知壮士，家丁看院得紧，今日出门采置果蔬正好遇见，特来相告，望壮士小心为妙。"

王嘉胤还要问，远远望见几个如狼似虎般的家丁过来，玉莲儿急忙往参将府退去。王嘉胤无法，只得回去找王虎、洪狼等弟兄商议。

王虎先分析道："我等也知这卢登道绝非善类，眼看这五日之限即到，总兵吴大人见未有马匹送到必定责难，王兄吃罪不起。"

洪狼亦道："我看这张管队不见兄长，必有意为之。端的是和卢登道、陈三槐未安好心，兄长须小心为是。"

王嘉胤道："众兄弟言之有理，马匹未送到，有违延绥镇将令，此罪吃不起。可营东赵马倌马匹瘦弱，无疑是害了将士们身家性命。"

王虎又道："兄长仁义，其实营南还有一个陈马倌，倒是养了些良种马驹，只是与卢大人有隙。去岁卢大人办寿，陈马倌未送寿礼，卢大人便处处刁难之。"

王嘉胤听了喜道："额接到将令是选送良马，哪管是否与卢大人有隙。"

王嘉胤、王虎、洪狼皆心直之人，哪知此刻已经着了卢参将的道。有诗赞曰：

只为他人有安宁，毫不利己见忠心。
借问此人哪里寻，唯有府谷王嘉胤。

王嘉胤即刻去营南陈马倌处,这陈马倌也确实有良驹。王嘉胤挑选了五十匹宝马,付了银钱,立刻驱马飞驰榆林镇。见了吴自勉总兵帐下甲仗库军马吏,交割了马匹,领了延绥镇交割文书,就赶回定边营。这当日往返二三百里地,途中只身驱赶五十匹马,容不得半点懈怠,回营已近三更。

　　王嘉胤疲乏,也顾不得饥肠辘辘,也不洗漱,倒头便睡。次日寅时还在昏睡,这王虎、洪狼就来叫醒他道:"兄长快逃,这张福已带领一队人马欲来捉兄长,说的是兄长违了将令,要军法从事。"

　　王嘉胤猛醒,疑惑道:"额一未曾误时,二运送马匹确是良驹,何来有违将令之说?"

　　王虎解释道:"兄长有所不知,这官字两个口,哪容我等说辞。这欲加之罪,何患无辞耶!"

　　王嘉胤只是不听,道:"额顶天立地,对得起天地良心,额就随张福见那参将大人,看能奈额怎的?"

　　三人正说话间,张福已带领一队人马到,个个拔刀在手,但皆惧王嘉胤武功了得,当下只把他团团围住,并不敢动手。

　　张福怒道:"王贴队,参将大人抬举你做个贴队,你本应安分守己,以报参将大人知遇大恩。可你胆大包天,敢违参将大人将令。我奉参将大人之令特来捉你,请吧,免得绳捆索绑了去。"

　　王嘉胤也不和张福理论,整理衣衫后,叫兵卒前面带路。

　　进了参将中军帐,卢参将大喝一声道:"王嘉胤,你知罪吗?"

　　王嘉胤按例施礼,道:"额遵卢大人将令,选了五十匹战马,皆良驹也,已于昨日送至榆林镇,现有交割文书在此。张管队说额有违将令,额实所不知,请卢大人明鉴。"

　　卢参将怒问道:"你还故作不知。我且问你,五日前我叫你去营东赵马倌处购良驹五十匹,你为何擅作主张,去营南陈马倌处购马匹。你和陈马倌有何私下勾当?收受陈马倌多少银钱好处?还不从实招来,免受皮肉之苦。"

　　王嘉胤回道:"额按卢大人将令,当日就去营东赵马倌处挑选马匹,可马匹皆瘦弱无力,实无良马。他日只恐上阵交锋枉送了将士性命,因此不敢选赵马倌处马匹。当时,额三番五次欲找张管队呈报购置马匹之事,士卒只道张管队去府谷县省亲,不在营中。直至第五日,仍未见张管队。额事急,欲呈报陈副将,结果被陈副将以'不得越级'之名将额乱棍打出。事已至此,额闻营南陈马倌所养马匹,大都膘肥体壮,因此挑选陈马倌处马匹送至榆林镇。绝无半点私心,请卢大人明鉴。"

卢参将闻言大怒,道:"简直一派胡言,知人知面不知心,枉我一力抬举你做了贴队官,还欲收你做亲随,并许下将玉莲儿赐你做妻室。想不到你违我将令,还巧言雌黄,一再狡辩。这军中甲胄、兵器、马匹置办自有法度,你岂能擅作主张?你犯上越级呈报在先,不听号令、枉我法度在后。左右,将王嘉胤重打五十军棍,押入囚牢,听候发落。"

王嘉胤虽是英雄好汉,却在这狗官面前百口莫辩。原来,卢登道本就心胸狭隘,容不得人,拉拢王嘉胤不成便设计陷害。挑选马匹送榆林镇不许王嘉胤带兵卒;王嘉胤有急事呈报只能报张福,张福却故意避而不见;营东赵马倌马匹瘦弱,皆是卢登道、陈三槐、张福之辈刻意为之,只望王嘉胤急切间送瘦弱马匹至榆林镇。这军械战马之事非同小可,吴总兵怪罪下来,足可问个以次充好、贻误战机之重罪。岂料王嘉胤耿直,绝不挑瘦弱马匹送榆林镇,急切间反去了营南陈马倌处选了宝马良驹。卢登道本就与陈马倌有隙,得报后霎时气得无明业火高三丈,定要问王嘉胤个抗命之罪。

帐中将佐素知王嘉胤耿直,此番绝无私心,皆向卢参将求情。帐外王虎、洪狼、谭雄、黄才等贴队及众军卒亦欲联名为王贴队告免无罪。卢参将本不占理,也恐惹众怒,一时不知如何是好。

此时帐外牙将来报,说延绥镇传令官再传总兵吴自勉大人将令,叫定边营速抽二百军卒同其他各营军卒奉诏东调,入卫京师,即日启程。卢登道得报后,心中又生一计,道:"王嘉胤,本将军看在众将佐军卒面上,让你戴罪立功。定边营奉诏派兵入卫京师,此番就遣你与王虎、洪狼、谭雄、黄才等人率军士二百入卫,即日启程,不得有误。但你违抗军令在先,罪责难免,依律重打军棍五十。来人啊,把王嘉胤推出去重打五十军棍。"

不得已,王嘉胤受了这五十军棍。

原来辽东边关事紧,兵部传令叫延绥镇、宁夏镇、固原镇、甘肃镇等西北边镇派兵东调。此番征调,朝廷给征调军士每人酒一壶,肉一斤,面十斤作为犒赏，各镇各营皆已领到酒肉面食。再说王虎、洪狼、谭雄、黄才久在卢登道帐下受气，也乐意和王嘉胤同去辽东，各自收拾衣物军械等，即日取道出发。次日，这二百如狼似虎般的军士列队，有诗为证：

旌旗蔽日出西京，奉诏卫师出远征。
且看边镇虎狼师，不逊当朝御营军。

当下卢参将差张福在中军帐外给散酒肉面食，犒劳东调军士。谁想这张福贪婪成性，徇私作弊，一班随从也是贪爱贿赂之人，却将朝廷调配的酒肉面食克减了不少。每壶酒约留半壶，肉一斤克减六两，十斤面也仅有五斤不到。众军卒皆有怨言，可深知张福乃卢登道心腹，也无计可施。

王嘉胤、王虎、洪狼等人皆性烈如火，接得酒肉面食来看，酒只有半瓶，肉面半数不到，早就恨不得剁了张福狗头。

王嘉胤强忍昨日棒创，指着张福骂道："都是你这等好利之徒坏了朝廷恩赏！"

张福喝道："我怎的是好利之徒？"

王嘉胤怒道："朝廷赐额东调军士一壶酒，一斤肉，十斤面，你都克减过半。额等东调，九死一生，你这厮还如此贪婪，好没道理！"

张福骂道："王嘉胤，你好大胆，参将大人的军棍打轻了吗？"

王嘉胤闻言大怒，把这酒肉劈脸都打将去。王虎亦大骂道："张福这厮，当日校场真该一刀剁了你，不该留半分情面。"

张福喝道："捉了王嘉胤和王虎这几个泼贼！"

王嘉胤闻言大怒，拔刀在手。张福指着王嘉胤骂道："收起你的铁片儿纸，你这挨球货拔刀杀谁？"

王嘉胤怒骂道："来日上阵交锋，强似你的贼兵也要被额杀了百千。你这等狗官，还值额挥一刀么？"

张福喝道："你是贴队，我是管队，你敢杀上官么？"

王嘉胤也不搭话，走前一步，手起一刀正中张福脸上。张福"哼唧"一声，扑地倒了。众军士喝彩，王嘉胤又赶将上来再剁了几刀，张福便一命呜呼。

张福跟班早报了卢参将,卢参将大惊,便与陈副将商议此事如何了之。陈副将建议道:"张福连朝廷犒赏的酒肉面食缩减一半,闹将出去,终是悖理。这王嘉胤忒胆大包天,迟早是祸患,不如就地杀之。"

卢参将也点点头道:"正合我意,我正好用这厮头颅给张员外一个交代。"

陈副将又道:"王虎、洪狼等众人皆王嘉胤一党,不容放过,皆应除之,免生祸端。对延绥镇就报这一干人等,奉诏东调,贪生怕死,企图临阵脱逃,被就地正法。"

"此计甚善,合当斩草除根。就请陈副将亲自出马,见到王嘉胤格杀勿论。"

陈副将冷笑道:"我也想会会这王嘉胤的武功究竟如何。"

这边王嘉胤杀了张福,已知此地不能久留,当下王虎、洪狼、谭雄、黄才,另有敬佩王嘉胤胆识之众军士数十人,问他该如何处置。

王嘉胤回道:"张福乃卢登道心腹,卢登道必兴一营之众捉拿额等,非额等不忠心报国,实乃狗官不容忠义之士。额等日后只能逃离定边营,落草为寇了。"

王虎附和道:"我等在定边营,数年未发军饷,田地荒芜,饿殍载道,早过够了食不果腹的日子。此番东调,路途遥远,不说战场上生死难料,就是路途上缺衣少食,也不知能否到得辽东。与其等死,不如追随兄长一同反了他娘的。"

王嘉胤又说道:"额幼时习学枪法,师父曾言道前宋大元帅岳飞的师傅周桐乃用枪高手,其弟子有一人乃东京八十万禁军枪棒教头林冲,有万夫不当之勇。这林冲亦是忠义之士,可高俅不容林教头,定要置林教头于死地,林教头无奈,被逼上梁山。额本想混个贴队,看能否有饱饭吃。想不到狗官一再刁难,额也只学那林教头,逼上梁山了。"

众兄弟闻言,皆称愿意跟随。

王嘉胤又谓谭雄、黄才道:"狗官率一营之军卒来捉额等,顷刻即到。三十六计走为上计,须速速离开此地,稍迟缓必吃拿捉了。然而双腿再快,难敌四蹄,这里是步兵演武场,骑兵难以施展。倾巢而出来捉额等,这骑营马厩必然空虚。二位贤弟可领众弟兄去骑兵营牵些马匹来,额与王虎、洪狼兄弟殿后。"

谭雄等人听后立即跑去骑卒营地。忽听一声炮响,只见陈副将亲自披挂上马,带五六百步兵已杀入步兵演武场,口口声声喊着"休叫走了王嘉胤这贼"。

这里只剩下王嘉胤、王虎、洪狼三人。他们从演武场里打将出来，门外弓箭乱射入来，三人只得奋力冲杀，欲杀出一条血路。

不多时，只听得演武场外喊声大作，有人杀将进来。当头两个正是谭雄、黄才。后面众好汉各骑了一匹宝马，还有几匹马牵着，舞起刀枪杀来策应。王嘉胤、王虎、洪狼见了，便连连砍翻数人，三人各跳上马，跟着大队便走。陈三槐率众步兵猛追，他的马快，已驰到演武场门口堵住去路。这陈三槐出到阵前，马上横着一根混铁狼牙棒，大骂道："反贼，卢参将不曾亏待于你，你何故要反将出去？不如早早投降，可免受皮肉之苦。若是待我生擒活捉了你，定要将你千刀万剐，死无全尸。"

王嘉胤本就性烈如火，听了也不搭话，抢过一军卒长枪，便策马直取陈三槐。

陈三槐举棒跃马来战王嘉胤，两个正是对手，正是：

枪如蛟龙出海，棒似泰山压顶。

枪来棒去花一团，棒去枪来锦一簇。

两个斗了三十多回合，不分胜败。王嘉胤见四周军卒越围越多，心中焦躁，不敢恋战，挺枪只朝陈三槐面门吐了一团枪花。这一招唤作"蟒蛇出洞"，意为蟒蛇出洞捕猎，一招必杀。这招上阵交锋，不顾敌将攻击，自己拼死一搏，这需要极大的勇气和一招必中的准头力道，实乃王嘉胤平生所学也！陈三槐措手不及，头盔被戳翻在地，头皮被枪尖划了一道印，连着头发掉了一块肉下来，那头盔滴溜溜地滚到老远。

陈三槐大惊失色，"哎呀"一声惊呼厉害，只得擎住狼牙棒，负疼败下阵来。手下军士见陈副将受伤，一时大乱。王嘉胤、王虎等人趁乱杀出演武场。

"王贴队哪里走！你看谁来了？"来者正是定边营参将卢登道，率领军马堵住了去路。王嘉胤顺势一看，只见卢登道手下几个军卒押了一个女子近前，女子脖子上架着明晃晃的钢刀。她衣衫破碎，云鬓凌乱，正是玉莲儿。原来当日玉莲儿在参将府门口见到王嘉胤，将卢登道谋害之心告知于他，被巡查军卒看见报于卢登道。卢登道吩咐军士将玉莲儿捉回，当日打得她遍体鳞伤。此番王嘉胤反出定边营，便又想着欲以玉莲儿为质逼王嘉胤就范，便道："王贴队，此女甘为你冒如此风险，你欲见她身首异处么？你还是弃械投降，乖乖受绑了好。"

玉莲儿抢言道："王壮士，勿信此奸贼，小女子一家本是吴堡县八盘山良民，世居黄河边。一日农间耕作，被卢贼撞见，杀了夫君，强抢小女进府做牛做马。小女子与卢贼素未谋面，就害得小女与夫君阴阳两隔，小女日夜寻思要杀了卢贼报仇。王壮士不要顾小女安危，快杀出去，留住性命，日后为小女子及夫君报仇！小女子来世当牛做马报答大恩。"

卢登道大怒，早甩出一马鞭打在玉莲儿脸上。霎时，玉莲儿粉脸上又多出一道血痕。原来这玉莲儿也是冤屈苦楚之人，难怪当日在参将府内宅抚琴，曲子忧伤。

王嘉胤实不知因自己之事，会连累得玉莲儿受如此大罪，心中懊恼。就这一分神，只听"嗖"的一声，左臂已受了一支暗箭，众军卒又乘势围了上来。玉莲儿见状叫了一声："壮士保重，我自去也！"拼着力气朝脖上钢刀一抹，已香消玉殒了。有诗赞曰：

婀娜多姿才技佳，身陷狼窝敢揭瓦。
谁说英雄只有男，不是女侠胜女侠。

王嘉胤见状大怒，他拔出左臂箭矢，忍住疼痛抢起长枪，大喝一声，只取卢登道。众军卒皆惧这大虫武艺了得，纷纷闪避。卢登道不敢交锋，慌忙退避。王虎及众兄弟趁乱杀出一条血路，直冲出定边营。待卢登道惊魂稍定，整点官军再来追时，那伙好汉已自去得远了。定边营军卒已知王嘉胤、王虎等人难敌，其间也有不少对卢登道满腹怨言者，因此并不去追赶。

定边营兵政官从速清点此番定边营边兵哗乱损伤，共计逃跑贴队官五员，逃跑士卒四十二名，轻伤副将一员陈三槐，阵亡管队官一员张福，阵亡士卒十六名，轻重伤士卒三十七名，丢失良马五十匹，甲胄、军器若干。卢登道叫军中文书即刻行移公文，将定边营东调援辽士卒哗变之事报延绥镇。文中无非是王嘉胤等众逃卒不服调度，聚众闹事，杀官叛逃。管队官张福率军平定哗变，以身殉职，陈副将负伤。众逃卒慌不择路，误伤参将内眷一人等字眼，绝口不提东调士卒酒肉面食被克扣大半之事。

延绥镇总兵吴自勉得报大惊,即刻发缉拿文书至延绥镇各营,转西北各镇各营,各县各保等,画影图形,通缉王嘉胤、王虎等正犯五人,从犯四十二人,着定边营限期捉拿逃卒归案。

且说王嘉胤、王虎等众好汉四十余骑杀出定边营后,王虎问王嘉胤道:"兄长,这玉莲儿确乃奇女子,容日后再来祭奠。当前卢登道这厮势必追击甚紧,今后好汉们何处落脚为好?"

王嘉胤回道:"额家乡府谷县有一山号宗常山,额幼时曾跟随宗常山真武庙武僧习学武艺。这山十分险峻,三面石崖陡峭,寸草不生,只有一路可上山顶,确是一个易守难攻之所在。且府谷县尚有富户望族,我等可借粮暂避,却再理会。"

王虎又道:"今日厮杀半日,已近傍晚,若找地方歇息了等明早再行,沿路关卡必然有所准备,须吃拿了,不如连夜挑些山野小路走。"

王嘉胤点了点头道:"甚好!"

这定边营紧挨着长城,距榆林镇尚有五六十来里地,距府谷县尚有二三百里地。营地北面是长城,数十丈高,防着蒙古,南面就是个土城墙。那土城墙不高,王嘉胤等众好汉所骑战马一跃便能从女墙边跃起,跳到城外。他们尽挑些山沟野路狂奔,行了也不知道多少里地,直听见震耳欲聋般泄水声,原来已到了黄河边。四十余骑便星夜沿着黄河急行,月明之下看那黄河,似万马奔腾般。李白有诗赞黄河之景,曰:

黄河西来决昆仑,咆哮万里触龙门。波滔天,尧咨嗟。大禹理百川,儿啼不窥家。杀湍湮洪水,九州始蚕麻。其害乃去,茫然风沙。被发之叟狂而痴,清晨临流欲奚为。旁人不惜妻止之,公无渡河苦渡之。虎可搏,河难凭,公果溺死流海湄。有长鲸白齿若雪山,公乎公乎挂罥于其间。箜篌所悲竟不还。

此时正是初夏,黄河还有些黄泥巴水。王嘉胤等好汉沿黄河策马狂奔,走至五更,天色朦朦胧胧,尚未明亮。众好汉一夜辛苦,身体困倦,加之王嘉胤背后棒创,又有左臂箭伤,汗水浸了更甚,哪里打熬得过。他远望见黄河滩边有一片小树林,是一块干地方,像似一处荒废过的渡口。一大片河滩中正好几十棵树,周边又有草地,正好放马,便道:"众兄弟,额等苦战一日又狂奔一夜,人困马乏,不如就此处暂做歇息,马也好饮些水,喂些草料。待天明再寻些饭食充饥。"

王虎等众兄弟亦疲惫不堪,纷纷下马,让马匹就近吃些草料,留两个好汉在外巡哨,其余众人倚着树和衣休憩。王嘉胤也奔入树林里面,把马放了吃草,长枪靠树倚了,从衣裳里子撕碎了一块布包扎了伤口,解下包裹来做了枕头,找了块干净地翻身便睡,须臾便鼾声如雷。

众好汉正待睡得香甜,只听林外边似有几百人噼里啪啦脚步声。两个巡哨好汉急急呼喊"有匪来也",王嘉胤等人惊醒,以为官军来捕,急忙绰枪上马。只见黄河滩边呼啦啦跑来二三百人,不是官军装束,皆是寻常百姓衣着,各手持鱼叉、挠钩、棍棒等,也有些持刀剑的,围将过来。这二三百人领头的一个壮汉,二十七八年纪,皮肤黝黑,头裹汗巾,身穿白布衫,脚下却蹬着一双军靴,手拿一把利剑,泛着点点寒光,虽不是龙泉太阿,也是宝剑一把。

王嘉胤有些疑惑,用长枪指着壮汉问道:"你乃何人,为何有官家军靴兵器?"

那壮汉也不含糊,横着宝剑喝道:"额等靠山吃山,靠水吃水,这黄河滩就是爷爷的地盘。你们这些官军平日里只会欺负寻常百姓,今日个闯进我的地盘,就想借你们的马匹给爷爷们用用。识相的让出马匹,立马滚球,饶你等不死!若牙缝里迸出半个不字,爷爷就保你们下黄河喂鱼。"

王嘉胤闻言怒道:"贼娃儿,额猜你咋会有官家发的军靴,想必不是寻常庄户人家,却是伙剪径的棒客,靠着这黄河在此间等买卖。见我等是官军,仗着人多想劫马匹。你这贼娃儿合当晦气,额有一肚皮气正没处发落,且夺了你手中宝剑当额的行头!"

"额正好几日不曾发市,你倒口出狂言!"那壮汉说罢,就一个纵跃,翻身跳出来,喝道,"贼将!你自当死!不是额来寻你!来来来,和额来斗几十个回合。"

"额在马上使长枪和你斗,显不出手段。额下马和你步斗,叫你认得额的手段!"王嘉胤说罢拔出腰刀,抢到那壮汉跟前。

那壮汉拈着宝剑来斗王嘉胤，恰待向前，肚里寻思这贼将左臂有伤，衣甲不整，倒像战场厮杀过的，不似单会欺压百姓之窝囊官军，便问道："兀那贼将，你是哪里的官军，姓甚名谁？"

王嘉胤回道："额且和你斗三百回合，你胜了额，却说姓名！"

那壮汉闻言大怒，仗着手中宝剑，来迎王嘉胤腰刀。

两个各逞本事，刀似闪电，剑似霹雳，你上我下，你来我往，来回斗了二三十回合后，不分胜负。那壮汉暗暗喝彩道："这个官军倒还有些好本事。"又斗了四五回合，那壮汉叫道："少歇，额有话说。"两个都跳出圈子外来。

这王虎等众好汉和这二三百乡民，已看呆了。

那壮汉问道："你端的姓甚名谁？何处为兵？为何到此？"

王嘉胤见这汉子武艺了得，带领二三百乡民也是一条带领穷哥儿反抗官府的好汉。就将如何校场比武，不愿为狗官爪牙，遭狗官设计陷害，刀劈克扣东调士卒酒肉面食的污吏，枪挑陈三槐杀出重围等事说了一遍。道了姓名毕，那壮汉撇了宝剑，双手抱拳道："果然是义士，请受俺一拜。"

王嘉胤笑道："额看你穿的军靴，就道你也是劫掠官府所得，亦是一条好汉！请问好汉尊姓大名？"

那壮汉回道："额叫吴廷贵，府谷县人。额县方圆百里持续大旱，赤地千里，颗粒无收。这府谷县狗官哪管额等死活，田地大旱依然重税，这些如狼似虎般的催科吏，天天搜刮，逼得俺们无活路。额听说几个月前白水好汉王二杀了澄城县狗官张斗耀，劫了官粮，带了几百乡民落草。额这里十里八村的乡民见额自幼天生神力，祖上做过武师，有刀谱相传，所以就推额做了主事，带领这二三百乡民逃出府谷县到这里啸聚，做些棒客的勾当。上月劫了黄河里遇到烂泥不能前行的官船，杀了几个押运的官差，劫了些粮食。额足蹬的军靴，还有手中的宝剑皆是押运将吏的。昨夜见你等在此歇息，只道是赶路的官军。看你等人少，琢磨着劫些马匹、刀枪等，也好作为对付官军围剿之资。"说罢两人相拥大笑。

王虎、洪狼等人亦赞吴廷贵乃真好汉也。吴廷贵见王嘉胤义气深重，便要结拜。两个捻草为香，结为兄弟，王嘉胤年长为兄，吴廷贵为弟，众皆欢笑。王嘉胤又叫众兄弟与吴廷贵一一照面，吴廷贵也叫自己兄弟吴回、吴天拜了王嘉胤、王虎等众好汉，又道："兄长，额见众英雄一路劳顿，想那定边营卢登道个挨球货必不肯饶兄长。官府追捕甚紧,不如且请兄长去小寨住几日避避风头,从长计议也好。众英雄意下如何？"

王嘉胤拱手道:"有劳贤弟,恭敬不如从命。"

吴廷贵道:"此处西北向只几里路有个小茆沟山,山不甚高,却有些先人住的土窑洞,住着也冬暖夏凉,额等见是个好去处,就在这里住着。又派了几个眼线,专伺过往客商,劫掠些个好度日。上次劫了官船,也还有些酒肉粮米,兄长先歇息个几日再作计议。"

此刻天色早明,王嘉胤、王虎等众英雄叫马匹给众人牵着,自与吴廷贵并肩前行。到了小茆沟山,吴廷贵邀请王嘉胤入窑洞,挑了个大桌子请王虎、洪狼、谭雄、黄才坐下,叫吴回、吴天陪同。八人坐定,吴廷贵吩咐喽啰取出劫掠来的酒肉菜蔬等物,尽是一些腊肉、羊腿、猪下水、猪头肉、羊肉泡馍、酱瓜酱菜等,他满满摆了一大桌子,又搬出一坛子酒,叫众好汉吃了个醉饱。

这一连管待了数日,吴廷贵引王嘉胤山前山后观看景致。王嘉胤看后道:"这里果然藏得下二三百人,却不是个好险隘去处,官府来剿,要守住不易,确要颇费些周折。"

吴廷贵点点头道:"额也觉得这里不是个长久去处,正思量着何处安身。兄长既然到了,凭兄长胆识,胸中必有好谋划。"

王嘉胤道:"额自幼生长在这府谷县,幼年跟宗常山真武庙老僧习学些武艺。这宗常山生得凶怪,四围险峻,单单只一条路上去,四下里漫漫都是乱草,是个好险隘去处！"

吴廷贵听了叹道:"兄长也是府谷县人, 可惜兄长离府谷县多年, 有所不知,这宗常山真武庙半年前来了一伙棒客,也有百来号人,却是伙打家劫舍的强人。为首的唤作周彪,颇会些武艺,赶跑了庙里众僧人,劫掠了县里几家却没豢养家丁的小富户,强掳山下良民上山盖房舍,又强扭做了小喽啰兵,还强抢良家女子上山快活。额曾想过赶跑周彪,自占了宗常山真武庙安身。就特地来奔寻那周彪厮杀,叵耐那挨球货和额厮杀,敌额不过,推说腹中饥饿,要求明日再战。这日白聊谎的话,额却信了。周彪却叫小喽啰埋些滚石、弓弩只把这山下进山关口牢牢地拴住,又没别路上去。那伙挨球的由你叫骂,只是不下来厮杀,气得额正苦,只好来这小茆沟山安身！"

王嘉胤听了若有所思道："这周彪若是埋了滚石、弓弩守关，休说额等，便有一万军马也上去不得！似此只可智取，不可力求。"

吴廷贵亦附和道："却再合计合计。倘若没做个道理上去，也奈何不得他！"

王嘉胤寻思片刻，说道："为兄有条计策，不知中意否？"

"愿闻良策。"

"贤弟既与这周彪交锋，还胜了他，这周彪必然对贤弟又惧又恨。贤弟可依为兄之计，把贤弟一条索子绑了。额和王虎、洪狼、谭雄、黄才、吴回、吴天扮作庄户人，只说额等因没饭吃，寻思着去宗常山入伙讨个饭食，却愁没个彩头。听闻府谷县有个叫吴廷贵的，敢带人攻打宗常山，额几个趁这吴廷贵夜睡，用迷香迷倒，绑缚扎实了解送去宗常山邀功请赏，那挨球的周彪必然放额等上山去。王虎、洪狼兄弟押着贤弟在前，王虎刀法纯熟，自会藏把匕首在袖中。到得宗常山真武庙里见周彪时，听额干咳一声作为号令，王虎兄弟自会削断绳索，吴回、吴天兄弟便递过宝剑与贤弟。额等八个人一发上，那厮能逃哪里去？若结果了他，其他人不敢不服。况且还有不少是被劫掠上山的乡民，必会归附额等。额等乘势打开关门，门外几十号会些武艺的兄弟此时一拥进来，便占了这宗常山，此计若何？"

众好汉听了齐道："妙计！妙计！"

当晚众人又在土窑洞里吃了些酒食，又安排了些腌肉、干馍等路上干粮。王嘉胤等人脱了边兵衣裳头巾，也寻了些庄户人褂子穿了。次日五更起来，八位英雄带着几十条精挑细选会些武艺的好汉，吃得饱了，径直往宗常山而去。其他好汉都在小茆沟山收拾粮食、包裹、锅碗瓢盆，只待传令下来就倾巢前往。

王嘉胤等八位好汉策马快行，其他好汉紧紧跟随，个把时辰便到了府谷县。王虎、洪狼找了片林子把马拴了，用索子把吴廷贵绑了，王虎在左，洪狼在右，押着吴廷贵前行。王虎右手袖中藏了把匕首，只待王嘉胤干咳一声行事。吴回手里倒提着朴刀、吴天手里拿着吴廷贵的宝剑在两侧。

王嘉胤和谭雄、黄才戴了遮日头斗笠，提着棍棒在后紧跟着。走到山下，看那关口左右都摆着强弩滚石。

关口喽啰兵早望见这几个庄户人，押着几月前来战关口的壮汉子，看这壮汉子被绳捆索绑着，飞也似的跑到真武庙报周彪去了。须臾，只见一个小头目来关口隔着山门喝问道:"你等庄户人是哪里来的?来这里做什么?这捉得壮汉是个什么挨球的货?"

王嘉胤本就是府谷县人,一口府谷土话答道:"额等都是府谷县庄户,也就住在这小宽坪村。这几年田地里没甚收成,哥几个食量大,经不住饿,指望上山投靠周大王混口饭吃,却愁没有个见面礼当彩头。额听左右乡亲说有个挨球的叫吴廷贵的敢上山捋虎须,惹恼了周大王。哥几个正愁没有彩头,就琢磨着捉了这厮。听说这厮武艺不错,恐硬敌不过,额等就瞅着机会,昨日这厮多喝了几杯马尿,睡得跟猪似的,也合当这个哈求日的猪仔倒霉,一炷迷香迷翻了这厮,就一条索子绑缚来献与大王,以表额等入伙之心。"

小头目听了这话确实欢喜,说道:"众乡亲在此少待一时!"说罢,便上山来报知周彪,说拿得那吴廷贵来了。

周彪乃一打家劫舍的莽夫,焉能想到这是诈降之计,听了大喜道:"给额押上山来!额要剐了这家伙,用这家伙的肉炒菜吃,也好消额这胸中之恨!"

喽啰兵得令,把关隘开了,便叫把吴廷贵押送上来。王嘉胤等七位好汉紧押吴廷贵解上山来,众喽啰兵紧随其后。这宗常山也端的是险峻,三面陡峭,只有这一条路可上得山顶,四面都是高山环绕着包住真武庙。这唯一上山的道挨个儿摆着滚石、檑木、硬弩、强弓,顷刻就能让人身上多百十个窟窿。走了半个多时辰,众人来到真武庙前,一座殿门,周围都砌有土墙,庙门上书写三个鎏金大字"真武庙"。王嘉胤紧挨着王虎身后,也顾不得怀旧以前跟老僧习武的场景。

只见庙前山门下立着十几个喽啰兵,皆拿着刀枪。王嘉胤几个进了庙门,只见佛殿上的神像都被抬走了,中间放着一把兽皮交椅,众多喽啰兵各拿着刀枪立在两边,兽皮交椅上坐着的正是周彪。王嘉胤暗暗骂道:"举头三尺有神明,周彪这蠢贼亵渎神灵,合当该死。"

这周彪看见中间绳捆索绑的果然是吴廷贵,指手骂道:"你这不知死活的东西,也有今日。慢慢地碎割了你这厮,方解额心中之恨!"

吴廷贵听了只不作声,王虎、洪狼紧紧地拿捏着吴廷贵的左右臂膀,吴回、吴天紧跟着来到阶下。

"取利刃来,额要亲手挖这厮的心肝佐酒吃!"周彪吩咐完喽啰兵,又对王虎、洪狼等人道,"你等立此功劳,额当让你二位做个头目。"

王虎、洪狼假意应道:"谢大王。"

只见喽啰兵递过利刃,周彪拿过来就咬牙切齿对吴廷贵道:"挨球的,看额取你的心肝。"

说时迟,那时快,待周彪走近,王嘉胤猛力一咳,王虎眼疾手快早摸出匕首割断吴廷贵绳索,吴天旋即递了宝剑。吴廷贵睁圆怪眼,接过宝剑大喝一声道:"周彪休走!教你认得老爷这把剑。"手中宝剑已抖出一团剑花,直逼周彪面门。

王嘉胤等其他七条好汉各自亮出钢刀,一齐发作,并力向前。

周彪措手不及,亟待逃命时,早被吴廷贵一剑将面门斜劈着。宝剑锋利,脑壳已经成两半,手下靠得近的早被王虎等砍翻了几个。吴廷贵叫道:"众乡亲,额知你等本是良民,被周彪一伙掳掠上山,此时不来降,更待何时?"

这庙内几十喽啰兵并几个小头目看着八条大虫各个身手了得,均吓得肝胆欲裂。又听得庙门外似有无数兵马进来,原来山下的好汉已经冲进山门,进得庙来,众喽啰兵只得归降。

吴廷贵指着王嘉胤对众喽啰兵道:"这位好汉就是延绥镇定边营校场夺魁,不满将官压榨,一刀杀了狗官张福,枪挑副将陈三槐的王嘉胤。你等还不下拜?"

这张福本是府谷县豪绅公子,百姓受豪绅压榨已久,皆有怨言。数日前,张福在定边营被东调军士所杀,在府谷县早已经家喻户晓,人人皆道王嘉胤是条汉子。这庙前庙后几百喽啰兵多是掳掠上来的良民,现在忽听来者便是王嘉胤,个个倒头便拜,要拥他为首领。

王嘉胤定要吴廷贵为王,吴廷贵拒绝道:"兄长英雄,这陕西一地皆知兄长名号,四方豪杰必定来投。兄长好带领众兄弟一起反抗官府,也好挣扎着活命!"

王嘉胤无奈,只得坐了大王交椅。

随后,王嘉胤下令,一要重新请回真武庙所供真神,众兄弟日后行事要对得起头顶神明;二要遣快马报于小茆沟山弟兄,整理包裹物件速速都来聚义,清点宗常山仓库,整顿房舍,好做长久打算;三要多备些滚石硬弩,以应对官军围剿。其余众事,仍设小头目管领。周彪尸首抬去后山烧了,掳掠上来的乡民愿回乡者,发送几日粮食,掳掠上来的良家女子悉数护送回家。

一时间,这老母哭女儿的,小孩哭娘亲的,丈夫哭浑家的,声震苍天。众乡亲直望着宗常山,叩拜真武庙真神显灵。至此,王嘉胤、吴廷贵聚五六百饥民逃卒于宗常山,专伺劫富济贫。周边土豪劣绅,尽皆胆寒。

白水王二、种光道,府谷王嘉胤、吴廷贵,西乡王魁禄,陕西宁羌州纪受恩等人领各地饥民、饥军、逃卒纷纷啸聚为盗,对抗官府,各地保甲、县衙告急文书如同雪片般传至陕西巡抚胡廷宴手中。这胡大人唯恐朝廷怪罪,始终充耳不闻。更有甚者,说胡巡抚堂外门子屡屡来报各地饥民暴乱,这胡巡抚居然对门子说道:"既是你这门子来报说此事,这平定暴民之事本官就命你去办理。倘若有功,论功行赏。倘若未平定暴乱,定是严惩不饶。"

门子回道:"小人只是门子,无有兵马,更无钱粮,如何平乱?"

胡巡抚道:"本官命你去平乱,这兵马自由你去操办,你买马募兵所需钱粮亦由你去筹集。这募兵之资,你卖房卖地,卖儿卖女,砸锅卖铁,去偷去抢,本官不过问。只限你日期平乱,否则严惩!"

门子闻言无法,只得连夜携家眷逃了。

此事传出,闻者皆哑然失笑。自此,再无人敢来报饥民暴乱之事,朝廷只以为陕西太平无事矣。

不觉光阴迅速,不日已到盛夏。一日,吴廷贵谓王嘉胤道:"兄长,这宗常山早有五六百弟兄,连日来四方来投者不计其数,须做个长久打算。眼看这已盛夏,黄河水涨,正好做事。"

王嘉胤见状问道:"看样子,贤弟已有良策?"

吴廷贵回道:"小弟确有一策。"

有分教:

赤野青草炊烟断,西兵东调几人还?
饥民逃卒来聚义,好汉落户宗常山。

且先不提这王嘉胤、吴廷贵等好汉如何劫富济贫,书中另要交代一件惊天动地的大事。欲知是哪件大事?且听下回分解。

第四回

吴总兵蚀财高家堡　杨小将显威海城墙

天启皇帝朱由校,乃大明十五帝,明光宗朱常洛长子,明思宗朱由检同父异母兄。十六岁即位,在位七年,年号天启。在位期间,宠信乳母客氏及宦官魏忠贤,时有"乙丑诏狱""丙寅诏狱"等。后女真犯境,天启皇帝起用熊廷弼为辽东经略,熊廷弼却在阉党奸计下被杀,辽东战局危矣。

天启七年八月,天启皇帝携客氏、魏忠贤等人至西苑游船戏耍。稍后,又与王体乾、魏忠贤及两名亲信小太监去深水泛舟。霎时,怪风骤起,小船刮翻,天启皇帝落水,险些溺亡。后经太医用药,龙体却每况愈下。月中,天启皇帝自知时日不多,下诏赞魏忠贤对皇帝忠心耿耿,实乃国家栋梁,封魏忠贤侄魏良栋为东安侯。并召五弟信王朱由检入内室,命其继位。八月乙卯,天启皇帝驾崩于乾清宫。朱由检随即于八月丁巳登基,年号崇祯。

眼见国运日下,崇祯皇帝欲仿效太祖励精图治,以图大明社稷中兴。他先将魏忠贤明正典刑,将阉党一派从重治罪,附和魏逆一党之官员永世不用,一时令天下翘然望治。

再说王嘉胤正寻思如何使得宗常山五六百弟兄长久,吴廷贵已思得一计,道:"兄长可知府谷县西南二百里有高家堡乎？"

王嘉胤回道:"额如何不知高家堡？额在定边营做边兵时,便早听闻高家堡距长城十里地,乃延绥镇重地,进可捣河套,退可据河东,左右榆林镇、神木县互为犄角。因河套蒙古军卒多有侵扰,战事不断,驻有马步兵不下千人。"

吴廷贵微笑道:"兄长只知其一,不知其二。这高家堡虽是延绥镇重地,更是商贸重镇,北通河套,南接河东,物资畅阜,商事如流,人称旱码头。盐碱、皮毛、铜铁具、茶叶等极度兴盛。这延绥镇总兵吴自勉视高家堡为肥肉,却也做些盗卖军马给外人的勾当。额等何不远道去一趟高家堡,做一票棒客的生意?"

王嘉胤听了有些诧异道:"愿闻其详!"

吴廷贵分析道:"小弟闻听各地边商在高家堡购茶烟、布匹、牲口等赴甘、宁、蒙等地贩卖。引来各地人将些干牛肉、羊肉、奶酥、小米等换些盐碱、铜铁具等。这各色店铺、当铺、钱庄应有尽有,其中就有吴自勉的店铺。这吴自勉盗卖军马获些金银,再专伺囤积些粮米干肉等。现今米比金贵,囤积些粮米,只待饿急之人砸锅卖铁来换,可恶至极。吴自勉还豢养一个商人,姓贾名旺,守着诸多商铺钱庄,表面上对外做生意公平,和颜悦色,实则尽干些逼迫穷苦人家砸锅卖铁之事。众人皆称贾旺乃贾大善人,实则为假大善人也。小弟寻思不如劫了贾大善人仓库,取了粮米周济百姓,劫了钱庄再换些刀枪盔甲也好。"

王嘉胤听罢,早气得七窍生烟,道:"额就算不为自己这五六百弟兄,也要替天行道,劫了他的粮米银钱,治治这假大善人。"

吴廷贵又道:"高家堡驻有边兵,且路途遥远,只可智取,不可力敌。小弟思得一计,只需如此如此。当务之急,还需派些细作去高家堡一探虚实。"

王嘉胤听了有些迟疑道:"额和王虎等人是延绥镇正在通缉的逃卒要犯,只能劳烦吴回、吴天兄弟众兵卒走这一遭。"

"人不必多,吴回精明能干,一人去即可!"吴廷贵当即唤来吴回,备细嘱咐了一番。

再说吴回牵了一匹好马,天未亮便下了宗常山,绕过府谷县衙差眼线,一路策马前行,不一日便望见秃尾河。过得南石峁,却是一圈夯筑土墙,正是高家堡。不觉天色渐渐晚了,吴回看见前面一庄户人家,寻思着借宿一晚,明早入高家堡探听虚实,便想自己得扮成卖马的生意人才可行事。还须把腰刀包严实了,就是看见了也说生意人兵荒马乱藏了腰刀防身。

吴回藏了腰刀,牵马前行,走至庄户人家门口,轻轻叩门,便看一个老人缓步来开门。吴回拜揖道:"老人家,我是赶去高家堡贩马的客商,天色已晚,借宿一夜可好,一并算还饭钱?"

那老人摇摇头道:"你是哪里来的客人？只可快走。"

吴回解释道:"我是山西来的,只因消折了本钱,回乡不得,一路折腾,只剩下这马匹,因此来这高家堡卖了,指望挣扎着回乡。"

老人打量了一下吴回和所牵马匹道:"你只可快走,别处躲避,免得惹下杀身之祸！"

吴回纳闷道:"此间就有高家堡这等买卖地方,我来贩马,怎会惹下杀身之祸呢？"

老人解释道:"此间驻有边兵,八方客商中常常夹杂些细作,边兵们搜捕得紧。你远道而来,恐被人误为细作,枉自丢了性命。"

吴回分辩道:"我实为客商,天色已晚,权且住一宿。"

老人笑道:"汉子,你休日白聊谎。老朽年过六十,这识人的眼神还是有的。你肤色黝黑,这牵缰绳的手上布满老茧,不像生意人,倒像庄户人。这马匹膘肥体壮,嘶鸣声震耳,想必不是民间马匹,定是军中战马！你不是盗马贼,便是逃卒。"

听了老人言语,吴回惊得浑身冷汗,故作镇定道:"老人家,若我是逃卒,会有人来捉吗？这里驻有多少兵马？"

老人说道:"这里十余年前尚有马步兵一千余人,现在东调士卒无数,各镇各营逃卒又多,现在这高家堡驻兵半数不到。长官捉回逃卒,轻则打个半死,重则打成废人。你这样打扮走出去,必被当逃卒吃拿了。"

吴回听罢,伏身便拜,向那老人道:"小人本是庄户人,在道上折了本钱归乡不得！这马匹或是军营走丢的,或许是战场上主人战死的,被我拾获,本当换些银钱,现在走不脱,确是苦也！爷爷,怎地可怜见！小人情愿把这马匹相送爷爷,望爷爷给小人指一条逃生的路径！"

那老人道:"你的马我哪能要？你且入来,权且住一宿吧。"

吴回谢了,拴了马匹,便跟那老人入到屋里。

那老人盛了一碗白粥,端出一盘芥菜,拿了两个玉米饼子叫吴回吃了。吴回再拜谢道:"爷爷！这高家堡当真去不得？"

那老人道:"你也休再日白聊谎,你实乃啸聚山林的好汉,来探听高家堡虚实。小老儿猜得不错,你正是为贾大善人而来！"

吴回这回真的惊呆了,还想搪塞,却只听得外面吵闹,清晰地听道:"拿了一个细作!"吴回着实一惊,跟那老人出来看时,只见几十个兵卒举着火把,敲着破锣押着一人过来。那人剥得赤条条的,浑身都用索子绑着。

吴回看了,问那老人道:"这个拿的是什么人?为甚事绑了他?"

那老人回道:"这人一连几天都在游街示众,却是一个来打探的细作。"

吴回又问道:"怎的认为他就是细作?"

那老人道:"这厮也好大胆,独自一个来做细作,打扮做个生意人,沿路不问盐碱铺、铜铁铺、茶叶铺,只问贾大善人住处。见这人来路蹊跷,有人就报与边兵来捉他。这厮又拔刀伤人,挡不住这里人多,因此被捉了。又经不住拷打,招认是红石崖王二手下兄弟,来劫贾大善人粮仓的。"

正说话间,只听得门前如狼似虎般的喝问声来了,几个兵卒进门喝道:"这些日子时有细作潜入高家堡,你等见到生人,就齐心并力捉拿解官请赏。"

老人回道:"小老儿记住了。"

领队的见了吴回又问道:"这个人是谁?"

那老人回道:"这是小老儿内侄儿。"

领队的问道:"这人我怎么以前未见?"

那老人又回道:"小老儿侄儿乃神木县人,家中无粮,家兄饿亡,侄儿一步步走到小老儿家中来投奔。"

几个兵卒打量了一番,未看出破绽,便退出大门。天可怜见吴回,边兵未看见院后马匹,不然就是十个吴回也吃拿了。

待边兵走后,吴回顿首叩谢老人活命之恩。

那老人摆摆手道:"延绥镇总兵吴自勉,陕西巡抚胡廷宴,哪个又将老百姓的性命当回事情?这高家堡看似商贾走卒往来繁荣,实则榨骨吸髓,这贾大善人囤积的粮米金银,有哪个不是我等百姓的血汗。而今,多有好汉劫富济贫,我等也盼着有好汉来劫了贾大善人粮仓,周济穷苦人。"

吴回这时才表明身份道:"爷爷,实不相瞒,我确实为劫取贾大善人粮米金银而来,只是不知底细,特来打探!"

那老人叮嘱道:"你这打扮,连小老儿都瞒不住,如何过得了军卒盘查。依小老儿所言,你且除去所着庄户人家褂子,着了犬子商埠脚夫衣裳,明早休多言语,径直去了高家堡东南角,那高墙大院便是贾大善人钱庄和粮仓所在。贾大善人家丁要你挑担,你便挑担,要你搬货,你便搬货。休要多言,切记切记!"

"多谢爷爷指点!"吴回再次叩谢,又从身边摸出几两散碎银子要给老人,这还是上次劫黄河搁浅官船得来的银钱。

老人推辞不受,道:"而今米比金贵,这些银子换不了几口米,小老儿要了何用?还不如留着你等好汉多置办些兵器也好!"

吴回再度叩谢了,又问道:"爷爷,令郎何在?"

那老人回道:"陕西一地持续大旱,犬子已饿亡三年矣。"

吴回闻言痛心不已,老人不语,叫吴回自去内屋草窝歇息。

次日清晨,老人早早叫醒了吴回,塞给他一件脚夫衣衫行头,又盛了一碗照见人影的稀粥与吴回吃了。吴回叩谢了,按老人指点,把马找个僻静位置拴了,自己走去高家堡。路上盘查士卒见吴回一身脚夫打扮,也不盘问。进了高家堡,果是一派繁荣景致。南宋徐君宝妻有《满庭芳·汉上繁华》赞曰:

汉上繁华,江南人物,尚遗宣政风流。绿窗朱户,十里烂银钩。一旦刀兵齐举,旌旗拥、百万貔貅。长驱入,歌楼舞榭,风卷落花愁。　清平三百载,典章文物,扫地俱休。幸此身未北,犹客南州。破鉴徐郎何在?空惆怅、相见无由。从今后,断魂千里,夜夜岳阳楼。

这高家堡的繁荣和这词中一样,皆是表象,殊不知这一派繁荣景致背后是多少穷苦百姓的泪水。

这吴回也不与人搭话,径直走往东南角,果见一处高墙大院,门口店面门楣上写着大大的"贾记钱庄"四字。门口站着一个穿绫罗绸缎,手里正端着一壶茶的胖子,正不住吆喝四处脚夫进进出出,想必这便是贾大善人。吴回还未走近,早被贾大善人瞅见,喝道:"汉子不出力,躲懒么?晌午的小米粥、玉米糊不吃了么?"

吴回也不言语,扛起一包袱就跟着脚夫们进进出出。这一下子好,这贾记钱庄的门道被吴回看得清清楚楚。

这吴回端的是个精明的好汉子,不辞劳苦当了一天脚夫。这高家堡开闭市时辰,边兵盘查地点,布防人等,都摸得清清楚楚。吴回恐人生疑,也和众人一道讨了贾大善人一碗粥喝,领了一天的短工钱。再别了老人,等到天黑骑马赶路回了宗常山。

吴回赶到宗常山,天刚刚亮,王嘉胤、吴廷贵、王虎、洪狼等众好汉早已在真武庙候着。吴回就将骑马赶去高家堡,夜宿老者宅中,看见白水王二所遣细作被捉游街,换了老者儿子脚夫行头去贾记钱庄打探等事一一回禀了。王嘉胤听到王二派遣细作被捉,生死难料,嗟叹不已。

吴回又道:"这高家堡边兵因东调士卒甚众,仅存七八百人,天黑即闭市,仅留二三十人巡视。不过军营靠近秃尾河,离高家堡仅三五里地,且皆是平地,烽火相望,顷刻便到,不可大意!"

吴廷贵听罢道:"吴回所探,和额料想一致。额等可兵分两路前行,一路由王嘉胤兄长和王虎兄弟率二十快骑直取高家堡,冲进高家堡就一路放火,虚张声势。兄长大名早已响彻延绥镇,卢登道那厮悬赏重金拿捉兄长,高家堡边兵请赏心切,必倾巢来捉。兄长切不可接战,只管往东策马狂奔。谭雄兄弟可领着额这里一帮黄河里讨生活的弟兄停着几艘摆渡的船候着,看见兄长即刻接应回山。我和吴回、吴天率五百健壮之人,但见高家堡内火起,营中官军倾巢而出时,便趁夜劫了贾大善人钱庄粮仓,尽数搬回,搬不走便悉数分给附近百姓。黄才兄弟率剩下兄弟守住山头。众好汉意下如何?"

众好汉都说此计甚妙,只听王虎道:"额先杀将进去,看是如何!"

王嘉胤随即传令叫众好汉都饱餐了,天黑便急行,天亮前务必赶到高家堡。

吴廷贵率五百步卒一路急行,王嘉胤马快随后便走,谭雄等黄河渡船也摆布妥当。王嘉胤叫各自背上铁葫芦,于内藏着硫黄焰硝,烟火药料。快马出发,王虎居左,洪狼居右,二十骑好汉各自轻装上阵,一路策马前行。远远便望见高家堡门口值守兵丁,堡顶烽火台瞭望兵丁等打着火把巡视。王嘉胤等找个低洼处远远躲藏了,只待吴廷贵率步卒到来。

约莫五更,王嘉胤估计吴廷贵众步卒即到,便领了王虎、洪狼摇旗呐喊,擂鼓鸣锣,杀奔高家堡而来。二十骑各自拔出钢刀,杀将进来。巡视兵士还道是蒙古军卒侵扰,急令堡顶烽火台点燃狼烟。王嘉胤、王虎等皆性急如火之人,早就快马奔到，一刀砍翻大门值守士卒。洪狼等十余骑进得高家堡，一路取下铁葫芦，倒出硫黄焰硝等，四处放火。堡内有一兵卒眼尖，望见领队之人就是定边营逃卒王嘉胤，便火急火燎地喊道："来人便是杀官逃走的王嘉胤，休教走了此人。"

这一喊非同小可，霎时高家堡火光冲天，四处大乱。须臾便听见有万马奔腾声，原来是高家堡兵营内士卒已看见烽火台狼烟，又听闻士卒传言贼人王嘉胤来了，都指望着赏钱，即刻间千百把火把一齐点着，个个绰枪上马，出来拿捉王嘉胤。

王嘉胤此刻正欲杀个痛快，突然猛省出发前与吴廷贵兄弟商议不可接战，临敌休急，此刻须急退引走众兵卒，便叫道："众兄弟休要接战，先杀将出去，引走众兵卒！"话音未了，王嘉胤一刀砍翻一个拦阻的兵卒，骑马往东狂奔，王虎、洪狼等众好汉亦是策马急奔。

再说吴廷贵率五百好汉赶到城下，远远望见城堡内火起，几百支火把只朝东而去，知是王嘉胤已引走营中边兵。吴廷贵叫众好汉且勿出声，整点人数后悄然靠近高家堡。此刻堡内已然大乱，各商铺店家急急灭火，这贾大善人也早已没了清梦，忙着叫家丁灭火，清点财物。吴廷贵见状对众好汉道："王嘉胤兄长虽引走了众官军，但官军追至黄河见无法渡河自当返回。时间不多，众兄弟休顾其他店铺，直奔东南角贾记钱庄，看见钱粮便尽数搬走，不得停顿。"

众好汉都听明白了，吴廷贵就率众尽数出发，趁乱杀入高家堡。

此刻天还未明，月色朦胧，星辰昏暗，吴廷贵等人进了高家堡，一窝蜂直奔贾记钱庄。五百人各持棍棒，喊声大举，正不知多少军马杀将入来。贾大善人正忙着清点物件，只见门外杀声震天，烟雾漫漫，几百饥民杀将进来，直奔粮仓。门口家丁人少，看见这一大群饥民早已逃了。贾大善人保命要紧，欲冲出去却正撞着吴廷贵、吴回、吴天等人。吴廷贵喝道："贾大善人，听闻你这厮囤积粮草金银无数，逼迫饥民砸锅卖铁，现在借你粮米一用可好？"

吴回也道："贾大善人，还记得前日恐喝不上粥水的脚夫么？"

贾大善人想跑，脚却不听使唤。吴廷贵拔出宝剑喝道："你们这些吃肉不吐骨头的财主！待哪里去！"肚子上只一剑，早刺了个对穿，贾大善人两腿一蹬便见了阎王。吴廷贵等人一不做二不休，将贾大善人一门老少尽数杀了，抄到金银财宝、米麦粮食,尽行装载上车。吴家兄弟率众离开高家堡,吩咐众人将所得粮食、腌肉、风干牛羊肉等挨家挨户散发给城堡外庄户人家,余下粮米金银等尽数尽快搬走。

再说王嘉胤、王虎等二十骑都是挑选的快马,直往东策马急行。行了四五十里,前面月光下万马奔腾般流水声正是黄河。只见一声呼哨响起,五六只摆渡船已到近前,当先一将手提哨棒,正是谭雄。王嘉胤等策马分别上了渡船,行不了一会,几百追兵已到,他们见众好汉已上了渡船,只能眼巴巴见他们渡河而去。此刻已然天亮,官军见四处找寻不到船只,也不见有桥,只得作罢。

此番高家堡钱庄粮仓被洗劫一空,兵士阵亡十五人,杀死铺主商人家眷二十一人,烧毁店铺不计其数。

此刻,众英雄已远走高飞,不多时便在宗常山上吃肉喝酒。此番劫掠高家堡,劫得金银、粮米、干肉、腌肉、茶叶、皮毛无数,还有不少宝物。真武庙内,王嘉胤、吴廷贵、王虎、洪狼、谭雄、黄才、吴回、吴天个个举杯贺喜,好不快活。有诗为证:

乱世灾年民似虫,帝不护民非真龙。
欺压百姓就是魔,为民抗暴才是忠。

此次倾巢出山,各自兄弟全身而退,劫取粮米足够几月花销,所劫银钱亦可置办盔甲军械无数,可谓无本万利。众人连吃几日饱饭,不在话下。

有飞马传书至延绥镇,吴自勉大怒,再加赏金定要捉住王嘉胤、王虎等人。他已知贾大善人被杀,囤积粮米金银丢失,气得七窍生烟,只得写表差人申奏朝廷。又有高家堡逃难铺主都来说知事实,吴总兵得知劫了他家底者乃定边营逃卒王嘉胤,恨不能生吞活剥了这厮。

崇祯皇帝得报后龙颜大怒,责令巡按御史彻查陕西民变原委;令刑部颁布海捕文书,悬赏捉拿白水王二、府谷王嘉胤等刁民逃卒;令陕西巡抚、延绥镇总兵限期将刁民逃卒捉拿归案,依律正法,以儆效尤。

此时天下将乱,空有崇祯皇帝一人着急,地方官吏只寻思自己头上乌纱,互相推诿,燎原大火势必越烧越旺。有元曲小令《醉太平·堂堂大元》一曲,说的就是这些昏官庸官：

  堂堂大元，奸佞专权。开河变钞祸根源，惹红巾万千。官法滥，刑法重，黎民怨。人吃人，钞买钞，何曾见？贼做官，官做贼，混贤愚。哀哉可怜！

  却说九重天缥缈宫，有灵仙师正在打坐参禅，忽地睁开慧眼见一团五色祥云飘至东北向，又见远方一团黑云密布，直透苍穹。有灵仙师心神不宁，长叹一声，丹凤、紫熙二童子忙问其故。

  有灵仙师道："这团五色祥云主真命天子，此刻飘过九重天则意为真命天子数年后将转世投胎，飘往东北向则意为真命天子生在东北蛮荒，非中原沃土，莫非汉人天下将易主乎？"

  天启六年正月，努尔哈赤亲统八旗十三万大军直逼宁远。袁崇焕奉旨拒敌，号令全城军民共同守城，用红衣大炮杀伤金军甚众。努尔哈赤因此役兵败，悒郁疽发，不久病卒。皇太极继位，威风更强于乃父，金军进攻大明越来越紧。

  紫熙童子望见远处那团黑云，又问仙师黑云何意。

  有灵仙师道："童儿可记得七十余年前华山地裂乎？"

  紫熙童子回道："华山地裂，死伤者众，徒儿记忆犹新。"

  有灵仙师解释道："华山地裂，魔星逃出。此刻又逢川陕大旱，外寇侵扰，大明好比久病之人又突遇风寒，未及医治却又逢庸医。现在众魔星已转世投胎并成气候，或来自军镇，或起自乡野，有英雄，亦有枭雄。众魔星此时已各冠绰号，或猛禽猛兽，或雄大之物，或妖魔鬼神，或先贤猛将，或王者诸侯等，大有一触即发之势。"

  紫熙童子道："徒儿记得当年华山地裂，我等宁受天谴也要救民于水火。不料想昏官误国，民众蒙难，魔星逃离。仙师教徒儿潜心修行，只待魔星临凡，行仁义者助之，行不义者诛之。现魔星既已成气候，徒儿可下界否？"

  有灵仙师掐指一算，过去未来因果之事已计上心来，道："善哉，善哉！原来有此一段因果。"即唤丹凤、紫熙二童子近前嘱道，"此时大明气数未尽，除破军星、煞星外，其余众魔星皆不足虑，待破军星力孤，煞星魔性大发之机，为师自会遣你二人下界,助破军星建功,灭煞星魔性。日后还有瘟妖为害人间,虫精蟆怪荼毒生灵,你二人当下须潜心修炼,日后可斩妖除魔,救民于大灾大疫。"

二童子谨遵师命,依旧潜心修炼,不表。

再说这府谷县宗常山上,有细作回报,说刑部已下海捕文书缉捕王嘉胤、吴廷贵等众好汉,着陕西巡抚、延绥镇总兵限期捉拿。王嘉胤听后谓众好汉道:"额等劫掠高家堡,诛杀贾大善人,吴自勉必老羞成怒,官府拘捕甚紧,此番行事机密,找到宗常山也需些时日。且宗常山易守难攻,攻打也非易事。山中有给养,额等暂不宜下山,权且习练武艺,做些工事,将关隘处强弩巨石多备些,以抵御官府围剿。待到明年观年景如何,再作计议,众兄弟意下如何?"

众好汉都言甚好!

不觉光阴迅速,春夏秋冬,周而复始。一晃数月即过,又到了来年春耕之时。此时为崇祯元年,西北一隅依旧大旱。府谷知县刘自治见年景依旧,恐饥民春季无种可播,又来劫掠,惶惶不可终日,报于陕西巡抚胡廷宴,也只是白挨了一顿板子,于事无补。

王嘉胤隔三差五下山劫掠些府谷县富户人家,弄得平日里趾高气扬、鼻孔朝天的地主老财,个个度日如年。提到王嘉胤三字,端的是可治得平日里出入乘轿,半里地都走不得之富户人家跑将起来如同兔子。刘知县无法,只得四处求爹告娘,望官军来剿灭这伙流寇。岂料辽东战事日紧,西北边兵奉旨东调者众,官军无暇剿寇,对王嘉胤之众却是听之任之。

一日,王虎领人下山劫掠得返,来报说无意间打听得定边营管队张福家宅就在府谷县尧峁村,距宗常山也就二三十里地。

王嘉胤听了张福二字,笑道:"真是冤家路窄。"当日就亲领大队人马将张府劫掠了个干净,金银财帛、粮米布匹尽皆转载上山,府内女眷有些姿色的尽数掳掠。

这宗常山中有跟随王嘉胤的兵卒,在军中贪腐风气耳濡目染多了,也沾染了不少。此番王嘉胤得势,又思索如何迎合这个山大王。听闻王嘉胤尚无有妻室,便将张员外小女张氏掳上宗常山,强扭做了压寨夫人。张氏入了狼窝,为求活命,也只得忍气吞声。

岂料张家乃府谷县望族,家产被劫,小女被贼寇抢去做了压寨夫人,长子亦死于王嘉胤之手，张员外也忧愤致死。可张家还有一子，名唤张立位，发誓定要手刃王嘉胤，报此深仇。

这日宗常山上众英雄正在真武庙内商议事务，大殿上坐着王嘉胤、吴廷贵两个头领，其余六位英雄皆左右站立。只见值守山下关隘处的小头目飞步跑来说道："山下有两位英雄领着二三十条好汉，说是洛川不粘泥、杨六郎求见首领。这不粘泥名唤张孟存，因洛川颗粒无收，催科甚紧，他带领乡亲百姓杀了催科官吏，劫了官粮，被官府缉捕而转战千里。听闻大王在此啸聚好汉，且好生义气，领兄弟杨六郎杨忠及千余好汉来投。"

王嘉胤闻报大喜道："这不粘泥诛杀朝廷官吏，劫取官粮，也是一位顶天立地的好汉。既是千里来投，可留下吴回、吴天在庙内恭候，额和吴廷贵贤弟、王虎、洪狼、谭雄、黄才几个亲自下山去迎。"

众英雄行不了一会儿便来到宗常山下关隘处，只见门外立着两位好汉，带着二三十人。为首一个三十七八年纪，身长七尺有余，天庭饱满、满面虬须，膀大腰圆，想必就是不粘泥张孟存。旁边一个是个俊俏后生，身长八尺，头顶武生巾，身穿白袍，想必便是杨六郎杨忠。王嘉胤忙叫关隘值守兵丁打开寨门，迎不粘泥、杨六郎等人上山。

张孟存远远看见王嘉胤，慌忙抱拳，纳身便拜。王嘉胤连忙扶起道："这位好汉想必便是不粘泥张孟存，果然英气逼人，在下佩服至极。"

张孟存等好汉忙施礼道："在下洛川张孟存，江湖朋友皆因我为人急躁，干事从不拖泥带水，性子就如撮盐入火般，只为一口气，送我绰号'不粘泥'。久闻王义士大名，如雷贯耳，今日携兄弟杨六郎及众好汉来投。"

王嘉胤忙道："嘉胤何德何能，承蒙张英雄错爱，且喜光临草寨。"

张孟存道："张某是个只会耕地的人，甚是粗鲁。在洛川起事，官府缉拿甚紧。今日来宗常山，甘心在大王帐下做一小卒，不弃幸甚。"

王嘉胤听了摆摆手道："张英雄休这般说，且请到真武庙议事。"

王嘉胤与不粘泥、杨六郎皆上应魔星，自然意气相投。他领吴廷贵等六位头领与新进的两位英雄，及众好汉一行人都上山来。到得真武庙里，王嘉胤将吴回、吴天叫过来，再三谦让张孟存一行人上坐。十个英雄一个个叙礼罢，环席坐下。张孟存带来的好汉自有帐下小头目管待。王嘉胤吩咐备好筵席，弄了许多腌肉、酱菜、牛羊肉、风干腊肉、小米羹、玉米糊、裤带面、红枣羹等，摆了满满一大桌子，并开了数坛酒。众好汉边说边饮，商谈入伙之事。

张孟存见王嘉胤如此义气，便把洛川起事、官府缉拿、转战来府谷县等事都说于王嘉胤等人，道："在下所领好汉有千余人，此刻官府追捕得紧，都化整为零四散躲藏。待夜幕响箭为号，来投奔大王。我等也携有不少粮米、酒肉、金银等，皆是抢掠州府县衙粮仓所得，只恐宗常山无处安置。"

王嘉胤听罢笑道："宗常山四周石料无数，顷刻间就可盖房舍多间，天下有多少好汉不能安置乎？"

张孟存闻言大喜，谢过众好汉。

王嘉胤心中欢喜，来回与众人推杯换盏。只见这杨六郎杨忠一直低头饮酒不语，王嘉胤心中生疑，便问张孟存道："敢问杨英雄是否嫌宗常山粗酒淡饭，为何一直低头不语？"

张孟存长叹一声，解释道："这是我的兄弟，乃大明辽东广宁前屯卫参将杨绍先第六子杨忠，武艺高强，多有战功，善使一把点钢枪，有万夫不当之勇。只因行事急躁，路见不平，杀了官家奴才，遭狗官累累迫害，弄得个家破人亡，千里逃到陕西。后在洛川遇到小弟，杨兄弟也带领一伙兵卒劫掠官粮，我俩就地打斗，我不是对手，便提出一起为穷乡亲挣扎活命干事，因此结为兄弟。自结识杨兄弟始，他一直寡言少语，皆因往事如梦，不堪回首也！"

王嘉胤听罢，举杯敬杨忠道："这位兄弟，莫非是与大宋杨老令公同宗同脉，号称大明一门忠烈杨家将之子孙？"

这普天之下，谁人不知大宋一门忠烈杨家将，有词赞曰：

亭燧烟瘴，边塞起杀声。杨家帜，孤军起，奋出征，陷围旌。血洗金沙地，令公剑，援无应，恨奸佞，绝食毙，愤难平。后继延昭，万里云骑上，芦叶枪横。布阵羊山下，吹角灭辽兵。转世天惊，六郎星！望三关镇，益津路，淤口渡，瓦桥泾。雨歇后，阡陌静，放牛童。柳笛声。依旧河山在，弦书鼓，世人听。沧桑去，常遗恨，是何情？三代保国血战，雁门外、故道悲鸣。满门皆忠烈，百姓记浊清。何断遗风？

而在大明前屯卫亦有一门忠烈杨家将。据杨门宗谱论,大明杨家将乃大宋金刀杨老令公一脉,自大明宣德年间始镇守辽东。第一代杨家将乃杨德春是也,其父杨江官至千户指挥使,镇守应天府。杨德春奉旨调辽东戍边。后大明杨家将忠勇几代,镇守绥中边关,虽不及老令公威风八面,也堪称满门忠烈。杨家一门所驻前屯卫,地处辽东绥中,下辖中后所、中前所。前屯卫辖屯兵五千余人,中后所、中前所各辖屯兵一千余人。这前屯卫地处大明与蒙古、金国交锋前沿,杨家将屡建战功,功勋卓著。

杨六郎见王嘉胤义气深重,接过来满饮此杯,点头称是。

王嘉胤又道:"六郎兄弟,何不将事情缘由说于我等听听。"

杨六郎只得缓缓开口,讲述往事,还须从天启七年春说起。

且说这杨六郎之父杨绍先,曾跟随李如松征宁夏、伐朝鲜、剿倭寇。天启六年正月,袁崇焕镇守宁远城,率众大败皇太极铁骑。自努尔哈赤起兵始,大金铁骑所向披靡,不想在宁远连连受挫。皇太极大怒,定要再打宁远城。天启七年,杨绍先在前屯卫任参将,大金铁骑侵扰激烈,大战在即。杨绍先叫杨六郎勤练武艺,他日疆场立功。

杨绍先不及祖宗杨老令公这般福气,杨老令公生有七郎八虎,这杨绍先仅杨六郎一儿,前面五个皆是女子。杨六郎单名杨忠,排行老六,人人皆称杨六郎。他天生面如冠玉、唇红齿白、身躯凛凛、相貌堂堂。杨绍先并不娇惯六郎,反而教子严格。杨六郎兵法韬略、十八般武艺样样精通,端的是文武全才。杨六郎娶妻亦姓杨,杨氏知书达理,端庄贤惠,已有身孕数月。郎才女貌,羡煞旁人。杨绍先将为人祖,就算大战在即也是日日喜笑颜开。

忽一日,杨六郎正与杨绍先切磋枪法,见一个军卒持一封书信火急火燎般地直奔参将府而来。杨绍先接过书信看了,旋即大惊失色道:"既是如此,我只得去走一遭!先祖所建,岂可损坏分毫。"

杨六郎见状便问道:"父亲,有甚要紧事?"

杨绍先不答反问道:"吾儿可知广宁至海城三百里城墙乃何人修建?"

杨六郎回道:"孩儿知道,乃我家高祖杨照所建。"

杨绍先道:"先祖于嘉靖年间任辽东总兵,见辽东边备薄弱,便在广宁至海城一线内筑长城,外凿护城河。内筑长城抵御金国铁骑,外凿河渠连通太子河、浑河、大辽河,河渠既为护城河,也可为城墙排水防涝。"

杨六郎点头附和道:"高祖所建城墙确是护国护民。"

杨绍先道:"方才军卒所呈乃宁远守将尤世禄手下马游击书信,书信后还附了辽东经略高第高大人手谕,说是要撤回山海关外武备,固守山海关。书信还说是奉辽东经略高第手谕,不日就来拆除海城城墙。说城墙遮拦风水,于京师龙脉不利,叫我等杨家后人不得拦阻,违者军法从事。"

杨六郎闻言怒道:"拆除城墙,令金国铁骑长驱直入,实乃昏庸至极。"

杨绍先叹了口气道:"前年柳河之败,孙承宗经略大人遭魏忠贤排挤罢官,换了个未打过一天仗的文人高第任辽东经略。以往一班与孙大人不睦的官吏时常围着高大人,净是些阿谀奉承、卖弄嘴皮之徒,欺高大人不懂军事,哄着他废了孙大人的工事,撤回山海关外一切武备。这马游击要来拆这海城城墙,定是又有什么人给高大人灌了迷魂汤。广宁至海城之城墙干系重大,乃山海关之屏障,高大人手谕中又没有明白写要拆除海城围墙,此事恐有诈。我身为杨家后人,绝不让昏官毁了先祖心血,须立即亲自走一遭。"

杨六郎又道:"恐这马游击人多势众,孩儿也跟父亲去走一遭,如何?"

杨绍先又叮嘱道:"吾儿肯去,就同走一遭。但你年轻气盛,不可造次。"

杨绍先即便收拾行李,选了十数匹好马,带了几个军卒,次日天明便出发。杨绍先、杨六郎并军卒都上了马,离了参将府,往海城而来。不一日众人来到海城,直至海城城防营前下马,杨绍先留杨六郎和从人在外,径直入营房来看。

城墙的老军识得是杨绍先,见杨家将后人到,放声恸哭道:"小老儿祖上也曾在杨照总兵手下为兵,守这海城城墙几十年矣。杨参将再晚来个数日,只恐杨家祖宗之心血毁于一旦。"

杨绍先对老军施礼罢,便问事由。

老军答道:"前日来了个官长,自称是宁远守将尤世禄手下马游击,奉辽东经略高第手谕来拆除海城城墙,要我等速速离去。我等在此守城墙已五十余载,深知这城墙乃杨家高祖杨照总兵修建,为山海关屏障,百姓未遭女真贼人杀戮,全凭此城墙。高大人曾为兵部尚书,定是有那等口舌之徒对高大人说了什么,高大人被小人瞒了,要拆这城墙,我等老卒誓死不走。昨日那马游击带许多兵卒,便要发遣我们出去。我等对马游击说到海城城墙乃嘉靖年杨照总兵修建、蒙古、女真皆不敢小觑,请马游击看在天下苍生分上,容禀高大人、袁大人、尤大人收回成命。那厮不容所言,定要我们速速离开。我去扯他,反被这厮捉住痛打。今日得杨参将来到,定要做个主张。"

杨绍先答道:"老哥放心,先且请好郎中调治伤处。我权且就此住下,等马游击再来,我自和他理会。便告到官府见到高大人,也不惧他。"

老军回道:"我等只是守城军士,况且年老,这马游击不当回事。还是杨参将官职高于他,才理论得上。"

杨绍先出营看视了一圈城墙,出来和六郎并带从人说了底细。

杨六郎听了,跳将起来道:"这马游击好生无理!我有点钢枪在此,教他吃了小爷几枪再商量!"

杨绍先闻言教训道:"六郎,你年轻气盛,不知官场险恶。马游击虽倚势欺人,谅这海城城墙干系重大,马游击也应知晓厉害。况且我海城城墙乃杨家祖上修建,这里和他理论不得,须是总兵府也有大似他的,捅到高大人直至皇上亦可!"

杨六郎气愤道:"诸事都理论得,天下就不乱了!只恐见不到高大人,那马游击便来横的,我只是先打后再作商议!这游击将军难道不知城墙拆了便是女真贼人得利么?游击做到此,也枉叫游击了,定是个假游击!"

杨绍先笑道:"我儿到底年幼,不知天多高地多厚,诸事能靠你的点钢枪来办,那就诸事好办了!官场可凶险战场百倍。"

杨六郎不服气道:"怕他怎的?我就不信马游击就是三头六臂的哪吒!"

杨绍先道:"等我看了头势再作计议。"

当下父子二人并些军卒找了几间营房歇了,一夜无话。

次日天刚麻麻亮,只听营房外吵嚷声起。杨绍先昨日车马劳顿,多睡了些时,此刻不顾梳洗便冲出营房。远远看见一人骑着一匹高头大马,引着军卒三四百人,手执火药、引线、铁具等,都是些扒营房、拆城墙的家伙什。来人正是马游击,他径直来到老军营房前勒住马,叫里面管事的人出来说话。

杨绍先听后接话道:"有事找我商议。"

那马游击在马上问道:"你是什么人?"

杨绍先答道:"吾乃前屯卫参将杨绍先,嘉靖年间辽东总兵杨照玄孙。"

马游击军职较低，先行下马施礼罢，道："原来是大明杨家将后人杨参将，你不在前屯卫镇守，来此有何指教？"

杨绍先不答反问道："你乃宁远镇马游击否？"

马游击道："卑职便是马游击。奉辽东经略高大人之命，要将这些挡住龙脉风水的城墙拆掉。几日前，卑职奉尤总兵将令告知杨家后人不得参与此事，你既是前屯卫参将，为何不依尤总兵言语？"

杨绍先回道："宁远城现在乃袁参政镇守，尤总兵协同指挥。袁参政定然不知高第大人要拆除城墙，如果知之，定会说服高大人勿毁城墙，还请马游击以大局为重。"

马游击闻言哼道："放屁！我奉命拆城墙，今日不搬，你就已违将令，先把你军法从事，吃我一百军棍！"

杨绍先亦微怒道："马游击休要以权相欺，当今圣上也知晓我杨家一门忠烈，马游击就不看一点杨家的薄面吗？"

马游击喝道："我奉命行事，不知道什么面子。"

杨绍先道："海城城墙一失，山海关屏障顿无，马游击就不顾百姓死活么？"

马游击见杨参将孤身一人，未带军士，胆子便壮了，喝道："这厮正是胡说！尤大人有言在先，有人阻拦，无论官职，就地格杀勿论。左右，捉住杨绍先，我要砍了这厮！"说罢，马游击拔出腰刀，众军卒也待动手。

此时营房内杨六郎在门缝里看得清楚，听得要砍父亲，便拽开房门大吼一声，直抢到马边，早把马游击揪下马来，一拳打翻。周围军卒来抢马游击，被杨六郎手起打倒五六个，再一脚，又踢倒七八个。众人见此处还有如此了得之人，一时还未醒神。杨六郎手无轻重，再拿马游击倒提起来，拳头尖一发上。杨绍先哪里管得住，看那马游击时，早已打死在地。众军士见游击被打死，炸锅般地叫嚷，紧紧围了杨绍先父子。有诗叹曰：

莫想事事如你意，劝君莫把善人欺。
善人心头压着魔，魔倒你便血溅地。

杨绍先见状只叫得苦，一老军忙劝杨六郎快走。

杨绍先也对众军士道："吾儿年幼无知，此事不干他事。打死马游击，官司我自应对，且请让开一条路。"众军士多有敬佩杨家将者，也多有对拆海城城墙不满者，默然让开一条路。

杨六郎摇头道："我便走了，须连累父亲。我自与父亲见袁参政和尤总兵。"

杨绍先道："无论怎的，你打死朝廷将官，其罪不轻，你去便是。事不宜迟！我自去理论。"

杨六郎岂肯一走了之，道："我走，连累父亲受罪，也连累众老军受罚，连累众军士受责，六郎决意不走。"说罢，便叫军士来绑。

众军卒无法，只得把杨绍先父子绑到总兵府内，当厅跪下。总兵尤世禄听得前屯卫杨家将打死了他派去办差的马游击，大吃一惊。见到杨绍先父子，尤世禄喝道："你怎敢打死了我派去的将官！"

杨绍先解释道："末将乃前屯卫参将杨绍先，只因海城城墙乃先祖杨照所建，为山海关屏障，一旦拆掉，则女真铁骑将一马平川，长驱直入。马游击要拆除海城城墙，我为杨家将子孙，劝说马游击大局为重，说服上官收回成命。马游击不容末将分说，喝令众人捉我，拔刀欲砍杀末将，我儿六郎救护心切，便失手打死了马游击。"

尤世禄闻言喝道："马游击奉命行事，即便有错，也应交由本将军处罚，你岂能纵子行凶？你父子二人本是朝廷军士，朝廷法度不是不懂。打死朝廷将官已是死罪，左右，将杨绍先父子拖出去斩首示众。"

有分教：

一门忠烈忠为先，为国为民义在前。
平日只图忠和义，临阵方把忠义现。

直教西兵东调之将识得英才，将门虎子驰骋疆场立功劳。欲知杨绍先父子性命如何，且听下回分解。

第五回

拒城外杨忠寡胜众　徇私怨纪用奖变罚

这尤世禄何许人也？尤世禄，字定宇，陕西榆林卫人。天启二年中武进士，累官至宁夏总兵。天启三年，尤世禄西兵东调，天启七年为宁远守将。和满桂、朱梅、祖大寿、孙祖寿等人，皆助袁崇焕抵御金国侵犯，实乃大明虎将也。

自努尔哈赤宁远受挫，皇太极亟待再攻宁远。此刻金国铁骑侵犯日紧，宁远城势必再发大战。这尤世禄为城防武备日夜操劳，早就疲惫不堪。方才听军卒道手下游击官被杀，想到此刻正是用人之际，手下将官却死于自己人之手，顿时勃然大怒，即刻下令将凶徒就地正法。

这将令一出，尤世禄突觉不妥，霎时醒过神来，急忙喝退军卒。他寻思着大明忠烈杨家将岂会肆意滥杀，且杨绍先之子赤手空拳便能顷刻于几百军卒中杀掉骑马将官，这小将武艺好生了得，还是待问个明白再决断，于是又喝道："杨绍先，你身为前屯卫参将，不在前屯卫尽忠尽责，又无传唤，安敢擅自来海城？安敢纵子行凶，杀我将官？你到底有何居心，还不从实招来！"

杨绍先跪下禀道："禀尤大人，末将离开前屯卫，只因马游击奉辽东经略高大人之命来拆除海城至广宁城墙。此城墙乃先祖杨照所建，实乃抵御女真之利器，山海关之屏障。末将身为杨家将后人，迫不得已赶去护之，望马游击呈上容禀，收回成命。"

尤世禄闻言惊问道："海城至广宁城墙确乃山海关屏障，本官却未曾听说要拆除城墙，你是如何得知的？"

杨绍先回道:"几日前,有一军卒将一书信递交末将,只说是奉辽东经略高第手谕,由宁远城遣士卒拆除海城城墙。还说海城城墙遮拦风水,于京师龙脉不利,且叫我等杨家将后人不得拦阻,违者军法从事。"

尤世禄闻言怒道:"胡说!本官乃宁远守将,遣士卒拆除海城城墙,我却为何不知?况且,高第大人任辽东经略以来,治军风格虽与孙大人、袁大人不同,也只是袁大人主固守山海关外,高大人主撤回山海关外武备。固守山海关,拆除海城城墙断然不得刻意提及。你若胡说,定斩不饶!"

"尤大人容禀,末将亦觉此事蹊跷,现有书信在此,请过目。"

左右将杨绍先所递书信及附带高第大人手谕交于尤世禄,尤世禄览罢大怒道:"此番高大人手谕本官亦见过,果然未提及海城城墙。高大人未曾有令,本官亦未下令,这个马游击这等大胆?杨绍先,你到底有未说谎?"

杨绍先坚定地回道:"末将所禀,皆千真万确。"

"高第大人手谕未提到海城城墙,袁崇焕大人主张在山海关外防守金军,更不得下此令。小小游击绝不会如此大胆,只能是镇守太监纪用指使,看来此事还颇为棘手。本官乃将官,只管打仗,其余一概不顾,也不搅这一团浑水。这杨六郎赤手空拳顷刻便打死马上将官,武功确实了得,须设法弄到我帐下。"尤世禄寻思罢,又问道:"杨绍先,你终究是前屯卫将官,来管海城城墙就是擅离职守。马游击不论有无罪过,你父子打死朝廷将官终究是死罪一条。杨绍先,你可知罪?"

杨绍先回道:"末将知罪,愿听尤大人发落。"

杨忠见状,此刻插话道:"尤大人,马游击是小将打死,与父亲无关,要处斩就斩小将吧!"

尤世禄见状喝道:"既然如此,两个都押下去吧!"

左右听罢,便取刑具枷枑来,将杨绍先父子推入牢里监下。

过了几日,尤世禄来到大牢,叫狱卒打开关押杨绍先父子牢门,屏退左右后道:"杨绍先,你是个参将,如何不知法度,杀了朝廷将官?该是死罪!"

杨绍先告解道:"任凭大人发落,望大人做主!只求大人念及小儿年幼,饶犬子性命!"

尤世禄回道:"此处无有他人,本官见你父子是大明杨家将后人,杨家小将武艺了得,本官有意周全,只是你父子须依得一事。"

杨绍先连忙应道:"尤大人乃大明虎将,如有差遣,皆是利国好事。若饶得我父子性命,休说一件,十件也依得。"

"甚好!本官喜好快人快语。怎奈近日公务繁忙,今日方能来得大牢。只因探马来报,说贼酋皇太极此番亲率代善、阿敏、莽古尔泰等统兵马直抵锦州,四面合围。袁大人叫宁远兵不可动,令本官与祖大寿将军率精骑四千阵前杀敌,复绕至金军后袭之,使金军兵马首尾不顾。此番出击,九死一生,然唯有此计方可保全宁远、锦州城不破。杨家小将能赤手空拳打死马游击,武艺定然了得,现在大明是多难之秋,正是用人之际,杨小将军可否愿随本官出城接战?"

杨忠闻言回道:"小将愿往!小将早就想用手中点钢枪多杀贼人,扬我杨家将威风!"

杨绍先也应道:"承蒙尤大人周全,此番国家有难,我杨家后人理当效命沙场。"

尤世禄听了慨然道:"既是如此,权且请你父子再委屈一夜。明日我自当叫军政司将案底改成马游击执行公务不当,欲刀砍守城军士杨六郎,争斗中马游击不慎被打死,本官自会实情禀明袁大人。现在正是用人之际,袁大人定当赦罪。"

杨绍先磕头谢道:"谢尤大人周全。"

"拆海城城墙,小小游击断不敢擅自为之,此事定有蹊跷,指不定还有些非同小可的人物在背后,你父子二人须小心为是。"

杨绍先又拱手道:"谢尤大人示意。"

尤世禄又道:"还有一事,本官也实在不能周全!杨小将军毕竟打死朝廷将官,明日升审也还须委屈一二。"

杨忠回道:"全凭大人发落。"

次日宁远城内升堂,尤世禄叫狱卒押杨绍先父子当堂宣读了处置马游击被杀文案,只说马游击欲刀砍杨六郎,杨六郎杀马游击系争斗误伤,不干杨绍先事。且国家正是用人之际,准许杨六郎戴罪立功。杨六郎死罪可免,活罪难逃,依律除了两人长枷,放杨绍先速去前屯卫统兵抵御金兵,杨六郎免不了断二十脊杖,留在宁远城内将功折罪。尤世禄还当堂说两日后校场比武,如杨六郎马上武艺精湛，方能随军出征，帐前听用。杨绍先、杨六郎当堂叩谢。

杨六郎叫父亲且回前屯卫，好生宽慰杨氏，称过些时日便回。杨绍先自别爱子，飞马离去。尤世禄叫杨六郎回营将养棒创，将军中白马一匹，披挂一套，钢枪一杆赠予杨六郎。

此刻已是天启七年五月初九。皇太极率兵抵广宁旧边，命德格类、济尔哈朗等率护军精骑为前队，绵甲军等携云梯、盾牌为后队，亲率八旗三队，鱼贯而行。初十，皇太极至广宁，乘夜进军，轻取右屯卫，直奔大凌河。十一日，金军分三路会师合围锦州，距城一里，四面扎营。镇守太监纪用、总兵赵率教驻锦州，辽东巡抚袁崇焕调蓟镇、宣府、大同等地兵马出关迎敌，在锦州城外激战金军，不敌。

锦州被围，京师震惊。金军铁骑长野战，只待宁远城派兵驰援锦州，依野战歼灭之。袁崇焕不中敌计，坚守宁远，待围攻锦州之敌疲惫之日，以逸待劳，遣尤世禄、祖大寿率精骑奔袭金军。

军中光阴神速，两日已到。宁远府内风高日暖，几千骑兵到得校场中。演武场上正面摆着一把浑银交椅，上面端坐的正是辽东巡抚袁崇焕。左右交椅上分别坐着尤世禄、祖大寿二人。

点将台上竖起一面黄旗来，三通鼓毕，众骑兵一齐整肃，各马军齐齐地都立在面前，把马勒住。袁崇焕传下令来，挑选四千精骑，由尤世禄、祖大寿统领出城奔袭金军。此番出征非同小可，须得真材实料。各阵里精兵强将听得呼唤，都蠢蠢欲动。尤世禄传令开始，叫兵士演武须谨慎应对，对阵切磋点到即止。

一声令下，各骑兵挨个儿绰枪上马，在校场中各逞本事，左盘右旋，各自将手中兵器使了几路。

三位大人久历沙场，谁有真本事，谁是半吊子，谁是真材实料，谁是滥竽充数，优劣立判。

待杨忠上场，只见他身披鱼鳞直身甲，头顶钵盔，绰枪上马，手持点钢枪，腰间别着走兽壶，背后铁胎弓，一身白袍白马，器宇不凡。杨忠使出平生所学，将杨家枪法使得出神入化。台上三位大人和校场内众骑兵骑将都看得喝彩不断，《纪效新书》曾称赞杨家枪曰：

夫长枪之法,始于杨氏,谓之曰梨花,天下咸尚之。其妙在于熟之而已,熟则心能忘手,手能忘枪。圆神用不滞,又莫贵于静也。静则心不妄动,而处之裕如。变幻莫测,神化无穷。

袁崇焕见状问尤世禄道:"此人就是赤手空拳打死马游击的杨家将后人吗?这枪法确实出神入化。"

尤世禄听了大喜,也想试试这个杨六郎可有上阵杀敌之真本事,便对袁巡抚道:"末将想会会杨家枪法。"

袁崇焕听后,默许了。

尤世禄即刻披挂上阵,骑上高头大马,手持关公大刀来到校场。

只见校场上,杨忠刚演武完毕,阶下转上一人来,叫道:"杨小将军!本官来会会你的杨家枪法!"

杨忠看那人时,身材七尺以上长短,面圆耳大,唇阔口方,威风凛凛,相貌堂堂,正是尤世禄。杨忠插枪下马,半跪禀道:"小将不才,还请尤大人手下留情。"

尤世禄喝道:"杨六郎,听闻你是大明杨家将后人,也看了你的杨家枪法出神入化,这上阵交锋须得好武艺,你杀了朝廷将官,想着将功折罪也须好本事才行。与本官比试武艺,便见优劣。你须拿出十二分本事,听明白与否?"

杨忠禀道:"尤大人将令,安敢有违。还请尤大人赐教。"

此番将遇良才,一场好戏。袁崇焕和祖大寿起身走到阶前来,从人移转银交椅直到月台栏边放下。两位大人坐定,从人又撑开那把三檐凉伞来盖在二位大人背后。

将台上传下将令,红旗招动,金鼓齐鸣,三通擂鼓罢。那左边阵内,只听鸾铃响处闪出宁远守将尤世禄,直到阵前,兜住马,拿关公大刀在手,不愧是大明边关虎将!右边阵内闪出大明杨家将后人,白袍白甲杨六郎,勒住马,横着点钢枪在手,亦不愧忠烈杨家将!四周骑兵骑将皆暗暗喝彩,一场龙虎斗不知结果,先见了威风。袁大人传下令来,叫二将休论官职大小,只管各逞手段。

两人得令,纵马出阵,都到校场中心。两马相交,刀枪并举。尤世禄先发制人,抡起手中关公大刀,拍马来战杨六郎。杨六郎亦不示弱,拈起手中点钢枪来

迎尤世禄。二将相交,尽逞平生本事。只见:

　　刀来枪往,枪去刀回。四条臂纵横,八只马蹄缭乱。关公大刀力有千钧,点钢神枪游龙画凤。关公大刀下斩将无数,杨家神枪亦声名远播。

　　两人斗到一百余回合,不分胜败,袁崇焕和祖大寿都看得呆了。两边众骑兵骑将看了,喝彩不迭,皆面面相觑道:"我等征战多年,何曾见这等一对好汉厮杀!"袁崇焕爱将心切,只恐刀枪无眼,慌忙招呼传令官叫两人歇了。
　　尤世禄正斗得酣畅淋漓,只待杨六郎将七十二路杨家枪法耍尽便要逞威。杨六郎年轻气盛,只想逞强能赢了这个总兵官。两将正要斗到分际,传令官飞马来叫道:"袁大人有令,尤总兵、杨小将军且歇了!"
　　尤世禄和杨忠方才收了手中军器,勒坐下马,各跑回本阵来。
　　尤世禄脱下披挂,直到月台栏下,直呼痛快,禀复袁崇焕道:"袁大人,杨家枪法名不虚传,末将眼光可好？"
　　袁崇焕大喜,连连称赞尤世禄善会识人选将。又传下将令,叫杨忠划归尤世禄帐下,此番随尤世禄、祖大寿出击,若能建功,视功劳大小封正副百总、千总。
　　杨忠下马到厅前躬身听令,拜谢了三位大人。随即军政司下了文告,着前屯卫参将杨绍先之子、前屯卫军户杨忠调宁远城为兵,归尤世禄总兵调用。众骑兵骑将个个枕戈待旦,只待袁大人令下。
　　五月下,金军已兵围锦州多日。时值初夏,金军暴露荒野,粮料奇缺,人马疲惫,士气低落。皇太极遣一部继续死围锦州,另亲率一部往攻宁远。此情报早有军卒报知袁崇焕,袁崇焕正在中军帐和满桂、孙祖寿、尤世禄、祖大寿等诸多将佐商议破皇太极一事。听军卒来报,他冷笑道:"这伙贼兵,我早料到他耐不住,还自就怕他不来。今日你倒来攻我宁远,此是天叫我再让你等尝尝红衣大炮的滋味。左右快传下号令,总兵孙祖寿领副将许定国率军在西面,总兵满桂领副将祖大寿、尤世禄等率军在东面,分守信地,整备火器,准备迎战。"
　　宁远城外,早已挖掘深壕做屏障,军士都撤到壕内安营。城内凭坚城以用红衣大炮,城外布兵列阵,同金兵争锋。

二十八日晨,皇太极率三大贝勒和济尔哈朗、阿济格、萨哈廉等八旗官兵到达宁远。远远望去旌旗蔽日,刀剑如麻,前面都是带甲马军,后面尽是擎天兵将,个个大刀阔斧,杀奔宁远城而来。袁崇焕遣尤世禄、祖大寿速领精骑迎战。一声号令下去,那四千精骑个个绰枪上马,就校场里点视罢,出城迎敌。

尤世禄帐下四千精骑,号为飞天神兵,一个个都是川陕、太行、两湖、两淮选来的精壮好汉。他亲自引领,披鱼鳞直身甲,背关公大刀,上马出到城外,把部下精骑分成四队,第一队千总钟兴,第二队千总刘忠,第三队千总李涓,第四队千总张宏。四队排成阵势,各把强弓硬弩射住敌阵。

两军渐近,旗鼓相望,各摆开阵势。尤世禄阵门开处,分出七骑来,雁翅般摆在两边。左手下二将是钟兴、刘忠;右手下二将是李涓、张宏;中间两个主将是尤世禄、祖大寿,后面一骑小将,白袍白马,乃杨六郎也。

七骑出到阵前,看对阵金鼓全鸣,门旗开处也有三四十个军官簇拥着銮驾,銮驾下端坐着金兵主帅皇太极。

皇太极御驾亲征,御前左边乃大贝勒代善、二贝勒阿敏、三贝勒莽古尔泰,御前右边乃八旗勇士济尔哈朗、阿济格、萨哈廉、瓦克达等人。萨哈廉一马当先,操着不知哪里听到的汉话厉声喝骂道:"你那尼堪!既有心要来厮杀,定要见个输赢!要走的,被爷爷捉住,定要扔进大锅,烹煮了你!"

尤世禄见状谓祖大寿道:"袁大人叫我等出城厮杀,以迅雷不及掩耳之势冲乱金贼阵脚。倒不如斩杀一将,鼓了士气再一鼓作气冲杀如何?"

祖大寿点头道:"正合我意。"

尤世禄问一声谁人出马立斩此贼?早有杨忠挺枪跃马直至阵前。

萨哈廉见了,使两口大环刀,骑一匹黑风马,飞到阵前来战杨忠。两个在阵前斗了数回合,萨哈廉臂粗如柱,虬须如针,端的似煞神一般,两口大环刀沉重万分。杨忠从容不迫,一杆点钢枪使得有如神助。两个在阵前又斗了二十余回合,萨哈廉渐渐力怯,刀法已乱。又斗了数回合,杨忠使出十六式梨花八母枪,一招"夜叉探海"拨开双刀,枪尖直抵萨哈廉咽喉。萨哈廉大叫一声"不好",趁势翻身,右臂着了一枪,力道之大直透铠甲,霎时血流如注。

瓦克达见萨哈廉输了一阵,性命就在顷刻之间,出马欲战。背后瓦克达之弟瓦克列求功心切，急急策马挥动五股钢叉来救萨哈廉。

这瓦克列身长九尺，相传不食五谷杂粮，专捉生猛野兽为餐，勇武过人，力大无穷。曾单骑打死猛虎，手扛猛虎入帐，献与努尔哈赤为礼。

且说瓦克列挥动五股钢叉直取杨忠，杨忠便撇下萨哈廉来斗瓦克列。两将战了二三十回合，不分胜负。杨忠拨马往本营便走，瓦克列纵马舞叉来赶。杨忠略带住了马，拈弓取箭，扭转身躯，只一箭正中瓦克列咽喉。瓦克列翻身落马，金军众将皆大惊失色。尤世禄军中见金军中猛兽般一员大将顷刻间便被杨忠一箭射死，齐声叫好，士气大涨。

皇太极在銮驾中见明军阵上一员少年猛将打伤萨哈廉，射杀瓦克列，大怒，急从腰间拔出努尔哈赤所传龙虎宝剑，令大金勇士掩杀过去。瓦克达阵前叫着生擒白袍小将者，重重有赏。霎时，宁远城外天昏地黑，日色无光，喊声起处，豺狼虎豹般的金兵杀将过来。

尤世禄见己方阵中士气正旺，也挈出关公大刀，指着敌军喝道："众将士只管杀敌，封官领赏！"

尤世禄、祖大寿率钟兴、刘忠、李涓、张宏四将，各领精骑一齐接战。但见人亡马倒，旗鼓交横。四千精骑个个如虎入狼群般，绕过前阵，杀奔后阵，直杀得金兵人仰马翻。此役，两军短兵相接，互有杀伤。城上袁崇焕、满总兵命军士调红衣大炮和着硬弩箭矢一起齐发，皇太极銮驾被炸成齑粉，济尔哈朗血流不止，金军死伤累累。宁远四千精骑也只得数百人生还，尤世禄、祖大寿、杨忠及四个千总也是个个身披十余处伤。

当日战至未牌时分，看看天色渐晚，双方各自鸣金，只待明日再厮杀。宁远城内灯火通明，营中大吹大擂饮酒。此番尤世禄、祖大寿率精骑杀敌不计其数，生擒贼兵百余人，夺得战马三百余匹，重伤敌将一人，射杀一人。得以战局扭转，可谓大功一件。杨忠武艺高强，枪法骑射皆精，伤敌大将，当记首功。袁崇焕叫军政司在功劳簿上一一记载了，只待贼兵退却后再请功不迟。

次日，皇太极寻思宁远城守军士气正旺，不如率军再退锦州。岂料锦州守军得宁远城烽火相报，知金军宁远受挫，锦州军士士气亦大涨。攻锦州之金军分兵两路，抬拽车梯、轮番攻城。守将赵率教、朱梅及镇守太监纪用躬披甲胄，亲冒矢石，力督各营将领，着红衣大炮并力射打。锦州城内外炮火矢石，交织如雨。至亥时，皇太极令退兵五里下营。眼见取胜无望，遂下令撤军，自返盛京。

袁崇焕大喜，即差人前去京师报捷，一面犒赏三军。阉党"五虎"之首，兵部尚书崔呈秀正在府内坐衙。门上报辽东巡抚袁崇焕于宁锦之战得胜报捷，他立即报了"九千岁"魏忠贤。按理说这大明胜了，大明臣子高兴才是，岂料这魏忠贤却忧心忡忡，忧的是心腹镇守太监纪用未抢得头功。次日早朝，魏忠贤奏闻天启皇帝。天启皇帝甚喜，勒赏黄封御酒十坛，锦袍十领，银钱万两，前去行营赏军。魏忠贤着崔呈秀去办，崔呈秀领了圣旨回到尚书府，随即差御使太监前去宁远，并叮嘱了几句。

御使太监到了宁远，袁崇焕知有天使到，与纪用、赵率教、尤世禄、祖大寿等人出城二十里迎接。接到城中，谢恩受赏已毕，置酒管待天使。天使问尤世禄道："听闻尤大人、祖大人率精骑四千出城死战，杀敌无数，有一个白马白袍小将武艺高强，一人就重伤敌将一人，射杀一人，士气大涨，可有此事？"

尤世禄回道："确有此事，此小将乃末将麾下杨忠是也。"

天使又问道："可否是我大明前屯卫杨家将否？"

尤世禄回道："正是。"

天使又问袁崇焕道："杨家小将如此功劳，袁巡抚该如何打赏是好？"

袁崇焕回道："为兵卒者，斩杀敌千夫长及以上者，按律升三级，可封正百户，赏锦袍一领。"

岂料此时传来一阴阳怪气之声，道："且慢，袁大人，咱家有些事要问问尤大人新收小将杨忠，请传这个人来吧！"

众人视之，正是锦州镇守太监纪用也。有诗为证：

满门忠烈威盖天，勇士杀敌断弓弦。
自古忠勇亦薄命，不死明枪死暗箭。

宁锦之战一月有余，纪公公一直在锦州城驻守，尤总兵新收杨六郎之事也仅宁远城几位总兵、副将知晓，纪公公从何得知？袁崇焕虽知原委，也只得依了纪公公，叫随身军卒去找杨六郎来见。

且说这杨忠经校场战平尤世禄，宁远城外射杀金国大将，霎时便声名远播。早有捷报传至前屯卫,这杨绍先和六郎浑家杨氏闻报皆大喜。眼见杨氏几近临盆,杨忠已向尤大人告假,但尤世禄说近日袁大人要依律对有功将士封赏,待封赏后再回前屯卫不迟。于是,杨忠便留了下来。

这日钟兴、刘忠等几个千总正在练兵场内要杨忠给手下骑卒教些骑射之技。忽闻军卒来说纪公公要见杨忠,要他速去中军帐等候。钟兴、刘忠等人认为八成是袁大人和纪公公要封赏杨忠,忙叫他去。

这边诸位大人款待天使筵席已毕,袁崇焕遣军马送天使回京,之后叫诸位大人入中军帐议事。

杨忠在帐中等候,见各位大人到,一一施礼。待施礼罢,杨忠躬身禀尤世禄道:"不知尤大人唤小将前来,有何差遣?"

尤世禄指着纪用道:"这是辽东镇守监军纪公公,还不速去拜见。"

纪用看着杨忠,端的威风凛凛,相貌堂堂,便问道:"你便是一箭射杀金国大将的杨家小将么?"

杨忠回道:"正是末将。全凭袁大人栽培,尤大人领兵有方,托纪公公洪福。"

纪用又问道:"将军青春几何?"

杨忠答道:"末将今岁二十。"

纪用又问道:"小将军祖上何人?何时入宁远城为兵?"

杨忠回禀道:"末将祖上乃大明前屯卫杨家将,父亲前屯卫参将杨绍先,两月前入宁远城为兵。"

纪用闻言笑道:"小将军既是大明杨家将后人,就是前屯卫军户。你不在前屯卫效命,为何到宁远城为兵?又如何能年纪轻轻射杀金国大将?咱家想必有缘由,还请细阐之,咱家好和袁大人商议如何论功封赏。"

纪用此言一出,尤世禄已听出纪用在套杨忠的话,只得暗暗叫苦。

杨忠毕竟年幼淳朴,自幼在军中习文学武,未有半点心机,焉知官场酷过战场十倍。见纪公公如此和颜悦色,心中没了半点提防,便将那夜狱中尤世禄的提醒抛到九霄云外。将那日得马游击书信,赶去海城阻拦,不慎失手打死马游击,尤大人收在麾下戴罪立功等事一股脑说于纪用。这下倒好,纪用还未曾施计,便将杨忠心窝里话套了个悉数不剩。

果然,纪用听罢大怒,拍案起身道:"杨六郎,你好大胆,你擅杀朝廷将官,该是死罪,你可知罪乎?"纪用又指尤世禄道,"尤总兵,隐匿将官被杀一事,该当何罪?咱家看过案底,杨六郎之责改轻了,可是尤大人主意?"

杨忠见势不对头,忙跪地请罪,尤世禄也不知如何是好。

这镇守太监纪用何许人也?为何要偏偏过问马游击被杀一事?纪用乃河北文安人,系魏忠贤党羽。天启七年三月,袁崇焕升为辽东巡抚,为防袁崇焕拥兵自重,天启帝要魏忠贤遣阉人去辽东监军,魏忠贤便安排纪用前往。

这纪公公也非庸才,钦佩袁崇焕之忠勇,曾与总兵赵率教驻防锦州城,以诈降计拖敌待援。皇太极遣金国大军猛攻锦州时,他亲冒矢石,奋不顾身,也是一个尽忠职守的官吏。可纪用终是阉党一脉,受魏忠贤所遣挑起事端,查找袁崇焕疏漏,借机收揽兵权。纪用自来辽东,见袁崇焕、赵率教等一般将佐早晚备防备战,金军打来时个个英雄无畏,确难找疏漏。

纪用恐魏忠贤责难,一日,他看见高第令撤回山海关外武备,集中兵马固守山海关之手谕,一时计上心来。纪用在京师也闻听过前屯卫杨家将,也知晓山海关两百里外广宁至海城有段老城墙,天启二年被后金侵占,复又夺回。寻思着不如找个心腹亲随将高第的手谕断章取义了,把这段城墙拆毁。这样一来,他不只是拆城墙,更是拆袁崇焕的台。

纪用主意已定,借巡视之名找来宁远城游击将军马游击。这马游击实乃纪用表亲也,纪用对他面授机宜,许以高官厚禄。马游击兴高采烈,愿意效命。不期杨绍先父子不听号令,出手拦阻,以致事未成,马游击却枉送了性命。纪用闻听此事,想到自己早年入宫净身,断了自家一脉,本就愧对祖宗,现在为办差事白白丢了表亲性命,恨得牙根发痒,却又不能明说,只待找机会报仇。

杨忠将杀马游击一事和盘说出,本是立功有赏,却霎时变成问罪。袁崇焕终究是文人出身,才思敏捷,急切间便有了主意,道:"纪公公且先息雷霆之怒,先听本官一言。杨家小将虽有罪责在先,但有三功,唯有一过。杨家小将护大明武备心切,甘冒责罚亦要拼死护先祖所筑城墙。城墙在则山海关屏障在,此乃忠心,其功一也;马游击带兵数百欲杀其父,杨家小将护父,人伦常情,此乃孝心,其功二也;杨家小将感激尤大人周全之恩,出城死战,斩杀金国大将一员,此乃义心,其功三也。误杀马游击,仅此一过。三功而抵一过,愿纪公公详查。"

纪用闻言断然道："咱家亦知杨六郎有功,可大明律载,领兵者须爱兵如子,有擅杀无罪兵将者,杀无赦。这功归功,过归过,袁巡抚切不可混为一谈!"

"大明律确有擅杀无罪兵将者,杀无赦。可马游击所持高第大人手谕并无提及拆海城城墙,我等总兵之上将官者均未下此令,马游击仅一游击将军,安敢有此等胆量拆除武备?不知所奉何人之命?"袁崇焕这一席话,重话轻说,旁敲侧击,一下子众官皆心知肚明这背后幕手乃纪用也,只是心照不宣罢了。

纪用一时语塞,只得顺袁崇焕的话道："这样说来,咱家也觉马游击忒大胆。可终究杨忠擅杀朝廷将官,依袁大人之意,将如何处置是好?"

袁崇焕见纪用不依不饶,心想这马游击与纪用关系肯定非比寻常,只恐纪用鱼死网破,将马游击之死上报朝廷,于是心中又生一计道："纪公公,依本官之言,可否叫杨忠再戴罪立功,如若胜,则一并封赏;如若不胜,则依纪公公之言,定斩不饶。可否?"

纪用心想袁崇焕让杨忠再戴罪立功,咱家不如给他多加些羁绊,让他死而无怨,便道："就依袁大人所言,不知是何功劳?"

袁崇焕听了便说道："这宁远城北上百里,有海棠山、青龙山、塔子山。这些山头多有贼寇出没,多是些收成不好、无法过活的庄户人,也有些西兵东调之逃卒,还有些恶了官府的囚徒。本官恐金军收编这伙贼寇,也几次想派兵剿灭,只是近些时日金国兵马侵扰甚紧,无法抽身。此刻金军暂退,不如就此机会剿灭这伙强人。杨家小将武艺高强,可领兵扫清海棠山、青龙山、塔子山诸伙强人。待这伙强人一发剿捕了时,一并论功行赏不迟,如何?"

纪用赞同道："袁大人所言极是。"

杨忠年轻气盛,也不顾贼寇多寡,俯身便拜道："谢袁大人。若蒙如此,誓当效死报德!"

"六郎初生牛犊不怕虎,不亏为杨家将后人。"袁崇焕当即欲传将令,命杨六郎引兵五百,剿灭海棠山等贼寇。

岂料那纪用又道："咱家身为辽东镇守监军,所虑金军随时再来侵扰,宁远兵力吃紧。闻听杨家小将枪挑萨哈廉、箭射瓦克列,如此武艺,众将皆赞有万夫不当之勇,咱家也佩服得紧。既是力敌万人,咱家也欲看是否果如众将所言。既如此,杨六郎此番出征不得带一兵一卒,取来贼首则有功必赏,否则严惩不贷。

杨六郎,你可听清?"

众官闻纪用之言,皆怒。岂有将士出征不许带兵卒者?可纪用乃镇守监军,袁大人都不能奈何,众官也只能敢怒而不敢言。杨忠不敢抗命,只得领命退下。

当夜,尤世禄唤杨忠近前,嘱他少安毋躁,再与袁大人商议对策。一住三日,纪用差人催促甚急。杨氏临盆之日日近,杨忠急欲披挂出征,也好早日告假,便来禀复尤世禄,要单骑进山剿寇。

尤世禄问道:"杨六郎,这伙贼寇俱是些对抗官府的亡命徒,各个山头都有三五百喽啰兵。你一人去剿寇,将施何妙策?"

杨忠禀道:"久闻草寇占住山头,力战绝不可取。令众贼寇不睦,相互间自取其祸方才是取胜之道也。小将计议不如先取一山之贼首,说以利害,令贼来降,再以此法剿余众贼寇。"

尤世禄听了大喜,与杨忠道:"此乃以逸待劳之计,正合吾心。杨家小将确乃文武全才。"

待杨忠退下,尤世禄随即唤骑兵千总钟兴前来,暗嘱他点马军三百,名为出城操练,实为暗中相助杨忠。之后,尤世禄又赠了杨忠一匹青鬃马,虽不是日行千里神驹,端的也是宝马,再嘱咐道:"此番单骑出征,着实凶险得紧,纪公公心胸狭隘,袁大人奈何不得,六郎切记不可力敌。这海棠山、青龙山、塔子山也不甚险峻,只是山陡林密罢了。官军一来,贼人便作鸟兽散,官军一走,即可再行盘踞,因此不易剿灭。这海棠山贼首乃邓芝、邓龙二兄弟,原是庄户人家。因田产歉收,官府催缴公粮催缴得紧,这两兄弟性烈如火,被官府逼急了,一言不合,一锄头砸死催科官吏,遭官府缉拿,便纠集三五百人逃至海棠山落草。这青龙山贼首乃夫妻二人,男的名唤张通,浑家李氏。原在李屯乡开了一户酒庄,专肆做些过往客商的生意。两年前金军侵扰,杀了不少乡亲,张通和李氏还有些气节,假意送了些酒犒军,实为药酒。口中说慰劳军爷,结果弄死了几个金军头目,遭金人追杀。张通纠结些庄户人,躲在青龙山为寇。这两山贼人本是良民,都是没了活路才落草,手下喽啰兵也绝非穷凶极恶之贼徒。六郎如是胜了贼首,对邓氏兄弟和张通夫妇晓以利害,平寇不难。倒是这塔子山颇要费些气力。"

杨忠见状问道:"为何如此?"

尤世禄解释道："这塔子山贼首绰号抓山虎，真名不知，乃固原镇西兵东调兵卒。因朝廷拖欠军饷数年之久，行军路上兵卒缺衣少食，官长催促责罚过紧，抓山虎屡次对抗官长，官长扬言到了辽东便军法严办。这抓山虎一怒之下杀了官长，带领三百多兵卒逃至塔子山落草，一心对抗军镇缉拿。平日里却只干些欺压良善、打家劫舍、劫掠州府的勾当。这些时日多有些逃卒归顺塔子山，确为我宁远城一患。"

杨忠又问道："为何不知这抓山虎真名？"

尤世禄回道："太祖所定大明律，谋逆大罪乃不赦之罪。一人谋逆，本室宗亲，异姓亲族，凡年满十六岁者皆斩。因此这些落草之人不敢用真名，恐官府缉拿家中老小。"

"谢尤大人提醒，末将自当小心。"待出门，杨忠再躬身谢了尤世禄，披挂上马，单枪匹马出城北上，前去剿贼。这钟兴受尤世禄差遣，点马军三百稍候出发。

杨六郎径直向海棠山进发。这海棠山也不甚高，只是漫山遍野，古树参天，不知路径。南宋陆游有诗《山居叠韵》曾赞此景：

禽吟阴森林，鹿伏朴樕木。
呜呼吾徒愚，仆仆逐肉粟。
联翩怜鸢肩，覆𫗦速戮辱。
艰难还山间，独欲足畜牧。
跻梯栖西溪，筑屋宿北谷。
光芒常当藏，椟玉触俗目。

杨忠单骑进山，也无心欣赏景致。行不多时，就有伏路小喽啰知晓，飞步报有官军至！邓龙便问道："来了多少兵马？"

喽啰兵回道："只见一骑。"

邓龙笑道："定是个探路的探子，待我擒来，夺了马匹盔甲，自身好受用。哥哥守寨，兄弟去会会这厮。"

邓芝道："单骑前来，必有本事，兄弟千万小心。"

邓龙只待夺马匹盔甲，哪里肯听，便点起一百喽啰，绰枪上马，下山来敌杨忠。

这杨忠正愁遇不着贼人，又不知路径，心里焦急。突然瞅见山野后转出一彪人马，各拿了刀叉棍棒，摆开阵势，为首一人手拿钢刀，一看便知此刀乃官军所用。为首那人正是邓龙，他将小喽啰一字摆开，厉声高叫道："哪来的贼兵，早来受缚，饶你不死！"

杨忠听了，便问道："你可是邓家大王？"

邓龙回道："既知我名，可是来投奔的？"

"憨贼，看枪吧！"杨忠大笑一声，便纵马向前来战。

邓龙也跃身来迎，两下斗不到六七回合，邓龙见来将武艺不凡，早乱了阵脚，急唤喽啰一发上，自己转身欲逃。杨忠马快，飞马赶上，轻舒猿臂，将邓龙如提童稚般地提来。众喽啰见状，一哄而散。

众喽啰逃回寨子，见了邓芝便说道："来将武艺高强，遮拦不住，邓龙大王只六七回合便被那将捉了，只得且退上山。"

邓芝闻言大惊，道："这般武艺的官军如何抵挡得住，如何救得了邓龙兄弟。倘若赶到寨前来，如之奈何？"

一喽啰兵道："听闻青龙山张通夫妇也有三五百兵马。这夫妇二人胆敢药杀金兵，端的是胆略过人，武艺定然不差，不如差人去那里求救。若解得危难，纳他些进奉也好。"

"我也多知张通夫妇乃豪杰也，都是些直性的人。使人到彼，必然亲引军来救我等。"邓芝听了点了点头，当即差两个精干的小喽啰从小路下去，取路投青龙山而来。行了几个时辰，早到山下，守山小喽啰便问了备细来情。

且说这青龙山寨子里，张通叫那海棠山喽啰兵近前来，看他说些什么。喽啰兵说道："今晨来了个宁远城官军，好生了得，我等一百人近不得身，只六七回合便拿捉了我家二大王。俺家大王断言，这官军定是个探子，山下必有大军，先教扫荡俺这里海棠山，再扫灭这里的青龙山、塔子山等。俺家大王祈请张头领、李头领下山相救，明朝无事了时，情愿来纳进奉。"

张通听了，谓李氏道："这官军一人前来，且六七回合就擒了邓二大王，武艺好生了得，青龙山亦无人能挡。俺们各守山寨，保护山头，本不去救应的是。

只是俺一者怕坏了江湖规矩,惹豪杰耻笑;二者恐那厮得了海棠山,下一步便到俺这里,到时候便是玉石俱焚。古人云,唇亡齿寒。夫人可留下看守寨栅,俺随即点起三百小喽啰,各披挂了衣甲军器,径往海棠山去会会这官军。"

李氏附和道:"夫君所言极是,夫君万千小心。"

再说杨忠拿捉了邓龙,找了些粗藤蔓将他手脚结结实实缚了。又找了个干净地,升起一堆火,取箭射了几只野鸡烤了充饥,也撕扯了些鸡肉喂邓龙吃,只待邓芝领人来救。

这张通自引了三百小喽啰下山策应,和邓芝一道合兵来救邓龙。杨忠刚吃饱,正好有力气,见来了贼人,便绰枪上马来对阵。原来张通祖籍山东菏泽人氏,乃义气深重之好汉,家中祖上曾靠使枪棒为业,身材壮健,擅使一根混铁棍,也颇会些武艺。

当时邓芝骑着一匹大黑马,喝道:"何处来的官军,敢来海棠山送死,速速还我家兄弟,饶你不死。"说罢,便拔刀与六郎交战。

杨忠也不搭话,截住邓芝就开始厮杀。这邓芝如何敌得过杨六郎,两个斗不到十回合,邓芝见不是势头,拨开点钢枪便走。杨忠见他本事低微,也不追赶。

张通见了,骑马挥舞混铁棍赶来厮杀,在马上大喝道:"哪来的官军,敢来俺这里吓唬人!"

杨忠也怒道:"小爷先宰了你这个粗陋汉子,再作计议!"

只见张通抡动浑铁棍,杨忠舞起点钢枪。二马相交,周围小喽啰齐声呐喊,斗至三四十回合不分胜负。

"这个汉子倒有些本事,不使出杨家枪,还需缠斗些时,须误了我事!"杨忠抖擞精神,使出杨家枪法,点钢枪吐出一团枪花,大叫一声,"叫你见识见识我的手段。"

只听枪棍相碰,一团火光,张通大叫道:"哎呀,不好。"手中混铁棍脱手,虎口血流不止,当下胜负立判。

张通败下阵来,跳出圈外,马上打拱道:"这位将军,武艺恁地了得,使的枪法绝不是江湖中手段!你方才使的可是杨家枪法中十六式梨花八母枪?此枪法非正宗嫡传之杨家将后人不传,你端的何许人也?报上名来,不然我等几百人蜂拥而上,你如何能抵挡?"

杨六郎也觉张通武艺不俗,心想指望到此势如破竹,便拿了这伙草寇,怎知这里也有这般好手!他心中也不愿伤了张通,就地勒转马头道:"小将乃大明前屯卫杨绍先之子,大宋杨家将杨老令公一脉。"

张通立即拱手道:"在下在山东时便听闻大明前屯卫杨家将,守卫大明边关两百余年,先后几任总兵皆是大明杨家将后人,确为满门忠烈。在下佩服。"

杨六郎又问道:"你乃何人?既有这般武艺,为何不报效朝廷,却甘心失身草寇?"

张通回道:"在下在山东习学祖传枪棒技艺时,何尝不想从军报效朝廷。可眼见皆是朝廷将官战场上胆怯如鸡,对百姓却是苛捐杂税,个个如虎狼一般。听闻天启皇帝宠信太监,不理朝政,朝中忠义之士皆遭排挤,一怒之下逃出关外谋生。不想又遭金军欺凌,占了店子,被我和浑家下药杀了几个,便逃到这青龙山落草。"

杨忠也在马上拱手道:"张兄原来也是忠义之士,小将佩服。"

一旁的邓芝寻思,硬敌恐两败俱伤,这杨家小将也不是个蛮横之人,不如结交一下再计议,便道:"我这海棠山众兄弟都是些没有活路的庄户人,我兄弟两个亦是杀贪官的好汉,小将军可否先放了我兄弟邓龙,同回山寨一叙如何?"

杨忠此刻心想,临行时尤大人嘱咐不可硬敌,这邓芝邀请进寨,一者正好说以利害,二者如若不进寨子,还道我惧怕。于是他顺手一刀砍断邓龙手脚上藤蔓,道:"恭敬不如从命,就和邓家兄弟、张通兄弟进寨一叙。烦请前面领路。"

邓芝、张通见状大喜。

杨忠、张通、邓芝收起刀枪,三人并马前行,邓龙和小喽啰紧随。青龙山小喽啰自回青龙山,不提。行不多时,早来到一处关口,四周皆是参天古树,鸟鸣声不绝入耳,端的是世外桃源般的好去处。又行了一会,已到了山寨口。邓芝伸手请道:"杨家小将,且请到小寨,再有计议。"一行从人都跟进寨来。

到得大寨正厅上,邓芝再三谦让,叫杨忠坐了上席,邓家兄弟、张通,还有些小头目挨着坐下。不多时,一桌筵席已摆上,都是些野猪肉、野兔肉、獾子肉、烤鹿肉、香菇、木耳、大叶芹、婆婆丁、芥菜等山珍野味。

众人一个个都叙礼罢,邓芝、张通将如何起事,如何聚义,日见如何劫掠客商过活之事——告知杨忠。杨忠也把胸中之事,从头至尾告诉众好汉。众好汉听罢,骇然了半晌,终究是兵和贼,心内踌躇,作声不得。

有分教:

兵在朝堂贼在野,兵贼其实无分别。
兵欺良善便是贼,老天自把恶人灭。

直教英雄平寇再立功,奸党持政反受屈。欲知杨忠如何平三山贼寇,且听下回分解。

第六回

烧贼巢钟千总用计　劫法场杨女将救亲

书接上回。杨忠单枪匹马大战贼首,张通认出杨家枪法,众人英雄相惜,邀他进寨,一叙衷情。席间,众人各自说了来由。杨忠谓众人道:"二位兄长本是庄户人,官府催科甚严,有胆气诛杀酷吏,实乃真好汉也。张通大哥有胆药杀金卒,更是有气节之英雄。只可惜占山为王,劫掠也是寻常百姓客商。张大哥豪气,也劫掠过金军粮草,但这终非长久之计。谅这区区海棠山、青龙山,既无天堑遮掩,也无险峻地势可守,官府如若率大军来剿,何以拒之?张兄好武艺,失身贼寇,岂不可惜。宁远城袁大人、尤大人、祖大人皆是忠勇之士,如今女真侵扰,大有吞并中原之意。依小将之言,不如投靠袁大人麾下,从军杀贼,救百姓于水火,不知众位意下如何?"

邓氏兄弟和张通听了面面相觑,也觉杨忠言之有理。

张通说道:"俺旧时在山东习学枪棒,亦听闻大明杨家将和大宋杨老令公一般,皆是国家边疆之屏障。今日幸得识杨家小将尊颜,恨失身贼党,不得相随。若将军不弃,收为步卒,早晚执鞭坠镫,死亦甘心!"

邓芝也道:"俺兄弟本是良民,只是官府不顾老天爷滴水不降,也不顾田亩收成若何,只叫俺们缴粮,就连种子也不让留。我等来海棠山啸聚,只为活命,本无反意。如今杨兄弟劝俺们去袁大人处从军,俺们岂有不从之理。只是俺弟兄诛杀了催科官吏,官府容不得咱,这该如何是好?"

"小将也曾诛杀游击将军,尤大人也是舍命周全。而今大明辽东正拼死抵御金军,国家正是用人之际,邓家兄长有如此胆气,袁大人、尤大人等必然不弃。何况这海棠山周边已被金军掠夺几次,官府中人胆怯如同盘中野鸡,怕是早就溜之大吉。"说罢,杨忠举筷夹起一块鸡肉,众人皆大笑。

邓芝拱手道:"既如此,俺们就依小将军之言。手下这般弟兄还有家小,明年年景如能风调雨顺,自然弃了这寨子,返乡种地。"

张通也拱手道:"俺手下弟兄有追随多年者,待俺回青龙山告知浑家李氏,愿从则俱从,不愿从者,听之可也,绝不勉强。"

杨忠双手抱拳,谢过众位好汉义气。邓芝、邓龙、张通欲与杨忠结义兄弟,杨忠大喜。众好汉就寨子里请出关菩萨神像,摆起香案,结为兄弟。张通年岁最长为兄,杨忠最幼为小弟。

众人讲定,邓芝、邓龙兄弟一一问清兄弟们意愿,愿从者尽数收拾人马钱粮下山,放火烧毁寨栅。不愿从者,自回庄户耕作,期待来年风调雨顺。张通也回青龙山知会浑家李氏,收拾人马钱粮,烧了青龙山寨栅。约定十日后两山人马在距宁远城北门十里处聚集,由杨忠领队面见袁大人。

商定完毕,张通又问杨忠道:"贤弟下步意欲何为?"

杨忠回道:"奉袁大人将令,下一步剿灭塔子山贼寇。"

张通闻言大惊道:"塔子山这伙强人皆是逃卒逃将,也颇会些武艺。贤弟剿灭塔子山贼寇,恐非易事。"

杨忠闻言见状便请求道:"临行之时,尤大人曾告诫小弟,这塔子山贼寇俱是一伙亡命徒,都做些刀口上舔血的勾当,还望兄长助我。"

邓芝为难道:"贤弟休怪,江湖规矩不可破。我等众山头早有约定,各守山头,一山有难,余众山头可不来助,但绝不可助外敌。倘若助外敌,就是我等这行当的死对头。俺手下兄弟尚有诸多愿回乡务农者,倘若助了贤弟,日后必遭同道同乡追杀,还望贤弟勿怪。"

杨忠听了道:"原来恁地!小弟也不强人所难。不过平贼之策,还望兄长指点。"

张通于是说道:"这塔子山虽不十分险峻,但那伙强人皆不含糊。为头的是个西兵东调之逃将,武艺高强,也做过千总,众人唤作抓山虎。第二个唤作双翼虎,第三个唤作黑杀虎。这些人恐朝廷追剿,株连九族,不敢用真名,只叫绰号。

手下有五七百喽啰兵，或是西兵东调之逃卒，或是晋、鲁等地勤王途中哗变之逃卒，知晓些排兵布阵之道。这黑杀虎、双翼虎也不打紧，就这抓山虎原做过军营中教头，力大无穷，十八般武艺皆精，善使一把开山斧。这五七百人打家劫舍，抢掳来往客人，也时常劫掠我等山头财物。因抓山虎好生了得，我等均奈何不得！"

听了张通一席话，杨忠虽勇，但终究双拳难敌四手，何况这塔子山有五七百逃兵逃将，这可如何是好！

邓芝见杨忠面露难色，劝慰道："这塔子山距海棠山十余里地，每当日色晴朗，这塔子山可清晰瞅见。今夜杨贤弟就在寨子歇息了，明日一早带贤弟看个究竟，如何？"

杨忠想想也无他法，便回道："如此，便有劳兄长了！"

当夜，杨忠就在海棠山寨子歇息了，张通及所领喽啰兵自回青龙山。

次日晨，日照东方，端的是好天气！杨忠随邓家兄弟面北观望塔子山。远见塔子山，杀气逼人，确是一个凶险去处！邓芝随即问道："贤弟攻打塔子山，带有多少兵马？"

杨忠闻言，心想要是说了自己单枪匹马来剿寇，邓家兄弟必问缘由。自己若说出纪公公强人所难，这帮刚刚收复的弟兄必察觉宁远城内亦有狡诈之徒，恐人心难服。可他天性淳朴，正不知道如何是好。忽然喽啰兵来报，说南门有一彪军马到，远远望去铠甲齐全，兵强马壮，像是精锐官军。

邓芝闻报大惊，问道："这彪军马是何处军马？可是贤弟所带？"

"先去看看再作定夺！"杨忠心中亦惊，随即披挂，持点钢枪上马，引五百喽啰兵径出寨门，邓家兄弟也披挂随行。

众人行不多时，果见尘埃起处，一彪人马早到。风吹旗号，正是宁远城中尤世禄大人骑兵。为首一将，便是骑队千总钟兴。

杨忠望见钟兴到来，喜不自胜，付点钢枪与邓龙接了，拍马来迎。只见钟兴马上拱手道："奉尤大人将令，率三百骑兵来助小将军平寇。"

杨忠闻言大喜，道："有劳千总大人远道来助，末将甲胄在身，马上施礼。"

钟兴亦兴奋道："纪公公派小将军剿贼，凶险万分。尤大人叫这三百骑兵交由小将军使用，我亦同你前往！不用说，就凭钟某这根烂银枪和这手中飞刀，定叫塔子山贼寇一百个来,一百个死。一千个来,一千个无。"

杨忠见钟兴所带骑兵皆精锐,不住道谢。又将收复海棠山、青龙山一事禀了钟兴,引邓家兄弟与钟兴见了。钟兴见杨忠少年英武,短短数日便兵不血刃收复两座山头,不禁赞叹他文武双全,是个将才。杨忠叫邓家兄弟先回山寨遣返那些不愿为军,依旧回乡务农之兄弟。邓芝亦答应十日内必清理钱粮,烧毁山寨,和张通夫妇于宁远城外等候。言罢,钟兴、杨忠率三百骑兵径去塔子山。

却说塔子山寨子内,抓山虎、双翼虎、黑杀虎等贼首聚集众小头目正在议事。昨日已有眼线探得海棠山、青龙山正收拾钱粮细软,有归附官军之意,想必不日便有官军来征讨塔子山。抓山虎吩咐喽啰兵扮作山中猎户,去山下探听官军底细。并在山下关隘处多设巨石、檑木,山道多布设陷坑。

当日就有细作探听到果有官军径来塔子山,抓山虎闻报大惊,谓众人道:"额乃固原人,朝廷千里调兵,路途苦头吃尽。到了辽东苦战,朝廷却欠饷数年有余。额没有活路,只得逃至此。额等早已与朝廷决裂,这官军来剿,不是额打败他,便是他杀了额。不如先行出山接战,以求旗开得胜!"

众人皆道:"愿听号令死战。"

抓山虎传令,叫步军各执刀枪,分作一队;又把一百运粮车,装载芦苇干柴作为后军,以做火攻。众头领披挂上马,领马军作前队迎战官军。抓山虎、双翼虎、黑杀虎到达山口,把马军分东、南、西三队摆开,只在那里擂鼓摇旗,专待官军来战,左右夹击。

再说钟兴、杨六郎引三百骑兵赶来塔子山,远远望见山下关隘处刀枪林立,正有几队人马立此等候。山前擂鼓,前队三队马军个个杀气腾腾,后军一队步兵个个精神抖擞。一看这排兵布阵,便知这绝非一般山野草寇。

只听一声炮响,三队马军中各自走出首领。只见东队马军首领骑一匹黑骠马,持大砍刀,正是塔子山二当家双翼虎;西队马军首领骑一匹黄骠马,持长柄大环刀,正是塔子山三当家黑杀虎;正中首领骑一匹黄鬃马,手持一柄开山大斧,生得虬髯虎须,圆睁环眼,恰似猛张飞再世,正是塔子山大当家抓山虎。有诗赞曰:

豹头环眼急性人,虎须钢髯黑煞神。

赤胆忠心真豪气，丈八蛇矛摄人魂。

庶几早取董贼首，温侯也需惧三分。

云长常赞翼德勇，阿瞒袖中留墨痕。

当阳桥头人独立，百万到此亦逡巡。

一声断喝良将死，丢盔弃甲不成军。

义释严颜人称颂，酣斗马超日西沉。

大战张郃天地暗，智取瓦口能用文。

荆州告破急兄仇，白甲未备已消魂。

先帝亲征雪弟恨，烈火熊熊人未还。

桃园义结金兰日，生死与共誓成真。

名震天下五虎将，有口皆碑三将军。

只可惜，此张飞非彼张飞。诗中真张飞忠勇盖世，万民敬仰。此处假张飞却乃打家劫舍，欺压百姓之贼首。

杨忠见状，与钟兴计议道："若不先斩贼首，贼众难以剿灭。小将先来会会这抓山虎。"

钟兴叮嘱道："这抓山虎武艺不弱，六郎千万小心。"

杨忠横着点钢枪，出阵搦战。塔子山阵中，抓山虎提大斧出到阵前，指着杨忠喝道："何处小将，你爹妈生养你不易，敢到额这里送死？"

杨忠不答反问道："吾乃宁远城尤世禄大人麾下骑将，奉命剿灭三山贼寇。你乃塔子山抓山虎否？"

抓山虎回道："正是你爷爷。爷爷在塔子山自在快活，与宁远城井水不犯河水，尔等再不退去，叫你认识爷爷开山斧。"

杨忠闻言大声道："且慢！小将闻听你乃西兵东调之千总官，亦是曾与金军大战之豪杰，为何失身贼寇，干些打家劫舍的勾当？"

抓山虎回道："朝廷欠饷日久，军中无粮无饷，几乎饿毙，只得来到这塔子山为寇。"

杨忠又道："既是朝廷欠饷，实不干百姓之事。你为何要劫掠良民，杀害百姓？就依这一条，我便与你要见个输赢。听我好言相劝，这塔子山乃一山之隅，如何抵挡官军来剿？若弃械投降，免污刀斧。"

"何处小贼，敢在此说道。你无须多言，看斧吧。"抓山虎说罢，策马抢斧直劈杨忠。

杨忠心头怒起，用点钢枪指着抓山虎道："看我来先捉你这厮。"

只见两马交锋，枪斧并举，一场好杀。枪去如龙爪，斧来如虎掌，点钢枪此去犹如神龙探海，开山斧劈来好比泰山压顶。两个斗了四五十回合以上，那塔子山二当家双翼虎在东队阵营下看见这抓山虎斧法渐乱，将及输阵，也顾不得起初约定左右夹击之计，就持大砍刀前来相助。

原来这抓山虎虽做过军中教头，官至千总，但本事仍敌不得杨忠。这四五十回合之前，兀自抵敌得住，四五十回合之后，这斧法就乱了，只得遮架躲闪。双翼虎只恐抓山虎有失，飞出阵来夹攻杨忠。三骑马在阵前绞做一团，杨忠以一敌二，全无惧色。又斗了十余回合，杨忠端的是未输一分一毫。

抓山虎、双翼虎见两个战一个，依旧讨不得便宜，渐渐焦躁。那塔子山三当家黑杀虎在阵前看见官军小将厉害，亦纵马出来，左手拈起铁胎弓，右手搭上箭，拽满弓，望着杨忠就射将来。

说时迟，那时快，宁远官军阵中千总钟兴瞅见西队阵营有马匹驰来，马上贼将已搭弓射箭欲射杨忠。他眼疾手快，大叫一声"贼将休放暗箭"，手中飞刀祭出，便望黑杀虎射来。

钟兴飞刀先到，正好击落黑杀虎射出暗箭。黑杀虎大惊，不料钟兴第二把飞刀已到，黑杀虎躲避不及，正中左臂，翻身落马。西队阵营见三当家有失，十数骑马军飞奔过来抢回黑杀虎。抓山虎见西队阵营主将被官军飞刀所伤，心中越发焦躁，指望一斧快劈了杨忠好扳回一阵。黑杀虎受伤后，但见钟兴策马提枪又来助杨忠。双翼虎只好撇下杨忠，截住钟兴厮杀。四将捉对儿大战，一时战成一团。

抓山虎和双翼虎本就刚刚抵住杨忠，现在又添了钟兴这条大虫。抓山虎再战杨忠不到十回合，已然力怯，往本阵便走。杨忠奋勇赶来，神枪到处，抓山虎后腿股上着道，掉下马来。双翼虎见抓山虎有失，急虚晃一刀，撇开钟兴，冒死截住杨忠厮杀。塔子山马队阵营见主将落马，数十骑齐出死命来救。钟兴乘机率军掩杀，贼兵大败。

此阵贼兵虽救得抓山虎,但骑卒伤亡不少。贼兵折了一阵,抓山虎收回败军,紧闭寨门不出。钟兴见贼兵后队步军中似有运粮车,又见四周枝叶茂密,恐运粮车内暗藏引火之物,叫众军不得追赶,就地扎营。

抓山虎、黑杀虎回到寨中,先叫喽啰兵包扎伤口,商议退敌之计,双翼虎则去山下关隘处再叫喽啰兵多备些巨石檑木。

黑杀虎建议道:"这宁远官军兵将皆勇,上月刚刚大败金军,士气正旺。这将官飞刀厉害,我等绝不可轻敌。若论小弟愚意,只宜坚守寨子,山下关隘处巨石弓弩齐备,官军不敢贸然进来。我观金军大败,必会卷土重来,宁远官军必不能久在城外。日久则敌疲,无心恋战。待官军退却之日,小弟必要追上杀了掷我飞刀之人,夺了马匹盔甲为我所用。"

说言未了,双翼虎已到寨子正堂。听说坚守一节,也道:"俺与官军小将交战,那小将枪法极似杨家枪法,莫非是大明前屯卫杨家将。官军将领如此勇猛,不可轻敌,只宜退守。金军来攻,官军必退。"

抓山虎闻言,摇摇头道:"二位贤弟差矣,官军地势不熟,真等到官军成势,退敌则越发难矣!那官军小将所使枪法就是杨家枪法。额旧日任军中教头之日,亦曾见过杨家枪法,刺额那一枪,便是十六式梨花八母枪中青龙献爪式,端的好生厉害。依额之言,只能智取。额有一计,定叫官军有去无回,此番定要捉拿官军小将,报那一枪之仇。"

双翼虎、黑杀虎听了忙问何计策。

抓山虎见状便谓双翼虎道:"明日官军搦战,贤弟引马军出战,只许败,不许胜,将官军引上塔子山来。额与黑杀虎贤弟带伤,行动不便,率步军在山腰持运粮车埋伏。运粮车内多放些引火之物,官军入山,见运粮车以为粮草,必来劫之。待官军近前,可用火攻杀得官军片甲不留。"

双翼虎和黑杀虎听了,皆道此计大妙。

官军营内钟兴亦与杨忠商议破敌之策,杨忠建议道:"今日一战,贼首负伤,贼兵胆裂,须一鼓作气攻克塔子山贼巢。"

钟兴听了分析道:"听闻抓山虎、双翼虎、黑杀虎旧时都是朝廷军兵,这抓山虎更是固原镇军中教头,不仅武艺高强,且颇识些排兵布阵之道。今日一战,吾观抓山虎靠前排布马军,分东、中、西三阵;靠后排布步兵,分左右两队,夹杂运粮车。出山迎战,断不会携辎重,必然有诈。"

杨忠听了也点头道:"从这排兵布阵看,抓山虎绝非等闲之辈,战队携辎重,我也觉必有蹊跷。"

钟兴疑惑道:"吾在宁远城内,袁大人叫我等打仗闲余,多读些兵法和史书。吾观三国诸葛孔明擅用火攻,有火烧博望、火烧新野、火烧赤壁、火烧藤甲兵等,阵阵都是妙计。孔明用火,多用粮食辎重车装载引火之物,作为疑兵之计来引敌劫粮,再放火烧之。莫非今日之战,抓山虎推出的运粮车乃火攻之物?"

杨忠闻言赞同道:"钟将军高见。依今日之势看,抓山虎定是想马队中路先取胜,东西阵营马队左右夹攻。如我等败阵则罢,如我等击溃马队夹击,步兵必引火烧之,以致我军进退不得。只是今日之战我军未追击,因此未中贼寇火攻之计。依小将之言,明日小将前去搦战,抓山虎必派人做疑兵,引我等进山至运粮车处,引火攻之。我等便将计就计,抢了运粮车,引火反攻塔子山,必获大胜。"

钟兴听了赞道:"六郎年纪轻轻,武艺高强,兵法韬略精熟,不愧为杨家后人。"

官军在塔子山下扎营休整,待天明后,众将士饱餐一顿,个个蠢蠢欲动。杨忠绰枪上马,带领数十骑马军飞奔出营搦战,钟兴则率大队马军殿后。抓山虎闻报,依计命双翼虎率马军迎敌。双翼虎得令,舞起大砍刀就要出阵。杨忠见了,提点钢枪就来接战。双翼虎看见来将就是昨日刺伤大哥之官军,心头火起。二骑相交,军器并举,战不及十回合,双翼虎力怯,往本阵便走,杨忠率众骑奋勇直追。

杨忠追不多时,已到塔子山腰,距山寨不远。抓山虎已调步军从山背后两路抄到山腰前,早留着一百余辆运粮车等官军马军到前,专伺火攻烧之。抓山虎、黑杀虎各率两路伏兵都藏在林间,只待火起后杀出。林间林外,布置陷阱无数,将烧不死之官军人马尽数逼下坑去。

抓山虎见杨忠马军已到,一声呼哨,寨中锣响,贼兵一齐拥向那百余辆运粮车,并大叫道:"杨家小将,你中我计也。你道这运粮车乃辎重么?此处便是你葬身之地。"

杨忠也不搭话,率众策马狂奔,来抢夺运粮车。官军马快,抢过车来,尽数把火点着,上面芦苇、干柴、硫黄、焰硝一齐着起,霎时焰火迷天。

此时乃盛夏,正是南风刮起之时,且塔子山多有松柏树木,眨眼间便大火蹿天,只逼塔子山山寨。抓山虎生长在西北固原荒漠之地,不熟东北山高林密,此处用火攻岂能等同西北荒漠之地?抓山虎、黑杀虎率步军出来,尽被火焰横拦挡住,只得回避。此时又远远听见呐喊声,原来是钟兴率大队马军到了。这风助火势,卷那火焰烧入大寨,早把寨楼排栅尽行烧毁。抓山虎等数十人用衣甲包头,从山后滚下,往西朝晋、陕之地逃走。

再说杨忠率兵追赶抓山虎不上,自与众人回去与钟兴大队会合。钟兴传下将令,一面出榜安民,称塔子山匪患已除,叫周边百姓安心;一面叫军士灭了火,塔子山逃走余孽也不追究。官军把塔子山库藏打开,将抓山虎劫掠金银宝物、衣甲军械等都装载上车了。又打开仓库,将寨中粮米悉数散发百姓。一些风干腌过野鸡肉、果子狸肉、獾子肉、野猪肉、野兔肉等山珍野味,正好运回给宁远军士饱餐。钟兴又清点官军将佐,仅伤数人,无一人战死。众皆欢喜,休整一日,打起得胜鼓班师回宁远城。

众人行至宁远城外十里,邓芝、邓龙兄弟率五六百人已等候在此。杨忠见状问道:"为何不见我张通兄长和李大嫂?"

邓芝解释道:"数日前张大哥回青龙山,见李大嫂身体不适,唤了一个郎中号脉,得知李大嫂已有身孕,实乃可喜可贺。张大哥和李大嫂已有牵挂,不愿入宁远城为兵,只求平淡生活,养活后代,求杨贤弟勿怪。如今青龙山寨已一把火烧了,张大哥将众兄弟交付与我,便和海棠山众人一并投奔宁远城来。张大哥还道杨贤弟日后有召唤,可到青龙山东五里外李集镇一聚。"

杨忠听了叹道:"可惜了张大哥这一条顶天立地的好汉。"

钟兴听了,也谓杨忠道:"吾奉尤大人将令,暗中相助小将军。此番入城,恐纪公公耳目众多,不便和小将军一同前往,请自行入城,吾明日再入城。"

杨忠拱手别过钟兴,自和邓芝、邓龙兄弟合兵一处,向宁远城进发,三匹马并肩前行。

早有捷报传至宁远城,袁崇焕听闻杨忠数日内已平定三山贼寇,大喜过望,众将皆道杨忠乃真将才也。袁大人、纪公公、祖大人会集诸将在中军帐等候,尤世禄亲自出城迎接。

杨忠在城外见了尤大人，急忙插枪下马，纳头便拜。尤世禄扶起，率众人都进到中军帐内。

杨忠引邓芝、邓龙兄弟见了袁大人、祖大人、纪公公等诸将官，一一施礼。礼毕，杨忠才道："末将不才，奉袁大人将令征讨海棠山、青龙山、塔子山贼寇。上托袁大人及众将官虎威，下感海棠山、青龙山灵气，山中亦藏豪杰相助。末将幸不辱使命，如今三山匪患已定，海棠山首领邓氏兄弟愿入宁远城为兵。青龙山首领张通、李氏烧毁山寨，回乡务农。塔子山首领抓山虎、双翼虎、黑杀虎兵败逃走。三山贼众，或随军入城为兵，或返乡复为良民，或就地正法。末将特来复命。"

袁崇焕闻言大喜，一喜杨家小将不辱使命，三山匪患已定；二喜宁远城正是用人之际，杨家小将又招募许多壮士，便赞道："杨将军辛苦，吾自当依律封赏。"

杨忠正待俯身跪拜，岂料中军帐里传来阴阳怪气之声："来人，将杨忠、邓芝、邓龙绑了。"众将视之，正是镇守太监纪用，只听他继续道，"杨忠出城剿寇，咱家有言在先，势必要取来贼首首级。有贼首首级则有功必赏，否则严惩。杨忠虽平定三山贼寇，但并未取得一颗贼首首级。且那塔子山巨盗抓山虎在逃，势必成为大患，杨忠此番并未有功，实则有违军规，按律当斩。邓芝、邓龙本是海棠山贼首，打家劫舍，按律亦斩。"

众将闻纪公公所言，皆愕然。正是：

忠臣百个不嫌多，奸臣一个就不少。

杨忠闻言，俯身跪拜道："三山贼寇皆是无活路之良民、军卒等，只是官府逼迫甚紧或朝廷欠饷太久，不得已落草为寇。海棠山、青龙山贼众已自行烧毁山寨，海棠山首领邓芝、邓龙已投军效力；青龙山首领张通夫妇隐居村野，余众或随卑职投军，或回乡复为良民。上天有好生之德，贼众或愿为军中效力，或田间耕作，复为大明良民，不宜再行屠戮。塔子山贼众经此一战，十之八九已被剿杀，贼首借势滚山逃遁，末将以一人之力实难尽数斩杀，望纪公公明察。"杨忠此次学乖巧了，只字不提钟兴相助一事。

纪用喝道："胡说！你这厮未得功成，便是违了军令。死到临头还敢信口雌黄，不打如何肯认罪！左右，与咱家先打这厮！"

尤世禄见状忙躬身抱拳道："杨六郎一人未耗费宁远城钱粮，平定三山匪患，已属难能可贵，望纪公公开恩。"

祖大寿亦求情道："六郎未大肆杀戮便收复海棠山、青龙山，彰显吾皇仁慈。塔子山皆是亡命之徒，都懂武艺和排兵布阵之道，六郎剿灭塔子山，足见其实乃文武全才。朝廷正是用人之际，望纪公公以社稷江山为重，留杨忠性命，帐前听用。"

众将皆来告免，纪用只是不理。帐下军卒情知不好，也挡不得镇守太监将令，只得把杨六郎按倒。军棍沉重，五七下便打得他皮开肉绽，鲜血迸流。

杨忠虽是将门出身，终究是爹娘生的血肉身体，哪里挨得住这水火棍无情拷打。须臾间打了七八十棍，袁崇焕及众将也只得暗暗叫苦，救他不得。杨忠心中寻思这镇守太监忒无理，定和马游击有渊源，看来此番公报私仇，难容性命，这军棍再挨下去也只白挨了，还须丢了性命。他心一横，只得招道："纪公公棍下留人，末将认罪便是！"

纪用便问道："你这厮且实招，怎的违了将令？"

杨忠回道："小将出征三山剿寇，未取得三山贼寇首级，未杀尽塔子山众贼人，还请纪公公恕罪。"

纪用哼道："杨忠，你早些认罪，也免了这皮肉之苦！只是这军令如山，咱家也饶你不得！"

杨忠又求情道："末将知罪，甘心认罪伏诛。还乞纪公公饶了邓芝、邓龙，他们本是良民，只是没了活路才落草，也素怀忠心，并非强盗行径。"

纪用摆摆手道："不必说了！你违了军令当诛，邓芝、邓龙啸聚山林亦当诛。左右，将这三人用大枷枷了，下在牢里！择日押到宁远城内市曹，斩首示众。"

尤世禄见杨忠遇险，再行躬身道："纪公公，当下宁远城正是用人之际，金贼势必卷土再来，大明杨家将素怀忠义，战前斩将，大不利也！还望纪公公看在杨家昔日功绩上，收回成命。"

"咱家也知杨忠乃大明杨家将后人，眼见得这人也结伙草寇，谋叛为党，若不早除，必为后患。杨忠违令在先，私通三山贼寇在后，罪不容诛。有再言劝告者，咱家定斩不饶。"纪用说罢，又持手中御赐拂尘唤兵政司将官道，"明日升堂，便把这三个问成招状，当堂画押，就此立了文案，押去市曹斩首，然后写表申奏朝廷。"

兵政司将官也不敢抗命，只得将三人枷了，关进大牢。事毕，纪用自回府衙。

尤世禄暗暗叫来钟兴、刘忠商议搭救杨忠之策，也安排牢中狱卒送了些酒食，早晚照料杨忠和邓芝、邓龙兄弟。

次日，纪用亲自升堂，叫杨忠、邓芝、邓龙当堂画押了，便唤当案兵政司吩咐道："正犯杨忠，违反将令，私通贼寇，按律当斩；从犯邓芝、邓龙乃海棠山贼人，今番被擒，按律当斩。就此叠了文案，把三人供状招款一起封存了，一面写了犯由牌，教来日押赴市曹斩首，以儆效尤！自古违令及谋逆之人，绝不待时，及早斩了杨忠、邓芝、邓龙三人，免致后患。"

当案兵政司将官也知杨忠含冤负屈，却没道理搭救，只替他叫苦道："此时正值盛夏，午时三刻酷暑难当，百姓惧怕酷热，市曹无人则无法以儆效尤。下官见近日蜻蜓低飞鸟筑窝，想必三日内将降甘霖。降甘霖则气爽，下官提请三日后再施刑不迟。"

原来兵政司将官别无良策，只图拖延时日。也合当杨忠命不该绝，这纪用听罢也觉有理，就依准兵政司将官之言，直待雨后凉爽，观者众时再施刑。

这三日后还真降了些许甘霖，一时间炎威稍退，集市上赶集者大增。眨眼间便到了四日晨，这军中杀人示众，阵势之大，非同小可。纪用恐有变故，早早安排亲信跟班马强亲自当监斩官。这马强何许人也？便是马游击胞弟。马强见哥哥奉纪公公之命办差，却被杨忠打死，心中无明业火高三丈，只待有朝一日给胞兄报仇。终于盼到今朝，恨不得千刀万剐了杨忠。

只见这日清晨，马强先差军卒去集市口打扫了空地当法场。又点起兵卒、刽子手约有五百人，都在大牢门前伺候。巳牌时候，狱官禀了马强，马强下令提出犯人。兵政司只得将亡命牌上写了杨忠、邓芝、邓龙名字，当厅判了三个"斩"字。马强大笔一挥，画了三道勾命红杠。狱卒领了亡命牌，便提了小孩胳膊一般粗索子去了牢房。宁远城中军卒虽多有和杨忠交好的，也佩服他为人的，却没做道理救得了他，只替三人叫苦。

当时狱卒就牢里把杨忠、邓芝、邓龙三个提起,去了枷锁,服侍梳洗罢了,各自着了出红差的大红囚衣,押至监斩官马强桌案前,在刑决文案上画押。众狱卒簇拥着给三人各一碗揿着生肉的辞世饭,倒了三杯永别酒。

杨忠何等英雄,谈笑间便将生肉吞下,只是对邓芝、邓龙兄弟愧疚,枉自害了他们性命。邓芝、邓龙也不含糊,毫不迟疑咽了生肉。

酒饭罢,狱卒又将三人去了镣铐,浑身上下来了个五花大绑,脖子上插上亡命牌,推拥出牢门押上囚车。杨忠昂首挺胸,邓芝、邓龙也不低头,众狱卒也佩服三人乃不怕死的真好汉。

宁远城百姓早看了文告,说是今日午时三刻要斩军中犯卒和海棠山贼首。观斩的百姓真乃接踵摩肩,何止三四千人。押至市曹十字路口,这五百多军卒将杨忠等三人团团围住,押三个当中跪下。三个刽子手各自持把鬼头大刀,只等午时三刻开刀问斩。

众百姓仰面看那法场中央粘贴的文告,上写:"宁远城正犯一名杨忠,诛杀将官,违抗军令,私通贼寇,不斩难服军心,难平民愤,按大明律,斩。从犯两名邓芝、邓龙,啸聚山林,打家劫舍,勾结军卒,图谋不轨,按大明律,斩。监斩官马强。"

那监斩官马强在法场边帐篷里坐着,只待午时三刻。杨忠仰天长啸一声,又俯身长叹。一叹自幼苦练武艺,投身军中奋勇杀敌,九死一生,不料落得违抗军令之罪;二叹家中娇妻杨氏即将生产,不期自己将身首异处,杨氏此刻尚不知夫妻就待阴阳两隔;三叹指望和邓家兄弟一起效命疆场,保家卫国,不料白白坏了两人性命。

马强见状喝道:"杨忠,你乃将死之人,本官就做个好事,叫你死个明白。你打杀马游击实为本官胞兄,天让你亡在我手,待会便给你个痛快。你做了鬼可别怨本官,都是你咎由自取,多管闲事。"

杨忠也不搭话,此刻他心无杂念,似已大彻大悟。

忽地只见法场外有百姓骚动。法场东头有一伙客商拿着貂皮、熊掌、鹿茸等,不来叫卖,却强要挨入法场里看。众士兵上前赶打,当头的却反喝道:"这是集市,你不让俺们买卖,俺们怎的过活?你驱赶俺们,是何道理?"说罢便和兵卒推推搡搡,就是不退。

正相闹间，只见法场西边也来了一伙卖山药、小米、大枣的商人，也强挨将入来，说是占了他们的地面。班头见状喝道："你这些贩子好不晓事，这是法场，要斩杀犯人，你等却强挨入来要看！当心连你一并拿了！"

西头那伙商人听了道："普天之下，莫非王土。就算皇帝来了，也不会禁我等商人，你这芝麻绿豆官哪管得了俺们？俺们就要挨出来看一看，打什么紧！"

这伙人正要和士兵闹将起来，马强恐事有变，急急喝道："且速速赶退去，休放过来！"

这边还未平息，只见法场南边又来了一伙卖马的马夫，十余个壮汉各自牵着马匹又要挨将入来。兵卒见状喝道："这里是法场，要杀人了，你们不要自寻晦气！"

赶马的似乎是一对夫妇，那妇人说道："军爷，非是我等挨边，实在是此处人多，惊吓了马匹，我等勒马不住，军爷休怪！待我等止住马匹，即刻便走！"

兵卒怒道："快走。若是慢了，便将你这马匹充军了！"

"就走，就走。"妇人边说边赔笑，却径直往里闯。

一波未平，一波又起。只见法场北边又是一伙娶亲队伍，前面几人吹着唢呐，后面新郎官牵马，马上坐着新媳妇，盖着红盖头，后面又有百十个家丁，看来也是个大户人家，定要挨入法场通过。

兵卒喝道："你那伙人哪里去！"

为首之人似个媒婆，应道："我们爷今日个娶了婆娘，要赶路程，可放我们过去么？"

兵卒没好气地回道："这里是法场，就要杀人，如何放你！你要赶路程，从别路过去！兀自不怕沾了晦气么？"

那人笑道："你倒说得好！娶亲的道都是请道士算过的路径，改不得，只能从这里过。"

兵卒哪里肯放，那伙娶亲队伍便跟兵卒僵着，挨定不动。四下里吵闹不住，这马强喝罢这个，又骂那个，筋疲力尽也禁治不得，只有不住喝骂士卒把人挡在外面。

过不多时，法场正中间人分开处，一个军卒报一声"午时三刻到"，马强便急急喝道："快快斩讫报来！"

只见刽子手抽了亡命牌,灌了一大口酒吞了,复又灌了一大口喷洒在刀刃上,这个唤作刽子手给自己吃饭的家伙敬酒。

那三个行刑之人执定鬼头大刀在手。说时迟,一个个要见分明,那时快,闹嚷嚷一起发作。只见刽子手一甩手摔了手中酒碗,举起手中鬼头大刀就要送人见阎王。只见一把飞爪"嗖"的一声,早飞到欲砍杨忠之刽子手天灵盖上,飞爪向后一拽,这个刽子手脑袋就成了两半。众人视之,只见路口飞出一匹枣红马,上面坐着一员女将,白盔银甲,玫红战袍,右手持一把点钢枪,左手挥动着一套惯取敌将首级的金刚飞爪。这女将生的瓜子脸,柳叶眉,仪态不凡,气质高雅,宛如重生花木兰,在世穆桂英。有诗赞曰:

学就西川八阵图,鸳鸯袖里握兵符。
由来巾帼甘心受,何必将军是丈夫。

只是这女将腹部高隆,行动却不灵活,原来是身怀六甲。只听她大吼一声:"要命的闪开,怕死的快走,留我夫君性命。"却似半天起了个霹雳,纵马跃入人群,好似从半空中跳将下来,手起枪落,一枪一个,早刺翻了另外两个行刑的刽子手。她回手收起飞爪,用飞爪背后套索将杨忠一套,就将他提上马来。她又转身拔出匕首,割断绳索。

紧接着,又有一员猛将蒙住面门,只露了双眼,骑着黄鬃马,也使着一把点钢枪,大喝一声:"要命便闪开!"便望着众兵卒就刺,一瞬间就刺倒几个。这女将不是别人,正是杨忠浑家,杨门女将杨氏。这蒙面猛将就是杨忠之父,大明前屯卫参将杨绍先。

原来,宁远城要处斩杨忠之事早就传遍了,也多亏兵政司将官周旋,拖延了这三四日。有人报到前屯卫,杨绍先公媳两个急得团团转。这杨氏不逊须眉分毫,不顾临盆在即,当机立断便要劫了法场。杨绍先身为参将,救子心切,也只得蒙面前往。

再说监斩官马强看见圈外飞进一员女将和一员蒙面猛将,眨眼间杀了刽子手,救走杨忠,还搠翻几人,急令众兵卒阻拦,将劫法场者就地正法。

众兵卒亟待去拦时,只见法场北面的那队接亲队伍各自拔出腰刀看准法场内众士兵就砍。那新郎官和新媳妇也扯掉大红衣裳，飞一般地抢过邓芝、邓龙兄弟，一刀砍断绳索，推上马匹就走。邓芝、邓龙一看来人，这新郎官打扮的正是张通，新媳妇打扮的正是张通浑家李氏。

这法场内还立着一人，也是寻常百姓打扮，只是壮实得多，却取出一面小锣儿当当地敲了几声，东西南面三伙卖山货的、卖粮米的、卖马匹的，就一齐动手。法场内众兵卒拦不住，且簇拥着马强逃命去了。只见这些客商各自挥起棍棒扁担，横七竖八，打翻兵卒无数，但也不对士兵下杀招，只是护着救了杨忠的杨绍先公媳两个和那南面的接亲队伍快走。

原来扮客商的这伙便是钟兴、刘忠率领的宁远骑兵，暗奉尤世禄将令救杨忠性命。那个在法场内敲锣的客商，正是骑队千总钟兴。这一行宁远城骑兵共有兵将五十余人，个个都是武艺高强的好手。尤世禄嘱咐只要救人，不可杀戮，所以这些宁远城兵将只用棍棒，并未杀人。

杨忠得杨氏搭救，得了性命，在马上说道："娘子，六郎若不杀了马强那贼，焉能咽下这胸中闷气！"不等杨氏搭话，杨忠拿过杨氏背后铁胎弓，顺手从走兽壶里拔出一根雕翎箭，飞身下马，就朝马强逃窜方向追去。老远看见兵卒簇拥着马强，杨忠就势张开弓，搭上箭，对着马强。只听"嗖"的一声，将马强射了个透明窟窿。

这时，张通及李氏也瞅见了杨忠，即刻便与他合兵一处。百姓早惊得散干净了，一行人看见拦阻的人便砍。那宁远城兵将也知杨忠昔日宁远城外力战萨哈廉，射杀瓦克列之威名，因此也未苦苦相追。若非如此，尤世禄练兵有方，麾下兵将个个彪悍，就是十个杨氏也救不得杨忠。

这一行人直杀到城门外二十余里，后面望不见追兵，才停将下来。不远处有座大庙，两扇门紧紧地闭着。张通一刀砍开，便唤众人进来。众家丁把杨忠、邓芝、邓龙背到庙里歇下，那杨氏才抱着杨忠痛哭道："夫君，若我来迟半步，你我就阴阳两隔了！"

杨忠亦垂泪不止，他看见张通哭道："兄长！莫不是梦中相会？"

张通便道："当初贤弟劝愚兄去宁远城，袁大人、尤大人、祖大人皆忠勇之士，何曾想到宁远城亦有奸臣宦官，以致有今日之祸。对了，这女将和蒙面猛将是谁？"

杨忠止住眼泪,唤过邓家兄弟和张通夫妇,与父亲杨绍先及浑家杨氏都见了,又将宁远一战之后遭镇守太监纪用迫害;单枪匹马进山剿寇;结识邓家兄弟和张通;得钟兴相助剿灭抓山虎等诸事禀于父亲。张通也将烧了青龙山寨子,回乡照顾有身孕的浑家,之后听闻杨忠和邓芝、邓龙回宁远城后将被处斩,便和浑家一道率庄客冒死相救,不料被杨氏抢先救了之事也一一告知杨忠。杨绍先见儿子几月不见,竟然经历了这般苦楚,甚是爱怜。又见他结识了这许多重义气的生死兄弟,也自欢喜。

张通叫家丁取了衣裳与三人换了,杨绍先道:"我们今番劫了法场,纪用必然大怒,必会上报朝廷发海捕文书,此地不可久留。"

杨绍先刚说罢,杨氏突然腹疼如刀搅。李氏过来看护,见是杨氏裙下已然见红,想是刚才一番恶斗,动了胎气,怕是便要生产。李氏忙叫众男子出了庙门,寻些干柴、打些清水,就要看护杨氏生产。不多时,只听一声婴儿啼哭,杨氏诞下一男婴。

众人还来不及与杨家父子贺喜,却听见远方有马蹄响,似有一二千军马,想必是宁远城纪用已知晓法场被劫,杨忠等人逃离,即刻遣大军来捕。

张通听了,谓杨忠道:"贤弟,纪用此番定要拿住贤弟,贤弟还是跟邓芝、邓龙兄弟速速离去。弟媳杨氏救夫心切,已露真容,回前屯卫必被拿捉了。况且刚刚生产,不如随愚兄夫妇回李集镇暂避,嫂子李氏自会照料母子两个,日后你们夫妇必有再见之日。"

杨忠见状大哭道:"嫂子李氏亦有身孕,拙荆母子跟随兄长,还望兄嫂悉心照料,此情此恩,没齿不忘。"

杨绍先见儿子一家刚相见了便要分离,他日生死未卜,亦垂泪不止道:"如今金贼虎视眈眈,为父身为大明杨家将后人,守土有责,天大之事皆不及前屯卫防务。今日蒙面前来,未露真面,须即刻回前屯卫镇守。现今勤王之兵西逃者甚众,吾儿可速往西逃,到延绥、固原、甘陕等西北蛮荒之地,或可逃得性命。留得青山在,不怕没柴烧,容他日再会。吾儿此刻断不可优柔寡断,从速离去。"

此刻,马蹄声已不远,众人催促杨忠快行。杨忠俯身拜了父亲,又对张通一家拱手道谢。他起身便把身上官家发的军靴、腰带、护腕等一应物件都脱下丢弃不要了,全身都着了寻常百姓的衣帽鞋裤。杨家惯使的点钢枪、铁胎弓也不携带，只顺手挑选了一根枣木哨棒，就策马往西狂奔，众人皆洒泪告别。南唐李煜曾有词《相见欢》，叹此生离死别：

无言独上西楼，月如钩。寂寞梧桐深院锁清秋。剪不断，理还乱，是离愁，别是一般滋味在心头。

此番众人劫法场，大闹宁远城，城内外军民震惊。城内军政司清点伤亡，共计杀死监斩官一人、行刑刽子手三人、兵卒五人、伤十九人，损害集市百姓财物、车辆、货担无数。当日，宁远城派去追捕逃犯杨忠、邓芝、邓龙之兵卒回报，发现二十里外有丢弃凶器点钢枪一把、铁胎弓一把，丢弃军靴、腰带等军中物件少许，可断定人犯往西逃窜。镇守太监纪用督促宁远城下了海捕文书，务必缉拿杨忠、邓芝、邓龙归案，不题。

杨忠三人策马往西狂奔，一路上却看尽赤地千里，饿殍遍地，百姓颗粒无收，官府却催科甚严。杨忠武艺高强，吃尽官府迫害之苦，最容不得官府爪牙恃强凌弱，路上就劫掠些官府给养过活，享用不了便就地散发穷苦百姓。来回奔逃数月，至崇祯元年初，三人纠集饥民逃卒数百，一路劫富济贫。待至洛川，有不粘泥张孟存起事，手下有二三千之众，瞅见杨忠率众人劫掠官府，端的是好武艺，又见杨忠一表人才，也甚是喜爱。张孟存便与杨忠交战，远非敌手，当即和他结为兄弟，一道劫富济贫。后因官军追剿甚严，不得已转战甘陕。听闻府谷县王嘉胤威名远播，声势浩大，两人便商议投奔王嘉胤，合兵一处，共抵官军剿杀。

待杨忠说完，众好汉皆感叹不已。好端端忠良之后，文武全才，立功无数，却被官府苦苦逼成贼人强寇。众人皆敬杨忠，一个个轮番敬酒，杨忠喝得大醉。

随后，张孟存谓王嘉胤道："朝廷追剿我等甚严，依大明律，一旦被擒皆是诛灭九族之大罪。因而我等不可用真名，小弟绰号'不粘泥'，杨忠贤弟绰号'杨六郎'。听闻占据红石崖之白水王二近日率众攻打宜君县，恐官府知晓，众人亦送了绰号称'齐天王'。小弟还请王首领，是否也有个绰号？"

吴廷贵听了亦赞同道："张大哥所言极是。"

王虎便建议道："兄长校场夺魁，卢参将许诺高官厚禄，却不为所动；诛杀克扣士卒粮饷之贪官张福；诛杀残害百姓贼寇周彪；夜取高家堡，劫取粮米周济百姓；占宗常山，接纳四方饥民饥军。兄长所为，皆为他人，都是义气所在。不怕皇帝不怕天，真豪杰也。兄长与天地横竖一字，应立绰号'横天一字王'，可否？"众人听了，皆叫好。

正说话间，喽啰兵冲进真武庙来报，说山前探子来报，山下聚集二三千人马，推着两辆囚车，只言要捉拿王嘉胤、张孟存。杨忠平日里恨透官府爪牙，听了就大叫一声"杀将去"，当即提了点钢枪，便要出真武庙。

王嘉胤也叫道："一不做，二不休！众好汉一起杀出，直杀尽这府谷县贪官污吏。先弃了这宗常山，再占深山大川，待他日势盛，再回府谷来！"

众英雄齐声应道："遵命！"

有分教：

府衙官邸鲜血染，官家爪牙尸如山。

不是刁民乱天下，百姓只图有碗饭。

直教忠臣猛将喷怒火，布衣好汉吼天威。欲知官军如何得知王嘉胤、张孟存等人齐聚宗常山，王嘉胤等众好汉怎的迎战府谷县官军，且听下回分解。

第七回

设疑兵大破清水街　会双雄聚义黄龙山

崇祯元年六月,三边总督史永安被免职,崇祯皇帝知刑部左侍郎武之望谙练边事,猷略过人,遂遣之继任。武之望听天使宣召,心想吾自中进士以来,空有报效朝廷之志,却一直官运不畅。如今已年近耄耋,大去之期不远,企望天公作美,早降甘霖,秦陕之地若能风调雨顺,百姓乐于躬耕。吾则上对得起皇恩浩荡,下也可颐养天年。

用三边总督武之望、陕西巡抚胡廷宴、延绥巡抚岳和声这三个花甲老叟处理陕西民变,崇祯皇帝真是荒唐至极。这几位老叟只图清净,不思安抚,以致星火燎原。

王嘉胤自天启七年夏占了宗常山,劫了高家堡,得了许多粮米财帛,朝廷追捕甚紧,已经数月未曾大举下山,平日里也只是劫掠些富户过活。此时已是崇祯元年夏,怎么忽地就来这许多官军来剿?原来,大明自太祖始,官府眼线遍布朝野,大臣一言一行,百姓一举一动,皆无秘密可言。这宗常山方圆数百里,四方断了活路之饥民逃卒纷纷来投,焉能逃过官府耳目?

府谷县知县刘自治乃辽东贡生,天启五年知府谷县。这刘知县虽自幼饱读圣贤,但胸中却未装百姓苍生,路见饿殍载道也不闻不问,对民间加征辽饷却是手段用尽,亦是个心狠手辣之辈。

数月前,王嘉胤率众倾巢而出劫掠高家堡,早有眼线报刘知县说有饥民流寇藏身于宗常山。刘知县率满县衙役欲进山抓贼,却见宗常山三面悬崖,易守难攻，洞连洞，山连山，另有暗河山泉，藏七八千人不在话下。恐府谷县衙役不敌，刘知县率人返回，慌忙差人报了陕西巡抚胡廷宴、陕西巡按御史李应期、延绥镇总兵吴自勉三人。刘知县尚不知啸聚宗常山好汉乃王嘉胤，只知有为数不少之饥民流寇。

岂料这些官老爷互相推诿搪塞，胡廷宴说巡抚无权调动朝廷兵马，需找延绥镇总兵吴自勉；吴自勉更不知宗常山贼寇乃劫掠高家堡自家财宝的仇人王嘉胤，自觉是多一事不如少一事，就说巡按御史就在陕西，须找巡按李应期大人；李应期又说手中无兵权，还是需找延绥镇吴自勉总兵。这刘知县来回如蹴鞠般踢来踢去，实在无法，但又恐朝廷责难治理无方，致盗贼横行，又恐盗贼如杀澄城县张斗耀一般来找自己，只得苦苦哀求吴自勉，还送上搜刮来的金银财宝无数，吴自勉方才答应拨两千老弱兵卒剿寇。这一来二往，磨去了不少时日，已到了崇祯元年夏。

日前张孟存、杨忠率众好汉来投，也知官府耳目众多，便叫众人白日里就宗常山周边田间山头躲藏了，待夜深再聚集上山。刘自治手下爪牙察觉到府谷县内平白无故新添了许多生面孔，立即报了知县大人。刘自治慌忙集合了本县五百衙役并吴自勉拨来的两千官军，就来宗常山搜捕。

王嘉胤听闻官军来攻，火爆脾气一发上来，就要率众厮杀。此时宗常山聚集了二三千兄弟，众人身家性命皆系于他一念。他心想此刻自己已非往日一逃卒，一念之差便枉自送了兄弟们性命，霎时便清醒了，唤过杨忠道："六郎贤弟，额知你武艺高强，又深通韬略，可否下山一探究竟？再作计议。"

"兄长之言甚善，吾观宗常山地势，易守难攻，敌不动我先动，乃兵家大忌也。小弟去去便回。"杨忠说罢，带了几个兄弟就飞奔下山。

去不多时，杨忠便返回真武庙，禀道："吾观官军，队形呈扇状前行，占了半座山野，约莫二千人。未有旌旗，未带战鼓，队形无章法，后队也无督战将官，士卒面黄肌瘦，无有目标，绝非攻山之势。小弟断言，官府早知宗常山有好汉啸聚山林，但不知虚实，官军皆非健卒，士气低落，定是府谷知县借来的老弱，断不敢贸然攻山，只敢虚张声势！"

王嘉胤听了便道："六郎贤弟高见，额等便以逸待劳。不过蜷伏宗常山绝非长久之计，还须想个万全之策，趁府谷县都是老弱兵，就好好干他一回。"

张孟存、吴廷贵、王虎等人皆道："愿听兄长差遣。"

当夜，果真如杨忠所言，这些兵卒敌情不明，以不谙地势为托词，就在山下转了转便打道回府，去找刘知县索要赏钱去了。

王嘉胤笑道："这伙挨球的，就是看额缺盔缺甲，来送彩喜的。"

待官军退去已是五更时分，张孟存部众趁夜入山。此时宗常山聚集了王嘉胤、张孟存、杨忠、吴廷贵、王虎、洪狼、谭雄、黄才、吴天、吴回共十个头领，三四千好汉。当日，十个头领齐聚真武庙内商议事务。王嘉胤首先说道："额为定边营边兵时，深知西北边镇之兵奉旨东调援辽者甚众，且军无饷，兵无粮，逃卒者众。而今府谷县赤地千里，民不聊生，朝廷不思赈济百姓，却在兵源如此吃紧之时，在区区府谷县就聚集着二三千官军。官府必有动作，额等与官军终有一战，务当有所防备。当下敌虽不知额虚实，额亦不知敌虚实，可先差遣一个兄弟打探消息。一要探清官军人马虚实，驻地何处；二要探清府谷县官粮在何地，如何把守。"

张孟存接话问道："兄长之意是否先击溃官军，继而夺取粮仓？"

王嘉胤摇摇头道："非也。据六郎贤弟来报，官军虽老弱，却有二三千之众，硬打硬拼，兄弟们必有损伤。额思索再三，可先设疑兵之计，令官军不敢出，再放火令官军自乱，额等再出其不意，攻其不备，夺官军衣甲，一鼓作气再劫取府谷县粮仓，能搬走者悉数装车，搬不走者就地接济府谷百姓。官军被杀，必遣大军来剿，额等有了盔甲衣食，就弃了宗常山这小去处，南下延安、庆阳。额为边兵时，曾听闻延庆之东南向有一处黄龙山，地势险要，群山连绵，山洞暗河众多，藏千军万马亦可。黄龙山虽无深山老林遮拦，官军来剿，额等可战，亦可入洞躲藏，官军必不敢轻言进山。额等占了黄龙山，引四方豪杰来投，共抵官军，诸位意下如何？"

张孟存附和道："张某和六郎贤弟自洛川起事，已和朝廷势不两立，愿随兄长聚义黄龙山，共拒官军，以图大事！"

众好汉亦道："愿随横天一字王执鞭坠镫。"

王嘉胤闻言大喜，转身朝庙内真武大帝神像俯身拜道："嘉胤承蒙兄弟错爱，意欲除贪官污吏，劫取粮仓周济百姓，今日离了宗常山，待他日事成，必再回宗常山，为真武大帝重塑金身。"随后，王嘉胤转过头吩咐，"当务之急，须遣几名熟悉府谷县村陌巷落之人摸清官军底细,粮仓守备。吴廷贵兄弟上次诛杀高家堡贾大善人,已被官府画影图形,不可再往。吴回兄弟装扮客商刺探消息,未被官府察觉,此番可与吴天领几个府谷当地兄弟下山,不可携带刀枪,限十日内刺探消息回山。"

吴回、吴天拱手道:"小弟领命!"

王嘉胤又嘱咐道:"此番刺探消息,非同小可,兄弟须慎之又慎,切记。"

两人领命,挑了七八个精细汉子便下山去了。

王嘉胤又叫杨忠教授众人武艺,日夜操练,以备官军来剿。

不觉光阴迅速,十日已到。几日来,吴回、吴天等人日夜走街串巷,或扮成农户,或扮成乞丐,或扮成商贾,或扮成酒坊食客,已将府谷知县姓甚名谁、知县如何借得官军、官军人马几何、驻屯何地、粮仓何地、些许人值守等,摸得一清二楚。

这日众人赶回宗常山,正逢众位好汉于真武庙内议事。吴回禀道:"禀横天一字王,我等弟兄连日来刺探消息,特来回禀。这府谷知县姓刘名自治,辽东人士,天启五年便来府谷县任知县。去岁已探知宗常山聚集数千好汉,恐一县衙役不敌,便给延绥镇总兵吴自勉送去金银借来官军两千,皆是老弱之兵,均在府谷县北清水街安营扎寨。这府谷县官粮皆囤在距清水街五里外黄甫堡,共有粮仓两处,一处囤积粮米无数,一处囤积果肉菜蔬无数。刘知县恐饥民流寇劫掠,日夜安排数十名衙差值守。"

王嘉胤听后问道:"众兄弟有何高见?"

吴回又道:"小弟前日在清水街装扮农户叫卖连日采摘得来的芥菜、车前草、蒲公英、马齿苋等野菜时,见官军士卒个个吃大饼、吃羊肉,对小弟采摘的野菜不理不睬,想必是刘知县不敢怠慢官军,送去果肉饭食不少。小弟寻思,这三日后就是中元节,官军士卒思乡土故人,必然懈怠,正好起事。"

杨忠也献计道:"古人有云:'天时不如地利,地利不如人和。'除去在下与邓芝、邓龙兄弟,横天一字王、吴头领本是府谷县人,不粘泥兄长及众头领等亦是秦陕人氏。刘知县乃辽东人士,不谙陕西黄土坡地势,官军乃延绥镇边兵,到府谷依旧是客土作战,因此失了地利。中元节将至,官军士卒大都少小离家,思乡心切,因此亦失了天时。可趁中元节之夜遣一将携骑兵吹号,自南而北策马急行；另遣一将携步兵擂鼓呐喊，自北而南飞奔，虚张声势，官军急切间必不敢出。再差遣几个兄弟四处放火，令官军自乱，我等再行杀出，先占了清水街，夺了官军甲仗。再趁乱夺黄甫堡，劫取粮仓。"

王嘉胤闻言赞道："六郎贤弟此计极当，可遣王虎兄弟带骑兵吹号，遣洪狼兄弟带步兵擂鼓飞奔。趁乱放火的兄弟须先行去清水街埋伏引火之物，待中元节之夜，见街头巷尾号鼓响起，便顷刻间叫清水街四处着火，只是不知差谁去的好？"

张孟存推荐道："小弟在洛川起事时，有一本家兄弟，单名一个闻字。此人自幼上悬崖峭壁，如履平地，也是个极精细之人，恰似水泊梁山鼓上蚤，人送绰号'赛时迁'。依我愚意，可差赛时迁张闻前去。他是个飞檐走壁之人，正好办这四处放火之事。"

王嘉胤大喜，急唤张闻入真武庙领将令。众头领一见，他果真是平步如飞，身轻如燕，此番必不辱使命。

张闻领了将令，捎带了些许干粮，腰包里带着硫黄、硝火之物，下山去了。

这个张闻果真是个精细之人。当日下山便扮作赶脚的，找人问清了清水街去处，便寻思如何混入军营。张闻只顾走路，去了半日，无计可施，却天色已晚。远远地望见一点灯光明朗，张闻寻思道："灯光处必有人家，先歇息一夜再作打算。"行到灯明之处看时，却是个小小庙宇，里面透出灯光来。

张闻推开庙门，见里面只有一个老僧，在那里坐地诵经。张闻进到里面，不忍打扰，就地等候。待老和尚诵经毕，便拜老僧。那老僧见状便道："施主休拜。这府谷县上下端的是天天都有饿毙之生灵，现今就要军马厮杀，生灵涂炭，你如何到了这里？"

张闻又拜道："大师在上，小人乃外县逃难乡民，不知路程。还望大师行个方便，权住一夜。"

老僧回道："这秦陕之地饿殍遍野，施主能逃到哪里去？"

张闻见老僧慈眉善目，神定气闲，似一个得道高僧，便应道："实不敢瞒师父说，小人乃啸聚山林之好汉，洛川不粘泥魔下便是。今转战来投横天一字王，决意夺取府谷县官粮周济百姓。谁想刘知县借来官军驻守，横天一字王令我埋伏军营，置办些引火之物，起事之时四处放火，令官军自乱，我等趁乱劫取粮仓。此时无计进营,今从深山旷野寻到此间,万望师父指点迷津,有何小径私越进营,当以厚报。"

那老僧听了道:"此地因天旱颗粒无收,官府却催科甚严,此间百姓俱被知县残害,无一个不怨恨他。老僧亦靠此间百姓施舍米粮养口,如今百姓都自难糊口,老僧没有去处,只得在此守死,摘些山间野菜野果度日。义士来此,实乃为民除害,老僧便多口也无妨。老僧此处参禅五十余年,这府谷县山势烂熟,却无路进得军营去。但清水街西山岭边却有一处峭壁,也不甚高,可过关去,其余皆有军卒把守。"

张闻又问道:"师父,既然有这处峭壁可通得营中,不知可到得营中粮草处么?"

老僧闻言惊道:"义士万万不可,此时粮比命贵,断不可在粮草处引火。老僧采摘野果时,曾听闻峭壁之上有马匹嘶鸣,径直可到官军马厩。马厩引火,马匹受惊乱跑,官军自乱。只是这峭壁寸草不生,端的是十分陡峭,若无斧凿绳索,恐难得上去。"

张闻拱手谢道:"不妨!既有路径,不怕它陡峭,小人自有办法。既然如此,事成之后,却来酬谢。"

老僧回道:"义士休言酬谢,官府欺压百姓已久,此番贫僧多口,只当是积些功德。"

张闻承诺道:"小人是精细人,此去绝不敢说出大师来。"

当夜,老僧留张闻留宿僧房,取了些粥水、麦麸炕饼给张闻吃了。张闻也知这点粮米必是庙中稀罕之物,无奈饥肠辘辘,一下子就用尽了,恰似吃山珍海味、饮琼浆玉液一般。张闻摸出些往日随张孟存劫掠所得散碎银两,定要给老僧,老僧哪里肯收。

当晚张闻便歇在庙中,次日就和老僧闲聊,也讨教了一些参禅悟道之法。待天黑,张闻辞别老僧,就径直去了清水街西岭,果见一处峭壁,虽只有十余丈高,但确实陡峭无比。张闻将随身包裹缠紧了,摸出匕首,运气定神施展轻身功夫,用匕首往石头缝隙里一插,就纵身往上一跃。

这赛时迁名不虚传,端的是真材实料,几个纵跃便上了崖顶。张闻躲过巡更军士,跳上房顶,看见百十米处果有马厩,老僧此言不虚。张闻又寻思道:"此时离中元节尚有两日，不如趁夜多去官军营房屋顶埋些硫黄、硝火，待中元节当夜就埋伏在马厩旁，按横天一字王将令，号鼓声响起放火，清水街唾手可得。"

当下张闻就收拾了火刀、火石，施展轻身功夫避开巡更军士，来回就在官军营房屋脊上撒满引火之物。张闻忙活一夜，将包袱中引火物撒尽了，就此伏在马厩不远处一座营房屋顶上藏了，只待号鼓响起。

这张闻端的是条好汉，恐被官军察觉，硬是在屋顶上伏身两夜一日，吃了些干粮充饥，不顾蚊虫叮咬，一步也不挪位。官军也合当该灭，却没发现丝毫。

光阴迅速，中元节已至。当日天黑，宗常山上众好汉皆饱餐了，个个摩拳擦掌。众头领聚集真武庙，王嘉胤吩咐道："诸位少待，夜深可去，今夜清水街官军必懈怠，早去恐官军知觉。"

至夜，王嘉胤令王虎、洪狼各领四十骑，脸涂重墨，装神弄鬼，去清水街吹号擂鼓；令杨忠领邓芝、邓龙二将为先锋，看见火起，就领兵一千从南门杀入；他与张孟存亲领谭雄、黄才等兵马一千随后杀入。吴廷贵领吴回、吴天二将多带推车扁担，见王嘉胤、张孟存引兵杀入黄甫堡，便疾去劫取府谷粮仓。

众人领命毕，王虎、洪狼各领骑兵离了宗常山，带了号鼓，人衔枚，马摘铃，只走深山野径。月圆明亮，众人穿林透岭，行了数十里野路，望见一处街口。众人走上去一看，左右或是石壁嵯峨，或是悬崖峭壁，中间一排排房舍，想必便是军营。街口下排排草舍，想必是民舍。王虎谓洪狼道："遵横天一字王将令，官军营帐已望见，石叠壁那边便是。过得那石壁，亦有路口。我等从此口杀入，斩杀巡视士卒，往返吹号。贤弟穿过山岭，从石壁那一头杀入，往返擂鼓。"

洪狼回道："好！你我就此兵分两路。"

好个王虎、洪狼，不愧为如狼似虎之人。只见王虎策马狂奔，远远望见门口值哨士卒，嗖嗖两箭就要了两人性命。王虎领人冲进军营，又斩杀了两名巡更士卒，旋即吹起角号。号声回荡，夹杂火哧哧般马蹄声，似乎有大队人马来了。紧接着，军营北段又响起战鼓声，亦夹杂马蹄声，似乎千军万马来了一般。

屋顶上的张闻听到号鼓响起，抖擞精神，从怀里摸出火刀火石，把飞檐走壁、跳篱骗马的本事都使了出来。这些马厩、营房几个纵跃就过去了，恰是灵猫飞燕。他先在马厩放火，在军马尾巴上涂了松油点燃。马匹受惊，四散奔逃。张闻又飞身上房,四处放火。屋顶早就铺了些硫黄、焰硝,张闻直爬上屋脊上去点着,又去烧那边。加之惊马四散奔逃,四处一齐火起。

这官军正在酣睡,闻听号鼓响起,似有军马来攻,又不知何处军马,一时丈二金刚摸不着头脑。胆小的躲在军营不敢出来,胆大的慌忙披挂出门,望见一群群脸涂重墨之人策马狂奔,就似不知何处来的魑魅魍魉,还道是中元节阴兵来索命,惊得肝胆欲裂。

官军正副千总乃弟兄两个,都是老军,正千总王光,副千总王发。此二人于万历年间曾对阵蒙古,也有些战功。闻听护卫官报阴兵杀人,王光怒道:"这世间哪有阴兵杀人,定是附近流寇疑兵之计,欲使吾不敢出战。吾却来会会这伙阴兵,看看是何处不知死活之徒。"

王光提起一把大砍刀就冲出营舍,行不几步,正好撞见王虎,叫道:"何处鬼怪,不要走,吃吾一刀。"

王虎也不接话,挺起手中长枪就来战王光。战了没几个回合,王光察觉来者武艺高强,恐非敌手,正想抽身而退,就听官军中有人叫道:"火起,火起,此乃鬼火。"

王光扭头一看,营中四处火起,一匹匹军马尾巴着火,受惊乱跑。霎时间,只见清水街上下,烈火腾腾地越烧越旺,顷刻间半边天都红了。王光本就年迈,武艺也不及王虎,看见火起,转身欲走,被王虎一枪刺死。

此时,官军阵脚大乱,军卒四散奔逃。火起之初,副千总王发披挂出营,看见四处火起,朝着士卒叫道:"毋庸惊慌,此火必是营中士卒怀念故人烧纸钱所致,绝不会烧旺。"

岂料王发不知房舍预先就埋了不少硫黄、焰硝,话音刚落,顷刻间火苗就蹿得几尺高。烧坏房舍无数,烧死士卒不计其数。

王发见势不妙,策马就欲逃走。忽然又有一彪军马杀入清水街,为首一将白袍白马,手提一根长枪,正是杨忠。他领着一千好汉,见人便杀,如同砍瓜切菜一般。

王发无奈,只得策马提刀来战杨忠,大骂道:"何处贼将,安敢抗拒官军?"

杨忠亦吼道:"你等只会助官府欺压良善,今日撞见你六郎爷爷,叫你见识见识杨家枪法。"

王发闻言大惊,想不到此番流寇偷袭,竟然有人会使杨家枪法。王发硬着头皮,举起大砍刀朝杨忠劈去。谅这王发岂是杨六郎敌手,战不到三个回合,杨忠大喝一声,刺王发于马下。官军失去统领,须臾便兵败如山倒。

营中众兵将不杀自乱,都只顾逃走,哪里有心救火,更无心来迎敌。不多时,王嘉胤、张孟存率大队人马赶到,吓得官军都弃了刀枪、弓箭、衣袍、铠甲,尽往清水街外奔走。众好汉平日里受尽官府欺压,此番都要争先,一齐要追赶逃卒。王嘉胤号令穷寇莫追,早早收拾营中军械盔甲、粮草补给等,挑趁手兵器先用了,其余悉数搬走。

此番王嘉胤率众劫掠清水街,杀死千总两人,杀死官军士卒四五百人,余众被烧死或房舍倒塌砸死者不计其数,毁坏营房无数,将官军辎重劫掠了个干净。

此时天近拂晓,清水街聚集了四五千好汉。王嘉胤传令叫众好汉趁势再行攻打黄甫堡,劫掠府谷县官粮。只见这四五千好汉,浩浩荡荡直奔黄甫堡。驻守黄甫堡粮仓的衙差见贼寇势大,早已逃尽了。有差人报了府谷知县刘自治,刘知县闻报大惊,生恐流寇冲进县衙,此刻哪里还顾得了粮仓,慌里慌张弃了官袍官帽,换了寻常百姓衣裳,慌不择路躲进民宅猪圈。虽臭气熏天,却也大气不敢出丝毫。

众好汉持扁担的用扁担挑,推车的就用推车装,杀入粮仓,如入无人之境,顷刻间就将府谷粮仓囤积的粮米、麦子、牛羊肉及果品菜蔬劫掠得一干二净。粮仓后院圈养的几百只鸡、鸭、鹅、猪、牛、羊等家禽牲畜也被好汉们悉数牵走,一个不留。王嘉胤再传将令,叫众好汉将劫掠粮米悉数装车,余下粮米就地分发。府谷百姓欢声雀跃,将王嘉胤拜为再世活菩萨,夹道磕头叩谢。

待粮仓劫掠一空,众好汉旋即离了黄甫堡,弃了宗常山,南下延安、庆阳,另寻黄龙山聚义。直至当日黄昏时分,刘知县见街中无了声响,方敢回县衙大堂。只见几个粮仓和猪牛羊圈空空如也,他气得七窍生烟,一面差人清点,一面行文将府谷粮仓被暴民劫掠一事报了陕西巡抚胡廷宴,又将火烧清水街一事快马飞报延绥镇总兵吴自勉。正是:

火烧清水街,夺得军器盔甲无数,好似黑煞神。

劫掠黄甫堡,周济穷苦百姓无数,好似活菩萨。

这胡廷宴每日被饥民抢粮、流寇劫掠之事弄得食不甘味,夜不能寐,早就厌烦至极。又听闻府谷流寇杀官军、劫粮仓,暴跳如雷之下,又斥来报者道:"天旱无雨,饥民无食起而闹事,偶有抢掠,本是历朝皆有之常事,何来大盗巨贼?本抚岂不知晓,你等何须大张其事?待得明春雨落,五谷丰登,饥民各安其业,盗贼自无。"

托这胡巡抚之洪福,王嘉胤、张孟存等好汉离了府谷县,南下黄龙山,路上未受阻碍。众人着了官军衣甲,手持官军军器,举着延绥镇边兵旌旗,路上遇到另队官军,也都不知对方是哪彪人马,相互间拱手抱拳。后队运粮米赶猪羊的,也还道是官军辎重。众好汉行了几日,远远望见群山纵横交错,山岭突兀连绵,一片片万仞沟壑,就如瀚海一般,此处正是黄龙山。有诗写道:

黄天厚土大河长,沟壑纵横风雨狂。
千古轩辕昂首柏,青筋傲骨立苍莽。

王嘉胤见黄龙山大过宗常山几十倍,植被虽不茂密,也是青葱葱一片。沟壑交错,错落有致,外有群山叠嶂做屏障,内有山洞暗河可以安身,进可攻,退亦可守,藏个几万兵马也不在话下,端的是个绝好去处。张孟存、杨忠等诸多头领大喜,便叫众好汉挑些宽敞明亮之山洞安营扎寨。王嘉胤挑了一处避风阴凉的山谷,叫人搭起了凉棚,又叫人杀牛宰羊,埋锅造饭,将劫掠来的果品菜蔬摆了大宴,庆贺新到黄龙山聚义,众人欢声雀跃。

只见席首中间坐了王嘉胤,张孟存、杨忠在他两边坐了。右首分别坐了王虎、洪狼、谭雄、黄才;左首坐了吴廷贵、吴回、吴天、邓芝、邓龙,一行共有十二个大头领。其他小头领下首坐了,余众好汉坐在外围,个个开怀畅饮,大嚼大咽,就似梁山好汉大碗喝酒、大块吃肉一般痛快。

王嘉胤重赏了王虎、洪狼、张闻等人,张孟存谓王嘉胤道:"众位好汉新到黄龙山啸聚,当大建山寨,多建房舍窑洞,稍许假以时日,黄龙山必当兴旺。四方豪杰皆望风而来,皆是大王之德,亦众弟兄之福也。现今黄龙山聚集四五千好汉,占着天时地利,非同旧日。小弟提议,可在东西南北四处,设酒馆驿站,专一探听吉凶之事,也可引往来义士上山。如若朝廷调遣官兵前来,亦可以报知如何进兵,好做准备。"

王嘉胤听后问道:"那贤弟有何调度?"

张孟存回道:"可令吴回、吴天、邓芝、邓龙带领十数个兄弟去四方开店。众位好汉胆敢杀官劫粮,都是些如狼似虎一般的人,可将众人分为四个千人队,令王虎、洪狼、谭雄、黄才分别带领。令杨六郎教授众好汉武艺,习练阵法,以图他日抵御官军。并遣张闻兄弟多多外出打探,但有缓急事情,飞书报来。"

王嘉胤闻言大喜,随即做出安排。

张孟存又建议道:"而今我等啸聚黄龙山,可在黄龙山顶设龙王庙,供奉黄龙山神,保黄龙山风调雨顺。在山腰设议事厅,专伺众头领商议事务。山前设聚义亭,专伺迎接天下各路豪杰,并设士卒把守,早晚不得擅离。小弟手下还有些能工巧匠,起事前都是干些修路补桥、建房造屋之事度日,只是现今家家户户断炊,哪还有活干?又恐官府征徭,只得跟了小弟。可令这些工匠于这黄龙山上找水源,掘暗河,建房舍城垣,修山前大路。建鸡棚猪圈,将劫掠来的家禽牲畜圈养。开垦良田,以备长久打算。另要设掌管库藏仓厫、支出纳入之人,设送达关防文约之人,掌管兵符印鉴之人,打造衣袍铠甲、五方旗号之人,等等。"

王嘉胤闻言点点头道:"张首领所言极是,待黄龙山日后壮大,人才众多,且皆依张首领计议行事,另要设置管事,各自总领事务。"

众头领闻听王嘉胤之言,皆大欢喜。

待诸多事务分拨已定,黄龙山前后筵席三日,不在话下。黄龙山众好汉每日只是操练人马,教演武艺。忽一日,西处酒店管事邓芝快马回报,说黄龙山西岭处有一彪人马,约莫四千人,浩浩荡荡,大都是庄户人装扮,少许人着官军服饰。手中武器也大都是木棒、猎叉等物。

王嘉胤与张孟存、杨忠得报后商议道:"听邓芝兄弟所报,必定又是一帮反抗官府、劫掠富户的好汉。我等弟兄今日共聚大义,想必四方豪杰已闻。只是来人众多,我等不知虚实,可遣一兄弟走一遭,探听虚实可好?"

张孟存建议道:"就遣张闻兄弟前往即可。"

"好!"王嘉胤当即差张闻前往,并叮嘱道,"上次多亏张闻贤弟建功,这里只有贤弟有梁山好汉时迁一般的功夫,若真是好汉来投,则是山寨之大幸,切记速去速回。"

当时,张闻寻了个斗笠,提了十几斤酥梨装袋,着了件庄户人家汗衫裈子,装扮成贩梨的农户,就辞了众位头领。张闻运起轻身功夫,翻山越岭,如履平地,很快便没了踪影。在路上行不了多时,就出了黄龙山地界,听闻众百姓都道:"前几日黄龙山来了一伙人,有官军,有百姓,还有运辎重的,看来是一伙啸聚黄龙山的好汉。屋里头有揭不开锅的,去黄龙山或许能讨个活路。"

张闻听了,暗喜横天一字王名声在外。当日正行之间,只见众百姓慌不择路躲闪了,原来远远地走过来一彪人,众百姓不知来者是兵是匪。反正是兵也抢老百姓,是匪也劫老百姓,只有快快躲闪了方为上策。

张闻挑了块空地,把袋中酥梨放在地上,就势摆了个瓜果摊子。眼神不看瓜果摊,只朝那伙人瞅去。那队伍一眼望不见队尾,足足有四五千人,黑压压一片。待那伙人走近,走在最前面三个必是头领。中间一人是个精壮汉子,着官军甲胄,手里握着一把刀,刀鞘花纹精致,刀把饰品雕工精细,惟妙惟肖,一看便知是把难得的宝刀。旁边两人,一个书生和一个黑大个子,也是官军打扮。

来者正是江湖人称齐天王的白水王二,手中宝刀正是种光道所赠祖传宝刀。身旁书生便是种光道,黑大个子便是郑彦夫。

原来当日王二、种光道率众入澄城县杀知县张斗耀后,领众好汉且到澄城县北红石崖啸聚。澄城县官吏将饥民杀官劫粮一事飞报时任三边总督史永安,史永安当即下了海捕文书,画影图形,悬赏白银千两缉拿王二、种光道一众贼首。为避免官军围剿,王二遂率众好汉退至洛河北。官军抓不住贼首,便捉拿家眷。王二父兄皆已饿亡,郑彦夫又无家眷,官军便去白水县将种光道浑家抓了,押至市曹斩首示众。

种光道闻浑家被官军擒杀,想起那几日浑家还在等待自己卖刀换粮度日,便大哭数日,泪中带血。至此,种光道便断了复为良民之念,誓与官府不共戴天。此后,为抵御官军围剿,王二等人转战于渭北,先打宜君县,再打蒲城县等,一路攻镇夺寨,劫富济贫,斩杀贪官污吏无数,深受四方百姓拥戴。陕西巡抚胡廷宴先是充耳不闻,后见饥民声势浩大,恐惊动朝廷,便急派官军围剿。王二、种光道之众与官军接战数次,累累绝地反击,以少击多。王二所到之处,饥民逃卒纷纷来投，旋即达四五千人之众，部众皆尊王二为齐天王，意喻不惧天，敢与天齐也。

崇祯元年七月，听闻府谷逃难饥民言府谷王嘉胤、洛川张孟存、辽东杨忠率众起事，王嘉胤被尊为横天一字王，又转战延安、庆阳，啸聚黄龙山。王二大喜，急领部众北上，欲与王嘉胤合兵。

再说这张闻在洛川随张孟存起事时，亦听闻齐天王威名，只是无缘相见，不识尊容。张闻见那手持宝刀者走近，捧起几个酥梨假意叫卖。王二见路边摆贩果子的拦住叫卖，便立住了脚，叫身后人拿几个铜板来。

张闻见状便问了一声："可是齐天王么？"

王二听得，回过脸来定神看时，见这人生得精瘦，走路步履轻盈，一看便知绝非一般贩梨的庄户人，问道："壮士素未谋面，如何呼唤额的名号？"

"足下果是齐天王，白水王二么？"张闻说罢，便拜倒在地。

王二连忙扶住张闻，答礼道："足下高姓大名？"

张闻回道："小弟姓张名闻，祖籍陕西洛川人氏，跟随不粘泥张孟存起事。小弟幼时多在崇山峻岭里讨生活，练就一身飞檐走壁、穿山越岭如履平地的轻功，江湖上送小弟绰号赛时迁。数月前，不粘泥携小弟等众人投奔横天一字王。横天一字王领众兄弟府谷起事，又啸聚这黄龙山。今日黄龙山西口酒馆探听到有四五千好汉前来，横天一字王传下将令，若是齐天王到来，便恭迎大驾。小弟听闻江湖传言，种光道头领祖上乃大宋经略相公种师道，祖传宝刀两口，削铁如泥。种大哥宝刀赠英雄，齐天王用这刀杀了澄城县狗官。方才见众好汉浩浩荡荡而来，秋毫无犯，必是反抗官府、劫富济贫的好汉。为首手持宝刀者，器宇不凡，必是齐天王。小弟特奉横天一字王将令，恭迎齐天王。"

王二听闻王嘉胤、张孟存如此义气，大喜，叫张闻速速回去通报，说他自来投大寨入伙，道："横天一字王四方开酒店为哨，招引上山入伙的好汉。额见张贤弟行步非常，不想果是横天一字王帐下好汉，正是天幸！"

张闻拱手道："诸位好汉慢行，小弟先行飞报横天一字王。黄龙山前有一处聚义亭，横天一字王、不粘泥等头领将在亭内恭候王首领。"

张闻飞报王嘉胤，王嘉胤亦闻之大喜，率众头领在山前恭候。王二率众好汉又行了半个时辰，来到一处关隘，望见不远处立了个门楼，上书"黄龙山"三字,也不知哪朝哪代修建,早已破败不堪。待王二看到路口时,只见远远飞身奔过来七八条好汉,都朝这边高声唱喏道:"齐天王这边请,横天一字王在聚义亭恭候。"

王嘉胤领着一班头领在聚义亭迎接。王二、种光道、郑彦夫等见了,慌忙施礼道:"白水王二,久闻横天一字王大名,如雷贯耳,今日特来相投。"

王嘉胤道:"嘉胤只是个当兵吃粮的小卒,不曾读书,横天一字王名号实乃他人推崇,愧不敢当。今日齐天王屈尊来到黄龙山,嘉胤深感万幸。且请齐天王到议事厅,再作计议。"

张孟存、杨忠等众头领也与王二一一施礼,这四五千好汉都跟着上了山。

到得山腰议事厅里,王嘉胤邀王二上座。王二再三谦让,王嘉胤坐了主位,王二和张孟存挨着王嘉胤坐定。其余众头领一字儿坐下,一个个都来叙礼。二位大王英雄相惜,互叙由来,互道仰慕之情,大有相见恨晚之意。

王二将劫掠所得粮米、布匹、牲畜、果品、干粮等悉数献纳,众头领皆大喜。张孟存安排从人宰了两头黄牛,十只羊,大摆筵席。自此,横天一字王府谷王嘉胤,齐天王白水王二,聚集好汉万余,啸聚黄龙山对抗官府,劫富济贫。方圆几百里饥民、逃卒望风来投。

越旬日,安塞高迎祥率五七千好汉来投。高迎祥,字如岳,三十七八年纪,长得身材高大,鼻宽口阔,曾以贩马为业,因其武艺高强,善于骑射,膂力过人,上阵交锋喜着白袍白巾,身先士卒,人称"白袍将"。高迎祥本欲做良民,曾领百姓开暗河,购粮种,却不期被官府连连陷害,遂对安塞饥民疾呼:"与其坐而饥死,何不盗而死。"便率众揭竿起事。高迎祥自封"闯王",先杀官吏,继而夺兵器粮米,部众旋即至五七千人,后盘踞于延庆。高闯王多用流动奔袭,令官军疲于奔命。

再越数日,清涧王子顺、苗美、邢家米率领四五千好汉来投。王子顺臂力惊人,左手善用一把金丝大环刀,上阵交锋,数十兵丁近不得身,因此人称"左挂子",又称"王左挂"。手下兄弟苗美,武艺高强,腹有韬略,心怀大志,人送绰号"横天王"。邢家米亦武艺高强,长得面红耳赤,善使一把关公大刀,上阵交锋,犹如虎狼一般,因此人送绰号"邢红狼"。

又越月余,绥德王自用、延安马进忠统领一万好汉来投。王自用身长八尺,腰阔十围，面圆耳大，鼻直口方，嘴边虬须恰似攒千条断头铁线，胸脯虎毛好比露一带盖胆寒毛。日常里人看了，还道是梁山好汉花和尚鲁智深转世，因此人人皆唤王自用为"王和尚"。马进忠，因其文武全才，熟读兵书，深通韬略，颇有大将之才，统领十万天兵不为过，人送绰号"混十万"。王嘉胤见王和尚如此豪气，称他如同左膀右臂一般，便将身边谋士王国忠送绰号"白玉柱"，将王自用送绰号"紫金梁"。

短短数月，黄龙山聚集首领十人，乃横天一字王王嘉胤、齐天王王二、不粘泥张孟存、杨六郎杨忠、闯王高迎祥、左挂子王子顺、横天王苗美、邢红狼邢家米、紫金梁王自用、混十万马进忠。头领十一人，乃吴廷贵、王虎、洪狼、谭雄、黄才、吴回、吴天、种光道、郑彦夫、邓芝、邓龙。小头领不计其数，好汉三万余人。

此时黄龙山兵强马壮，端的是声势浩大。若非秦陕之地连年大旱，官府衙门苛捐重税，封疆大吏贪图清净，朝廷命官推诿扯皮，崇祯不思赈济百姓，焉有如此之多好汉横空出世？

若要细论众好汉出身，三天三夜便也道不尽说不完。此番单说这个闯王高迎祥，此人可是个重情重义的好汉子。

话说陕西延安北有个安塞县，北靠榆林，南接甘泉，自西汉始便有"上郡咽喉"之称。杜甫在《塞芦子》一诗中道出了安塞的重要，曰：

> 五城何迢迢，迢迢隔河水。
> 边兵尽东征，城内空荆杞。
> 思明割怀卫，秀岩西未已。
> 回略大荒来，崤函盖虚尔。
> 延州秦北户，关防犹可倚。
> 焉得一万人，疾驱塞芦子？
> 岐有薛大夫，旁制山贼起。
> 近闻昆戎徒，为退三百里。
> 芦关扼两寇，深意实在此。
> 谁能叫帝阍，胡行速如鬼！

这安塞县西北有一座二郎山,在宋仁宗时便建有一座道观,曰太平观。去岁天启皇帝驾崩,崇祯皇帝即位,百姓皆祈愿换了新皇帝,望今岁能风调雨顺。一时间,太平观香火极盛。观中道长原是个得道化外高人,只因天下大乱,道长外出游方,数年未归。当前的太平观道长姓蒋名良,却是个不甘清苦、不守戒律之人,要周边庄户人家隔三差五就送上供奉,否则便是为心不诚,倘若触怒神灵,甘霖则半滴不降。

百姓本就吃野草咽树皮,只得又上山捕猎,崖上采果,或拿出粮种供奉道观,实则进了蒋道长腰包。这道观门前有一方鼎,重四五百斤。道长称此鼎下有古井一口,井内镇有妖孽,一旦放出,则生灵涂炭,寸草不生。

可这高迎祥是个不信鬼神之人,本是贩马的马倌,因武艺高强,膂力过人,性格豪爽,好打抱不平,在乡野民间颇有威望。乡间百姓因田间颗粒无收,无食饿极,有一二百人找高迎祥寻活路。

高迎祥道乡绅并未耕作分毫,然锦衣玉食,手中都是些不义之财。遂率众欲劫掠周边富户,因事不秘,遭官府缉拿。高迎祥为躲官司,离了家中老母,远道赴蒙古贩马,一去一年有余。近日,他收到兄弟高迎登书信,说已探听明白,乡绅并未有真凭实据,官府已经撤案,要他返乡。这高迎祥往返千里,虽吃了不少苦,但也赚得银钱三十余两,收到书信,他心中畅悦。此时兵荒马乱,盗贼横生,这千里贩马的营生也是刀口上过日子,因此高迎祥三十大几,尚无妻室。家中尚有老母,他只想着买些米粮以度饥荒。高迎祥便在蒙古买了些牛羊肉、红米、奶酥等,又打了几壶马奶酒,策马飞奔就回安塞。

一路饥餐渴饮,待回到安塞,见到老母和兄弟已几日只吃些野菜野果度日,就叫兄弟生火煮些红米饭和牛羊肉,又叫了一个庄上的丁三、卢四等几个过命兄弟过来一起吃。

丁三、卢四听闻高迎祥从蒙古贩马已回,就也从自家灶台里拿了几个烤白薯,还有前些日子刚挖得的些许野菜,和高迎祥一起享用。须臾,高迎祥在屋外摆了个小桌,几个人围桌而坐,桌上有山蒜炖牛肉、煮羊肉、香椿炒羊肉、马齿苋、车前草、芥菜、猪毛菜、煮榆钱等菜肴。高迎祥又拿出一大壶马奶酒请众兄弟吃,众人边吃边叙事。高迎祥老母眼花,不愿打扰儿子说话,就一旁自吃了一碗红米饭,吃了些马齿苋。

众兄弟多时不见,高迎祥给众位先满了一碗酒,众位都一口饮了。这蒙古酒端的是劲道足,吃了几碗酒,众人皆近半酣,这话语也就多了。丁三道:"今日额们弟兄有福,这多日不见荤腥,得高兄请吃牛羊肉,却是打牙祭。"

高迎祥笑道:"丁贤弟自幼大山里玩耍,是出名的飞毛腿,山上野兔野鸡倒没你腿脚利索,要见荤腥,还不是易事?"

丁三摇摇头道:"兄长,你这贩马一去年余,可知今日可不比往昔。"

高迎祥问道:"却是怎的一回事?"

丁三解释道:"兄长可知安塞西北二郎山么?这二郎山有个太平观,这些时家家户户都去观里求雨,指望今年有个好年景。道观里有个蒋道长,定要额们缴纳供品,只要粮米金银,不然就是触犯神灵,滴雨没有。这天地大旱,颗粒无收,哪还有粮米金银?蒋道长不依,叫额等将自家值钱的家伙什去二郎山下周财主家兑换。庄户人唯恐今年继而大旱,有砸锅卖铁的,有当了陪嫁首饰的。兄弟额家徒四壁,只好上山采些山珍,打些野味,再去周财主家换些粮米,送去太平观做供品。"

高迎祥闻言怒道:"额还未曾听说过索要财物的道士,定是个日白聊谎的道长。"

卢四也道:"兄长,庄户人最怕旱涝,只得宁可信其有,不可信其无了。这蒋道长还道这观门前有一方鼎,重四五百斤,鼎下一井,镇有妖孽,百姓越发不敢怠慢。"

高迎祥听罢又怒道:"额想这必是道士们又弄些什么妖精罐罐,额这就去搬开了那个什么鼎,看看井里有什么精怪?"

众兄弟知道高迎祥性烈如火,哪里敢劝。老母怕事,亦劝不动他。

有分教:

举头三尺有神明,坦荡心胸无妖精。
劝君莫把善人欺,是神是妖在于心。

直教千斤力士是神,拳只打强人恶霸;临凡魔星是魔,却强过贪官污吏。欲知这井下有甚妖精鬼怪,且听下回分解。

第八回

郑知县献谄史总督　高义士初遇马首领

书接上回。待酒足饭饱，高迎祥乘着酒兴，就扯着众兄弟到太平观去。行了不一会儿，就到了太平观，外面看时，果然有一个敬香用的方鼎。他左右相了一相，走到鼎前把褂子脱了，用右手握了一端，又把左手按住另一端，把腰肢一撑，运气升起，将那鼎扛上肩膀，走了十余步，稳稳将鼎放下。

众道士闻声来瞧，见此人如此神力，哪里敢上前拦阻。众香客见了，一齐拜倒在地叫道："师傅不是凡人，正是西楚霸王再生！身体无千万斤气力，如何挪得起？"

这事早惊动了蒋道长，他起来见状惊道："这人也忒地无理，却要触犯神灵。"

高迎祥只是不理，就势轻轻挪开井盖，要看看这井里到底镇着什么妖物。蒋道长奋力来推高迎祥，却哪里撼得动他铁塔一般的身躯。

高迎祥一瞧井底，不看则已，看了便大怒。众人不解，有胆大的围过来看时，尽皆吃惊。

原来这是个枯井，井壁两侧都有凹陷处，可脚蹬手攀，又滑又亮地似常有人上下，哪有什么妖孽！

只见那口枯井里面黑洞洞的，不知深浅。上面叫时，里面也没有人应。把索子放下去探时，有二三丈深。高迎祥疑惑道："想必是这伙道士故弄玄虚，这井里定藏有什么东西。"

一旁众胆大后生就有人要下去,高迎祥劝阻道:"这伙道士既是故弄玄虚,恐井底下有机关埋伏,还是等额先下去!"

胞弟高迎登亦劝阻道:"兄长千万小心,可容额回家一趟,取来五股钢叉和药弩来,和兄长一道下井不迟。"

高迎祥笑道:"何须带钢叉药弩。就算有埋伏,额也不惧,额先独个下去看看无妨!"

高迎登见状,便说道:"兄长艺高胆大,却也不可不防。且取把索子接了,接长索头,扎起一个架子,兄长把绳索拴在腰上,索上缚两个铜铃,但有吉凶,可摇铃告知额等,也好下井来助兄长。"

高迎祥应允,将绳索缠在腰上,另一头由丁三、卢四捏着,自己取了一根松脂火把就下井去了。

高迎祥越下越深,渐渐下到井底,火把却没有熄灭。他趁着火光一看,只见这井底却连着山洞,飕飕地灌着冷风,远处似乎还听到潺潺水声。高迎祥顾不得这些,就着火把明亮放眼望去,山洞里竟堆满麦子、玉米、高粱、大枣、腊肉、风干肉等诸多救命粮食,还有许多布匹、金银等。

原来这伙道士忒毒,大旱连年,却假借神灵搜刮百姓救命过活的粮米。还哄骗百姓说井内镇有妖孽,分明就是惧怕百姓撞见这井底玄机。百姓也是迂腐,这粮食或许是家中有人饿毙也未曾吃到之口粮,家家都经历着千苦万苦,却都送了这伙恶人。

高迎祥拽了拽绳索,摇动铜铃。高迎登、丁三、卢四和几个胆大后生就也顺着绳索,沿着井壁下到井底。众人见到高迎祥,高迎祥指着这些粮米财帛怒道:"今岁粮米贵过金银,这里粮米之多,足见这伙恶道不知哄骗过方圆几百里百姓,亦不知哄骗多少年月。粮米本就是额们庄户人种的,今个自可取了回家度日。"

众人听了大喜。

高迎祥又道:"额等先且上去,想必这伙恶道必是白日里逼迫百姓缴纳粮米供品,晚上就囤积在这井底。道观里必有绳梯、箩筐、推车等物,可去观里搜寻,悉数运到集市散于百姓。"

众人皆依高迎祥所言,先都上去了,又去观里找寻装粮之器皿。

蒋道长做梦也未曾想到,此番碰到高迎祥这样不惧鬼神的人。见到家底要被这伙人抢去,不禁怒从心头起,恶从胆边生,寻思这些粮米钱财若被人劫掠去了,我有甚来由辛苦这遭?我不打翻举鼎那厮,怎能出一口恶气!

说时迟那时快,蒋恶道从腰间拔出一把宝剑就照高迎祥脑门劈来。原来,这蒋道长也恐有饥民发现端倪,干出这哄抢的事情来,就把宝剑隐藏了,平日里就似束道袍的腰带,实则乃宝剑也。

只见蒋良赶上来,先大喝一声:"余众人等,盖上井盖速速离去,道爷就放你去了!"又朝高迎祥喝道,"兀那贼人,不要走,吃道爷一剑!"

高迎祥吃了一惊,回过头来,见是恶道拈着剑赶来,那把剑寒光闪闪,刚柔并济,绝非凡品。他就势一个翻转,几个纵跃跳到圈外,拔起一株松树就当棍棒与蒋良战到一处,喝道:"好个日白聊谎的贼道,叫你看看额的手段!"

蒋良大声吼道:"你个挨球的,我搞我的粮米,关你鸟事。晓事的,盖上井盖子快滚,我便饶了你!嘴里若有半个不字,直结果了你这厮性命!"

高迎祥亦怒道:"你这挨球的贼道,端的是心黑如墨,来来来,和额斗上几个回合!"

蒋良大怒,大骂道:"哪里来的野贼!怎敢无礼!"

"额来和你见个输赢!"高迎祥横着松树,直奔蒋良。

两人就在道观前空地斗了十余个回合,这贼道岂是神臂膀的对手,十余个回合下来,恶道士便气喘吁吁,汗流浃背。众道士见蒋良落败,却待要一齐上。只见高迎登、丁三、卢四并几百壮汉怒气冲冲,围成个圈儿,就要打这伙恶道。

蒋良见势头不对,就朝高迎祥面门虚晃一剑,夺路而逃。众道士保命要紧,早就跟着鞋底抹油,逃了个干净。

众人见恶道士都逃走了,就去观里搜寻,果然搜到绳梯。大家七手八脚将箩筐依次绑在绳索上,一些人下到井里,把粮米肉食都拖在箩里,摇动索上铜铃,上面听得,就用力扯起来。众人又在观里找到了一二十辆推车,将井底一应粮米财帛尽数装载运走。

高迎祥、高迎登、丁三、卢四领着众人将粮米财帛运到集市,丁三寻了个破锣,一路叫嚷着众百姓速来集市分粮米。众百姓如同做梦一般,听闻有人在市集散发粮米,就个个携家带口,有背布袋的,有端碗的,有提桶的,有抬缸的,将市集挤得水泄不通。饥民太多,用不了多时,就将粮米、肉食、布匹、财帛分净了。

高迎祥两兄弟也领了一袋子高粱米、一些麦子、几包大枣、几斤腊肉,还有些布匹和散碎银子。高迎祥将分得的粮米肉食运回家,心情爽悦,就叫高迎登煮了些高粱米饭,切了两斤腊肉,和着山蒜一起炒,又吃了些马奶酒,就倒在床上呼呼睡去,直睡到第二天日上三竿。

昨日已有庄户人去县里将高迎祥之举报知安塞县知县陈炳。这陈知县却是一位爱民如子的好官,他乃河南孟津人,去岁来安塞任知县,见境内灾荒,民饥无食,便以公粮和自解私储支起大锅煮粥,施粥救民。被其救活者数千之众,民间对其无不歌功颂德者。

天明,高迎祥起来洗漱罢,众多庄户人或端一碗羊肉泡馍的,或端一盘裤带面的,或挑一笼蒸馒头的,都在屋外要道谢。高母又欢喜又担忧,喜的是儿子有侠义心肠,忧的是儿子端了恶人巢穴。俗话说"明枪易躲,暗箭难防",这伙恶人必不会善罢甘休,也不知已有多少暗箭等着他。

高迎祥穿了衣裳,整理了巾帻,到门前与众人相见。众乡亲都谢道:"额等愚昧,也不知被这伙恶道害到几时,今日幸得壮士端了恶道老巢!一是乡中百姓有福,二是救命度日,实出壮士之赐!"

高迎祥拱手道:"非迎祥之能,实乃托众人之福。还望众乡亲以此为鉴,日后一起多做些抗旱引水的举措,这庙中泥菩萨救不了命!"

众人听了连连称是。

高迎祥就每盘菜肴尝了几口,就道这年头家家户户都不易,对送来菜肴坚而不受。众人正说着话,就有安塞知县陈大人使人来接高迎祥,只说要见见这不惧鬼神的神臂膀,差了四个衙差抬了一顶轿子,要迎到安塞县府衙去。

高迎祥回屋问过老母,老母道:"这陈知县是好官,额等乡民也都受过陈知县施粥的恩惠。陈知县要见你,你须应下。"

高迎祥点头称是,就此辞过老母,随衙差去了。走不多时,就到了县前衙门口,陈知县已在府堂上专等。高迎祥下了轿,走到厅前就给陈知县俯身施礼。

陈知县看到高迎祥膀大腰圆,似有千斤般力气,赞道:"不是这两只臂膀,焉能抬得动太平观前几百斤重方鼎!"便唤高迎祥起身说话,"你是何方人氏,怎生有如此神力？"

高迎祥见问回道："小人自父辈始居安塞，祖父曾随马芳将军北拒蒙古，大战阿勒坦可汗，后被弓箭伤了腿，便回乡务农。小人自幼习学枪法骑射，祖父曾将两块青石板绑在小人臂膀上，日夜不得卸下，因此练就了这一身力气。"

陈知县闻言，拱手抱拳道："原来祖上还是马将军麾下，失敬失敬！"

高迎祥慌忙还礼。

陈知县又问如何搬开方鼎，如何下到井底，如何找到恶道粮仓等事宜。高迎祥就将昨日之事叙了一遍，陈知县不禁连连赞许。

陈知县赏了高迎祥几杯老酒，又将府中库银拿出二百两要赐给他，以表嘉奖。高迎祥回禀道："小人侥幸发现恶道伎俩，且这井底粮米本就是众乡亲所种，还于众人也是天经地义，并非小人之德，如何敢受赏赐？小人在太平观方鼎下井底探路，看见井底连着山洞，却听闻有流水声，想必洞内有暗河。这年头大旱连年，何不就用这钱请些劳工，开凿暗河蓄水灌溉，岂不更好？"

陈知县赞道："难得高壮士如此侠义，既是如此，任由壮士。"

陈知县叫来县丞，把这赏钱交于他，去找些壮劳力去太平观门前枯井底找寻暗河。当日，县丞找了几十个壮汉子下到井底，打着火把，还真在山洞里找到了暗河。

县丞立即报了陈知县，陈知县大喜，连夜就发了招募告示，没几日就募了五六百乡亲。陈知县叫上全县衙差，和众百姓一道，都各自带了锄头、斧头、凿子等，又找了几个二郎山当地老者为向导，去开山引水。

高迎祥、高迎登、丁三、卢四和众兄弟也来开凿水路。众百姓干劲冲天，过了月余就将暗河凿通。众人又搬石头筑了水槽，水借山势，汩汩流淌。众百姓欢声雀跃，皆赞高迎祥真乃活菩萨下界。

陈知县见高迎祥有勇有谋，又忠厚仁德，就有心要抬举他在知县府衙做事。一日，陈知县将他叫到县里道："高壮士，本县见你武艺高强，又心思缜密，是个人才。恰好安塞县叶典史官下有个班头年迈，已告老还乡，职位空缺。本县今日就保你做快班班头，如何？"

这典史乃县衙中掌管缉捕盗贼、刑狱用典的官吏，虽未入品级，但亦是吏部管辖的朝廷命官。县衙典史管辖有衙役三班，是为壮班，负责值守；快班，负责缉捕；皂班,负责仪仗护卫。班头一职是衙役小头领,知县可直接任命,不需呈报吏部,足见陈知县对高迎祥器重。

高迎祥大多时日以马背为床,天为被,无拘无束惯了,哪里肯受这些差事,回道:"小人只是个养马贩马的马倌,有何德何能担任班头？"

陈知县听了不悦,再三要高迎祥留在府衙当差。

高迎祥推辞不过,心想一来陈知县确是个爱民如子的好官；二来留在县衙,也不用千里贩马,一去一年半载,就此平安度日也好。于是就地俯身跪谢道:"承蒙知县大人抬举,小人必当赴汤蹈火,以报厚恩。"

陈知县随即唤主簿立了文案,当日便保高迎祥做了班头一职。自此高迎祥就在安塞县衙叶典史差下做班头,助叶典史掌管安塞县盗贼缉捕、民间巡视一事。灾荒年月,盗贼净是些饥民,也只偷盗些粮米吃食,抓也抓不尽。高迎祥宅心仁厚,对饥民盗饭食,皆睁一只眼闭一只眼罢了。

捻指间,不觉寒冬已过,又至春耕时分。好在陈知县带领百姓开凿暗河,虽是杯水车薪,但尚能灌溉些许田地。眼看春耕已到,虽有高迎祥所取太平观囤积之粮米,但百姓成千上万,也各自领不了些许,百姓饿急,吃了几顿粥水延命,哪还有粮种做春耕之用。陈知县真乃忠良,日夜寻思如何寻些粮种。可而今秦陕一地,粮比金银贵,焉有粮米可借？纵有粮米,安肯予以他人乎？

忽一日,陈知县想起天启七年平凉、庆阳一地麦熟季,有人携家带口哄抢麦穗过活,遭官军驱散一事。陈知县寻思,既是平凉一地有人抢麦,则田地必有些收成。此处有华亭知县郑友元,乃湖广人,和他本是同科进士,常有书信往来,也还有些交情,不如就此去华亭县借些麦种,多予银两无妨。当下主意已定,陈知县又寻思这辗转千里,车马劳顿不说,却怕路上被饥民盗匪劫了去,须得个有本事的人应了这差事才好。陈知县想起高迎祥来,心想有这等英雄了得,须是此人可去!

当日陈知县便唤高迎祥来衙内商议,道:"甘肃华亭知县乃本县故交,本县欲遣人赴华亭县借些麦子做种,以做春耕用。只恐道中有饥民盗匪,须得是你这等英雄好汉方去得。本县现就修书一封,你可看百姓面,持书信见华亭知县郑友元大人,早去早回。"

高迎祥应道:"知县大人以百姓为重,小人安敢推辞。既蒙差遣,即日打点了便行。"

陈知县大喜，即刻修书一封，拨付了银钱，安排十余个衙役，赏了众人壮行酒。高迎祥叫众人各自去准备马匹、兵器、干粮、换洗衣裳等，响午便出发。

且说高迎祥领了知县言语，就回家去辞别老母和兄弟。他将去华亭县借麦做种一事禀了老母，老母含泪交代道："吾儿，此番去华亭县购种，救民饥渴，乃积阴德之事。为娘幼时也曾为躲避兵灾去过华亭县，这华亭县北有崆峒山，西有六盘山，皆险恶去处。此番去了需小心为上，早早回来，和你相见！"

高迎祥见老母眼中垂泪，便劝道："老娘勿忧，儿此番去华亭县，只挑大路走。且儿自幼习武，一杆长枪，一把弓，也不惧人劫掠，儿自当早去早回。"

老母送高迎祥出门，临出门，高迎祥又嘱高迎登道："兄弟好生看护老娘，为兄去去便回。"

高迎登回道："这个自然，兄长勿忧。"

待到响午饭罢，高迎祥点了十一个精壮差役，各自骑了一匹马，拴束了包裹就来辞别陈知县。陈知县已装好书信，也备了些礼品箱笼交于高迎祥，又嘱咐了一番。

高迎祥将金银细软之物装了两大包袱，随身背着，书信也随身藏了，带了安塞县印信公文，礼品箱笼交随行差役放马背上了。那十一个差役也拜辞了知县，提了兵器。一行十二人离了安塞县，取路往华亭县去了。

高迎祥与众差役为免与盗匪猛兽纠缠，虽远了些路程，也只往大路奔华亭县去。路上少不得饥餐渴饮，日夜兼程。行了几日夜，已到了华亭县境内。华亭县离崆峒山不远，有诗句赞曰：

高峡平湖禹甸天，聚仙望驾紫霄间。
亭台楼阁清风爽，宝刹禅宫静雨闲。
玉喷琉璃皆异彩，春融蜡烛尽新颜。
梵林三教广成穴，西镇奇观第一山。

高迎祥一行人赶到华亭县城已是傍晚，奔县衙已经晚了，就先且投客店歇息。次日天亮，高迎祥洗漱罢，就吃了些干粮，便持了陈大人书信，背了装着银钱的包裹,带了两个差役扛着礼品箱笼,就去华亭县府衙拜见郑知县。

高迎祥见了门子,烦他通报安塞县知县差人拜见郑知县。须臾,门子回话,说郑大人早膳已罢,要他到正堂见过知县大人。高迎祥谢过门子,带了两个差役就径直去正堂。

高迎祥见了郑知县,俯身施礼,将陈知县书信和安塞县公函呈上。书信中,陈知县将安塞县无粮种可播,请郑大人一看百姓饥渴,二看同科进士薄面,速速拨付些麦种救急一一阐述了。郑知县看罢书信,又看书信日期时辰,已知高迎祥乃日夜兼程赶来,暗暗赞叹他是个有胆有识、重情忠义的汉子。

郑知县见高迎祥膀大腰圆,浑身似有千百斤力气,一时计上心来,禁不住喊出声来:"此事全在此人身上。"

原来,这华亭县郑友元知县虽和安塞县陈炳知县乃同科进士,两人性情却天壤之别。陈知县心胸豁然,心系百姓。这郑知县却心胸狭隘,心中所想尽是怎样取悦上官。平日里逢喜事则报,逢百姓蒙冤受屈之事则压。琢磨的尽是些上面的官老爷喜字画还是花草,喜食猪肉还是羊肉之事。他只想取悦上官,日后后者能在皇上面前美言,也好搏个升转。

高迎祥见郑大人看罢书信,就叫差役把礼品箱笼呈上。尽是些文房四宝、陕北剪纸、安塞腰鼓等陈知县自以为是宝贝的礼品。原来陈知县取自家俸禄赈济百姓,焉有多余银钱送人。

郑知县见了虽然心中不悦,也不好驳了面皮,就叫下人先收了。高迎祥看出郑大人不悦,取下身上所背银两道:"还望郑大人早早拨付麦种,以解安塞县饥民之困。所借麦资种钱,当悉数奉上。"

郑知县见状,不管借麦之事,而是问道:"壮士尊姓大名?年方几何?在陈大人手下任何差?可懂些拳脚武艺?"

高迎祥心直口快,如实答道:"小人姓高名迎祥,年近不惑,在安塞县任班头。小人自幼习学家传武艺,会些骑射功夫。"

郑知县闻言大喜道:"原来是高壮士,你太平观举鼎,安塞县散粮一事已然传开,本县也有耳闻,高壮士真乃义士也。可惜你身为班头,怎的这么不省事?"

高迎祥忙问何故,郑知县笑道:"这年头秦陕一地粮贵银贱,你那陈大人就没有问问本县这里麦子是什么价吗?怎知这些银钱就能买几斗麦子?"

高迎祥也纳闷道:"陈大人倒还未曾交代小人,愿闻郑大人详解。"

郑知县微微笑道:"高壮士难道还不知么?这麦种,本县说一两银子十斛也可,一两银子一粒也可。"

"这郑知县不是个善茬,脸皮跟城墙拐弯似的厚。"高迎祥闻言心中暗骂,但面上也只好强压业火道:"还望郑知县以百姓为重,多予些本县。"

郑知县闻言便道:"既是高义士开尊口,本县一向以百姓为本,这次就权当帮高义士一回。这些银钱可购麦种一千斤,本县还奉送给你两个车仗,可好?"

高迎祥口中谢过,心想这郑知县焉能有这番好心,必还有话说。

果不其然,郑知县又道:"不知道高义士可肯依本县一事?"

高迎祥拱手道:"知县大人只管吩咐!"

郑知县见状便说道:"高义士果然快人快语,本县这里有十箱物品,还有一封书信,想送去三边都督府史大人处。只是华亭到固原都督府,路途常有盗匪出没,六盘山亦有野狼大虫,恐道上遭劫,或被大虫叼去了,尸骨无存,一家老小却找本县要人,须得一个有本事的人带队去便好。本县未有高义士一般的壮士,正巧天赐高义士到本县,还望高义士助我一助。"

高迎祥投奔黄龙山乃崇祯元年秋,关中鸿儒武之望任三边总督为崇祯元年六月,此时乃崇祯元年春耕时节,时三边总督乃史永安也。史永安,字磐石,山东淄博周村史家塘邬村人。天启元年,四川永宁宣抚使奢崇明谋逆,据重庆,破泸州,陷遵义,攻贵阳。史永安时任巡按御史,助巡抚李枟守城,与全城军民同心共御强敌,坚守待援,最终平定叛逆。

这华亭县郑知县为何要送物品书信于史大人?原来,这郑知县内人史氏乃史大人亲侄女,史氏祖父早丧,史大人成名前多蒙史氏父照应,幼时习学武艺兵法,长大成人后考武入仕,直至兵部侍郎。

这郑知县深谙为官之道,焉有不紧抱史大人这棵大树之理?史氏也常劝郑大人多跟这位叔伯联络,怎奈三边总督府离华亭县虽不过二三百里地,却沿途流寇盗匪猖獗,常有野兽大虫出没,纵有奇珍异宝也难送于这位叔伯大人。郑知县想遣几百个差人护送,端的是太招摇,恐人议论。倘若遇上强寇劫掠,这几百人也不济事。因此一直留了心思,却找不到送货的人选。此番见到高迎祥,正好以卖种为由头,要他办这件差事。那送去的十箱物件,全是郑知县到任以来,四处搜刮崆峒山樵夫猎户所采摘捕猎之千年人参、灵芝、极品山茶、金钱豹皮、金雕毛、猴脑等稀罕物,书信上所写也尽是望日后照应之言辞。

高迎祥听郑知县说罢,心里头暗骂这厮是个巴结上司的狗官,正逢灾荒,仍不思解民之危难,心中所想仍是头上乌纱。自己何等样人,焉能为狗官办事?可不应这差事,郑知县必不肯拨麦种,数百里外安塞县百姓危矣!高迎祥思索再三,只得应了这趟差事。郑知县大喜,屏退左右,就叫高迎祥内宅说话。正是:

劝君莫欺众人,各自心底明白。

为官忠奸好坏,公道自在人心。

高迎祥只得叫随身衙役正堂等候,随郑知县入内宅。

郑知县夫人史氏和两个丫鬟就在内宅,见郑知县领了一膀大腰圆、臂粗如柱的汉子进来,便问道:"相公,此乃何人?"

郑知县介绍道:"此乃安塞县高壮士,神力无比,曾挪开五六百斤方鼎,人称神臂膀。高壮士艺高人胆大,愿去固原走一遭。"

史氏听了迟疑道:"去岁备得一箱礼品欲送上固原叔父处,半路就被流寇劫将去了。且六盘山有野狼大虫出现,驿卒都宁愿饶路也不走六盘山。就有十万火急军情,也都立遗嘱在先。此人就十分了得,不致失误?"

郑知县就将高迎祥太平观举鼎、井底劫粮、市集散粮、千里辗转来华亭县借麦做种诸多事情都讲于夫人听了。史氏闻言大喜,暗夸相公机灵,吩咐丫鬟为高迎祥备座斟茶,请他近前说话,道:"难得高壮士义气,你若到固原去,我当跟叔父抬举你。"

高迎祥叉手向前,禀道:"小人不才,不劳夫人费心。夫人有所交办尽管吩咐,小人即刻起身,只求郑大人早日拨付麦种。"

郑知县便接话道:"我这里有箱笼十个,都是些叔父日常用品,已经贴封完好。另有书信一封,还请高义士将这十箱物品和书信送到三边都督府史大人处,送去便回,五日内便要起身。"

高迎祥回道:"五日内起身须误了安塞县播种,小人决意今日就起身。"

"高义士此番出行,凶险万分,我即刻另修一封书,在史大人面前重重保你。好男儿志在四方,无非是功名利禄,你也休推辞。我另外也再安排些府中衙役跟随高义士前往,也好有个照应,如何?"这郑知县不仅脸皮似城墙拐弯一般厚,这心也忒毒。分明是送礼巴结上官,还恐人知,哄骗说箱子里全是什么日常物件,又恐高迎祥等人于路生有二心,派府衙中人路上监管,还打着什么相助之借口。

高迎祥也不与郑知县另修书信保奏一事理论,权当犬吠,充耳不闻道:"知县大人,小人贩马为业,这陕西、宁夏、甘肃、蒙古也跑了个遍,也曾听得六盘山野狼大虫伤人一事。此行经过的是五峰山、红崖山、草鞋山、凤凰山、崆峒山、凤凰岭、井盘沟、五里沟、二道沟,都是流寇逃卒盘踞之处。不说押运货物,就是看见马队也出来打劫,杀了马匹抢马肉吃。知县大人若派遣衙役跟随,便枉送了性命!不是被流寇劫掠了,就是被西北野狼叼了去。"

郑知县听高迎祥这般说,惊出一身冷汗,也顾不得人多招摇,道:"就多派些人护送便了。"

高迎祥问道:"一个华亭县能有多少衙差,碰着一处流寇就动辄几千人,哪里济事?"

郑知县闻言急问道:"那该如何是好?"

高迎祥回道:"依小人之见,就我们安塞县十二个人送去,一人打头、一人断后,中间十人各照看一个箱子。日夜兼程送固原交付,知县大人勿忧。只求事成之日早日拨付麦种,我等早行。"

郑知县也点头道:"你说得是。早去早回,我再送你五百斤麦子做种可好?"

高迎祥拱手道:"那就深谢知县大人了。"

当日高迎祥和两个随行差役在府衙用了午膳,郑知县另安排人将十个箱子锁好、封条。高迎祥去馆驿里叫上另外九人,十二个人十二匹马,领了十个箱子。郑知县差人寻了些官军衣服、盔甲、军靴等给高迎祥诸人穿了,以壮声威。众人将箱子缠好,系在背上背了,便要启程。

临别时,郑知县甚觉自己以不发百姓救命麦种,胁迫高迎祥等人干这般要命舔血的差事,有损阴德,便惺惺作态,每人与了一壶酒、二斤羊肉、二斤大饼、十两银子,称事成之后另有重赏。高迎祥碍于面皮,只得先谢过。

郑知县又道:"本县寻思,怕你不知三边都督府路头,特地再叫本县衙门巡检司童巡检一同前往。"

原来,这郑知县终是不放心高迎祥诸人,深恐其携箱笼逃走,就派了衙门巡检司跟随。高迎祥何等样人,岂会弃安塞百姓于不顾而逃遁?而这童巡检,是郑知县又是封官许愿,又是连哄带骗,才硬着头皮应了这要命的差事。

高迎祥也不与郑知县再多言语,就要急急启程,只望早日运回麦种做春耕之用。郑知县随即唤童巡检出来,当面吩咐道:"本县有十箱物件托高义士赴固原三边都督府送达,你一路上对高义士要言听计从,小心在意,早去早回。"

——交代妥当,高迎祥带上铁胎弓、走兽壶,走兽壶里装满蒙古人善用的驼骨箭,绰枪上马。众人都配了腰刀、弓箭,十三人急急策马北上。此时正是春季,仍是日头短夜晚长,高迎祥想的便是乘夜赶路。饥民流寇,缺食乏力,都是白日里劫掠过往客商,夜间都早早躲在草棚里歇息了。纵有夜间劫掠,也是饥民瞅着夜间官军戒备松懈,而劫掠官府粮仓。

高迎祥亦穷苦人,岂肯伤了饥民?明知夜间赶路必碰上野狼猛兽,也要夜行,真乃大丈夫也!

一行十三人取大路策马狂奔,不用一炷香工夫就走了二三十里地,已看不见大路官道。眼前全是崇山峻岭,也只有乱山深处僻静小路可走。高迎祥贩马所去地方甚多,自认得过了这条岭就有猛兽出没,便道:"远远望见大路边似有座破庙,额等就在庙内歇息,饱餐后再睡至三更,一鼓作气跑到固原,可好?"

众人听了皆道好。

众人骑马前行,进到跟前,推开门看时,果然是座山神庙,只是香火已断,僧人全无。高迎祥将马匹在庙门槐树上拴好,将十个箱子搬进庙里,从衣袋拿出火折子,敬了三炷香,道:"山神爷在上,小民高迎祥今番远道取麦做种,解救安塞黎民,为办差事,途经宝地,多有打扰,还望赎罪!"说罢,便在神像前磕了三个头。其余人等一一磕头敬了山神。

众人生了一堆火,拿出酒、羊肉和大饼,饱餐了一顿,又牵着马匹找了块草地喂足了马。高迎祥贩马为业,深知养马之术,对着马耳轻轻抚摸,马匹便一个个闭眼歇息了。他又派一个衙役值守,余众都和衣睡了。睡至三更时分,星明月朗,众人各自背了箱笼,高迎祥打头,抖擞精神,策马往北一路狂奔。

翻过这道山岭便是麻川,众人半点不敢马虎,径直飞奔过去。前面还喜有路径,却只是些山野小路。马匹也不惧荆棘,一路攀藤揽葛也不在话下。众人又狂奔了几十里地,再往前看,就见一座座崇山峻岭拦路,月光下群山张牙舞爪,犹如魑魅魍魉一般。高迎祥见了叮嘱道:"前方便是六盘山,正是野狼猛兽出没之地,诸位千万小心。"众人听了心慌,越发不敢言语,恐惊了野狼猛兽。

又奔了几里,一衙役惊呼一声,众人望去,只见草地上人和马匹骨架不下十个,不远处还有翻覆的车仗。看车仗新旧,也没几天光景。分明就是一个赶路的马队被野狼撞见,人和马匹俱被吃了个干净。蔡琰的《悲愤诗》有诗句写此荒野尸骸,曰:

白骨不知谁,纵横莫覆盖。
出门无人声,豺狼号且吠。

众人全身发抖,一个个抽刀在手壮胆。顺着那人马尸骸远望看将去,远处还有一团团鬼火朝这边飘来,就似群鬼出洞。一眨眼,这鬼火就越发飘近。高迎祥眼尖,早望见那绝非鬼火,分明就是一群西北野狼,不下五六十只。这西北狼凶猛高大,背健腿长,最喜月满之日觅食,又名唤作夜月狼。这伙孽畜闻到人马气息,便倾巢而动。众人一看是这些吃肉不吐骨头的孽畜,哪敢含糊半分,人人拼命纵马狂奔,狼群穷追不舍。

高迎祥走南闯北半生,亦是头一遭遇到这般场景,也把持不住战抖,寻思额从安塞辗转来此取麦,是为解救百姓无粮可食之苦,却逢华亭县狗官刁难,办这趟差事。额命事小,百姓今岁无种可播事大。额性命岂能交付这等孽畜!待事成之后,定不饶这狗官。高迎祥心头火起,身体便不发抖,须发倒竖,叫众人先走,自己殿后。

只见他从背上取下铁胎弓,将手从走兽壶里捻出一支驼骨箭,搭弓射箭,瞅着跑在最前一只夜月狼,拉弓如满月,箭去似流星,箭头直射那两团鬼火中间。只听"嗖"的一声,当头一只夜月狼便被射穿了狼头。这孽畜哼都未哼一声,便被射死。余众孽畜见头狼已死,恰似跟没看见似的,继而穷追。只见众野狼都张牙舞爪,扑向前来。高迎祥搭上第二支箭,手起箭落,又射死了一只。余众孽畜继而穷追,高迎祥搭箭,又射死第三只。

好一个神臂膀高迎祥,这骑射犹如神助一般,支支箭无虚发。眼看射杀二三十只夜月狼,走兽壶将空,孽畜依旧穷追。高迎祥拈出最后一支箭,看见前方有一处松林,一时计上心来。他吩咐众人往松林里跑,待靠近一株老松树,高迎祥就将箭头往松树上蹭松脂,一连蹭了几株松树,箭头箭杆上已经满满涂了松脂。高迎祥掏出火折子,点燃了箭,便成了一支火箭。他回身只见那伙孽畜已近在咫尺,便道:"额命岂能予你们,待额要了你这伙孽畜的命!"

高迎祥在马上瞅得仔细,待一只夜月狼跳将起来,张开血盆大口就要咬人。他把箭瞄准孽畜大口,尽平生气力一射,正中那孽畜喉管。

这支火箭使得力重,半支箭杆都直送入孽畜肚里。那孽畜疼痛无比,吼了一声,口里带着箭杆,跳过一旁翻滚去了。孽畜个大,翻滚蹦踏,便似树边卷起一阵狂风,吹得败叶树木如雨点般打将下来。孽畜口中箭带着火,霎时便引着了林子,那孽畜顷刻间也成了火球一般。火越烧越大,余众孽畜惊恐,终于退去。众人只恐还有野狼追来,继续策马狂奔,一直跑到望得见村野房舍方止。

这高迎祥一下射杀西北野狼二三十只,随行众人亲眼见他箭无虚发,火箭逼退群狼,尽皆瞠目结舌,称他为李广重生、黄忠在世。众人策马狂奔一夜,也困乏了,天还未亮,高迎祥便建议道:"前方山岭便是悬背梁,翻过山岭就到固原。此地已有人烟,额等可先行歇息。"

众人挑了个庄户人的空草棚,一气便睡到天明。待日头升起,众人醒来,将羊肉大饼全吃净了,背了箱子上马,循路慢慢走过岭来。看见村庄,这田间都干涸得裂了口子,只有少许庄户人挑着山泉水浇地。高迎祥等人一身官军打扮,庄户人见了他们行将下岭来,各自都吃了一惊,问道:"这伙官军忒胆大,此时过岭,莫非是夜间赶路?不怕夜月狼么?"

高迎祥等人疲乏,也不搭话。待卯时固原城门开,高迎祥向守城军士递交了华亭县公函便进了城。童巡检在城内路熟,带高迎祥等人径直来到三边都督府。

高迎祥等人下马,将十个箱笼绑扎成五对,中间横一根扁担,众人牵着马匹来到都督府门外。门外军士看了公函,知是华亭县送物品来的,见高迎祥众人官军打扮,道:"你等怎地到这里来?"

高迎祥回道:"额等从华亭县来,为避流寇,连夜策马兼程而来。"

军士吼道："胡说,这沿路夜间有野狼猛兽,你等十来人,如何策马而来？"

高迎祥不想纠缠,便道："劳烦通报,额等正是连夜赶来。"

军士手持公函见了史永安大人,史大人见侄婿差人送物件来,忙叫军士将高迎祥带进来。高迎祥叫从人扛着箱笼进了三边都督府,童巡检出入过都督府,路熟人熟,和他一道见过史大人。高迎祥施礼道："安塞县班头参见大人！"

拜罢,史大人问道："足下从何处来？"

高迎祥回道："小人姓高名迎祥,安塞人。因大旱连年,无种可播,本县陈炳知县只得远道华亭县借麦做种。"

史大人又问道："本官知陈知县乃爱民如子之好官,既是你奉陈大人之命前往华亭县借麦,如何到了我这里？"

高迎祥寻思若说了郑知县不发麦种相迫,史大人必然不悦,只恐惹恼郑知县。他便不谈胁迫之事,只说为答谢郑知县发麦种救民,自告奋勇来送物件。可恨这郑知县心黑,高迎祥就算见到上官,亦有苦不敢诉说。

高迎祥叫随行衙役将物件交于史大人,史大人吩咐府内从人带入后厅交付,唤都督府都事出了交割文书交于高迎祥,童巡检就手接过。高迎祥将书信也呈了史大人,史大人看罢书信大喜。他又见高迎祥虎背熊腰,一看便是英雄好汉,就邀他入座。

高迎祥婉拒道："小人只是个县内班头,都督府里如何敢坐？"

史大人笑道："壮士且坐无妨。"

高迎祥再三谦让,远远地坐下。

史大人便叫上茶,问道："华亭县来我这里,沿途都是流寇盗匪,六盘山还有猛兽大虫出没,更有夜月狼,凶悍不逊猛虎,官军通行也须一二百人以上,你如何前来？"

高迎祥并非好大喜功之人,只将为免白日撞见流寇,只能连夜策马赶路来固原之事说了。童巡检见高迎祥如此心胸坦荡,不计功名,不禁佩服得五体投地。接过话就将六盘山路遇夜月狼群,高迎祥神箭射杀,火箭逼退狼群一事说了。史大人听了,不住称赞高迎祥道："大唐翼国公秦叔宝,当年燕山校场比武,一箭双雕,技惊全座。叔宝却言箭术乃神勇三郎王伯当所传。大隋第九条好汉魏文通追杀叔宝,叔宝马陷河底,王伯当一箭射魏文通左手,一箭射右手,两箭虽事先通报还是射个正着，把这第九条好汉惊得屁滚尿流。众好汉大反山东时，王伯当出马一箭一个，射杀敌将无数。高班头神箭，与神勇三郎王伯当无二。"

高迎祥本乃粗陋汉子，都督府中所敬茶水虽是崆峒山上好雨露茶，却品不出滋味。他唯恐误了回安塞日期，见童巡检领了交割文书，便要起身告辞。史大人本想留高迎祥在都督府盘桓几日，切磋些骑射之术。见他们归乡心切，就留高迎祥、童巡检在都督府用了午膳，其余衙役安排从人款待。午膳罢，高迎祥等人就告辞启程。这回程之路没了箱笼货担，众人又是官兵装扮，路上流寇盗匪见无利可图，也就一路畅行。

回程马快，晌午启程，傍晚便至。众人一路劳顿，寻了客栈歇息了，童巡检自回家宅住了。次日，众人到得县衙，直至堂前见过郑知县。郑知县赞道："你们路上辛苦，多亏了你等众人。"

童巡检接话道："下官奉命监押众人赴固原办差，事已完毕，特将交割文书呈上。"说罢，就将都督府出具交割文书呈送郑知县。

郑知县问道："一路可顺，可遇到流寇盗贼，野狼猛兽么？"

童巡检告知道："托知县大人洪福，我等马快，自离了此间不到一个时辰，就没了大路。下官恐白日里惊了流寇盗匪，为免生杀戮，就叫众人先行歇息，夜间赶路。待夜间行得到六盘山，遭遇夜月狼群。知县大人平日里教导下官，下官不敢忘记，此刻下官心中冷静，教众人往松林里跑，高壮士射出火箭，引火逼退群狼。方得以星夜赶到固原，幸不辱使命。"

好个小小巡检司，临阵之时双腿抖动似筛糠，此刻却巧言舌簧，邀功请赏，避重就轻，将高迎祥神箭之功轻描淡写，自己倒成了首功。

郑知县虽心胸歹毒，脑袋却好使，童巡检之言，他哪里肯信？心中越加厌恶童巡检，嘴上却假意应道："童巡检劳苦功高！本县日后必有重赏。"

童巡检闻言满心欢喜，便退下了。

高迎祥对童巡检亦十分厌恶，但他只想早日带麦种回安塞，便道："知县大人，固原之事已罢，还请拨付麦种，小人早日启程。"

郑知县听闻高迎祥神勇，武艺皆好生了得，自己本就强人所难，对他已有三分恐惧，便道："既是如此，本县绝不食言。本县原本拨付麦子一千斤，车仗两个,再行追加五百斤,即刻启程,可好？"

高迎祥拱手道:"谢知县大人,小人收到麦种,即行启程,绝不停留。"

郑知县即刻唤县丞至,叫他安排粮科吏去县仓清点麦种一千五百斤。须臾,粮科吏差人送来麦种并车仗两个。高迎祥将一千五百斤粮食分开装车,分出四匹马拉车,叫四个衙役赶马车,剩下八人骑马护送。郑知县自觉理亏,深恐人在做,天在看,于己不利,又送了不少风干羊肉、羊腿、羊腰子、牛肉、荞麦面,满满装了几袋子。

高迎祥谢过郑知县,将粮米肉食都分于众人。可怜众衙役,几曾见过这满满几袋荤素吃食,却哪里舍得吃？都揣衣裳口袋里藏着掖着。

待车仗装好,众人启程,直奔安塞县而去。只是此行装有粮食,走不快,行了两个时辰,山岭山谷却是越来越多。眼看天色渐晚,却早望见一座高山,一衙役说道:"我等找个林子里且歇一歇,待夜深过山可好,谅这山不甚高,周围又有村镇,不会有夜月狼群。"

高迎祥正要说话,又有一个衙役喊道:"林子里有人在窥望。"

众人闻言,都勒住了马。

高迎祥在马上问道:"你看到什么？"

衙役答道:"前面林子里有人窥看,千真万确。"

高迎祥喝道:"众人万千小心,保护车仗！"话音未落,只听得有几面大锣一齐响将起来。

众衙差前日六盘山狼口脱身,心有余悸,此刻听到大锣响起,知有流寇盗匪至,还不知道多少。众衙差都慌了手脚,只待要走。高迎祥又喝道:"休要惊慌,且围住车仗。"

一衙役口里念道:"救苦救难天尊！便许下十万卷经！一千座寺,救一救！"惊得脸如成精的干瘪冬瓜,青一道,黄一道。

高迎祥武艺高强,胆量过人,拍马向前看时,只见林子四边齐齐跳出二三百个乡民来。虽一个个面黄肌瘦,但都是面恶眼凶,头裹白头巾,身穿白褂,裤腿扎紧,手中各自持着腰刀棍棒,早把高迎祥等人围在当中。林子中跳出三个头领来,都着官军服饰,各自头戴白布头巾,各挎一口腰刀,挡住去路。一头领大喝道:"你这伙龟儿署霉,碰到老子,且当住脚,留下车仗马匹当海头儿,就任从过去！"

高迎祥在马上大喝道："你等不得无礼！额且与你们斗上几个回合！"

中间一个头领睁着眼，大喝道："你是哪里的官军，要车仗不要命么？"

高迎祥说道："额命不足为奇，可安塞县数万之命便视同珍宝，车仗绝不能与你！"

旁边一位头领笑道："此事由不得你说，这两个车仗就当海头儿，我们要定了。"

高迎祥大怒，骂道："强贼怎敢如此无礼！额在马上，赢了你不是好汉，额下马与你对刀吧！"

中间那头领叫道："我来会会这署霉儿的武艺。"

高迎祥跃身下马拔出腰刀，只顾打来。那头领也挺起手中腰刀来斗高迎祥。两个就在林子里一来一往，一上一下，尽情放对。直斗到四五十回合，不分胜负。高迎祥力大，越战越勇，那头领卖了个破绽，砰地跳出圈外，喝一声"且歇"。

那头领道："哪里来的官军！真个好本事，手段高！不似平日里欺压良民的官军！"

高迎祥也道："你且回话，你是什么人？什么又叫海头儿？"

那头领回道："在下本名马守应。因做过边兵，会些武艺，乡人拥我为头领，方圆百里都送我诨名叫老回回。这两人名唤马守玉、马光玉，皆是我一母兄弟。海头儿就是叫你等把这麦子留下做买路钱。"

高迎祥恍然道："额于宁夏贩马时，也听得老回回威名，也是一条反抗官府响当当好汉，原来在这里相见！"

马守应闻言惊道："不敢问尊驾却是谁？缘何运麦到此？"

高迎祥说道："额是安塞县人，唤高迎祥也。大旱连年，安塞一隅，无粮可播，因而辗转来华亭县取麦做种。马首领若劫额车仗，须是要饿杀几万名安塞百姓。"

马守应听完拱手道："原来是神臂膀高迎祥，高兄神力无双，义气深重，秦陕一地早已传开。若要我放你车仗通过，须得应我一事，不然你我就此见个死活！"

高迎祥回道："马首领所差遣之事,定然是侠义行径,还请示下。"

马守应笑道："秦陕一地皆传高兄义薄云天,他日必成大事,那时四方豪杰来投,还望高兄不拒我等。"

高迎祥道："首领言重。人生天地间,天同覆,地同载,四海之内皆兄弟也。"

"高兄果然义气深重,江湖传言不虚。我等就此告退,待他日再逢。"说罢,马守应打了个呼哨,众人收起刀枪棍棒,转身回山林。

马守应拱手抱拳话别,高迎祥解下包裹,将郑知县所赠羊肉粮食悉数送于马守应,又叫手下衙役只留下几日干粮,其余也都送了,谓众人道："额年初从蒙古贩马返回,屋内尚有牛羊肉、小米等物,到安塞后皆送于众位!"

众衙役听罢,也只得将羊肉粮食一一拿出。

有分教:

　　自古英雄惜好汉,不怕天来不怕官。
　　万人拧成一股绳,钢刀压头亦不断。

直教腌臜世界,天下乌鸦一般黑;英雄相遇,携手打出新乾坤。欲知高迎祥如何取路回安塞县,且听下回分解。

第九回

黎主簿偷字陷忠良　高闯王脱狱杀奸徒

且说高迎祥恐路上再遇盗匪，趁夜急急赶路，待天明找破屋破庙歇息。一路上昼伏夜行，只挑些僻静小路走。这华亭至安塞之路多在黄土高坡，虽沟壑山谷众多，却不甚高，并未遇着野狼猛兽。众人风餐露宿，一路饥餐渴饮，一千多里地足足行了八九日方到安塞。一路车马劳顿，待这日终于到得安塞县城。天还未亮，城门已开，高迎祥递上公文，守城军士放众人进城。高迎祥困乏至极，两个车仗又干系重大，不敢有半分马虎。众人到了县衙门口，找了几棵树拴了马匹，将车仗围在中心，背靠背坐到天明。衙府门开，高迎祥径直到府堂阶下拜见了陈知县。

陈知县见了大惊，问道："高班头远赴华亭县借粮做种，一去十数日，本县甚是担忧。此刻高班头如何到此间？"

随后，高迎祥便把华亭县借粮前后之事说了一遍。

陈知县听了道："未承想那郑友元贤弟苦读圣贤，求取功名，却早忘了为官者须造福一方的道理。今朝变得如此势利，且望郑贤弟日后好自为之，悬崖勒马。"

陈知县见高迎祥及众人皆有倦色，忙叫众人入府堂说话。

高迎祥施礼道："小人托知县大人洪福，虽一路颇有枝节，但取得麦种一千五百斤，交付大人过目！"

陈知县大喜，先叫众衙役将麦种搬入粮仓，唤粮科吏前来清点了麦种斤两,填了入库文书。这陈知县真乃两袖清风,官粮早在去岁就已赈济饥民,此刻粮仓内只有些晒干的陈芝麻烂谷子,做种都发不了芽。也不知是陈知县哪里差人拾捡所获,以备饥荒之用。哪似那澄城县、府谷县、宜君县诸般粮仓,仓内粮米堆积如山,田间乡野却饿殍载道。

陈知县重赏了高迎祥和众衙役,叫众人各自回房歇息,独独要高迎祥傍晚来府堂,只说有要事相商。众衙役谢了陈知县,领了赏钱各自安歇去了。高迎祥也回到家宅,见过老母。老母从灶里拿出半个地瓜,两个野菜饼,一盘炒芥菜。高迎祥几口吃完,倒头便睡。

一路辛苦万分,不觉就睡到傍晚。高迎祥起身稍做清洗,换了件干净衣裳,就去府堂见陈知县。

陈知县邀高迎祥入内宅说话,两人聊得甚是投机。高迎祥问道:"不知这一千五百斤麦种,知县大人如何分于众庄户?又几时分粮种?"

陈知县叹道:"高班头有所不知,辗转千里借粮不易,这如何分粮种到庄户?本县寻思良久,仍未思索出个好法子!"

高迎祥问道:"这却是何故?"

陈知县解释道:"大旱连年,田地干涸得似咧开大嘴一般,种下去又难保不是颗粒无收。只有二郎山下得暗河灌溉之千亩田地,尚能待秋收时收些麦子。本县均分粮种,既恐百姓饿急充饥,又恐种下无收。悉数分给二郎山农户,既恐无水源灌溉之农户冒领,又恐未均分而遭非议!因此左右为难。"

高迎祥听了自告奋勇道:"这个容易。即日起,小人带本班衙役赴二郎山核实田产,有灌溉水源田地者分于麦种。另于市集张贴告示,对百姓诉说此事原委及陈大人苦衷。可令百姓都来耕作,秋收时互相照应,百姓必能通情达理!"

陈知县又道:"高班头言之有理。还有一事,安塞百姓无粮可食已久,官仓亦空。百姓听闻高班头千里征粮得回,只恐饿急之人铤而走险,麦种一旦被劫,则安塞危矣。本县观这安塞无人能似高班头一般忠义,这麦种安危之事,还望高班头以黎民百姓为重,切勿推辞。"

高迎祥承诺道:"覆巢之下,安有完卵。看护粮仓一事小人愿一力承担,直至悉数播种。"

陈知县闻言大喜,道:"前番引暗河灌溉,此番辗转千里借粮做种,如能保安塞今岁田有所收,高班头则是大功一件。现今本县叶典史手下攒典一职空缺,本县欲保你补攒典一职,已草拟公文。因眼疾复发,双目只能识大物,却不能用文房四宝,便教本县黎主簿行文诰呈送吏部。"

高迎祥谢道:"知县大人有眼疾,还望保重。小人之事,不必挂心!"

陈知县摆摆手道:"事已毕,高班头不必再说!"

待到晚膳时分,陈知县叫浑家下厨,亲手炒烩了几样菜肴,留高迎祥在内宅用膳。饥荒之年,也没有什么菜肴果蔬。知县大人用膳,也只是些苦苣拌蕨根、荠菜、斜蒿、香椿炒鸡蛋、车前草、山蒜炒羊肉等,酒水也只是寻常百姓家的二锅头酒。不过,对高迎祥而言,菜肴恰似山珍海味,酒水胜似琼浆玉液。

当晚在知县内宅家宴上,高迎祥把华亭县郑知县逼迫办差一事,备细对陈知县又说了一遍。陈知县兴致颇高,连连饮了几杯酒。

高迎祥又道:"小人因办郑知县差事,贻误春耕时节数日。何不邀县丞、主簿、典史、粮科、三班衙役一道,核实二郎山水源灌溉田地庄户一事,半日即可!"

陈知县听罢,皱了皱双眉道:"高班头,没来由提这县丞、主簿、叶典史做什么?干他们何事?"

高迎祥疑惑道:"这却是为何?陈大人爱民如子,两袖清风,小人听说是上梁不正下梁歪,陈大人这上梁如此端正,下梁想必也如陈大人一般。陈大人却如何恁地说?"

陈知县酒醉,口无遮掩道:"班头年过而立,如何这般不省事?这官场之妙,非只字片语能道清白。这安塞县为何叫安塞?其实也是个抵御蒙古的紧要去处。朝廷恐本县一人独大,县丞、主簿、典史皆朝廷钦命,与巡抚、御史、吏部皆通,六科给事中皆有熟识。县丞姓俞,主簿姓黎,都是些穷酸饿醋。自从到任,只把乡间庄户巧取豪夺。朝廷法度,无所不坏。叶典史仗着会些武艺,却做些欺压百姓的勾当。本县是个手无缚鸡之力的文官,每每被这厮怄气,可又奈何这污贼禽兽不得。高班头切勿要俞县丞一帮人掺和这麦种之事,恐误大事,枉自害了安塞百姓再饿肚子。"

高迎祥听罢便劝道:"知县大人休怪,小人说句话,自古冤家宜解不宜结。县丞、主簿、典史和知县大人同僚为官,虽有些过失,也可隐恶而扬善。知县大人应以大局为重。"

陈知县摇摇头道："未想高班头胸襟如此宽广,只可惜官场酷于战场十倍,微妙得紧。此番护粮仓分麦种,亦危机重重,高班头好自为之,切勿掉以轻心。"

高迎祥拱手道："小人铭记知县大人教诲。"

陈知县大醉,知县夫人请高迎祥扶陈知县到榻上安歇,道："高班头勿怪。自来这安塞,俸禄还不够救饥民,哪似县衙其他人等。老爷常自谕荷花,出淤泥而不染,实则暗喻这姓俞的县丞,姓黎的主簿。还说荷叶拖泥带水,实则暗喻叶典史。吾虽乃妇道人家,却也心里明白。高班头日后谨言善行,千万小心。"

高迎祥俯身,双手抱拳拜道："多谢夫人。"

当晚,高迎祥也吃得醉了,不过粮仓麦种干系重大,他回家取了被褥,就在县衙粮仓安歇了。高迎祥寻了些干草铺着,上身用被子裹了,衣不解带,手不离刀,就看着麦种歇息。次日,他给粮仓上了把大锁,留了一些快班衙役在粮仓周围守着,自己领着几个衙役去二郎山,挨家挨户丈量土地去了。晚上,高迎祥又去粮仓宿着。因事密,众衙役只在粮仓外,高迎祥一人在仓内夜宿。

不觉过了四五日,得二郎山暗河水灌溉之农户有数百户之多,已在造册。话不絮烦,时遇春天已至,万物复苏,高迎祥见不日就可春耕,一时心高气爽。这日,他正欲回家宅换洗衣裳,今晚再宿粮仓。正行之间,只听得背后有人叫道："高兄,如何却在这里?"他回过头看时,却认得是过命的弟兄丁三。

这十余日,高迎祥公务缠身,与兄弟们多日不见,不想却在这里撞见,便问道："丁贤弟,你如何也在这里?"

丁三解释道："自从高兄赶跑了蒋恶道,额家也分得些粮米,自家上山打猎也可以自家享用。今日小弟打了一只野鸡,端的是肥硕。小弟已安排好菜蔬,调和好鸡汤汁,特来邀兄长来宅中共吃。"

高迎祥推辞道："额千里借麦种,还防着麦种被人劫掠了。额此刻要去粮仓守着,要不改日?"

丁三佯装不高兴道："公务再紧,也得吃饱肚皮,误不得高兄一时半会。况且小弟相邀,高兄难道屈尊不得?"

高迎祥眼见无法推辞,看二郎山农户已丈量毕了,只今夜过后,明早将册子呈报粮科吏便可分种,想想无事,就跟丁三一同去了。

两人进了丁三家宅，丁三反手便把大门插了，就引高迎祥进内宅。高迎祥不知丁三说来吃新猎获的野鸡，为何大白天却要反插大门，便走将入内宅里来问道："丁贤弟，青天白日插门，却为何事？"

只听丁三道："高兄，额有要紧事情要说。不是小弟危言耸听，端的怕是祸事来了。"

高迎祥忙问道："什么要紧的事？"

丁三请高迎祥坐下道："小弟昨早晨进山，刚刚捉了一只野山羊，寻思去集市上卖个好价钱，换些粮米度日。却见集市上有两三个人买了鸡、兔、獾子，又来寻额买野山羊，说的是要宴请县里的诸位大人。额寻思着这年头家家户户吃不上粮米，有谁买这许多山珍野味？定是豪绅富户。额随口问了问你家主人是谁？来人口里喊出'道长'二字来，远处一人摆摆手，这人便不吱声了。临了，这两三个买山珍野味的人就跟远处那人去了。上次额随高兄一同去太平观，只在井底搬运粮米。上来时，听闻高兄打跑了蒋恶道，因而小弟未曾近看，也不知远处那人是否就是蒋恶道。只看见远处那人穿着俗人衣服，难道恶道已还俗？小弟心中生疑，只恐祸事来了。昨日便要寻你，只是寻你不着。"

高迎祥问道："远处摆手那人，生得什么模样？"

丁三回道："瘦长个子，白净面皮，满下巴胡须，三十余岁年纪。最显眼就是这人腰间的腰带，端的比大户人家系的腰带要粗得多。"

高迎祥听了大惊道："这人正是蒋恶道！虽然脱去道袍，容貌改不了。那腰带就是那把和额交手的利剑！这泼贼未曾离开安塞，想必要来这里害额！休要撞额，只要他登时去见他祖师爷！"

"高兄千万提防他便了。昨天买了许多山珍野味，想必昨晚已有密谋，只怕就在近时就有动作！"说罢，丁三割了一大块煮熟羊腿肉，又弄了山蒜捣碎了，送给高迎祥吃。

高迎祥离了丁三家，越寻思越怒，先去街上买了把杀猪刀藏在裤管，又去家中带了一瓶马奶酒，依旧回粮仓值守。

高迎祥回到粮仓，心里一直寻思蒋良为何这时出现。事必有因，不如明早点卯时，早早就将册子呈报了粮科吏，当即就把麦种分了，就算蒋良伺机相害，额也不惧。他双眼瞪得斗大，只盼当晚无事。街上打更的敲梆子，三更未有动静,四更亦无事,便道:"只望今晚没事便好。"

高迎祥虽是武艺高强,胆识过人,但也是血肉之躯。自辗转千里去华亭县借麦做种,十几天未睡一个囫囵觉,此刻他只觉得眼皮似有千斤重。粮仓储粮,须得又高又敞,这夜晚冷风起,端的是寒气逼人。此时虽是春耕时节,但西北之地,春日夜晚与严冬无二。高迎祥不敢生火取暖,怕烧了麦种。但仰面看那粮仓顶时,四下里被朔风吹撼,更是寒冷。他又困又冷,便想起丁三送的羊腿肉来。

高迎祥从怀里拿出羊肉和马奶酒,把羊肉一片片慢慢撕扯吞咽,一口口喝马奶酒。正吃时,只听得外面毕毕剥剥爆响。高迎祥跳起身来,就门缝里看时,只见一群人把粮仓团团围了,一人招呼七八个道人正在四面放火,那人身后还立着一人,面无表情,嘴里不住地说道:"这次看陈知县如何保你性命。"霎时,粮仓四周火起,刮刮杂杂地烧着。

高迎祥看得明白,招呼道士放火之人便是蒋良,此刻正着了俗人衣服。那身后立着一人,正是叶典史。高迎祥自入县衙为差役,也就陈知县保他做班头当日见过一次叶典史,也不知他为何这般。

当时高迎祥怒从心头起,他伸手便拔出腰间利刃,一脚踢开粮仓门,也不搭话,持刀直取蒋良。

蒋良也料到高迎祥绝不会睡沉,只见粮仓门开飞出一人,正是高迎祥,便道:"响马贼,我道你多日不眠不休,今番你要梦中就被这大火烧了,也免了我等一刀一剑取你性命。你坏我好事,杀不了你,可你费了安塞县许多库银,征得粮米却失了,已是死罪一条,陈大人也救不得你!"

高迎祥怒骂道:"狗道士,不念无量天尊,却如何道额是响马贼?"

蒋良吼道:"我不与将死之人理论,问我手中剑吧!"

高迎祥大怒,就和蒋良战在一处。

叶典史拔刀大喝一声:"响马贼,尚不知死,却寻思做攒典,叫你识得爷爷手段。多日不眠不休,你就道是铁打铜铸的,也挡不了这么多人。"

高迎祥惊道:"叶典史,额与你并无过节。你身为朝廷命官,此刻不思抓贼寇,为何反助贼人?"

"响马贼,你便是贼人,本官正待拿捉你!"叶典史说罢,就助蒋良来战高迎祥。

那七八个放火的道士也手持刀剑、火把,一起来攻高迎祥。高迎祥纳闷为何都喊他为响马贼,可此时不容他思索,只得接战。高迎祥全无惧色,与众人战成一团。

这叶典史如何与蒋良一同狼狈为奸?陈知县曾酒后吐真言,说叶典史乃出淤泥之荷叶,亦是拖泥带水,暗喻县丞、主簿、典史诸人。蒋良名为道人,假借太平观神明,逼迫百姓缴纳粮米金银。百姓没有粮米,就扒屋卖地找周财主来兑,实则都是俞县丞、黎主簿、叶典史三人的主意。这些人沆瀣一气,独独撇开陈知县一人。高迎祥挪开太平观方鼎,将井下囤积粮米财帛分得一干二净,断了这伙人财路,岂有不深恨高迎祥之理?

官府耳目众多,高迎祥夜夜守的就是安塞县春耕麦种,焉能瞒过这伙恶人。叶典史叫周财主召集众人商议,蒋良就去市集上买了山珍野味,在周财主府上设宴请俞县丞、黎主簿。众恶人商议,明日高迎祥就欲将册子交于粮科,旋即分粮米。今日就叫蒋良找了几个武艺高强的徒弟四面放火,叫他措手不及,趁他救火时就势杀了他,就说失了粮仓,畏罪自杀。就算高迎祥力敌众人,失了粮仓麦种也是死罪一条。

这伙狗官忒毒辣,只用此毒计害人,哪管这些粮米麦种事关百姓生死,就不惧神灵责罚,报应不爽?只是天可怜见高迎祥,叫丁三在市集上听到蒋良徒弟叫喊"道长",叫他提防了。丁三又赠了高迎祥一大块野羊肉,使他吃了得以浑身生热,提神御寒。若非如此,高迎祥必定已遭了贼厮们毒手。

再说高迎祥一人独战数人,刀法纯熟,臂力惊人,丝毫不落下风。他力大刀猛,朝蒋恶道奋起一刀,直震得蒋恶道虎口欲裂,腰中剑几乎脱手。他又反身朝叶典史面门就势一刀,只听"哎呀"一声,叶典史躲闪不及,左肩已着了一刀,霎时血流如注。叶典史见势不妙,叫道:"蒋道长,本官看你如何大显身手了,势必拿捉住此响马贼!"说罢,跳出圈外躲开。

蒋良众徒见高迎祥顷刻间就叫叶典史和蒋道长见红,几个人都亟待要走,却吓破了胆。正走不动,高迎祥顺手一刀已劈翻了一个,余众忙跪下叫"爷爷饶命"。那蒋良想逃,走不到十来步,高迎祥喝道:"贼道!你待哪里逃!跟额去过堂吧。"话音未落,高迎祥赶上照着后腰就是一刀。蒋良虽败,身形步法依旧不俗,纵身一跃就急急跳开了。

高迎祥一招"懒驴打滚",顺手从裤管里掏出那把刚买的杀猪刀,再一招"长蛇吐信",蒋良就算习得飞檐走壁之能,也难料有这第二把刀,更难逃得这迅雷不及掩耳般的招式。眨眼间,他的右腿又着了一刀,就势被砍翻了,不能动弹。高迎祥见砍翻蒋良,返身回来再看叶典史,早逃得了无踪迹。

　　余众捣蒜似的磕头告饶。高迎祥手持杀猪刀,喝道:"额本不想杀蒋良这泼贼!只待他见了陈知县,洗额冤屈。额自来又和你等无什么冤仇,饶你们去吧!"话音刚落,众人逃了个干净。

　　高迎祥寻了几个装粮米的麻袋,用杀猪刀割成条,将蒋良捆得如粽子一般,又紧紧拴在树上,道:"额要先去救火,天明跟额去见陈知县。"

　　蒋良在树上叫道:"响马贼,你如何能见到陈大人!放了我,或许留你个全尸。"

　　高迎祥也不接话,重重赏了蒋良一脚,蒋良疼极,反倒大笑起来。

　　这时粮仓大火已经烧旺,早见附近村人都拿了水桶、钩子来救火。高迎祥叫道:"诸位做个见证,是这个太平观恶道纵火,现被额拿捉了,天明你们都来同额去官府里出首!"

　　众乡邻多知恶道蒋良囤积粮米,此番未穿道袍也依旧认得,都称愿意。可怜这安塞百姓,这一把火将高迎祥千辛万苦买得的麦种烧成了粉灰。春耕无种可播,今岁又不知要饿杀多少无辜百姓。

　　待火熄了,高迎祥入仓里来看时,见车仗、麦种都烧没了。方才百姓冒火抢粮,却未抢出几斤来。自家带来的被子和马奶酒都烧没了,未吃尽的羊肉熏成了炭。他将这些家伙什都丢了不要,腰刀入鞘,杀猪刀就手里拿着去树上砍断麻绳,提起恶道就走。众乡邻拢来,随同高迎祥径投县衙出首。

　　蒋良此时又说道:"高迎祥,叶典史危急时刻舍我远遁,大不义也。我敬你是条好汉,听我一劝,此番你赶早远走高飞,否则必有杀身之祸,到时悔之晚矣。我与众乡亲自去见官,还你清白。"

　　高迎祥问道:"此话怎讲?"

　　蒋良解释道:"前些时日,知县大人欲保你做个攒典。因眼疾发作,视物不清,呈送陕西府和吏部公文不能提笔,只得口叙,由黎主簿执笔。公文中需提及好汉出身,知县大人口叙本为'贩马'出身,却被黎主簿擅自改成'响马'出身。

只此一字,偷梁换柱,端的是要送了好汉性命。陕西巡抚胡廷宴做文批时,见到'响马'二字大怒,大骂陈知县如此糊涂,贼人安能为吏?当即就差了州府通判领兵来安塞捉你。这事县丞、主簿、典史及六科官吏人人皆知,独独瞒了知县大人一个。叶典史恐你见陈知县辩解,知县大人为你做主,当面对质则事必泄,昨夜又叫我等纵火烧粮,烧不死便斗杀至死。斗杀不过,也要告你个失了粮仓,定要弄你个死罪!"

高迎祥闻言大怒,骂道:"难怪你等只唤额叫什么响马贼,额必手刃这俞、黎二贼。"

蒋良又劝道:"此番俞、黎二人正领了州府通判在县衙等你自投罗网,你还是听我一劝。"

高迎祥不服气道:"额逃走容易,则此事就似黄泥巴掉裤裆——不是屎也是屎了。这鱼目岂能混珠,真金不怕火炼,天底下就无说理的地吗?额这就会会俞、黎二贼。"

此时天已大亮,县衙门开,鸣冤鼓前已站了三班衙役。高迎祥左手拿着杀猪刀,右手提了蒋良,和地方邻舍众人正欲进得衙来。高迎祥刚迈进衙门口,只见衙门内伏兵尽出,都是官军模样,一窝蜂地将他按倒在地,为首之人着通判官官服,正是陕西州府通判。蒋良趁机脱身逃了,只是免不了日后被俞、黎二贼灭口。

县衙侧堂闪出俞县丞、黎主簿二人,俞县丞道:"响马贼,还不认罪么?"

高迎祥辩解道:"小人原是本县快班班头,昨夜有人纵火烧粮仓,被小人拿捉了,众邻舍都可以见证。"

众人听了,亦替高迎祥告免。

州府通判见状便道:"我只管拿人,有话公堂上说吧!"

高迎祥问道:"小人身犯何罪?"

通判道:"你辩称昨夜有人纵火烧粮一事,本官暂且不论。你本乃响马,本朝律法不容盗匪流寇,你还有什么话可说?"

高迎祥叫道:"小人乃贩马为业,绝未做过响马,额要见知县大人。"

俞县丞叫道:"不必见知县大人。你这厮想做攒典,就昨日你失了粮仓麦种,致安塞百姓无粮可播,足可问你个死罪!"

通判道："无须再与这厮言语,取一面枷先枷了,再叠成文案。"

众邻舍见不容高迎祥辩解,也不许见知县大人,都替高迎祥叫苦告免。

县丞不理,众兵丁当即将高迎祥押于县衙死囚牢里监收。那口杀猪刀作为罪证,没官入库。狱卒、禁子、衙差等刑房公人,都知高迎祥诸多事迹,都敬他是个汉子,不来问他取钱,又好生看觑他。可县丞、主簿、典史三贼定要除去高迎祥,又安排些歹人暗地里做了些手脚,待择日升堂,叫陈知县也救不得他。

高迎祥身陷大牢,虽未受皮肉之苦,但也免不了叫一面四十五斤铜锁沉木枷钉了,双手昼夜都匣着,脚上也打了三十斤精钢脚镣。高迎祥心想额本非响马,火烧粮仓乃叶典史和蒋良所为,无事岂能说成有事?待升堂之日,见到陈大人自有分辩。高迎祥在牢里动弹不得分毫,所幸却得众狱卒、小牢子维持,将那枷锁用石块垫着,也有安排饭食相供。

高迎祥在牢中度日如年,直至三日后牢子方才传唤过堂。高迎祥刚挣扎起身,却冲进来十余个官军兵卒,连推带拽地将他拥向县衙大堂跪下。堂上正中坐着一人喝道："你这厮本是响马贼,如何还敢来安塞县?又如何哄骗知县大人做了差役?既蒙知县大人厚爱,本该衔环以报,却又如何玩忽职守,失了粮仓?今被擒获,有何理说?"

高迎祥睁眼往堂上望去,只见堂上正中坐着一人,乃俞县丞;左首坐着一人,乃黎主簿;右首坐着一人,正是几日前拿捉自己的州府通判。

高迎祥吃了一惊,告解道："小人自幼以贩马为业,未曾做过响马。火烧粮仓乃叶典史及太平观道士蒋良所为,小人曾与两人交战并捉住蒋良。小人要见知县大人,再作分晓。"

俞县丞冷笑道："知县大人眼疾复发,目不视物,已着陕西巡抚胡大人准假调理,半月来不得府堂。这半月县衙事务皆由本官做主,你这响马贼便死了这心。本官劝你都一一招了,不然叫你看看堂下水火无情棍。"

高迎祥叫道："额未曾做过响马贼,大人叫额招什么?"

俞县丞见状大怒,喝骂道："你这响马贼,本是贼眉贼眼贼心贼肝之人!本县众位大人抬举你一力成人,不曾亏负了你半点!你如何却又玩忽职守?你说烧粮乃叶典史和蒋道士所为,简直一派胡言,谁人可作证?你说擒了蒋道士,人在何处?"

高迎祥大叫道："县丞大人,额绝未玩忽职守！这麦种亦是额冒死买来,日夜看管,只待分于众庄户人,怎是玩忽职守？"

俞县丞喝道："你这厮休赖！今日升堂,本官主审,且看百姓如何说你！"

高迎祥叫道："额高迎祥乃好汉也,从不欺压良善,岂会有百姓说额？"

这时门外已聚集着诸多百姓。有百姓深谢高迎祥当初劫取太平观枯井下粮米分于众人之恩,都要替高迎祥鸣冤。岂料人群中跑出一人直奔鸣冤鼓,嗵嗵嗵就敲起来,俞县丞叫兵卒带上堂来。那人着官吏服饰,先见过诸位大人,就在堂前跪下。俞县丞问道："下跪何人？有甚冤屈？"

那人道："卑职乃安塞县粮科吏,状告本县快班班头高迎祥。知县大人遣高迎祥远道买麦做种,耗费本县银钱无数。至今高迎祥并未将一粒麦种分于安塞百姓,以致春耕时节已过,本县无种可播。卑职告其渎职之罪,或许将本县银钱贪污也未可知也,望县丞大人明察。"

粮科吏话音刚落,鸣冤鼓又响,门外又来一人。那人着衙差服饰,施礼罢,也在堂前跪下。

俞县丞又问道："你又是何人？状告何人？"

那人道："卑职乃安塞县皂班差役,状告本县快班班头高迎祥。现今大旱连年,粮比金贵,粮仓乃本县百姓生存之屏障。知县大人将看守粮仓重任交付高迎祥,可他玩忽职守。前日粮仓火起,卑职等虽奋力救火,终究火大,粮米化成灰炭。高迎祥值守不力,以致火起,百姓失去活命之食,又不知多少人饿毙,实乃罪大恶极。恳请大人严惩此贼,明正典刑！"

高迎祥听了此二人状词,也自目瞪口呆,虽有千万冤屈,也不知如何辩解,只叫得屈。

俞县丞见了大骂道："响马贼！如此无礼！亏了知县大人如此器重,真是所托非人。"

高迎祥说道："县丞大人,本县银钱悉数用于购买麦种,小人千辛万苦,九死一生,辗转千里运回。前日粮仓大火确乃叶典史和太平观蒋道士所为,小人与这些恶人打斗,无暇救火,请大人明鉴！"

俞县丞问道："你休提这些,本官问你,粮科官吏告你春耕将过,你并未分得一粒麦种于百姓,可是实情？皂班差役告你未守住粮仓,是否他人放火,本官自会明察秋毫,你终究是失了粮仓,此事可是实情?"

高迎祥无奈,只得回道:"皆是实情。"

俞县丞怒道:"既然如此,你也认了,这如何赖得过! 常言道:'众生好度人难度!'原来你这厮外貌像人,倒真有这等禽心兽肝! 既是如此,没话说了!"

高迎祥正要大叫冤屈,堂外鸣冤鼓又响,兵卒又带进一人。那人道:"小人乃二郎山下太平庄里正,状告本县班头高迎祥劳民伤财。此人在知县大人前进得谗言,在本地挖掘山洞,大兴土木,口称引暗河水灌溉农田,实则不及十数日便河干流断,白白耗费本县钱粮无数。"

俞县丞接了状子,叫兵卒就在堂内看守着高迎祥,当即差本县县尉随里正一同前往,一面着人入山洞勘验暗河,一面着人查阅当日知县大人差青壮劳力修建渡槽。事毕,县尉当堂回禀俞县丞道:"暗河确已干涸,渡槽荒废。"

俞县丞随即呵斥高迎祥道:"响马贼! 你就是本县灾星,这几条罪状足可判你个死罪。你又是响马出身,更是罪上加罪。"

高迎祥蒙冤,只是不住叫屈。俞县丞对堂上州府通判、众兵卒,那几个告状之人都使了钱,堂上差役都换了州府通判带领的兵卒,哪里会有人听他分说。且二郎山暗河确已干涸,高迎祥更是无从辩解。

这二郎山暗河如何就干涸?原来,这水源不过有三类,一曰云中水;二曰江河湖海之水;三曰地下之水。这地下之水又分三类,一曰包气带水;二曰潜水;三曰承压水。秦陕之地本就干旱,这山中暗河多是些层间裂隙水汇聚而成,多属包气带水和潜水。承压水若非挖至数百尺,否则绝难见到。二郎山暗河存水少,天旱无补水,百姓取水坐吃山空,岂有不干涸之理?

堂上俞县丞喝道:"高迎祥,你要认了,本县就将你转至陕西府,你就跟州府通判大人去陕西府,再治你响马之罪! 这横竖都是死罪,你还辩说个什么? 你就认了吧,可免些打。"

高迎祥顶天立地,哪里肯认。那俞县丞当即喝令左右将高迎祥按倒,两边兵卒将一应问事狱具放在面前。

高迎祥却待开口分说,右首通判喝道:"这厮原是响马,如何不做贼? 一定是有一己私利! 既是问得明白,事实清楚明了,休听这厮胡说,只顾用力打!"

那兵卒抡起水火无情棍,雨点般地打下来。高迎祥情知不是话头,再争辩下去也无人理会,只能白白被打死,只得屈招认"曾为响马,有负知县大人所托,玩忽职守,劳民伤财,以致耗费安塞县银钱无数"。当堂递了招状,画了押。

俞县丞见了笑道:"这厮招了,还押大牢,等候移送陕西州府,听候发落。"

高迎祥本就披枷戴锁,几个兵卒簇拥着,押下死囚牢里监了。高迎祥在死囚牢里寻思蒋良所言非虚,果真就是这几个狗官用这计来这般坑陷他!若能挣得性命出去时,却再理会!死囚牢里都换了官军兵卒,一应牢子如同凶神恶煞一般把他押在大牢里,将他脚镣上又加了个一二百斤大铁球,又把木杻钉了双手,真个叫丝毫动弹不得。

却说那日粮仓火起,满县百姓皆知!高母忧心忡忡,叫高迎登速去打探,结果报知高迎祥被州府通判拿捉,定了几大罪状,已投了死牢。高迎登慌忙召集丁三、卢四等几个商议。

丁三哼道:"那日额在集市上看见恶道蒋良差人买些山珍野味,说是宴请狗官。想必是这伙狗官替太平观一事报仇,却设出这条计来陷害高大哥。定是狗官上至陕西府,下至狱卒牢子都使了钱,必然要害他性命。听闻陈知县眼疾复发,已目不视物,没个半月难以复明。依额之见,除陈知县外,都是一伙狗官,额等又无银钱上下打点,除了劫狱,别无他法。"

高迎登忧心道:"听闻狱中牢子都换了陕西州府的人,怎的好去劫狱?"

丁三怒吼道:"高大哥是你亲兄,亦是额等大哥,额等不去救他,只是死路一条!"

高迎登叹道:"劫狱之事,非同小可,可不劫狱,家兄必死无疑!"

丁三又道:"事不宜迟,高大哥平日里侠肝义胆,可召集齐众兄弟,今夜就劫狱。"

高迎登心生一计道:"家兄为快班班头,县中差役与家兄交好的有个邹衙役,上次家兄分粮米救助,老母及亲妹子得活,感恩涕零,可央他打探消息。"

不多时,邹衙役到来,与高迎登相见。高迎登把事情一一告知,邹衙役答道:"不瞒迎登兄,此件事皆是俞县丞、黎主簿、叶典史几个狗官串通所为,也买嘱了州府通判,定要问个死罪。叶典史见额等日夜照料高大哥,都不肯加害,就将一应上下人等换了州府兵卒,还好不是很多。其间也多有敬佩高大哥人品事迹的,必不会拼死拦阻。迎登兄,你快召集众兄弟劫了狱,便可救得他性命。"

高迎登决计道:"如此甚好!额们庄户人都断了活路,不如就此落草,也做流寇盗匪,强似被狗官欺压。待纠集了几百弟兄,只需如此如此,今晚便劫了狱,就势劫掠了几个狗官家宅财帛,再作计议!"

再说高迎祥被投入死牢,当下叶典史便来到死牢,叫兵卒打开牢门喝道:"响马贼,你可见识了本官的手段?"

仇人见面,分外眼红。高迎祥重枷重镣,立身不得,就躺在地上睁圆怪眼,高声大骂道:"你这与狗奴才做奴才的狗!额若是挣扎得性命,早晚便去你家烧个精光,把你砍为三截!不然,如何出得了这胸中恶气!"

众兵卒看见高迎祥如此这般地步,也千狗官万奴才谩骂,都呆了,也各自敬佩高迎祥是条汉子。

叶典史听了,反倒笑道:"本官不和将死之人一般见识,待会就送你去陕西府。本官不杀你,自有陕西府法办你这个响马贼。你到了阴曹地府,休怪本官!"说罢,叶典史吩咐众狱卒牢子在意看管,休教有失。

看守高迎祥的都是陕西府带来的边镇官军,这官军兵卒中有两个伍长,各领一伍,也是响当当的好汉。平日里他俩好打抱不平,军中不平事多有兵卒找这两人商议的。这两人一个唤作刘哲,一个唤作黄龙,都是义气深重之人。早听闻高迎祥力举方鼎,独探古井分粮米,神箭射退西北孽畜诸多侠义行径,两人私下敬佩得紧。方才又见高迎祥喝骂叶典史,真乃铮铮铁骨。这刘哲、黄龙私底下商议,边兵欠饷一年有余,兵卒皆日食二顿粥水,可一应总兵、副将、参将、游击各将官依旧花天酒地。眼见辽东战事日紧,兵卒稍不如将官之意,便要东调御寇,九死一生。看这高迎祥是条顶天立地的好汉,不如就此私放了,一同落草,或许还能活命,强似这里做食不果腹、顷刻间或丢了性命的饥军。两人一拍即合,手下兵卒也有此意,只待今晚夜深便放走高迎祥,一同随他而去。

还未入夜,县城里外巡视差役来报,说满城上下都收得没头帖子不计其数,不敢隐瞒,只得呈上。无头帖子上写道:

白袍天将告知安塞县官吏听之:神臂膀高迎祥者,义薄云天,天下敬仰,你县一等狗官如何能屈害忠良?如是存得性命,可保狗官狗命得存。倘若伤了分毫,必当兴师问罪,天兵天将到处,玉石俱焚,寸草不生！安分良民，清白官吏，切勿惊惶。谕众知悉。

俞县丞当时看毕，惊得面如土色，急唤黎主簿、叶典史、周财主到来商议。黎主簿是个心黑之人，也收到了无头帖子，谓俞县丞道："高迎祥这厮集市散粮，华亭县买麦种，又听闻与马守应有交往，此无头帖子定是四方流寇盗匪所为。这流寇之患，三边总督史大人派兵多番围剿尚且剿灭不得，何况这一县之力？倘若这伙亡命之徒蜂拥而来，如何当之？若论下官愚见，高迎祥一事不再审理，即日就将人犯交州府通判押送回陕西府。即刻奉书呈上延绥镇总兵大人吴自勉，望速速派兵前来。去岁澄城县饥民劫粮仓，杀死知县张斗耀，若安塞饥民暴乱，一者无兵解，二者朝廷责难。今夜可叫本处军马差役加强守备，以保城内无恙。"

"主簿言之极当。"俞县丞先唤壮班、皂班衙役班头前来加强府衙守备。又修书一封至陕西州府，称案已审清，当即转押响马贼高迎祥人犯正身。另修书一封送延绥镇总兵，求速速发兵剿灭流寇。

再说安塞县衙大牢，当日正值刘哲、黄龙二人轮守。两人打开牢门，砸开铁镣，抽腰刀劈开木杻铜枷，扶起高迎祥纳头便拜。

高迎祥见状不解道："二位将官何人？为何如此？"

刘哲上前说道："高兄不知，我等兄弟敬仰兄长义薄云天，今番这几个狗官定要问兄长个死罪，我等舍着性命来救你出牢。如今我等不能再当兵吃粮，不如跟随兄长一道过活。"

高迎祥听了感动地说道："额何德何能，能受二位义士如此厚爱？"

刘哲又解释道："我等兵卒欠饷一年之久，早已食不果腹，不如和去岁白水王二一般啸聚山林，或许还有活路。兄长义薄云天，天下尽知，却被狗官害得如此，不如带领我等一起反将出去，劫富济贫，吃财主家粮米，穿贪官家绸缎，岂不快活！"

高迎祥听罢，仰天长叹一声道："天可怜见，非是额高迎祥不愿做良善百姓，实为狗官所迫，这世道官逼民反，民不得不反！此番也唯有三十六计，走为上计了。"

刘哲又劝道："兄长若不快走，更待何时？门外还有几个兄弟一道。"

高迎祥听罢,道:"二位义士,大恩难报!"

黄龙递过刀,对高迎祥道:"兄长,你休要多话,只顾杀将出去。"

高迎祥接过刀,飞也似的杀出大牢。

这无头帖子何处而来?原来这是高迎登之计。高迎登武艺虽不及高迎祥,却也有些手段,擅使一根混铁棍。高迎祥、高迎登二人自幼好打抱不平,替穷苦人出头,加之武艺高强,穷苦庄户人多扎堆一起,高迎祥实则已是布衣首领。高迎祥上阵,喜好白衣白袍,因而人称"白袍将"。此刻劫狱救人,高迎登振臂一呼,响应者旋即便有五七百人。当夜五更时分,高迎登领五七百好汉,手持刀棍火把径直杀向大牢。看守大牢官军差役不过二三百人,也大都敬高迎祥是条汉子的,无心来战。不过就算官军衙役奋死一搏,也难挡住牢内高迎祥、牢外高迎登这两条大虫。

杀了不到一炷香时辰,兄弟二人便在大牢门外逢面。高迎祥、高迎登、刘哲、黄龙见了并各自通报,当即合兵一处。高迎祥吩咐道:"安塞知县陈大人是爱民如子的好官,此刻眼疾复发,目不视物,正在养病,额等休得惊扰。余众狗官老财,休叫放走一个!"

众好汉各自叫好,旋即分头杀奔俞县丞、黎主簿、叶典史、周财主宅院。

众好汉先去马房把马匹都劫了,各自骑了马,直奔几个狗官财主宅院。高迎登手持混铁棍,带人去杀叶典史一门。叶典史终究会些武艺,在梦中被嘈杂声惊醒,顺手操起一把利剑就来战高迎登。高迎登混铁棍沉重,休道叶典史此刻梦中惊醒,仓促迎战,就算清白醒着,也挡不住混铁棍泰山压顶般砸来。只见棍来剑往,两人战了十余个回合,叶典史抵挡不住,便被高迎登迎脑门就是一棍,上了西天。丁三及几个过命的兄弟带人去杀黎主簿一家老小,卢四带人去杀周财主一家。三拨好汉顺势就将这几个狗官财主家粮米财帛洗劫了干净,不留分毫。

高迎祥、刘哲、黄龙带人去杀俞县丞一家。高迎祥着了高应登带来的白衣白袍,撞着俞县丞宅院大门,大喝道:"白袍将来也!"俞县丞宅院大门却纹丝不动。

原来,俞县丞平日里腹黑如墨,心狠手辣,自己却怕死得紧,大门里外都用楠木抵挡,中层放上石块,里面倒插三道门栓。高迎祥见攻不进大门,便与刘哲、黄龙几个从院墙上翻过，径直来捉俞县丞。却说俞县丞听得无头帖子里说的"白袍将"引盗匪入县城，又见四下里喊杀声起，正在家中心慌眼跳，六神无主，便和浑家商议，收拾一包金珠细软背了，出后门奔走。只听得外面不知多少人抢将入来，俞县丞和浑家慌忙回身，找了个猪圈就来躲避。

高迎祥等人进了宅院，看见宅院内只剩下几个老家奴。看家护院的平日里受了不少俞县丞粮米恩惠，也做了不少欺压穷苦人的勾当，此刻都不愿枉自送了性命，也早鞋底抹油溜干净了。黄龙打开大门，众人合在一处，寻思这俞县丞平日里大鱼大肉，肥胖得跑不了路，必没走远，就四下里寻找。俞县丞心慌，看见院内盗匪火把照得如同白昼似的，更是大气不敢出。

浑家耐不住猪粪恶臭，憋不住咳起，却引一个人伸出手来，把俞县丞浑家劈髻儿揪住。他看到俞县丞也在这躲着，喝道："你这对贼男女，却躲在这里！"

俞县丞听得正是高迎祥声音，慌忙叫道："高班头！下官不曾和你有甚冤仇。都是上官差遣，由不得下官！"

高迎祥也不搭话，就把俞县丞和那个婆娘一边一个挟在肋下，拖将出来。

高迎祥拿了俞县丞，叫众人在俞县丞家宅里搜寻，搜到粮米财帛无数，都搬来装在车上，搬不走的便悉数装袋，在早市里分给周边百姓。

城中官吏个个躲了不敢出头，百姓欢声雷动。那个州府通判见安塞盗匪劫狱杀官，连夜单骑逃遁，去搬救兵了。

高迎祥将俞县丞和他婆娘拎到早市上，百姓早就恨透这狗官，刘哲拿出短刀将这对狗男女一刀一个杀了，抛弃尸首。

高迎登见状道："事不宜迟，不如回家接了老母，就此离去！"

高迎祥说道："庆阳、陇东一带饥民流寇多如牛毛，小股官军不敢来剿，大股官军则剿不灭。不如额等先往陇东，再作理会。"

刘哲此刻又建议道："小弟在延绥镇做边兵时，曾随大军征讨红石崖。红石崖啸聚着八九百条好汉，首领正是白水王二。王二手下有一兄弟名唤种光道，读过些书，知晓律法。因大明律将谋逆定为不赦重罪，凡谋逆者合当诛灭九族，遂叫王二以浑名行事，以避官府追剿。因此，王二自封齐天王。不如兄长也以浑号行走？"

黄龙亦道："刘兄所言极是！小弟任边兵时，也常听闻自天启年起，秦陕一地盗匪四起。除齐天王外,另有清涧王子顺号左挂子,苗美号横天王,邢家米号邢红狼,绥德王自用号紫金梁,延安马进忠号混十万,马守应号老回回。四处流寇,各类封号比比皆是。"

高迎祥闻言点点头道:"王二大名早已如雷贯耳,左挂子、紫金梁额亦有耳闻。而马守应,额与此人尚有一面之缘。既如此,看额等将去延安、庆阳、陇东各地闯荡,必要闯荡出一番天地,额看不如就叫闯王如何?"

众人闻言,皆称"闯王"二字极配高迎祥之过人胆气,尤胜之前诸般绰号。

此时狗官财主家的粮米已悉数装车,要分给百姓的也都分了。刘哲恐围剿官军至,叫高迎祥速行。高迎祥谓众百姓道:"众乡亲可做个见证,日后见到陈炳大人也须这样说。休怪额高迎祥不辞而别,额本想做个良民,强似做有家难回的流寇盗匪!只是这安塞,虽陈知县爱民如子,如出淤泥荷花一般,但整个安塞县就似个大染缸,陈知县一人染不白安塞县,倒是这里被狗官财主染得似墨水一般,难有良善之辈容身之所。今日额高迎祥舍众人而去,落草为寇,这俱是拜狗官财主所赐,怨不得额等!"

"高闯王!高闯王!"众百姓尽皆拜服于地,不住大喊。

只见高迎祥一身白袍,头戴白头巾,骑一匹并无一根杂毛的白马,端的是英气逼人。高应登、刘哲、黄龙、丁三、卢四等众好汉各自骑马,身后五七百好汉或骑马赶车,或肩扛手提,浩浩荡荡离安塞而去。四方流寇盗匪、饥民逃卒,闻高闯王大名,望风来投。短短数日,从者便有五六千人之众。

高迎祥自幼以贩马为业,对马背上过活甚熟,部领从者出没延安、庆阳,复出没平凉、固原、定西。官军追击甚紧,便又出没陇西一带,复又往东千里迂回至庆阳。一路来去如电,官军来剿时,则远遁。官军离去,则又至。平日里,高迎祥之众四处劫掠官府富户为补给,多数就地分于庄户人,官府称高迎祥为贼首,庄户人则称高迎祥为活菩萨。庆阳、延安、平凉、甘南、陇西百姓有歌赞曰:

> 白马高闯王,来去急匆忙。
> 快刀斩贪官,送来布和粮!

至此,高迎祥就在陕南、陇东一带劫富济贫,一时从者甚众。

有分教：

　　休欺善人，善人心善，心有佛亦有魔。
　　有佛压魔，心中佛倒，善人顷刻成魔。

直教烽烟四起，是兵是贼难分清。欲知各路豪杰之事如何，且听下回分解。

第十回

智书生捉鬼石油寺　猛和尚夜闯铁楼山

且说崇祯元年七月,陕西巡按御史李应期呈奏折申奏朝廷,上言道:

全陕地多硗确,民鲜经营。慨自边疆多事,征兵征饷,闾阎十室九空。更遇连年凶荒,灾以继灾,至今岁而酷烈异常也。臣自凤汉兴安巡历延庆、平凉以抵西安,但见五月不雨,以至于秋,三伏亢旱,禾苗尽枯,赤野青草断烟,百姓流离,络绎载道。每一经过处所,灾民数百成群,拥道告赈。近且延安之宜、雒等处,西安之韩城等属,报有结连回罗,张旗鸣金,动以百计。白昼摽掠,弱血强食。盖饥迫无聊,铤而走险。与其忍饿待毙,不若抢掠苟活之为愈也。

李应期者,号泰寰,乃万历丙辰进士也。任绍兴司理时,以刑堂断案公正为当地百姓称道,乃为民做主之清官。李应期见呈奏折过后,却犹如石沉大海,复又向崇祯皇帝申奏:

伏念秦灾重大,关系匪轻,敕下户部复议,将天启七年负欠并今岁加派地亩辽饷亟赐免征,复将见年者酌减一半,其余军饷宗禄一并宽缓。不然,即日取此饿殍毙之杖下无益也。更祈皇上敕部俯查万历十一年并十三年全陕大荒事例,慨发帑金遣官赈济于以救灾民而安地方。

异日公家之赋,犹可望之将来。如曰内帑已匮,诸饷不继,蠲赈两端,概靳不施,万一祸乱大作,天下动摇,勿谓臣今日缄口不言。

李应期奏疏中所请,乃忠臣所为,寄望朝廷只消残羹剩饭,施舍饥民饥军,使秦陕之军民苟活。然金国皇太极并未怜悯大明子民,部领八旗侵扰辽东日紧。大明朝疲于辽东战事,无暇西顾,任由秦陕一地自生自灭。饥民饥军只得自寻出路,民变之风,越演越烈。羽翼渐丰的当数马守应、王大梁、拓养坤、周清、赵胜之辈。

有马守应者,绰号"老回回",陕西绥德人。他本是边兵,因延绥、宁夏、固原三镇军饷拖欠三年之久,兵卒无衣无食,纷纷逃散。马守应武艺高强,且有一番侠肝义胆,平日里好打抱不平,反抗上官欺压。边兵中多有他的族人,陕南、宁夏、甘肃亦有本族人聚集,马守应在族人中威望极高。不久,马守应在宁夏起事,啸聚四方饥民五六千人,出没雒川一带,专伺劫掠往来富户,与白水王二时分时合。

另有王大梁者,绰号"大梁王"。崇祯元年十月率饥民于汉南起事,成县、两当之地饥民三四千人来投。大梁王聚众攻打汉中,南郑、西乡各县官吏惊恐,遣官军堵剿。饥民势大,官军反倒被俘杀多人。

再有拓养坤者,绰号"蝎子块",延安清涧人。拓养坤身材高大,孔武有力,少时便是乡间一霸。因家贫未念私塾,大字不识一箩筐,但心思缜密,日常里就练习武艺,打熬身体,身边纠结一帮闲汉,在十里八村无人敢惹。崇祯初年持续大旱,颗粒无收,清涧县催科甚严,官吏如狼似虎。拓养坤乘势而起,旋即从者五六百人。众人劫掠粮仓,随即逃遁,小股官军不敢小觑。

周清,绰号"满天星",亦是延安清涧人。周清乃铁匠出身,膀大腰圆,臂粗如柱。因打铁时火星四溅,故号满天星。周清武艺高强,为人仗义,广结天下豪杰。又常替穷苦人出头,威望极高。因颗粒无收,官府不思赈灾济民,周清遂领饥民劫掠官府粮仓起事,一时从者如流。

赵胜又名赵四儿,绰号"点灯子",排行第四,亦称赵四儿,延安清涧人。赵胜本是书生,学富五车,也颇会武艺,端的是文武全才。因醉心功名,家贫无油点灯,遂借宿石油寺牛油巨烛苦读,因而绰号"点灯子"。因赵胜好打抱不平,得罪权贵,有人到官府诬告赵胜欲效仿黄巢造反。知县邓宇听闻哪敢含糊,立即到寺中捉拿赵胜。赵胜屈打成招,被判秋后问斩。后有饥民流寇劫粮仓,放囚犯,赵胜遂聚众在解家沟花岩寺起事。

要说这伙起事的好汉,论胆气豪气,论武艺勇猛,论侠肝义胆,都不相上下。但若论文武全才,却是少有。

单说这点灯子赵胜,祖上在万历年间本是书香门第,其父原是落科举子出身,因屡次科举不第,就此习文亦习兵法武艺。除精于诗词歌赋,腹内亦颇有谋略。精通书算,又能舞枪弄棒,布阵排兵。赵父有四子,唯独赵胜自幼过目不忘,出口成章,天赋过人,其兄皆远不及也。赵胜年幼时心底存良,十三岁那年机缘巧合,遇见一位被仇家追杀之云游道人,赵胜将道人隐于山洞,并巧言善辩,机智引开道人仇家。道人亦身怀绝技之人,感其救命之恩,将一身武艺传授赵胜。一晃六七年,赵胜习得武艺多般,那跳跃腾挪的轻身功夫堪称一绝。一日,道人问赵胜日后何为?赵胜答因家父寄望有朝一日考取功名,光宗耀祖,日后意欲为官。道人闻言苦笑,说现今天下大乱,官贼难分,日后只恐赵胜不能为官,反而做贼,且是贼首。赵胜闻听道士所言不悦,自此服侍师父慢了。越旬日,道人自去,再未现身。道人武艺内外兼修,更有道家冥想聆听之术,闭眼睡觉亦是习武,可在浓睡之时,仍能听音辨敌。若有敌临近,能顷刻间起身御敌。赵胜未习得此术,日后果真于睡梦中遇敌重围,不敌而死。

崇祯元年,赵父因饥无力,浑身浮肿。他自知时日无多,便唤四子至榻前,嘱咐赵四儿要苦读圣贤书,他日考取功名,光大赵家门楣,亦可饱读兵书,他日疆场建功。叫赵胜三位兄长,早晚看觑赵四儿。

此时赵家因大旱无收,加之官府催科甚紧,早已家徒四壁。赵胜醉心功名,夜夜苦读,哪里还有油点灯?一日,赵胜在后堂坐下,借月光读书,只是月色昏暗,书上字迹已难认清,赵胜甚是烦恼,愁眉不展。只见赵大过来问道:"贤弟,何事烦恼?"

赵胜回道:"小弟遵父亲遗愿,苦读诗书,求取功名,怎奈夜间无油点灯,因而甚是焦躁。"

赵大又问道:"就这事让贤弟烦恼?"

赵胜道:"前些年月,家中尚有菜油可点灯夜读。近年怎奈田产无收,菜油却比金银贵,早就用于吃食续命。无油点灯,不能夜读,正是为此事烦恼。"

赵大听了,指着屋子对面山上一处亮光问道:"你可知道对面亮光处是个什么去处?"

赵胜放眼看对面亮光,隐约间瞧见对面山巅似有一座寺庙,隐隐还能听见撞钟声,便问道:"莫非是座寺庙?"

赵大笑道:"然也。贤弟平日里足不出户,只在宅院里面或随父读书,或习练武艺,却不知对面山巅有一座寺庙,名曰石油寺。这石油寺乃清涧县高财主还愿所建。高财主坏事做尽,恐折阳寿,出钱盖了这座石油寺,只怕满天神佛也不能护佑这伙恶人!可石油寺香火旺盛,大雄宝殿上牛油巨烛通宵明亮,不妨就去寺庙借光夜读,可好?"

赵胜大喜道:"原来还有如此好去处,古有匡衡凿壁偷光,今有我赵胜借寺庙偷光,如此甚好。"

赵胜喝了几口可照得见人影的粥水,收拾了一包袱书,足足数十斤重,当夜就离了家直奔石油寺。赵胜翻过山头,只见一片大松林,一条山路,就顺着那山路行去,走不得一二里,抬头看时,就看见一所寺庙。看那山门时,上有一面朱红牌额,四周镶了金。寺内灯火通明,照亮牌额清晰可见,写着"石油寺"三字。

赵胜跨进山门,行不到三四十步,便有座石桥,桥下有水,水中有龟,想必是香客放生。再看时,大雄宝殿就在眼前,端的是高大雄壮,佛像前牛油巨烛将宝殿照得如同白昼。赵胜大喜,待入得寺来,望见大雄宝殿上供奉诸佛祖、菩萨、罗汉,赵胜俯身便拜了。

殿内值守僧人看见赵胜入前,喝道:"施主从何处来?此时天色已晚,若是烧香还愿,明日再来不迟!"

赵胜回道:"小生乃附近庄户人家,正攻读圣贤书,因家贫无油点灯,还乞大师大开方便之门,借宝刹一席之地所用。"

值守僧人道:"请恕本寺不接纳游方客人,施主还是别处去吧。"

赵胜纳闷问道:"出家人慈悲为怀,大师为何如此?"

值守僧人道:"你这人好生无礼,如今流寇盗匪横生,贫僧哪知道你是不是贼人?"

赵胜闻言怒道："大师几曾见过包袱里只有诗书的贼人？"

两人这厢争吵，早惊动寺内僧人。有僧人禀告方丈，方丈携几个僧人来到大雄宝殿。这方丈生得慈眉善目，天庭饱满，耳郭方圆，双目有神。赵胜饱读诗书，见到方丈，看得出是位菩萨心肠之高僧，便施礼道："出家人慈悲为怀，这寺中和尚好没道理！这牛油巨烛点也就点了，小生用来攻读诗书，也不损坏寺庙之物，为何不愿接纳小生？"

那方丈上下打量赵胜，见赵胜不过二十上下，生得面如冠玉，眉清目秀，头戴书生巾，身披书生大袖袍，脚蹬麻鞋，眉宇间透出一股侠气，一看便知绝非一般庄户人，便道："佛堂之内，切勿高声！"

赵胜听了也不悦道："小生是邻近庄户，醉心攻读诗书，一介书生，有甚利害？"

方丈疑惑地问道："如今兵荒马乱，盗贼横生，百姓皆忙于寻米找生计，焉还有心思读书？"

赵胜回道："小生家中还有三位兄长，自会上山找些野菜充饥度日。小生确乃书生，寺中宝地就请胡乱借小生立锥之地则个。"

方丈还是婉拒道："出家人慈悲为怀，老衲合当为你大开方便之门。怎奈我寺中闹鬼，还是请施主别处去吧！"

赵胜听了不信道："大师定是胡说！这朗朗乾坤，这等一个寺庙，何来的鬼？"

方丈解释道："出家人不打诳语，老衲何需诓你？只因数月前，庙里无故失踪香客，皆是良家妇人，夜里常有女子哭号声，十分诡异，闹得人心惶惶。自此再无女子敢来本寺上香，近村女子也个个日夜门不出，窗户不开。"

赵胜反问道："岂有此理！既有良家妇人无故失踪，必是有人做这丧尽天良之事，为何不去官府首告？"

方丈回道："早有人去官府首告了，邓知县遣衙差来查，也未查出个端倪，众衙役也只说有鬼，必是鬼怪所为。"

赵胜笑道："这帮混账衙差，简直一派胡言。"

方丈依旧劝道："施主听老衲一言，速速离去，可保无恙。"

赵胜依然不服气道："小生自幼读圣贤书，也习练了一身武艺，小生定要在这寺中,看看是何方鬼魅。"

方丈见状没有办法,又劝阻道:"施主胆气,老衲钦佩。只是今日你带着一包袱书,多有不便。听老衲一言,待明日带了防身之物,再来寺中不迟。"

赵胜想想在理,就依了方丈之言,自回家宅安歇了,未将石油寺一事说于众位兄长,只说明日再去。

第二日夜,赵胜穿戴了衣裳头巾,偷偷将一把绣春宝刀藏在衣襟底下。原来赵胜祖上还是富户,赵胜之父壮年习学兵书时,闻听大明锦衣卫绣春刀削铁如泥,吹毛断发,端的是锋利无比,来去如同电光,就花了三百两纹银购了好铁,私自打了一把绣春刀藏在家中,以备不时之需。赵胜带了几本书,只说去石油寺攻读,几位兄长也不知他偷偷带了绣春刀。赵胜还从灶里翻出了一个地瓜,将赵大昨日挖来的野菜煮了吃了几口,就拽开脚步趱行。

赵胜在路上行不多时,就到了石油寺。昨日那值守僧人看见赵胜便出来迎接,道:"施主今晚就在佛堂里借光读书,但有动静,还是小心谨慎为妙。"

"小生此番前来,就是为捉鬼。就怕这鬼怪惧我不来。"赵胜说罢,亮出藏在衣襟下绣春宝刀。

那僧人听得这话,倒地便拜赵胜,道:"壮士,望救弟子则个。"

赵胜见状不解,道:"你要小生救你甚事,实对我说。"

这时,方丈步入大雄宝殿,值守僧人见了方丈,欲言又止。

方丈叮嘱道:"原来施主乃文武全才之人,老衲佩服。只是这鬼怪确实厉害,据说靠近鬼怪,就有暗箭射杀。施主如见势不妙,保命要紧,切勿意气用事,枉自丢了身家性命。"

赵胜笑道:"方丈,小生自光明正大,心中无愧,今夜定要看看这鬼怪乃何方魑魅魍魉。如小生擒得此怪,还望方丈容我天天来佛堂夜读。"

方丈双手合十道:"这个自然,寺庙中尚有高檀越拨付的少许麦子,已磨成面粉,尚可款待施主一些斋饭。"

赵胜回道:"那就烦劳方丈差人煮些面食,小生吃得饱了,今夜三更捉鬼。"

方丈问道:"老衲自会安排,不知施主可要帮手?"

"小生只要方丈差人煮些面食我吃,今晚便揪出鬼来。"

众僧人听了忍笑不住,自去生火煮面去了。赵胜叫众僧人自回禅房歇息,不得出来。

不多时,满满一大碗面都煮得熟了,加上野葱、山蒜,还有几片寺前山上挖的马齿苋,端的是香气扑鼻。赵胜多日未知五谷香,一口气便将面食吃了个干净,直看得方丈呆了。赵胜掇条凳子,叫僧人都去歇息了,自己坐在佛堂正中,左手捧书秉烛夜读,右手不离腰间绣春宝刀。

夜至三更,赵胜读书读到妙处,不觉叫好。佛堂内外倒是安静,只听得虫鸣蛙叫。不多时,果然听到佛堂后院有女子啼哭声。赵胜寻思,这佛门清净之地何来女子啼哭,定有恶人。赵胜循着声响大踏步直抢过去,却听见声音是从后院柴房传出的。赵胜冲入柴房,却只见四周土墙,再就是些柴火。顺着墙缝看,却看见墙那头隐隐有灯光。赵胜拔出绣春刀,用刀柄四处轻轻敲打,却听见有一处空鼓声,原来是一道暗门。赵胜用绣春刀连砍几刀,复一脚踢开暗门。只听得几声"嗖嗖"响,几支暗箭射将出来,原来暗门装有机关。赵胜眼疾手快,俯身避过。那几支暗箭射到柴房对面土墙上,深陷进去直没羽毛。多亏赵胜武艺了得,否则定然早射成了对穿。

赵胜起身把眼看时,只见暗门后还有内房。哪有什么鬼怪,就见一个腌臜汉子正搂着一个妇人,那妇人誓死不从,可哪里挣扎得脱。那汉子见有人砍开暗门,暗箭也没有射着,惊得眼睛都直了。赵胜看那妇人,正是二九年华,楚楚动人。有诗赞曰:

手如柔荑,肤如凝脂,领如蝤蛴,齿如瓠犀,螓首蛾眉,巧笑倩兮,美目盼兮。

赵胜见果真有人在石油寺装神弄鬼,一时火起,提起绣春刀就照那汉子砍来。那腌臜汉子也不含糊,抽身躲过,从腰间拔出一把刀来斗赵胜。汉子那把刀岂能与绣春刀相提并论,战不到三回合,两刀相撞,只听"砰"的一声,火光四射,霹雳交加。定眼一看,汉子那把刀已被绣春刀砍成两截。那汉子见状欲待要走,赵胜大喝一声,刀起处,早把汉子砍翻在地,血流如注。

那妇人先前见有人进来,不知好人歹人,便闪到一旁躲了。赵胜见那汉子已动弹不得,就收起绣春刀,问那妇人道:"你是哪家的女眷,为何在此?这汉子又是何人？"

那妇人止住啼哭道："小女子世居清涧县，是解家沟人氏。解家沟百姓多为白姓，小女子双亲年迈，今日清晨双亲叫小女子来石油寺烧香祈雨。不料刚烧完香，正待离开寺庙，就被几个歹人迷倒，便到了这里。听方才那人说，他们是一伙强贼，聚集几百贼徒，为首的唤作'蝎子王'，武艺高强，心狠手辣。专伺劫掠寺中上香之良家妇女，掳走供其奸淫。小女子誓死不从，幸得壮士前来，不然小女子宁死不屈，必死于此地。"

赵胜又问道："听说这石油寺无故失踪女子已有数月，你却为何要前来？"

白氏回道："本村李二哥是个脚夫，时常替官家富户送货。前些日子曾听他说起石油寺夜间闹鬼，已有不少良家女子失踪之事。可就在几日前来了一伙官府衙役，说李二哥妖言惑众，奉邓知县之命将他枷号三日，以作惩戒。结果，李二哥被打了个半死，至今卧床不起！官府又张贴告示，叫百姓勿要听信妖言。小女子因而听信官府所言，就来石油寺上香，不想遭此劫难。"

赵胜闻言怒道："听家兄说，陕西巡抚胡廷宴只许报喜不许报忧，想必是这邓知县恐此事被上官知晓，头上乌纱不保，故而隐瞒不报。"

赵胜收起绣春刀，先扯了布条包扎了那腌臜汉子伤口，又寻了根绳索，将那汉子捆了。此时天色渐明，赵胜恐白氏出门又遭劫掠，就一手提了汉子护送白氏走出柴房，去见方丈。

赵胜走进佛堂，叫道："这个鬼被小生所擒，可是立即送官？"

众僧人都来看时，认得这个女子是昨日来上香的香客。那捆着的腌臜汉子，就是贼首蝎子王的胞弟。方丈俯身要拜，赵胜慌忙扶起。

方丈双手合十道："果真是英雄出少年，老衲未看走眼，还望赵义士救本寺僧众一救。"

赵胜见老方丈行此大礼，慌忙问道："方丈行此大礼，折煞小生，方丈有何难处但说无妨，只是小生乃一介书生，焉能救一寺僧众？"

方丈解释道："赵义士有所不知，这石油寺建于大明太祖之时，一度香火极旺。这些年天灾人祸，石油寺弄得破败不堪。满地燕子粪，禅房内尽是蛛网。僧人肚饥无食，斋堂里锅也没了，灶头都塌了。就在去岁，本县有个富户唤作高财主的，一日来找老衲，说要重建庙宇，为佛像再塑金身。老衲还道这位高财主是位行善积德的施主,如此这般,功德无量。高财主还真耗费银钱,运来石材木料,将石油寺打理得焕然一新,还赠送本寺僧众粮米、僧衣僧鞋多般,以至于寺院再现生机。"

赵胜感叹道:"如这般说,这高财主还真是位功德无量的善人。"

方丈接过话道:"老衲初时也道高檀越是位善人。待寺庙建成,佛像重塑,寺内外灯火通明,铃声震耳,远近百姓祈福祈雨者日众,一时石油寺香火再度旺盛。岂料数月前,这高财主差了两名家丁唤作高福、高禄的,引来十余个膀大腰圆之人,说有急事要进老衲禅房一叙。老衲见那十余人个个生得凶神恶煞,一看就觉不是良善之人。老衲无法,只得领这些人入禅房。这家丁高福屏退左右,就说了来由。"

赵胜惊问道:"这些凶神恶煞之人,莫非是蝎子王之流?"

方丈唱了一声佛号道:"然也!这高福指着那伙人头目就跟老衲言道,这位爷便是蝎子王。要借石油寺之地干些营生,要老衲平日里睁一只眼闭一只眼,只作不知。老衲追问何事,恶奴却闭口不语。"

赵胜哼道:"想必也不是什么好勾当!"

方丈叹道:"正如赵义士所言,这伙人岂能干出好事?老衲早有耳闻,这蝎子王乃杀人不眨眼的魔头,手下兄弟多是些欺压百姓的闲汉恶棍。老衲不许,高福却言要拆掉庙宇。老衲恐石油寺再度破败,心中寻思先答应恶奴,蝎子王如做玷污佛门清净之地的勾当,老衲必当舍命拦阻。"

赵胜摇摇头道:"请恕小生直言,方丈此乃引狼入室耳!甚为不妥。"

方丈叹气道:"老僧有眼无珠,错信高财主这个恶人,酿成大祸,追悔莫及!原来这高财主和蝎子王狼狈为奸,借佛门清净之地却做些掳掠良家女子的勾当!更有甚者,蝎子王建有暗门密道,将掳掠女子和抢夺来财物都囤积在寺内。这伙盗匪隔三差五就来寺中,将掳掠女子、粮米、财物拖运上山,这些良家女子呼天唤地,真是痛煞人心!"

赵胜怒气冲天道:"方丈,佛门之地岂能藏污纳垢?方丈何不领一寺之众驱除恶人?"

方丈解释道:"不瞒义士,老衲壮年时曾为武僧,也懂些拳棍,也与蝎子王交过手。可终究老衲年迈,技不如人,被蝎子王打伤。而且蝎子王在僧众斋饭中暗下慢药，无色无味，僧众不慎染毒后，隔三差五发作，浑身如万千蚂蚁啃噬一般剧痛，非蝎子王的解药不能缓解。老衲一人受难无妨，但看着僧众受难，端的是心如刀绞。因而被高财主、蝎子王一伙玩弄于股掌之中。"

赵胜又道："原来方丈还曾是武僧，小生失敬！这蝎子王真乃丧尽天良，方丈为何不报官？"

方丈回道："老衲也曾报官，只是每每报官皆如泥牛入河，石沉大海！原来这清涧知县邓宇大人乃怕事之徒，唯恐县内有流寇盗匪之事被上官知晓，头上乌纱帽不保。有百姓报贼寇之事，邓大人要么充耳不闻，要么责罚喊冤之人。"

赵胜大怒道："真是个昏官。"

方丈又道："赵义士，你昨夜擒捉之人乃蝎子王之弟，唤作周霸。老衲也曾与之交手，此人也有十分武艺。近日官军围剿流寇甚紧，蝎子王等人都躲入城外铁楼山，只留下此人看守被掳掠女子。义士不费吹灰之力便擒获此人，足见武艺不俗，还望义士搭救这一寺僧众。功德无量，佛祖保佑，阿弥陀佛！"

赵胜慨然回道："小生自幼读圣贤书，范文正公曰'先天下之忧而忧，后天下之乐而乐'，小生必当尽绵薄之力。今日便奔赴铁楼山会会蝎子王这厮！"话毕，赵胜转身对一旁白氏小姐道，"此事还望白小姐助小生一助。"

白小姐朝赵胜深深道了个万福，问道："赵义士救命之恩，无以为报，小女子合当出力。只是小女子手无缚鸡之力，如何能助义士？"

"白小姐自有出力之处。"赵胜说完，转身又谓方丈道，"蝎子王见过方丈面目，不可同往。方丈乃武僧出身，武艺自当不俗，想必也有会些武艺的高徒，可穿了俗人衣裳与小生一同前往，去找蝎子王索取解药！"

方丈说道："老衲寺里有一人法名悟心，也会些少林棍法，有胆有识，可助义士一臂之力。"

之后，赵胜叫僧人速去密室将掳掠女子悉数放生，百姓被劫粮米财物暂先封存，待日后分于百姓。众位女子在密室里不见天日，日夜担惊受怕，多有被贼人凌辱，今日得救，喜极而泣，个个磕头道谢，各自回家找爹娘夫君去了。

赵胜从周霸身上搜到两瓶药水，逼问他是些什么。周霸无奈，只得说出此药水就是僧众所中毒药和解药，毒药乃山中毒虫提炼，解药乃山中草药泡水，但此解药只能缓解，不能根治。

赵胜将解药大部给了僧众,逼周霸吃了毒药。还叫他写信称清涧县书生赵胜仰慕蝎子王威名,将石油寺劫掠最俊美女子白氏先行送至铁楼山,投铁楼山入伙。周霸起初不肯,可已逼服了毒药,万千蚂蚁啃噬之痛不可挡,只得写了。

当日,赵胜、悟心、白小姐各自饱餐,就往铁楼山而行。

此时已是深秋,日正短,白小姐走得慢,转眼便天晚了。约行不到五十里,蹚过几乎干涸的无定河,早望见一座高岭。悟心久居清涧县,时常外出化缘,因而路熟,道:"远方高岭便是铁楼山。贫僧听闻这股流寇之首蝎子王真名周横,本是恶霸,勾结乡间豪绅无恶不作,后被官府通缉,因而上山盘踞为寇。二当家惠登魁,本是官军,只因朝廷欠饷日久,士卒无食,不得已做了逃卒。为避清剿,逃命中途经铁楼山,投蝎子王了。蝎子王见惠登魁武艺高强,懂些排兵布阵之道,就留下他做了二大王,以图日后抵敌官军。据说惠登魁与蝎子王不同,尚有些侠义心肠,因此两人面和心散,惠登魁只是忍耐,未露声色!"

赵胜闻言,点了点头道:"原来如此。"

正说话间,三人一步步上岭来。只见月从东边上来,照得岭上草木一清二楚。山中树高林密,空气润心肺,好景致。王维有《山居秋暝》诗句赞曰:

空山新雨后,天气晚来秋。
明月松间照,清泉石上流。

正看之间,只听得前面林子里有人笑声。

赵胜心想又来作怪!这般一条静荡荡高岭,什么人如此笑语!况且如此兵荒马乱的,必不是良人。

三人走到林子那边去看,树林中傍山有十几处窑洞,洞里有亮光。赵胜指尖蘸了口水捅破窗户纸,只见七八个拿刀拿枪的汉子看守着十余个妇人。那些妇人个个云鬓蓬乱,衣裙不整,神情就似见了煞神一般。当头一个虬髯须正搂着一个妇人浪笑,那妇人上下却如同筛糠一般。

赵胜昨日见了周霸欲不轨白小姐,今日又见这般龌龊场面,顿时怒从心头起。悟心也手持哨棒,就要冲进去打杀这个虬髯须。

"这荒山野岭之下,却有人做这等勾当,不是强抢民女又是什么?出家人见死不救,何以为人!"悟心横了手中碗口粗细哨棒,怒道,"贫僧多年未曾耍棍,一味吃斋念佛,这棍是白蜡杆做的,棍子许久不曾发市,且把这伙鸟贼人试试棍子沉重!"

赵胜见状叮嘱道:"大师,我等不熟贼巢。待会厮杀,只可快决,不可慢拖!"

悟心点了点头道:"贫僧今日便叫这伙贼人片刻就超度了。"

悟心寻了块头巾把头包了,右手拿捏着哨棒,来到窑洞前踢门。里面那伙人听得,都止住了笑。赵胜拔出绣春刀,和悟心一左一右,就待门开了杀进来!白小姐远远躲开了。只见侧首门开,走出个愣头青来喝道:"你们是什么人?吃了熊心豹子胆,如何敢来此铁楼山敲门打户?"

悟心睁圆怪眼,大喝一声道:"你们做的好事!看棍吧!"话音未了,手起处一声闷响,愣头青的脑袋便开了花,红的白的落在一地,倒在地上。

"谁敢杀我喽啰!"那虬髯须手抢着一把大环刀,手下喽啰兵各自持刀棍冲出来,直奔赵胜和悟心二人。

"我的多般本事学来,还不曾试一试,今日个正好用上,倒是试试我的本事如何!"赵胜便挥起绣春刀来斗那虬髯须,悟心就接住喽啰兵厮杀。

只见赵胜和虬髯须一来一往,一去一回,两道寒光旋成一圈冷气。虬髯须力大刀沉,赵胜力巧刀利,当时两个斗了十数回合。赵胜卖个破绽,让那虬髯须大环刀砍将入来,赵胜转过身来只一刀,那虬髯须的头便滚落在一边,尸首倒在石上。转眼间,那七八个喽啰兵也被悟心送到西方极乐天了。

赵胜冲窑洞里叫道:"几个恶人已除了,你们都出来!我且要问你们个缘故!" 只见窑洞里走出那些妇人来,倒地便拜。

赵胜问道:"你等休拜我。你等且说这里是铁楼山什么去处,这伙人是不是蝎子王的人?"

刚才那个被虬髯须强搂着的妇人哭着道:"奴家本是清涧县惠家岔村人,这清涧县大旱连年,奴家与夫君去石油寺上香祈雨,刚进寺院门就不知怎的头晕目眩,天旋地转。待奴家醒来,也不知过了多少时辰,又不见夫君,却被这伙不知怎么来的强人劫了。吃的是树叶掺麦麸,日夜过的都是被这伙强人欺凌侮辱的日子。奴家只知这里已是铁楼山,这伙强人头子便是蝎子王周横,此处往山巅三四里就是贼巢。"

赵胜又问道:"你等民女也是被蝎子王强抢的吗?"

那些妇人道:"我等既有石油寺上香被暗害,也有被贼人于路强抢的。二位壮士若是晚来,只恐我等或交给其他贼人,或卖于异乡,定是性命不保!"

"你等可还有父母家眷?"

那些妇人都道还有父母夫君在。

赵胜便道:"那你等速速逃命去吧。此时天色已晚,路上免不了有豺狼野兽,须寻些棍棒结伴而行,路上好有个照应。"

众妇人一起磕了三个响头,褪去身上首饰,就要献与赵胜。

赵胜推却道:"我不要,你们自将去养身过活。快走!快走!"

那些妇人拜谢了,自折些棍棒,挑称手的拿了,下岭逃命去了。

赵胜和悟心入窑洞来,见窑洞内桌上居然还有米面、菜蔬、果品。赵胜叫回白小姐,三人赶路已饥肠辘辘,刚才又大战一场,早已又饥又渴,就把桌上菜肴都吃了。

赵胜把那几个尸首都寻些枯枝败叶掩盖了,悟心终究是出家人,虽说杀的都是恶人,也禁不住一直念"阿弥陀佛"。赵胜插了绣春刀,继而往山巅走。白小姐就在后面跟着,悟心殿后。

赵胜抬头看了山上怪石嶙峋,群山龇牙咧嘴,生得古怪,树木稠密见不得月光,心想这蝎子王倒是会挑位置躲藏,不是刚才救那些妇人,焉知此地就藏有贼巢。天色晚了,三人寻不着路径。好在此时乃秋末,未有风霜,还不甚寒冷。

约莫走到一更时分,快到山巅,只是不知蝎子王贼巢所在,树高遮住了月光,也看不见地下。白小姐走不了大步,却被一条绊脚索绊了。树林里铜铃响,霎时走出十四五个伏路小喽啰来,点着火把大喊。

有个小头目右手持火把,左手用刀指着赵胜道:"额等是些什么人?来此何干?速速招来,否则爷爷一刀送你上西天!"

赵胜不慌不忙,拿出书信道:"小生乃清涧人,周霸是在下刚结义的大哥,有兄长书信在此。小生是来送石油寺最标致美人来的。"说罢,指了指白小姐。

小头目接过书信,却斗大的字不识一个,又怕赵胜真是大王胞弟的人,瞅瞅白小姐,果是美人。他将信将疑,只得叫众喽啰兵簇拥着赵胜三人,点起火把,左转右转走了几里地,却押到了一处寨子。

此处依旧枝叶茂密,月光照不进来。赵胜在火把下看时,这寨子四下里都是木棚,当中一座草厅,后面还有百十间草房。

小头目对门口几个小喽啰道:"大王还未睡,有事呈报。捉住一个自称周霸小弟的人,还有一随从,押着一个美人,说是来献给大王的。有书信在此,小的等只是不识字。"

小喽啰进入草厅,旋即出来,叫把赵胜三人带进来。赵胜入厅,看见厅上放着两把虎皮交椅,心里寻思莫不是蝎子王周横和二大王惠登魁的交椅。

只见小喽啰点起灯烛,把厅上各灯烛剔得明亮,草厅背后走出三五个小喽啰来,叫道:"二位大王到了!"

赵胜看去,只见那个前面出来的大王,瘦长膀阔,几颗烂牙掩口髭须,头上戴着东坡巾,身上披着一领丝绸衲袄,便来坐在右首虎皮交椅上。此人正是打家劫舍、欺压良善的蝎子王周横。第二个进来的大王头上裹着武生巾,身穿直领小袖对襟,脚下蹬着一双官家发的军靴,格外夺目,此人便是二大王惠登魁。

那周横坐在右首交椅上,问道:"孩儿们,哪个是周霸的小弟?"

"孩儿们正在后山伏路,只听得树林里铜铃响。原来是这几人想上山巅,撞了绳索。这个白衣白巾的说自己刚拜了周霸头领为大哥,把石油寺新获美人带来孝敬大王,且有书信在此。这个手持哨棒的,是白衣白巾的跟班。"小头目说罢,将书信呈上。

周横看罢书信,就色眼圆睁瞪着白小姐看,就似饿死鬼见美食一般。白小姐见状,鸡皮疙瘩倒是掉了一地。

周横见状,哈哈大笑道:"你这人倒还省事,这次献来的正是好货色,额要重重赏你。待会你要滴血入酒盅,一口饮了,便是蝎子王的兄弟!"

周横叫喽啰取酒来,小喽啰去不多时,捧来一坛酒,满满倒了一大碗,放在赵胜面前。又一个小喽啰递过来一把明晃晃尖刀。

赵胜二话不说,接过尖刀握住用力一拉扯,鲜血就顺着手指滴进酒碗,张口饮下。周横哈哈大笑,赵胜纳头便拜道:"小人赵胜,亦是清涧县人,天旱无食,只欲寻个靠山填饱肚子。久闻蝎子王大名,率领众兄弟啸聚一方,官军不敢小觑,只恨缘分浅薄,不能拜识尊颜。今日天使相会,真乃称心满意。"

周横答道:"小子伶牙俐齿,话语让人舒服。看你也是个读书人,就在额这里管粮仓账目如何？"

赵胜又道："大王礼贤下士，结纳豪强，小人钦敬，还有一宝献于大王！"

周横忙问道："是什么宝物？"

赵胜从衣襟底摸出绣春刀，双手递于周横。周横接过刀来看，只见花纹精细，一看就知绝非凡品。待拔出刀锋，果真锋利无比，寒光四射。周横、惠登魁及众喽啰禁不住直呼好刀！

惠登魁曾为官军，已认出这是大明锦衣卫或御林军所使绣春刀，道："此乃绣春刀，绝非一般寻常百姓家所有，你究竟是何人？"

赵胜回道："实不相瞒，家父屡试不中，弃文从武，改读兵书韬略，这绣春刀乃重金仿造也！"

周横大喜道："原来如此，这宝刀额就收下了。"

赵胜又道："大王，此刀还有一个妙处。若是从刀尖往刀把看，则此刀犹如龙形，大王不妨一试。"

"听闻绣春刀妙处无穷，不然绝非锦衣卫用刀。此刀还有如此妙处，待额一观。"于是周横拔出绣春刀，双手擎着，用左眼从刀尖看。

说时迟那时快，就待周横将绣春刀对准左眼，赵胜以迅雷不及掩耳之势飞身过来，抢过刀柄，一刀直插入周横左眼。刀锋太利，刀尖直通脑后，周横哼都未哼一声，就见了阎王。

原来，赵胜料想石油寺方丈既是武僧出身，武艺定不俗，尚且不敌周横，因而单刀力战实乃下策，便想出此等妙计除掉周横。

就这一瞬，周横便被赵胜刺了个对穿，惊得小喽啰目瞪口呆。待回过神来，众喽啰冲进正厅，欲拿捉赵胜。赵胜拔出绣春刀，悟心横过哨棒，就要厮杀。只见惠登魁双眉别起，两眼圆睁，坐在交椅上大喝道："看谁敢造次？"

赵胜见状道："二大王息怒，这蝎子王周横坏事做尽，恶贯满盈，石油寺干的好事众所周知，多有想诛杀蝎子王的义士。百姓本就因大旱连年，苦难深重，却又凭空添了多少无母之子、无妻之夫。今日被在下杀了，是为民除害。二大王本是官军，只因朝廷欠饷日久，衣食无着，绝非恶人。在下今日所为，请二大王定夺，是对也不对？"

堂下一头目道："方才有眼线来报，山腰下窑洞里几个兄弟都被人杀了，正是此人,抢来妇人也被放跑。现又杀了周大王,今日放他不过,当千刀万剐!"

惠登魁喝道:"额倒还未发话,你却放什么屁?却不是反失了上下!"

那头目碰了一鼻子灰,只得退下。

惠登魁大骂道:"周横不思众兄弟出路,只为自己胯下之物舒坦,害了无数人家,此等败类怎做得了山寨之主!"

赵胜闻言拱手道:"二大王果然明晓事理,是个有侠肝义胆之人,在下佩服得紧。"

惠登魁把堂前桌子只一脚踢在一边,抢起身来,衣襟底下掣出一把明晃晃刀来,骂道:"周横乃一介莽夫,亏了这多兄弟追随,不思劫掠官府粮米财帛分于众兄弟,更不说周济百姓,却尽干些欺压良善之事!白水王二、府谷王嘉胤、洛川张孟存,还有本县满天星周清,俱是些杀贪官、开粮仓周济百姓的豪杰!这铁楼山众兄弟不是供他周横一人使唤的,额早有除掉此人之意,谅这只图一己之私的贼,不杀要之何用?"

那群欲拿捉赵胜的小喽啰见惠登魁这般凶猛头势,谁敢向前,都跪下道:"愿追随二大王!"

众头目就将周横坐过的交椅搬到一边去,只留下惠登魁一人交椅,叫道:"今日就扶惠大王为山寨之主。"

惠登魁大声道:"额虽是官军,只因朝廷欠饷,没了活路来投周横。怎奈周横只为一己私利,怎能带领众兄弟过活?今日周横被赵义士所除,额乃二大王,今日并非要图此位。今观赵义士武功胆略超群,智勇足备。额今日以义气为重,立他为山寨之主,可好吗?"

众喽啰齐声回道:"二大王言之极当。"

赵胜见状拒绝道:"此事万万不可。小生只欲借石油寺牛油巨烛夜读,他日考取功名,不负祖上寄望而已。见石油寺有僧人被毒药所害,又有女子被劫,小生会些武艺,此乃路见不平拔刀相助耳,焉能做山寨之主?"

惠登魁再三劝说,赵胜只是不肯。再三再四,惠登魁只得自己坐了正中交椅。中间焚起一炉香来,赵胜叫众人就堂前参拜了。

此时已然天明,惠登魁叫人取来解药,叫悟心先服下,再与了悟心几瓶药水去救石油寺僧众。又叫人抬了周横尸首到山后掩埋,再去山前山后唤众多小头目都来堂前参拜。

惠登魁叫小喽啰就堂前摆下宴席，有牛肉、羊腿、羊肠羹、炒羊肚、炖獾子肉、野鸡炖汤、野山菇、炒芥菜、炒香椿，还有苹果、山梨等诸多果品菜蔬，众人放开肚皮大吃了一顿。白小姐也吃了些菜肴作陪，她见赵胜白衣俊美，文武全才，又胆识过人，芳心顿生爱慕之意。

宴席罢了，赵胜要带白小姐辞行。惠登魁却叮嘱道："额有一言，义士务当牢记！"

赵胜拱手道："愿闻其详。"

惠登魁说道："这周横也非一般蠢贼，却和豪绅有勾结，因而有人通风报信，屡次逃避官府追剿。此番赵义士剿灭石油寺贼人，断了豪绅财路，只恐日后义士逢难，还望多多小心。"

赵胜谢道："惠大王之言，小生铭记。但清平世界，朗朗乾坤，我倒不信没有说理之地。"

有分教：

机深祸也深，总有恶贯满盈时；
腹黑刀却白，看看老天饶过谁？

直教英雄有胆，再杀几个贼子。欲知赵胜有何凶险？且听下回分解。

第十一回

李典史证写黄巢诗　赵点灯身负窦娥冤

书接上回。惠登魁见赵胜武艺超群,胆略过人,当即有心要与他结为兄弟,道:"额世居清涧,少时从军,十余载未回,今避难回故土,却有家难回。额现今只得落草为寇,此间正没相识,只有军中原先几个生死弟兄每日相伴。如今幸会赵义士,如蒙不弃,欲结为兄弟,赵义士意下如何?"

赵胜答道:"小生乃一个穷儒书生,惠大王乃旧日驰骋沙场之将官,小生有何才学,如何敢受大王之礼?枉自折煞小生也!"

惠登魁笑道:"今日见赵义士如此英雄,谁不钦敬?果然英雄出少年,与额结为兄弟,是屈尊赵义士才是!"

赵胜见惠登魁如此义气,满满斟上一杯酒,起身答道:"小生只是清涧一书生,本应两耳不闻窗外事,一心只读圣贤书。岂料路遇石油寺中有人作怪,圣贤书亦教人路见不平,拔刀相助。不期又得见蝎子王欺压良善,被小生诛杀了。今日若非惠大王仗义相助,此番小生定会被众人所害。大王年长,如不弃小生,请满饮此杯,受小生四拜,以表恭敬之心。"自大宋年间始,民间盛行四拜之礼,乃是敬上人、师长之礼。赵胜行四拜之礼,实乃敬重之意,乃大礼也!

惠登魁大喜,当下接过酒碗一口饮尽,赵胜纳头便拜了四拜。惠登魁连忙答礼,结为兄弟,又叫喽啰兵再添酒来相待。小喽啰再搬出些酒肴果品之类,小头目依次与赵胜把盏。悟心乃僧人,只能吃些菜蔬果子作陪,碗中添碗清水权当酒水。

赵胜离家数日，恐家中兄长担忧，亦恐白小姐家眷担惊受怕。当日赵胜吃了几碗，就不再饮了，直言就要离去。惠登魁挽留，见赵胜执意要走，便不再强留。惠登魁率几个头目与赵胜、悟心、白小姐送行，直送至铁楼山下。路上惠登魁与赵胜就聊些刀法拳棒，也说了当今陕西流寇蜂起、辽东战事、朝廷清阉党等诸般大事。看看已近响午，两人拱手话别。

别了惠登魁，赵胜三人又走了一程，已离开铁楼山地界。赵胜恐白小姐路上又遇凶险，就提出将她直护送至解家沟家中。白小姐本就对赵胜暗生爱慕，此番听到此言，正好如意，一时粉腮带红。悟心自回石油寺，拿解药去救众僧去了。周霸也被送去县衙见官。

铁楼山离解家沟还有三十来里地，白小姐几日担惊受怕，本就走不快，却又不慎扭伤了脚，走不得路。赵胜暗道："这是苦也！白小姐乃女子，这荒郊野外，孤男寡女，却又说不清。我又不能背不能抱，却如何是好！"

赵胜见路边有棵倒下的枯树，树干又粗又圆，便灵机一动。拔出绣春刀砍了两段圆木头，又用刀尖剜了个洞。又找了个细点的树，砍成根棍子穿了，就当车轮。又砍了几棵树，用藤蔓缠了当车板。赵胜鼓捣了一阵，做了一辆车，白小姐上车将息，赵胜推着车缓缓前行。好在铁楼山上都吃得饱了，赵胜推车也有力气，两人有说有笑地聊着。

两人行了两个时辰，解家沟已近在咫尺，一路去都看得见人家，再无僻静之处，赵胜便对白小姐道："白小姐，解家沟就在眼前，前路都有人家，别无僻静去处，如果腿脚将息得还能行走，小生如今与你分手，异日再得相见。当前兵荒马乱，切忌再孤身出行！"

白小姐见赵胜欲离去，心中不舍，有意多留一刻也好，于是道："赵义士救命之恩，不死当以厚报！还乞到家中宅院一坐，虽说大旱连年，田地颗粒无收，家中却还有些红枣，请吃一盏红枣羹再走不迟。"

赵胜虽说乃正人君子，可也正值少年，美人相邀，石头人也难保不动心。赵胜欣然应口，白小姐越发两腮红彤。

赵胜推着车，白小姐在车上坐着，行了不到一里地就到了一处农户宅院，此处正是白小姐家宅。只见一道土墙围着七八间草舍，近处是田地，远处是高山，山上有飞鸟，山顶有迷雾，也是一番好景致。五柳先生陶渊明有诗赞此景曰：

> 结庐在人境，而无车马喧。
> 问君何能尔？心远地自偏。
> 采菊东篱下，悠然见南山。
> 山气日夕佳，飞鸟相与还。
> 此中有真意，欲辨已忘言。

白小姐父母俱健在，上有两个兄长，分别唤作白田、白地，都长得高大壮实，腰板硬朗。因天旱无雨，便上山打猎和采摘野菜野果度日。

白田远远望见小妹得归，欣喜万分，急急告知了爹娘。爹娘正因娇女多日未归，一度寻死觅活，今日如做梦一般见小女归来，十分欢喜，烦恼都没了。听闻是赵胜救了女儿，白小姐的爹娘、两个兄长、左邻右舍、七大姑八大姨尽来拜谢。原来这解家沟百姓多为白姓，多少都沾亲带故。

赵胜回礼道："太公不要谢小生，应拜谢孔孟才是，是孔孟圣贤在书中教导小生要路见不平，拔刀相助。"

白家人定要赵胜进屋小坐，赵胜无法，只得依了。白小姐亲手熬了红枣羹，又将两个哥哥刚猎获的野山鸡拔毛、洗涮了，和着红枣、山蒜、野葱、蘑菇一起炖了一锅汤，端上来香气扑鼻。

赵胜推了这半日车，肚中正好饥了，喝了红枣野鸡汤，端的是胜过皇帝御膳。白太公不住添肉加汤，管待饱了，白太公和两个儿子引赵胜院前院后观看景致。

这解家沟果是好去处，只见四周群山连绵，沟壑纵横，松柏耐旱，远处林中松柏长得参天一般高，云雾缭绕，藏个五七千人不在话下。

赵胜看了道："倘若藏于此处，官军来剿如同入迷宫一般！如何剿得？"

白太公问道："赵义士若非欲效仿白水王二乎？"

赵胜摇摇头道："小生乃一介儒生，只求考取功名，他日姓扬名显，光大赵家门楣，绝不做这些辱没祖宗的事。"

白太公道："义士此言差矣。白水王二，有勇有谋，聚数千好汉，杀官散粮，劫富济贫,官军不敢小觑,人称齐天王。而朝中贪官污吏尽干些欺压百姓,严为催科之事。对百姓而言,官吏之祸尤甚盗匪,百姓确是苦也!"

赵胜拱手道:"小生谨记太公教诲!"

众人兴致正隆,忽然听见一阵阵敲钟声,音调浑厚,群鸟惊飞。赵胜惊问道:"此处还有寺庙?"

白太公回道:"正是此处花岩寺钟声。"

赵胜感慨道:"这钟声沉重,非比寻常,定是个不一般去处!"

待景致览罢,赵胜就要告辞。白家人挽留不住,只得依了。白田牵了一匹马借赵胜用,白小姐依依不舍,赵胜道两日后归还马匹,再来相见。此时正值红日衔山之际,赵胜骑马一路飞奔,不多时便赶回家中。赵胜将马匹拴在后院树上,径到内堂找几位兄长。

赵胜几日不归,赵大心急,前日去石油寺找了方丈,才知四弟去了铁楼山。赵大见兄弟如此侠义,也是敬佩得紧。赵胜拜见了兄长,将这几日之事备细说了一遍。赵大听罢大喜,叫四弟早早歇息了,白家人借的马匹自去喂些草料。赵胜几日劳顿,昨夜更是一宿未眠,还未洗漱便扑倒睡下,一觉就到次日日上三竿。赵胜也不住想着白小姐,待歇息够了,就骑马去解家沟归还马匹。白小姐又亲手做了红枣羹与赵胜吃了,吃罢,两人还是得话别。之后,赵胜继而捧书苦读,晚上依旧在石油寺佛堂借牛油巨烛之光秉烛夜读。

一日,赵胜昨夜苦读一宿,见晌午日暖,禁不住就在院内藤椅上躺下歇息。赵大正在涮洗昨天上山采挖得来的沙盖菜、苦菜、车前草、香椿等,所幸还捡得富户杀羊丢弃的少许羊杂碎,准备熬一锅羊杂汤,给赵四儿补补。忽见篱笆外一人手持一封书信大踏步走进院来,是个富户家丁打扮。赵大一看就认识是高财主的家丁高禄,忙丢掉手头活计,迎着高禄问何事。

高禄端的是趾高气扬,丢下书信道:"额家老爷今晚设酒宴请赵四公子,不知赵四可否敢去赴宴?"

赵大看高禄这架势就觉不妙,这伙地主老财平日里哪有正眼瞧过庄户人,此番宴请四儿,定是未安好心,便回道:"四儿昨夜苦读,只着单衣,偶感风寒。既是如此,额只得去走一遭!"

高禄闻言大怒,一把推开他道:"额家老爷指名道姓宴请赵四,你算个什么挨球的东西？"

赵大平白无故挨了辱骂，也不敢吱声，只是赔笑。

赵胜被推搡争吵声吵醒，见高财主奴才来了，已有七分不悦，问道："大哥，有甚要紧事？"

赵大连忙回道："没事，没事。"

"怎的没事！赵四，你在石油寺干的好事，现今额家老爷请你过去，不知肯赏脸否？"高禄说罢，就将书信掷于赵胜。信笺借力道，竟似刀片一般飞过来。原来这高禄也是练家子，仗着有些武艺，平日里没少仗势欺人。

只见赵胜眼疾手快，单手接住信笺，二指夹住，面不改色。信中无非是些恭维的话，再就是相邀来高府赴宴。

赵胜见是高财主设宴相邀，想起石油寺方丈和铁楼山惠大王所嘱，心中已有八九分明白，道："既蒙高老爷错爱，小生荣幸之至，焉有不去之理？小生今晚必亲自去走一遭，高管家可向主人摇尾讨赏去了。"赵胜言辞中未提一个"狗"字，却将高禄狗腿子本性骂了个酣畅淋漓。

这赵大也知老四倔，认准理儿十头牛都拉不回，可自家兄弟搅了石油寺暗藏的局，断了高财主一条财路，此番去高府就似闯龙潭虎穴。待高禄走后，赵大劝道："兄弟少安毋躁，须听愚兄一言。这高财主心狠手辣，更是与流寇盗匪有勾结，与蝎子王称兄道弟。邓知县昏庸无能，对流寇盗匪充耳不闻。秦陕一地到处都是打家劫舍的贼寇，也近他不得，何况兄弟以一人之力？休要枉自丢了性命，愚兄有何面目九泉之下见老父。"

赵胜听了烦道："兄长休要长他们威风！高财主那伙贼男女打什么紧！我看他如同草芥一般，那高府就是龙潭虎穴也要去走一遭，也算个男子汉大丈夫！"

赵大继续劝道："四弟，休叫愚兄担惊受怕，你有胆量去虎穴龙潭，可终究是一人。俗话说明枪易躲，暗箭难防，你不去就自然无事，还望三思。"

赵胜摇头道："我既主意定了，古有关菩萨独面江东千军万马，单刀赴会。谅那高府不过豢养一群酒囊饭袋，何惧之有？兄长休要再多言语。"

赵大又道："既是如此，为兄自幼多病，老父未教授武艺，只叫务农耕作。你们兄弟三人都习练了武艺在身，不妨叫赵二、赵三陪伴同往。高府便有贼人，也能发落得一些去。"

岂料赵二闻言道:"为兄近日有些伤寒发抖的症候,哪里使得了棍棒?"

赵三也道:"额也有些脚气病发了,走不得多路。"

赵胜听了,知二位兄长怕死怕事,都是无用之人,怒道:"二位兄长休再言语,大哥不会武艺,情有可原。大哥要你等跟我走一遭,便有许多推故!我自己去就便了,若是哪一个再阻我的,休怪我不念同胞情谊。"

赵大无法,只得依了赵胜,进内屋暗暗地给四弟烧了神符,乞神灵庇佑。

日头西落,转眼已是傍晚。赵胜艺高人胆大,便要启程赴高府。高财主家丁高福、高禄二人早在高府迎客厅摆了宴席,带了二三十家丁恭候。酒桌中间摆了红烧猪首,猪鼻子上插一把明晃晃剔骨尖刀,四周摆着一只鹅、一只鸡、一盘牛肉、一盘羊杂作配菜,还摆了一坛酒、一大碗猪油拌裤带面和一些果品菜蔬之类。

菜肴都已经安排妥当,那高福、高禄二人知晓赵胜武艺高强,仗着自己也会些武艺,还有诸多家丁暗藏兵刃,便放下心丝毫不惧,大着胆等赵胜到来,看他能翻了天么?

去高府路程不远,不一会就到。赵胜在府门口递了书信,家丁搜身未见兵刃,便要赵胜迎客厅请。远远望见赵胜进入府门,高福、高禄于迎客厅门口迎接。

高福冷笑道:"赵义士果真守信,额钦佩得紧,且有句话要说。"

赵胜不紧不慢问道:"有什么话说?"

高福便道:"听闻赵兄武艺超群,胆识过人,额最喜结交天下豪杰,还望能结交赵兄这个朋友。待会老爷若有相邀,额自会来把杯酒作陪,替赵兄相谢老爷。"

赵胜大剌剌地说道:"为甚谢你家老爷?"

高福碰一鼻子灰,只得应道:"此礼不可缺。"

三人正说话间,有人喊道:"高老爷到。"

赵胜循声音看去,见一人头戴皮帽,身穿绸衣,棉鞋白袜,长得肥头大耳,蒜头鼻子,老鹰眼睛,一看就知绝非善类,此人正是高财主。只见这高财主满面堆笑,唤家丁开了酒坛子,叫两个家丁安排桌凳,一圈家丁都四周站立着。高财主自吩咐定了,便叫赵胜坐在对席,高福、高禄一边一个打横坐了,那后面家丁就来筛酒。

高财主端起酒碗道:"赵义士少年华美,老夫佩服得紧。义士休怪招待不周,胡乱吃几杯水酒。老夫先干为敬。"说罢,高财主一口将酒喝干了。

赵胜也举碗道:"小生乃一介平民布衣,平日里不曾拜见高老爷,今日倒来反扰,只是先满饮一碗,以示敬意。"

高福、高禄也把酒饮了,后面家丁又筛了一碗酒。

几人轮流把盏,赵胜只管吃酒。平日里只能吃些粥水野菜,此逢美味佳肴,赵胜哪顾这些,只顾放开肚皮大嚼大咽。高福撕扯一只鹅腿递于赵胜,赵胜也只顾自吃。众人虽怀着鬼胎,也禁不住暗暗赞叹赵胜好胆量。四周家丁也觉气氛尴尬,就似鸿门宴一般,赵胜却稳如泰山,岿然不动。

眼看酒过三巡,菜过五味,赵胜也不搭话,只顾用剔骨尖刀砍削猪头肉自吃。倒惊得高福、高禄二人心头十五个吊桶打水,七上八下,暗暗地寻思此人端的好胆量,莫非有备而来?

只见高财主终于把持不住,喝道:"且歇,老夫有正话要说。"

赵胜不紧不慢地回道:"相烦请高老爷示下则个。"

高财主开门见山道:"赵义士今日在此,俗话说'冤各有头,债各有主',明人不说暗语,额与你井水不犯河水,为何要去石油寺捉了额周霸兄弟,又上铁楼山杀额周横兄弟?实话跟你说,县衙里也有额众多兄弟,这周霸前脚入衙门,后脚便出衙门,此刻便在后堂养伤。"

赵胜不屑地笑道:"小生自幼读圣贤书,甚知天道轮回,报应不爽。周横、周霸恶贯满盈,自有报应。高老爷既是说有冤报冤,有仇报仇,小生也不惧!就怕这些家丁并无这个本事,真打杀起来,小生倒想试试额的学艺精否!"

高财主见赵胜这般说,心中大怒,口中却道:"也并非定要打打杀杀。老夫见赵义士器宇不凡,文武全才,又是胆识过人,现今兵荒马乱,盗匪横生,在额宅里做个教师可好?俸禄自不必说,强似你家中粥水野菜万千。"

赵胜笑道:"原来却是如此,小生才疏学浅,焉能胜任?高老爷还是另请高明吧!"

高财主又道:"赵义士,你也知道现今大旱连年,米比金银贵。你到额这里,一日三餐管饱,尚有余粮,也可养活你几个哥哥,却要三思!"

赵胜哼道："要小生教授府上众人武艺,再去石油寺强霸民女么?"

赵胜话音刚落,早恼了一旁高福,道："赵四儿,休要敬酒不吃却来吃罚酒。额要是强留,你待如之奈何?"说罢,高福便卷起双袖,去衣裳底下"嗖"的只一掣,便掣出一口尖刀来。他右手捏着刀把,两只小眼睛睁起,就待厮杀。四周家丁也纷纷亮出兵刃。

说时迟,那时快,高福话犹未了,赵胜闪电般地把插在猪头肉上那把剔骨尖刀抢在手里。飞起一脚把桌子踢飞了,一盘猪头肉正好扣在高财主头上。高财主肥头大耳,不逊那盘猪头,两个头相碰,倒是滑稽得很。赵胜紧接着一个鹞子翻身,早欺身高财主一旁,用左手死死掐住高财主肥头。那高财主见势不好,却待要叫,赵胜右手尖刀已抵咽喉,高财主惊得目瞪口呆。原来这招凌波微步的功夫,先左脚点地,再飞起右脚一记重踢,紧接着左脚腾空翻,左手按下,右手锁喉,一气呵成,毫不含糊。这一纵跳好生了得,非极高悟性苦练不成,这是赵胜平生的真才实学。

上阵交锋,几记纵跳便可万军丛中取上将首级,端的是非同小可!高福、高禄和几十个家丁眼都看直了,看赵胜尖刀就抵住高财主咽喉,一个个都不敢动,不知如何是好。

高财主见赵胜一瞬间便将自己性命拿捏在手里,吓得面如土色。平日里,高财主出入府堂,吃的是山珍海味,穿的是绫罗绸缎,结交的是达官贵人,黑白两道通吃,却只是欺压良善,岂有被人拿捏性命的?此番被赵胜刀尖抵喉,还是平生头一遭。高财主哪还顾及面子,双膝酥软,早已跪下,嘴里不住喊饶命。

赵胜哼道："高老爷,小爷取你性命易如反掌,休说你手下这几十个挨球的,就是再加几十个,也奈何额不得!日后望行些善事,须知报应不爽,善恶终有报。倘若继续鱼肉乡里,除非小爷不知,叫小爷知之,定要结果你的狗命!"

高财主听了,要挣扎得性命,连声应道："在下记得,记得!"

赵胜就地提起高财主来看时,早已尿了裤子,脖子歪在半边,口角流涎,狼狈至极。

赵胜扔掉尖刀,放开高财主对众家丁说道："休言你这几十个蠢汉!铁楼山上有几百杀人不眨眼的流寇,小爷兀自敢闯!你等还能拦阻?"

高财主受此惊吓,此番只有出气没有进气,只得连声告饶。赵胜旁若无人一般走出高府,高财主定了定神,两排牙齿紧咬了嘴唇。

当晚夜深,那高福和高禄两个奴才都来高财主内宅问候,高夫人只说老爷有病。两个狗奴才商量道:"老爷此番病得不轻,却是心病。若要医好老爷病灶,只得除了赵四儿。若不如此,老爷咽不下这口气,一定送了性命。"

高夫人问道:"这个如何是好?"

高福回道:"小人已琢磨有一计了,只待报于老爷。"

高夫人随即唤高福、高禄入到内宅,先唱了喏。两个狗奴才直至高财主榻前,高夫人把高福所言都禀了高财主。

高财主道:"既知额乃心病,良药却只有一味,定须除了赵四儿这眼中钉肉中刺。赵四儿武艺了得,却怎生得好?"

高夫人回道:"高福、高禄已有计较。"

高财主问道:"额这祛除心病之事,你有甚计较?若治得额病,自当重重赏你二人。"

高福向前禀道:"老爷,只需如此如此使得。"

高财主点头道:"既是如此,你明日便与额行。"

当下,四个狗男女都一一商量定了,不在话下。

再说赵胜得全身而退,赵大自是喜笑颜开。赵胜不喜赵二、赵三怯弱,不过碍于同胞兄弟情面,也未为难二人。兄弟几人依旧挖野菜,采野果,打猎些野兽过活。石油寺僧众感赵胜救命之恩,腾出一间僧舍给赵胜攻读。赵胜就将书箱和赵大搜集的一些小米、麦麸、野菜都搬到僧舍,日间就在窗前读书,夜间就将寺庙牛油巨烛拿到僧舍,秉烛达旦夜读。从此,石油寺夜夜都有一间僧舍灯火通明,彻夜不熄。

石油寺群山环绕,夜间万籁俱寂,赵胜喜着白衣白袍,烛影摇动下,书声琅琅,白衣身影来回晃动,甚是显眼。周边人得知,皆称赵胜为"点灯子"。

几日无事,僧人也常常送些粥水斋饭给赵胜吃。越旬日,五更时分,赵胜因苦读数日,此刻在烛前小憩。只听得寺外一声喊起,火把乱明,乱杂杂的脚步似有二三百人。那些人叫得分明,道:"休要走了反贼点灯子赵胜!"

赵胜听了大惊,跳起身自言自语道:"这又是什么人要拿我?"他吹灭烛火,忙抢到窗子边,打开一看时,领头骑马的一人身着县衙典史官服,想必就是清涧县李典史。他引着两个班头,唤作蒋千、马万的,带着二三百衙差兵卒,团团围住寺院。

那帮如狼似虎一般衙差,边跑边叫道:"休教走了反贼!"

那些早起赶烧头香的香客听得这话,从顶门上不见了三魂,脚底下失了七魄,便各自奔走了。方丈却要和李典史搭话,劝他休要扰了佛门清净,李典史哪里肯依。

这时,四周都是杂乱的脚步声,夹杂着班头蒋千、马万吆喝声,只听那蒋千喝道:"把四周门都给额堵结实了,额就不信这点灯子能长翅膀飞过去!"

那马万也喝道:"不管死的活的,只管把这个挨球的点灯子留下来!"

忽地僧舍门开,急急进来一人。赵胜定睛一看,原来是悟心,他急急道:"义士,官府衙差正要拿捉你,你如何还在此地?方丈此刻正和李典史周旋,也拖延不了些许时辰,义士快随贫僧从藏经阁暗门里走!"

赵胜回道:"大师,石油寺乃佛门清净之地,休为小生连累了僧众。大师可把索来绑缚小生出去请赏,免得负累了,却是不好看。"

悟心失声道:"这如何使得!之前贫僧与义士铁楼山共历生死,义士对本寺僧众更有救命之恩,贫僧等捉你请赏,枉惹天下人笑。若是死时,贫僧当与义士同死,活时同活。本寺藏经阁有处暗道,可通寺外,乃先任方丈为避刀兵战火而建,仅寺内少许僧值知晓,义士快快随贫僧离去。"

赵胜又反问道:"这伙衙差皆冲小生而来,小生若是逃遁了,须连累僧众,背负个窝藏之罪。这李典史乃朝廷命官,拿捉人也须有个凭据,哪能枉自捉人!小生并未做什么谋逆的事,还能无中生有么?"

悟心劝道:"义士虽文武全才,可世态炎凉之事却知之甚少,心思如同童稚一般。这官字两个口,黑说成白,死说成活之事比比皆是,贫僧这等化外之人都知,义士却为何不知?"

赵胜不信道:"小生只知真的假不了,假的亦真不了,小生身正岂怕影斜?未做如何能说成做了?"

悟心见了急道:"义士为何如此执迷不悟?事不宜迟,倘若再不随贫僧离去,只恐悔之晚矣,枉自送了性命!"

岂料话音未落,舍门便被撞开,一群如狼似虎的衙差堵在门口,个个拔刀在手,为首两个班头正是蒋千、马万。

赵胜面不改色,放下手中书卷问道:"你两个班头,何故天还未明就引这伙人来搅了佛门清净?"

蒋千怒道:"点灯子,你休耍赖!平日里只道你在石油寺里点灯夜读,岂料你包藏祸心,还要习学黄巢谋逆,夜读兵书,题写反诗。你也不照照镜子,这谋逆是这么容易的吗?"

赵胜喝道:"这位班头,小生只是一介书生,你如何诬人?"

蒋千亦喝道:"额只管拿人,你有理,典史大人自会容你在公堂上去说!"

赵胜喝道:"官府拿人,也得有个原告被告,分个青红皂白,岂能是非不分,黑白颠倒?"

蒋千不耐烦道:"你这厮休抵赖,既是来捉你,就自有缘由。今番你就是插上翅膀也难逃走,你若是束手就擒,就免受些皮肉之苦。不妨就跟额走,免得锁链锁你。寺内已备下囚车候着,乖乖进去就好,李典史也在外面等你。"

此刻赵胜方知悟心所言句句非虚,有道是"衙门口,门朝南,有理无钱莫进来",官府中人本就无理可讲,此番和蒋千、马万多说无益。正好蒋千、马万等一伙人不敢奔入僧舍内来捉人,只在僧舍门口围着。此时天还未明,外面也无月光,赵胜就寻思着如何施展身手逃遁,便故作惶恐道:"既如此,你等让开一条路,我自与你们去见知县大人和典史大人理论。"

蒋千、马万还道赵胜三头六臂,没想这般便屈从了。趁蒋千、马万分神,赵胜冷不丁飞步抢过来就欲施展凌波微步功夫,不料黑影里撇出一条板凳,把赵胜一跤绊翻,接着跳出十几个衙差,就地下叠罗汉一般将赵胜死死压住,七手八脚把他用几条小孩胳膊般粗细的麻索绑了。

赵胜急叫道:"小生着实冤枉!"

那众衙差哪里容分说,就把赵胜簇拥到院外。

只见院外火把通明,照亮得如同白昼,李典史坐在高头大马上,喝道:"你便是反贼赵胜,此番吃拿了,还有甚话说!"

众衙差把赵胜一步一棍打到马前,赵胜叫道:"小生不是反贼,更未学什么黄巢!"

李典史大怒,喝骂道:"都说知人知面不知心,你这贼人,表皮看是个道貌岸然的书生,实则是个衣冠禽兽的贼!石油寺僧众借牛油巨烛与你夜读,还留一间僧舍,不曾亏负了你半点儿!你如何却做这等勾当,毁了石油寺的清净?"

赵胜大叫道:"小生自幼读圣贤书,虽不才,却也是个顶天立地的汉子。小生深知理法,绝不做谋逆的事!请典史大人为小生做主。"

"点灯子赵胜,有人告你在石油寺里夜间研读兵书,题写反诗,意欲仿效黄巢,且与铁楼山贼寇交情甚笃,不是欲反又是什么?都说黄巢杀人八百万,额清涧县出了你等谋逆之人,这还不翻了天?原告就在此,你还想抵赖么?"说罢,李典史就势一指。

赵胜顺势看去,原告正是高财主家奴高福。

赵胜大怒,骂道:"狗奴才,小爷后悔那日未在你脑袋上扎几个透明窟窿。"

高福骂道:"点灯子,你休逞强。想不到你是个谋逆的贼人,有人亲眼见你研读兵书,题写反诗,你还自喻黄巢,这还能有假?亏了石油寺方丈给你僧舍烛光,你却害得石油寺僧众好惨!"

"狗奴才,简直一派胡言,说小爷研读兵书,题写反诗,可有证物?"

李典史接过话,喝道:"你这厮休赖!蒋千、马万且把他押去他房里,搜看有无赃物!"

众衙差把赵胜押着,径到赵胜所住僧舍,打开他那柳藤箱子看时,尽是些四书五经、春秋左传等。蒋千喝骂衙差道:"你这些人都是些酒囊饭袋,赵胜这厮岂能将兵书反诗轻易让尔等找到!给额拆柜破床,掘地三尺!"

众衙差听罢,也不管僧人愿意与否,就抡起大刀将柜子砍得稀烂。只见柜子后面就是一面白灰粉糊的墙,墙上端端正正写了几首诗。蒋千叫人取来火把看,只见墙上写有诗,却是黄巢所作《不第后赋菊》,曰:

待到秋来九月八,我花开后百花杀。
冲天香阵透京师,满城尽带黄金甲。

墙上另一处也有诗,曰:

飒飒西风满院栽,蕊寒香冷蝶难来。

他年我若为青帝，报与桃花一处开。

再有诗曰：

记得当年草上飞，铁衣著尽著僧衣。
天津桥上无人识，独倚栏干看落晖。

这几首诗俱是黄巢所作，再细看这首《不第后赋菊》诗句下，还有一行小字，却是"崇祯元年九月初九，清涧赵胜题"。蒋千看罢大怒道："这厮好生无礼，还将这首《不第后赋菊》第三句改成'冲天香阵透京师'，不是要反还是什么？"

赵胜见了，也自目瞪口呆，只叫屈道："小生着实不知这些诗句何人所题。"

众人哪里有人理他，众衙差又去砸床板，只见这床板下却是成捆成捆的兵书文卷，还有各地布防图，险隘关口标注得一清二楚。

几个衙差把兵书地图都抬到院内，把赵胜押到李典史马前。蒋千将僧舍墙上黄巢反诗一事禀了，又将兵书地图呈给李典史看。李典史看了也大骂道："好你个贼子！现在人赃并获，这又是你住的僧舍壁上题有反诗，你房内又搜出兵书地图，这如何赖得过！常言道：'人不可貌相，海水不可斗量。'原来你这厮外貌像人，倒有这等禽心兽肝！既是都在你屋里搜出，这就没话说了！"

李典史叫人把僧舍封了，将搜出来的兵书地图也封了，就叫送去县衙，并大喝一声："还不将这个反贼钉入囚车。"

众衙差左一棍右一棒，将赵胜打着一步步走向囚车。

这时，只见一旁悟心摸出一把戒刀，一边抢到赵胜跟前，一边骂道："你这个贼穷酸，方丈还道你是好人，借你牛油巨烛供你夜读，借你僧舍供你吃住，你却是个包藏祸心的贼人。此番搅了石油寺的清静，贫僧不在你身上扎几个透明窟窿，难出胸中这口恶气！"

赵胜何等聪颖，见悟心如此，心中已是会意，假意叫道："好你个贼秃，僧舍乃方丈借小爷的，关你甚事？你如何却要拿小爷开涮？小爷就在此，看你如何在小爷身上扎几个透明窟窿。"说罢，赵胜扭动身躯，施展泥鳅钻泥的功夫。几个看押衙差就觉赵胜身体滑得如同泥鳅一般，眨眼间就脱了手。

赵胜这手功夫以柔克刚,闪躲趋避,招招螺旋,身法如梭,亦乃生平真材实料。未及周边衙差回过神来,赵胜又施展凌波微步的功夫,一记纵跳就跃出圈外。原来赵胜双臂虽被反剪,双脚却是散的。他又一个空翻,往悟心刀口上只一抹,手腕处绳索便断开了。

赵胜恐连累悟心,就势一掌打在悟心左肩上。这一掌虽是打得山响,实则只用了三成力,悟心会意,假意受了重掌,咬破舌尖作吐血状。赵胜就地一滚,甩掉绳索,一衙差手中钢刀也顺势到了手里。有诗赞这身法曰:

身轻好似云中燕,胸中豪气冲云天。
蜻蜓点水力千钧,来如霹雳去如电!

李典史见赵胜躲闪腾挪功夫如此了得,恐他趁昏暗欺到跟前,心里已怯了三分,只得一边叫人点起五六十个火把,又一边叫众人团团围了赵胜。蒋千、马万那两个班头更惧赵胜,无人敢近前,只是围着呐喊。

李典史见无人上前,只得应道:"点灯子,你若确是没做,便是没事的。倘若拒捕,就是罪上加罪,没罪也有罪。不如就此弃了刀,和本官先去公堂,知县邓大人明镜高悬,自会还你公道。"

赵胜心思再如童稚一般,也知此乃屁话,岂肯信之?他也知多说无益,只欲杀出一条血路。

赵胜寻思,射人先射马,擒贼先擒王,不如先制服了这个李典史,余众就如番薯鸟蛋一般!只见他挥动钢刀,几个纵跳,直取李典史。李典史策马过来,挺起泼风刀就来斗赵胜。不料赵胜忽然夺了一个火把,径直砸向马头。赵胜力大,这一砸,直砸得李典史所骑高头大马负疼嘶鸣,满院乱窜,一瞬间便冲倒衙差公人不计其数。赵胜趁乱砍翻几个衙差,径直杀将出去。

赵胜直冲向寺院外,正迎着蒋千、马万两个班头并高福领人围过来。正是"仇人见面,分外眼红"。赵胜见了几个恶人,不禁大怒,抡起钢刀便砍过来。两个班头见势头不好,转身便走。高福却惊得呆了,腿脚不听使唤,丝毫迈不动脚来。赵胜手起一刀,把高福狗头斩落。李典史早惊得弃了马匹逃了,众衙差哪里敢向前,各自逃命散了。

为何这李典史口口声声说捉拿反贼赵胜？这僧舍里又何来反诗兵书？这正是恶奴高福之计。那日高府摆下鸿门宴，不想反被赵胜重重羞辱了，高财主连惊带吓，卧床不起。高财主咽不下这口气，高福、高禄两个奴才献计，意欲除去赵胜而后快。高财主毕竟是石油寺檀越，虽勾结流寇蝎子王，但石油寺僧众依旧不敢怠慢高府奴才，这高福出入石油寺如入无人之境。这反诗、兵书、地图俱是高福事先安排人手，趁白日里赵胜归家与赵大一道采摘野菜野果充饥时，先就将兵书地图藏于床板下，反诗涂抹在墙上，用衣柜遮了，叫赵胜瞅不见，还刻意改了字眼，写了清涧赵胜题。此计忒毒，端的就是要送掉赵胜性命。

赵胜日间劳作，夜间苦读，且僧舍乃寺庙所有，赵胜岂敢擅自挪动柜子床板，竟也丝毫未有察觉。

高福另差人寻些榆钱籽、麦芽糖、货郎鼓等玩意儿，分于市井孩童，教唱歌谣。歌谣道：

赵宋三百年，胜过秦楚燕。
必有十万兵，反盖汉唐天。

没几日，这首歌谣就满市井传唱了。

待诸般事情都办妥，一日，高福引仆人挑了盒礼品，径到知县府堂。此刻正值邓知县退堂在衙内歇息，高福使人入内通报。高财主乃清涧县富户，与邓知县多有交往，与陕西府官吏亦往来密切，这邓知县未曾少收高府黄白之物。此番高福携礼到来，邓知县即刻遣人出来，邀其在后堂叙话。邓知县与高福叙罢寒温，送了礼物，分宾主坐下。高福禀道："额家老爷几日前就欲差小人到府拜望，闻知邓大人近日公务繁忙，不敢擅入。今日却有要事拜见邓大人。"

邓知县道："高老爷乃本县至交，径入来同坐又有何妨？本县有失远迎。"

左右丫鬟献茶，高福又道："邓大人在上，不敢拜问。只是今日有天大一般的事情，不敢隐瞒！"

邓知县见状问道："如何有天大的事情？这天大一般的事却是何事？"

高福道："不敢动问，知县大人近日可曾听闻石油寺点灯子赵胜？"

邓知县回道："本县对此人略有耳闻，但未曾见过。听说此人醉心考取功名,夜夜在石油寺灯下苦读,人称点灯子。又听闻此人胆识过人,文武全才,甚得民心。本县深恐此人若同蝎子块拓养坤、满天星周清,还有惠登相一般,一呼百应。所幸此人醉心功名,不问世事。"

高福诬陷道:"邓大人休要被此人外表蒙蔽。石油寺乃额家老爷出资修缮,资助僧人米面饭食、僧衣僧鞋,因此寺中事宜,外人不知,额却知晓。小人所禀之事,正为此人而来,此人却是个包藏祸心的反贼!"

邓知县听了惊道:"你且细细道来。"

高福道:"此乃国家之事,非同小可,请乞退左右!"

邓知县见高福如此,深感事大,急急屏退左右。高福从袖中掏出一张纸递于邓知县,邓知县接过一看,却是黄巢所著《不第后赋菊》等几首诗句,道:"这不过是唐朝乱臣贼子所写诗句,腹有点墨者便可诵读,却有何惊天大事?高管家何处得来?"

高福回道:"此乃点灯子赵胜夜读僧房墙壁上所题写,邓大人就看《不第后赋菊》这第三句,赵胜这厮将长安改成京师,这个不是反诗,又是什么?"

邓知县听罢,再细细看了,大惊道:"这还了得,这确乃反诗!赵胜这厮无礼!不是谋反又待怎的?要把冲天香阵透了京师,这不分明是要杀向紫禁城么!"

高福又道:"邓大人再容禀。石油寺方丈乃得道高僧,小人听方丈言,方丈夜观乾象,魔星照临秦陕,必出胆敢耗费国家钱粮之人。更兼市井小儿歌谣四句道:'赵宋三百年,胜过秦楚燕。必有十万兵,反盖汉唐天。'这童谣正应了此人,恐非吉兆。"

邓知县纳闷道:"本县近日也听闻市井小儿传唱,想想也就是说前朝大宋,疆域超过秦楚燕三地,兵甲强盛,盖过汉朝唐朝而已!也无什么异象!"

高福笑道:"邓大人,事绝非表象也!前日小人奉额家高老爷之命,去石油寺欲察看僧房可有损坏漏雨,小人就去僧房内一一查看,只见一间僧舍白粉壁上题下这几篇。明题着姓名,道是清涧县赵胜题。起初小人只道赵胜是个窘迫书生,谅此人能做得什么?待小人闻听孩童歌谣,魔星照临秦陕,正应在此人身上。"

邓知县问道:"高管家何以见得?"

高福说道："欲知民意听民谣，国生异象，必有谣言四起，自古有之。此歌谣字面上听，不过是歌颂前朝大宋功德，实则不是！此诗乃藏头诗，每句第一字连起来便是'赵胜必反'。还说必有十万兵，此人与城外铁楼山贼首惠登魁交情甚笃，这分明就说此人有朝一日带十万流寇盗匪杀向京师。据说铁楼山贼首与过天星惠登相乃一母兄弟，赵胜与大盗巨寇定有勾结。幸托知县大人福，此人还未成气候，倘若早早捕杀，实乃万民有福！"

邓知县听了惊得汗流浃背，双腿战抖道："前些日清涧县出了蝎子块拓养坤、满天星周清，这些流寇盗匪四处劫掠，还有那个惠登相，也是一呼百应的刁民。本县呈报陕西巡抚胡大人，不料胡大人充耳不闻。本县无法，只得自己疲于应对。清涧县又要出个妖孽点灯子赵胜，此番本县定要先下手为强！"

高福又蛊惑道："此时正是邓大人建功之时，剿灭如此寇患，朝廷嘉奖，他日升迁指日可待。幸好点灯子尚未成气候，先行剿灭之，这个不难。"

看来前程就系在这赵胜身上，邓知县寻思片刻后道："高管家高见极明，这个赵胜是否祖居清涧？"

高福说道："这个不难，何不从本县户籍库房中一看便知。"

邓知县便唤从人于户籍房里取过文册簿来看。当时从人于库内取出文册，邓知县亲自检看，果然看见清涧县赵胜及三个哥哥户籍。

高福又道："这个点灯子非同小可！如是迟缓，诚恐走漏了消息。可急差人捕获下在死囚牢里，再作计议。"

"言之极当。"邓知县随即升堂，唤清涧县李典史过来，道，"你带了做公的快去石油寺捉反贼赵胜来，不可违误！"

李典史不敢怠慢，带蒋千、马万两个班头，领二三百衙差径直去石油寺捉拿赵胜。这便有前文石油寺捉拿赵胜的缘由。

再说赵胜得悟心暗助，双手脱了绑索，抢过钢刀杀了高福，复杀开一条血路逃离石油寺。赵胜在山下松林里躲了两日一夜，饥渴难耐。直至第三日晨，赵胜寻思蒙了不白之冤，又性起杀了高福，祸已闯大，这下不能再醉心考取功名，只是保命要紧。

赵胜离了松林飞奔家宅，欲知会一声赵大就去投奔铁楼山惠登魁再作计议。离家宅尚有一里多路，只见一人头巾破碎，衣衫褴褛，看着赵胜伏地便哭。

赵胜看时，正是家兄赵大，便问道："兄长，你怎的这般模样？"

赵大说道："自从四儿去后，昨日夜来了二三百衙差，只说四儿是反贼，此番拒捕还杀了高府管家高福。这伙人将房屋家私尽行封了，将我三兄弟赶出房外。二弟、三弟懦弱，早躲远了。额深知四儿蒙冤，须远走避难，但依四儿性子必不会不辞而别，若回家中辞行，正好自投罗网。故此残喘在这里候见四儿，叫四儿快快远走高飞。若回家中，必中圈套！"

赵胜大惊，道："原来如此，真是苦煞兄长矣！家中绣春刀可在？"

赵大惊道："四儿莫非要去家中取回绣春刀？听兄长一言，此事万万不可！"

赵胜沉声道："绣春刀乃家父最爱，惜之如命。此番就是天罗地网，也要取回。"

赵大痛哭，趴倒地下拖住赵胜的衣服不许其前往。赵胜无法，只得推开赵大，朝家中大步奔去。

赵胜跑不多时，家宅已在眼前，果然看见家宅已封，门外站着两个衙差值守。赵胜避开耳目，飞身上房，从烟囱入进来。说时迟那时快，赵胜方进得屋，只听得前后门喊声齐起，二三百个埋伏的衙差抢将入来，赵胜惊得呆了。

原来李典史听高福言赵胜有把削铁如泥的绣春刀，曾于铁楼山刀杀蝎子王周横，料定赵胜必回家宅取之，便事先埋伏了人马等候。

这屋内可不比屋外，赵胜就是有再大本事也难屋内施展。李典史一声吆喝，赵胜顷刻间便被做公的放倒，叠罗汉似的压在地上，紧接着上下都紧绑了，砸上手铐脚镣，又取了十斤半镶铁沉木枷给枷了，一步一棍打着走，直到清涧县衙大堂而来。

邓知县即刻升堂，左右两行，排列狼虎一般公人三四十个，把赵胜拿到当面，赵二赵三却跪在侧边。

堂上邓知县大喝道："你这厮是本处良民，如何却欲习学黄巢题反诗，读兵书？听闻你与铁楼山贼寇交情非比寻常，却是要勾结流寇盗匪攻打清涧县？今被擒来，有何话说？"

赵胜回道："小人醉心功名，刻苦研读，两耳不闻窗外事，一心只读圣贤书，绝无歹意。望知县大人明镜高悬，还小人一个公道。"

邓知县喝道："你这如何说得过去？都知你在石油寺中夜读，白衣烛影，书声琅琅，人称点灯子。这墙上反诗，床下兵书地图，都在你房里寻得，却做何解释？石油寺高檀越告状出首，怎的是虚？"

一旁的赵二说道："四儿既到这里，招伏了罢，不必多说，休连累了额等。"

赵三也道："不是额们不帮你，只怕你连累额等。大明律有条文，'一人造反，九族全诛'。四儿早早招了，免致吃打。"

赵二又道："四儿，这虚事难入公门，实事难以抵对。你若真做了这谋逆的事来，也须送了额的性命。你便招了，也只吃得有数的官司，休要连累额等。"

这邓知县本就是赃官糊涂官，高福又上下都使了钱，于是李典史堂下禀道："这个胆大妄为的贼人，不打如何肯招！"

"说得是！"邓知县喝叫一声，"给本官重重打这厮！"

左右虎狼公人把赵胜捆翻在地，不由分说，抡起手中水火无情棍，打得他皮开肉绽，鲜血迸流，晕过去了三四次。

赵胜打熬不过，心中寻思此番定是高府豪绅恶奴之计，给我安插了个惊天的官司，这公堂上下俱是些狠毒之人，若不屈招了，白白被打死，便叫道："休要打杀你家赵爷！小人招了便是！小人因屡试不第，心生怨恨，知县大人所说罪状，小人都认了。"

"既如此，就写了招状画押！"邓知县唤当堂刑房吏李全记录了招状，要赵胜当堂画押，上写道——

  本朝皇上仁慈，自洪武帝始，就有会审录囚制，设朝审、大审、寒审、热审等，以避淹狱。但如今，秦陕流寇盗匪横生，当今皇上下诏，凡有聚众起事、啸聚山林等谋逆大罪者，各县可先斩后奏，事毕报州府即可。赵胜题写反诗、夜读兵书，意欲习学黄巢造反，图谋不轨。幸天佑我清涧，拿捉到此贼子。然人命关天，本县也识得法度，绝不滥杀。且先行暂押大牢，择日升堂，待证据确凿，即刻开刀问斩，以正国法。赵大不知去向。赵二、赵三虽声称并不知赵胜所为，但一人谋逆，株连九族，家产田宅充公，赵二、赵三收押，赵大画影图形捉拿。

待赵胜画押罢，唤提牢官带走人犯关押。

这当案的提牢官唤作钟山,领了四个狱卒取下赵胜十斤半镶铁沉木枷,换了一面三十斤干木死囚枷钉了,手脚俱加了木杻,叫赵胜半点动弹不得。

　　大牢里司狱、狱典、狱卒皆知赵胜乃不畏豪绅恶奴的义士,见他如此,都不忍见。当日推入牢门,赵胜就昏死过去。狱卒都寻来清水擦拭血迹,端来碗粥水缓缓喂着,却喂不进。提牢官钟山在牢房外炕上坐着,旁边几个狱卒各挂着一条水火棍,立在钟山侧边。

　　钟山倒是个有侠义心肠之人,道:"额觉得此事甚为蹊跷,岂能仅凭僧房内壁上几句诗词,屋内搜出兵书地图就定罪?点灯子白日不在僧舍,若想栽赃陷害,易如反掌。"

　　一狱卒也道:"额等亦觉此事蹊跷。既是赵胜与铁楼山贼首交情非比寻常,欲反早就反了,何必等到此时被人拿捉?"

　　钟山闻言点头,越想越觉此案必乃冤狱。他起身出离牢门来,只见牢门外墙下转过一个人来,手里提着饭罐,满面挂泪,却不知是何人。

　　有分教:

　　　　良民诬作贼人,真贼人却高居庙堂,锦衣玉食。
　　　　贼人伪装善人,真善人却身陷牢狱,性命难保!

　　直教清涧衙血流三尺,解家沟聚集好汉。欲知来者何人?点灯子赵胜性命如何?且听下回分解。

第十二回

惠大王全伙劫死牢　朱天子一旨裁驿站

当下钟山出了牢门,见牢门外墙下转过一个人来,衣衫褴褛,蓬头垢面,脸上涂满锅灰,手中捧着一个瓦罐,罐里盛有一碗稀粥,还漂了几片野菜叶子。钟山看这人面熟,正是那个画影图形拿捉的赵胜之兄赵大。原来赵大知赵胜蒙冤入狱,赵二、赵三受牵连被监押,自己正被官府缉拿。只因兄弟血脉相通,赵大不忍赵胜挨饿,遂将乞讨来的半碗粥水和着野菜拌了,欲送饭于赵胜。他又恐官府缉拿,就用锅灰涂抹了面部。

钟山见状,故作问道:"你是何人,却要做什么?"

赵大跪在地下,眼泪如抛珠撒豆,告解道:"这位差大哥,额乃赵胜一个村的人,天可怜见赵四吃屈官司,又无送饭的钱财!小人城外叫化得了这半罐子粥水,权为赵四充饥!差大哥,倘若做此善事,好人好报,长命百岁,百子千孙。"说罢,不住地磕头。

钟山点头道:"额知此事,你自去送饭与他吃。"

赵大拜谢了,自进牢里去送饭。赵大见到赵胜,自是一番痛哭流涕。赵胜也不服气道:"叵耐高财主那厮安排这般圈套坑陷,我若能够挣得性命出去时,却再理会!"

赵大叫赵胜先把粥水喝了。赵胜押在牢里,一双脚昼夜匣着,又有木杻钉住双手,没有半点儿松宽,赵大只得手捧着瓦罐喂粥水给赵胜喝。赵胜当日过堂后昏迷几日,肚中空空如也,此番就似饮琼浆玉液一般痛快!

话说清涧县衙拿捉了一个意欲仿效黄巢谋逆的反贼，不几日便传遍乡野村庄。赵胜于铁楼山诛杀贼人，大名早已家喻户晓。有过往行路人将此事传至解家沟，白小姐知之，泪流满面。妇道人家没了主张，只得来找父兄商议。

白太公分析道："赵胜醉心考取功名，欲入朝为官光大赵家门楣，断不会做这些谋逆反叛之事。定是他得罪了高财主等一班豪绅恶奴，眼见得必是高府恶奴替主人报仇所设圈套。邓知县本是糊涂官，县衙上下受了人情贿赂，众人以此不由赵胜分说，必然要害他性命。额如今寻思起来，依大明律法，平日里犯法，县衙无权杀人，须呈报州府乃至刑部定夺。现今流寇盗匪横生，县衙对谋逆之事可先斩后奏，但如此证据不明，漏洞百出，邓知县胆小怕事，不敢担责，绝不敢草草判赵胜死罪。只是买求刑房官吏和狱中司狱等便好，可以存他性命，再作商议。"

白田亦道："儿听说县衙提牢官钟山素有侠义心肠，常常做些路见不平拔刀相助之事，此人亦解家沟人氏，儿与之熟识，只得去求告他如何？"

白太公催促道："赵胜对你家妹子有救命之恩，你此时不去救他，更待何时？老夫自与你同去。"

白田凑了十两银子，与白太公一道入城来找钟山，却说在牢未回，白家父子自去他家等候。不多时，钟山归来，与白家父子相见。白田把事情一一告知了一遍，钟山答道："不瞒兄长说，此件事小弟当日就觉事情蹊跷。这几日衙门上下都传遍了，已不是秘密，赵胜兄弟蒙的就是赛过窦娥一般的冤屈。此番皆是高财主与高福、高禄两个奴才买嘱衙门上下，商量设出这条计来。那墙上反诗，屋内兵书地图俱是趁赵胜不备，事先安排妥当，街上童谣亦是高福雇人传唱。现在高福被赵胜所杀，定要问赵胜个死罪。一应上下之人都是高财主用了贿赂，衙内众人一力与他做主，定要结果赵胜性命。邓知县虽有耳闻，但只思拿捉了谋逆之人报州府，博取个升迁，因此就将此案做得实了。小弟敬佩赵胜乃一条文武全才的好汉，因此没有怠慢他，赵胜还不吃亏。今日听白兄说了，牢中之事额力尽自维持。只是衙门里尽是受了贿赂之人，额也寻思不出如何能救得他性命。"

白太公将十两银子与钟山，钟山自己哪里肯受，道："现今庄户人生活清苦无比，凑这些银子绝非易事，只是这些银两倒是有用处。"说罢，方才收了。白家父子相别出门来,自回解家沟去。

钟山送走白太公二人,就寻了一个交往知契的刑房吏唤作李全的,将十两银子与他,只求不要草草决断。那刑房吏也知赵胜是个好汉,亦有心周全他,迟迟不把那文案写死。邓知县明知此案证据不明,漏洞百出,也不敢逼迫他快快决断,只得将文案呈报州府决断。不几日,州府批文,文中虽说宁错勿漏,但也有夹杂了"人命关天,着清涧县详查自行定夺"之类含糊推诿的话。州府亦怕担责被刑部追查。邓知县无法,不敢判赵胜斩立决,此刻离秋后尚有十数日,只得判秋后处决。

过了两日,白太公安排白田、白地兄弟二人备了许多山珍野味,有金钱豹皮、褐马鸡、獾子肉、狍子肉、野猪肉、野兔肉,多是些白家人压箱底的猎物。白太公叫白家兄弟挑着,来央钟山引领,直进大牢里看视赵胜,见面送饭。此时赵胜已自得钟山看觑,刑房吏也睁一只眼闭一只眼,将这刑禁牢具都放宽了。

白太公又取了些山货分与众狱卒,取了自家做的炒木耳、炒蘑菇,几个地软馅包子叫赵胜吃了,附耳低言道:"这场官司明明是高财主怀恨在心,上下串通了来陷害义士。你且宽心,邓知县不敢草草结案,且先看着,却再理会。"

此时赵胜的手铐脚镣和手杻已宽松了,已有越狱之心。

又过了两日,白田打听到州府已有批文下了,县衙判赵胜谋逆不赦大罪,决秋后问斩,白田忙告知白太公。白太公再安排白家兄弟备些山珍野味,来找钟山商议营救对策。

钟山无奈道:"小弟敬重赵胜是条汉子,实在无法了,就拼着性命不要,就此私放了赵兄弟。"

白太公摇摇头道:"私放赵义士也救不得性命,衙门上下俱是受了贿赂的,逃不出衙门口。还须寻个万全之策!"

众人商议未果。

过得数日,白小姐亲自做了红枣羹,又炒了几个菜肴,备了野味肉食,做了几件衣裳,亲自随父兄去牢中看望赵胜。白小姐叫赵胜更换了衣服,杏眼带泪,赵胜哪里吃得进。一连数日,白太公来了大牢里三次,却不提防有人报于高财主。那高财主遣高禄去对邓知县说了其事,又使人送来银两与知县,就说此事须速决。那邓知县接受了贿赂,便差人常常下牢里来查看,但见闲人便拦阻拿问。白太公得知了,哪里敢再去看觑。

又过了两日,眼见秋后日近,白家人日夜茶饭不思。突然白小姐想起铁楼山惠登魁惠大王,知他乃侠肝义胆之人,倘若得知赵胜有难,必不会置之不理,当时就央二位兄长速速备马。事不宜迟,兄妹三人急急赶往铁楼山。

再说刑房吏李全。一日他交班完毕,正走出县衙,只见一个店小二模样的人叫住李全道:"差大人,有个客人在小人酒楼上,专等大人说话。"

李全问何人相邀,店小二不答。李全来到楼上看时,正是高财主手下奴才高禄。他已备下一桌酒席,施礼毕,高禄一连敬了三杯酒,李全一一饮了。

待酒过三巡,菜过五味,李全问道:"高管家绝非只是请额吃酒,到底有何见教,但说无妨。"

"差大人果然快人快语。实不相瞒,小人的事都在差大人肚里。小人是为点灯子赵胜而来,今晚夜间只要叫手下人如此如此即可。无甚孝顺,十两金条在此,送与差大人。牢中上下,小人自去打点。"说罢,高禄做了一个杀头的动作。

李全笑道:"你不知老祖宗教训么?举头三尺有神明,这下民易虐,上苍难欺?你那黑心烂肠的勾当,怕额不知!如今把十两金子与额,结果了赵胜性命。日后上官来查,额吃不得这等官司!况且,此刻离秋后十来日,你就如此心急?"

"差大人有所不知,这赵胜武艺高强,且勾结铁楼山贼寇,额家高老爷恐那日法场生变,不如牢里结果了他好!至于日后上官来查,差大人只要做得干净,或饭食里下毒,或开了牢门引赵胜逃狱再以杀之,还不是差大人一句话!差大人要只是嫌少,小人再添四十两可好?"

李全冷笑道:"高管家,大明治下,众生平等。这百姓子民都是活生生的性命,你心知肚明赵胜是蒙冤负屈的,一条人命就只值得这五十两金子?额却怕神明怪罪!"

高禄掏出钱袋,便道:"金子都在这里,便都送与差大人,只要今夜完成此事。"

李全心中已有计议,就先收了金子起身道:"明日此刻,你差人来大牢里,扛尸去埋掉。"

高禄听罢,拜谢告退。

李全回到家里,却才进门,只见一人手持大刀,刀未出鞘,用刀鞘抵住门扇,闪身就跟将入来,叫一声:"李大人,请借一步说话。"

李全看时,但见那人身穿貂皮短袄,腰系镶金腰带,头戴碧玉冠,足蹬珍珠履。生得虎背熊腰,眉宇间透出一股英雄气,端的是英气逼人,一派富家翁模样。那人步履轻盈,身板挺拔,一看便知是身怀武艺之人。刚进得门,那人便收起大刀,看着李全拱手行礼。

李全慌忙答礼,问道:"官人高姓?有何见教?"

那人回道:"可关闭房门,借内屋说话。"

李全便请入来内屋分宾主坐下,那人才开口道:"李大人休要吃惊,在下绝无恶意!在下世居清涧,幼时从军,此时便是清涧县城西铁楼山寨主,姓惠名登魁的便是。在下有一胞弟,名叫惠登相,绰号过天星的,想必李大人知晓此人。"

李全听到此话,汗流浃背,没想到此人便是铁楼山贼首,惠登相便是此人胞弟。

这惠登相何许人也?原来他亦上应魔星,此刻虽未成事,但此人武艺高强,仗义疏财,广结天下好汉,好管天下不平事,人送绰号"过天星"。惠登相在十里八村威望极高,官府极恐此人起事造反。衙门中人个个惧怕此人有朝一日效仿白水王二杀官劫粮,因而听闻惠登相之名,犹如惊弓之鸟。

惠登魁见李全不语,又道:"在下与胞弟已多年未曾谋面,李大人不必惊慌。在下从军多年,朝廷欠饷两年有余,士卒食不果腹,因而做了逃卒,现流落铁楼山为寇。"

李全应道:"惠大王有何差遣,尽管吩咐!"

惠登魁说明来意道:"额听闻李大人与本县提牢官钟山交情深厚,钟山是个侠义之人,想必李大人也不是奸佞小人。额今日正是为点灯子赵胜之事而来。众所周知,赵胜少年有为,英雄侠义,谁知被赃官污吏、豪绅恶奴设计陷害,监在死囚牢里,一命悬丝。点灯子乃额兄弟,誓同生死,额兄弟之性命尽在足下之手。额今日只身下铁楼山入县城来,不避生死,特来你宅中告知。若是留得额兄弟性命在世,铁楼山七八百兄弟不忘大德。但只要有半丁点儿差错,白水王二之事就在清涧重现。届时无贤无愚,无老无幼,尽皆杀戮,血流成河!额观足下也是条汉子,现今粮比金银贵,六钱银子换不到一斗掺了砂石的粮米。今日无金银相送,五更时分额弟兄自会将三百斤麦子放于贵宅门口,还请笑纳。倘若要捉惠登魁时,就此便请绳索,誓不反抗。"

李全听罢,吓得一身冷汗,半晌不知说什么是好。

惠登魁起身道:"额话已说尽,大人休要踌躇,便请掂量决断,额就此告退。"

"且请壮士慢行,小人自有计议。"

待惠登魁走后,李全踌躇不决,思量半晌,回到牢中找到钟山把事情都对他说了。

钟山回道:"李大哥生平也是个敢作敢当的人,谅这些小事有何难哉?点灯子赵胜救被掳妇人,救石油寺僧众,诛杀恶贼周横,恶奴高福,件件都是顶天立地的侠义行径。今番蒙冤受屈,稍有良心之人就应倾力救之。既是有高禄送来的五十两金子在此,额和你替他上下使用,早晚看觑赵胜。额料想邓知县、高财主此番定要赵胜性命。现今民不聊生,咱们还是衙门中人,都是吃了上顿没下顿,却天天看着邓知县日日花天酒地。倘若惠登魁率众攻打清涧,不如就此随惠大王一道反了,强似在赃官手下受气。"

李全下定决心道:"钟兄弟此番计议正合额意。惠大王今夜送麦三百斤,额与你分了,你且把赵胜安顿好,早晚把此好饭食与他,传个消息给他宽心。"

李全、钟山两个商议定了,暗地里把金子都分于司狱、狱典、狱卒等人,这些人都受了金子,就将赵胜枷锁镣铐都去了。赵胜被枷锁了多日,今番取下,如释重负。只要知县大人要来,门口早有人通报,再戴上枷锁镣铐不迟。过了两日,高禄不见动静,前来李全处催促。

李全推脱道:"额正待下手结果他,知县大人讲法令,说上官虽说宁错勿漏,却又说毕竟人命关天,还须小心为上。知县大人因证据不足,不愿担这干系担子,直教人按上官意见办理,因此动手不得。你自去上面使用,嘱咐下来,额这里不成问题!"

高禄何等狡诈,三言两语已知李全是在推诿。高禄寻思这几日眼皮跳得厉害,恐有事情发生。这一日不除去赵胜,就难得安枕一日,也难出高老爷胸中这口恶气,日后财路依旧有个绊脚石,不如就此说以利害,就叫邓知县下令即刻斩首,免生祸端。

高禄当日又去邓知县府上拜访,又送上黄金五十两,道:"邓大人,赵胜一日不除，终是祸端，不如即刻开斩。"

邓知县推辞道："高管家此言差矣，再过个几日，赵胜死期自到，何苦急这几日？"

高禄煽风道："据眼线来报，近日城内摊贩走卒甚多，多是些生面孔。赵胜与铁楼山贼寇有勾结，贼寇倘若混入城内，法场恐生祸端。自古'谋逆之人，决不待时'，即刻斩了赵胜，免致后患。"

邓知县思虑了一会之后才道："本县也察觉近日城内生人增多，都是些贩山果野味的，也有难民乞丐，本县亦恐生事。既然州府批文虽有含糊推诿的言辞，但也有一句宁错勿漏。着明日午时三刻，集市口将反贼赵胜开刀斩了。"

两下里商议定了，邓知县又唤人叫来县丞、主簿、李典史一一通报了。这些人都得了贿赂，自然没有话说。邓知县便唤刑房吏李全来吩咐道："快叠了文案，把赵胜签字画押的供状都整理成册，拿来催命牌，写上'斩匪首一名点灯子赵胜'，明日押赴市曹斩首示众！"

李全见突然提前了行刑日期，心中暗暗叫苦。待出了衙堂，他急找钟山商议道："你有什么道理救点灯子？"

钟山回道："此番定是高财主使了钱财，他恐怕有变，定要快快做了点灯子，似此必死无疑。若不去劫牢，别样也救他不得。"

李全见状道："额和你今夜兵分两路，你去解家沟找白家兄弟，额去铁楼山走一趟，叫惠大王今夜就来劫牢。"

钟山不解道："去解家沟做甚？"

李全解释道："那解家沟本就民风彪悍，众乡亲一呼百应。白太公在此甚有声望，赵胜对白家小姐有救命之恩，如今百姓都食不果腹，劫掠官府粮仓之事如同箭在弦上。此番若得白家族人相帮，不如劫粮劫牢一道为之，此事便成。"

钟山问道："李兄，非小弟义气不够深重，额且问你，这劫牢事后，再意欲何为？当真就此落草么？"

李全回道："额意已决，落草也强似在赃官手下吃糠咽菜，一生受气，只为两顿吃不饱的饭。贤弟却是何意？那日贤弟提出随惠大王一道反了，何等气概，此番为何又踌躇不决？"

钟山叹道："小弟终是衙门中人，岂肯随意落草，玷污祖宗名节。待救得赵胜兄弟之后再作计议罢！解家沟离此百里之遥，额即刻请白家族人来助。"

"额也即刻出发！"

两人吃了些野菜面食，避开城中耳目，一路狂奔。

先说李全奔赴铁楼山，早有喽啰兵看见穿着官吏服饰的人来铁楼山，还当是探子，当时便捉了。李全大叫道："额来见你家惠大王，有要事商议，如果坏了性命，也是害了点灯子赵胜一条人命！"

喽啰兵不敢怠慢，叫人把李全眼睛蒙了，直带回山寨。惠登魁见是李全，请入后面厅上坐下。此时惠登魁已将那日富家翁服饰都换了一般庄户人服饰，那些貂皮袄、珍珠鞋，也不知何处劫掠而来，只为掩人耳目。

李全把明日开刀问斩之事告于惠登魁，商议劫牢一事。惠登魁应道："额与点灯子已有桃园之盟，誓同生死，额自会倾巢而出，营救赵贤弟。额这里有七百来人，这几日已经派了一百来人混入城中探风声，已将县衙府堂、粮仓、仓库、大牢。守卫衙差和兵营等摸了个清楚。只是明日干了这件事，便是这里安身不得了。"

李全商量着问道："额有个去处，也有心要去多时，只不知惠大王及众兄弟肯去吗？"

惠登魁问道："是个什么去处？都随你去，只要救了赵贤弟！"

李全说道："惠大王可知城东解家沟？这解家沟是好去处，四周群山连绵，沟壑纵横，松柏参天，林中云雾缭绕，外面人进入就如同走迷宫一般，分不清东西南北，藏数千人不在话下。"

惠登魁慨然道："额自幼离家从军，这解家沟只听说过，还未去过。既有如此好地方，额等即刻倾巢而出，劫牢救人，且还把清涧县粮仓也劫了。"

李全又问道："还有一件事，我们倘或得了人，诚恐军马追来，如之奈何？"

惠登魁哼道："那就请他尝尝额手中大刀的滋味。"

当时响午时分，众人都饱餐了一顿，各自将刀枪棍棒都随在小推车内，有扮作商贩推着小车赶晚集的，也有扮作饥民乞食的，也有扮作庄户人扛着农具的，直往清涧县衙而去。

再说钟山奔赴解家沟，至响午饭罢时分方才赶到，远远瞅见白太公和两个儿子聚着一群庄户人正在议事。白田身后，也有十数个粗壮汉子手持棍棒刀叉跟着,端的一群好大汉！个个漆黑面皮,钢针般胡须,八尺身材,膀大腰圆。原来庄户人在十里八村都有些沾亲带故,有人谋逆,一人反则全家反,一家反则全村反。白太公在解家沟德高望重,见清涧县狗官把案子做死了,只得想法聚集饥民,一为救赵胜性命,二来劫掠官粮果腹度日。

白田望见钟山过来,已知必有事故缘由,去报与白太公得知:"钟大人来了。"

白太公吩咐道:"看来事急,赵胜危在旦夕！你二人速速聚集人马起身！"

当下钟山下马来,白太公问道:"钟大人,所来何事？"

钟山回道:"太公在上,请速速救赵胜兄弟性命！"

白太公道:"老朽一直都有此意,此刻正在商议。"

钟山解释道:"今日事急,只得直言拜禀。这赵胜被高府奴才高禄上下使钱,设计陷害,明日便要谋他性命,押赴市集开刀问斩。"

白太公怒道:"看来老朽所料果真如此。额如今和这些好汉商量已定,要去城中劫牢,救出赵胜,另要劫掠官府粮仓,大伙都带了粮食,自投解家沟花岩寺后山藏匿了,强似在这里断炊饿死！事不宜迟,须即刻动身。"

白田问钟山道:"明日事发,恐负累钟大人。若是钟大人愿继而县衙为吏,日后井水不犯河水。钟大人担着这血海官司给额等通风报信,衙中耳目众多,只恐钟大人难善其身。不如事后和额们一道上花岩寺,大人尊意如何？"

钟山回道:"额是清涧县提牢官,食君禄当为国分忧,怎的敢做这等事？"

白地哼道:"既是大人不肯,额今日便和大人拼个你死我活！"身后壮汉便各自掣出刀来,就欲厮杀。

钟山叫道:"壮士且住！待额从长计议,慢慢思量。"

白田讥讽道:"大人,你且思量,你所食之君禄,不过每天二两野菜黄麦饭,只是没饿死罢了。若不是日常里有囚徒家人孝敬,钟大人所食与庄户人无二。况且此番劫牢劫粮,焉能瞒过诸多耳目？狗官豪绅必会加害于你,大人如何还能坐得住县衙府堂？"

钟山闻言,叹了一口气道:"你众人既是如此说了,额怎的推得！李全兄弟决意落草,终不成日后额来捉你们吃官司？罢！罢！罢！都做一条绳上的蚂蚱吧！"

事不宜迟,白太公叫众人急急收拾农具棍棒,赶赴清涧大牢劫狱救人。钟山恐招来耳目,且先回大牢值差。临行前,叫白家兄弟在城门外与惠大王等人会合后再行入城。

不到一个时辰,解家沟众庄户俱用锅底灰涂黑了脸,收拾棍棒、猎叉、锄头、钉耙等作军械。待准备妥当了,自有白田、白地领着,足有四五百人。白太公年迈,不能奔袭,先行奔赴花岩寺躲避。白小姐乃女流,只得侍奉太公左右,等候两位兄长及众人归来。白田前日猎得一头野山羊,众人将其和着一锅野菜煮了,尽了一饱。白地背着破布袋,扮作要饭的饥民,却贴肉衣内藏了尖刀。众人跟着白家兄弟,各自带了家伙直奔清涧县。

当日惠登魁领七百余人,白家兄弟领四五百人,分两路直取清涧县。铁楼山和解家沟都在清涧县城外,此时虽晚,城门尚未关闭。县城门口值守士卒各拿刀枪正立在城门口边,远见得浩浩荡荡的人群过来,察觉不妙,立马下令关闭城门。待人群靠近,一伍长在城头喊道:"你们都是些什么人?"

白地近前道:"都是要饭的庄户人。"

伍长吼道:"清涧县也没有饭食,快到别处去!"

队伍里有人喊道:"不要讨饭的入内也就罢了,额等是清涧城的人,此刻太阳未落山,额等出城讨活,你关了城门,额等如何归宅?"

"只许你们入城。"伍长说罢,就开了城门。

待城门大开,众人一窝蜂拥进来,哪里拦挡得住,伍长只得连连叫苦。

众人入得城内,径直杀向清涧大牢。大牢离县衙不远,就隔着几条街。邓知县正在内宅品茶,听闻街外乱杂杂的脚步声,便问家丁道:"外头这些人都是些什么人?如此招摇过市?"

师爷慌慌张张跑进来道:"老爷,不知何处流寇劫掠来了,老爷快快躲避。"

邓知县听罢惊慌失措,钻到床底下躲藏起来,连连喝道:"休要叫这些人进来!叫城内军卒速速驱离这些流寇。"

再说李典史此刻正在大牢,恐明日行刑生变,不仅加派了人手紧紧看守大牢,自己又亲自巡视一番。只听得小牢子入来报道:"有流寇杀奔而来。"

李典史问道:"这些流寇劫掠粮米,他来牢里有何事干?休要惊慌!"

话音未落,外面又叫道:"流寇来劫狱了。"

"休要跑了人犯！"李典史大怒，转身拿过钢刀，便冲出大牢。

这边惠登魁冲进大牢，正遇到李典史，大叫一声："赵胜兄弟在哪里？"手上已挈出一把明晃晃泼风刀来。

"大胆狂徒，胆敢劫狱，不要走，且吃额一刀！"李典史说罢，就和惠登魁斗在一处。

谅李典史怎是惠登魁对手，两人战不到十个回合，李典史便刀法乱了，只有招架之功，没了还手之力。

众衙差狱卒见流寇人多势大，无心恋战，各自逃了。李典史见手下人都各自逃散了，心中焦躁。又斗了几个回合，李典史见不是头，撇开惠登魁往大牢外便逃。此时白田、白地已砸开牢门，砍断赵胜枷锁镣铐。赵胜脱了限具，抖擞精神，提起木枷从牢里钻将出来，一路打杀，就如同虎入羊群，却迎面正碰着李典史。有诗为证：

贪官污吏欺善民，清白世界无安宁。
待到铲除毒瘤时，那时天下方太平。

正是仇人见面，分外眼红。李典史看见赵胜，已惊得腿脚不听使唤，急急挺起钢刀来战赵胜，不料措手不及，被赵胜一枷梢打去，正好打在天灵盖上。此乃三十斤木枷，非常沉重，一下子便把李典史脑壳砸得粉碎。当时白家兄弟手起，也早戳翻了三五个小牢子，一齐发喊，从牢里打将出来。惠登魁持泼风刀将牢门一一砍开，放出狱囚来。一行人大喊，杀出牢门。

街上人家都关上门，不敢出来。有做公的人认得是铁楼山贼首惠登魁，只是谁敢向前拦阻。众人如入无人之境，不多时便将官府粮仓劫掠干净了。只见推车的推车，挑担的挑担，将堆积如山的粮食都搬空了，搬不走便就地散发给街上百姓。众人推车挑担，簇拥着赵胜奔出城门，一直往解家沟而去。这时，赵胜对众人道："可恨高老贼，这仇如何不报了去？还乞众兄长为小弟报仇！定要在高财主肚皮上扎三五百个透明窟窿！"

惠登魁也同意道："说的是，高财主这厮定留不得。平日里这高财主不知道搜刮了多少民脂民膏，仓库里的粮米须是放得要发霉了，不如就此也洗劫了高家粮仓,却待何时?"

众人都道:"劫了高家粮仓,如此甚好。"

当下惠登魁要白家兄弟护推车的和挑担的先走,自己和赵胜带着一二百来个精干兄弟找了些空车空担,直去高府寻高财主。

高府宅大院大,内宅距街道尚远,听闻不到街上乱杂杂脚步声。街上人家怕事,紧闭自家门,做公的各顾自家性命都躲藏着,哪里还有人过来通报,因此高府上下一无所知。此时已是三更,内宅依旧有灯火。

赵胜轻身功夫了得,高府丈高院墙哪里拦得住。他跃上墙头,纵身跳入院内,砍翻了两个值守家丁,打开院门,放惠登魁和众兄弟进来。那日赵胜到高府赴鸿门宴,高府上下家丁谁人不识他。一个打更的看见赵胜手持钢刀入来,正待要走,赵胜劈头揪住喝道:"你这厮要活命,只需实说,高财主和高禄那厮在何处,小爷便饶你性命!"

打更的道:"不干小人事,正值高禄带着几个奴才与高财主把酒祝贺,就在那日宴请义士的迎客厅。"

赵胜问道:"把酒祝贺什么?"

打更的回道:"小人只知高财主设计害了义士,拔了他们眼中钉,众人正为此吃酒相庆。"

赵胜听到此话怒火冲天,道:"原来如此!你们这窝贼,一个也是留不得!"说罢,手起刀落,打更的便身首异处。

赵胜引人径去高府迎客厅。这迎客厅分二层,有楼下伙房,楼上雅座。赵胜在窗外看见二楼厅里灯火通明,觥筹交错声不绝入耳,一时怨恨冲天,谓惠登魁道:"小弟不杀了这高财主和恶奴高禄,如何出得了这口鸟气!望大哥屋外等候,小弟须亲手砍了这两颗狗头!"

惠登魁将自己的泼风大刀递于赵胜,道:"贤弟轻身功夫了得,且力大无穷,这刀正好趁手。"

赵胜谢了大哥,握住泼风刀在手里,纵身一跃,就跃上两层过道,依在窗户下只听得高财主口里不住赞道:"亏了大管家定下这条计,也亏了二管家上下使钱,这番除了赵胜这个眼中钉肉中刺,一是出了胸中这口鸟气,二是日后再在石油寺做活就如入无人之境一般!大管家被赵胜杀了,即日起二管家便是大管家。"

这高禄回道："这等事必须办了，赵胜多活一天，就多阻拦我等过活一天！虽费用了些钱财，却也安排得那厮必死无疑！明日午时一过，就叫手下人将赵胜头颅拿去示众，无头尸身便扔去喂狗。"

身边几个奴才也不住献殷勤，其中一个道："这个赵胜不知死活，敢捋虎须，就是猫有九条命也必死无疑！就是再有几个赵胜，性命也没了！"

高财主笑道："如此这般甚合额意，老爷额明日定要看到赵胜的人头。"

此时屋子里七八个亲随都各自乖巧，眼见高财主此时兴致，都尽心尽力服侍着，只望他高兴给些赏钱。

赵胜在窗外听了这话，胸中怒火直烧破了青天，那扶梯木头被他硬生生捏得粉碎。赵胜右手持刀，一脚踢开房门闯将进来，只见屋内烛光通亮，照得如白昼一般。桌上杯盘狼藉，各人都有六七分醉，却还在不住饮酒。

高财主坐在酒席上首，灯影下，见一人进来手提明晃晃一把大刀，待看清来者就是赵胜，先自惊得软了，张大嘴巴，不知道说什么好，都忘记喊救命。

高禄坐在交椅上，看见高财主惊大了嘴巴，扭头见是赵胜，大吃一惊，这五脏六腑早就提在嗓子眼。

众位陪酒的奴才，看见进来的是赵胜这条大虫，要命的时候哪里还顾得上主子，个个头跟捣药似的喊求饶。

赵胜面部似铁板一块，道："小爷只要高财主和高禄两个狗头，你们都角落里待着便了！要是出了屋子报信，休怪小爷刀下无情！"

说时迟，那时快，众人听到这话，就似闪电一般跑到角落蜷缩着。高财主来不及大骂手下奴才，赵胜大刀已到。高财主急要挣扎时，赵胜早落一刀，大刀从正脑门入，从耳根子出，油乎乎的血冲到楼板顶上，哼都未哼一声，就一命呜呼了。

这高禄终究也是个练家子，定了定神，见赵胜顷刻间剁翻了高财主，料逃不掉，便就地一滚，拾起一把被砍开的椅子腿就与赵胜战在一处。酒醉的高禄岂是赵胜这位煞神对手，就算清醒，也挡不住赵胜几招。战不到三个回合，赵胜一记重砍，高禄把椅子腿来挡，便被剁得粉碎。高禄正脑门迎面被剁了个正着，扑地往后便倒了。

赵胜杀得性起，又跑到高财主尸身旁边，狠狠剁了十几刀都不解恨。屋内几个奴才哪里还顾得了高财主，生怕赵胜杀红眼把自己杀了，也不管楼高，连滚带爬从楼上跳下去逃命。却被楼下惠登魁等人问都不问一声，俱都杀了。

楼上楼下这大动静，早就惊动了一楼伙房。只听到一个丫鬟出门喊道："杀人了！杀人了！"赵胜却拿着带血大刀飞身下来，把伙房门一推，抢入来，先把一个丫鬟髻角儿揪住，一刀杀了。两三个厨子正欲要走，却是腿脚发麻，就跟钉子钉住一般，端的是已吓呆，忘记了逃命。赵胜二话不说，一刀一个也都杀了。

赵胜下得楼来，正好碰见惠登魁。惠登魁劝道："贤弟切不可意气用事，现今大仇已报，休要杀戮无辜，还是早早离去方为上策！"

赵胜听闻此话，方才清醒。伙房里有熟鸡、烤鸭、烧鹅、羊肉汤、猪头肉、牛羊肉、烤乳猪等诸般菜肴，众人几曾见过如此美味，二话不说，各自先大嚼大咽，吃得是畅快淋漓。

众人正吃着，却听见柴房有动静，赵胜拿起刀去柴房搜寻，却有个伙夫躲在这里。原来这伙夫看见赵胜见人就杀，就翻身躲进柴房，又见门外还有这么多人，吓得两腿发抖，不想却碰动了柴火堆。伙夫看见赵胜提刀进来，惊得尿了裤子，腿脚不听使唤，只是不住地磕头求饶。

"饶你不得！"赵胜举起泼风刀就欲砍下。

惠登魁赶到劝说道："贤弟饶此人性命，好问粮仓所在。"

赵胜便问道："你实说，粮仓何在？"

伙夫连忙说道："出了迎客厅往后院径直走便是。"

惠登魁寻了根捆柴的绳索，将伙夫捆得似粽子一般，从他身上撕了一块破布堵住了嘴，扔进柴火堆里，随后道："若迟疑了，官军赶到，我等须吃拿了。不如速战速决，早搬空了粮仓就走。"

这伙好汉呐喊着冲入粮仓，将粮食尽皆搬了。高财主家丁家眷惊得哪敢出声，都躲藏着不敢出来。众好汉又去高财主内宅里搜得十数箱金银财宝，后院牵得二三十匹马，把粮食都搭在马匹上带着。

赵胜脱下囚服，拣几件好衣服穿了。各人赶马挑担，一二百人赶不到三十里路，就赶上白家兄弟大队人马，一起上了路。

这伙人浩浩荡荡，牵马推车，也有挑担子的，离了清涧县，径投解家沟去。

到得解家沟,白太公、白小姐早在村口等候。惠登魁见到白太公,慌忙施礼道:"小可惠登魁,久闻解家沟白太公德高望重,大名如雷贯耳,今日有幸拜见,望受在下一拜。"

白太公连忙托手虚扶道:"额只是村中一老朽,惠大王却是久负盛名的好汉,行此大礼,老朽愧不敢当。"

惠登魁连连道:"休这般说,听闻太公将压箱底的山珍都黉出去救赵贤弟,此番若非太公,额贤弟就是有九条性命也在牢里被贼人害了,且受在下一拜。"说罢,白太公也只得受了一拜。

一行众人都各自通报相见了。白小姐与恩公情郎劫后重逢,免不了抱头痛哭。白太公问起放囚犯、劫官粮、掠高府、杀高贼之事,赵胜都一一备细说了。

白太公见赵胜真乃顶天立地的好汉,现今兵荒马乱,虎狼当道,指不定赵胜日后或能闯出一番天地,便有意招赵胜为婿。众人听了大喜。

赵胜、惠登魁整顿人马,白田、白地带路,一同来到花岩寺里。花岩寺却是个早破败的寺庙,没有什么香火,只有几个僧人打理。僧人见了许多好汉到,慌忙迎接。听闻众好汉劫掠官粮、放囚犯,现投解家沟来啸聚,哪敢不依。众好汉与僧人逐一都相见了,都入大殿上坐定。赵胜、惠登魁拜了佛像,叫众人打扫寺院,动手修补,休要惊扰了佛门清净。

众人在寺内过了一夜。次日早起,惠登魁叫众人砍树采石,在后山搭建房舍,把解家沟老小家眷都安顿了。又叫建造仓廪,将粮米储备起来。又见庄户人中识文断字的如凤毛麟角,哪有赵胜一般文武全才,胆略过人之奇才,便举赵胜做山寨之王。赵胜如何肯答应,一再推辞不受。众兄弟不依,定要赵胜坐头把交椅,赵胜只得应了。

解家沟赵胜占山为王,又被白太公招赘为婿,双喜临门。惠登魁叫喽啰兵把劫掠来的粮米、肉食、菜蔬、果品都挑好的来,大摆筵席,前后搞了三日,众人尽情大醉。

只因解家沟地势复杂,易守难攻,周边官军不敢小觑。解家沟一时无事,每日只是由赵胜并惠登魁领众好汉习练武艺,操练兵马。时常下山劫掠富户,抢夺银两财帛来购些铁器,打造衣袍、铠甲、枪刀、弓箭、牌弩等,在险隘处多安置滚木、礌石、陷阱等,不在话下。

此时已是崇祯二年正月,都御史梁应泽以汉南民变告急请兵。陕西巡抚胡廷宴、延绥巡抚岳和声两位老叟见纸已包不住火,只得各报洛川、清水、成县、韩城、宜君、宜川、绥德、潼关、阳平关、金锁关等多处饥民流寇劫掠,焚烧府衙。另有泾阳、阶川、宁州、安化、固原、清涧、安定等诸地不保。流寇人多势大,窜至四川,攻破剑巴、通江诸地。各地兵少,抵挡不住,官吏或弃城而逃,或隐而不奏。

是年三月,三边总督武之望忧惧成疾,于固原总督府内自尽身死。四月,陕西巡按御史吴焕上书朝廷,奏曰:

> 陕西抚臣胡廷宴,狃于积弛,束手无策,则举而委之边兵;至延绥抚臣岳和声,讳言边兵为盗,又委之内地。总之,两抚欺饰酿患,致奸民悍卒,相煽不已,而西安、延安诸邑,皆被盗矣。盗发于白水之七月,则边贼少而土贼多。今年报盗皆精锐,动至七八千人,则两抚之推诿隐讳实酿之也。

崇祯皇帝闻武之望亡,已下旨命兵部右侍郎杨鹤接任。今日见吴焕奏折大怒,当即下旨将胡廷宴、岳和声撤职查办。

杨鹤,字修龄,湖广武陵人,乃万历三十二年进士,官至兵部右侍郎。杨鹤闻各地官员所报,急召继任陕西巡抚刘广生商议。刘广生接传,径投都督府而来。杨鹤请他到府中设宴相待,备说了秦陕各地官员皆言流寇猖獗之事,动问平寇一节。

两人分宾主坐定,丫鬟献茶施礼毕,刘广生道:"论某愚意,现今辽东兵马进犯猖獗,虽有袁督师擎天之柱,但朝廷兵力甚紧。加之陕、甘、宁各处逃卒甚多,朝廷难再有剿流寇之兵。下官所见,招抚一事最好。只是一件,朝廷户部那里,定要说些国库银钱入不敷出之类话语。杨都督须是赔些和气,抚恤那些言官,只为保秦陕一地平安。但恐朝中有些欲抢风头之给事中,再跟天子提些馊点子、歪主意,便坏了大事。"

杨鹤道:"巡抚大人所言极是。岳和声大人、胡廷宴大人,皆放任流寇不管不问,绝非权宜之计。然朝廷军力银库皆吃紧,剿寇亦非上策。用招抚为主、追剿为辅之策定不致差池。但我亦恐朝中言官,必须小心和气,免坏了纲纪。"

刘广生问道:"杨都督莫非所惧有人?"

杨鹤点了点头道:"老夫所惧之人,一个乃陕西巡按御史吴焕,一个乃兵科给事中刘懋。有此二人深知陕西流寇人数之众,事态之烈,恐这二人上疏朝廷,又提什么节省库银之言论。"

刘广生叹道:"既如此也无法。当前只宜招抚为主、追剿为辅之策,方为上策!"

杨鹤又道:"此策虽好,倘若流寇贼心不死,抚而复反,恐劳而无功。"

刘广生道:"思前顾后,事必不能成,且先试试再言成败!"

两人议定部署,杨鹤旋即拟好奏章,上疏朝廷,奏曰盗贼之起,总因饥荒至极,民不聊生,遂提招抚为主、追剿为辅之策。

数日后,有天使至,传崇祯皇帝口谕,召见三边总督杨鹤。当日总督府外备快马,杨鹤直赴京师。

数日后早朝,文武百官各具公服,直临丹墀,在皇极殿外伺候朝见。当日五更三点,崇祯皇帝升殿。三声鞭响,文武两班齐,天子驾坐。三边总督杨鹤出班奏道:"今有秦陕各地流寇累造大恶,打城池,抢掳仓廒,聚集凶徒恶党,杀官军,害百姓,罪大恶极。秦陕之地多有州县官民被杀戮一空,仓廒库藏尽被掳去。此乃心腹大患,若不早行处置,他日养成贼势,难以制伏,伏乞圣断。"

崇祯皇帝闻奏怒道:"杨爱卿,你乃三边总督,如何来报只说这些贼患?你若是无良策,要你何用?"

杨鹤闻言惶恐,急急俯身顿首。

崇祯皇帝又问道:"哪位爱卿有剿灭流寇之良策?"

百官闻言不语。杨鹤大汗淋漓,俯身奏道:"据臣所知,秦陕一地流寇多是无食之饥民,无饷之士卒,皆因天旱无雨,田间颗粒无收,聚而为盗,实乃不得已而为之。此皆乃大明子民,为彰显吾皇恩德,不可妄自杀戮!因而宜用招抚为主、追剿为辅之策。"

崇祯皇帝闻言,当即准杨鹤所奏,随即降下圣旨,着户部筹帑金、白银、粮食招抚秦陕各处流寇盗贼,委派杨鹤抚剿并举,务将扫除陕西流寇之患,又嘱道:"贼首大恶至极,实难复为良民。卿切勿一味安抚,切记剿抚并重。当有大恶之贼,势必剿捕杀绝。卿即令起行,待飞捷报功,加官赐赏,高迁任用。"

杨鹤领旨谢恩。

待杨鹤起身,回班部丛中。崇祯皇帝又道:"朕昨日览群臣奏折,见有兵科给事中刘懋有本奏上。奏折所言,朕继位以来,内外征战频生,国库空虚。此时内忧外患,却有人愧为人臣,将太祖所创驿站留为己用,勘合却被用于买卖,从而中饱私囊。刘懋上疏建议裁撤驿站,一可绝官员滥竽充数、贪污受贿;二可每年省银钱数十万两。诸位爱卿对此有何高见?"

驿站古来有之,太祖在位时,恐民间青壮无事生非,曾下旨各处多设驿站,叫青壮尽为朝廷效力。驿站乃传递官府文函之公人来往食宿、更换马匹之所。太祖何等英明神武,鉴于大元驿站混乱,颁布法令多部,限制驿站私用,防官员滥用特权。但至英宗之后,君怠臣惰,重蹈前朝覆辙,太祖法令已形同虚设,驿站沦为官员私用之所,空耗国家钱粮。嘉靖三十三年,为限官员对驿站滥用私用,朝廷采用"温、良、恭、俭、让"五字为勘合字号。"温"字五条,供圣公、真人在孝陵之间往来;"良"字二十九条,供文武百官到大明各地公办所用;"恭"字九条,供文武百官赴京城公办所用;"俭"字二条,供死难士卒及家眷照料上,以彰显朝廷恩德;"让"字六条,用来安抚远离家乡故土之士卒所用。军情传递则用火牌,专供兵部和边镇间飞报传书。非十万火急之军情,非奉旨不得滥用。岂料官官相护,诸多官员私自乘驿,滥用、伪造、买卖勘合。至天启末,官吏私用滥用驿站者有增无减,空费国家钱粮无数。

见崇祯皇帝有意裁撤驿站,户部尚书侯恂出班奏道:"杨总督提出招抚为主、追剿为辅之策略,需银钱无数,十万帑金亦杯水车薪。现今国库空虚,裁撤驿站,绝贪官污吏中饱私囊之漏洞,又省银钱数十万两,实乃上策,吾皇圣明!"

崇祯皇帝闻言,龙颜大悦。

岂料御史姜思睿出班奏道:"启奏万岁。裁撤驿站虽可节省钱粮,杜绝官吏中饱私囊,兵科给事中刘懋上疏之言,确一片忠心,意图甚好,可一旦为之,不堪设想。太祖在位时,就知西北一隅之民风甚是彪悍,且土地贫瘠,十年九旱,西北青壮在无田可耕时,可做驿卒,既能糊口,亦可为朝廷效力。臣查阅史库时,曾见史书有载,太祖嘱洪武年间吏部尚书杜泽,叫不可擅裁驿站,擅减驿卒。如今驿站裁撤,驿卒失业,加之西北饥荒,民不聊生,民变蜂起,只恐失业驿卒无事生非，倘若沦为流寇，则秦陕一地越发无措。"

兵科给事中许国荣亦出班奏道："驿站乃秦陕百姓赖以谋生之所。大旱连年，饥民逃卒皆因无食而啸聚山林。倘若裁撤驿站，再生无活路之驿卒，只恐驿卒拉帮结派，成匪成盗，望吾皇收回成命！"

崇祯皇帝闻奏，心想朝廷库银确已空虚，因而不准姜思睿、许国荣所奏，当即下诏裁撤驿站。

其实自崇祯元年始，驿站已是一减再减，今番更是索性将驿站裁撤。这驿站一裁，却又引出一位大人物来，足可搅动大明江山。

有分教：

　　内忧外患祸连连，驿站裁撤更生险。
　　百姓有食则安居，无食空腹就翻天。

直教破军星下界临凡，引贼众数十万直捣皇极殿。欲知驿站裁撤，引出何人？且听下回分解。

第十三回

丢公文李驿卒失业　欺老弱艾奴才遭殃

书归正传。崇祯皇帝下旨裁撤驿站,早有公文传至陕西、宁夏、甘肃等地。各站驿卒闻知,皆怨声载道。现今大旱连年,百姓本就极为清苦,驿站当差,尚有碗饿不死的公饭吃。此番裁撤驿站,往后活路更难。

且说陕西米脂县有个唤作刘宗敏的,自幼孔武有力,平日里喜打熬身体,习得武艺多般,勇力过人。只因家贫,两年前和同乡多人一道去宁夏镇为驿卒,虽辛苦异常,却还算有点微薄收入。逢年末告假返乡,还能购些新衣裳给浑家。这些年家中田产无收,刘宗敏上有老下有小,一大家人都指望他一人带回银钱度日。驿站被撤,仅存少许银钱,饭食亦不保,往后日子却待如何过活?

待最后一趟公差完毕,交割完最后一单文书后,刘宗敏就将马匹、马鞍、马镫,还有驿卒服饰、褡包、勘合、火牌等都交还了官家,领了最后一笔散碎赏银,二话不说,提了根防身哨棒,离了宁夏驿站,取路投陕西米脂县正路。一路上刘宗敏免不得饥食渴饮,夜住晓行,看到的也只有饿殍载道之相。他独自行了半月之上,已入米脂县境。

刘宗敏烦闷,欲到街边寻个酒馆借酒来消愁。当下他步入街市,只见一个小酒馆正在路口,便入里拣了一处临窗户的座位坐了。店小二认出是本县去宁夏为驿卒的刘宗敏,问道:"刘兄别来无恙,可是这次朝廷裁撤驿站而返乡?"

刘宗敏回道:"原来是小二哥。正如小二哥所言,额此番正是驿站被撤而返乡。"

店小二劝慰道:"此处不留爷,自有留爷处。刘兄堂堂仪表,武艺超群,日后定有伯乐,此刻休要烦躁!"

刘宗敏一笑道:"管他做甚!一醉解千愁,你这里还有什么酒卖?"

店小二回道:"田地里颗粒无收,没有新酿的酒,都只是些陈年烧酒,酒钱确是要贵些,刘兄可要?"

刘宗敏道:"都快饿毙了,钱比命贵,米比钱贵,哪还顾得了这多。今日喝醉了今日快活,给额打一壶酒,搞几个小菜!"

店小二又说道:"烧酒马上就来,额这里正好有一只山鸡,昨天刚猎得。菜只能搞几个香椿、地米菜、车前草之类的野菜。"

"如此甚好,快快上菜!"

刘宗敏话犹未了,只见一个大汉大踏步走到酒馆里来。刘宗敏看他时,这人穿着一般庄户人褂子,头戴毡帽,身子虽不甚高,但很是宽大粗壮。高额深颊,鸱目鹰鼻,面貌凶恶,虎背巨肩,颈后长着丛丛的头发,根根就似钢针一般。

这人进店找了个酒桌坐下,喝道:"酒保,打一壶酒,快些上菜来,吃罢还要城外牧马!"声若洪钟,咆哮似豺,酒馆桌椅都似乎一震。

刘宗敏认识来人,正是天启七年同去宁夏驿当差的驿卒,姓李名自成。崇祯元年初,正值刘宗敏当差,突因流寇劫掠,有三匹驿马受惊。驿卒失了马匹,按律是重罪。正好李自成马术娴熟,又碰巧经过,便策马狂奔,硬是追了二百里地才追回惊马。自此,刘宗敏深谢李自成,以兄事之。不多日,李自成送机密公文时遇流寇劫掠马匹,不慎遗失公文,遭上官责罚,被裁回乡,已近一年矣。

这李自成生于万历三十四年八月二十一日,世居米脂河西二百里地之李继迁寨,当地人也唤作李家站,正是当年党项拓跋部从甘肃东迁后居住之地。李自成祖上由甘肃太安里迁徙而至,李自成之父名唤李守忠,务农为业,家道富裕,性情忠厚,慷慨好义。万历十四年生长子李鸿名,万历三十四年生李鸿基,即李自成也。相传李鸿基出生之日,其父梦见黄衣神人入土窑,于是李鸿基小名便唤作黄来儿。同年九月,李鸿名生子李过,名双喜,后又名锦。李鸿名不久去世,妻改嫁。李鸿基与李过由李守忠抚育成人,自幼时就放荡不羁、不受约束。

李鸿基六岁时,秦陕一地已是十年九旱,田间歉收。李守忠家境衰败,李鸿基不得已去给艾姓财主放羊。因李鸿基常去村中学堂偷听,因此能识文断字,且聪慧异常,过目不忘,一般儿童皆不及。李守忠甚爱之,虽穷困潦倒,亦要砸锅卖铁将李鸿基与李过一同送往塾中读书。

李家祖上尚无中科举之人,李守忠便寄厚望于李鸿基,望他考取功名,光宗耀祖。而事与愿违,李鸿基内心却喜好枪马棍棒。同村有一伙伴,名唤刘国龙,常与李鸿基玩耍。李鸿基对刘国龙道:"吾辈须习武艺,成大事,读书何用?"李鸿基常与李过、刘国龙角力,李鸿基力大,两人不敌,因此颇为自负。

一日,李鸿基道:"大丈夫当横行天下,自成自立,若株守父业岂男子乎?前岁梦神将呼某自成,今即改名李自成,号鸿基。"自此李鸿基更名为李自成。又一日,正值蟹肥之际,塾中先生叫童生以螃蟹为题作诗一首。李自成作诗曰:

一身甲胄任横行,满腹玄黄未易评。
惯向秋畦私窃谷,偏于夜月暗偷营。
双螯恰是钢叉举,八股浑如宝剑擎。
只怕钓鳌人设饵,捉将沸釜送残生。

先生览罢诗句后道:"吾细品李童之诗,这诗前六句言此蟹威风凛凛,不可一世。可尾联两句却交代了此蟹终究被人钓去,扔进锅中。待李童成年,必能干一番轰轰烈烈之大事,但终归似此蟹一般,横行霸道,却是一个乱臣贼子,耗费国家钱粮无数,搅得天下江山天翻地覆,定难有善终。"

待李自成长至十四五岁,早已不愿安分守己读书。李守忠见他读书不成,就教他弃文习武。听闻延安府教头罗曩技艺超众,李自成与李过、刘国龙遂拜罗教头为师,习学骑射枪棒。李自成天资聪慧,一学就通,不多时就将十八般武艺样样精通。天启四年,李守忠卒,李自成无复忌惮。天启五年,因家贫如洗,李自成入黄花寺为僧,因此人称"黄来僧"。为图生计,李自成砍柴挑水、种菜化缘,但也不忘日常习练枪棒。

却说一日深夜,天空晴朗,满天星辰,黄花寺方丈夜观乾相,见北斗七星正高挂寺庙上空,天枢、天璇、天玑、天权、玉横、开阳六星明亮无比,摇光星却忽明忽暗、摇曳不定。方丈掐指一算,自言自语道:"北斗摇光位之星乃破军星,今日天生异象,恐要出耗费国家钱粮无数、破损祖宗基业之人。今日破军星就在黄花寺正上空,莫非破军星临凡,就应在黄来僧乎?"

天启七年,为图生计,李自成与同村数人赴宁夏为驿卒。因性情豪侠,慷慨喜交游,勇猛有识略,不拘小节,深受乡间人及众驿卒爱戴。崇祯元年,李自成遗失机密公文被责罚,被上官裁员除名,返回米脂。待李自成回乡,田间颗粒无收,朝廷却依旧催科甚严,李自成武艺高强,催科官吏都是欺软怕硬的狗腿子,只敢逼迫良善,却不敢来逼他。多有百姓受豪绅欺辱,来找李自成出头的,因而财主家多视李自成乃眼中钉、肉中刺。

再说酒馆里刘宗敏遇见李自成,忙起身施礼道:"兄长请这边上坐,拜酒。"

李自成见是刘宗敏,便来与他施礼。两个坐下,刘宗敏道:"一别兄长,已近一年,去岁承蒙兄长相救,感激不尽。小弟大胆,敢问兄长如何在这里?"

李自成摆摆手道:"过去之事,无须再提。额祖上家道富裕,按律世应里役。今岁灾荒连年,田间颗粒无收,里役仍需照旧缴纳。官府催科差役催科甚苛,只好向艾财主借贷了。为还这阎王债,额只能替艾财主做些养马牧马的营生。"

刘宗敏叹道:"小弟于路上也多见饿殍载道之惨状。只是没想到兄长却被官府催科和这些财主阎王债逼到如此地步!"

李自成道:"田地里都干涸得如同蜘蛛网似的,哪里还有收成?想要做良民,不如此这般,还能怎的?"

刘宗敏从包袱里摸出一些散碎银两,道:"小弟这里还有些银两,兄长先拿去还一些艾财主的阎王债。"

李自成推却道:"贤弟莫非是这次驿站裁撤而返乡,这银钱额哪里能受!"

刘宗敏不肯,定要李自成收下。

两人正说话间,酒馆又进来一人,铁匠模样,手里还拿着火钳子,扛着一袋刚刚打好的枪头、刀片,满头大汗,朝店主要讨碗水喝。李自成和刘宗敏见了,却都认得他。这人唤作李大亮,也在宁夏做过驿卒,去岁被裁回乡,现今做了艾财主家长工,专为艾财主家打造铁器。

刘宗敏便叫道:"大亮兄,多时不见。"

李大亮看了一下回道:"原来是宗敏贤弟,你如何到了这里?莫非也是此番裁撤驿站而回?"

刘宗敏相邀道："小弟正是此番驿站裁撤而回。大亮兄弟,正好自成兄也在此,且过来吃几杯酒。店家正好猎获只野鸡,喝汤吃新鲜野鸡肉最好！"

李大亮嗤道："待愚兄去艾财主家送了刚打好的枪头、刀片,了却差事,讨了钱再来陪吃酒。"

李自成问道："大亮兄弟怎的不识趣,这打铁的工钱谁会赖你?来吃几杯酒何妨？"

李大亮解释道："艾财主催促得紧,休要误了时辰,李兄和宗敏贤弟先饮着,额去去便回。"

李自成是个急性子,见李大亮婆婆妈妈,起身喝道："宗敏贤弟诚心相邀,你这厮还这么多话,却要讨打么？"

李大亮知道李自成脾气火爆,只得赔笑道："大哥休躁,小弟留下便是！"

三人坐下,刘宗敏请李自成坐了上位,李大亮打横,刘宗敏下首坐了。他唤店小二过来吩咐再要一壶酒,加了一盘马齿苋、一盘炒芥菜,叫野鸡汤快些端上来。店小二忙应道："酒马上就到,野鸡汤就好！"

不多时,店小二一面铺下鸡肉、鸡汤、野菜,一面给三人满满各添了一碗酒,又问道："几位爷,这天旱无产,山西那边见我们秦陕之地流寇蜂起,官家禁止运粮至额这里,因而无甚主食下饭,只有些玉米面、麦麸窝头,可好？"

刘宗敏回道："但有只顾卖来,一发算钱还你！上首这位李爷可是贵客！"

店小二下去随即端了一盘窝窝头,三碗玉米面,一碟山蒜泥上来,和着肉汤野菜,也足足摆满一大桌子。

陈年酒烈,三人酒至数杯,已然有些醉意。正说些别来诸般之事,闲话些王二、王嘉胤、高迎祥等诸般好汉,又闲话了李自成的浑家韩金儿。原来这韩金儿是李自成为驿卒时娶的浑家,刘宗敏和李大亮都认识。

这韩金儿可不是个善茬,十三四岁就长得成熟风骚,据说走在市集里,不多瞅几眼的就绝不是男人。这韩金儿被一个大户人家六旬老翁相中,纳为小妾,却立马就跟管家勾搭上了。很快被人发现,痛打一顿,赶出家门。后来延安有个监生,听闻韩金儿美貌丰腴,慕名而来,一看韩金儿便神魂颠倒,当即就下了礼金,要纳为小妾。可韩金儿经过上次之事后却依旧如故,很快又和邻家后生好上了,闹得延安府满城风雨。监生颜面扫地,只得休了韩金儿。此后韩金儿更是荒淫无度，招蜂引蝶，可哪里还有人敢娶。正好李自成在宁夏为驿卒时，因性格刚直，不畏权贵，和上官颇为不睦。有人趁机害李自成，要将韩金儿说于他。李自成穷困潦倒，年纪也老大不小，就差了一辆马车来娶了韩金儿。待李自成被驿站裁后，便将韩金儿带回米脂。李自成初娶韩金儿时，还夜夜与她一处歇卧，向后渐渐就来得慢了。

这却是为何？原来李自成是条响当当的真汉子，只爱使枪弄棒，结交天下豪杰，于女色却不十分要紧。这韩金儿本就水性杨花，况兼妙龄，李自成十分不中那淫妇之意。可韩金儿也知李自成脾气火爆，也不敢做分外出轨的事情。

刘宗敏、李大亮都知道韩金儿的事，也知大哥李自成不好女色，恐日后韩金儿给大哥戴了绿帽。此番相逢，又劝说李自成要看好韩金儿。李自成不语，一口将碗中酒水饮净。

正说得酒酣耳热，只听得门口有响动声，又进来两人，却是一老一少。前面一个二十出头的妇人，背后一个六十开外的老汉。妇人手里拿着琵琶，老儿手里却端着一个碗，碗里有几个铜钱。店小二见到二位，摇摇头，也不拦阻他们。

两人都来到酒桌前，那妇人虽无十分容貌，也算是个美人，只是杏眼带泪，桃腮带悲。妇人走到跟前，深深道了一个万福。老汉道："三位爷，我家小女有一手好琵琶，唱得好曲，且让小女奏上一曲？"

李自成见状疑惑道："可是作怪！现今庄户人没事就在四处挖野菜充饥，生怕下一顿便饿毙了，你们却在到处卖曲？这可是店小二另做的买卖？"

店小二连忙道："客官息怒。小人怎敢教人唱曲打搅客官吃酒？这父女俩却是苦楚得很，额自身糊口都难，也是爱莫能助，其中原委让他们自己说吧！"

那妇人道："官人不知，容奴告禀。奴家是延安人氏，家乡大旱，颗粒无收，因而同父母来米脂投奔亲眷。不想米脂亦田地荒芜，亲眷也人去屋空，八成凶多吉少。母亲两个月在城外破庙里无食饿亡，听闻米脂有个艾财主家资丰厚，只得借了高利贷将老母葬了。可艾家的钱如何能借，借了钱就是一辈子还不清的阎王债。艾财主有钱有势，手下奴才如狼似虎，要额父女二人每日须还银多少，倘若还不了，就强要奴做妾。父亲自小教得小女弹奏琵琶，会些小曲儿，每日只能走街串巷，望能卖唱几曲，赚几个铜板还阎王债。每日得些钱悉数给艾财主都不够，艾家奴才只扔两个窝头炕饼给我们二人。现今家家户户吃不饱饭,酒客更是少得可怜,只怕艾家奴才来讨时,受他们打骂羞辱。还望客官高抬贵手,且叫小女唱几首小曲,也好还债度日!"

李自成又问道:"你姓什么?在哪里歇息?艾家的奴才何时来找你们讨钱?"

老汉答道:"老汉姓黄,小女叫黄秋儿。额等住在城外破庙,艾财主家的奴才约莫一盏茶时辰就到。"

李自成闻言怒道:"这挨球的狗奴才,欺人太甚!你父女二人就此逃走吧,也免了这阎王债。"

老汉惊道:"小老儿举目无亲,逃到何处?且这奴才一会儿就到,如何能逃?"

"这位老汉,额与你些盘缠,你二人也不去破庙收拾,即刻便走。现在狗奴才还未到,就是到了,额也不惧他。你二人一直往南走,不一会就有山岭沟壑,官军追剿流寇都难,何况几个奴才追你们。留在这里,死路一条,逃出去或许有条生路。"李自成说罢,便从身边摸出一把散碎银子放在桌上,却不到一两银子,又看着刘宗敏道,"额今日不曾多带得些,你有银子借些与额,明日讨还了养马的草料钱,便送还你。"

"说这些做甚,李兄路见不平,拔刀相助,如同当世活菩萨一般,额自当助李兄一臂之力。"刘宗敏说罢,就去包裹里摸索了半天,也只摸出五两散碎银子,放在桌上道,"不瞒兄长,除去将后养家的粮米钱,小弟也只这点。"

李自成也知刘宗敏养家不易,这五两散碎银子已够为难他,因此不再勉强。他又看着李大亮道:"你也借些出来与额。"

李大亮无奈,只得摸了半天,摸出一把铜板来。

李自成看了便道:"大亮老弟不知穷帮穷么,你是个不爽快的人!"

李大亮劝道:"李大哥,休要这般挖空自己帮带他人。你也是欠了艾财主一屁股债的,却还如何这般帮别人避灾祸?"

李自成听了李大亮这话,怒道:"不干你事,休问!"

李自成把这六两银子与了黄老汉和黄秋儿,吩咐道:"你父女速速离去,额送你二人去城外!"

黄老汉并女儿听了,俯身不住拜谢。

李自成将这把铜板丢还了李大亮,刘宗敏付了酒钱,要与李自成同去。李自成叫刘宗敏且先回去见过浑家,自己一人护送即可。李自成又叫黄老汉门外等候,自己要和兄弟们交代两句就来,道:"你二人速速离去,容后再聚!大亮兄弟不甚爽快,干不得大事,日后好自为之!"

李自成、刘宗敏、李大亮出了酒馆,在街上分手。刘宗敏自回家宅,李大亮扛起打好的铁器径直去了艾财主府邸。

黄老汉父女二人不会骑马,李自成只得步行护送。黄秋儿脚小走不快,李自成又找店小二借了辆推车,叫黄老汉推着黄秋儿走在前面,李自成隔了十几步远慢慢跟着。走不了一会儿,只见几人拦住去路,为首那人长得肥头大耳,酒糟鼻,老鼠眼。

李自成认识此人,正是艾财主府上艾管家,剩下几人都是家丁奴才。艾管家拦住黄老汉道:"老头儿,你待哪里去?"

李自成走过来,问道:"艾管家,他也少了你的钱么?"

艾管家一看是李自成,知他武艺高强,心中已有三分胆怯,道:"这黄老汉父女二人欠艾老爷钱,没还清,如何能走?"

李自成拍着胸道:"这黄老汉父女二人欠的钱,额自来还,你放了二人去!"

"这话说的。李大哥自身都欠了艾老爷的钱,都不知道如何去还,如何还能帮黄老汉还钱?李大哥还是少管闲事的好!欠债还钱,天经地义。倘若还不了钱,这黄秋儿就得给额老爷做妾。"艾管家说罢,手下奴才围住黄秋儿,就要掀翻车子,黄秋儿早惊吓得花容失色。

李自成大怒,攥紧拳头,去那艾管家面门上只一拳,打得他吐了一口血,血中流落两颗门牙。旁边几个奴才平日里只敢欺压良善,看见李自成如此勇猛,哪个敢吱声。艾管家爬将起来,众人簇拥着一道烟跑向艾府,自去告状。黄老汉父女两个忙忙赶路,出城自寻活路去了。李自成恐艾府奴才拦阻,直送到城外几里路远,约莫他二人去得远了,方才返回。

那艾管家回府后,叫手下人敷了药,把伤口包扎了,直去艾财主堂上报说李自成放走黄老汉一事。艾财主单名一个诏字,因曾中过举,都称艾财主为艾举人。艾举人听罢大怒,骂道:"这厮无理!自己欠了艾府一屁股债,却还咸吃萝卜淡操心,管额的事,打伤额的奴才!忒无理。小小驿卒,有些武艺又如何,就是三头六臂也不敢和额斗,额就教你知道马王爷有三只眼。"说罢,就要点起家奴,拿刀拿枪,要找李自成厮杀。

一旁师爷奸笑道:"老爷,杀鸡焉用牛刀?在下略施小计,就叫这李自成生不如死!"

次日,艾管家径来县衙出首告状。米脂知县名唤晏子宾,也是个赃官。候得晏知县升堂,艾管家呈了状子,晏知县看罢吃了一惊道:"艾举人在米脂县有权有势,这李自成胆敢拳打艾府管家,端的是胆大包天。李自成本就因丢失公文遭返回乡,今番又无故行凶伤人,按律需枷号示众。"

晏知县当即便唤当日值班班头押下文书,捉拿行凶正身李自成。班头领了公文,将带二十来个做公的径直到李自成家宅拿人。

只听艾管家道:"知县大人且慢,小的还有话说!"

晏知县问道:"管家还有何事?"

"小的还有要事相托,请乞退左右!"

晏知县相邀道:"不妨内堂一叙。"

"如此甚好。"

待进了内堂,艾管家开门见山,从怀中掏出纹银二百两的银票奉上。晏知县见了问道:"管家何意?"

艾管家开门见山道:"额家老爷之意,是叫这个李自成人头落地!事成之后,更有重谢!"

原来这米脂知县晏子宾,乃璧山贡士也,天启末年知米脂。何为贡士?乃经各省乡举人进京会试后,脱颖而出者方为贡士,可继而殿试。十年寒窗,能获贡士者,已实属难能可贵。可晏知县空读圣贤之书,全不做圣贤之事。他知米脂县后,对流寇盗匪之事充耳不闻,却每每横行乡里,和乡绅豪强沆瀣一气,残害良民,欺罔幕僚,无所不为。

晏知县听艾管家一言,吃了一惊道:"李自成仅掌掴拳击,如何能问个死罪?这大明律法条文明确,上官督查严格,非谋逆大罪者,本县无权定死罪。上官见责,下官乌纱不保!"说罢,便将二百两银票欲退还给艾管家。

艾管家深知晏知县视头上乌纱如至宝,有利升迁之事争先恐后,担责之事却不敢多做一分。虽饱读经书,却是心胸狭隘之人。如果艾诏有个什么亲戚在朝廷为大官,则不用他开口,早就屁颠屁颠办了。只可惜艾诏只是个乡绅,在米脂有权有势,却不能帮助晏知县再做大官。

只见艾管家将二百两银票再推给晏知县,道:"额家老爷已有计议,不需晏知县做丝毫有越大明律法之事。府上已备下酒宴,望知县大人屈尊驾临!"

晏知县不便推辞,便叫下人备轿,径直去了艾府。

晏知县唤皂班王班头带人跟随同往,这个王班头乃晏知县心腹,有些武艺手段,为人却是心狠手辣。王班头带了几个跟班,径直到了晏知县轿前使唤。行不多时,便到艾府。艾诏出来接着,将晏知县和王班头二人请到后堂。叙礼罢,艾诏一面安排酒食款待,一面唤下人搬些酒饭犒赏堂外跟班差役。菜过五味,酒过三巡,艾诏便将李自成行凶,打伤府中奴才一事又细说了一遍。

晏知县听了摆摆手道:"这个不必说了。本县也听闻艾府奴才逼迫黄老汉父女住破庙,沿街弹琵琶唱小曲,也不是什么光彩的事情。上官知之,只恐连累下官。"

艾诏有意诬陷道:"大人可知辽东吃紧,朝廷增赋增税,却多有刁民抗税不交。这李自成仗着有些武艺,更是置朝廷法度于不顾,只恐刁民仿效,一发不可收拾!"

"此事本官也有耳闻。"

"小可有一计,既是按律课税,对李自成严为催科,额这里同时逼债,就叫一分钱难死个英雄汉。李自成交不了赋税,足可以定个抗赋抗税之罪。如此如此,可治李自成一个重罪,叫他依律依法死个明白。上官得知,定会嘉奖晏大人!"艾诏就将心中所思毒计说了一遍。

晏知县听罢连呼:"确乃妙计!"

艾诏又掏出纹银三百两,再给晏知县满满斟了一杯酒。晏知县一口饮了,算是应了此事。也该李自成命中有此劫,撞了艾诏这个死对头,又撞了晏知县这个赃官!合当大明江山大乱,小小知县却引出破军星横空出世。

当下晏知县便唤王班头近前来道:"你且吩咐下去,这几日合个囚车,准备个二十斤干木死囚枷,数日后就带人去拿捉李自成。"

艾诏也在一旁补充道:"就把这厮盛在囚车里面!上插一个纸旗,写着'抗赋抗税暴民李自成',就枷号在衙门口,再叫他尝尝日头的滋味。"

王班头领了晏知县言语,就安排下人去办了。

艾诏再问晏知县道："知县大人可知李自成平日里喜好结交天下豪杰，有一帮生死弟兄，其侄李过，生死弟兄刘国龙、刘宗敏、高一功等人，皆武艺高强。刘宗敏做过锻工，力大无穷。倘若反了，却怎的是好？"

晏知县笑道："本官早就耳闻李自成在百姓中颇有声望，恐日后振臂一呼就真反了。现今陕西巡抚刘广生大人却与胡廷宴大人不同，刘大人叫各县对结党营私之刁民，该抓便抓，该杀便杀，绝不姑息。一旦李自成同伙真有反意，就是本官建功之时！"

"既是恁地，却也容易。知县大人定了李自成罪责，先重重用刑，严加鞭辱，枷锁晒在烈日之下，并派衙差从旁监视，断绝他的饮食。另叫四下里埋伏下三五十人备着，一旦李过、刘国龙之辈胆敢劫囚，就下手拿捉了，一同解上州里去。此计如何？"

晏知县喝彩道："还是艾举人高见，此计却似'瓮中捉鳖，手到擒来'，王班头亦武艺高强，刀法精熟，正好用上。"

且说那日黄老汉得李自成相助离了米脂，一路推着车子，载着女儿黄秋儿向南，恐艾府恶奴追上，走了足足一天一夜，丝毫不敢懈怠。此刻远方却有一处大山拦路，父女二人都是穷苦人，没有什么财宝，不惧流寇盗匪，倒是惧毒虫猛兽。黄秋儿道："女儿宁可被野狼叼了，也还落个洁白身子，却强似在米脂被艾府奴才欺辱，求生不得，求死不能。"

黄老汉道："说的是。天无绝人之路，额等须挣扎活着，也不辜负了李恩人搭救一场。"

说来也巧，黄老汉望见远处有团火光，寻思有火光必有人，不如碰碰运气，或许碰到好心人家。待走近一看，却是一伙饥民，刚劫掠了官府粮仓在此啸聚。

俗话说，"穷帮穷，富帮富"，这伙饥民见黄老汉父女到此，二话不说便收留了。更巧的是，为首好汉姓贺，一问籍贯，竟是黄老汉同乡。贺大王之父早丧，见黄老汉神似其父，愿拜黄老汉为父，收黄秋儿为妹。黄老汉父女二人自此也算有个落脚之地，也还有碗饭吃，却每每担忧恩公，总想着回米脂一遭探个究竟。有诗赞李自成这般行侠仗义之人，曰：

不惜千金维正道，貂裘换义也堪豪。

一腔热血勤珍重,洒去犹能化碧涛。

再说那日李自成打了艾府奴才,救了黄老汉父女两个。侄儿李过见状劝道:"艾举人势大,实乃米脂土皇帝,艾府奴才更是心狠手辣,叔父还是小心为妙!"

李自成听了不以为然道:"额行走得端正,还怕他个什么?"次日天明起来,洗漱罢,依旧带着马匹城外放马,待太阳落山,去艾府交还了马匹了事。第一日没甚动静,第二日又都没动静,碰见了艾管家也不搭话。一连几日,李自成对李过道:"今日又无事。"

李过劝道:"叔父,只愿如此。只是多留个心眼便了。"

李自成这样过了三五日,不见半点动静,也自心下慢了。

忽一日,刘宗敏到李自成家宅问候,道:"小弟近日眼皮跳得厉害,只恐要生祸端。思来思去,须是那日艾府奴才作怪,兄长务要小心!"

李自成回道:"额不惧艾举人能把天捅个窟窿。"

两人正说话间,里屋出来个妇人,浓妆艳抹,走路都卖弄风骚。刘宗敏见那妇人出来,一看正是李自成浑家韩金儿,慌忙向前施礼道:"小弟拜见嫂嫂,这边有礼。"

那妇人回道:"奴家年轻,如何敢受礼?"

李自成道:"这个是额生死弟兄,唤作刘宗敏便是,端的是武艺高强,力大无穷。你是嫂嫂,可受拜礼。"

当下刘宗敏拜了三拜,那妇人还了个万福,挽起一个箩筐就出门了,说是去拾些野菜野果回来果腹,却是正眼都没有瞧一瞧李自成、刘宗敏二人。

这日李自成又去城外牧马,里屋住着那韩金儿,偏房住着李过。只见门闩响起,那妇人浓妆艳抹又出门去了,嘴里说的是去外拾些野菜野果。

李过心中生疑,挖菜摘果何须浓妆艳抹,平日里也不见叔母如此劳作,此番定有蹊跷。李过便背叉着手,随后跟了出去,隔着几十步张看。只见那妇人出到外面,街头巷尾拐了几道弯,走了大半个时辰,却来到一处凉亭,有个衙差模样的人在那里等候。那妇人看看四周无人,就进了亭子。那衙差见了韩金儿,便起身向前来,深深打了个拱,随手就从怀里拿出个礼盒,盒里尽是些胭脂、粉饰之类。那妇人见了便道:"什么道理叫差大哥坏钞?"

那衙差笑道:"贤妹,些少微物,不足挂齿,却正好配贤妹。"

那妇人故意道:"差大哥何故这般说?奴家怎消受得起!"

"贤妹天生丽质,有闭月羞花之貌,只可惜李自成那厮不思珍爱。"

那妇人亦道:"家中拙夫只愿和他一帮弟兄过活,倒是苦了奴家!"

衙差淫笑道:"既然如此,就让哥哥来如你之意罢。"

那妇人一脸坏笑道:"差大哥可知我家拙夫是个武艺高强的汉子,就不怕他剁了你?"

"你我不说,何人知道?况且李自成恶了艾财主,免不了大祸临头,自身难保!"说罢,衙差捧出茶来,那妇人拿过来饮了,把袖子去茶口边抹了一抹,双手递与衙差。

那衙差双手接过茶,两只眼直愣愣地只顾看那妇人的脸,两手却捧着妇人的手不放。这妇人一双眼也色勾勾只顾看这衙差的眼,两手也不挣脱。这两人这般勾当,不料李过躲在树后全瞧见了,心中已料到五六分,心想额几番听闻刘宗敏、李大亮那帮宁夏做过驿卒的都说那婆娘不是个良人,不想竟是真的,切勿叫叔父被这骚婆娘戴了绿帽,便撞将出来。

那衙差见有人来了,毕竟私会人妻,于理不通,惊得连忙放下茶碗,便道:"哪里来的什么人?"

那妇人扭头看是李过,便道:"这个小子便是拙夫的侄儿。"

那衙差也知李自成武艺高强,数日前痛打了艾府奴才,此刻心虚气冷,连忙道:"原来是李家公子,坐下喝一杯茶可好?"

李过大剌剌道:"额是个粗鲁汉子,礼教不到,差大哥休怪!"

"不敢,不敢。在下还有些公务在身,就此告辞。"衙差说罢,就连忙自顾去了。

那妇人见了道:"差大哥,改日再碰面吧。"

那衙差着急着走,更不搭话。

那妇人目送衙差离去,没正眼瞅着李过,便道:"小子切勿多舌,这衙差不过只是个故人罢了。你叔父是信我还是信你,当心割掉你的舌头!"说罢,就自离去,也不多望李过一眼。

李过都瞧见了，嘴上不说，其实心中清楚明了，足有十二分不快。自古都是贼婆娘嘴巴如刀，平日无事都要搬弄三分是非，心想如何跟叔父说此事，思索再三，又恐说不过那婆娘一张厉嘴，回去也不敢跟李自成提起。那妇人见李过不敢说，就越发变本加厉，哪里再顾得防备人看见，日日去找那衙差私会。

过了两日，李自成和刘国龙、高一功等几个生死弟兄去刘宗敏家宅饮酒，三更时分仍未归回。此番正合韩金儿的意，那婆娘抖擞精神，不觉情动，便浓妆艳抹了又要出门。果然，那衙差就在院外，两人勾肩搭背就去寻空旷地。

行不多时便来到一处密林，那贼衙差迫不及待，一头趋到婆娘怀里。这淫妇扯住衙差袖子说道："差大哥，明日还来奴家院外等候，拙夫三更未归，奴家就开窗为号，差大哥就入进来，强似在外面被露水打了身子。"

衙差急吼吼道："做哥哥的记得。春宵一刻值千金，莫误了好时辰。"

那淫妇又道："奴家拙夫好生厉害，你当真不惧？"

衙差把头一摇，道："这个睬他则甚！李自成得罪了艾举人，我们知县老爷已经有了吩咐！"

那淫妇道："原来恁地，奴家就放心了。"

衙差一边说，一边就捏那淫妇的手。淫妇假意用袖口来隔，那贼衙差笑了一声，顺势就剥掉淫妇的衣裳裙子。

两人正在巫山云雨，不想李过方才是假睡，此番就在不远处看着，恨不得一刀杀了贼夫淫妇。当夜五更，两人完事，那淫妇便自回家宅去睡了。

"叔父如此豪杰，与一帮生死弟兄同甘共苦，肝胆相照，他日必成事，此番却恨撞了这个淫妇！"李过忍了一肚皮子气，也不知道如何说于叔父听。

次日李自成回家，俱各不提。饭后，他又出去城外放马了。如此几日，李过恐空口无凭说不过贼婆娘，却惹恼了叔父，正不知怎么办。忽地灵机一动，不如找叔父几个生死弟兄想想法子。可刘宗敏脾气火爆，就怕当场一刀杀了贼夫淫妇，不如去找刘国龙，他是个稳重的人，必有法子。思索罢，李过就出门去找刘国龙，也不去见那婆娘。只见妇人起来，又浓妆艳抹出门了，还叫了顶轿子。果不其然，又是去私会衙差。那衙差见了喜不自胜，向前迎接。那淫妇下轿来，道："有劳差大哥出外迎接。"

那衙差道："不敢，在下只等贤妹到来。能在米脂遇见贤妹，却不知哪辈子修来的福气。家中备下薄酒,还望与贤妹共饮!"

原来这贼衙差为了这个妇人,特地把自己家眷都支走了,此番还准备了好酒。

待淫妇入了酒席,这衙差开门见山,满满倒了一杯酒劝道:"贤妹,且开怀饮一杯。"

那淫妇一者有心,二来酒入情怀,不觉有些朦朦胧胧,口里说道:"差大哥,你只顾劝奴家酒做什么?"

衙差低低告道:"在下只是敬重贤妹。"

淫妇便道:"奴家怎的一杯酒便吃醉了?"

衙差笑道:"既是醉酒了,请贤妹去房内歇息。"

淫妇便道:"如此甚好,你强似奴家拙夫一百倍。"

这衙差把那淫妇引到一处楼上,正是那衙差的卧房,设得十分整齐。淫妇看了先自五分欢喜,便道:"你端的好个卧房,干干净净!奴家拙夫的卧房,却似一张冷冰冰的木头架子。"

衙差笑道:"贤妹就舍了那冷冰冰的柴火架子。"

那淫妇也笑道:"你就是油腔滑调!"

衙差把门关上,淫妇笑道:"差大哥,你关奴家在这里怎的?"

这衙差淫心荡漾,向前搂住那淫妇,一双贱手直抓淫妇胸前两只倒扣大海碗似的肉,嘴里说道:"额把贤妹十分爱慕,今日难得贤妹到此,待李自成晒死渴死,额就赶走额家婆娘,讨贤妹过来!"

"拙夫不是好惹的,倘若他得知,定不饶你!"

衙差道:"李自成没几天活头,额惧他做甚!"

那淫妇终究是蛇蝎心肠,听到官家公人道自家丈夫没几日活头,却丝毫不急,只是张着手说道:"你倒会缠人!当心奴家打你!"

衙差嘻嘻地笑着,说道:"任从贤妹打,只怕贤妹不敢贴着额的肉打。"

那淫妇淫心飞动,一手解身后绢带,一手便搂起衙差,道:"奴家总不成剥了你的衣服,你当真乖滑!"

衙差便抱住这淫妇,向前卸衣解带,了其心愿。好半日,两个云雨方罢。

俗话说"乐极生悲,否极泰来",贼夫淫妇正在快活,不想李过、刘国龙二人施展轻身功夫正在楼上窗外看了个仔仔细细。

刘国龙怒道:"贼衙差额认识,正是米脂县公堂上衙差,唤作盖虎,是有家眷之人。此人倒是有些少年俊美,加之读了些诗书,腹内有些文采。可苍蝇不叮无缝蛋,这盖虎和韩金儿正是臭味相投!"

李过叹道:"这却如何是好?"

刘国龙建议道:"李大哥如此豪杰,讨了这个淫妇!倒被这婆娘瞒过了,做成这等勾当。依额愚见,不如先告知李大哥,无论李大哥信与不信,只是蒙面将这贼夫淫妇二人杀了,拖到山里喂狼,尸骨无存,干干净净,不惹官司就好。"

李过点点头道:"如此甚好!"

且说李自成今日城外牧马后又是与众兄弟饮酒,每每夜半方归。这淫妇巴不得李自成晚回,早早浓妆艳抹出门了。贼夫淫妇两个抱搂着上楼,又是一番如胶似漆,如糖似蜜。快活了半日,盖虎道:"过不了两三日,额们就做个长久夫妻。"

淫妇道:"依此这般说,还须等个两三日,却是苦煞奴家。不知拙夫今夜归与不归,今夜但有奴家的香囊儿窗户挂着,你便不可负约。如无香囊儿,你便切不可来。"

盖虎听后便应了。

岂料此刻在城外,李过、刘国龙策马径去寻李自成。行至城外一处水草丰盛之平地处,望见李自成引着几十匹马正在喂草。李自成看见刘国龙,便问道:"兄弟,你待哪里去?"

刘国龙回道:"有要事特来寻兄长。"

李自成招手道:"兄弟且来这里坐一坐,李过侄儿也过来。只是此处无有一杯茶、一碗酒水招待。"

两人到得跟前,便不再言语。

李自成性急,便问道:"兄弟心中有些不乐,莫不是有甚言语不便?"

刘国龙叹道:"兄弟感承哥哥把额做亲骨肉一般看待,有句话可敢说么?"

李自成爽快道:"兄弟何故今日见外?有话但说不妨。"

刘国龙说道:"哥哥每日与众兄弟把酒言欢,不知背后之事。这嫂嫂不是良人,兄弟和侄儿李过已亲眼见了,且未敢说,忍不住来寻哥哥,直言休怪。"

李自成怒道："早就听闻贱内水性杨花,早年无钱讨老婆,就屈了自己。额不信这个韩金儿胆敢如此,你且说奸夫是谁?"

刘国龙回道："奸夫就是米脂县衙差役盖虎。"

李过道："叔父,额几日前就看见叔母和贼衙差勾搭,却恐淫妇嘴巴厉害,空口无凭恐说不过她。今番和国龙叔亲眼看见,似这等淫妇,要之何用?"

李自成听了大怒道："这贱人安敢如此!"

刘国龙连忙劝道："哥哥且息怒,小弟还听见奸夫口口声声说,用不了两三日就有人会害了哥哥。此话定有缘由,莫不是和艾诏有关?"

李自成寻思片刻,道："且先回城寻这个淫妇再作计议。"

面前这处平地草料生得丰盛,大旱之年还有此等草料,实属难得。可听了刘国龙一番话,面前景色也无心再看,马也无心喂养,只想早些回去捉那奸夫淫妇。看看天色尚早,李自成就叫刘国龙赶着马匹往城里走,自己和李过只顾往城内策马狂奔。

约莫走了一炷香工夫,就快到城门口,突然一条绊马索横过来,李自成和李过躲避不及,被掀下马。树林里铜铃响,一下子奔出三四十个衙差,把李自成和李过叠罗汉似的扑倒,寻了一条麻索将李自成缚了,几个衙差也死命压着李过。叔侄二人丝毫动弹不得,只听一个声音喝道："众人都给额使足了劲,麻索都多缠几道死结,拿住李自成这个抗赋抗税的贼,休教松动了分毫!"

李自成抬起头,看到那个喝骂的人正是米脂县皂班王班头,轻蔑地问道："泼贼!你说额什么?额有何罪?"

王班头喝道："你这厮该死!还问额有何罪。你欠了艾举人的债不还,朝廷要你缴纳赋税,你也拖延不缴。你父李守忠世应里役,到你这一辈却拖延着里役赋税不纳。如今晏大人宅心仁厚,朝廷未催科,前些时日也就未曾催你缴税,你这厮却不知好歹。今朝廷税官就在衙堂坐着,催办赋税征缴,就不得不法办你这个刁民。你如今好好招说认罪,不管你扒房子还是卖儿卖女,也得把赋税缴了,免得公堂之上怪老爷手中水火棍真无情!"

李自成辩道："额欠了艾举人钱财不假,正在起早贪黑替艾举人牧马还债。艾府马匹就在后面,一会就到。至于朝廷催科,现在天下大旱,田间颗粒无收,庄户人家却哪有钱财缴税?"

王班头喝道:"胡说!如此这般,你就是供认了抗赋抗税一说,你这贼骨头,不法办如何能以儆效尤!左右,与额把这厮押回去,听凭晏大人发落。衙门已备好囚车,还有二十斤干木死囚枷正等着这厮受用!且将李过放了,也好有人送牢饭!"

有分教:

衙门差人就是牛头马面,水火棍棒就是索命无情!

直教米脂县衙再少几条人命,城外密林又添无数鬼魂。都说李自成乃破军星临凡降世,当该福大命大,欲知他如何脱此劫难?且听下回分解。

第十四回

砸囚笼好汉斗恶奴　施妙计豪杰杀县尉

且说王班头也知李自成武艺高强,不敢力敌,倒不如智取。就在城门外设道绊马索,将李自成掀下马来,一伙公人叠罗汉似的将李自成压在地上拿捉了。众衙差绳捆索绑,又给李自成上了重铐重镣,一步一棍解到县衙里去,待晏知县午休后方才升堂。左右衙差把李自成押至堂下,典史、师爷、刑房吏都已在堂上候着。晏知县请朝廷税官陪审,堂下看座。又喝令左右将抗赋抗税暴民李自成押上堂来,二话不说,先把他一棍子打翻在地上,衙差用棍子压着他不能动弹分毫。

牢子、狱卒将一应刑具摆在跟前,有夹棍、脑箍、钉指、拦马棍、铁梨花,个个张牙舞爪,件件血迹斑斑。休说有血有肉的活人,便是只有骨头渣子的死人,也要恐惧三分。有诗写这些刑具狰狞恐怖,曰:

夹棍铁链加狗官,无罪屈打心胆寒。
世上没了包青天,人间处处多冤案。

那堂上晏知县喝道:"堂下就是抗赋抗税的暴民么?"

众做公的把李自成架起来,李自成刚要分辩,一个衙差抡起水火棍照着他小腿肚就是一棍子打去,喝道:"还不跪下!"

李自成哪里肯跪,睁着眼回头看着这个衙差道:"你这挨球的是什么鸟人?

敢来问额！狐假虎威的狗奴才，有种报上你的名字，他日老爷的刀斧不杀无名之辈！"

"竖起你的狗耳朵听清楚了，老爷名叫盖虎，就是让你成怅鬼的虎。过几天去了阎王殿，见了阎罗王，别忘了告额今日让你受了皮肉苦！"那盖虎说罢，又是一棍打去。李自成把持不住，被打翻在地。

原来此人就是私通贱内的贼衙差，李自成喝骂道："原来你就是霸占人妻的盖虎，老爷定要将你剁成两段，方泄额心头之恨！"

只听堂下税官喝道："听闻这厮祖上世为里役，不思报效皇恩，却做抗赋抗税的刁民。现今辽寇进犯，流寇猖獗，百姓就应多纳粮米来助官军平寇！这类刁民不治服帖了，下回定要习学流寇造反，这还了得！既是赋税不缴，这便清楚明白，且休听这厮胡说，只顾加力打！"

那牢子、狱卒都受了艾举人钱财，当下抡起手中水火棍，雨点一般打下来。

这时堂外鸣冤鼓响，堂上晏知县喝道："何人鸣冤，带上堂来！"

堂外值守衙差把这击鼓之人带到堂下，众人看时，只见来人身着绫罗绸缎，头戴翡翠朝天冠，足蹬碧玉履，见了知县也不跪拜，拱手道："学生艾诏，乃本朝举人，参见知县大人！"

晏知县摆摆手道："堂下既有功名在身，可不必跪拜。艾举人有什么冤屈说出来，本县定为你做主！"

艾诏告道："学生艾诏，状告本县刁民李自成。学生世居米脂，家中有些积蓄。现今连年大旱，庄稼颗粒无收，学生济世为怀，周济本县百姓无数。本县却有个唤作李自成的刁民，学生曾借银两多次助此人度日，此人却不知感恩图报，将所欠银两一拖再拖，大有霸占不还之意。请知县大人做主！"

晏知县一拍惊堂木，喝道："李自成，欠债还钱，天经地义，你这厮怎敢霸占艾举人钱财不还？"

李自成分辩道："额乃顶天立地的好汉，焉有赖债之理？只是现今田地颗粒无收，额实在无银钱还账。此番正在为艾举人家牧马养马，工钱就当还债。方才拿捉额时，额正在城外牧马，额兄弟刘国龙引马匹一会就到。请知县大人明察！"

晏知县喝道："胡说！艾举人乃本县名门望族，如何肯平白无故告你？我只问你,你确有欠艾举人债务未还,是也不是？"

李自成反问道:"确有此事！可艾举人逼迫黄老汉一家走投无路,还欲强纳黄老汉女儿为妾,鱼肉乡里,欺压百姓,此罪又当何论？"

晏知县喝道:"简直一派胡言,一县百姓皆知艾举人济世为怀,你却道艾举人欺压良民。如此这般,本县闻所未闻,当心本县再加你个诬陷好人之罪。既是你也承认确有欠债不还,那就不必说了。你这刁民,抗朝廷赋税不纳,又欠债不还,依大明律令,不重重惩戒恐难以服众！刑房公吏何在？"

当下晏知县传刑房官吏上来,只说李自成抗赋抗税,又有本县举人艾诏状告李自成霸占艾家财物不还,随即取了原告艾诏口词就写了宗案,叫李自成当堂画押。李自成顶天立地,哪里肯就范画押。晏知县大怒,叫众衙差把李自成按翻在地,一连打上七八十棍,打得李自成皮开肉绽,鲜血淋漓。堂外李过听到无情棍噼啪作响,只叫得苦,又没能力救他。

李自成寻思白白打死不划算,不如屈招了再作计议,只得招道:"额实乃家贫无钱,无力偿还,愿受一切刑罚,别无主意。"

晏知县见状取了招状,叫盖虎将一面二十斤干木死囚枷给李自成枷了,推到囚车里钉死,再将囚车推到衙门口示众。

晏知县受了艾诏贿赂,有心要置李自成于死地,吩咐衙差将囚车专挑树荫遮不住的地方停着,叫李自成正顶着日头暴晒。还派王班头领衙差四五十人一旁守着,艾诏也派了四五十家丁帮着王班头。一圈人围得死死的,叫他半滴水米碰不得。

李过在堂外见叔父遭此灾祸,若不设法营救,用不了三五日便会暴晒而死。囚车周边又有四五十衙差守着,李过恐独木难支,单枪匹马难以救叔父性命,只得去找刘宗敏、刘国龙、高一功等叔父的生死弟兄商议。

那日刘宗敏返乡,没几日驿站发的安家盘缠就用尽了。好在他以前打过铁,还有一身力气可以出,便重操旧业去找李大亮到艾府谋了个打铁的差事。

当日刘宗敏和李大亮在铁铺里忙活,正要稍事歇息,就见李过风风火火跑来报知李自成被衙门拿捉了,上了重镣重铐,还有二十斤干木死囚枷,正陷在囚车里被毒日暴晒之事。

刘宗敏、李大亮听了大惊,刘宗敏怒道:"此番李大哥受难,定是艾诏那日为报李大哥救黄老汉父女之仇,唆使知县晏子宾设毒计陷害,看来艾诏之意定是要李大哥的性命。"

李大亮闻言急道:"事不宜迟,刘大哥要速速决断!"

刘宗敏下定决心道:"此番艾诏定要取李大哥性命,去牢中上下打点于事无补。只有集合高一功、刘国龙等诸多兄弟,砸碎枷锁劫牢而去!"

李大亮迟疑道:"如此这般,额等岂不是成了对抗官府的凶犯?"

刘宗敏怒道:"额等与李大哥生死与共,生则同生,死则同死。李大哥如有不测,额绝不独生。现今天下大乱,黄龙山上啸聚着横天一字王王嘉胤、不粘泥张孟存、杨六郎杨忠、左挂子王子顺等诸多好汉,商雒山上啸聚着老回回马守应等人。额早有投奔黄龙山之意,强似在这里为了一日两顿粥水野菜,却干着牛马活!你若不愿,绝不勉强!"

李大亮听了道:"既如此,小弟焉有退却之理!"

李过又谓刘宗敏道:"劳烦刘叔速速搭救叔父,国龙叔赶马匹回城,现在定已知叔父蒙难。当下毒日当空,小侄先去衙门口给叔父送些汤水也好。"

刘宗敏点点头道:"贤侄但去无妨,额自会召集齐刘国龙、高杰、高一功等弟兄,定要搭救你叔父平安。"

当下李过离了铁匠铺,直奔衙门口,就在正街寻了个茶馆,央求伙计施舍一碗茶水。李自成平日里在乡间不畏强权,只替百姓做主,声望极高,莫说一碗茶水,就是随意去哪个庄户人家里坐坐,主人但有一碗粥水,也能叫李自成同桌喝半碗粥。且说李过捧着茶水,谢过茶馆伙计,便到衙门口来找囚车。只见衙门口门首左右两个帐篷,帐篷檐口左右站着两个值守衙差,中间两头石狮子正中就停着囚车。帐篷外时不时锣声响,叫嚷着叫四方百姓看看抗赋抗税暴民李自成,日后都乖乖交税,交不起税的就扒房砸锅来交税,否则这便是下场!帐篷里有一人身着衙差服饰,正在饮茶扇蒲扇,时不时出来张望,右手拿把扇子,左手却始终不离腰上钢刀刀把,此人正是王班头。

李过捧着茶碗还未走近囚车,王班头就喝道:"你是什么鸟人,却是眼瞎么?"

李过道:"此人乃小民叔父,日头毒辣,且送碗茶水!"

王班头叫道:"哪里来的刁民,你自没眼,不看囚车里是抗赋抗税的暴民么？这么不晓事，当心捉了你下牢。"

李过道："额怎的不是晓事的？送碗茶水就凭什么捉额入牢？"

王班头怒道："果真是不见棺材不落泪么？你若再近前半步，须怨不得额手中刀不认人。"

李过闻言大怒，便骂道："你这狗奴才，怎敢辱额？额是守法的百姓，送碗水就要用刀么？"

王班头骂道："辱骂你便是轻的，你勾结暴民，本班头就是剁了你，说你欲劫囚，又打什么紧！"

有认得李过的，便来打圆场说道："使不得！这个是李自成侄子李过便是，给叔父送碗茶水，不打紧。"

王班头哼道："原来是刁民一伙，晏大人有令在先，任何人不得靠近，倘若再不离去，休怪手中钢刀不认人。"

李过哪里忍耐得住，直跳起来就要来和王班头厮打。两个帐篷里四五十衙差听到动静，都跳将出来围成一圈拿捉李过。众百姓见李过一人难敌众人，都来解拆，劝李过先自回去了。

有人报于艾诏。艾诏恐李自成众弟兄劫囚，径直到知县衙内诉告，又送去纹银五百两，添油加醋说李过手持利刃，欲破囚车劫囚。晏知县听了大怒，当即派人传谕吩咐王班头，说若有人靠近囚车，可先斩后奏！

李过只得到铁铺将送茶水之事报于刘宗敏。此时刘宗敏这边已经聚集了李大亮、高一功、高杰、刘国龙等生死弟兄十余人，个个暗藏刀子棍棒。原来刘宗敏已决议今夜砸囚车救人，旋即离开米脂，日后或赴远地投军，或就地落草。

且说今夜月光全无，李自成重枷重镣暴晒一日，水米未进，却叫都未叫一声，衙差也佩服他乃真好汉！而衙差伏了一日，虽说有茶有扇有荫，却也腿脚酸麻。正懒散地站着，忽一衙差叫道："有伙人过来了。"

众人不敢怠慢，都抖擞精神。

王班头喝道："休睬他，靠近者就当劫囚论处！"

待那伙人靠近，眼见一个个身长力壮，虽黑布蒙面，也挡不住满眼凶光。走在头前两个，一个穿青，一个穿皂，都戴着武生头巾，正是刘宗敏和李过二人。

只见那伙人一个个从衣襟里掏出刀棒，众衙差瞬间都慌了手脚。王班头喝道:"且住！你等是些什么人？"

刘宗敏叫道:"你若开了囚车枷锁,便饶你不死。"

这王班头见来者不善,仗着自己有些武艺,人又多,大喝道:"你等不得无礼！额就是米脂县皂班王班头,牢中铁镣皮鞭无情,你等速速退去！"

李过怒睁双眼,大喝道:"你便是王班头,平日里听尽了你欺压良善,今日正好和你没完。"

王班头大怒,骂道:"蠢贼怎敢如此无礼！左右,休放跑一人。"说罢,王班头拔出钢刀,直取李过。

刘宗敏大怒,拔刀截住王班头,两人就战在一起。王班头虽有些武艺,可终日欺压良善,原告被告两边吃拿,吃喝嫖赌早淘虚了身子,岂挡得了刘宗敏神力。王班头见了这般势头,慌了手脚,便叫众人一拥而上。众衙差家丁见刘宗敏如此了得,心中胆怯,又不敢违了王班头,只得仗着人多困住厮杀。李大亮、刘国龙、高杰、高一功等人也截住衙差家丁厮杀在一处。

李过救人心切,照准一衙差脑门就是一刀,衙差侧身闪开,李过撇开衙差,直奔囚车,一刀砍开锁链。王班头见到,飞身过来拦阻,被李过当胸揪住,对准面门就是一拳,打得他唇绽齿落。李过见叔父被打得皮开肉绽,又经一日毒晒,伤口溃烂,一时怒从心发,一刀砍开枷锁,抡起枷梢往王班头脑盖上就砸去。王班头见枷锁沉猛,哪敢怠慢,只得横刀抵挡。可李过力大,只一枷梢打个正着。众人看时,王班头脑浆迸流,眼珠突出,动弹不得,定然活不成了。

众人见王班头被李过一枷梢打死,哪有心思再战,各自撇了囚车,都四散逃了。刘宗敏抢到囚车前,用力把囚车掀翻了,砸开手铐脚镣,砍断缚索,扶出李自成。李自成伤重,刘宗敏将他背起来就走。李自成声音虚弱地说道:"有劳贤弟舍命搭救！"

刘宗敏回道:"大哥哪里话,都是生死弟兄。狗官闻报额等劫走了大哥,必会紧关城门,额等须立即走了罢休！"

李自成道:"贤弟说的是。"

众人拣了几把衙差家丁遗下的趁手好刀,帐篷内还有不少艾诏犒劳衙差的酒食,便饱餐了一顿,见有银酒器就踏扁了揣在腰里当盘缠。到了城门口,刘宗敏道:"若等门开,官军也到了,必被吃拿,不如连夜越城墙走。李大哥伤重,不能越墙,国龙兄长自幼上树爬杆,如履平地。不如请国龙兄长施展神通上城头,扔下绳索,将李兄拉上去。"

刘国龙道:"却是小事一桩。"

所幸米脂城墙并不甚高,众人未费什么周折便越过城墙离去。听城里更点时,已打四更。

却说米脂县城里逃走的衙差家丁,见刘宗敏一伙人武艺高强,胆大妄为,都找僻静地方躲藏了,直到五更才敢出来。他们看见囚车被掀,人犯逃走,只得叫苦。挨到天明时分,都来米脂县衙里告状。晏大人听罢大惊,火速差人下来清点死伤人数,劫囚行凶人来龙去脉等。

当日,刑房官吏回衙禀复晏知县,道:"经问询当值差役,说昨夜三更,本县刁民劫走抗赋抗税暴民李自成。刁民计有十七人,有本县刘宗敏、李过、李大亮、刘国龙、高杰、高一功等人,余众姓名不详。杀死当值班头一人,衙差一人,艾府家丁二人,共打伤九人。共计死伤一十三人,掳掠纯银酒器九件。"

晏知县听罢,一面行公文报知陕西府,一面差人把住米脂县城四门,点起军兵并缉捕人员,逐一排门搜捉正犯李自成、刘宗敏、李过三人,从犯刘国龙等十四人。

众人一夜辛苦,身体困倦。李自成身上棒创发作,昨日一夜毒晒,伤口溃烂,苦撑着行了几十里路,哪里还熬得住。望见前面一座树林里,还有一个小小古庙,刘宗敏叫众人都先奔入里面,歇息一阵再说。却待合眼,只听见庙外边"咚咚咚"破锣响起。刘宗敏拿起刀,跳出庙门去看,只见庙门外足足有四五百庄户打扮的人,把古庙团团围了,内有一人喝道:"你等却是哪里来的官军,可是乔装打扮入山打探的?"

刘宗敏怒骂道:"瞎了你的狗眼,额等就是老实本分的庄户人,你见我等衣裳像官军?"

那人道:"小小伎俩能瞒谁?倘若是庄户人,应面黄肌瘦,骨瘦如柴,可你们个个长大粗壮。你等留下军器、粮米,人人再留一只耳朵,便饶了你等回去报信!"

"借路的也要挑人看看,怎的挑到你家爷爷了!爷爷就叫你长点记性。"刘宗敏听了笑罢,拔刀就要厮杀。

李自成正在歇息，听闻庙外乱杂杂的声音，忙叫李过扶起来出庙看看。李自成刚刚步出庙门，只听得那群庄户人中有人叫道："李义士，你如何却在这里？"

李自成顺着声音看时，却认得正是那日县城里被搭救的黄老汉，道："老丈，你如何也在这里？"

黄老汉纳头便拜，道："自得恩人相救，一直往南逃，却在此地遇见一伙没了生路、靠劫掠过活的好汉，没想到大王就是老汉乡人。老汉也无亲眷投奔，就和小女入伙了。这里大王姓贺，对我们父女不薄，因老汉神似贺大王亡父，就拜了老汉为父，小女为妹。虽在这里落草，却也有了碗饭吃。方才天不亮，有眼线见你们十几人入山，贺大王料定你们不是一般庄户人，说不定是官军探子，就全伙出动拿捉你们，不想却遇到了恩公。看恩公行动蹒跚，定有伤在身，却是何故？"

李自成便将艾举人唆使晏知县设计陷害之事一一说了，四周好汉听罢，个个怒火冲天。黄老汉引李自成与贺大王相见了，李自成也叫众兄弟一一见过贺大王。

黄老汉劝道："晏知县那厮此刻必已下了海捕文书，全力缉拿恩公，恩公有伤在身，料难逃脱。不如随老汉回寨子先将养身子，待伤势痊愈了，再远走高飞不迟！山中有猎获的野鸡野猪，熬汤定是大补。如何？"

李自成忙躬身谢过黄老汉。

当下李自成与众兄弟随黄老汉回到山寨。黄秋儿亲手接山间泉水为李自成清洗伤口，又寻了蘑菇、木耳，熬野鸡汤为李自成养伤。如此将养了五七日，李自成棒创渐愈，活动如初。

这日，贺大王设宴为李自成和众兄弟接风，李自成在宴席上对一众好汉道："小可李自成，自蒙众兄弟舍命相救，贺大王收留，黄老汉父女照料，到此连日有米有肉，甚是快乐。可额遇人不淑，家中贱人韩金儿私通县中衙差盖虎。盖虎却也狐假虎威，那日公堂之上对额下毒手！此仇不报，难出心中恶气，额定要将奸夫淫妇砍成四段，心愿方足。此乃家仇，额定然要亲手操刀。额欲返回米脂，杀了盖虎、韩金儿二人以出恶气，不知众弟意下如何？"

贺大王道："李义士，所谓'有仇不报非君子'，何况杀亲夺爱乃汉子必报之仇,如何不依义士!只是米脂县拘捕义士甚紧,不如再停两日,点起山寨人马,一起去取了奸夫淫妇首级来。"

刘宗敏、李过等人亦劝李自成点起人马一同前往。

李自成摇摇头道:"贺大王,再过两日须憋死在下。今也不须点多人去,额定要手刃奸夫淫妇。若还多带了人去,必然惊动官军,反招不便。"

贺大王道:"义士路中稍有疏失,无人可救。"

"此乃必报大仇,死而无怨。"李自成坚持要行,取个笠帽戴了,藏了一把利刃,便下山去。

临行时,贺大王送李自成银票一张,足有纹银二百两,道:"银票是上回劫掠富户商队所得,额等是朝廷缉拿要犯,去钱庄兑换银两等于送死,不如送给义士。义士骑马入米脂县,十分招摇,事成离开米脂必须有马匹,不然定被吃拿了。义士完事后,就城内买匹骏马速行!"

李自成拱手谢过贺大王,即刻便行。为避耳目,李自成专挑山间野路行走,行至米脂县就已是二更时分。这米脂县四周俱是山岭沟壑,只有城门口可以出入。虽然米脂夜间城门紧闭,但它的城墙不甚高,李自成跳跃腾挪功夫了得,趁守城士卒换班之际,几个纵跃便入了城。

再说盖虎那日公堂之上狐假虎威,重重棒打了李自成。直到李自成上了重镣重枷,陷了囚车,心想他必死无疑,自此干脆就霸了李自成家宅,夜夜与韩金儿巫山云雨。岂料听闻李自成被刘宗敏、李过等人救走后不知去向,恐李自成报仇,终日躲藏着不出来。如此过了几日,见李自成并未出现,就道他不敢回米脂,因此胆子就大了,整日和这淫妇厮混。

就说今夜,盖虎正抱着淫妇翻云覆雨,突觉有些眼跳,草草完事就欲出门奔走。只听屋门口一声大叫:"那奸夫淫妇哪里去?"

盖虎一看,正是如大铁塔一般的李自成,心慌得腿脚不听使唤。那淫妇听到声响,见到李自成手持利刃,吓得魂魄飞到九霄云外。

"盖虎,你认得额么?"李自成一脚踢翻盖虎,又伸过手将韩金儿云鬓儿揪住。

韩金儿慌忙叫道:"丈夫!奴家不曾和你有甚冤仇。都是盖虎欺奴家,你休得揪奴家!"

李自成哪里肯信,二话不说,对准淫妇细腰就是一刀,将韩金儿斩为两段。复又是一刀,将盖虎连头带肩斩为两段。

　　李自成正欲收拾些父亲李守忠留下的物件再走,却看见屋外火把明亮,足有一二百衙差团团围了家宅。当头的县尉喝道:"李自成休走!"

　　李自成听了惊得一身冷汗,寻思不听贺大王之言,果有今日之祸,这却如何是好!

　　原来李自成在米脂不惧官府豪绅,又好打抱不平,本就声望极高,加之枷号日晒一事,米脂县哪个不识得这位好汉。李自成刚入米脂,便被县衙眼线盯上,报了巡哨县尉。县尉岂敢怠慢,率了一二百衙差急急过来抓捕。

　　且说这巡查县尉乃米脂张县尉,也是穷苦人出身,平日里敬佩李自成为人,但身在公门,吃的就是这碗饭,身不由己。张县尉叫人把前后门堵上,在屋外喝道:"李自成,你也胆子忒大,还敢潜回米脂。你现已插翅难逃,还不出来受绑,更待何时?"

　　只是众衙差都忌惮李自成武艺高强,只敢拿着火把围住呐喊,却不敢冲进去拿人。

　　李自成先去吹灭了灯火,心想如若冲将出去,这一二百衙差就是一二百头猪,也需杀半日,累个半死也难逃出米脂。且今夜月黑风高,屋外也不知有无陷坑、绊马索、刺丝网,稍不留神便被吃拿了。刘宗敏、刘国龙贤弟俱在城外,无人来救,恐枉自丢了性命,须得想个法子智取。

　　李自成往窗外看去,远远望见一个去处。方想起自家屋外就有一道陡坡,因路窄人马展开不得,又想起贺大王临行时所赠二百两银票,一时计上心来。

　　李自成见屋外衙差只是远远呐喊,不敢擅自冲进屋来,已知县尉是个怕死的主,假意道:"县尉大人,额是含冤负屈的,望县尉大人可怜额,饶额一条生路。"

　　张县尉回道:"本县尉只管拿人,你若有冤屈,待天明公堂上讲罢!"

　　李自成听了又道:"既如此,还请县尉大人进屋来,额自会弃刀受绑,跟你回公堂。倘若一拥而上,额定与你们拼个你死我活。额的武艺,谅你也知晓一二。"

　　张县尉岂有如此胆量,环顾四周,见衙差个个望着自己,恐面皮丢净,又心想李自成乃顶天立地好汉,不会言而无信,只得应道:"李自成,本县尉也知你蒙冤受屈,有心救你却职微言轻。额进屋来,你有甚冤屈,先说于本县尉。"说罢,只得硬着头皮进屋来。

李自成把一根顶门杠倚在门边,却掣出带血钢刀在手里,又呀呀地推开门。那县尉腰刀在手,缓缓入门来。待刚刚进门,张县尉就觉地上滑腻腻,"扑通"摔了一跟头,起身看见地上全是鲜血,远远望见被砍成四段的人头、人身。张县尉认得死尸便是盖虎和韩金儿,着实吃了一惊,就要退出屋子。说时迟,那时快,只听见屋内李自成一声喊:"你待哪里去?"便被就势拉过。

李自成抢入屋子来,转身关上门,用顶门杠把大门顶死了,一只手就将这县尉劈头揪住。张县尉却待要叫,淡月光影下,见明晃晃的一把刀在脖下,先自惊得骨头架子都散了,口里只叫得一声"饶命"!

李自成吼道:"你认得额吗?"

张县尉连忙叫道:"好汉,不干额事,额只是吃这碗饭,你饶了额吧!"

李自成说道:"额与你无冤无仇,杀你做甚!你只消按额说的做了,自当放你!"

张县尉摇摇头道:"好汉要额做什么?屋外团团围了一二百衙差,白白放你走,也实属不可!额敬你乃真好汉,本不愿害好汉性命,只是还须得想个法子。"

李自成问道:"你这话是心里话么?"

张县尉发誓道:"倘若说谎,就天打五雷轰!只是一件,额放你走,却要吃这玩忽职守的官司,额的老爹六十岁没人养赡。"

"倒是个孝顺的人。"李自成便取出贺大王所赠二百两银票递给张县尉道,"现今田地颗粒无收,人命却比粮米贱得多。这二百两银子可换得三四百升粮米,这银票与了你,可赡养老父。"

这二百两银子如何不维持得一两年吃饭!李自成本是条汉子,额救他一救吧!张县尉心里想罢,接过银票道:"李大哥却要额如何搭救?"

李自成道:"差大哥,额平日里最为憎恨欺压良善之公人。你虽是公门中人,倒有养家孝顺之心,却才与你这些银子,且赡养老父用。你只需和额打斗,动作要大,刀剑碰撞之音要足。额与你二人双双从后窗跳出,额就势滚下陡坡,你就大喊'坡陡路黑,小心自家性命,就绕正路追吧',如此即可。"

张县尉点了点头道："此计甚妙！"

李自成收起钢刀，脱了身上旧衣裳，就去衣柜里找来黑布衣裳换了，头上也裹了黑头巾，把刀鞘挎在腰里，手里拿了钢刀。又一脚踢开顶门杠，房门大开，叮叮当当，就和张县尉假意战在一处，又叫屋外众衙差都瞅见了。

此时却有些月光明亮，李自成和张县尉斗了十几个回合，假意不敌，忽地一下就从后墙窗户上一跳就跳出屋子外。

"大胆李自成，还不束手就擒，能跑得了吗？"张县尉假意喝道，也纵身跃出窗外。只见围在屋后衙役拥过来，却因屋后路窄，人马未及铺开，李自成一个云里翻，踢翻几个衙差，就势几个翻滚便滚下陡坡，眨眼间便不见了身影。

身后，张县尉又假意喝道："好大胆的贼人，如此陡峭，跳下去还有命么？不如从大路下去，无论死活，都要见到这个贼人！"

原来张县尉就是有心私放，可终究是公门中人，有一二百衙差看着，焉有放任不追之理。

再说李自成滚下陡坡，还好陡坡沿路都有松柏遮拦着，虽未有大碍，却也浑身酸痛无比。李自成认得陡坡下的路，再翻过一座山，就可出米脂县城，只是腿脚酸麻走不快。走不多时，却看见背后赶来的人把住了前面路口，火把照耀如同白昼。李自成只得奔入密林里，没走几步，却看见有一座古庙。李自成双手推开庙门，乘着月光进得庙来，想寻个躲避处。古庙甚小，这前殿后殿转了一圈，也没有什么位置可以藏人。只听得外面有人喊道："这里有个古庙，莫非那贼人就躲在这里？"

李自成听出是追捕衙差的声音，正着急没处躲，见这殿上供着一个神像，便躲在神像后，手中拿了钢刀，心想倘若未被瞅见，则额福大命大，若是衙差进了庙，就只有奋起厮杀了，杀一个够本，杀两个有赚的。

只听庙门"咯吱"一响，果然拥进来黑压压一群人，拿着火把到处照。一个一个都走过了，没人看神像背后。李自成正待松口气，却听一衙差道："神像背后还没有看过！"

见火把亮光越来越近，又听到一人道："此庙额来过，是个荒了多年的破庙，里面没什么遮拦的，贼人安敢躲进破庙，你道贼人真蠢么？"

李自成听出正是张县尉。

张县尉又对衙差们道:"这贼人定不在庙里,跟额山前山后好好找寻!这厮滚下陡坡,势必有伤,这里都是山林沟壑,里面虽有高山林木,却无路径,不怕他走脱。我们只把住路口,这厮便插上翅膀飞上天也走不脱了!待天明,城里去细细搜捉!"

"也是。"众衙差应了一声,就各自退出古庙。

岂料一衙差忽道:"张大哥你来看,庙门上有两个尘手迹!一定是有人推开庙门,闪在里面去了!"

张县尉心中暗暗叫苦,灵机一动又计上心来,道:"说的是。诸位把这庙门都围了,额亲自再仔细搜一搜看!"

这伙衙差深知李自成武艺高强,听张县尉言语如听赦令。张县尉入庙又搜了一回,火把照上殿来,抬头看见神像后面就躲着正欲厮杀的李自成。张县尉吃了一惊,对李自成暗使眼色,口中道:"又是怪事,小小庙宇照了个遍。就是苍蝇蚊子也逃不掉,门上手掌印定是方才额们自己人碰上去的!额们且去吧。只守住路口,待天明再细细来寻。"

有几个在庙门口的衙差也说道:"额等这般搜寻,庙里确实没有,我们只守住了路口等他,这厮不能飞了去!"

"说得是,只需路口四下里守定。"张县尉说罢,关上庙门带众人都往路口去了。

这边李自成见众人脚步声远了,便从神像背后跳下,恭恭敬敬对着神像拜了三拜,道:"深谢神灵庇佑!他日事成,必来重建庙宇,再塑金身!"

稍事休憩片刻,李自成的腿脚不是方才那么酸麻,便趁夜色翻过山岭。天已微明,远处城门正好打开。李自成放眼望去,城门口不远正好有处马厩,他偷偷牵了一匹马,飞身上马,口中呐喊,挥动钢刀,朝着城门直冲过去,大喝道:"挡吾者死!避吾者生!"一路舍命只顾杀出来。

守城军士猝不及防,早被撞翻了五六个。军卒中跳出一个管队官,拔出钢刀喝道:"哪里来的贼人?"

李自成吼道:"额正是你爷爷米脂李自成也!"

众军士做梦也未曾想到李自成如此大胆,此番竟然还在米脂县城。管队官翻身上马,挺刀来战李自成。

李自成策马狂奔,口里喝道:"你这厮却不要命么?"

管队官喝道:"大胆贼人,来与我并几个回合。"

李自成不敢恋战,只求速胜,只见他虚晃一刀,管队官还以为李自成胆怯,就欺身近前而来。李自成就势一刀,便劈掉管队官头上盔缨。

"不好,此人厉害。"众人大惊,返身欲退。

管队官喝道:"此人乃要犯,倘若放走了,这干系不轻!都给我死死围了。"

守城兵卒绝非县衙差役所比,端的是号令如山。听到管队官下令,个个拔刀团团围住李自成厮杀。

李自成全无惧色,刀法不见丝毫慌乱。

李自成一人虽勇,却架不住人多,正斗间,只听得城外一声喊:"大哥休慌,额来也!"

只见城外飞马过来二十余骑,为首大汉钢须倒竖,圆睁虎眼,头上一顶武生巾,身穿一领豹皮坎肩,露着两臂,手抡一把泼风大刀,正是刘宗敏。后面跟着李过、刘国龙、李大亮、高一功等人。

原来黄老汉见李自成负气而去,恐其有失,急找贺大王及刘宗敏等人商议。刘宗敏担心道:"李大哥在米脂县妇孺皆识得,此去必被眼线盯上,黄老汉所虑极当。额等前去接应李大哥,贵在神速,人不可多,还请贺大王守寨,借些马匹兄弟们前去接应。"

贺大王便差喽啰兵牵来二十匹马,刘宗敏谢过贺大王,下山去接应李自成。刚到米脂县城门就见他正与守城士卒厮杀,刘宗敏便纵马厉声高喝:"要命的速速退去!"

"给我死死围了,休要走了李自成。"管队官见了,一边喝道,一边纵马向前来战刘宗敏。

二马相交,斗不到六七回合,管队官岂是敌手。刘宗敏力大无穷,管队官气力不如,拨转马头往回便走。刘宗敏赶上,一刀斩管队官于马下。众士卒见管队官已死,不敢恋战,一哄而散,李自成等人趁乱逃离米脂县城。

再说米脂县城内,盖虎浑家见天明还不见盖虎归家,虽平日里知晓相公行为不端,和淫妇韩金儿厮混,但因次日还需府衙点卯,不至于彻夜不归。盖虎浑家平日都忍气吞声,此刻挨不过了,不免信步去李自成家宅寻来。只见大门敞开,盖虎浑家进门一看,却见到好几段尸身,正是自家相公和淫妇韩金儿。

盖虎浑家看了,着实惊得浑身酥软,连滚带爬出来,慌忙去知县衙里首告。晏知县随即差一员衙差带了仵作来李自成家宅检验尸首。

待事完了,仵作回复晏知县道:"经辨认,四段尸身乃家宅主人李自成浑家韩金儿和本县衙差盖虎,被人杀死在家宅内,两人均被砍成两截。"

晏知县听了,瞠目结舌,想起平日里都说盖虎行为不端,死于非命也是咎由自取,怨不得旁人,因此一脸鄙视道:"眼见得盖虎与这淫妇通奸,想必是李自成逃出米脂后心有不甘,差身边弟兄回来杀死奸夫淫妇。"

晏知县话音未落,张县尉来报道:"昨夜李自成潜回米脂,被巡哨衙差发现,李自成持械拒捕,正要被擒之际,却冒死滚山逃走,属下已安排各路口严加盘查,特来禀报!"

晏知县大惊,方知李自成忒大胆,还敢潜回家宅,这奸夫淫妇必是李自成亲手杀了。

晏知县刚要应声,城门值守将官差人来报道:"李自成及同党十数人杀死守城管队官一员在城门口,另杀伤多人。"

晏知县接报,又差本县周、李二县尉查勘守城管队官尸首,检验兵卒伤势。据守城军士报,管队官乃李自成兄弟刘宗敏所杀。

李自成及同党接连抗赋税、劫囚犯、杀衙差、杀军士,此事惊了陕西州府,州府下了海捕文书,米脂周边数县闭门三日,家至户到,逐一排查。五家一连,十家一保,各乡、各保、各村,尽要排家搜捉,缉捕凶首。文书写了李自成、刘宗敏、李过等人乡贯、年甲、貌相,画影图形,各出三千贯赏钱拿捉。如有人得知李自成下落,赴各州县告报,随文给赏。如有藏匿凶犯在家宿食者,事发到官,与凶犯同罪。

李自成及同党大闹米脂县,知县晏子宾被上官责罚,骂得是狗血淋头。待回到米脂,已是二更时分。晏知县焦躁,一夜无眠。次日升堂,召县丞、主簿、典史、师爷、周县尉、李县尉商议,只叫苦道:"如何能快快拿捉到李自成这伙贼人!否则本县乌纱难保!"

典史官分析道:"那日李自成在县衙大堂受刑,腿脚不能立。其党羽劫囚且杀王班头,此事已过去数日。昨夜李自成又潜回米脂杀人,翻越城墙,骑马厮杀,料想其伤已痊愈,其间定有住处将养身体。"

晏知县叹道:"既是如此,李自成定是率众啸聚山林了。想必这几日已经找到啸聚处所,或已寻得流寇山寨安身。"

典史官又道:"听守城军士报,刘宗敏等人是从南而来,接应李自成时未见带有干粮包裹,可见啸聚之所不远。卑职听闻城南外七八十里地有处老寨山,山上啸聚着四五百贼寇,专伺劫掠过往客商和四周富户,为首流寇姓贺。卑职大胆臆断,李自成党羽定与老寨山流寇为伍。"

晏知县闻言便道:"李自成党羽还有家眷在县内的,就拿几个家眷和邻舍来问话罢!"

堂下周县尉得令,将刘宗敏浑家和一干邻舍拿到堂下勘问。

刘宗敏浑家分辩道:"奴家着实不知相公干了这件案子,逃去哪里更是不知!"

众邻舍也告解道:"小人等虽在李自成邻近居住,远者隔了几条街,近者也隔着几间屋子。他时常有什么人往来,额们如何能知他做这般的事?"

晏知县逐一询问,定要问他们一个下落。

众邻舍恐吃打,数内一邻告道:"额听闻半月前李自成救了街市酒馆唱曲儿的黄老汉父女,打了艾府奴才,当时李自成嘴里说的是叫黄老汉一直往南走。想那黄老汉父女老的老,那妇人脚小,能走多远路?莫非米脂县南真有去处,李自成是投奔那里去?"

晏知县点点头道:"这就是了。米脂城南确有个老寨山,啸聚四五百贼寇。李自成身边生死弟兄都是些粗陋汉子,哪会照顾人。他腿脚上伤势几日就痊愈了,此番定有人悉心照料,八成就是黄老汉父女二人照顾。本官也赞同典史大人所言,定是黄老汉父女先投奔了老寨山流寇,李自成那伙人后来也去了老寨山。"

晏知县计议定了,着周、李二县尉带了三百衙差,径去老寨山捉人。又叫刑房吏取了一纸招状,将刘宗敏浑家下到大牢听候决断,那一干邻舍取保放回家听候。

且说当下周、李二县尉领了晏知县之命下堂来,随即到班房里与众人商议。

众多做公的为难道:"这个老寨山四周都是山岭沟壑,要么是黄土高坡,遍布窑洞,要么是松柏密林,都难知路径。若不得大队官军,我等小队人马如何能搜寻贼人?"

周县尉听罢道:"这说的也是。"

周、李二人再到县衙禀复晏知县,道:"这老寨山四周俱是山岭沟壑,路径如迷宫一般。之前就啸聚了四五百饥民流寇,如今又添了李自成、刘宗敏、李过一伙武艺高强的强人在里面。若不起得大队人马,如何敢去那里捕获人犯?"

晏知县听了怒道:"现今流寇蜂起,哪还有官军来助你?你二人有三百衙差还叫苦叫累,这分明就是推诿。你这等只想拿俸禄,却不思办差的奴才要着何用?倘若再言如何难,就先将你二人一起拘捕了。"

周、李二人被骂得抬不起头,胆战心惊地出去了。只得再回班房来,唤集这众多做公的,叫各自去准备刀枪器械。

次日,那周县尉领了米脂县拘捕公文,与李县尉及三百衙差一齐直奔老寨山来。一公人献计道:"可从大牢里取出刘宗敏浑家,叫这妇人走在前,一可迫李自成、刘宗敏就范,二可做挡箭牌。"

周县尉允之。

且说刘宗敏已知浑家被陷到牢里,就叫高杰、高一功、李大亮速把老小搬离米脂。李过、刘国龙并无家眷,众人便商议搭救刘宗敏浑家一事,刘宗敏不许众人再冒大险。

李过道:"晏知县端的是奸猾,老寨山接纳四方饥民百姓,只恐晏知县猜到额等也藏在这里。如今须早日安排如何抵御官军衙差剿捕。老寨山林莽蒿密,周边沟壑交错,也是个易守难攻的山头。抵敌剿捕,也非难事!"

贺大王道:"额之前甚惧官府来剿,只寄托老寨山地势复杂,官府寻不见,可这绝非长久之计!如今这多英雄猛将到此,额却不惧他来了!"

众人正在那里商议如何抵御剿捕,只见几个喽啰来报道:"米脂县衙差人马飞奔这里来也!有三四百人。"

贺大王起身叫道:"这厮们还真敢来,如何是好?"

李自成笑道:"不妨!额有妙计自对付他!叫那厮大半还未上山就去见阎王了!"

刘宗敏也附和道："也好！且叫这厮们看看额的本事！"

李自成拱手道："贺大王，你和黄老汉且把粮米财帛并老小装载车上，直往山头走，额挑一二百个精壮弟兄断后！"

贺大王忙叫众人将老小、寨中粮米，都往山上搬，李自成、刘宗敏各带喽啰兵就山下埋伏。两人商议了，又吩咐众人如此这般迎敌。

且说周、李二县尉骑着高头大马，带领三百衙差，押着刘宗敏浑家渐近老寨山。刘宗敏浑家脸色苍白，被两个衙差反剪二臂，钢刀架在项上，浑身颤抖，被推搡着走。

老寨山沟壑交错，哪看得见路径。这伙人走了半日，碰不到半个人影子。眼见日暮，二县尉焦躁。周县尉眼尖，看见远处有几十处窑洞，洞口却有碾子、磨盘、水缸等，便道："此处指不定就是流寇啸聚之所。"

众人一齐呐喊，人马并起，扑将入去，却是几处空窑洞，里面只有些粗重家伙。原来此处正是先前众饥民啸聚之处，被这伙做公的转悠了半日，方才觅得。李自成已叫众人将粮米及老小搬离，此处只剩几处窑洞。

周县尉吩咐道："深山老林里，哪有寻常人家会在这里挖窑洞住着，定是流寇啸聚之所。他们探听得我等来剿捕，已先逃了，四周给我好好搜寻，切勿走了贼人。"

李县尉听了便建议道："这老寨山沟壑交错，路径甚杂。且林莽蒿密，正好藏着陷坑、弓矢。若是四散分头去捉时，又怕中了这流寇奸计。我们宜结不宜散，押着刘宗敏浑家走在前，一发往老寨山顶走，定能找到流寇巢穴，擒拿李自成及党羽。"

此时天色已暮，二县尉同众做公的就此点起火把，一齐都往山头上来。行不到三四里地，只见前面松柏参天，暮色中参天古树犹如魑魅魍魉一般张牙舞爪。见不到人影之处，却只有狐叫狼啸，众人毛骨悚然。隐隐中听得密林间有人歌唱，犹如鬼哭狼嚎：

月色昏，月色沉，孤野鬼，
　老寨山里又要添无数的鬼魂！

这歌声忽远忽近，似地府里传来。二县尉并众做公的听了，腿脚就似筛糠一般。

"众人且休慌。定是有人装神弄鬼，给我拿捉了，就是大功一件！"周县尉把手一招，众人并力向前，各执器械迎上去。

只听见歌声没有了，却有一人大笑，骂道："周县尉，你这等虐害百姓的狗官！来这里讨死么？老爷只管杀你，可不管埋你！"

"放箭，只管放箭！"周县尉大声疾呼，背后那群衙差里有会射弓箭的，搭上箭，拽满弓，齐刷刷一齐放箭。

那声音又道："周县尉，你自己作死，便是饶你不得。"

说时迟，那时快，只见密林中纵身飞出一人，扔过一根棍子，却是一根削尖的松树干，如梭镖一般，力道奇大，直朝着周县尉脑门飞去。

周县尉躲闪不及，面门被一棍子击得血肉模糊，红的是鲜血，白的是脑浆，黏糊糊一片，从马上跌下来，哼都未及哼一声，便一命呜呼了。

有眼尖的喊道："这人正是刘宗敏！"

有分教：

布衣之怒，以头抢地耳！
英雄一怒，必血流成河！

直教黄龙山双雄相会，陇西道英雄平寇。欲知老寨山上如何退敌，且听下回分解。

第十五回

李自成初遇张孟存　黄来儿投奔杨肇基

且说众衙差见刘宗敏这条大虫如此了得，个个胆怯。押解刘宗敏浑家的衙差深恐下一击就是自己，几欲弃刀先走。

李县尉终究是个武官，急急喝道："给我放箭！倘若有捉得刘宗敏的，无论死活，赏银二百两！"众衙差听到号令，纷纷搭弓射箭。刘宗敏几个纵跳，便隐进密林里去了，众人赶来跟前，只拿个空。

李县尉大怒，拔刀杀了刘宗敏浑家，道："众人休慌，只顾往山头搜寻去！定要捉住这个刘宗敏，为周大哥报仇！"

寂静山谷里，就似鬼怪作祟。众人心惊胆战，东张西望又走不到一里地，只听得密林里又传出歌声——

夜无声，夜无尘，再往前，
　　就剁碎你做了鬼王吃的馄饨！

歌声就好似在头顶上盘旋，一人惊呼道："树上有人。"

李县尉急急抬头去看，只见树上立着一人，毡帽衣服俱是黑色，手里提着一把明晃晃钢刀，口里喝道："你们这些公人来这里送死，老爷成全你们！"

有认得的说道："这个正是李自成侄儿李过！"

李县尉喝道："都朝这厮放箭，先拿住这个贼，休教走脱了！"

"真是一伙蠢贼!"树上的李过听后笑罢,便把手中钢刀收了,一个纵跳便跳到另一棵树梢上,往深山里走。众人呐喊着赶将过去。

这李过如同猴子一般飞身在树间跳来跳去,众衙差赶来赶去,看见前面俱是荆棘丛林,脸上手上倒是生了无数条血印子。李县尉见状道:"且住!用刀劈开这荆棘丛。"

众人停下看时,只见周边又寂静如同死一般,茫茫荡荡四周都是怪石藤蔓,不见一丝好路,那李过早不知去向。

李县尉内心疑惑,又不知前方是何路途,三百来人不能像个无头苍蝇,便叫四个衙差去前面探路,许诺重重有赏。去了一个时辰有余,不见回报,李县尉叫道:"这厮们好不了事!"再差四个衙差又去探路。

这几个衙差又去了一个多时辰,眼见已经三更了,并不见回报。李县尉心想这几个衙差平日里也是缉捕盗贼,催缴赋税惯了的人,却怎的也不晓事!如何不来回报?看看天色浓黑,李县尉恐刘宗敏突然又是一记猛棍杀出,对身边衙差道:"干等也不是事,我须自走一遭。"

李县尉下得马来,叫众人各拿了器械,砍开荆棘丛,向山头进发。路途上慢慢有了些碎布条、破碗、破罐等,李县尉大声道:"有这些东西,定有人在。这伙流寇巢穴就在前头,无论死活,捉住了李自成及党羽,重重有赏!"

众人精神一振,就跟着李县尉前行。眼看山头就在前面,黑影中就看见一个人缓缓走过来,就如山神一般。

李县尉惊问道:"兀那汉子,你是人是鬼?须是吃了熊心豹子胆,这般三更半夜如何在这里?这里是甚去处?"

那人应道:"李县尉,这里便是阎王殿,老爷就是催命判官。你不是要来捉人吗,额就在眼前,你倒是过来。"

李县尉喝问道:"你究竟是何人?可曾见过两拨衙差来?"

那人回道:"那些衙差都在阎王殿做客!要问额乃何人,额行不更名,坐不改姓,李自成是也!"

李县尉听了大吃一惊,急呼众人速速拿捉。

"果真是蠢贼!这点道行,还敢来摸虎须!"只见李自成跳进密林,转身便不见踪影。

几个胆大的衙差赶过来，有人脚下被绊了一跤，待起身看时，就是一声惊呼。原来地上蒿草丛里却是横七竖八的尸首，就是方才那些衙差，有捌死的，有脑袋被锄头砸碎的，脑浆流了一地。

众做公的惊恐万分，哪里还顾得了赏钱，只恨爹娘少生了两只脚，丢下刀枪、弓矢、包裹，就只顾逃命。却在这时，只听得一声呼哨，密林里，蒿草地里，怪石后面，冒出无数火把，就似这老寨山藏有千军万马一般。四面呐喊道："休叫走了李县尉。"

众衙差慌做一团，不想四边尽是荆棘丛，又没路径，黑夜里指不定哪里就是山谷断崖。慌乱中，又有衙差被人捌死，众人只得在蒿草地里跪下告饶。

李县尉见这阵势，早吓得尿湿了裤子，正欲弃刀逃命，树梢上却飞身下来一人，抱住李县尉一起翻滚到地上，就势滚了几尺远。李县尉被死死压在下面，那人又把李县尉两只手臂一扯，只听"咔嚓"一声，左手臂就脱臼了。树梢上飞身下来这人正是李过，四周埋伏的人就是李自成、刘宗敏、刘国龙、高杰、高一功、贺大王等一帮好汉。

贺大王看着李县尉骂道："平日里你们只会欺压良善，老爷们哪个没有被你们盘剥过？这老寨山不是你们米脂县衙，你这厮算得什么挨球货！你如何大胆还敢引着公人来捉额们！不是送死又是什么？"

李县尉回道："好汉！小人奉上命差遣，身不由己。小人怎敢大胆要来捉好汉！望好汉可怜见家中还有八十老母，望乞饶了性命则个！"

一旁刘宗敏大怒道："你这厮就是米脂县一个祸害百姓的蠢虫！只许你有八十老母，别人亲眷的命就不是命么？你杀额浑家，额岂能饶你！"说犹未了，刘宗敏提起明晃晃钢刀，只一刀，李县尉脑袋就搬了家。

众衙差见刘宗敏连杀两个县尉，个个磕头如同捣蒜一般。李自成吼道："你等平日里为虎作伥，欺压百姓是行家里手！你们敢来老寨山送死，本待把你们个个一刀刀捌死，却要借你们口舌回去对那晏狗官带个话。额李自成今日就离开米脂，休要再来老寨山送死。老寨山里都是本就没了活路的饥民，个个不怕死，不来你城里借粮，晏狗官也休要来这里讨死！你们来多少就去死多少！休道你个小小米脂县，也莫说刘巡抚、杨都督差人来要拿额们，额也捌他三百个透明窟窿！你们传话与你那个狗官，叫他休要做梦！这里没路径，你们想活命的就原路下山,休要回头!"

众衙差得了性命,自寻路回米脂去了,留下马匹、刀枪、弓矢无数。李自成等几个挑选了称手的留下了,其余都赠了贺大王。刘宗敏在老寨山挑了个宝地葬了浑家,被杀死的周、李二县尉和衙差自在山后挖坑埋了。

老寨山上众好汉大败剿捕衙差,得了这多军械、补给,贺大王安排捕猎些野鸡、野兔、獾子,拿出劫掠所得粮米果品,安排酒食管待李自成及众好汉,不在话下。

逃回去的衙差首告李自成党羽及老寨山饥民拒捕,杀死衙差多名,刘宗敏杀死周、李二县尉,夺取马匹军械无数。晏知县闻报大惊,不敢再派衙差赴老寨山送死,只得报了陕西州府。

陕西巡抚刘广生苦于军力早已捉襟见肘,确也无力再派大军剿贼。他料定李自成贼众不可终日藏匿于老寨山,他日饮食给养尽了定会下山劫掠,不如待李自成下山再拿捉。随即遣各州县押了公文,差缉捕人员沿乡村邑,画影图形,再加三千两赏钱捉拿正犯李自成,从犯刘宗敏、李过等贼人。

看看搜捕甚紧,各处村坊都动了。有人传话至老寨山上,李自成恐连累贺大王及众兄弟,只待要走。这日寨中议事,李自成便道:"狗官欲拿捉额等,官司追捕甚紧,倘若官府派大军来剿时,须负累贺大王不好。前番既蒙贺大王收留,此番求借马匹盘缠,投奔他处栖身。收留馈赠之恩,没齿不忘。"

贺大王见状便道:"既是李大哥要行,江湖传言却有个好去处,李大哥何不去此处啸聚?"

李自成问道:"贺大王所说是个什么去处?"

"出米脂县南下八百里,有一处紧要去处唤作黄龙山。山连山、洞连洞,沟壑交错,易守难攻,中间是朱牛沟、石头沟、龙王沟、苜蓿沟。如今有十余个首领聚集三万余人马在那里啸聚,对抗官府,专肆劫掠州县粮草、富户财帛,用以劫富济贫,周济百姓。为头的唤作横天一字王王嘉胤,手下好汉如云,有齐天王王二、不粘泥张孟存、杨六郎杨忠、闯王高迎祥、左挂子王子顺、横天王苗美、邢红狼邢家米、紫金梁王自用、混十万马进忠。多有没了活路的饥民逃卒,还有那些不惧官府,做下弥天大罪的好汉都投奔那里躲灾避祸。小弟劝几位兄长不如效仿梁山好汉,去投黄龙山入伙,如何?"

刘宗敏闻言兴奋道："若得如此好去处,速去最好。"

岂料李自成道："贺大王这话休要再提起!众兄弟要去请自行前去,恕额不愿同行!"

此话一出,众人大吃一惊,李自成又道："贺大王虽是好意,却是苦了小弟。家中老父曾教导,自古谋逆,株连九族,贪官污吏欺压良善,反了狗官无妨,但断不可上逆天理,做出株连九族的事情。额若是上了黄龙山做流寇盗匪,岂不是违了老父的教训,做了不忠不孝的人么?"

贺大王又问道："既如此,那李义士却去往哪里?"

李自成摇摇头道："尚无好去处,只得先逃离秦陕再作计议!"

一旁李过插话道："小侄倒是有个好去处,不知叔父意下如何?"

"你快讲,莫憋杀额等。"

李过说道："倘若依小侄之意,不如远赴千里之外奔赴甘肃镇投军。如今西有流贼,东有辽寇,正是朝廷用兵之时。九边重镇处处募兵,额等前去投军,卫屯所募兵只看身强力壮,有些武艺,且天下貌似者多,重名者亦多,也难深究出身。如此一来,一可躲避官府缉拿,二也可不做谋逆之事!"

李自成听了点头道："如此甚好!额在宁夏为驿卒时,听闻甘肃镇总兵杨嘉谟原系凉州卫世袭指挥,因勇敢善战,天启六年授骠骑将军,后任甘肃总兵。甘州总兵杨肇基亦是一位忠勇之士,天启七年正月,因收复兰州有功,加太子太保衔,曾钦差总督三边军务兼管粮饷。额看不如就去甘州杨肇基麾下投军避祸。"

众人听了,皆叫好。

贺大王听了又建议道："此去甘肃,须经固原镇,那里有重兵把守,进出盘查得紧。不如先南下,经庆阳再一路往西,可避开固原镇。只是各个道口见官司张挂榜文,都差了军士在那里把守,李义士难以通关。小弟有一个计策,可以送兄长过去。"

李自成拱手道："若蒙周全,他日必涌泉报此恩德!"

贺大王叫喽啰取来炭灰,一些破衣草鞋,叫众人都涂抹了面貌,换上破衣草鞋,全扮作逃难饥民。又找来几个身材瘦小矮矬的喽啰,脸上涂抹黄花粉,身上用朱砂笔点了一身小疙瘩,就似得麻疹一般。贺大王安排一百多男女老少和李自成等人一道扮成饥民逃荒,又备了二十匹马,马背上也弄了个拖泥带水,就似病马。马上挎了些尽是摞了补丁的破布袋,表面是些破碗破罐子,布袋下却是些弓箭刀棍。一行人马都打扮了,就把李自成等人间杂在里面,有赶马的,有拄拐的,有拿着破担子的,扶老携幼都往南走了。

却说把关军士在路口看见来了一大伙人,军官就叫军卒拦下这伙人问话。

一兵卒道:"这类逃荒的人南来北往,一日都不止千千万,放他们过去得了。"

军官喝道:"休胡鸟说,这挨球的贼人就平白无故等你来捉?"

兵卒讨了个没趣,一肚子气没出撒,就起身吆喝道:"你们都是些什么人?哪里来的?"

刘国龙常常走南闯北,常去神木、河曲、包头等地,操着一口神木口音应道:"额等都是陕北逃难的,却要南下逃活路,还望可怜则个!"

军官喝道:"陕西府行移文书,画影图形,捉拿正犯李自成,从犯刘宗敏、李过等。但有过往人等,一一盘问,才可放出关。"

刘国龙笑道:"额这伙人俱是几日没有吃饭的,犯人跟着额们喝泉水,吃野果,不是自讨苦吃还是什么?"

"即便这般说,也要盘查,指不定犯人就在队伍里。"说罢,军官一招手,一些兵卒就开始挨个比对画影。

刘宗敏见了,手中不自然就要摸怀里匕首。刘国龙见了又笑道:"既如此,但查无妨!只是有几个长了风团,害了麻疹,只得用烂布团包裹了。大爷要看须远点,小心染上这难缠的病。"

几个兵卒一看人群中果有几人面黄肌瘦,浑身长满红疙瘩,哪里还敢近看。军官也捂住嘴脸,忙叫道:"快走!快走!"

刘国龙赔着笑脸,一行人不慌不忙通过关卡。

就这般风餐露宿行了三四日才来到洛川,离米脂县已有五七百里远。见沿路关口盘查得松了,李自成就此一一谢过老寨山众好汉,叫众人折路返回。李自成等人上了马,脱去破衣烂衫,穿上贺大王赠送的新衣新鞋,系了腰刀,戴上红缨毡笠,拜别了众人便策马狂奔。

此时已是十月秋后,黄土高坡上过了秋暑便是严冬。时遇初冬天气,彤云密布,朔风紧起,又见纷纷扬扬下着飞雪。众人冒着雪只顾走,看看夜间冷得紧切,天色渐渐黑了,远远望见只是崇山峻岭,沟壑交错,没有一处灯火。

李自成叹道:"这时节风霜正冽,夜间寒冷,难以打熬。若是夏日风高气爽,胡乱在林子里歇一夜也无妨,就算走出一个毒虫虎豹来时,众兄弟武艺了得,来了却要成下酒菜。只是天气寒冷,这些单薄衣裳如何挨得住!"

刘宗敏建议道:"此地是洛川,离几日前贺大王所说黄龙山不远,不如绕道黄龙山一遭如何?讨碗酒吃,暖暖身子也好。"

李自成听了点点头道:"黄龙山横天一字王、齐天王、不粘泥等众首领个个英雄好汉,江湖上都传言是真汉子,额也想见识见识!"

众人勒转马头,只顾往东策马奔去,约莫走了一个时辰,天色晚得看不见地下,忽地一条绊马索起,李自成眼疾手快,纵马飞过绊马索。紧接着,树林里铜铃响,走出一二百个伏路小喽啰来,手持刀枪火把,把李自成等人团团围了。

李自成大声道:"你们这些强人打劫额们,额可没有银两!"

只见那喽啰兵头目也不搭话,四下打量李自成,口里说道:"这伙人胆子忒大,这般时候敢来黄龙山,不是刺探军情的官军又会是何人?你们这伙贼官军平日最会欺压良善,今日却撞在老爷手里!这些马匹、身上衣裳、手中刀枪弓箭,都是好货,乖乖交于我,便饶你现在不死!"

刘宗敏笑道:"哪里来的毛贼,怎的唤作饶额现在不死?"

那头目圆睁着眼道:"老爷叫你这伙鸟人死个明白!若是不乖乖交了马匹器械,额有一把泼风也似快刀,只一刀一个,都剁你们人头落地!你若乖乖交了,你等都赤条条地靠着大树站着,将你们捆在树上,被野兽吃了就立马死了,怨你运气背;运气好没遇上野兽,没饭吃饿死了,还可以活个十天半月,这便唤作现在饶你不死!"

刘国龙辩解道:"额等岂能是官军,都是逃难的饥民!"

那头目道:"你这话却是来哄骗三岁孩童么?"

李自成听罢大笑道:"哪里来的毛贼,却敢来摸虎须。你这说什么闲话!也不睁开你的狗眼看看,今日来的就是你亲爷爷!"

那头目听罢大怒,就要手下人来捉李自成,众人拔出刀枪,就欲厮杀。

只听见一阵马蹄响,星光之下,几个壮汉早到面前,领头的一个大汉喝道:

"张贤弟运气不差,这些马匹须是见者有份!"

那头目回头看了,慌忙应道:"原来却是李大哥!我只道是谁来!李大哥与我一道拿捉了这伙官军,马匹送你几匹,如何?"

那大汉道:"张家兄弟,你在这里又弄这一手!如何断定人家就是官军?"

那头目答道:"哪有庄户人夜晚翻山越岭来到黄龙山的,不惧毒虫猛兽么?这些人带刀带枪,各个壮如牛,不是官军又是什么?"

那大汉道:"这点人马就敢闯黄龙山?官军多是些贪生怕死之徒,哪有如此胆量?不如先问问,莫不是投奔黄龙山的义士!"

李自成听得那大汉这番话,便道:"这位壮士说的是。额正是远道而来,欲拜见横天一字王、齐天王、不粘泥首领的!"

那大汉问道:"敢问好汉尊姓大名?"

李自成回道:"额行不更名,坐不改姓,乃米脂李自成是也!"

那大汉惊道:"莫不是不惧官府敢睡大户牌坊,不惧豪绅拳打艾府恶奴,杀衙差、诛县尉的米脂李自成?"

李自成回道:"正是额。"

那头目听完呆了半晌,作声不得,方问道:"李大哥,这位便是米脂李自成么?"

那大汉道:"正是!"

那头目俯身便拜道:"我那爷!你何不通个大名,差点就要厮杀,伤了仁兄!"

李自成问那大汉道:"你们都是些什么人,如何知晓额的名号?"

那大汉道:"在下姓李,这个好汉是小弟结义兄弟,姓张,都是绥德人。在洛川跟随不粘泥张孟存首领起事,后同张首领、辽东前屯卫杨六郎杨大王一起来黄龙山,专在此处关口做这件稳善的活路。李义士不惧官府豪绅,江湖上早传开了,岂有不知李义士大名之理?"

"刚才见你等马匹都是好马,又都穿着新衣新鞋,还道是官军来刺探军情。"那头目说罢,众人对视,都笑了起来。

李自成提出欲拜见不粘泥首领,张头目道:"我家张首领也早听闻李义士威名,见到李义士定然欢喜!且随我来。"

众人并马前行,行不多时,就到了黄龙山一处山寨。原来黄龙山地域辽阔,山寨有多处,且众好汉以流窜劫掠为业,大队官军来了就散,走了复聚,如此来去不定,今番李自成来的山寨正是不粘泥统领的寨子。当日张孟存、杨忠刚劫掠富户而回,正设席庆贺。正饮间,只见张头目使人入正厅来报道:"林子前大路上有人马经过,喽啰兵出去拦截,数内一个称是米脂李自成来拜见不粘泥大王的。张头目现在邀请住了,正在来寨子的路上,先使小人报知。"

张孟存、杨忠听了大喜,随即同众头目下山迎接。

张孟存远远望见一些人马到来,到了近前纷纷下马拱手下拜。一人拜道:"米脂李自成,久闻张首领、杨大王威名,今日有幸拜见,请受一拜!"

张孟存见了,慌忙回礼下拜道:"在下亦久闻好汉大名,天赐机缘,有心识得尊颜,今日缘何经过贱处?"

"张首领行此大礼,折煞小可,实不敢当!"李自成答礼罢,就将米脂豪绅艾诏勾结知县陷害,李过枷打衙差,老寨山上诛杀县尉等略说了一遍。众人皆称李自成、刘宗敏、李过等不惧官府豪绅,乃真好汉也!

张孟存携李自成手,请众人到大寨,叫众头领都相见了,置酒管待,当夜众人大醉。一连住了三五日,每日酒宴不断,只是与李自成闲话,切磋些拳脚,细聊些朝中哪些如同袁崇焕一般是忠义之士,哪些是奸佞之徒。聊到妙处,张孟存宛曲把话来说,要李自成上黄龙山一同聚义,李自成每每并不搭话。

又住了三五日,李自成言到打扰甚久,欲拜辞下山。张孟存再三苦留不住,叫喽啰兵端出金帛相赠,李自成推辞不受,张孟存如何肯依,李自成只得受了。

这一日山寨正厅摆酒践行,张孟存请李自成等众好汉入山寨正厅,叫喽啰兵杀牛宰羊,置办酒宴。一个个都讲礼罢,分宾主对席坐下。主位坐了张孟存、杨忠,下首还坐了两人作陪,一个生得五大三粗,紫棠面皮、络腮胡须,另一个生得面皮白净,倒有几分书生相。客位坐了李自成、刘宗敏、李过、李大亮、刘国龙、高杰、高一功。余下从人兄弟,厅下另有宴席款待。

酒过三巡,菜过五味,张孟存问道:"李兄在米脂做出这等大事,官府正在缉拿,不知以后意欲何为?"

李自成回道:"自成蒙众兄弟错爱,打死衙差救得性命,又一同老寨山上诛杀县尉。现逃到黄龙山,又蒙张首领盛情款待,额着实感激。下步意欲奔赴甘肃镇投军,尽忠竭力报国。"

张孟存闻言脸露不悦,道:"小弟以为李兄千里投军,实为不可？"

李自成道:"张首领,你是个顶天立地的好汉,倘若不是田地颗粒无收,官府催科甚严,张首领也不必振臂一呼,啸聚山林。且家父训导,切不可做谋逆株连九族的事,额千里外投军,不轻言尽忠竭力报国,只为讨饭活命,行得端做得正,如何不可？"

张孟存摇摇头道:"只是当今天子刚愎自用,满朝文武和地方官吏多是奸邪。就如同一砚墨,哪处不是黑？哪里有正道中人立锥之所？"

李自成道:"张首领言之有理,额何尝不知。大明天下贪官污吏如同蝗虫一般,足可瞒天蔽日。怎奈家父训导,不敢违逆,千里外投军,只求活路而已,什么报效朝廷,青史留名,断无此意。"

张孟存见状,手指杨忠下首二人道:"李兄可知此二人？"

李自成顺势一看,道:"此二人仪容不俗,英气逼人,定然也是顶天立地的好汉,敢问尊姓大名！"

张孟存道:"此二人乃同胞兄弟,是我绥德县同乡,与我自小相识。这位紫棠面皮者为兄,白净面皮者为弟,二人姓神,兄名一元,武艺高强,臂力惊人,可开五七石硬弓。弟名一魁,亦武艺不弱,且足智多谋。此二人原是延绥镇边兵,只因卫所屯田皆颗粒无收,以致边兵三年无饷,食不果腹,士卒因而哗变,遂成逃卒,去岁便躲在黄龙山避祸。今岁西兵东调者众,五军都督府下令逃卒返还原籍,罪责既往不咎。这二人却是与李兄一般,执意要从军,不愿入伙,着实令人叹息！"

李自成拱手道:"原来是神家兄弟,在下失敬！"

神家兄弟起身还礼。

一旁李过插话道:"小侄不才,却也熟读《百家姓》,这《百家姓》却无神姓,不知为何？"

神一魁回道:"在下神一魁,略读诗书,知晓《百家姓》创于大宋年间,确未收录神姓。据先祖所言,神姓源出神农氏,祖上居于蒙古。汉代有骑都尉神曜,中郎将神通,本朝正德年间有右都督泾阳伯神英。无独有偶,本朝有山西兵备道副使仙克谨,仙姓亦未在《百家姓》收录。我姓神,他姓仙,确乃天设一对,地造一双。"众人听罢,皆大笑。

神一元谓李自成道:"我兄弟二人蒙张首领照顾多日,确对不住张首领。现今三边都督杨鹤多次劝谏天子宜招抚饥民逃卒,给食给衣,叫百姓不愿啸聚山林,仍愿重操旧业。李兄千里投军,不知为何?"

李自成回道:"和神兄一般,家父教训切不可做谋逆株连九族之事,因而意欲投军。"

张孟存道:"三位既是执意不愿留黄龙山聚义,在下也不勉强。只是你们为兵,我为贼,日后相逢,却如何办?"

神一元道:"张首领,这是什么话?张首领顶天立地,我等如何敢擅动?他日受上官差遣,倘若逢了首领,自当退避三舍!"

张孟存笑道:"我知神兄之意了,不再强留神兄便是。不过我这个六郎兄弟乃大明杨家将后人,前屯卫参将杨绍先之子,曾在总兵尤世禄麾下为兵,宁远大战时出城敢死决战后金大将,多有战功。他有些心腹话要说于众兄长。"

神家兄弟、李自成听了拱手道:"愿闻杨贤弟教导。"

杨忠亦拱手道:"小将自离宁远城逃了性命,和众弟兄远赴千里到此,无日不思故乡土。前者又蒙张首领带领过活,和诸位豪杰共上黄龙山聚义,方才活出人样来!今日众义士到来,草寨生辉,但听闻神家兄弟、李大哥执意从军,小弟却有心腹话语告知众位英雄!不知众英雄可知辽东督师袁崇焕大人否?"

李自成接话道:"袁大人威名谁人不知?额在宁夏为驿卒时,多听长官提到,此人是个忠义无双的将官。"

杨忠回道:"小弟辽东为兵时,旧主便是辽东督师袁崇焕,确乃深得民心、文武全才的忠勇帅才。近年西兵东调者众,逃卒甚多。闻听逃回来的援辽兵卒所言,东江镇平辽总兵官毛文龙因耗费朝廷钱粮过多,与袁督师不睦。袁督师多次弹劾毛文龙,以致两人面似平和,实则水火不容。今岁八月,听闻袁督师已设计请尚方宝剑诛杀毛文龙。小弟深知袁督师执军甚严,铁面无私,当朝天子却刚愎自用,刻薄寡恩,倘有奸人在天子面前进谗言,袁督师擅杀毛文龙之罪不轻,只恐性命不保。大明若失袁督师,女真首领皇太极必将率众长驱直入,那时休说辽东,就是京师亦危!天子必将号令天下军士勤王,李兄欲投甘肃镇、神兄所在延绥镇,离辽东万水千山,远赴京师勤王,路途艰险,兵卒本就万分清苦,多有食不果腹、衣不蔽体者,官长又岂肯顾及士卒死活,千里调兵,其凶险大矣!"

众人听罢,半晌不语。张孟存忙叫喽啰再来加菜添酒,小头目从库房中拿出一坛子贡酒,过来给众人一一斟满。张孟存先宾后主,先敬李自成一盏,向后又一一敬了刘宗敏、李过等人,又敬了神家兄弟。

众人又吃了几盏酒,李自成起身相谢张孟存、杨忠道:"六郎贤弟所言实乃金玉良言,在下铭记。在下深知额等穷苦之人,无金无银巴结上官,又不肯与上官同流合污去干些见不得人的勾当,若想建功立业,谈何容易!额也知此行险恶,诸位贤弟不必与我共冒凶险。不如刘宗敏、高杰和各位贤弟留在黄龙山聚义,额与侄李过赴甘肃镇投军。张首领多日款待之情,额铭记于心。这天下没有不散之筵席,时辰不早,额就此告辞,他日定有相逢之日。"

刘宗敏岂肯答应,定要与李自成生死与共。

张孟存道:"众位好汉,杨贤弟所言非虚,此去投军必定凶多吉少!李兄和贤侄李过乃李家后人,受先人教导不愿落草,我等就不再勉强!诸位就听李兄之言,留在黄龙山一起劫富济贫罢!"

"张首领所言极是!父亲明明训教李自成,额不可上逆天理,下违父教,做了不忠不孝的人!如宗敏贤弟定要跟随去犯险,李自成情愿乞死!"李自成说罢,便拜倒在地。张孟存、杨六郎、刘宗敏、刘国龙等一齐扶起。

张孟存道:"既是李兄执意要往甘肃镇投军,我等就送兄长下山。"

刘宗敏亦拱手道:"若是兄长坚定不要小弟跟随,小弟岂敢忤逆兄长。不过小弟自觉咱兄弟重逢之日不远,就待他日再逢吧!"

宴席毕,张孟存亲送李自成离山,又取出一盘金银赠予他作盘缠,道:"李兄容禀,黄龙山上有个首领名唤白袍将高迎祥的,不知兄长可曾听闻此人?"

李自成疑惑道:"莫不是安塞闯王高迎祥?"

张孟存点点头道:"正是此人。高首领十分仗义,民望极高,平日里少在黄龙山,多在甘肃、宁夏劫掠富户,官军称为响马便是。李兄他日若在甘肃镇遇见高闯王,切不可与之为敌。"

李自成点头道:"这个自然。高闯王大名如雷贯耳,若有幸逢面,必当敬重。"

当下张孟存、杨六郎、刘宗敏等人直送李自成、李过下山,走到大路二十里外,众首领方才回山去。自此,刘宗敏、李大亮、刘国龙、高杰、高一功等人在黄龙山张孟存麾下打家劫舍,劫富济贫。几日后,神家兄弟自去延绥镇为兵。

且说李自成、李过叔侄二人自离黄龙山,一路上策马狂奔,免不了饥餐渴饮,夜住晓行。所幸张孟存临行所赠马匹乃宝马良驹,在路行不了多日,便远远望见一片片红层陡崖坡,方山顶平、身陡麓缓,石墙、石峰、石柱比比皆是,端的是奇险奇美。这一片红石乃丹霞地貌也,原来已到甘州之地。大唐礼部尚书高适作诗《金城北楼》,曰:

北楼西望满晴空,积水连山胜画中。
湍上急流声若箭,城头残月势如弓。
垂竿已羡磻溪老,休道犹思塞上翁。
为问边庭更何事,至今羌笛怨无穷。

初唐四杰之一卢照邻作诗《紫骝马》,曰:

骝马照金鞍,转战入皋兰。
塞门风稍急,长城水正寒。

这一日天色将晚,寒气袭来。李过骑马跟在叔父马后,说道:"天可怜见,额叔侄两个脱了这天罗地网之厄!此去米脂千里之外,那些狗官便要差拿额也拿不着了!"叔侄二人欢喜,抢在天黑前进了甘州城。

好一座甘州城,确有古丝绸之路重镇、塞上江南之美誉。城内大佛寺、木塔寺、土塔寺、西来寺、马蹄寺、镇远楼、黑水国等古迹甚多,确乃风水宝地也。

叔侄二人观赏塞外景致,哪知这边气候无常,一瞬间便彤云密布,朔风骤起,漫天沙暴要来,集市上百姓纷纷躲进屋子。

李自成眼见沙尘蔽日,急急要躲,看见一处酒店便直奔过去。店小二接过缰绳,拴了马匹,招呼两人进来。叔侄二人进入酒店,揭开布帘,拂身入去,侧转身看时,都是座头。两人各自解下腰刀,挂了毡笠,拣一处坐下。只见酒保来问道:"客官,打多少酒?"

李自成道:"先取一坛酒来。"

"正好有好酒!"酒保说罢,转身将一坛酒抱来放在桌上。

李自成又问道:"有什么饱肚子的,吃完明日要办正事!"

酒保一一念道:"有熟牛肉、卷子鸡、拌沙葱、面筋、羊筏子、豌豆面、扁豆面、土豆粉。"

李自成道:"先来二斤羊筏子来,饱肚子的面也来一桶。"

酒保去不多时,端来一盘羊筏子、一桶豌豆面、几个配菜,放了两个大碗,各自筛了满满一大碗酒递给李自成叔侄。原来甘肃田地里收成亦不好,酒馆没有什么粮食米面卖,不合李自成口味。叔侄二人吃了几碗酒,怎奈肚中饥肠辘辘,盘中食物都是美餐。

酒保问道:"客官不是甘州人?"

李自成不敢实说,只得应道:"额乃银川人,姓黄,庄户人都叫额黄来儿。这人乃额侄儿。"

酒保又问道:"客官可是过往客商?"

李自成答道:"额并非客商。只是家宅田地颗粒无收,放着一身力气无处使,就想来投军混个肚子饱。听闻总兵杨肇基是位忠勇的将官,借问此间可有募兵之所?"

酒保点头道:"出了酒店往西头走,五六里便有募兵所。今日已晚了,不如就歇在小店,明早去吧!"

李自成谢道:"如此甚好。"

酒保又问:"看你二人铮铮铁骨,似有一身本事。你二人投军,就这般行头去?"

李过见状,疑问道:"不这般去,却要如何?"

酒保解释道:"客官有所不知。小人在军镇开酒馆多年,也知晓一些大明军制。大明自太祖皇帝始便施行军屯制,兵将一日为军,世代为军。只是传了几百年,多处军屯却荒废了。之后又是垛集募兵,只因近年来西有流寇,东有辽贼,加之天灾人祸,逃卒众多,靠垛集也不成事,各镇卫屯所便自行招募武卒。武卒虽不同于卫屯兵卒,但亦有军籍,终是有一碗饭吃。只是管这招募武卒之将吏多有乘机中饱私囊者,你二人无有金银孝敬,又是外乡人,空有一身本事,或许只是马夫、伙头!"

李自成问道:"上阵交锋,你死我活,要的是真材实料,金银贿赂能买到疆场活命么?"

酒保听了没好气道:"话虽这般说,可东寨子财主家胖儿子,不学无术,胸无点墨,别说舞起二十斤大刀,就是拎起来也气喘吁吁,可募兵所招进来就是管队官,带领五十员士卒,这又如何说起!"

李自成又问道:"杨肇基大人是位将才,如何不过问?"

酒保叹道:"杨大人也有难言之隐!朝廷欠饷日久,边兵多有怨言,杨大人得知是东寨子财主家儿子,指望日后开口借银发饷,只得睁一只眼闭一只眼。这事在甘州,人人尽知!"

"原来如此!"李自成心想这般却怎的好,既来之,且先看看又有何妨!又吃了几碗酒,闷上心来,蓦然想起自己本在宁夏为驿卒,怎想驿站被撤,回到米脂县又遭狗官豪绅这伙贼人坑陷了一场。黄龙山上张首领盛情相邀,额却要谨遵父训,到这里千里投军,不想天下乌鸦却是一般黑!又吃了几碗酒,连日辛苦,就要酒保找了个厢房,也不洗漱,倒头便呼呼睡去。李过也自找了厢房睡了。

次日一早,沙尘暴已退,地上都是厚厚一层灰土。李自成叔侄二人算还了房钱饭钱,取了马匹,就往城西上路。果然行走不了几里地,就看见军营。军营外围了一块空地,圈上一圈栅栏,门口挑着一个幌子,上写"募兵所"三个大字,几十个粗壮汉子正在依次候着。

且说李自成叔侄二人到了募兵所前下马,寻了马桩拴了马匹,就去依次等候。这有募兵将吏姓吴名贵,是一个贪得无厌之徒,看见金银黄白之物便如苍蝇见鸡蛋一般,军卒背地里不叫此人本名吴贵,就叫乌龟。待轮到李自成叔侄二人,这吴贵抬头看了,见此二人倒是健硕无比,便开口问道:"你二人何方人氏,姓甚名谁?"

李自成看那将吏头戴深檐暖帽,身穿貂皮袄,脚着一双皮靴,三角眼,瘦骨脸,三叉黄髯,仰着头,只用鼻孔看人,答道:"额二人乃银川人氏,额叫黄来儿,他是同族人,名唤黄过。"

吴贵又道:"既如此,就去领了甲胄弓箭、粮米被服,奔跑看看。"

原来大明官军募兵甚为严酷，要应募青壮裹了上身甲、股甲、胫甲三层衣甲，头上再着胄，操十二石之弩，挎箭五十枚，荷戈带剑，携三日之粮，负重而跑，由拂晓至日中，能奔一百里者，方能应征。因而多有不学无术者，送去金银财帛，或曰应征文将，不需奔跑；或曰偶感风寒，权且记下；或曰文韬武略卓著，此项可免。

再说李自成和李过二人，自幼习武，浑身孔武有力，这些事难不倒二人，自会轻松过关。吴贵使了几个眼色，只是不见二人会意，便言道："你二人资质不差，我今晚需合计一下。明早再来！"

周围明白人一听便知，是叫二人晚间自来行贿赂之事。李自成叔侄二人不理，自是一夜无话。

次日晨，叔侄二人到来，吴贵见二人空手，心中不悦道："当下军中士卒已募满，只有伙房差两个伙夫，不如先到伙房帮厨，待日后有空缺再补！"

李自成心中方省店小二所言非虚，只是哪里料想这将吏如此势利，听闻这话，不禁大怒，无明业火上来，劈头盖脸就要上去揪打将吏，一旁兵卒慌忙扯劝住。

吴贵拔出腰刀，喝道："反了反了，这还了得，给我捉住这二人。"一旁兵卒不敢不听，只得围住李自成叔侄二人，就欲厮打。

李自成岂会惧怕，手一推，这边就倒了五六个；脚一蹬，那边又倒了七八个。李过轻身功夫了得，几个纵跳便绕到吴贵身后，夺了腰刀架在他脖子上，吴贵顷刻间腿脚就如同筛糠一般。

这里正里三层外三层闹得不可开交，只见外圈的人喊道："且都躲一躲，杨肇基大人到了！"

李自成心想正要寻他，却正好撞在这里！就要讨个明白，如何就要他做了个什么伙夫？看见人群外有位须发皆白的老将军骑着高头大马过来，骏马两边各有十个将官拥着，人人手执鞭枪刀剑守护。原来杨总兵正好巡视回营，在高头大马上远远看见募兵所乱糟糟一团，似出了乱子，周围兵卒团团围了两人，不过当中两人顷刻间便制服了吴将吏。

这内行看门道，杨总兵一眼就看出这二人武艺高强，胆识过人，便叫两个军官吩咐道："你去请那制住吴将吏的二人到府上来，就说本官要见他们。"

将官领了言语，来到募兵所，分开众兵卒，对李自成、李过二人道："二位好汉，甘州总兵杨肇基大人叫你们过去说话！"

李过松开手，吴贵立马喝道："你二人好大胆子，此次恐怕不得活了！"

叔侄二人便随将官径到总兵府里。须臾，杨总兵来到府堂正厅，先问了李自成叔侄二人姓名、籍贯。李自成不敢实说，只说自己是宁夏人，唤作黄来儿。杨总兵又问了刚才事情缘由，李自成一一答了。

杨总兵笑道："你二人倒还有些胆识，就不怕本官在两边壁衣里藏着刀斧手，一拥而上，横拖倒拽，你便是哪吒三太子，怎逃出这天罗地网？"

李自成回道："都说杨总兵乃忠勇之士，手下人却是贪占蝇头小利的贼！你手下有这等盯着金银看的人，你也做不得兵卒之父母！就算此地真乃龙潭虎穴，额两个拳头也可打碎了你这颗脑袋！"

杨总兵听了笑道："你这厮，却是这般自不量力！"

"世人都言道杨总兵平白莲教，诛杀倭寇，收复兰州，乃大明少有忠勇之士，岂能不识人？额有一身武艺，要效力疆场，如何却叫额去做伙夫？"

听罢此话，杨总兵已明白了八八九九，道："疆场杀敌，真刀真枪，须得真材实料，否则枉自送了自家性命。你能开多少石弓？"

李自成回道："额能开五六石弓！"

杨总兵道："你就在校场射于本官看。"

"谨遵将令。"

杨总兵叫甲仗库将吏取来马匹和五石弓箭，叫李自成披挂了，再传下将令来，叫他领了九支箭，三支射定靶，三支射步兵持靶，三支射骑兵持靶，道："你就在校场射于本官看。"

"遵令。"李自成得了将令，跳上马先射定靶，左手就弓袋内取出那张五石铁胎弓来，右手取箭，搭上箭，拽满弓，觑得定靶较亲，"嗖嗖嗖"三箭，那周边将官听到弓弦响，顺眼一看，三支箭都稳当当正中红心，杨总兵暗暗喝彩。再是步兵持靶，又是连中三箭，人群中喝彩声不断。又是骑兵持靶，又是连中，待最后一箭，李自成寻思光射中靶心，显不了手段！便在马上把腰肢一纵，略将脚一拍，那马泼剌剌在校场跑。李自成从壶中掣出最后一支箭来，搭在弓弦上，左手如托泰山，右手如抱婴孩。双脚一蹬，就在马背上一个翻滚，只见弓开如满月，箭去似流星,说时迟那时快,最后一箭又正中红心。四周又是一片喝彩!

杨总兵见了大喜,道:"万军丛中,千刀万枪,如此翻身一箭,果真有些本事。既可避开敌将刀来,又可顷刻取敌性命!"当时就叫募兵所将吏写了文案,收了李自成叔侄二人为兵,就在总兵府帐前听用。李自成神色不动,下了马来拜谢杨总兵。

自此,李自成叔侄二人就在杨总兵帐前听候调遣,终日就是操练,或跟随总兵巡查,杨总兵也常常与李自成闲聊用兵之道。一日清晨,杨总兵召李自成入帐,说道:"黄来儿,本官见你武艺超群,就是我手下千总、参将之武艺也不及你,做个兵卒着实委屈。本官有心要抬举你,欲要迁你做个管队官,统领五十人,只是你未立寸功,只恐众人不服。"

李自成回道:"倘蒙总兵大人抬举,小人如拨云见日一般,大人如有差遣,赴汤蹈火,黄来儿万死不辞。"

杨总兵说道:"本官所辖甘州地面,西北处多被草寇贼兵侵害。距甘州西北二百里处就是蒙古草原,近日有一伙蒙古人就盘踞在阿拉善,依仗马快,来去如电,时常劫掠商队,更有甚者偷袭小部边兵。本官几次派兵围剿,都不及蒙古人马快。待官军到,蒙古人就散,官军走了便复来劫掠。你和黄过可领军五十人扮作商队,引这伙蒙古人出来,一发剿捕了时,本官自当一力保荐,如何?"

李自成拜谢道:"谢总兵大人。若蒙如此,誓当效死报德!"

杨总兵大喜,赏了一坛酒,一条羊腿肉,便叫点军,李自成又拜谢了。

杨总兵唤来营中参将,叫参将点起马军健卒五十交与李自成,又与了一匹青鬃马。参将名叫王国,领了总兵口谕,点起兵马交付李自成。李自成谢了杨总兵、王参将,叫众骑兵穿了百姓服饰,个个在马背上放了布袋子,装满草料、破布,假扮商队,与李过自领骑兵出城,径往阿拉善进发。

且说这伙蒙古人,为首二人唤作查干巴哈和阿尔斯楞,手下都有几百人马。刚劫掠得了不少牛羊肉、财帛、铁器,又把商队有点姿色的妇人都掳掠了,每日就躲在巢穴里庆喜饮酒,夜里就抱着抢来的妇人淫乐。当日有伏路小喽啰来报又有一伙商队前来,有五十余人,个个满载。

阿尔斯楞起身道:"哥哥且在此饮酒,兄弟去将这伙商队劫了去。"便点起一百小喽啰,绰枪上马,直奔出去。

当下李自成引起五十健卒来到阿拉善,故意大张声势引贼寇来。远远看见一彪人马到,李过大喜,对叔父道:"这伙蠢贼自来送死了!且先让小侄试试手段。"

待阿尔斯楞引人来到,李自成叫人就地摆开阵势。阿尔斯楞喝道:"瓶儿罐儿都有两个耳朵,你等这伙人,须知这条道乃你爷爷开的,识相的交出货物财帛,饶你不死!"

李自成笑道:"哪里来的蠢贼?"

李过也出马厉声高叫道:"蠢贼早来受缚!"

阿尔斯楞见这伙客商居然全无惧色,不禁大怒,将小喽啰一字摆开,便举起两把蒙古弯刀出马。李过见了,便纵马向前来战,阿尔斯楞也跃马来迎。

二马相交,斗不到六七回合,阿尔斯楞弯刀哪里挡得住李过手中大刀神出鬼没,"扑哧"一声,阿尔斯楞肩上便挨了一刀,血流如注。他拨转马头,往回便走。李过赶了一阵,料定阿尔斯楞必会再来,便在原地等候再战。

阿尔斯楞回了巢穴,见了查干巴哈便说道:"这伙客商请有护院押运的,武艺高强,抵挡不住,只得且退回来。"

查干巴哈问道:"那伙客商有多少人?"

阿尔斯楞道:"约莫五十人。"

查干巴哈笑道:"都是些什么人,三头六臂么?我这里几百人马把他们也踩成肉酱了,我去会会他。"

两人便领小喽啰倾巢而出,不多时便见李自成等人就在原地候着。查干巴哈举刀杀来,李自成亲自出马迎战,阿尔斯楞抖擞精神再战李过。当下两边迭声呐喊,四骑马在征尘影里,这边两把大刀,对阵四把蒙古弯刀。查干巴哈身长一丈,力大刀猛,李自成全无惧色,斗到二十余回合,不分胜负。阿尔斯楞本就不是李过对手,斗了几个回合,只得挥手一喊,手下几百小喽啰掩杀过去,这边五十骑兵接住厮杀。

李自成斗到酣处,大喝一声,只一刀将查干巴哈剁下马来。阿尔斯楞见那边查干巴哈落马,拍马欲逃,被李过赶上挥刀斩为两段。小喽啰见主将被斩,慌作一团,被李自成领骑兵冲杀过来,蒙古人大败。

有分教:

万马丛中姓扬名显，
千军队里杀敌建功。

　　直教千里之外遇良朋，两代闯王会甘州。欲知李自成如何边镇建功，且听下回分解。

第十六回

袁崇焕平台蒙奇冤　李自成榆中诛贪将

且说一众蒙古人见主将被杀,无心再战。李自成、李过率健卒掩杀,甘州边兵士气大涨,个个如猛虎下山一般。只一阵,杀散蒙古人数百人马,当时斩首一百有余,夺战马八十余匹,蒙古弯刀弓箭无数。李过把两个贼首全副鞍马、金牌、宝冠、袍甲也夺去了,仍割下两颗贼首用布袋子包裹,便欲解到甘州去见杨总兵献纳。

李自成见状建议道:"此时不捣了贼巢,他日必又成祸患。不如此番直捣黄龙,叫这伙蒙古响马断子绝孙!"

众人皆称甚好。

李过捉住一个小喽啰,叫他带路去贼巢。小喽啰不肯,李过二话不说割了他双耳。小喽啰负疼,只得说了。李自成便率众健卒直捣贼巢,把财帛粮米尽数装载拖运,将所抢妇人尽皆发了银子,发放还乡。众健卒离了阿拉善,敲起得胜鼓回甘州。

此时杨肇基正好召见王国参将在总兵府议事,门口兵卒来报,说黄来儿率众收捕贼兵响马得胜,斩首级一百余,夺取马匹、器械、财帛、粮米无数,差人报捷。

杨总兵闻言大喜,叫李自成、李过二人入府堂来,当即就赏了美酒十坛,牛羊肉二百斤,银钱一千两。李自成叔侄二人拜谢了杨总兵,将赏赐悉数分于众健卒。众人大喜,当夜就在营中一醉方休。

次日晨,杨肇基差人召见李自成。李自成换了衣裳直入总兵府,又拜谢了杨总兵。杨总兵见李自成胆识过人,又爱护士卒,赏赐未有独享,有心要抬举他,道:"黄来儿,你虽是宁夏人氏,本官这里却无地域之分。甘州城里只说有功和无功,有过和无过,有功必奖,有过必罚。你剿灭响马,夺取财帛粮米无数,本官今日就保你在本州军营做个管队官,如何?"

李自成跪谢道:"若蒙杨大人抬举,小人终身不忘恩德。"

杨总兵随即唤兵政将吏立了文案,当日便提拔李自成做了官。

李自成做了管队,众军卒都来庆贺。杨肇基差军中伙房准备宴席,请大小军官都在府衙后堂为李自成摆酒庆功,李自成直喝得大醉。看看红日西沉,宴席已罢,杨总兵兴致正浓,要去城内转转消酒,众官员都陪伴着。

众人骑马,杨总兵和新参管队官黄来儿并肩骑马在前,众将官都跟着,迎入东郭城门来。两边街道,百姓扶老携幼,都看了欢喜。杨总兵在马上问道:"你那百姓欢喜为何?"

众老人都跪了禀道:"老汉等生在甘州,长在甘州,杨总兵镇守甘州一日,我等就过一日安稳日子。不想那些蒙古响马马快刀利,我等不敢出城半步。听闻近日有个银川来的精兵强将一战就扫清了贼巢,救回乡亲女眷!杨总兵手下有如此能征善战之能人,保我等平安,如何不欢喜!"

杨总兵听了,当即在马上笑得合不拢嘴,赞黄来儿有万夫不当之勇。

待回到府中,众官各自散了,李自成又被众兵卒请去作庆饮酒。自此李自成叔侄二人就在王国参将手下任管队官,仍早晚听候杨总兵差遣。平日里无事则在军营里练兵习武,教授众军卒武艺,有事则在城内值守,或在城外追剿响马。这般又过了一月,李自成率兵城外先后剿灭数股贼寇,屡立功劳,杨总兵越加赏识。

此时已是寒冬,端的是寒冷无比,夜间天寒地冻,朔风凛冽,风中带沙,面皮吹得似刀割一般。自阿拉善剿灭响马后,杨总兵十分爱惜李自成,大小军务却都来找他商议,营中军官渐渐有人来结识李自成,称兄道弟。只是李自成虽胆识过人,官场那一套却如同孩稚一般,不少将官将吏见李自成一个外乡人,短短一月便平步青云,心中渐生嫉妒。

那参将王国见李自成日日去总兵府,与杨总兵同出同入,却丝毫未将这个参将放在眼里,早恨得牙根发痒。原来这王参将虽有些武艺,也带过兵打过仗,却是个靠阿谀谄佞上位之徒,心地褊窄,嫉贤妒能,对上官就如哈巴儿狗般献媚,对同僚便是老鼠一般奸猾,对士卒则如狼似虎,不管死活。

杨总兵日夜操劳城防和兵士操练,这王参将乃前官提拔,知之不深。且王参将擅会见风使舵,尽做些虚事。闻知杨总兵乃朝廷授五花封诰,王参将每每来殷勤伺候,因此瞒了杨总兵耳目。也是李自成命中合当受此劫难,撞了这个对头!

这王参将有浑家韦氏,虽和王参将同床共枕,却知书达理,多行善事,与王参将一个天上,一个地下。韦氏平生修桥补路,塑佛斋僧,扶危济困,救拔贫苦,时常劝说夫君多行光明正大之事,多多行善积德。

韦氏听闻夫君回家骂人道:"这个不省事的黄来儿,我剥了你的兵卒,要你一人剿寇送死。我剥了你的军饷粮米,叫你空肚子杀敌。你在我这里栽个大跟头,叫你死都无话说。"

韦氏前些时也听说了新募军士黄来儿,武艺高强,剿寇有功,听得夫君这般说时,只能劝道:"又做这等短命的事!于你无干,何故定要害他?倘若有天理之时,报应只在当下。这黄来儿武艺高强,甚得民心,你却不怕枉自丢了自家性命?"

可王参将哪里听得进去。

一日,李自成正和兵卒在军营操练武艺,参将府将吏传令要他速去议事。上官召见,李自成不敢怠慢,骑了快马径奔参将府,王参将已在府堂等候。施礼毕,王参将道:"本将军自到任以来,甘州城外多有盗匪流寇,聚众打劫,拒敌官军。如今各地盗贼猖獗,今番又出了个巨盗,多在甘肃宁夏一带出没,杀害官差,残害百姓。有探马来报,今盘踞在甘州西临泽县,匪首唤作白袍将,骑一匹白马,白盔白甲,武艺高强,箭无虚发。手下有两员贼将,带领一二千小喽啰,来去如电,已劫掠多家当地富户,得了无数财宝,伤了多人。黄管队武艺超群,屡立战功,你休辞辛苦,将带本管士兵人等,前去巡捕。若有贼人,随即剿获。如有懈怠,便是你等虚妄,定行责罚不恕。"

李自成拱手道:"上官差遣,必当赴汤蹈火,在所不辞。只是此番巨盗聚集一二千小喽啰,卑职本部兵马五十人,如何能剿获得干净?还请王大人禀过杨总兵,差大军进剿,黄来儿必定冲锋陷阵在前。"

王参将闻言怒道:"黄来儿,总兵大人夸赞你有万夫不当之勇,高闯贼只带了响马一二千人,你便推三阻四,是何道理?且你还有本部五十健卒助你,如何还要大军进剿?你即刻出征,不得有误!"

李自成无法,只得领了侄儿李过,点了本队人马,领了十日干粮,披挂上马往临泽而去。

王国所说白袍将即高闯王也!那日高闯王携刘哲、黄龙二将,胞弟高应登、生死弟兄丁三、卢四于安塞杀官起事,后屡屡劫掠官府、富户于庆阳、陇南、陇东一带,又与横天一字王、齐天王、不粘泥、王左挂、混十万等好汉啸聚黄龙山,一同打家劫舍、抵抗官军。

崇祯二年春,三边总督武之望自杀于固原,朝廷遣兵部右侍郎杨鹤继任三边总督。四月,秦陕全境草木枯焦,民争采山间蓬草为食。蓬草尽,则剥树皮而食。树皮尽,则掘山中石块而食,石性冷而味腥,少食辄饱,不数日则腹胀下坠而死。时礼部郎中马懋才奏:

饥民相聚为盗,与其坐等饥死,不如为盗而死。又烧人骨为薪,煮人肉以为食者,而食人之人,不数日即面目赤肿,燥热而死。于是,死枕藉,臭气熏天,安塞县城外掘数坑,每坑可容数百人,又不知还有多少?小县如此,大县可知,一处如此,他处可知。百姓又安得不相牵而为"盗"。而庆阳、延安以北,饥荒更甚。

杨鹤剿抚并举,一边筹饷安抚各地饥民逃卒,一边调集大军围剿黄龙山及四处烽烟。杨鹤以齐天王王二为匪首,限定官军克期必剿灭之。四月初,齐天王率部众与官军接战,为陕西商洛兵备道刘应遇所败。种光道、郑彦夫等好汉尽皆战死,齐天王被俘,押赴市曹凌迟处死。王大梁在大石川亦被刘应遇所败,被斩于市。

王二、王大梁先后被朝廷擒杀,但继起者日众。左挂子王子顺有感齐天王威名,敬佩至极,继而号称齐天王,因此官军多有人误认王二与王子顺乃一人也。

五月，官军七千人攻三水，游击高从龙战败身死，官军死伤两千余人。七月，齐天王、横天王、邢红狼率众攻打韩城。杨鹤手中无将可派，情急之下令参政洪承畴领兵出战。岂料这洪承畴真乃将才也，一战即斩杀流寇三百余人，解了韩城之围，一时名声大噪。众好汉不得不离了黄龙山，用奔袭以抗官军。官军来则散，官军走则复聚。

　　高迎祥平日里多率部千里奔袭，一路劫掠富户，打小股官军，复而再度聚众。各路豪杰望风来投，手下人马散时千人，聚时数万，声势浩大。

　　且说李自成、李过出城，李过问道："秦陕一地盛传闯王高迎祥乃顶天立地的真好汉，劫粮济民，打富济贫，豪杰纷纷来投，额等如何能与这般好汉为敌？况且额等不过五十余骑，闯王手下有刘哲、黄龙等猛将，额等如何能剿灭数千流寇？"

　　李自成叹道："这都是王参将差遣，如何能违了上官将令！"

　　李过听罢大怒道："这畜生怎敢如此无礼！这不是对叔父嫉贤妒能又是什么？分明就是陷害，额与这贼参将势不两立！"

　　李自成见状劝道："额等毕竟在甘州为兵，不可轻动。"

　　李过听了又道："叔父日日出城缉捕贼兵流寇，厮杀劳困，不如要小侄替你先会一会这高闯王。"

　　李自成摇摇头道："且勿烦忧，额自有主张。"

　　叔侄二人引军前进，来到临泽县相近。说来也巧，此时日午时分，前队望见一大队人马来，为首之人白袍白甲，手持一根长枪，所骑白马项戴铜铃，马尾拴雉，部众不下一二千人，正是闯王高迎祥。

　　这边甘肃边兵前队望见流寇这般浩浩荡荡人马，心想这如何能厮杀？李自成叫休要慌张，军马就此做防御阵势，弓弩火器备好，只待闯王人马至。

　　顷刻间，闯王人马已到。两军对阵，闯王阵前两将出阵，一人持大刀，一人持长斧，前来叫阵。持大刀者乃刘哲，持长斧者乃黄龙也。刘哲喝道："你这伙官军所骑宝马甚肥，缴了马匹刀枪盔甲，饶你等不死！"

　　李自成出阵道："额乃陕西米脂人，与你家高闯王有旧，叫高闯王出来答话！"

　　刘哲见来人健硕，自有一股英豪气息，仪表不俗，料想不是一般官军，喝道:"你等且歇!"就势驰入内阵,报与高迎祥。

高迎祥得知便绰长枪,骑高头白马,门旗开处,直临阵前。李自成看见高迎祥铮铮铁骨,精气神中透出侠气,不禁喝彩。

高迎祥喝道:"哪里来的官军,如何与额有旧?且先吃额一枪罢!"

"闯王英雄,名不虚传!额自做驿卒,也历经大小战阵,未尝挫锐气,额为兵,你为贼,今日且先领教一下闯王武艺!"李自成说罢,横刀出马来战高迎祥。

高迎祥听了大怒道:"额虽为贼寇,盖为朝廷不明,纵容奸臣当道,不许忠良进身,朝中布满贪官污吏,陷害天下百姓。额等只为活路,谁又愿意天生就为流寇盗匪?你等官军只会欺压良善,叫你知道额的手段!"说罢,持长枪纵马直抢过来,接住李自成便厮杀。

两人正是棋逢对手,将遇良才,两骑马在征尘影里你来我往,好一番厮杀。两人战了四五十回合,不分胜负。忽地李自成横刀驾住长枪,低声道:"额乃不粘泥张首领的兄弟,此处不是说话处,额等且战且走,待僻静处再言!"

高迎祥先是吃了一惊,亦低声道:"可是额张孟存兄弟?"

李自成点头,高迎祥旋即会意,就势虚晃一枪,往阵左便走。

李自成叫道:"贼将休走,正待擒捉你这厮,此番定要擒拿你这贼人请赏。"

高迎祥高声喝道:"你这官军若不怕额回马枪,便有胆量跟过来。不杀了你夺你马匹盔甲,绝不收军罢战!"

两人且战且走,直跑了三四里地,眼见沙丘遮拦住了众人眼线,李自成才道:"且歇,米脂李自成见过闯王。"

高迎祥惊道:"莫非你就是米脂衙堂杀公人、老寨山诛杀县尉的李自成?"

李自成回道:"正是在下。闯王如何得知?"

高迎祥道:"这些事江湖上早已传开,秦陕一地何人不知!李义士如何到此?何处遇到额孟存贤弟?"

"惭愧!惭愧!"李自成就将杀出米脂,途经黄龙山拜见不粘泥,远赴甘州千里投军,不粘泥嘱若见高闯王须退避三舍之事皆说了一遍。

高迎祥叹道:"可惜你这如此豪杰,却不能和额等一起啸聚,着实可惜!"

李自成回道:"高闯王,家父所训,百善孝为先,违父训导,不忠不孝,非额所愿也,闯王毋需再劝。"

"李自成豪杰,周围有一班生死弟兄,老寨山并非自己地盘,但众人皆一呼百应,足见此人善会笼聚人心,日后定成大事。纵使一时劝他啸聚,亦难令其心服。此人尚有忠于朝廷之心,未到官逼民反之境,多说无益,不如让这混沌世道逼其反。"高迎祥寻思罢,道:"人各有志,额也不再劝!额本也想在安塞做几件为百姓的事,只是举目望去,满地贪官污吏,世道不容额做好人,只得做了响马。额想告诫李义士,辽东战事吃紧,天子疑心甚重,能征善战之士皆遭排挤,军中遍布阿谀奉承之徒,李义士武艺高强,胆识过人,多有战功,却不通官场微妙,奉旨东调必定为期不远。路途遥远,千难万险,只恐途中遭奸人算计,李义士须提防再三。"

李自成拱手道:"在下谢过闯王金玉良言!"

两人千里之外相逢,英雄相惜。李自成道:"额听闻闯王曾以贩马为业,善骑射,膂力过人,上阵白袍白巾,身先士卒。额生在米脂,却听闻先辈人提到匈奴喜白,靖边县统万城由匈奴人赫连勃勃所建,其城墙为白,当地人称其为白城,莫非闯王祖上乃匈奴人?"

高迎祥解释道:"李义士只知其一,不知其二。匈奴人喜白固然不错,然西夏人亦尚白,额祖上却有西夏人一脉!"

李自成恍然道:"原来如此!额生于陕西米脂李继迁寨,听闻祖上人提及先祖乃西夏李继迁也,额也是西夏一脉!"

高迎祥大声道:"原来义士出生地乃米脂李继迁寨,听祖上言,额祖上有姊嫁至李继迁寨,本族实李继迁寨娘舅家族。"

两人谈论辈分之事,高迎祥竟与李自成母族乃同辈。

李自成大喜道:"这般说来,高闯王还是在下娘舅,请受小甥一拜!"

高迎祥亦大喜,受了李自成一拜。两人起誓患难相扶,富贵共享;若有异心,神其不佑。自此,李自成以甥居之,舅事高迎祥。李自成恐两人谈话过长,军士杀过来,只得和高迎祥辞行。高迎祥甚喜李自成,又嘱了他几句,千万小心东调之途。

两人假意再战,高迎祥故作不敌,率众自离。李自成掩人耳目,率众军士做追赶之态,追击数十里地,高迎祥马快,渐渐逃离甘州防区。李自成叫众士卒休要追击,且回城缴令。

此战之后,高迎祥离开甘州,去庆阳、延安劫掠。王参将无话可说,只得再寻机会出胸中恶气!

不觉光阴荏苒,又过了一月有余。正值隆冬,景物凄凉,长城内外寒风如同刀割斧削。李自成追剿流寇盗匪多有战功,城内外月余无有贼寇劫掠。杨肇基总兵又抬举李自成做了把总,辖士卒百人。短短两月,李自成连升二级,正待他决意尽忠报国,忠心戍守边镇之时,朝中却发生了惊天大事。

崇祯二年十月初二,皇太极下令弃攻宁远、锦州,取道蒙古。以蒙古喀喇沁部骑兵为前部先锋,亲率十余万大军,统领大贝勒代善、贝勒济尔哈朗、岳托、杜度、萨哈廉等一班勇士虎将,突袭长城隘口龙井关、大安口,破墙入塞,攻陷遵化、玉田、三河、香河、顺义等县,一路势如破竹。三十日,兵临遵化城下,距京师三百里之遥。袁崇焕急令山海关总兵赵率教率四千兵马,驰救遵化。不想赵率教在三屯营遇伏,四千骑兵全军覆灭,赵率教身中流矢,以身殉国。十一月初三日,金军兵临遵化城,城内奸人内应开城引金军入城,巡抚王元雅、总兵朱国彦自尽殉国。

金军大举进犯,崇祯启用七旬老将孙承宗担负京畿防务,并传旨袁崇焕调度各镇援兵,伺机进军。时蓟辽督师袁崇焕驻蓟州,昌平总兵尤世威驻密云,大同总兵满桂驻顺义,宣府总兵侯世禄驻三河,各自奉旨起兵勤王。二十日,皇太极亲率满洲右翼四旗及右翼蒙古兵向满桂和侯世禄部猛攻。侯世禄部被击溃,满桂部死伤惨重。同日,金军进犯广渠门。袁崇焕、祖大寿亲率骑兵迎战阿巴泰、阿济格、多尔衮、多铎、豪格大军。袁崇焕亲冒矢石,英勇抵御,奋力鏖战,被箭射两肋如猬,血流如注。金军不敌,亦损失惨重。二十三日,袁崇焕上疏崇祯,奏连日征战,士马疲惫,奏请所部兵马进城休整。

依大明军制,勤王兵马不得入城,皆在城下作战,故崇祯皇帝不准。袁崇焕所部于北京城外露宿,同金军连战数昼夜。二十七日,左安门外再度激战,金军不敌。皇太极亦知崇祯皇帝刚愎自用,疑心甚重,决意施反间计除去袁崇焕。

正当京师内外鏖战正酣,城外勋戚大臣却多有对袁崇焕不满者,纷纷面圣弹劾。这日晚膳罢,崇祯皇帝正在乾清宫批阅奏折,太监高起潜跪下禀告,说宫外有多位王爷勋戚求见。天子叫摆驾文华后殿,众王爷勋戚不敢怠慢,皆在文华后殿俯身恭候。少时,天子驾临文华后殿。待问安罢,众多王爷勋戚皆道袁崇焕名为入援,却听任金军劫掠焚烧民舍,不敢前去阻拦。外戚勋臣之庄园土地多被金军蹂躏殆尽。崇祯皇帝闻奏不悦,对袁崇焕遂生不满。

次日五更三点,照例升殿。待文武两班齐,崇祯皇帝驾坐金銮殿。当下有蓟辽总理刘策昨日奉旨入朝,只见他出班奏道:"东房累累犯我大明疆土,累造大恶,攻占城池,抢掳仓廒。东房势大,微臣所辖长城隘口之龙井关、大安口兵力微弱,不能抵挡,东房将此关官民杀戮一空,仓廒库藏尽被掳去。蓟辽督师袁崇焕得知东房破关,未在龙井关、大安口设防,而千里迢迢救援京师。名为勤王,实则放东房入关,袁崇焕与东房必有勾结。此人包藏祸心,实为心腹大患,若不早行诛剿,他日养成贼势,难以制伏。伏乞圣断。"

崇祯皇帝闻奏大惊,急问群臣,岂料多有文官武将道袁督师私放东房入关,与东房首领必有勾结。

此时皇太极已遣人入城四处散布谣言,离间之计已成,京师上下谣言四起,皆道袁崇焕与东房约定在先,此番东房入关,实乃袁崇焕卖国所致也。魏忠贤遗党王永光、高捷、袁弘勋、史𥙿之流,趁机在天子前后多进谗言,以袁崇焕擅自与东房议和、擅杀毛文龙两条罪名请求诛杀袁崇焕。

三人成虎,何况崇祯皇帝本就多疑。天子龙颜大怒,轻中反间计,即刻传谕南镇抚司锦衣卫拿捉袁崇焕。

再说袁崇焕多日城外征战,将士人困马乏,虽一时击退后金兵马,将士却无力再战,急需休整。京营传令官传天子口谕,召袁崇焕入城。袁崇焕闻报大喜,急不可待入城面圣议饷。京师早已九门戒严,城门紧闭。城上士卒用绳索吊筐,袁崇焕坐筐内被提到城上。待袁崇焕到了平台,早见到崇祯皇帝正坐龙椅。袁督师慌忙下跪行礼,正待议军饷,岂料崇祯皇帝不愠不怒,面无表情地说道:"袁督师,朕封你为蓟辽督师,不曾亏了你半分,你如何做这些投敌叛国的勾当?"

袁崇焕几乎不信自己耳朵,慌忙禀道:"臣尽心报国,绝无二心,不知此话如何说起!"

崇祯皇帝也不接话,命道:"锦衣卫何在?还不速速将袁崇焕拿下!"

袁崇焕大惊道:"臣尽力死战,实乃无罪!"

平台上数十锦衣卫飞身过来,哪容袁崇焕辩说,早有锦衣卫拿掷殿下,校尉十人褫其朝服,扭押其径送西长安门外锦衣卫大堂,发南镇抚司监候。正是:

擎天之柱,难挡上官猜忌!
盖世之功,不敌谗言一句!

是夜,刺骨狂风,漫天飞雪,夹杂电闪雷鸣,霹雳交加,端的是日月无光,鬼哭狼嚎。崇祯皇帝刚下令拿捉袁崇焕,又回乾清宫批阅奏折。太监高起潜来禀:"钦天监有监正于宫外求见!"崇祯准钦天监入宫。

监正入宫,行君臣之礼罢,道:"臣近日夜观天象,见西有魔星起于秦陕,入犯晋川鄂之地分野。东有将星陨落,天狼星反客为主,蓟辽一地,黯然无光。加之今夜忽飞雪遭雷,古话有云:'雷打雪,人遭劫。雷打冬,十个牛栏九个空。'恐是大凶之兆。听闻圣上已降诏着锦衣卫拿捉蓟辽督师袁崇焕,莫不是将星陨落就应了袁督师。此番天生异象,臣不敢不奏,望吾皇对袁督师仔细盘诘,磨问实情,切勿听信谗言!"

崇祯皇帝听了大怒道:"朝中多人都言袁崇焕私放金军入长城,难道百官皆是小人?袁崇焕数月前擅杀毛文龙,目中无朕,朕早已疑忌。如今已是严冬,飞雪遭雷乃万千之象,你却得这话,莫非暗喻朕乃昏君么?"

监正听闻此言,汗雨淋漓,满身尽湿,慌忙俯身道:"微臣不敢,乞吾皇恕罪!"

崇祯皇帝斥退钦天监监正,即刻宣召兵部尚书梁廷栋入宫觐见。

寻思方才钦天监话语,崇祯皇帝踌躇未决。值守太监来报梁尚书到,崇祯皇帝即令召进。梁廷栋行君臣之礼,崇祯皇帝道:"东虏军马连日来打破城池,杀朕子民。现今虏兵势大,兵马已抵京师近郊。因蓟辽督师袁崇焕有通敌之嫌,朕已着令锦衣卫于平台将其拿捉。袁崇焕手下辽东总兵官祖大寿,骁勇善战,且有数千兵马屯在城外,城内不能管摄城外兵马,梁尚书可有良策?"

梁尚书听罢大惊失色,深知天子刚愎自用,哪敢劝谏。他思索片刻后,启奏道:"臣闻辽东总兵官祖大寿甚是骁勇,武艺高强,多有战功,东虏不敢正视。若要管摄城外兵马，还需天子传下口谕，只说令其入城和袁督师一道议饷。臣愿出城宣诏。"

原来崇祯皇帝虽有气节，也勤俭勤奋，但终究英而不明，优柔寡断，对臣子极其猜忌，不愿担当。大敌当前，兵部尚书一职如同走马灯一般更迭不休。梁廷栋虽亦是忠勇之士，也只能小心翼翼，谨言慎行，不敢究天子对错。

当日祖大寿等将士在城外苦等袁督师面圣议饷，期盼入城休整，岂料直至次日晨不见袁督师出城。将士正欲埋锅造饭，忽起一阵狂风，正把袁督师亲手所绘军旗半腰吹折。众人见了，尽皆失色。祖大寿道："督师入城，彻夜未归，风吹折军旗，于军不利。天子刚愎自用，朝中小人众多，且督师数月前擅杀毛文龙，已遭天子猜忌。此番莫非督师凶多吉少乎？"

众将士道："天地风云，何足为怪？大军苦战多日，人困马乏，不能再战。不若停待几日，却再理会。"

众人正议论间，只见城门半开，飞出一彪官军来，有七八百人。当先一个将官正是兵部尚书梁廷栋，梁尚书高声喝道："传天子口谕，宣辽东总兵官祖大寿入宫面圣！"

祖大寿惊道："原来是梁尚书，在下辽东总兵官祖大寿。袁督师昨日入朝，至今未回，敢问督师何在？"

梁尚书回道："督师正在西长安门外馆驿歇息！"

祖大寿久经沙场，深知兵不厌诈，早就历练成了七窍玲珑心，一听梁尚书提到袁督师正在西长安门外，此处正是锦衣卫大堂所在，心中已知晓督师定然已被皇帝下狱。原来梁廷栋深知朝中能征善战之将士多遭排挤打压，便有心周全祖大寿，方才话中有话，端的是指了一条生路。

祖大寿面上不动声色，实则惊得冷汗淋漓，道："烦请梁尚书先回，末将连日征战，浑身污秽不堪，见了天子有失体统。待末将换了干净衣甲，即刻入城。"

"本官城内恭候祖总兵。"梁廷栋说罢，再度紧闭城门。

一个时辰后，梁廷栋再度出城，却见城外人马早逃了个干干净净。原来祖大寿已闻报朝廷果将袁督师交由锦衣卫处置，恐祸及自身，急急率部逃回山海关。梁廷栋只得奏了天子，只说辽东总兵官祖大寿不知何处听得风吹草动，已率众逃离。

崇祯皇帝闻奏急道："大敌当前,卿可有御敌良策？"

梁廷栋建议道："我大明虽西有流寇,东有辽贼,纵然其有数十万众,我大明这等威胜,万里江山,能征善战将士众多,江南淮河肥沃之土,粮草也足够。四处精兵数十万,东有晋、鲁,西有甘、宁、川,都有精兵。京师城池坚固,粮草充足,尚可战守。四方军镇总兵,个个惯能征战,士卒武艺精熟,可叫四处边镇援师勤王,共御东虏。"

崇祯皇帝准奏,即刻下诏各地督抚火急勤王。

京城外金军云集,京师危机重重,天下兵马纷纷奉诏勤王。当有山西总兵张鸿功速照兵部调令,带领晋兵五千入援；山西巡抚耿如杞带领太原营官军三千赶赴畿辅勤王；三边总督杨鹤和陕西巡抚刘广生、甘肃巡抚梅之焕、延绥巡抚张梦鲸,应诏抽调各镇精兵一万七千余人,由沿边五大镇总兵吴自勉、尤世禄、杨麒、王承恩、杨嘉谟率领入卫京师。尤世禄自宁远之战后,又任宁夏总兵,此番亦奉檄勤王。另有河南巡抚范景文、江西巡抚魏照乘、郧阳抚治梁应泽等部官军亦在奉檄入援之列。

岂料山西总兵张鸿功所部官军到达畿辅,兵部传令驻守通州,次日调守昌平,第三日又调守良乡。依大明军制,官军到达驻地当日不准领粮。晋兵三日三易其地,三日未领军粮,士卒多有怨言,饿急唯有于附近抢掠粮米。

崇祯皇帝闻奏,以山西巡抚耿如杞、山西总兵张鸿功未能严肃军队为罪责,着令锦衣卫拿捕。这五千精锐士卒眼见巡抚、总兵皆下狱问罪,就地一哄而散。

崇祯皇帝得知后大怒,即刻下诏令处死耿如杞、张鸿功。

且说兵部十万火急令各地卫屯所火急勤王,诏令到得甘肃镇,总兵杨嘉谟见京师危急,急传令各州县驻屯兵马急调精锐。杨嘉谟忽然想起近日甘州镇新出了个骁将黄来儿,寻思不如召杨肇基过来议事。

这日晌午,甘州总兵杨肇基身感风寒,正在府衙由内人服侍休养,刚服了一帖药正欲躺下歇息,门子来报,说甘肃镇总兵杨嘉谟杨大人差人来传将令,请大人到甘肃镇总兵府议事。

杨肇基见有将令到,顾不得身体不适,急急出来见了传令官,接了将令,随即上马。一路急行来到总兵府,下了马,入府来见杨大人。

两人叙礼罢，寒暄一番，杨嘉谟叫下人沏茶。正饮间，杨嘉谟问道："听闻甘州城近日新出了个骁勇善战的兵将，短短两月屡立战功，已提拔了把总官，可有此事？"

杨肇基回道："确有此事！此人乃宁夏人，武艺高强，颇有胆识，骑马射箭样样精湛，善会与寻常兵卒打成一片，据说在军中威望颇高！"

杨嘉谟又问道："东虏攻打京师，袁督师被捕下狱，京师危矣。天子急诏天下兵马勤王，杨大人可知此事？"

杨肇基回道："末将已知，端的是心急如焚，恨不能长翅膀飞到京师。"

杨嘉谟道："东虏长枪铁马，战力彪悍，各镇须遣精锐之师前往，你甘州兵马也需抽调兵卒东征。还望杨大人忍痛割爱，此番出征遣黄来儿远赴京师，由本官亲率，两日后启程，如何？"

杨肇基拱手道："都是为国家出力，末将还有什么话说？这黄来儿属本镇参将官王国麾下，末将这就差遣王参将率部出征，待末将风寒稍愈，快马加鞭赶来京师。"

杨嘉谟闻言大喜，执杯相谢。两人又谈论些军务，军情急迫，杨肇基未在总兵府用晚膳，急急告辞，自回甘州去了。

次日清晨，杨肇基传令参将王国从本部兵马中点齐马步兵一千，把总官黄来儿须在兵马之列，叫众兵卒校场等候。不多时，五百步兵，五百骑兵于校场列队完毕，甚是齐整。前面打着两面红旗，一面是步兵旗帜，一面是骑兵旗帜。众兵卒都是戎装披挂，王参将战袍金铠，李自成横刀立于一旁。

点将台上甘州总兵杨肇基传令道："东虏猖獗，京师告急，天子急诏天下兵马勤王。东虏只配在东北苦寒之地牧马放羊，大明京师焉能叫这伙贼寇给占了。参将王国听令！"

王国座下一匹高头大马，出得阵前叫道："末将在！"

杨肇基下令道："奉甘肃镇杨嘉谟大人之命，你部点马步兵各五百，明日启程，跟随杨嘉谟大人本部兵马赴京师勤王，不得有误！待本官身体稍愈，随后领军亦赴京师。"

王国一听将令是远赴京师勤王，心中不悦，但军令如山，不容不依，只得领了军旗，得了令。众军卒多为新募兵卒，不知东征路途艰险，更不知此行九死一生。只见个个摩拳擦掌,只盼早到京师,待上阵交锋,建功立业,搏个封妻荫子。

杨肇基见王国低头不语,知道他不情不愿,便问一旁李自成道:"黄来儿可愿赴京师建功？"

李自成出阵,马上打拱,拜谢杨总兵道:"末将正欲如此,与国家出力,建功立业,以此为忠臣。今得总兵大人垂爱,赴汤蹈火,在所不辞。今日众军士稍做整顿,等明日整顿好器具、枪刀、甲马,便当尽忠报国。"

杨肇基听罢大喜,即传令军中库房将吏,取出银两、牛羊肉、酒水,分赏众兵卒。随即令甲仗吏拣选合用弓箭、马匹、全副鞍辔、军器、火铳,不堪用的刀械、盔甲尽行给散与未去东征士卒收用。

李自成又道:"现今已是隆冬时节,天寒地冻,东北苦寒之地更是呵气成冰,还望总兵大人赏赐众军卒御寒衣物、军靴、军帽。"

"说的是。"杨肇基即刻再令库房将吏着手备齐御寒衣物,待一应事务整理毕了,杨肇基复令王国收拾人马,火速赴京,不得有误。

王参将见李自成在总兵大人面前风头出尽,心中越加恼恨。李自成武艺高强、胆识过人,但抢了顶头上司风头,岂有不被上官忌恨之理？

且说当日库房官吏得令,即刻着手办理军器、盔甲、衣物、酒肉等。李过谓李自成道:"不知叔父还曾记得杨六郎所言？"

李自成方想起杨六郎那日在黄龙山所言,心想此番就是到了京师,也是凶险万分,便道:"额等都是朝廷官军,焉能惧怕凶险,只为杀敌报国！"

李过见李自成这般说,就不再言语。

而李自成想到此处逢杨总兵赏识,正待建功,又将离开此地。此番远赴京师,上官王国看得出是个小人,这千山万水,生死难料,还不如那日听张孟存所劝,与一众兄弟落草黄龙山,一道劫富济贫,岂不快活。李自成越想越烦闷,遂与李过一道出营闲走。放眼望去,甘州城外漫山丹霞地貌,红彤彤一片,端的是景色宜人。

叔侄二人烦恼,哪有心思观景。忽然,李过听到不远处传来阵阵钟鼓木鱼声,疑声道:"此处西北甘肃之地,寺庙众多,这钟鼓木鱼声甚是浑厚。莫非此处坊隅庙宇藏有得道高僧？"

李自成也道:"所见极当,不如进山寻访,或许遇见高人,能指点迷津。"

李过当与李自成信步行入一处峡谷,走不多时,山谷里真有一所庙宇,金书牌额上写着"万寿寺"三个鎏金大字。原来这万寿寺是处千年古寺,久负盛名,香火极旺。

叔侄二人入庙上殿看时,只见寺中法堂上,鸣钟击鼓,一须发皆白之长老会集众僧于法堂上,讲法参禅。须臾,合寺众僧都披袈裟坐具,到于法堂中坐下。李自成、李过二人不敢惊扰,立于一旁。引磬响处,一圈红纱灯笼,引长老上升法座。

长老到法座上,拈信香道:"一炷香,伏愿大明疆土,万民乐业;二炷香,愿众善男信女,身心安乐,寿算延长;再拈信香一炷,愿今国安民泰,大旱不见,三教兴隆,四方宁静,五谷丰登。"祝赞已罢,就法座而坐,堂下信徒尽皆参拜。

李自成向前行礼,拈香礼拜毕,说道:"弟子乃宁夏黄来儿,即日将随大军东征勤王。敢问长老,苦海无边,人身至微,生死最大,此行不知凶险与否,还望指点迷津。"

长老抬眼观李自成容貌半晌,答道:"施主高额深颊,鸱眼曷鼻,面貌狞恶,反鹰巨肩,绝非常人。日后山摇地动,施主又何须隐瞒实名。你二人可随老衲来后堂赴斋。"

此时焚香已罢,众僧皆退,李自成二人跟随长老来到方丈僧舍内。李自成方才听闻长老识破隐瞒实名,心中大惊,求问长老道:"弟子李自成与本侄李过,乃陕西米脂县人,在甘州杨肇基大人麾下为兵,即日东征。还望长老指示愚迷,不敢奢求建功立业,只愿全身而退。额叔侄二人此去前程如何,万望长老明彰点化。"

长老命取纸笔,写出四句偈语:

风雪起榆中,秦陕建行宫。
他日列九五,金蛇难成龙。

写毕,递与李自成道:"此是施主一生之事,可以秘藏,久而必应。"

李自成看了,不晓其意,又对长老道:"弟子愚蒙,不悟法语,还乞长老明白开解,以释犹疑。"

"此乃禅机隐语,你宜自参,不可明说。况且,天机不可泄也!"长老说罢,又望着李过道,"此人身形魁梧,虎形虎步。一把铮铮铁骨,日后建功立业,为精锐诸兵之首,亦当虎行天下,却终究难敌瘟疫之毒!"

　　李过忙求详解,长老已闭目参禅,不再言语。

　　李自成拜受偈语,读了数遍,藏在身边,和李过一道叩首拜谢长老,一一辞别众僧下山。长老闭目挥手示意,众僧起身,都送出山门外作别。

　　且说李自成叔侄二人回到军营,却早有将吏传令速去参将府见王参将。两人未及多想,径来参将府,不想刚跨入府堂,听见背后大门"格滋滋"关了,李自成亟待回身,只听得靴履响,脚步鸣,有一人从屏风后面出来。李自成看时,不是别人,正是上官王国。李自成见了,正要向前声喏。

　　王参将喝道:"黄来儿!东征在即,杨大人对你不薄,先后升你管队官、把总官,你安敢临阵脱逃?识法度否?有人对本将军说,你去了营外万寿寺,必有逃心!"

　　李自成躬身禀道:"参将大人,卑职方才只是出营闲步,并无逃心。倘若临阵脱逃,此刻又何故返回?"

　　王参将喝道:"胡说!只是出营闲步,蒙骗本将军么?你分明就是意欲临阵脱逃,此番回营,只是怕逃不出甘州城,就是有贼心没贼胆罢了!左右!与我拿下这厮!"

　　话犹未了,旁边耳房里走出三十余兵卒把李自成叔侄二人团团围了。

　　王参将喝道:"你既是把总官,大明军制法度你也是知道的!大战在即,临阵脱逃,该当何罪。"

　　李自成见状大怒道:"我黄来儿行得正,坐得端,没有就是没有。你无真凭实据,俱是你之臆断,你却是公报私仇么?你是上官,又有何妨?"

　　王参将忌惮李自成武艺高强,自己终究站不住脚,也不敢随意造次,便道:"东征在即,不说你是否临阵脱逃,就说你明日出征,擅自出营就已违了军纪,军棍却是免不了!"

　　王参将叫左右把李自成叔侄二人推下,不由分说,几十人按住便打,把两人打得皮开肉绽,鲜血迸流。打罢,王参将喝道:"此番略施惩戒,下次再违军规,定斩不饶!"

李自成心中已知王参将确乃小人，此番就是这厮公报私怨，遂对家父教导疆场建功之心，已凉透大半。

当夜两人在营中将息棒伤，当夜无话。次日清晨，杨肇基传下将令，叫军中库房、甲仗将吏支列军器、军服、军帽、军靴、酒肉等，犒劳东征将士，每名军士须着齐备御寒衣物，酒肉管饱，干粮管够，着令王参将务必整顿酒肉衣物，差官二员前去给散。

再说王参将传令诸东征士卒，将马步兵分成两处进程。令马军先行，步兵在后。王参将催趱军卒取道速行，号令军将，毋得动扰乡民。这参将王国和二员分发衣物酒食的将吏俱是贪得无厌、徇私作弊之徒。

三个贪将污吏将杨肇基大人下令颁赐的衣物酒食，少部分散发士卒，大部收入私囊，换作银钱自己揣兜里。这样一来，每个士卒分到酒肉干粮仅够几日，御寒军帽、军靴更是不见踪影。

韦氏多次劝说自家官人要行善积德，不可将事情做绝。俗话说"水可载舟，亦可覆舟"，手下军卒又都是些武夫劲卒，且不可不顾手下军卒死活，此乃取祸之道也。可王参将只当成耳旁风。

王国只是哄骗众军卒，路途遥远，御寒衣物散发早了，恐穿破耗损，到需时自然散发。如此这般众军卒穿着布衣布衫走了两日，正是严冬天气来了，处处彤云密布，朔风骤起，纷纷扬扬卷下漫天大雪来。将士们拖着辎重，一步一滑，雪地里踏着脚印、马蹄印、车轱辘印，路上迤逦背着北风而行，一路苦不堪言。又走了两三日，干粮都吃净了，一身衣衫挡不住寒气，风一吹就似掉进冰窟窿。

自离了甘州城这些时日，端的只是起五更，早行夜宿，顶风冒雪赶路。一路上人家渐少，庄户人自身都吃不上饭，哪有粮食给军卒，就连野菜野果都难寻着。加上行路又稀，一站站都是山路，那些军士肩上担子又重，天气严寒，行不得路。

一路上王参将自己着裘皮大衣，骑高头大马，赶着催促要行，如若停住，轻则痛骂，重则皮鞭便打。且说队伍中有个军汉肚中无食，腿脚浮肿，浑身滚烫得似火炉一般，再怎么抽打，也气喘了行不上。王国过来便骂道："你这人好不晓事，误了期限是要杀头的，这干系须是本将军的！你们不替本将军使出吃奶的劲,却在背后慢慢地挨,本将军就先砍下你这厮狗头!"

那军汉道:"不是我要慢走,其实又饥又寒,我又在打摆子,浑身发烫得似炭火,端的行不动,因此落后。"

"你这般说话,却似放屁!你说浑身发烫,本将军就替你医!"王国说罢,抓起一把雪就喷了这军汉一身,又喝骂道,"谁要是拖了路程,本将军的鬼头刀绝不认人!"

众军卒口里不言,肚中都寻思这厮不把我等当人!

却说李自成在军中,一向和士卒有福同享,有难同当,加之有勇有谋,声望极高。一些军卒都来找李自成,要他指条生路。

李自成临行前受了军棍毒打,这几日天寒地冻,棒创结不了疤,一路疼痛难当,便道:"额早看出王国乃十足小人,一路上如此这般,只怕到不了京师,就是死路一条!权且不必管他,额自有主张。"

又行了两日,这日行军正走到兰州榆中县,那日打摆子军汉苦撑着一步一步挨着走,忽地倒地不起。众军卒急救之,却已饿亡。李自成何许人也,焉能再忍住,纵马追上王国,指着他骂道:"都是你这等好利之徒,坏了杨大人一番恩赏!你这挨球的狗官!"

王国这几日见士卒走得慢,恐误了限期,也正烦闷,心想自己先在甘州城做参将,每日六街三市游玩吃酒。谁想今日却被上官差去京师勤王,冰天雪地的,就到了这里。害得自己多日不曾饮宴,多日不曾高床暖被,来此受此寂寞!此刻听到李自成这般喝骂,不禁大怒道:"你这厮,怎的无有尊长?本将军怎是好利之徒?"

李自成怒吼道:"杨肇基大人赏赐我等酒肉干粮、御寒衣物、军帽军靴,校场那日杨大人下令,额就在旁,听得一清二楚。只是都被你克减。将士们布衣布衫,如何抵挡这漫天风雪?肚中无食,如何行路?你这厮和那二位散发的将官无半丁儿人性,佛面上去刮金!"

王国越怒,骂道:"你这厮大胆,就不怕剐了你吗?听你方才说的话语,须是陕西一地口音,你却报是宁夏人,莫非你是犯案在逃的贼人,隐姓埋名了来投军!左右,将这贼人拿下,细细拷问!"

李自成大怒,拔出腰刀指着王国骂道:"你这挨球的狗官,留你只会为祸人间。"

王国喝道:"捉下这个泼贼!"

众军卒早对王参将颇有怨言,此番哪里有人动。

"你等胆敢违我将令么？将你们一一治罪!"王国指着众人大骂,又骂李自成道,"泼贼,你究竟乃何人？拔刀敢杀谁？"

李自成吼道:"额行不更名,坐不改姓,乃陕西米脂李自成是也!额在米脂时,你这等欺压良善的恶人被额杀了万千。谅你这等狗官,取你性命,只是额一挥手的事!"

"原来你果真是犯案在逃的贼人,你浑家偷人,又听闻你杀了不少县尉衙差逃了出来,处处画影图形捉你,本将军正好拿你正法,左右,速速将此贼拿下。重重有赏!"王国说了这话,岂料身边兵卒竟无一人所动。

王国见势头不好,口里叫道:"有谁捉了这贼人的,赏金封官!"

两个身边和王国一起贪污军士粮食衣物的将官,本待要来劝,见了李自成这般凶猛势头,谁敢向前。

王国壮着胆子道:"我乃参将,你只是小小把总,胆敢以下犯上么？"

李自成喝道:"你又算个什么东西!"一扑身,就将王国从马上揪下来,手起一刀飞去,正中王国脸上,剁着扑地倒了。

众人非但不来救护,反而大喜过望,都欢呼雀跃。李过也赶将过来,再补剁了几刀,王国便一命呜呼了,那两个管散发粮米衣物的将官也早被兵卒杀了。

众军见杀了王参将,都问李自成下步如何。李自成言无数句,话不一席,就叫黄龙山又添了无数好汉!

有分教:

东征途中,添多少途中亡魂。
黄龙山前,开几番龙虎之会。

直教尽忠之人逼成反贼,破军星主横空出世!欲知李自成对众军卒说出什么话来,且听下回分解。

第十七回

李闯将取粮榆中县　神将军建功虎头山

当下众士卒见李自成杀了王国和将吏,都问他下步如何是好。李过亦问道:"此间漫天风雪,不是久恋之地。倘若甘肃镇总兵杨嘉谟大人大军到来,见额等哗变杀将,四面围住,如何是好?"

李自成道:"额倒有个主张,不知中得诸位心否?"

众士卒都道:"愿闻良策。"

李自成道:"自这东方有个去处,地名唤作黄龙山,齐天王虽被官府擒杀,但横天一字王、闯王、不粘泥、紫金梁、混十万、横天王、邢红狼等首领聚集着数万军马,官兵捕盗,不敢正眼觑他。额等何不收拾起人马,去那里入伙?有不愿去的,发些银两,任从他去投别处。有愿去的编入队里,如何?"

众军卒闻言大喜道:"不去黄龙山,只有饿死或被朝廷擒杀,我等皆愿往。事不宜迟,何不收拾好了快去?"

当日大伙商量定了,将笨重家伙什都丢弃不要了,把军器、火铳、衣服、行李等件,并五百匹好马、一千健卒,改道投黄龙山去了。

李自成道:"大明律载,凡有谋逆,株连九族。多有好汉隐去真名,用绰号行事。额等也应以绰号行走天下,叫官府不知真身真名。"

李过建议道:"甘州万寿寺长老送偈语风雪起榆中,看来此话已应了。又道秦陕建行宫,莫非此番叔父真要闯荡一番天地?不如就叫闯王可否?"

李自成摇摇头道:"不可,额已舅事高闯王,倘若再称闯王,有犯上之嫌。额等投奔黄龙山,愿为诸首领麾下一将,就叫闯将如何?"

李过赞道:"甚好,甚好!"

李自成又道:"万寿寺长老称你虎形虎步,你绰号就叫一只虎,如何?"

李过闻言大喜。

且说那日甘州万寿寺僧众送走李自成叔侄二人后,当晚长老与首座、都监、监院、维那几个在禅房闲话。

首座问道:"弟子观李自成叔侄二人皆杀气甚重,长老何故断言此二人能成大事。弟子愚钝,愿求长老指迷。"

长老回道:"两人虽杀气甚重,但李自成善能笼络人心,他日神明必相护佑。乱世当头,此人生当位列九五,岂料命薄,必死于乡野。李自成所生命薄,为人到处多磨,忧中少乐。如果得意浓时,便当退步,切勿久恋富贵,或许能延年益寿。不过,皆乃天意也!"

首座又问道:"原来如此。长老因何断言此人榆中起事?"

长老解释道:"从甘州城远道京师勤王,将官王国乃贪得无厌之人,将士皆苦,饥寒交迫之下必将杀官起事。榆中县乃必经之地,首座可知榆中县兴隆山否?"

首座再告道:"弟子孤陋寡闻,愿长老赐教。"

长老道:"榆中县乃龙脉之所,你等听老衲细细道来!"

原来这榆中县却是大明开国元勋刘伯温斩西北龙脉之所。榆中县有个兴隆山,其脉来自马衔山,枝连皋兰山,有东结飞龙卧虎之势,西集瑞凤灵龟之象。相传此山以东有座云盘山,更是轩辕黄帝羽化升天之地。洪武年间,榆中县蒲家庄有一人唤作蒲阴阳,乃女真族蒲察氏后人,深通地理风水。一日晨,蒲阴阳忽见西面兴隆峡谷紫气氤氲,佛光普照,一束龙脉腾空而起,不禁大惊失色,心想如将此处作为墓地,可保子孙后代取得江山,并保千秋万代。蒲阴阳掐指一算,自己大限已至,当即进山在兴隆山中盘桓数日,想拣一处龙脉出没之地升天,以保将来帝王出自蒲家。

蒲阴阳又唤其子到兴隆山,叮嘱道:"为父夜观天象,此处乃龙脉也!为父死百日后,那日太阳初升,太祖朱元璋必在金柱前洗漱。吾儿倘若朝东方连射三箭,必将取代朱元璋成就帝王大业。"

蒲阴阳死后，其子便按遗嘱昼夜守墓。到第九十九日，其子疲倦不堪，心想只差一日，也无大碍，便心急火燎张弓搭箭朝东方连射三支金翎箭，正好射在应天府金銮殿的朝柱之上。朱元璋走到宫柱背后，突然天崩地裂三声巨响，第三支箭恰好射在金龙柱上，再差一步必死无疑！朱元璋急召刘伯温商议。刘伯温掐指一算，连呼西北有龙脉，要出帝王。朱元璋大惊，赐尚方宝剑，叫刘伯温赴西北，务必斩断龙脉。

刘伯温手执尚方宝剑，带兵三千，日夜兼程，一直寻到榆中兴隆山，见两峰藏精聚气，一派帝王之相。刘伯温料定其脉向东北而出，结兴隆山阴宅穴场，能出王侯将相、真龙天子，故曰兴隆。刘伯温下令将士轮班斩挖，昼夜不停，挖了三天三夜，挖出个芦草根。士兵们将其斩为两段，芦草中不断涌出鲜血，流到兴隆山峡河边，离峡水河边一指宽有处牛蹄窝，血流到蹄窝中刚满便凝住不流。刘伯温上前一看，见此处龙脉已斩断，可保大明江山无恙！

众僧听罢长老所言，方知晓榆中县还有如此故事。

长老又道："此番李自成经过榆中龙脉之所，兴隆山龙脉虽被刘伯温斩断，但龙脉气息尚存，李自成此处起事，必将撼动大明乾坤。你等法力尚浅，不能洞察世间万物，还需刻苦修行，方成正果。"

众僧谢过长老，各自回禅房歇息不题。

再说李自成杀了王国，众将士皆愿追随。李自成道："黄龙山还在千里之外，将士肚中无食，这冰天雪地，如何行走？不如将王国并那二将吏尸身拖到后山埋了，将这杀官之事都秘而不宣，待夜晚了，先去榆中县借粮，如何？"

李过赞同道："如此甚好！"

眨眼间，夜色将黑，李自成令马摘铃，军衔枚，一千马步军依旧分为两队，马军头领姓李名横，步军头领姓张名顺。众士卒整顿兵马，步军在前，马军在后，不露声色，直奔榆中县城。李自成叫捎带上红衣大炮，李过不解道："红衣大炮沉重，又不杀贼寇，要之何用？"

李自成笑道："额自有妙处。"

这榆中县城也不是个大去处，只有一个千户所守城。这日守城士卒看见前方城外密密麻麻来的都是兵马，虽没有战鼓齐鸣，但也是喊声大举。守城士卒急报了周千户，周千户听了道："这多兵马必是勤王兵马。听闻四方勤王士卒多有哗变，饿急劫掠粮米。今日观此情景，断不可轻敌，我等不可擅开城门。"

周千户传令各城门口，士卒尽上城楼，紧闭城门，其余的都守在城内，只管呐喊。此时李自成、李过并李横、张顺已率马步军来到城门口，见城门紧闭，就在城门外列阵。城内周千户城楼上喝道："你们是哪里来的官军？"

李过回道："额等是奉诏赴京师勤王的将士，一路粮食吃尽，特来你城中借粮！"

周千户道："榆中县乃小去处，不劳将士们说，也应搬出粮米犒军，只可惜所囤粮米杯水车薪，还望众将士寻个大去处借粮。"

李过又问道："众将士三日未食，你们当真不行个方便么？"

周千户道："近日四方勤王将士哗变者众，多有劫掠四方百姓者，我怎知你是不是哗变之士卒？"

李自成这时谓李过道："还跟他废话什么，推出红衣大炮来。"

只见四匹战马牵过一门红衣大炮，点了火折子，"轰"一声就放了一炮，就把前门都轰塌了一个缺口。周千户见势头不对，心想与其白白丢了性命，不如弃了城楼逃跑，便直奔城下而去。

李自成带人杀入城中，众马步兵一齐杀将进来。步军头领张顺呼哨了几声，抡动大刀，领人早把守城门的兵卒砍翻了数十个。马军头领李横带领马军个个挺起刀枪，一声喊起，见人就杀，将守城士卒尽都杀了。前队步军只管杀守城士卒，后队马军便去四下里放火。黑天火起，城中知县、县丞、主簿、典史及三班衙役还在被窝里，听到四下火起，到处喊杀声，只道是来了贼人，但四下里不知道来了多少。正不知所措时，四下大火越烧越旺，临街百姓纷纷逃出，一时哭喊声震天动地。知县急急命衙差护住府堂，又叫人四处救火。

只见那李过带人直奔县衙，看见穿了衙差服饰的人就拦住，大喝一声道："你待哪里去！官粮在何处？"

衙差股战，只得答道："县衙府堂东头就是。"

李过听到此话，一刀杀了衙差，带人直奔粮仓。众值守衙差见这多人马到处乱窜，哪里敢拦阻，各自逃命要紧。有胆敢上前拦阻的，早被搠翻在地。不多时，粮仓被劫掠了个干净。

且说那个周千户急急带残兵败将策马往北而走，猛然撞着李过，惊得目瞪口呆。李过也不搭话,策马便到,抡动大刀将周千户砍于马下。周千户跟班各自四散逃命,李过再抡起大刀,只顾砍杀。李横、张顺也跟着李过四处砍杀,不管士卒、衙差还是百姓,见人就杀。正杀得手顺,正好撞见李自成。李自成见众人一身血污,手里刀枪还在滴血,大怒道:"叫你等劫掠粮米,未曾叫你杀人,你等休伤无辜!"

李过答道:"额被官军欺压紧了,见到官军就想砍,谁知一时兴起,见着活的便砍了!"

李自成道:"如此这般,额等和那些欺压良善之官军何异?你这厮若再滥杀无辜,定斩不饶!"

李过笑道:"叔父教训的是,额出了胸中憋气,倒是快活得很!"

此番榆中县劫粮,李自成、李过并众兵卒夺得好马、牛羊不计其数,粮米更是足够数月食用。只是多有无辜百姓被杀,也有临街一门老小尽数丧命,不留一个。

李自成叫众人把榆中县粮米尽数装载上车,金银财帛犒赏马步军士卒。装载不了的就地散发百姓,给有被误伤百姓家中散发财帛养家。李自成又将夺得马匹叫步军士卒也骑了,西北青壮都善骑射,等众士卒上马,将马步兵分作十个百人队前后摆开,连夜奔赴黄龙山。

李自成领大队军马离开榆中县,城内有躲过逃卒劫掠的官吏、差役、兵卒及村坊乡民等,至晌午方敢出门。知县急急报了州府,州府差员勘察,见逃卒丢弃旗帜、辎重若干,有认识旗号的,认出逃卒出自甘州总兵官杨肇基手下。城外乡村里正来报,城外发现三处被草草掩埋的尸身,一处一具,共三具,从甲胄判断,乃参将和随军将吏。州府不敢隐匿,飞马报甘州总兵官杨肇基。杨总兵差人来看,果然是参将王国。据此断定甘州士卒行至榆中县哗变,诛杀领队参将一员、将吏二员。清点榆中县城内损伤,断定众逃卒杀死将领后继而劫掠榆中县城,劫走马匹、牛羊、粮米、财帛无数,杀死千总官一员,杀死杀伤士卒、百姓若干。甘肃镇总兵杨嘉谟、甘肃巡抚梅之焕闻报大惊,着令各路卫屯所、各路关隘画影图形,严加盘查,悬赏缉拿逃卒主犯黄来儿,从犯黄过、李横、张顺。

且说李自成领了一千马步军直奔黄龙山,一路上策马急行,沿路关隘见大队官军也不敢严加盘查,一千多里地四五日便到。李过在马上对李自成道:"这个黄龙山群山环绕，沟壑交错，黄土高坡上又没有半点遮拦，就是山洞都如同迷宫一般，指不定哪里就藏有大队人马杀出。这黄龙山啸聚几万豪杰，见额等着官军衣甲，还道是大队官军来捕捉贼人！这如何是好？"

　　李自成听罢说道："这一论说的也是，不如额二人先去探路。"

　　李自成叫李横、张顺安顿好马步军，就在原地候着，自己便和李过先去打探。叔侄二人披挂上马，手中大刀放下，只带腰中短刀。两人离了大队，行不过三四十里路头，见路边有一块石牌，上写着"苜蓿沟"三字，原来已经到了黄龙山苜蓿沟。李过见前面一片松树林，似有人影晃动，喊道："前面林子里有人窥看。"话音未落，只听得当当的数十面大锣一齐响起来，只见林子四边不知道从哪里钻出来三五百个小喽啰来，一个个膀大腰圆，面恶眼凶，头缠白布，身穿棉袄，腰悬利剑，手执刀枪，早把二人团团围住。

　　一个领头的好汉大喝道："你两个官军端的是胆大包天，敢来此地讨死！"

　　李自成在马上大喝道："你们不得无礼！你们是何处好汉？就说米脂县李自成、李过特来拜见，额与不粘泥张孟存首领有交情！"

　　那好汉睁着眼大喝道："额是齐天王手下，你便是老寨山诛杀县尉的李自成么？"

　　李自成说道："额正是李自成。听闻齐天王王二兵败，朝廷恨王英雄入骨，已将齐天王擒杀。你家首领莫非是继用齐天王名号的左挂子王子顺？"

　　那好汉回道："正是我家齐天王。"

　　李自成大喜道："烦好汉领路！"

　　那好汉将信将疑道："你分明着官军服饰，我如何信你是李自成？如何道你不是来剿捕我等的官军？"

　　李自成笑道："此话一言难尽。额二人未带兵士，未带长枪大刀，如何剿捕你等几百好汉？"

　　那好汉闻言点了点头，道："且随我来。"

　　那好汉叫众喽啰兵收起刀枪，自己取出一张画鹊弓，搭上一支响箭，觑着对面山头草丛里面射将去。

　　李自成见状问道："此是何意？"

　　那好汉道："此是山寨里的号箭。少顷便有号令，沿路弓弩、礌石、滚木就不会下来。"

没多时,只见对山燃起一股清烟,好汉道:"燃起清烟,意为可通行!燃起狼烟,四方皆会来救。"

当下那好汉引了李自成与李过,取路入山寨来。

当时众喽啰兵簇拥着李自成叔侄二人一同进入寨门,有小喽啰背了包裹,解了二人腰刀,那好汉带他们进入正门。再走几路,见座大关。关前摆着枪刀剑戟、弓弩戈矛,四边都是檑木炮石。两人进得关来,两边夹道旁摆着旗号,上书大大的"齐天王"名号。又过了两座关隘,方才到寨门口。李自成看见四面高山,三关雄壮,团团围定。中间有一片平地,方圆数百丈,两边都有石屋、窑洞无数,容千余人安营扎寨不在话下。

那好汉引着李自成叔侄来到正厅上,中间交椅上坐着一个好汉,长得身长八尺,膀大腰圆,国字正脸,皮肤黝黑,头戴豹皮帽,身着皮袄,腰缠虎皮围腰,正是左挂子王子顺,继任齐天王也。李自成、李过向前声喏,方才那好汉立在王子顺侧边,道:"这位自称米脂县李自成,曾与不粘泥张孟存首领有交情,此番求见齐天王。"

王子顺道:"近日官军剿捕得紧,张首领已率众赴庆阳。你说是米脂县李自成,大名久仰,听闻你奔赴甘肃为兵,如何又到这里?"

李自成就将甘州为军、出城剿灭蒙古盗匪、结识闯王高迎祥、赴京师勤王,榆中县杀参将王国起事,一一说于王子顺,并说山外三五十里还有一千人马候着,要一起来投奔齐天王。

王子顺听到李自成舅事高闯王,大喜,一面请李自成来坐,一面叫小喽啰取酒来。两人一口气饮了几大碗,王子顺寻思手下都是些吃不上饭的庄户人,因受不了官府鸟气合着众人来这里落草,虽聚集这许多人马,可各自武艺稀松得很。他自己又不懂排兵布阵之道,如今添了这个闯将李自成,诛杀县尉、诛杀蒙古盗匪、诛杀参将王国,必然好武艺。此番来投,正合他意,不如将李自成纳入麾下,抵敌官军围剿,遂道:"闯将舅事高闯王,也是额齐天王贤侄,可叫山外一千人马速速来寨子相聚!"

李自成闻言大喜,忙叫李过速速带兵马进山。

山外李横、张顺等人听闻齐天王召集入寨,众人收拾起财帛金银粮米等项,依旧做了十个百人队,登程入苜蓿沟寨子。王子顺获得李自成、李过这两条好汉,并这一千战力彪悍之马步军兵,还有粮米无数,心中甚喜。李自成见黄龙山这般气势,心中亦喜,遂对王子顺说道:"额往来秦陕、甘肃、宁夏,千里之地里走了这几遭,虽是受了些磨难,却也结识了黄龙山许多好汉。今日同齐天王入山,这回只是死心塌地与齐天王同死同生。"

王子顺大喜,叫小喽啰杀猪宰羊,大摆筵席,众头领各与李自成把盏,终日言欢。

话分两头。再说那日黄龙山不粘泥寨子里神家二兄弟,自李自成叔侄二人离了黄龙山,几日后亦话别张孟存,奔赴延绥镇。延绥镇总兵吴自勉广发告文,叫众逃卒归列,以往军中脱逃之罪责既往不咎。且说神家二兄弟回归军中,吴自勉见两人身体高大,孔武有力,浑身上下似有千百斤力气,被编入宁塞营为兵。这宁塞营却是延安城西一处紧要去处,防备蒙古人劫掠的重要隘口,宁塞营兵卒个个都是精锐健卒。

宁塞营参将官乃陈三槐也,就是那日在定边营校场追杀横天一字王王嘉胤的副将陈三槐。几年下来,陈三槐和吴自勉一道,没少干欺压军户、兵卒,贪污军中马匹、军械换取财帛金银之事,深得吴自勉赏识,被提拔为宁塞营参将。

忽一日,陈三槐宴请新安边营、定边营、柳树涧营、靖边堡等几个一般的参将官,众将官多是吴自勉亲信心腹,都在席上称赞吴自勉许多好处,一时间说得兴起。当日酒至半酣,众将官都道:"且去山前闲一回,再来赴席。"当下众参将相谦相让,离席闲步乐情,观看山景。

行至宁塞营城门口,只听得空中有声响,抬头望时,见几只大雕正在空中翱翔。

定边营参将卢登道忽道:"都说宁塞营兵卒个个都是精锐,想必不乏骑射高手。如陈参将手下将士能有人弯弓射下大雕,熬一锅汤下酒,我等方才信服!"

柳树涧营范礼、新安边营刘参将几个附和道:"卢大人说的极是。这牛羊肉早吃腻味了,倘若陈参将能射几只雕下来,红烧熬汤都可,也好饱饱口福!"

陈三槐摇摇头道:"大雕都是草原上凶猛异常的大鸟,眼力犀利,翅膀如同盔甲,羽毛似同钢刀,弓箭还未到,就被翅膀扑腾掉了,如何能射下来?"

卢登道又道："前朝成吉思汗铁木真手下蒙古骑兵,多有射下大雕之勇士。陈参将这般说,不是说我大明将士不及前朝么！"

陈三槐原为定边营参将卢登道手下副将,那日定边营校场未能拿住横天一字王,卢参将认为陈三槐必未死战,两人遂生不睦。待陈三槐升迁为宁塞营参将,卢登道心底更是嫉妒得酸溜溜,就想灭灭陈三槐锐气。

陈三槐见卢登道既出此言,心中寻思再若推脱,须吃同僚笑话。听募兵所报知此番募兵,多有蒙古血统者,或许有箭术超群之勇士,口中应道："我宁塞营士卒个个以一当百,善射之勇士,何足道哉！"

陈三槐上了城楼,叫手下将吏传令下去,有善射者即刻上城楼,射下头顶大雕者,重重有赏。不多时,有一人从士卒群中走出,稳步登上城楼,面朝陈三槐及众位大人施礼,道："属下神一元,愿射下头顶大雕献于麾下！"

陈三槐问道："你乃何方人氏？"

神一元回道："属下乃吴旗宁塞堡人,初居洛川,后与胞弟神一魁都在宁塞营为兵。听闻家中先父提到,祖上乃九原迁移而来。"

陈三槐问道："如此甚好,你能一箭射下大雕么？"

神一元心想额自幼打猎为生,天上大雕巨鹰、地上野狼猛兽射死不少,何不今日就此好好施逞些手段,教他们众人看,日后敬伏额？便道："属下一箭既可,绝不用第二箭！"

陈三槐闻言大喜,道："你若能让众位大人尽兴,本官定当重重赏你。"

陈三槐环顾四周,随行将官多有带弓箭的,便挑了好的一张弓来递给神一元。神一元接过来看时,却是一张十二石铁胎弓。又取过一支好箭,便对陈三槐道："参将大人请做个见证。头顶的那只大雕盘旋,似乎看中了猎物,就待猎物松懈就来捕捉。待会大雕俯冲,属下未敢夸口,这支箭要射大雕的眼睛。射不中时,愿由大人责罚。"

果不其然,大雕就要俯冲捕食,神一元觑得亲切,往空中只一箭射去,果然正中大雕,直落山坡之下。陈三槐急叫军士搬过来看时,那支箭正穿在大雕眼睛上,箭劲直透大雕头颅。

陈三槐和众头领看了,尽皆骇然。因神一元本就姓神,众将都称神一元做"神将军"。陈三槐大喜,连连赞道："神将军神射,堪比三国老黄忠、水泊梁山小李广花荣!倘若不是此番宴请诸位大人惹神将军出手,还不知宁塞营有如此神箭,实乃宁塞营有幸!"自此,延绥镇诸营诸堡无一不钦敬神一元。

陈三槐叫军士将大雕抬到伙房,拔毛剥皮后,熬一锅鲜汤来再与诸位大人饮酒。众将官兴致高涨,回席继而开怀大饮。不多时,一锅大雕熬成的汤端上席来,众人推杯换盏,好不快活,各自都吃了个醉饱。

当晚各将官都尽兴而归,骑不得马,陈三槐安排众人都在营中歇息。次早洗漱罢,又早摆上饭来,请众位吃罢,各将官各自返回。正是:

将军穿皮,士卒裹席。
当官醉饱,百姓吃草!

送走诸位大人,陈三槐正在中军帐中召集军官议事,忽有军士来报,说延绥镇总兵吴自勉有紧急军令来。

陈三槐不敢怠慢,急急接过书信来看,乃吴大人亲笔信。信中言去岁固原叛兵余孽复纠结流民逃卒一二千人,劫掠官仓,滥杀百姓,附近州县多受其侵扰。据探马来报,这伙贼寇已窜至宁塞营西六十里外虎头山,三边总督杨鹤着令延绥镇务必清剿。现令宁塞营速发兵,三日内剿灭盗匪,违令者军法从事。

陈三槐问一旁副将吴弘器可知这伙流寇来历。

吴副将回道:"据末将所知,去岁冬日,固原边兵缺饷,叛兵头目周大民乘官军追剿白水王二、汉南王大梁、府谷王嘉胤、安塞高迎祥、宜川王子顺等流寇之机,率众兵卒造反,劫夺固原州库。陕西巡抚胡廷宴与延绥巡抚岳和声互相推诿,追剿不力,以致叛乱士卒与饥民流寇沆瀣一气。今岁正月,固原兵攻泾阳、富平,诛杀游击李英。后来朝廷派兵平乱,擒杀贼首周大民,但叛军余孽未剿捕干净,之后又纠集四方流寇,继而抢掳仓廒,杀害官军百姓!"

陈三槐听吴副将所言,谓众将道:"既是固原叛兵余孽,纠集四方流民草寇,攻打州县,劫掠官粮,杀害官军百姓,当真是累造大恶之凶徒。现今又探明这伙贼寇盘踞虎头山,如此心腹大患,若不早行诛剿,上官怪罪,本官头上乌纱帽难保。此番派兵围剿虎头山,务将扫清余孽。该派遣哪位将官前去剿捕,众位有何高见?"

吴副将拱手道："谅此叛兵贼寇，末将以为不必兴举大兵。末将保一武艺超群之人，可去收捕。"

陈三槐大喜道："吴副将保举何人？如能建功，加官赐赏，高迁任用。"

吴副将回道："是昨日一箭射中大雕眼睛之神一元也！此人有如此神力，又听士卒所言，神一元善使一把宣花斧，当有万夫不当之勇。现军中兵员短缺，正欲培育精兵勇将。末将保举此人，可以征剿虎头山，定将大获全胜。"

陈三槐方才想起昨日神一元帮自己挣足了脸面，还未及赏赐，因为高兴，反倒把这事忘了。陈三槐是个明白人，知道手下将官多是靠阿谀奉承上来，或是上官安插亲信。搬弄是非窝里斗，动动嘴皮是行家里手，战场上真刀真枪，以命相搏却是不济的。出兵剿寇，还需真材实料硬本事。陈三槐寻思片刻，叫传令兵传神一元到中军帐来。

不多时，神一元来到，一一见过诸位参将、千总、游击、把总等将官。施礼罢，陈三槐赏赐神一元纹银五十两，道："本官历来赏罚分明，有功则奖，有过必罚。只是未有战功，提拔你恐难以服众。现今有个建功的机会，不知你愿意替本官走一遭？"

神一元回道："属下是个粗人，不善言辞，参将大人但有差遣，属下赴汤蹈火，万死不辞！"

陈三槐见他忠厚，便道："听闻你曾在延绥镇为兵，后因欠饷做了逃卒。此番总兵吴自勉大人仁德，既往不咎，你要好好立功。近日宁塞营西六十里有个虎头山，盘踞着去岁固原叛兵余孽，劫掠官仓，杀害百姓。今奉吴大人将令，三日内剿灭虎头山流寇。本官暂授你把总官一职，调马步精锐军士三百人归你差遣，你也可自行挑选健卒。两队阵前，你要多斩贼首，待扫清贼巢之日，论首级授奖，你可切记！纳来一个首级，赏银五十两；一百个首级就保你做个管队官；若能纳首级五百个，就要你真在宁塞营做个把总官，如何？"

神一元行礼道："属下此番征讨贼寇，实乃为民除害，为大人分忧，只求不辱使命，不求加官晋爵。"

众将官听罢，对神一元越发敬佩。

陈三槐嘴上不说，心中有些不悦。当即唤军政将吏立了文案，又带领众将官往校场中叫神一元操演武艺。神一元披挂上马，使出浑身解数，将一把宣花斧舞得泼水不进。陈三槐见状大喜，当日便拨了三百马步精锐军士交于神一元，又授了他领兵职权。陈三槐又取酒来赏了神一元三杯酒壮行，众将官都上前来与神一元作庆贺喜。

待神一元谢过众大人，陈参将下令神一元整顿军士当日起行，限三日扫清虎头山。神一元得了军令，火急收拾了头盔衣甲、鞍马器械，引了三百精锐士卒，又挑选了胞弟神一魁，生死弟兄高应登、红军友、李老柴、黄友才、李部司等一同应命。待一切军马军器准备妥当，已是晌午时分。神一元辞别陈参将，披挂上马，马上横着宣花斧，带众兵卒离了宁塞营，直奔虎头山。

一路上，神一元与神一魁、高应登、红军友等人商议如何剿捕虎头山流寇。

神一魁道："兄长容禀。据小弟所知，既是去岁固原兵变叛兵，端的是懂些排兵布阵之道，喽啰兵也必然会些武艺，绝非一般饥民流寇，不可轻敌小觑。"

神一元点点头道："兄弟所言极是，传令下去，叫众兄弟休要轻敌。众军士快马加鞭，待会阵前交锋，势必一鼓作气，斩杀贼首，克日肃清！"

众人快马加鞭，连连翻过云盘岭、榆树沟、走马梁、高寺山，虎头山已近在眼前。

这虎头山上盘踞固原叛兵五七百人，为首叛兵头目唤作梁武洲，力大无穷，亦善使一把开山斧。固原为兵时曾为把总官，固原兵变后落草为寇。手下有两员骁将，一人唤作周先，善使一把五股钢叉；另一人唤作韩正，善使一把狼牙棒，都是武艺高强之人。加之四方来投饥民八九百人，山前山后共有流寇一二千人。虎头山不甚高，却是三面悬崖，只有一条路能上山顶。路两边巨石耸天，就如同虎牙一般。

虎头山探马探到有大队官军朝虎头山而来，径直到大寨报知此事。山寨正厅里，当中梁武洲、上首周先、下首韩正并众头领正在饮宴，听知大队官军引军马到来征战，众皆商议迎敌之策。

周先建议道："想必是前些时日劫掠州府时，惊动了边镇总兵官。我听闻宁塞营兵卒都是精锐，此番征剿官军必定个个武艺精熟。虎头山是个小去处，如何敌得过？就算敌住了这一拨官军，如何敌得过大队官军。我等须倾巢而出，山前力敌，尽力斩杀，退敌后远走高飞，叫敌大队人马扑空，我等再寻高山大寨。"

梁武洲点头道："兄弟说的极是。就将众军分为左中右三路，我等都在中路。就由我来打头阵,周贤弟打第二阵,韩贤弟打第三阵,力争旗开得胜,斩杀官军首领,中路兵马掩杀过去,待官军阵乱,两路埋伏分兵杀出。"

梁武洲调拨已定,众叛兵引人马倾巢下山,向平山旷野之处列成阵势。

此时虽是冬天,喜还未冰天雪地。这群乌合之众列阵完毕,早望见官军到来。神一元叫众兵卒扎下寨栅,因不熟地势,当晚不战。次日天晓,两军对阵,三通鼓罢,官军这边神一元马上横着一把宣花斧出到阵前。往对阵门旗开处,走出叛兵头目梁武洲,马上横着一把开山大斧。

神一元勒住马,大骂梁武洲道:"官军到此,你这伙乌合之众不思早早投降,不是讨死么?"

梁武洲回道:"我等以往亦为朝廷出力,只是朝廷欠饷三年,我等肚饥无食,因而叛逃。我想你等延绥镇官军亦多有食不果腹者,如何此番甘做朝廷鹰犬,来对付我们?"

神一元马上喝道:"额何曾不知你等俱是些断了活路的逃卒饥民,只是你等与白水王二、府谷王嘉胤、安塞高迎祥不同。他们这伙好汉只劫掠官仓富户,且分粮于百姓,百姓多感恩德,四方无活路之百姓望风来投。你等却是劫掠官仓,又劫掠寻常百姓家的盗贼。此番额神一元带兵征剿,直把你虎头山踏碎,取你这伙盗贼首级请功。"

神一元一番话说得梁武洲无言以对,梁武洲骂道:"老爷要活命,哪管什么官府百姓,但有粮米财帛,取来便是!"

神一元听罢大怒,喝道:"今日定要取你首级!"

梁武洲听了也不搭话,便指马舞起开山斧,直取神一元。

两个阵前斗了四五十回合,梁武洲力怯,只待要走,背后虎头山骁将周先已到。见梁武洲战神一元不下,便舞起五股钢叉,纵马来到阵前助战。神一元见了,毫无惧色,以一敌二不落下风。

神一魁见贼兵来了帮手,手持大砍刀纵马来助兄长。周先卖个破绽,撇下神一元,抖擞精神来战神一魁。贼众阵中韩正手持狼牙棒,纵马来到阵前,便叫道:"二位兄长,我来也!"

官军阵中亦飞出一骑,手持大刀接住韩正厮杀。众人视之,乃高应登也。

这里六人六马,两两捉对厮杀,杀得煞是精彩。六人都是武艺高强之人,只见斧对斧,火光迸射,又来刀去花一团,刀去棒来锦一簇。六个人斗一炷香工夫,周先对阵神一魁,韩正对阵高应登,正是棋逢对手,斗八十回合之上,不分胜败。只是神一元力大无穷,梁武洲虚汗淋漓,斧法凌乱,渐渐不敌,心想不如将这个官军头领引到后山,待转迷糊了就出其不意一斧头剁了他。

梁武洲撇下周先、韩正二人,奋起一斧杀出圈外,拨转马头向山坡后去,回头大骂神一元道:"你这个官军,为了几口霉烂麦麸子卖命,却不知道将官顿顿花天酒地。谅你这点本事,何足为道!有种随我来,再与本大王拼个输赢!"

神一元越怒,也不搭话,便纵马追来。两个又战了十余回合,梁武洲又回马便走。神一元看看梁武洲力怯,纵马舞斧,穷追不舍。两个且战且追,又斗到十余回合。前方有片松树林,梁武洲纵马进入松林,来回穿插着跑。神一元也提防着梁武洲使阴招,只是和梁武洲保持一丈开外的距离。

梁武洲见神一元不中计,心中焦躁,又生一计。梁武洲把大斧横在马鞍上,袍底下取出画鹊弓,扭过身躯,看得亲切,"嗖"的一声射出暗箭。神一元眼疾手快,躲过暗箭,心想额等客土作战,不熟地势,此贼在额手里斗了许多回合,倒恁地了得!额不能久战。寻思罢,神一元奋马赶来,待梁武洲未及拿起开山斧,神一元宣花斧只一盖,只听"铮"的一声响,斧透铠甲,将梁武洲连臂带头砍了下来。

神一元得胜,割了首级往本阵便走。来到阵前,他将梁武洲首级往地上一扔,咕噜噜滚了几圈。阵中周先、韩正见大哥被斩,无心再战,都欲离阵逃走。神一魁、高应登见神一元取胜,精神大振,截住两人厮杀。不多时,周先、韩正先后被斩。贼众自乱,各自逃走,神一元便把大斧一指,与红军友、李老柴、黄友才、李部司等五人引了众军士掩杀过去,流贼大败。官军冲杀了一阵,直杀得血流成河。神一元见了,急收转本部军马过来,叫众军士休要再行追杀。

众人听到神一元将令,都回转马头聚拢过来,皆问神一元何故不再追杀。

神一元道:"此等流寇多是些断了活路的百姓兵卒,若有一碗野菜粥水,也绝不会落草为寇。梁武洲残暴,已被诛杀,余众且放一条生路去吧!"

黄友才听了摇头道:"兄长仁义,只恐上官怪罪未取得首级,该赏不赏。"

神一元回道:"贼首已诛,余众多是些为一口饭而为盗贼的寻常百姓,未造大恶,理应不究。或许指望来年风调雨顺,还能复为良民。大丈夫应深明大义,岂能只为自己封赏而夺取他们性命乎？"

众兄弟都道神一元仁义，军中士卒多有愿鞍前马后跟随者。

神一元率众征剿虎头山，两日就扫平贼寇，诛杀贼首，斩获首级八十余颗。众军卒打起得胜鼓，班师回营交令。早有官军探马回报，神一元大获全胜。陈参将听罢大喜，率众将官营门口迎接。

神一元远远望见参将大人率众迎接，急急滚鞍下马，对陈三槐行了军中参拜之礼。陈三槐叫神一元解了枪刀弓箭，卸了头盔衣甲，换了衣裳，入中军帐议事。神一元自去了披挂，换了兵服，进中军帐来，再拜谢了众将官。

陈参将大喜道："神将军一路劳顿，劳苦功高，本官当重重赏你！"

神一元回道："全托参将大人洪福，全凭士卒卖力拼杀。属下此番幸不辱命，不求赏赐。"

陈参将问道："神将军可有斩获贼人首级？"

神一元回道："斩杀贼首三人，斩杀负隅顽抗贼兵八十余人。"

岂料陈参将闻言面露怒色，道："一二千贼人，如何才斩首八十余级？"

神一元闻言大吃一惊，随即俯身道："虎头山仅贼首累造大恶，余众俱是些断了活路的百姓士卒。属下认为不宜斩杀，以彰显天子仁德。或许来年风调雨顺，可复为良民！"

陈参将闻言大怒道："你是甚人？如何不知我大明军制？"

神一元禀道："属下是延绥镇宁塞营兵卒，知晓大明军制。"

陈参将哼道："既是我宁塞营兵卒，又知晓大明军制，本官也正待抬举你，临行前也嘱咐过你，以贼首论功授赏，你为何放走贼人，违我军令？"

神一元答道："禀参将大人，属下自从领了将令，奋力拼杀，怎奈贼众多能再为良民。上天有好生之德，非属下怠慢将令，还请参将大人明察。"

陈参将喝道："胡说！上不紧，则下慢！我自士卒出身，历任管队、把总、游击、副将，到这一营参将，斩下贼人首级何止千万！今日延绥镇总兵吴大人将令，限期剿灭贼人！前日见你箭射大雕，有些武艺，本欲好好抬举你，岂料你暂行把总官职权，却不用心，此番定要军法办你！左右，重重打这厮一百军棍！"说罢，便唤过执法将吏提军棍来。

众将官多有敬佩神一元的，纷纷跪下告免。

陈参将摆摆手道："神一元,本官派你剿贼,指望你追剿一二千贼人,能斩获首级没有八百,也有五百,岂料你只斩获首级八十。你此番违我将令,虽有前日射大雕,后又有斩杀贼首之功,现功过相抵。下次你若再行妇人之仁,斩获不得贼首,绝不饶恕!"

神一元拼杀两日,却落得险被军棍重责。众将官都面面相觑,如箭穿嘴,钩搭鱼鳃,尽无言语,前日保荐神一元的副将吴弘器也只是摇头。神一元心胸坦荡,也不争区区把总官职位。待退出中军帐回到军营,一班生死弟兄都过来,听闻神一元立功未受奖,险些还被重责,个个恼恨,一者恨陈参将赏罚不明,出尔反尔;二者没想到陈参将如此嗜杀成性。有诗赞神一元,曰:

臂有神力射大雕,腹有勇武疆场骁。
心怀坦荡不为己,不为官位胆气豪。

许多兵卒都到神一元帐中说话。

高应登道："闲常时大伙儿都吃的是粥水,干的都是卖命的勾当。如今神大哥有功不奖,还险些着了军棍,以后谁还来卖命?"

神一元解释道："陈参将满嘴说的是不论功奖,只看斩获首级,其余不看。"

高应登道："这般却是无理。大伙儿都人非草木,岂能无情?只是这一伙做贼的强人,遇着灾荒没了活路,不做贼只能饿死,如何也得斩尽杀绝?难道陈参将就是用人头换得参将这个官位的!"

神一元听了,当初只有五分烦恼,见众弟兄说了这话,又添了五分烦恼,自离了营房,牵着一匹马就要去城外,叫众人不要跟着。

走了不一会儿,背后来了一匹马,马上正是同胞兄弟神一魁,他问道："兄长,方才见兄弟们都在你房里说话,却如何这般脸色?"

神一元道："兄弟有所不知。额顶天立地,非是贪恋陈参将赏赐,更非念及小小把总官。只是不想陈参将如何定要将贼人全部斩杀,定要纳上多少贼人首级来。额回复这些贼人多可复为良民,参将大人只是不听。再后额等待在宁塞营,不叫额嗜杀成性,又如何?"

神一魁道："听闻三边总督杨鹤、陕西巡抚刘广生、延绥巡抚张梦鲸虽提出招抚流寇，但也是先派兵力剿。又有新来的参政官洪承畴，善会用兵，诡计多端，秦陕流寇多有被剿灭擒杀。朝廷见剿灭流寇有起色，就下令见贼首请赏。多有官军将领醉心用流寇首级换取官位，因而多有砍杀无辜百姓首级，假冒功劳而博取官位者！"

神一元闻言怒道："原来如此，难怪陈参将不讲功劳，只要看首级。如此这般，和罗刹鬼、餐血妖何异？"

"兄长休怒，且先回营再作计议！"

神一元回营，众兄弟还在帐中未走。说起陈参将定要首级之事，众皆骇然。众人又义愤填膺抱怨了半日，神一元叫大家切勿效仿这些贪婪将领，上天有好生之德，要对得起天地良心。至傍晚，众人各自离去。

不觉光阴迅速，隆冬已到，虽没有冰天雪地，也是寒气逼人。军中防寒衣物依旧未发，各士卒都着单薄布衣，瑟瑟发抖。吃的也依旧是麦麸粥水，这几日粥水中已经寻不着丁点儿粮米，士卒多有怨言。五军都督府答应补起欠饷，也是说话如同放屁，丝毫不见半点动静。

众军卒饿急，山上野菜早已吃净难觅。这日，神一元拿出那日陈三槐赏赐银两，叫高应登出城买了二十斤麦子回来。殊不知粮价奇高，端的是六钱银子买一斤粮食。二十斤粮食，足足花了十二两白银。众兄弟一起煮了一锅麦子饭，大家一顿饭都吃了个干净。

次日，高应登找到神一元，道："小弟昨夜吃饱了麦子饭，因肚子久饿，突然一饱，就不住闹肚子。起夜时不经意看见军中来了几辆大车，蒙着幔布，直朝后山去了。小弟心疑跟去看，转了几个弯，却跟丢了，想必是些不可见人的勾当。不如今晚跟去看个分晓。"

神一元回道："那就去一趟无妨！"

转眼间，太阳沉西。此夜月黑，对面都不辨是何人，只听见语声。神一元、神一魁、高应登、红军友、黄友才、李老柴等人脱去军服，着了黑衣蒙了面，手里拿着火折子，避开守营士卒，就往后山赶将上去。不期山下有两个兵卒把手，被高应登、红军友劈面抢来，悄无声息将二兵卒打晕。神一元问高应登道："这里是什么所在？"

高应登道："此处就是营中后山，正是那日大车不见之处！"

神一元笑道:"难道飞上天了不成?"

高应登道:"此地飞不了天,就只能在地上出来。"

神一元点头道:"言之有理,众位四下找找,定有所获。"

众人点起火折子,分头找寻,还喜现在是冬日,没有什么小虫子,杂草也不茂盛。神一魁不提防干草丛中藏着一穴,双脚落空,只一跤跌下去,没想到穴底下却有脚踏,幸得不深,不曾跌伤。

神一魁举起火折子看穴中时,旁边又有一穴,透出腐臭味来。神一魁心惊,呼喊兄长和众兄弟下来。

待众人下穴,顺着腐臭味摸索去,却看见都是白布包着圆滚滚的东西,透着一股血腥烂臭味,看看足有七八百之多,堆得满满都是。众人走进去观看,甚是奇怪,不知何物!神一魁壮着胆拿起一个打开,着实一惊,原来这都是斩下来的人头,血迹已干。这般光景,如此之多人头,确是可怖至极。

众人不解为何这里藏有这许多人头。岂料高应登大呼一声,众人借火光视之,原来方才神一魁所拾人头,头顶有云鬓,还有发簪,分明就是女子头颅。神一元大惊,叫众人又解开几块白布,竟多是些妇孺头颅。神一魁问道:"这里有如此多妇孺头颅,却是为何?"

神一元回道:"方才兄弟道多有军中将领不思杀敌,却醉心用人头换取官位,想必陈三槐那厮专挑手无缚鸡之力的百姓妇孺杀戮,砍下头颅冒领功劳!恐众人发现端倪,现藏在此处,日后交于上官请赏。"

众人听罢,皆大怒。

神一元又道:"凡人皆有心谋求荣华富贵,有心必有念,地狱天堂,皆生于念。没想到竟有如此为一己荣华富贵嗜杀成性之人,难怪陈三槐那厮不问功奖,只问斩获多少首级。"

众人出了洞穴,都道要冲进参将府杀了陈三槐那厮。神一元摇摇头道:"你道陈三槐那厮不是个乖巧之人么?他定会故作不知,反责难是你所为,如此这般,你却如何?"

众人又问该如此是好。

神一元道:"俗话说:'捉人拿双,捉贼拿赃。'额自有主张,定要为这些无辜百姓亡灵申冤报仇,诸位且听额说来。"

有分教：

　　劝君莫胀私利心，万金不如身家命。
　　多行不义天降罪，须知举头有神明。

　　直教英雄好汉怒火冲天，贪官污吏命悬一线。欲知神一元如何申冤，且听下回分解。

第十八回

告上官神一魁遇险　虐兵卒陈三槐丧命

上回书说到神家兄弟领众士卒夜探后山，竟然发现后山洞穴里藏有妇孺头颅。众士卒大怒，欲闯进参将府杀陈三槐而后快。神一元见状劝阻道："陈三槐杀妇孺冒功，行径人神共愤，小小参将尚且如此，何况各处军镇大员乎？我等逃卒回营，五军都督府明文告示写着补齐欠饷，如今军饷如同影子一般不见踪影，这亦是一句空话。杀了陈三槐，于事无补。听闻三边总督杨鹤与胡廷宴、岳和声不同，是位愿尽忠报皇恩之人。不如我等不露声色，各自回营，叫陈三槐不觉，遣一人去固原总督府报知杨总督。杨总督到固原才半年有余，军中劣迹或许并不知晓，不知各位意下如何？"

众人虽愤愤不平，但见神一元此言确是有理，只得依了。

神一魁请命道："不如就叫小弟去一趟固原都督府！"

神一元见兄弟这等侠义，心中欢喜，便对他道："小弟有此侠义心肠，难能可贵。此事宜早不宜迟，以免更多生灵冤死。"

高应登此刻道："此刻城门已关，出城不易。不如明日混入红军友、李部司骑卒中去。红军友是营中马军管队官，隔三差五要出城牧马，可趁此之际混出军营。"

神一元点头道："应登贤弟说的极是。"

当夜众人不露半点声色，各自回营歇息。当夜，神一元就留胞弟神一魁同榻抵足而眠。次日起来，神一元又拿出那日陈三槐上回赏赐银两央人出营买了棉花布匹,请人做针工,赶制了一件寒衣,叫神一魁穿上。

神一元为何此时要跟神一魁做了寒衣?原来时值隆冬,将官们个个皮衣皮帽皮靴,士卒却未发一件冬装。士卒有去找将官理论的,那些官吏就是搪塞过去,缠住将官纠缠久了,便要叫人下拳去打。因此,满营里士卒对当官的怨声载道。俗话说"穷帮穷,富帮富",士卒之间都互相帮衬着度日。此番神一元眼见胞弟即刻远行固原都督府,这走六七百里去鸣冤,加之陈三槐爪牙甚多,此去必定凶险,裹件寒衣御寒也好。

过了两日,上官说晌午时分都将马匹放出城去。但凡养马的便知,夏日草肥,就把自家草场的一块地圈着,秋天就将草场的草割了做草料。冬天天寒地冻,就让马匹吃干草和灌木。但切记不可说冬日无草,就要马匹在马厩里吃草料,定要放出去奔跑。

晨起,神一魁和黄友才、李部司等骑卒一道各自领了马匹。原来大明军中,无战时马匹都是军中养着,战时再给骑卒。骑卒众多,将官也难以记清,所以神一魁混出去却是容易。

眼见神一魁要出城去,兄弟二人洒泪而别。

神一魁道:"小弟不愿陈三槐再杀无辜,今日就出城去。"

神一元叮嘱道:"兄弟早去早回,切记万事小心便是。"

神一魁恐惹人生疑,不敢带包裹,单布军服里面穿了新制寒衣,戴着个白范阳毡笠儿,挂了一把腰刀,辞了哥哥便行。

"兄弟稍等一等。"神一元回到自己房内,将那日赏赐剩下的银两悉数给了神一魁,"额也混进骑卒中去,送兄弟一程。"

兄弟两人上马,跟着众骑卒出城,朝旷野处一路策马狂奔。

转眼间,马队离了宁塞营,行了三四十里路。神一魁作别道:"兄长,此番马队都离散了,额不此时出发,更待何时?兄长请回,恐惹人生疑。"

"为兄眼皮跳得厉害,总感觉兄弟此行端的是凶险万分。俗话说'打虎亲兄弟',你额兄弟几时分开过?不妨再送几步。"路上,神一元一再嘱咐小心,不觉又走了十来里。

神一魁挽住兄长的手道:"兄长不必远送。常言道:'送君千里,终须一别。'恐惹人生疑。"

神一元又叮嘱道："兄弟说的是,为兄就回,兄弟万千小心。见了总督大人直说陈三槐冒功之事,说罢即刻返回。只是城外多有眼线,兄弟骑军马,着军人服饰,切不可跟生人提了自己名号,切不可迷迷糊糊睡去。"

神一魁回道："小弟记下了。"

且说当日神一魁混出城去,一路往固原都督府径行。他心急如焚,一路贪赶路程,往西南行了半日加半夜,已到了庆阳地界。眼见人困马乏,就去林子里歇了,心想这身军人服饰,恐被人看见了盘问,指不定扣个逃卒的帽子捉回去,不如脱下军装藏了。他庆幸兄长赶制了寒衣,虽有衣穿,却也抵不住天寒地冻。囫囵半夜也没法睡,迷迷糊糊中渐渐天色明亮,只得趁日头暖和了再行。

又走了几十里地,光秃秃的山路,又没有草料,马也走得慢。神一魁走得辛苦,远远看见一处小酒馆,心想若不得些吃食,怎么打熬得过?便入那酒馆去。他下了马,把马拴在门前马桩上。入得店内,神一魁把腰刀倚在墙边,坐下了。只见灶边一个妇人问道:"客官,是要吃些酒肉么?"

神一魁回道："额是赶路的客商,且取些酒肉饼馍,搞一碗面来吃。"

那妇人又道："客官,这年头粮食却是贵。小店小本生意,却怕你吃了赊账。"

神一魁把腰里赏银解下来,取出些碎银两与那妇人道："你就弄来一坛子酒,十个大饼,一碗裤带面,再弄些蒜泥来,有牛羊肉就且端一盘子来,差不了你酒钱。"

那妇人回道："酒肉面食一会儿就到。"

神一魁又道："这马也困乏了,就对付些草料。还有,额昨天赶了夜路,待会就在你这里歇息片刻,明日自投固原城里去。"

那妇人道："客官,非是奴家不留你,奴家这酒馆不是客栈,况且当家的不在,也没好床帐。"

神一魁闻言愠道："又不是夜间留宿,额歇息几个时辰就走,干你当家的在不在甚事?也不要好床铺,额行走的商人,但有一处平地歇息便罢。"

那妇人好奇问道："你这马好生健硕,可是军中马匹么?你这气壮如牛,睡觉不要床铺,你可是行军的人?固原乃三边都督府所在,你去固原又做甚?"

神一魁怕暴露身份,道："大嫂玩笑了,额只是赶脚的客商。"

"原是这般！"

那妇人先叫一个跑堂的酒保抱过来一坛子酒，端到神一魁面前筛酒，自己自去伙房烧火。神一魁饥肠辘辘，坐在桌前等了半晌，只见跑堂的端过来一盘羊肉、一碗蒜泥、一大盘大饼、一桶裤带面过来。神一魁又饥又渴，军中一日两顿饭食都不够塞牙缝，此番见酒肉面食上桌，呼哧哧就吃了个风卷残云。神一魁唤酒保过来一起吃，一发算酒钱。酒保见有这般好事，就吃了一碗裤带面，就了几口蒜泥，也是痛快得很。

神一魁吩咐道："你好生与额喂养这匹马，一会一并给你算草料钱。再弄一桶水来饮马，倘若是山泉水或井水，须放上一放再喂，否则呛了马肺。"

酒保问道："感承客官，五军都督府又下令但有逃卒者，不能留宿，否则严惩。客官果真不是逃卒么？"

神一魁寻思兄长的嘱咐，便道："你这挨球的好生无礼，额又不差你酒钱，还请你吃面，你和你家主人为何三番五次说额是逃卒？"

酒保告饶道："不是逃卒最好，小人再不说就是。"

酒肉面食吃罢，酒保拼了两张桌子，铺垫了些干草棉花，安排神一魁睡了。又把马牵放屋后小屋下，切草料喂马。一者神一魁连日心闷，二者平日里连饭都吃不饱，多日不曾饮酒，此番多饮了几杯酒，倦意顿生，躺在桌子上就要和衣而卧。神一魁到底还是有点心眼，心中忽地察觉酒水不对，平日里几杯酒醉不倒自己，此番怎么脑袋就似千斤重，莫非这是黑店。他强挣着起身，拿了倚在墙上腰刀便跟跟跄跄要出店门。

那妇人问道："客官哪里去？"

神一魁道："额又不差你酒钱，唤额做甚？你这酒里有鬼，莫非这是黑店么？"

那妇人道："你这泼贼也不是客商，你马鞍下藏的军服已经看到，你还瞒什么？姑奶奶和你也不必废话，你走不出这个店门。"

神一魁听了大怒，拔出腰刀就要砍这妇人。几个跑堂的酒保赶将出来要揪神一魁，被神一魁转身一拳一个打翻了，又听得背后叫道："你那厮还不倒地么？"

神一魁回头看时，正是那个蛇蝎妇人。只见那妇人从腰间拔出双刀就来斗神一魁。

"好毒辣的妇人，还倒来寻额争斗！"神一魁虽立脚不住，也只能硬着头皮接住那妇人来斗。斗了几个回合，一众酒保各拿棍棒，飞也似都围将来。"就你们几个野鸟，还想取额性命么？"神一魁挺着手中腰刀来斗这些人。

俗话说"双拳难敌四手"，神一魁虽勇，也挡不住酒中下药，步履踉跄。斗了十几个回合，手中腰刀只办得架隔遮拦，上下躲闪。这蛇蝎妇人武功也不弱，那伙酒保又都一发上，哪还抵挡得住？众人围住神一魁，那妇人跳出圈子外来叫道："你已经着了蒙汗药，此番就是插上翅膀也飞不走！你且不要动手，是条汉子，你可通个姓名出处。是个软蛋，你就闭口不谈！"

神一魁哪里经得住这几句话激，再说料想难以脱身，就是死了也要昂着头，便拍着胸道："额行不更名，坐不改姓，宁塞营神一魁是也！"

那妇人道："果然是条汉子，此番不倒，更待何时？"

众人都附声道："倒也，倒也！"

神一魁只觉天旋地转，支撑不住，扑通一声倒地。不一会儿，神一魁就睡得如同死人一般。那妇人收起双刀，左右招呼出来七八个大汉。众人七手八脚把神一魁死死按住，取来四条绑索，从脖子到脚紧紧绑住了。这边拿住了神一魁，那边急急差人去延绥镇报知，就说拿住了宁塞营逃卒神一魁。

为何这酒馆要拿捉神一魁？又何以识破神一魁乃延绥镇边兵？原来逃卒一旦与流寇为伍，更是朝廷心腹大患。因而五军都督府下令，各地各镇各卫屯所须严查逃卒，各处馆驿客栈，市井巷陌遍布眼线，盘查到逃卒者一律上报拿捉，不得有误。此外，多有将领在军中多行不法之事，亦恐军中兵卒告发以致上官知晓，因而各处要道也多有将官暗插眼线。酒馆中那个妇人，夫君就在军中为游击将军，那妇人就是眼线，酒馆中几个伙计都是爪牙。

方才神一魁骑马入酒馆，早被人认出所骑马匹高大雄壮，定是军马。此人却一再声称乃客商，定然有诈。当时酒保正在给神一魁筛酒，内屋那妇人看神一魁身形步伐训练有素，不似一般路人。给马匹喂草料时，就叫人细细看马鞍马镫，却发现马鞍下藏着军服。这妇人曾随同夫君去过延绥镇，认得这是延绥镇边兵服饰，便对手下道："这个汉子马鞍下藏着延绥镇边兵服饰，不是逃卒却是什么？方才那厮说要去固原，或是去投奔去岁固原叛兵余孽，或是去固原都督府告状。此时不拿下，更待何时？"

手下一人听了道："他既是延绥镇边兵，又要去固原，不管他走在哪里，又做出什么事来，行到额这里，须是拿捉了便了！"

众人暗地里商议，那妇人道："看这人武艺不弱，既是如此，我们且只顾置酒让他吃，殷切小心服侍着，待灌得醉了，就缚在这里。"

众人点头道："说得是。"

这妇人与众人商议定了，就往酒里下了蒙汗药。酒保过来陪着扯谎聊白，款住神一魁。那妇人又不断加菜，一杯冷，一杯热。神一魁未行走江湖，哪知是计，只顾敞开肚皮吃酒，全不记兄长的吩咐。不到两个时辰，神一魁把一坛子酒都吃了，酩酊大醉，中计吃拿了。

这妇人不敢怠慢，一边将神一魁打入囚车，一边遣下人骑快马急急奔赴宁塞营报知参将陈三槐。陈三槐听得大惊，问来人道："你们可曾拷问此人，可知此人要逃往去何地？意欲何为？这是谋叛的人，不可走丢了！"

酒馆下人答道："此人声称乃宁塞营神一魁，谈话中听得要去固原。"

陈三槐心中寻思此人乃神一元胞弟，只身要去固原，莫非是去寻三边总督杨鹤大人？难道穴中妇孺人头之事，已被兵卒知晓？多亏被拿获，否则本官须是麻烦得紧！寻思罢，陈三槐大冬天里却汗流满面，如同夏日一般，又道："这个逃卒现在何处？"

酒馆下人道："神一魁现在上下着了四条绑索，又陷在囚车里，就看押在本处酒馆柴房。此人有些手段，着了蒙汗药也能和十几人打斗几十回合。恐酒醒无人禁得他，又恐路上流寇众多，押解路上走失了，因而不敢解来。"

陈三槐叫人打赏了来人，随即唤营中马军管队官红军友和两个贴队入中军帐来。

红军友等三人进帐，陈三槐唤过来吩咐道："本营兵卒神一魁原是逃卒归队，此番又做了逃卒，被庆阳军中眼线识破拿下，现囚在庆阳官道一处酒馆内。你可多带人去秘密解来，休要被他走脱了。即刻就走。"

红军友领了将令，心中暗暗叫苦。

两个贴队官都是陈三槐亲信，此番就是来监押的。红军友无法，只得先出帐点起五十员健卒，各披挂上马，便奔庆阳而去。红军友虽与神一元交厚，可军令难违,又有两个贴队官跟着,如何能擅自去营中找神一元。他暗地里写了个纸条捏在手心,所幸在营门口正好碰见高应登操练回营。红军友故意丢掉纸条朝高应登抱拳,并暗暗使了个眼色,高应登会意。

待红军友领骑卒出营,高应登捡起纸条,看罢大惊,急急去见神一元。神一元也刚刚回营,见高应登匆忙,便问道:"闻知贤弟出营操练,为何现在这般急切?"

高应登回道:"小弟若无事也不会如此匆忙。今日红军友带领五十骑卒赶往庆阳拿捉逃卒,你可知是谁?"

神一元笑道:"额虽姓神,又不是真神仙,哪里得知?"

高应登递过红军友丢弃纸条,道:"逃卒就是一魁小弟也!"

神一元闻言大惊道:"一魁是额同胞兄弟!不知因甚说成逃卒,却要红管队带人去拿捉?"

高应登分析道:"一魁小弟定是行走江湖少了,被官道上军中眼线识破,被套了言语。陈三槐得知一魁小弟要去固原,深恐洞穴中妇孺头颅之事被泄,定会把他强扭做贼,早晚结果性命。若不早早用心来救,恐性命难保。"

神一元听罢,心中叫起苦来。宁塞营兵卒有三千多人,这参将定要设法强行将神一魁处死,这可如何是好?便叫高应登道:"快去寻大伙儿来说话!"

高应登出去寻李老柴、黄友才、李部司等人,不多时就有几十生死弟兄来神一元帐中相见。原来这神家兄弟在军中时常为士卒出头,素得人心,加之将官盘剥士卒已久,士卒之间扎堆帮扶着,听闻神一魁有事,端的是一呼百应。

高应登将陈参将遣红军友前往庆阳押解神一魁之事对众兄弟说了,不多时营中尽知。李老柴听了便道:"既是如此,也只有劫牢救人了。红军友虽不会为难一魁小弟,但押回营中必死无疑。照红军友骑卒之速,一昼夜必返。除了反了他的,没别的法子。"

众兄弟都道:"但有用着兄弟处,尽可出力向前。"

神一元沉思道:"此事非同小可。延绥镇连着官军营垒数十个,与宁塞营最近有营垒三座,就隔着几十里地。中间是宁塞营,西北边是新安边营,东边是柳树涧营。这三处营垒算来总有一二万军马,因都离蒙古不远,三处营垒有狼烟为号,结下生死誓愿,同心共意。但有吉凶,必来递相救应,这区区几十里地,两炷香便到。虽说宁塞营士卒最为强悍,可听闻新安边营刘参将手下收留义子二人,唤作刘龙、刘虎,两人都擅能使火枪,带领一支火枪队,装药发火,百步取人,神出鬼没。柳树涧营又有一个教头,唤作铁棒吴彪,此人有万夫不当之勇,使一根混铁棍,马上马下功夫皆十分了得。"

高应登大声道:"就算三处营垒都来,也不惧他。看此间陡然天寒,加之怪风骤起,地上尽是些尘土沙尘,料定不日定有沙尘暴。那火枪队迷了双眼,能放枪么?"

神一元还有些迟疑,道:"还须思量个计策。"

高应登急道:"还思量什么?陈三槐那有一营人马,他定已知晓穴中杀妇孺冒功之事已泄,一魁小弟被拿捉来,定要做翻了他。若不先去劫牢,别样也救他不得。"

神一元闻言,下定了决心道:"红兄弟有两个贴队官跟着,无法私放一魁,且他是个急性子,必昼夜兼程赶来,要额等搭救。囚车慢,也是受罪得很,红兄弟定不会将一魁放在囚车,定是将他放在马背上。明日额和应登、李老柴、黄友才就埋伏在营门口,见了红兄弟马队,就先劫了。"

高应登又问道:"劫了牢,也要个去向?"

神一元不答。

众兄弟道:"神将军,此时不反了去,更待何时?军中士卒还着单衣,明日下了冬雨,过不了几日就漫天飞雪,却是要命,过不得冬去!"

李老柴也道:"如今见这势头,每日两顿粥水,这身单薄衣服,不冻饿死还待怎的?不如今夜就去军中串联,此事便成。"

黄友才也道:"众士卒多有怨言,就缺主事的。兄长不来出头,还能有谁?"

众人将神一元围在当中,都要他主事,劫牢反了去。

神一元大声道:"那日在黄龙山,不粘泥首领要额入伙,额尚有尽忠之心,不愿落草。此番是军中多有贪官污吏,不容额等良善,不反就冻饿死,反了就是株连九族的不赦大罪。额如今反了去,非额不忠耳。"

众人道:"愿听将军差遣!"

当日神一元、高应登就差遣众人连夜四处联络,没想到众军卒早有积怨,多生反意,居然一呼百应,只待领头的。

且说高应登、黄友才、李部司三人天不亮就专在营门前候着。天降细雨，阴冷无比，三人都冻麻木了，只待早日反了去劫了甲仗库，找些皮衣皮甲裹了也好。隆冬时节，天亮得晚。果然，早饭那碗粥水还没等下肚子，高应登眼尖，远远望见马队来了。一匹马上载着神一魁，手被反剪缚着，背后红军友骑着马，五十个健卒簇拥着往营门口来。

高应登忙告知黄友才、李部司道："一魁小弟来了，你二人依我行事！"

当下红军友领众骑卒押着神一魁，刚进得营门口，高应登三人跳将出来拦住去路，红军友勒住马问道："兄弟，你这是做什么？"

高应登答道："你休问，且先救兄弟的命！"

红军友问道："又作怪！救什么兄弟？"

高应登道："你不要装聋作哑！留下一魁小弟便饶了你！"

红军友会意道："逃卒神一魁就在这里，你要劫了，须问我手中长矛！"

高应登怒道："都是一起过活的弟兄，你要与我拼个你死我活么？"

红军友道："我是宁塞营的马队管队官，岂能徇私？"

"既是兄长不肯，我今日便和你拼个死活！"高应登说罢，从身边便挈出腰刀来，黄友才、李部司各拔出腰刀在手。

红军友假意挺起长矛与三人战成一团，只做遮拦招架。众骑卒多与神一魁交厚，巴不得他被救走，只在一旁观望。只听得两个贴队官一旁叫道："休要走了人犯。"

红军友挡开三人的腰刀，回声应道："区区三个人交给我，你等休要助战！"

只见四个人假意战了几个回合，忽然高应登拨开长矛，飞身跳到缚着神一魁的马上，纵马就往营外逃去。

两个贴队官大惊，叫众骑卒纵马追赶，口里叫道："休叫走了逃卒神一魁！拿住高应登，就地正法！"

众人追出十几里地，眼见高应登越逃越远，渐渐看不见踪迹。二位贴队官见红军友并不卖力追赶，禁不住大怒道："你好大胆，和叛兵是一伙的吗？"

两人挈出刀就要来斗红军友。红军友本就是吃不得半点亏的主，哪受得住骂？见两人拔刀相向，二话不说，就挺矛和两个贴队官战在一处。红军友以一敌二，全无惧色，战不到七八个回合，已将两人挑落马下。

见红军友挑了两贴队官,众骑卒大惊,一时不知如何是好,急问红军友有何主张。红军友哼哼道:"结果了两条狗罢了,有什么打紧?先回营见过神大哥再作计议!"

这边高应登拔出刀砍断神一魁身上绳索,回身过来和众人一道呐喊,冲进军营,口中喊道:"神将军何在?"

岂料听闻营中鼓声震天,喊杀声不绝入耳,不知何事。正是:

忠勇之士,朝廷不用必是江山对头!
奸佞之徒,朝廷重用更是社稷脓毒!

只见营门大开,营内鸣锣擂鼓,不知多少兵马骚动。军马到得栅门边望时,尘土蔽日,杀气遮天。红军友正欲一马当先,神一魁便叫道:"兄弟!使不得莽性!营里有三千军马,不知虚实,若杀将进去,必定有失!"

高应登便道:"不如你我兄弟三个先行进入探个虚实,倘若神将军已串联营中兵卒,众人再进来,一道直取参将府如何?"

红军友怒道:"不找到那个陈参将,在他身上头上穿几个窟窿,岂能泄心头之恨!我等守着几件薄衣裳,日日喝着几口稀粥,不是冻死便是饿死。横竖是一个死,若有埋伏,也不能白白送死。我三人先去打探,此计是最上招。"

当时神一魁也挑了一匹骏马,三人抖擞精神,都披挂了衣甲,手里拿着长矛大刀,直冲入营去。刚冲入军营,只见营内冲过一彪人马,众人看时,这彪人马约莫百人,都手里拿着军器,直朝营门口来。

神一魁还道是陈三槐遣人来捉,此番正是中了埋伏,便道:"苦也!此番我命休矣,却连累了几位兄长白白丢了性命!"

三人正欲逃出军营,高应登眼尖,远远望见当头马匹上有一条大汉,倒提一把明晃晃的泼风刀,头盔下露出额头上一缕赤发,口里分明叫道:"且关了营门口,休叫走了一个!"

高应登叫神一魁看时,不是别人,正是李老柴。

因李老柴满头赤发,根根直竖,面目如同吃人豺狼,背地里有人就唤作李老豺。李老柴面如豺狼,却心底存善,多与兵卒们共患难。加之李老柴被人喊老豺不悦,兵士就多喊李老柴。

神一魁连忙招手叫道:"老柴兄长救我!"

李老柴见是神一魁,大叫道:"这下好了!端的是想煞老哥了。"

神一魁也急急策马过来,滚鞍下马见过李老柴。

李老柴说道:"前日听闻贤弟遭难,老哥心急如焚,此番无恙就好。"

神一魁问道:"此刻军营如此鼓声震天,却是为何?"

李老柴道:"营中士卒无衣无食,断了活路,将官将吏却皮衣皮靴,花天酒地。众人与其冻死饿死,不如推举神将军做主起事。岂料一呼百应,军中士卒皆愿起事,此番正攻打参将府。恐有人趁乱逃出,神将军叫我守住营门口。"

神一魁吁出了一口气,道:"原来如此,额道还是陈三槐遣人来捉我等!"

众人闻言大笑。

李老柴道:"此地不是说话的地儿,贤弟快去助神将军一臂之力!"

神一魁、高应登、红军友等一行人奔入军营大门,直奔参将府。远远看见黑压压一大群兵卒手持刀枪,将府邸团团围了。府邸大门紧闭,当中一将带引数十兵卒合抱一根大树干正在奋力破门。为首一人紫棠面皮,络腮胡须,吆喝声中透出一股豪气,正是神一元。神一魁见到胞兄,喜从天降,急急滚鞍下马,与神一元相见,行了跪拜之礼。

神一元见了胞弟无恙,大喜过望道:"自从吾弟有侠义心肠,欲赴固原都督府将陈三槐杀妇孺冒功之事报于杨鹤大人,愚兄无时不在挂念。又听闻吾弟着了官道哨卡埋伏,被军中眼线识破陷了囚车,愚兄坐立不安,又不知何处被伏,无路可救!近日又听得陈三槐差人欲将吾弟解来,性命必定难保。只得叫应登、友才、部司兄弟设法营门口劫了,好歹保住性命。今日见到吾弟无恙,实乃祖宗庇佑。军中将官贪婪,士卒衣不蔽体,食不果腹,多有怨言,如此没有活路,不如就此反了去。今日额等正要杀入参将府,把军中囤积粮米布匹分于众人,先吃饱肚子,暖和身子再作计议!"

神一魁也道:"今日不取了陈三槐项上人头,难出额胸中恶气。"

再说那日陈三槐听得军中眼线拿了欲往固原之人,又恨又惧,深恐杀妇孺冒功之事外泄。这日晨,陈三槐夜间闻听似有万马奔腾之声吵嚷,吵得一夜未眠。起床后又见屋外地上厚厚一层沙土,口鼻中都似含沙,越加不悦。他正在府内咬牙切齿，只待拿人到了来问个究竟，便唤副将吴弘器到府内商议。吴弘器不敢怠慢，急急来到府堂。陈三槐喝道："小小兵卒，逃离军营，赴固原都督府作甚，定是告我罪状，可是后山穴中之事有泄？"

吴弘器告道："军中有报，后山隘口看守军卒几日前被人打晕，现正在缉拿真凶。此番看来定是有人去了后山，穴中之事恐已泄。"

陈三槐惊得汗流浃背，说道："这就是了，神一魁擅自去固原，定与此事有关。幸被吃拿了，否则本官不死也得脱层皮！"

吴弘器又道："末将寻思，神一魁赴固原告状，必是奉了胞兄神一元之命。神一元此人武艺高强，深得军心，一旦集众军卒之力哗变，将一发不可收拾，参将大人不能不防。"

陈三槐听罢，甚是心慌，道："多亏吴副将提醒，先下手为强，本官与新安边营刘参将交厚，不如先去暂避，借刘参将火枪队先行诛了神一元！"

正在此时，参将府外忽有人马骚动，似有千军万马，只听得亲兵来报道："参将府外士卒哗变，各自手拿刀枪棍棒，要冲进参将府。"

陈三槐闻言大惊，问道："共有多少兵卒？为首之人乃何模样？"

亲兵回道："哗变士卒众多，约莫有两千人。领头一人生得紫棠面皮，虬髯胡须。"

陈三槐喝道："那个紫棠面皮的正是神一元。这厮原本是本官帐下一无名小卒，那日城楼射大雕，出尽彩头，此番吃了熊心豹子胆，敢来我这里闹事！左右，点起兵马，跟我捉这伙叛兵！"

吴弘器见状道："参将大人不可，叛兵势大，不可力敌，参将府内亲兵不过一二百人，焉能敌得住叛兵？还是从后门逃了，去新安边营暂避，待兵马齐备，再来拿捉叛贼。"

陈三槐虽恨得咬牙切齿，也只得依了吴副将。

陈三槐连忙披挂上马，提了混铁狼牙棒，带领一百余亲兵护卫，悄悄地开了后院暗门，引军逃出营去。刚出参将府没几步，背后一支军马追赶过来，众兵卒大喊道："休叫走了陈三槐。"

陈三槐回头看见为首一人正是神一魁，身后两人正是高应登、红军友。

神一魁头发散乱，身上虽披盔甲，但仍旧着单薄军衣，脚穿一对破草鞋，原来他身上那件寒衣被那泼妇夺了。他虽在囚车里陷了多日,却依旧抖擞精神,斗志正盛,坐骑一匹高头白马,手中横着一把泼风刀,一马当先,高应登、红军友率众士卒步步紧跟。陈三槐见了红军友,想必红军友也成了叛兵。

神一魁险些丧命,此番两人马上相见,正应了那句"仇人见面,分外眼红"。陈三槐看着神一魁,恨不得一口吞了他,喝道:"你等叛军围攻长官府邸,已经犯下弥天大罪。平日里我待你们不薄,神一元和你本是逃卒,被我收留营中为兵,你本该知恩图报,为何又做了逃卒?为何要去投靠固原叛兵?你好大胆,敢来太岁头上动土!早早纳降,饶你等不死!"

神一魁在马上反喝道:"营中兵卒个个缺衣少食,顿顿两口麦麸子掺水,天寒地冻还着单衣,这番模样还道对士卒不薄?若说弥天大罪,你在后山洞穴里藏了几百妇孺头颅,滥杀无辜,你才是犯了弥天大罪的人。你爷爷额此番去固原就是要面见三边总督杨鹤大人,揭穿你这伙人的勾当!"

陈三槐怒道:"胡说!本官光明正大,不知你说什么后山洞穴!你等现已做了叛兵,你倒来送死。本官谅你和神一元曾建过功劳,不如借一条路,本官可保你不死,他日升你做把总官,如何?"

神一魁笑道:"你说的是什么闲话!额便肯时,有一个不肯!你问得它便肯借你一条路去!"

陈三槐问道:"那叫我问谁?"

神一魁笑道:"你问得额手里这口泼风刀肯,便放你去!"

陈三槐大怒道:"无名小卒大胆,休得要逞嘴皮之功!来试试我手中混铁狼牙棒!"

神一魁亦怒,抡起手中泼风刀来战陈三槐。

两个斗了十几个回合,神一魁卖了个破绽,让陈三槐把狼牙棒往头顶劈过来,神一魁却把腰一闪,轻松避开。陈三槐用力过猛,收势不住,连人带棒向前打了个跟跄。神一魁轻舒猿臂,款扭狼腰,只一挟,把陈三槐狼牙棒轻轻就摘离了。夺过来只一丢,扑通一声,狼牙棒便被丢落地上。

众人喝彩道:"不枉神将军兄弟二人如此豪杰!"

原来陈三槐虽武艺高强,只因近年来上下钻营,多陪上官醉生梦死,早荒废了武功,又被酒色所迷,掏虚了身子,怎及神一魁虎一般的人,因而十几个回合便失了兵器。

那陈三槐失了兵器,无心再战,只得带亲兵欲原路退回,忙叫兵卒抵住神一魁,只带得四五十骑入参将府。不多时,参将府外兵卒尽被神一魁、高应登、红军友连人带马或擒或杀。陈三槐退到府中,叫亲兵速速点起狼烟,求临近新安边营、柳树涧营、靖边堡来救。参将府院墙厚重,因而神将军攻打参将府也不是易事。平日里,陈三槐恐营地失守,参将府墙高丈二,还有暗门暗道。军中粮食、布匹、金银财帛皆放在府内仓库。陈三槐宁可叫众兵卒都冻着饿着,也只把粮米军服囤积着,日后倒卖个好价钱,换作金银都进了自己腰包。

且说神一魁、高应登、红军友率人将参将府亲兵诛杀大半,与神一元、黄有才、李部司会合,李老柴守住营门口。神一元见参将府内燃起狼烟,大叫不好。高应登应道:"燃起狼烟也好,便可将计就计。"

神一元问道:"如何将计就计?"

高应登献计道:"府内只有亲兵数十人,所以他要燃起狼烟去求救。我这里可使两支人马,诈作救应军兵到,就在墙外混战。陈三槐必然开门助战,我乘势就攻占了参将府,将府内仓库粮食、布匹尽皆劫掠了,分于众兄弟。"

神一元听了大喜。事不宜迟,他叫黄友才、李部司领马军绕着参将府跑,令高应登、神一魁引步兵与马军假意混战,只是把刀剑磕碰得噼啪作响。

再说陈三槐叫亲兵在府内空阔处堆积柴草,放火燃起狼烟为号,只望救兵早一刻到来也好。堂堂一员参将官,竟吓得如同热锅上的蚂蚁,围着火堆,口里念道:"救苦救难天尊!许下万卷经!百座寺!只望救我一救!"面皮就惊得如同打了霜的瓜,又青又白。

过不了多时,守门亲兵听闻参将府外传来刀剑噼啪作响声,料想救兵到了,正在接战,急忙报知。

陈三槐听了,连忙披挂上马,果然听见院墙四周喊杀连天。抬头看天,就看见战尘蔽日,似乎四面围城叛兵正在四散奔走。

陈三槐料想是附近营垒救兵到了,大喜。只是方才混铁狼牙棒已失,只得从军器库提了一柄长枪,尽点府内亲兵大开城门,率众冲杀出去。出门望见四周军马正交战着急,都穿一般的服饰,看不清哪是叛兵哪是救兵。

陈三槐心中生疑,却正好撞到神一元阵前,看见神一元引着神一魁、高应登三骑马往营外而走。陈三槐引人马急去追赶,忽听得参将府内喊声震天,心中疑惑,便收转人马欲回。

两边锣响,左边一彪马队,为首一将正是红军友;右边一彪步兵,为首一将正是黄友才,各引人马冲将出来。

陈三槐急急夺路而走,手下亲兵尽皆被杀。只有副将吴弘器奋死拼杀,突出重围逃命去了。

陈三槐一人一骑冒死冲杀,奔走脱得核心时,望见参将府内已尽是叛兵,抬眼再看,并无一处是救应军马。陈三槐只得拨转马头,往营门口逃走,后面一二千叛兵杀声震天,只叫着要诛杀陈三槐。

陈三槐慌不择路,还未行到营门口,却从两旁栅栏处撞出一彪人马,当先拥出李老柴拦住去路,厉声喝道:"好你个平日里只会欺压兵卒的狗官,我在此已等你多时!不好好下马受死,更待何时?"

陈三槐欲拨转马头再逃,背后早有一彪人马截住去路,当先马上正是神一元。两头夹攻过来,四面截了去路,陈三槐只得马上打拱乞命。

神一元怒道:"不顾士卒死活,杀妇孺冒领功劳,大明军中若尽是你这等货色,因何言战?你才是犯了弥天大罪的人,留你何用?"

乱兵抢过来无数刀枪,都要来杀陈三槐解恨,惊得他下马磕头如同捣蒜一般。平日里欺压士卒太紧,此刻哪有人饶得过他。众人一哄而上,早把陈三槐头颅剁下。侧首高应登最先抢过,不管不顾提了陈三槐首级扔在地上,众人踢来踢去,也不解恨。

可怜宁塞营参将陈三槐镇守大明边陲多年,曾也是一世豪杰。只是醉心钻营,对上多是同流合污,对下则从未爱惜士卒,最终死于乱军之中。有诗为证:

宁塞守将人亦识,带兵之理应尽知。
将官只图私囊满,自有兵卒打破时。

神一元见杀了陈参将,叫众人速去参将府仓廪将御寒衣物、军靴军帽尽皆穿戴了,将粮米肉食、金银财帛尽数劫掠。众兵卒冲进参将府,将陈三槐一家老幼、妻妾、丫鬟、下人等尽皆斩首,把府库金帛、仓廒米粮尽数分了。

待众人吃饱穿暖，一时士气大振。神一元、高应登、神一魁、李老柴、红军友、黄友才、李部司及众游击、把总等数十人都入参将府内议事。当下三千健卒尽推神一元为首，叫神一元在府内议事厅坐了主位，数十筹好汉皆听号令。

众好汉讲礼已罢，只见一兵卒飞身来报道："宁塞营外鸣锣擂鼓，有数千军马要入营来厮杀。远远望见旌旗蔽日，刀剑如麻，前面都是带甲马军，后面尽是带刀步兵，队伍中还有火枪队！看旗号，火枪队正是新安边营刘参将义子刘龙、刘虎所部。"

神一元闻报道："定是临近营垒看见狼烟，知道宁塞营有变故，特来驰援！又未见蒙古铁骑到来，定知营中哗变。那马步军皆不在话下，只是刘龙、刘虎所部火枪队，不知如何抵御！"

红军友是个火爆脾气，听了来报大叫一声道："都是两个肩膀扛一个脑袋，哪管他是火枪队还是水枪队。红某手中长矛叫他一百个来，一百个死。我这就杀将去！"

红军友提了长矛，便要出帐。

神一元也道："一不做，二不休！有众好汉相助，直杀尽这些军马，不如也效法山寨诸位首领打富济贫，强似在这里为了每天两顿麦麸子粥水卖命！"

众英雄齐声应道："遵命！"

神一元又喝住红军友道："只是你这般出去便如同送死，火枪队百步取人，未等你靠近，便取了你的性命，还须想个对策才是。"

高应登叫道："神将军勿忧！小弟幼时多穿越沙漠过活，沙尘暴见过万千。前日察觉地面多有尘土沙尘，加之怪风加剧，夜间似乎听见隆隆闷声响，似万马奔腾一般。今晨更是察觉口鼻中尽是尘土，想必沙尘暴就在数十里之外。我等只需如此如此，待沙尘暴来，看那火枪队如何放枪射人！"

众人望窗外，果见尘头蔽日，土雾遮天。神一元大喜，吩咐众将披挂出阵。神一元带领众将出营来望时，见有一二千军马奔袭过来，看旗号正是新安边营、柳树涧营兵马到了。他叫众将一字儿排开，在营门外山坡上准备檑木炮石，安排对敌。不多时，两军已临近百步之遥。

只见山下军马丛中，"刘"字旗号一马当先，余众军马都在阵外，原来是先锋官来探虚实。旗号下有两骑马，分别各有一将，都是把总官服饰模样，身后又有二百健卒，各自手持火枪赶上关来。

两人正是新安边营刘参将义子刘龙、刘虎两位把总官，看见宁塞营狼烟起，领火枪队到来驰援，因不知宁塞营虚实，此番权作先锋来讨关。只见马到关前，刘龙高声喝道："我乃新安边营刘龙，现是火枪队把总官。因见宁塞营中燃起狼烟，却又未见蒙古人来犯，却是为何？"

神一元应道："额也不瞒你，蒙古人确未来犯，只是营中参将官陈三槐不顾兵卒死活，数年不发军饷，天寒地冻不发御寒衣物，日日都是两顿麦麸子粥水，断了额等活路，还要杀妇孺首级冒功。如此胆大包天，滥杀无辜，众兵卒忍无可忍，已占了宁塞营参将府，杀了陈三槐。"

刘龙听罢大惊，道："你这伙叛兵好大胆子，居然敢诛杀参将。长官若有罪责，自有朝廷法度，岂容你等杀将占营？你究竟姓甚名谁，速速报来！"

神一元回道："额乃神一元是也。"

刘龙道："原来你就是神箭射大雕，单骑斩贼首的神将军。你之英名我早有耳闻，但如今你是叛兵头目，我的火枪队容不得你。响午前看见宁塞营燃起狼烟，我就把应用的烟火、药料，就将做下的诸色火枪并一应的火枪手都备齐了。这二百个枪法精熟之健卒，二百条火枪。只需要我一声令下，你神将军便变成筛子，我倒要看看你神在哪里！"

"刘把总为何如此好歹不分？我等都是当兵吃粮的，长官不给粮吃，被逼迫甚紧，又无人救咱！白白挨着苦，也是死路一条！额等岂能做待宰羔羊，宁塞营中都是健卒，逼迫急了，都是杀人的太岁！"

当下刘龙在关下听了，心中大怒，骂道："神一元，我虽念你是断了活路的兵卒，但诛杀长官，我岂能容你？若擒拿不得你，只将你就地正法！"

神一元这边众人看了，一齐都怒起来，就要出阵厮杀。那红军友听后大吼一声，提长矛就要冲锋。神一元喝止住，叫众好汉只呐喊，和火枪队距百步开外，只待沙尘暴起。

刘龙、刘虎见叛兵不来冲锋，只道是叛兵胆怯，就叫火枪手列队攻打。火枪队分四排，第一排跪下发火，第二排站着发火。待第一第二排发火完毕，第三第四排火枪手继而跪下和站着发火。第一第二排趁机装药，如此这般，就如同纺车一般，间断不了片刻。就算你是哪吒踩风火轮，孙猴子翻筋斗云，还未等你欺身到来,便射成了筛子。如是叛军不来攻,便攻进宁塞营,将叛军尽皆诛杀。

瞅见火枪队如此阵势,众人失色。说时迟,那时快,只见天边似万马奔腾一般隆隆声越来越近,就如凶神来临一般。霎时飞沙走石,遮天蔽日般沙土铺天盖地,原来沙尘暴已到。晚唐边塞诗人李益过陕西破讷沙漠,遇沙尘暴而写《度破讷沙》绝句一首,曰:

眼见风来沙旋移,经年不省草生时。
莫言塞北无春时,总有春来何处知。

当下沙尘暴起,关上关下众军皆睁不开眼。高应登高声喊道:"此时正是破敌之时!可遣二员马术了得之人速速快马欺身到刘龙、刘虎二人马前,先捉了此二人,火枪队不战自溃。"

神一元吩咐道:"可着红军友、李老柴前往。两人马术了得,再烈马匹也是服服帖帖。如此行事后,这边神一魁、李部司、黄友才即刻接应。"

且说红军友、李老柴领了将令,将马蹄用破布裹了,自己双眼用薄布缠了,骑两匹快马,从山坡两侧悄悄过去。将手在马耳朵处一拍,马匹便乖乖不再嘶鸣。背后神一魁、李部司、黄友才三人领四十余马军接应。红、李二人果真马术了得,以迅雷不及掩耳之势冲到刘龙、刘虎阵前,一人一个,一眨眼间就夺了两把总官火枪。还未等刘龙、刘虎醒过神来,红、李二人已跑得不见踪影。

依大明军制,丢失火器是杀头大罪,刘龙、刘虎岂敢怠慢,只是红、李二人所骑马匹蹄子都裹了破布,无声无息,加之沙尘暴猛烈,又看不见身影,火枪队也不知朝哪里发火放枪。

刘龙、刘虎正不知所措,却听到红、李二人喊道:"你这伙贼军,爷爷就在这里,要火枪就过来!"

刘龙、刘虎大怒,循着声音起处追过去。火枪队恐伤了长官,不敢放枪,只得原地候着。就这般,前方喊一阵,刘龙、刘虎就追一程,只因目不视物,也只得到处乱窜。待刘龙、刘虎追了不多时,又听得四处都是呐喊擂鼓声。两人心知中计,亟待回马要走。刘龙脚底下有人用力一拽,连人带马镫一同拽下马来。刘龙顿时大叫道:"贤弟救我!"

刘虎正待要救,只是看不清刘龙在何处,只能循着声音策马过来。却被一人飞身过来,抱着一起滚落马下。刘虎费力睁眼,不顾眼珠子被沙尘打得生疼,看清周围尽是宁塞营叛兵,心知遭擒。

原来拽下刘龙之人正是红军友,飞身擒住刘虎之人正是李老柴,周围都是神一魁、黄友才等过来接应的兵卒。

两位把总官被擒,早被索子绑了,神一元叫众人先回营再作计议。众人将刘龙、刘虎解进中军帐,神一元连忙亲解其缚,并拍拍两人身上尘土,道:"额等杀将占营,实为迫于众兄弟断了活路,绝非有意而为之,望二位把总官怜见额等。"

刘龙回道:"我乃败军之将,如何还能怜见神将军?此番被擒,只求一死!"

神将军摇摇头道:"刘把总此言差矣!且听在下一言。"

有分教:

　　长官欲一手遮天,天理岂能容你?
　　兵卒为一口饱饭,只得揭竿起事!

直教秦陕一地兵卒流寇聚集起事,煞星结义众好汉撼动大明乾坤。欲知神将军说出什么言语来,且听下回分解。

第十九回

神将军改营犒兵将　赛时迁送柬邀豪杰

且说二将被擒请死，神一元叫二将且听一言。

刘龙回道："你等皆乃叛兵，吾乃朝廷命官，和你等还有甚话可说？"

红军友大怒，拔出腰刀喝道："被擒之人还敢造次，活剐了你这厮。"

刘龙亦怒道："你乃何处贼人，忒无礼！我既是被擒之人，要杀要剐，悉听尊便，毋庸多言！"

神一元见刘龙如此豪气，顿生爱惜，急急喝退红军友道："刘龙、刘虎二位将军统领新安边营火枪队，哪个威名不是如雷贯耳？额叫你们礼待二位把总官，如何恁地无礼？"

红军友听罢，插刀入鞘，立在一旁。

神一元把刘龙扶到正中椅上坐下，纳头便拜道："额等都是断了活路的兵卒，乃上官陈三槐逼迫衣食无着，不得已而哗变。今日冒犯虎威，望乞恕罪！"

高应登亦向前来请罪道："不瞒将军，趁沙暴拿捉二将军，出自在下之谋。实为既蒙将令，不敢不依。万望将军免恕在下之罪！"

刘龙望一圈儿众将，个个身着崭新军服，定是刚刚劫掠而来。众人身子骨虽健硕，却面目赤黄，一看便知是多日未吃饱饭，虽气色欠佳，却未有一个生得贼眉鼠眼、蜂目蛇形之人。刘龙心想屋外沙尘暴未退，火枪队都在关下候着，我未下令，如何来救？今番不慎被擒，就算逃将出去，关下督战官见我无故失去踪迹，火枪队又候了多时，定要安插一个贻误战机之罪，轻则军法从事，重则白白丢了性命！这可如何是好？便回顾刘虎道："我们被擒在此,所事若何？"

刘虎答道："受义父将令,往来救援宁塞营。"

刘龙叹道："此番被擒,无面回营,愿赐早死！"

神一元惊道："把总官何故发此言？刘将军想必那新安边营兵卒亦是无衣无食,拖欠军饷。看将军一身铮铮铁骨,是条汉子,必不会做那些与贪官污吏同流合污,中饱私囊之事,他日若恶了上官,被派东征抗辽,九死一生。倘蒙不弃微贱,可一同揭竿起事,强似每日两顿吃不饱的粥水卖命。若是不肯,不敢苦留,即刻便送回关下。"

刘龙回道："神将军此言虽是不差,只是我和刘虎兄弟深受义父刘参将厚恩,授把总官一职,统领火枪队,安敢反背？"

神一元说明道："刘将军此言差矣！那日额在宁塞营城头射大雕,曾见过刘参将。听闻刘参将说的是牛羊肉都吃腻味了,只想尝尝大雕的肉味。而刘将军几曾得肉吃？想必也是顿顿麦麸粥水,此又何来义父厚恩？刘参将授你把总官,也只看中你一身武艺,叫你卖命罢了！"

刘龙沉思片刻道："神将军一语中的。只是我等被擒之人万死尚轻,神将军何故重礼陪话？"

神一元解释道："谅一元怎敢坏得将军性命？皇天可表寸心。只是恳告哀求,望一同起事,切不可为敌。"

刘龙疑惑道："神将军尊意莫非叫在下回关下,叫火枪队退兵？"

神一元惊道："将军如何去得？军中将官多是些心地褊狭之徒,忘人大恩,记人小过。此番额等杀了陈三槐,将军如若退兵,刘参将如何不见你罪责？额等原本亦想疆场立功,何曾想过揭竿起事,只是被将官逼迫得无活路。不如暂且留了性命,这里有刚刚劫得陈三槐囤积粮米、军服无数,先叫火枪队众弟兄饱餐暖身再作计议。现在三边总督杨鹤大人剿抚并举,若能等他日朝廷见用,受了招安,那时尽忠报国,未为晚矣。"

刘龙回望刘虎,刘虎只是点头不语。刘龙思索了半晌,一者是神一元甚得军心,二者神一元句句肺腑,言之有理。刘龙长叹,同刘虎拜俯在地道："非是刘龙不忠于朝廷,只是火枪队众兄弟亦是多日未食一顿饱餐,天寒地冻未有一件寒衣,上官却日日锦衣玉食,醉生梦死。神将军义气过人,果真名不虚传,不容在下不依！愿随神将军一同起事，绝无悔意。"

神一元闻言大喜，请刘龙、刘虎和高应登、神一魁等众英雄相见了。

众人再议抵御临近营垒官军围剿之计。神一魁献计道："除非叫刘龙、刘虎将军赚了火枪队，其余马步兵卒皆不为虑。"

刘龙回道："小弟既蒙神将军收录，理当效力。此番沙尘暴未退，只是委屈红军友、李老柴二位兄长，都绑了扮作被擒模样，跟我二人去关下，先斩了督战官，说服火枪队来见神将军。"

刘龙、刘虎二人新降，高应登恐两人并非真心，倘若有个闪失，红军友、李老柴性命难保。神一元见高应登不语，已知其所想，道："额观刘龙、刘虎俱是赤胆忠心之人，定不会负约！此计甚好！"然后叫兵卒牵过刘龙、刘虎坐骑和所使火枪来，还了两人。又寻了绳索绑了红军友、李老柴，绳头打着活结，让刘龙、刘虎牵着。四人辞别神一元，直投关下去了。

待刘龙、刘虎离去，神一魁问道："小弟听闻此番兄长说服刘龙来降时曾言，他日等朝廷招安，再图为朝廷尽忠。不知只是说辞，还是兄长果有此意？"

神一元回道："额等今日揭竿起事，实为奔一个活路，留住身家性命再说。几曾想过终身失身贼寇，世代与朝廷为敌？兄弟腹中有文采，读过孔孟之书，为兄尚且知忠义为本，你如何不知？况且当今天子励精图治，力求大明中兴，额等不可终老都背负叛兵之名！"

神一魁摇摇头道："兄长此言差矣！当今天子虽求中兴大明，只是寡情薄恩，身边阿谀奉承之徒扶摇直上，能征善战者多受排挤。听闻蓟辽督师袁崇焕已身陷大牢，若论忠义，袁督师城外督战，胸腹中箭如猬，箭透铠甲，血流如注，谁人能与袁督师并齐？就算他日真有朝廷招安，却依旧是将官盘剥，兵卒食不果腹。前番五军都督府及各边镇处出公文告示，叫逃卒回营，补齐拖欠军饷，何曾兑现？更有甚者，或许朝廷设局剿杀，也未可知也！小弟曾熟读《水浒》，知晓梁山好汉受朝廷招安，宋江、卢俊义等俱死于蔡京、童贯、杨戬、高俅几个狗官之手，额等切勿效仿梁山好汉！"

神一元回道："兄弟言之极当，兄愚钝，未曾悟透。今意已决，日后不得有人再言招安之事！兄弟熟读《水浒》，此时尚能知晓事理。只恐日后官军压境，兄弟信念不坚！"

高应登在一旁则笑道："此事待破了官军围剿,却再理会！"

且说刘龙、刘虎骑马各自牵着红军友、李老柴慢行,沙尘暴渐退,尚能依稀辨清方位。两骑四人来到阵前,直至火枪队百步之内,刘龙大呼道："火枪队听令,我是把总官刘龙,此番擒得盗我火枪贼人,特来归队。"

官军听得是火枪队把总官刘龙声音,慌忙报与本队督战官王福游击。

此时王游击见沙尘暴渐退,正欲攻进宁塞营,只是火枪队不归自己直管,调遣不动。又听闻沙尘暴起时,有抢夺火枪的贼人,两位把总官下落不明。正纳闷间,听得报说刘龙、刘虎二位把总官拿得盗抢火枪的贼人回来,心中欢喜,连忙上马奔到阵前。望见刘龙、刘虎骑着马,各牵着一人,皆被绳索捆绑着,再看服饰,被擒之人都是宁塞营兵卒。

王游击问道："二位刘把总如何被人夺了火枪？又如何反拿了贼人回来？"

刘龙回道："就是宁塞营里叛兵,惧怕我火枪猛烈,叛兵头目神一元遣了几个精细的贼,趁沙尘暴起,来盗我火枪。几番缠斗,小贼反被我捉了,寻了绳索绑了。只是沙尘暴迷失了眼睛,辨不清方向,恐误入敌阵,只得等到沙尘暴渐退方才归队。"

王游击听得刘龙说得并无破绽,便叫军士收起弓刀,阵前让开一个道,叫把盗抢火枪的宁塞营叛兵解过来盘问。刘龙、刘虎并红军友、李老柴四个跟到阵里,来到王游击马前。

王游击正待问话,说时迟,那时快,刘龙、刘虎将绳头活结一拉,红军友、李老柴脱了绑缚,抢过一旁士卒腰刀,一刀就把王游击砍成两段。众皆大惊,团团围了四人,刘龙大声道："宁塞营神将军方才率兵劫了参将府,分了粮米军服,现今我已决意跟随神将军起事,只为手下兵卒有个饱饭暖衣。平日里,我何曾不愿尽忠报国,疆场建功,以遂平生之愿。不想上官如此盘剥兵卒,今冬天寒地冻,身上薄衣难以越冬,一日两顿粥水亦难活命,不如先留着有用之躯,他日朝廷招安再立功业！今日我决定率火枪队弟兄投奔神将军,余众兄弟意下如何？如是相从,一同便行。如不愿去,悉听尊便,只恐事发反遭上官责难。"

众兵卒听罢,面面相觑,多有欲跟随刘把总去投神将军的,却又不敢明言。半响,刘虎就跳起来叫道："都去！都去！但有不去的,我一刀砍做两段便罢了！"

刘龙怒斥道："你这说的什么话！全在各弟兄心肯意肯,方可同去。"

众人议论道："刘把总说得极是。这几个营垒参将官都是些不顾兵卒死活的贪将污吏，不发粮米军服，如何越冬？听闻神将军甚得军心，如今随刘把总前去也有个饱饭吃，暖衣穿。"

众人议论片刻，火枪队皆愿跟随刘龙、刘虎，余众也大多愿投神将军。不愿前往的，只要回乡务农。

刘龙大喜，谢了众人，叫刘虎、红军友、李老柴并火枪队先回宁塞营里去报知，次后依次入营来见神将军。

这一两千本是来围剿宁塞营叛兵的官军，转身就有八九百人投了神一元。神一元见火枪队并大队人马来投，大喜过望。当日一边将参将府劫得粮米军服一一分给来投兵卒，一边使人从参将府里拿出金银财帛，不愿投效的，给散银两，准其复乡务农。众人皆欢呼雀跃，不在话下。

且说这宁塞营已聚集三四千人马，一行新进的把总、管队、贴队、什长此刻都唤作头领，都入中军帐来议事。神一元与众人都一一相见了，道："众兄弟连日劳顿，不如今晚设宴席，众人一醉方休，将息身体，再作个长久之计。"

众人且去营房里暂歇将养，整理分得御寒衣服。

当夜神一元叫伙房从参将府牛羊圈牵了五头牛宰了，杀了二十只羊，又将鸡肉野味、果品珍肴摆了无数盘，排下一长条筵席，管待众大小头领。众兵卒亦分得肉五斤，面食十斤。众兵将都多日未食得一餐饱饭，现今敞开肚皮只管大嚼大咽。待众人吃饱穿暖，都感神一元仁义。有诗赞道：

莫道众生皆好欺，勿将民生当儿戏。
天同覆来地同载，众生平等乃真理！

饮酒中，说起许多情节，众头领道："若非是神将军带领我等劫掠了参将府粮米军服，我等皆要挨冻受饿，被陷这无妄之灾！"

神一元辞让道："全赖众头领众兄弟奋力，这也是自己往活路上奔！"

刘龙亦不满道："临行之时，新安边营刘参将又说斩得敌兵首级，奖多少银钱粮米，却无一次兑现。此番我自得了粮米肉食军服，为将者不赏只罚，焉能怪我等不忠！"

神一元笑道："此番你未斩我首级,倒是把众人首级留着吃肉喝酒也好。"

众人听了,皆大笑。

神一魁起身与刘龙、刘虎见礼道："在下神一魁,乃神将军胞弟,有官军来围剿,马步军皆不足虑。若无二位兄长深明大义,率众火枪队来投,今番苦战,不知多少弟兄死于非命。今日之恩,深于沧海,今夜刘龙、刘虎二位兄长须一醉方休!只恨临近新安边营、柳树涧营、靖边堡等诸营垒参将,都是一路盘剥兵卒的货色。此番见我等反了宁塞营,又见诸多兵卒来投神将军,如何不再派大军来围剿?我等还须谨慎应对才是。"

神一元也道："一魁说的极是。众位头领不如先发制人,先去攻打新安边营,再去攻打柳树涧营、靖边堡等。众营垒兵卒多有被逼迫缺衣少食者,定会一呼百应。待聚集了一万余人马,就去占了保安县,开仓放粮,周济百姓。待有了粮草,足可仿效横天一字王聚众抵御官军,众兄弟强似在营里一日两顿粥水,落得自在快活,如何?"

众头领皆道："此计甚妥。"

高应登言道："攻打临近营垒,是客土而战,诸营垒已有提防,还须想个计策。"

神一元回道："临近营垒都有兵卒投了这里,各处营垒闻报定会谨守。但是趁热打铁,便好下手。"

刘龙附和道："神将军说的是。新安边营失了火枪队,犹如老虎失了利爪。且刘参将待兵卒亦是寡情薄恩,不如叫我和刘虎兄弟率几个火枪队管队、贴队、伍长,去那里说服营中兄弟来投,新安边营不足为虑。"

刘虎便起身道："小弟在新安边营多年,无一人不熟。我和刘龙兄长去一遭,定不辱使命,不生杀戮!"

神一元建议道："额在新安边营也有相识,若得二位贤弟率众去走一遭,少了杀戮最好。不过行事还是妥当些好,额这里杀了新安边营的王游击,刘参将这厮也不是吃素的,还是由红军友、李老柴两人率一千马步兵和你的火枪队隔着二三里地远远跟着。你二人若能说服兵卒,不动干戈来投最好,如若有变,也好有个策应。"

刘龙、刘虎谢过神一元,起身挑了十余个亲随,别了众人自去了。

待众人宴席罢，天色已黑。大小头领都到中军帐，四周燃起火把，照亮帐中如同白昼。众人推举神一元为都头领，高应登为军师，再依次为神一魁、李老柴、红军友、黄友才、李部司、刘龙、刘虎。

神一元坐在中军帐正席上，环顾四周道："额自那日离了黄龙山，别了不粘泥张孟存张首领，多得众兄弟抬举，推为首领，占据宁塞营抗拒官军。临近营垒必率大军前来，此番依计先下手为强。额欲号令众人倾巢而出，攻打柳树涧营，不知哪位兄弟愿做前部先锋？"

堂下闪出一个头领，道："小弟愿为前部先锋。"

众人视之，乃神将军胞弟神一魁也。

军师高应登道："一魁贤弟可率五百马军为前部，我等率两千五百人马随后就到。只是一魁贤弟切勿轻敌，柳树涧营接连周边村镇乡勇民团，一有蒙古人或流寇来劫掠，互相呼应，算来是临近营垒中兵马最多的，总有四五千军马。参将官名唤范礼，是个无能之辈，不足为惧。只是他手下有个教头唤作铁棒吴彪的，有万夫不当之勇，善使一根混铁棍，舞动起来泼水不进，上阵交锋时那根铁棒神出鬼没，万万不可小觑。"

神一魁在堂下听了当下心中大怒，设誓道："额若打不下柳树涧营，就不回来见神将军！"

众头领看了，一齐都叫嚷着要与铁棒吴彪比个高低。神一元叫众人少安毋躁，自有出力之时。

众人议定，明日晨起，营中军马倾巢出击，须一战扫平柳树涧营，绝不拖泥带水。

且说那刘龙、刘虎二位头领带领火枪队亲随十余人，连夜赶往新安边营，红军友、李老柴率一千兵马随后策应。次日五更，神一元正在营中养精蓄锐，待天亮出征。前骑探马来报道："昨日刘龙、刘虎等十余人一入新安边营，就被刘参将设伏拿捉。原来游击官王福被杀，早有人通风报信。刘参将闻报大怒，待拿了刘龙诸人，安插了通敌罪，要即刻就地斩首正法。岂料刘龙在军中威望极高，士卒多有对将官不满者，皆不愿处死刘龙头领。营外红军友、李老柴见刘龙头领多时不出，料想已有不测，已率众攻打新安边营。"

"刘参将这般无礼！若害了额刘龙兄弟，定叫他认识额神一元的手段。"神一元闻报大怒,就要点兵飞奔前去。

高应登闻讯赶来,叫神一元切勿急躁。

不多时,忽报又有探马来到,报道:"新安边营兵卒多有哗变,刘参将喝止不住,已被乱军所杀。红军友、李老柴、刘龙、刘虎四位头领已合兵一处,正在劫掠军中仓房,又得新安边营新投兵卒两千余人!"

神一元闻报,转怒为喜。

高应登又道:"四位头领建功,可喜可贺,且看今日攻打柳树涧营一战如何!"

神一元叮嘱道:"额等只是久被盘剥之士卒,今番起事,只图活路,并未求荣华富贵。你等攻占营垒,劫掠粮米衣物尚可,切勿滥杀无辜!"

众头领齐声称道:"谨遵将令。"

待天晌午,红军友、李老柴、刘龙、刘虎率新得新安边营降卒两千余人,加之宁塞营三千余兵马得回,校场聚集足有五六千人。神一魁率五百兵马为前部先锋先行,余下五千余兵马列阵。左右将佐簇拥着神一元,立马于红罗宝盖下,但见:

头戴水磨锁子护颈盔,身穿钢环锁子甲,腰系杂色彩丝,足穿牛皮战靴,手持一把宣花斧,坐一匹雪花高头大马。紫棠面皮,络腮胡须,身材高大,威风八面。如同梁山好汉个急先锋索超转世临凡。

这一身披挂都是陈三槐囤积,此番正好宝甲配英雄。三千兵马分两拨,浩浩荡荡杀奔柳树涧营而来。早有探马将宁塞营兵卒哗变、叛军首领神一元已率众来攻之事急急报了柳树涧营参将官范礼。

范礼正在中军帐内召集众将商议宁塞营燃起狼烟,围剿官军为何还未返回一事。正纳闷间,突然闻报,他惊骇道:"原来果是宁塞营兵卒哗变,本官那日在宁塞营见过神一元,这人一箭射下大雕,忒是厉害!"

范礼话音刚落,早有堂下吴彪叫将起来,冲探马喝道:"你这个探马,且闭了鸟嘴!"说罢,又对范礼道,"将军休长别人志气,灭自家威风!神一元也只是一个人,须不是三头六臂!快备马来,我先去会会这个神一元!"

范礼喝道:"吴教师切要万千小心。"

"末将铭记!"吴彪当即点起柳树涧营兵马,出营迎敌。

两军未及交锋,恰遇先锋将神一魁率五百马步兵突至,便欲上前来战吴彪。手下一把总官说道:"此人便是铁棒吴彪,乃柳树涧营教头,端的是范参将手下第一个了得的,颇会些武艺,最是厉害。"

神一魁回道:"额也读过诗书兵法,知晓旗开得胜之理。神将军授先锋于额,额须立个头功。额这就抢上去砍了那狗屁教头,先振奋士气再说!"

把总官又劝道:"神先锋不可轻敌。"

神一魁哪里肯听,马头横着泼风大刀,纵马出阵喝道:"额乃神将军麾下先锋将神一魁是也,宁塞营参将陈三槐盘剥士卒,被额等诛杀,来围剿之官军游击官王福亦被诛死。你等柳树涧营众兵卒听了,想必你们也是被将官盘剥日久,都是边镇为兵的兄弟,不如跟随神将军劫取官粮,各自吃饱穿暖,岂不是好!免阵前交锋,徒生杀戮!"

吴彪听得宁塞营先锋人马到了,留下两千兵马保护范参将在后,自引了前部人马出阵。后面都是铜墙铁壁,把得严整,前面也是吴彪一马当先。两军对阵,吴彪见敌阵一人出阵,料想是先锋。听到敌将阵前喊话,吴彪恐蛊惑人心,急急出阵接战,喝道:"何处来的小蟊贼,想必是吃了熊心豹子胆,胆敢来此摸虎须。不要走,且吃我一棒!"

神一魁循着声音看去,只见来了二三十骑马军将官,当中簇拥着一员大将,想必正是柳树涧营总教头铁棒吴彪,应声道:"听闻柳树涧营有个万夫不当之勇的铁棒吴彪,好生了得,莫非正是来将。你也不必派谁来与额交战,额就要与你这厮会会!"话犹未了,神一魁挥动泼风大刀,纵马向前便出战吴彪。

两军呐喊,那吴彪也拍马舞起混铁棍来战神一魁。只见一个铁棍使得娴熟,一个大刀使得出众。两个战了十余回合之上,神一魁两手颤麻,刀法已乱,只得架隔。原来这吴彪确有些真本事,不然如何做得了一营教头。那吴彪看出神一魁刀法也不差,定是身有病痛,气力不佳。原来神一魁受几日囚车苦,身体确有恙。

"不如早早结果这叛兵性命!"吴彪寻思罢,便将铁棒直上直下猛力砸将过来。

这神一魁气力不佳,如何敌得过,只得拨马败走。吴彪恐后阵有失,也不敢来追,退回本营坚守待援。

且说神一魁今日输了一阵,折了锐气,退后二里扎寨。他心中忧闷,手下把总官劝道:"神先锋休忧,柳树涧营知得神将军统领兵卒到来,必有所备,便先摆布下这阵势。先锋初到,不知虚实,且铁棒吴彪确实厉害,怪不得先锋。想此柳树涧营士卒亦是久被盘剥,士气低落。神将军后军就在数里外,不如合兵一处,养精蓄锐再战吴彪,决此一阵,必见大功。"

神一魁回道:"且先造饭,待军将饱食,马戴皮甲,人披铁铠,大刀阔斧,弓弩上弦,一战便平了柳树涧营。"

吴彪得胜,鸣金收军,一边叫四下里兵卒都入营坚守,又一边遣快马速速再去临近营垒、州县调兵遣将,抵御叛兵。之后,吴彪入中军帐见过范参将,军中之礼行罢,范参将道:"都说吴教师有万夫不当之勇,此战定是已斩得贼首,理当庆贺。"

吴彪回道:"叛兵先锋乃神一元之胞弟神一魁也,武艺不差,上阵交锋,已被我杀退。叛兵势大,不宜远追,还须坚守方为上策!"

范参将闻言大怒道:"胡说,神一元、神一魁皆是宁塞营小卒,你是军中教头,焉有只杀退、未斩杀之理?既是杀退,为何不追?定是你未尽全力,还有甚话说?"

吴彪分辩道:"叛兵大军就在不远处,末将认为不可追击,以免中伏。"

范参将闻言越怒,喝道:"听闻叛兵劫掠仓廪、抢劫财帛,你定是见叛兵抢了财帛眼红,欲效仿叛兵么?左右,将吴彪推下去斩讫报来。"

吴彪大喝道:"你这般不问青红皂白,做个什么参将官?今番落在你手里,要杀要剐,悉听尊便!若是叛兵来攻,你只有束手就擒,哪有说话的地儿!"

这范参将为何如此不明事理?原来大明后期军制腐败,军中虽有袁崇焕、梁廷栋、杨嘉谟、熊廷弼、赵率教等一班能征善战之士,但卫屯所中将官多是些阿谀奉承之徒。加之大明施行军户制,久而久之,一处军户长官便如同土皇帝一般,手下将官心思多放在迎合上官喜好上,少有通兵法之将。这范参将听闻神一元杀将起事,早惊得如坐针毡,见吴彪未斩叛兵先锋,早就气得失了理智,如同童稚一般。

左右刀斧手入帐，就欲推吴彪下去。众将纷纷告免，都道："叛兵来攻，营中正是用人之际，这吴彪却是杀不得！"

范参将想想也在理，便叫手下杖责吴彪五十军棍。众将无法，劝吴彪以大局为重，吴彪只得忍气吞声，领了这军棍。

这吴彪平时教习兵卒武艺，素来与众兵卒交厚，刑杖兵卒也不十分卖力。这边军棍还未打完，忽有探马入帐来报道："叛兵神一元又调军马杀奔营上来！"

原来，高应登知晓吴彪勇猛，神一魁前几日受了囚车苦，身体尚未复原，难抵吴彪之勇。他本不愿遣神一魁为先锋，只为神一魁求战立功心切罢了。神一魁领兵先行，高应登就叫领大军速行。果不其然，神一魁武艺不及吴彪，输了前阵。

再说范参将听到叛兵来攻，一时没了主张，只得斥退行刑兵卒道："吴教师，这叛兵临近，贼首神一元武艺高强，那日城头一箭射落大雕，本官亲眼所见。你休辞辛苦，可速速披挂了，再去阵前走这一遭。若是得了贼首头颅，本官自重重赏你。你的前途都在本官心上，本官专等你捷报，切不可有误大事。"

吴彪听了，把范参将用嘴巴画的大饼只做充耳不闻，平时立功无数，几曾见兑现，只是叛兵来攻，将令不敢不依。吴彪只得着了披挂，领了那根混铁棍，嘱营中各将牢守营栅待援，便率领军兵，披挂上马，自去领兵出营接战。

两边撤下拦马桩，吴彪引一千余马军杀将出来。早迎见一彪军马铺天盖地，阵前旌旗蔽日。当先拥出一将，紫棠面皮，虬髯胡须，弯弓插箭，手持宣花斧，正是神将军神一元。

神一元在前军，闻知柳树涧营遣兵将出营搦战，带领高应登、神一魁、李老柴、红军友、黄友才、李部司一班弟兄出阵观战。神一元在门旗影里看见来将威风凛凛，正是铁棒吴彪，心头已有三分相惜，用斧指道："谁与额先会会这厮，报前阵折杀锐气之仇？"

神一元阵里早恼了急性子红军友，只见他拍坐下马，挺手中长矛，也不搭话，出阵直取吴彪。

两马交锋，二器并举。到三十回合以上，神一魁在门旗下看见红军友渐渐不敌，原来吴彪果有十分真本事，红军友最终敌不得。神一魁早想胜了吴彪，挣些面皮回来，哪里还按得住火，大喝一声道："看额来取你性命！"便拎起手中大刀，飞出阵来。

吴彪以一敌二，全无惧色，三骑马在阵前杀做一团。

神一魁、红军友一心要胜了吴彪立首功，神一魁更是要报输了前阵锐气之仇。一刀一矛齐举，吴彪力大无穷，棍法千变万化，神、红二将竟讨不得半分便宜。只见吴彪高高举起那混铁棍，集千钧力朝神一魁面门砸将去。红军友眼明，便用长矛只一拨，却被吴彪砸了正着，只听"当"的一声，红军友被震得虎口欲裂，双手鲜血直流。吴彪复一棍就欲结果了红军友，神一元恐折了红军友，便纵马出来，左手拈出铁胎弓，右手急取箭，望着吴彪就射去。

说时迟，那时快，吴彪持铁棍便往红军友天灵盖砸来。神一元箭已到，吴彪听得弓弦响，急急侧身去躲，却躲避不及，正中左臂，落马败走。神一魁挺起大刀，红军友拔出腰刀，就要追赶，欲置吴彪于死地。神一元急急鸣金，喝道："二位将军休要去赶，此人甚好武艺。"

柳树涧营阵中冲出十数骑马军，保着吴彪逃回军营。之后，神一元便叫大队人马团团围了柳树涧营。

范参将闻报大惊，忙叫紧闭营门，燃起狼烟向临近营垒求救。吴彪回得营中，进后堂找军医拔了箭头，敷了金疮药，就去中军帐见范参将。

范礼问道："吴教师今日为何失手？"

吴彪回道："神一元箭法好生了得。末将与两个贼将斗了几十余回合，眼见要结果一个使长矛的贼将，却不防着了神一元弓箭。"

范礼言道："那个使长矛的，便是宁塞营参将陈三槐手下马军将领红军友，跟随陈参将多年，因此认得。陈参将曾言道此人或有反心，今日果不其然！还有个叫黄友才的，天生脑后有反骨。叛兵头目神一元今日率众叛兵起事，日后定被这些脑生反骨之人所杀。只是吴教师今日未取得叛兵首级，留有大患，定是你未力战。"

出阵兵将都道："神一元那弓箭无虚发，因此各自收兵回来。"

范礼见众将都这般言语，也无话可说。

众将都叫吴彪回营歇息，忽又有兵卒来报，说叛兵动用冲车撞击营栅！

众将皆惊，远远地听得鸣锣擂鼓，呐喊摇旗，四周不知有多少叛兵。范参将道:"叛兵已团团围了柳树涧营,营中就数吴教师手段最高,叛兵来攻,还要靠吴教师大显身手,再出阵拿他几个。"

吴彪建议道:"末将左臂中箭,举不起混铁棍。且叛兵势大,末将认为不宜出战,营门厚重,一时半会攻不进来,也可多备檑木滚石,待援军到来,再行杀出。"

众将皆称吴彪此计妥当,岂料范礼大怒道:"今日叛兵人多,兵马来攻,攻陷就在顷刻,你若怯战,军法不容!"

吴彪无法,只得草草裹了伤口,只用右手提棍,披挂上马,再领骑兵出战。

叛兵势大,吴彪独臂出战,哪里抵挡得住。随行兵卒都披挂出营,见正东上一彪人马,当先一个头领正是神一元,背后便是红军友、神一魁等人,跟随兵马无数。正西上又有一彪人马,当先一个头领乃高应登,背后便是李老柴、黄友才、李部司等人。四面战鼓齐鸣,喊声大举。

吴彪叹道:"叛兵势头正盛,范参将不听我言,视手下兵卒性命如同草芥,今日这般杀出来,无异于独虎难敌群狼,岂有生还之理?"

手下一将道:"将官无能,枉自送了性命。不如逃了,留了有用之躯!"

吴彪仰天长叹道:"想我吴彪自幼习武,学成武艺多般,投军教习武艺,指望他日疆场立功,尽忠报国,光大门楣,不想将官视兵将性命如草芥。今日做了逃卒,实属无奈耳!"说罢,吴彪只得尽带了五百余骑,奔出营门逃了,不知去向。

再说高应登叫兵卒擂了战鼓,推出红衣大炮对着前后营门连放了数炮,把前后营门都轰开了,众人一齐杀将进去。两路兵马进了柳树涧营,四下里分头去杀。营中兵卒哪里还有心思抵挡,纷纷望风而降。不多时,柳树涧营多半兵卒投了神一元。只听人群中一声喊起:"休叫走了范礼这厮!"

范礼方才还在中军帐呵斥吴彪,顷刻便见叛兵攻进来。范礼见势不好,待要换下兵卒衣服去逃时,早被叛兵找到,被乱刀剁翻,又被割了首级。有诗叹曰:

荣华富贵人皆求,他人穿布你穿绸。
头顶神明不可欺,视人草芥命堪忧。

神一元又得了柳树涧营，营中兵卒多数投了他，少数不愿降者四散奔走。红军友、黄友才等人沿路追杀，众兵卒直奔入参将府，把范礼一门老小，家眷丫鬟，一刀一个，尽都杀了，未曾留下一个活口。府邸仓廪里粮米、财帛被劫掠干净。又牵了牛羊马匹，把府里一应有的悉数劫掠，将参将府一把火烧了，回来向神一元献纳。

此时神一元已在柳树涧营中军帐正厅里坐下，众头领都来献功，夺得好马五百余匹，牛羊不计其数。柳树涧营兵卒久被盘剥，新得降卒两千多人。一众副将、游击、千总、把总、管队官都入中军帐与神一元见了。神一元大喜，叫清点人马，却不见吴彪。

神一元忍不住叹道："只可惜未收了吴彪那条好汉！"

正嗟叹间，闻兵卒报道："红军友、黄友才率众烧了参将府，将范礼一门老幼悉数砍杀，将头来献纳。"

神一元怒道："将官盘剥士卒，却与老幼何干？谁叫他胡乱杀人？如何烧了参将府？"

高应登谓神一元道："屠戮老者妇孺，烧杀劫掠，与土匪强盗何异？倘若将军未严加管束，一旦士卒嗜杀成性，残暴不仁，我等强盗行径，却尤甚陈三槐盘剥士卒之将官！"

只见红军友、黄友才二人一身血污，腰里俱插着血淋淋腰刀，直到神一元面前参拜道："范礼那厮一家都杀得干干净净，小弟们特来请功！"

神一元大怒，喝道："谁叫你滥杀无辜，一门老幼，怎的就杀了？"

黄友才亦道："范礼那厮已被乱军杀了，留下老幼又有何用，不如让我一刀一个送去见西天！那参将府内能喘气的，被我杀得一个也没了！"

神一元喝道："你这厮这般滥杀无辜，和吃人魔鬼何异？额等本是久被将官盘剥的士卒，众人推额为首，便应听额号令！出征之时，额已嘱不可滥杀，你二人如何不听额将令，擅自去杀他一家？"

红军友俯身道："小弟一时性起，甘受军法！"

黄友才不服道："前些日额等如何被将官盘剥，你便忘记了？平日里额等一日两顿粥水，那些将官却是三妻四妾，醉生梦死。这些人如何不该杀？那日攻打宁塞营,众弟兄亦将陈三槐一门老幼杀得不剩一个,为何今日就要责罚于额？你今又做何人情？"

神一元越怒,喝道:"那日在宁塞营参将府,额等杀将起事,尚无管束。今日又得柳树涧营三四千人马,现聚集人马一万有余,当行明令禁止。如何能与那日宁塞营起事之日相比？红军友、黄友才二人违额将令,定斩不饶！左右,将两人推出斩首！"

众人皆拜俯于地,求神一元刀下留情。

众人求告了半晌,神一元才道:"两人违额将令,本该斩首,怎奈众将求情,且把连日来的功劳都将功折罪了。不过黄友才不知悔改,重打一百军棍,下次违令,定斩不饶！"红军友、黄友才谢过不杀之恩。

红军友笑道:"虽没了功劳,但劫掠了诸多粮米牛羊,足可饱餐多日,今番定要一醉方休！"

众好汉闻言皆大笑。神一元亦大喜,叫兵卒杀牛宰羊,今晚众人皆须畅饮。

当夜就在柳树涧营校场上点起篝火无数,杀了十头牛、一百只羊,搬出好酒无数。众人围着篝火,烤肉饮酒,好不快活。只见高应登引着一行人马,都来与神一元把盏贺喜。神一元与高应登商议,兵卒久被盘剥,此番将劫掠粮米分于众人,尚有余粮多石,不如把粮米分于邻近村坊。

高应登回道:"我等劫掠官粮,亦不可屈坏了百姓。"

神一元听罢,叫手下将吏清点粮米牛羊就地散发。众人闻言,皆称神一元仁义。当夜吃酒到子时,众人大醉。除留守士卒值哨,余众就在柳树涧营歇息。

次日晨,神一元叫神一魁去寻当地村坊里正来。神一魁去不多时,引着几个村坊里正进到中军帐,几人战战兢兢,拜见神一元、高应登。

神一元取几包金帛赏于里正,道:"几位不必胆战,额等只是断了活路的兵卒,不是杀人越货的盗匪,不然早把你这个村坊尽数洗荡了。你等无辜,且又逢天灾人祸,平日里亦没少受营中将官欺压,现今额等劫掠了官府粮仓,分于各自一境村坊百姓。"

那几个村坊里正不敢相信自己耳朵,对着神一元只是下拜。

神一元又道:"额连日征伐营垒,厮杀不断,在此搅扰你们。今日打破了柳树涧营,所有各家皆可分得粮米一担,布匹一匹,牛羊肉十斤,以表人心。"

不到一炷香时辰,邻近村坊百姓纷纷扛扁担、推独轮车来到军营。神一元就着神一魁带领几个将吏,将粮米、布匹、牛羊肉分头给散众百姓。百姓欢呼,皆赞神一元恩德。

待给散罢了,神一元叫兵卒将柳树涧营多余粮米尽数装载上车,金银财赋犒赏三军众将,其余牛羊骡马等物搬回宁塞营支用。

此番连破三处营垒,劫得粮米十万担。神一元叫刘龙、刘虎二将领兵守新安边营,叫红军友、黄友才、李部司、李老柴四将领兵守柳树涧营,皆要小心防范。神一元、高应登领众头领、军马收拾起身回宁塞营。当有村坊乡民,扶老携幼,铺香花灯烛于路拜谢。

神一元啸聚叛兵一万余人,声势浩大,临近营垒一时半会哪敢来援。神一元趁胜再行攻下靖边堡,复占了保安县。保安县兵卒不多,哪里能抵挡。县中公人早逃散了,县令死于乱军之中。神一元入保安县府,安抚百姓,管束兵卒,叫兵卒休要侵害百姓,违令者定斩不饶。

神一元仁义,四方来投之饥民逃卒剧增,旋即便成秦陕西路贼寇之首。邻近州府之富户豪绅多有被劫掠,县州官员多有被杀害,告急文书如同雪片一般传到朝中。

且说日复一日,现今严寒已去,万物复苏。虽夜间依旧寒气逼人,白日里倒是暖和舒坦。这日神一元在保安县府衙理事,有探马来报,说三边总督杨鹤闻听神一元聚叛兵作乱,遂遣副总兵张应昌领官兵五千,不日便要攻打保安县。神一元闻报,急召众头领议事。

高应登言道:"听闻三边总督杨鹤调兵遣将围剿我等,追剿横天一字王王首领之兵力反而弱了,神将军何不遣人联络横天一字王,我等在西路,和王首领之东路遥相呼应,共同抵御官军,此计可好?"

"此计甚好,额这就遣人送书信于横天一字王,王首领必不负额等。"神一元言罢,唤李老柴取十对上好缎匹,十坛上好美酒,选六骑好马并鞍辔,亲自写了书信,叫李老柴领五个兵卒,将缎匹美酒装了箱笼,快马奔赴黄龙山去求见王嘉胤。

这边箱笼还未装满,又有府堂门子来报,说堂外有一人自称横天一字王手下弟兄,有书信要亲手交于神将军。神一元闻听横天一字王已先差人送书信,喜出望外,急急叫上高应登、神一魁二人,快步到府堂门外迎接。

只见门外一人,虽头戴毡帽,身穿庄户人家裰子,却是腰板硬朗,步履如飞。来人见府堂出来几人,当头一人紫棠面貌,虬须如针,料定就是神一元,上前施礼道:"在下拜见神将军!"

神一元大声道:"好汉真乃横天一字王手下弟兄?快快免礼!"

来人回道:"在下确乃王首领手下弟兄,因在下腾挪跳跃功夫了得,人送绰号赛时迁张闻便是。"

神一元闻言大喜,道:"原来是赛时迁张闻兄弟,那日潜伏黄甫堡军营放火,助横天一字王大破黄甫堡,横扫清水街,兄弟威名早在江湖上传开。今日得见,实乃可喜可贺!"

张闻又道:"神将军过奖,在下奉额家首领之命,从河曲县取路来保安县,带有横天一字王亲笔书信一封。王首领一再嘱咐,务必面呈神将军。恐于路官军缉拿,只得着了寻常庄户人家打扮,扮作赶脚客商。待在下到得城楼前,见城里摆列着许多兵卒人马,门楼上兵卒健儿,个个精神抖擞,城内百姓不再饥寒,想必都是托神将军庇佑。"

神一元笑道:"此乃众兄弟之功。"

高应登在一旁道:"张义士既是横天一字王所差,还请堂内说话!"

待进了府堂,分宾客坐下,神一元又道:"一元与不粘泥张首领乃同乡,去岁在黄龙山待过一段时日,只是未曾有缘拜见横天一字王。现正备了彩缎美酒薄礼,遣人送书信,只求联络王首领。不想王首领已遣张闻兄弟捷足先登,实乃一元三生有幸。"

"额也是造反的人,神将军所赐礼物,想必额家首领断不敢受。今日与神将军相见,虽是送王首领书信,实乃英雄帖也!叫各路好汉共御官军,不知神将军意下如何?"张闻说罢,从贴身衣底取出书信交于神将军,信中写道——

商纣无道,引诸侯讨之。始皇暴政,令天下伐之。时至初春,天持酷旱,泉涸地裂,官佐不思赈济,酷吏严于催科,与蟾蜍辞其闷穴,毒虫出洞觅食何异耳?余非圣才,尚知大明治下,人为刀俎,我为鱼肉。然天下豪杰揭竿起之,知今非彼时。余意慕前人之明德,故效之,是诚告诸位豪杰。兴天下仁义之师，共拒蟾蜍毒虫。余素仰神将军威名，乃当世豪杰也！正是骑射枪棒，无有不通；兵书战策，尽皆熟娴。神将军堂堂仪表，凛凛一躯，威仪猛勇，正是大显身手之时，寄望神将军率虎狼之师应之，共抵官军。

横天一字王致
崇祯三年吉日

神一元览罢，道："横天一字王所邀，却有哪路英雄豪杰？"

张闻回道："据在下所知，此番王首领邀天下豪杰共抗官军，所邀豪杰皆威名远播。额有名录，不妨请神将军过目。"说罢，张闻又掏出一张名录——

紫金梁王自用、闯王高迎祥、黄虎张献忠、神将军神一元、扫地王张一川、邢红狼邢家米、混十万马进忠、曹操罗汝才、乱世王蔺养成、闯塌天刘国能、满天星周清、老回回马守应、混天王张应金、过天星惠登相（清涧）、蝎子块拓养坤、点灯子赵胜、不粘泥张孟存、张妙手张文耀、闯将李自成、整十万黑云祥、四天王李养纯、杨六郎杨忠、上天猴刘九思、托天王常国安、革里眼贺一龙、丫头子李三娘、九条龙马士秀、险道神高加计、小秦王白贵、一盏灯张有义、顺天王贺国现、混世王武自强、治世王刘希尧、乱世王郭应平、一字王刘小山、十反王杨友贤、乡里人郭浩然、活地草贺宗宝、过天星张天琳（绥德）、混天猴张孟金、整齐王张自秀、左金王贺锦、射塌天李万庆。

神一元看罢名录，回身谓高应登、神一魁诸人道："横天一字王真乃当世豪杰，他日必当号令群雄，搅动大明江山，诸位有何高见？"

神一魁回道："祖上教训，不可终身为寇，做了不忠不孝之人。今日之事，迫于势耳。额等只是久被将官盘剥，断了活路的兵卒，并非与朝廷势不两立。依小弟愚见，他日倘若君清官明，下诏招安，再报效朝廷不迟。"

神一元听闻胞弟之言，心中不悦道："这就怪了，前日火枪队来降时，吾弟还曾言道断不可仿效梁山泊宋公明,乞朝廷招安乃取祸之道,如何今日却又说这番话来?"

神一魁回道:"此一时彼一时也,当日之事,只是反了军营,今日若是应了横天一字王,却是要反了大明朝廷。"

神一元不满道:"吾弟此言差矣,今日额等杀官起事,朝中狗官岂能再容额等?他日朝廷赦免罪过,招安为官,亦在贪官污吏之下,依旧受将官盘剥。不如效仿横天一字王等诸位英雄,誓与朝廷决裂!梁山泊好汉宋公明虽醉心招安,结果遭朝廷蔡京、童贯、高俅、杨戬之辈暗害。吾弟腹内有文墨,远胜愚兄,焉不知此理乎?岂能如墙头芦苇两边倒,若再言招安,休怪兄弟反目!"

神一魁拱手道:"小弟铭记兄长教诲,日后断不可屈膝于朝中贪官污吏。"

不想此番横天一字王广发英雄帖,却引了煞星横空出世。

有分教:

天下纷争,引群雄逐鹿!

刀兵战乱,苦黎民百姓!

直教群雄入晋,煞星屠川。欲知后事如何,且听下回分解。

第二十回

王嘉胤会盟拒官军　张献忠夺鞭打恶虎

且说横天一字王遣赛时迁张闻广发英雄帖，欲联络各路好汉共拒官军。张闻奔赴保安县见过神一元，呈上英雄名录。神一元见自身名讳赫然在列，双手抱拳道："承蒙横天一字王厚爱，一元必当谨听号令！"

高应登疑惑地问道："高迎祥、马守应、王子顺、拓养坤、赵胜等诸般首领，都是江湖上响当当的好汉，手下兵卒少则六七千，多则数万。听闻李自成自榆中杀将起事，后投奔王子顺，并非一方首领，为何亦在英雄帖之列？"

张闻解释道："高首领此言差矣，据在下所知，李自成绝非等闲之辈，武艺高强，义气深重，善能笼络人心，横天一字王曾言此人日后定能成事，其成就皆在诸人之上。因而本次英雄帖绝非按实力众寡所分，实乃横天一字王反复推敲所列。"

高应登又问道："额在宁塞营时，就听闻独头虎、插翅虎、白虎、混江龙、抓山虎、黑旋风、一朵云、花关索、小宋江等诸多好汉，亦是啸聚山林、打富济贫的好汉，王首领此番为何未提这些好汉？"

张闻回道："横天一字王何曾不知这些人！拓养坤、罗汝才俱是好色之徒，这些头领党羽众多，势力不容小觑，更兼罗汝才足智多谋，尚在英雄帖之列，无可厚非。只是诸如抓山虎这般人，仅是一啸聚山林之土大王，不劫官粮，却劫掠百姓财物。那抓山虎原本西兵东调之逃卒，曾纠集逃卒盘踞辽东锦州城外塔子山。后被袁督师手下骁将，前屯卫杨绍先之子杨六郎杨忠剿灭后聚众逃到绥德落草。官兵少时,劫掠官府,官兵来剿不敢出,尽劫掠百姓财物。横天一字王言与抓山虎道不同,不相为谋。更有抢夺民女自顾风流快活者,那白虎白顺本是军中行伍出身,曾为军中教头,武艺高强,使一杆白蜡杆枪棒,棍透千钧力,枪可透重铠,有万夫不当之勇。在军中不畏上官盘剥,为兵卒兄弟却愿两肋插刀,因恶了上官而做了逃卒,复为流寇。此人虽做过一些仗义之事,却贪图美色,为横天一字王不齿。"

高应登叹道:"原来如此!横天一字王真乃明察秋毫也!"

神一元又问道:"名录中如何不见齐天王王首领和横天王苗首领?"

张闻叹道:"神将军久在宁塞,殊不知王首领已被延绥巡抚洪承畴设计诱杀,苗首领亦被叛逆所杀!"

众人闻言大惊,急问何故。

张闻细述道:"王、苗二首领亦是黄龙山元老,去岁王首领率兵攻韩城龙门渡,诛杀官军千总官王佐。杨鹤手中无将,洪承畴那厮还只是个参政,情急之下领兵。洪承畴这厮却是个将才,一战就斩了王首领手下好汉三百余人,解了韩城之围。王首领败走淳化,入神道岭逃走。今岁始,王首领挥师转战真宁、耀州,又被洪承畴统兵驰援,反被围。情急之下,王首领同张述圣、姬三儿等二百余人降了官军。苗首领不愿降官军,带兵九百西进延川突围,被官军击溃,苗首领被军中叛逆李攀龙所杀。王首领虽迫势而降,却不甘久在官军之下,旋即举兵再起。因事不秘,被洪承畴所获。洪将计就计,假意宴请王首领同横天王之叔苗登云、苗登雾等九十余人,众人不知是鸿门宴。席间洪承畴掷盏为号,王首领等被四周埋伏之刀斧手悉数斩杀,无一逃走。"

众人听罢,皆嗟叹不语,神一元又问道:"听闻李自成榆中杀将起事,投奔王子顺。那李自成与额在黄龙山尚有一面之缘,张兄弟可知他消息?"

张闻道:"闯将李自成同一只虎李过跟随继任齐天王王子顺转战,被洪承畴率兵所围,亦不愿降官军。所幸闯将率部突围成功,返回黄龙山已投奔了不粘泥张孟存首领。"

神一元叫道:"如此甚好!"

高应登忽问道:"方才听闻好汉道从河曲县取道而来,如何不是黄龙山,想必是横天一字王此番占据了河曲县?"

张闻又解释道:"自横天一字王占了黄龙山,引诸多好汉来投。然黄龙山终是一隅之地,虽易守难攻,也难敌官军大队人马多次围剿。李应期、洪承畴绝非胡廷宴、岳和声之辈。横天一字王见黄龙山绝非长久纳身之所,今岁十月率众渡过黄河,攻打河曲县。山西镇总兵王国梁率兵携红衣大炮来剿,却天佑众好汉,一门红衣大炮起火爆炸,官军阵脚大乱,反被横天一字王率兵趁乱夺了红衣大炮,大败王国梁。横天一字王先占了河曲,又占据保德、偏关诸县,一路诛杀县吏,开仓放粮,百姓感恩,扶老携幼齐拜横天一字王。自此,横天一字王据了河曲县,又在石梯隘口、天桥峡设重兵驻守,封紫金梁王自用、白玉柱王国忠为左右丞相,闯王高迎祥、不粘泥张孟存、杨六郎杨忠、邢红狼邢家米、混十万马进忠俱为首领,吴廷贵、王虎、洪狼、谭雄、黄才、吴回、吴天、邓芝、邓龙等俱为队长。方圆百里来投奔之各路豪杰越发不计其数,已聚集好汉八九万人。"

神一元听罢大喜,设宴款待张闻,夜晚就留其在保安县府衙厢房歇息。次日,神一元赠送宝马一匹,金银彩缎若干,道:"横天一字王与朝廷势不两立,请张头领务必转禀王首领,额神一元必当助王首领一臂之力!万死不辞!"

张闻谢过神将军,在马上双手打拱话别众人,取道奔赴河曲县复命。

且说这横天一字王自黄龙山聚义,啸聚山林,对抗官军,待兵精粮足,又攻城略地。崇祯三年三月,横天一字王率军复陷府谷,转战神木。而后分向出击,王子顺、苗美部自神木渡河,陷蒲县。四月,横天一字王率部攻保德,知州王国珪守城有方,加之城堡高垒,横天一字王兵败,新纳夫人被官军擒杀。六月,横天一字王回戈府谷,再占府谷县城。官军将领洪承畴、杜文焕率重兵围剿,横天一字王夜袭官军营寨得脱。洪承畴转而围剿王子顺部,王子顺兵败,与张述圣、姬三儿等被俘,苗美、李自成率少部分人逃脱。横天一字王闻讯大怒,火速驰援,攻打延安、庆阳。兵科给事中刘懋上奏崇祯皇帝道:

秦寇即延、庆之兵,土贼也。边贼倚土寇为向导,土寇倚边贼为羽翼。六七年来,韩、蒲被掠,贼数不多,愚民影附,流劫泾、原、富、耀间,贼势始大。当事以不练之兵剿之不克,又议抚之,其剿也,斩获皆饥民也。真贼咸饱掠以去。其抚也,非不称降,聚众无食,仍出劫掠,名降实非降也。

七月,山西晋东南流寇破蒲州、潞安,官兵大败。八月,横天一字王部得数万蒙古人来投,声势浩大。是月从府谷出发,大战官军于靖边。九月,横天一字王回师府谷,与洪承畴、杜文焕部战于孤山堡,诛杀副将李剑。继而转战甘州,与固原总兵杨麟部遭遇,大败而逃。十一月,横天一字王率部从神木渡河入晋,进逼河曲。河曲饥民闻横天一字王威名,慕名来投,时有侠士王可贵做内应,横天一字王率部一举攻占河曲县城。

且说这日河曲县衙一班首领聚首,共商召集天下英雄攻城略地之事。衙堂上首正中交椅,坐着正是横天一字王王嘉胤,左右坐着左丞相王自用,右丞相王国忠,两边依次坐着高迎祥、张孟存、马进忠、邢家米诸般首领。

众人正在议事,看见一人一路飞跑闪身进了衙堂,正是赛时迁张闻。原来张闻在保安县见过神一元,发了英雄帖,一路快马,昼伏夜行,避过一路关卡,回河曲县复命。张闻近前禀告,言神一元愿遵号令,同生共死。

横天一字王大喜,赏了张闻,叫他立于一旁后道:"数月前洪承畴那厮设计诱杀了左挂子兄弟,这洪承畴倒是个能征善战的狠角,现在又做了延绥巡抚,正是额等敌手,不得不防。诸位有何高见?"

左丞相王自用建议道:"依小弟愚见,大王须尽早招纳各路好汉,共拒官军。且说那黄虎张献忠,此人非同一般,腹有良谋,如能及早招纳,定能合力抵抗官军!"

王嘉胤点头道:"额素知这张献忠武艺高强,性格刚烈,好打抱不平,现聚集米脂十八寨五六千人马,往来靖边、安定、绥德、清涧诸县劫掠,曾诛杀惠世扬、康永泰等来剿官军将领。周边官军听闻黄虎之名,皆绕道而行!额此番英雄帖,黄虎亦在应邀之列!"

王自用又拱手道:"如此甚好!听闻罗汝才与张献忠一同起事,罗汝才诡计多端,自比三国曹操,手下啸聚三四千人马。张献忠啸聚五六千人马,两人合兵一处,共有八九千人马。张献忠手下四将孙可望、李定国、刘文秀、艾能奇,个个能征善战。那李定国虽年方十二,却有万夫不当之勇,力大无穷,武艺高强,上阵杀敌,端的是杀人不眨眼。小弟还听闻与张献忠一同起事的,还有一个女将最英雄,手下亦聚集二三千人马。这女将擅骑一匹青马,抡两口日月双刀,使一把夺命飞爪,百十步取人首级不费吹灰之力,真乃水浒女将一丈青扈三娘转世。因只知女将姓李,人称丫头子李三娘。"

这边闪过右丞相王国忠,道:"大王容禀,左丞相此言非虚。张献忠手下聚集米脂十八寨,每寨寨主俱是各路英雄好汉,因恐族人被朝廷捕杀,俱用绰号行事,有独头虎、草上飞、独行狼、一匹狼等。如今大明皇帝生性多疑,听闻数月前已将袁督师凌迟处死,朝中能臣胆战,武将心寒,再无可抵挡辽寇进犯之帅才。朝廷或剿或抚,必急于平定秦陕一地民乱,好抽身全力抵挡女真。以此推论,杨鹤必会遣人招安张献忠!小弟愚意,大王可速速遣能言善辩者面见张献忠,重赐金帛,多给予粮米布匹,说他早日来投奔。若得张献忠,攻占延安、庆阳易如反掌,乞大王明鉴。"

王嘉胤听罢,便道:"右丞相说的极是。谁可为使臣?王虎、洪狼二将带五百兵马,携粮米五千斤、牛羊肉一千斤,叫众人分散放在马匹上,额亲笔英雄帖一道,邀张献忠来河曲县共聚大义。"

一旁闪过张闻,俯身道:"小弟愿往米脂,去说服黄虎张献忠速速来投!"

只见众首领中,杨六郎走出来说道:"米脂十八寨这伙人都是些饥民农夫,听闻张献忠曾做过边兵,虽是行伍出身,却并未统兵,急于招纳他做甚?放着我等黄龙山旧部一班如狼似虎的弟兄不用?黄龙山有的是强兵猛将,官军就是来个千军万马,怕他什么?若是官军来剿,就是那个什么洪承畴亲来,小弟亲自引兵去会会这厮。"

王嘉胤听了道:"你便是个好生了得的好汉,袁督师是你旧主,被朝廷冤杀,知你恨朝廷狗官入骨。你就是一只插翅猛虎,倘若再添了黄虎张献忠,众虎共拒官兵岂不更好,自有叫你杀敌报仇之时。"

杨六郎凛凛一躯,八尺有余身材,面白唇红,威仪猛勇。上阵时,仗条浑铁点钢枪,泼水不进,端的是有万夫不当之勇。王嘉胤将张献忠与杨六郎并称猛虎,足见张献忠乃真虎也!

却说那米脂县距河曲县有五六百里地,张闻与王虎、洪狼并排骑马,带了五百兵马,担着诸多粮米牛羊肉急行。张闻贴肉口袋里怀揣着英雄帖,取道径投米脂来。为避官军拦截,或大股饥民流寇劫道抢夺,只得日夜兼程,不一二日就到了十八寨门外。

这日黄虎张献忠并孙可望、李定国、刘文秀、艾能奇四将、独头虎、草上飞、独行狼、一匹狼等各寨寨主正在议事。正巧罗汝才、李三娘亦来十八寨商讨如何同进退、共拒敌。门外有眼线来报,说有五百兵马来到,为首三人自称横天一字王手下兄弟,有要事面见三位首领。

听得横天一字王王嘉胤遣使至,未知来意吉凶。罗汝才遂取卦来卜,当下一卜,卜得个上上之卦,便与张献忠商议道:"卦中上上之兆,多是王首领来联合额等,似此如之奈何?"

张献忠回道:"横天一字王名满天下,如雷贯耳,手下聚集十万人马。若是如此,额也正想见见横天一字王,且看他手下兄弟如何说。"

再说那张闻同王虎、洪狼已到寨门口,张献忠传令叫开寨门,放他们进来,前方寨兵领路。张闻等人入到寨中,沿路看见寨连寨,城连城,三步一岗,五步一哨,一路上礌石、拦马桩、滚木、铁蒺藜、苦竹箭应有尽有。寨兵个个膀大腰圆,精神抖擞,心中不免敬佩张献忠治军颇有大将之才。

张闻至大寨正厅前下马,直到厅上,叙礼罢,分宾主而坐,张献忠便问道:"久仰横天一字王大名,此番遣三位前来,意欲何为?"

张闻回道:"有件小事,上达钧听,乞屏左右。"

张献忠笑道:"此处之人皆是些生死弟兄,但说无妨!"

张闻欠身与张献忠道:"额家大首领王嘉胤,号横天一字王,久闻张首领大名,怎奈官军进剿得急,无颜拜见威颜。又闻首领在米脂聚集十八寨人马,劫富济贫,众弟兄同心协力。当朝天子寡情薄恩,擎天大忠袁崇焕纵有大功于江山社稷,却惨遭凌迟处死。朝中能臣多受排挤,贪官污吏多行不法,以致天下大乱。秦陕、四川、宁夏盗贼并起,草寇猖狂,民不聊生。近日又出了个洪承畴甚是毒辣,断了活路的饥民逃卒迫势揭竿,原本只望有口饱饭吃,并不愿世代与朝廷为敌。朝廷下旨招安,多有愿回乡依旧务农者,然洪承畴此贼却假意招安,背地里将这些降了朝廷愿复为良民的百姓诱杀。横天一字王誓与朝廷势不两立,绝没有半丁点招安纳降之意。如今张首领虽兵强马壮,然十八寨终究是一隅之地,官军来剿,十八寨又无天险可守,还须联众路义士共拒官军。横天一字王英雄盖世,现今占了河曲县,下步意欲攻打延安、庆阳,特遣小人持英雄帖一道联络诸首领同生共死。附赠粮米五千斤、牛羊肉一千斤,欲请张首领、罗首领、李首领同心协力,共聚大义。"

张献忠听罢便道:"张义士言之极是。额出身微贱,幼时贩枣,几被打死,后做过捕快,当过边兵,又遭人诬陷,险些处斩。怎奈天不灭额,被主将陈洪范所救,留得性命。今权居十八寨,避难逃灾。这十八寨坚如磐石,却为何要与外人联络?今蒙横天一字王赐额这诸多粮米肉食,邀额同生共死,实乃大幸也!然虽如此,如今米比命贵,这诸多粮米肉食未敢拜受。"

张闻摇摇头道:"张首领此言差矣!十八寨虽坚,终究只是米脂县内一隅,又无纵深,如何敌得大队官军往来围剿?横天一字王曾占据黄龙山,也终究因山险不可拒官军,地无粮亦供养不得数万人马,因而弃了黄龙山!"

罗汝才点点头道:"张义士言之有理,官军数次来十八寨围剿,虽有幸击败之,却非长久之地。"

张献忠道:"兄长言之有理!"

罗汝才又道:"贤弟且听愚兄一言,横天一字王英雄,天下豪杰尽知,不如弃了这米脂十八寨之地,与横天一字王合兵一处,做一番惊天动地的大事,额罗汝才愿与张首领一同投奔河曲。"

李三娘乃女流之辈,虽未言语,却也赞同罗汝才。有诗为证:

粮米牛羊出河曲,英雄之帖胜金玉。

三分天灾七分祸,官逼民反群蛇聚。

张献忠环顾孙可望、李定国、刘文秀、艾能奇四将及独头虎、草上飞、独行狼、一匹狼等各寨寨主,众人皆道:"愿追随首领,绝无二心!"

张献忠本是性格刚烈之人,平生最为敬佩英雄好汉,横天一字王诚心相邀,又见罗汝才、李三娘愿一同前往,主意已决道:"今晚先请张义士寨中歇息,这粮米牛羊权且收下。张义士请转告横天一字王,容额收拾寨子军器辎重和家伙什,择日率众来投!"众人闻言,皆大喜。

张献忠令备酒肴相待,当夜就留张闻、王虎、洪狼及五百兵马在十八寨安身,次日晨送众人出寨上马去了。

之后,张献忠又问罗汝才道:"兄长,横天一字王手下兄弟这一席话如何?"

罗汝才听了长叹一声,低首不语。

张献忠便问道:"兄长何故叹气?"

罗汝才答道:"额寻思贤弟号称黄虎,以勇猛果敢为主,愚兄不敢多言。额想张闻义士所说这一席话,端的是有理。目今大明天灾不断,贪官横行,军制腐败,内有民乱,外有强寇。朝廷必急于先灭额等,再腾手抵抗外寇。倘若未联众共拒官军,早晚各个击破!王嘉胤面上义气深重,其实也是个贪慕富贵之人,初时只为一口饱饭,现在却要名利。此番广发英雄帖,所谓树大招风,只恐朝廷必会千方百计诛杀横天一字王。据愚兄所算,王嘉胤恐命不久矣!"

张献忠点了点头道:"兄长言之有理,且先应了英雄帖,联络众位好汉,再作计议!"

且说那张献忠乃陕西定边县郝滩乡柳树涧人,生于大明万历三十四年九月十八日,与李自成同岁。父名张快,曾为铁匠,亦从过织履、贩枣、屠夫等业。母沈氏,早亡。共生八个子女,因家贫,仅张献忠和两位兄长存活。起初,张父见此子骨骼清奇,希望其日后效忠朝廷,建功立业,光大门楣,因此取名张献忠。

张父常打造铁器,双臂有千百斤力气,又善杀猪宰牛,颇有胆量。性格好强,不畏强暴,因此街坊邻居都让他些个。张献忠却强似乃父百倍,性格异常刚烈。幼时和村中幼童上树掏鸟窝寻鸟蛋,其余幼童皆偷得鸟蛋即返,张献忠却隐藏于枝叶后,待大鸟回巢,伸手抓了一窝大鸟雏鸟,尽数拧下鸟头,撕下翅膀,好生残忍。村中老者见状,问他为何如此。张献忠答道:"母鸟失卵必伤痛不已,不如将这一窝鸟不留一个,免去母鸟伤痛,岂不是好!"老者闻言,皆言此子实乃煞星下凡,日后倘若成事,必将荼毒人间,生灵涂炭。

张献忠也念过几年私塾,因头脑聪颖,也得了些文墨在胸。却因过于好强,稍不如意就伸手打夫子,因此全村无一夫子敢收他为徒。张献忠离了私塾,平时里闲于活计,只顾打熬身体,和街市里泼皮无赖为伍。张献忠身材高大,打架十分舍命,又为人仗义,很快就成了无赖头目。

张父家境贫寒,恐张献忠和泼皮厮混久了要做偷鸡摸狗之事,因此在街市里安家不得,但山上阳处都被乡绅圈了地,只得在山阴处挑中了一块地搭建茅屋。但这块地是一乡绅祖上人家葬过的,久而久日,坟头被山洪冲刷填了。乡绅见张父此处建房，大怒，纠集数十个无赖扒屋。张献忠父子不惧，持木棒铁具迎敌，张献忠虽年幼，大人却敌他不过。

张父夺了那块阴地，建了茅舍。一日，张父梦虎入室，蹲踞堂西，张父惊恐，醒来方知是南柯一梦。时乡间一采药老翁，年过百岁依旧仙风道骨，身轻如燕。一日上山采药，见张父阴地建房，顿生诧异，又见张献忠生得长大，状貌奇异，惊呼此子不俗，日后必将号令群寇，称霸一方。

待张献忠长至十四五岁，比同龄人高上一个头。据传遇到一位游方僧人，见他骨骼奇特，便悉心传授武艺。指点数月后，僧人见张献忠杀气甚重，恐日后闯祸，以要去远道游方为由，不再传授武艺。虽无人指点，但张献忠本就聪颖，加之平日里摸爬滚打，倒也练就了一身武艺。

俗话说："半大小子，吃穷老子。"此时张献忠饭量大增，秦陕一地却已年年饥荒，张快见田中无产，乡人多有饿死者，寻思与其饿毙，不如出去逃难。想想四川乃天府之国，粮米充足，且先去四川寻些活计。计议罢，张父带上张献忠兄弟三人，牵上平日里拖货的老驴，将屋里仅有的一点荞麦带了，背了几件破衣烂衫塞进包裹，就一路南下去四川了。

张献忠也托着一把雨伞，背着个包裹，拣了根棍子挑着个包裹，拽扎起衣衫，腰系着缠袋，脚下着麻鞋跟在后面，两位兄长亦背着包裹跟着。路上免不得饥餐渴饮，吃野果，喝泉水，遇到村坊集市讨碗粥水吃，白日行路，夜住破庙窝棚。父子四人一路南下，在路上两个月有余，一点荞麦早吃净了，也渐渐走到号称天府之国的四川。有诗赞曰：

> 噫吁嚱，危乎高哉！蜀道之难，难于上青天！蚕丛及鱼凫，开国何茫然！尔来四万八千岁，不与秦塞通人烟。西当太白有鸟道，可以横绝峨眉巅。地崩山摧壮士死，然后天梯石栈相钩连。上有六龙回日之高标，下有冲波逆折之回川。黄鹤之飞尚不得过，猿猱欲度愁攀援。青泥何盘盘，百步九折萦岩峦。扪参历井仰胁息，以手抚膺坐长叹。

好一句蜀道之难，难于上青天！可蜀道再难，比不了肚中饥，身上寒！到底是天府粮仓，果比秦陕黄土地肥沃，沿路郁郁葱葱，倒有些生机盎然。路过村坊集市,尚能讨得一碗热菜粥水。

只是天下乌鸦一般黑,路上看到的依旧是贪官污吏横行不法,老百姓挣扎活命。所幸天气渐渐炎热,夜间露宿山头也不觉寒冷。

且说这日父子四人走在山头上,远远望见一座城池,原来是内江县。张父道:"前方有集市,不如额父子四人找些山货野果,好去集市换些粮米度日。"

张献忠挑着担儿跟在父亲毛驴后,身长眼尖,望见前方有一片青,跑过去一看却是一片野枣林。顺手采摘一个,居然脆甜无比,道:"天可怜见!惭愧了额父子四人离了秦陕贫瘠黄土之地,此处有一片野枣林,不如采摘些贩到城里去卖!"

张父看了大喜道:"这下好了!好一片枣林,额等先吃个饱,再采摘些去内江城里,跟城里管事的赔个小心,借个地方贩枣,觅几个铜板好换些粮米来。"

当时张父牵着毛驴,张献忠兄弟三人跟着张父转入林子里来看时,果是一大片枣树林子。只是放眼望去,不远处一周却都是土墙,旁边有个小门,墙内却是大树参天,隐约有炊烟升腾,似乎又是一个地主老财家的大庄园。父子四人饥渴,也顾不了许多,只管采摘野青枣吃。

不多时,只见门开处,一庄客探出身子出来喝骂道:"哪里来的瓜娃子,竟敢来老子这里偷摘东西,还不滚蛋,不然叫你娃儿死得棒硬!"

张父是铁匠出身,又善杀猪杀羊,本是个火爆脾气,只是如今为了果腹,将原来脾气都折消没了,此刻只得忍气吞声,放下包裹与他施礼。

庄客喝道:"咋个的嘛,来俺庄上有甚事?"

张父答道:"实不相瞒,额父子四人是从陕西逃难来的,老家里连年灾荒,田地都荒芜了,逃到这里一路上苦没少吃。看到这里一片野枣林,欲采摘几个果腹续命,万望周全则个!"

庄客听罢,怒道:"个龟儿子,这个山头都是马老爷的,哪有什么野枣林?说个什么锤子?"

张父依旧赔着笑道:"大哥息怒,额等是逃荒的人,身上早没了盘缠,又是几日不曾吃一口粮米,端的可怜得紧!你看这般可好,额采摘了枣去城里贩,回来依例拜纳金钱,额等只图个跑腿贩枣的钱,如何?"

庄客听了回道:"既是如此,你个龟儿子且先给十两银子再说!没钱便留下毛驴，不然靠边站去，还说个锤子。"

张父见状又道："这毛驴是额活命的本钱，哪能给你？还望大哥方便，有好报！有好报！"

庄客怒道："哪来讨口子的，来老子这里臊皮，再不滚蛋，当心抓你送官。"

一旁早惹恼了张献忠这条大虫，跳出来喝道："这片枣林在你庄外，枣树上缠有藤蔓，又有青苔，分明就是无人打理，怎就成了你家的？"

庄客见张献忠身长面凶，心中已惧了三分，缓和了语气道："你等休怪。看你们是行路的人，辛苦风霜，且放下采摘的枣离去，这件事情就作罢！"

张父恐惹事，心里寻思这庄客不过是个吠犬，还不及自己一拳脚打的，只是强龙不压地头蛇，口里道："也好，这就走！"说罢，就叫张献忠兄弟三人放下盛枣的包裹。

张献忠如何肯答应，只管将枣装满包裹，放在毛驴背上担着就待要走。

庄客急了，心想这几个外乡逃荒的，还能怎的，顿时不管不顾就赶过去拦住张献忠道："个龟儿子，哪里去？"

张献忠问道："说了这是野枣子，关你个挨球的甚事？"

庄客怒道："你娃儿不识得太岁么？这漫山遍野一草一木都是马老爷的，你摘了马老爷的枣，须给十两银子，否则便留下毛驴。欠马老爷钱，这着落都在我身上。你娃儿乖乖拿钱吧，免得我不好交代！"

张献忠回道："就算这山是什么猪马牛羊老爷的，也待额贩卖了枣子，有钱了自还他，你休拦着不放！"

那庄客哪里肯依。张献忠被惹得大怒，又开五指，去那庄客脸上只一掌，便打得那庄客口中吐血，再复一拳，打落两个当门牙齿。庄客哪里还敢拦阻，爬将起来，一溜烟跑回庄园告状去了。

张父见张献忠打了庄客，恐庄客喊来一大群帮手来，到时候有的亏吃，就急急叫张献忠兄弟速速拾了枣子离去。

张献忠见拾了这许多枣子，指望换些铜钱买些粮米煮了吃口热饭菜，欢喜不已。此刻已到了早市，集市里正是忙碌之时。父子四人走到城门口，守城士卒只当是赶集的庄户人，也未有拦阻。待进了内江城，径来到集市上，张父心想到底是天府之国，看来到这里寻些活计也眼见得是，只是平白无故里就恶了当地

363

大户人家,只恐冤家路窄,且莫再撞见了。这大户财主家,端的是有几人不忒毒害,恁地刻薄!想罢,张父心中烦恼了一回。

外乡人初来乍到,自然要受些排挤之气,这集市里的摊位都是自家吃饭的家伙,哪里肯有位置让与别人。父子四人从集市头走到尾,愣是寻不见一丁儿地。张献忠眼尖,看见集市尽头有处牌坊,也不知是哪里的大户人家供奉哪位祖宗用的,牌坊周围倒是块空地。张献忠从父亲手里接过牵毛驴的绳头,将驴系在牌坊柱上,从驴背上卸下装枣子的麻袋扛过来,插了草标儿,吆喝着去叫卖。

父子四人连声吆喝,立了两个时辰,并无一个人问。将立到晌午时分,张父心中生疑,如何这集市众人都不转这里来问问,莫非这牌坊却是碰不得。又立了一会儿,依旧没人来问。张父无法,欲牵了毛驴再试试换块空地。忽然间,只见集市众人都慌慌张张挑起担子,卷起铺盖就四下里跑。张父看时,只见众人都乱窜,口里惊恐地喊道:"快跑啊!虎来也!"张父纳闷,这等城内哪里会有老虎来?

当下里四下张望看时,只见远远地来了一伙人,有三四十人,中间高头大马上,坐着肥嘟嘟一个财主,众人簇拥着窜过来。张献忠看那马上胖财主,这般模样:

三旬上下,肥头大耳,蒜鼻眯眼,头戴遮尘凉帽,身穿直缝宽衫,腰系皂丝条,足穿薄皮靴。一身养尊处优肉,一脸凶神恶煞相。

这人便是内江县马财主家养的胖儿子,却是个泼皮无赖,终日和一伙家丁专在街上撒泼撞闹,欺压良善。因马财主家大势大,没人惹得起,这胖儿子为非作歹便无所顾忌惯了。人人都敢怒不敢言,只是背地里将其叫作没牙没毛马老虎。

说的是冤家路窄,这个马老虎家就是方才张献忠摘枣得罪的马财主。这马老虎平日里惹得几头官司,他老子马财主背地里不知送了内江县令多少金银,两人亲如兄弟,如不是嫌走路麻烦,恨不得穿一条裤子。百姓有人告到县衙,内江县也不治他。因此,满集市人见那厮来就都躲了,一瞬间就似风扫残叶一般,人都闪了个干净。

却说张献忠父子四人不明就里,迟疑了些,这伙人就抢到张父面前。十几个恶奴不由分说就几个欺一个,手里把张献忠父子四人一一按着,又有几个恶奴将装枣子的麻袋往脚底下踩着,还有几个恶奴就要去牵那头毛驴。给马老虎牵马的那个奴才,脸上裹着手帕,正是那个被张献忠一掌打碎门牙的那人,果真是"不是冤家不聚头"!

张父深知张献忠脾气刚烈,恐惹出事端,忙目视他道:"强龙不压地头蛇,吾儿且忍一忍,休要鲁莽。"

马老虎手里挥动着马鞭,招呼几个恶奴将张父扯将过来问道:"汉子,你娃儿是从哪里来的?可知这是什么地儿么?"

张父回道:"小人是从陕西定边县逃难来的,寻贵宝地卖点枣子换些粮米充饥,不知何处冲撞了老爷,还望大人大量。如是嫌小人站脏了宝地,额父子几个这就走便是!"

马老虎怒道:"却是胡扯蛋,你娃儿道这里是菜园子门,想来就来,想走就走吗?"

张父问道:"你待要额如何?"

马老虎问道:"你这枣哪里来的?要卖多少银两?"

张父言道:"这枣儿是额父子四人城外山上刚刚采摘得来的,要卖百十个铜板。这山高路陡,只是赚些气力钱!还望高抬贵手!"

"又是胡扯蛋。还说是上山采摘的,你道我不知么?城外那片山上一草一木都是我家的,你采摘了我家的枣,还敢来集市里贩枣,不是吃了熊心豹子胆又是什么?你家那莽龟孙儿还敢打伤我的下人,不是老虎嘴里拔牙又是什么?你此番还将那头毛驴拴在我家牌坊柱上,内江县里你倒是头一个,胆子是忒大!"马老虎说罢,将右手马鞭左手接了,伸过右手揪住张父头发用力往上拉扯。

张父负疼,头往上仰,正好瞅见那个牵马奴才正是方才被张献忠打掉门牙的庄客,心中明白定是那庄客吃了张献忠一掌,回去告诉主子,就带了一帮奴才来找麻烦,便哀求道:"若是如此,额将采摘的枣儿如数奉上,还乞饶额父子几个!"

马老虎骂道:"你娃儿想的却是美,摘了枣儿能接上去么?"

张父道:"老爷却是要额如何?"

马老虎道:"你娃儿须得照我的话做三件事,缺一件都不可!"

张父问道:"怎的三件事?"

马老虎道:"第一件,你摘了我家的枣儿,须得赔偿我元宝银五十两;第二件,你家的毛驴拴在我家牌坊柱子上,污了我家的风水,这头毛驴须是我的,都说天上龙肉,地下驴肉,今日正好打牙祭;第三件,现在已是晌午,你还须摆酒十桌,犒劳我这些手下。你娃儿倘若牙缝迸出半个不字,就把你父子四个绑了送衙门。你须知我家和县太爷亲如兄弟,叫你死只是一句话!"

张父哀求道:"老爷明鉴,额父子四人是来逃荒的苦命人,几天几夜都没吃一口粮米饭,哪里来的银子赔你?哪有银钱摆酒席?这头毛驴额还指望做些活计,哪能给老爷?"

马老虎闻言大怒,挥手一鞭子就打在张父头上。马老虎身胖力大,这一鞭子正好打在脑门上,当时张父脑门就生了一道血苔子。

那头拴在牌坊柱上的毛驴受惊,一坨驴粪"扑"的一声掉了出来,正好砸在牌坊阶上。这时集市的人虽不敢近前,却都远远地围住瞭望。看见驴粪污了马家牌坊,忍不住哄堂大笑!

马老虎顺着笑声看去,怒骂道:"这个还得了么!你娃须吃了这驴粪,不然就剁了你的狗头!"说罢把衣袖卷起,拿鞭在手,雨点一般照着张父猛抽。

张献忠见父亲吃打,奋起力气推倒按压的奴才,起身对远处众摊贩喝道:"笑个什么!这马鞭未落在你等头上么?"

马老虎见有一人推倒众奴才跳将出来,挥起马鞭就欲打。不料张献忠长得高大,又眼疾手快,眨眼间便抓住马老虎手腕,也不知怎回事,这马鞭就到张献忠手里了。

众人平日里只见马老虎这伙人如何欺压良善,鱼肉百姓,几曾见过有人顷刻间夺了马鞭,止不住喝彩,看的人也越多了。马老虎哼道:"哪里来的野娃儿,抢我马鞭干什么?不信你敢鞭我!你且把鞭来鞭我看看。"

张献忠怒道:"朗朗乾坤,如何这般欺压人!那片枣树林没见人打理,这枣子便是野生天赐的,采摘了打什么紧?你这挨球的,却是欺人太甚。你不信额敢鞭你,额就抽你三百鞭子与你看。"

马老虎大笑道:"内江县还未曾有一人敢这般说,你娃儿倒是有些胆量!"

张献忠举起鞭子就欲抽打马老虎,张父一旁喊道:"儿啊!休要惹祸!"

张献忠也吼道:"额父子四人只为吃口饭,不愿惹祸!只是你这挨球货欺人太甚!"

马老虎道:"你鞭我三百鞭来看!"

张献忠说道:"其实和你往日无冤,昔日无仇,没来由鞭你。"

马老虎笑道:"原来你也是个孬种!"

张献忠闻言大怒,一把就把马老虎从马上扯将下来。众奴才平日里欺压良善,却是穷凶极恶,此番见张献忠如此胆气,皆不敢靠前。

马老虎爬将起来,凑到张献忠面前足足矮了一个头,叫道:"此番你倘若鞭我,我就敬你是条汉子,还有赏钱!"

张献忠何等刚烈之人,岂容这般说,只是张父不住劝说休要惹祸,张献忠便叫道:"你等都是见证!额父子四人逃难到此,这个泼皮无赖欺人太甚,是这矮胖子叫额鞭打!"

集市里众摊贩都怕这马老虎,谁敢向前来劝。马老虎喝众奴才道:"给我宰了这厮几个,还等什么!"

众奴才听到这话,纷纷抽出腰刀就围将上来。一奴才拔刀砍过来,张献忠霍地躲过,手臂一挥,这边倒了三四个,脚一踢,又倒了五六个。众奴才见此人了得,吃了一惊,一时未醒过神,只是远远呐喊!

张献忠性起,瞅见马老虎,挥起马鞭连连抽去,只把马老虎打得鲜血淋漓,不住求饶。马老虎顷刻间便被抽成了马老鼠,倒在地上滚来滚去,有诗赞曰:

都说三岁看到老,黄虎心志赛天高。
恶霸非虎胜真虎,煞星鞭虎胆气傲。

马老虎见求饶没用,身边奴才又个个窝囊废,只得往人群里钻,一边钻一边对众摊贩叫道:"你们都给额围了这厮,不然就不得在这里摆摊!"

众人平日里都惧怕马老虎,深知得罪了这老虎,今后就没有安生日子过,听到这话,慌忙拢来拦着张献忠。

张献忠想来此事与众摊贩何干，就收住了马鞭，这马老虎才得以逃脱。那三四十个奴才也醒过神来，将张献忠团团围了，夺了马鞭，叠罗汉一般将他按压在地上。

张献忠虽有武艺，然双拳难敌四手，又恐伤了百姓，失手便被吃拿了。一众奴才押着张献忠父子四人，牵着那头毛驴，扛着几袋子枣，径投内江县衙出首。众摊贩恐日后马老虎责怪刁难，也跟着簇拥张献忠父子四人。

张献忠怒目而视众人，喝道："你等皆是帮凶，额日后来时尽杀你等川人方泄吾恨。"

正值知县坐衙，一众奴才扭押着张献忠父子四人进来，那个脸上包着手帕的庄客手里拿着马鞭，众摊贩也跟着都上堂来一齐跪下，把马鞭放在面前。几个奴才将马老虎搀扶进大堂，知县见状，慌忙安排给马老虎看座。

知县问道："马少爷此来所为何事？可是状告他人？"

马老虎道："小人状告这几个陕西定边县来的刁民。偷我家枣子在前，打坏我家庄客在后。这伙刁民口称没有盘缠，将这偷来的枣儿在街货卖，又将毛驴拴在我家牌坊柱上。小人与这几个刁民理论，不期被这个长大的刁民强夺小人马鞭，又用鞭来打小人，众邻舍都是见证。还望知县大人不要饶了这伙人，且要重重判这个胆大的刁民！"

堂上众摊贩都是墙头草，见风就倒，都来替马老虎说话，各自七嘴八舌分诉了一回。

知县闻听后大怒道："这青天白日的还有这等刁民，这还了得，既是马少爷前来出首，这厮入门的款打却是要重重打上几百板子。你这伙刁民还不从实招来！"说罢，这知县也不容辩解，就招呼两旁衙差重打张献忠父子四人。

张献忠怒骂道："狗官，天底下有你这般不问青红皂白的么？可知头顶上有神明？"

知县闻言越怒，喝道："你娃儿不知死活，叫你认识我的手段！"

两旁衙差如狼似虎，不由分说，按倒几个就是一顿板子。

一顿水火无情棍下来，就是云里金刚、山上太岁也禁不住这般折腾。张献忠心想此番没有说理的去处，且留住性命，只得屈招了，只说自己肚饥偷了马老爷家的枣子，又一时性起打了庄客和马少爷，自愿认罪受罚。

"既如此,且不必说了,将这伙刁民治罪便了!退堂!"

知县吩咐两旁衙差把张献忠父子四人监了,又叫取一面二十八斤铁头干木枷把张献忠枷了,差两班班头,带了衙差,监押他在衙门口监号,将张献忠办了个偷盗且殴打乡绅之罪,依律脊杖五十,枷号三日,监二月。张献忠父兄俱一同监二月。当堂就叫张献忠父子四人画押,叠成文案。

马老虎自有奴才搀扶回家调理养伤,当案被告确无财物,只有那头于马家牌坊上拉驴粪的毛驴,自赔于本案首告马家。

张献忠被砸上重镣,又枷了重枷,号在衙门口石狮子前。此番正好是毒日当空,头顶又无片叶可以遮荫,站着就是一身汗,何况重镣重枷,动弹不得。

衙门口看热闹的百姓平日里没少受马老虎一家欺凌,见张献忠鞭打了没牙没毛老虎马少爷,出了胸中的闷气,也都赞叹他是条刚烈汉子。众人见马老虎离了县衙,就不怕了,也都纷纷送些凉粉、米粑、豆腐给张献忠吃,也有给他送蒲扇、遮阳斗笠的。衙门里众多差役、押牢、禁子,也敬佩张献忠是条好汉子,也不为难他,都好生看觑他。

马家牌坊前集市里众摊贩因惧马老虎淫威,一同拘押张献忠到县衙,众人想想张献忠为是出了众人胸中怨气,方才一同到堂终还是过意不去,都你出一点,我出一点,凑些银两来与张献忠送饭,上下又在衙门监牢里替他使用,因此张献忠父子四人也未有吃太多苦头。张献忠也只想待六十日限满,早日离了这是非之所。

且说内江县有一丐名唤徐大的,祖籍便是内江县人氏。祖上也是有军籍的,只是赴江浙与倭寇交战不力被擒,逃出后恐被上官责难,不敢回军营,从而逃回祖籍,因而家道败落,至徐大时只能乞讨为业。只是徐大还有一股侠义心肠,自己有半碗粥水还不忘分于众人,周围众丐遇到难事都愿求救于徐大。

这日徐大得了几盘剩菜,几碗米饭,回到城外破庙正欲和众丐一同分享。众丐大喜,边吃边唠嗑城内新鲜事,却也快活。一丐说到有陕西来的后生汉子名唤张献忠的,鞭打马老虎一事,徐大听了也不住赞张献忠是个好汉,当时便问道:"听你这般说辞,这小哥倒是有些硬骨头。你娃儿可知这生得面黄长大的小哥现在何处?"

那乞丐道:"徐大哥哥听禀。小人近日没甚出路,讨不得什么东西来,也不能总吃哥哥的吃食,就去马家牌坊集市里拣些菜叶、猪下水、鸡杂碎。因见陕西来的几个外乡人,将驴拴在马家牌坊柱上,不想被马老虎那厮领人用鞭子抽打。有个黄面长大后生小子,看似有些身手,夺过鞭子却是猛抽马老虎,把他打得是鲜血淋漓。马老虎人多势众,那小哥敌不过便吃拿了,被知县狗官不问青红皂白当堂一顿板子,又枷号在衙门口。"

徐大想了想道:"这小哥既是挨了一顿板子,想必狗官不会手软,我等何不也送些饭食与他吃,休教饿坏了。只是我这里都是人家吃剩的残羹冷饭,送去岂不是屈了这好汉,还须找些像样的吃食送去也好!不如今晚就去大户人家偷一只鸡,和着山上蘑菇、木耳、香椿、地米菜一同炖了,养伤最好。待这小哥脱了灾祸,一同依附着讨生活也好!"

众丐道:"若徐大哥哥如此说,我们便一同去。"

徐大引了个机灵点的乞丐,又谓方才那乞丐道:"你认得路去,你带路。"

这两丐跟随徐大出了破庙,自取小路进城去了。

内江县不是个紧要去处,城门关得晚,三人行到内江县地面,城门还未关。乞丐入城,守城士卒也懒得过问。三人进了城,过了几条街道,早望见一座楼,却是内江县有名的福寿客店,端的是夜夜歌舞升平。纨绔子弟常来此处,彻夜不归。

徐大三人行到门首,正好店小二待关门,只见这三个乞丐撞将入来,当中那丐用讨饭棍子敲打门板。

小二见状喝道:"哪里来的叫花子,收起你这棍。不知这是什么去处?敲坏了,你的命都不够赔。再说此间已晚了,没有残羹,快走快走!"

徐大故意骗道:"我们是外地的,今日走了一百来里路,因此到得晚了。还乞给些吃食。"说罢就要进来。

小二岂肯放他三个入来,又喝道:"快走,想讨打么?"

徐大道:"我们自讨些饭食,不给便了,因何要打我?"

小二无法,道:"今日灶里还有几块锅巴,且给你们。天亮没几个时辰,你们快去。"

徐大问道:"店里如何得知没几个时辰就天亮,你家有报晓的鸡么?"

小二问道:"无报晓的鸡,都睡懒觉么?店里有无鸡,关你娃儿什么事。"

徐大道："确不干我事。且将锅巴赏了我等吧，这便走。"

小二取出锅巴来给徐大，又多给了一捧儿咸豆干，就将门板立起来，把店关了。

待店小二进去，徐大三个自将那锅巴就这咸豆干一起吃了。只见一丐道："徐哥哥，这店里果有报晓的鸡。"

徐大笑道："这店小二不打自招，且看我的手段。"

原来这徐大自幼山里过活，腿脚甚是灵便，也会些飞檐走壁的本领，平日里也做些偷鸡摸狗的事情，只是专偷大户人家，且从未失手。大户人家失一些鸡狗之物，也不心痛。因此，徐大时常窃些鸡狗来打牙祭。

果不其然，徐大一个纵跳就翻进福寿客栈院墙，不多时就将一只大肥鸡提将出来。只是这徐大还颇有些心眼，顺道还去伙房盗了一笼肉包子、七八个煮鸡蛋、一把生盐、一大捆萝卜、泡菜、茴香、香菜来。还有一个食盒，内有几碟熟菜肉食，想必是哪个花花公子点了还未吃的。

三人大喜，提着这只老大公鸡就悄悄去溪边把公鸡杀了，洗剥干净，又寻个破罐子提桶水，捡了柴火生了火，和着菜蔬一起炖了。眼见炖得熟了，香气扑鼻，二丐惊喜道："哥哥还有这等手段！"

徐大笑道："大户人家吃腻味的，我等尝尝何妨！"

三个笑了一回，各自忍不住馋嘴，只喝了点鸡汤，吃了点配菜，就将整只鸡盛好，又用清水化了生盐，用瓶装了，就径直往县衙去了。

张献忠在衙门口被枷号了一天，此刻衙差都睡了，只留着两个公人看守。

张献忠倚坐在地上，背后棒伤疼痛，哪里睡得着。徐大三人来到近前，惊醒两个看押公人，徐大慌忙拿出食盒，把几碟菜肴拿出来，并肉包子、煮鸡蛋，请他两个公人吃。只说自己是邻近村民，敬这黄面汉子，来送些吃食来。两个公人正好肚中饥了，也就不管不顾大嚼起来。

徐大将炖鸡送到张献忠面前，道："听闻小哥是个好汉，鞭打马老虎那厮，出了百姓胸中怨气，小弟敬佩得很。小弟徐大，今番有缘拜见好汉，还望好汉好好将养自己，再作良图。"

张献忠点头道："小子与徐哥哥素未谋面，却难得徐哥哥如此费心，小弟必报今日之恩！"

那二丐也道:"我两个也敬小哥是条好汉,这炖鸡是徐哥哥亲手炖的,且快吃了好将息身子。"

不多时,张献忠把炖鸡吃净了,徐大又用盐水将张献忠背后棒创一一清洗。待污血洗净了,又用干净布条擦净,张献忠顿觉神清气爽,朝着徐大纳头便拜。

徐大慌忙将张献忠扶起来,道:"小哥是个刚烈汉子,行此大礼莫不是要折煞我也!"张献忠又不住道谢。

那边两个公人也吃饱了,众人各自话别。正欲要散,不料路口响起一阵嘈杂的乱脚步声,一个声音如同公鸭叫道:"休叫走了偷鸡的贼。"

有分教:

无人天生是煞星,人之初来本善性。
冲阵马亡川蜀地,屠戮暴虐皆有因。

直教煞星恨此地不公,要叫此处都成齑粉,人不如鸡。欲知来者何人,张献忠又如何离开这是非之地,且听下回分解。